ILLICIA
Ellz
BELTANE
Aengus
Agrona
Port Svart
FEROCJA
Iad
N
W
E
S
imeio Dóry
KRWIOŻERCZE
MORZE

MAG BITEWNY

fabryka słów
WYDAWNICTWO

MMXXV

Vogelflug
Kamine
Verwahrungen
Solarkollektoren
Wärmedämmung
Dachflächenfenster
Außenanstrich
Dach-
ent-
wässerung
Treppen
Holzboden
Gerüst
Kamine
Kühl-
geräte
Putz
Bierfaß
anstechen
Leitern
Rasen
Balkonbepflanzung
Anrede und
Begrüßung
Jogging
Autofahren
Hunde
Motorräder
Fahrräder

PETER A.

FLANNERY

MAG BITEWNY

Przełożył
Maciej Pawlak

Ilustracje
Paweł Zaręba

fabryka słów®

WARSZAWA

Mojemu bratu Anthony'emu, który skrzesał iskrę.

Tolkienowi, który rozniecił płomień.

Wszystkim utalentowanym osobom, które go podtrzymują.

I wszystkim, którzy kochają powieści fantasy.

Ta jest moja.

Mam nadzieję, że wam się spodoba.

Nie ma uczucia silniejszego
od smoczego smutku.

Chyba tylko smocza wściekłość.

PROLOG

Rycerz zamrugał, by pozbyć się spod powiek krwi i łez klęski. Okręcił konia, uniósł przyłbicę i rozejrzał się po polu bitwy. Widział, jak w całej dolinie illicyjskie wojska szły w rozsypkę, próbując ratować się przed doszczętnym rozgromieniem.

Zostali pokonani.

Rycerz czuł na języku słony smak łez. Powinni byli poradzić sobie z armią Opętanych. Powinni byli zwyciężyć – i może by zwyciężyli, gdyby nie pojawił się demon. Ukrył się przed ich oczami, a kryjówkę opuścił dopiero w ostatniej chwili, gdy było już zbyt późno, by przywołać maga bitewnego.

Nie. To była ich bitwa. I przegrali ją.

Nie czuł wstydu, bo tylko nieliczni mogli oprzeć się mocy takiego przeciwnika. A jednak stawili mu czoła. Przez niemal godzinę żołnierze Illicji trzymali szyk. Lecz teraz zbliżał się koniec.

Spojrzał na wroga z wysokości wzgórz. Demon górował nad Opętanymi, wojownikami, którzy byli kiedyś ludźmi. Moc nie z tego świata. Piekielna siła. Rycerz wiedział, że nie zdoła go zabić. Mógł tylko żywić nadzieję, że umrze, zanim pochłonie go strach. Ostatnim wysiłkiem woli popędził wierzchowca naprzód, mając nadzieję, że odwaga nie opuści go, nim przyjdzie koniec. A jednak gdy jechał na spotkanie śmierci, nie myślał o sobie, ale o wszystkich, których zawiódł. Armia Opętanych przebiła się przez illicyjski szyk. Zaraz ruszy w góry, a tam trudno będzie za nią podążyć. Wymknie się spod miecza wojskom Clemoncé i weźmie na cel królestwo Valencji, słynące niegdyś z odwagi i wprawy swoich wojowników, lecz którego siła na przestrzeni ostatnich pokoleń stopniała. Popędzając konia do szarży, zaczął się zastanawiać, czy w ogóle coś jeszcze ostało się z niegdysiejszej chwały królestwa.

Miał nadzieję, że tak.

Przez wzgląd na dusze ich wszystkich.

CZĘŚĆ I

BITWA

1

SYN SZALEŃCA

Słońce dźwigało się zza horyzontu, opromieniając leżące daleko na północy Valencji górskie miasteczko Caer Dour. Chłodne, rześkie powietrze wypełniało otwartą przestrzeń, a ponad basowym pomrukiem bydła i beczeniem kóz niosło się rytmiczne dzwonienie kowalskiego młota. Woń nawozu dobiegająca od stajni mieszała się z aromatem świeżo upieczonego chleba i dymu, który bił w niebo z tysiąca palenisk.

Ten poranek niczym nie różnił się od innych. Nie nosił skazy strachu i nie sposób było doszukać się niczego, co mogłoby sugerować śmiertelne niebezpieczeństwo. W powietrzu dźwięczała raczej ekscytacja, oto bowiem nastał dzień prób, ważny i uroczysty, kiedy mieszkańcy Caer Dour mogli popisać się przed emisariuszem królowej sprawnością wojowników.

Choć było jeszcze wcześnie, mieszczanie już tłoczyli się na brukowanych ulicach, zmierzając ku zachodniemu skrajowi miasteczka, gdzie na skaliste wzgórze wspinał się szlak do Clemoncé. To właśnie tą drogą nadjedzie emisariusz z Furii.

Co dwa lata królewski wysłannik wyruszał ze stolicy Clemoncé, by zbadać bitewną sprawność wojowników Caer Dour. Ci, którzy wykażą się siłą i sprytem, wrócą z nim do Akademii Sztuki Wojennej w Furii. Ten wyczekiwany przez wszystkich dzień zawsze budził wielkie emocje, lecz nigdy tak wielkie jak dziś. Emisariusz przybywał bowiem do

Caer Dour z uczniem, który ukończył trening. I nie był to pierwszy lepszy rycerz czy fechtmistrz, ale mag bitewny, pierwszy od ponad czterdziestu lat, który narodził się z łona Caer Dour. Jego powrót nie mógł przypaść na lepszą godzinę.

Zaledwie dwa tygodnie temu patrole graniczne doniosły, że ferocka armia przedarła się przez illicyjskie szyki i zapuściła na teren Valencji. Już zdążyła puścić z dymem parę wiosek, a teraz zaledwie kilka dni drogi dzieliło ją od Caer Dour. Na czele armii Opętanych kroczył demon, a na jego pokonanie bez maga bitewnego w swoich szeregach armia Caer Dour nie mogła liczyć. Lecz oto właśnie dzisiaj wracał w rodzinne strony czempion, w którym całe Caer Dour pokładało wiarę, mieszkańcy nie obawiali się więc Opętanych i ich diabelskiego wodza, choć może mimo wszystko powinni. Zamiast trząść się ze strachu lub pakować dobytek, wstali z samego rana, by przygotować się na mający rozegrać się dziś na ich oczach spektakl. Ludzie kłębili się na wzgórzu i wisieli w oknach, żywiąc nadzieję, że uda im się choćby tylko przelotnie zobaczyć królewskiego wysłannika.

Dwaj młodzieńcy posunęli się nawet o krok dalej – wspięli się na pokryty czerwoną dachówką dach willi na obrzeżach miasta. Jeden z nich, Malaki de Vane, był synem kowala – wysokim i muskularnym młodzieńcem o gęstych brązowych włosach i z charakterystycznym czerwonym znamieniem po lewej stronie twarzy. Drugi niemal dorównywał mu wzrostem, lecz był znacznie szczuplejszy, wręcz wątły w porównaniu z towarzyszem. Jego włosy były proste i ciemne, a cera chorobliwie blada. Rysy twarzy potrafiły ucieszyć oko, choć policzki miał zapadnięte, jakby nie dojadał. Nazywał się Falko Danté i o jego sile mówiło jedynie spojrzenie soczyście zielonych oczu.

– Uważaj, Falko, bo spadniesz!

– Kiedy nie widzę... – odparł Falko, przesuwając się na skraj dachu.

– Cierpliwości, wszystko zobaczymy. Tylko zejdź do mnie, tu jest bezpieczniej. – Malaki rozpaczał w duchu nad skłonnością do ryzykanctwa, którą przejawiał przyjaciel. – Ja cię nie będę łapał, jak zlecisz!

– Będziesz, będziesz. – Falko się uśmiechnął. Wiedział, że Malaki za nic nie pozwoli mu spaść.

Kowal postanowił zmienić taktykę.

– Połamiesz dachówki – rzucił. – A wtedy Symeon złoi ci skórę.

Symeon le Roy był właścicielem willi, na której dach się wdrapali. Falko służył mu, odkąd czternaście lat temu śmierć zabrała mu ojca.

– Solidne są, nic im nie będzie – rzucił Falko. – Nie jestem półtonowym wołem jak ty.

– Jak sobie chcesz, tylko nie przychodź do mnie z płaczem, jak już Symeon spierze cię na kwaśne jabłko.

– Symeon nigdy ręki na mnie nie podniósł – syknął Falko, przerzuciwszy nogę przez szczyt dwuspadowego dachu. Jego ramiona drżały już z wysiłku, a wątła pierś unosiła się w chrapliwym oddechu.

– Może powinien – zaripostował Malaki. – Nigdy jeszcze nie widziałem, żeby sługa miał w życiu tak łatwo.

To ostatnie stwierdzenie było dalekie od prawdy, bo życie Falka Dantégo nigdy nie należało do łatwych. Był słabeuszem w świecie rządzonym przez wojowników, a co gorsza – był synem szaleńca.

– No i? – spytał Malaki niecierpliwie.

– No i co?

– Widzisz coś?

Rzężenie Falka zaczynało budzić niepokój. Rześkie poranne powietrze źle mu robiło na płuca. Mimo to się uśmiechnął.

– Wszyściutko, aż do rozszczepionej skały.

– Czekaj – powiedział Malaki. – Idę.

Pomimo swoich rozmiarów chłopak wspiął się na górę zadziwiająco sprawnie. Nie minęła chwila, a już siedział okrakiem na szczycie za plecami przyjaciela. Razem sięgali wzrokiem w kierunku wielkiego rozpłatanego kamienia, gdzie brukowana droga chowała się za wzgórzem.

– Myślisz, że wraz z nim przyjadą jacyś magowie? – spytał Malaki, mając na myśli emisariusza.

– Zawsze ma przy sobie przynajmniej jednego – odparł nonszalancko Falko. – Żeby sprawdził umiejętności uczniów.

– Wiem przecież! – zaperzył się Malaki. – Ale czy myślisz, że tym razem przyjedzie ich więcej? A może nawet odprawią rytuał przywołania?

– Nie wiem – skłamał Falko. Próbował brzmieć nonszalancko, ale tak naprawdę wiedział, że do miasteczka zmierza cały oddział magów. Skąd w nim ta pewność, że dziś odbędzie się przywołanie?

– Mam nadzieję, że odprawią – wydyszał Malaki. – Wyobraź to sobie... Nie dość, że mag bitewny, to jeszcze wraz ze smokiem. Prawie mi żal tych biednych Ferocjan.

– Niepotrzebny nam smok, żeby rozprawić się z Opętanymi – odrzekł Falko. – Darius sobie z nimi poradzi.

Każdy wiedział, jak jest. Dobrze wyszkolona armia miała spore szanse na pokonanie wojsk Opętanych o podobnej liczebności, lecz jeśli Opętanymi dowodził demon, żadne normalne wojsko nie mogło liczyć na zwycięstwo. Żołnierzy ogarniał wówczas paraliżujący strach. Tylko mag bitewny był zdolny przeważyć szalę na ich stronę.

Nie chodziło jedynie o to, że mag bitewny był biegły zarówno w sztuce wojennej, jak i w wiedzy tajemnej – sama obecność jego duszy i płomienia wiary rozpraszała mroki przerażenia i była fundamentem odwagi zwykłych śmiertelników, garnących się pod jego skrzydła. Już sam mag bitewny był uważany za potężnego sprzymierzeńca, a kiedy jeszcze dosiadał swojego smoka, stawał się niszczycielskim żywiołem, zdolnym oprzeć się każdemu przeciwnikowi.

– Ale powiedz, nie chciałbyś zobaczyć smoka? – naciskał Malaki. – Choć raz?

– Nie – skłamał ponownie Falko. Więzy przyjaźni łączyły go z Malakim od dzieciństwa, ale nie chciał, by ktokolwiek dowiedział się, jak bardzo pragnie ujrzeć smoka na własne oczy. Bo nie chciał, by ktoś domyślił się, co zamierza zrobić.

Malaki przeszywał wzrokiem wąskie plecy przyjaciela, jego przygarbione ramiona i pochyloną głowę.

– Chodzi o twojego ojca, tak? – powiedział cicho.

Falko milczał, ale potwierdził skinieniem. Udawał brak zainteresowania, ale wstyd, jaki odzywał się w jego sercu na wspomnienie ojca, był najzupełniej prawdziwy.

Dwaj chłopcy siedzieli w ciszy. Słońce złociło dachy Caer Dour.

– Gdzie oni są, u licha? – zrzędził Malaki. – Słońce już dawno na niebie. Powinni już tu być.

Falko milczał. Czuł, jak powoli spływa z niego całe zdenerwowanie.

– Pojęcia nie mam, czemu jestem taki podekscytowany – podjął Malaki. – Przecież nie będę się starał o przyjęcie do akademii.

– Weźmiesz udział w eliminacjach – rzucił Falko przez ramię. – W dodatku jesteś faworytem. Może pozwolą ci się zaprezentować.

– Jasne – prychnął Malaki. – Zaraz po tym, jak stado świń wyfrunie mi z tyłka.

Falko nagrodził skromność przyjaciela wybuchem śmiechu. Wiedział, że w całym regionie nie ma kadeta, który mógłby pokonać Malakiego w walce na miecze.

– Wyobraź sobie, że bierzesz udział w próbach – dodał Malaki poważniej. – Że przedstawiają cię królowej Catherine na dworze Furii.

Falko dziękował losowi za to, że Malaki nie widział teraz jego twarzy. Usta wykrzywił mu uśmiech człowieka, który podjął decyzję, a w jego oczach pełgał zielony ognik. Niech diabli porwą magów i prawa szlacheckiej krwi; jeśli sprawy ułożą się po jego myśli, Malaki otrzyma szansę, by zaimponować królewskiemu emisariuszowi. Ale nie chciał mu jeszcze o tym mówić. Już miał skierować rozmowę na inne tory, gdy ich uwagę zwrócił dochodzący z domu pod nimi krzyk.

– Co to było, do diaska? – spytał Malaki.

Falko nie odpowiedział. Nasłuchiwał.

Z willi dał się słyszeć kolejny krzyk: wrzask przerażenia, który zaraz ustąpił niepokojącemu jękowi. Malaki wciąż siedział osłupiały na dachu, ale Falko już przerzucił nogę przez szczyt i zaczął złazić na dół.

– Kto tak krzyczy? – spytał Malaki, dołączywszy do niego w niższej partii dachu.

– To Symeon – odrzekł Falko. Wsparł nogę na rynnie i bokiem przeszedł w kierunku werandy po drugiej stronie budynku.

– A ty dokąd?

– Chcę zobaczyć, czy nic mu nie jest.

– Ale przegapimy przyjazd emisariusza.

– Chcę tylko sprawdzić.

Malaki wywrócił oczami, a potem ruszył za przyjacielem. Jęki zmieniły się w powarkiwanie, później rozległy się szepty. Dwaj młodzieńcy zeskoczyli na werandę i zajrzeli do środka przez uchylone okiennice.

– Co mu jest? – spytał Malaki.

Falko spojrzał w dół, na ciemny zarys opiekuna.

Symeon le Roy leżał w łóżku w skołtunionej pościeli. Drżał i trząsł się, samymi ustami wymawiał słowa, których nie rozumieli. Jęki i szlochy przerywały gwałtowne powarkiwania, jakby starzec z kimś się siłował.

– Coś mu się śni – orzekł Falko.

– Wszechmatko... – zaklął Malaki. – Ale co?

– Może piekło.

Malakiemu przebiegł po plecach dreszcz przerażenia, ale Falko ledwie zmrużył oczy na widok rzucającego się w pościeli Symeona, którego cierpienie zbudziło upiora jego własnych nocnych strachów.

„Nigdy byś się nie odważył. Nigdy nie znalazłbyś w sobie siły".

Szyderczy głos odbijał się echem w jego umyśle. Świat wokoło pociemniał, jakby burzowa chmura przyćmiła słońce.

– Może go obudźmy? – spytał Malaki, wyrywając przyjaciela ze snu na jawie.

– Nie – odpowiedział Falko. – Poczekam, aż sam to zrobi. To zwykle mija.

Malaki łypnął na niego kątem oka. Dosłyszał w jego głosie tę znajomą nutę, dojrzałość, zdecydowany ton, który budził w nim niepokojącą myśl, że może wcale nie zna swojego przyjaciela tak dobrze, jak mu się wydaje.

– Czy często nawiedzają go koszmary?

– Nie. Ale niektóre noce są gorsze od innych.

– Można coś na to poradzić?

Falko pokręcił głową.

– To klątwa, która spada na magów bitewnych – odparł – ale zarazem ich siła. Gdy na polu bitwy stają twarzą w twarz z demonem, przestają się go bać.

– Jak to? – wydyszał Malaki.

– Bo ten strach nie jest już dla nich niczym nowym. Śnią o nim od dziecka.

Malaki chciał dowiedzieć się więcej, lecz wiedział, że nie warto zanadto ciągnąć Falka za język. Symeon był magiem bitewnym przez wiele lat. Walczył z Opętanymi w czasach, gdy wróg był jeszcze dalekim i mglistym zagrożeniem. Ale jego wieloletnia służba królestwom Furii dobiegła raptownie końca jakieś czternaście lat temu, gdy ojciec Falka zwariował i zabił połowę wszystkich magów w mieście.

Malaki zawiesił wzrok na przyjacielu, a potem wrócił spojrzeniem do widocznego przez okiennice Symeona, który brał się za bary ze wszystkimi diabłami piekieł.

Raptem rześkie ranne powietrze rozdarł dźwięk dzwonu. Obaj chłopcy aż podskoczyli.

– Już tu jest! – zawołał Malaki, przełażąc przez barierkę i szukając stopą rynny. Potężny młodzieniec błyskawicznie wspiął się na dach. – Widzę go! I Dariusa też!

Falko poderwał wzrok na przyjaciela i uśmiechnął się, ale gdy raz jeszcze zerknął do wnętrza domu, zobaczył, że Symeon już nie wije się przez sen, ale siedzi na skopanej pościeli ze wzrokiem utkwionym prosto w twarz Falka. Snop światła padł na jego oblicze, wydobył z mroku straszną, pokrzywioną maskę. Skóra jego twarzy była poznaczona bliznami i oparzelinami, jasne słońce wypełniło cieniem puste oczodoły.

Symeon le Roy był ślepy.

– Chłodne powietrze poranka przywiedzie cię do zguby, Falko Danté. – Chłopak uśmiechnął się na tę taktowną reprymendę pana. – Lepiej zmaż ten uśmieszek z twarzy, chłystku jeden.

Ale uśmiech tylko się poszerzył. Symeon może i stracił wzrok, ale wciąż widział więcej niż inni. Ostatnie pozostałości strachu i zaaferowania zniknęły, gdy były mag bitewny dźwignął się z łóżka i narzucił szlafrok na szerokie ramiona. Odgarnął z czoła długie siwe włosy i związał je jedwabnym sznurkiem. Był już starcem, co najmniej sześćdziesięcioletnim, ale choć wyraźnie utykał, a pewna sztywność nie chciała opuścić jego rąk i nóg, wciąż miał postawę wojownika. Podszedł do okna i otworzył okiennice.

– Ilu magów, panie de Vane? – zawołał głosem donośnym jak huk walącego się dębu.

Ani Falka, ani Malakiego nie zdumiało jego rozeznanie w sytuacji. Nie wszystkie moce maga bitewnego wiązały się z darem wzroku.

– Chwileczkę! – zawołał Malaki ze swojego stanowiska na dachu. – Nie widzę przez mgłę.

– Czterech – wyszeptał Falko tak cicho, że był pewien, iż jego głos utonął we wrzawie. Nie widział, jak twarz Symeona obraca się ku niemu i jak marszczy się w namyśle poorane bliznami czoło.

Na chwilę zaległa cisza, Malaki czekał, aż przerzedzi się mgła. A potem...

– Czterech – orzekł. – Czterech magów.

W głosie przyjaciela Falko dosłyszał rozczarowanie, ale Symeon tylko skinął głową.

– Hmmm – mruknął z głębi gardła, jakby to budził się ze snu niedźwiedź w gawrze. – Wliczając trzech z Caer Dour, siedmiu. A więc jednak doczekamy się przywołania.

Falko próbował nie zdradzić się z własną reakcją na słowa opiekuna. Pozornie wydawał się znudzony, wręcz zblazowany, ale w duchu drżał z podniecenia. Dzisiaj, gdy już skończą się próby, Darius Voltario podejmie próbę przywołania smoka, a on, Falko, ujrzy to na własne oczy.

2

RÓWNOWAGA W PRZYJAŹNI

Tylko czterech magów! – wykrzyknął Malaki, dołączywszy do Falka i Symeona na werandzie.

– Dzień dobry, Malaki – przywitał się Symeon.

– Dzień dobry, panie le Roy – odparł potulnie Malaki. Raptem uświadomił sobie z całą dosadnością, że włażenie skoro świt na dach domu szlachcica nie jest czymś, za co matki chwalą swoje dzieci, lecz wiedział przecież, że Symeon różni się od innych szlachciców w mieście. Był bardziej przystępnym, prawie normalnym człowiekiem. Zwykle Malaki wykazałby się większą powściągliwością, ale dzień był tak ekscytujący, że nie zdołał się powstrzymać. – Dlaczego tylko czterech? – zapytał z zapałem. – Myślałem, że przybędzie przynajmniej siedmiu, żeby razem z naszymi dobić do pełnej dziesiątki.

Symeon odwrócił się do Falka, zapraszając go do udzielenia odpowiedzi, lecz ten nie chciał na niego spojrzeć.

– Jeśli odpowiednio się przygotują, siedmiu w zupełności wystarczy, żeby obłaskawić smoka – wyjaśnił Symeon.

– Obłaskawić? – indagował Malaki. – Ale ja myślałem, że smoki są po naszej stronie. Dlaczego mielibyśmy je obłaskawiać?

Symeon raz jeszcze łypnął na Falka, ale ten ani myślał włączyć się do rozmowy.

– Większość smoków gotowa jest oddać życie za maga bitewnego i za wolne ludy Furii.

– Więc w czym problem?

– Problem polega na tym, że zawsze istnieje możliwość, że na wezwanie odpowie czarny smok.

– A co jest takiego nadzwyczajnego w czarnych smokach? – Malaki patrzył na niego jak urzeczony. Pierwszy raz słyszał, by ktoś tak swobodnie opowiadał o tych tajemniczych stworzeniach.

– Niezależnie od ich początkowego koloru wszystkie z czasem stają się czarne. I te właśnie są najstarszymi i najpotężniejszymi przedstawicielami swojego rodzaju.

– A więc to chyba dobrze, jeśli czarny smok stawi się na wezwanie magów, prawda?

– Byłoby tak – ciągnął Symeon – gdyby nie jeden szczegół.

– A jaki?

– Czarne smoki są obłąkane. Prędzej zwrócą się przeciw człowiekowi, niż staną w jego obronie. Wpadają w szał i niszczą wszystko na swojej drodze, dopóki ktoś ich nie zabije lub nie przepędzi za Nieskończone Morze.

Malaki rozdziawił usta i obrzucił spojrzeniem Falka, jakby chciał powiedzieć: „I ty o tym wszystkim wiedziałeś?".

Falko udawał, że nie dostrzegł pytania w oczach przyjaciela. Oparł się o barierkę werandy i potoczył wzrokiem ponad dachami miasta. W odróżnieniu od Malakiego nie miał ochoty na wykład o naturze smoków.

– Jest tak od czasów Wielkiego Opętania – mówił dalej Symeon – gdy smoczy ród ugiął się pod naporem zła. Wygląda na to, że jakaś część tego zła przetrwała i odżywa w sercu czerniejącego smoka.

Malaki stał osłupiały.

– A jakie smoki pojawiały się na twoje wezwanie? – wypalił.

– Nie wszystkim magom bitewnym jest przeznaczone ruszyć do boju ze smokiem u boku – prychnął starzec.

Chłopak był wyraźnie zawiedziony. Zamilkł na krótką chwilę, jakby próbował poukładać sobie w głowie wszystko, czego się właśnie dowiedział. A potem znowu wziął na cel Falka.

– Czy właśnie to przydarzyło się twojemu ojcu? – zaczął. – Ludzie gadali, że jego smok był czarny jak smoła.

Gdy tylko słowa opuściły jego usta, młody kowal zorientował się, że przeholował. Falko odepchnął się od barierki i wszedł do pokoju Symeona. Ledwie przekroczył próg, za jego plecami rozległ się głos pryncypała:

– Falko!

Chłopak zatrzymał się, ale się nie odwrócił.

– Te komnaty należą do mnie, Falko Danté. – Symeon również nie zwrócił się ku rozmówcy. Malaki wodził wzrokiem od jednego do drugiego. – Możesz zejść na dół tą samą drogą, którą wlazłeś na górę. I zważaj baczniej, na co pozwalasz sobie w murach mojego domu.

Falko nie odpowiedział, ale wrócił zgarbiony na werandę i przerzucił nogę przez barierkę, by zejść na ziemię.

– Dziś mam chęć zakąsić wino chlebem i owocami – polecił Symeon tym samym władczym tonem.

Falko już osadzał stopę w rynnie, by ruszyć bokiem do okna, przez które wyszedł z Malakim na dach. Ale wtedy się zatrzymał.

– Tak, panie – powiedział cicho.

Symeon skinął wspaniałomyślnie głową, a Falko ruszył przed siebie.

– Ach, Falko – dodał po chwili starzec pobłażliwszym tonem. – Gdy już o to zadbasz, dopilnuj, żeby Fossetta przygotowała ci inhalację. Dyszysz jak spracowany muł. Nikomu się nie przysłużysz podczas prób, jeśli w międzyczasie wycharchasz własne płuca.

Na te słowa Malaki obrzucił Symeona przerażonym spojrzeniem, a potem zgromił przyjaciela oskarżycielskim wzrokiem. Wybełkotał pożegnanie, po czym ruszył w ślad za Falkiem. Dogonił go, gdy ten wszedł do budynku drugim oknem.

– Co on miał na myśli, mówiąc o twoim przysługiwaniu się w czasie prób? – rzucił wyzywająco Malaki. Przesadziwszy parapet okna, złapał przyjaciela za ramię, nim ten zdołał opuścić półpiętro.

Przesycone poczuciem winy spojrzenie Falka powiedziało mu wszystko.

– Zapłaciłem fortunę, aby się upewnić, że nie będziesz służył na próbach!

– Zwrócę ci – odparł Falko. Strącił z siebie rękę Malakiego i zszedł po schodach do pokoi służby.

– Nie rozumiem – powiedział Malaki, idąc za nim. – Bellius będzie w swoim żywiole. Na pewno będzie próbował upokorzyć cię dla przykładu.

– Wiem. – Falko pchnął drzwi do kuchni.

Bellius Snidesson miał koneksje w rodzinie królewskiej, zarówno w Caer Laison, jak i w Furii. Był nie tylko najpotężniejszym szlachcicem w regionie, ale też największym draniem, jakiego nosiła ziemia. Pomijając uprzykrzanie życia wszystkim naokoło, Bellius troszczył się tylko o trzy rzeczy: bogactwo, władzę i swojego syna Jarega, okrutnego i zepsutego młodzieńca, który na plecach ojca piął się w górę szlacheckiej hierarchii i znęcał nad Falkiem przy byle okazji. Chłopak nie pamiętał już, ile razy został przez niego pobity. Nawet przybycie ferockiej armii było w oczach młodego szlachcica okazją do umocnienia swej władzy i Malaki nie miał wątpliwości, że dzisiaj, akurat dzisiaj Bellius przywdzieje najohydniejszą ze wszystkich swoich masek. Zdumienie i irytacja popchnęły Malakiego do pójścia za przyjacielem.

Gdy weszli obaj do wielkiego, wyłożonego kamieniami pomieszczenia, otuliła ich chmura ciepłego powietrza pachnącego pieczonym mięsiwem, czosnkiem i ziołami. Woń sprawiła, że ślina napłynęła im do ust. W jednej ze ścian ziała otwarta jama kominka, na jego gzymsie i na kołkach wokoło wisiały gliniane garnki i rozmaite kuchenne utensylia. Obok stał piec z czarnego żelaza, a przy nim uwijała się krągła kobieta o skrytych pod białą chustą, związanych na potylicy siwych włosach.

– No i jak? – spytała Fossetta. – Widzieliście ich?

Gospodyni Symeona nie odrywała wzroku od dwóch patelni na palnikach.

– Dzień dobry, pani Pieroni – przywitał się Malaki. – Ma się rozumieć, że widzieliśmy.

Było jasne, że chłopcy myśleli teraz o czymś innym, lecz gdy Falko nie odpowiedział słowem na jej pytanie, Fossetta przeniosła na niego wzrok i odprowadziła go spojrzeniem do spiżarni.

– Dzień dobry, Malaki – odpowiedziała kowalowi, przypatrując się, jak służący piętrzy na cynowym talerzu owoce i chleb. – To ilu tych magów przyprowadził ze sobą emisariusz?

– Czterech – odparł Malaki. Olbrzymi młodzian zajął miejsce za dębowym stołem na środku pomieszczenia i wpatrzył się rozmarzonym wzrokiem w stojący na blacie talerz ze świeżym chlebem i kiełbasą.

Fossetta zdjęła patelnie z ognia. Podchodząc do stołu, wytarła ręce o fartuch i podsunęła Malakiemu talerz i nóż.

– A więc – podjęła, gdy chłopak opromienił ją uśmiechem wdzięczności – przywołanie się odbędzie.

Malaki prychnął, odrywając z bochenka solidny kawał chleba i krojąc kiełbasę.

– Czy tylko ja w tym mieście nic nie wiem o smokach?

Fossetta postawiła przed kowalem cynowy kubek i wypełniła go po brzegi wodą z dzbana.

– Nauczysz się tego i owego, jeśli będziesz kiedyś przez dwie dekady prowadził dom maga bitewnego.

Falko z powodzeniem oddalił się poza zasięg rozmowy, ale Fossetta kątem oka patrzyła, jak na tacy obok talerza z jedzeniem stawia karafkę z winem, po czym napełnia dzbanek wodą, która gotowała się w garnku nad ogniem.

– Dzień dobry, Falko – powiedziała.

– Dzień dobry, Fossetto.

Falko może i miał parszywy humor, ale nie mógł być otwarcie nieuprzejmy. Fossetta była najbardziej zbliżoną do matki osobą, jaką miał na świecie. Przyniósł dzban z gorącą wodą i postawił go na stole. Ciche rzężenie wydobywające się z jego ust nie umknęło czujnemu słuchowi gospodyni. Kobieta podeszła, przyłożyła mu jedną dłoń do czoła, a drugą do miejsca między łopatkami.

– Oddychaj – rozkazała.

Falko wywrócił oczami, ale zrobił głęboki wdech. Fossetta mruknęła pod nosem, widocznie niezadowolona z tego, co wyczuła.

– Siadaj mi tu.

– Ale pan...

– Panem się nie przejmuj.

Lekko pchnęła Falka na krzesło i wypełniła miskę gorącą wodą, a potem dodała do niej kilka łyżek jakiejś nieznanej Malakiemu substancji. Pokój zaraz wypełnił się ostrą wonią lawendy, eukaliptusa i rumianku.

Gospodyni wzięła ręcznik suszący się na stojaku przy palenisku, dłonią pochyliła Falka nad misą i zarzuciła mu materiał na głowę.

– Pilnuj, żeby nie wylazł. – Pogroziła palcem Malakiemu. – Zaraz wracam.

Kowal skinął jej głową, z trudem żując chleb i kiełbasę wypełniające mu policzki. Kobieta wzięła wodę, wino i śniadanie, po czym opuściła kuchnię.

Zapadła cisza. Słychać było tylko przeżuwanie Malakiego i powolne rzężenie Falka.

– Wybacz mi, że byłem taki drażliwy – dobiegł spod ręcznika przytłumiony głos.

Malaki w odpowiedzi nałożył jedzenie na talerz i wsunął go przyjacielowi pod złożoną na blacie rękę. Prawie się roześmiał, widząc, jak ten maca za kawałkiem chleba, który zaraz zniknął pod kurtyną ręcznika.

– Wciąż nie łapię, dlaczego chcesz służyć na próbach – nawiązał do tematu kowal. – Przecież w pawilonie będzie się roić od szlachty.

– Mam swoje powody – wybełkotał Falko, zajadając się chlebem.

– Czasem ni w ząb nie rozumiem, co się dzieje u ciebie pod kopułą.

Falko wyjrzał spod ręcznika i łypnął na przyjaciela.

– Wiem. – Uśmiechnął się.

Malaki potrząsnął głową i odwzajemnił uśmiech, a potem gestem nakazał Falkowi wrócić pod ręcznik. Dwaj młodzieńcy siedzieli w ciszy, którą w końcu przerwał chudzielec.

– Czerwony. Smok, który odpowiedział na wezwanie ojca, był czerwony.

Malaki przełknął i zaczął słuchać.

– Mówią, że był ciemny, już gdy się pojawił. Karmazynowy, jak krew żylna.

Falko wyprostował się i zdjął ręcznik z głowy. Malaki wstrzymał oddech. Rozmawiali już w życiu o wszystkim, ale nigdy o tym.

– Z biegiem lat kolor ciemniał, a magowie go obserwowali. Symeon mówi, że mój ojciec znał prawdę. Wiedział, że jeśli jego bestia zrobi się czarna, nie będzie miał innego wyjścia, jak tylko ją zabić. Powiedział mi, że smok też ma świadomość tego, co musi się wydarzyć, i że poddaje się śmierci bez walki.

– Więc co się właściwie stało? – spytał cicho Malaki.

– Tego nikt nie wie – odparł Falko. – Mówią, że w miarę jak łuski smoka robiły się coraz ciemniejsze, ojciec stawał się coraz bardziej skryty. Coraz więcej czasu spędzał na samotnych polowaniach na Opętanych w Utraconych Ziemiach. Bez pomocy, bez wsparcia wojska, tylko Aquila Danté i jego smok.

Malaki czekał, aż przyjaciel wznowi opowieść. Słyszał już wcześniej fragmenty tej historii, ale ponieważ nikt nie chciał o tym rozmawiać, nie potrafił poskładać ich w całość. Był to rozdział w historii Caer Dour, o którym mieszkańcy najchętniej by chyba zapomnieli.

– Złościł się też coraz bardziej i w końcu jego gniew doprowadził do konfrontacji.

– Konfrontacji? Z kim?

– Z magami – odparł Falko. – Mój ojciec stawał się coraz bardziej nierozsądny, wręcz niezrównoważony. – Wypowiedział te ostatnie słowa, jakby kogoś cytował. – A potem jego smok stał się czarny.

– A czarne smoki są szalone – uzupełnił Malaki, Falko zaś potwierdził skinieniem.

– Magowie zdołali obłaskawić smoka. Ale mój ojciec, zamiast pomóc im go zabić, opowiedział się po jego stronie.

Malaki wwiercał się w niego jasnozielonymi oczami.

– Zabił sześciu magów i czterech najlepszych rycerzy Caer Dour – ponowił Falko. – Ostatecznie to Symeon go powalił.

– Myślałem, że byli przyjaciółmi.

– Bo byli. – Falko nie patrzył już na Malakiego. Spoglądał w przeszłość, której nie mógł pamiętać, przeszłość, o której mu tylko opowiadano. – Smok, zanim został zabity, zdołał jeszcze ostatni raz splunąć ogniem.

– To dlatego twarz Symeona... – wyszeptał Malaki, a Falko kiwnął głową.

– Ocalali magowie uratowali mu życie, ale smok zdążył jeszcze przed śmiercią odebrać mu wzrok.

Malaki zapatrzył się w przestrzeń, wyobrażając sobie tę straszną scenę. A potem raz jeszcze osadził wzrok na Falku.

– Ty zaś zostałeś oddany w służbę jako wynagrodzenie za grzechy ojca.

– Coś w ten deseń – odpowiedział chudzielec, ścierając z twarzy kropelki naparu.

W tym momencie do kuchni wróciła Fossetta.

– Przecież kazałam ci siedzieć pod ręcznikiem – skrzyczała chłopaka.

Podeszła do kredensu po drugiej stronie pomieszczenia, wyjęła białe ceramiczne naczynie i podstawiła je Falkowi.

– Splunąć, a zdrowo! – nakazała.

Falko westchnął, ale Fossetta była nieugięta. Chłopak, ku obrzydzeniu przyjaciela, charknął i splunął do misy. Gospodyni przyjrzała się plwocinie i pokręciła głową.

– Pod ręcznik! – zaordynowała.

Falko wiedział, że spieranie się nie ma sensu. Posłał Malakiemu przelotny uśmiech, by potwierdzić, że wszystko między nimi w porządku, a potem nakrył głowę.

– A ty nie powinieneś czasem pomagać ojcu? – powiedziała Fossetta, metodycznie oklepując Falkowi plecy. – Wojsko się mobilizuje, pewnie ma pełne ręce roboty.

– Pozwolił mi zobaczyć emisariusza – uspokoił ją Malaki.

– No to chyba już widziałeś. Dam głowę, że ojcu przyda się dodatkowa para rąk.

– Ale chcemy zobaczyć go w mieście – wymówił Falko rozedrganym od uderzeń głosem.

– Kto wie, może uda się nawet z nim porozmawiać? – dorzucił Malaki.

– Jesteście już dość duzi, żeby wiedzieć, jak to zwykle wygląda – powiedziała Fossetta. – Zje śniadanie ze szlachtą i magami, a potem pójdzie prosto na próby. Do samego miasta zapuści się dopiero po południu. A jeśli odbędzie się przywołanie, to cóż, może w ogóle tego nie zrobi.

– Chyba masz rację – zrejterował Malaki. Zebrał z talerza pozostałości jedzenia i wstał od stołu. – A co się tyczy ciebie, kaszlak – podjął, pstrykając kawałkiem skórki chleba w skrytą pod ręcznikiem głowę Falka – znajdę cię w pawilonie!

Falko wzdrygnął się i ułożył palce dłoni w obelżywy gest. Malaki prychnął śmiechem, a Fossetta zdzieliła rekonwalescenta w potylicę.

– No już, sio mi stąd! – pogoniła Malakiego.

Kowal ruszył do drzwi, ale zaraz osadził go w miejscu głos Fossetty:

– Połamania nóg na próbach.

– Dziękuję, pani Pieroni – odpowiedział Malaki, raz jeszcze wyszczerzył się promiennie i już go nie było.

Fossetta zawiesiła wzrok na pustej framudze drzwi. Przestała okładać plecy Falka.

– To dobry chłopak – powiedziała, zdejmując pacjentowi ręcznik i pozwalając mu się wyprostować.

– To prawda. – Falko otarł twarz rogiem tkaniny.

– I sprawny wojownik.

Chłopak potwierdził skinieniem. Napięcie, które czuł w głowie, zelżało i oddychanie nie sprawiało mu już takiego bólu.

– Szkoda, że nie może wziąć udziału w próbach – westchnęła Fossetta.

– Każdy zna zasady. Tylko szlachcie przysługuje ten przywilej.

– Niejednemu paniczykowi złoiłby skórę. Gdyby pokonał jakiegoś szlachcica, zdobyłby prawo do walki.

– Ach, tyle że najpierw potrzebowałby dwóch wotów zaufania – przypomniał Falko. – Jednego od szlachciców, drugiego od wojowników. A w całym regionie nie ma wysoko urodzonego, który wbrew Belliusowi przyjąłby wyzwanie od nisko urodzonego.

– No cóż, w każdym razie powinien się taki znaleźć! – Fossetta rzuciła ręcznik na blat i przyłożyła ucho do pleców Falka. – Demon z całą armią puka do naszych drzwi, a my się zastanawiamy, komu wolno, a komu nie wolno walczyć. Beznadzieja.

– Póki życia, póty nadziei – powiedział cicho Falko.

Gospodyni wyprostowała się i palcami ujęła chłopaka za podbródek. Uniosła mu twarz i zajrzała głęboko w oczy.

– Już ja znam ten ton, Falko Danté. Mam nadzieję, że nie zamierzasz zrobić jakiejś głupoty.

„Kto, ja?" – mówił wyraz jego twarzy.

Fossetta podejrzliwie uniosła brew, a potem puściła głowę Falka.

– Co za okropne chłopaczydła. Jeden wart drugiego, jak pragnę zdrowia.

Gospodyni wróciła do paleniska, a Falko odsunął na bok misę z parującą wodą.

– Nie jestem taki pewien, czy jestem go wart – zadumał się. – Jego życie byłoby o wiele prostsze, gdybym nigdy nie stanął mu na drodze.

Falko wcale nie użalał się nad sobą. W jego głosie brzmiała pewność, z jaką stwierdza się fakt.

– Nie zawsze był barczystym dryblasem, jakim jest teraz – rzekła Fossetta, pochylona nad patelniami, które znów wróciły na piec. – Wciąż pamiętam tego zasmarkanego chłopczyka, zalewającego się łzami, ilekroć ktoś go przezwał. – Zanurzyła palec w jednej z patelni i uniosła go do ust, a potem wsypała czubatą łyżkę cukru.

Falko napełnił dwa kubki wodą i nakrył do stołu. On też pamiętał, jak inne dzieci znęcały się nad Malakim z powodu znamienia na jego twarzy. Czasem wołali na niego „Rumiany". Innym razem „Czerwony Diabeł". Ale szczególnie rozstrajało go inne przezwisko – „Truskawka". Bo podawali wtedy w wątpliwość jego męskość.

Fossetta wróciła do stołu i wypełniła miski owsianką.

– I pamiętam kogoś jeszcze: chuderlawego mikrusa, który się za nim wstawiał. – Potrząsnęła głową, uśmiechając się do wspomnień. – Nigdy nie pojmę, skąd ty brałeś te wszystkie przezwiska, którymi obrzucałeś jego ciemiężycieli.

Falko sam się uśmiechnął.

– Duszone morele – powiedziała, nakładając do każdej miski solidną porcję.

Usiadła obok chłopaka i złapała za łyżkę.

– Nie raz i nie dwa zebrałeś solidne lanie za Malakiego de Vane'a – powiedziała. – Pamiętam, i on też to pamięta.

Falko utkwił wzrok w śniadaniu. Bez względu na to, ile zrobił dla przyjaciela, gdy byli dziećmi, w następnych latach Malaki odwzajemnił mu się po tysiąckroć. Czasem Falko wątpił, czy w ogóle dożyłby do chwili obecnej, gdyby nie imponujące rozmiary przyjaciela. Tak jest, szale tej przyjaźni były mocno przechylone na korzyść Malakiego. Lecz oto nadszedł dzień prób, a Falko postanowił, że zrobi wszystko, by je wyrównać.

3

PRÓBY

Pawilon znajdował się na południowym skraju pola turniejowego, gdzie z podwyższonej platformy rozciągał się najlepszy widok na mające się wkrótce rozpocząć walki. Białe płótno oślepiało odbitym światłem porannego słońca, a wysoko w górze powiewał na chłodnym jesiennym wietrze smoczy proporzec Caer Dour. Dzień prób miał być dniem świątecznym, lecz radość tłumił strach, każdy wiedział bowiem, że do miasteczka zbliża się ferocka armia.

Wyglądający z pawilonu Falko powiódł wzrokiem po tłumie zgromadzonym na obrzeżach pola. Rzucił mu się w oczy brak mężczyzn w przedziale wiekowym, który znamionował największą wartość bojową. Szranki mogli podziwiać tylko ci obywatele, których członkowie rodzin brali udział w próbach. Armia została już zmobilizowana i większość mieszkańców płci męskiej obozowała teraz w głębi doliny, gotowa ruszyć do boju z Opętanymi, nim ci zanadto zbliżą się do miasta. Droga, którą obrał wróg, wiodła tylko w jednym kierunku. Jeśli nie liczyć odbiegających od szlaku pasterskich ścieżek, nie było którędy zawrócić, Opętani ciągnęli więc prosto na Caer Dour.

Uchodźcy z wiosek i gospodarstw w głębi kotliny zaczęli już napływać do miasteczka w obawie przed zbliżającym się wielkimi krokami niebezpieczeństwem. Ich przybycie uświadomiło niektórym realność zagrożenia, lecz Valencjanie byli narodem wojowników. Licząc na wsparcie ościennych regionów, Caer Dour mogło w mgnieniu oka wystawić armię w sile dwóch tysięcy żołnierzy, nawet jeśli niewielu z nich miało jakieś doświadczenie w walce z Opętanymi, nie wspominając już o dowodzącym nimi demonie.

Nie, mieszkańcy Caer Dour nie zdradzali się ze swoimi obawami, lecz powrót Dariusa wzbudził w nich niemal namacalną ulgę. Ich mag bitewny zjawił się w samą porę, by uratować ich przed diabelskimi szponami, mogli więc oddać się uciechom prób, zanim ostatni z wojowników ruszy do bitwy.

Wróciwszy myślami do dręczących Symeona koszmarów, Falko sam odetchnął z ulgą. Uporczywość tych snów budziła w nim ostatnio coraz większe przerażenie, choć nie był pewien, czy to przez jego własną wybujałą wyobraźnię, czy może w związku z niepokojącą bliskością Opętanych. W każdym razie był pewien, że kamień spadnie mu z serca, gdy już Darius powali demona. Postanowił więc skupić się na teraźniejszości. Próby rozpoczną się lada moment.

Pole turniejowe rozścielało się na płaskowyżu, gdzie skalisty krajobraz ustępował miejsca równinie zasypanej bladym żwirem. Góry północnej Valencji rozrastały się z tego punktu we wszystkich kierunkach, lecz jeden szczyt wzbijał się ponad poszarpany krajobraz.

Czarna Góra – Mont Noir.

Górujący nad miasteczkiem masyw ciemnej skały był niczym milczący strażnik trzymający pieczę nad Caer Dour. To tam stały tajemne wieże magów i to właśnie tam magowie bitewni próbowali w przeszłości przywoływać smoki. A dziś w nocy, gdy wszyscy będą jeść i pić, ponownie przeżywając wydarzenia turnieju, Falko wespnie się na jej szczyt, by ujrzeć przywołanie na własne oczy. Szansa na to, by przyjrzeć się smokowi z bliska, może się już nigdy nie nadarzyć, postanowił więc wykorzystać ją za wszelką cenę. Wspinaczka na Mont Noir nie należała jednak do łatwych, zwłaszcza jeśli wspinał się ktoś taki jak Falko.

Musi wyruszyć wcześnie.

I musi to zrobić niepostrzeżenie.

– Pssst!

Wyrwany z zamyślenia chłopak prawie upuścił tacę z serowym pieczywem. Cofnął się od stołów i przeszedł na prawą stronę pawilonu, zakrytą płóciennymi płachtami.

– Podajesz ten chleb czy muchy karmisz?

Ramię Malakiego prześlizgnęło się przez szczelinę między nimi i zręcznie porwało z tacy opasłą kromkę.

– Nie zwymiotujesz z nerwów? – spytał Falko.

– Bzdura, jestem spokojny jak tafla jeziora – odparł Malaki z pełnymi ustami.

Chudzielec uniósł brew z powątpiewaniem. Kowal zawsze zajadał zdenerwowanie.

– No dobra, może trochę się denerwuję – przyznał. – Ten cholerny Jareg. Rozsiewa wokoło uśmiechy, bryluje dobrymi manierami.

Falko rzucił mu podejrzliwe spojrzenie.

– No właśnie – pochwycił myśl przyjaciela Malaki. – Każdy, kto go zna, zacząłby się denerwować. Skurczybyk coś knuje.

– Może, ale ty poradzisz sobie z Jaregiem.

– Wiem, wiem. Ale co jak co, dobry jest. Zawsze trzeba liczyć się z możliwością, że będzie miał szczęście i akurat trafi, gdzie trzeba. Po prostu nie chcę wyjść na głupka.

– Nie wyjdziesz, spokojna głowa.

Malaki błysnął uśmiechem i wskazał głową tłum szykownie ubranych gości, szczelnie wypełniający pawilon.

– A tobie jak idzie?

– Dobrze – skłamał Falko.

Bellius był tak wredny, jak się spodziewali. Wykorzystał nawet obecność Falka, by zmieszać z błotem Symeona. Chłopak doskonale zdawał sobie sprawę, że nawet innym służącym jest nie w smak jego obecność. Falko wykonywał polecenia wolniej i z trudem dźwigał zapełnione jedzeniem tace, ale nie skarżył się na swój los. Jeśli tą drogą znajdzie się w dogodnym miejscu o dogodnym czasie – zniesie wszystko.

– Podałeś mu już coś? Odzywał się do ciebie?

Falko pokręcił głową, podążając wzrokiem za spojrzeniem Malakiego. Pośród tłumu dostrzegli postać emisariusza.

Nazywał się sir William Chevalier i bardziej niż na dworskiego ambasadora wyglądał na zaprawionego w bojach weterana. Był wysokim mężczyzną, szerokim w barach i o ogorzałej skórze pokreślonej bliznami. Jego długie włosy przeplecione były pasmami siwizny, żuchwę pokrywał cień zarostu, a choć jego twarzy nie dało się nazwać przystojną, to swobodne usposobienie i ciepły uśmiech nadawały topornym rysom swoisty urok i czar. Uśmiechał się teraz, tocząc rozmowę z grupą szlachciców.

– Przyszedł wcześniej do kuźni – powiedział Malaki.

– Nie! – zdumiał się Falko.

– A właśnie że tak. Dał zlecenie ojcu. Zostawił pewien przedmiot do odlania.

– Co to za przedmiot?

– Myślę, że klamra pasa. Coś podobnego do wisiorka, który nosi na szyi. Tata mówi, że to nie moja sprawa, ale natychmiast zabrał się do pracy.

Falko przypomniał sobie, że rzeczywiście dostrzegł wiszący na szyi emisariusza srebrny wisiorek na skórzanym rzemieniu. Miał kształt małej końskiej głowy. Od czasu do czasu dłoń emisariusza unosiła się, a jego palce dotykały jej, jakby czerpał z niej otuchę. Mężczyzna wciąż się uśmiechał, ale nawet Malaki potrafił dostrzec skazę w tym uśmiechu, jakby coś nie było do końca w porządku.

– Nie wydaje się przesadnie uradowany.

– Bo nie jest – powiedział Falko.

– Mówisz?

– Uważa, że szlachcice są zbyt pewni siebie.

– Co? Czyli wątpi w to, że Darius może pokonać Opętanych?

– Nie o to chodzi. Wygląda na to, że Illicja rozesłała wici po kilku miasteczkach w okolicy. Ostrzegła je, że ferocka armia przełamała ich linie obrony.

– Naprawdę? Zrobili to? – Malaki przysunął się bliżej.

Falko potwierdził skinieniem.

– Najwyraźniej poradzono wysoko urodzonym, żeby zwrócili się do Caer Laison z prośbą o przysłanie maga bitewnego.

Malaki prychnął.

– Bellius prędzej zeżre własną nogę, niż poprosi Caer Laison o pomoc.

– Dokładnie – potwierdził Falko, a wzrok obu chłopców skupił się na wyelegantowanej postaci Belliusa Snidessona: wysokiego i przystojnego mężczyzny o lśniących czarnych włosach i nieskazitelnie przystrzyżonej brodzie. Ubrany był bogato, lecz gustownie, nawet siwizna widoczna na jego skroniach miała srebrzysty poblask. Stał teraz między Dariusem po swojej lewej i emisariuszem po prawej stronie, niczym wyprężony na postumencie pomnik ku chwale arogancji. – No cóż, przynajmniej na emisariuszu nie zrobił wrażenia – pociągnął Falko. – Uważa, że szlachcice wykazali się lekkomyślnością, licząc na to, że Darius przybędzie na czas.

– No ale przecież przybył – odparł Malaki, a Falko obrzucił go takim spojrzeniem, jakby przyjaciel wbił mu nóż w plecy, stając po stronie szlachty.

– Ale załóżmy, że by nie przybył. A gdyby coś go zatrzymało? Wówczas wysoko urodzeni podaliby Opętanym miasto na srebrnej tacy.

Malaki rozważał jego słowa, lecz cóż to miało teraz za znaczenie? Darius dotarł do Caer Dour, prawda?

– A więc to dlatego chciałeś służyć na próbach – wygłosił oskarżycielskim tonem. – Żeby podsłuchać wszystkie najnowsze plotki.

Uniesiona brew Falka nie zdradzała absolutnie nic.

– Darius wygląda zupełnie inaczej – powiedział Malaki, spoglądając na młodego, ale wywierającego niezwykłe wrażenie człowieka, który znalazł się teraz w centrum uwagi.

– W pewnym sensie – odparł Falko rozkojarzonym głosem. Prawda, wydawał się dojrzalszy, bardziej pewny siebie, ale jego esencja, duch, ukryty w nim ogień, z którego obecności Falko zdawał sobie sprawę w sposób tak oczywisty, jak gdyby widział jego gorejący płomień, nie zmieniły się ani na jotę.

– W pewnym sensie? – zakpił Malaki. – Spójrz tylko na niego!

Trudno było nie zgodzić się z kowalem. Darius ledwie skończył dwadzieścia lat, ale miał postawę człowieka o wiele starszego. Właściwie spośród wszystkich zgromadzonych w pawilonie szlachetnych rycerzy tylko dwóch roztaczało podobnie silną aurę. Jednym był emisariusz królowej, a drugim Symeon le Roy.

Symeona posadzono tak daleko od miejsc honorowych, jak tylko pozwalał protokół, lecz Darius, gdy wszedł, zaraz odnalazł go wzrokiem i podszedł do niego. Kiedy dwaj magowie bitewni uścisnęli sobie dłonie, coś niewypowiedzianego przepłynęło między nimi, coś, czego nikt inny w namiocie nie mógłby pojąć. Lecz ten ich moment nie trwał wiecznie, ponieważ zaraz wdarł się między nich Bellius, zaznaczając swoją obecność zmyślnym komentarzem o tym, że „idzie nowe, a stare odchodzi". Szlachcic od razu wciągnął Dariusa do kręgów, którym chciał zaimponować.

Nowy mag bitewny Caer Dour był mężczyzną średniego wzrostu i budowy, ciemnowłosym, o twarzy jakby wykutej z marmuru, ozdobionej wydatnym, orlim nosem. Miał na sobie opończę z zielono-złotego materiału i tylko miecz oraz naramiennik zdradzały, że gotował się do bitwy. Jeśli on sam wyczuwał w powietrzu jakieś napięcie, nie dawał tego po sobie poznać. Jego błękitne oczy uśmiechały się do podekscytowanych szlachciców, on sam zaś znosił ich natarczywą uwagę z niewymuszonym spokojem.

Raptem pawilon rozbrzmiał dzikim, radosnym okrzykiem, a niezręczna atmosfera natychmiast gdzieś uleciała, gdy spojrzenia tłumu zwróciły się w kierunku pola turniejowego.

– Idą – powiedział Malaki.

Falko podszedł, by lepiej widzieć wychodzące na ubitą ziemię oddziały kadetów, każdy w towarzystwie żołnierzy nadzorujących przebieg rywalizacji.

Pierwszym oddziałem była kawaleria, sunąca naprzód w obstawie pięciu okutych w pełne zbroje rycerzy Zakonu Smoka. Jutro ci żołnierze wyjadą na spotkanie wroga, lecz dzisiaj wiedli na środek pola dziesięciu najbardziej obiecujących młodzieńców. Kadeci ustawili konie w równiutkim szyku, już na wstępie popisując się umiejętnościami, podczas gdy rycerze opuścili lance, by zasalutować reprezentantowi królowej.

– Masz faworyta? – spytał przyjaciela Falko.

– Phi! – prychnął Malaki. – Żaden z nich nie miałby dość ikry, żeby odważyć się na épreuve du force.

Falko spojrzał na przyjaciela z uśmiechem. Épreuve du force, czyli próba sił, to wyczerpujący sprawdzian umiejętności, który pozwalał nisko urodzonym mężczyznom starać się o rycerskie ostrogi. Ci młodzieńcy byli szlachcicami, nie musieli więc przechodzić podobnej próby. Otrzymają tytuł rycerski, gdy tylko skończą dwadzieścia jeden lat.

– Będą szkolić się na oficerów, nie szeregowych rycerzy – dodał Falko. – A teraz powiedz, panie marudo, na kogo stawiasz?

Malaki popatrzył na młodych, przepełnionych nadzieją kadetów i wydął usta. Falko wiedział, że dryblas wiele by dał, by stać teraz wśród nich. Pieszo czy na końskim grzbiecie, w niczym nie ustępował żadnemu z tych uprzywilejowanych szlachciątek.

– Owen jest najbardziej wszechstronny – powiedział w końcu – ale Jareg jest najlepszym jeźdźcem.

– A Gwilhem?

– Silny jak górski niedźwiedź – pokiwał głową kowal. – I podobnie bystry – dorzucił z krzywym uśmieszkiem.

Następnie na pole wyszli fechtmistrzowie. Z tego stylu walki słynęła Valencja: jeden na jeden z mieczem i tarczą.

Fechtmistrzowie nosili na głowach barbuty z charakterystycznymi szczelinami na oczy w kształcie litery T. Ich torsy chroniły kolczugi, prawe rękawy i nogawki wzmocniono dodatkowo metalowymi płytami. Dwaj przyjaciele obserwowali ich bacznie, wiedząc, że większość z nich stanie naprzeciwko Malakiego w bitwie. Ta konkurencja była otwarta dla wszystkich, którzy ośmielili się wziąć w niej udział. Była też ostatnim i najpopularniejszym wydarzeniem dnia.

Następnie przyszła kolej na włóczników i pikinierów, którzy zostaną ocenieni pod kątem siły, stopnia opanowania technik walki bronią oraz umiejętności płynnego przechodzenia z jednej formacji do drugiej, lecz każdy wiedział, że emisariusz szuka ludzi odważnych i nieustępliwych, którzy zdołają utrzymać szyk pod naporem wroga, gdy inni na ich miejscu poszliby w rozsypkę. I choć próby nie były prawdziwą bitwą, sir William Chevalier słynął jako nieomylny sędzia charakteru.

Wreszcie na pole walki weszli łucznicy, a okrzyki z jakiegoś powodu jeszcze się wzmogły. Ze swojego miejsca Falko dostrzegł już przyczynę tego poruszenia. Z uśmiechem skinął głową na przedostatniego kadeta w linii.

– Mówiłem, że dopnie swego – powiedział.

Malaki rozpaczliwie wodził wzrokiem po tłumie kandydatów, dłonią osłaniając oczy od słońca. Większość z dwudziestu łuczników stanowili barczyści młodzieńcy, którzy wyglądali raczej jak synowie rolników niż wypacykowani szlachcice. To właśnie ich siła pozwalała im napinać potężne łuki, te zaś gwarantowały większą dokładność i zasięg. Ale kadetem, którego wskazał Falko, nie był żaden z muskularnych byczków, tylko drobniejsza postać na końcu szeregu – kobieta.

Nazywała się Bryna Godwin i była jedyną córką sir Gerallta Godwina. Jej czarną tunikę i bryczesy skrojono z wysokiej jakości skóry i obszyto czerwonymi i złotymi nićmi, tworzącymi skomplikowany, przeplatany wzór. Długie rude włosy związała rzemieniem, a rumieniec na jej policzkach kontrastował z nerwową bladością cery. Postronny obserwator powiedziałby pewnie, że zupełnie tu nie pasuje, ale Bryna Godwin była łuczniczką i to właśnie wśród łuczników czuła się jak u siebie.

– Odbiło jej – orzekł Malaki.

– Prawda – przystał Falko. – Ale musisz przyznać, że ma dziewczyna ikrę.

Bryna nie była pierwszą dziewczyną, która wzięła udział w turnieju, ale wedle powszechnej opinii pole bitwy nie było dobrym miejscem dla kobiety, zwłaszcza wysoko urodzonej. Sądząc po zaciętej linii żuchwy Bryny, doskonale zdawała sobie z tych opinii sprawę.

Falko sięgnął wzrokiem na drugi koniec pawilonu, szukając jej ojca.

Sir Gerallt Godwin robił wrażenie człowieka wykutego z marmuru, lecz uważny obserwator dostrzegłby na jego twarzy bruzdy będące zapisem tragicznej historii życia. Był to rycerz cieszący się dobrą sławą, który stracił dwóch synów i żonę w epidemii pewnej choroby, jaka przetoczyła się przez miasteczko kilka lat temu. Był też jednym z niewielu szlachciców, którzy mieli odwagę postawić się Belliusowi Snidessonowi.

Odnalazłszy pochmurnego mężczyznę w przeciwnym kącie pawilonu, Falko dostrzegł, że jego dłonią potrząsał, najwyraźniej czegoś mu gratulując, Julius Merryweather, szlachcic o policzkach rumianych jak dojrzałe jabłka, ubrany w przesadnie kolorowe szaty. Merryweather wydawał się szczerze uradowany tym, że Bryna przystąpiła do prób, ale wyraz twarzy sir Gerallta mówił aż nadto dosadnie, że nie pochwala decyzji córki.

Zwieńczywszy rozmowę ostatnim klepnięciem w ramię, Merryweather zostawił Gerallta i wrócił do swojego syna Tobiasa, który siedział na wózku przy jednym ze stołów. Falko uwiesił się wzrokiem na zażywnym mężczyźnie, pałającym nieposkromionym entuzjazmem, który schylił się właśnie, by otrzeć ślinę z obwisłych ust syna. Nie słyszał słów Juliusa, ale jego sparaliżowany syn poruszył się wesoło na wózku i pomachał małymi drewnianymi rycerzykami, które miał przywiązane do nadgarstków.

Szlachta nie pochwalała bezczelności Bryny Godwin, która ośmieliła się postąpić wbrew obyczajowi, ale decyzja Merryweathera, by wychować niepełnosprawnego syna, spotkała się z nieskrywaną wrogością. Nie żeby Merryweather się tym przejmował. Wszelkie docinki czy zaczepki zbywał żartami i dowcipkowaniem, choć nie sposób było ocenić, czy reagował szczerze, czy też była to tylko dopracowana w najdrobniejszych szczegółach, nieprzepuszczalna fasada.

Merryweather powiódł wzrokiem po tłumie przed pawilonem, a potem popchnął wózek w kierunku Falka, który stał w mniej zatłoczonej części.

– Czy będzie ci przeszkadzało, jeśli zostawię tu syna, mój drogi Danté? – spytał, jakby rozmawiał z kimś dorównującym mu stanem, a nie ze zwykłym służącym. – Stamtąd lasu nie widać, bo drzewa zasłaniają – dodał ze śmiechem, jakby to był żart.

– Ależ skąd – odparł Falko, odsuwając ławę, by zrobić miejsce dla nieporęcznego pojazdu. Skłamałby, mówiąc, że czuje się komfortowo w towarzystwie Tobiasa, ale nie żywił też odrazy i nie potępiał nieszczęśnika jak inni.

– Ooo, chyba się nie oprę! – wykrzyknął Merryweather, nakładając sobie smakołyków z tacy Falka, a potem spoczął na ławie obok syna.

Falko i Malaki wymienili rozbawione spojrzenia, a potem na powrót skupili wzrok na polu turniejowym.

Oflankowani przez eskortę kadeci formowali właśnie szereg przed pawilonem. Kapitanowie poszczególnych oddziałów zbliżyli się do namiotu i wyciągnęli zwoje, które natychmiast podano emisariuszowi. Badawczy wzrok sir Williama przesuwał się po szyku, w miarę jak odczytywał kolejne nazwiska. Gdy skończył, zasalutował kandydatom, przykładając prawą pięść do piersi, a następnie wyciągając ją w ich kierunku. Kadeci odwzajemnili salut, a emisariusz zajął miejsce obok Belliusa Snidessona i Dariusa Voltaria.

Próby mogły się wreszcie rozpocząć.

Malaki i Falko patrzyli, jak kadeci zeszli z pola. Wzrok Falka skakał od jednego do drugiego, ale spojrzenie Malakiego skupione było na rudowłosej dziewczynie w czarnym uniformie łucznika.

– Jak myślisz, czemu to zrobiła? – spytał.

– Strzelam, że chce trenować w Furii – padła odpowiedź Falka.

– A nie po to, żeby rozzłościć ojca? – podsunął Malaki, a Falko wydął usta.

– Niewykluczone – przyznał. – Wiesz, jaka ona jest. Zawsze lubiła stawać okoniem.

– Ale przecież nie ma szans z mężczyznami – powiedział Malaki.

– Na krótki dystans radzi sobie co najmniej tak samo dobrze jak każdy z nich – spierał się Falko. – A nawet lepiej.

– Wiem. Ale o jej wyniku zadecyduje strzelanie na czas w odległości bitewnej – upierał się Malaki. – Jej łuk jest zbyt lekki. Nie niesie dostatecznie daleko.

Falko nie miał innego wyjścia, jak tylko się zgodzić. Spojrzał na łuk, który miała przy sobie Bryna. Był dość krótki w porównaniu z bronią pozostałych kadetów, a obydwa skrzydła gryfu zaraz przy rękojeści były wyraźnie wybrzuszone w kierunku łucznika. Dzięki temu łuk niósł dalej i szybciej, wydobywając ile tylko się da ze słabszego naciągu Bryny, ale Malaki miał rację – ta broń nie mogła się równać z cięższymi łukami pozostałych łuczników. Bryna była w stanie posłać strzałę na taką samą odległość, ale po ostrzejszym zakolu, a więc ze znaczną stratą dla celności. Może uda jej się zaimponować widzom płynnością strzałów z krótkiego i średniego dystansu, ale gdy dojdzie do strzelania pod presją czasu i w odległości bitewnej, Bryna Godwin zostanie daleko w tyle za pozostałymi kandydatami.

– Tak czy inaczej – dodał Malaki smutno – ma ikrę dziewczyna.

Falko roześmiał się, usłyszawszy, że przyjaciel powtórzył jego słowa. Był to beznadziejny przypadek źle ulokowanych uczuć. Malaki był zakochany w Brynie od chwili, gdy jako mała dziewczynka weszła do kuźni jego ojca.

– Słyszałam, że robisz najlepsze groty w mieście – powiedziała wtedy tonem zupełnie niepasującym do jej młodego wieku.

Ojciec Malakiego skromnie skłonił głowę.

– Wezmę dwa tuziny – podjęła. – Przyjdę po nie jutro rano.

Ojciec Malakiego wytarł ręce w fartuch, walcząc z cisnącym się na usta uśmiechem.

– Dostaniesz dwa tuziny, panienko – odparł. – Ale gotowe będą dopiero pod koniec tygodnia.

Wyraz jej twarzy powiedział mu, że dziesięcioletnia Bryna była zaskoczona sprzeciwem mężczyzny, ale nie chciała dać tego po sobie poznać. Wyprostowała się i skinęła sztywno głową.

– A więc dobrze – rzekł ojciec Malakiego, splunął w dłoń i wyciągnął ją do klientki.

Bryna wlepiła wzrok w wielką łapę kowala i nie chcąc zdradzić się z obrzydzeniem, napluła w swoją i przypieczętowała umowę uściskiem dłoni. A potem zarzuciła kasztanowymi lokami i znikła.

Ojciec Malakiego zwrócił się do syna. Uniósł brwi w rozbawieniu, a potem wybuchnął śmiechem, widząc malującą się na jego twarzy fascynację.

– Nie jest zbyt ładna – podjudzał przyjaciela Falko.

Kowal zapłonął rumieńcem i dał mu sójkę w bok.

– A poza tym to szlachcianka – ciągnął chudzielec, odskakując poza zasięg muskularnych ramion. – Nie wspominając już, że nie wie w ogóle o twoim istnieniu.

– Danté!

Ostry krzyk zapowiedział pojawienie się wysokiego i chudego sługi, ostrzyżonego na miseczkę i obdarzonego przez naturę małymi ustami o wąskich, gadzich wargach. Był to Ambrose, osobisty służący Belliusa Snidessona. Chłopak pełnił dziś funkcję głównego służącego, a Falka, któremu dotąd udawało się go unikać, właśnie opuściło szczęście.

– Czy ty się w ogóle nadajesz do jakiejś roboty, Danté? – wysyczał Ambrose złowróżbnym szeptem. Prysnął jadowitym wzrokiem w kierunku Malakiego, ale miał pełną świadomość, że dzisiaj w pawilonie to właśnie on jest panem i władcą. Nie da się wystraszyć temu wyrośniętemu osiłkowi. – Ogarnij ten bajzel, ale już!

W tym momencie złapał chłopaka za rękaw tuniki i szarpnął go w kierunku podłogi. Może odważyłby się na więcej, ale Malaki zasunął poły namiotu, dając mu do zrozumienia, że może nawet służyć pod samą królową, ale i tak nie powstrzyma to kowala przed złojeniem mu skóry. Ambrose pojął, co się święci, i odsunął się od Falka.

– Jak tu skończysz, sprawdź na tyłach, ile mamy wina, mięs na zimno i sera – rzucił. – Jeśli już musisz się tu pałętać, przynajmniej przydaj się do czegoś.

Z tymi słowy Ambrose wtopił się w tłum i za chwilę zobaczyli, jak uśmiechnięty od ucha do ucha przypochlebia się komuś obrzydliwie służalczym tonem.

– Fuj – prychnął zdegustowany Malaki. – Chyba zwymiotuję.

Falko roześmiał się, zbierając na tacę rozrzucone jedzenie. Gdy jednak dźwignął się na nogi, poczuł na sobie ciężar czyjegoś spojrzenia. Obróciwszy się, zobaczył odchylonego na krześle Symeona. Trudno było doszukać się śladu zadowolenia na jego twarzy, wykrzywionej w grymasie dezaprobaty.

– Muszę lecieć – powiedział Falko, zdjęty nagłym poczuciem winy na myśl o tym, że mógł zawieść swojego pana.

Malaki pokiwał głową.

– Widzimy się po ostatniej walce – rzekł.

Falko przez krótką chwilę tylko na niego patrzył.

– Powodzenia – powiedział w końcu. – A jeśli nadarzy się okazja, nie wahaj się walczyć z całego serca.

Malaki skrzywił się na tę nieoczekiwaną radę. A potem jego usta rozciągnął uśmiech.

– Zawsze walczę całym sercem. Dlatego jestem tak niesamowicie dobry.

Falko pstryknął w niego kawałkiem chlebowej skórki, a potem poły namiotu zamknęły się za kowalem.

4

MAMIDEŁKO

Przez następne kilka godzin Falko był tak zajęty, że prawie nie widział prób. Wczesnym popołudniem jednak większość gości skończyła już jeść, opuściła namiot i zajęła miejsca na trybunach, by podziwiać emocjonujący pokaz sprawności bojowej. To był dobry dzień dla Caer Dour – już czterech włóczników zostało zaproszonych do Akademii Sztuki Wojennej. Wraz z nimi rozpocząć naukę miało trzech fechtmistrzów oraz nie jeden, lecz dwóch kadetów kawalerii, którzy dopiero co ukończyli szczególnie porywającą potyczkę.

Falko stał po drugiej stronie pawilonu, usiłując nie rozlać napitku w kubkach na swojej tacy. Bolały go plecy, czuł ucisk w piersi i padał z nóg, ale Ambrose krążył nad nim jak sęp i nie pozwalał choćby na moment odpoczynku. Falko zacisnął zęby, widząc, jak służący po raz piąty nalewa swojemu panu wina. Bellius był irytujący już wcześniej, ale dopiero teraz wzbił się na wyżyny nieznośności. Jego syn był jednym z dwóch kawalerzystów, których wybrano, by udali się do Furii wraz z emisariuszem.

Ta część prób zakończyła się walką pomiędzy Jaregiem i Owenem. Pojedynek ciągnął się w nieskończoność, a ciosy przeciwników chybiały celu lub rozbijały się o gardę. Nagle koń Jarega poślizgnął się i gdy wydawało się już, że walka dobiegła końca, kawalerzysta, zamiast upaść, dźwignął się w siodle i kiedy jego koń odzyskał równowagę, sparował potężne uderzenie Owena. Potyczka trwała więc dalej, ale po krótkiej chwili emisariusz wstał ze swojego miejsca i zakończył ją uniesieniem ręki. Przywołał do siebie zmordowanych kadetów i zadał im pytanie, które pragnęli usłyszeć:

– Królowa Furii potrzebuje w swoich szeregach takich wojowników jak wy. Czy odrzucicie bogactwo i przywileje, żeby powrócić ze mną do stolicy?

Twarze obu młodzieńców jaśniały dumą i szczęściem.

– Tak – odpowiedzieli jednym głosem.

Po tłumie wciąż niósł się pomruk ekscytacji, gdy pole oczyszczono na potrzeby kolejnej konkurencji. Falko raptem poczuł, że ktoś za nim stoi.

– Jareg dobrze walczył.

Chłopak nie musiał się odwracać, rozpoznał głos swojego pana. Symeon mówił tak, jak gdyby bacznie przyglądał się walce. Przy całej swojej antypatii dla syna Belliusa Falko musiał przyznać, że Jareg ciężko zapracował na swój sukces.

– To prawda.

– A co z tobą? – spytał Symeon. – Wciąż chcesz zrobić to, co zamierzasz?

Serce Falka zamarło. Chciał zrealizować tego dnia dwa uknute w głowie plany. Symeon wiedział o pierwszym. O drugim nie wiedział nikt.

– Tak – odrzekł szeptem.

– A więc przyda ci się odpoczynek – powiedział jego pan. – Wyglądasz, jakbyś miał się zaraz przewrócić.

Symeon przywołał innego służącego, ale Falko ociągał się z przekazaniem mu tacy.

– Ambrose wypatroszy mnie żywcem.

– To nie Ambrose jest twoim panem – odrzekł Symeon. – A teraz usiądź na chwilę.

Falko poddał się Symeonowi, który obiema dłońmi osadził go na krześle. Następnie stary mag bitewny położył dłoń między jego łopatkami, a Falko poczuł znajome drżenie, jakby moc czarodzieja wypełniła jego ciało ciepłem.

– Dziękuję – powiedział, gdy ustąpił ucisk w piersi.

– Pamiętaj tylko, żeby wybrać dobry moment – poradził mu Symeon. – Gdy ostatnia konkurencja dobiegnie końca, będziesz miał tylko chwilę, żeby przystąpić do akcji. Musisz rzucić wyzwanie, zanim nastąpi oficjalne zakończenie prób.

Falko kiwnął głową ze zrozumieniem, a Symeon wrócił na swoje miejsce. Zaczerpnąwszy kilka głębokich haustów powietrza, Falko rozejrzał się po polu turniejowym. Ustawiono już tarcze dla łuczników i sproszkowaną kredą wyrysowano linie. Patrzył, jak dowódcy każą zawodnikom zająć pozycje. Ludzie, którzy w czasie przerwy posilali się przy stołach, przenosili się już z powrotem na trybuny. Falko uświadomił sobie, że bezwiednie zatrzymał wzrok na Tobiasie, kalekim synu Merryweathera.

Byli w podobnym wieku. Niepełnosprawność Tobiasa wprawiała ludzi w konsternację, ale Falko zawsze lubił chłopaka. Choć tkwił uwięziony w tym ciele, które odbierało mu godność, zawsze wydawał się wesoły i radosny. Nawet teraz, gdy łucznicy zajęli pozycje, dawał upust emocjom: kołysał się w przód i w tył z wymalowanym na ustach uśmiechem, machał lalkami, jakby toczyły bój, przyczepione do jego nadgarstków, dopóki jedna z nich nie odczepiła się i nie wylądowała pod stołem.

Falko poderwał wzrok, by zobaczyć, czy zauważył to ojciec chłopaka, ale Merryweather toczył właśnie ożywioną dyskusję z grupą szlachciców. Falko podniósł się więc z miejsca i zanurkował pod stół, by wydobyć drewnianego rycerzyka. Gdy wstał, Tobias utkwił w nim spojrzenie. Strużka śliny ciekła mu po brodzie. Uśmiechał się i chichotał, gdy Falko usiłował zawiązać mu zabawkę na nadgarstku.

– Dzieuje, Mamidełko – wymamrotał Tobias, a Falko nie mógł się nie uśmiechnąć.

„Mamidełko" to przezwisko, które nadał Falkowi młody Merryweather, gdy pierwszy raz spotkali się jako dzieci. Wszyscy próbowali go poprawiać, ale Tobias był nieugięty. No i cóż to takiego – pozwolić małemu nieszczęśnikowi nazywać się innym imieniem?

– Och, Falko, to bardzo miłe z twojej strony. – Głęboki głos Merryweathera był pełen ciepła. Przejął zabawkę i kilkoma wprawnymi ruchami zawiązał ją synowi na drgającym nadgarstku.

– Mamidełko – powiedział chłopak, podnosząc rycerzyka.

– Tak – odpowiedział ojciec, raz jeszcze ocierając synowi twarz. – Ty i to twoje „Mamidełko". – Szlachcic posłał spojrzenie Falkowi. – Ciągle o tobie mówi. Nawet nieźle udaje twoje rzężenie.

Falko roześmiał się, ale bez przesadnej wesołości.

– Oczywiście nie robi tego złośliwie – buchnął śmiechem Merryweather. – Po prostu cię lubi, i tyle.

Falko uśmiechnął się i wrócił na miejsce.

– A teraz – powiedział szlachcic, siadając przy synu – zobaczmy, co też ma do zaoferowania Furii nasza panienka Godwin.

Było jasne, że Merryweather popiera decyzję Bryny, by przystąpić do próby, ale Falko rozumiał też zawstydzenie, które musiał czuć jej ojciec. Podziwiał odwagę dziewczyny, ale nie chciał, by wygłupiła się na oczach tłumu. Zwrócił wzrok w kierunku pola turniejowego, w momencie gdy łucznicy stanęli już na swoich miejscach i sprawdzali sprzęt, by ukryć zdenerwowanie.

Faworytem tej konkurencji był Allyster Mollé, młody szlachcic mierzący przynajmniej sześć stóp wzrostu. W szranki z nim stanęło kilku innych łuczników, z których najlepszym mógł być Brachus de Goyne, czarnowłosy młodzian o niemile dla oka zaciętej, porośniętej brodą żuchwie. Zawodnicy po obu stronach skinęli Brynie głowami, ale uprzejmy gest psuły protekcjonalne uśmieszki.

Wreszcie ustalono odległość na pięćdziesiąt jardów i dowódcy zeszli z pola. Łucznicy mieli wystrzelić po sześćdziesiąt strzał, nim ich wyniki zostaną ze sobą porównane. Strzelano seriami po sześć strzał, każdy wybrał więc wiązkę najbardziej podobnych do siebie pocisków. Następnie konkurenci podeszli do wysypanej kredą cienkiej linii.

Twarz Bryny świeciła od potu, ale gdy nakładała pierwszą strzałę na cięciwę, jej mina wyrażała spokój i skupienie. Na końcu kredowej linii stał marszałek z uniesioną czarną flagą, czekający, aż zawodnicy przygotują się do strzału.

– Łucznicy! Strzelajcie wedle uznania! Zaczynać!

Czarna flaga zafurkotała w dół, a zawodnicy skupili uwagę na małych złotych kółkach w środku tarcz.

Tak jak wszyscy w Caer Dour, Falko zdawał sobie sprawę, jak wielkiej dyscypliny, umiejętności, koncentracji i konsekwencji wymaga łucznictwo. Bryna Godwin brylowała we wszystkich tych dziedzinach. Gdy jej strzały zaczęły wrzynać się w tarczę, stało się jasne dla wszystkich, że jej uczestnictwo w tej próbie to nie kaprys niedorosłej

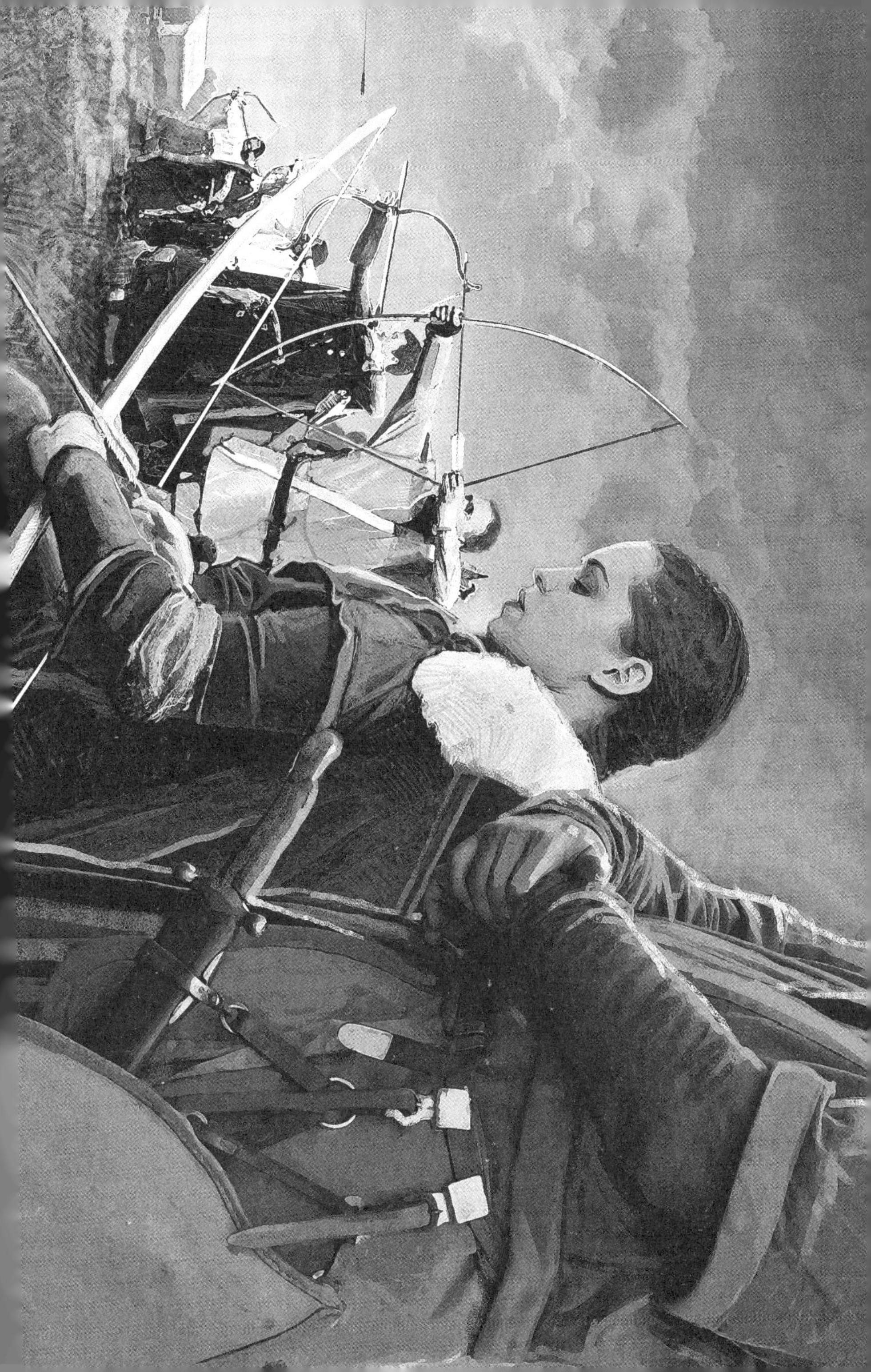

dziewczynki. Wypuszczała z łuku strzałę za strzałą i choć nie każda z nich trafiała w złote pole, żaden z dwudziestu łuczników w szyku nie wraził swoich tak blisko celu, jak zrobiła to Bryna.

Falko obserwował ją, gdy nakładała kolejną strzałę i uniosła łuk. Miała rozluźnione plecy i ramiona, prawy łokieć trzymała wysoko, odciągając cięciwę tak mocno, aż jeden palec dotknął kącika jej ust. Zastygła tak na sekundę, a potem, w momencie gdy wypuszczała strzałę, zamknęła powieki – jakby w tym ostatnim, kluczowym momencie chciała odciąć się od wszystkiego, co mogłoby ją rozproszyć.

Szepty w pawilonie zdradziły Falkowi, że nie on jeden to zauważył. Szybko też przerodziły się w wiwaty, gdy ta część konkurencji dobiegła końca i Bryna otrzymała złotą szarfę za zdobycie największej liczby punktów. Falko odchylił się, ciekawy reakcji sir Gerallta na sukces córki. Dojrzawszy go w tłumie, stwierdził, że choć wyraz zażenowania nie opuścił jego twarzy, oczy lśniły czymś, co mogło być tylko dumą.

Chłopak uśmiechnął się i wrócił wzrokiem do łuczników. Marszałkowie odsunęli tarcze na odległość stu jardów. Czarna flaga raz jeszcze pofrunęła w dół, w powietrzu zaświszczały strzały, lecz gdy wystrzelono ich już pięć tuzinów i zaległa cisza, wyniki punktowe pokazały, że przy strzelaniu na większe odległości mała broń Bryny nie dorównuje masywnym łukom mężczyzn. Z pierwszego spadła na czwarte miejsce. To za mało, by zapewnić sobie naukę w akademii, a najtrudniejsza część konkurencji miała dopiero nadejść.

W pomruku tłumu dało się słyszeć zawód i niezadowolenie, tymczasem cele odsunięto jeszcze bardziej. Nieopuszczający swoich miejsc przy linii łucznicy kręcili się niecierpliwie, czekając, aż tarcze znajdą się na ziemi, a czarna flaga po raz kolejny da znak do strzału. Nikt nie wiedział, ile wyniesie ostatnia odległość w konkurencji. Będą musieli oszacować dystans na oko. Był to jeden z elementów czyniących ostatnią fazę prób łuczniczych tak interesującą. Kolejnym była presja czasu, pod jaką zawodnicy musieli oddawać strzały.

Zasady były proste. Należało wystrzelić dwadzieścia pocisków tak szybko, jak to tylko możliwe. Konkurencja kończyła się w momencie, gdy pierwszy zawodnik dokonał tej sztuki, a zwycięzcę wyłaniano na podstawie sumy zdobytych punktów. To prawda, zasady były proste, ale zadanie – już nie do końca. Jeśli łucznik będzie strzelał zbyt szybko, odbije się to na celności, a jeśli zbyt wolno, to nie zdąży wystrzelić wszystkich pocisków, nim uprzedzą go rywale.

Rosnące napięcie odznaczało się na twarzach zawodników. Wypełnili kołczany dwudziestoma strzałami, a potem z trwogą obserwowali coraz bardziej niknące w oddali tarcze.

– Jak myślisz, mój Danté? – zaczepił go Merryweather, nachylając się konspiracyjnie. – Chyba jest już ze dwieście jardów, co?

Falko pokiwał głową.

Łucznicy czekali, aż marszałkowie niosący tarcze znikną z linii strzału. Niektórzy zawodnicy zrobili kilka kroków do przodu, inni do tyłu, starając się oszacować odległość. Ale Bryna nie ruszała się z miejsca. Wpatrywała się intensywnie w swój cel, mocno trzymając łuk w lewej ręce. A potem jej wzrok spoczął na stojącym przy skraju kredowej linii marszałku, który uniósł swoją flagę.

Falkowi udzieliło się napięcie tłumu, gdy tak patrzył na powiewający kawałek czarnego materiału.

Po prostu daj z siebie wszystko, myślał. Ludzie zrozumieją, jeśli ci się nie uda...

– Ta część konkurencji odbędzie się przy nieoznaczonym dystansie bitewnym – zawołał jeden z marszałków. – Pierwszy zawodnik, który odda dwadzieścia strzałów, zakończy próbę. Strzały wypuszczone po uniesieniu białych flag nie będą brane pod uwagę.

Zrobił pauzę, by wszyscy łucznicy przygotowali się do konkurencji, a Falko wstrzymał oddech. Zawodnicy stanęli w pozycjach z rękami na pierwszej strzale.

– Łucznicy – padła komenda – strzelać wedle uznania! – Marszałek umilkł na sekundę. A potem krzyknął: – Zaczynać!

Flaga pomknęła w dół, a trybuny wybuchnęły wiwatami. Z dwudziestu łuczników tylko dziewiętnastu sięgnęło po strzały, jedna osoba spośród nich zrobiła coś innego.

Gdy opadła flaga, Bryna odjęła rękę od kołczanu i puściła się sprintem w kierunku tarczy. To posunięcie skonfundowało pozostałych zawodników. Pierwsza strzała przeleciała nad jej głową, gdy dziewczynę od tarczy dzieliło najwyżej trzydzieści kroków. Tłum wył.

Czy tak wolno? Czy wolno jej to zrobić?

Marszałkowie milczeli. Jeden z nich wspomniał o „nieoznaczonym dystansie", a więc nie obowiązywała linia, z której łucznicy musieli strzelać w poprzednich etapach. Bryna nie złamała więc zasad. Pędziła przed siebie, a druga salwa przeleciała nad jej głową. Musiała skrócić odległość na tyle, by zniwelować zasięg długich łuków swoich konkurentów. Wówczas wynik będzie zależał tylko od dwóch czynników: szybkości i precyzji. Większość kadetów zdążyła już wypuścić trzecią strzałę, gdy Bryna zatrzymała się ze wślizgiem. Opadła na jedno kolano i poświęciła moment, by odzyskać kontenans. Potem sięgnęła za ramię, wzięła pierwszą strzałę i zaczęła strzelać. Tłum wstał z miejsc.

Jej ręce poruszały się tak szybko, że niemal rozmazywały się w powietrzu. Napinała i zwalniała cięciwę z oszałamiającą prędkością.

Falko nigdy jeszcze nie widział, by ktoś tak szybko strzelał z łuku. Zdawało mu się, że minęło najwyżej kilka sekund, nim dziewczyna zerwała się na nogi, a jej ręka wystrzeliła w powietrze. Siedem strzał przefrunęło nad jej głową, ale marszałkowie podnieśli białe flagi i wpili się wzrokiem w łuczników. Żadna z nich nie zostanie zaliczona. Bryna wypuściła wszystkie: dwadzieścia. Próba dobiegła końca.

Widzowie osłupieli. Jeszcze nie widzieli, by ktoś podszedł do tej konkurencji w taki sposób, ale nie dało się też powiedzieć, że dziewczyna złamała zasady. Po prostu nikt wcześniej na to nie wpadł. Falko dawał głowę, że Bellius był wściekły, a wielu innych szlachciców zareaguje wyniosłym oburzeniem, ale ich liczbę równoważyli ci, którzy odpowiedzieli rozbawieniem oraz którym samotna łuczniczka wyrywająca przed szereg po prostu zaimponowała. Przynajmniej jeden szlachcic wpadł w zachwyt na widok niekonwencjonalnej taktyki Bryny.

– Brawo! – darł się podekscytowany Merryweather. – Brawo! – Wesoły tłuścioszek poderwał się na nogi i klaskał, jakby jutra miało nie być.

Falko potrząsnął głową, patrząc na skupiających się w grupie marszałków. Podliczono punkty. Remis. Po długiej dyskusji, która wzbudziła fale szeptów i pomruków na trybunach, wybrano dwóch łuczników i postawiono ich przed pawilonem. Jednym był faworyt, Allyster Mollé. Drugim – Bryna Godwin.

Mamrotanie przerodziło się w gromkie okrzyki, gdy zwycięzcy zbliżyli się do namiotu, a emisariusz wstał, by ich przyjąć. Spojrzał na Allystera i skinieniem głowy pogratulował mu świetnego wyniku. Potem skupił całą uwagę na Brynie, a w jego oczach zajaśniała jakaś nieokreślona surowość.

– Znalazłabyś się w nie lada tarapatach, gdybyś w bitwie pozwoliła wrogowi zbliżyć się na tak małą odległość, pani Godwin – powiedział.

Bryna przełknęła ślinę, a jej rumiana twarz przybrała głębszy odcień czerwieni.

– Lecz gdyby udało im się podejść tak blisko – podjął emisariusz – słono by za to zapłacili.

– Na pewno, panie – odparła Bryna drżącym głosem.

Wreszcie mina emisariusza złagodniała. Uśmiech złamał nieruchome bruzdy jego twarzy, ale gdy ponownie zwrócił się do dwojga łuczników, jego głos tchnął śmiertelną powagą.

– Królowa Furii potrzebuje w swoich szeregach takich wojowników jak wy. Czy odrzucicie bogactwo i przywileje, żeby powrócić ze mną do stolicy?

– Tak – odpowiedzieli unisono.

Allyster nie posiadał się z radości, ale Bryna, zamiast wiwatować, szukała kogoś w tłumie. Człowieka, którego uznanie wyceniała jeszcze wyżej niż pochwałę emisariusza.

Falko odchylił się na krześle, by znaleźć wzrokiem jej ojca. A potem patrzył, jak zetknęły się spojrzenia tej dwójki i jak dzielą ze sobą cichą, intymną chwilę porozumienia. Ponury grymas nie schodził z twarzy sir Gerallta, ale gdy szlachcic spojrzał na córkę, kącik jego ust ledwie dostrzegalnie przemieścił się ku górze, a potem ojciec obdarzył córkę nieznacznym skinieniem. Butna postawa Bryny niemal rozsypała się w drobny mak, gdy dziewczynie zadrgała dolna warga, ale łuczniczka ani myślała zawstydzić ojca łzami. Zamiast tego pozwoliła sobie na uśmiech, który rozjaśnił jej twarz jak wschód słońca.

– No dobra, niech ci będzie – odetchnął Falko, jakby Malaki siedział obok niego. – Jest całkiem ładna.

5

WYZWANIE

Po raz pierwszy tego dnia Falko udał się na poszukiwanie zajęcia – lecz nie byle jakiego. Chciał wziąć się do czegoś, co będzie wymagało trzymania się blisko pawilonu, w momencie gdy próby będą dobiegać końca. A więc gdy tylko wyłoniono zwycięzców konkurencji łuczniczej i usunięto tarcze, znalazł się raptem dziesięć stóp na lewo od emisariusza, z tacą słodyczy i rozmaitych alkoholi o uderzającym do głowy aromacie.

Dzień turniejowy miał się ku końcowi. Pozostała już tylko jedna konkurencja: chaotyczna i nieprzewidywalna bitwa. Dla zwycięzcy nie przewidziano co prawda pewnego miejsca w akademii, ale bitwa stanowiła ulubione zmagania tłumów. Nietrudno się zresztą domyślić, z jakiego powodu. Mogli wziąć w niej udział wszyscy, zarówno wysoko, jak i nisko urodzeni; każdy, kto uznał, że ma szanse na zwycięstwo. Była to próba przeznaczona dla wszystkich mieszkańców Caer Dour, więc nikogo nie dziwił tłum młodych ludzi, ciągnących na pole ze wszystkich stron.

Każdy z nich był uzbrojony w okrągłą tarczę i długi miecz, wykuty ze stopu białego metalu, o przytępionym i zaokrąglonym ostrzu. Choć nie wrzynał się w ciało jak prawdziwa klinga, wciąż potrafił łamać kości i zostawiać sińce na odsłoniętym ciele. Blady stop miał też tę cechę, że z czymkolwiek się zetknął, zostawiał srebrny ślad, nieocenioną pomoc dla marszałków, którzy musieli zidentyfikować „rannych” i „zabitych”.

Falko wodził wzrokiem po śmiałkach, szukając należącej do Malakiego charakterystycznej zbroi z błękitnej stali. Pancerz przyjaciela nie był wypolerowany na błysk, tak by przypominał lustro, nie pokrywały go grawerunki ani nie był inkrustowany srebrem czy złotem. Nie licząc lekkiego połysku od oliwy, wyglądał tak samo jak tego dnia, w którym został wykuty. Specyficzny błękitny poblask informował zbrojmistrza o tym, że metal osiągnął właściwą temperaturę, zachowując przy tym elastyczność, ale i twardość, która ocali noszącego przed ciosami przeciwnika, nie licząc może tych najbardziej morderczych.

Malaki wykuł swoją zbroję własnoręcznie i nikt nie miał wątpliwości, w jakim fachu czeka go świetlana przyszłość.

Otóż to, pomyślał Falko, lustrując tłum. Malaki byłby dobrym kowalem, ale jeszcze lepszym wojownikiem. Aby to osiągnąć, musi zrobić tylko jedno – zwyciężyć w bitwie. A resztą zajmie się Falko.

Gdy wreszcie wypatrzył przyjaciela na polu turniejowym, odetchnął z ulgą.

Nadejścia Malakiego nie sposób było nie zauważyć. Niektórzy posyłali mu przyjacielskie, choć zarazem zdradzające obawę uśmiechy, inni z grzeczności odwzajemniali skinienia, a wielu szlachciców udawało jak umiało najlepiej, że w ogóle go nie widzi. Syn Belliusa, Jareg, gapił się na Malakiego z nieskrywaną pogardą. Był odosobniony w swoim przekonaniu, że dorównuje Malakiemu. Mylił się oczywiście, ale był zbyt zarozumiały, by zdawać sobie z tego sprawę.

Młodzi mężczyźni wciąż wodzili dookoła zaciekawionym wzrokiem, by ocenić sprawność i stopień zagrożenia ze strony przeciwników, gdy przed pawilon marszałkowie wytoczyli wielkie kowadło. Uderzenia młotem rozpoczynały poszczególne etapy bitwy. Była to wieloletnia tradycja, honorowana w Caer Dour od pokoleń. Gdy kowadło znalazło się na miejscu, marszałkowie przywołali do siebie wojowników, ci zaś zgromadzili się wokoło, by wysłuchać słów ich rzecznika.

– Mieszkańcy Caer Dour – zaczął – wszyscy znacie reguły bitwy.

– Nie ma żadnych! – zawył tłum jak na komendę. Był to powtarzany rokrocznie żart, na stałe zrośnięty z tradycją.

Marszałek uśmiechnął się pobłażliwie, a potem podjął:

– To otwarty turniej, w którym każdy walczy za siebie.

Z tłumu dobyły się okrzyki i wiwaty, jakby mężczyźni chcieli ukrócić nudną przemowę rzecznika.

– Bitwa jest podzielona na cztery rundy. Każda z nich rozpoczyna się uderzeniem w kowadło.

Wszyscy spojrzeli na potężną bryłę żelaza i na krzepkiego mężczyznę, który stał przy niej z młotem w rękach.

– Każdy, kto spędzi na ziemi więcej niż pięć sekund, zostanie wyeliminowany.

– Uuu! – zawołał z trybun niezadowolony tłum.

– Wyeliminowany zostanie także każdy, kto odniesie poważne rany.

– Uuu! – rozległo się wołanie po raz wtóry i nawet uczestnicy potyczki uśmiechnęli się, słysząc, jak bardzo widzowie złaknieni są krwi.

– I... – pociągnął marszałek, upewniając się, że ściągnie na siebie baczną uwagę wszystkich – każdy, kto po zakończeniu rundy będzie nosił srebrny ślad w okolicy żywotnych punktów ciała, również zostanie wyeliminowany.

– Uuuu! – zahuczeli zebrani, lecz tym razem ucichły chichoty, a uśmiechy spełzły z ust uczestników. Marszałkowie zajęli pozycje na obrzeżach pola bitwy, gotowi obserwować potyczkę pod wszystkimi możliwymi kątami.

Falko poczuł przy sobie znajomą obecność.

– Teraz wszystko w rękach Malakiego – rzekł Symeon.

Falko pokiwał głową. Jego żołądek skręcał się z nerwów.

– Wygra – odpowiedział. – Nikt nie może się z nim równać.

Symeon potwierdził skinieniem. Nie tylko Falko wierzył w bojowe zdolności Malakiego.

Wreszcie bitwa miała się zacząć. Uczestnicy rozproszyli się w równych kilkujardowych odstępach po wyznaczonym obszarze. Ich pozycje były najzupełniej losowe i Falko nie bez ukłucia satysfakcji zauważył, że Jareg uplasował się po przeciwnej stronie pola względem Malakiego.

Nałożono hełmy, założono tarcze i uniesiono miecze, ale gdy ostatni wojownicy wybierali pozycje, Falka naszło przemożne uczucie, że coś jest nie tak. Kilku uczestników bitwy skupiło się zbyt ciasno wokół kowala. On sam najwidoczniej wybrał sobie jednego lub dwóch, których planował zaatakować, lecz inni, którzy tylko udawali, że wzięli na cel kogoś innego, zdecydowanie za często łypali w jego stronę. Falko skrzywił się, a szkło na jego tacy zadrżało złowróżbnie.

– Co się dzieje? – spytał Symeon.

– Odstępy – powiedział Falko, wskazując je ręką. – Nie tak to powinno wyglądać. Przysiągłbym, że oni zamierzają...

Słowa chłopaka zagłuszyło dzwonienie kowadła. Zaczęło się.

Na oczach Falka Malaki rzucił się naprzód, zablokował mieczem wyprowadzone od dołu uderzenie, a potem z impetem natarł tarczą na swój pierwszy cel. Zaatakowany biedak stracił równowagę, a Malaki kopnięciem wygarnął spod niego nogi, a potem „dobił" powalonego przeciwnika.

Wszystko to stało się niesamowicie szybko; Malaki już zwracał się ku drugiemu mężczyźnie, gdy raptem wybił go z rytmu niespodziewany atak. Zareagował jednak płynnie i prędko, sparował cios tarczą, okręcając się, by błyskawicznie wyprowadzić kontratak. Lecz gdy usiłował to zrobić, trzech innych wojowników rzuciło się na niego jednocześnie. Odbił pierwszą klingę własnym mieczem, ale dwie pozostałe dosięgły celu. Jedna chlasnęła go mocno w tył uda, druga cięła nisko, bezbłędnie odnajdując szczelinę pancerza. Malaki odskoczył i zawirował, szukając okazji do uderzenia, ale „ranę" już odniósł. W dwóch krytycznych miejscach na jego ciele widniały srebrne ślady. Przeciwnicy wycofali się, szukając innych wojowników – tych, którzy wciąż jeszcze mieli szansę na zwycięstwo.

Malaki został wyeliminowany.

– Obskoczyli go jak wściekłe psy! – Falko nie wierzył własnym oczom. – Wszyscy czterej rzucili się na niego jednocześnie!

Chłopak poczuł, że ktoś bierze od niego tacę, której zawartość już dawno znalazła się na podłodze. Wlepiał wzrok w Malakiego – ten stał w osłupieniu pośród chaosu bitwy i przez chwilę jakby nie wiedział, co ma ze sobą zrobić. A potem dotarł do niego jeden z marszałków i wyprowadził go spomiędzy walczących ludzi. Oszołomiony Malaki pozwolił zaprowadzić się na bok, gdzie czekał na niego jego ojciec, Balthazak de Vane.

Serce podskoczyło Falkowi w piersi, gdy patrzył, jak stary kowal zdejmuje synowi hełm i zamyka chłopaka w niedźwiedzim uścisku.

Gdzieś z oddali dobiegło go metaliczne dzwonienie. Był to sygnał obwieszczający zakończenie pierwszej rundy. Młot jeszcze trzy razy uderzał o kowadło, a Falko wciąż nie mógł uwierzyć w to, co się stało. Jego wielki plan, jego wielki gest przyjaźni – wszystko spaliło na panewce. Malaki miał wygrać. Jak to się stało, że wszystko tak się popsuło?

– Przykro mi, Falko.

Chłopak poczuł na ramieniu dłoń Symeona. Z wolna zaczął otrząsać się z odrętwienia. Patrzył, jak marszałkowie prowadzą przed pawilon zwycięzcę bitwy.

Jarega.

Bellius wyszedł przed szereg i zaczął oklaskiwać syna, otoczonego stadkiem przyjaciół. Wszyscy celebrowali jego wygraną, ale i ryczeli ze śmiechu. Cóż takiego wydarzyło się na polu bitwy, co tak im się spodobało?

Jareg wyszedł z grupy przyjaciół, podniósł wzrok na ojca i wyciągnął palec, jakby karcił niesforne dziecko. Bellius przyłożył dłoń do piersi i uniósł niewinnie brwi, jakby mówił: „Kto, ja?".

Falko zrozumiał, co się święci.

Bellius planował to od początku. Jakimś sposobem skłonił kilku zawodników, by „wybrali" Malakiego jako swój pierwszy cel w bitwie. Zanim stało się jasne, co się dzieje, było już za późno – Malaki został pokonany.

Chude dłonie Falka zacisnęły się w pięści, lecz gdy zwrócił się w kierunku Belliusa, poczuł, jak palce Symeona zaciskają się na jego ramieniu.

– Nie, Falko – zabronił mu stary mag bitewny. – Nikomu się w ten sposób nie przysłużysz.

Falko usiłował się wyrwać, lecz nawet stary Symeon bez trudu osadził w miejscu wątłego sługę. Chłopak zagryzł swoją frustrację i odwrócił się plecami do wiwatujących. Nie widział ani złości na twarzy Dariusa, ani obrzydzenia na twarzy sir Williama. Czuł tylko przemożne rozczarowanie, swoje i swojego przyjaciela. Nawet widzowie nie wiwatowali z takim entuzjazmem jak zwykle po zakończeniu ich ulubionej konkurencji.

Wreszcie Bellius wyszedł naprzód, by zwrócić się do tłumu. Był tak napuszony, że Falko mógłby przysiąc, że zaraz pęknie.

– Ludu Caer Dour – zaczął – oto nastał wielki dzień. Nie tylko jedenastu spośród naszych najlepszych wojowników zostało przyjętych do Akademii Sztuki Wojennej, lecz także wrócił ten, który opuścił nas, żeby odbyć szkolenie w jej szacownych murach.

Tłum zawył, gdy Darius podniósł się z miejsca.

– Minęło wiele lat, odkąd cień szaleństwa zszargał reputację naszego miasteczka.

Więcej niż tylko kilka osób spojrzało w tym momencie na Falka.

– Lecz dzisiaj ta hańba została zmazana. Dzisiaj witamy w domu naszego czempiona, najlepszego maga bitewnego, jakiego znało Caer Dour. Dariusa Voltaria!

Wyraz twarzy maga świadczył o tym, że czuje się zażenowany przesadzonymi pochwałami Belliusa, ale uniósł dłoń, by pozdrowić wyjący tłum.

– I nie mógł wybrać lepszej chwili, żeby do nas powrócić – ciągnął Bellius poważnym tonem, kiwając smętnie głową. – Nie sposób wątpić w to, że ręka losu pokierowała wydarzeniami. Albowiem w tej właśnie chwili ferocka armia ciągnie na nasze miasto, a wojskom Opętanych przewodzi demon.

Radosny entuzjazm tłumu wyparował, gdy szlachcic przypomniał ludziom o niebezpieczeństwie, które nieprzerwanie zbliżało się do ich domów.

– Tak, dobrzy ludzie, to wszystko prawda, lecz nie lękajcie się, oto bowiem los się do nas uśmiechnął. W toku prób wyłoniony został wojownik zdolny stawić czoła demonowi, który z wielką ochotą zawładnąłby naszymi duszami.

Bellius dopiero się rozkręcał, ale Falko nie słyszał ani słowa. Nie czuł nic poza gorzkim bólem rozczarowania i narastającą nienawiścią.

– Ferocka armia przełamała illicyjską linię obrony – piał dalej Bellius. – Ale nie złamie ducha Valencjan. I dziś przekonaliśmy się na własne oczy dlaczego. Wojownicy Valencji są najlepsi w całych Siedmiu Królestwach. Dziś walczyliśmy w duchu przyjaźni i zdrowego współzawodnictwa. Lecz jutro wielu z was ruszy do walki, w której stawką będzie nasze przetrwanie. Przeto ogłaszam ten dzień dniem szczególnie radosnym, świętem pośród wszystkich świąt, dniem tryumfu. Próby zaś uważam za oficjalnie zakoń...

– Stop!

To jedno słowo zabrzmiało głośno niczym grom i ludzie zaczęli rozglądać się za tym, kto je wykrzyczał. Obrzucili spojrzeniem sir Williama Chevaliera, potem Dariusa i Symeona. Ale nikt nie patrzył w kierunku Falka Dantégo.

Rozeźlony tym, że ktoś śmiał mu przerwać, Bellius otworzył usta, by podjąć tam, gdzie skończył.

– Stop! – powtórzył Falko i tym razem nikt już nie miał wątpliwości, kto się odezwał.

Ludzie gapili się na niego, nie dowierzając, ale Falko o nic już nie dbał.

– Próby jeszcze się nie zakończyły – wycedził, świdrując Belliusa wzrokiem. – Zgłaszam ostatnią konkurencję.

– Ty? – powiedział Bellius głosem nasyconym pogardą. – Ty zgłaszasz konkurencję?

– Tak.

Szlachcic był wściekły. Najwyraźniej uznał propozycję za absurdalną, ale każdy wiedział, że Falko – sługa czy nie – miał święte prawo zgłosić ostatnią próbę.

– Słuchamy więc. – Bellius uśmiechnął się szyderczo. – Kogo chcesz wyzwać na pojedynek?

– To nie ja wyzwę kogoś na pojedynek – skorygował Falko. – Zgłaszam w tym celu inną osobę.

– Kogo? – warknął Bellius, a jego ton nie pozostawiał wątpliwości, że jego cierpliwość była na wyczerpaniu.

– Malakiego de Vane'a.

– Syna kowala? – prychnął Bellius, lecz teraz jego wredny uśmieszek zdawał się nieco mniej szczery. – Tego samego, który odpadł w pierwszych sekundach bitwy?

– Zgadza się.

– Cóż mogę rzec? – Bellius rozejrzał się po zebranych, jakby spodziewał się, że każdy z podobnym lekceważeniem odniesie się do roszczeń sieroty. – Żeby zgłosić próbę – podjął, gdy jednak nikt się nie odezwał – potrzebujesz dwóch wotów zaufania, jednego od wojownika, drugiego od szlachcica.

Jego uśmiech znowu się poszerzył. Był pewien, że nikt nie poprze chłopaka, i już miał odrzucić wniosek, gdy Symeon wyłuskał się z tłumu i stanął u boku swojego sługi.

– Głosuję za wyzwaniem dla Malakiego de Vane'a.

Pawilon wypełniły szepty i stłumione okrzyki zdumienia. Przyciszone mamrotanie rozlało się także po widowni, gdy dotarła do niej wieść o dodatkowej konkurencji.

Kątem oka Falko zobaczył, jak ojciec Malakiego prowadzi syna przed pawilon. Młodzieniec wciąż wyglądał na skrajnie przygnębionego. Spojrzenie, jakim obrzucił Falka, zdawało się sugerować, że nie ma ochoty zrobić z siebie durnia dwukrotnie w ciągu jednego dnia. Falko zignorował jego niewypowiedzianą prośbę.

– Dobrze, już dobrze! – warknął Bellius, który nie mógł uwierzyć, że ta farsa zaszła tak daleko. – Mamy jeden głos od wysoko urodzonego, teraz potrzebujesz...

– Nie zrozumiałeś mnie! – przerwał mu Symeon. – Nie udzielam swojego głosu jako szlachcic, lecz jako członek kasty wojowników.

– Ale twoja posiadłość? – sprzeciwił się Bellius. – Twoje bogactwo i ziemie?

– Podarunki – wyjaśnił Symeon. – Podarunki od dawno zmarłego przyjaciela.

Bellius roześmiał się, udając wesołość, której przeczyły zmrużone wrednie oczy.

– A więc dobrze, potrzeba nam teraz głosu szlachcica. – Rozejrzał się po wysoko urodzonych, a w jego oczach jaśniała cicha groźba. – Kto poprze to wyzwanie?

– Ja! – powiedział Falko.

Niedowierzanie odbiło się echem po pawilonie. Wszystkie spojrzenia ponownie skupiły się na wychudzonym chłopaku.

– Co? – zapowietrzył się Bellius. – Jesteś sługą!

Kilku szlachciców prychnęło z pogardą, jakby cała sprawa była tylko niesmacznym żartem, lecz wówczas głos zabrał Symeon.

– Znowu jesteś w błędzie, Belliusie – spokojny głos maga poniósł się po pawilonie. – Falko Danté nie jest sługą, lecz synem lorda. Służy mi z wyboru, nie z musu.

Ludzie rozdziawili usta w osłupieniu. Ustały nawet szepty, ale Bellius gotował się ze złości.

– Nałożono na niego obowiązek usługiwania Symeonowi w ramach zadośćuczynienia za zbrodnie jego ojca!

– Nie, Belliusie – zaprzeczył ze spokojem Symeon. – Wcale nie. Trafił pod moją opiekę na mocy porozumienia między mną a jego ojcem.

– Ależ to niedorzeczne! – zapowietrzył się Bellius. – Każdy wie, że służy ci od lat.

– Zgadza się, lecz z wyboru, a nie dlatego, że ktoś mu kazał. Falko wywodzi się ze szlacheckiego rodu i jego głos się liczy.

Bellius wodził ciemnymi oczami od Symeona do Falka. Wyglądał jak zapędzone w kozi róg zwierzę i przez krótką chwilę zdawało się, że straci głowę. Lecz wówczas przywołał na twarz swój żmijowy uśmiech.

– Niech tak będzie. Wyzwanie wejdzie w porządek prób. Niech wyzywający się zbliży.

Falko odwrócił się od Belliusa, gdy Balthazak lekko popchnął syna w kierunku pawilonu. Stary kowal był tak samo zadziwiony jak wszyscy na wieść, że Falko zachował swoje szlachectwo, ale nie miał zamiaru zmarnować szansy na polepszenie sytuacji syna.

Malaki stanął przed pawilonem z wyrazem zdumienia na twarzy. Chyba nie uświadamiał sobie, że znalazł się w absolutnym centrum uwagi. Wlepiał wzrok w osobę, o której myślał, że ją znał. Która była jego przyjacielem, odkąd pamiętał. Jego ściągnięte brwi nie wróżyły dobrze Falkowi, a w ciemnobrązowych oczach płonęło niebezpieczne światło. Lecz raptem Malaki ujrzał w twarzy przyjaciela coś, co wygładziło zmarszczone czoło i przytłumiło to światło.

Zobaczył w niej strach. Nie przed reperkusjami ze strony szlachty, ale przed tym, że Falko nie przemyślał tego jak należało i że dokonał złego wyboru. Że właśnie stracił przyjaciela.

Falko oddychał z trudem, czując na sobie wzrok Malakiego, ale po chwili rysy twarzy przyjaciela również się wygładziły i coś na kształt uśmiechu błysnęło mu w oczach. Ten uśmiech mówił: „Aleś ty durny, Falko Danté. Jak już będzie po wszystkim, łeb ci urwę!”.

– A więc, panie de Vane... – Bellius nieprzyjemnie przeciągał sylaby – czy wybierzesz rycerza, który stanie z tobą do walki, czy też ma to zrobić za ciebie twój schorowany paniczyk?

Malaki przesunął wzrokiem po możnych. Byli wśród nich znakomici wojownicy, ale nie sądził, by któryś podjął wyzwanie wbrew Belliusowi. Mógłby poważyć się na to sir Gerallt Godwin, ale Malaki nie chciał stawiać ojca Bryny w kłopotliwym położeniu.

Raz jeszcze ciszę przerwał Falko:

– Ja wybiorę mu przeciwnika.

Bellius uśmiechnął się i machnął ręką, jakby nie robiło mu to różnicy. Przecież to on, Bellius Snidesson, miał w garści szlachtę Caer Dour.

Zapadła niezręczna cisza. Wszyscy wiercili Falka wzrokiem. On zaś rzucił Malakiemu ostatnie zdecydowane spojrzenie, a potem utkwił wzrok w Belliusie, lecz szlachcic milczał i czekał. Cisza ciągnęła się jak smoła i gdy Bellius uniósł niecierpliwie brwi, Falkowi nagle zaschło w ustach. A potem oblizał wargi i przemówił:

– Wybieram sir Williama Chevaliera. Wybieram królewskiego emisariusza.

6

SŁUGA CZY SZLACHCIC

Jeśli wcześniej zebranych zdziwiło to, co wydarzyło się do tej pory, to teraz, gdy usłyszeli, kogo Falko wyznaczył do konkurencji, ogarnęło ich całkowite i absolutne zdumienie. Oto bowiem królewski wysłannik z Furii miał stanąć do pojedynku z synem prowincjonalnego kowala. Nawet Belliusowi zaparło dech.

– Ale... co to... przecież... – bełkotał bez ładu i składu.

Z jego ust wydobył się krótki, nerwowy śmiech, lecz ostatni ślad rozbawienia dawno już opuścił jego twarz. Kiedy wydawało się, że zebrał się w sobie, i otworzył usta, by coś powiedzieć, za jego plecami zamajaczyła wysoka postać. Spojrzenia wszystkich skupiły się na sir Williamie Chevalierze.

Emisariusz minął Belliusa i stanął dwa kroki przed Falkiem, który dopiero teraz uprzytomnił sobie, jak wielkim mężczyzną jest Chevalier. Mimo to nie cofnął się, podniósł wzrok i spojrzał prosto w surowe szare oczy.

– Jak ci na imię, chłopcze?

– Falko, panie. – Nigdy jeszcze nie czuł takiej grozy. – Falko Danté.

– Danté? – powtórzył emisariusz, jakby słyszał już wcześniej to imię.

– Tak – powiedział Bellius zza jego pleców. – To syn Aquili Dantégo, człowieka, który zhańbił to miasto.

Źrenice emisariusza drgnęły, ale poza tym drobnym gestem irytacji kompletnie zignorował uwagę Belliusa.

– Dlaczego ty sam nie bierzesz udziału w próbach? – spytał.

– Ha! – prychnął Bellius, a po tłumie możnych przebiegły szydercze śmiechy, jakby sama ta myśl była czymś absurdalnym.

– Falko posiada wiele talentów – wstawił się za chłopakiem Symeon.

– Oczywiście – powiedział Bellius. – Jeśli zamiast miecza dać mu wierzbową witkę, może wytrzyma kilka sekund pojedynku, zanim zakaszle się na śmierć. – Szlachcice podchwycili kpinę, a Falko spuścił głowę. – Pan Danté jest słabego zdrowia – wyjaśnił Bellius. – Jego choroba ma nazwę, ale najprościej byłoby ją określić jako ciężki przypadek zniewieściałości.

Kolejne śmiechy wyrwały się z tłumu, lecz wielu widzów pochyliło głowy, usłyszawszy okrutne docinki Belliusa.

– Falko choruje na szkarłatnicę – powiedział Symeon, a wyraz jego twarzy wyklarował Belliusowi, że najlepiej zrobi, jeśli przestanie znęcać się nad chłopakiem. – Nieustępliwe schorzenie dręczy go od dziecka.

Usłyszawszy to, emisariusz przesunął wzrok nieco wyżej, na czoło chłopca, gdzie pod linią włosów dostrzegł czerwonawą wysypkę. Kąciki jego ust opadły w dół, zmrużył podejrzliwie oczy, jakby miał powody, by wątpić w tę diagnozę.

I ta wątpliwość, którą Falko wyczytał w jego oczach, zabolała go bardziej niż poniżenie, jakiego zaznał od Belliusa, ale chłopak dawno już pogodził się z niedostatkami swojego ciała. Powątpiewanie i drwiny nie były dla niego niczym nowym, uniósł więc głowę i raz jeszcze spojrzał emisariuszowi prosto w oczy.

– Co chcesz osiągnąć tym wyzwaniem, panie Danté? – zapytał królewski wysłannik.

– Nie chcę niczego, a przynajmniej nie dla siebie.

– A co chcesz w ten sposób dać swojemu przyjacielowi?

– Chcę jedynie, żebyś ocenił go sprawiedliwie, tak jak oceniłbyś każdego innego człowieka, który przystąpiłby dzisiaj do prób. I jeśli wygra, żebyś rozważył zabranie go ze sobą do Furii.

Zewsząd rozbrzmiały odgłosy niedowierzania, ktoś stłumił okrzyk, ktoś inny zakrztusił się powietrzem. Emisariusz tylko się uśmiechnął.

– Jeśli wygra? – spytał, szczerze rozbawiony.

Oburzony jego wesołością Falko pokiwał głową.

– Straci miecz w minutę – powiedział Chevalier ze stalowym błyskiem w oku.

– W dwie minuty ten miecz znajdzie się przy twoim gardle – powiedział Falko, zdumiony tym nagłym przypływem własnej odwagi.

Emisariusz namyślił się chwilę nad tą przechwałką, a uśmiech wrócił na jego usta.

– A skąd pewność, że wysłannik królowej podejmie twoje wyzwanie?

Przynajmniej jedno pytanie, na które Falko był przygotowany. W odróżnieniu od Valencji, gdzie wciąż obowiązywało prawo szlacheckie, Illicja była merytokracją. Oznaczało to, że wysiłki i osiągnięcia były tam cenione bardziej niż ród, do którego się należy.

– Jesteś Illicjaninem – odparł chłopak. – Nie zlekceważyłbyś wyzwania, choćby rzucił ci je najlichszy z chłopów.

Emisariusz przez dłuższą chwilę patrzył Falkowi w oczy. A potem uśmiech spełzł z jego ust.

– Dostaniesz swoje dwie minuty – powiedział. – Jeśli po ich upłynięciu twój przyjaciel wciąż będzie trzymał miecz, zastanowię się, czy zasługuje na miejsce w akademii.

Falko czuł się tak, jakby jego serce miało zaraz dostać skrzydeł i wyfrunąć mu z piersi.

– Ale – zaznaczył emisariusz – będziemy walczyć prawdziwymi mieczami. To żadne osiągnięcie zachować miecz w starciu, które nie może skończyć się śmiercią. Taki jest mój warunek.

Falko nie spodziewał się takiego obrotu spraw, ale było już za późno, by się wycofać. Nawet nie patrząc na Malakiego, pokiwał zdecydowanie głową.

– Niech więc tak będzie – powiedział emisariusz, odpinając płaszcz. Następnie zwrócił się do Belliusa, jakby decyzja została już przypieczętowana: – Dwie minuty.

– Ale... ale... – zająknął się Bellius, lecz miał świadomość, że nie zdoła już odwieść emisariusza od pojedynku.

Wysłannik przeszedł na skraj pawilonu. Mieszkańcy Caer Dour zgromadzili się naokoło, formując okrągłą arenę dla dwóch walczących.

– Kto użyczy kowalowi miecza? – rzucił emisariusz w tłum, gdy odpinał swój pas.

– Może wziąć mój – zaoferował Symeon, podając miecz Falkowi.

Falko uśmiechnął się do niego. Miecz w jego ręku zdawał się dźwięczeć wysoką, czystą nutą, jakby z czymś rezonował. Chłopak zawahał się, a Symeon obrzucił go badawczym spojrzeniem.

Falko przywołał się do porządku i wróciwszy myślami do powierzonego mu zadania, spojrzał na przyjaciela z wysokości pawilonu i rzucił mu miecz, ale ciężki kawał stali wylądował w połowie drogi. Widzowie śmiali się, gdy Malaki schylił się, by podnieść go z ziemi. Gdy się wyprostował, skierował wzrok na Symeona i podziękował mu dyskretnym skinieniem. A później spojrzał na Falka.

„Jeśli nadarzy się okazja, nie wahaj się walczyć z całego serca".

Więc to o to ci chodziło...

Brązowe oczy Malakiego lśniły; było oczywiste, że nie zamierza zmarnować okazji, by odzyskać nieco nadszarpniętej w czasie bitwy dumy. Z uczuciem graniczącym z nabożną czcią zawiesił pas z pochwą na rogu pawilonu, a potem ruszył, by zająć pozycję na arenie.

Emisariusz znalazł się na środku platformy, z której dwa szerokie stopnie prowadziły na pole turniejowe. Gdy przerzucił miecz z jednej ręki do drugiej, Falko zauważył coś – i ten widok sprawił, że oddech uwiązł mu w piersi. Maleńkie insygnia wytrawione w mieczu pod rękojeścią. Nikt inny chyba nie zwrócił na to uwagi, a jeśli zwrócił, najwidoczniej nie wiedział, co one oznaczają. Był to stylizowany rysunek trzech górskich szczytów, emblemat zakonu rycerskiego o legendarnej reputacji.

Znak Nieugiętych.

William Chevalier należał do jednej z najpotężniejszych formacji wojskowych, jakie znał ten świat.

O cholera! – rzuciło się Falkowi na myśl. Co ja zrobiłem?

Krew odpłynęła mu z twarzy, gdy patrzył na wysłannika idącego w kierunku Malakiego. Przyjaciel wydawał się osobliwie spokojny, a Falko musiał z całych sił zdusić potrzebę, by ostrzec go krzykiem. Może to lepiej, że nie wie, z kim zaraz przyjdzie mu skrzyżować miecze.

Dwaj marszałkowie zbliżyli się do wojowników, niosąc elementy pancerza, ale emisariusz odpędził ich gestem. Chce więc walczyć, polegając tylko na tej ochronie, jaką zapewnia jego codzienne ubranie. W odpowiedzi Malaki zrezygnował z hełmu, który wyciągnął w jego stronę ojciec. Reakcja tłumu wskazywała, że widzowie uznali to za głupotę.

Wreszcie dwaj mężczyźni stanęli naprzeciwko siebie. Emisariusz rzucił wzrokiem w kierunku pawilonu. Dwaj kolejni marszałkowie stali tam z dwiema świecami: jedną zwykłą, zapaloną, i drugą cieńszą, zatkniętą na pięknie wykonanej metalowej tacy. Ta cieńsza stopi się dokładnie w ciągu dwóch minut, czekali tylko na znak, by odpalić ją od tej pierwszej.

– Jestem gotowy – zasygnalizował Chevalier, a potem skupił wzrok na przeciwniku.

– Panie i panowie, przed nami wolny pojedynek pomiędzy Malakim de Vane'em i sir Williamem Chevalierem z Eltz – ogłosił ten spośród marszałków, który wcześniej objaśniał zasady bitwy. – Pojedynek obłożony jest limitem czasowym. Jeśli po dwóch minutach pan de Vane wciąż będzie dzierżył swój miecz, zostanie ogłoszony zwycięzcą.

Lud Caer Dour wstrzymał oddech.

– Czy jesteście gotowi?

Dwa skinienia głowami.

Do cienkiej świecy przyłożono grubą, płomień przeskoczył z knota na knot.

– Do ataku! – krzyknął rzecznik i dwaj mężczyźni rzucili się na siebie z taką szybkością, jakiej chyba nikt się po nich nie spodziewał.

Pierwsze zetknięcie dwóch kling było tak prędkie i brutalne, iż Falko był pewien, że jest już po Malakim. Syn kowala był potężnym mężczyzną, lecz wciąż jeszcze bardzo młodym, ale w błędzie był ten, kto myślał, że może spodziewać się od emisariusza taryfy ulgowej.

Sir William naparł naprzód, wyprowadzając serię potężnych ciosów. Malaki cofał się przed nimi tak szybko, że zebrany wokoło tłum musiał się przed nim rozstąpić, lecz nagle między jednym a drugim ciosem rozpędzonej klingi przeciwnika Malaki sam złożył się do ciosu. Zdawało się, że celuje w szyję Chevaliera, ale w ostatniej chwili jednym ruchem nadgarstka zmienił tor lotu ostrza, tak jakby chciał odrąbać mu nogę w kolanie.

Każdy cios rozbijał się o pewny i niewzruszony blok, lecz mimo to surowa siła Malakiego zmusiła teraz emisariusza do cofnięcia się przed naporem. Krok za krokiem posuwał się w tył, a tłum otwierał się przed nim.

Falko uśmiechnął się, tknięty nagłym przypływem satysfakcji. Malaki był w swoim żywiole i przez chwilę wyglądało na to, że zdobędzie przewagę. A potem emisariusz nagle zrobił krok w przód i wyszedł naprzeciw kolejnemu uderzeniu. Prysnęły iskry, gdy przyjął na miecz klingę młodszego mężczyzny. A potem, zanim Malaki zdołał rozplątać ostrza, emisariusz przekręcił swoją głownię na bok i z sykiem, jaki wydaje atakująca żmija, ześlizgnął się nią po głowni przeciwnika.

Tłum zachłysnął się, widząc, jak Malaki chwieje się na nogach, walcząc o zachowanie równowagi, ale pierwsza próba rozbrojenia go, jaką podjął Chevalier, zawiodła. Malaki, wykorzystując swoją zaburzoną równowagę, naparł naprzód i wyprowadził cios, lecz emisariusz najwidoczniej tylko na to czekał. Gdy klingi zetknęły się ponownie, raz jeszcze wykonał skomplikowany ruch nadgarstkiem, chcąc wybić kowalowi miecz z dłoni.

Falko wzdrygnął się, pewny, że tym razem broń przyjaciela wyląduje na piasku, ale tak się nie stało – palce wciąż pewnie obejmowały rękojeść. Malakiemu udało się zamarkować zwód, a to zaskoczyło emisariusza, który musiał odchylić się w tył. Ale robiąc to, zdołał zacisnąć dłoń na wielkiej ręce przeciwnika.

Malaki znieruchomiał, gdy ostra stal spoczęła na pulsujących żyłach jego nadgarstka.

Z tłumu podniósł się krzyk zaskoczenia, gdy dwaj wirujący po arenie wojownicy raptem zastygli w bezruchu. Wówczas emisariusz, który wciąż trzymał brzeszczot przy uwydatnionych wysiłkiem żyłach chłopaka, przyciągnął go do siebie i powiedział mu na ucho:

– Nieźle walczyłeś, jak na kowala. – Znacząco poklepał jego nadgarstek ostrzem. – Ale to już koniec. Rzuć miecz!

Falko zacisnął pięści i zawarł szczęki. Mógł tylko patrzeć, jak ostrze Malakiego opada w kierunku ziemi, tak samo jak jego pochylona w geście rezygnacji głowa. Prawie zamknął oczy, zawiedziony jak nigdy w życiu, gdy tymczasem Malaki raptem zacisnął mocniej palce na rękojeści i przyładował emisariuszowi z byka prosto w twarz.

Tłum zawył w zdumieniu, gdy krew zbryzgała oblicze emisariusza, który zatoczył się w tył po potężnym ciosie. Miał złamany nos. Malaki zawirował, wykręcił się z uścisku przeciwnika i dał nura naprzód, gotowy do wznowienia walki. Jego niespodziewany atak głową wyraźnie wybił starszego mężczyznę z rytmu, a jednak gdy klinga Malakiego runęła z góry na spotkanie jego odsłoniętej głowy, jakimś cudem zdołał się zasłonić. Wciąż oddając kowalowi kolejne jardy areny, sparował następny atak, usiłując mruganiem pozbyć się spod powiek krwi i jaśniejących po uderzeniu gwiazd.

Malaki parł naprzód, zdecydowany, by wykorzystać przewagę, ale emisariusz nagle stanął w miejscu i płynnie przeszedł do ofensywy. Przyskoczył do kowala, ciął z góry, ostrza zakleszczyły się i dwaj mężczyźni zaczęli się siłować, stojąc pewnie na rozstawionych nogach. Gwałtownym ruchem Chevalier zaburzył równowagę Malakiego, a potem z rozpędu przygrzmocił mu łokciem w usta. Chłopak odtoczył się w tył na miękkich nogach, plując krwią. Ciosy emisariusza spadły na niego jak stalowy grad.

Falko nigdy jeszcze nie widział, by ktoś walczył tak szybko i tak nieustępliwie. Malaki zwiądł pod naporem uderzeń Chevaliera, ugiął się pod nimi jak pod niemożliwym do udźwignięcia ciężarem. Rozpaczliwie blokował uderzenia mocą samej chyba tylko desperacji. Pierwszy raz wydał się Falkowi słaby i przerażony. Emisariusz szedł za ciosem i nie przestał siec i rąbać, aż Malaki padł na kolana. Wreszcie Chevalier zatoczył mieczem szerokie koło i gdy zetknął go z klingą kowala, ta wyfrunęła z jego dłoni. Królewski wysłannik z zabójczą gracją sprowadził swoje ostrze w kierunku ziemi i zatrzymał jego czubek cal od szyi Malakiego.

Młodzieniec nie mógł zrobić nic, jak tylko uklęknąć w obliczu porażki. To koniec. Przegrał.

Falko wpatrywał się w niego wybałuszonymi oczami. Walka dobiegła końca, a tłum milczał. Żadnych wiwatów, żadnego aplauzu. Nikt nie wiedział, jak zareagować. Po prostu wszyscy chłonęli wzrokiem stojącego nad Malakim emisariusza, którego ostrze unosiło się nad ramieniem chłopaka, prawie dotykając jego szyi.

W tym momencie marszałek odchrząknął taktownie, ściągając na siebie wszystkie spojrzenia.

– Wybacz, panie – powiedział – ale... hm...

– Co? – spytał sir William, nie odejmując spojrzenia od Malakiego.

– Świeczka... Dwie minuty...

Klinga wysłannika ani drgnęła, lecz jego spojrzenie przeniosło się na marszałka.

– Rozbrojenie nastąpiło po czasie – wyjaśnił marszałek przepraszającym tonem. – Pojedynek zakończył się wygraną pana de Vane'a.

Tłum zamarł w dzwoniącej w uszach, pełnej wyczekiwania ciszy, jakimś sposobem jeszcze cichszej niż ta, która zapadła przed chwilą. Widzowie czekali na to, co teraz zrobi emisariusz. Może spodziewali się pokazu oburzenia, może wstydu. Z pewnością jednak nie byli gotowi na śmiech, miękki, głęboki i serdeczny.

Powoli sir William wyszedł z pozycji bojowej. Odjął miecz od szyi kowala i otarł rękawem zakrwawiony nos. A potem spojrzał na swojego przeciwnika i wyciągnął do niego rękę. Wciąż otumaniony pojedynkiem i trzęsący się z wysiłku Malaki przyjął uścisk, a emisariusz pomógł mu dźwignąć się na nogi. A później, ku wielkiej radości tłumu, ujął nadgarstek Malakiego i uniósł jego rękę wysoko w niebo.

Teraz widzowie mogli wreszcie wiwatować – i skwapliwie skorzystali z tego prawa.

Malaki rozglądał się wokoło cielęcym wzrokiem, lecz emisariusz okręcił go dookoła, tak by mógł przyjrzeć się wiwatującym na jego cześć tłumom. Wrzask długo nie ustawał, lecz gdy wreszcie ucichł, Chevalier wypuścił z palców nadgarstek chłopaka i cofnął się o krok, by na niego spojrzeć.

– Musisz się jeszcze wiele nauczyć, Malaki de Vane – wyrzekł. – Ale jak na kogoś tak młodego, walczysz dobrze. Bardzo dobrze – powtórzył, unosząc rękę do złamanego nosa.

Malaki wpatrywał się w jego zakrwawioną twarz, przerażony tym, co zrobił, lecz również głęboko rozradowany pochwałą królewskiego wysłannika. Tłum najwidoczniej był zadowolony z takiego finału prób, lecz wyraz twarzy emisariusza świadczył o tym, że sir William zamierza coś jeszcze powiedzieć. Spoglądał na kurczącego się pod naporem pochwał i podziwu Malakiego, a potem złowił wzrokiem jego spojrzenie i przytrzymał je w miejscu.

– Królowa potrzebuje w swoich szeregach takich wojowników jak ty – zaczął.

Gula urosła Malakiemu w gardle, łzy pociekły mu z oczu. Wszyscy wiedzieli, jakie teraz padną słowa.

– Czy odrzucisz bogactwo i przywileje, żeby powrócić ze mną do stolicy?

Malaki przez kilka sekund nie mógł wydobyć słowa. Ani nie miał bogactw, ani nie cieszył się żadnymi przywilejami, lecz każdy wiedział przecież, że te słowa to formalność.

– Tak – wyskrzeczał, a widownia wybuchnęła gromkimi okrzykami.

Emisariusz skinął głową i wrócił do pawilonu, a tymczasem tłuszcza zacisnęła się wokół młodego kowala, bohatera, którego rzeczywiście mogli nazwać swoim. Malaki zachwiał się, gdy uderzyła w niego fala rozentuzjazmowanego tłumu. Śmiał się, gdy ojciec otoczył go niedźwiedzim uściskiem i podniósł jak małe dziecko. A potem, gdy już jego stopy na powrót zetknęły się z ziemią, sięgnął wzrokiem ponad roześmianymi twarzami do zacienionego miejsca pod dachem pawilonu, tam skąd patrzyły na niego oczy przyjaciela.

Gwar jakby przycichł, gdy dwaj chłopcy odnaleźli się wzrokiem. Obaj wiedzieli, że wszystko się zmieni, że po tym dniu nic już nie będzie takie jak dawniej. Marzenia Malakiego właśnie się spełniły, co się zaś tyczy Falka – tracił jedynego prawdziwego przyjaciela, jakiego kiedykolwiek miał. Wiedzieli to obaj i obaj na to przystali. I choć nie padły między nimi żadne słowa, Falko zrozumiał to, co mówił mu wzrok Malakiego.

Jestem twoim przyjacielem, Falko Danté. Sługa czy szlachcic, zawszę będę twoim przyjacielem.

Odpowiedzią było lśnienie zielonych oczu Dantégo, które patrzyły, jak wiwatująca gromada unosi Malakiego i niesie go tam, gdzie czekali pozostali zwycięscy kadeci.

7

MAGOWIE

Próby dobiegły więc końca, ale nie wszyscy byli zadowoleni z finału. Wielu szlachciców dzieliło pogląd Belliusa Snidessona, że reguły zostały nie tyle nagięte, ile złamane. Myśl, że przedstawiciel wysoko urodzonych, Jareg, miał dzielić chwałę z synem kowala, była im wstrętna jak woda w winie.

Bellius stał po lewej stronie pawilonu z twarzą wykrzywioną grymasem wściekłości, a miejsce, w którym utkwił wzrok, nie pozostawiało wątpliwości co do tego, kogo obarczał winą za niepomyślne dla niego wydarzenia dzisiejszego dnia.

Falko usiłował ignorować omywającą go falę gniewu. Chciał teraz tylko zejść na pole turniejowe i pogratulować Malakiemu, później zaś, tak cicho, jak to tylko możliwe, wrócić do domu. Wziął miecz Symeona od jednego z marszałków i wsunął go do pochwy, którą Malaki zawiesił na pawilonie przed pojedynkiem. A potem skierował się do miejsca w końcu stołu, gdzie siedział jego pan.

– Gratuluję, Falko – powiedział stary mag bitewny, zapinając pas. – Twój postrzelony plan się powiódł.

– Dziękuję, panie – odpowiedział Falko z niepewnym uśmiechem.

– Panie? – zapytał Symeon z powątpiewaniem. – Po rewelacjach dzisiejszego dnia?

– Jeśli tylko nie masz nic przeciwko.

– Czy wstyd, który cię trawi, jest aż tak wielki? – spytał dyskretnie starszy mężczyzna.

– Czułbym się pewniej. Przynajmniej na razie.

– A więc: na razie – przystał mag. – Ale coś ci powiem, Falko. Nie możesz wiecznie chować się w swojej służbie.

Falko pokiwał głową na znak, że rozumie.

– Idź, pogratuluj przyjacielowi.

Chłopak odwrócił się w kierunku schodów, ale zanim po nich zbiegł, napotkał wspinającego się po stopniach emisariusza, przyciskającego do nosa ręcznik. Falko miał nadzieję, że mężczyzna minie go, nie zatrzymując się, ale królewski wysłannik odjął zakrwawiony materiał od twarzy i spojrzał na Falka.

– Wyświadczyłeś dziś swojemu przyjacielowi nie lada przysługę – rzekł cicho, by tylko chłopak go słyszał.

Falko odwrócił wzrok, gdy emisariusz rozglądał się po pawilonie, przyjmując ze spokojem niemal namacalną wrogość, jaką emanowali siedzący szlachcice.

– Mam nadzieję – podjął – że było to warte swojej ceny.

– Było – rzekł Falko, podnosząc wzrok i błyskając zielonymi oczami. Sir William pokiwał głową i zrobił ruch, jakby chciał zejść chłopakowi z drogi, lecz najwyraźniej zmienił zdanie.

– Nigdy nie poznałem twojego ojca. Słyszałem tylko o tym, co zrobił.

Falko oblał się rumieńcem, radość ze zwycięstwa Malakiego przyćmiło uczucie upokorzenia.

– Powiem tylko tyle, Falko Danté: twój ojciec był magiem bitewnym, który w ciągu całego swojego życia ocalił tysiące ludzi. – Emisariusz odczekał, aż chłopak podniesie zawstydzony wzrok. – Masz prawo być dumny z tego, jak żył, nawet jeśli nie przejmuje cię dumą to, jak umarł.

Falko z wysiłkiem przełknął ślinę i skłonił się niezręcznie, lecz szczerze.

Emisariusz nie przejął się jego zakłopotaniem. Osadził wzrok na Symeonie, który stał za plecami swojego sługi.

– Szkarłatnica, zgadza się?

– Zachorował w wieku pięciu lat – odparł mag bitewny.

Emisariusz wydął wargi, jakby wciąż nie czuł się przekonany.

– Czy wiesz coś o tej chorobie? – spytał Symeon, jakby mógł dostrzec wyraz jego twarzy.

– Wiem to i owo. Powiedz mi, Symeonie – powiedział, przenosząc wzrok na Falka – ta wysypka nasila się zimą czy latem?

Falko przestąpił niepewnie z nogi na nogę, zmuszony do słuchania, jak obaj mężczyźni bez skrępowania rozmawiają o jego chorobie.

– Zimno pogarsza stan jego płuc – odparł Symeon. – Ale najgorzej jest w czasie letnich upałów.

Emisariusz pokiwał głową, jakby to potwierdziło jakieś jego skrywane przed rozmówcą podejrzenia.

– Czy chłopak znalazł się kiedyś w płonącym budynku?

– Właściwie to tak.

Emisariusz raz jeszcze pokiwał głową.

– Moja siostra cierpiała na coś, co zostało pomylone ze szkarłatnicą. Zanim dowiedzieliśmy się, na co tak naprawdę chorowała, była już zbyt słaba, żeby przeżyć leczenie. Gdyby została swego czasu poprawnie zdiagnozowana, może nie umarłaby w tak młodym wieku. – Spuścił wzrok na Falka, jakby jego widok przywołał bolesne wspomnienie. – Radzę, żebyś porozmawiał z jego lekarzem. Zapytaj o zarodniki, które wyrzuca w powietrze płonąca srebrna brzoza.

Symeon z szacunkiem przechylił głowę.

– Dziękuję, panie – powiedział. – Posłucham twojej rady.

Emisariusz wzrokiem poszukał jeszcze czegoś na twarzy Falka, a potem znów przyłożył ręcznik do nosa i udał się w swoją stronę.

Chłopak zwrócił się do swojego pana, a stary mag bitewny wyczuł pytanie, które chciał zadać. Powstrzymał go uniesioną dłonią.

– Pójdziemy rano do Heçamedes. A teraz idź.

Falko potknął się na stopniach, czując się tak, jakby od nadmiaru emocji ogarnęło go jakieś otępienie. Heçamedes Asclepios była jedną z miejskich uzdrowicielek. Leczyła Falka od dziecka.

Nie choruje na szkarłatnicę.

Może być dumny z ojca.

Czy to w ogóle możliwe? Obie te rzeczy naraz?

Pomimo ran, które odniósł w czasie ich ostatniego spotkania, Symeon zawsze bronił ojca Falka, ale usłyszeć słowo pochwały z ust kogoś zupełnie obcego, nie wspominając już o tym, że był to emisariusz królowej, to zupełnie co innego. To coś, w co mógł uwierzyć.

– Falko!

Chłopak podniósł wzrok i zobaczył ojca Malakiego, sunącego w jego stronę zamaszystym krokiem.

– Malaki! – zawołał przez ramię Balthazak. – Tutaj jest! Tutaj jest mały wariat, przez którego o mało nie zginąłeś!

Chudzielec skrzywił się, a potem zmarszczył z bólu, gdy potężny kowal uściskał go i zasadził na jego policzku szorstkiego całusa.

– Niech mnie kule, synu, zawsze byłeś wolnym duchem – powiedział Balthazak, opierając wyprostowane ręce na jego ramionach. – Zupełnie jak twój ojciec.

Falko spuścił wzrok, a potem podniósł go na Malakiego, który pojawił się u boku ojca. Rozochocony tłum wciąż klaskał i wiwatował, ludzie klepali młodego kowala po plecach i mierzwili mu włosy, ale pierwsza fala radości już minęła. Ciżba powoli zaczynała rzednąć.

– Jak twoje usta? – zatroskał się Falko.

– Obolałe – odparł Malaki, odejmując szmatkę od opuchniętych warg.

– Tak to się kończy, jak ktoś wyzywa na pojedynek Nieugiętego – zarechotał Balthazak.

– Jasne – prychnął Malaki, a potem zauważył uniesione brwi ojca.

– Jak to? Nie wiedziałeś?

Malaki wyglądał, jakby miał zaraz zemdleć.

– Nie! – wykrzyknął, oplątując Falka oskarżycielskim spojrzeniem. – Nie wiedziałem!

– Nie patrz tak na mnie! – bronił się Falko. – Ja też nie wiedziałem. No, przynajmniej dopóki nie było już za późno – dodał skruszony.

– Ha! – zagrzmiał Balthazak, jakby uznał całą tę sprawę za niezwykle zabawną. Ujął obu chłopców za karki i przycisnął ich do siebie czołami, aż stuknęło. – Wspaniałe! – zawołał. – Po prostu niesamowite!

A potem ucałował obydwu i zaniósłszy się śmiechem, ruszył tam, gdzie płynął swobodny korowód ludzi opuszczających pole turniejowe.

Gdy przyjaciele znaleźli się sami, zapadła między nimi osobliwa cisza.

– Czyli jedziesz do Furii – odezwał się Falko, usiłując zachować w głosie coś z uroczystej wesołości.

– A ty jesteś szlachcicem!

Przez kilka sekund gapili się na siebie, a potem szerokie uśmiechy rozpogodziły ich twarze i padli sobie w ramiona.

– Nigdy nie zapomnę tego, co dzisiaj zrobiłeś – wydyszał Malaki w kark przyjaciela.

Falko zignorował miażdżący uścisk, nawet jeśli poważnie obawiał się o swoje żebra. Znalazł jakąś satysfakcję w potwornej sile przyjaciela, coś głęboko krzepiącego. Czuł, że będzie mu tego brakować.

– Szkoda tylko, że walczyłeś jak noga – powiedział Falko, gdy już się rozłączyli.

– Jakbyś potrafił to ocenić, chłopczyku od ciepłych bułeczek! – Malaki zasunął przyjacielowi sójkę, która prawie skończyła się nokautem.

– Mów, co chcesz, skopał ci dupsko, aż się echo niosło. – Falko roztarł miejsce, gdzie boleśnie wylądował łokieć kowala.

– No nie? – roześmiał się Malaki, jakby nic nie sprawiało mu większej radości niż solidny łomot. – A widziałeś, jak on walczył? I nawet się specjalnie nie starał. Wyobrażasz sobie, co by było, gdyby naprawdę chciał mnie wykończyć?

Zamiast odpowiedzieć, Falko uniósł brwi i wskazał na coś za plecami Malakiego. Ktoś jeszcze podszedł pogratulować młodemu kowalowi. Ktoś, czyich gratulacji ten na pewno nie chciałby przegapić.

– Co... O rety – powiedział Malaki, zauważywszy, że stoi za nim Bryna Godwin.

Dziewczyna zdjęła z włosów rzemień. Rude loki rozsypały się wokół jej twarzy i spłynęły na ramiona i plecy. Falko zerknął na przyjaciela i nie zdziwił się, widząc malujący się na jego twarzy wyraz przerażenia.

Typowe! – rzuciło mu się na myśl. Facet bez wahania staje do walki z Nieugiętym, a potem kuli się pod spojrzeniem dziewczyny, która sięga mu do ramienia.

– Gratulacje, Malaki – powiedziała Bryna, wyciągając do niego smukłą dłoń.

– To ty... – zająknął się przyjaciel, a Falko wiedział, po prostu wiedział, że Malaki chciał powiedzieć: „To ty znasz moje imię?". Ale na szczęście urwał i zamiast tego wykrztusił: – Ja również gratuluję.

Falko uśmiechnął się, widząc najbardziej niezręczne potrząśnięcie dłoni w historii, a potem coś przykuło jego uwagę. Ludzie w pawilonie nie patrzyli już na pole turniejowe. Zamiast tego wzrok wszystkich utkwiony był gdzie indziej – tam, gdzie pojawiły się właśnie trzy postacie w budzących respekt szatach.

Przybyli magowie.

A zatem przygotowania musiały się już zakończyć. Nadszedł czas, by Darius zaczął szykować się do przywołania.

Ogarnięty nerwową ekscytacją, Falko spojrzał chyłkiem na przyjaciela. Malaki i Bryna robili, co mogli, by normalnie ze sobą porozmawiać. To idealny moment, by Falko wymknął się niepostrzeżenie. Przemknął między ludźmi i szybko wrócił do pawilonu. Wspiął się po schodach i zbliżył na tyle, by słyszeć wszystko, co zostanie powiedziane, bez wzbudzania niczyich podejrzeń. Magowie posiadali moc, której maluczcy nie potrafili sobie nawet wyobrazić, i Falko był pewien, że jeśli zanadto się zbliży, jakimś sposobem go wyczują.

Nie było na świecie osób bardziej uczonych i tajemniczych niż magowie. Znajomość wiedzy tajemnej czyniła ich prawdziwie potężnymi i nawet królowa Catherine nie mogła uchronić się przed ich wpływami. Wzbudzali zarówno szacunek, jak i strach, i większość ludzi odnosiła się do nich nieufnie, niektórzy nawet winili ich za Wielkie Opętanie, gdy wszyscy magowie bitewni na świecie nagle zginęli, a ich ogarnięte szaleństwem smoki zwróciły się przeciw nim.

To wydarzenie miało miejsce w zamierzchłej przeszłości. Do tamtych czasów wierzono, że smoki są odporne na opętanie. Gdy okazało się to nieprawdą, spotkało się to z niedowierzaniem i zdumieniem. Byli tacy, którzy twierdzili, że magowie doskonale zdawali sobie z tego sprawę, ale postanowili nie dzielić się tą wiedzą ze światem. Od zarania dziejów zazdroszczono im zdolności i ludzie zastanawiali się, czy czasem rozmyślnie nie doprowadzili do Wielkiego Opętania i nie przekonali się o swojej pomyłce dopiero wtedy, gdy wszyscy magowie bitewni i ich smoki padli trupem.

Niektórzy przebąkiwali o tym, że kiedyś prawda wyjdzie na jaw, lecz nikt nie chciał ryzykować ściągnięcia na siebie ich gniewu, bo magowie grali kluczową rolę w szkoleniu tych, którzy doskonalili się w czarach wojennych – a bez magów bitewnych ludzkość nie miała szans na przetrwanie, gdy po świecie chodzili Opętani i demony.

Falko z ostrożnością podchodził coraz bliżej, wpijając się wzrokiem w trzy okutane w obszerne szaty postacie idące środkiem pawilonu. Na przedzie kroczył Morgan Saker, starszy mag Caer Dour. Za nim szedł jeden z czarodziejów z Furii, ostatni zaś był wciąż nowicjuszem, początkującym magiem, który nie ukończył jeszcze szkolenia. Zwał się Meredith Saker i był synem Morgana.

Falko wlepiał w nich łakomy wzrok, gdy zatrzymali się, by porozmawiać z Belliusem Snidessonem. Falka, jak zwykle zresztą, onieśmielała obecność starszego maga.

To właśnie Morgan Saker zabił smoka jego ojca. I to również on wyciągnął małego Falka z płomieni, gdy jakaś mściwa dusza podpaliła jego dom rodzinny. Widok maga biegnącego po niego przez płomienie i chmury dymu na zawsze wyrył się w pamięci chłopca.

Powinien czuć wdzięczność, ale zarówno wtedy, jak i przez wszystkie lata, które minęły od pożaru, czuł tylko strach.

Pomimo upływu czasu włosy Morgana Sakera wciąż były czarne jak węgiel. Miał bladą skórę, tak jak Falko, lecz jego karnacji nie dało się określić jako chorobliwej, kto zaś patrzył w jego ciemne oczy, miał wrażenie, że zagląda do bezdennych głębi całej pochłoniętej przez niego wiedzy. Budził respekt w każdym tego słowa znaczeniu, a mieszkańcy Caer Dour, choć odnosili się do niego z lękiem i bojaźnią, cieszyli się, że mają go po swojej stronie i że to on będzie pełnił straż nad przywołującym smoka Dariusem.

Kątem oka Falko obserwował trzy tajemnicze postacie, które pożegnały się już z Belliusem i przeszły przed pawilon, gdzie czekali na nich Darius z emisariuszem.

– Czy wszystko gotowe? – spytał Chevalier.

– Tak – odpowiedział Morgan Saker.

Falko widział, jak Darius wypełnia płuca powietrzem. Był to pierwszy ślad zdenerwowania, z jakim się zdradził.

– Ile mamy czasu?

– Nieco ponad trzy godziny do zachodu słońca.

Emisariusz skinął głową.

– Ile zajmie nam droga?

– Może półtorej godziny – odrzekł Morgan. – Mamy więc spory zapas. – Przeniósł taksujący wzrok na Dariusa, jakby chciał ocenić, czy młodzieniec podoła zadaniu. – Czy jesteś gotów?

– Jestem.

– A jeśli odpowie czarny?

– To go zabijemy.

Badawczy wzrok Morgana błądził po twarzy młodego maga bitewnego, szukając najdrobniejszych oznak słabości czy niepewności. Wreszcie kiwnął głową zadowolony.

– Idźmy więc.

Na pole turniejowe spłynął ponury spokój. Wszyscy już dowiedzieli się o przybyciu magów. Wiedzieli też, po co tu przyszli, ale ostatni smok, który znalazł się w pobliżu Caer Dour, sprowadził na miasto śmierć i zniszczenie. Ekscytacja wywołana turniejem rozpuściła się w chłodnym powietrzu wieczoru. Za kilka dni ich armia zewrze się w boju z Opętanymi. Z Dariusem na czele mogli pokonać demona i jego wojska, ale obecność smoka zapewni przetrwanie większej liczbie ludzi, którzy w innym wypadku byliby praktycznie skazani na śmierć. Tak więc pomimo lęku i pewnej rezerwy wobec magów obywatele trzymali kciuki za Dariusa i powodzenie misji. Modlili się o to, by udało mu się wspiąć na strome stoki Mont Noir i wywołać smoka zza Nieskończonego Morza.

Patrzyli na młodego maga bitewnego, który pozwolił przybyłym magom wyprowadzić się z pawilonu. Patrzyli, jak sir William rusza w drogę u jego boku, a potężna postać emisariusza koi jego serce otuchą i nadzieją. Patrzyli, jak mała grupka mężczyzn idzie wąską serpentyną w kierunku czarnego masywu i znika za zakrętem. Ale nie widzieli smukłej postaci, która wyślizgnęła się z pawilonu i ruszyła w ślad za nimi, czy też raczej skrótem prowadzącym do tego samego miejsca – wąziutką ścieżyną odbijającą w lewo od głównego traktu.

Jeśli Dariusowi Voltariowi dotarcie do Smoczego Kamienia zajmie półtorej godziny, to Falko potrzebuje dwa razy tyle. Ale nawet gdyby miał trzy godziny na wspinaczkę, trzy godziny do zachodu słońca, nigdy by tego nie dokonał, gdyby szedł normalną drogą. Zamiast niej wybrał więc Nitkę, wąską grań, która skracała drogę o blisko dwie mile.

Będzie musiał iść powoli i oszczędzać siły, ale Falko skupił całą swoją wolę na tym zadaniu – a w odróżnieniu od ciała jego wola była silna.

8

PRZYWOŁANIE

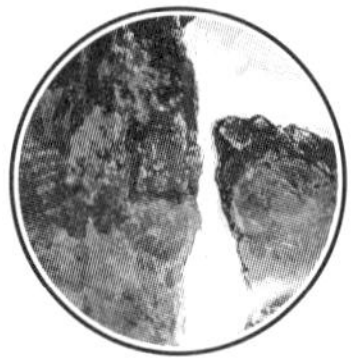

Pokonanie szlaku wiodącego przez wąską jak krawędź noża, zawieszoną sześćset stóp nad stromym urwiskiem grań, którą musiał trawersować wtulony w skalną ścianę, zajęło mu ponad godzinę. Falko nie zważał na oszałamiającą wysokość, poruszał się ostrożnie i pewnie, często zatrzymywał się na odpoczynek i złapanie oddechu. Co rusz spoglądał na dolinę, pilnując, czy czasem nie wystawił się na widok Dariusa i magów.

Nagły poryw wiatru owionął go z mocą, musiał więc zacisnąć palce na skalnych występach. W powietrzu czuło się coraz większy chłód, światło dnia zaczynało już rzednąć, ale Falko nie dbał o to. Chmury nie groziły deszczem, zapowiadały jednak zmianę pogody. Z północy napływały masy mroźnego powietrza. Jesień żegnała już ostatni ciepły, letni wiatr. Teraz na horyzoncie zalegało ostre, śnieżne zimno.

Ale dziś jeszcze nie spadnie mroźny deszcz, pomyślał Falko.

Przekonany, że pogoda nie załamie się jeszcze przez dzień lub dwa, chłopiec ruszył w dalszą drogę wzdłuż krawędzi. Gdy pozwolił myślom odpłynąć, te samoistnie skupiły się wokół tego, co emisariusz powiedział o jego chorobie i o ojcu. Falko nigdy nie był dumny z ojca, wręcz wstydził się miłości, jaką wciąż go darzył. Co się zaś tyczy jego choroby... No cóż, od zawsze zakładano, że Falko nie dożyje wieku męskiego. Tylko nieliczni spośród tych, którzy cierpieli na szkarłatnicę, przekraczali trzydziestkę.

Czy Heçamedes się myliła?

Czy istnieje lekarstwo na jego chorobę?

Falko znał uzdrowicielkę przez całe życie, i to dosłownie, bo była przy jego porodzie – trudnym, który powinien był skończyć się śmiercią nie tylko jego matki, ale i samego Falka. Jednakże Heçamedes udało się uratować chłopca, nawet jeśli jego matki nie zdołała już wyswobodzić z łapczywych szponów śmierci. Eleanora Danté zmarła zaledwie dwie godziny po wydaniu na świat syna.

Falko zatrzymał się u szczytu, przez który wiódł szlak. Myśl o matce zawsze budziła w nim skomplikowaną mieszankę uczuć. Było w niej osobliwe poczucie oddzielenia, jakby ta historia dotyczyła kogoś innego. Potem do głosu dochodził przypływ żałobnego smutku, a w końcu narastało w nim dojmujące poczucie winy, które potrafiło schłodzić jedynie przytłaczające uczucie niepowetowanej straty.

Jakie to dziwne, pomyślał. Tak tęsknić za kimś, kogo się nie pamięta.

Kolejne uderzenie zimnego wiatru wycisnęło mu łzy z oczu, a gdy mruganiem pozbył się ich spod powiek, zauważył jakiś ruch na stoku przed nim. Przypadł do ziemi i wyjrzał ostrożnie zza krawędzi wzniesienia. Zobaczył trzy okutane w szaty postacie, a za nimi Dariusa i emisariusza. Szli gęsiego, nie tracąc szybkości pomimo stromizny, na szczyt góry, gdzie czekali już pewnie na nich pozostali czterej magowie.

Falko idealnie oszacował czas.

Mieli jeszcze przed sobą dobre pół godziny wspinaczki, a więc Falko musiał przeznaczyć dla siebie jeszcze około godziny, ale czasu wciąż miał dość. Dotrze do Smoczego Kamienia, nim słońce zacznie zachodzić. Wzrokiem odprowadził pochód do miejsca, gdzie magów i emisariusza zasłonił żleb. Wejście do niego znajdowało się ćwierć mili dalej, a jednak Falko postanowił odczekać chwilę, nim wyjdzie z kryjówki. Grań ciągnęła się jeszcze jakiś czas, by następnie złączyć się z cielskiem góry. Falko pilnował, by się zanadto nie pospieszyć. Lepiej dotrzeć na główny szlak późno niż wcale.

Zwolnił, zbliżając się do paszczy żlebu. Okolona stromiznami dolina wiodła na przeciwległy skraj góry, gdzie łagodniejsze stoki ustępowały miejsca raptownym przepaściom i budzącym przerażenie klifom zachodniej ściany Mont Noir.

Mijały minuty i bynajmniej nie tylko wycieńczenie wspinaczką sprawiło, że serce Dantégo biło jak oszalałe. Zbliżał się do Smoczego Kamienia, opasłej granitowej płyty, z której magowie bitewni Caer Dour od zawsze przywoływali swoje smoki.

Wzmógł czujność. Przed nim droga wcinała się w krajobraz otrzaskanych głazów i osypisk skruszałej skały. Bezładna hałda kamiennych brył znaczyła najwyższy punkt wspinaczki, a przekroczywszy go, mógł już spojrzeć z wysokości na Wichrową Twierdzę, naturalny amfiteatr spękanych klifów otaczających Smoczy Kamień.

Falko usiłował uspokoić oddech, kiedy zdążał ścieżką wijącą się między zwalistymi monolitami. Powietrze pachniało jaskinią, a najcichsze dźwięki odbijały się od kamiennych ścian. Szuranie kroków brzmiało w jego uszach jak wycie wichury. Jeszcze kilka jardów i jego oczom ukaże się miejsce przywołania. Okrążał właśnie wielki stos potrzaskanej skały, gdy poczuł na gardle stalowe ostrze.

– Ani kroku!

Falko zamarł. Jedyną poruszającą się częścią jego ciała było łomocące bez opamiętania serce.

Ostre słowa ktoś wyrzekł mu prosto do ucha. Ten ktoś był tak blisko, że Falko czuł jego oddech na szyi.

– Po co tu przyszedłeś?

Falko z początku nie wiedział, co powiedzieć. Grał na czas, by ochłonąć z zaskoczenia. Nie słyszał owego kogoś, kto się do niego podkradł. Mężczyzna pojawił się znikąd.

– No?

Chłopak poczuł, że sztylet mocniej naparł na jego skórę.

– Ja tylko chciałem zobaczyć – wydusił.

– Nikomu nie wolno wspinać się na górę w godzinę przywołania – powiedział mężczyzna, a Falko rozpoznał po głosie emisariusza. – Ty ze wszystkich ludzi powinieneś wiedzieć to najlepiej, Falko Danté.

Chłopak wydał z siebie westchnienie ulgi, gdy wysłannik odjął nóż od jego ciała i przycisnął Falka do skały.

– Czyś ty zwariował?

– Ja tylko chciałem zobaczyć – powtórzył Falko ciszej. Nie potrafił spojrzeć Chevalierowi w oczy.

Zaległa cisza. Chłopak zdobył się w końcu na odwagę i uniósł lękliwie wzrok. Dłoń mężczyzny wciąż spoczywała na jego piersi, ale emisariusz spoglądał na niebo, chcąc ocenić, ile czasu zostało do zachodu słońca. Obok niego nagle pojawiła się zakapturzona postać i Falko uprzytomnił sobie, że patrzy prosto w oczy Mereditha Sakera.

Meredith był obiecującym magiem, który z powodzeniem szedł tą samą drogą, co jego ojciec. Lub może podążałby nią chętniej, gdyby był do niej bardziej przekonany. Dysponował nie mniejszą inteligencją i takim samym darem do nauki. Miał takie same twarde rysy twarzy i lśniące czarne włosy, ale od Sakera seniora odróżniały go oczy, które lśniły, jakby jego myśli odzwierciedlały wszystko to, co ujrzał w życiu, nie zaś wciągały cały świat w mroczne głębie jego umysłu. A mimo to, choć cechował go większy spokój niż jego zapalczywego rodziciela, Meredith odziedziczył również umiejętność wyrażania pogardy samym tylko spojrzeniem.

– Nie ma czasu, żeby sprowadzić go na dół – rzekł. – A nie ufam mu na tyle, żeby puścić go samego.

– Nie wolno nam zakłócić przywołania – powiedział emisariusz.

– To prawda – przystał Meredith, gromiąc Falka takim spojrzeniem, jakby był tylko głupim małym dzieckiem.

– Nie możemy też zostawić go na otwartym terenie. – Mag zamyślił się.

– Więc zabierzemy go ze sobą.

– Pewny jesteś? – spytał emisariusz. – Będziesz musiał ukryć całą naszą trójkę.

Falko nie miał pojęcia, o czym mówi Chevalier, ale mag po prostu pokiwał głową.

– Chodźmy – rzucił. – Nie mamy wiele czasu.

Dłoń emisariusza odkleiła się od piersi chłopca.

– Masz stać tam, gdzie każemy ci stanąć – powiedział, a wyraz jego twarzy wskazywał, że najlepiej będzie, jeśli Falko grzecznie wypełni polecenie. – Nic nie mów, nie piśnij nawet. Najlepiej w ogóle się nie ruszaj.

Należycie zastraszony Falko nie uznał za celowe się kłócić. Skinął głową na znak, że rozumie.

Zgromiwszy go ostatnim nieprzychylnym spojrzeniem, Meredith odwrócił się i ruszył drogą, podczas gdy emisariusz gestem kazał Falkowi zająć miejsce między nimi.

Niepokojące echa odbijały się od ścian, gdy wstąpili do Wichrowej Twierdzy. Wznoszące się wokół nich klify formowały wielkie półkole, naturalne audytorium, które otwierało się na zachód, gdzie pod sklepieniem wiszących nisko na niebie chmur, ciągnących się niemal nad całą linią horyzontu, chowała się okrągła twarz słońca.

W środku olbrzymiej areny znajdowała się okrągła kamienna płyta o średnicy czterdziestu stóp, wyglądająca jak pojedyncza sztaba wypolerowanej skały – ołtarz lub może scena, gdyby przypisać jej powstanie człowiekowi, choć była ona dziełem sił natury, którymi nie sterował żaden umysł, lecz ślepy los. A jednak nawet najznamienitsi architekci Furii nie stworzyliby bardziej odpowiedniego miejsca na przywołanie smoka.

Falko trafił do Wichrowej Twierdzy nie po raz pierwszy. Wspomnienie odezwało się w jego pamięci, gdy znowu oczarowało go surowe piękno tego miejsca.

– Tam – popędził go Meredith, gdy Falko zwolnił kroku, by nacieszyć oczy.

– Usiądź na tamtej półce skalnej – wskazał emisariusz nad jego ramieniem. – O tam, w miejscu osłoniętym od wiatru przez klif.

Falko pokiwał głową i ruszył wzdłuż kamiennego kanału, by wspiąć się na górę po zwalisku ciemnych granitowych bloków.

Występ skalny, na którym stali, był jednym z wielu okalających koncentrycznie arenę „amfiteatru". Ten jednak był lekko cofnięty i stanowił idealne miejsce do obserwacji wydarzeń, w których nie bierze się udziału.

Falko patrzył na stojącego w środku kamiennego koła Dariusa, który miał teraz na sobie ciemny czarodziejski pancerz maga bitewnego. Stał z mieczem i tarczą w gotowości, ale głowę miał pochyloną, jakby nasłuchiwał.

Falko przeszedł wzrokiem od Dariusa w górę, po linii otaczających scenę klifów. Tam byli. Siedmiu magów rozstawionych w równych odległościach na kamiennych trybunach. Ich głowy również były pochylone w koncentracji. Ramiona opadały prosto wzdłuż ciała, ale mięśnie dłoni były napięte, a palce rozcapierzone, jakby zmagali się z jakimś mentalnym ciężarem.

– Wyglądają dziwnie – skomentował Falko, wodząc wzrokiem po skupionych czarodziejach.

– Kto taki? – zapytał emisariusz, stając obok niego.

– Magowie. Wydają się... ukryci. Jakby padał na nich cień w środku słonecznego dnia.

– Widzisz ich? – spytał emisariusz, gdy Meredith zbliżył się i stanął obok nich.

– A ty nie, panie? – zdziwił się Falko.

Chevalier zmarszczył brwi i pokręcił głową.

– A ty? – zwrócił się chłopak do Mereditha.

– Gdy się skupię – odparł czarodziej, lustrując Falka z namysłem. – A mojego ojca też widzisz?

– Cień, który go spowija, wydaje się jeszcze mroczniejszy – odparł Falko, obracając głowę ku wyższej partii skał. – Ale tak, owszem, stoi tam w środku, dokładnie nad Dariusem.

Wskazał palcem miejsce, ale żaden z mężczyzn nie odrywał od niego wzroku. Emisariusz wydawał się zmartwiony, a Meredith miał taką minę, jakby usiłował zrozumieć, co to może oznaczać. Gdy nagle omyło ich światło zachodzącego słońca, emisariusz przerwał zagadkową ciszę:

– Szybko. Już czas.

Falko rzucił okiem na zachód, gdzie słońce przebiło się już przez pokrywę chmur. Miało barwę głębokiej żółci, a czarne skały Twierdzy zdawały się pozłacane u szczytu.

– Odsuń się od krawędzi – polecił Meredith. Falko znowu usłyszał w jego głosie tę karcącą nutę, lecz zabrzmiała nieco łagodniej niż poprzednio.

Wszyscy trzej weszli za skałę, która wyrastała z klifu za ich plecami i formowała niski mur. Patrzyli teraz znad niego na zachód. Z każdą chwilą, gdy słońce chowało się za horyzontem, jego barwa przybierała coraz głębszy odcień. Blask zakreślił na pomarańczowo skalisty kontur góry i skłębioną fakturę wiszącego brzuszyska chmur.

Meredith zamknął oczy w skupieniu, a Falko wyczuł subtelną zmianę w barwie światła.

– Rzuca płaszcz ukrycia – odpowiedział emisariusz na niezadane przez chłopaka pytanie. – Jeśli pojawi się smok, nie zobaczy nas.

Falko wrócił wzrokiem do Mereditha. Zdziwiła go szybkość, z jaką adept utkał swój czar.

– Myślałem, że czarowanie trwa o wiele dłużej – wyszeptał do Chevaliera.

Każdy wiedział, że jedną z podstawowych różnic między magiem bitewnym a zwykłym jest szybkość, z jaką rzucają zaklęcia. Zwykli magowie władali potężną magią, ale przygotowania potrafiły zająć kilka godzin, dni czy tygodni. Taki tryb tkania czarów nie sprawdzał się w pędzie bitwy. Z kolei magowie bitewni potrafili wyzwolić swoją moc błyskawicznie. Ich czary budziły się do życia tak prędko jak myśl.

Emisariusz zmarszczył groźnie brwi, zdumiony, jak szybko Falko zapomniał o tym, że ma milczeć. Lecz wyraz jego twarzy złagodniał.

– Zaczął przygotowywać zaklęcie o wschodzie słońca – wyjaśnił.

– Rozumiem... – wydyszał Falko, niemalże przepraszając.

– To niełatwa rzecz ukryć się przed smokiem – powiedział emisariusz. – A co dopiero ukryć trzy osoby.

Meredith nagle otworzył oczy i zwrócił się do nich:

– Już czas.

Pomarańczowy dysk zaczął znikać za poszarpaną linią odległych gór. Darius przeszedł na skraj Smoczego Kamienia. U jego stóp rozciągała się przepaść głęboka na tysiąc stóp. Było tak, jakby stał na skraju świata. Falko chłonął ten widok wzrokiem, oszołomiony i zadziwiony.

Wtedy Darius opuścił ręce, tak że miecz i tarcza zawisły u jego boków, a potem pochylił głowę.

Bum!

Falko poczuł, że powietrze gwałtownie gęstnieje w punkcie nad areną, a potem rozległ się ogłuszający huk, jakby w niebie nad ich głowami załomotał grom.

Raz... dwa... trzy razy poddźwiękowa eksplozja przetoczyła się po Wichrowej Twierdzy, nim rozeszła się po świecie. Darius czekał, aż umrą echa dwóch ostatnich wybuchów, a potem zadarł głowę i wrócił na środek Smoczego Kamienia.

– Skąd one wiedzą? – zaciekawił się Falko, ledwie uświadamiając sobie, że wypowiedział tę myśl na głos.

– Kto taki? – odszepnął emisariusz.

– Smoki. Skąd wiedzą, że mają stawić się dokładnie w momencie przywołania?

Emisariusz zmierzył go wzrokiem.

– Żyją za Nieskończonym Morzem – szeptał Falko. – Jakim cudem są w stanie zjawić się tak szybko?

Odpowiedział mu Meredith.

– Nikt tego nie wie. Niektórzy twierdzą, że wołanie rozlega się na długo przed samym aktem przywołania, w momencie narodzin maga bitewnego lub w chwili, gdy rozpoznają prawdziwą naturę swojego powołania. – Kiedy natrafił wzrokiem na widocznego w dole Dariusa, umilkł. – Ale nikt nie wie, jakim sposobem stawiają się tutaj dokładnie w godzinie przywołania.

Falko skupił wzrok na Meredicie. Domyślił się, że nie po raz pierwszy rozważa tę kwestię.

– A jak ty sądzisz?

Meredith znienacka obrzucił go spojrzeniem, jakby Falko próbował podstępem skłonić go do podzielenia się myślami. Zanim odpowiedział, zahaczył wzrokiem emisariusza.

– Sądzę... – powiedział, jakby chciał zaznaczyć, że to tylko jego zdanie – że ma to coś wspólnego z pamięcią smoka.

Falko skrzywił się, nie rozumiejąc.

– Jak miałyby pamiętać coś, co się jeszcze nie wydarzyło?

Meredith utkwił wzrok w ziemi.

– Tego nie wiem – odparł zmienionym głosem.

Emisariusz łypnął na czarodzieja, nim zwrócił się do chłopaka.

– Tylko najstarsi magowie otrzymują pozwolenie na studiowanie smokoznawstwa. Czy nie tak, lordzie Saker?

Falko zauważył, że wysłannik zwrócił się do czarodzieja tytułem zarezerwowanym dla pełnych magów.

– Łatwo dać się uwieść – rzekł Meredith, jakby powtarzał tylko coś, czego go nauczono, ale było oczywiste, że fascynowały go te tajemnicze stworzenia zza Nieskończonego Morza.

– Potrzebujemy smoków – powiedział cicho emisariusz. – Ale magowie uważają, że wytworzenie zbyt głębokiej więzi jest niebezpieczne. Ich zdaniem musimy wiedzieć tylko, jak najlepiej je wykorzystać. I jak je zabić, gdy zwrócą się przeciw nam.

Ton Chevaliera zdradził Falkowi, że uważa takie podejście za haniebne, lecz chłopak już go nie słuchał. Stał zapatrzony w pustkę. Na jego twarzy malowało się napięcie, a w spojrzeniu – ewidentny strach. Był zwrócony na zachód, w jego oczach odbijała się pomarańczowa kula słońca.

– Coś się zbliża! – powiedział.

Meredith i emisariusz podążyli za jego spojrzeniem do świetlistego pasa nad linią horyzontu, ale niczego nie zobaczyli. Słońca nie było już widać, a zwieszające się nisko chmury przybrały barwę różu.

Chevalier spojrzał w dół, na Dariusa, i wówczas również coś poczuł. Napięcie w Wichrowej Twierdzy sięgało zenitu i wszyscy mogli wyobrazić sobie potężniejącą energię, którą trzymali kurczowo w ryzach rozstawieni na trybunach magowie. Nadeszła chwila, na którą czekali i której się lękali. Emisariusz raz jeszcze spojrzał na Falka, a potem wpatrzył się w płonące jak piec niebo. Z początku nie widział niczego, lecz po chwili w oddali zarysowała się widoczna na tle pomarańczowej pożogi drobinka piasku.

Stojący obok Falko stał jak wryty. Lada moment miał stanąć twarzą w twarz ze stworzeniem, które sprowadziło śmierć na jego ojca. Mag bitewny z Caer Dour wykonał powierzone mu zadanie. Darius Voltario przywołał smoka, a smok stawił się na wezwanie.

9

SMOCZY KAMIEŃ

Wszyscy wpili się wzrokiem w wiszący nad horyzontem punkt. Był zupełnie nieruchomy. Nie mógł to być orzeł ani kruk. Był to smok, który leciał prosto na nich. Pozostawało tylko pytanie: jakiego jest koloru?

Czy będzie niebieski, niczym pancerz Malakiego, czy może pokryty łuskami w kolorze szmaragdowej zieleni? Może lśnić jak złoto lub polerowany brąz, może migotać bielą jak śnieg w promieniach słońca. Może być czerwony jak krew tętnicza. Byle tylko nie czarny; jakikolwiek, byle nie czarny.

– To jakiś ciemny kolor – wydyszał Meredith.

– Zawsze są czarne na tle nieba – szepnął emisariusz. – Przecież widzimy tylko zarys.

Meredith łypnął z przestrachem w kierunku Wichrowej Twierdzy. Chciał poszukać na twarzy Dariusa i reszty magów jakichś oznak zmartwienia, ale wszyscy czarodzieje stali spokojnie, czekając na to, co właśnie się do nich zbliżało.

Potwornie długo wydawało się, że punkcik na niebie wcale się nie powiększa, po czym nagle zaczął rosnąć w oczach. Po kilku chwilach dało się już prawie wyszczególnić części ciała, odróżnić potężne, trzepoczące skrzydła od powiewającego z tyłu ogona.

– Wydaje się ciemny – powtórzył Meredith.

– Poczekajmy – nalegał emisariusz, ale nawet jego głos niósł ze sobą nutę niepewności, której przed chwilą jeszcze w nim nie było.

Falko stał obok nich, nieruchomy jak w transie. Nie potrafił oderwać wzroku od majaczącego w oddali kształtu. Wwiercając się spojrzeniem w nadciągającą bestię, zaczął sobie wyobrażać, że potrafi wyczuć jakiś aspekt jej obecności. Wiedział, że to niemożliwe, ale jednocześnie nie potrafił otrząsnąć się z wrażenia, że lada moment spadnie na nich wcielona furia.

Kształt puchł z każdą chwilą, ale na tle lśniących chmur wciąż wydawał się złowróżbnie ciemny.

– Naprawdę wydaje się... – zaczął po raz trzeci Chevalier, ale Meredith zagłuszył go okrzykiem:

– Czerwony! – Zachłysnął się powietrzem, zdjęty obezwładniającym uczuciem ulgi. – Jest czerwony!

Emisariusz zerknął na towarzysza, a potem wpił się spojrzeniem w nadlatującego smoka. Był teraz tak wielki, że jego zamazana bryła wyostrzyła się przed oczami rycerza. Dokładnie widział potężne skrzydła młócące powietrze, długą szyję i równie długi ogon oraz masywne cielsko. Emisariusz osłonił oczy dłonią i wbił wzrok w bestię.

– Czerwony... – powtórzył uśmiechnięty.

Teraz wszyscy mogli zobaczyć, że ciemny na tle nieba kształt smoka lśnił w ostatnich promieniach jaskrawą czerwienią tętniczej krwi.

Meredith raz jeszcze zbadał wzrokiem sytuację na dole. Choć od Dariusa i pozostałych magów dzieliła go znaczna odległość, był prawie pewien, że sam poczuł ogarniającą ich ulgę. Oni także przekonali się już, że łuski bestii są czerwone jak młode wino. Rozluźnili ramiona i niemal czuło się uwalnianą przez nich energię, którą zgromadzili, przygotowując się na najgorsze.

Uśmiech rzadko gościł na twarzy Mereditha, lecz teraz mag wyszczerzył się radośnie. Odwrócił się do Chevaliera, który w zamian pokrzepił towarzysza siarczystym klepnięciem w ramię.

– Czarny – odezwał się stojący obok Falko.

– Ależ skąd – żachnął się Meredith. – Przecież widać jak na dłoni, że czerwony.

Adept podniósł wzrok na będący już całkiem blisko kształt.

– Czarny – powtórzył Falko raz jeszcze, a pewność dźwięcząca w jego głosie mroziła krew w żyłach.

Emisariusz zmarszczył brwi, uśmiech na twarzy Mereditha zaczął rzednąć. Posłał prędkie spojrzenie swojemu ojcu i raptem zauważył, że ciemne skały Mont Noir lśniły teraz czerwienią zachodzącego słońca. Błyskawicznie wrócił do smoka i przekonał się, że otulający go czerwony poblask z wolna cofał się przed czernią głębokiej nocy.

Meredith spuścił wzrok i zamknął oczy, a głowy wszystkich magów natychmiast zwróciły się w jego stronę.

– Czarny – wyszeptał, a jego szept poniósł się w dół schodkowych trybun. – Smok jest czarny!

Darius i magowie ujrzeli to już na własne oczy. Z rozpaczliwą gracją ujęli przeciekające im przez palce zaklęcia. Meredith na powrót otoczył siebie, rycerza i chłopaka płaszczem ukrycia. Nie sposób było ocenić, czy jest już za późno i czy smok domyślił się, że przy kamieniu czeka na niego pułapka. Mogli tylko wziąć się mocno w garść i mieć nadzieję.

Gdy bestia opadła w kierunku ziemi, rozszalałe serce Falka jakby zwolniło i zrównało się z rytmem potężnych skrzydeł. Smok zawisł w powietrzu nad areną, najwidoczniej zwlekając z lądowaniem w półkolistej, zacienionej zatoce skał. Po czarnych łuskach pełzały perłowoczarne, lśniące pasma, wydobywając z półmroku zarys mięśni grających pod pancerzem. Bestia potoczyła po Wichrowej Twierdzy oczami koloru stopionego złota, czarne szczeliny źrenic wodziły dookoła, jakby stwór wiedział, że coś tu jest, choć nie mógł tego dostrzec. Czary maskujące odniosły zamierzony skutek.

Falko wstrzymał oddech, gdy smok podpłynął bliżej do czarnego kamienia, a potem z zapierającą dech w piersi gracją rozpostarł skrzydła i wylądował. Przez całe swoje dotychczasowe życie Falko nie wyobrażał sobie czegoś tak pięknego i strasznego jednocześnie.

Bestia była nieco mniejsza, niż się spodziewał, nie większa od smukłego wierzchowca. Jej szyja miała cztery stopy długości, a wijący się ogon zakończony był ostrym grotem. Członki potwora były silnie umięśnione, jego płynne ruchy tchnęły potęgą. Całe cielsko pokrywały łuski, które na piersi, ramionach i po zewnętrznej stronie łap zrosły się w jednolite płyty. Czaszka ozdobiona była dwoma rogami, wyrastającymi z szerokiego, rozumnego czoła. Ale w jego oczach pełgała obietnica okrucieństwa.

To nie było stworzenie z mitów i legend, żadna fantastyczna bestia zrodzona z wybujałej wyobraźni człowieka. To było żywe, oddychające zwierzę – i właśnie dzięki temu tak imponujące.

Smok odmierzył kilka kroków w kierunku środka czarnego kamienia. I tam się zatrzymał. Potężne szpony drapnęły skałę, wpijając się w granit niczym kolce z hartowanej stali. Smok rozciągnął wargi i błysnął ostrymi zębami, robiąc solidny wdech.

Tak... czuł, że jest tu coś dziwnego. Nie wiedział tylko co.

W czasie gdy Falko oswajał się z aparycją smoka, coraz bardziej uświadamiał sobie wpływ, jaki bestia wywierała na jego myśli. Uczucia i emocje mąciły nieruchomą taflę świadomości Falka, odsłaniając przed nim migawki z wnętrza potężnego umysłu.

Chłopak znalazł tam podejrzliwość i zmieszanie, jakby smok nie był pewien, co sprawiło, że znalazł się w tym miejscu. Spodziewał się kogoś tu spotkać, może innego przedstawiciela swojego rodzaju. Ale skalna misa była pusta. A przynajmniej takie sprawiała wrażenie.

Falko skupił wzrok na punkcie kilka jardów przed smokiem, gdzie okryta cieniem figura Dariusa zbierała się do ataku. Jeszcze tylko kilka kroków i smok znajdzie się w zasięgu jego klingi. Falko odczuł wszystkimi zmysłami, jak miecz maga bitewnego zaczyna wibrować od magicznej energii, którą wypełniał go Darius, jakby sama naga stal nie zdołała przebić pancerza łusek. Darius nie zdradzał onieśmielenia nawet w obliczu tak niesamowitej istoty. Falko nagle zrozumiał, co to znaczy być magiem bitewnym.

Darius stał z uniesioną tarczą, przeniósłszy ciężar ciała na wysuniętą do przodu nogę. Jego prawe ramię było uniesione i odgięte w tył, miecz zastygł pod kątem prostym względem przedramienia, gotowy zadać śmiertelny cios.

Tymczasem smok stał nieruchomo tam, gdzie się zatrzymał, jakby wyczuł, że kolejny krok może się dla niego źle skończyć. Jeśli Darius miał uderzyć pierwszy, musiał jakoś skrócić dystans dzielący go od wroga.

Falko poczuł, jak pomruk wydobywający się z miecza maga bitewnego przechodzi w rozdzierający jęk. Poczuł też połączone moce magów skupiające się wokół smoka. Czekali, aż Darius rzuci się do ataku, lecz razem byli niemal gotowi, by zgładzić czarną bestię.

Gdy prawda o tym, co się za chwilę wydarzy, dotarła do Falka, chłopak nagle uprzytomnił sobie, jaką tragedią będzie uśmiercenie tak wspaniałego zwierzęcia i jak niegodne jest uderzenie zza magicznej zasłony jak jakiś skrytobójca. Obce, smocze myśli po raz kolejny wdarły się do jego umysłu. Stwór nie był tam, gdzie chciał teraz być. Przybył tu z powodów, których nie rozumiał. To miejsce zionęło rozpaczą i śmiercią.

I należało do ludzi.

Smok raz jeszcze pociągnął nosem, jakby potrafił wyczuć to, czego nie mógł zobaczyć.

Trafił do krainy ludzi.

Falko czuł, jak napiera na niego fala smoczej nienawiści, gorącej i czarnej jak jego obsydianowe serce. Jej napór przepędził z umysłu Falka wszystkie inne myśli. Jak żywe stworzenie mogło żyć przepełnione tak wielką odrazą i nie oszaleć?

Raptem chłopak pojął, że to prawda.

Że czarne smoki są szalone.

Odkrył, że marzy już tylko o tym, by Darius uderzył. Żeby uśmiercił członka smoczego rodu, nim ten zabije ich wszystkich. Lecz wówczas, kiedy sądził, że zgłębił już wszystkie zakamarki smoczej nienawiści, wyczuł na dnie jego serca tlącą się iskrę smutku. Smutku tak przeraźliwego, że łzy natychmiast napłynęły Falkowi do oczu – i już nie pragnął śmierci tego stworzenia. Gdy zmagał się z wszechogarniającym uczuciem opuszczenia, gdzieś z jego pamięci wypłynęło nieproszone stare przysłowie.

„Nie ma uczucia silniejszego od smoczego smutku. Chyba tylko smocza wściekłość".

Przez łzy Falko zobaczył, jak Darius zbliża się do smoka powolnymi, przemyślanymi krokami. Chciał znaleźć się dość blisko stwora, by móc dosięgnąć go swoim pulsującym ostrzem. Stojący na swoich pozycjach magowie utrzymywali rozpostartą nad amfiteatrem sieć energii. Tak długo, jak smok nie będzie świadom ich obecności, nie zdoła się z niej uwolnić, ale było jasne, że coś wyczuwa. Próbował się cofnąć, ale powstrzymała go niewidzialna magiczna bariera. Usiłował rozpostrzeć skrzydła, ale magia krępowała mu ruchy. W jego umyśle zapaliły się niezrozumienie i strach, gdy Darius złożył się do ciosu. Jeszcze jeden krok i smoczy łeb zostanie odrąbany od ciała.

Nie! – pomyślał Falko. Nie wolno!

Darius już miał uderzyć, lecz Falko, zanim sam się zorientował, co właściwie robi, rzucił się naprzód.

– NIE! – wrzasnął. Zanim jeszcze słowo opuściło jego usta, wiedział już, że popełnił straszny błąd.

Smok poderwał łeb i odnalazł go wzrokiem, a furia płonąca w jego oczach była jak uderzenie pięści.

– Coś ty zrobił? – zawołał za nim Meredith. – Rozproszyłeś zaklęcie maskujące! Coś ty zrobił, na księżyc i gwiazdy?!

Falko nie mógł odpowiedzieć. Nie mógł się poruszyć. Nie potrafił oderwać oczu od bijącej w niego wzrokiem czarnej kreatury. Na obrzeżach swojego pola widzenia zarejestrował ruch – to Darius rzucił się naprzód, by zaatakować potwora, lecz ostrzeżenie Falka złamało czar, który czynił ludzi niewidocznymi dla smoczych ślepi.

Tutaj są ludzie.

Teraz mógł ich zobaczyć.

Smok cofnął się z zatrważającą szybkością. Miecz maga bitewnego zarysował łuski u nasady szyi, ale cięcie było płytkie i smok odniósł tylko powierzchowną ranę. Darius zamachnął się po raz wtóry, ale stwór zadał cios ogonem. Jego ostry szpikulec z potworną prędkością pomknął w stronę maga.

Darius sparował uderzenie tarczą i odskoczył poza zasięg szczęk, ale bestia dopiero wtedy zaatakowała z całą zaciekłością. Falko nie wierzył, że ktoś mógłby przeżyć tak morderczy cios. Potwór rzucił się na maga bitewnego z furią dzikiej pantery, szpony jego przednich łap cięły powietrze z taką zapalczywością, że każdy z ciosów zabiłby na miejscu dorosłego mężczyznę. Darius cofnął się jednak, pozwalając bestii zagarnąć kilka jardów przestrzeni, wirował między rozśmiganymi szponami, aż nadeszła jego kolej na atak.

Odtrąciwszy smoczy pysk tarczą, raz jeszcze spróbował rozorać mu gardło. Potwór zwinął się, by uniknąć morderczego ostrza, po czym niespodziewanym ciosem pazurzastej łapy wybił magowi miecz z ręki.

Rozdziawiona, najeżona zębami paszcza znów pomknęła mu na spotkanie, lecz wtedy z wyciągniętej ręki Dariusa wystrzelił gorejący pocisk magicznej energii. Smok odskoczył do tyłu, rycząc z bólu, gdy uderzenie zerwało mu łuski i rozszarpało skryte pod nimi ciało u nasady żuchwy, tymczasem Darius puścił się naprzód, wznosząc miecz do ostatecznego ciosu. Już miał zanurzyć go w smoczym ciele, gdy bestia trafiła go druzgocącym cięciem szponiastej łapy.

Mag przyjął uderzenie na tarczę, ale jego siła posłała go na skraj Smoczego Kamienia. Złapał leżący tam miecz i dźwignął się na kolano, a szyja smoka zwinęła się w powietrzu niczym atakująca kobra i z zakrwawionego pyska bestii chlusnęły płomienie. Darius zasłonił się tarczą, huczący ogień omył go i spełzł z niewidocznej bańki energii, która uformowała się wokół maga.

Odpędziwszy od siebie przeciwnika, smok chciał ponownie wzlecieć w powietrze, lecz powstrzymała go ochronna bariera roztoczona przez pozostałych magów. Bestia odbiła się od niej jak od niewidzialnego sklepienia i runęła ciężko na płytę czarnego granitu.

Przez krótką chwilę stwór wydawał się pokonany, przyciśnięty do skały własnym ciężarem, lecz smoki nieprędko się poddają, a siła zaklęcia magów była mocno nadwątlona wybrykiem Falka. Smok z wielkim wysiłkiem podniósł się na nogi i wbił wzrok w cieniste zręby wznoszące się wokół kamienia. Teraz, zebrawszy całą siłę woli, dojrzał skryte na nich postacie – stojących siedmiu magów z twarzami wykrzywionymi strachem i wysiłkiem.

Smok rozejrzał się, jakby chciał zdecydować, kogo rozszarpać w pierwszej kolejności. Może wybrał tego po swojej prawej, bo wyczuł w nim słabość, uznał za najsłabsze ogniwo otaczającego go energetycznego łańcucha. Pierś bestii rozdęła się i z rozwartej paszczy wystrzeliła w kierunku maga pozioma kolumna ognia. Ten przerażony uniósł ręce, nieudolnie próbując zasłonić się przed płomieniem, ale zrobił to niepotrzebnie – Darius w porę przyskoczył do niego i otoczył go kopułą ochronnego światła. Ogień uderzył o nią, a potem rozproszył się w chłodnym wieczornym powietrzu. Mag odetchnął z ulgą, ale smokowi udało się zaburzyć jego koncentrację. Nie wspierał już swoimi siłami magicznej bariery, utrzymywanej jeszcze przez pozostałą szóstkę.

Smoczy łeb skierował się na Dariusa, smok przez krótką chwilę wiercił go wzrokiem. Na trybunie powyżej poruszały się prędko usta Morgana Sakera, który usiłował zgromadzić dość energii, by zabić smoka. Wiedział, że nie ma wystarczająco dużo czasu. Ostatnim razem dwa tygodnie przygotowywał czar, którym zabił podobną bestię.

Ale musiał spróbować.

Darius ruszył bokiem po obrzeżu kamienia, a smoczy łeb podążył za nim niczym wskazówka zegara. Bestia nagle skoczyła w powietrze i tym razem magiczna bariera okazała się za słaba, by przydusić zwierzę do ziemi. Smok zawisł nad Dariusem i już miał spalić go swoim płomieniem, gdy nagle mag bitewny przyłożył miecz do tarczy, zamknął skryte w cieniu hełmu oczy i zmarszczył czoło w koncentracji. Jego tarcza błysnęła oślepiająco i Darius posłał świetlisty rozbłysk w kierunku zbierającego się do ataku potwora. Smok rzucił się w lewo, ale świetlista klinga naznaczyła łuski na jego piersi i wypaliła długą na stopę dziurę w błonie prawego skrzydła.

Darius rzucił się naprzód w momencie, gdy smok zwalił się na ziemię, ale zanim zbliżył się na tyle, by sięgnąć go mieczem, ogon potwora odnalazł szczelinę w pancerzu osłaniającym okolice kolana. Mag poleciał naprzód, ale w porę przekoziołkował i lądując na drugim kolanie, zamachnął się i chlasnął smoka głęboko przez ramię. Bestia zawyła i cofnęła się, unikając drugiego ciosu.

Wstając, Darius nieopatrznie oparł ciężar ciała na rannym kolanie i zachwiał się, a wówczas potężny cios smoczej łapy trafił go prosto w pierś. Mag poleciał w powietrze, uderzył ciężko o skały na obrzeżu Smoczego Kamienia i przetoczył się twarzą do ziemi. Krew skropiła czarny granit i mag bitewny zastygł w bezruchu.

Strzepnąwszy skrzydłami tylko raz, smok runął na nieprzytomną ofiarę. Uszkodzone skrzydło wykrzywiło tor jego lotu, ale przecież przeciwnik donikąd się nie wybierał. Wydawało się, że nic nie uchroni Dariusa Voltaria od śmierci w smoczych szponach, lecz właśnie w tym momencie emisariusz zaatakował potwora od tyłu.

Wkładając w cios całą swoją siłę, Nieugięty wbił miecz w tylną nogę stwora. Smok ryknął przeraźliwie i okręcił się, by stawić czoła nowemu przeciwnikowi.

Wcześniej, stojąc za Falkiem i Meredithem, emisariusz obserwował przebieg starcia, lecz gdy stało się jasne, że szala przechyla się na korzyść smoka, zeskoczył z trybun i czym prędzej pobiegł po okręgu, by zajść bestię od ogona. Na upatrzonej pozycji znalazł się za późno, by zapobiec uderzeniu, które powaliło Dariusa, lecz teraz gotował się do walki, czując na sobie nienawistny smoczy wzrok. Jako rycerz w służbie Illicji, emisariusz walczył już z demonami, lecz ze smokiem mierzył się po raz pierwszy i choć potwór nie emanował taką miażdżącą aurą zła, wcale nie był przez to mniej przerażający.

Emisariusz złapał miecz oburącz. Nie miał zbroi ani żadnej mistycznej mocy, na którą mógłby się powołać. Jeśli smok postanowi zaatakować ogniem, nic nie uchroni go przed spłonięciem. Smoczy ogon wystrzelił naprzód, emisariusz uchylił się, a kolec syknął w powietrzu nad jego głową. Gdy smok zamachnął się przednią łapą, rycerz odskoczył w tył. Pazury bestii dwa razy przeorały powietrze wokół niego, ale gdy złożyła się do trzeciego ciosu, Chevalier sam zaatakował mieczem – jego klinga wżarła się w skórę między palcami smoczej łapy i potwór zasyczał z bólu. Jego pierś już nadymała się, gromadząc płomienie, lecz wówczas w żebra trafiła go kula błękitnego ognia, która wybuchła z oślepiającym rozbłyskiem, gdy tymczasem druga trafiła go prosto w głowę.

Magowie porzucili daremne próby uwięzienia smoka w polu energii i zebrali już dość mocy, by przejść do ataku. Ponieważ jednak nie byli magami bitewnymi, zadane przez nich obrażenia okazały się żałośnie małe i tylko dodatkowo rozzłościły smoka. Odwrócił się tyłem do emisariusza, zrobił trzy wielkie kroki i wzleciał w powietrze, by opaść z oszałamiającą prędkością ku najbliższemu magowi. Mężczyzna próbował utkać kolejny czar, ale smok machnął skrzydłami i już był przy nim. Wielkimi szczękami zerwał mu głowę z ramion – okaleczone ciało opadło na Smoczy Kamień.

Kolejne płomieniste pociski spadły na skałę wokół smoka, ale ten jakby zorientował się, że nie mogą wyrządzić mu krzywdy. Bestia zeskoczyła z półki i pomknęła ku kolejnemu magowi. Mężczyzna rzucił się do ucieczki, ale potwór rozwarł paszczę i spuścił na niego deszcz płomieni. Wichrowa Twierdza rozbrzmiała agonalnym wrzaskiem, gdy mag zatonął w ognistej pożodze. Teraz smok wziął na cel nieruchomą postać Morgana Sakera, ale nim zdążył się do niego zbliżyć, znacznie większy niż dotychczasowe grom energii wbił się w jego bok.

Potwór obrócił się w kierunku, z którego nastąpił niespodziewany atak. Wylądował na skalnym pinaklu i skupił rozjarzone spojrzenie na dwóch młodych mężczyznach stojących na trybunie. Jeden miał na sobie szaty maga, drugi wydawał się blady i żałośnie słaby.

Obaj umrą.

Falko patrzył na okręcającą się w jego kierunku olbrzymią głowę. Obok niego stał zdyszany, wykończony Meredith, tak samo zdumiony jak pozostali potężną wiązką energii, którą udało mu się wytworzyć. Obaj obserwowali przebieg bitwy, jakby byli niechętną przedstawieniu publicznością, lecz teraz smok patrzył prosto na nich, a oni wiedzieli, że zaraz rzuci się do ataku.

– UCIEKAJCIE! – ryknął emisariusz, gdy smok wystrzelił w ich kierunku. – FALKO... UCIEKAJ!

Chłopiec oderwał wzrok od wcielonej śmierci mknącej w jego kierunku. W skale za nimi znajdowały się głębokie szczeliny. Gdyby udało im się do nich dotrzeć, zanim dopadnie ich potwór, może uniknęliby płomieni. Falko puścił się biegiem naprzód, a potem wrył pięty w podłoże. Meredith stał nieruchomo, jakby przymarzł do skały. Był zbyt przerażony, by się poruszyć.

Siłą zrodzoną z desperacji Falko złapał towarzysza i pociągnął go za sobą ku głębokim szczelinom. Mag zatoczył się na nogach, gdy Falko pchnął go w kierunku kryjówki. Ledwie zdołał odepchnąć go na bok, gdy usłyszał nad głową młócenie potężnych skrzydeł.

Słysząc szum powietrza wciąganego do smoczych płuc, Falko wskoczył do rozpadliny, wlazł za skalny węgieł i wcisnął się tak głęboko, jak tylko zdołał. Przez kilka sekund w jego świadomości istniał tylko rozszlochany oddech Mereditha, a potem świat wybuchł pośród wycia płomieni. Falko wrzasnął, gdy ogień zdarł mu skórę z odsłoniętego ramienia i wpełzł na szyję i twarz.

Emisariusz strwożył się, patrząc na smoka wypełniającego jaskinię ogniem, lecz płomień zaraz zgasł, a jakaś siła przywlokła smoka z powrotem na Smoczy Kamień. To ojciec usiłował bronić syna.

Czarne oczy Morgana Sakera skupiły się na smoku z taką mocą, jakby mag mógł zabić go samą siłą woli. Ale niestety, nie potrafił tego dokonać. Wiedział o tym, tak jak wiedziała o tym kreatura, której nikt nie zdoła już teraz powstrzymać i która zabije ich wszystkich.

Falko osunął się na ziemię, gdy jasność ognia została nagle zduszona, jakby ktoś przeciął mieczem kolumnę płomieni, która buchnęła ze smoczej paszczy. Wiedział, że powinni być z Meredithem martwi, ale jakimś cudem żyli.

Jego umysł zalewał ból. Falko nie potrafił powstrzymać drżenia, które ogarnęło jego ciało, ale mimo to musiał, po prostu musiał to zobaczyć. To on zaprzepaścił szansę na schwytanie i zabicie potwora. Nie ma prawa kryć się w ciemności, gdy inni stoją twarzą w twarz ze śmiercią, którą on na nich sprowadził. Zbyt słaby i dręczony mdłościami, by wstać, przeczołgał się wolno do wlotu rozpadliny i spojrzał na Smoczy Kamień.

Po jednej jego stronie bezgłowy trup maga leżał przy urwisku nad sięgającą tysiąca stóp przepaścią. Kawałek dalej, wciąż nieprzytomny, leżał w kałuży krwi okuty w zbroję Darius. Trzydzieści stóp nad martwym magiem stał na skalnej trybunie Morgan Saker, gromiący potwora wzrokiem, w którym płonęła nienawiść dorównująca tej jaśniejącej w ślepiach czarnej bestii.

Stwór szedł w jego stronę z niespiesznym zdecydowaniem. Łypnął na emisariusza, który zastąpił mu drogę, a Falko zadumał się nad tym, jak bardzo trzeba być odważnym, by stanąć twarzą w twarz z pewną śmiercią.

Nawet pomimo bólu, który zawładnął jego ciałem, Falko czuł, co dzieje się w smoczym umyśle. Bestia chciała zabić emisariusza, ale przede wszystkim zależało jej na tym, by dorwać maga stojącego na skałach. Morgan Saker ucieleśniał wszystko, czego nienawidził smok, wszystko, co doprowadzało go do szaleństwa. Bestia będzie pławiła się w śmierci maga, ale teraz na jej drodze stanął emisariusz.

Falko patrzył, jak Chevalier unosi srebrny wisior na swojej szyi. Przyłożył go do ust, a potem ucałował lekko, nim pozwolił mu opaść. Następnie złapał mocniej miecz i zebrał się w sobie w obliczu końca. Smok runął naprzód z rozwartą paszczą i rozcapierzonymi pazurami, gotowy zmasakrować przeciwnika, a sir William ruszył mu na spotkanie. Zanim wrogowie zwarli się w boju, iskrzący grom energii strzelił nad ramieniem emisariusza i trafił smoka w pierś. Potwór ryknął z bólu, gdy moc zerwała mu ciało z żeber, zostawiając po sobie dymiącą, krwawą wyrwę.

To nie była wątła magia czarodziejów, ale czar rzucony przez kogoś o wiele potężniejszego. Maga bitewnego.

Czując, że zaraz zemdleje, Falko sięgnął wzrokiem ponad głową emisariusza, by zobaczyć, skąd nadszedł atak. Za Smoczym Kamieniem podnosił się Darius. Młody mag bitewny porzucił hełm, gdzieś przepadły jego tarcza i miecz, ale nigdy jeszcze nie wyglądał groźniej. Bok jego twarzy ociekał krwią i widać było, że dają mu się we znaki pogruchotane żebra, ale utykając przez poobijane kolano, parł niestrudzenie naprzód.

Oprzytomniawszy po ataku, smok wrócił wzrokiem do przeciwnika, którego, jak sądził, już pokonał. Jego szał wzbił się na nowy poziom. Bestia otworzyła paszczę, by spalić Dariusa na wiór, lecz mag bitewny wyprostował obie ręce i wypuścił z palców kolejny potężny pocisk. Smok zachwiał się i odszedł w tył, zbliżając się coraz bardziej do urwiska, a Darius parł dalej naprzód. Uchylił się przed ciosem ogona, który otworzył nową ranę na jego policzku.

Bestia była ciężko ranna, ale wciąż śmiertelnie groźna. Minąwszy emisariusza, Darius usiłował porazić wroga kolejnym atakiem, lecz potwór uskoczył przed pociskiem, a potem nabrał raptownie tchu i rzygnął płomieniem.

Emisariusz rzucił się na bok, a Darius ponownie otoczył się tarczą, ale nie było trudno dostrzec, że mag bitewny słabnie. Otulił go obłok pary, gdy krew na jego twarzy zaczęła się gotować.

Ale wciąż szedł naprzód.

Gdy ogień zelżał, smok cofnął się jeszcze o krok, aż w końcu stanął na samym skraju Smoczego Kamienia. Darius znalazł się teraz na wprost przed nim. Bestia odwinęła się i zadała cios łapą, ale mag bitewny odbił uderzenie otwartą dłonią. Błysnęło światło i smok zawył, gdy trzasnęły kości w jego przedniej kończynie. Druga łapa wystrzeliła znikąd i smok pochwycił maga bitewnego, po czym zatopił pazury w jego szyi i ramieniu. Potwór usiłował go ukąsić, ale Darius złapał jego wielką głowę i utrzymał ją z dala od siebie na odległość ramienia. Ponieważ ranna bestia nie mogła dosięgnąć przeciwnika zębami, raz jeszcze rozwarła szczęki, by zionąć ogniem.

Płomień otoczył Dariusa, ale ten nie przestawał szamotać się ze smokiem na skraju otchłani, z czasem jednak siły zaczęły go zawodzić. Płomień zaprószył się w jego włosach, skóra na twarzy pokryła się pęcherzami i zaczynała pękać. Mag bitewny płonął żywcem, jednak nawet na skraju śmierci zdołał jeszcze przyłożyć otwartą dłoń do piersi smoka i ostatnim nadludzkim zrywem przebił mu serce wiązką energii.

Płomienie rozproszyły się na wietrze jak spłoszone ptaki i na moment świat utonął w bezruchu, gdy dwaj śmiertelni wrogowie gapili się na siebie, niepewni dalszego toku pojedynku. Gdyby smok był innego koloru, walczyliby ramię w ramię, każdy gotów oddać życie za drugiego. Ale smok przywołany przez Dariusa Voltaria był czarny, a czarne smoki były wrogami rodzaju ludzkiego.

Czarne smoki są szalone.

Jeszcze przez sekundę bestia stała wyprostowana z pazurami wrytymi w skraj Smoczego Kamienia, a potem światło w jej oczach zgasło. Gdy się zachwiała, jej potężne skrzydła przesunęły się w przód i otoczyły Dariusa, zamykając go w ostatnim uścisku. A potem smok i mag bitewny runęli w przepaść i wkrótce zniknęli Falkowi z oczu.

10

ANI JEDNA DUSZA

Falko ledwie zdołał pokonać milę, nim zmógł go ból i przygięła do ziemi nieznośna płytkość oddechu. Osunął się na trakt. Idący za nim emisariusz schylił się, by dźwignąć go na nogi. Wziąwszy go w ramiona, sir William zdumiał się, jak niewiele waży ten wychudzony chłopak, choć ma prawie sześć stóp wzrostu. No cóż, tym lepiej, bo od miasteczka wciąż dzieliło ich kilka mil, a Morgan Saker narzucił bezlitosne tempo.

Mag kipiał ze złości. Nie zauważył nawet, że Falko upadł. Gdyby to zależało od niego, zostawiłby szlochającego i majaczącego chłopaka w Wichrowej Twierdzy. Albo nawet własnoręcznie zrzucił Falka z urwiska.

– Czy zdajesz sobie sprawę, co zrobiłeś? – ryknął Morgan, trzymając chłopaka za ubranie nad skrajem Smoczego Kamienia, tak że jego pięt nie podpierało nic poza powietrzem. – Nie po to ocaliłem cię przed płomieniami, żebyś teraz zgubił nas wszystkich!

Tylko Falko wiedział, że mag mówi o jego dzieciństwie, a nie o smoczym ogniu, który zagrażał mu tej nocy. Morgan wpił palce w jego tunikę, jakby ostatkiem sił powstrzymywał się przed posłaniem chłopaka w ślad za Dariusem. Falkiem targało tak druzgocące poczucie winy, że nie dbał o to, czy Saker to zrobi, czy też nie.

– Ojcze! – zawołał Meredith. To było pierwsze słowo, jakie wypowiedział. – Ojcze – powtórzył, a żałobna nuta w jego głosie przebiła się do świadomości ogarniętego wściekłością Morgana.

Mag warknął coś w odpowiedzi, szarpnął Falkiem i rzucił go na skałę. Następnie, nie zaszczyciwszy go już ani słowem, ruszył przed siebie, kierując się ku wyjściu z Wichrowej Twierdzy.

– A co z nimi? – spytał jeden z magów.

– Nie mamy czasu na umarłych. – Morgan nawet się nie odwrócił.

Czarodzieje spojrzeli na emisariusza, ale wyraz jego twarzy był nie mniej zacięty i ponury.

– Nie zdołamy im już pomóc – powiedział Chevalier. – Ale możemy jeszcze pomóc mieszkańcom Caer Dour.

Z tymi słowy postawił Falka na nogi.

– Możesz iść? – spytał i uznał, że tak, skoro chłopak utrzymywał się na nogach. Poprowadził go w kierunku stopni wiodących z amfiteatru na szlak, a inni nie mieli innego wyjścia, jak tylko podążyć za nimi.

Szli teraz na złamanie karku stokiem Mont Noir. Było ciemno, w dole migotały tylko światła Caer Dour. Na przedmieściach czekał już na nich tłum mieszkańców, ale w miarę gdy wędrowcy się do nich zbliżali, wyczekiwanie widoczne na twarzach przechodziło w obawę, wręcz panikę. Ktoś dostrzegł wątłą postać w ramionach emisariusza, ktoś inny zauważył nieobecność Dariusa i dwóch innych magów. Było jasne, że coś poszło bardzo nie tak.

– A gdzie Darius? – pytali.

– Czy przywołał smoka?

– Co się stało chłopcu?

– Gdzie jest Darius?

Morgan Saker ignorował pytania, a ludzie rozstąpili się, by przepuścić pochód. Dostrzegł kogoś w tłumie. Machnął ręką na żylastego mężczyznę.

– Gdzie jest Bellius? – spytał, nawet nie zwalniając kroku.

– W ogrodach – poinformował go zapytany. – Wyprawił przyjęcie na cześć Jarega.

– Znajdź go – polecił mag. – Każ mu natychmiast spotkać się ze mną na placu. I powiedz, żeby przyprowadził ze sobą tylu szlachciców, ilu tylko znajdzie.

Mężczyzna skrzywił się, słysząc śmiertelną powagę w głosie czarodzieja.

– Szybko, człowieku! – warknął Morgan. – Biegnij, jakby cię demon gonił!

Mężczyzna bez słowa pognał brukowaną ulicą. Tłum ciągnął się za magami na plac w centrum miasta. Minęli po drodze posiadłość Symeona, który zjawił się na progu, słysząc narastającą wrzawę tłumu. Za jego plecami pojawili się Malaki i Fossetta.

– Falko! – zawołał Malaki, pochwyciwszy wzrokiem przyjaciela niesionego przez emisariusza.

Wyrwał naprzód, ale Symeon wyciągnął rękę i osadził go w miejscu.

– Co jest?

– To drużyna przywoływacza – poinformował go Malaki. – Coś poszło nie tak. Falko jest chyba ranny.

Fossetta również chciała pobiec do Falka, ale czekała, co powie pan domu. Mięśnie na szczęce Symeona drgnęły, pochylił głowę, jakby nie potrzebował pytać Morgana Sakera o to, jak potoczyły się sprawy na szczycie góry. Ale zaraz nabrał tchu i się wyprostował.

– Fossetto – rzekł do gospodyni – znajdź Heçamedes. Powiedz jej, że potrzebujemy jej usług.

– Chyba idą na plac – wydyszała Fossetta.

Symeon potwierdził skinieniem.

– Poproś, żeby nas tam znalazła, jeśli może.

Gospodyni nie traciła nawet czasu, by zdjąć fartuch. Pomknęła po schodach i ruszyła brukowaną aleją, aż pochłonął ją cień zalegający między budynkami.

Symeon położył rękę na ramieniu Malakiego.

– Idziemy.

Dogonili emisariusza dopiero na placu.

– Ja go wezmę – powiedział Malaki, wyciągając rękę do Falka.

– Potrzebny mu uzdrowiciel – odparł Chevalier.

– Już tu idzie – uspokoił go Symeon.

Malaki wziął przyjaciela w ramiona. Niekończący się potok ludzi szczelnie wypełniał plac.

– Jest rozpalony – zmartwił się Malaki, gdy pokryte potem czoło przyjaciela zetknęło się z jego szyją. – Co się stało?

Emisariusz nie odpowiedział, ale jego wymowne spojrzenie sprawiło, że Malaki zaczął się bardzo bać.

Och, Falko, pomyślał. Coś ty zrobił?

Blade policzki chudzielca były lepkie od potu i miały barwę popiołu. Karmazynowa wysypka, która zwykle kryła się za linią włosów, uwidoczniła się na jego czole i skroniach. Oddychał płytkimi zrywami, a skóra wokół ust miała sinoniebieską barwę. Malaki widział już przyjaciela w złym stanie, ale tak wycieńczonego jeszcze nigdy.

Szybko, Heçamedes, błagał w duchu. Pospiesz się.

Morgan Saker przemaszerował przez plac i wspiął się schodami na kamienne podwyższenie z fontannami w każdym kącie, będące pomnikiem poległych wojowników Caer Dour. Ludzie napierali ze wszystkich stron, domagając się wieści o wydarzeniach na górze, ale mag zbył ich machnięciem ręki. Saker nie powie nic, dopóki nie przyjdą Bellius i wysoko urodzeni.

– Połóżcie go tutaj. – Emisariusz wskazał Malakiemu szerokie schody za jedną z fontann. Oderwał pas materiału z własnej koszuli i zamoczył go w zimnej wodzie, a potem otarł Falkowi czoło i szyję. – Musimy obniżyć temperaturę jego ciała.

Malaki podniósł Falka do pozycji półleżącej, a wysłannik królowej zmoczył mu tunikę i zwilżył czoło.

– Chevalier – odezwał się głęboki głos i pojawił się przy nich Symeon.

Emisariusz podniósł wzrok i zrobił mu miejsce, a stary mag bitewny uklęknął przy swoim słudze. Położył jedną rękę na piersi chłopaka, a drugą przystawił mu do czoła. Pochylił głowę w koncentracji. Przez kilka chwil nic się nie działo, Falko wciąż drżał, walcząc o choćby najwątlejszy oddech. A potem nagle wygiął się w łuk i zaczerpnął chrapliwie powietrza. Wywrzeszczał jedno słowo:

– DARIUS!

Nerwowe szemranie tłumu ustało jak ucięte nożem, gdy wszyscy zwrócili głowę tam, skąd dobiegł krzyk. Ludzie odstąpili od małej grupki skupionej przy fontannie. Wyczuwalne w powietrzu zdenerwowanie zgęstniało i przerodziło się w strach.

Co tam się wydarzyło, do diaska?

Gdy podniosły się szepty i coraz więcej spojrzeń zwracało się ku drżącemu chłopakowi, z ciżby wyłoniła się, rozpychając się łokciami, Fossetta, ciągnąca za sobą Heçamedes, jedną z najbardziej uzdolnionych uzdrowicielek w mieście. Heçamedes była wysoką kobietą o ciemnej skórze, zdradzającej thraeckie pochodzenie. Razem przecisnęły się do fontanny, a gdy gospodyni zobaczyła, w jakim stanie jest Falko, przyłożyła dłonie do ust i zdusiła szloch. Uzdrowicielka położyła Symeonowi rękę na ramieniu i stary mag wstał.

– Co się stało? – spytała, przykładając szczupłą dłoń do rozpalonego czoła chłopaka i mierząc mu puls.

Emisariusz przemknął wzrokiem po tłumie i nachylił się do ucha kobiety.

– Smoczy ogień – szepnął cicho.

Heçamedes zmarszczyła brwi i odjęła rękę, by przyjrzeć się wysypce na czole pacjenta. A potem rozpięła mu koszulę. Czerwone krosty rozsypały się po całej piersi. Jakimś sposobem smocze płomienie zaogniły chorobę. Moce Symeona dały mu kilka ratujących życie oddechów, lecz teraz gardło Falka znowu się zacisnęło. Jeśli ktoś mu nie pomoże, chłopak się udusi.

Heçamedes prędko otworzyła jedną ze skórzanych sakw, które zwisały na rzemieniach z jej ramion. Wydobyła z niej dziwną, zakończoną ustnikiem srebrną rurkę z czymś na kształt niewielkiej, zakrytej pokrywką miseczki umieszczonej w połowie długości. Potem wyłowiła z kieszeni buteleczkę z białawym proszkiem i wsypała odrobinę do miseczki.

– Co to? – zaciekawiła się Fossetta.

– Proszek z przęśli – odparła uzdrowicielka. – Zmniejszy opuchliznę w jego drogach oddechowych.

Kobieta przyłożyła przyrząd do lewego nozdrza chłopaka, a ustnik – do własnych warg. Zatkawszy Falkowi drugą dziurkę nosa, dmuchnęła rytmicznie raz po razie, zgrywając się z oddechem pacjenta. Z każdym dmuchnięciem Falko kaszlał niemrawo, a z czasem rozkaszlał się na dobre, ale jego oddech się poprawił. Niebieskawa siność opuściła jego usta i na policzki wypłynął cień rumieńca.

Uzdrowicielka odłożyła przyrząd i raz jeszcze zbadała puls. Drżenie ustało i oddech pacjenta z wolna się wyrównywał. Heçamedes westchnęła z ulgą i już miała zająć się oparzeniem na ramieniu, gdy po przeciwnej stronie placu wybuchło jakieś zamieszanie. Bellius Snidesson wyłuskał się z tłumu, a za nim tuzin wysoko urodzonych. Ruszył prosto w kierunku pomnika poległych, a ludzie umykali mu z drogi. Wszyscy patrzyli, jak wchodzi po schodach i pogrąża się w cichej rozmowie z Morganem Sakerem.

– Pomóżcie mi go obrócić – powiedziała Heçamedes, na powrót poświęcając całą uwagę Falkowi.

Malaki oderwał wzrok od ponurej grupy zgromadzonej na podwyższeniu i schylił się, by pomóc kobiecie. Ułożył przyjaciela na boku i rozerwał nadpalony materiał tuniki, by odsłonić ranę dla Heçamedes.

– Źle jest? – spytał Symeon. Tylko on znał nieopisany ból, jaki ogarnia człowieka sparzonego smoczym płomieniem.

Uzdrowicielka uniosła brew.

– Miał szczęście. Smok uszkodził tylko zewnętrzne warstwy skóry. Ogień musiał ledwo go musnąć.

Malaki ogarnął wzrokiem czerwoną, sączącą się ranę i żadną miarą nie mógł określić Falka mianem szczęśliwca. Ogień zdarł mu skórę z ramienia, a płomienie liznęły też bok jego szyi i twarzy. Ciało może i się zagoi, ale będzie naznaczony bliznami do końca życia.

Heçamedes wyjęła z sakwy mały rozpylacz, który wypełniła ziołowym naparem. Spryskała ranę zielonkawą mgiełką, a potem nakryła ją jedwabiem nasączonym leczniczym olejkiem. Następnie przewiązała ramię Falka czystym bandażem, a potem nasmarowała lżejsze poparzenia srebrzystą maścią.

Wreszcie ułożyła pacjenta w ramionach kowala i podała mu coś na ból. Falko przełknął pachnącą słodko substancję i gdy jego ciało cofało się znad skraju śmierci, mógł w pełni ogarnąć umysłem całą biedę, jaką na siebie sprowadził. Otworzył niepewnie oczy, przez chwilę wodził nimi po ścianie gromiących go wzrokiem ludzi, a potem zatopił twarz w ramieniu Malakiego i się rozpłakał.

Heçamedes zwróciła się do Fossetty i Symeona.

– Opatrunek trzeba codziennie zmieniać – zaleciła, a stary mag bitewny skinął żałośnie głową. – Mógłbyś też zaradzić bólowi, Symeonie... Twoja moc przyspieszyłaby również proces zaleczania się ran.

– Oczywiście – potwierdził starzec.

– A co z dusznościami? – spytała Fossetta. – Nigdy jeszcze nie było tak źle.

– Niestety, to prawda. – Heçamedes raz jeszcze przyjrzała się wysypce na piersi Falka. – Właściwie nie jestem nawet pewna, czy to rzeczywiście suchoty. Szkarłatnica nie reaguje w ten sposób na gorąco. To jakaś inna choroba.

Stojący za jej plecami emisariusz potwierdził skinieniem. Miał powiedzieć coś jeszcze, gdy gdzieś nad nimi wybuchnął rozsierdzony głos.

– Gdzie on jest? – krzyczał Bellius, podchodząc na skraj podwyższenia. – Gdzie jest szczeniak tego zatraconego szaleńca?

Na placu zapadła cisza. Tłum podążył za wzrokiem szlachcica, ale Falko był zbyt roztrzęsiony, by usłyszeć jego jadowite słowa. Nawet Bellius nie mógł sprawić, by Falko poczuł się jeszcze gorzej. Przy szlachcicu stał Morgan Saker i czterech ocalałych z walki magów, a za nimi grupa najpotężniejszych szlachciców w mieście. Na ich twarzach jaśniało niedowierzanie.

– Co jest? – zawołał ktoś z ciżby. – Ktoś powie w końcu, co tam się wydarzyło?

Tłum momentalnie podchwycił jego słowa, wybuchła wrzawa. Mieszkańcy Caer Dour domagali się prawdy.

Morgan uspokoił ich uniesieniem ramion. Czekając, aż ucichnie ostatni szept, wodził po nich czarnymi oczami, a potem wyjawił:

– Darius nie żyje.

Ludzie wstrzymali oddech. Cisza aż dzwoniła w uszach. Niedowierzanie wypłynęło na zdezorientowane twarze.

– Smok, którego przywołał, był czarny – ciągnął mag. – Nie zdołaliśmy go obłaskawić. – Przeniósł wzrok na Falka. – Bestia zabiła dwóch magów. Zabiłaby również i nas, gdyby Darius go nie powalił. – Pauza. – Walczył dzielnie i ostatkiem sił rozgromił potwora, ale ostatecznie pochłonęły go płomienie. Razem spadli z urwiska. Nasz mag bitewny padł na polu bitwy.

Zebranym wydawało się, że się przesłyszeli. Przywołania nie miały kończyć się w ten sposób. Każdy wiedział, że mogą wydarzyć się tylko trzy rzeczy: albo żaden smok nie odpowie na wołanie maga, który wówczas wróci do miasta samotnie, albo smok odpowie i wróci do miasta wraz z przywoływaczem, albo...

Albo właśnie... Przywołany zostanie czarny smok. Zdarzało się to rzadko i zwykle kończyło się śmiercią potwora. Przecież to w tym celu magowi bitewnemu towarzyszyli zwykli czarodzieje, i to aż siedmiu – by spętać szaloną bestię i pozwolić mu ją zabić. Tak właśnie miało być. Smok ginął i przywołanie kończyło się fiaskiem, ale wówczas mag wracał do miasta, by walczyć z Opętanymi.

Tym razem stało się inaczej.

A nie miało się stać.

Ten dzień zaczął się świętowaniem, a teraz kończył się żałobą. Przez długą chwilę nikt nie zdołał dobyć słowa. Plac stale zapełniał się ludźmi, stopniowo trwożliwa cisza zaczęła pękać pod naporem szeptów i przyciszonych w niedowierzaniu głosów. Ci, którzy usłyszeli już straszne nowiny, przekazywali je nowo przybyłym.

– Symeonie! – rozległ się znajomy głos. – Co się stało?

Stary mag obrócił się, gdy Julius Merryweather położył mu rękę na ramieniu. Dwaj mężczyźni uścisnęli sobie przedramiona, a rubaszny szlachcic o niezwykle jak na niego poważnej twarzy strzelał wokoło nerwowym wzrokiem.

– Darius zginął – rzekł Symeon.

– Wielkie nieba! – zapowietrzył się Merryweather. – A co z twoim chłopcem? – szepnął, zauważywszy Falka.

Symeon zacisnął usta.

– Smok go poparzył – dodał cicho. – Heçamedes opatrzyła mu rany, ale jego pierś... jego płuca... – Symeon potrząsnął głową.

Stojący na podwyższeniu Morgan Saker odpowiadał na padające z tłumu pytania.

– Jak to możliwe?

– Dlaczego magowie nie byli w stanie powstrzymać smoka?

– Czy było ich zbyt mało? Czy byli zbyt słabi?

– Słabi! – warknął Morgan groźnym głosem. – Nie byliśmy słabi! – Miał powiedzieć coś jeszcze, ale do przodu przepchnął się Bellius.

– Jak śmiecie obwiniać magów?! – oburzył się. – Przecież sprawca tej tragedii leży tutaj przed wami!

Spojrzenia zwróciły się tam, gdzie skierował je oskarżycielski palec szlachcica. Ludzie cofnęli się od Falka i stojących nad nim przyjaciół.

– To on sprowadził na nas zgubę! – syknął Bellius. – On! Nieodrodny syn Aquili Dantégo! Ostrzegł smoka przed atakiem Dariusa. Stanął po stronie bestii.

– To nieprawda – powiedział Meredith Saker, ale ojciec uciszył go spojrzeniem.

– Niedaleko pada jabłko od jabłoni – wycharczał Bellius i raptem niedowierzanie tłumu ustąpiło miejsca czemuś innemu. Spojrzenia wwiercające się w Falka stały się nieżyczliwe i surowe. W powietrzu cuchnęło złością. Wściekłością skoncentrowaną na jednym człowieku.

– Ale co z Opętanymi? – ryknął ktoś inny.

Złość wyparowała, gdy nagle przypomniano mieszczanom o straszliwym zagrożeniu, które nadciągało od strony doliny. Oszałamiająco gładko przenieśli uwagę z powrotem na Belliusa i Morgana Sakera.

– I co z demonem?

– Co z Opętanymi?

– Kto będzie z nimi walczył?

Bellius uniósł ręce, by stłumić tę nową falę paniki, ale sam wydawał się nerwowy i niepewny.

– Powinniśmy wysłać posłańca do Caer Laison – podsunął któryś z wysoko urodzonych. – Poprosić o pomoc.

– Już na to za późno – wypluł Morgan. Nawet wielki mag wydawał się rozstrojony.

– Ale przecież... Opętani... demon... Co my zrobimy bez Dariusa?

– Umrzemy bez Dariusa! – krzyknął Meredith Saker.

Morgan strzelił wzrokiem w syna, ale było już za późno. Meredith powiedział prawdę. Bez Dariusa ich armia nie miała szans na pokonanie Opętanych.

– Powinniśmy kazać wojsku zawrócić do miasta – rzucił któryś z możnych. – Obsadzić mury u wlotu doliny. Z pewnością uda się ich tam zatrzymać.

Bellius pokiwał głową.

– Tak, nie ma potrzeby stawać przeciw nim na polu bitwy. Możemy spróbować zatrzymać ich w dolinie, dopóki nie sprowadzimy pomocy.

– Nam już nic nie pomoże! – powiedział Morgan pogardliwym głosem. – Nic.

– Ale wciąż możemy walczyć – zauważył inny szlachcic. – Wspomogą nas magowie.

– Magowie na nic się nie zdadzą na polu bitwy – warknął Morgan. – Gdyby tak było, po cóż byliby nam magowie bitewni? Tylko oni mogą otoczyć armię tarczą, przez którą nie zdoła się przebić się diabelski strach roztaczany przez demona. A nie mamy już maga bitewnego.

Podążył wzrokiem do zmaltretowanej postaci w ramionach Malakiego. Czekał, aż Falko otworzy oczy, by zwrócić się do niego.

– A nie mamy go przez ciebie – dodał, jakby byli jedynymi ludźmi na placu.

Mieszkańcy Caer Dour raz jeszcze spojrzeli na wątłą postać Falka Dantégo. W ich oczach próżno było szukać śladów litości i współczucia dla jego cierpienia. Zamiast tego narastało w nich przerażenie i zrodzona z niego nienawiść. Z ich ust dobyła się plątanina głosów, zmagali się z narastającą paniką, gorączkowo szukali wyjścia z sytuacji, obwiniali chłopaka o niepowodzenie rytuału.

– Można by ściągnąć do miasta żołnierzy z ościennych regionów – zasugerował któryś mieszczanin.

– Moglibyśmy rozdać broń ludziom – powiedział kolejny. – Walczyć w obronie naszych rodzin.

– A gdybyśmy zaatakowali ich z klifów, zanim dotrą do miasteczka?

Rumor przybrał entuzjastyczny ton, gdy mieszkańcy Caer Dour zaczęli prześcigać się w wymyślaniu sposobów na pokonanie ferockiej armii. Wciąż stojący na pomniku Bellius widocznie nabrał pewności siebie, rozmawiał teraz z możnymi, którzy przerzucali się pomysłami. Wydawał się tak napuszony i zadowolony z siebie, jakby nabrał przekonania, że on i jego szlachetni znajomkowie zdołają uchronić Caer Dour od zguby. Lecz mieszczanie nie słuchali go, sami napędzeni nadzieją, przeskakujący od pomysłu do sugestii. Wówczas nowa postać wstąpiła na pomnik.

– Obywatele Caer Dour – zwrócił się do tłumu sir William Chevalier.

Ciżba ucichła, ciekawa, co ma do powiedzenia królewski wysłannik, lecz jeśli spodziewali się pocieszenia i zagrzania do boju, zawiedli się.

Emisariusz potoczył wzrokiem po zwróconych w jego stronę twarzach, a mieszczanie dostrzegli obecny w nich smutek.

– Nie możecie z nimi walczyć – powiedział po długiej chwili.

Niektórzy zjeżyli się, jakby rycerz podawał w wątpliwość ich umiejętności lub odwagę.

– Nie możecie walczyć z armią demona – powtórzył Chevalier. – Nie bez maga bitewnego.

– Możemy wystawić dwa tysiące żołnierzy – odparł Bellius. – O wiele więcej, jeśli rozdamy broń wszystkim mężczyznom, którzy mogą walczyć.

Emisariusz westchnął z wysiłkiem.

– A ilu z nich stawiło już czoła demonowi? – spytał. – Ilu walczyło z Opętanymi?

Bellius prychnął i się odwrócił. W całym mieście zebrałaby się może garstka ludzi, którzy mieli jakieś doświadczenie w walce z Opętanymi. Samo wspomnienie o nich brzmiało jak zamierzchła historia, fragment opowieści zapisanej w jakiejś zmurszałej księdze, rozbudzone na nowo zagrożenie, które kiedyś przetoczyło się przez Beltane i Illicję – budzące przerażenie, lecz odległe i niezbyt realne, problem kogoś innego, nie nasz, mieszkańców Caer Dour. Valencja dopiero w ostatnich latach odczuła na własnej skórze efekty toczącej się gdzieś daleko wojny – gdy wyszczerbiła się tarcza, którą otoczyły ją inne królestwa.

Emisariusz wolno pokiwał głową. Nie wydał osądu, nie było w nim lekceważenia ani pogardy, nie winił tych ludzi za ich niewinność.

– Nie dotrzymacie im pola – powtórzył. – I jest za późno, żeby sprowadzić pomoc.

– A więc co mamy robić? – spytał ktoś w tłumie.

– Musicie uciekać. Uciekać i trzymać się nadziei, że uda wam się skryć w bezpiecznym miejscu.

– Mamy więc zostawić miasto na pastwę Opętanych? – zaśmiał się Bellius, jakby sama ta myśl była absurdem. – Naprawdę wydaje ci się, że mężowie Caer Dour porzucą swój dom i pierzchną, żywiąc nadzieję, że armia demona zostawi ich rodziny w spokoju?

Sir William spojrzał mu prosto w oczy.

– Nie zrozumiałeś mnie, panie. To nie armia ma uciec.

Bellius skrzywił brwi.

– Armia Opętanych przemierzy dolinę, a potem wejdzie do miasta, żeby zabić lub zagrabić wszystko, co znajdzie na swojej drodze. A znajdzie każdego, kto okaże się na tyle głupi, żeby zostać.

Przez tłum znów przetoczyły się szepty, jakby ludzie zaczęli rozumieć, co chce im powiedzieć Chevalier. Emisariusz zrobił pauzę, by jego słowa do nich dotarły.

– Pozwólcie dzieciom przespać tę noc – podjął – ale o wschodzie słońca każdy: mężczyzna, kobieta czy dziecko, musi być gotowy do ucieczki w góry.

– Ale dokąd mielibyśmy pójść? – spytała kobieta skryta gdzieś w tłumie po przeciwnej stronie placu.

Emisariusz jakiś czas szukał jej wzrokiem, ale bezskutecznie.

– Ruszymy w kierunku Clemoncé – wygłosił. – Obyśmy dotarli tam, zanim dogonią nas Opętani.

– Ależ to szaleństwo! – zawołał Bellius. – Nie możemy wyrwać miasta z korzeniami i rano przesadzić go do jakiegoś miejsca w górach.

– Szaleństwem będzie w nim zostać.

– Ale co z naszymi domami? Z naszą ziemią?

– Domy można odbudować. Ziemię można odbić.

Zirytowany Bellius wyrzucił ramiona w górę. Szukał wsparcia na twarzy Morgana, ale mag gromił go bezlitosnym wzrokiem. Emisariusz ponownie zwrócił się do tłumu.

– Ludu Caer Dour. Co się stało, to się nie odstanie. Nie czas teraz na opłakiwanie Dariusa. – Ludzie mierzyli go ponurym wzrokiem. – Wróćcie do domów i przygotujcie się do podróży. Spakujcie tylko to, co potrzebne. Nie bierzcie nic, co zanadto was spowolni.

Tłum otrzeźwiał, zaczynał powoli mierzyć się z rzeczywistością, która zarysowała się teraz jasno i wyraźnie. Perspektywa zabrania bliskich w góry nie była miła, lecz mieszkańcy Caer Dour byli przecież rodowitymi Valencjanami. Nie ugną się pod naporem trudów, stawią czoła wyzwaniu.

– Prędkość, żywność, schronienie – wyliczył na palcach emisariusz. – O tym myślcie, gotując się do drogi. Przede wszystkim o szybkości.

Odczekał chwilę, by się upewnić, że zrozumieli.

– Jest w górach niedaleko stąd skalny płaskowyż – dodał – przy drodze wiodącej do Clemoncé. Powiedzcie o nim waszym przyjaciołom i rodzinie. Powiedzcie każdemu, kogo znacie, że spotkamy się tam jutro rano.

Raz jeszcze potoczył wzrokiem po wpatrzonych w niego twarzach.

– Nie wolno nam nikogo zostawić – powiedział. – Jeśli jest wśród was ktoś, kto potrzebuje pomocy, pomóżcie. Jeśli jest ktoś, kogo trzeba przekonać, bądźcie przekonujący. Niech jutro o wschodzie słońca nie zostanie w Caer Dour ani jedna dusza.

11

POCZUCIE WINY

Tłum rozpraszał się powoli. Włodarze Caer Dour odeszli, by omówić trudne położenie swojego ludu. Symeon dołączył do nich, nikt bowiem nie wiedział tyle o Opętanych, ile właśnie on. Rozmowa ciągnęła się w nieskończoność i było grubo po północy, gdy stary mag w końcu wrócił do domu.

Malaki zaniósł Falka do willi i ułożył go tak wygodnie, jak tylko potrafił, podczas gdy Fossetta zaczęła przygotowywać się do podróży w góry. Kiedy już wszystkiego dopilnowała, przyszła zmienić Malakiego.

– Powinieneś już iść – powiedziała. – To będzie pracowita noc i twojemu ojcu z pewnością przyda się pomoc.

– Ale przecież... – zaczął Malaki, lecz Fossetta zaraz mu przerwała:

– Będę mieć oko na Falka. Sen to najlepsze lekarstwo.

Młody kowal kiwnął głową, choć wcale nie kwapił się opuścić przyjaciela. Gdy wstał z krzesła, Fossetta położyła mu rękę na ramieniu, po czym wspięła się na palce, by ucałować go w policzek.

– Świetnie dzisiaj walczyłeś – powiedziała ze łzami w oczach.

Malaki się uśmiechnął.

– Dziękuję – odparł, choć doniosłe wydarzenia dzisiejszego dnia nagle wydały mu się odległe i błahe.

Gospodyni odprowadziła go wzrokiem do drzwi, a potem zajęła zwolnione przez niego krzesło. Pokój oświetlał płomień jedynej lampy, pomieszczenie wypełniało migotliwe pomarańczowe światło, ale twarz

Falka wciąż wydawała się bladoszara jak skała. Jęczał przez sen, czasem jego ciałem wstrząsały dreszcze, oddychał chrapliwie.

– Ciemność – wybełkotał w malignie. – Ciemność w głębinach. Ciemność na wysokościach.

Na Fossettę padł blady strach. Minęły lata, odkąd Falko ostatni raz mówił przez sen o owej tajemniczej ciemności. Musi być w naprawdę złym stanie, skoro sny wciągnęły go znowu w ciemną otchłań w jego umyśle. Często gdy mówił o ciemności, wspominał też o innych rzeczach. Fossetta i Symeon nie potrafili orzec, czy było to miejsce, gdzie znajdowały się trzy wzgórza, czy może jacyś trzej wymyśleni przyjaciele, którzy podnosili go na duchu.

– To nieważne – powiedział kiedyś Symeon. – Jeśli pomaga mu to w walce z koszmarami, to nie może być złe.

Fossetta żywiła nadzieję, że Falko poczuje się lepiej rano. Odgarnęła z jego twarzy kosmyk ciemnych włosów. Zmierzyła mu gorączkę i pochyliła się, by ucałować go w czoło. Usiadła w fotelu po drugiej stronie pomieszczenia i prawie przysnęła, kiedy usłyszała odgłos otwieranych drzwi.

– Jak z nim?

Gospodyni wstała, gdy do pokoju wszedł Symeon.

– Niedobrze – odparła.

Stary mag bitewny dosłyszał zdenerwowanie w jej głosie.

– Jest silniejszy, niż się wydaje – powiedział. – Czy nie tak sama zawsze mówiłaś?

Fossetta odpowiedziała uśmiechem na tę uprzejmość starego maga.

– Czy wszystko ustalone? – spytała.

– Tak, na ile to możliwe. Udamy się do Toulwaru. To najbliższe bezpieczne miejsce.

– Czy jest tam jakiś mag bitewny?

– Będzie – skorygował Symeon. – To punkt zborny dla wojsk zmierzających do Illicji. Mag bitewny ma dołączyć do ostatnich oddziałów opuszczających miasto pod koniec miesiąca.

– Ale to już za dziewięć dni!

Symeon nie odpowiedział. Uczestnicy spotkania wyrażali tę samą troskę. Miasto Toulwar leżało w odległości stu mil od Caer Dour i wiodła do niego trudna ścieżka przez góry. Symeon zdawał sobie sprawę, że to niemożliwe, by wszyscy uciekinierzy przemierzyli taką odległość w dziewięć dni.

– Wyślemy jeźdźców – powiedział. – Poinformują Toulwar o naszej sytuacji. Armia wyjedzie nam na spotkanie.

– A co z tymi, którym nie uda się uciec? – spytała Fossetta.

Symeon tylko pochylił głowę.

– Otrzymają szansę na to, żeby zadecydować o swoim losie.

Gospodyni zakryła usta dłońmi.

– Niebiosa, dopomóżcie – wydyszała.

Ręka Symeona spoczęła na jej ramieniu.

– Czy wszystko gotowe? – spytał, chcąc skupić jej uwagę na przyziemnych sprawach. Na rzeczach, które były w zasięgu jej możliwości.

Fossetta pokiwała głową, ale Symeon widział, że łzy zebrały się w jej oczach. Znała przynajmniej kilka osób, które były zbyt chore lub zbyt stare na wyprawę w góry.

– Kazałam Davisowi przygotować juki dla koni – powiedziała, ocierając oczy skrajem rękawa. – Na pewno wielu ludzi nie sięga myślą dalej niż do pierwszego dnia wędrówki. Musimy być przygotowani na to, żeby dzielić się zapasami.

Mężczyzna kiwnął głową i się uśmiechnął.

– Prześpij się, Fossetto. Ja przy nim posiedzę.

Kobieta spojrzała na Falka. Na jej twarzy troska zmagała się ze współczuciem.

– Niebiosa, dopomóżcie – powtórzyła i opuściła pokój.

Symeon rozsiadł się na krześle.

Minęła godzina. Płomyk lampy ledwie już trzymał się knota.

Falko otworzył oczy.

Po drugiej stronie pomieszczenia zobaczył siedzącego Symeona. Zdawało się, że śpi. Falko odetchnął z ulgą. Nie miał ochoty z nikim rozmawiać. Bolała go pierś, a ramię płonęło bólem. Gdy usiłował zmienić pozycję na wygodniejszą, niespodziewanie usłyszał głos gospodarza:

– Dlaczego?

W przyćmionym świetle dostrzegł poznaczoną bliznami twarz opiekuna.

– Musiałem się dowiedzieć... – wymówił cicho. – Musiałem się przekonać.

– O czym?

– Za co umarł – odpowiedział Falko. – Co go do tego popchnęło.

– Czy znalazłeś odpowiedź?

– Nie. Smok był szalony. I mój ojciec też był szaleńcem, że się z nim sprzymierzył.

Symeon wziął głęboki wdech i wyrzucił powietrze z płuc. Wydawał się niemal rozczarowany. Może sam liczył na to, że znajdzie się jakieś wytłumaczenie dla czynów Aquili Dantégo.

Zapadła cisza.

Falko wlepił wzrok w sufit, a z jego oczu polały się łzy syna opłakującego śmierć ojca. Ostatnia nadzieja na odkupienie jego ojca spłonęła w ślepej furii smoczego płomienia.

– Przepraszam.

Symeon pochylił głowę, słysząc żałość w głosie podopiecznego. Nie winił go za to, co się wydarzyło, nawet jeśli całe miasto potępiało jego czyn. Stary mag rozumiał, że to rozpaczliwe pragnienie serca popchnęło Falka do niebezpiecznej podróży do Smoczego Kamienia. Nie było w tym jego winy, po prostu nie mógł postąpić inaczej.

– Spróbuj jeszcze pospać – powiedział. – Zbierz siły na nadchodzące dni.

– Pospać – powtórzył chłopak, czując, że nawet we śnie nie znajdzie spokoju.

A jeśli chodzi o siły... Prawie się roześmiał.

Siła potrzebna była żyjącym. On jej nie potrzebował.

12

GÓRY

Następnego dnia sześć tysięcy ludzi zebrało się na rozległym skalistym płaskowyżu na zachód od miasteczka. Jesienny chłód dodatkowo pogłębiał ponurą aurę tego smętnego, odkrytego pustkowia, gdzie nic nie chroniło przed kąśliwym północnym wiatrem. Słońce ledwie wyjrzało zza horyzontu, a zanim jego pierwsze promienie dotknęły Caer Dour, prawie nie było w nim już żywej duszy.

Ludzie wzięli sobie do serca słowa emisariusza i zaledwie garstka pozostała w mieście. Większość zdoła ruszyć za głównym pochodem, nim będzie za późno, lecz byli także i tacy, którzy „potrzebowali pomocy w dokonaniu właściwego wyboru". Na twarzach uciekinierów malowały się ponure barwy; stali skupieni w grupkach, garnąc się do siebie w przenikliwym chłodzie, ściskając w zgrabiałych dłoniach sakwy z jedzeniem i osobistymi drobiazgami, zbyt cennymi, by je porzucić. Wielu miało konie i osły objuczone zapasami lub niosące tych, którzy byli zbyt młodzi, zbyt starzy lub zbyt chorzy, by wędrować o własnych siłach. Uchodźcy robili wrażenie wynędzniałych i zagubionych, lecz gdy na krawędzi płaskowyżu dostrzegli zmierzającą ku nim postać emisariusza, ponury nastrój rozpłynął się niczym podnosząca się z dolin poranna mgła.

Sir William jechał na pięknym perszeronie, siwym jak dym z suchego drewna. Był to rumak bitewny z gatunku tych, jakie ukochali sobie wojownicy Illicji. Wysłannik nie rozsyłał wokoło krzepiących uśmiechów, lecz coś w jego hardej postawie dodało zebranym skrzydeł. Nie była to może niezachwiana pewność siebie, ale swoisty spokój, jakby Chevalier nie pierwszy raz znalazł się w podobnej sytuacji i stanowił teraz żywy dowód na to, że nie jest ona beznadziejna. Obok niego na czarnym koniu podobnych rozmiarów jechał Symeon le Roy. Pomimo podeszłego wieku i ślepoty stary mag bitewny emanował tą samą pokrzepiającą energią co emisariusz, a lud Caer Dour zaczął oswajać się z nadzieją.

Lecz za ich plecami na o wiele mniejszym wierzchowcu jechała drobniejsza, przygarbiona, kołysząca się w siodle postać, w obszytym futrem płaszczu ze skalistoburego materiału. Nie trzeba było zaglądać pod kaptur, by domyślić się, kto to.

Falko Danté, syn Aquili Dantégo, szalonego maga bitewnego, zdrajcy, który okrył się hańbą. To wszystko jego wina. To przez niego musieli opuścić swoje domy. To przez niego marzli na tym przeklętym wietrze, niepewni jutra i strwożeni przed Opętanymi.

Falko miał wrażenie, że przedziera się przez koszmar. Pobratymcy, którzy jeszcze wczoraj witali go na ulicy z uśmiechem, dziś gromili go twardymi, bezlitosnymi spojrzeniami. Ledwie wytrzymywał ból, który ogarniał jego zmaltretowane ciało. Nie miał siły na zmaganie się z całą tą wrogością, która ziębiła go bardziej niż ostry północny wiatr. Pochylił głowę, gdy kątem oka zobaczył podjeżdżających z obu stron jeźdźców.

– W ogóle na nich nie patrz – powiedział jeden z nich gardłowym głosem.

Falko rzucił na niego okiem. To był Balthazak de Vane, ojciec Malakiego.

– Skup spojrzenie na Symeonie – dodał.

Stary kowal nie patrzył na Falka. Utkwił wzrok w przestrzeni przed sobą.

Falko obejrzał się na Malakiego po swojej prawej ręce. Zarówno ojciec, jak i syn nosili błękitne pancerze, a na ramiona narzucili ciepłe płaszcze. Robili wrażenie silnych i szlachetnych, wyglądali raczej jak rycerze niż małomiasteczkowi kowale. Falko poczuł raptowny przypływ braterskiej miłości do obu mężczyzn, lecz chwilę później przyćmiła ją czarna fala wyrzutów sumienia. Nie czuł się godny życzliwości, jaką go obdarzyli. Nie mógł się zebrać, by odpowiedzieć uśmiechem na ukradkowy wyszczerz Malakiego.

Mocna eskorta zniechęcała ludzi do otwartego gapienia się na chłopca, ale Falko czuł, że ludzie łowią go nieprzychylnymi spojrzeniami. Słyszał utrzymujące się w powietrzu dookoła niego szepty, gdy jechali ku grupie szlachciców, którzy zatrzymali się na środku płaskowyżu.

– Świetnie. – Malaki wskazał grupę głową. – Jest wśród nich Heçamedes.

Podniósłszy wzrok, Falko ujrzał przyglądającą im się uzdrowicielkę. Nie mógł powiedzieć, by cieszył się na jej widok.

Malaki z ojcem pozostali w tyle, a chłopak, Chevalier i Symeon zbliżyli się do wysoko urodzonych. Emisariusz zsiadł z konia, by porozmawiać z Belliusem i Morganem. Symeon został w siodle, a klacz Falka zwolniła do stępa i zatrzymała się. Za jego plecami zsiadła ze swojego jucznego konia Fossetta. Obserwowała go nerwowo, gdy jego wierzchowiec wspinał się górskim traktem. Najwidoczniej uważała, że to nie przytomność samego Falka, ale rozsądek i pewne nogi jego konia trzymają go w siodle. Podeszła do Heçamedes, która znalazła się przy strzemieniu pacjenta.

– Jak się miewa? – spytała uzdrowicielka.

– Tak samo jak wczoraj – odpowiedziała gospodyni. – Wydzielina utrzymuje się w płucach, wysypka się pogarsza.

Heçamedes pokiwała głową i sięgnęła do kaptura chłopca.

– Emisariusz ma rację – orzekła. – To nie szkarłatnica.

– To dobrze czy źle? – spytała Fossetta.

– Tylko czas pokaże. – Uzdrowicielka wykręciła się od odpowiedzi.

Emisariusz odszukał ją minionej nocy. Choroba, o której jej opowiedział, była niezmiernie rzadka w tych stronach, ale objawy właśnie na nią wskazywały. Pomówi z nim jeszcze przy okazji. Teraz Chevalier grzązł w kordonie przekrzykujących się szlachciców. Wysoko urodzeni mówili wszyscy naraz, dopóki nie powstrzymał ich uniesieniem ręki.

– Jakie wieści o armii? – spytał.

– Pierwsi jeźdźcy dotarli do nas godzinę temu – odparł Morgan.

– Dwie godziny – poprawił go cierpkim głosem Bellius.

Morgan posłał mu wymowne spojrzenie, ale szlachcic tylko wywrócił oczami i przyłożył rękę do czoła. Jak wielu ludzi naokoło, wyglądał, jakby minionej nocy nie zmrużył oka.

– Armia już idzie – powiedział, biorąc butelkę wina od swojego służącego Ambrose'a. – Spotkamy się z nią jeszcze dzisiaj.

– Doskonale – powiedział emisariusz. – A Opętani?

– Zaledwie dwa dni dzielą ich od miasta – odpowiedział Bellius.

Wysłannik odbiegł wzrokiem i zacisnął szczęki.

– Lepiej więc ruszajmy – wychrypiał ponuro, zwracając się do Morgana. – Czy jeźdźcy są gotowi?

Mag wskazał dłonią czterech mężczyzn stojących przy koniach. Każdy posłaniec miał przerzucony przez ramię skórzany tubus na zwoje. Emisariusz przepchnął się do nich. Trzej pierwsi jeźdźcy byli szczupłymi mężczyznami o ogorzałych twarzach, trzecim była dziewczyna.

Emisariusz przystanął.

– Jest w odpowiednim wieku – uprzedził pytanie stojący obok mężczyzna, który otaczał ramieniem kobietę o identycznie ciemnych oczach jak dziewczyny.

– Jest też szybka – podchwyciła kobieta. – I odważna.

Emisariusz skinął głową.

– Jak cię zwą? – spytał dziewczynę.

– Anwyn.

Wysłannik osadził jej rękę na ramieniu i objął gońców spojrzeniem.

– Jedźcie prędko – rzekł, gdy wszyscy płynnie dosiedli koni. – I za wszelką cenę dostarczcie wiadomości. Od tego zależy nasz los.

Posłańcy pożegnali się skinieniami i piętami popędzili wierzchowce do galopu.

– Czy im się uda? – sir Gerallt Godwin powiedział na głos to, co myśleli wszyscy.

Emisariusz patrzył, jak jeźdźcy znikają za krawędzią płaskowyżu.

– Tak – rzekł w końcu. – Uda im się. – Sam dosiadł konia i omiótł wzrokiem morze zadartych twarzy. Cóż więcej mógłby im powiedzieć? Czas ruszać w drogę. Westchnął, wyprowadził konia na szlak i ruszył w kierunku Clemoncé.

Symeon popędził swojego wierzchowca, kary rumak bojowy natychmiast dołączył do siwka emisariusza. Koń Falka również nie potrzebował polecenia jeźdźca i sam ustawił się za nimi.

Gdy Falko wyjechał na drogę, u jego boku zaraz pojawił się Malaki. Za nimi jechała na jednym z jucznych koni Fossetta. Wzięła na siodło małego chłopca, który otulony jej ramionami, zawzięcie jej o czymś opowiadał. W dalszej kolejności jechał Balthazak z sir Geralltem i Bryną Godwin. Dalej Merryweather z synem Tobiasem, przywiązanym bezpiecznie do siodła. Energiczny wielmoża deklarował właśnie synowi, że choć rzeczywiście jest trochę chłodno, to wyruszają właśnie na największą przygodę w życiu. Jadący równo z ojcem Tobias wyciągnął palec i przesunął nim po kolumnie uciekinierów, aż odnalazł Falka.

– Mamidełko...

– Nic mu nie będzie – zapewnił syna Merryweather, klepiąc go po zwiędniętej nodze.

Chłopiec obrócił kołyszącą się na ramionach głowę, by spojrzeć na ojca. Na jego nieregularnie ukształtowanej twarzy zarysowało się powątpiewanie.

– Możesz mi wierzyć, wkrótce wyzdrowieje – nalegał Merryweather, uśmiechając się czule do syna. Jego wrodzony optymizm nie pozwalał mu na rozważenie innej ewentualności.

Tak oto wysłannik królowej Furii poprowadził lud Caer Dour w góry. Mieli zaskakująco dobry czas: do południa przebyli prawie siedem mil. Wiszące od rana nad ich głowami złowróżbne chmury rozwiały się już, a choć przelotny deszcz zrosił kryjących się pod płaszczami uchodźców, promienne słońce szybko zepchnęło go w niepamięć. Chłód nie odpuszczał, ale błękitne niebo tchnęło nowego ducha w lud Caer Dour, góry północnej Valencji zaś rysowały się na jego tle wyrazistym światłocieniem. Gdy rozciągnięta karawana zatrzymała się na odpoczynek, dopędził ją posłaniec. Powiadomił uciekinierów, że armia jest coraz bliżej i że spotkają się z nią niedługo po zmierzchu.

– Dobrze – powiedział emisariusz. – Powiedz lordowi Cadellowi, że oczekujemy go z niecierpliwością i liczymy na jego radę.

Goniec nie tracił czasu na posiłek; natychmiast okręcił konia i pomknął wzdłuż stłoczonej kolumny, by zaraz zniknąć Chevalierowi z oczu. Emisariusz odprowadził go wzrokiem za załomek szlaku, a potem wrócił do rozmowy o doraźnych sprawach, którą toczył z Belliusem i Morganem. Dyskusja pochłonęła ich bez reszty i dopiero gromki głos Symeona przykuł uwagę wysłannika.

– Chevalier!

Stary mag bitewny przybiegł do niego na własnych nogach. Przystanął i zwrócił pokiereszowaną twarz w kierunku nieba.

– Co jest? – spytał emisariusz, podchodząc do niego.

– Coś nas obserwuje.

Po plecach Falka przebiegł zimny dreszcz. On również to wyczuł. Jakąś wrogą obecność wiszącą w powietrzu nad ich głowami. Z początku uznał, że to poczucie winy i zrodzona z powszechnej wrogości mania prześladowcza przyćmiły jego umysł. Lecz teraz, gdy zwrócił wzrok w niebo, poczuł kłębiące się tam odległe mroczne myśli, nasycone złem.

Osłoniwszy oczy, emisariusz wbił wzrok w nieboskłon. Obserwujący go ludzie również zaczęli niepewnie zerkać w górę.

– Tam! – krzyknęła nagle Bryna. – Przy tamtej linii chmur.

Rzeczywiście, na rozpromienionym niebie rysował się jakiś ciemny punkt.

– To ma skrzydła – zauważyła Bryna.

– Ptak? – zasugerował z nadzieją w głosie Merryweather.

– Żaden ptak – zaprzeczył Symeon.

– Schwarzengel – powiedział emisariusz po illicyjsku. – Mroczny anioł. Pomniejszy demon Opętanych.

– Zaatakuje nas? – spytał sir Gerallt.

– Nie – odpowiedział Chevalier, wspinając się na hałdę kamieni. – Są silne, ale nie słyną z odwagi. – Raz jeszcze wpatrzył się w niebo, a potem przesunął wzrokiem po trakcie, którym ruszyli posłańcy. – Anioły raczej nie atakują dużych grup ludzi, ale interesują się tymi, którzy się od nich oddzielają. – Zacisnął zęby. – Demon musi rosnąć w siłę, skoro otacza się również pomniejszymi sługusami.

– Myślisz, że podąży za jeźdźcami? – zaniepokoił się sir Gerallt.

– Najpierw wróci do swojego pana, żeby donieść mu o naszej ucieczce. Ale gdy już to zrobi... – Niedokończone zdanie zawisło w powietrzu, nie pozostawiając wątpliwości.

– A więc musimy ich ostrzec! – zawołał Bellius, bardziej ożywiony niż przez cały dzień.

– Już za późno – orzekł Morgan. – To nasi najszybsi jeźdźcy i mają nad nami kilka godzin przewagi.

– Musimy żywić nadzieję, że demon ich przeoczy... Że nie znajdzie ich na szlaku...

– A jeśli znajdzie? – spytał Bellius.

– Wówczas powinni skryć się wśród drzew lub kamieni. Jeśli to zrobią, będą mieć szanse na przeżycie.

Ludzie wokoło skakali wzrokiem od czarnego anioła do drogi za ich plecami. Dotąd armia demona była w ich mniemaniu jakąś pozbawioną twarzy abstrakcją, lecz teraz widzieli na niebie pomiot ciemności, który mierzył ich łakomym wzrokiem. Raptem zagrożenie ze strony Opętanych wydało im się potwornie rzeczywiste.

– Jedźmy – zarządził emisariusz tonem rozkazu.

Ludzie schowali jedzenie i w ciągu kilku minut ruszyli w dalszą drogę, bacznie rozglądając się naokoło i częściej niż dotychczas wodząc wzrokiem po niebie. Trakt wiódł ich naprzód; od czasu do czasu zwężał się tak bardzo, że okazywał się za ciasny dla dwóch koni idących obok siebie, innym razem rozlewał się szeroko niczym rzeka na gładkiej płyciźnie. Popołudniowe słońce nie rodziło już ciepła, gdy Malaki podjechał do Falka.

– Widziałeś? – spytał konfidencjonalnym tonem, tak by nie usłyszał go nikt poza przyjacielem.

Falko milczał.

– Moim zdaniem wyglądał jak ptak – podjął Malaki po chwili ciszy. – Ale wzrok Bryny jest bystrzejszy od innych. Stwierdziła, że ten kształt na niebie żadną miarą nie przypominał ptaka. Raczej człowieka ze skrzydłami.

Falko spojrzał na niego z ukosa.

– Czyli mam rozumieć, że ucinasz sobie teraz pogawędki z Bryną? – wyrzęził.

Malaki uśmiechnął się, najwyraźniej dumny z siebie, ale Falko dostrzegł też ulgę w jego oczach. To były pierwsze słowa, jakie przyjaciel wypowiedział tego dnia. To dobry znak, no nie?

– Od czasu do czasu – przyznał Malaki. – Rozmawiamy o różnych rzeczach, na przykład o grotach strzał.

– O grotach – powtórzył Falko, jakby był to zupełnie dobry temat do rozmowy.

Posłał przyjacielowi ukośne spojrzenie. Rumieniec na twarzy Malakiego uwydatnił jego znamię.

Kąciki ust Falka powędrowały ku górze i wkrótce obaj chłopcy wybuchnęli śmiechem.

Jechali dalej w ciszy. Słońce znowu schowało się za chmurami. Grunt wokoło był skalisty i pokreślony pęknięciami, z których wyrastały wrzosy, janowce i karłowate, powykręcane górskie sosny. Gdzieś porwały się z ziemi spłoszone ptaki i wypełniły nieruchome powietrze szelestem piór. Szlak meandrował między skalnymi wybrzuszeniami. Minąwszy zakręt, zobaczyli, że ścieżka prowadzi ich do przedzielonej rzeką doliny, szerokiej i osłoniętej od wiatru. To idealne miejsce na obozowisko.

Było już szaro, gdy zjechali na dno doliny. Malaki pomógł Falkowi zejść z konia. Ułożył go w piaszczystym zagłębieniu i wziął się do rozpalania ogniska. Ciemność otuliła uciekinierów spokojem, pomarańczowe kręgi poświaty bijące od jaśniejących w półmroku ognisk zamknęły ich w ochronnych, ciepłych kokonach. Strach i szok wciąż wisiały w powietrzu, ale przecież przebyli dzisiaj szmat drogi i znajdowali się teraz o dzień bliżej Toulwaru, a z każdym krokiem byli coraz bezpieczniejsi. Noc wciąż jeszcze była młoda, ale wielu podróżnych, zmęczonych nieustannym napięciem i długą drogą, ułożyło się już na posłaniach.

Falko pragnął już tylko zasnąć, ale przedtem Fossetta musiała zmienić mu opatrunek. Pochylił się więc, a na ciało wystąpił mu pot, tymczasem gospodyni wprawnymi ruchami odwijała jedwabny bandaż z oparzonego ramienia.

– Dobrze – orzekła klęcząca przy kobiecie Heçamedes. – Nie ma śladu infekcji. A teraz oczyść brzegi rany i spryskaj ją rozpylaczem.

Podała Fossetcie czysty wacik, a Falko zdusił płacz, gdy gospodyni wykonała polecenie uzdrowicielki. Nawet delikatna mgiełka z wystudzonego ziołowego naparu podrażniała ranę, która zdawała się płonąć żywym ogniem. Falko skupił wzrok w punkcie przed sobą, usiłując wyrzucić z głowy ból, Fossetta zaś owijała ranę świeżym, nasączonym olejkiem bandażem. Po wszystkim Falko mógł wreszcie zmienić niewygodną pozycję, lecz gdy tylko zmrużył oczy, by odciąć się od świata naokoło, przy Heçamedes pojawił się emisariusz.

– I co z nim? – spytał, ukucnąwszy.

– Myślę, że masz rację – odparła kobieta. Falko odwrócił wzrok, gdy rozgarnęła koszulę, by odsłonić jego pierś. – Widzisz, jak rozprzestrzenia się wysypka? W dodatku nie blednie pod wpływem nacisku.

– Tak. To coraz bardziej wygląda mi na chorobę, na którą zapadła moja siostra.

– Jeśli to nie szkarłatnica, to co? – zmartwiła się Fossetta. – I czy da się to wyleczyć?

– To rodzaj infekcji spowodowany przez zarodniki pewnego grzyba – wyjaśniła Heçamedes. – Uwalniają się one, gdy płonie pewien szczególny rodzaj drewna. Czasem, choć rzadko, zdarza się, że grzyb przenosi się do żywego organizmu.

– W Illicji leczymy to żywicą srebrnej sosny, ale z tego, co wiem, to drzewo nie rośnie w Valencji – powiedział emisariusz.

– Moglibyśmy użyć żywicy sosny corrosowej – podsunęła Heçamedes.

– Ależ to substancja żrąca! – wykrzyknęła Fossetta. – Już sam sok powoduje oparzenia.

– Nie mamy wyboru – odparła Heçamedes. – Zakażenie się rozszerza. Wkrótce nastąpi rozkład tkanek.

Fossetta zbladła. Rozumiała, co chciała tak naprawdę powiedzieć uzdrowicielka: infekcja nie dotknęła tylko skóry Falka, ale weszła również do płuc. Jeśli nie zatrzymają rozwoju choroby, ta zeżre Falka od środka. Gospodyni zacisnęła szczęki, łzy zebrały się w jej oczach. Zaczęła rozglądać się po drzewach, szukając corrosowej sosny. Ostatecznie zwróciła się do Malakiego:

– Chodź! Pomóż mi szukać.

Kowal pierwszy raz słyszał u Fossetty taki ton.

– Już się robi – powiedział, wstając. Przypasał miecz, bo choć mroczny anioł zniknął, nocna wędrówka po lesie bez broni nie wydała mu się dobrym pomysłem.

– Zaczniemy od północnych stoków – zarządziła Fossetta. – Corrosy lubią cień.

Ruszyła przodem, a Malaki za nią.

Opadłszy na posłanie, Falko odwrócił się tyłem do ognia. Po co to całe zamieszanie? Dlaczego im tak zależy? Przecież to wszystko jego wina. Chciał już tylko zasnąć. Jeśli już nigdy się nie obudzi – trudno.

13

MROCZNY ANIOŁ

Armia odnalazła ich wkrótce po zmroku. Lord Cadell natychmiast zasiadł do rozmów z Chevalierem i włodarzami Caer Dour. Falko, dryfując na granicy snu, słyszał pomruk ich przyciszonych głosów. Było już późno, gdy przez półprzymknięte powieki dojrzał, jak emisariusz i Symeon wracają do swoich posłań. Gdy usiedli, Malaki podał każdemu po misce zupy i kromce chleba.

Przysypiając, Falko patrzył, jak w ciszy spożywali kolację. Jego wzrok prześlizgnął się po skalistej ziemi i wyłuskał z rozświetlonego ogniskami półmroku rozmazane kształty ludzi. Bryna Godwin leżała niedaleko od niego i Falko patrzył, jak sir Gerallt kładzie się obok córki. Nieopodal rozłożył się na swoim posłaniu okrągły Merryweather. Na twarzy śpiącego w jego ramionach syna malował się absolutny spokój.

Posłanie Heçamedes znajdowało się w obrębie bijącego od ogniska światła, lecz ona sama pomagała teraz ludziom w obozowisku, tymczasem Fossetta przygotowała corrosowe igły, które zebrała wraz z Malakim. Choć Falko leżał kawałek dalej, zapach miażdżonego igliwia, który niósł się przez obóz, wyciskał mu łzy z oczu.

Gdy Symeon i emisariusz skończyli późną kolację, Balthazak wyjął coś z sakwy przy siodle i podszedł do Chevaliera, po czym ukucnął i podał mu niewielkie zawiniątko.

Emisariusz podniósł na niego zaskoczony wzrok.

– Wierzyć się nie chce, że znalazłeś na to czas – rzekł.

Balthazak przekrzywił głowę, jakby to nie było nic takiego.

– Trzeba ją jeszcze oczyścić, a skórę wypolerować i zapleść. Jeśli chcesz, mam tu gdzieś skończony pas.

Emisariusz zbył propozycję ruchem ręki.

– Chciałbym zrobić to własnoręcznie.

Balthazak kiwnął głową na znak, że rozumie.

– Daj znać, gdy będziesz chciał osadzić nity.

– Dziękuję – powiedział emisariusz. Odwinął biały len, w którym znajdował się pilnik igiełkowy, zwój czarnego rzemienia i srebrna klamra pasa w kształcie końskiego łba.

– Całkiem nieźle ci to wyszło – pochwalił go Balthazak.

Emisariusz prychnął.

– To moja czwarta próba.

– Mam nadzieję, że jest tego warta.

– Jest.

Z uśmiechem na ustach Balthazak powrócił na swoje posłanie. Dopił resztkę wina, a potem nakrył się płaszczem i zasnął. Zaczął chrapać donośnie w ciągu kilku sekund. Ludzie zgromadzeni wokół ogniska popatrzyli po sobie, jakby z lekka zakłopotani. Malaki pokręcił rozpaczliwie głową.

– Co noc to samo – powiedział, a ludzie zaczęli się śmiać.

Wkrótce inni poszli w ślady starego kowala i obóz zaczął pogrążać się we śnie.

Falko przebudził się jakiś czas później. Heçamedes wreszcie wróciła do swojego posłania i Falko pomyślał, że wszyscy już pewnie smacznie chrapią, lecz zaraz złapał spojrzeniem jakiś ruch po drugiej stronie ogniska.

Emisariusz uniósł sprzączkę pasa i zdmuchnął z niej opiłowane drobinki metalu. W mętnym blasku ognia Falko dostrzegł, że srebro zaczęło lśnić. Jakby czując, że ktoś go obserwuje, emisariusz podniósł wzrok. Jego szare oczy tonęły w cieniu. Przez chwilę Chevalier trzymał Falka w jarzmie swojego badawczego spojrzenia, a potem skinął lekko głową. Chłopak utkwił wzrok w żarze, a po chwili znowu zapadł w sen.

Obudził go deszcz.

Ledwie świtało, ale lud Caer Dour już wziął się do zwijania obozu. Jedni siodłali konie, drudzy kończyli śniadanie, tu i ówdzie płakały dzieci i nawoływali się dorośli. Sucha noc zmieniła się w wilgotny i zimny poranek, para unosiła się nad uwijającymi się przy pracy ludźmi.

Falko próbował się podnieść, lecz nawet ten niewielki wysiłek zbudził nieznośny ból w piersi, a zimne powietrze dodatkowo utrudniało mu oddychanie. Fossetta kucnęła przy nim z miską owsianki.

– Jeszcze nie – wstrzymała ją Heçamedes, pochylona nad zawieszoną nad ogniem miedzianą patelnią. – Zaraz wszystko zwróci.

Fossetta kiwnęła głową i patrzyła, jak uzdrowicielka sięga po gliniany słój, którego zawartość sama przygotowała. Gdy woda w postawionym przy ogniu garnku zaczęła bulgotać, Heçamedes nałożyła na patelnię łyżkę brązowej, podobnej do smoły substancji. Natychmiast dało się odczuć efekty. Heçamedes zmarszczyła nos i odsunęła się na długość ręki od dymiącej patelni.

Falka naszło złe przeczucie, gdy Fossetta odstawiła owsiankę i przytuliła go do piersi. Heçamedes tymczasem wstała od ogniska i podeszła do chłopaka z wciąż odsuniętą byle dalej patelnią oraz kocem, który zapewne zamierzała narzucić Falkowi na głowę. Zdenerwowanie na jej twarzy tylko podsyciło obawy Falka, lecz nie opierał się, gdy uzdrowicielka postawiła patelnię na kamieniu i kazała mu się nad nią nachylić. Heçamedes skryła jego głowę pod kocem i Falka otuliła cuchnąca ciemność. Dym z patelni wyciskał mu łzy z oczu, skóra zaczęła go swędzieć i parzyć. Gdy zaczerpnął tchu, jego płuca wybuchnęły bólem, jakby ktoś wlewał do nich roztopione żelazo.

Pomimo swojej choroby i wrodzonej słabości odchylił się tak raptownie, że uderzył Fossettę głową w twarz i rozlał zawartość patelni. Ludzie wokoło zaklęli, gdy owionęły ich gryzące wyziewy, a Falko upadł na bok i zaczął szaleńczo kasłać i dławić się, rozpaczliwie walcząc o oddech.

Heçamedes przypadła do Fossetty, by się upewnić, że nic jej nie jest, ale gospodyni bardziej przejmowała się Falkiem. To w końcu ona zebrała igliwie, które doprowadziło go do takiego stanu. Malaki zerwał przyjacielowi koc z głowy i obrócił go do wygodniejszej pozycji. Popatrzył na wysypkę, która sięgała poniżej linii włosów.

– Heçamedes! – zawołał.

Gdy uzdrowicielka upewniła się już, że gospodyni nic nie jest, podniosła wzrok, by zobaczyć, skąd ten alarmujący ton w głosie Malakiego.

Młody kowal wskazał na czoło przyjaciela. Obrzeża wysypki zmieniły kolor z czerwonego na czarny.

– To działa – wydyszała kobieta. – Wyziewy zabijają grzyb. To może go uleczyć.

– O ile go wcześniej nie zabije – skorygował Malaki.

– On już umiera – odpowiedziała uzdrowicielka. – Dopiero teraz pojawiło się światełko w tunelu.

Dostrzegłszy prawdę w słowach kobiety, Malaki powściągnął język i pomógł przyjacielowi dosiąść konia. Podał mu butelkę wody, którą Falko opróżnił dwoma łykami, jakby chciał ugasić płonący ból w piersi i gardle.

– Nie spadniesz z siodła, nie?

Przyjaciel pokręcił głową. Wziął wodze do jednej ręki, a drugą sięgnął do kuli siodła.

Gdy pochód zaczął wygrzebywać się z doliny, napotkał schodzącą do niej armię. Żołnierze poruszali się pewnie i szybko, jakby stanowili jeden organizm. Uformowali równy szyk w korycie wyschniętej rzeki i stanęli na baczność, czekając na rozkazy.

Lord Cadell stał w gromadce wysoko urodzonych wraz z Belliusem, Morganem i Symeonem, ale to emisariusz wyszedł naprzód i wdrapał się na skalne osypisko, by przemówić do żołnierzy.

– Ludu Caer Dour! Lord Cadell poinformował nas dzisiaj, że armia demona jest bliżej, niż przypuszczaliśmy. – Zrobił pauzę. – Jeśli Opętani będą dalej posuwać się naprzód w takim tempie, to nie uda nam się przed nimi uciec. Dogonią nas.

Naznaczone ponurym cieniem twarze jeszcze pociemniały. W powietrzu zawisła niewypowiedziana na razie prośba emisariusza.

– Musimy znaleźć sposób na to, żeby spowolnić ich przemarsz – ciągnął Chevalier. – Należy uformować małe konne oddziały tylnej straży, które będą kolejno odłączać się od kolumny, żeby nękać wroga, lecz nie stawać z nim do otwartej walki – dodał prędko. – Szybki, niespodziewany atak, a potem błyskawiczny odwrót. Gra na czas, która pozwoli nam dotrzeć do celu, zanim dogoni nas wróg.

Wzrok wszystkich pomknął do konnych żołnierzy. Tylko oni byli na tyle mobilni, by wykonać taką operację i żywić nadzieję na to, że obejdzie się bez ofiar.

– Oddziały będą liczyć po stu żołnierzy – tłumaczył dalej wysłannik. – Do tego potrzeba nam oficerów, którzy będą nimi dowodzić.

Wszyscy bez wyjątku dowódcy wyjechali naprzód. Żołnierze stali na baczność za ich plecami w karnym, nieruchomym ordynku. Kawaleria liczyła prawie trzysta koni i wyglądało na to, że wszyscy jak jeden mąż zgłosili się do tego niebezpiecznego zadania. Emisariusz uśmiechnął się posępnie, lecz uczucie satysfakcji zaraz przygasiła ostrożność. Ilu z nich zgłosiłoby się z równą ochotą, gdyby zajrzeli uprzednio w białe jak kość oczy wroga?

Falko pomknął wzrokiem do Malakiego, który rozmawiał z ojcem. Po krótkiej wymianie zdań przyjaciel pochylił głowę, a Balthazak wyciągnął ramiona, by go objąć. Po tym krótkim pożegnaniu stary kowal dołączył do ochotników.

Gdy już wybrano pierwszą setkę żołnierzy, emisariusz ponownie zabrał głos:

– Doradzam daleko posuniętą ostrożność. Nie próbujcie otwartej walki. Tylko napad i wypad. Gdy poczujecie, że strach rośnie ponad miarę, wycofajcie się natychmiast, zanim ogarnie was całkowicie. Każda godzina, którą dla nas wywalczycie, będzie na wagę złota. Każda przybliży nas do bezpieczeństwa. – Ostatni raz ogarnął ich wzrokiem. – Nie traćcie wiary. Wracajcie bezpiecznie.

Po tych słowach konna brygada ruszyła wzdłuż traktu na spotkanie demona i dwóch tysięcy jego sługusów. Falko patrzył, jak odjeżdżają, i cząstka jego samego pojechała z nimi. Nie potrzebował nowych oskarżeń ze strony szlachty ani wymownych spojrzeń pobratymców, wiedział bowiem, że to on posłał ich właśnie na spotkanie śmierci.

Po wyodrębnieniu straży tylnej pozostali żołnierze powlekli się szlakiem za kolumną uchodźców, która wznowiła marsz w przeciwnym kierunku. Koń Falka przyczepił się do zadu wierzchowca Symeona i rozpoczął się kolejny dzień żmudnej wędrówki. Deszcz nie odstępował ich na krok i do południa uchodźcy byli przemoczeni do suchej nitki, a ich nastroje bardziej niż podłe. Gdy dzień toczył się smętnie, Falko zauważył pewną lekkość w swoim oddechu. Nie był pewien, czy może tylko mu się wydawało, ale miał wrażenie, że duszności nieco zelżały.

Gdy droga się poszerzyła, do Falka podjechał Malaki. Jego ojca nie wybrano do pierwszego oddziału, postanowił więc zaczekać z żołnierzami na uformowanie drugiej brygady.

– Jak się czujesz? – spytał, zauważywszy, że Falko jakby pewniej ściska w dłoniach wodze i nie czepia się już kurczowo kuli siodła.

– Jestem obolały – stwierdził przyjaciel. – I mokry.

Malaki się uśmiechnął. Falko wciąż wydawał się osłabiony, lecz nawet narzekanie było lepsze niż brak jakiejkolwick odpowiedzi. Jechali jakiś czas w ciszy. Wokoło opadały niespiesznie kropelki drobnego deszczu. Malaki okręcił się w siodle i spojrzał na pokonaną część szlaku za ich plecami.

– Zastanawiam się, ile czasu minie, zanim zetkną się z Opętanymi. – Zrobił pauzę, a Falko wyczuł jego zdenerwowanie i dręczące go wątpliwości. – Jak myślisz, znalazłbyś w sobie dość odwagi?

Falko zajrzał przyjacielowi w oczy.

– Mam na myśli ten strach – dodał Malaki, wskazując głową Symeona i emisariusza. – Oni mówią o nim, jakby był jakąś fizyczną siłą, jakby nie brał się z wnętrza człowieka, ale sięgał po niego z zewnątrz, żeby go pochłonąć.

– Bo to prawda – potwierdził Falko. – Tym właśnie jest.

Malaki wlepił w niego wzrok, ale przyjaciel nic już nie powiedział, nasunął tylko kaptur na oczy i pochylił się w siodle. Wiatr wzmógł się i deszcz zaczął nieprzyjemnie zacinać. Zapowiadało się długie, uciążliwe popołudnie.

Trzydzieści mil przed nimi czterej jeźdźcy zsuwali się po stromym skalistym stoku. Odkąd opuścili grupę uchodźców, gońcy zdążyli zbliżyć się do siebie. Jechali razem w równym szyku, a kopyta wierzchowców odmierzały mknącą pod ich stopami ziemię. Spieszyli się. Ciążyła na nich wielka odpowiedzialność, a jednak odnajdywali jakąś przyjemność w stawianiu czoła wyzwaniu, jakie przedstawiała rozpościerająca się u ich stóp górska droga.

Uśmiechali się, kiedy opuścili skaliste zbocza i gnali teraz po płaskiej przestrzeni rzecznej doliny, bo nadarzyła się nieczęsta okazja na to, by konie pokazały, na co je stać.

Anwyn obejrzała się za siebie, gdy jej klacz Deneb przecięła z pluskiem połyskliwy strumyk. Pierwsza dotarła do doliny i miała mocne postanowienie, by wygrać również wyścig do jej skraju. Serce podskoczyło jej do gardła, gdy ujrzała zaraz za sobą galopującego na złamanie karku Godfreya. Altair, jego wspaniały czarny wierzchowiec, był o dobrą dłoń wyższy w kłębie od Deneb i nigdy się nie męczył. Ani się obejrzała, kiedy przemknęli obok niej krzyczący tryumfalnie Godfrey i rozochocony galopem Altair.

No dobra, pomyślała, zagryzając zęby. Wy może tak, ale nie inni.

Lekko trąciła klacz piętami, a Deneb wystrzeliła naprzód, wzbijając się na zupełnie nowy poziom szybkości.

Z ustami rozciągniętymi w uśmiechu Anwyn obejrzała się raz jeszcze. Gareth i Dylan byli daleko w tyle. Nie dopędzą jej, choćby pękli. Już miała obrócić się z powrotem, gdy raptem spostrzegła za plecami Dylana jakiś czarny kształt.

Deneb wizgnęła niezadowolona, gdy Anwyn mocno ściągnęła cugle i osadziła ją w miejscu. Gdy okręcała konia, jej serce wypełniało się przerażeniem. Czarny kształt spadał z nieba prosto na Dylana. Anwyn pochwyciła wzrokiem ciemne skrzydła i ciało, niczym u wyniszczonego człowieka, obciągnięte ciemną, poplamioną skórą. Błysnęły zęby, zalśniły szpony, kreatura zapikowała w dół i wpadła z impetem na jeźdźca i konia, obalając ich na ziemię w pełnym pędzie.

Leżący na boku koń zarzucił kopytami w płytkiej rzece, potem z jego gardła dobył się mrożący krew w żyłach wizg i zwierzę znieruchomiało. Uwięziony pod nim Dylan miotał się w zimnej wodzie, a pochylony nad nim stwór wczepił się pazurami w jego pierś. Na moment zasłonił go ciałem, a gdy się wyprostował, jego zęby ociekały krwią.

Ostatni oddech, jakiego zaczerpnęła Anwyn, tkwił uwięziony w jej płucach i bezskutecznie walczył o wolność. Nie mogła zrobić nic więcej, niż tylko patrzeć, jak potwór mierzy ją czarnymi oczami, lśniącymi jak kule polerowanego marmuru. Jego twarz była prawie ludzka, ale nos przypominał zadarty pysk jakiegoś piekielnego nietoperza, a usta najeżone były ostrymi zębami, jakby wykutymi z ciemnej stali.

Chlusnęła woda, gdy Gareth wrył konia u jej boku. Sięgnął do niej ręką i złapał za ramię.

– Jedziemy! – zawołał. – Anwyn! – wrzasnął głośniej, gdy nie zareagowała. – Nic nie możemy dla niego zrobić, uciekajmy!

Ostatni raz spojrzała na zastygłe ciało Dylana, a potem z wysiłkiem oderwała wzrok od mrocznego anioła i popędziła klacz do galopu, kierując się tam, gdzie na obrzeżach doliny czekał na nich Godfrey z twarzą wykrzywioną przerażeniem.

– Co się stało?

– Coś dopadło Dylana – rzucił Gareth. – Musimy uciekać.

Mężczyzna robił wrażenie spokojnego, ale drżenie jego głosu zdradziło Anwyn, że opanowanie przychodzi mu z wielkim trudem. Bez słowa skierował konia na kamienisty stok i zaczął wyjeżdżać z doliny. Roztrzęsieni Godfrey i Anwyn pomknęli za nim, ale nie ujechali daleko, gdy po dolinie poniósł się echem nieludzki krzyk.

Obejrzawszy się, zobaczyli, że kreatura wznosi się nad powaloną ofiarą, młócąc skrzydłami powietrze. Nie miała zamiaru atakować, gdy byli w gotowości i spodziewali się uderzenia. Zamiast tego uleciała w niebo i zniknęła, chowając się w chmurach.

Trójka jeźdźców sprawdziła tubusy ze zwojami na swoich plecach, a potem pognała konie w górę, po stoku. Przed nimi leżał najwyżej położony odcinek trasy i wiedzieli, że gdy go pokonają, grunt zacznie opadać miarowo w dół.

Anwyn wyrosła w Caer Dour i zawsze kojarzyła góry z bezpieczeństwem, teraz jednak czuła się wystawiona na atak i bezbronna. Towarzysze najwyraźniej podzielali jej obawy, bo wyciskali z koni siódme poty, by jak najszybciej opuścić odsłonięte wierzchołki i szlaki i skryć się pod koronami drzew, topiącymi w cieniu trakt wiodący do Clemoncé.

14

TYLNA STRAŻ

Wstał trzeci dzień od opuszczenia Caer Dour i znowu padał deszcz. Wciąż było wcześnie, ale wędrowali już od kilku godzin i przyszedł czas na pierwszy tego dnia postój. Falko opierał się o wielki kamień, a Fossetta i Heçamedes badały jego plwocinę w małej ceramicznej misce. Flegma była wyraźnie zabarwiona czerwienią, a na twarzach kobiet malował się ponury wyraz. Wcześniej krwi nie było, pojawiła się z chwilą rozpoczęcia kuracji corrosowym igliwiem.

– Nie jest tak gęsta jak zwykle – zauważyła Fossetta z nadzieją w głosie. – I nie tak ciemna.

Heçamedes pokiwała głową, ale brwi wciąż miała ściągnięte.

– Ale inhalacja uszkadza tkankę, a to czyni Falka bardziej podatnym na działanie zakażenia.

– To co teraz?

– Zobaczymy, co okaże się silniejsze – skonkludowała uzdrowicielka. – Zakażenie czy syn Aquili Dantégo.

Heçamedes położyła Falkowi dłoń na czole. Minę wciąż miała napiętą, ale jej rysy zaczęły się z wolna wypogadzać. Pogłaskała go po policzku, nim odjęła dłoń.

Fossetta sięgnęła do Falka, by pomóc mu przejść do pozycji siedzącej, ale on odpędził ją ruchem dłoni.

– Spróbuj coś zjeść – powiedziała, a chłopak pokiwał głową, choć bez przekonania.

Nie chciał się do tego przyznać, ale czuł się lepiej. Wprawdzie oparzenia na szyi i ramieniu wciąż bardzo bolały i miał wrażenie, że jego płuca wypełnia żwir, ale za to oddychało mu się o wiele łatwiej. Popatrzył na Malakiego, pojącego konie przy stawie. Dalej na trakcie widział już sposobiących się do dalszej drogi maruderów, ale prędkość kolumny znacznie spadła. Ludziom było zimno i źle, a sprężysty marsz dwóch pierwszych dni wytopił się, zostawiając po sobie ślamazarną włóczęgę.

Falko odpłynął wzrokiem w kierunku armii. W powietrzu czuło się napięcie, wszyscy jak na szpilkach czekali na powrót pierwszego oddziału partyzantów. Przepadli gdzieś na cały dzień, a ludzie bardzo pragnęli dowiedzieć się, jak im poszło. Falko dostrzegł troskę na twarzach żołnierzy, którzy rozmawiali między sobą przyciszonymi głosami. Zamknął oczy i oparł się o kamień. Wyprostował się po raz pierwszy od trzech dni. Miał wrażenie, że wyrośnie mu garb, jeśli w końcu tego nie zrobi. Usiłował rozprostować kręgosłup, wystawiając przy tym twarz na deszcz i krzywiąc się z bólu, gdy płuca wypełniało zimne powietrze.

– Słowo daję, jesteś jakby o cal wyższy. – Malaki wrócił od koni. – Nie, ale poważnie – pociągnął. – I kolory ci wróciły. Chyba że po prostu znowu użyłeś różu Fossetty.

Falko odwrócił się, by ukryć uśmiech.

– Fossetta się nie maluje – odparł.

– Maluje, gdy odwiedza Kopyta i Rogi. – Malaki uniósł znacząco brwi.

Śmiech wreszcie wyskoczył z ust Falka. Kopyta i Rogi to był lokal o bardzo wątpliwej reputacji i sama myśl, jakoby Fossetta miała różowić policzki, by bardziej podobać się złaknionym sprośności bywalcom tej mordowni, była właściwie paradna. Próbując zmienić pozycję, Falko pośliznął się na mokrych kamieniach i upadł na ziemię. Zmełł w ustach przekleństwo, gdy otarł się poparzonym ramieniem o kamień.

– Uważaj – powiedział Malaki, pomagając mu wygodniej się ułożyć.

Falko odepchnął go, a przyjaciel zrozumiał, że ten woli radzić sobie sam. Przysiadł więc na pośladkach i raz jeszcze przyjrzał się Falkowi.

– Ale naprawdę wyglądasz lepiej. Dym działa. Musisz tylko dłużej wytrzymać pod kocem. Jest tak, jak mówi Heçamedes: musi wniknąć głęboko w ciało, bo w przeciwnym wypadku zakażenie tylko zyska na sile.

Falko odwrócił wzrok. Wdychanie tego okropieństwa było niemal ponad jego siły. Już trzy razy wypełniał płuca żrącym wyziewem i za każdym razem efekt był taki sam – paroksyzm i bolesne wymioty.

Malaki pewnie ględziłby dalej, lecz nagle ich uwagę zwróciło jakieś zamieszanie, pełznące po kolumnie w ich kierunku.

– To tylna straż – domyślił się Falko.

– Dzięki wam, gwiazdy na niebie – wymamrotał Malaki.

Patrzyli na przejazd konnych żołnierzy, kierujących się ku dowódcom na czele armii. Gdy ich minęli, Malaki spostrzegł człowieka, który przyjaźnił się z Balthazakiem – wielkiego mężczyznę na jeszcze większym rumaku bojowym.

– Marcus! – zawołał.

Jeździec dostrzegł chłopaka i podjechał do niego. Jego twarz była wilgotna od deszczu, lecz nawet pomimo tego młody kowal uprzytomnił sobie, że mężczyzna płacze. I to rozstroiło Malakiego bardziej niż cokolwiek innego.

– Gdzie twój ojciec? – spytał Marcus.

– Na tyłach. Z głównym oddziałem żołnierzy.

Marcus pokiwał głową. Wydawał się zagubiony i zmieszany.

– To już wszyscy? – spytał chłopak, ogarnąwszy wzrokiem mocno przetrzebiony oddział.

– Straciliśmy tylko siedmiu – odparł Marcus. – Resztą zajmują się lekarze.

– Są ciężko ranni...? – spytał chłopak, ale Marcus wszedł mu w zdanie:

– Nie ranni. Zniszczeni.

Malaki gapił się na niego, nie rozumiejąc. Marcus powoli przesunął wzrok na Falka.

– To ty byłeś przy Smoczym Kamieniu – powiedział. – To ty zakłóciłeś przywołanie.

Falko zwiądł pod ciężkim spojrzeniem mężczyzny.

– Wyrządziłeś nam wielką krzywdę – rzekł Marcus takim tonem, że Malaki aż zrobił krok naprzód, by zasłonić przyjaciela.

Mężczyzna chwilę wwiercał się wzrokiem w chudzielca.

– Muszę iść – rzekł. – Muszę ostrzec resztę.

Popędził konia i na powrót wtopił się w kolumnę żołnierzy.

Malaki odetchnął z ulgą. Zaskoczyło go to nagłe napięcie, a słowa Marcusa namieszały mu w głowie.

– Zniszczeni – powtórzył, zwracając się do Falka. – W jakim sensie zniszczeni?

Falko milczał. Zrozumiał ciemność sączącą się z oczu Marcusa. Wiedział, co to znaczy, gdy kogoś zniszczy przerażenie.

Malaki zawiesił wzrok w przestrzeni i zatopił się w myślach. Zwątpienie kwitło w jego sercu jak jadowity kwiat.

Jak większość Valencjan, Malakiego wychowano na wojownika, oswojono ze strachem przed bitwą, raną i śmiercią, ale to było coś zupełnie innego. Ten strach wypływał z wiecznej ciemności i niezmierzonej rozpaczy, która czekała tego, kto mu się poddał. Było to przerażenie spowodowane czymś, czemu nie da się stawić czoła. Falko żył z tym strachem, odkąd pamiętał, a teraz przenikał on do świata rzeczywistego. Serce go bolało, gdy musiał patrzeć na to, jak wpływa na jego najbliższego przyjaciela.

Przełknęli kilka kęsów strawy, gdy dowódcy składali raport, a potem nadszedł czas na uformowanie drugiego oddziału. Dwaj młodzieńcy wspięli się na konie i patrzyli, jak z tłumu występują powołani do niego mężczyźni i kobiety.

– To ojciec Bryny – powiedział Malaki, gdy grupę zasilił sir Gerallt Godwin.

Mężczyzna o królewskim wejrzeniu podjechał do nowego oddziału tylnej straży i stanął wśród zwykłych żołnierzy. Zostanie mianowany jednym z dowódców. Falko obejrzał się, by sprawdzić, czy dostrzeże w tłumie jego córkę. Szła gdzieś z uzdrowicielami i... Tak, była tam. Stała z Heçamedes na niskim wzniesieniu. Jakby zbladła, widząc, że jej ojciec zajmuje miejsce na czele niewielkiej grupy. W tym właśnie momencie zesztywniał stojący obok Malaki, zobaczył bowiem, kto zajmuje miejsce obok sir Gerallta.

Balthazak.

Falko rzucił okiem na przyjaciela, ale jego spojrzenie skupione było na ojcu. Obaj starsi mężczyźni utkwili nieruchomy wzrok w przestrzeni, jakby mogli myśleć wyłącznie o czekającym ich zadaniu.

Gdy tylko oddział został utworzony, dowódcy dali znak do wymarszu i wkrótce wojownicy zniknęli za zakrętem szlaku. Jeśli będą jechać prędko, zetkną się z Opętanymi w ciągu sześciu godzin.

Wróg się zbliżał, i to szybko.

Na twarzach pozostałych żołnierzy malowało się zmieszanie. Niechętnie zbierali się do drogi w przeciwnym kierunku, wiedząc, że zostawiają towarzyszy na pastwę armii demona. Falkowi mocniej dawało się we znaki poczucie winy, bo teraz wśród tych, którzy najdobitniej odczują na swojej skórze rezultaty jego czynów, był ojciec Malakiego. Rozejrzał się wokoło udręczonym wzrokiem, napotykając tylko ciężkie spojrzenia ludzi. Patrzyli na niego tak samo, jak przed chwilą robił to zapłakany Marcus.

To ten. To on sprzymierzył się ze smokiem.

Chłopak zgarbił się w siodle. Posłał zmartwione spojrzenie w kierunku Malakiego, bojąc się tego, co wyczyta w jego oczach, ale przyjaciel pogrążony był we własnych myślach. Spuścił wzrok, a na jego twarzy malowała się troska. Wznowili wędrówkę w ciszy. Uzdrowiciele ruszyli już szlakiem. Zwlekający z wymarszem żołnierze zebrali się w sobie i poszli w ich ślady, wiedząc, że powinni jak najlepiej wykorzystać czas kupiony przez towarzyszy.

Kilku oddelegowano do przodu, by nadzorowali i przyspieszyli pochód kolumny. Nie mogli pozwolić na to, by apatia i zmęczenie doprowadziły do zwolnienia tempa. Obiad zjedli w drodze. Ludzie wlekli się w ciszy, a wczesnym popołudniem dotarli do doliny o płaskim dnie, przez które torowała sobie drogę rzeka. Szlak przed nimi wspinał się zakolami na przeciwległy stok, ku najwyżej wysklepionej części drogi wiodącej do Clemoncé.

Gdy znaleźli się na płaskiej przestrzeni, uprzytomnili sobie, że ludzie zatrzymują się wokół czegoś, co leżało w rzece, tuż przy trakcie. Malaki stanął w strzemionach, ale nie mógł dostrzec, jaki jest powód tego przestoju.

– Coś jest nie tak – powiedział.

Ludzie skupieni wokół owego czegoś zaczęli obracać się i strzelać spojrzeniami do Falka. Malaki łypnął na niego, nagle zmartwiony tym nagłym nasileniem się wrogości wobec przyjaciela. Jednak samego

Falka bardziej interesowało to, co leżało w rzece. Dreszcz przebiegł mu po plecach, gdy wyobraźnia podsunęła kilka możliwości, ale gdy dowódcy poszli sprawdzić, co się dzieje, Falko ruszył za nimi.

– To jeden z jeźdźców – powiedział Malaki, zatrzymując się za przyjacielem.

Falko prawie go nie słyszał. Czuł, jakby spoglądał z wielkiej wysokości na ciało zanurzone w rzece. Jeździec był uwięziony pod truchłem swojego konia. Coś rozerwało mu gardło. Prąd rzeki poruszał płatami ciała, między którymi ziała czerwona dziura. Żyły w jego ciele zarysowały się czarno pod skórą, jakby dotknęła go martwica. Wpatrzone w nicość, rozwarte szeroko oczy były pozbawione koloru i pokryte kataraktą niby warstwą szronu. Wykrzywiona twarz zastygła w grymasie przerażenia.

– A co z innymi? – powiedział Bellius Snidesson. – Co, jeśli wszyscy nie żyją?

– Nic na to nie wskazuje – powiedział emisariusz, klękając przy mężczyźnie. – Musimy żywić nadzieję, że udało im się przeżyć.

– A jeśli nie?

Emisariusz uciszył go pogardliwym spojrzeniem, ale słowa szlachcica odbiły się echem w głowie Falka.

A jeśli nie?

Jeśli posłańcy nie dotarli do celu, nikt nie przyjdzie im z pomocą. Demon dogoni ich w górach i wszystkich pozabija. Falko powiódł wzrokiem po kolumnie ludzi wspinających się po zboczu – mężczyzn, kobiet i dzieci.

O gwiazdy na niebie... – pomyślał. Co ja najlepszego zrobiłem?

Anwyn skupiła wzrok na Garecie, gdy troje pozostałych przy życiu jeźdźców zjeżdżało wąską, ciągnącą się pod gołym niebem ścieżyną. Po ich lewej ręce góry opadały ostro w dół stromym, wznoszącym się na kilkaset stóp urwiskiem, aż do przeciskającej się między skałami rzeki. Wciąż byli wysoko, ale z każdą chwilą schodzili coraz niżej. Śmierć Dylana nie pozwalała im zwolnić i utrzymywali dobre tempo. Najwyższe góry dawno mieli już za plecami, przed nimi zaś malowały się zielone doliny i porastające rozległą przestrzeń lasy Clemoncé. Anwyn oglądała się przez ramię na Godfreya. Jego widok dodawał jej otuchy. Szczupła twarz towarzysza naznaczona była wprawdzie piętnem strachu, ale obdarzył ją pokrzepiającym skinieniem i poklepał nerwowego Altaira po szyi. Wielki czarny ogier źle się czuł w tyle – zdecydowanie wolał przewodzić.

Wróciła wzrokiem do drogi przed sobą. Kilka długości dalej spostrzegła, że Gareth łypnął na nią przez ramię. Sprawdzał, czy wszystko z nią w porządku. Odwracał się właśnie, gdy nagle z nieba runął na niego potwór. Tak szybko, że prawie go nie zobaczyła. Jedno machnięcie ciemnych skrzydeł i Garetha już nie było. Stwór dosłownie zmiótł go ze szlaku. Koń gońca zachwiał się, stracił równowagę i spadł z urwiska.

Anwyn sama nieomal wypadła z siodła, gdy Deneb zahamowała ze wślizgiem. Przerażone zwierzę zawisło nad krawędzią przepaści i runęłoby w dół, gdyby nie wpadł na nie popędzony przez Godfreya Altair i nie odepchnął konia znad urwiska.

Deneb uspokoiła się nieco, a Anwyn rozejrzała się i spostrzegła potwora wznoszącego się w niebo. Gareth zwisał w jego szponach niczym strach na wróble wyrwany z ziemi. Nie wydawał z siebie żadnego dźwięku, ale widziała, jak próbuje szarpać pazury zanurzone w jego szyi i ramionach. Mroczny anioł, spoglądając z góry na pozostałych jeźdźców, unosił ofiarę wysoko w niebo, a potem raptownym ruchem wydobył szpony z ciała i Gareth spadł w kierunku płynącej w dole rzeki. Kreatura rozprostowała szponiaste nogi i z jej gardła dobył się przenikający duszę skrzek. A potem rzuciła się na pozostałą dwójkę.

Prawie ich dopadła, lecz w tym momencie Godfrey spiął Altaira i koń stanął na tylnych nogach, przednimi zaś łomotał w powietrzu, aż trafił stwora okutym kopytem. Kreatura wrzasnęła z bólu i odskoczyła na bok, po czym zanim zdążyła odzyskać kontenans, spadła z urwiska i zniknęła w głębi przepaści.

Jeszcze przez chwilę jeźdźcy nie mogli się poruszyć. Konie drżały ze strachu, położyły uszy po sobie, a ich nozdrza rozdymały się w nerwowym rytmie. Godfrey pierwszy doszedł do siebie, sięgnął do Anwyn i położył jej rękę na ramieniu.

– Nie uda nam się dotrzeć do celu – powiedziała dziewczyna głosem zduszonym strachem i z oczami nabiegłymi łzami.

– Ależ uda się, uda – zaprzeczył Godfrey. – Dokonamy tego razem.

Anwyn powoli skinęła głową, a Godfrey się uśmiechnął.

– A teraz jazda! – krzyknął i pognał Altaira drogą.

Bez chwili wahania Anwyn ruszyła w ślad za nim. Mknęli razem, jakby gonił ich sam demon. Gdy zjechali ze stoku, spękane skały ustąpiły przed trawiastymi wzgórzami. Jutro skryją się w lasach Clemoncé i w mieście Toulwar.

15

OFIARA

Lud Caer Dour nie przerwał marszu, nawet gdy zaszło słońce. Opętani byli już tak blisko, że uciekinierzy nie mogli pozwolić sobie na zbyt długi postój. Dawno minęła już północ, nim wreszcie zatrzymali się na skalistej równinie otoczonej klifami, które niknęły w mroku nocy.

Skulony na twardym posłaniu Falko patrzył, jak emisariusz pogrąża się w rozmowie z Symeonem i włodarzami. Wszyscy byli wykończeni, ale każdy miał zadanie do wykonania. Malaki oporządzał konia, który zgubił podkowę, Heçamedes uwijała się przy pacjentach, Fossetta przygotowywała kolejną inhalację z corrosowej sosny.

Sytuacja malowała się w ponurych barwach; do chłopaka docierały szczątki dyskusji o tym, czy armia nie powinna stawić oporu pogoni. Nie mieli szans na wygraną, ale przy dobrych wiatrach udałoby się wytrwać do czasu, aż przybędzie odsiecz. Falko usłyszał głęboki głos swego pana:

– Chyba uda mi się na chwilę opóźnić atak demona – powiedział Symeon. – Choć nie jestem już tak silny jak kiedyś.

– A więc musimy wycisnąć z tej chwili, ile się tylko da – rzekł emisariusz. Zwrócił się do dowódców wojskowych: – Symeon jest kluczem do powodzenia misji. Jeśli on umrze, umrzemy wszyscy. Musimy go chronić. A on osłoni nas przed najgorszym uderzeniem strachu.

Następnie zwrócił się do Morgana i pytał, czy mogą liczyć na jakąś pomoc ze strony magów, ale Falko nie chciał już tego słuchać. Otulił się szczelniej płaszczem. Fossetta prawie już skończyła warzyć napar. Niebawem czeka go codzienna porcja wymiotów. Już zamykał oczy, by złapać nieco snu, gdy raptem jego uszu dobiegło jakieś poruszenie w szeregach armii.

Syczując z bólu, podniósł się do siadu i sięgnął wzrokiem ponad skupionymi wokół ognisk ludźmi. Grupa jeźdźców przecinała środek obozu, kierując się do dowódców. Malaki niespodziewanie pojawił się obok Falka. Wycierał ręce w brudną szmatę.

– Co jest? – spytał młody kowal.

– Wróciła tylna straż – odparł Falko.

Malaki pomógł mu wstać. Coś było nie tak. Gdy przejeżdżali obok, Falko dostrzegł kilka kształtów przewieszonych przez siodła... Trupy.

Gdy skupił wzrok na jednym z nich, opadło go szaleńcze przerażenie. Malaki też go zobaczył. Zrobił dwa kroki naprzód, coraz wolniej wycierając ręce. Od strony żołnierzy poniósł się szmer. Mężczyźni i kobiety obracali się wolno, kierując wzrok na syna starego kowala.

Malaki ruszył naprzód, jego kroki stawały się coraz szybsze. Dostrzegł światło księżyca odbijające się w niebieskim pancerzu.

Nie! – pomyślał Falko, nie słysząc chóru szeptów, który przesycał nieruchome nocne powietrze. Nie!

– De Vane.

Na fali przytłumionych głosów dotarło do nich nazwisko Balthazaka.

Raptem Falko rozpoznał postać stojącą przy ciele w błękitnej zbroi. To był sir Gerallt Godwin, ojciec Bryny. Przecięto rzemienie i szlachcic opuścił na ziemię martwego kowala. Oczy wszystkich szły za Malakim, gdy ten przedzierał się przez tłum.

Sir Gerallt ruszył w jego stronę, lecz Malaki odepchnął go na bok, potykając się na nierównym gruncie i wpatrując w martwe ciało swojego ojca. Pancerz Balthazaka był wgnieciony i podziurawiony, jego twarz pokryta krwią. Malaki nie widział ran. Owładnęła nim rozpacz. Osunął się na kolana, przygarnął do piersi ciało ojca. Mięśnie jego ramion napięły się, jakby mógł z powrotem wcisnąć w niego życie.

Sir Gerallt uklęknął przy nim.

– Nigdy nie poddał się strachowi – powiedział, jakby to miało jakieś znaczenie. – Opętani zapędzili kilku naszych do wąwozu. Twój ojciec dowodził grupą, która miała ich odbić. Jego koń odniósł rany i Balthazak zginął, ale nie poddał się strachowi. – Dłoń sir Gerallta spoczęła na szerokich plecach Malakiego. – Opętani nigdy nie zdobędą jego duszy. Twój ojciec spoczywa w pokoju.

Wreszcie napięcie opuściło ciało Malakiego i jego ramionami wstrząsnął gwałtowny, bezgłośny płacz.

Nie zniosę tego.

Falko patrzył z góry na przyjaciela, tulącego do piersi zmasakrowane ciało ojca. Malaki kochał Balthazaka bezgranicznie, lecz Falko również. Tak jak Symeon, stary kowal zawsze był dla niego dobry, nigdy go nie osądzał, nie sugerował synowi, że powinien dać sobie spokój z tym dziwnym, schorowanym chłopcem. Falko zawsze był w kuźni mile widziany, pokrzepiał go żar paleniska i dzwonienie młota. Dobrze kojarzył mu się świst miechów i zapach rozżarzonej stali. Żałość rozdarła mu duszę na strzępy. A jeśli on tak się czuł, to co musi przeżywać teraz Malaki!

Nie, nie zniosę tego.

Mruganiem wstrzymując łzy, Falko ruszył chwiejnie przez obóz. Próbował uciec od żalu, który wziął we władanie jego umysł. Słyszał szyderczy głos ze swoich koszmarów.

„Nigdy byś się nie odważył. Nigdy nie znalazłbyś w sobie siły".

Ludzie klęli, gdy ich mijał, ale on nie dbał o to. Ledwie ich widział, ledwie słyszał ich głosy. Nieważne, co mówili, on nigdy nie odważyłby się położyć kresu temu cierpieniu.

– Mamidełko!

Gdzieś z oddali przebił się do jego świadomości głos kalekiego chłopca. A potem pełen troski głos Merryweathera:

– Falko... Falko, wszystko dobrze?

Chłopak zignorował te ulotne słowa, te cienie ludzkich głosów. Nie niosły ze sobą żadnego znaczenia. Znał tylko ból i żal.

– Fossetto! Tutaj jest – zawołał Merryweather.

Falko słaniał się na nogach, dochodząc do skraju obozu, ale nie zatrzymał się, tylko ruszył dalej w noc. Grunt ciągnął się jeszcze przez parę kroków, a potem pogrążone w cieniu skały ustępowały miejsca ziejącej przepaści. To właśnie tu musi teraz być. Może w ciemności znajdzie choć trochę spokoju.

Czując, że nie tyle idzie, ile płynie przed siebie, Falko zbliżał się do krawędzi urwiska. Prawie do niej dotarł, gdy raptem jakaś siła szarpnęła go w tył i powaliła na ziemię. Jego ramię wrzasnęło bólem, ale ten miał się nijak do frustracji, jaką wywołał ten ktoś, kto pozbawił go zbawczej ciemności. Z rozpaczliwą siłą zaczął okładać pięściami osobę, która go trzymała. Ciosy dosięgły ciała i kości, a po chwili przez szum w uszach dotarł do niego czyjś krzyk.

– Falko, przestań! – Głos należał do kobiety. – Przestań, proszę!

Fossetta.

Nagle odeszły go wszystkie siły. Opadł na ziemię, wciąż opasany ramionami gospodyni, która skulona chowała głowę, chroniąc się przed kolejnymi ciosami. Wokoło zajaśniało światło, gdy nad urwisko zaczęli napływać ludzie z pochodniami. Wciąż oszołomiony, Falko poczuł, jakby jakaś siła unosiła go w powietrze. Dwa kroki od niego, tak blisko, ziała czarna paszcza przepaści. Rzucił się naprzód, ostatkiem sił pragnąc zatopić się w dającej wytchnienie ciemności, lecz powstrzymały go silne ramiona.

– Nie – rozległ się nad nim głos emisariusza. – Nie znajdziesz tam odkupienia.

Mężczyzna zaniósł Falka do jego posłania i tam ułożył go na płaszczu. Ktoś podał mu wodę, ale chłopak odwrócił głowę. Gdy podsunięto mu miskę z corrosowym naparem, przewrócił ją. Nie spał, lawirował na granicy jawy i koszmaru, w którym Malaki stał nad ciałem ojca wraz z Dariusem i martwym jeźdźcem znalezionym w rzece. W tym śnie był jeszcze ogień i ulepiona z cienia postać, która mogła być jego ojcem lub demonem zjawiającym się po jego duszę.

Falko nie umiał ich od siebie odróżnić.

Poranek wstał mokry i szary, ale nic się nie zmieniło. Falko wciąż marzył o zapomnieniu, które niczym balsam ukoi wreszcie jego zbolałą duszę. Próbowali zmusić go do jedzenia, ale odmówił. A potem znowu podstawili mu pod nos cuchnące opary.

– Umrzesz, jeśli nie będziesz ich wdychał – przekonywała Fossetta, klęcząc przy nim z błagalnym wyrazem twarzy.

– I dobrze, niech zdycha – powiedział ktoś, przechodząc obok, a gospodyni zwiesiła głowę.

– Co się dzieje?

Falko stężał, słysząc głos Malakiego.

– Nie chce przyjąć lekarstwa – odparła Fossetta. – Wcześniej wywrócił patelnię.

Falko powoli podniósł wzrok. Malaki stał przygarbiony, z pustym wyrazem twarzy. Jego brązowe oczy były otoczone czerwoną obwódką, a karmazynowe znamię na twarzy kontrastowało silnie z bladością skóry.

– Nie chce? – powtórzył groźnie.

– I dobrze! – powiedział jakiś bezimienny głos.

– To przecież wszystko przez niego! – przyszedł mu w sukurs inny. – Niech on już umrze!

Malaki zacisnął zęby, gdy usłyszał, że inni życzą Falkowi śmierci. A potem nagle dał nura naprzód. Falko cofnął się wystraszony, ale Malaki już sięgnął w dół, złapał go, zwlókł z posłania i zatargał tam, gdzie dymiła nad ogniem porcja corrosowego naparu. Rzucił Falka na ziemię, a potem kucnął za nim i oplótł jego wątłą pierś masywnym ramieniem. Wreszcie drugą ręką złapał go za włosy i przytrzymał mu głowę.

– No, dalej! – warknął.

Heçamedes zawahała się, Fossetta zaś wstała, trzymając koc w rękach. Nigdy jeszcze nie widziały, by Malaki zachowywał się tak brutalnie. Uzdrowicielka wolno pokiwała głową i sięgnęła po patelnię.

Falko zaszamotał się w uścisku, ale Malaki trzymał go mocno. Heçamedes postawiła naczynie, a Falko na pewno by je wywrócił, gdyby tylko Malaki nie przyszpilił mu ramion do ciała, a nóg nie złapał w kleszcze masywnych ud. Kowal kiwnął głową na Fossettę, a ona zarzuciła Falkowi koc na głowę. Tymczasem Heçamedes zdjęła pokrywkę z patelni.

Falko zwiotczał Malakiemu w rękach, gdy owionęły go śmierdzące opary, ale zaraz zaczął się z wolna wiercić. Gdy już nie mógł dłużej wstrzymywać oddechu, zaczął się szamotać, ale nie zdołał wyrwać się z rąk kowalowi. Kaszlał i krztusił się, ale Malaki nie puszczał. Fossetta i Heçamedes wymieniły nerwowe spojrzenia. Falko nigdy nie był tak długo wystawiony na działanie dymu.

– Malaki – upomniała go wreszcie Fossetta, ale kowal nie puszczał.

– Malaki, już dość – poparła ją Heçamedes. Już sięgała do niego ręką, gdy Malaki zwolnił uścisk i odrzucił Falka na bok. Chłopak dusił się i rzęził, zawzięcie walczył o oddech, wybałuszając przekrwione oczy.

Wszyscy gapili się na nich, a zwłaszcza na żałosną postać wijącą się na ziemi. Fossetta płakała, ale Malaki zdawał się tym nie przejmować. Po prostu stał nieruchomo, wlepiając wzrok w umęczonego Falka. A potem przemówił ochrypłym, gardłowym głosem.

– Oni może życzą ci śmierci. – Pokazał palcem stojących dookoła ludzi. – Ale nie ja. – Zacięta mina rozmyła się na jego twarzy, ustępując przed łzami. – Nie ja.

Fossetta podeszła, by go pocieszyć, ale zabronił jej gestem, po czym ruszył samotnie przez obóz. Gospodyni kucnęła przy Falku, który płakał jak dziecko. Nawet jego łzy były czerwone od krwi.

Anwyn i Godfrey puścili konie w cwał. Po tak długim kluczeniu przez góry dobrze było wreszcie rozwinąć porządną prędkość. Anwyn zaczynała wierzyć, że rzeczywiście mogą ocaleć z tej eskapady, gdy nad jej głową przemknął cień.

– Po prostu jedź – zawołał Godfrey, jadący z nią łeb w łeb.

Razem przemierzyli trawiastą łąkę. Przed nimi, zaledwie milę dalej, ciemniała ściana lasu.

Gdyby tylko udało się dotrzeć do drzew...

– Nie uda nam się – krzyknęła Anwyn, rozglądając się po niebie, aż strzyknęło jej w szyi. Nie widziała potwora, ale wiedziała, że gdzieś tam jest. Czuła jego obecność. Łypnęła na Godfreya i poznała po wyrazie jego twarzy, że on też to czuje. Wiedzieli, że stwór zaraz uderzy ponownie. Godfrey spuścił wzrok, jakby dał za wygraną. A potem kazał Altairowi podjechać bliżej do Deneb.

– Jedź w kierunku lasu – zawołał nagle. – Anwyn! – dodał głośniej, by ściągnąć na siebie jej wzrok. – Schowaj się w lesie, rozumiesz?

Kiwnęła głową skołowana. Przecież już jechali w stronę drzew. Lecz wtedy Godfrey krzykiem wydał Altairowi polecenie i wielki czarny ogier wyrwał z kopyta naprzód, zostawiając Deneb za sobą. Przez krótką chwilę Anwyn czuła się zdradzona i opuszczona, ale kiedy ujrzała cień potwora mknący po trawie, wówczas dotarło do niej, co robi Godfrey.

– Nie! – wrzasnęła. – Godfrey, nie!

Mężczyzna odłączył się od niej, zmierzając ku ścianie lasu. Wiedział, że kreatura będzie próbowała powstrzymać ich, nim do niego dotrą. I wiedział też, że najpierw zaatakuje szybszego z dwojga jeźdźców. Postanowił przynajmniej dać Anwyn nieco czasu, by zdołała skryć się pod sklepieniem drzew. Stwór z zatrważającą prędkością leciał w kierunku jeźdźca, zamierzając uderzyć z prawej strony.

Szponiastymi stopami złapał głowę Altaira, a siła uderzenia zdruzgotała koniowi kark. Głowa zwierzęcia odgięła się pod nienaturalnym kątem. Stwór okręcił się w powietrzu, bijąc szaleńczo skrzydłami, gdy spod Altaira uciekły zwiotczałe kończyny i koń zarył o ziemię. Godfrey wypadł z siodła, wyrżnął z mocą o grunt i już się nie podniósł.

Anwyn nie mogła oddychać, zupełnie jakby przerażenie zacisnęło się szponiastą łapą również na jej szyi. Na moment zamknęła oczy, gorączkowo usiłując skupić się tylko na jeździe, tylko na tym, by utrzymać Deneb w prostej linii. Za jej plecami rozbrzmiał przeraźliwy skrzek. Obejrzawszy się, spostrzegła, że kreatura ponownie wznosi się do lotu, młócąc skrzydłami, i skupia na niej przerażające ślepia. Serce waliło jej w piersi, z oczu lały się łzy. Drzewa widoczne w oddali wydawały się zamazane, pozbawione konturów. Nie potrafiła powiedzieć, jak blisko czy daleko się znajdowały.

– Szybciej, Deneb! Szybciej, kochana! – słowa opuściły jej usta pod postacią dyszącego szlochu. Kasztanka wyczuła rozpacz w jej głosie i jakimś sposobem jeszcze zwiększyła prędkość.

Nagle postrzępiona koronka drzew zaczęła rosnąć w oczach, jakby zechciała wyjść jej na spotkanie. Serce podeszło Anwyn do gardła, a potem usłyszała gwizd czegoś, co rozcinało powietrze, zbliżając się z niemożliwą do ogarnięcia szybkością. Rozpacz przydała siły jej mięśniom i dziewczyna szarpnęła cuglami w prawo. Deneb prychnęła z wyrzutem, usiłując wykonać niewykonalne polecenie. Uratowało je tylko idealne zgranie wierzchowca i jeźdźca.

Mroczny anioł zaryczał ze złości, gdy klacz umknęła w prawo, a jego szpony złapały tylko powietrze. Ale potwór ciemności był nadzwyczaj zwinny. Okręcił się w locie i wznowił pogoń.

Anwyn łypnęła przez ramię i zobaczyła, że znowu jest tuż za nią. Drugi raz ten zwód się nie uda. Przygotowała się na uderzenie wroga, a potem zamrugała oczami, gdy coś chlasnęło ją przez twarz. Ogarnął ją głęboki cień, gałęzie biły po jej udach i ramionach, gdy zatopiła się w lesie. Schroniła się pod sklepieniem drzew, a przepełnione frustracją wrzaski potwora nagle wydały jej się przytłumione narastającą odległością.

Z wolna zaczęło opuszczać ją przerażenie. Popędziła konia naprzód.

– Dziękuję – zapłakała, przyciskając z wdzięcznością policzek do spotniałego końskiego karku. – Moja dzielna, najukochańsza. Dziękuję ci.

Deneb zarżała nerwowo w odpowiedzi.

– Uda nam się – rzekła Anwyn, wzrokiem wyłuskując z natarczywych zarośli meandrujący ślad traktu. Sięgnęła na plecy, by poprawić tubus ze zwojem, i popędziła klacz naprzód. Obie były wykończone, ale czas na odpoczynek przyjdzie dopiero wtedy, gdy dotrą do Toulwaru.

Skrywały się pod splątanym sklepieniem lasu.

Nic nie mogło ich już zatrzymać.

Mroczny anioł wzniósł się wysoko ponad zieloną pokrywę drzew. Nienawiść płonęła w jego czarnym sercu, odmówiono mu bowiem ofiary. Ale zło jest cierpliwe. Anioł poczeka. Czuł kobietę skrytą pod drzewami. Czuł jej strach i żałosną nadzieję, która tliła się w jej wątłej, nijakiej duszy. Anioł leciał ponad drzewami, wypatrując poszarpanej linii traktu. W oddali widział już szary cień miasta, ale jego ofiarę dzielił jeszcze od niego szmat drogi.

Niebawem nadarzy się okazja, by złowić tę ludzką duszę, która ledwie na kilka chwil wymknęła się z jego pazurów.

16

TCHÓRZOSTWO, ODWAGA I SPRYT

Falko jechał sam po raz pierwszy od rozpoczęcia podróży. Przed nim znajdowali się chorzy i ranni, za nim – włodarze i dowódcy armii. Malaki gdzieś przepadł. Wydarzenia minionej nocy wydawały się teraz mętne i odległe, jak na wpół zapomniany koszmar. Mimo to czuł wyraźnie, że jakieś mroczne ziarno wysiało się z jego głowy i zostawiło po sobie rodzaj odrętwienia. Falko przemierzył już głębinę rozpaczy, a teraz po prostu czuł się zagubiony.

Z wolna zaczął uprzytamniać sobie, że ktoś jedzie obok niego. Rzucił okiem na emisariusza.

– Przykro mi z powodu Balthazaka.

Falko spuścił głowę, a po chwili ciszy emisariusz dodał:

– Nie możemy zmienić przeszłości. Możemy tylko patrzeć w przyszłość.

Chłopak utkwił w nim wzrok. Nie rozumiał, dlaczego Chevalier poświęca mu tyle uwagi.

– Ale nie jest to proste – ciągnął starszy mężczyzna. – Wymaga odwagi. – Na krótką chwilę pochwycił wzrok Falka. – Cokolwiek tu zaszło, czekają nas dni spowite ciemnością. Możemy tylko zdecydować, jak stawimy im czoła. Czy będziemy walczyć? Czy postaramy się zrobić coś dobrego? Czy też odrzucimy nadzieję na rzecz rozpaczy. – Zamilkł. – Oto wybór, jaki przed tobą stoi, Falko Danté. Sprawa, jak widzisz, jest całkiem prosta.

Wymierzył w Falka ostatnie, znaczące spojrzenie. A potem skinął mu na pożegnanie i popędził naprzód swojego bojowego rumaka.

Falko podążył za nim wzrokiem wzdłuż kolumny. Emisariusz zatrzymywał się to tu, to tam, rzucając ludziom pokrzepiające uśmiechy lub dobre słowo. Miał wiele cech, za które młody mężczyzna, taki jak Falko, mógł go podziwiać. Chłopak uprzytomnił sobie, że zastanawia się nad tym, czy może jego ojciec również krzewił w ten sposób nadzieję wśród ludzi, którym przewodził, kiedy nikt jeszcze nie mógł przewidzieć nadchodzącej katastrofy. W głębi serca czuł, że tak właśnie było.

Zaczął się rozglądać. Widział krążącą po wozie szpitalnym Heçamedes oraz pomagające jak potrafiły Fossettę i Brynę. To była robota, na którą warto było poświęcić czas. Coś, co również i on sam mógłby chyba robić.

Nagły atak kaszlu sprawił, że złożył się wpół. Ból był intensywny – ale był to ból świeżej rany, a nie mdlące pulsowanie ciała dotkniętego chorobą. Gdy otarł usta, zobaczył na dłoni krew, ale świeżą i jasną. Falko patrzył na nią w zdumieniu. Prawie nie znalazł śladów śluzu, który odkrztuszał przez całe życie. Jego oczy wypełniły się łzami; były niczym deszcz obmywający duszę ze znoju.

Gdy oślepiający strach przestał już mącić jej umysł, Anwyn zaczęła rozglądać się po okolicy. Ledwie zarysowana w ściółce ścieżyna umożliwiała jednak dość szybką jazdę. Anwyn czuła, że Deneb zaczyna powoli wracać do siebie. Napięte mięśnie rozluźniły się, gdy klacz przeszła w swobodny kłus, by odpocząć po szaleńczym biegu do lasu. Anwyn chciała się zatrzymać, by nieco odsapnąć, ale usilnie próbowała nie myśleć o Godfreyu, a wodze w dłoni pomagały jej skupić się na jeździe. A poza tym z czasem droga nosiła coraz wyraźniejsze ślady użytkowania, co oznaczało, że do miasta było już niedaleko.

Kawałek dalej drzewa zaczęły rzednąć. Las się rozstąpił i droga wylała się z gęstwiny na szeroką polanę. Wówczas ścieżka pobiegła wzdłuż brzegu jeziora obrośniętego sitowiem. Taflę pstrzyły rozsiane z rzadka punkciki wodnego ptactwa. Anwyn widziała, że dalej ścieżka odbija w lewo i po przecięciu złotej łąki na powrót kryje się wśród drzew.

Gdy cwałująca Deneb wyłoniła się na polanę, Anwyn zamknęła oczy, czując na twarzy promienie słońca. Klacz bez polecenia obiegła łukiem jezioro i prawie już trąciła pęcinami suchą trawę, gdy nagle z tafli poderwała się spłoszona czymś chmara kaczek i gęsi. Anwyn zaczęła zastanawiać się nad tym, co też je wystraszyło, gdy padł na nią cień błoniastych skrzydeł. Nim stwór uderzył, przerażenie zdążyło wzbudzić się w jej sercu.

Ból zapłonął w żebrach po obu stronach jej ciała. Nieludzka siła podniosła ją z siodła i porwała w niebo. Szpony wbijały się w nią niczym gorące żelazne kolce. Obróciła głowę i napotkała wzrokiem wyszczerzoną twarz potwora. Anioł trzymał głowę nad jej ramieniem, jego oddech parzył jej szyję, a w czarnych oczach wyczytała tryumf. Strużka srebrzystej śliny skapnęła spomiędzy jego zębów na szyję Anwyn. Substancja zaskwierczała w kontakcie z ciałem, jakby ktoś skropił dziewczynę żrącym kwasem. Nie wrzasnęła. Była już w połowie drogi między tym światem a kolejnym.

Ledwie świadoma tego, co robi, sięgnęła po tubus, który zwisał teraz u jej boku. Pasek uwiązł między szponami bestii, ale zdołała przeciągnąć go przez sprzączkę i zdjąć pojemnik. Jej oddech przyspieszył, zrobił się płytki, rozpaczliwy. Płuca wypełniały się krwią, ale Anwyn mocno trzymała tubus, gdy demon niósł ją coraz wyżej. Spojrzała w dół i zobaczyła Deneb znikającą między drzewami. Uśmiechnęła się, widząc, że jej ukochana klacz jest bezpieczna, a potem skupiła uwagę na pojemniku i łzy napłynęły jej do oczu.

– Przepraszam – wyszeptała, myśląc o rodzicach i o wszystkich ludziach, których zawiodła. Gdy jej umysł zaczęła zagarniać ciemność, Anwyn pozwoliła tubusowi wyślizgnąć się z palców.

Tylko tyle mogła zrobić, by wiadomość nie przepadła.

Kreatura poniosła dziewczynę nad wodę, a potem, wydając z siebie zwycięski krzyk, wypuściła ją z łap. Anwyn była martwa, nim przebiła taflę jeziora. Odgłos upadku stłumiło gęsto rosnące sitowie. Przez chwilę stwór wisiał w powietrzu, sycąc oczy swoją ofiarą, a potem, zanosząc się skrzekiem, wzbił się w niebo i poleciał na wschód, do swojego pana.

Tego dnia wędrówka również nie zakończyła się o zachodzie słońca. Wędrowali tak długo, aż opadli z sił, i dopiero wtedy zatrzymali się na kilka godzin. Ludzie siadali tam, gdzie stanęli, wykończeni wielomilową tułaczką, coraz bardziej czując na barkach ciężar narastającego strachu. A mimo to w tłumie dało się odczuć pewną ekscytację. Jeźdźcy, mówiono, powinni już dotrzeć do Toulwaru. Niektórzy wspominali o mrocznej istocie, którą widzieli na niebie, ale większość była przekonana, że do rana posiłki powinny opuścić miasto i ruszyć im z odsieczą.

Falko wcale nie był taki pewien, ale nawet ta wątła nadzieja była lepsza niż żadna. Podprowadził konia do miejsca, gdzie Fossetta i Davis rozpalali ognisko. Malaki nie przyszedł, by pomóc mu zejść z konia. Falko wypatrzył go kawałek dalej. Sprawdzał zwierzętom kopyta. Falko złapał kulę siodła, zlazł z konia i opadł na nogi. Czuł się słaby i drżał z wyczerpania, ale zbyt długo już polegał na innych. Czas, by zaczął sam troszczyć się o siebie.

Fossetta podniosła się i podeszła do niego, by przyłożyć mu dłoń do czoła.

– Zjesz trochę zupy?

Potwierdził skinieniem.

– Dziękuję – odparł.

Na twarzy Fossetty odznaczyło się przejęcie. Kobieta zsunęła dłoń z czoła na policzek. Nie dostrzegła w oczach Falka czarnej rozpaczy, jaka nie opuszczała ich przez ostatnie dni. Chłopiec, którego kochała, jakimś sposobem wrócił do nich. Podeszła do ogniska, by wstawić zupę. Falko przeniósł wzrok z Fossetty na Heçamedes, która przygotowywała kolejną inhalację.

Uzdrowicielka nie spojrzała na niego. Wciąż była zła za to, że odmawiał przyjęcia lekarstwa. Żołądek Falka skręcił się rażony trwogą, gdy pomyślał o wdychaniu cuchnących wyziewów. Heçamedes zacisnęła usta, gdy odwrócił się plecami do jedynej rzeczy na świecie, która mogła mu pomóc. Kuracja działała, ale do całkowitego zwalczenia infekcji brakowało mu jeszcze ładnych kilka patelni. Jeśli nie wyleczą jej teraz, może powrócić ze zdwojoną siłą.

Odwróciwszy się od Heçamedes, Falko poszedł tam, gdzie Malaki wciąż oporządzał konie. Stanął blisko, ale kowal najwyraźniej nie miał zamiaru na niego patrzeć. Falko zrobił kilka kroków naprzód, gdy przyjaciel podchodził do kolejnego zwierzęcia, i wtedy kowal nie miał już wyboru: musiał oderwać się od pracy. Wyprostował się, nadal na niego nie patrząc.

– Wciąż bardzo boli, gdy próbuję robić to sam – powiedział Falko, przełykając nagły ucisk w gardle. – Gdybyś mógł mi pomóc...

Słowa zawisły w przestrzeni, a po chwili niezręcznej ciszy Falko kiwnął głową i wrócił do ogniska. Wciąż chwiejąc się na nogach, wziął koc, którego używali do inhalacji, podszedł do ognia i uklęknął przy Heçamedes.

Oczy Fossetty lśniły, gdy wodziła nimi od Falka do Malakiego. Przez jakiś czas wielki młodzieniec uparcie stał sztywno, ale po chwili opuścił głowę i odwrócił się przodem do reszty. Bez słowa podszedł do Falka i kucnął za nim.

Pacjent oddał Fossetcie koc, a potem, tak jak wcześniej, Malaki otoczył go ramieniem i wpił pięść we włosy. Heçamedes umieściła patelnię przed Falkiem, a on, walcząc z odruchem nakazującym ucieczkę, pochylił się nad naczyniem. Gospodyni nakryła go kocem, a uzdrowicielka zdjęła pokrywkę. Efekt był taki jak zwykle, ale choć Falko rzucał się i szamotał, nieubłagany Malaki trzymał mocno.

Po jakimś czasie, który zdał się Falkowi wiecznością, Heçamedes kiwnęła głową, a Fossetta zdjęła koc z jego głowy. Charczący, zdyszany Falko wyprostował się, ale Malaki nie puścił od razu. Trzymał przyjaciela, wciskając twarz w jego ramię. Wreszcie zwolnił uścisk, wstał i wrócił do koni.

Wciąż kaszląc, Falko wyciągnął do niego rękę, ale Fossetta pokręciła głową.

– Daj mu trochę czasu – powiedziała, ocierając jego twarz.

Falko opuścił rękę i patrzył, jak Malaki odchodzi w noc. Ciemność, która wypełniła jego umysł, zaczęła już z niego uchodzić, ale ból i żal nie opuszczą go tak szybko. Pozwolił, by dwie kobiety pomogły mu ułożyć się w wygodnej pozycji, i robił, co mógł, by nie krzyczeć, gdy opatrywały mu ranę. Wreszcie wieczorny rytuał dobiegł końca i Heçamedes zaczęła pakować utensylia i specyfiki z powrotem do swojej uzdrowicielskiej torby.

– Dziękuję ci – powiedział Falko.

– Proszę – odpowiedziała z uprzejmością, która wydała mu się wymuszona.

Falko zaczął się zastanawiać, czy czymś jej nie obraził. A potem, gdy Heçamedes już wstała, zdążyła odejść, zanim Falko dostrzegł łzy w jej ciemnych thraeckich oczach.

Nie do końca rozumiejąc, co się dzieje, chłopak patrzył, jak uzdrowicielka rozpływa się w ciemności.

– Falko, chodź – zawołała uśmiechnięta Fossetta. Wręczyła mu miskę zupy i kromkę chleba. – Jak się czujesz?

– Umieram z głodu. – Przez ostatnie kilka dni ledwie skubnął strawy.

– To dobrze – powiedziała Fossetta. – Ale uważaj, nie przejedz się – dodała. – Minie jakiś czas, zanim wrócisz do sił. – Wyprostowała się i odwróciła do ognia.

– Przepraszam, Fossetto – rzekł cicho, a gospodyni obrzuciła go spojrzeniem.

– Rozumiem, mój kochany. Wszystko rozumiem.

Falko pochłonął zupę i dokończył chleb. A później, ogarnąwszy wzrokiem obóz naokoło, zamknął oczy, by zasnąć. Drzemał przez blisko dwie godziny. Obudziło go znajome uczucie ciepła ogarniające jego ciało. Klęczał nad nim Symeon, jego dłonie wisiały nad piersią chłopaka.

– Leż spokojnie – polecił stary mag bitewny, a Falko opadł na posłanie. – Wysypka prawie już zniknęła.

– Czuję się jakoś inaczej – wyznał Falko, zastanawiając się jak zwykle, skąd Symeon wie o rzeczach, których nie mógł przecież zobaczyć. – Obolały, ale nie chory, jeśli ma to jakiś sens.

Symeon pokiwał głową i poruszył się, by siąść na kamieniu.

– Ma, nawet bardzo wiele.

Falko złapał wzrokiem emisariusza, stojącego po drugiej stronie ogniska obok Malakiego. Rozmawiali pochyleni nad jakąś robotą. Chłopak posłyszał metaliczne stukanie małego kowalskiego młota.

– Skończył już? – zapytał Falko, mając na myśli pas, nad którym pracował emisariusz.

– Prawie. Malaki pomaga mu osadzić nity.

– To dla jego żony?

Symeon wydął usta.

– Nie jestem pewien, czy jest żonaty. Ja przynajmniej nic o tym nie wiem.

Falko wolno pokiwał głową, spoglądając na człowieka, który przybył do nich w czarnej godzinie. Milczał chwilę, nim znowu się odezwał:

– Jak myślisz, Symeonie, czy on rzeczywiście potrafi zajrzeć człowiekowi w serce?

– Myślę, że na pewno widzi więcej niż inni – uśmiechnął się Symeon. – Zapewne królowa nie bez powodu uczyniła go swoim emisariuszem.

Falko długo nie odrywał wzroku od Chevaliera, a potem jego spojrzenie przesunęło się na Malakiego.

– Śmierć nieustannie wisi nad człowiekiem – rzekł Symeon, jakby wyczuł myśli Falka. – Nawet gdyby Darius wrócił z gór, wielu ludzi i tak straciłoby życie w walce z Opętanymi.

– Wiem. Ale Balthazak... – Falko nie zdołał dokończyć zdania.

– Nie wolno ci torturować się takimi myślami – przekonywał Symeon. – To nie ty sprowadziłeś na nas demona.

Milczeli. Falko wpatrywał się w grę świateł na pooranej twarzy starego maga. Odczuwszy na własnej skórze dotyk smoczego ognia, mógł sobie tylko wyobrażać, ile wycierpiał Symeon.

– Czy nam się uda? – spytał.

Starzec nie odpowiedział. Prychnął tylko, a na jego usta wypłynął mroczny uśmiech. Opętani zbliżali się szybko i nikt nie wiedział, czy gońcy dotarli do Toulwaru, czy nie.

– A jak się uda? – Symeon uniknął odpowiedzi. – Co wtedy zrobisz?

– Nie wiem – odparł Falko. – Chyba wrócę do domu.

– Do domu, powiadasz. – Symeon zaśmiał się pusto. – Obawiam się, że nie będzie do czego wracać.

Falko pokiwał smętnie głową.

– Więc chyba zostanę w Toulwarze – powiedział. – Może z czasem uda się odbudować Caer Dour.

– Mógłbyś pojechać z Malakim do Furii. Może to tam znajdziesz odpowiedzi na swoje pytania.

Falko spojrzał na niego, czekając na ciąg dalszy.

– Znałem twojego ojca. Nie sposób zaprzeczyć, że drzemała w nim ciemność. Ale nie był szalony. Jest powód, dla którego zwrócił się przeciw nam. – Falko wpatrywał się w opiekuna. – Sądzę, że śmierć Aquili niosła ze sobą jakieś znaczenie. Może w Furii sam doszukasz się swojego własnego znaczenia.

Falko nie mógł wykrztusić słowa. W ciągu ostatnich kilku dni cały jego świat legł w gruzach, a nad tymi gruzami zawisły zbite, ciemne chmury rozpaczy. Dopiero teraz Symeon przebił się przez nie, a na Falka spłynął promień zbawczego światła nadziei.

Może w Furii znajdzie odpowiedzi na dręczące go pytania.

Może w Furii znajdzie jakiś cel w życiu.

Opiekun odszedł, a Falko – choć w jego głowie był mętlik i niezliczone myśli przepychały się do jego świadomości – jakoś zdołał zasnąć. Niedługo jednak cieszył się odpoczynkiem.

Uciekinierzy wznowili wędrówkę jeszcze przed świtem. Nie było to zbyt bezpieczne, ale nie mieli już czasu do stracenia, Opętanych dzieliło od nich bowiem najwyżej kilka godzin. Falko zjadł na śniadanie nieco chleba i owoców. Chwiejąc się w siodle, poczuł wreszcie, że zaczynają mu wracać siły. Przed sobą zobaczył stojącą na poboczu kobietę, która usiłowała zbudzić jedno ze swoich dzieci, chłopca, najwyżej sześcioletniego.

– Mówię ci przecież, Tarran, że musimy iść dalej. – Przejęta matka gorączkowo szarpała dziecko za rękaw.

– Może jechać ze mną – zaproponował Falko, zatrzymując się przy niej.

Kobieta podniosła wzrok, bijąc się z myślami. Potrzebowała pomocy, ale nie chciała przyjmować jej od kogoś, kto sprowadził na nich nieszczęście.

Wreszcie przeważyła konieczność. Kobieta wybąkała podziękowanie i wsadziła syna na siodło. Falko owinął spłakane dziecko płaszczem.

– Nie martw się – powiedział. – Jeźdźcy na pewno dawno już podnieśli alarm w Toulwarze. Rycerze już jadą nam na spotkanie.

Chłopiec obrócił się, by na niego spojrzeć. Poważne niebieskie oczy szukały fałszu na jego twarzy. Coś mówiło Falkowi, że jeźdźcy wcale nie dotarli do celu. A jednak w jego słowach nie dało się wyczuć kłamstwa. Twarz chłopca wypogodziła się, odwrócił się do przodu i oparł potylicą o kościstą pierś chudzielca.

Kapitan Reynald de Roche z Toulwarskich Szaserów Królewskich zsiadł z konia i podszedł do błąkającej się po lesie klaczy. Kasztanka była wystraszona i wycieńczona. Wyciągnął do niej rękę i przemawiając spokojnym, niskim tonem, zaczął podchodzić bliżej. Gdy wreszcie złapał za uzdę, klacz przycisnęła mu głowę do ramienia i poruszała uszami w przód i w tył.

– Spokojnie, spokojnie – mruczał kapitan de Roche, głaszcząc zwierzę po mokrej od potu szyi. Nietrudno było się domyślić, że jest po forsownym biegu. Tylko jeździec gdzieś przepadł. Kapitan powoli wrócił z klaczą do swoich ludzi. Patrol opuścił Toulwar cztery dni temu i akurat wracał do domu, gdy przypadkiem natknął się w lesie na skubiące trawę zwierzę.

– Przyszła stamtąd – powiedział jeden z żołnierzy. – Od strony Valencji.

Kapitan obrócił głowę we wskazanym kierunku. Czy to nie tam pojechał dwa tygodnie temu królewski emisariusz?

Oddał wodze podwładnemu i dosiadł własnego wierzchowca, którego zostawił w gromadzie lekkozbrojnych szaserów.

– Ruszymy traktem w kierunku lasu.

Umilkł i popędził konia. Do wszystkich dotarły wieści, że wroga armia przełamała obronę Illicji. Nie dalej jak kilka dni temu sami słyszeli, jak jeden drwal opowiadał o jakimś latającym ponad lasem potworze. Uznali po prostu, że mu się przywidziało – to nie był żaden latający potwór, tylko wracający z łowów orzeł aksamitnik – lecz teraz kapitan nie był taki pewien.

– Miejcie się na baczności – polecił podkomendnym. – Obawiam się, że w okolicy czai się jakieś zło.

Ruszyli naprzód. Ich własne konie również były już mocno zmęczone patrolem, ale kapitan wiedział, że w okolicy znajduje się jezioro. Tam napoją wierzchowce.

Uchodźcy przyspieszyli. Co rusz jednak potykali się na trakcie i przeklinali dowódców, którzy narzucili nieludzkie tempo.

– Szybciej... Ruszać się... Szybciej...

Falko obrzucił spojrzeniem mężczyznę, któremu ewidentnie nie podobało się wyznaczone mu zadanie. Mimo to wciąż popędzał ludzi, oglądając się często za siebie i czekając na powrót tylnej straży. Coś było nie tak. Opętani byli już tak blisko, że kolejne oddziały partyzantów wracały krótko po wyruszeniu. Poza tym ostatnim, który się spóźniał.

Świt przyniósł zimne deszcze, smagające zapamiętale skaliste zbocza, lecz teraz chmury na niebie rzedły, odsłaniając miłe oczom Falka błękitne łaty. Lecz właśnie wtedy, gdy sycił się ich widokiem, ktoś krzyknął, celując palcem w niebo, a chłopaka obleciał zimny strach. Zwróciwszy się we wskazanym kierunku, dostrzegł przyczynę paniki – wysoko nad kolumną płynął w powietrzu mroczny anioł, rzucając na wszystkich cień przerażenia.

Zbliż się tylko, pomyślał Falko. Znam kogoś, kto zestrzeli cię z nieba.

Jakby słysząc wypowiedziane w myślach słowa, potwór wzbił się wyżej. Wypuścił się w góry na zwiad, zapewne na rozkaz swego pana.

Wciąż siedzący przed nim w siodle chłopiec wtulił się w Falka, a idąca obok matka przylgnęła do ziemi, przygarniając do siebie pozostałą dwójkę dzieci. Falko zatrzymał konia. Pogłaskał chłopca po głowie i spojrzał na jego matkę.

– Nie bójcie się – powiedział. Kobieta wolno uniosła głowę, a Falko dostrzegł strach w jej oczach. – Wróg wie, że je kochasz. – Popatrzył na jej dzieci. – Uważa to za słabość, sposób na to, żeby złamać twoją wiarę. – Wrócił wzrokiem do kobiety, a w jego oczach zapłonął zielony płomień. – Niech będzie twoją siłą.

Kobieta zmarszczyła się, jakby ten władczy ton zbił ją z tropu, ale zaraz wyprostowała się powoli. Kiwnęła głową, a potem otarła oczy i gestem kazała dzieciom iść dalej.

– Zaczynasz przemawiać jak ja – powiedział głos i przy Falku pojawił się Symeon.

– Po prostu podsłuchiwałem, jak mówisz takie rzeczy – rzekł Falko, którego raptem ogarnęło zakłopotanie.

– Mówię, bo to prawda – rzekł Symeon z uśmiechem.

Jakiś czas jechali w ciszy. Mały Tarran zeskoczył z siodła, by wędrować razem z matką i rodzeństwem. Falko co chwila oglądał się za siebie, również wypatrując tylnej straży.

– Coś musiało się stać – powiedział. – Dawno już powinni wrócić.

Mag bitewny pokiwał głową, a potem zwrócił twarz w kierunku dowódców jadących od czoła kolumny.

– Co jest? – zapytał, gdy wryli konie obok niego.

– Niektórzy ze szlachciców uciekli – powiedział emisariusz. – Wśród nich Bellius Snidesson.

Falko rozdziawił usta, ale Symeon tylko pochylił głowę.

– Siedemnastu rycerzy i czterdziestu ich ludzi – dodał Morgan Saker.

Chłopak chciał coś powiedzieć, ale mag bitewny powstrzymał go gestem.

– Nie osądzajcie ich zbyt surowo. Inni zrobiliby to samo, gdyby mieli po koniu dla każdego swojego bliskiego.

Morgan Saker już miał zaoponować, gdy kilka rzeczy wydarzyło się jednocześnie.

Przede wszystkim w zasięgu wzroku pojawili się jeźdźcy z tylnej straży. Przedzierali się na przód kolumny, by rozmówić się z dowódcami.

– Demon depcze nam po piętach – wydyszał kapitan głosem przesyconym paniką. – Wróg zatrzymał się na chwilę i coś się wydarzyło, nie wiemy co, a potem ruszył naprzód szybciej niż kiedykolwiek.

Lord Cadell zaciął twarz, próbując zgłębić, co to może oznaczać, i wtedy zauważył, że kolumna się zatrzymała. Ludzie na drodze zaczęli oglądać się do tyłu. Jeden ze zwiadowców patrolujących szlak przybiegł do miejsca, w którym stali dowódcy z Symeonem.

– Co tam się wyrabia? – warknął lord Cadell, gdy zdyszany mężczyzna usiłował dobyć tchu.

– Wróg przed nami, panie. Droga zablokowana!

Falko przeskakiwał wzrokiem od jednej twarzy do drugiej. Najwyraźniej Bellius dał nogę w idealnym momencie. Wróg nie tylko ich dogonił, ale też dokonał czegoś niespodziewanego – wyprzedził ich. Byli odcięci od miejsca, z którego miał przyjść ratunek.

17

WIADOMOŚĆ W SITOWIU

Jakim cudem nas wyprzedzili? – wykrzyknął lord Cadell.

– Demon otworzył dla nich bramę – powiedział emisariusz, który miał już wcześniej styczność z tym zjawiskiem. – Jeśli jest dostatecznie potężny, może rozedrzeć tkaninę rzeczywistości i wysłać mały oddział żołnierzy z jednego miejsca do drugiego. Widocznie demon, który nas goni, z biegiem czasu przybiera na sile.

Mieszkańcy Caer Dour wpatrywali się w niego w osłupieniu.

– Ilu ich jest? – spytał Symeon.

– Wystarczająco wielu, żeby nas zatrzymać – odparł emisariusz, wodząc wzrokiem po dalszej części traktu, gdzie kłębili się zlęknieni ludzie.

– Ile mamy czasu, zanim dogodni nas demon?

– Trzy godziny, może mniej.

Zagrały mięśnie na szczęce Symeona.

– Czy damy radę się przebić? – zapytał niespodziewanie Falko.

– Być może – odpowiedział mu emisariusz. – Ale zanim tego dokonamy, wróg nas dogoni. A nie wolno nam dopuścić do tego, żeby Opętani dopadli nas na szlaku. – Pokręcił głową. – Nie. Mamy szansę na przetrwanie tylko wówczas, jeśli znajdziemy dogodne miejsce do obrony. Musimy żywić nadzieję, że utrzymamy się do przybycia pomocy.

Słowa emisariusza zmroziły krew w żyłach Falka. Tkwili uwięzieni w górach, wciąż nie wiedząc, czy jeźdźcy dostarczyli wiadomość do Toulwaru.

– Po drodze minęliśmy pewną dolinkę – przypomniał sobie jeden ze zwiadowców. – Strome stoki, niski mur klifów, który byłoby stosunkowo łatwo obronić.

– Doskonale – rzekł emisariusz. – To będzie nasza twierdza.

Kapitan Reynald de Roche wodził wzrokiem po śladach na ziemi. Jakkolwiek by się im przyglądał, nie miały sensu.

– Tutaj koń się spłoszył – orzekł jeden z jego ludzi, mężczyzna imieniem Francois, jeden z najlepszych tropicieli w Toulwarze. Zastygł przychylony do ziemi, wskazując palcem rysunek kopyt na szlaku. – Tutaj szedł równo, widać, że niósł jakiegoś jeźdźca. – Podszedł kawałek dalej na zgiętych nogach. – Tutaj ziemia jest skopana, jakby doszło do upadku lub zderzenia. – Wyprostował się i pokręcił głową. – Z tym że jest tylko jeden trop i nic, co wskazywałoby na upadek. Od tego momentu ślad wygląda tak, jakby konia nikt nie dosiadał. Jakby zwierzę samo pobiegło w kierunku drzew. To nie ma sensu.

Kapitan wpatrywał się w skotłowaną ziemię. Potoczył wzrokiem po szlaku i utkwił spojrzenie w ścianie lasu. Było tak, jakby jeździec rozpłynął się w powietrzu.

– Panie dowódco!

Obrócił się i zobaczył jednego ze swoich żołnierzy, zmierzającego w jego kierunku z brązowym skórzanym tubusem na zwoje.

– To leżało w trawie przy jeziorze – poinformował go mężczyzna, wręczając mu przedmiot.

Kapitan de Roche spojrzał na nieruchomą taflę jeziora, po której pływały leniwie wodne ptaki. Następnie otworzył pojemnik i wyjął znajdujący się w środku zwój. Podał tubę żołnierzowi i zaczął czytać. W miarę gdy przemykał wzrokiem po kolejnych linijkach pisma, jego brwi marszczyły się coraz bardziej, a twarz bladła.

– Kapitanie, co się stało? – domagał się odpowiedzi któryś z szaserów.

– Mieszkańcy Caer Dour – zaczął kapitan de Roche śmiertelnie poważnym tonem, zwijając wiadomość i wkładając ją do sakwy przy pasie – zostali zmuszeni do ucieczki w góry. Depcze im po piętach demon na czele armii Opętanych.

Mężczyźni obrzucili go niedowierzającym spojrzeniem. W ich rozumieniu Opętani byli zagrożeniem tak odległym, że wręcz abstrakcyjnym, jakimś koszmarem, który dręczył dalekie krainy.

– Na koń! – warknął kapitan. – Ich los jest w naszych rękach.

Ostry ton dowódcy przełamał osłupienie żołnierzy, którzy natychmiast wykonali polecenie. Nie minęło kilka sekund, a już cwałowali szlakiem w kierunku Toulwaru. Ale nie ujechali zbyt daleko, gdy kapitan de Roche skręcił w mniejszy trakt, który powiódł oddział na południe.

– Kapitanie! – zawołał Francois, gdy gałązki zaczęły chlastać konie po nogach. – To nie jest najszybsza droga do miasta.

– Wiem – odkrzyknął de Roche.

Wcale nie jechał do miasta. Kierował się w stronę skalnego wzniesienia, na którym zatrzymywali się pewni „wizytujący wojownicy" i ich magiczne zwierzęta. Armia toulwarska nawet przy błyskawicznej mobilizacji z pewnością nie dotrze na czas do uciekinierów z Caer Dour. Potrzebowali pomocy – i potrzebowali jej natychmiast, a kapitan de Roche mógł tylko mieć nadzieję, że ten jego gambit się opłaci. Że osobę, o którą mu chodziło, znajdzie tam, gdzie właśnie podąża.

Tymczasem gdzieś za jego plecami w mrocznych wodach leśnego jeziora leżało twarzą do ziemi ciało młodej kobiety. Jej doczesne szczątki nigdy nie zostaną pochowane z należnymi honorami, lecz może jej dusza znajdzie pocieszenie, wiedząc, że wiadomość, za którą oddała życie, dotarła wreszcie do adresata.

Uchodźcy spływali wartkim strumieniem do okolonej stromymi stokami kotliny. Nie prowadziły z niej żadne ścieżki i tylko najzręczniejsi mogli liczyć na to, że uda im się pokonać przeszkodę, jaką przedstawiały niemalże pionowe urwiska. To będzie ich twierdza, jak powiedział emisariusz. Oby nie stała się grobem.

Przy wlocie dolina była dość równa, ale dalej zwężała się i lawirowała między serią niskich klifów. Było to dobre miejsce, by się okopać – pozwalało armii na zabarykadowanie wejścia do doliny i zapewniało ludziom względne bezpieczeństwo aż do ostatniej desperackiej chwili.

Blisko godzinę trwało przemieszczanie się ludzi do doliny. Falko patrzył, jak za przerywanym murem klifów kryją się ostatnie rodziny z ogonka kolumny. Robił, co tylko mógł, by jakoś pomóc i przyspieszyć ten żmudny proces, choć zadanie szybko drenowało go z sił. Heçamedes dała mu mały słoiczek maści dla Tobiasa. Chłopiec całymi dniami był przywiązany do siodła i nabawił się bolesnych odleżyn. Specyfik uzdrowicielki miał złagodzić ból i wspomóc gojenie.

– Przynajmniej nie pada – rzucił Julius Merryweather, przyjmując od Falka pojemnik z maścią. Rubaszny szlachcic już oczyścił rany syna, a teraz, nie marnując czasu, zaczął wmasowywać w nie wonną maź.

Tobias podniósł wzrok, a Falko oblał się rumieńcem. Wcale nie chciał się gapić, tak jakoś wyszło. Chłopiec przyglądał mu się jakiś czas wodnistymi, ale dziwnie przenikliwymi oczami, a po chwili jego usta rozciągnęły się w uśmiechu.

– Mamidełko, ty się już lepiej czujesz.

Falko prychnął dyskretnie i odwzajemnił uśmiech.

– A ty jak się miewasz, Tobiasie? – spytał.

– Boli jak cholela – poinformował go chłopak, a potem wzdrygnął się, gdy ojciec trzepnął go w czoło.

– Co ja ci mówiłem o brzydkich wyrazach, synek? – zaśmiał się Merryweather, widocznie uradowany hartem ducha potomka.

Falko uśmiechnął się, widząc więź łączącą ojca z synem, lecz ten uśmiech nosił piętno smutku. Pomimo najlepszych chęci ojca Falko widział, że w niektóre rany wdało się zakażenie. Łypnął na Merryweathera, a wyraz twarzy szlachcica mówił wszystko.

Gdybyśmy tylko przeżyli dostatecznie długo, by Tobias mógł umrzeć w wyniku infekcji, rzuciło się Falkowi na myśl.

Dzień miał się ku końcowi. Pomimo wytężonych starań wróg złapał ich w kleszcze. Byli uwięzieni w samym środku nieprzyjaznych gór; znikąd pomocy, znikąd ratunku. Musieli wytrzymać jak najdłużej, a w tym celu – za wszelką cenę utrzymać przy życiu Symeona. Dowódcy wyłożyli to swoim podkomendnym dobitnie i klarownie. Siedząc przy swoim panu, Falko przysłuchiwał się emisariuszowi, który rozmawiał teraz z rodzicami i starszymi osobami z Caer Dour.

Chevalier przykucnął w skupisku ludzi, chrzęszcząc kolczugą i skrzypiąc skórzanymi butami kawalerzysty. Ludzie zgromadzili się wokół niego, z dala od tłumu, by dzieci nie słyszały, o czym rozmawiają dorośli.

– Armia będzie w stanie walczyć tak długo, jak żyje Symeon – poinformował ich emisariusz. – Jego obecność odpędzi strach. – Zrobił pauzę. – Ale Symeon nie jest już tak potężny jak dawniej. Zrobimy, co w naszej mocy, żeby go wesprzeć. Lecz jeśli polegnie...

Słowa zawisły w powietrzu, a ludzie spuścili wzrok na naostrzone noże, które im rozdano. Noże, którymi można zakończyć życie szybko i prawie bezboleśnie.

Emisariusz mówił dalej twardym, bezlitosnym tonem.

– Jeśli Symeon upadnie, koniec przyjdzie szybko. – Patrzył po kolei w każdą parę oczu. – Choćby nie wiadomo co się działo, nie wolno wam dopuścić do tego, żeby Opętani zabrali wasze dzieci. – Odczekał, by sens jego słów dotarł do słuchaczy. – Wróg będzie próbował wam w tym przeszkodzić. Wypełni wasze umysły obietnicami, będzie judził prośbą i groźbą. Nie wierzcie w te kłamstwa. Jeśli Symeon zginie, zróbcie to szybko, zanim zawiedzie was odwaga.

Twarze rodziców były blade i ponure, lecz malowały się na nich także spokój i zdecydowanie. Zrobią, co będzie trzeba.

Nagle zahuczał róg i wszyscy poderwali głowy. Jeden z obserwatorów na skałach podniósł alarm. Wróg był w zasięgu wzroku.

Rodzice odszukali swoje dzieci, a Falko ruszył za Symeonem i emisariuszem do stojących w ordynku żołnierzy. Słońce chyliło się ku zachodowi. Ludzie wpili się wzrokiem w zachodnie niebo, gdzie gasło ostatnie światło dnia. W dali góry zarysowały się czarnym konturem na tle ciemniejącego błękitu, lecz poszarpana linia stoku drgała jak w skwarny letni dzień. Falko miał wrażenie, że rzeczywiście czuje gorąco na twarzy.

– To Opętani – rzekł Symeon, odgadując jego myśli. – Niosą ze sobą żar Hadesu.

W niebo za nimi dźwigał się nabrzmiały dysk księżyca. Jego blade światło lśniło w ciemnej stali, której nie wykuły ręce człowieka. Nawet wojownicy Caer Dour cofnęli się nieco na ten widok, ale nie stary ślepiec Symeon le Roy. Mag bitewny zrobił krok naprzód, a wraz z nim sir William Chevalier, emisariusz królowej Furii. Falko stanął u boku

Symeona. Wiedział, że nie umie walczyć tak dobrze jak Malaki czy emisariusz, ale nie miał też zamiaru uciekać. Strach się go nie imał. Falko opanował go już dawno.

Lord Cadell wystąpił naprzód, a wraz z nim sir Gerallt Godwin i inni. Obrońcy zaczęli wolno zbliżać się do skraju niskich klifów. Falko nie opuszczał Symeona, gdy ten zajął pozycję pięćdziesiąt jardów za linią frontu. To stąd będzie walczył. Stąd będzie mógł otoczyć mentalną tarczą całą armię.

Gdy weteran znalazł się na ustalonej pozycji, emisariusz dosiadł konia.

– Bez nerwów, Tapfer – powiedział uspokajająco, gdy koń poruszył się pod nim.

Przysposobiony do wojny siwy perszeron wyczuł napięcie zapowiadające bitwę i dumna krew bojowego rumaka zawrzała w jego żyłach. Boki konia okrywała skórzana osłona, a jego głowę i kark – nagłówek i segmentowy kołnierz.

Plan był prosty – pozwolić Opętanym podejść, a potem zatrzymać ich na linii klifów. Nie były one zbyt wysokie. W niektórych miejscach ledwie odrastały od ziemi, lecz mimo to stanowiły dogodną pozycję obronną i lord Cadell miał zamiar wykorzystać jej możliwości w stu procentach. Lwią część sił skupił na najniżej opadającym odcinku i oflankował go oddziałami łuczników. Za nimi stała kawaleria podzielona na dwie grupy, które miały za zadanie błyskawicznie zareagować w razie przerwania szyku. Pozostali żołnierze zajęli pozycje wzdłuż linii wysokich klifów – cienka linia mieczy, tarcz i włóczni.

Obserwując rozstawienie armii, Falko zauważył Brynę Godwin, która dołączyła do brygady łuczników po prawej stronie. Wśród potężnych mężczyzn stojących na środku linii wypatrzył zaś opancerzoną postać Malakiego. Kowal już miał nałożyć hełm, gdy raptem jakby wyczuł na sobie spojrzenie Falka. Obrócił głowę i napotkał wzrok przyjaciela. Dwaj młodzieńcy dzielili krótki, naznaczony rozpaczą moment, a potem Malaki skinął wolno głową i skrył twarz pod hełmem.

Falko nigdy jeszcze nie czuł się bardziej samotny i bezużyteczny. Spuścił głowę i popatrzył na swoje słabe, kościste ręce.

– Walczyć można na wiele sposobów – usłyszał.

Falko podniósł wzrok na Symeona.

– Idź do Fossetty – polecił mag bitewny. – Pokaż ludziom, że się nie boisz. To pomoże im bardziej, niż sądzisz.

Zdeprymowany Falko odwrócił się, ale Symeon wyciągnął rękę, by go powstrzymać. Jego zgrubiałe dłonie powiodły po rysach twarzy chłopaka, jakby mężczyzna chciał ją zapamiętać.

– Kocham cię, Falko Danté – wychrypiał starzec. – Tak jak twojego ojca. Kocham jak rodzonego syna.

Falko spojrzał na zmasakrowaną twarz człowieka, który go wychował. Emocje ścisnęły mu gardło.

– Obiecaj mi, że pojedziesz do Furii – wyrzekł Symeon. – Obiecaj, że zrobisz to, jeśli dożyjesz świtu. Znajdź swoje miejsce na świecie, Falko. I dowiedz się, dlaczego musiałem zabić najlepszego człowieka, jakiego znałem.

Falko kiwnął głową i Symeon przygarnął go do serca.

– Nie trać wiary – wydyszał starzec. – Cokolwiek by się działo, nie trać wiary.

Falko mógł tylko trwać zatopiony w objęciach Symeona, a gdy starzec go wypuścił, odwrócił się od armii i ruszył do miejsca, w którym stali cywile. Znalazł Fossettę przy chorych i rannych na zachodnim skraju doliny, gdzie strzeliste klify wrastały w cielsko góry. Otarłszy oczy, siadł i słuchał, jak Julius Merryweather usiłuje odwrócić uwagę grupki dzieci od mającej się zaraz rozpocząć bitwy – opowiadał rozmaite zabawne historyjki, lecz Falko widział, że tym razem nawet wesoły szlachcic miał duszę na ramieniu i dzieci nie wydawały się przekonane.

Raptem zauważył, że w jego stronę idzie mały Tarran.

– Starsi chłopcy mówią, że nie przeżyjemy nocy – wyznał.

Falko podniósł wzrok i spostrzegł grupkę ludzi, którzy najwyraźniej czekali na to, co powie.

Przyciągnął do siebie malca.

– Bzdury opowiadają – rzekł. – Tak się składa, że Fossetta ma w plecaku gęsie jajo, trzy plastry boczku i soczystą brzoskwinię. Prawda, Fossetto?

Gospodyni uniosła cztery palce.

– Właściwie to cztery plastry – odrzekła uśmiechnięta.

– O, proszę! – podjął Falko. – Nie przegapiłbym takiego śniadania za żadne skarby świata.

Tarran rozchmurzył się, a ludzie wokoło poczuli się nieco lepiej. Falko potoczył wzrokiem po ciżbie i zatrzymał się na wpatrzonej w niego Heçamedes. Lśnienie jej ciemnych oczu wyrażało aprobatę.

Przez cały dzień próbowali uśmierzyć strach ludzi i cały dzień ten strach tylko się pogłębiał. Dopóki on, Falko, nie usiadł wśród nich. Był blady, chudy i słaby, wciąż nie było wiadomo, czy przeżyje infekcję płuc. Lecz przynajmniej teraz miał jakąś szansę.

Jest silny, pomyślała Heçamedes. Ma to po ojcu.

Przypomniała sobie, jak przybyła do Caer Dour z garstką uciekinierów ocalałych z wojny w Illicji. Była jeszcze wówczas dziewczyną, młodą uzdrowicielką, która napatrzyła się na najgorsze wojenne okropieństwa. Lud Caer Dour powitał przybyszów z otwartymi ramionami. Zaproszono ich, by zamieszkali tymczasowo w domu Eleanory Danté, żony szlachcica, który sprawiał wrażenie maga bitewnego. Jej cierpliwość i niewyczerpane współczucie pozwoliło Heçamedes pogodzić się z koszmarami, które mąciły jej sen. Wciąż pamiętała intensywne spojrzenie jasnozielonych oczu tej kobiety.

I łagodny, dodała w myślach, przypominając sobie tragiczne wydarzenia tej nocy, kiedy narodził się Falko. Jak jego matka.

Z wysokości pobliskiego klifu rozbrzmiały rogi. Ostatnie wezwanie do broni.

Falko wstał i ogarnął wzrokiem dolinę. Blask księżyca wydobył z mroku awangardę Opętanych, zbliżającą się gromadę mrocznych kształtów, sunących przez zapadającą noc i połyskujących czarną stalą. Niemal widział, jak rodzice za jego plecami przygarniają do siebie dzieci. Pomyślał o wszystkich nożach, które skrywali w kieszeniach i rękawach.

Rodzice zmuszeni do zamordowania swoich dzieci?

Falko zagryzł zęby. Nie mógł znieść tej myśli. A potem, zasłaniając Tarrana ciałem, wpatrzył się w pierwszą linię kroczących naprzód Opętanych. W półmroku jego oczy zalśniły zielenią.

18

OPĘTANI

Opętani szli naprzód z niespieszną nieuchronnością koszmaru, ale ci na przedzie stanowili jedynie przednią straż o wiele liczniejszej armii. Demon, który musiał już osiągnąć pełnię sił, jeszcze nie zstąpił do doliny.

Stojący wśród innych wojowników Malaki obserwował wyłaniającego się z mroku przeciwnika. Opętani robili wrażenie istot ludzkich, lecz on wiedział, że byli czymś więcej i zarazem czymś mniej niż ludzie. Zgubionymi duszami, osobami wyrwanymi z łona człowieczeństwa, ochrzczonymi na nowo w piekielnym ogniu.

Nosili pancerze Ferocji: napierśniki, okrągłe tarcze i odsłaniające twarze hoplickie hełmy, wszystko wykute z ciemnej stali z brązowym połyskiem. Sam wygląd ich zbroi intensywnie kojarzył się z okrucieństwem – jaśniały przytłumionym blaskiem, niby metal rozgrzany w kowalskim palenisku. Malaki czuł ten żar na twarzy. Rozejrzał się i poznał po niewyraźnych minach towarzyszy, że oni również.

Usiłował przełknąć ślinę, lecz raptem zaschło mu w ustach. Czuł, jak w jego trzewiach narasta strach, ale zdusił go, zaciskając z mocą szczęki. Jego ojciec nie poddał się przerażeniu i on też mu się nie podda. Drżącą ręką dobył miecza i poprawił uchwyt na tarczy, wielkiej i okrągłej, kryjącej go od ramienia do kolana. Niemalże podświadomie stanął w pozycji bojowej i zauważył, że wielu mężczyzn robi to samo.

Lord Cadell umieścił swoich najlepszych wojowników w środku szyku i Malaki do nich dołączył. Jeśli wróg zetknie się z pierwszą linią, skupią się przy Symeonie, formując wokół maga bitewnego żywą tarczę. Ich misją było chronić go za wszelką cenę i Malaki był gotów poświęcić życie, byle tego dokonać.

Opętani byli coraz bliżej. W zimnym świetle księżyca kowal widział popielny odcień ich skóry poznaczonej czarnosinymi plamami. Po chwili dostrzegł ich oczy, przypominające kule utoczone z mokrej kości, polśniewające w półmroku złym blaskiem. Wiedzieli, że się boi, i ta wiedza dodawała im sił.

Malaki zorientował się, że jego towarzysze broni również to sobie uprzytomnili. Zaczynali rozumieć, z czym przyjdzie im się mierzyć. Jak mieliby z nimi wygrać? Czy to w ogóle możliwe?

Malaki obrócił się do Symeona, ale stary mag bitewny wydawał się zatopiony w skupieniu. Nagle starzec pochylił głowę, a w sercu kowala zakwitło dziwne wrażenie, jakieś światło, które rozlało się po jego ciele i wypełniło umysł. Poczuł, że strach z niego uchodzi. Zwrócił się twarzą do przeciwnika.

To właśnie była moc maga bitewnego. Symeon zwrócił żołnierzom nadzieję i odwagę, którą wróg chciał im odebrać. A potem gdzieś po swojej prawej stronie młodzieniec usłyszał głos emisariusza:

– Łucznicy, na mój rozkaz...

Malaki wstrzymał oddech. Opętani prawie już dotarli do stóp niskiego klifu. Sunęli naprzód z leniwą, lecz niezachwianą intencją. A potem nagle zerwali się do biegu. Kowal usłyszał, jak Chevalier krzyczy: „Strzelać!", i grad strzał pomknął na spotkanie wroga.

Bryna Godwin śledziła wzrokiem strzałę, którą właśnie wypuściła z palców. Trafiła jednego z Opętanych w klatkę piersiową, ale grot nie przebił się przez napierśnik. Drzewce poszło w drzazgi. W sekundę złapała za drugą, ale ręce tak jej się trzęsły, że nie mogła nałożyć jej na cięciwę. Pierwsza salwa spowolniła szturm, ale go nie zatrzymała. Wiele strzał dobiegło celu, groty wżarły się w ręce i nogi, ale Opętani wciąż parli naprzód.

W tym momencie Bryna Godwin nauczyła się dwóch rzeczy.

Po pierwsze, ból i rany to za mało, by powstrzymać Opętanych.

Po drugie, nie była nawet w połowie tak odważna, jak jej się wydawało.

Przez kilka rozpaczliwych sekund próbowała nałożyć strzałę na cięciwę. Kątem oka obserwowała wciąż skracających dystans Opętanych, którzy gramolili się na pochylony klif.

Wreszcie strzała stuknęła cicho, gdy cięciwa wsunęła się w rowek na końcu drzewca, i Bryna uniosła napięty łuk. I zobaczyła grupę Opętanych wspinających się w jej kierunku. Dwaj spadli ze skarpy, najeżeni strzałami, ale trzech nie dało się strącić. To byli skiryci, lekka piechota ferockiej armii, zdolna przemieszczać się z zatrważającą szybkością. Podnieśli na młodą dziewczynę wzrok tchnący przeraźliwym głodem. Strzała wymsknęła się Brynie z palców i pomknęła po półkolu w nocne niebo. Sięgnęła szybko po kolejną, ale jeden z Opętanych wpełzł na wąską półkę skalną blisko krawędzi klifu i Bryna zachwiała się w tył, gdy wróg spróbował skokiem pokonać ostatnie kilka stóp, jakie dzieliły go od łuczniczki.

Zza swoich pleców usłyszała sprężysty brzdęk cięciwy i skiryta spadł z klifu ze strzałą sterczącą z czoła. Dziewczyna obejrzała się przez ramię na Starego Reese'a, zasuszonego, jednookiego starca.

– Co tak sapiesz, dziecino? – powiedział głosem, który przywodził na myśl dawno nieoliwione zawiasy. – Wal w gębę albo gardło.

Wypuścił drugą strzałę i kolejny skiryta runął ze skały ze strzałą zanurzoną w krtani po pierzysko. Trzeci przełaził właśnie przez krawędź, gdy młody włócznik rzucił się naprzód i wyprowadził serię pchnięć, by zwalić napastnika w dół. Zadaniem włóczników było bronić strzelców, gdy Opętani zanadto się zbliżą.

– Ich da się zatrzymać, malutka – zaskrzeczał Stary Reese. – Trzeba jeno cięgiem strzelać.

Nie uśmiechał się. Nie wyglądał zbyt przyjaźnie, a mimo to Brynę tak bardzo pokrzepiły jego słowa, że sama się sobie dziwiła. Nadludzkim wysiłkiem uspokoiła oddech i nałożyła kolejną strzałę. Zaczęła szukać celu, gdy usłyszała krzyk młodego włócznika. Dwaj kolejni Opętani rzucili się naprzód i ucapili go za kostki.

Bryna odruchowo rzuciła łuk i pognała mu na pomoc. Złapała pierwsze, co jej się nawinęło pod rękę – ramię kamizelki i garść gęstych

czarnych włosów. Znalazłszy się tak blisko Opętanych, czuła, jak przenika ją przerażenie. Wydawało jej się, że jej umysł stara się zdystansować od niebezpieczeństwa, że owija jej myśli miękką wełną. Do jej nozdrzy wdzierał się fetor ich gnijącego ciała. Wzdrygała się przed piekącym żarem, który od nich emanował. Czuła, że świat stacza się w rozdziawioną paszczę piekła.

I to była tylko straż przednia. Prawdziwe zagrożenie miało dopiero nadejść.

Stary Reese wyrósł przy niej jak spod ziemi, wyszarpnął zza pasa długi nóż i zaczął rąbać nim Opętanego. Prawie już odciął mu ramię, gdy ferockie ostrze wbiło się w jego brzuch. Starzec zarzęził i spadł z krzykiem za krawędź klifu. Owładnięta strachem Bryna walczyła z całych sił, by nie puścić włócznika. Jakaś część jej umysłu krzyczała, by to zrobiła, by uciekała, nim ona też poczuje, jak gorące ostrze wsuwa się w jej ciało, ale nie mogła, po prostu nie mogła. Myśl, że Opętany miałby wciągnąć tego człowieka prosto w kłębowisko podobnych istot, zanadto ją przerażała. Słyszała desperackie błaganie włócznika, widziała, jak zawzięcie próbuje się wyrwać.

Bryna szarpnęła z całych sił, lecz właśnie w tym momencie Opętany pociągnął młodzieńca na ziemię i ten zniknął za krawędzią. Ostatnią rzeczą, jaką zobaczyła Bryna, był wyraz przerażenia w jego oczach. A potem już go nie było.

Czyjeś ręce odciągnęły dziewczynę znad krawędzi, kolejni włócznicy rzucili się, by odbić ten odcinek klifu z rąk Opętanych, lecz było już za późno. Bryna spojrzała na swoje dłonie. W prawej wciąż ściskała krwawą kępkę czarnych włosów. Raptem poczuła się niewyraźnie, jakby była nieobecna. Odpełzła poza zasięg bitwy. Słyszała za sobą gwar i harmider walki, szczęk stali, wycie wrogów i wrzaski bólu. Bitwa dopiero się zaczęła, ale ona miała już dość.

Bryna Godwin skuliła się w cieniu wielkiego kamienia i zaczęła płakać.

Malaki tak bardzo nie mógł się doczekać bitki, że brało go na mdłości. Po obu stronach widział żołnierzy, którzy próbowali nie dopuścić do wdrapania się wrogów na klif, lecz Opętani wydawali się unikać miejsca, gdzie stał Symeon. Tocząc wzrokiem po linii obrony, Malaki widział miejscami gęste skupiska atakujących masowo Opętanych. Łucznicy po jego prawej stronie mocno dostali w skórę. Malaki wychylił się, mając nadzieję, że uda mu się wypatrzyć w kłębowisku ludzi Brynę Godwin.

– Utrzymać szyk! – zawołał jeden z mężczyzn obok niego i kowal dopiero wówczas zorientował się, że wyszedł z ordynku. Należycie obsztorcowany, łypnął przez ramię na Symeona, ale jego brwi wciąż były ściągnięte w koncentracji, a głowa poruszała się w przód i w tył, jakby wyczuwał jakieś nowe zagrożenie.

Wtedy znienacka Opętani przestali walczyć i wycofali się z klifów, znikając jak zjawy w zimną księżycową noc.

Malaki podążył wzrokiem za nimi i w głębi kotliny dojrzał rozlany po znacznym obszarze cień, w którego sercu trwała skupiona jeszcze czarniejsza, nieprzenikniona ciemność. A więc to tam znajdował się powód, dla którego porzucili swoje domy. To tam czaiło się ucieleśnienie całego zła, które groziło rodzajowi ludzkiemu.

Demon z siódmego kręgu piekła.

Jeszcze zanim ciemność pojawiła się w dolinie, Falko wyczuł, że demon się zbliża. Stał nieco wyżej i dostrzegł rozstawioną po klifach armię, przestępującą z nogi na nogę, oglądającą się za siebie, by sprawdzić, czy czasem nie wydano rozkazu do odwrotu.

Falko uważał, że to żałosne.

Wiedzieli, że ich bliscy stoją twarzą w twarz z wiecznym cierpieniem, a mimo to nie mieli odwagi, by ich ratować. Może byli godni pożałowania, lecz nie osamotnieni. Po dolinie roztaczało się nieuchwytne lśnienie obecności Symeona. Choć może armia nie zdawała sobie z tego sprawy, cała była w nim skąpana, w nim zanurzona.

Falko wpatrzył się w starego maga bitewnego, człowieka, który był mu zarówno panem, jak i ojcem. Zachodził w głowę, skąd tyle siły w przygiętym do ziemi ciężarem lat, kalekim starcu. Obejrzał się na ludzi za sobą – na chorych i rannych, na kobiety i dzieci. Ich również Symeon otoczył płaszczem wiary. Nie rozumieli, co się właściwie dzieje, a jednak czuli się pokrzepieni.

Mają w swoich szeregach maga bitewnego. A więc jest nadzieja.

Demon zatrzymał się u wlotu doliny. W jego oczach świat człowieka był kruchy i skażony słabością, stanowił jedynie cienką fasadę. Dopiero za nią znajdował się ten prawdziwy świat, z którego on sam się wyrodził. To miejsce należało splugawić, wypełnić je po brzegi cierpieniem i rozpaczą. To była jego misja, proste zadanie do wykonania.

Osiągnięcie celu opóźniała tylko jedna dusza, która nie drżała ze strachu przed jego potęgą. Tam, pośród kłębowiska opancerzonych ciał, znajdował się Przeciwnik. Jedyny w świecie ludzi, który mógł rzucić wyzwanie władcy Opętanych.

Demon zatrzymał się, powściągnął na chwilę szaleńczy apetyt swoich sługusów. Stał, badając siłę wroga. A potem się uśmiechnął.

Przeciwnik był stary i słaby; był zaledwie cieniem swojej minionej potęgi.

Gdy demon się uśmiechnął, jego wykrzywiona diabelska twarz zaczęła przypominać pysk obnażającego kły zwierzęcia, a nie oblicze tchnące przyjemnością. Gdy się uśmiechnął, z jego potężnych szczęk skapnęła kropla czarnej śliny. Gorąca, szorstka skóra odsłoniła kły, które lśniły jak polerowany ołów, choć były twardsze od hartowanej stali.

Gdy się uśmiechnął, jego armia ruszyła naprzód.

Symeon odetchnął z ulgą, gdy poczuł, że demon odwrócił wzrok. Spożytkował całą swoją siłę, by ukryć swą prawdziwą potęgę przed piekielnym umysłem potwora, by pozwolić mu myśleć, że jest stary i słaby. Wkrótce stwór przekona się o swojej pomyłce i kto wie, może ludowi Caer Dour uda się przekuć ją w sukces. Demon był przeraźliwie silny, zarówno fizycznie, jak i mentalnie. Nie dziwne, że przebił się przez illicyjską linię obrony.

Symeona naszła potrzeba, by zwrócić się na zachód, poszukać na szlaku odsieczy, która może przyjdzie, a może nie. Zacisnął zęby, odpędzając pokusę. Musi pogrzebać tę nadzieję. Demon uzna to za słabość i będzie miał rację.

Teraz on był jedyną osobą zdolną uratować swoich ludzi.

Falko patrzył, jak ktoś prowadzi Brynę do chorych i rannych. Czuł się głęboko zasmucony widokiem jej złamanego ducha. Taka dzielna dziewczyna przemieniona w drżący kłębek nerwów. Próbował się nie gapić, gdy Heçamedes sadzała ją z troską przy ogniu.

– Zostań tu – poleciła uzdrowicielka. – Znajdę ci coś do picia.

Falko już miał odwrócić głowę, gdy zobaczył, że podbiega do niej mały Tarran z przyjacielem. Chłopiec, z którym Falko dzielił siodło, trzymał łuk Bryny, a jego kolega – kołczan pełen strzał.

Tarran położył krótki łuk na jej kolanach. Kołczan spoczął przy jej nodze. Bryna spojrzała na broń, jakby widziała ją po raz pierwszy. Przeskoczyła wzrokiem do kołczanu, nim popatrzyła na dwóch chłopców. Miała nieobecny wyraz twarzy, a gdy skupiła spojrzenie na małych towarzyszach, zaczęła płakać.

Młodszy z chłopców nie poradził sobie z tym i uciekł, ale Tarran zrobił krok naprzód i położył Brynie rękę na kolanie.

– Już dobrze, proszę pani – powiedział. – Armia Toulwaru już idzie nam z pomocą.

Płacz Bryny nie ustawał, a przekonanie na zaciętej twarzy Tarrana zaczęło się jakby rozpływać. Stał niepewnie przy dziewczynie, dopóki nie pojawiła się przy nim Fossetta.

– Idź do mamy – powiedziała, obracając go delikatnie i popychając naprzód. Jeszcze chwilę patrzyła za nim, a potem jej wzrok spoczął na Falku, który wyglądał po prostu strasznie. – A ty lepiej trochę odpocznij.

Falko kiwnął głową. Czerpał wielką satysfakcję z pomagania innym, ale wciąż był bardzo słaby i dręczył go ból w piersi i ramieniu. Odwróciwszy się od Bryny, spojrzał na zachód. Jego wzrok ślizgał się po zboczu klifu i Falko zapatrzył się w kierunku Toulwaru. Zastanawiał się właśnie, czy Tarran mógł mieć rację, gdy nagle noc rozdarł na strzępy przenikliwy krzyk.

– Mroczny anioł – wyszeptała Fossetta, patrząc w niebo.

Nie widzieli piekielnego pomiotu, ale nic innego nie mogło tak krzyczeć. Z ciemności za linią klifów odpowiedział mu gromki ryk, który zatrząsł ziemią pod ich stopami. Demon rzucił im wyzwanie. Zaczęła się bitwa o wszystkie dusze Caer Dour.

19

SYMEON

Opętani natarli niczym mroczna fala stali i gnijącego mięsa. Na przedzie gnali lekkozbrojni peltaści. Uzbrojeni w krótkie oszczepy i długie noże wojownicy pełnili w ferockiej armii rolę harcowników. Wyroili się jak plaga robactwa, poruszając się po klifach prędkimi zrywami. Tempo ich natarcia zaskoczyło obrońców Caer Dour, ale nie ustąpili im pola.

Peltaści uderzyli na nich z całą zaciekłością i wielu wojowników zginęło w ciągu sekund, ale szyk wytrzymał. Po nich nadeszli żołnierze stanowiący trzon ferockiej armii, czyli skiryci. Zbliżyli się do przeciwnika z uniesionymi tarczami, broniąc się w ten sposób przed gradem strzał. Opętani zostali wyzuci z człowieczeństwa i ograbieni z wolnej woli, ale nie byli bezmyślni. Kontrolował ich demon, który choć zły do szpiku kości, był też niezwykle przebiegły. Skiryci błyskawicznie pokonali klify i dwie armie zderzyły się z dzikim łoskotem. Walka zaczęła się na poważnie, a Malaki był w samym jej sercu.

Nawet nie pamiętał, kiedy stracił hełm. Nie miał czasu się nad tym zastanawiać, bo jeden z Opętanych zamierzył się na niego nożem. Malaki okręcił się, unikając ostrza wymierzonego w jego żebra. Zasłonił się tarczą przed drugim uderzeniem, które spadło na niego z góry. Dwaj skiryci naparli na niego z mocą, Malaki potknął się o nierówność skalnego podłoża i zachwiał niebezpiecznie. Odbił kilka ciosów, ale Opętani parli naprzód. Młody kowal stracił równowagę i upadł ciężko na ziemię, a jeden ze skirytów wylądował na nim.

Upuściwszy miecz, Malaki znalazł się w potrzasku pod własną tarczą, która oddzielała go od mierzącego w jego pierś skiryty. Twarz wroga znalazła się zaledwie kilka cali od niego, wykrzywiona morderczo nad okutą krawędzią tarczy. Drugi wojownik, wciąż trzymający się na nogach, zamierzył się na odsłoniętą głowę Malakiego.

Malaki rzucił się na bok. Klinga Opętanego skrzesała iskry na skałach przy jego uchu. Młodzieniec złapał za rękę wciąż leżącego na nim skirytę. Raptem dotarło do niego, jak wielkie ciepło emanuje od przeciwnika. Zorientował się też, że im bardziej rośnie jego strach, tym bardziej narasta żar. Ogarnęła go panika, całe jego doświadczenie bojowe wyparowało z niego w jednej chwili. Wtedy znikąd pojawił się okuty bucior, który jednym celnym ciosem w twarz zrzucił przeciwnika z Malakiego. Kilka osób odepchnęło od niego drugiego Opętanego i kowal podniósł wzrok na stojącego nad nim wielkiego mężczyznę. To był Marcus, człowiek z pierwszej tylnej straży, ten, który pogardzał Falkiem.

– Spróbuj utrzymać się na nogach – doradził mu przyjaciel jego ojca. Potem wcisnął mu miecz z powrotem do ręki i zniknął w bitewnej gęstwinie z dwoma innymi wojownikami u boku.

Dookoła wrzała walka, a Malaki przez chwilę po prostu stał nieruchomo. Nie tak wyobrażał sobie bitwę. To nie był konkurs umiejętności. To był chaos. Brały go mdłości, zbierało mu się na płacz, a przede wszystkim po prostu czuł się jak bezradne dziecko. Jak mały chłopiec w ciele mężczyzny.

Wówczas jednak zobaczył, jak stojący zaledwie kilka jardów dalej żołnierz upada na ziemię z udem rozoranym nożem Opętanego. Wojownik opuścił gardę i już miał rozstać się z życiem, gdy jakimś cudem Malaki pokonał dystans między nimi i uniósł tarczę, by zablokować uderzenie. Nie pamiętał, by w ogóle poruszył nogami, ale szczęk klingi Opętanego o jego tarczę przełamał otępienie i ściągnął Malakiego z powrotem na ziemię.

Jednym płynnym ruchem odepchnął ostrze tarczą, a mieczem wykonał szerokie poziome cięcie, które zarysowało pancerz skiryty. Ten zamachnął się mieczem, ale Malaki z rozmachu kopnął go w kolano i zmiażdżył mu krtań krawędzią tarczy. Opętany warknął z bulgotem, gdy miecz Malakiego wżarł się w bok jego szyi.

Czarna posoka chlusnęła w powietrze i Malaki w ostatnim momencie zamknął oczy, nim żrący płyn zbryzgał mu twarz. Splunięciem oczyścił wargi z krwi i spojrzał z góry na mężczyznę, którego właśnie uratował.

Zdumiony wojownik wpatrywał się w niego.

Zimne światło księżyca odbiło się w brązowych oczach Malakiego, gdy spotkały się ich spojrzenia. Bok twarzy kowala spływał ciemną, oleistą krwią. Drugi płonął jasnoczerwonym znamieniem, które kiedyś było jego przekleństwem. Sięgnął do rannego mężczyzny i pomógł mu wstać.

– Idź do uzdrowicieli – polecił.

Wciąż wpatrzony w niego wojownik pokiwał tylko głową i utykając, ruszył we wskazanym kierunku.

Malaki już chciał wrócić do walki, gdy dźwięk rogów wezwał jego oddział do manewru obronnego. Mężczyźni w pierwszej linii z mozołem zamknęli szyk, gdy tymczasem gwardia skupiona wokół Symeona ustawiła się w formację defensywną przed magiem bitewnym. Malaki zauważył, że stoi ramię w ramię z Marcusem.

– Co się dzieje? – spytał starszego mężczyznę.

– Kardakowie – objaśnił Marcus. – Ciężka piechota. Demon próbuje przedrzeć się do Symeona.

Malaki pokiwał głową, zdumiony swoim własnym spokojem, tymczasem Marcus lustrował go wzrokiem. U jego boku nie stał już dobrotliwy chłopak z kuźni.

To był mężczyzna z Caer Dour. I to silny jak byk.

Falko potrzebował odpoczynku, ale nie mógł oderwać oczu od walki. Widział rozmazane błyski błękitnego światła w miejscach, gdzie magowie usiłowali wspomóc wojowników, ale ich czary nie zdały się na wiele w bitwie i równa linia obrony zaczęła się coraz bardziej wyszczerbiać, gdy małe oddziały Opętanych przedzierały się za krawędź klifów.

Widok przejmował go przerażeniem. Mimo to Falko rwał się do bitwy, choć sama myśl o stanięciu oko w oko z Opętanym przyspieszała rytm jego serca. Ogarnęło go jakieś oszołomienie, nogi ugięły się pod nim. Upadłby, gdyby nie podtrzymała go Fossetta.

– Chyba kazałam ci odpocząć – powiedziała, prowadząc go do posłania. – Zostań tu i postaraj się przespać.

Wycieńczenie owładnęło jego ciałem, lecz gdy się kładł, zauważył jakieś poruszające się kształty na klifach nad swoją głową. Podniósł się na łokciu.

– Co tam jest? – spytała Fossetta, podążywszy za jego spojrzeniem.

W świetle księżyca ujrzeli w górze postacie usiłujące wydostać się z doliny. Wspinaczka była zdradliwa, ale znalazłoby się wielu zręcznych młodzieńców, którym mogła się udać. Niektórzy prawie już dotarli do szczytu, wznoszącego się na blisko sto stóp.

– Głupcy – westchnęła Fossetta.

– Trudno ich winić – stanął w ich obronie Falko. – Może choć kilku z nich wdrapie się na samą górę.

Na ich oczach dwie kolejne osoby zaczęły się wspinać. Falko rozpoznał jedną z nich i jak można się było domyślić, Fossetta również.

– Tarran! Tarran Dahoolie! Złaź mi stamtąd, ale już!

Gospodyni pognała do stóp klifu i złapała chłopca za kostkę, zanim zdążył wzbić się poza zasięg jej ramion.

– Matka wie, co ty tu wyczyniasz?

Tarran zwiesił głowę.

– Tak też myślałam – skonkludowała Fossetta, wciąż trzymając go za rękaw.

– Ale inni już są bezpieczni – wymamrotał gniewnie chłopiec.

Cała trójka spojrzała w górę. Tarran nie kłamał. Czterej chłopcy już prawie stanęli na szczycie. Od wierzchołka dzieliło ich może kilka stóp, gdy Falko poczuł, że na jego serce padł czarny cień.

Chwilę później prawdziwy cień przemknął po skalnym zboczu.

– Anioł! – zawołał ktoś i nagle uwaga wszystkich skupiła się na klifach i na potwornej postaci, która mknęła w ich kierunku.

Bryna usłyszała krzyki, ale zdawało jej się, że dochodzą gdzieś z bardzo daleka. Nie miała pojęcia, jak to się stało, że znalazła się wśród ludzi, którzy rozmawiali przyciszonymi głosami i jęczeli z bólu. Jej łuk i kołczan leżały u jej stóp, a w dłoni wciąż trzymała kępę zakrwawionych włosów. Poczuła przypływ wstrętu i pomyślała o tym, by je wypuścić, ale nie mogła się zebrać.

– Mroczny anioł!

Krzyk podniósł się znowu i Bryna tym razem musiała unieść wzrok. Ludzie wokoło zrywali się na równe nogi i pokazywali palcami górujący nad nimi klif. Gdy jej oczy przyzwyczaiły się do mroku, dostrzegła wysoko nad ziemią uczepione skały ludzkie sylwetki. A potem jeszcze jedną wiszącą na nocnym niebie, skrzydlatą, mroczną i przerażającą, i żadną miarą nie ludzką.

Niczym we śnie patrzyła, jak mroczny anioł frunął w kierunku klifu i szponami oderwał od ściany jedną postać. Trzymał ją przez moment w powietrzu, a potem puścił i pozwolił opaść ku ziemi. Po drodze chłopiec zahaczył o skały i stoczył się po nich na sam dół, bezwładny i wiotki jak szmaciana lalka.

Martwe ciało piętnastolatka zatrzymało się zaledwie dwadzieścia stóp od Bryny. Jego ubranie było podarte, a ramiona i nogi wygięte pod nienaturalnymi kątami, twarz jednak pozostała nietknięta, jeśli nie liczyć jednej strużki krwi biegnącej ukośnie przez czoło.

Bryna potrzebowała chwili, by się zorientować, że chłopiec nie żyje.

Wtedy rozbrzmiał kolejny krzyk i Bryna poderwała wzrok. Anioł oderwał od skały kolejną osobę, a następnie cisnął nią w dół. Pozostali chłopcy zaczęli się gorączkowo cofać, rozpaczliwie usiłując zejść z klifu, zanim zrzuci ich z niego anioł.

Bryna spojrzała na swoje ręce i niemal z czułością umieściła zakrwawione włosy w kieszeni kamizelki.

Światłości, broń nas! – łkała Fossetta, która nie wytrzymała widoku mordowanych dzieci. Złapała mocno Tarrana i wcisnęła jego twarz w fartuch, by oszczędzić mu dalszych okropieństw.

Falko zagryzł zęby tak mocno, że zaczęły go boleć mięśnie żuchwy. Choć był słaby, zaciskał z furią bezradne pięści. Tak jak innym, boleśnie doskwierała mu świadomość, że absolutnie nic nie może zrobić. Patrzył, jak mroczny anioł zbliża się do kolejnej ofiary. Młody chłopak schodził z klifu na złamanie karku, ale było jasne, że nie zdoła wymknąć się latającemu potworowi.

Kreatura rozcapierzyła szpony i już miała pochwycić chłopca, gdy nagle coś wbiło się w jej bok, kilka cali poniżej przegubu skrzydeł. Z przeszywającym wrzaskiem stwór odbił od niedoszłej ofiary. Wisząc w powietrzu, anioł obrócił głowę ku ludziom zgromadzonym u podstawy klifu. Jego ślepia skupiły się na czymś – lub na kimś – i stwór zaryczał przeraźliwie. Ten ryk brzmiał jak obietnica bólu i cierpienia, lecz zanim anioł zapikował, kolejna strzała wbiła się w jego pierś.

Stwór zawył, lecz tym razem był to wrzask bólu. Próbował odlecieć, ale następna strzała pokrzyżowała mu plany. A potem jeszcze jedna.

Anioł zwinął się w powietrzu i opadł na ziemię, bezładnie trzepocząc popielatymi skrzydłami.

Zaległa cisza. Falko odwrócił się w stronę stojącej dwa jardy za nim Bryny Godwin, która trzymała łuk w ręku z kolejną strzałą na cięciwie.

Powoli podeszła do nich. Skinęła lekko głową, a potem spojrzała na Tarrana, który wciąż stał z twarzą zatopioną w fartuchu Fossetty. Chłopiec wolno odwrócił głowę, a Bryna dotknęła dłonią jego mokrego od łez policzka.

– Nie martw się – powiedziała. – Armia Toulwaru już idzie nam z pomocą. – W jej głosie próżno było szukać żartobliwego tonu. Było tak, jakby nie pamiętała, że Tarran pocieszył ją wcześniej dokładnie tymi samymi słowami. Spojrzała mu w oczy, zmierzwiła włosy i pobiegła z powrotem, by rzucić się w kocioł bitwy.

Gdy w szyku żołnierzy skupionych wokół Symeona zaświeciły pierwsze wyrwy, do akcji wkroczyła kawaleria. Opętani wbili się klinem w linię wojowników po prawej ręce maga bitewnego, ale dowodzeni przez emisariusza konni znaleźli się w idealnym miejscu, by zaraz pospieszyć im na spotkanie. Z impetem wparowali w szeregi wroga i zepchnęli Opętanych w dół, dając piechocie sposobność na załatanie ubytków w szyku i przegrupowanie. Emisariusz wydał rozkaz do odwrotu, gdy usłyszał ponad zgiełkiem bitwy dźwięk rogu.

Okręcił konia i wbił wzrok w Symeona. W chłodnej poświacie księżyca ujrzał zbity szwadron mrocznych wojowników, maszerujących prosto na starego czarodzieja. Byli to kardakowie, brygada szturmowa Ferocji, za nimi zaś widać było górującą nad swoją armią potworną postać odzianą w mrok i palący żar.

Demon włączył się do ataku.

Emisariusz spojrzał na masę płynących naprzód czarnych wojowników. Nawet zakuci w zbroje płytowe obrońcy Symeona nie mogli mierzyć się z taką potęgą. Potrzebowali wsparcia konnicy.

– Kawaleria, do mnie! – przekrzyczał tumult Chevalier. – Lansjerzy, formować szyk!

To niesamowite, pomyślał Malaki, jak błyskawicznie zareagowali jeźdźcy, w ułamku chwili utworzyli idealną formację, gotowi do ponownego natarcia. Dowódca poprowadził ich naprzód, ale powoli. Czekał, aż kardakowie wespną się na zbocze. W oddali widział kawalerię pod wodzą lorda Cadella, tworzącą własny szyk na lewej flance. Oni również musieli dostrzec nowe zagrożenie. Emisariusz pozwolił sobie na skrzywienie warg w ponurym uśmieszku.

Jeśli uda im się wziąć kardaków w kleszcze...

Uniósł miecz i dał rozkaz do natarcia. Sto koni ruszyło naprzód, gdy z przeciwnej strony doliny nacierała na wroga druga setka.

Malaki wpił się wzrokiem w kardaków, którzy zajadle walczyli o każdy jard skalistego zbocza, byle tylko wedrzeć się na szczyt. Dokonawszy tego, puścili się pędem prosto na Symeona. Okuci w czarny pancerz olbrzymi wojownicy przebili się przez lżej opancerzonych żołnierzy w pierwszej linii, ale istniał powód, dla którego do gwardii Symeona powołano takich, a nie innych żołnierzy. Byli najwięksi i najsilniejsi, mieli najlepsze zbroje, jakie wykuto w Caer Dour. Nie dadzą się Opętanym tak łatwo – a Malaki stał wśród nich. Znalazł się w gronie bardziej od niego doświadczonych wojowników. Przełknął ślinę, widząc maszerujących naprzód kardaków. Ścisnął mocno tarczę i miecz. Liczebność i rozmiary wroga nie miały znaczenia. Liczyło się tylko to, że był to wróg. Malaki stawi mu czoła.

Poczuł na plecach podmuch wiatru, jakby wokół Symeona rozkręciło się tornado. Obejrzawszy się, dostrzegł stojącego na swojej pozycji maga bitewnego z mieczem w lewej ręce i z prawą dłonią zaciśniętą w pięść tak mocno, że aż drżała. Zmarszczył brew, zawarł mocno powieki. Całe jego ciało było napięte. Wiatr burzył włosy, które otaczały jego głowę rozwichrzoną aureolą, jakby wydobywał się spod ziemi u jego stóp. Odwracając wzrok, Malaki raptem zrozumiał, jak niebezpiecznym człowiekiem może być wciąż niepozorny starzec Symeon. Mag gromadził energię, którą planował następnie wykorzystać.

Malaki nie miał już czasu, by podziwiać maga w akcji. Ława kardaków prawie zetknęła się z jego oddziałem. Ledwie zdążył przygotować się na uderzenie, gdy powietrzem wokoło wstrząsnął dziki łoskot i zgrzyt oręża. Przyjął na tarczę cios masywnego miecza. Drżenie przeszyło jego ciało i poraziło nerwy, ale Malaki utrzymał się na nogach. Sekwencja potwornie ciężkich ciosów prawie powaliła go na kolana, lecz zebrał się w sobie i utrzymał równowagę.

Włożył całą swoją siłę w potężny cios od góry.

Miecz trafił kardaka w okrytą hełmem głowę. Malaki nie upuścił krwi przeciwnikowi, ale z pewnością oszołomił go na chwilę, nie tracąc więc czasu, poprawił krawędzią tarczy w przednią część hełmu, a potem trafił mieczem w nogę. Kardak zakołysał się, gdy coś w jego kolanie puściło z chrzęstem, a wówczas Malaki wraził mu klingę w szczelinę między hełmem a kołnierzem napierśnika. Potężny wojownik padł u jego stóp, ale Malaki zaraz musiał odskoczyć do tyłu, gdy w jego miejsce wyrósł jak spod ziemi kolejny olbrzym.

Tymczasem ochroniarze Symeona zaczęli oddawać przeciwnikowi kolejne jardy skalistej ziemi i wyglądało na to, że nie ma sposobu, by temu zapobiec.

Pomimo szaleńczej intensywności natarcia kardaków Malaki wciąż bronił się z całych sił, ale w końcu mroczne ostrze przedarło się przez jego gardę i drasnęło boleśnie skroń. Gdy Malaki zachwiał się w tył, wydało mu się, że słyszy rozkaz: „Cofnąć się na flankę!", ale był zbyt oszołomiony, by mieć pewność. Wątpliwości rozwiały się, gdy czyjaś ręka chwyciła go za zbroję i odholowała na bok.

Walcząc o równowagę, młody kowal okręcił się i zobaczył, jak gwardziści Symeona cofają się od krawędzi klifu i rozchodząc na boki, zajmują pozycje po lewej i prawej stronie odsłoniętego maga. Kardakom udało się do niego przepchnąć i teraz na ich drodze nie stał już ani jeden obrońca. Malaki wycisnął krew spod powiek i rzucił się naprzód, ale wtedy jakaś ręka złapała go mocno za ramię.

– Utrzymać szyk! – wydarł mu się ktoś do ucha, ale Malaki nie mógł znieść widoku wystawionego na atak starca. Wyrwał się i już miał zaatakować, gdy Symeon wyrzucił przed siebie rękę i w ciżbę Opętanych uderzyła potężna kula energii. Eksplozja rozrzuciła zakutych w stal kardaków po okolicy, jakby nic nie ważyli, a pośród ich szeregów zaświeciła wielka łysina.

– Teraz! – padł rozkaz tuż nad jego uchem i wojownicy jak jeden mąż runęli na Opętanych, oszołomionych atakiem i przetrzebionych magicznym uderzeniem. W tej samej chwili obydwa skrzydła konnicy zamknęły się, uderzając w nich z obu stron.

Malakiego poniósł pęd szarży, choć nie bardzo miał pojęcie, co się właściwie dzieje. Był wprawnym wojownikiem, ale nigdy jeszcze nie stanowił części armii, nie spędził ani godziny na wojskowych drylach i nie ćwiczył walki pod kątem bitwy w ścisku i chaosie. Starsi towarzysze zareagowali natychmiast na rozkazy dowódcy, tymczasem Malaki czuł się tak, jakby tańczył, nie znając kroków.

Mimo to dwustronne natarcie wojowników Caer Dour zatrzymało kardaków i teraz wszystko wskazywało na to, że szale przechylą się na korzyść drugiej strony, lecz Malaki nie miał czasu, by się tym nacieszyć, gdyż raptem uprzytomnił sobie, że ponad klify wznosi się złowróżbny cień. Na żołnierzy skupionych przy krawędzi naparła nowa fala strachu. Malaki ujrzał, że coś frunie ponad głowami pogrążonych w bitwie żołnierzy. Pochwycił wzrokiem jedynie rozmazany kształt i potrzebował chwili, by zrozumieć, co właściwie zobaczył. Była to górna połowa mężczyzny, pozbawiony nóg korpus o rozmachanych bezwładnie ramionach, koziołkujący w powietrzu i wlokący za sobą warkocz krwi.

Skoordynowane natarcie kawalerii niemal doprowadziło do podzielenia szwadronu kardaków na dwie części. Emisariusz znajdował się w samym oku cyklonu. Ujrzał kątem oka, jak jeden z jego rycerzy spada na ziemię, gdy jakaś siła dosłownie ścięła z nóg jego wierzchowca. Odnieśli straty, ale udało się – ofensywa ferockich szturmowców załamała się i teraz to lud Caer Dour był górą. Ale radość nie trwała długo. Oto potężna czarna postać weszła na klif i cała nadzieja zgasła jak świeca na wietrze.

Demon mierzył dziesięć stóp wzrostu, stał wyprostowany na dwóch koźlich nogach o wygiętych w drugą stronę kolanach. Jego potężny tors przypominał ludzki, a czerwonawy blask płonącego w nim żaru podkreślił w mroku rysunek naprężonych mięśni. Łeb budził skojarzenie z głową byka o dwóch zakrzywionych ku dołowi rogach, a zęby przypominały wyszczerzone kły wściekłego psa. Srebrzyste ślepia lśniły jak roztopiony ołów.

Owładnięci strachem wojownicy z pierwszej linii przyrośli do ziemi i chłonęli wzrokiem potwora z samych głębi podziemnego świata. Emisariusz wpatrywał się w demona, zmagając się z potężniejącą falą przerażenia. Wprawdzie widział już wcześniej ferockie demony, ale surowa potęga samej ich obecności zawsze wzbudzała szok i zdumienie. Myślał gorączkowo, jak walczyć z tym chodzącym koszmarem. Nigdy nie słyszał, by konnica zmogła demona, ale przecież musieli spróbować. Magiczny atak Symeona okazał się nadspodziewanie potężny, ale mag bitewny był niewidomy i coraz starszy. Nie przedstawiał już takiego zagrożenia jak kiedyś, w sile wieku. W każdym razie musieli chronić go za cenę życia, tak długo, jak tylko okaże się to możliwe. Jeśli oznaczało to otwartą walkę z tym rogatym potworem – trudno.

Dał rozkaz do zaprzestania walki, upewniwszy się, że lord Cadell zrobił to samo. Kawaleria przegrupuje się i ponownie przypuści szturm, lecz tym razem wezmą na cel kogoś innego. Tym razem uderzą prosto na demona.

20

WIELKA DUSZA

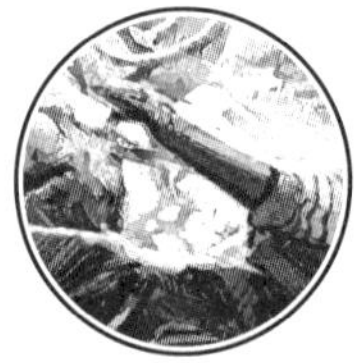

Armia Caer Dour była w rozsypce. Jedynie obecność Symeona powstrzymywała żołnierzy przed rzuceniem broni. Ochroniarze maga bitewnego z coraz większym trudem utrzymywali szyk w środku linii, gdzie skupiła się największa liczba atakujących bez wytchnienia kardaków. Pozbawieni wsparcia kawalerii, spychani byli do defensywy przez mrocznych wojowników, zbliżających się coraz bardziej do maga bitewnego. Konnica wciąż stała na pozycjach po obu skrzydłach Symeona. Kardakowie mocno przetrzebili ich liczbę, lecz mimo to jeźdźcy okręcali konie i krążyli po obwodzie pola bitwy, szukając dostępu do stojącego na klifie demona.

Lord Cadell dostrzegł wyłom, który otworzył się na flance i prowadził prosto do ferockiego dowódcy, ale tkwiący na prawym skrzydle emisariusz był odcięty od demona skłębioną masą skirytów. Jeśli w ogóle dojdzie do szarży, będzie ją musiał poprowadzić lord Cadell.

Największe natężenie walk skupiło się wokół demona i człowieka, który stawiał mu czoła. Po prawej stronie doliny mały oddział skirytów przebił się przez linię żołnierzy i pędził w kierunku zgromadzonych na tyłach cywilów. Całe szczęście, że zajęła się nimi stacjonująca w pobliżu jednostka łuczników, która przeorała pędzącą gromadę strzałami, nim ta zanadto się do nich zbliżyła. Ale jeden z Opętanych wpadł do płytkiego żlebu i zniknął z widoku. W jego nodze tkwiła strzała, nie była to jednak rana zdolna go powstrzymać. Łucznicy na powrót poświęcili całą uwagę walce, która gorzała przed nimi, i nikt nie zauważył, że ranny skiryta dźwignął się na nogi, po czym ruszył żlebem prowadzącym jak po sznurku do miejsca, gdzie Heçamedes i Fossetta doglądały rannych.

Strwożony Falko patrzył, jak pęknięcia w linii obrony zaczynały się raptownie poszerzać. Jego przerażenie wzmogło się, gdy zwrócił wzrok w kierunku ludzi kulących się za plecami Heçamedes i Fossetty. Za nimi znajdowało się kilku żołnierzy, którzy walczyli w pierwszej linii. Wielu rannych połatano i posłano z powrotem do walki, ale ci leżeli na ziemi, milcząc lub jęcząc cicho, i w wyniku odniesionych ran nie mogli nawet usiąść. Leżący przy synu Julius Merryweather oparł się na łokciu, przemawiając do niego spokojnym i równym tonem. Tobias był pobudzony, a Merryweather robił, co mógł, by go uspokoić. Chłopiec za nic nie chciał zamilknąć. Ledwie zdołał usiąść i zaraz zaczął nerwowo gestykulować w kierunku Falka.

– Mamidełko! – wybełkotał, jakby próbował przestrzec go przed czymś.

– Już dobrze – powiedział Merryweather.

– Nie! – upierał się Tobias, wciąż machając rękami w kierunku Falka. – Niedobrze!

Falko aż zmarszczył brwi, słysząc determinację w głosie chłopca.

A potem też to poczuł... Jakąś złą obecność za swoimi plecami, jakby coś, co wstało z grobu, wyłaniało się z cienia płytkiego żlebu, którego wlot otwierał się nieopodal. Obrócił się akurat w odpowiednim momencie, by zobaczyć skirytę, od którego nie dzieliło go nawet piętnaście stóp.

Ludzie zachłysnęli się powietrzem, a potem dookoła zakotłowało się od gorączkowej aktywności. Julius Merryweather z mozołem stanął na nogi i złapał za swoją laskę, po czym zasłonił syna ciałem. Fossetta porwała leżącą przy ognisku patelnię. Falko natomiast przysunął się do najbliższego rannego żołnierza i sięgnął po leżący obok niego miecz. Nie odejmował wzroku od skiryty, który spoglądał na niego wzrokiem nacechowanym jakąś osobliwą ostrożnością.

Falko wyprostował się, patrząc w jego oczy, białe niczym wypolerowana kość. Przez moment skiryta tylko spoglądał na niego niepewnie, a potem w jego oczach zapłonęła nienawiść i rzucił się na Falka.

Falko patrzył na biegnącą wprost na niego istotę. Na jej składający się do cięcia od góry nóż. Wiedział, co musi zrobić, ale miecz w jego dłoni wydawał się niemożebnie ciężki. Jako młody chłopiec dorównywał w walce Malakiemu, lecz teraz jego ciało było zbyt słabe, by wykonać rozkaz, który wydał umysł. Ledwie zdążył unieść miecz, gdy ferockie ostrze pomknęło w kierunku jego głowy. Cios spadł na niego z całą mocą i Falko zachwiał się, lecz jakimś cudem nie upadł. Sparował kolejne uderzenie, lecz gdy skiryta przyłożył mu w twarz tarczą, kolana Falka załamały się pod nim, a przeciwnik złożył się do decydującego ciosu.

Wtem na ułamek sekundy w umyśle chłopaka rozbłysła wizja martwego skiryty, powalonego uderzeniem jaśniejącego płomienia, ale potęga tego obrazu przeraziła go bardziej niż myśl o śmierci, klęczał więc tylko, opuściwszy ramiona wzdłuż ciała i gapiąc się przed siebie jak oszołomiony. Widział opadające w swoją stronę ostrze. Raptem jeden z rannych żołnierzy podpełzł naprzód i złapał Opętanego za kostkę. Klinga zmyliła lot i zataczając szerokie półkole, nie zrobiła Falkowi krzywdy. Kreatura zabiła żołnierza jednym ciosem w pierś, po chwili jednak od jej hełmu odbił się kamień, a zaraz potem kolejne.

Wyrwawszy się z uścisku martwego żołnierza, skiryta dał nura naprzód, kryjąc się przed kamieniami za uniesioną tarczą. Wciąż klęczący Falko raptem otrzeźwiał i zamachnął się mieczem, celując w nogi przeciwnika, ale Opętany z łatwością przyjął cios na tarczę i zabiłby Falka, gdyby Julius Merryweather nie zdzielił go po hełmie swoją przysadzistą laską. Skiryta okręcił się i nożem rozorał przysadzistemu szlachcicowi brzuch. Merryweather zawył.

Wróg na powrót skupił uwagę na Falku, ale nie zdążył złożyć się do ciosu, bo oberwał od Fossetty wielką patelnią w twarz. Zachwiał się i ciął nożem na odlew. Fossetta upuściła patelnię, gdy ostrze rozcięło jej ramię. Skiryta zabiłby całą trójkę, gdyby inni nie ruszyli na niego. Dwaj mężczyźni i trzy kobiety obleźli Opętanego jak muchy i powalili na ziemię. Walczył szaleńczo i zranił dwie osoby, nim wreszcie zabił go wielki kamień, który zostawił po sobie głębokie wgniecenie w hełmie.

Dyszący Falko wstał z trudem i słaniając się na nogach, podszedł do krwawiącej Fossetty.

– Nic mi nie jest – zarzekała się gospodyni, ściskając ramię, gdy spomiędzy jej palców sączyła się krew.

Oboje obrócili się do Merryweathera.

– Julius! – sapnęła Fossetta, widząc rozlewającą się po skale ciemną plamę.

Wielki mężczyzna klęczał na jednym kolanie, bezskutecznie próbując zatamować krwotok ręką.

– Heçamedes! – zawołała Fossetta.

Pomogła uzdrowicielce ułożyć go na plecach. Jego zwykle rumiane policzki pokryła trupia bladość, dodatkowo podkreślona blaskiem księżyca.

Falko opadł na ziemię przy Merryweatherze i wlepił wzrok w ziejącą ranę, przecinającą obfity brzuch zaraz nad linią pasa. Omdlały z wysiłku, sięgnął i przyłożył do niej ręce, usiłując zatamować krwawienie.

– Ach, Falko, mój chłopcze – powiedział Merryweather głosem człowieka, który budzi się ze snu. – Tak lepiej, dziękuję ci.

Falko nie wiedział, co powiedzieć. Patrzył na Merryweathera, a potem przeniósł wzrok na siedzącego nieopodal Tobiasa. Głowa chłopca kiwała się na chudej szyi, ale spojrzenie miał klarowne. Falko odwrócił wzrok, gdy ogarnął go żal. Heçamedes wyrosła przy nim jak spod ziemi.

– Odsuń się, Falko – powiedziała uzdrowicielka, pochylając się, by zbadać obrażenia. Zacisnęła usta na ich widok, ale rozpięła torbę i spryskała ranę rozpylaczem, a potem sięgnęła po igłę i nitkę.

Zbyt wykończony, by wstać, Falko odpełzł od nich na czworakach. Oddychając z trudem, przysunął się na skraj zaimprowizowanego lazaretu i oparł się o skałę. Czarne chmury poczucia winy ponownie spowiły jego umysł. Patrzył na toczącą się w dolinie bitwę, na sceny przemocy rozgrywające się pod obojętnym spojrzeniem księżyca.

Szyk, choć wciąż się trzymał, zaczynał się sypać. Wróg zdobył niskie klify i stopniowo spychał obrońców w głąb kotliny. W środku linii czubek klina utworzonego przez siecących na prawo i lewo kardaków prawie już stykał się z Symeonem. Falko zobaczył, jak oddział kawalerii dowodzonej przez emisariusza zatrzymał się, natrafiwszy na ścianę skirytów. A potem ujrzał demona, masakrującego wszystkich, którzy mieli nieszczęście stanąć mu na drodze.

Wtedy do ataku ruszyła konnica lorda Cadella. Czując się, jakby zaraz miał zemdleć, Falko patrzył, jak horda konnych rycerzy mknie z ogłuszającym tętentem w stronę rogatej bestii.

Lord Cadell przypuścił szturm, gdy oddział emisariusza zaczął wyrzynać sobie drogę przez tłum skirytów. Dowódca armii Caer Dour uformował klin i puścił go pełnym pędem na demona, siejącego popłoch wśród żołnierzy.

Emisariusz przemknął prędko wzrokiem po głównej linii obrony. Widział, że pęka w szwach. Ich jedyną nadzieją było zabić demona, lecz Chevalier wiedział, że nigdy im się to nie uda. Wciąż stawiali opór wrogowi, ale emisariusz w głębi serca czuł, że bitwa jest przegrana.

Przez jego umysł przemknęła twarz kobiety i koński łeb wyrzeźbiony w wosku, pokryty srebrem i wprawiony w skórzany pas. Spodobałby się jej. Płakałaby, ale spodobałby się jej.

Sir William Chevalier oczyścił umysł i ze ściśniętym sercem przygotował się na śmierć.

Kawaleria lorda Cadella przebijała się z mozołem przez rój Opętanych, który oddzielał ją od demona. Większość rycerzy została zatrzymana lub powalona, ale lord Cadell przedarł się jakoś, osłaniany od tyłu przez sir Gerallta Godwina, który znajdował się najwyżej dwie długości za nim. Obydwaj rycerze dźwigali lance i wydawało się, że nic nie zdoła oprzeć się sile ich natarcia, lecz wówczas demon przestał mordować i zwrócił się w ich kierunku. Przekrzywił wielki rogaty łeb, jakby nie spodziewał się tak zuchwałego natarcia, a potem pochylił głowę i rozrzucił ramiona, jakby zapraszał ich do ataku.

Dwaj rycerze runęli na demona, celując lancami prosto w jego serce, lecz potwór nie czekał na nich, tylko zerwał się z miejsca i rzucił naprzód. Jedną ręką złapał wierzchowca lorda Cadella za gardło i podniósł go, zrzucając jeźdźca z siodła, a drugą wyprowadził druzgocący cios, który zmiótł sir Gerallta z końskiego grzbietu, miażdżąc mu przy tym klatkę piersiową. Koń zwalił się na ziemię ze skręconym karkiem. Lanca sir Gerallta dosięgła bestii, ale hartowane ostrze ledwie drasnęło skórę.

Lord Cadell padł ciężko na ziemię i podniósł wzrok na swojego konia, miażdżonego w szponach demona. Zwierzę młóciło powietrze przednimi nogami, tylnymi zaś łomotało o ziemię. Przez chwilę potwór patrzył z góry na lorda Cadella, jakby usiłował zrozumieć, jak takie żałosne stworzenie może w ogóle marzyć o zranieniu jednego z Wiernych. Niemal w roztargnieniu zmiażdżył gardło konia i rzucił truchło na skałę. Jednym tupnięciem potężnego kopyta zabił dowódcę armii Caer Dour, a potem osadził wzrok na sir Gerallcie. Weteran usiłował wyjąć miecz z pochwy, miał jednak połamane żebra, a jego wygięty napierśnik spływał krwią, którą rycerz wykaszlał i wypluł po potężnym uderzeniu nieprzyjaciela. Ledwie cal stali pokazał się między pochwą a jelcem, nim demon stanął nad nim.

Już sięgał do niego szponiastą ręką, gdy niespodziewanie rozpędzony grom energii trafił go z impetem w bok. Olbrzym zachwiał się od uderzenia, gdy magiczny pocisk zdarł mu z żeber ciemne mięso. Wydając z siebie dziki ryk, stwór odnalazł wzrokiem napastnika.

Symeon le Roy nie miał oczu, ale patrzył prosto na niego.

Mag bitewny niemal zachwiał się pod siłą spojrzenia demona. Nieprzyjaciel ujrzał go teraz w pełnej krasie i Symeon zrozumiał, że nie uda mu się go dłużej zwodzić. Demon rozeznał się dobrze w jego prawdziwej sile i choć domyślił się, że starzec udawał bezbronnego, odkrył także, że nie jest dość silny, by stanowić dla niego wyzwanie. Potwór przygarbił się, pochylił głowę i ruszył prosto na Symeona.

Potężni kardakowie zostali rozepchnięci na boki, gdy demon naparł naprzód, lecz wówczas Symeon wystrzelił w jego kierunku kolejną kulę oślepiającego błękitnego światła. Bestia zatoczyła się, gdy pocisk trafił w jej ramię, ale ten drugi atak okazał się słabszy od pierwszego. Moce Symeona nie były już tym, czym kiedyś, ale przynajmniej udało mu się zatrzymać potwora. Demon przystanął, rozłożył ramiona i przywołał własną mroczną magię.

– Padnij! – ryknął Symeon, czując potężniejącą w szponach nieprzyjaciela piekielną energię.

Wojownicy skupieni wokoło schylili się i zasłonili tarczami, gdy burza rozgrzanych do czerwoności kolców wystrzeliła z demonich łap.

Potok płonących szrapneli z łatwością przebiłby się przez ich pancerze, lecz zamiast tego rozbił się o barierę ochronną, którą otoczył żołnierzy Symeon. Pierś demona rozdęła się, gdy zaczął przywoływać jeszcze więcej magicznej energii, ale wtedy Symeon dobył miecza. Wykonał nim prędkie cięcie i łuk błękitnej mocy oderwał się od klingi, by pomknąć w kierunku przeciwnika.

Potwór chciał rękami zasłonić się przed atakiem i rzeczywiście, część magicznego łuku rozproszyła się w zetknięciu z gardą, ale mały segment przedarł się, naznaczając bok twarzy bestii raną i odcinając czubek wielkiego, zakrzywionego rogu. Rozwścieczony ponad wyobrażenie demon uniósł nad głowę olbrzymią pięść i przygrzmocił nią w ziemię. Fala uderzeniowa przebiła się przez powietrze, grunt zafalował gwałtownie, a wojownicy broniący Symeona padli na ziemię, sam mag bitewny zaś osunął się na kolana.

Górujący wśród powalonych wojowników demon raz jeszcze ruszył naprzód. Szedł powoli, wiedząc, że nikt nie może go teraz powstrzymać, ale Symeon wstał z klęczek i wyrzucił przed siebie rękę w geście negacji. Potwór zatrzymał się, jakby ktoś osadził go w miejscu przyłożoną do piersi dłonią. Próbował przeć naprzód, pochylony, jakby walczył z porywistym wiatrem, ale nie mógł ruszyć z miejsca.

Nie opuszczając ręki, Symeon porwał miecz i dźwignął się z wysiłkiem na nogi. Trud związany z powstrzymaniem demona uwidocznił się w napięciu każdego mięśnia i ścięgna w ciele starca. Jego wysiłek wzmógł się jeszcze, gdy demon zaczął się wyrywać i orać ziemię kopytami, usiłując zmóc czar.

Wojownicy Symeona leżeli rozrzuceni po polu bitwy potęgą uderzenia nieprzyjaciela. Nikt nie stał teraz między demonem a magiem bitewnym. Na czole maga pulsowały żyły. Raptem opuścił rękę i schwycił miecz oburącz, po czym wbił go z mocą w ziemię u swoich stóp. Był to manifest oporu, nieprzekraczalna linia wyrysowana na piasku.

Demonem zarzuciło, jakby oberwał kolejnym magicznym pociskiem. Cofnął się o dwa kroki, zagrały mięśnie na potężnych koźlich nogach, a gdy odzyskał równowagę, otaksował Symeona spojrzeniem. Tak, nie docenił przeciwnika, lecz jego trud na nic się nie zda. To już koniec.

Stojąc pośród zwartych w boju wojowników, potwór zawarł powieki i rozłożył ramiona, a ziemia u jego kopyt zajęła się ogniem. Sięgające kolan demona wściekle czerwone i zgniłozielone płomienie zaczęły rozrastać się naprzód, pełzły po ziemi niespieszną falą, zbliżając się niepowstrzymanie do samotnej postaci Symeona.

Leżący dwadzieścia stóp dalej Malaki gapił się na płynącą rzekę ognia z narastającym przerażeniem. Tak jak resztę wojowników powaliło go na ziemię uderzenie demona. Wciąż oszołomiony, próbował zmusić się do wstania, lecz płomienie zdawały się wysysać z niego całą energię. Czuł żar nie tylko na twarzy, lecz także w środku, jakby ogień sięgał do jego duszy, a pod jego wpływem wyparowywały z niego wszystkie siły; penetrował jego ciało i spalał umysł. Chciał pobiec Symeonowi na pomoc, lecz ten toczący się leniwie strumień ognia był ponad jego siły. Wiedział, że wszystko stracone.

Utraciwszy ostatnie strzępy nadziei, Malaki de Vane zaczął łkać.

Emisariusz dźwignął się ze skalistej ziemi. Wypadł z siodła, gdy Tapfer przewrócił się, rażony ciosem demona. Widział, jak perszeron cofa się przed nim, jak w przerażeniu bije w ziemię kopytami. Miecz emisariusza leżał nieopodal, mężczyzna sięgnął po swój oręż, a w tej samej chwili jeden ze skirytów rzucił się na niego. Chevalier prędko uwinął się z Opętanym, a potem zabił jeszcze dwóch, nim mógł wreszcie bez przeszkód odszukać wzrokiem Symeona.

To, co zobaczył, sprawiło, że lodowate szpony strachu zacisnęły się na jego sercu.

Kardakowie wycofywali się, lecz tylko po to, by zgromadzić się po obu stronach swojego pana, a ziemia przed nim płonęła. Wściekłe płomienie tańczyły nisko przy gruncie i lały się naprzód, zmierzając ku Symeonowi. Nawet tutaj emisariusz czuł bijący od nich żar. To nie był zwykły ogień.

To był ogień wieczny, ogień z głębi piekielnych, którego nie dało się ugasić ludzką ręką.

Symeon nie potrzebował oczu, by dostrzec płomienie. Czuł na twarzy ich żar. Smoczy ogień wywoływał nieopisany ból, Symeon dobrze go pamiętał, ale ten był jeszcze gorszy. Spalał nie tylko ciało, ale także duszę.

Mag bitewny opierał się przerażeniu, ale czuł, że słabnie. A w miarę gdy odchodziła go siła woli, ogień podpełzał coraz bliżej.

Na drodze płomieni leżeli ranni mężczyźni. Gdy dotknął ich ogień, zaczynali potwornie krzyczeć, a ich wrzaski wrzynały się na zawsze w umysł każdego, kto je słyszał. To niewyobrażalne cierpienie czekało wszystkie dusze w dolinie. Młode, stare, chore i zdrowe – jeśli zagarnie je demon, będą płonąć w agonii przez wieczność.

Symeon wiedział o tym, więc utrzymywał pozycję. Utrzymywał ją, nawet gdy czuł, że opuszczają go siły. Ściskał w garści rękojeść miecza, zdeterminowany, by wywalczyć dla ludzi każdą możliwą sekundę życia... i nadziei.

Emisariusz usłyszał wrzaski ludzi płonących ogniem wiecznym. Wili się w agonii, a płomienie bezlitośnie parły naprzód. Symeon wyciskał z siebie siódme poty, opierając się demonowi, a mentalna tarcza, która chroniła ludzi przed strachem, zaczynała pękać. Stary mag bitewny wciąż stał na nogach, ale nie ustoi długo sam.

Emisariusz poczuł, że strach szarpie mu duszę. Uczepiwszy się najsilniejszych, najcenniejszych wspomnień, ruszył w kierunku Symeona. Jeśli znajdzie w sobie siłę... i wiarę... dotrze do maga bitewnego i wesprze go w jego wysiłkach. Już samo to, że Symeon będzie miał kogoś u swego boku, doda mu sił. Ale obecność demona była sama w sobie fizyczną, odczuwalną siłą. Każdy krok naprzód okupiony był nadzwyczajnym wysiłkiem woli, a płomienie cały czas przysuwały się coraz bliżej.

Emisariusz czuł pot spływający mu po twarzy. Czuł, jak jego dusza kuli się pod obietnicą wiecznego cierpienia, ale parł dalej przed siebie. Mijał rozłożonych na skale ochroniarzy z gwardii Symeona, którzy nie mogli już poruszać się o własnych siłach. Walczył z wycieńczeniem, aż znalazł się kilka jardów od Symeona, i wówczas nie mógł już walczyć dalej.

Siły i odwaga opuściły go zupełnie. Sir William Chevalier padł na kolana i wcisnął twarz w ziemię.

Falko nie mógł oderwać wzroku od rozlewających się po skale płomieni. Przerażenie ogarniało go tym bardziej, im bardziej słabła tarcza Symeona. Linia obrońców zaczęła kruszeć i Falko wiedział, że to tylko kwestia czasu, nim skruszeje zupełnie. Obrócił się twarzą do ludzi zgromadzonych w dolinie za jego plecami. Stali blisko siebie, sięgali po noże, które ocalą ich dzieci od losu nieskończenie gorszego od śmierci. Falko wrócił wzrokiem do bitwy i zobaczył siłaczy z gwardii Symeona powalonych mocą demona. Tylko jeden człowiek zachował dość siły, by iść naprzód.

Patrzył, jak emisariusz królowej sunie przed siebie, powłócząc nogami, usiłując dotrzeć do Symeona. I wiedział, że mu się to nie uda. Wiedział, że Symeon będzie musiał samotnie stawić czoła ogniowi wiecznemu. I wiedział też, że Symeon nie ma dość siły, by z nim wygrać. Falko latami wsłuchiwał się w nasycone wątpliwościami słowa, które opuszczały usta jego pana przez sen. Stary mag bitewny był osłabiony zdradą i żalem. Falko wiedział, że ostatecznie jego wiara go zawiedzie i że to go złamie.

Niczym w szponach jakiegoś niewyobrażalnego koszmaru, Falko poczuł, że jego nogi poruszają się, a on sam idzie w dół po pochyłości, tam gdzie tliła się jeszcze bitwa.

Ludzie za nim mogli tylko bezradnie patrzeć, jak broniąca ich armia ulega wrogowi. Patrzyli, jak dumny emisariusz pada na kolana. Patrzyli, jak ogień idzie naprzód, a starzec chyli się ku upadkowi, uczepiony miecza, wiszący na nim, jakby tylko wbita w skałę stal trzymała go jeszcze w pionie. Koniec był bliski, a słowa emisariusza odbijały się echem w ich głowach.

„Jeśli Symeon zginie, zróbcie to szybko, zanim zawiedzie was odwaga".

Ludzie wstrzymali oddech, gdy naostrzone noże zbliżały się cal po calu do dziecięcych gardeł. Lecz nagle znieruchomiały, bo na dnie doliny ukazała się nowa postać – chudy i chorowity chłopak.

Falko szedł po nierównej ziemi, słaniając się na nogach. Jego głowa kiwała się na wąskich barkach, bolały go płuca i oparzenia na szyi i ramieniu, był zmordowany wędrówką i strachem, czuł się tak, jakby był nagi. Świat rozmazywał mu się przed oczami, ale chłopak miał niejasną świadomość toczącej się wokoło bitwy, ostatniego desperackiego zrywu uczepionych nadziei wojowników Caer Dour. W środku pola bój już ustał i walka była przegrana. Pełznący po ziemi dywan ognią niemal już lizał Symeona po nogach, a przed pokonaniem ostatnich jardów powstrzymywała płomienie tylko siła woli maga bitewnego. Symeon nie stał już na obu nogach, a klęczał na jednym kolanie, uwieszony na jelcu miecza niczym człowiek, który niebawem zginie porwany przez powódź.

Wojownicy, którzy mieli go bronić, nie widzieli kroczącego między nimi Falka. Niektórzy próbowali odpełznąć od łakomych płomieni, ale większość po prostu pochyliła głowy, pogodzona z porażką, zastygłe skorupy niegdysiejszych ludzi. Falko widział gdzieś Malakiego i emisariusza. Obaj wciąż starali się dotrzeć do Symeona, lecz ich wysiłki sprowadzały się do niemrawego drapania rękami po skalistym gruncie.

Nikt nie miał sił dźwignąć się na nogi, nie w przytłaczającej, wgniatającej w ziemię obecności wysłannika piekieł. Nikt poza Falkiem Dantém.

Miejscowym słabeuszem, obiektem kpin, szyderstw, a ostatnio nienawiści całego miasta, ofiarą wyniszczającej choroby, synem szaleńca, lecz również synem maga bitewnego. Jakimś sposobem to właśnie on znalazł w sobie dość siły, by przeciwstawić się fali płomieni. Kroczył chwiejnie naprzód z jedną tylko myślą w głowie: dotrzeć do Symeona i dać mu odczuć, że nie jest sam. Trzymać go w ramionach, gdy będzie umierał. Gdy będzie płonął. Jeśli demon skaże ich na wieczne cierpienie w ogniu piekielnym, przynajmniej będą cierpieć razem.

I to jedno pragnienie sprawiało, że Falko Danté wbrew wszelkiej logice wlókł się naprzód. Obecność demona kładła się na dolinie jak niewidzialny klosz energii. Próbowała go powstrzymać, syczała i warczała jak wściekły pies, drapała i szarpała szponami jego umysł. To nie do pomyślenia, by człowiek mógł wytrzymać całe to zło, całą tę nienawiść – a jednak Falko znosił ją i nie przestawał iść. Parł naprzód, jakby niosły go słowa, które rozbrzmiewały w jego głowie:

„Nie trać wiary... Cokolwiek by się działo, nie trać wiary".

Przywołując z pamięci słowa opiekuna, Falko stanął za Symeonem i uklęknął, by otoczyć go ramionami. Stary mag bitewny już ledwo trzymał się w pionie. Jego palce ostatkiem sił trzymały się rękojeści.

Falko sięgnął wzdłuż ramion swego pana, ścisnął jego dłonie i złapał mocniej miecz jego palcami. Wcisnął twarz w przepocone włosy

Symeona i wsłuchał się w jego ochrypły oddech, który gasł z każdym uderzeniem serca. A gdy trzymał w ramionach umierającego pana, uprzytomnił sobie, że w jego płytkim oddechu pobrzmiewają słowa. Ciche i zajadłe, będące czymś niewiele więcej niż bezgłośną myślą, lecz Falko słyszał je wyraźnie:

– Aquila Danté był moim przyjacielem. Aquila Danté był moim przyjacielem.

Serce Falka zaszamotało się boleśnie w jego piersi. Więc taka była natura siły demona. To była wątpliwość, którą zasiał w umyśle starego człowieka, by go złamać. Falko chciał powiedzieć Symeonowi, że nie wini go za śmierć ojca. Chciał mu powiedzieć, że go kocha, ale nie miał już sił, by uformować ustami słowa. Trzymał się Symeona ostatnimi strzępami woli, jakie jeszcze ostały się w jego sercu.

Nie trać wiary. Nie trać wiary.

Lud Caer Dour patrzył w osłupieniu, jak wątła postać Falka Dantégo obejmuje Symeona. Dwaj ludzie, starzec i słabeusz, klęczący przed druzgoczącą potęgą demona. Jakimś sposobem udzieliło im się uczucie wyrażone w tym uścisku i przez chwilę zdawało im się, że całun strachu unosi się z ich umysłów.

Czy Symeon odzyskiwał siły?

Czy mając podporę w postaci Falka, Symeon dźwignie się na nogi?

Przez chwilę wydawało się, że płomienie się zatrzymały.

Demon odczuł obecność nowego umysłu, który dołączył do Przeciwnika. I w jego własnym umyśle zakiełkowało niezrozumienie. Były tam słabość, poczucie winy, żałość i strach – więcej niż dosyć, by zmiażdżyć ludzką duszę, a jednak ona trwała dalej. Taka dusza była niebezpieczna. Nie wolno pozwolić jej żyć. Demon zaczerpnął z najgłębszych pokładów swojej nienawiści i z odnowioną siłą pchnął ogień naprzód.

Ostatni płomyk nadziei zgasł i ludzie ujrzeli, że fala płomieni potężnieje i rusza naprzód. Nie zatrzymała się wcale, to gra świateł oszukała niedoskonałe zmysły, to powiew złośliwego wichru zakpił sobie z nich w tej ostatniej godzinie.

Fossetta stała przy leżącym na ziemi Merryweatherze i płakała, nie kryjąc łez. Nie zauważyła nieobecności Falka, dopóki ludzie nie zaczęli szeptać i pokazywać go palcami. A gdy go dostrzegła, dwie wielkie siły zderzyły się w jej sercu i choć pragnęła tego z całych sił, nie zdołała pobiec za Falkiem. Oczywiście, że nie zdołała. Ledwie mogła myśleć przez miażdżące przerażenie, które nią owładnęło.

Zapadła upiorna cisza, gdy rodzice za jej plecami przygotowywali się do zatopienia noży w ciałach swoich dzieci. Bohaterski czyn Falka kupił im kilka cennych chwil, lecz teraz koniec zbliżał się wielkimi krokami i Fossetta nie zdołałaby wyobrazić sobie gorszego zwieńczenia bitwy. Ale wtedy odezwał się siedzący obok niej Tobias:

– Mamidełko.

Fossetta nie mogła na niego spojrzeć. Nie mogła oderwać wzroku od żałosnych i chwalebnych postaci Symeona i Falka. Merryweather balansował na granicy przytomności, ale przyzwyczajenie, by odpowiedzieć na słowa syna, przebiło się przez barierę otępienia.

– Już dobrze, synku – wymamrotał. – Falko zaraz pójdzie spać. Wszyscy zaraz pójdziemy spać.

– Nie! – wypluł Tobias. – Mamidełko!

Fossetta rzuciła okiem na kalekiego chłopca, który w odróżnieniu od reszty wcale nie patrzył na bitwę, tylko gdzieś w górę.

Powoli uniósł zwiędłe ramię i wskazał krzywym palcem wysoką grań.

– Mamidełko! – powtórzył.

Fossetta powoli przesunęła wzrok we wskazanym przez niego kierunku. Tam, na zboczu góry, na tle nieba zarysował się jakiś dziwny kształt i gdy Fossetta go zobaczyła, coś odezwało się w jej pamięci czystym, dźwięcznym tonem. Widziała już coś takiego i gdy wreszcie nadała temu imię, oniemiała ze zdumienia.

Smok.

Na zboczu siedział smok.

Spoglądał z wysokości na toczącą się w dole bitwę. A na jego grzbiecie siedział jeździec.

Mag bitewny.

Mamidełko.

Mag bitewny patrzył na lud Caer Dour, ich rozpacz i strach raniły mu serce. Zamknął oczy, otworzył umysł i zgromadził ich strach w swoim wnętrzu. Byli już niemal złamani, prawie się poddali. Prawie, ale jeszcze nie całkiem.

Otworzył oczy i powiódł wzrokiem po wojownikach, którzy wciąż dawali odpór Opętanym. Utkwił spojrzenie w dwóch jaśniejących postaciach klęczących wśród morza płomieni. Przeniósł wzrok na demona, na wroga tego świata i jego mieszkańców. A gdy na niego patrzył, w jego oczach zapłonął ogień. Mag poczuł, jak jego smoczyca porusza się pod nim.

A on jej nie powstrzymywał. Przywarł do niej, gdy odbiła się od skały, i złapał mocno, gdy zaczęła opadać w dół. Obróciła się, złożywszy skrzydła jak pikujący jastrząb, i pomknęli w dół niczym grom z jasnego nieba.

Falko stracił poczucie czasu, zapomniał o świecie. Wiedział tylko, że ściska w ramionach ciało Symeona. Oddech starca był już tylko cieniem oddechu, ale Falko wciąż go podtrzymywał, wciąż nie pozwalał mu upaść. Czuł całym sercem przytłaczającą potęgę nienawiści demona, która dążyła do tego, by zetrzeć ich z powierzchni ziemi, ale trzymał się. Ogień wieczny zaczął ich z wolna otaczać, a gdy objął ich ognistymi skrzydłami, siła woli Falka zaczęła wreszcie słabnąć.

Obrazy przemykały przez jego głowę. Wiedział, że traci rozum. Widział, jak płonie jego rodzinny dom. Widział czarne oczy Morgana Sakera, spoglądające na niego przez zasłonę płomieni. Widział wyniosłe piękno czarnego smoka lądującego na Smoczym Kamieniu i Dariusa, który raz po raz miota w niego jaśniejącymi błękitnymi gromami; czuł żal oraz nienawiść promieniujące ze smoczego umysłu i widział, jak spadają razem w otchłań. Słyszał swój krzyk i widział, jak z kłębowiska tego krzyku wynurza się Malaki, trzymając w ramionach wyniszczone ciało ojca.

Falko poluzował uścisk na rękojeści miecza. I wówczas wydarzyła się najdziwniejsza rzecz na świecie. Część jego umysłu wiedziała, że trwa noc, że od świtu dzieli ich kilka godzin, a jednak jakimś sposobem poczuł na twarzy blask słońca. Widział je oczami duszy, jak obmywa lśnieniem zbocza gór na zachodzie. Miał wrażenie, jakby sam unosił się ponad kotliną i patrzył na toczącą się w niej bitwę niczym przez szczeliny w stalowym hełmie. Pod nim szemrały lśniące żółte łuski i machały majestatycznie wielkie złote skrzydła. A potem odniósł wrażenie, że spada. Wiatr świszczał mu w uszach, ale chłopak wiedział przecież, że to mami go jego własny umysł, że wyroił się z niego sen człowieka, który zaraz umrze.

Wreszcie z tego chaosu wyłonił się kontur twarzy zamazany łzami. Falko poczuł na policzku chropowatą dłoń, a potem pocałunek na skroni, który w jego sercu trwał jeszcze długo po tym, jak go złożono. Był zbyt młody, by to wówczas wiedzieć, ale był to ostatni pocałunek ojca żegnającego się z synem. Falko czuł delikatną siłę ojcowskiej ręki, drapiącą szorstkość brody i jego mokre łzy spływające po policzku. Wiedział, że jeśli ugnie się pod nienawiścią demona, na zawsze utraci to wspomnienie.

A więc choć Symeon umarł i ciemność zatopiła jego serce, Falko wciąż ściskał rękojeść miecza.

Demon uradował się, kiedy poczuł, że serce Przeciwnika przestało bić. Odciągnął skórzaste wargi ze złaknionych kłów, gotowy pożreć duszę słabeusza. Lecz wtedy zatrzymał się jak wryty i zwątpienie przeszyło jego czarne serce.

Draconis.

Tam z nieba spadał jeden ze znienawidzonych wyrmów, którego dosiadał nieskazitelny Przeciwnik.

Demon wydał z siebie ryk, wkładając weń całą swoją wściekłość i nienawiść. Czyżby w ostatniej chwili siedem tysięcy dusz miało wymknąć mu się z rąk? Skinieniem rozkazał kardakom uformować mur ciężkich kling i ciemnej stali. A potem sprowadził burzę siarki, zdolną zabić nawet wyrma.

Smok zleciał nisko nad ziemię i pomknął przed siebie. Jego łuski miały kolor głębokiej żółci i lśniły jak złoto. Ze złożonymi dla większej szybkości skrzydłami przeleciał nad doliną, obracając się na bok, gdy demon wywołał zabójczy wulkaniczny deszcz. Mordercze pociski rozminęły się z celem, a moment później ogromny żółty smok wpadł z impetem na olbrzymiego demona Opętanych.

Na ułamek sekundy przed zderzeniem mag bitewny zeskoczył z siodła, obrócił się w powietrzu i wylądował wśród kardaków. Wyrwał miecz z pochwy i jednym szerokim cięciem zabił całą grupę wojowników. Obróciwszy się, zarąbał kolejnego, a ostrze jego miecza wydawało się jaśnieć, gdy przerzynało się przez czarny pancerz zwalistych żołnierzy. Kardakowie rzucili się do ataku, lecz raptem otoczyli ich ludzie z gwardii Symeona.

Wszędzie w kotlinie mężczyźni i kobiety poczuli, że opuszcza ich zmęczenie, że strach uchodzi z ich umysłów. Pierwszy raz, odkąd opuścili swoje domy, uwierzyli, że mogą zwyciężyć, a nawet jeśli czeka ich klęska, stawią jej czoła z mieczem w dłoni.

Uderzenie prawie zwaliło demona z nóg, ale był rzeczywiście niezwykle potężny. Nawet chwiejąc się w tył, złapał smoka i potężnym skrętem ciała rzucił nim o ziemię. Grunt zadrżał. Demon górował nad smokiem i choć ciało z jego ramienia było zerwane aż do kości, i tak uniósł pięść do uderzenia, które pogruchotałoby smocze żebra. Nie zdążył go jednak zadać.

Smok momentalnie otrząsnął się, otworzył paszczę i z bliska wypalił demonowi w twarz zbitą kaskadą ognia. Potwór ryknął, gdy jego skóra zaczęła odłazić od ciała. Wyprowadził kopnięcie twardym jak stal kopytem, ale smok odskoczył zwinnie poza jego zasięg. Sięgnął szponami do smoczego gardła, lecz nim go dotknął, mag bitewny uderzeniem miecza przeciął więzadła z tyłu wielkiej koźlej nogi.

Demon zatoczył się dziko, obrócił twarzą do Przeciwnika, lecz zanim zdołał zadać cios, smok rzucił się na niego od tyłu, siłą odgiął mu wielki rogaty łeb i zanurzył zęby w jego cielsku u nasady szyi. Wyjący z bólu potwór sięgnął za plecy, chcąc pochwycić napastnika, lecz wówczas mag bitewny trafił go w pierś magicznym gromem, który rozbłyskiem podświetlił od wewnątrz odsłoniętą klatkę piersiową.

Opadający na kolana piekielnik usiłował wzbudzić ostatnią eksplozję ognia, która pochłonęłaby zarówno przeciwników, jak i jego samego, ale wtedy smok zatopił szpony w jego twarzy i odsłonił szyję, a mag bitewny ciął go głęboko po gardle. Wojownik odskoczył, gdy z wyrwy chlusnęła żrąca krew. Smok puścił demona i potężny potwór zrodzony w czeluściach piekielnych zwalił się na ziemię.

Demon był martwy. Mag bitewny i smok skupili uwagę na jego żołnierzach. Do wschodu słońca nie było w dolinie ani jednego żywego Opętanego. Lud Valencji znalazł się na skraju katastrofy, lecz wreszcie bitwa o dusze Caer Dour zakończyła się ich zwycięstwem.

21

MARCHIO DOLOR

Głęboko w Utraconych Ziemiach Beltane o wiele potężniejszy demon zamknął oczy, gdy poczuł, że jeden z Wiernych rozstał się z tym światem. Pokonany demon był chytry i silny, ale działał pochopnie w tej obcej mu krainie. Zbyt szybko zaszedł zbyt daleko i teraz zapłacił wysoką cenę za swoją ofiarność. Ale to nic. Był tylko jednym z wielu sług podziemnego świata, w odróżnieniu od niego, który władał mocą nieporównanie większą. W królestwie potępienia nie posługiwano się imionami, lecz tutaj, w grobowej krainie, wielkiego demona zwano Marchio Dolor, Markizem Cierpienia.

Nie przeszkadzało mu to imię.

Marchio Dolor zwrócił się na północny zachód. Tak, to gdzieś tam, nieopodal granicy z Clemoncé. Ze wszystkich Siedmiu Królestw Clemoncé było najmniejsze, a jednak zarazem w jakiś nieokreślony sposób najsilniejsze. Przeciwnicy z tego kraju dzielili się nadzieją z innymi, a gdzie królowała nadzieja, trudniej było łamać wiarę pospolitych dusz.

Armie Wiernych przetaczały się przez kontynent. Istniały tylko dwa miejsca, w których ich pochód został zatrzymany. Na północy, wokół illicyjskiego miasta Hoffen, i na południu, gdzie Wiernym krzyżował plany beltański generał Vercincallidus. Marchio Dolor wiódł swoje wojska na południe, by zmiażdżyć dokuczliwego generała.

Potrzebował teraz demona o podobnym poziomie mocy, który stłumiłby opór w północnych krainach.

Marchio zwrócił twarz ku suplikantom, szlochającym w ciemności nocy. Żałośni głupcy modlili się o śmierć, ale śmierć ich nie ocali. Odda ich tylko w ręce tych, którzy są o wiele okrutniejsi nawet od niego. Istnieli teraz jedynie po to, by cierpieć, a każdy nowy dzień będzie im głosił nowe objawienie cierpienia. Lecz dzisiaj wykorzysta ich do wyższych celów. Wykorzysta ich cierpienie, by sięgnąć do serca piekielnego królestwa i przywołać demona zdolnego rozgromić Przeciwników i ich wyrmy.

Z całkowitą obojętnością potoczył wzrokiem po suplikantach, mężczyznach, kobietach i dzieciach o zaszytych oczach i ustach, co miało za zadanie dodatkowo podsycić ich przerażenie. Płakali, szlochali i łkali urywanymi, poszarpanymi głosami, wiedzieli bowiem, że najgorsze jeszcze przed nimi.

Skrzywił pogardliwie usta. Brzydził się ich słabością. Zamknąwszy oczy, uklęknął na ziemi, aby się pomodlić. Robił to, aż suplikanci unieśli się w powietrze, jakby wszyscy byli zawieszeni na wbitych w pierś rzeźniczych hakach. Modlił się, dopóki kamień pod nimi nie rozstąpił się i nie otoczył ich ogień wieczny, a wówczas ich ciało zaczęło czernieć, a wrzaski wypełniły przestrzeń nocy. Będą wić się w agonii, aż jego modły zostaną wysłuchane, a później ich spopielone dusze trafią do piekieł, gdzie będą cierpieć wieczne katusze.

Zadowolony Marchio Dolor dźwignął się na nogi. Przywołanie tak potężnego demona z najgłębszych otchłani może zająć całe miesiące, ale i tak rozkazał Oświeconym stanąć w gotowości i wykonać wszelkie narzędzia, których może potrzebować ta nowa manifestacja ciemności.

Wiele lat temu Oświeceni wykuli pancerz, który okrył jego własne ciało, zbroję, która potrafiła oprzeć się mocy Przeciwników i stępić szpony wyrmów. Teraz Oświeceni stali niczym duchy wokół płonącej głębi, a blask igrał na ich bladych twarzach i odbijał się w białych jak kość oczach. Jednakże w odróżnieniu od Marchia nie byli oni przyzwyczajeni do krzyku potępionych. Głęboko w ich zamarłych sercach wciąż ostały się resztki człowieczeństwa, a światło płomieni mieniło się w łzach na ich policzkach.

Marchio nie poświęcił im już ani jednej myśli. Cierpienie będzie trwać dalej, dopóki nowy demon nie wyłoni się z głębi, a wówczas

Przeciwnicy zapłacą za grzech oporu. Teraz zaś zwrócił swój umysł ku królom i królowym, którzy ośmielili się stanąć przeciwko niemu: zarozumiałemu Ozrikowi, słabeuszowi Ernestowi, ogłupiałemu Vittoriowi oraz Catherine, królowej suce Clemoncé. Złamie ich i pożywi się ich duszami. A potem ruszy na Acheron i Thraecję. Jakież wzniosłe zadowolenie odczuje, gdy ich upokorzy – tych, którzy mają się za silnych.

Gdyby on sam cechował się czymś w rodzaju człowieczeństwa, mógłby zacisnąć zęby, dając wyraz zniecierpliwieniu, lecz dzisiejszej nocy rozgromiony został jeden z Wiernych, więc w jego sercu nie mieściło się nic poza nienawiścią. Spojrzał w dół, na rozciągający się przed nim szary, ponury ląd. W oddali dostrzegł wątły płomyk pomarańczowego światła. Pochodnie i ogniska tych, którzy przed nim uciekali. Naprężył mięśnie swego śmiertelnego ciała. Jego ślepia zajaśniały jak doły wypełnione płynnym brązem. Dzisiejszej nocy ponieśli klęskę, lecz jutro dokonają zemsty. Narody Furii były podzielone i słabe, a Przeciwników i wyrmów było zbyt mało.

Nic ich teraz nie powstrzyma.

· CZĘŚĆ II ·

FURIA

22

TOULWAR

Falka obudził zapach ziół. Wstał już dzień, a on powitał go w łóżku, w czystej lnianej pościeli. Zamrugał i potoczył wzrokiem po ciemnych drewnianych belkach sufitu. Przez chwilę myślał, że znajduje się w willi Symeona, i ogarnęło go uczucie głębokiej ulgi, lecz zaraz zauważył, że nie poznaje tego pomieszczenia. Cała ulga uleciała, gdy przez jego umysł przemknęły wspomnienia niedawnych wydarzeń. Zamknął oczy i zatopił twarz w poduszce.

– Już dobrze. Nic ci nie grozi.

Poczuł na czole chłodną dłoń. Gdy otworzył oczy, zobaczył, że Fossetta siedzi na skraju jego łóżka.

– Spokojnie – rzekła i uśmiechnęła się, widząc, że ją poznał.

Chciał usiąść, ale był zbyt słaby.

– Masz – powiedziała gospodyni, podając mu poduszkę. Przyniosła mu szklankę wody, ale Falko machnął na nią ręką.

– W głowie mi się kręci – wymamrotał i znowu zamknął oczy.

– To minie. Ostatnie osiem dni spędziłeś na leżąco. Minie trochę czasu, zanim staniesz na nogi.

Chłopak pokiwał głową, choć jego umysł miał trudność z rozszyfrowaniem słów.

Osiem dni?

Pamiętał jak przez mgłę, że ktoś przeniósł go przez góry. Że w końcu niebo ustąpiło miejsca sklepieniu lasu. Pamiętał, że obudził go deszcz, widział wokół siebie doglądające go rozmazane postacie, które karmiły go i poiły. Przypomniał sobie echo odbijające się od kamiennych ścian i płonące w półmroku świece, ludzi siadających na jego łóżku.

Gdy ponownie otworzył oczy, pokój nie zakręcił się dookoła tak mocno jak poprzednio. Falko wrócił spojrzeniem do kobiety, którą znał całe życie.

– Toulwar?

Fossetta potwierdziła skinieniem, ale jej oczy nabiegły smutkiem, jakiego wcześniej Falko u niej nie widział.

– Jesteśmy w cytadeli. A do tego pokoju przyniesiono cię po bitwie.

– Bitwa – powtórzył Falko, który najwidoczniej nie mógł sobie przypomnieć, jak się skończyła.

– Wygraliśmy – wyjaśniła Fossetta, choć Falko nie dostrzegł tryumfu na jej twarzy. – Znalazł nas mag bitewny.

– I dosiadał smoka – wydyszał Falko. Skrzywił się, gdy rozbłysły mu przed oczami dziwne wizje.

– Tak – potwierdziła Fossetta, a Falko rozejrzał się, by zorientować się w pomieszczeniu.

Skromnie umeblowany pokój zbudowany był z bladego kamienia, zmiękczonego dywanami i parą ciężkich turkusowych zasłon, wiszących po obu stronach wyjścia na balkon. Falko nie miał pojęcia, gdzie się znajdował, ale światło wpadające przez okno dawało wrażenie znacznej wysokości. Ponownie skupił wzrok na Fossetcie.

– Symeon?

Gospodyni pokręciła głową.

– Pochowaliśmy go w górach. Z innymi poległymi.

Falko kiwnął głową. Wiedział przecież, że Symeon nie żyje. Pamiętał dojmujące uczucie straty, które ogarnęło go, gdy serce starca przestało bić, i mógł tylko żywić nadzieję, że stary mag bitewny spoczywa w pokoju.

– Zabawne – powiedziała Fossetta, wyjmując chustkę z rękawa bluzki. – Czasem wciąż mam wrażenie, że słyszę, jak mnie woła. – Uśmiechnęła się przepraszająco, jak dziecko, które w towarzystwie dorosłych wstydzi się własnej dziecinności.

Falko sięgnął do niej i złapał ją za rękę. Musiał kilkakrotnie przełknąć ślinę, zanim znów się odezwał:

– A Malaki?

– Wszystko z nim dobrze – powiedziała Fossetta, ocierając łzy chustką. – Poobijany i milczący, ale nic mu nie jest. Ostatnio spędza mnóstwo czasu z Bryną.

Falko uśmiechnął się, ale Fossetta spuściła wzrok.

– Jej ojciec też zginął w bitwie.

Jego uśmiech zmartwiał.

– Ruszył na demona z lordem Cadellem – powiedziała Fossetta. – Wiem na pewno, bo wszystko widziałam.

Milczeli jakiś czas, wróciwszy myślami do strasznej nocy w górach.

– Co z Merryweatherem? Został ranny...

– Tak. Rana nie chciała się goić. Zmarł wkrótce po tym, jak tu przybyliśmy.

Serce Falka ścisnęło się z żalu.

– A co z Tobiasem?

– Lepiej, niż można by przypuszczać. Tutejsi są bardzo życzliwi i emisariusz uważa, że Tobias może jakoś przysłużyć się królowej.

Falko był zbyt zasmucony, by pytać, w jaki sposób.

– Tylu nas zginęło...

Fossetta złapała go za rękę.

– Posłuchaj mnie – zwróciła się do niego ostrzejszym tonem. – Zginęłoby nas o wiele więcej, gdybyś nie pomógł Symeonowi. – Czekała, aż na nią spojrzy, a twarde rysy jej twarzy przestrzegały go przed użalaniem się nad sobą.

Falko wyglądał jak skarcony chłopiec, gospodyni nachyliła się więc i go pocałowała.

– Witaj z powrotem, kochany. – Odetchnęła.

Przyłożył czoło do jej miękkiego policzka. Nie pamiętał, czy był taki czas, kiedy nie było jej przy nim, by odpędzić strach i niemoc.

– Dobrze – powiedziała Fossetta po długiej chwili. Wstała i puściła jego dłoń. – Ktoś jeszcze czeka na spotkanie z tobą.

Falko odprowadził ją wzrokiem do drzwi.

– Spał w korytarzu – powiedziała z przyganą w głosie. – Zdaje się, że koniecznie chciał tu być, kiedy się obudzisz.

Wywróciła oczami, sięgając do skobla. Falko usłyszał jeszcze, jak wypowiada jakieś słowa do osoby na zewnątrz, a potem w drzwiach stanął Malaki. Wysoki młodzieniec wsunął się niepewnie do pomieszczenia, przygarbiony, ze wzrokiem utkwionym w podłodze. Patrzył na wszystko, byle nie na przyjaciela.

Oczy Falka zaczęły szczypać i ból, o którym zapomniał, ponownie ścisnął go w sercu. Fossetta patrzyła na Malakiego i pomimo reprymendy, której wcześniej mu udzieliła, było w jej oczach jakieś zrozumienie. Posłała mu uśmiech i skinęła głową.

Rekonwalescent przerzucił nogi przez krawędź łóżka i wstał ostrożnie, trzymając się ramy, by nie upaść. Zachwiał się lekko i Malaki rzucił się, by go złapać, ale Falko zaraz odzyskał równowagę. Raptem stanęli twarzą w twarz. Cisza ciągnęła się jak smoła, gdy szukali właściwych słów.

– Chyba... – zaczął Falko. – Chyba wciąż wybierasz się do akademii?

Malaki pokiwał głową.

– To dobrze... Głupio by było, gdybyś złamał emisariuszowi nos na próżno.

Malaki prychnął śmiechem, zanim zdołał się powstrzymać.

– Myślałem o tym, czy samemu się tam nie wybrać.

Malaki podniósł wzrok i tym razem to Falko uciekł oczami.

– Jak myślisz, pójdziemy tam jako przyjaciele?

– Nie – odrzekł Malaki. – Pójdziemy tak, jak żyliśmy dotąd... jak bracia.

I zanim Falko zorientował się, co się dzieje, Malaki przygarnął go do siebie w niedźwiedzim uścisku. Tama, która wstrzymywała dotąd ich łzy, w końcu pękła i dwaj chłopcy rozpłakali się, ściskając się mocno, jakby witali się po długiej rozłące. Rozchwiane nogi Falka w końcu się poddały i zawisł w objęciach przyjaciela. Zatopił twarz w jego ramieniu.

– Przykro mi z powodu twojego ojca – powiedział Falko.

Siła uścisku kowala jeszcze się wzmogła.

– A mnie z powodu twojego.

Fossetta patrzyła z radością, jak chłopcy zasypują wyrwę, która ich od siebie oddzieliła. Próbowała coś powiedzieć, ale nagle zaschło jej w gardle. Dwaj młodzieńcy rozdzielili się, słysząc, jak gospodyni kaszle w pięść.

– Przyślę coś do jedzenia – powiedziała, patrząc na Falka. – Ale lepiej jeszcze nie jedz zbyt dużo.

Falko skinął głową, a twarz Malakiego pojaśniała na wzmiankę o posiłku. Fossetta jeszcze chwilę patrzyła na dwóch młodzieńców, a potem opuściła pokój z uśmiechem, za którym stały łzy radości. Chłopcy wyszczerzyli się do siebie, a potem Falka dopadły zawroty głowy, więc Malaki pomógł mu wrócić do łóżka.

– A niech mnie – prychnął Malaki. – A ja myślałem, że przed bitwą byłeś chudy jak oskubane pisklę...

– Powiedział, co wiedział! – sapnął z uśmiechem urażony Falko, opadając na poduszki.

Malaki przycupnął na brzegu łóżka, a Falko usadowił się wygodniej.

– Jak się czujesz? – spytał kowal.

– Jakiś taki zmarnowany.

Malaki uśmiechnął się, ale zaraz prześlizgnął się spojrzeniem na oparzenia na szyi i ramieniu przyjaciela.

– Te rany wciąż wyglądają na bolesne.

– Ale nie bolą już tak bardzo – uspokoił go Falko, unosząc dłoń, by dotknąć czerwonej skóry.

– Heçamedes cię doglądała. I inni uzdrowiciele też. Nieźli są, trzeba przyznać.

Skóra Falka była pokryta jakąś maścią. Roztarł specyfik między palcami i wyłapał woń żywokostu.

– A jak ci się oddycha?

Falko zdumiał się, że wcześniej tego nie zauważył. Miał wrażenie, że płuca są czyste. Czuł jedynie lekki dyskomfort. Odetchnął z mocą, a Malaki pokiwał głową z uznaniem.

– Heçamedes powiedziała mi, że wyzdrowiejesz. Przez jakiś czas będziesz czuł ucisk w płucach, czasem mogą piec, a jak będziesz oddychał zbyt głęboko i zbyt szybko, może rozboleć cię głowa. Ale poza tym Heçamedes twierdzi, że właściwie jesteś już zdrów.

Falko uniósł brew, słysząc te nadzwyczaj szczegółowe prognozy.

– No, czasem niezbyt dokładnie zamykały drzwi – wyjaśnił Malaki, oblewając się rumieńcem.

– A jak ty się czujesz? I jak się ma Bryna?

Rumieniec Malakiego pogłębił się, ale jego oczy jaśniały ewidentnym zadowoleniem.

– Nieźle, zważywszy na wszystko, co się stało. – Utkwił wzrok we własnych dłoniach. – Przycichła. Często płacze. Jak my wszyscy. Nikt nie jest dokładnie taki sam jak przedtem.

Falko rozumiał, co chce powiedzieć jego przyjaciel. To była pierwsza bitwa, w której brali udział, ale też ich pierwsze zetknięcie z Opętanymi. To doświadczenie wstrząsnęło fundamentem ich świata i Malaki miał rację – są teraz innymi ludźmi.

– Ale wciąż się rządzi?

– O, żebyś wiedział! – odparł natychmiast Malaki i obaj chłopcy wybuchnęli śmiechem.

Rozmawiali jakiś czas. Falko dowiedział się o wszystkim, co się wydarzyło od zakończenia bitwy. Malaki opowiedział mu, jak grzebali martwych we wspólnym grobie, a Symeona w osobnej mogile, twarzą do wlotu doliny, by strzegł ich po śmierci, tak jak strzegł za życia. Powiedział, że emisariusz nie chciał pozwolić na spalenie zabitych Opętanych, dopóki nie wypowiedział jakichś słów nad stosami cuchnących trupów.

– Utrzymywał, że Opętani są ofiarami bitwy tak samo jak ludzie.

Relacja kowala pomogła Falkowi uświadomić sobie, jak bliski był śmierci i że ocaliły go jedynie uzdrawiające moce maga bitewnego. Wreszcie Malaki powiedział mu, że toulwarskie wojsko przybyło zaledwie dwa dni później i odeskortowało ich do miasta.

– A co z Belliusem? – przypomniał sobie Falko. – Czy udało mu się dotrzeć do Toulwaru?

– O tak – prychnął Malaki. – Nawet zdążył zrobić z siebie bohatera. Który zaryzykował życie, żeby sprowadzić pomoc.

– Ale on zna prawdę i nie będzie mu teraz łatwo, skoro każdy wie, że dał drapaka, żeby ratować własną skórę.

– Bellius gwiżdże na to, co kto o nim myśli – zbył uwagę przyjaciela Malaki. – Pewnie już jest w Furii i włazi w tyłek swoim królewskim kuzynkom.

Potem rozmawiali o mieszkańcach Clemoncé i o Toulwarze, mieście zbudowanym na brzegu wielkiego, otoczonego lasem jeziora. Falko zaczynał drugą rundę pytań, gdy rozległo się pukanie i przez drzwi zajrzał służący.

– Panowie wybaczą. Dwaj goście do pana Dantégo.

Falko posłał mu pytające spojrzenie.

– Sir William Chevalier z Eltz i Dominic Ginola, mag bitewny z południowego miasta Ruaen.

– Oczywiście, poproś ich – odrzekł Falko, starając się usiąść prosto w łóżku. Raptem opadło go zdenerwowanie. Cieszył się na spotkanie z emisariuszem, ale zastanawiał się, co myśli o nim mag bitewny, wiedząc, że jest synem Aquili Dantégo.

Siląc się na pozory godności, wbił wzrok w dwóch mężczyzn, którzy weszli do pokoju.

Znajoma twarz emisariusza była poznaczona kilkoma świeżymi, ale już zabliźnionymi szramami. Falko zauważył też, że królewski wysłannik utyka lekko na jedną nogę, ale poza tym wydawał się zdrów i cały. Drugi mężczyzna był wysoki i miał długie ciemne włosy oraz smagłą twarz, zniekształconą złamanym kilkukrotnie nosem.

Emisariusz podszedł prosto do Falka i serdecznie uścisnął mu dłoń.

– Wyglądasz lepiej – skonstatował z uśmiechem.

W jego postawie było coś, co przepełniło Falka poczuciem bezpieczeństwa i ciągłości; nabrał przekonania, że ponieważ Chevalier w tak krótkim czasie towarzyszył mu w tylu zupełnie różnych życiowych sytuacjach, będzie w jego życiu już zawsze. To osobliwe przekonanie dało początek wrażeniu błogiej ulgi, która nieomal przywiodła go do łez. Chłopak obdarzył go radosnym uśmiechem, po czym zwrócił się do maga bitewnego, w którego ręce znajdowała się butelka.

– W Clemoncé mamy w zwyczaju obdarowywać rekonwalescentów – mężczyzna przemówił głębokim głosem, naznaczonym melodyjną płynnością lokalnego dialektu.

Falko przyjął butelkę i obrócił ją, by obejrzeć etykietę z brązowego papieru. Znajdowała się na niej nazwa „Marceneu" i drzeworyt przedstawiający kiść winogron.

– Specjał z winnic Ruaen – objaśnił mag bitewny. – Dobry na sen.

Zmieszany ponad wyobrażenie Falko wydusił kilka słów podziękowań i podał butelkę Malakiemu, by ten postawił ją na stoliku nocnym po drugiej stronie łóżka.

Nastała krępująca cisza, którą w końcu przerwał Falko:

– Malaki twierdzi, że ocaliłeś mnie po bitwie.

Mag bitewny przekrzywił głowę.

– Zrobiłem, co mogłem. Za to ty dokonałeś wielkiej rzeczy. Niewielu ma dość hartu ducha, żeby chodzić w czasie burzy umysłu demona.

Falko spuścił wzrok.

– Symeon był dla mnie jak ojciec – powiedział po prostu, jakby to wszystko tłumaczyło.

W jego głosie nie pobrzmiewała fałszywa skromność. Falko po prostu nie zdawał sobie sprawy, że dokonał czegoś nadzwyczajnego.

– Co teraz zrobisz? – zapytał emisariusz.

– Pojadę do Furii – odrzekł Falko. – Chciałbym szkolić się na uzdrowiciela. Jeśli mnie zechcą.

Malaki i emisariusz zaśmiali się, ale mag bitewny zrobił grymas, jakby czegoś nie rozumiał.

– To on nie wie?

– Nie wie o czym? – spytał Falko, zmieszany i zawstydzony reakcją na swoje słowa.

– Jeśli pojedziesz do Furii, to nie po to, żeby szkolić się na uzdrowiciela – wyjaśnił emisariusz.

– W takim razie po co?

– Żeby zostać magiem bitewnym – powiedział Malaki, a Falko wwiercił się w niego spojrzeniem, jakby tamten nagle zaczął mówić w obcym języku. – Wygląda na to, że Tobias ma dar rozpoznawania predyspozycji do tej profesji. I miał go już jako czterolatek.

Falko w dalszym ciągu bił w przyjaciela osłupiałym spojrzeniem.

– Mamidełko – rzekł Malaki.

– Tak mnie nazywa – odrzekł Falko, jakby to niczego nie tłumaczyło. – Zawsze tak mnie nazywał.

– Na mnie też tak mówi – powiedział mag bitewny.

Falko spoważniał.

– Chcecie, żebym został magiem bitewnym? Jak mój ojciec?

Obrzucił kowala spojrzeniem, które mówiło: chyba zwariowałeś.

– Póki co masz potencjał, żeby nim zostać – rzekł emisariusz. – A czy rzeczywiście nim zostaniesz, to się okaże. – Położył Falkowi rękę na ramieniu. – No, a teraz prześpij się trochę. Za kilka dni ruszamy do Furii.

Falko pokiwał głową, a potem dwaj mężczyźni wyszli z pokoju. Przystanęli w drzwiach, by raz jeszcze spojrzeć na chuderlawą postać na łóżku.

– Magowie nigdy nie zgodzą się go trenować – orzekł Dominic.

– Może nie powinni – odparł emisariusz, a mag bitewny posłał mu ostre spojrzenie.

– Wojna nie idzie po naszej myśli. Potrzebny nam kolejny mag bitewny pokroju Aquili Dantégo.

– Nie, jeśli zwróci się przeciwko nam.

Mag bitewny wbił się spojrzeniem w Falka.

– A zrobi to?

– Nie wiem – rzekł emisariusz i z tymi słowy zamknął cicho drzwi do pomieszczenia.

– Czy zwróci się przeciwko nam? – dociekał Dominic Ginola.

Królowa spyta emisariusza o to samo, a on udzieli jej tej samej odpowiedzi. William Chevalier posiadał dar rozpoznawania charakteru. Lecz choć potrafił zajrzeć człowiekowi do serca, Falko Danté pozostawał dla niego nieodgadniony. Wiedział tylko tyle, że choć wszyscy inni zostali przytłoczeni mocą demona, ten schorowany chłopak ruszył przez pole walki i pomógł magowi bitewnemu stawić czoła złu, dopóki nie nadeszła pomoc. Jeśli dokonał tego, będąc u kresu sił, do czego będzie zdolny w szczytowej formie?

Chłopak był jak na razie zbyt słaby, by przejść rytuał Assay, zresztą Dominic miał rację, magowie nigdy nie zgodzą się go uczyć, lecz gdyby królowa spytała o zdanie jego, Chevaliera, dałby chłopakowi swoją pełną rekomendację. Emisariusz uważał, że Falko Danté powinien zostać magiem bitewnym. Pytanie tylko, jak do tego doprowadzić.

23

SPOTKANIE UMYSŁÓW

Falko leżał w łóżku. Było już dobrze po północy, ale nie mógł zasnąć. Wkrótce wyruszą do Furii. Próbował wyobrazić sobie stolicę, gdy ktoś zapukał do jego drzwi. Chłopak usiadł na łóżku, a jeden ze służących wszedł do pomieszczenia, trzymając w zgięciu palca mosiężny świecznik.

– Przepraszam, panie Danté – rzekł młody chłopiec. – Jest pan proszony do północnej wieży.

– Przez kogo?

– Przez maga bitewnego Dominica Ginolę.

Zaskoczony i nagle dziwnie nerwowy Falko wyskoczył z łóżka, ubrał się prędko i złapał płaszcz z owczej skóry, przewieszony przez oparcie krzesła. Zarzuciwszy go na ramiona, wyszedł z pokoju. Pięć minut później wspiął się po schodach na szczyt północnej wieży. Mag bitewny stał w środku wielkiej otwartej przestrzeni. W jego ręce migotała pochodnia.

– Wybacz, że kłopoczę cię o tej porze. – Falko czuł się zupełnie nie na miejscu, ale skinął magowi na znak, że to nic takiego. – Ktoś chciałby cię poznać.

– Kto? – spytał Falko, ale mag nie udzielił mu odpowiedzi. Uśmiechnął się tylko i pokrzepiająco osadził dłoń na jego ramieniu. Następnie poprowadził go przez rozległy taras i zszedł opromienioną mętnym światłem klatką schodową.

Zaintrygowany Falko okutał się ciaśniej płaszczem, gdy owionął go jesienny chłód. Chmury sunęły po rozgwieżdżonym niebie, a w dole migotały światła pogrążonego we śnie miasta. Rozejrzał się raz jeszcze, by się upewnić, czy są sami. Zachodził w głowę, kto też mógłby chcieć z nim rozmawiać w środku nocy.

Zanim zrobił się niecierpliwy, poczuł gdzieś blisko czyjąś obecność, ale nie w którejś z komnat na dole, tylko w niebie nad swoją głową. Skierował tam wzrok i ujrzał na tle firmamentu opadający szybko ku niemu skrzydlaty kształt.

Falko cofnął się o kilka kroków, gdy na bruku wylądował smok, a właściwie smoczyca. Opadła na taras z zachwycającą gracją, bezszelestnie, a jej przybycie obwieścił tylko wiatr, który wzbiły dwa potężne skrzydła. Serce Falka tłukło się w piersi. Nie czuł jednak strachu. Smoczyca miała pięć stóp w kłębie, ale jej głowa wznosiła się na smukłej szyi znacznie wyżej. Spoglądała na Falka z wysokości, a spojrzenie jej czujnych oczu sprawiło, że kompletnie znieruchomiał, jakby ogarnął go paraliż. Nawet w ciemności widział zakreślony światłocieniem wzór połyskliwych złotożółtych łusek. Piękna. Potężna i pełna wdzięku.

Przez chwilę dwie istoty, smoczyca i chłopiec, tylko patrzyły na siebie nawzajem. Falko miał przemożne wrażenie, że nie spogląda wcale na zwierzę, ale na szlachetne, inteligentne, myślące stworzenie. To dziwne, ale czuł się tak, jakby stał przed rycerzem. Było też coś w aurze smoczycy, co zdradzało jakąś niepewność, i Falka olśniło nagle, że jest podenerwowana jego obecnością.

Gdy patrzyli sobie w oczy, przez umysł chłopca przepłynęła sekwencja obrazów. Widział czarnego smoka w Wichrowej Twierdzy i raz jeszcze odczuł całą jego moc, nienawiść i żałość. Przypomniał sobie, z jaką trwogą patrzył na jego upadek z urwiska. I jak bardzo wstydzi się tego, że przyłożył rękę do tego upadku. A potem zajrzał głęboko w oczy istocie stojącej przed nim i zdumiało go, że rozpoznał w jej spojrzeniu te same emocje.

Wstyd i żal.

Smoczyca opłakiwała śmierć swojego brata, ale również dręczył ją wstyd. Nie mogła zrozumieć, jak to jest, że przedstawiciel jej gatunku mógł zniżyć się do tego, by skrzywdzić człowieka. Falkowi zdawało się, że prosi go, by jej to wytłumaczył. Chłopak pokręcił głową. Nie potrafił.

Czując, że zawiódł smoczycę, spuścił wzrok. Przez chwilę stworzenie spoglądało na niego, a potem przysunęło się bliżej i pochyliło głowę, aż okryte łuskami czoło zetknęło się z czołem chłopca.

Falko czuł, że ponosi go fala emocji. To spotkanie tak bardzo różniło się od tego w Wichrowej Twierdzy. Pomimo rozmiarów smoczycy Falko nie czuł zagrożenia. Jakimś sposobem wiedział, że może jej całkowicie zaufać. Ogarnięty uczuciem błogiej rezygnacji, zamknął oczy i otworzył umysł, gdy woń istoty naparła na jego zmysły. Był to dziwny, skomplikowany zapach świeżo wyprawionej skóry, rozżarzonego metalu i sosen. Słyszał jej miarowy oddech i utrzymujący się ledwie na granicy słyszalności rytm wygrywany przez potężne serce. Powoli wyciągnął rękę, by jej dotknąć. Łuski były twarde jak emaliowana stal, a mimo to nawet w chłodzie nocy biło od nich ciepło. Przyłożył dłoń do smoczego policzka i poczuł, jak ciało porusza się pod skórą. Smoczyca może i jest okryta pancerzem, ale to ciepłe, żywe stworzenie z krwi i kości.

Wreszcie odjął rękę i smoczyca uniosła głowę. Jeszcze przez minutę spoglądała na niego, a potem cofnęła się i rozłożyła skrzydła. Pożegnawszy się skinieniem, odwróciła się i wzbiła w powietrze. Falko zatoczył się, gdy uderzył w niego podmuch wiatru. Patrzył, jak smoczyca unosi się w mroczne niebo, nieświadomy tego, że nie on jeden obserwował, jak znika pośród gwiazd.

Z wysokiego okna miejskiej wieży magów przyglądały się smoczycy także dwie inne postacie. Jedną był Morgan Saker, drugą wielki veneratu wieży, mistrz toulwarskich magów.

– Czy on wie? – spytał veneratu.

– Nie – odparł Morgan Saker. Jego wzrok skupiony był na północnej wieży cytadeli, gdzie mała postać Falka Dantégo właśnie zniknęła im z oczu. – Był zbyt młody. Nie wie nic.

Veneratu nie był przekonany.

– Smoczyca złożyła mu hołd.

Morgan pokiwał wolno głową, zastanawiając się, co też może znaczyć ten nieoczekiwany wyraz szacunku.

Dwaj mężczyźni stali na balkonie, nie odejmując wzroku od tarasu cytadeli.

– Nie wolno mu rozpocząć nauki – orzekł veneratu.

– Nie przetrwałby rytuału Assay.

– Ale jeśliby mu się to udało...

– Tak – potwierdził Morgan. – Zdobyłby prawo do przeprowadzenia przywołania.

– Nie możemy pozwolić, żeby do tego doszło.

– Może nie uda mu się nawiązać takiej więzi z jego własnym smokiem – rzekł Morgan. – Jego ojciec wykuwał połączenie przez wiele lat.

– Czy jesteś gotów poważyć się na to ryzyko?

Czarne oczy Morgana zalśniły w ciemności. Nie myślał o tym, co może się stać, ale o tym, co już się stało. Kiedyś, gdy Falko był tylko dzieckiem. Pamiętał dobrze małego chłopca stojącego w płonącym budynku. Pamiętał, jak torował sobie drogę przez płomienie, by go uratować. Wówczas uznał to za poryw współczucia. Teraz wiedział, czym tak naprawdę to było – momentem słabości, który może doprowadzić ich wszystkich do zguby.

– Nie – odpowiedział po długiej chwili. – Nie jestem.

– A więc pozwól, żebyśmy wysłali wiadomość do naszych braci w Furii. Syna Dantégo nie wolno szkolić, nieważne, jak bardzo będzie na to naciskać królowa.

Morgan pokiwał głową, choć wciąż błądził myślami gdzie indziej. Przypomniał sobie to, co powiedział na placu Caer Dour szlachcic Bellius Snidesson: „Niedaleko pada jabłko od jabłoni".

Zwątpienie ogarnęło serce Sakera. Po cóż ratował to dziecko? O ileż prościej byłoby pozwolić mu umrzeć. O ileż prościej zabić go, tak jak zabili jego ojca. Westchnął głęboko i opuścił balkon wraz z veneratu. Oczywiście natychmiast zwołają kwintet do komnaty narad. Piątce magów wysłanie nawet krótkiej wiadomości do stolicy zajmie kilka godzin, nie mieli więc czasu do stracenia.

Magowie Furii otrzymają ostrzeżenie, nim wstanie słońce. Falko Danté nie może zostać magiem bitewnym.

Meredith Saker poruszył się pośród cieni, gdy jego ojciec i veneratu skierowali się do wyjścia z komnaty narad i korytarzem ruszyli do serca wieży. Stał jakiś czas, wodząc za nimi wzrokiem i zastanawiając się, co to za sprawa, która nie może poczekać do rana, i co to za wiadomość, którą trzeba wysłać do Furii w środku nocy.

Obrócił się do okna i spojrzał na północną wieżę cytadeli. On również widział spotkanie Falka ze smokiem, ale w odróżnieniu od chłopaka jemu nie przyniosło ono satysfakcji. Bił się z myślami i nie mógł pozbyć się wrażenia, że szpieguje własnego ojca.

Ale dlaczego?

Odkąd pamiętał, w jego umyśle mieszkał cień; ziarno wątpliwości, które podpowiadało mu, że nie wszystko jest na świecie tak, jak być powinno. To ziarno wykiełkowało w Wichrowej Twierdzy. Nie miało kształtu i Meredith nie potrafił stosownie go nazwać, ale było ściśle powiązane z Falkiem Dantém i osobliwym porozumieniem, jakie nawiązywał on ze smokami.

Młody mag zamknął oczy i oczyścił umysł. Nie znajdzie pożądanych odpowiedzi, snując mętne podejrzenia. Zamiast tego posłuży się jedną z najstarszych dyscyplin magicznych – kontemplacją.

Potężną bronią, za pomocą której można zedrzeć maskę z twarzy nawet najbardziej nieprzeniknionego cienia.

Falko nie pamiętał swojego powrotu do pokoju. Ani tego, jak wylądował w łóżku. Potrafił teraz myśleć tylko o dotyku smoczej głowy na swoim czole, o głębokim oddechu i niesamowitym cieple bijącym z wnętrza ciała smoczycy. Przez całe życie pragnął zobaczyć smoka, jakby miało mu to pomóc zrozumieć śmierć ojca, a teraz odkrył, że smoki również poszukiwały odpowiedzi. Lecz na razie Falko był zadowolony. Stanął przed stworzeniem tak potężnym i tak czystym. Opętani zagrażali istnieniu jego świata i cień wojny kładł się na każdej chwili pokoju, ale istnieje siła, która stawia im odpór.

Pogrążywszy się w głębokim spokoju, zamknął oczy. Czuł nadchodzący wielkimi krokami sen. Za dwa dni opuszczą Toulwar i ruszą do Furii.

24

WIELKIE OPĘTANIE

Następnego dnia rano Falko rozbudził się i rozpoczął dzień szybciej niż zwykle. Nie pogardziłby co prawda nieco większą ilością czasu na regenerację sił, ale do Toulwaru zaczęły napływać niepokojące wieści o rosnącym poczuciu strachu i gęstniejących atakach wzdłuż wschodniej granicy Clemoncé, gdzie nocami uderzały raz po raz pojawiające się znikąd małe i szybkie oddziały Opętanych. Emisariusz bardzo się strapił, gdy mu o tym doniesiono.

– To znak rosnącego wpływu wroga – powiedział im pewnej nocy, gdy siedzieli razem w komnacie jadalnej cytadeli. – Główny front wciąż znajduje się wiele mil od Clemoncé, ale im bardziej zbliża się cień, tym więcej pojawia się pęknięć, przez które przesączają się wrogowie. Zbyt długo mnie tam nie było – dodał. – A poza tym królowa nie może się doczekać spotkania z tobą.

– Ze mną? – wykrzyknął Falko.

– Z synem Aquili Dantégo? – Emisariusz uniósł brwi. – Ależ jak najbardziej.

Falko wciąż uważał za absurdalną myśl, że miałby zostać magiem bitewnym. Absurdalną i niepokojącą. Ludzie już wiele wycierpieli przez skazy w charakterze jego ojca. Wolał nie przysparzać im cierpienia własnymi. Zwrócił się po wsparcie do Fossetty i Malakiego, ale żadne z nich nie wydawało się zaskoczone słowami emisariusza.

– Masz w sobie ogień swojego ojca i szlachetność matki – wygłosiła Fossetta.

– Ale ja ledwie mogę unieść miecz, a co dopiero walczyć nim w bitwie.

– To prawda, ale przecież wiesz, co masz robić – utrzymywał Malaki. – Gdy byliśmy dziećmi, byłeś co najmniej tak sprawnym fechtmistrzem jak ja.

– Ależ to było wieki temu. – Falko dobrze pamiętał moment, w którym musiał podjąć decyzję o zaniechaniu ćwiczeń w związku z pogarszającym się stanem zdrowia.

– Tego się nie zapomina – rzekł Malaki głosem mędrca. – Po prostu musisz nabrać trochę ciała. Wiesz, czego ci potrzeba? Kilku miesięcy przy kowadle.

Na twarzy emisariusza malowało się zamyślenie, ale uśmiechnął się, widząc zaaferowanie Falka, a spotkawszy się z nim wzrokiem, uniósł brwi, jakby chciał powiedzieć: oni wiedzą najlepiej.

Rozmawiali jeszcze chwilę, a po jakimś czasie emisariusz wstał z miejsca.

– Uprzedzę królową o naszym przybyciu – powiedział, po czym skłonił się i opuścił pomieszczenie.

Falko zrobił się nerwowy. Bardzo chciał pojechać do stolicy, ale im krótszy czas dzielił go od wyjazdu, tym bardziej niechętnie o nim myślał. Zwłaszcza że Fossetta postanowiła zostać w Toulwarze, by opiekować się Tobiasem. Kaleki chłopiec przystał ponadto na osobliwą propozycję emisariusza: korzystając ze swojego „daru", Tobias miał odbyć podróż po kraju i poszukać młodzieńców podobnych do Falka, którzy nosili w sercach ukryty płomień maga bitewnego.

– Tobias mnie potrzebuje – wyjaśniła Fossetta później tego wieczoru, gdy siedzieli przy kominku w pokoju Falka. – Poza tym już czas, żebyś znalazł własną drogę, a nie zrobisz tego, gdy będę plątać ci się pod nogami.

Żadne z nich nie próbowało kryć łez, gdy ściskali się mocno i czule.

– Gdybyś kiedyś mnie potrzebowała... – zaczął Falko.

– Wiem, kochany. Wiem.

Wszyscy zebrali się na obrzeżach miasta, by się pożegnać. Rodziny i przyjaciele kadetów również się tam zjawili, podobnie jak mały tłumek mieszczan. Heçamedes, tak jak Fossetta, również postanowiła zostać w Toulwarze. Lud Caer Dour potrzebował uzdrowicielki bardziej niż kiedykolwiek.

– Żyj długo i prawdziwie – rzekła, cytując stare thraeckie przysłowie.

– Jeśli tak będzie, to tylko dzięki tobie – odrzekł Falko, obejmując ją serdecznie i starając się zliczyć, ile razy Heçamedes uratowała mu życie.

I był też Tobias, siedzący w swoim wózku obok Fossetty.

– Do zobaczenia, Tobiasie – pożegnał się Falko, kucając i ujmując jego rękę. – Opiekuj się Fossettą, dobrze?

Głowa chłopca zakołysała się na cienkiej szyi, gdy przenosił wzrok na Falka.

– Do bczenia, Mamidełko. Pszwoaj welkego smoka.

Falko zaśmiał się cicho.

– I powodzenia w szukaniu kolejnych mamidełek. Mam nadzieję, że nie będą tacy chudzi jak ja.

Tobias zaśmiał się, jakby nie było na świecie śmieszniejszego żartu. Falko podszedł wreszcie do Fossetty, ale ponieważ pożegnali się już w zaciszu pokoju Falka, teraz ograniczyli się do uścisku i pocałunku w policzek, jakby chłopak wybierał się na biwak z Malakim.

– Opiekujcie się sobą nawzajem – powiedziała mu gospodyni. – I pamiętajcie, gdy staniecie przed obliczem królowej, najpierw zwróćcie się do niej „Wasza Wysokość", a potem po prostu „pani".

Dwaj młodzieńcy pokiwali głowami, a potem, raz jeszcze obejrzawszy się za siebie, wyprowadzili konie na drogę, gdzie czekał już na nich emisariusz z pozostałymi kadetami.

– Wolałbym, żeby oni z nami nie jechali – rzekł Malaki, wskazując ruchem głowy małą grupkę magów stojących przy drodze. Był wśród nich Morgan Saker i jego syn Meredith. Oni także zmierzali do stolicy.

Ostatecznie emisariusz dał znak, by wszyscy jeźdźcy dosiedli koni. Następnie grupa pomachała mieszczanom, którzy przyszli ich pożegnać. Falko oglądał się, dopóki nie minęli zakrętu, za którym nie mógł już zobaczyć Fossetty. Co za dziwne uczucie zostawiać w tyle wszystko, co znało się od urodzenia. Falko był wdzięczny losowi, że ma przy sobie przyjaciela. Rzucił okiem na Malakiego, ale ten śmiał się z czegoś dyskretnie z Bryną.

Dokładnie tak, jak być powinno, pomyślał Falko z uśmiechem.

Ruszyli przez lesiste przestwory Clemoncé, torując sobie drogę wśród dębów, buków, kasztanowców i sosen. Czasem mijali wioski i miasteczka. Nawet tutaj sen z powiek spędzały ludziom koszmary i narastające poczucie przerażenia.

– Wróg się zbliża – skonkludował emisariusz. – Tak samo było w Illicji, gdy byłem chłopcem.

Ponure wejrzenie jego oczu nie dodawało im otuchy. Nie pozostało nic innego, jak tylko jechać naprzód. W dzień trzymali dobre tempo, a na noc zatrzymywali się blisko rzek, jezior lub czystych leśnych stawów.

Kadeci rozmawiali głównie ze sobą. Magowie rozbijali własny mały obóz na obrzeżach głównego obozowiska. Rozmowy dotyczyły przeważnie nieistotnych drobiazgów, ale w miarę pokonywania kolejnych odcinków drogi podróżnicy zaczęli wspominać niedawne wydarzenia, a ich myśli zwróciły się ku Opętanym. Dopiero o zmroku dziewiątego dnia drogi ktoś zadał pytanie:

– Skąd w ogóle wzięli się Opętani?

– Czy w Valencji nie uczy się już historii? – spytał emisariusz między dwoma łykami grzanego wina, gdy siadali na obalonych pniach wokół ogniska.

– Chyba wolelibyśmy dowiedzieć się tego od ciebie – powiedział Malaki, a pozostali kadeci pokiwali głowami.

Emisariusz milczał chwilę. Jego twarz skryła się za obłoczkiem pary, gdy pociągnął kolejny łyk.

– Wiemy tylko tyle, że po raz pierwszy widziano ich w Ferocji.

Słońce już zaszło, a w ciemniejącej szarzyźnie zaczęły nawarstwiać się woale szarej mgły. Kadeci skupili się przy ogniu, magowie wciąż trzymali się na uboczu, lecz nawet oni zdawali się czekać na słowa emisariusza. Ten długo zbierał myśli.

– Narody Furii od zawsze toczyły ze sobą wojny – zaczął. – Lecz tylko Ferocjanie zdawali się lubować w rzezi.

Chevalier westchnął, szukając czegoś we własnych wspomnieniach. W końcu przypomniał sobie opowieść, którą usłyszał niegdyś od swojego ojca.

– Ich armie co rusz przedostawały się przez Góry Scytów i siały popłoch w Beltane i Illicji. I nie myślcie sobie, żc odleglejsze królestwa były wolne od ich ataków. Ferocja chełpiła się wielką flotą, jej okręty wojenne stale nękały wybrzeża Valencji, Thraecji, Acheronu i Clemoncé. Trudno było wówczas o bezpieczne miejsce w tej części świata i wszędzie padał na ludzi blady strach, gdy w oddali załopotała flaga z czarnym ferockim wilkiem.

– Ale walczyliśmy – powiedziała siedząca obok Malakiego Bryna.

– Tak, walczyliśmy – potwierdził Chevalier. – Po raz pierwszy królestwa Furii nie zważały na to, co je dzieli, tylko skupiały się na tym, co je łączy. I walczyły razem. Wypchnęły Ferocjan z powrotem za góry, a potem zagnały ich aż do samej stolicy, miasta Iad. Ale wówczas coś się wydarzyło.

Zaległa cisza.

– Niektórzy twierdzą, że feroccy magowie przywołali na pomoc siły podziemnego świata. Inni, że ich król zawarł pakt z panem ciemności. Na pewno wiadomo tylko tyle, że raptem wolnych żołnierzy Furii ogarnął blady strach. Ale cóż to miało za znaczenie? Myśleli, że pokonali przeciwnika. Nie przyszło im do głowy, że mogą się mylić. Oni tylko przywiedli Ferocjan na skraj rozpaczy, a to jakimś sposobem otworzyło wrota piekieł.

Poza kręgiem ogniska samo powietrze wydawało się smoliście czarne.

– Nie stało się to od razu i przez wiele lat ludzie byli przekonani, że rzeczywiście Ferocjan udało się utemperować. Ale wtedy zaczęły się koszmary.

W tym momencie Falko pochylił bezwiednie głowę. Wiedział, o jakich koszmarach mówi emisariusz.

– Te koszmary śniły się tylko niektórym spośród dzieci – wznowił Chevalier. – Większość z nich traciła przez nie zmysły. Zabijały się, wydrapywały sobie oczy, byle tylko uciec przerażeniu.

Zapadła grobowa cisza. Doświadczenie w boju przynajmniej do pewnego stopnia pozwoliło słuchaczom zrozumieć, z czym musiały mierzyć się te dzieci.

– Owe koszmary okazały się ostrzeżeniem, zwiastunem nadchodzących okropieństw, lecz musiało minąć osiem lat, zanim nowa armia przebyła Góry Scytów. Nie była tak wielka jak poprzednia, ale tym razem feroccy wojownicy nie przypominali samych siebie sprzed lat. Byli odmienieni. Nie czuli bólu ani strachu, wydawało się, że ich umysły przechwyciła jakaś mroczna, zła siła. Ludzie zaczęli nazywać ich Opętanymi. Ci, którzy przeżyli toczone z nimi bitwy, mówili o trupach wracających do życia, o potwornych demonach walczących z nimi ramię w ramię. Niezależnie od tego, jak niewiarygodne były ich opowieści, jedna rzecz była jasna jak słońce. Tych nowych Ferocjan nie da się zatrzymać. Wśród armii, które wysyłano, by ich zniszczyły, szalało przerażenie. Żołnierze, którzy nie zdołali uciec, kończyli martwi lub byli przemieniani i wcielani do stale rosnących armii wroga.

– A jednak udało nam się ich powstrzymać – nie wytrzymał Malaki.

– Tak. Ostatecznie się udało – potwierdził emisariusz. – Stało się to w Beltane. Pewien młodzieniec poprowadził armię przeciwko Opętanym i wygrał. Nazywał się Telamon Feyn. Był pierwszym magiem bitewnym. Jednym z niewielu dzieci, które przeżyły koszmary. Wyrósł na silnego, milczącego człowieka. Opowieści mówią o lśniącym mieczu i ogniu strzelającym z jego dłoni, ale to jego odwaga...

– Dlaczego to zawsze są mężczyźni? – przerwała mu Bryna z wyraźną irytacją.

Falko i Malaki wymienili niezgrabne spojrzenia, ale emisariusz uśmiechnął się krzywo.

– Nie zawsze – zaprzeczył nieoczekiwanie. – Królowa ma kilku żeńskich magów bitewnych, tak jak zresztą i książę Ernest z Illicji. Ale masz rację, Bryno, niezaprzeczalnie większość magów bitewnych to mężczyźni.

Patrzył na nią, odnotowując, jak jej twarz wypogadza się na te nowiny, i uprzytamniając sobie, że nie odpowiedział właściwie na jej pytanie.

– Prawda jest taka, że nie wiemy, ale sądzimy, że to zależy od tego, jak dzieci przechodzą fazę koszmarnych snów. Skonfrontowane z traumą dziewczynki mają tendencję do zamykania się w sobie, podczas gdy chłopcy przejawiają skłonność do agresji. Żadna z tych reakcji nie uratuje dotkniętego klątwą koszmarów. Jedynie chłopcy, którzy opanują własną agresję, oraz, o wiele rzadziej, dziewczynki, które nie popadną w stan katatonii, mogą żywić nadzieję na przeżycie fazy koszmarów. I nie wszyscy spośród tych chłopców zostają magami bitewnymi.

– Ale wielu jednak zostało – odezwał się znów Malaki, a Falko się uśmiechnął, widząc jego entuzjazm. Przyjaciel od zawsze kochał opowieści o starych wojnach, o chwalebnych bitwach. Zresztą obaj kochali.

– No, może nie znowu tak wielu – skorygował emisariusz. – Ale przynajmniej kilku. Magowie zaczynają ich szkolić, ukierunkowywać ich moc, pomagać zrealizować pełny potencjał. Magowie bitewni przez jakiś czas dawali odpór Opętanym, ale liczba i potęga demonów zaczęły rosnąć. Dopiero gdy Telamon udał się na samotną wędrówkę w góry, dowiedzieliśmy się, skąd możemy oczekiwać zbawienia.

Teraz to Falko zapłonął ciekawością.

– Magowie krytykowali go za to, że opuścił pole bitwy, ale Telamon upierał się, że potrzebna im będzie pomoc. Wyruszył więc w góry i przebywał tam przez trzy dni bez jedzenia i bez snu. Wiedział, że ludzie w tym czasie walczą i umierają, a jednak postanowił czekać. – Emisariusz zrobił pauzę. – Powiadają, że przywołać smoka to jak uderzyć w wielki dzwon, który rozbrzmiewa tak głośno, że echo niesie się za Nieskończone Morze. – Trzykrotnie uderzył pięścią w pień, na którym siedział, tak jak robił to jego ojciec przy stole biesiadnym w wielkiej sali w Eltz. – Ciche wołanie posłane w otchłań. I ktoś na to wołanie odpowiedział.

– Smoki – wydyszał Malaki, a emisariusz potwierdził skinieniem.

– Nikt nie wie, skąd dokładnie przybywają i dlaczego, ale jakimś sposobem słyszą i stawiają się na wezwanie maga bitewnego, żeby walczyć z nim ramię w ramię. Z początku tylko Telamon, ale z czasem i inni, zachęceni jego sukcesem, zaczęli z powodzeniem przywoływać kolejne smoki, aż w końcu rytuał stał się ostatnim etapem szkolenia magów bitewnych. W tamtych dniach każde przywołanie kończyło się sukcesem.

– Czy przywołano jakieś czarne smoki? – spytał Falko cichym głosem.

Emisariusz pokręcił głową.

– Nie wiemy. Większość zapisków milczy na temat kolorów przywoływanych smoków. Ale niezależnie od nich smoki okazały się skuteczną bronią przeciw Opętanym. Szale się odwróciły. Z magiem bitewnym i smokiem u boku żołnierze Furii mogli oprzeć się armiom demonów.

Zamilkł i słuchacze również milczeli, wiedzieli bowiem, o czym opowie w dalszej kolejności. O największej katastrofie, jaka przydarzyła się temu światu, ostatnim rozpaczliwym zrywie wroga doprowadzonego na skraj zniszczenia, o tragicznym w skutkach wydarzeniu zwanym Wielkim Opętaniem.

Emisariusz opróżnił kubek i pozbył się z niego resztek napoju, a potem podjął:

– Opętani zostali pokonani, a magowie bitewni stali się czempionami ludzkości. Powzięli zamysł, żeby pilnować odzyskanych ziem i rozprawić się z niedobitkami wrażej armii. – Zaległa cisza. – Zapanował pokój. Mijały lata, a czujność magów bitewnych wydawała się wręcz niepotrzebna, lecz oni nalegali, żeby królestwa Furii utrzymywały swoje wojska w stanie gotowości. Taka nieustanna gotowość wymaga jednak znacznych nakładów finansowych i władcy Furii zaczęli protestować. Również magowie nie byli zadowoleni z tego, że Wielkie Dusze władają tak potężną mocą. W ich przekonaniu magowie bitewni nie byli już potrzebni, ale oni niestrudzenie przekonywali, że Furia musi się mieć na baczności. Narastały napięcia, dopóki przywódca magów nie zaczął mówić o nadchodzącej katastrofie.

Emisariusz zapatrzył się w ogień.

– Miał na imię Syballian, był profetą, wielkim veneratu magów. Zaskoczył wszystkich tym, że opowiedział się po stronie magów bitewnych. Stwierdził, że mają rację, że wróg wcale nie przepadł, lecz tylko czeka z ostatnim aktem swojej zemsty. Raz jeszcze strach złapał ludzi za serca. Obawiali się, czym się okaże ten ostatni zryw. Potem nadeszła noc wizji Syballiana. Wyczuł znaczne nagromadzenie złych mocy w miejscu zwanym Cazan lub Kotłem, w wysoko położonej dolinie w górach, nieopodal odległej magicznej wieży zwanej Ossandą. „Wróg otwiera tam nowe przejście do naszego świata", powiedział Syballian. „Należy powstrzymać go za wszelką cenę".

Słuchacze spijali słowa z ust emisariusza, wyobrażając sobie wielką nadzieję, jaką musiała wzbudzić ta ostatnia szansa na powstrzymanie plagi Opętanych.

– W tym czasie – wznowił Chevalier po chwili milczenia – po niebie Furii latało dziewiętnastu magów bitewnych na dziewiętnastu smokach. Wszyscy polecieli do Kotła, żeby zniszczyć wszelkie okropieństwa, jakie mogły tam na nich czekać. Towarzyszył im zastęp magów z Ossandy. Któż, myśleli wszyscy, oparłby się takiej sile? Niestety, ktoś się znalazł. W Kotle nie czekały legiony piekielne ani oddział demonów, tylko sama potęga opętania. Ale tym razem to nie ludzie mieli paść ofiarą zła. Tym razem opętane miały zostać smoki.

Falkowi raptem zrobiło się zimno. Pamiętał wściekłość smoka przywołanego przy Smoczym Kamieniu. Czy to możliwe, by czarne smoki wciąż były podatne na opętanie?

Młodzieniec westchnął, a emisariusz wznowił opowieść.

– Raporty złożone przez magów mówiły o smokach, które popadły w szaleństwo i zaczęły atakować swoich magów bitewnych, zanim ci zdołali zareagować. Bitwa z miejsca okazała się przegrana. Nawet magowie nie byli w stanie przeważyć szali na naszą korzyść. Smoki były zbyt potężne. Zanim zostały zabite, zginęli wszyscy magowie bitewni i wszyscy inni magowie, którzy stawili się w Kotle, żeby ich wspomóc. Była to katastrofa, ale zarazem i koniec. Plugawiąca moc opętania zniknęła z tego świata.

Noc była mroczna i śmiertelnie cicha. Nawet wiatr przestał szemrać w koronach drzew.

– Było to czterysta lat temu – zakończył emisariusz tęsknym, jakby z lekka niedowierzającym tonem.

– A teraz Opętani wrócili – powiedział głos z ciemności.

Wzrok wszystkich skierował się na Mereditha Sakera, stojącego na skraju światła bijącego od ogniska.

– Tak – potwierdził emisariusz, spoglądając na Mereditha, jakby spodziewał się, że ten coś jeszcze powie.

Falko widział niepewność w oczach młodego maga. Wszyscy wiedzieli coś jeszcze, o czym nie wspomniał w swojej opowieści emisariusz. Ostatni oddech wroga ograbił świat z magów bitewnych, a wielu ludzi obwiniało ich o to, że nie domyślili się, iż smoki okażą się podatne na opętanie. Nawet teraz, choć minęło już czterysta lat, niektórzy wciąż krzywo patrzyli na magów. Ale jakie to miało znaczenie? Wróg został pokonany. Ludzie wrócili do zwykłych życiowych spraw, a stosunek mocy pomiędzy magami a władcami Furii powrócił do chwiejnej równowagi.

Przez kilka sekund Meredith utrzymywał spojrzenie emisariusza, lecz zaraz spuścił wzrok i łypnął przez ramię na ojca, siedzącego w grupie pozostałych magów. A potem, nie dobywszy już ani słowa, na powrót skrył się w ciemności.

– Co to miało być? – wyszeptał Malaki.

Falko, który zawiesił wzrok w miejscu, gdzie zniknął Meredith, tylko pokręcił głową.

Niezręczna cisza trwała, dopóki emisariusz nie podniósł się z pnia.

– Starczy już tych opowieści – wyrzekł. – Czas na sen. – Rozrzucił nogą kilka żarzących się jeszcze kawałków. – Jeśli się jutro postaramy, przed zmrokiem dotrzemy do wybrzeża, a stamtąd pozostaną nam już tylko dwa dni do Furii i do spotkania z królową.

Młodzi kadeci popatrzyli po sobie nerwowo, ale emisariusz uspokoił wszystkich pokrzepiającym uśmiechem. Powoli zaczęli przygotowywać obóz na noc.

Falko pomógł posprzątać po kolacji, a potem, gdy Malaki poszedł oporządzić konie, rozłożył ich posłania obok Bryny. Niebo się przejaśniało i Falko spostrzegł światełka gwiazd między rozdartym sklepieniem chmur. Już wracał do przerwanego zadania, gdy jego uwagę przykuli magowie zgromadzeni wokół własnego małego ogniska. Okutani w ciemne szaty, rzucali posępne cienie pośród mroku i Falko poczuł, jak dreszcz zbiega mu po kręgosłupie. Zawsze z bojaźnią odnosił się do mocy magów, ale w postawie Mereditha było coś, co mówiło o zwątpieniu, i Falko odkrył, że to spostrzeżenie mąci jego spokój ducha.

– Na co tak patrzysz, marzycielu?

Falko aż podskoczył, gdy Malaki wrócił od koni.

– A, na nic – odparł, ale kowal podążył za jego wzrokiem.

– Myślisz, że wiedzieli o smokach? – spytał Falko, wskazując głową grupkę czarodziejów.

– Kto to wie? Bardziej martwię się audiencją u królowej! Na pewno palnę coś głupiego.

Falko pokiwał głową zamyślony, a potem ułożył się na posłaniu. Malaki rzucił coś do Bryny, za co ona nagrodziła go ciosem pięścią w ucho. Wciąż się śmiejąc, kowal życzył im obojgu dobrej nocy. Naciągnął koce na szerokie ramiona, a potem, tak jak jego ojciec, momentalnie zasnął. Bryna spojrzała na Falka i podzieliwszy moment rozbawienia, sami ułożyli się do snu.

Falko wsłuchał się w odgłosy milknącego obozowiska, ale sen nie chciał go tej nocy odwiedzić. Chłopak zaczął więc myśleć o opowieści emisariusza.

Czy magowie rzeczywiście wiedzieli, że smoki są podatne na mroczną magię? Czy mogli ostrzec ludzi, lecz z jakiegoś powodu tego zaniechali?

Czy mogli zapobiec Wielkiemu Opętaniu?

Pytania mnożyły się w jego głowie i gdy już zaczął sądzić, że nigdy nie przestaną, zaświtała mu kolejna myśl. Jutro dotrą do wybrzeża i po raz pierwszy w życiu zobaczy morze. Nieskończone Morze, za którym, jak wieść niesie, żyją smoki.

Smoki... Magowie... Opętani... Morze...

Smoki... Magowie... Opętani... Morze...

Taki był rytm jego myśli. Trudno mu było wyobrazić sobie wodę, która ciągnie się w nieskończoność, a jednak wyobraził ją sobie i to sprowadziło na niego głęboki spokój, a wraz z nim – sen.

25

KONIEC PODRÓŻY

Zachodnie wybrzeże Clemoncé tchnęło dzikim, surowym pięknem. Gęste lasy środkowej części kraju ustąpiły przed wzgórzami porośniętymi trawą, janowcem i paprocią, po których hulał wiatr, wyginający rosnące z rzadka drzewa w fantastyczne kształty. Lecz jeśli wiatr malował ten krajobraz, to morze było tym, co go rzeźbiło. Od stromych klifów i chropowatych skał po szerokie pasma białego piasku – wszystko było ukształtowane przez morze, a Falko chłonął te nowe wspaniałości, jakby nigdy nie miały mu się znudzić. Patrzył na to, prowadząc konia ubitą trawiastą drogą wzdłuż poszarpanej linii urwiska.

Poranne powietrze było świeże i czyste, podobnie jak w górach, z tą istotną różnicą, że bryza niosła od morza zapach soli, który kręcił w nosie i sprawiał, że ślina napływała do ust. Jechali naprzód z Malakim i Bryną. Zbliżali się do celu podróży i zaczęli uporczywie zastanawiać się nad tym, co też spotka ich w Furii. Emisariusz zwolnił nieco, by zrównać się z trójką przyjaciół, a oni wykorzystali okazję, by zasypać go pytaniami.

– Nie wiemy nawet, gdzie się zatrzymamy – powiedziała Bryna.

– Przydzielą wam kwatery w barakach akademii – powiadomił ich emisariusz. – A potem przejdziecie selekcję.

– Myślałem, że już ją przeszliśmy – zmartwił się Malaki, a Falko uśmiechnął się, słysząc zdenerwowanie w jego głosie.

– Istotnie, przeszliście – przyznał emisariusz. – Ale wciąż jeszcze musimy zdecydować, jak najlepiej wykorzystać wasze umiejętności.

– Malaki robi dobrą potrawkę – podsunął Falko. – Na pewno sprawi się jako kuchcik.

O zdenerwowaniu Malakiego najlepiej świadczyło to, że nie zrewanżował się żadnym równie kąśliwym żartem.

– Co się krzywisz, to ważne zadanie – ciągnął bezlitosny Falko. – Armia daleko nie zajdzie z pustym żołądkiem.

Emisariusz zaśmiał się i nawet Bryna uśmiechnęła się wesoło, słysząc te docinki. Wciąż oswajała się z poczuciem humoru prostych ludzi i czasem jeszcze nie umiała ocenić, kiedy żartują, a kiedy nie. Na początku podróży zareagowała oburzeniem, gdy obśmiali na wszystkie sposoby jednego kadeta za to, że posikał się w czasie bitwy.

– Jak mogą żartować z czegoś takiego? – wyszeptała do emisariusza.

– A dlaczego nie? – odparł rycerz, patrząc z uśmiechem na rumianego młodzieńca, którego zawstydzenie przeminęło w fali serdecznego śmiechu.

Teraz Bryna patrzyła z ukosa na Malakiego, by zobaczyć, jak zareaguje na żarty Falka. Całe szczęście, że z pomocą przybył mu emisariusz.

– Jestem pewien, że pan de Vane jest zdolnym kucharzem, ale wydaje mi się też, że przeznaczenie prowadzi go inną drogą.

Malaki posłał Falkowi mordercze spojrzenie, a potem uśmiechnął się do Bryny, która poczuła się osobliwie poruszona, gdy uświadomiła sobie, że obaj młodzieńcy odnoszą się do niej jak do przyjaciółki.

– W akademii rozpoczniecie szkolenie oficerskie – odpowiedział emisariusz na pytanie Malakiego. – Proces selekcji służy temu, żeby ustalić, jakimi jednostkami będziecie dowodzić. I oczywiście ci, którzy zechcą zostać rycerzami, zostaną zaproszeni do épreuve du force.

– Czy to właśnie tą drogą wstąpiłeś do Nieugiętych? – zapytał Falko.

Emisariusz skromnie przekrzywił głowę.

– Zostałem wybrany w Illicji. Ale proces był równie wymagający i nie chciałbym musieć go powtarzać.

Z Falka i Bryny uszło powietrze, ale Malaki zadarł nos, gdyż cieszył się na okazję do przetestowania swojej siły. Chciał chyba zadać kolejne pytanie, ale kadet idący w pierwszej linii zaalarmował kolumnę wołaniem, a wyciągniętym ramieniem wskazał jakiś punkt przed nimi.

Falko stanął w strzemionach i zobaczył, że zza linii wzgórza wyłania się jeździec. Mężczyzna mknął zboczem prosto w kierunku wyłuskanej wzrokiem z tłumu postaci emisariusza.

– Sir Williamie – powiedział posłaniec, skłaniając się w siodle po tym, jak wrył konia ostrym szarpnięciem za wodze.

Emisariusz skinął mu głową.

– Kazano mi cię znaleźć, choć nie spodziewałem się, że stanie się to tak szybko.

– Droga była czysta, a pogoda łaskawa – wyjaśnił Chevalier.

Jeździec kiwnął głową i popatrzył po podróżnikach. Zrobił to pobieżnie, ale Falko domyślił się, że właśnie ich wszystkich policzył.

– Czy zmierzacie prosto do stolicy?

– Zgadza się – potwierdził emisariusz. – Czy królowa jest na miejscu?

– Tak jest.

– A więc przekaż Jej Wysokości, że dotrzemy do miasta jutro rano.

Zwiadowca skłonił się płytko i chwycił za wodze, jakby chciał odjechać, ale emisariusz zatrzymał go uniesieniem dłoni.

– Jakie wieści z wojny?

– Niestety, złe, panie. – Twarz posłańca pobladła, jakby był osobiście odpowiedzialny za niepowodzenia na froncie. – Strach padł na wschodnią granicę, a twoje zwycięstwo było pierwszym po długiej serii porażek.

– Czy wróciła Piąta Armia?

– Tydzień temu. Królowa osobiście wyjechała jej na spotkanie, jak nakazuje zwyczaj, ale teraz posłała w bój dwie kolejne.

– Dwie?

– Tak, panie. Trzecia Armia stacjonuje na południowy wschód od Toulwaru.

Emisariusz pokiwał głową. O tym już wiedział.

– A Pierwsza Armia maszeruje teraz do Hoffen, żeby wesprzeć illicyjskie wojsko.

Emisariusz skrzywił się. Jeździec wydawał się zaaferowany.

– Mogę chwilę zostać, jeśli chcesz się, panie, dowiedzieć więcej. Nie mamy wielu wieści z frontu, ale chętnie powiem wszystko, co wiem.

– To nie będzie konieczne – rzekł emisariusz. – Po powrocie zorientuję się w sytuacji, a królowa na pewno chciałaby jak najszybciej wiedzieć, że przybywamy.

Posłaniec przyłożył prawą rękę do piersi i skłonił się nisko w siodle. Emisariusz odwzajemnił gest, a potem mężczyzna odjechał.

Falkowi nie umknął wyraz twarzy jeźdźca. Cieszył się, że może w końcu dostarczyć jakieś dobre wieści, a co więcej – odczuł wyraźną ulgę na widok wracającego emisariusza. Falko łypnął kątem oka na mężczyznę, który był ich przywódcą od opuszczenia Caer Dour.

O tak, pomyślał. Z całą pewnością ten człowiek jest kimś więcej niż tylko zwykłym królewskim emisariuszem.

– To źle, że królowa posyła do boju Pierwszą Armię? – spytał Malaki, gdy jeździec zniknął za wzgórzem.

– Samo w sobie nie – odrzekł emisariusz, myśląc już o czymś innym. Dał znak towarzyszom na czele kolumny, by wznowili marsz. – Ale jestem zaskoczony, że sprawy tak się potoczyły.

– Czy to znaczy, że w Illicji źle się dzieje? – spytała Bryna. Ich zatroskanie selekcją i treningiem nagle wydało im się samolubne i błahe.

Z gardła emisariusza wydobył się ponury śmiech.

– W Illicji źle się dzieje od lat – uświadomił ich. – To znaczy, Bryno, że dzieje się coraz gorzej i zagrożenie coraz bardziej zbliża się do Clemoncé.

– Iloma armiami dysponuje ten kraj? – spytał Malaki.

– Pięcioma. Nie licząc oddziałów rozproszonych po prowincji – odparł emisariusz, gdy schodzili z trawiastego wzgórza. – Poza tym są jeszcze Nieregularni, Legion Tronowy i ta nowa armia magów, choć nad nimi królowa nie ma faktycznej władzy.

– A kto ma? – zainteresował się Falko.

– Magowie, oczywiście – wyklarował emisariusz, nie usiłując ukryć przygany w głosie. – A dokładniej: Galen Thrall, wielki veneratu.

– Magowie wojownicy? Walczą magią czy mieczem? – spytał Malaki.

– Jednym i drugim.

– Myślałam, że tylko magowie bitewni władają magią bojową. – Bryna zmarszczyła brew.

Emisariusz prychnął z goryczą.

– Inni magowie chętnie odbiorą im ten monopol.

– Czy są potężni? – indagował Falko.

Emisariusz spojrzał na niego z ukosa, jakby odpowiedź sprawiała mu fizyczny ból.

– Co prawda widziałem ich tylko w trakcie ćwiczeń, ale tak, wszystko na to wskazuje.

– Czy nie powinniśmy więc przyklasnąć ich wysiłkom? – pociągnęła Bryna wyniośle. Jako członkini klasy wyższej nie była tak podejrzliwa w stosunku do magów.

– Może powinniśmy – odparł emisariusz z dyplomatycznym uśmiechem.

Falko i Malaki wymienili szybko spojrzenia, ale nie kontynuowali tematu. Nie było sensu się kłócić. Kto wie, może armia magów okaże się właśnie tą siłą, która przechyli szalę korzyści na ich stronę.

– A co to takiego ten Legion Tronowy? – zaciekawił się Falko. – Nigdy o nim nie słyszałem.

Emisariusz kiwnął głową. Nie umknęło mu to, jak gładko chłopak zmienił temat.

– Legion Tronowy nie angażuje się w konflikty poza granicami kraju – wyjaśnił. – Jego zadaniem jest obrona stolicy.

– A ci Nieregularni? – pytał Malaki.

Emisariusz przekrzywił głowę, a jego twarz rozpogodził uśmiech tchnący osobliwą czułością.

– Nie każdy żołnierz, który trafia do Furii, nadaje się do Akademii Sztuki Wojennej.

– A więc po prostu nie są zbyt dobrzy? – uśmiechnął się Malaki.

– Gdybym chciał być nieuprzejmy, tak bym to ujął – odparł emisariusz, a Malaki spuścił głowę zawstydzony. – Ale to prawda. – Prychnął śmiechem. – Niestety, nie są zbyt dobrzy.

Uśmiechnięci jechali dalej w ciszy. Wokół pysznił się piękny jesienny dzień, chłodny i jasny. Po błękitnym niebie sunęły gładko białe chmury. Prawie dotarli na szczyt wzgórza, gdy emisariusz stuknął Falka w ramię i pokazał palcem coś wysoko na niebie. Z początku chłopak niczego nie zauważył, ale raptem rzucił mu się w oczy mały ciemny kształt, który wyłonił się zza chmury i pomknął ku widocznym w oddali górom. Malaki i Bryna też go dostrzegli.

– Smok? – chciał się upewnić Malaki.

Emisariusz potwierdził ruchem głowy.

– Kiedyś wiele ich latało nad stolicą. Teraz większość walczy z Opętanymi poza granicami kraju.

Falko patrzył jak oczarowany na niknący za inną chmurą skrzydlaty kształt.

– A tam – wskazał emisariusz, gdy znaleźli się na szczycie wzgórza – znajduje się miasto portowe Furia.

Przed nimi rozpościerał się widok na szerokie pasmo szarego kamienia, sięgającego w głąb lądu od linii wybrzeża. Falko sądził dotąd, że Toulwar jest duży, lecz teraz rozumiał, że ma się nijak do widocznej w dali metropolii.

Całe miasto otoczone było podwójnym murem obronnym, blankowaną linią fortyfikacji upstrzoną strażnicami i barbakanami. Za murami wznosiły się ponad przestwór terakotowych dachówek wieże, iglice i kopuły okryte dachami w kolorze ochry, ocieplającym nieco monumentalne stołeczne fortyfikacje.

– Jak widzicie, mury pociągnięto nieco dalej, żeby osłonić nimi także przystań – powiedział emisariusz, gdy dogonili ich kadeci. – Spójrzcie teraz na środek miasta. Tam ponad dachami wznosi się cytadela.

– A gdzie jest akademia? – spytał któryś z kadetów.

– Na płaskowyżu za miastem. Znajdziecie tam Akademię Sztuki Wojennej, a także poligony i wieże magów.

– A ten blady budynek na lewo od gmachu? Ten, na którym powiewają flagi?

– To pałac. – Emisariusz pokazał budynek przycupnięty nad samym urwiskiem. – Dwór królowej Catherine.

Chłonęli wzrokiem olbrzymie miasto, stykające się od strony zachodniej z morzem, a od północy i wschodu okolone ośnieżonymi górami. Niemal widzieli oczami wyobraźni jasny błękit i turkus flag Clemoncé, ale byli zbyt daleko, by dostrzec wymalowanego na nich konia oraz insygnia królewskie.

– Jaka ona jest? – zaciekawiła się Bryna.

Emisariusz powiódł wzrokiem po młodzieży o rozpłonionych oczekiwaniem oczach, ale nie udzielił odpowiedzi. Uśmiechnął się tylko.

26

KRÓLOWA FURII

Stojąca na balkonie w swoich prywatnych komnatach królowa Catherine de Sage spoglądała na rojną metropolię – Furię. Ostatnie kilka dni spędziła poza pałacem, cieszyła się więc, że wreszcie wróciła do siebie, nawet jeśli kolejne problemy do rozwiązania piętrzyły się na jej barkach. Należało zająć się tysiącem pilnych spraw, lecz ona myślała teraz tylko o małym pliczku listów ułożonych równo na jej biurku. Przyniósł je wcześniej tego ranka Cyrano, a wyraz jego twarzy nie pozwalał odgadnąć, jakie emocje się za nią kryją. Choć wiedziała na pewno, że chętnie by je przeczytał.

– Ile odpowiedzi? – spytała swojego doradcę.

– Tyle, ile było listów, Wasza Wysokość.

Królowa uniosła brwi. Nie spodziewała się, że wszyscy monarchowie odpowiedzą, i to tak prędko. To kolejna rzecz świadcząca o tym, jak bardzo źle przedstawia się sytuacja. Dreszcz przebiegł jej po plecach. Słońce świeciło jasno, ale morska bryza przenikała przez jej lekką suknię. Otoczyła się ramionami, by odpędzić zimno, a potem uniosła dłoń do aksamitki na szyi. Wyszyto na niej surowy wzór, monogram symbolizujący siły, które kształtowały jej życie: powinność, smutek i miłość. Była to pierwsza rzecz, którą zakładała każdego ranka, i ostatnia, którą zdejmowała każdego wieczoru, lecz teraz była już nieco znoszona i królowa zastanawiała się, ile jeszcze czasu minie, nim poluzuje się szew lub puści sprzączka. Był to znak, że nie wolno pozostać w żałobie do końca życia. Prędzej czy później będzie musiała udzielić odpowiedzi księciu Ludovicowi.

Ale nie w tym roku, pomyślała, przywołując na twarz zdeterminowany uśmiech. Ani nie w przyszłym, jeśli los pozwoli.

Westchnąwszy, królowa odsunęła te myśli na bok i zapatrzyła się w panoramę miasta, zbudowanego przez jej przodka ponad sto dwadzieścia lat temu. Robiło wrażenie bezpiecznego, wręcz sennego, ale królowa wiedziała, że to tylko iluzja.

Jej ojciec, król Philip II, nauczył ją, że pokój jest rzeczą przejściową. Plaga, powódź, susza, wojna... na horyzoncie wiecznie czai się cień. Wszystko przemija z czasem. Zadaniem władców jest jak najbardziej ograniczyć czas cienia i jak najbardziej rozciągnąć czas światła. Jej ojciec był najmądrzejszym człowiekiem, jakiego znała, lecz teraz zaczęła się obawiać, że jednak w tej sprawie się pomylił. Cień Opętanych nie przemija z czasem. Gdyby nie powstrzymał go człowiek, spowiłby świat na zawsze.

Ich jedyną nadzieją w tej wojnie jest jedność. Muszą stanąć zjednoczeni, by wspólnie oprzeć się wrogowi. Illicja i Beltane zostały rzucone na kolana. Valencja chyliła się ku upadkowi pod rządami zidiociałego króla. Acheron jako jedyny pławił się w potędze, podczas gdy król Thraecji został przykuty do łóżka przez udar, jego tron zagarnięty, a syn – pozbawiony dziedzictwa w wyniku machinacji thraeckich magów.

Sytuacja była beznadziejna.

A jednak Catherine nadziei nie traciła.

I to właśnie w tym duchu napisała do pozostałych władców. A oni odpowiedzieli. Czy zjednoczą się, jak zrobili to w przeszłości, czy też będą toczyć własne wojny samotnie, uparcie negując grożącą im wszystkim zgubę? Odpowiedź znajdzie w listach na swoim biurku. Westchnęła z rezygnacją i odwróciła się od okna. Jej myśli wciąż zajmowały rozliczne kwestie związane z zarządzaniem miastem, lecz jeśli królestwa nie znajdą wspólnego języka i nie zewrą szeregów, to niedobór żywności i obawy przed znaczną liczbą napływających do miasta uchodźców będą najmniejszymi ze wszystkich jej problemów. Usiadła przy biurku i ciężko spojrzała na plik kopert opatrzonych królewskimi pieczęciami.

Który list przeczytać najpierw?

Po chwili wahania podjęła decyzję, by zapoznać się z nimi wedle kolejności, w jakiej napisała własne. Wzięła do ręki pierwszy, rozwiązała karmazynową wstążkę i rozpoznała smoczą pieczęć króla Valencji.

Od Vittoria Tristisa, króla Valencji
Do Jej Wysokości królowej Catherine z Furii

Caer Laison pragnie serdecznie podziękować Waszej Wysokości za Jej troskę o lud Valencji, któremu zagroziło niebezpieczeństwo ze strony ferockiej armii po tym, jak przekroczyła północną granicę naszego państwa. Pierwsze raporty rzeczywiście zdawały się sugerować, że liczebność owej armii jest niepokojąco duża i że przewodzi jej demon, lecz niedawno dotarły do nas wieści o dzielnych mieszkańcach Caer Dour, którzy zdołali pokonać demona w górach, zanim ten zagroził królestwu Clemoncé.

W świetle tego faktu pragniemy uspokoić Waszą Wysokość. Na północnych rubieżach znajduje się wiele miasteczek, w których mieszkają ludzie krzepcy i dzielni. Jesteśmy pewni, że gdyby potrzebowali pomocy, pierwsi zgłosiliby się po nią do swojego króla. Mamy w Valencji piękną tradycję gromienia Opętanych, w odróżnieniu od królestwa Waszej Wysokości, które otoczone przez potężniejsze królestwa, nie musiało dotąd mierzyć się z zagrożeniem z ich strony.

Co się zaś tyczy drugiej prośby Waszej Wysokości, pragniemy poinformować, że po otworzeniu granicy z Beltane nasze miasta zostały zalane przez falę uchodźców. Jednakże zmuszeni jesteśmy odmówić, jeśli chodzi o wysłanie wojsk za granicę. Uważamy, iż najważniejszą sprawą jest w tej chwili utrzymanie naszych armii i Wielkich Dusz blisko stolicy. Jej obrona jest dla nas sprawą pierwszej wagi.

Jeśli Wasza Wysokość posiada nadmiar zdolnych żołnierzy, sugerujemy wysłanie ich do Illicji, która pozwoliła wrogowi przełamać swoje linie obrony.

Łączymy wyrazy szacunku i serdeczne pozdrowienia,

Vittorio Tristis
lord Caer Laison i król suweren Valencji

Królowa pokręciła głową na ten pisemny festiwal arogancji. Valencja zasługiwała na kogoś lepszego. Choć Chevalier nie rozpisał się przesadnie w swoim raporcie z Toulwaru, królowa nie wątpiła, że przedstawił szczerą prawdę o tym, co wydarzyło się w górach. Wcale nie zamierzała narażać go na niebezpieczeństwo. Dopiero po jego wyjeździe dowiedziała się, że demon wyznaczył swojej armii drogę przez tę konkretną dolinę. A poza tym, pomyślała z uśmiechem królowa, nawet gdyby o tym wiedział, i tak chciałby odwiedzić to miasteczko, które zdawało się wydawać jednego nadzwyczaj silnego wojownika po drugim.

Sir William Chevalier był jej poddanym i wiernym sługą, ale przez lata nauczyła się cenić jego zdanie. Była rada, że wraca wreszcie na dwór. Niecierpliwość skłoniła ją dziś rano do wysłania mu naprzeciw posłańca, którego zadaniem było powiadomić ją, kiedy dokładnie może spodziewać się Chevaliera w stolicy. Raport emisariusza zawierał kilka szczególnie interesujących informacji. Królową zaintrygowało zwłaszcza to, że do Furii zmierza wraz z nim rodzony syn Aquili Dantégo.

Catherine pozwoliła sobie na uśmieszek samozadowolenia. Czegóż by nie oddała, by zobaczyć miny magów, gdy ujrzą, jak wjeżdża on do miasta. Odsunęła tę myśl na bok, odłożyła list z Valencji i sięgnęła po kolejny. Zsuwając wstążkę, dostrzegła płomienistą pieczęć Beltane. Wzięła głęboki wdech, nim zaczęła czytać. Nie sądziła, by zawierał dobre wieści.

Od Ozrika, króla Beltane
Do Jej Wysokości królowej Catherine z Furii

Wasza Wysokość złożyła nam kilka miesięcy temu hojną propozycję udzielenia wsparcia, którą przez naszą arogancję ośmieliliśmy się odrzucić. Teraz gdy wydarzenia potoczyły się torem przewidzianym przez Waszą Wysokość, arogancja jest luksusem, na który nas nie stać. Nasze wysiłki mające na celu powstrzymanie ofensywy wroga zawiodły i jedynie wielki generał Vercincallidus ocalił nas przed sromotną klęską. Opętani odcięli od świata Port Svart, a nasze siły są podzielone. Nårothia i Estånia przepadły, a lud Serthii wycofuje się do miast fortecznych: Aengusu i Agrony. Mamy zamiar bronić się w sercu Veåstu, lecz podupadamy.

Demony rosną w siłę i liczbę, a my nie mamy w naszych szeregach dość magów bitewnych, by powstrzymać ich marsz. Król Vittorio wreszcie otworzył granice i nasi ludzie napływają zwartym strumieniem do Valencji, lecz król się lęka. Dobiegły nas słuchy o armii dåmona, która zrównała z ziemią kilka jego północnych miasteczek, a więc, podobnie jak Acheron i Thraecja, Valencja skupia się przede wszystkim na własnej obronie.

Poinformowano nas, że w Illicji nie jest lepiej oraz że pragnie Wasza Wysokość ruszyć Illicjanom z pomocą, lecz jeśli wciąż leży to w zakresie możliwości Waszej Wysokości, z pokorą prosimy o przysłanie nam tylu Wielkich Dusz, ile to tylko możliwe. Bez nich bowiem Płomienie Beltane z pewnością zgasną.

Przesyłamy naszej Przyjaciółce i Sojuszniczce wyrazy głębokiego szacunku,

Ozrik Goudicca
król Beltane i wódz Dziewięciu Plemion Elduru

Królowa poczuła ucisk w sercu. Ozrik był wielkim i dumnym królem. Wiedziała, jak wiele musiało go kosztować napisanie takiego listu. Świadczył o tym, że sytuacja jest tragiczna. Większość jej własnych magów bitewnych walczyła teraz w Illicji, lecz pomówi z marszałkiem Bretonem i sprawdzi, czy nie znajdzie się jakiś, który mógłby wspomóc wojowników Beltane. Wyrzuciła powietrze z płuc i sięgnęła po kolejny list na tacy. Troska nie opuszczała jej oblicza. List przyszedł z Illicji i tak jak w przypadku wiadomości z Beltane jego zawartość okaże się zapewne nie mniej ponura. Babka królowej pochodziła z tego wielkiego królestwa. Catherine uzbroiła się przeciwko złym wieściom, które, jak podejrzewała, niechybnie wyczyta z królewskiej papeterii.

Od Ernesta z Festunthronu, koronowanego księcia Illicji
Do Jej Wysokości królowej Catherine z Furii

Droga Kuzynko,

jak mam Ci dziękować za wysłanie do nas (kolejnych) posiłków? Obawiam się, że książę Friedrich z Ligi Ceratonu nie podziela mojej wdzięczności. Kto wie, może jego duma nigdy nie wyliże się z tak dotkliwych ran, ale jest to w końcu człek pragmatyczny, a Twoje wojska pomagają nam teraz zabezpieczyć ziemie na wschód od Hoffen. Przykro mi, że odrzuciłem Twoją wcześniejszą propozycję pomocy. Gdybym posłuchał Twojej dobrej rady, moglibyśmy zapobiec przełamaniu naszych fortyfikacji na południe od Ambossu.

Nie muszę Ci mówić, że niezbyt dobrze radzimy sobie w tej wojnie, i obawiam się, że w ogóle nie posiadam środków, by należycie ją prowadzić. Nie mogę oprzeć się wrażeniu, że mój ojciec zatrzymałby Opętanych pod Coburgiem. Znam Cię i wiem, co byś na to powiedziała, i w chwilach zwątpienia Twoje pokrzepiające słowa są mi wielką pomocą, ale takich wątpliwości niełatwo się pozbyć.

Ale dość o tym, przejdźmy do innych, ważniejszych spraw...

Cieszę się, że jesteś zdrowa i z powodzeniem temperujesz wyśrubowane ambicje magów (Twój ojciec byłby dumny!). Czy to prawda, że ich armia jest już prawie gotowa do bitwy? Galen Thrall pewnie zadziera nosa pod sam sufit.

A jak się miewa Twój przyjaciel? Brakuje mi jego rad, lecz wiem, że potrzebujesz go bardziej niż ja. Nieugięci niezmiennie mają go w wielkiej estymie. Pozdrów go ode mnie, gdy tylko go zobaczysz.

Trzymaj się dzielnie, droga Kuzynko. Świat Furii potrzebuje Cię, nawet jeśli niektórzy jeszcze sobie tego nie uprzytomnili.

Napiszę wkrótce, mam nadzieję, z lepszymi wieściami.

Twój pokorny i kochający sługa

Ernest

Królowej łzy cisnęły się do oczu. Ernest to taki dobry człowiek. Miał serce poety, a mimo iż wątpił we własną siłę, Catherine wiedziała, że pod tym względem w niczym nie ustępuje swojemu ojcu. Rzeczywistość zbyt prędko przytłoczyła Ernesta ogromem powinności i choć trudził się pod tym ciężarem, był coraz lepszym władcą dla swoich ludzi. Zresztą nie bardzo miał wybór.

Z westchnieniem odłożyła list od kuzyna i wbiła wzrok w pozostałe dwa. Acheron i Thraecja... Czy dołączą do niej? Czy zmobilizują swoje armie?

Gdy sięgała po wiadomość z Acheronu, serce przestrzegło ją, by nie spodziewała się zbyt wiele.

Od Tyramimusa Kthénosa, króla Acheronu
Do Jej Wysokości królowej Catherine z Furii

Moja Królewienko,

Twoje błaganie o wmieszanie potęgi Acheronu w wojny na wschodzie wywołało w nas niejakie zaskoczenie. Wydawało się nam, iż nasze stanowisko jest jasne, tymczasem wszystko wskazuje na to, że odziedziczyłaś po ojcu klątwę sentymentu. Nasuwa się podejrzenie, iż jest to ta sama słabość, jakiej ofiarą padły Beltane i Illicja, które oddały Opętanym znaczną część swoich ziem. Gdyby wzięły przykład z Acheronu i pozostały silne, z całą pewnością smakowałyby teraz owoców zwycięstwa, zamiast polegać na sile innych narodów, by zrekompensować własne niedostatki.

A więc choć nie lubimy się powtarzać, zrobimy to, by nie pozostawić wątpliwości. Acheron odpowiada tylko przed Acheronem. Nie wywrzemy nacisku na Valencję, by umożliwiła przejście naszych wojsk. Nie poinstruujemy admirała Navarchosa, by rzucił do bitwy acherońską flotę. I nie pozwolimy naszym bitewnym mágos ryzykować życia w obronie innych krajów poza Acheronem (choć z tego, co wiem, niektórzy złamali ten rozkaz, by przystąpić do bitwy z Opętanymi w Beltane).

Jeśli Wasza Wysokość pragnie rady, sugerujemy, by Clemoncé przestało wtykać nos w sprawy innych krajów i zgromadziło siły do obrony swoich terytoriów. Jeśli wierzyć raportom, niebawem będzie ich bardzo potrzebować.

Bywaj zdrowa,

Tyramimus
król i wysoki lord protektor Acheronu

Królewienko... Coś podobnego!

Królowa Catherine wzięła głęboki wdech i rozluźniła zaciśnięte mięśnie żuchwy. A potem, wbrew własnej irytacji, roześmiała się. Może i była „małą królową" przy niedźwiedziej postury Tyramimusie. Może i był prywatnie czarującym mężczyzną, ale w sprawach państwowych puszył się jak paw. Wybaczyła mu ten komentarz o ojcu. Wiedziała bowiem o głębokim szacunku, jakim się nawzajem darzyli. Ale nie mogła mu wybaczyć uporu. Ile ludzi udałoby się ocalić, gdyby Acheron przystąpił do wojny rok temu? Ile miasteczek i miast nie ległoby w gruzach?

Co musiałaby zrobić, by zrozumieli, że w pojedynkę przegrają?

Raz jeszcze ogarnęła ją beznadzieja, lecz zanim dała się jej przytłoczyć, zebrała się w sobie i odepchnęła ją na bok, by przygotować się na list z Thraecji. Ale ledwie przeczytała dwa słowa, zamknęła oczy, dotknięta nagłym przypływem frustracji. Veneratu – tak tytułowano przywódcę wieży magów. Miesiącami bezskutecznie usiłowała skontaktować się z królem Thraecji. Tym razem wysłała list do jego syna, Cleomenesa Młodszego. Ale jej gambit zawiódł. Jej wiadomość została przechwycona przez magów. Westchnęła, dając upust rezygnacji, strzepnięciem dłoni wyprostowała w palcach arkusz papieru i zaczęła czytać.

Od veneratu Ischyrósa,
w imieniu Cleomenesa Variego, króla Thraecji
Do Jej Wysokości królowej Catherine z Furii

Wasza Wysokość,

niestety, kolejny raz ciężka choroba króla uniemożliwia mu odpowiedzenie na Twój list osobiście, lecz poprosił nas, abyśmy wyrazili jego głębokie ubolewanie nad tym, iż adresujesz korespondencję do jego syna, nie zaś do aktualnie urzędującego monarchy Thraecji. Gdyby nie czujność magów, list mógłby w ogóle do niego nie dotrzeć. Pozwól, Pani, zapewnić się, że stanowisko króla nie uległo zmianie. Jego głównym celem jest zapewnienie bezpieczeństwa swoim ludziom, dlatego też powierzył władzę mądrości swoich magów. Kto wie, może powinna Wasza Wysokość pójść w jego ślady.

Sądzimy, iż pokładasz zbyt wielką wiarę w swoich bitewnych mágos. Jak dowodzi historia, oni sami nie wystarczą, by pokonać Opętanych. Zawiedli w przeszłości i nie ma żadnych przesłanek, by sądzić, że ocalą nas teraz. Ich liczba maleje i niedawno – w zeszłym miesiącu! – zmuszeni byli zabić kolejnego czarnego drákona, który zjawił się w efekcie nieudanego przywołania.

Nie, Wasza Wysokość... Czas magów bojowych dobiegł końca. Czas, by władzę w Furii przejęli czyści magowie. Czas, by to oni poprowadzili jej armie do zwycięstwa. Powiadomiono nas, że armia magów Clemoncé jest już prawie gotowa do walki. Jesteśmy pewni, że gdy już pokażą, co potrafią, przyzna nam Wasza Wysokość rację. Do tego czasu zmuszeni jesteśmy odrzucić Twoją prośbę o wsparcie.

Thraecka armada nie ruszy się z thraeckich wód terytorialnych. Thraeckie włócznie pozostaną na thraeckiej ziemi, a każdy bitewny mágos, który zaryzykuje życie w obronie innego kraju, zostanie obwołany zdrajcą.

Sama dźwigasz na swoich barkach bezpieczeństwo swego królestwa, ufamy więc, że zrozumiesz, Królowo, iż nie możemy postąpić inaczej.

Łączymy wyrazy szacunku, wyrażając jednocześnie płomienną nadzieję, iż zwycięży mądrość.

Veneratu Ischyrós
czcigodny mistrz i pierwszy sługa magów Thraecji

Królowa zgniotła list. Rogi arkusza drżały, gdy trzęsła jej się ręka. Z trudem hamowała furię. Przeklęci niech będą magowie i ich nienasycone ambicje. Dlaczego nie mogli pracować ręka w rękę z władcami, zamiast nieustannie próbować dowodzić swojej nad nimi wyższości? Wróciła myślami do armii wspomnianej w liście – armii magów liczącej tysiące żołnierzy. To jej zmarły mąż przyzwolił na utworzenie takiej jednostki. Biedny Stephan. Był zbyt słaby, aby odmówić ich natarczywym prośbom. Jego wola erodowała przez długie lata niepowodzeń, gdy raz po raz zawodził swych poddanych. A teraz już go nie było. Wyniszczająca choroba zabiła go w niespełna miesiąc, Catherine zaś ostała się na tronie sama.

Nie, nie całkiem sama. Jej dłoń znów pomknęła do czarnej aksamitki. Nie, nie była sama, lecz nie mogła też władać Clemoncé tak, jak by sobie tego życzyła. Nie mogła wybrać sobie małżonka, na którego skroniach spoczęłaby królewska korona, i nie mogła odmówić magom, gdy oferowali coś, co mogło ich wszystkich ocalić.

Oddział magów wojowników. To brzmiało jak bardzo dobry pomysł, ale nurtowały ją wątpliwości. Magowie byli ludźmi wiedzy i mocy. Nigdy wojownikami. Mimo to Ischyrós miał rację. Magowie bitewni mogą nie wystarczyć. Może odpowiedzią na wszystkie jej pytania jest właśnie armia magów. Jeśli odniosą sukces, będą o krok bliżej urzeczywistnienia swoich ambicji i podkopania jej władzy. Lecz Catherine oddałaby ją bez słowa sprzeciwu, gdyby mogła za tę cenę uratować lud Furii.

Beznadzieja wróciła niczym natarczywy nieproszony gość, nieopuszczający na długo jej progu. Królowa zerwała się z krzesła i wróciła na balkon.

Lud Clemoncé zawsze napełniał ją nadzieją. Zaledwie wczoraj przybyli do stolicy nowi rekruci, by rozpocząć studia w Akademii Sztuki Wojennej. Młodzi ludzie, którzy zapuścili się daleko od domu, by walczyć w jej imieniu. Wyjechała im na spotkanie, jak zawsze. Ta nowa tradycja była pomysłem Chevaliera. Jako młoda królowa Catherine nie rozumiała wagi podobnych gestów, lecz teraz, gdy napatrzyła się już na pogruchotane ciała i złamane bitwą umysły, pojmowała doskonale.

Być królową to nie znaczy być ponad ludem. To znaczy być córką, siostrą i matką ludu. Kochać go i chronić.

I opłakiwać tych, którzy zginęli w jego obronie. Możliwe, że Opętanych nie da się powstrzymać, że nie istnieje człowiek zdolny im się przeciwstawić, lecz ona, królowa Furii, nie podda się rozpaczy.

Jej oczy nabiegły łzami, gdy przemknęła wzrokiem po widnokręgu, a potem jej uwagę zwrócił jakiś ruch przy północnej bramie. Wytężyła wzrok i popatrzyła na daleką ulicę, i... Tak, znowu... Brudny strój podróżny zwiadowcy. To ten sam, którego wysłała z miasta dziś rano. Tak prędki powrót mógł oznaczać tylko jedno – Chevalier jest już blisko.

Usiłując nie zdradzić się z tym, jak rozpaczliwie czeka na wieści, przecięła komnatę i zatopiła się w ostatnich doniesieniach miejskiego administratora. Minęło sześć pełnych minut, w czasie których nieomal odeszła od zmysłów, nim Cyrano zapukał do drzwi, by obwieścić powrót gońca.

– Wasza Wysokość – rzekł doradca królowej, wpuszczając do środka utytłanego błotem jeźdźca – wieści o powrocie Chevaliera.

– Królowo – odezwał się zwiadowca, klękając na jedno kolano i kłaniając się nisko.

– Powstań, mój dobry człowieku – rzekła królowa. – Czy przynosisz wieści o naszym emisariuszu?

– Tak, pani. Natknąłem się na niego kawałek na południe od rzeki Denier. Poprosił, żebym przekazał ci, że powinien dotrzeć do miasta jutro rano.

– Czy jest zdrów?

– Tak jest, pani.

– A ludzie z Caer Dour?

– Oni również. Są w lepszym stanie, niż się spodziewałem – przyznał zwiadowca. – Po opowieściach, które krążą o ich trudach...

Królowa łaskawym skinieniem wyraziła zrozumienie, a potem jej twarz rozpromienił uśmiech.

– Dziękuję...

– John Pierre, pani – przedstawił się zwiadowca, nieposiadający się z radości, że sama królowa chciała poznać jego imię.

– Dziękuję ci, Johnie Pierze. Proszę, abyś przekazał wieści Bretonowi i Magnusowi w akademii.

Mężczyzna skinął głową, wykonał dworski ukłon, a potem wycofał się i odwrócił, by opuścić komnatę.

Ulga uwidoczniła się na twarzy królowej, a Cyrano obdarzył ją pobłażliwym uśmieszkiem.

– Och, nie patrz tak na mnie – syknęła. – Sam cieszysz się na jego powrót.

– W rzeczy samej, pani – przyznał doradca. – Czwarta Armia jest już prawie gotowa na kolejną zmianę. A przecież nie możemy wysłać jej w bój bez dowódcy.

Królowa zmarszczyła brwi i zaprezentowała doradcy pełnię swojego gniewnego spojrzenia.

– Zamilknij, wieszczu zguby. Minie jeszcze parę miesięcy, zanim Czwarta będzie gotowa do mobilizacji. A poza tym czytałeś jego raport. Wydaje się, że Chevalier chce na nowo podjąć obowiązki instruktora.

– Czy spełnisz jego życzenie, pani? – spytał Cyrano. On również zdziwił się, usłyszawszy prośbę Chevaliera. W kadetach z Caer Dour musi być coś wyjątkowego, jeśli sir William chce osobiście nadzorować ich szkolenie.

– Sama nie wiem – zamyśliła się królowa. – Najpierw pragnę usłyszeć, co ma do powiedzenia. Na razie dziękujmy losowi za jego bezpieczny powrót.

Cyrano przystał na to skinieniem głowy.

– Czy wyjedziesz mu naprzeciw, pani? – spytał.

– Ma się rozumieć – odparła królowa z godnością.

– Każę stajennym przygotować konia na rano.

– Doskonale – rzekła królowa. – Ile czasu zostało do spotkania z ambasadorem Navarii?

– Konsul powinien wrócić z nim lada chwila. Mamy jeszcze trochę czasu.

– A więc opowiedz mi wszystko, co wiesz, o Aquili Dantém.

– Wedle rozkazu, pani.

– Gdy zaś skończymy z ambasadorem, każ Jarnakowi spotkać się ze mną w pommeraie. Poinstruuje mnie nieco, nim wysłucham wieczornych petycji.

– Może lepiej byłoby w wielkiej sali...?

– Azaliż jestem jakimś delikatnym kwiatuszkiem, który zwiędnie pod pierwszym dotykiem zimowego chłodu?

– Nie, pani. Ja tylko...

– Skoro nie, to rób, co mówię.

– Tak, pani – stropił się królewski doradca.

Rodzina Cyrana służyła koronie od siedmiu pokoleń, ale nigdy jeszcze takiej władczyni jak Catherine. Doradca nie mógł pogodzić się z tym, że królowa pokazuje się publicznie. To jej ojciec, król Philip zwany Plebejuszem, zapoczątkował tę tradycję. Orzekł, iż wrota pałacu mają na zawsze pozostać otwarte i że nikomu nie wolno odmówić wstępu do środka. Za młodu Cyrano spierał się z monarchą, argumentując, że bezpieczniejsi będą za zamkniętymi wrotami, gdzie nie dosięgnie ich żaden zbir. Księżniczka również skłaniała się ku temu poglądowi.

– Zamykając je, oddzielamy tron od ludzi – tłumaczył ojciec dziesięcioletniej córce. – A zabraniając im wstępu do pałacu, pokazujemy tylko, że nie mamy do nich zaufania. – Król zaśmiał się, dostrzegłszy zwątpienie w oczach księżniczki. – Jeśli odgrodzisz się od swojego ludu, lud będzie ci służył z obowiązku – rzekł jej wówczas. – Zaufaj im, a staniesz się jedną z nich.

Słowa ojca brzmiały echem w głowie królowej, gdy gromiła wzrokiem krnąbrnego doradcę, aż wreszcie zmogła ją litość.

– Wrócę do pałacu przed zmierzchem.

Cyrano skłonił głowę, zadowolony z kompromisu. Wiedział, że nawet w najmroczniejszym zaułku miasta nie grozi jej niebezpieczeństwo. Nie była doskonałym człowiekiem ani doskonałą królową. Jak sugerowały listy od innych monarchów: była wścibska, arogancka, sentymentalna i naiwna, ale pokładała zaufanie w swoich poddanych i z tego właśnie powodu kochali ją bardziej niż jakiegokolwiek innego władcę.

27

ORZEŁ I SOKÓŁ

Późnym popołudniem zbliżyli się do Furii na tyle, że olbrzymie miasto zdominowało cały oglądany przez nich krajobraz. Od samej stolicy dzieliły ich jeszcze trzy mile, ale minęli już kilka zapowiadających wielką aglomerację tymczasowych „wiosek", to jest skupisk namiotów i drewnianych chat, gdzie po prowizorycznych ulicach krzątali się zajęci robotą ludzie.

– Uchodźcy – wyjaśnił emisariusz. – Z każdym miesiącem coraz więcej takich obozów rozbija się wokół miasta.

Falko patrzył na osoby, które, tak jak oni sami, zostały wysiedlone z domów przez zagarniającą coraz większe połacie świata wojnę. W ich oczach znalazł tę samą niepewność, która dręczyła ludzi z Caer Dour. Ich przyszłość była niepewna i wiedli życie pełne obaw o to, co przyniesie jutro.

Choć kadeci byli już bardzo blisko miasta, emisariusz poprowadził ich nieco głębiej w ląd, przekonany, że most na głównej drodze będzie nieprzejezdny. Kiedy jednak napotkani po drodze ludzie poinformowali go, że jest jeszcze co prawda w fazie wykończeń, ale można z niego korzystać, Chevalier zawrócił i poprowadził grupę łagodną skarpą ku rzece.

– Ale przecież powiedziałeś zwiadowcy, że przybędziesz do miasta dopiero jutro. – Malaki zmarszczył brwi.

– To było, zanim dowiedziałem się, że naprawiono most – odparł emisariusz. – Gdy wyruszałem w drogę, główną kładkę zniszczyła fala powodziowa, a bez mostu droga do brodu Garr zajęłaby ze dwie godziny.

Falko chłonął wzrokiem spektakularną budowlę, która przeskakiwała przez rzekę pięcioma długimi susami.

– Tędy dojedziemy do cytadeli, zanim słońce skryje się za horyzontem. Chyba że chcecie spędzić kolejną zimną noc pod gołym niebem?

– Nie, ja tylko... – zająknął się Malaki.

– Nie obawiaj się – uspokoił go Chevalier. – Królowa jest tak straszna, jak sugeruje jej imię. Chyba że ją kto rozzłości – dodał z uśmiechem.

Robotnicy na moście oczyścili drogę, by pozwolić im przejechać. Wielu zdjęło czapki z miękkiego materiału, by przywitać emisariusza ukłonem, a Falko zwrócił uwagę na to, z jaką łatwością Chevalier reaguje na oznaki szacunku.

Miasto rosło w oczach. Olbrzymi mur rozciągał się w obie strony, a w środku znajdowała się główna brama, przez którą wchodziły i wychodziły tłumy ludzi.

– Myślę, że skorzystamy z bramy portowej i pójdziemy do pałacu drogą przez ogrody – postanowił emisariusz.

– Nie wierzę, że idziemy do pałacu! – wykrzyknął Malaki głosem o oktawę wyższym niż zwykle.

– Królowa lubi osobiście witać przybywających do miasta kadetów – rzekł emisariusz, a Falko uśmiechnął się, widząc, jak na twarzy Malakiego pojawia się zdenerwowanie. – To oznacza, że również i ciebie, panie Danté.

Uśmiech spełzł z ust Falka.

– Może i nie zapracowałeś na miejsce w akademii podczas prób – rzekł emisariusz – ale przyszli magowie bitewni studiują na tej samej uczelni co reszta kadetów. A poza tym to ja decyduję, kto zostaje przedstawiony królowej. Pójdziesz z nami. – Jego mina powiedziała Falkowi, że ta kwestia nie podlega dyskusji.

Falko chciał mimo wszystko coś powiedzieć, lecz wtedy zrównał się z nimi Morgan Saker.

– Tutaj się rozstaniemy – rzekł starszy mag, gdy jego czarodzieje ruszyli do głównej bramy.

– Nie jedziecie do pałacu?

– Służymy wielkiemu veneratu. Jemu pierwszemu powinniśmy złożyć raport.

Emisariusz nie krył niesmaku na ten jawny brak szacunku względem królowej, ale zachował godność i pożegnał się, gdy mijała go czereda zakapturzonych postaci. Pokierował kadetów drogą ku przystani i już miał do nich dołączyć, gdy zauważył, że Meredith przystanął i wpatrzył się w Falka, jakby chciał mu coś powiedzieć. Przez chwilę młody mag wyraźnie się wahał, a potem po prostu pochylił głowę i popędził konia, doganiając ojca na drodze do miasta.

Emisariusz wpatrywał się w jego plecy z głębokim namysłem. Gdy Meredith zniknął w ciżbie, Chevalier lekko skinął głową, a potem odwrócił się i poprowadził kadetów drogą opadającą ku przystani, gdzie na spokojnych wodach laguny kołysały się statki i łodzie wszelkich kształtów i rozmiarów, przycumowane w dokach lub stojące swobodnie na kotwicy za falochronem.

Falko był porażony liczbą obrazów i dźwięków, które naparły na jego zmysły w tętniącej życiem miejskiej przystani. Skrzeczenie mew, trzeszczenie desek, dzwonienie dzwonków okrętowych, krzyki i nawoływanie marynarzy, robotników portowych i kupców, a wszystko to kontrapunktowane niejednostajnym rytmem fal rozbijających się o portowy mur. No i zapach – przytłaczająca woń ryb zmieszana z fetorem smoły i potu, z wyczuwalną okazjonalnie nutką egzotycznych przypraw, których Falko nie potrafił nazwać. Nie znalazł przystani nieprzyjemną, ale z wdzięcznością powitał bramę i zostawił port za sobą.

Szli teraz przez cichą dzielnicę wspinających się po łagodnej pochyłości ogrodów i zielonych trawników, rozciągających się ku skalistemu wzgórzu, na którym wznosiły się cytadela oraz sam pałac. Wokół kręcili się ludzie, ale na ulicach nie było tłoczno. Jedni zmiatali liście, inni pracowali w ogrodach. Jeszcze inni skupili się w grupach na ulicy, jakby było to miejsce w sam raz na towarzyskie spotkanie.

Posłyszeli szczęk oręża, a zaraz potem, ku swojemu zaskoczeniu, natknęli się na kilka grup ćwiczących walkę. Niektóre grupki z instruktorami musiały trenować w ramach oficjalnych zajęć akademickich, ale inne sprawiały wrażenie przypadkowej zbieraniny ludzi, którzy z jakiegoś powodu trenowali w parach z mieczami, tarczami i włóczniami, choć nie byli studentami akademii.

– Nie tylko studenci marzą o osiągnięciu doskonałości w walce – objaśnił emisariusz.

W końcu minęli drugą bramę, za którą znajdowała się dalsza część ogrodów, różniących się nieco od tych usytuowanych niżej. Na południowym zboczu posadzono drzewa gęściej, a Falko zauważył, że większość z nich to drzewa owocowe. Tu i ówdzie widział ludzi na drabinach – zbierali ostatnie jesienne gruszki i pakowali je do skrzynek.

Gdy weszli głębiej w ogrody, usłyszeli stukotanie drewna o drewno i nagle natknęli się na kolejną trenującą parę. Jednym z aspirujących wojowników była na oko trzydziestoletnia kobieta w skórzanych bryczesach i białej bluzce, na którą narzuciła zieloną sukienkę rozciętą na udzie aż do talii i przewiązaną srebrnym sznurkiem. Jej niebieskie oczy tchnęły skupieniem, a kasztanowe włosy falowały dookoła głowy i lepiły się w strąki, dotykając spoconej skóry. Drugim był szczupły, lecz świetnie umięśniony mężczyzna. Jego ciemne włosy były jedwabiście gładkie i choć oddychał z mozołem, poruszał się pewnie i zdecydowanie, jak doświadczony wojownik.

Walczyli drewnianymi mieczami i tarczami. Wielkie wrażenie zrobiła na Falku energiczna wymiana zajadłych ciosów. To nie był niezobowiązujący sparing, tylko przygotowanie do śmiertelnego starcia w prawdziwej bitwie. Walka zaniosła mężczyznę i kobietę bliżej ścieżki i raptem kobieta spostrzegła, że nie są sami. Powiodła po przybyszach wzrokiem, nie przerywając sekwencji ataków i bloków, lecz wtedy spostrzegła emisariusza i na krótką chwilę się rozproszyła. Opuściła nieco tarczę, a drewniany miecz mężczyzny chlasnął ją w policzek z taką siłą, że Malaki aż syknął przez zęby.

Kobieta krzyknęła i odskoczyła poza zasięg drewnianej klingi. Gdy zwróciła się ku nim, jej twarz była wykrzywiona w grymasie wściekłości, a po zaczerwienionym policzku ciekła krew. Strzeliła spojrzeniem w przeciwnika, a potem popatrzyła na podróżników. Jej oburzony wzrok zatrzymał się na emisariuszu.

W intensywnie niebieskich oczach kobiety Falko odnalazł również zażenowanie. Bez słowa rzuciła miecz i tarczę, po czym pobiegła między drzewami do czarnego konia, który spokojnie skubał trawę pod jabłonią. Gładko wskoczyła na siodło, wbiła pięty w końskie boki i tyle ją widzieli.

Wszystkie oczy zwróciły się na mężczyznę o jedwabistych włosach. Miał dumne oblicze o poważnych rysach mieszkańca Acheronu lub Thraecji. Na jego twarzy próżno było szukać śladu przeprosin czy wstydu, ale dało się z nich wyczytać swoistą nerwowość, gdy patrzył w szare oczy emisariusza.

– Dlaczego uderzyłeś damę? – rzucił Chevalier złowróżbnym tonem.

– Dlatego, panie, że rozproszyła się i opuściła gardę.

– Myślisz, że ci wybaczy?

– Prędzej, niż wybaczy tobie, obawiam się. – Mężczyzna niemal się uśmiechnął.

– Coś czuję, że możesz mieć rację, przyjacielu – odparł emisariusz i nieoczekiwanie roześmiał się gromko.

Kadeci wymienili zdezorientowane spojrzenia.

– Znasz tę kobietę? – spytał Falko.

– To była, mój drogi – odparł emisariusz – królowa Furii.

Dziesięć minut później grupka bardziej niż dotychczas podenerwowanych kadetów przeszła z emisariuszem pod wysokim łukiem i wkroczyła na główny pałacowy dziedziniec. Ich końmi zajęli się stajenni, a każdy z podróżników otrzymał ręcznik i miskę różanej wody, by mógł odświeżyć się przed audiencją u królowej. Malaki patrzył na miskę, jakby miał się zaraz rozpłakać. Ta odrobina wody, choćby i różanej, na pewno nie doprowadzi go do należytego porządku.

– Nie frasuj się tak – zaśmiał się emisariusz, widząc jego rozgoryczenie. – Przybyłeś tutaj, żeby oddać się w jej służbę. Myślisz, że będzie zważać na tę odrobinę brudu i potu?

Malaki nie wydawał się specjalnie pokrzepiony.

Obmyli ręce i twarze, po czym przecięli dziedziniec, gdzie napotkali wysokiego mężczyznę, nieskazitelnie ubranego w dopasowany kaftan z czarnej szenili o dyskretnym połysku srebrnego brokatu. Opięty na jednym ramieniu krótki płaszcz z turkusowego jedwabiu świadczył o tym, że mężczyzna jest służącym korony. Na głowie nosił czapkę z czarnego aksamitu obszytą błękitnym materiałem – kolejną oznakę piastowanego urzędu. Włosy pod tą czapką były krótko ścięte i białe, a gustownie przystrzyżona broda i krzaczaste brwi – zaskakująco czarne. Jastrzębie oczy miały barwę głębokiego brązu i wskazywały na inteligencję. Kadeci odruchowo prostowali się pod tym spojrzeniem.

– Sir Williamie – powiedział mężczyzna, a w tych dwóch słowach zawarł całe bogactwo znaczenia i więcej niż tylko jedną nutę dezaprobaty.

– Panie Cyrano – odparł emisariusz, skłaniając z szacunkiem głowę.

– Czyżby kolejny szczeniacki wybryk?

– Ależ skąd – zaprzeczył emisariusz z uśmiechem. – Po prostu nie spodziewałem się spotkać jej poza pałacem.

– Nigdy nie przeszkadzały ci jej wypady – zauważył doradca królowej, mierząc emisariusza znaczącym spojrzeniem.

Uśmiech Chevaliera zdradzał poczucie winy. Cyrano dał temu spokój i zwrócił się do kadetów:

– Witajcie w Furii. Za kilka minut zostaniecie odeskortowani do baraków Akademii Sztuki Wojennej. – Skinął głową na giermka stojącego pod ścianą pobliskiego budynku. – Jednak królowa lubi osobiście witać wszystkich przybywających do miasta kadetów. – Potoczył bystrym spojrzeniem po zebranych, na krótki moment zatrzymując je na Falku, a zaraz potem kiwnął głową z zadowoleniem, jakby właśnie upewnił się, że wszystko jest w porządku. – Królowa spotka się z wami na zachodnim tarasie. Chevalier zna drogę. – Z tymi słowy obrócił się na pięcie i wspiął po schodach do drzwi wiodących do pałacu.

Kadeci odetchnęli z ulgą.

– Niezbyt przyjazny koleżka, co? – skomentował Malaki.

– Niezbyt – przyznał emisariusz. – Ale całkowicie lojalny.

Chevalier poprowadził kadetów krótkim tunelem w zachodniej części muru okalającego dziedziniec. Doszli nim do porośniętego trawą tarasu, na którym po przekątnej biegła wysypana żwirem dróżka. Po ich prawej stronie wznosił się gmach pałacu, a po lewej po linii klifów biegły mury wyglądające na morze, ponad którym niknęło za kotarą chmur słońce. Było chłodno, ale wieczorne niebo jaśniało nad nimi wolne od chmur.

Szli tarasem, aż dotarli do niewielkiego wzniesienia. Znajdowała się na nim odlana z brązu, pokryta już patyną altana, której nadano kształt trzech drzew o splecionych, tworzących dach koronach. Stała pod nim wysoka kobieta o długich kasztanowych włosach.

Kadeci kroczący za emisariuszem wpatrywali się w nią jak zauroczeni.

– Ale piękna – wyszeptała Bryna.

Malaki potwierdził, Falko milczał.

Czy to możliwe, że była to ta sama kobieta, którą dopiero co widział zdyszaną i spoconą, z puchnącym sińcem na policzku?

Stała teraz przed nimi wysoka i szczupła, w sukni opadającej pojedynczą kaskadą turkusowego jedwabiu, obszytej złotą nicią i przewiązanej w pasie cienkim złotym łańcuszkiem. Z jej ramion zwisał bladobłękitny płaszcz z kołnierzem z wilczego futra, chroniący przed wieczornym chłodem szyję, na której miała zapiętą wytartą, prostą w porównaniu z resztą ubioru aksamitkę.

Emisariusz poprowadził ich po obwodzie wzgórza, aż stanęli w szeregu przy murze, skąd patrzyli, jak on sam wspina się na wzniesienie, by klęknąć przed królową. Kontrast między smukłą kobietą i mocnej budowy rycerzem nie mógł chyba być jeszcze bardziej wyrazisty, ale gdyby Falko miał przyrównać siłę ich oddziaływania na otoczenie, nie umiałby wskazać, czyje jest silniejsze.

Królowa obrzuciła spojrzeniem klęczącego przed nią mężczyznę. Zawierała się w tym spojrzeniu cała jej monarsza surowość, a w zaciętej żuchwie i zmrużonych powiekach ostało się coś z gniewu, jakim pałała w czasie pojedynku w ogrodach. Ale zaraz się rozchmurzyła, jakby cała jej złość wyparowała w zetknięciu z pokorą Chevaliera. Wreszcie wyciągnęła przed siebie rękę, a rycerz uniósł głowę, by złożyć na niej pocałunek.

– Przybyłeś o jeden dzień za wcześnie – zauważyła, gdy mężczyzna powstał.

Choć przemawiała cicho, wiatr zaniósł jej słowa do kadetów, którzy nie mogli się nie uśmiechnąć, widząc poczucie winy wymalowane na twarzy emisariusza.

– Zwykła pomyłka, Wasza Wysokość – wyjaśnił. – I całkowicie niewinna.

Uprzejme prychnięcie królowej sugerowało, że nie pierwszy raz rycerz prosi ją o wybaczenie „niewinnej pomyłki". Przez chwilę patrzyli na siebie i przemknęło między nimi coś niewypowiedzianego, a potem Chevalier zwrócił się do czekającej cierpliwie młodziczy.

– Wasza Wysokość – powiedział głośniej – pozwól, że przedstawię ci najnowszych rekrutów z miasteczka Caer Dour w Valencji.

Monarchini zwróciła się twarzą w ich stronę i z jej oczu natychmiast zniknęła cała złość.

– Witajcie – wyrzekła dźwięcznym, głębokim głosem, jakiego nie spodziewaliby się po kimś o tak drobnej budowie. – Doniesiono mi o licznych próbach, którym stawiliście czoło w podróży, lecz teraz jesteście bezpieczni. Miasto Furia jest waszym miastem, a lud Clemoncé waszym ludem.

Młodzi ludzi z Caer Dour poczuli się głęboko poruszeni współczuciem i życzliwością monarchini. Niektórzy pochylili głowy, jakby chcieli ukryć cisnące się do oczu łzy.

Królowa obróciła się przodem do emisariusza i wychodząc z altany, wywołała po imieniu pierwszego kadeta:

– Allyster Mollé.

Młody łucznik wspiął się na wzniesienie z rozanieloną miną. Królowa ujęła jego dłoń i wymienili kilka cichych słów, zanim Allyster zszedł ze wzgórza drugim zboczem i stanął przy pałacowym murze.

Gdy przyszła kolej na Brynę, dziewczyna weszła na górę z uniesioną głową i twarzą zastygłą w kamienną maskę. Falko nie słyszał, co powiedziała jej królowa, lecz dostrzegł, że Brynie opadły ramiona. Gdy jednak utkwiła wzrok we własnych stopach, monarchini delikatnie uniosła jej twarz. Słowa po raz kolejny uleciały z wiatrem, ale Falkowi nie umknął uśmiech królowej i łza na policzku Bryny.

Gdy przywołała do siebie Malakiego, kowal wszedł na górę sprężystym krokiem, charakterystycznym dla wprawnych wojowników, ale kłaniając się, postawił prawą stopę za lewą w czymś, co przypominało dygnięcie. Gdy się wyprostował, cała jego twarz była oblana rumieńcem tak jaskrawym, że tonęło w nim znamię na jego policzku. Królowa opromieniła go uprzejmym uśmiechem, ale jej oczy rozsyłały wokoło ogniki rozbawienia.

– Milady – wymamrotał Malaki, kompletnie zapominając, jak należy właściwie zwracać się do królowej.

Monarchini wyciągnęła rękę i Malaki uniósł ją do warg z nabożną czcią.

– Więc to ty złamałeś nos mojemu emisariuszowi?

– Znaczy... tak jest, Wasza Wysokość – przyznał Malaki, tak czerwony, że Falko mógłby przysiąc, że rozświetliłby ciemny pokój jak pochodnia.

– Och, jakże żałuję, że nie było mi dane tego widzieć!

Malaki poderwał wzrok, nie posiadając się ze zdumienia. Królowa miałaby żartować w taki sposób? Zerknęła rozbawiona na emisariusza i nagle Malaki nie czuł się już tak głupio. Pokrzepiony, zajął miejsce obok Bryny. Królowa wzywała po kolei pozostałych kadetów, aż u stóp wzgórza został tylko Falko. Jakże wyraźny kontrast rysował się między krzepkimi młodymi ludźmi powitanymi już przez królową a filigranowym, zabiedzonym Falkiem.

Był boleśnie świadomy świdrujących go oczu, gdy wchodził na wzniesienie. Kiedy spojrzał na królową, życzliwe ciepło uleciało z jej spojrzenia, a zastąpiła je... nie wrogość, ale szczera ciekawość. Skłonił się, ucałował jej dłoń, po czym wyprostował się, by spojrzeć jej w oczy.

Królowa uniosła brew, jakby zdumiała ją ta bezpośredniość.

– A w jakim celu ty przybyłeś do Furii, Falko Danté?

Falko długo nic nie mówił. Nie spodziewał się, że królowa rzuci mu coś na kształt wyzwania.

– Żeby pomóc, w miarę możliwości – odrzekł.

– I tylko po to?

Falko zastanawiał się, ile królowa wie o jego ojcu. Zmrużył oczy, gdy zbudziła się w nim podejrzliwość. Owszem, jakaś część jego duszy chciała znaleźć odpowiedzi na nurtujące go pytania, odnaleźć cel w życiu. Ale prawdziwy powód, dla którego przybył do Furii, był inny.

– Będę z tobą szczery, królowo. Po prostu nie chciałem rozstawać się z przyjacielem.

Królowa wypuściła powietrze z płuc. Czyżby wstrzymywała oddech?

– Nie umiem wyobrazić sobie lepszej przyczyny – rzekła, uśmiechając się wreszcie.

Falko spuścił wzrok i skłonił się ponownie. Nie widział więc, jak królowa przesuwa wzrok w lewo i posyła emisariuszowi ledwie dostrzegalne skinienie. Schodząc ku Malakiemu i Brynie, czuł się jak ogłupiały.

– Niesamowite, jaka ona jest miła! – wyszeptała Bryna, wciąż ocierając łzy.

– Dygnąłem przed królową Furii – mamrotał Malaki. – Nie, to być nie może. Dygnąłem jak jakaś panienka!

Bryna zaśmiała się serdecznie i ujęła kowala za ramię. Falko słyszał tylko odległe echa ich rozmów. Słowa monarchini wciąż rozbrzmiewały w jego głowie.

„A w jakim celu ty przybyłeś do Furii?"

Spojrzał w górę i zobaczył emisariusza wracającego do altany. Mężczyzna stanął przed piękną kobietą, która była panią i władczynią Furii. Nie słyszeli, jakie padły między nimi słowa, ale Falko zauważył w postawie emisariusza coś, czego nigdy nie spodziewał się u niego zobaczyć. Chevalier był... spięty. Chwilę rozmawiali w ciszy, a Falkowi nie umknęło to, że ich spojrzenia nigdy nie spotykały się na długo i pomimo pewnej niezręczności rysowała się między nimi jakaś głęboka intymność. Wszyscy kadeci stali teraz blisko siebie, ze wzrokiem wlepionym w mężczyznę i kobietę na tle zachodniego nieba.

– Oni się kochają – wyrzekła cicho Bryna.

– Tak, to prawda – potwierdził głęboki głos.

Obrócili się i zobaczyli stojącego za nimi doradcę.

– To dlaczego się nie pobiorą? – zapytała Bryna, ośmielona otwartością urzędnika.

– Nie mogą – odrzekł Cyrano. – Względy polityczne i linia sukcesji wskazują na to, że królowa poślubi księcia Ludovica z Góry Króla Michaela. Decyzja o odrzuceniu jego oświadczyn podzieliłaby szlachtę i osłabiła pozycję królowej w stosunku do magów.

– Czy to dlatego wciąż jest w żałobie?

Cyrano pokiwał głową.

– Tak długo, jak nosi czarną aksamitkę, może uchylać się od udzielenia księciu natychmiastowej odpowiedzi, oni zaś – doradca wskazał parę w altanie – mogą utrzymać przy życiu iluzję nadziei.

Patrzyli, jak wymieniają przeznaczone tylko dla siebie słowa. Jeden jedyny raz królowa wyciągnęła ramię, jakby szukała dłoni emisariusza, ale on sięgnął do tuniki, z której wyłowił zawiniątko owinięte w biały materiał. Kadeci wyciągnęli szyje, by lepiej widzieć, co się w nim znajdowało.

– Pas – wyszeptał Malaki.

Królowa patrzyła jaśniejącymi oczami na przedmiot w zgrubiałych dłoniach emisariusza. Pas upleciony ze skórzanych rzemieni i ozdobiony srebrną sprzączką w kształcie końskiego łba. Ten sam deseń widniał na flagach powiewających nad pałacem. Ale to nie sprzączka sprawiła, że oddech uwiązł królowej w gardle, lecz fakt, że rzemienie były czarne.

Wyciągnęła rękę, by ich dotknąć.

– Nie wierzę, że znalazłeś czas – powiedziała głosem nabiegłym uczuciem.

– Kupiłem na straganie przy porcie.

– Przestań! – ofuknęła go królowa, a nawet szturchnęła w ramię.

– Rozgryzłaś mnie – przyznał. – Wcale go nie kupiłem.

– Jest piękny – powiedziała.

Przez chwilę patrzyli sobie w oczy, a potem królowa odgarnęła włosy z szyi.

Emisariusz znieruchomiał na moment i nabrał tchu, jakby zbierał się w sobie, a następnie odpiął z szyi królowej aksamitkę, którą zrobił dla niej ponad rok temu. Złożył ją i wsunął do tej samej kieszeni, z której wyciągnął pas. Następnie sięgnął pod jej płaszcz i zapiął pas na smukłej talii. Nie przedłużał chwili zapięcia sprzączki, ale dla przyglądających mu się kadetów wyglądało to jak uścisk.

– Dajmy im nieco prywatności – zarządził Cyrano, przełamując trans, który ogarnął młodych niczym zaklęcie.

Zaprowadził ich drogą do tunelu w pałacowym murze. Na dziedzińcu powierzył świeżo upieczonych studentów giermkowi, który zabrał ich z powrotem do stajni, a potem wyprowadził na rojne ulice stolicy. Tam skierował się do bramy w północnej ścianie, gdzie ścieżka zaczynała mozolną wspinaczkę na płaskowyż, ku wznoszącej się tam Akademii Sztuki Wojennej.

Królowa i emisariusz stanęli w miejscu, z którego widzieli kadetów odnajdujących wśród ulic drogę ku północnej bramie. Ich wzrok skupiony był na chudej postaci na tyłach.

– Jesteś pewien, że jest w nim dość siły? – spytała królowa.

– Nie – odparł emisariusz.

– Magowie nie zgodzą się go szkolić.

– Może istnieje inny sposób. – Emisariusz przypomniał sobie, jak patrzył na Falka Meredith. – A poza tym Aurelian może mu pomóc.

– Aurelian to zrzędliwy stary drań.

– Prawda. Ale nie mamy nikogo innego.

Władczyni nie dawała się przekonać.

– Ty zaś wciąż chcesz nadzorować ich szkolenie?

– Przynajmniej jakiś czas.

– Marszałkowi Bretonowi się to nie spodoba.

– Breton odetchnie z ulgą – skorygował emisariusz. – Wiesz, że drażni go moja obecność.

– To dlatego, że ludzie garną się do ciebie, a nie do niego.

– Może – przystał emisariusz.

Patrzyli na kadetów wspinających się krętą drogą i znikających za krawędzią płaskowyżu. Przez jakiś czas królowa nic nie mówiła, a potem padło pytanie, którego należało się spodziewać:

– Czy zwróci się przeciwko nam?

– Nie wiem – przyznał, a królowa westchnęła, jakby głupotą było oczekiwać jednoznacznej odpowiedzi.

– A więc niech tak będzie – powiedziała po namyśle. – Niech sokół podzieli los orła. Niech syn szaleńca przystąpi do nauki.

Morgan Saker patrzył z balkonu wieży magów na ostatnich niknących za załomkiem skały kadetów.

– To on? – spytał stojący obok niego mężczyzna, emanujący jeszcze większą mocą i autorytetem niż nawet sam Saker. Nazywał się Galen Thrall i był wielkim veneratu i czcigodnym mistrzem magów Clemoncé.

– Tak, to on.

– A więc nie ma się o co martwić – rzucił Thrall z niezachwianą pewnością.

– Nie było cię tam, gdy stanął twarzą w twarz z demonem.

Thrall zmrużył oczy, pogrążony w myślach.

– To jeszcze dziecko – powiedział. – A poza tym... bez maga prowadzącego nigdy nie zostanie magiem bitewnym. Sprawa zamknięta. Dalej będziemy robić swoje i koncentrować się na budowie armii. Gdy ludzie przekonają się na własne oczy, do czego jest zdolne wojsko magów, nic nie powstrzyma nas przed obaleniem niekompetentnych władców i objęciem rządów nad Furią.

Z tymi słowy opuścił balkon i wrócił do serca wieży, gdzie zebrała się już rada starszych.

Przeoczony, wręcz niezauważony i pogrążony w głębokiej kontemplacji, Meredith patrzył, jak odchodzą. Wielki veneratu przemawiał z absolutną pewnością, ale Meredith był zdezorientowany. Dlaczego Falko nie miałby zostać magiem bitewnym? Przecież gdyby został, wszyscy by na tym zyskali. Przeszedł na balkon i spojrzał w dół, na kadetów. Z jakiegoś powodu jego ojciec nienawidził Falka, a wielki veneratu mówił o nim, jakby stanowił zagrożenie. Meredith nic z tego nie rozumiał. Nigdy nie przepadał za tym chłopakiem, ale przecież on ocalił mu życie. Oszczędził mu tortur smoczego ognia. Miał więc wobec niego dług, który młody mag musiał jakoś spłacić.

Zapuścił się w mrok korytarza. Dzisiaj uda się do odosobnionych komnat, by kontemplować dziedziny wiedzy, które staną się fundamentem jego pracy. Zadecydował już, że jedną z nich będzie historia. Ta wieża była centrum potęgi magów. W jej sercu znajdowały się wiedza i zapiski historyczne z dwóch tysięcy lat. Gdzieś w mrocznych archiwach przeszłości leży źródło nienawiści jego ojca. Meredith postanowił je odnaleźć.

Zmierzchało już, gdy kadeci pokonali wiodącą na płaskowyż ścieżkę. Falko był tylko z grubsza świadomy, gdzie się znajduje, gdy dotarli na wzniesienie i ruszyli w kierunku niskich kwadratowych budynków. Wciąż obracał w głowie pytanie, które zadała mu królowa. Nie skłamał, lecz w głębi serca wiedział, że istnieją inne powody jego przybycia do Furii. To miasto było czymś więcej niż tylko miejscem, gdzie znajduje się akademia, więcej niźli tylko stolicą wielkiego królestwa. Było szansą na rozpoczęcie nowego życia i możliwością znalezienia odpowiedzi na pytania, które nurtowały go od lat. Tak więc gdy inni rozmawiali nerwowymi, ale i pełnymi ekscytacji głosami, Falko pochylał głowę w zamyśleniu. Otrzeźwiał dopiero wtedy, gdy podjechali do niego Malaki i Bryna.

– A co tobie powiedziała królowa? – zaciekawił się kowal.

– Spytała, po co przyjechałem do Furii.

– To proste – żachnął się przyjaciel. – Żeby zostać magiem bitewnym.

Pewność w głosie Malakiego poruszyła jakąś strunę w duszy Falka i nagle doznał olśnienia – właśnie o to mu chodzi.

Niezależnie od wątpliwości i leżących przed nim wyzwań, raptem objawiła mu się prawda. Przybył tutaj, by zostać magiem bitewnym.

Bum!

28

PUSTELNIK, UZDROWICIEL I RYBAK

Zapadał zmierzch, gdy w dalekich illicyjskich górach serce chłopca zaczęło bić szybciej w miarę zbliżania się do jaskini. Nie ze względu na stromiznę, lecz ponieważ nigdy wcześniej nie widział pustelnika. Inni chłopcy opowiadali o dzikim człowieku ze zgniłymi zębami i w porwanym ubraniu, o jego szalonym, przenikliwym wejrzeniu i skórze ciemnej od brudu. Opowiadali historię o chłopcu, który upuścił koszyk z jedzeniem, lecz dokończył wspinaczkę, by przeprosić za swój błąd. Nigdy go już później nie widziano i choć pozostali chłopcy nie mówili o nim za wiele, ich sugestie nie pozostawiały wątpliwości, że pustelnik zjadł go zamiast jedzenia, które wioska wysłała w ramach trybutu. Tak więc teraz chłopiec trząsł się ze strachu, chowając się za Wiszącą Skałą, gdy w dali zamajaczyła pośród skalistych klifów czarna paszcza jaskini.

Biorąc się za bary z przerażeniem, przycisnął mocniej do piersi koszyk i ruszył przed siebie po wykutych w skale, zerodowanych stopniach. Jego ręce drżały, gdy stawiał go pod skalnym nawisem i dzwonił mosiężnym dzwoneczkiem, który stał w rozpadlinie.

– Poczekaj, aż się po nie zjawi – przestrzegli go starsi. – W innym wypadku kruki i wrony rozsypią jedzenie po skałach.

Serce chłopca szarpało się w piersi, a świst jego oddechu odbijał się echem od ponurych skał wokoło. Wreszcie złapał kątem oka jakiś ruch. Wbrew woli cofnął się o krok, gdy z jaskini wyszedł mężczyzna. Okłamali go!

W istocie wyglądał jak dzikus: miał splątane siwe włosy, oberwane ubranie i ogorzałą skórę, ale wcale nie czarną od brudu, a jego oczy nie były przenikliwymi ślepiami szaleńca – były po prostu niebieskie. I spokojne. Wypełniał je smutek, którego chłopiec jeszcze długo nie zdoła pojąć. Pustelnik bez słowa przyłożył dłoń do piersi i skłonił się, dziękując za dary. Zmieszany i osobliwie zasmucony chłopiec skinął nerwowo głową i ruszył w drogę powrotną. Jeśli nie będzie zwlekał, wróci do wioski przed zapadnięciem zmroku.

Mężczyzna patrzył na biegnącego górską drogą chłopca. Jego twarz nie wyrażała absolutnie nic. A potem, nie przejawiając większego zainteresowania, niż gdyby kosz podarków wypełniony był suchymi liśćmi, podniósł jedzenie i wrócił do jaskini.

Bum!

Pustelnik zatrzymał się. Okręcił się w miejscu. Obojętność zniknęła z jego oczu, a w jej miejsce pojawił się szok i coś podobnego do strachu. Odstawił kosz z jedzeniem i stanął wyprostowany u wlotu jaskini, patrząc przez ciemniejący ospale krajobraz. Jego serce biło tak samo prędko jak serce chłopca, który przed chwilą przyniósł mu jedzenie.

Czy się pomylił? Czy poczuł to... usłyszał?

Czekał.

Nic.

Oddychając prędko, schylił się po kosz, ale gdy wstał, jego wzrok przykuła ciemna wnęka na tyłach jaskini. Przerażenie narosło w jego umyśle i okrutna żałość wzięła we władanie jego serce. Prawie dwadzieścia lat żył w tej grocie i dotąd tylko raz zapuścił się do tej wnęki. Świdrował wzrokiem nieprzenikniony mrok.

Nie pójdzie tam. Nie może. Nie ośmieli się.

Zapadał zmierzch, gdy młoda thraecka dziewczynka pędziła ile sił w nogach przez gaj oliwny. Uzdrowiciela nie było w domu, ale jej ojcu bardzo się pogorszyło i po prostu musiała go znaleźć.

– Widziałam, jak idzie w górę stoku – powiedział jej pasterz Phineas. – W kierunku cmentarza za gajem oliwnym.

Biegła między sędziwymi drzewami, niesiona nadzieją, że uda jej się go odszukać i wrócić do domu, nim ojcu pogorszy się na tyle, że pomoc będzie już niemożliwa. Dziewczynka mknęła po ziemi, wzbijając nogami obłoczki pyłu. Wyskoczyła z gaju i wreszcie go zobaczyła. Najlepszy uzdrowiciel w całym dystrykcie kucał przy nieopisanym grobie. Niektórzy twierdzili, że w tej mogile pochował swoją żonę. Inni – że pierwszego pacjenta, którego nie udało mu się uzdrowić. Ktokolwiek tam leżał, jego utrata pozbawiła uzdrowiciela całej radości życia i przemieniła go w pustą skorupę człowieka. Uzdrawiał chorych i opiekował się rannymi, lecz nigdy się nie uśmiechał ani nie odpowiadał na wyrazy wdzięczności inaczej niż tylko zdawkowym skinieniem. Był obiektem ciekawości, ale i smutku miejscowych.

Choć przed chwilą pędziła jak szalona, teraz zawahała się, nim podeszła do mężczyzny, ale on jakby ją wyczuł i podniósł się, by zwrócić się twarzą do niej.

– Mój ojciec – wydyszała dziewczynka, jednak podchodząc. – Mówi, że nigdy nie bolało go bardziej. Nie może oddychać.

Uzdrowiciel sięgnął do torby przewieszonej przez ramię i wyłowił z niej małą sakiewkę, którą podał dziewczynce.

– Szczypta tego i trochę ciepłej wody – rzekł. – Powiedz, żeby postarał się uspokoić. Powiedz mu, że niedługo przyjdę.

Łzy wdzięczności stanęły dziewczynce w oczach. Pokiwała głową i rzuciła się pędem w drogę powrotną.

Uzdrowiciel patrzył za nią, wiedząc, że jest potrzebny, lecz mimo to zwlekał z wyruszeniem. Nie miał pojęcia, co go tu dzisiaj przyciągnęło. Kiedyś przychodził tu codziennie, ale od kilku lat starał się trzymać z daleka. Spojrzał na grób i w jego sercu narósł znajomy smutek. I wstyd, czarny i jadowity jak zwykle. Odwrócił się, by odejść.

Bum!

Uzdrowiciel zamarł.

Jego serce wypełniło się czymś na kształt przerażenia, gdy odwrócił się twarzą do grobu. Serce zerwało się do biegu, jakby spodziewał się, że ujrzy, jak coś wygrzebuje się z mogiły. Popełnił błąd, przychodząc tu dzisiaj. Słusznie robił, że trzymał się z dala przez tyle lat.

Rozejrzał się dookoła... Czekał... Nic.

Nie mogąc dobyć tchu, tak jak ojciec dziewczynki, odwrócił się od grobu i ruszył przed siebie. Mógł pogrzebać przeszłość, ale nie mógł przed nią uciec.

Zapadał zmierzch, gdy mała łódka rybacka opłynęła wysunięty cypel u wybrzeży Beltane. Sieci były już zebrane, zostało tylko kilka koszy do sprawdzenia, zanim ruszą ku bezpiecznej przystani. Rybak siedział przy sterze i z łatwością wynikającą z wieloletniej wprawy kierował łódką, podczas gdy jego dwaj pomocnicy złapali za bosaki, gotowi wyłowić wypełnione powietrzem worki z foczej skóry, które znaczyły położenie koszy. Starszy z chłopców, kiwając energicznie głową, zachęcił młodszego brata do wykonania zadania. Młodszy pierwszy raz wypuścił się na połów i chciał pokazać, ile jest wart.

Gdy dopłynęli do pierwszej boi, rybak pozwolił żaglowi oklapnąć i zwrócił łódź dziobem do fal. To pozwoliło chłopcu sięgnąć do cumy i wyciągnąć koszyk z dna morza.

– Bardzo dobrze – pochwalił młodszego starszy brat, podchodząc, by mu pomóc.

Wysypali homary na pokład, założyli nową przynętę w pułapkach i wrzucili je do morza. Rybak obrócił żagiel, by ten złapał wiatr, i mała łódka ruszyła w dalszą drogę. Chłopcy już skupili uwagę na kolejnych koszach przed nimi.

– Ominęliśmy jeden – zauważył młodszy, pokazując palcem unoszący się na wodzie przy klifach blady worek.

Brat spiorunował go wzrokiem i pokręcił głową.

– Ten zostawiamy – syknął. – Tego nie wolno wybrać.

Łypnął na rybaka, ale mężczyzna sprawiał wrażenie, jakby nie usłyszał uwagi chłopca. Nikt nie wiedział, dlaczego nigdy nie wybierał tamtego kosza i co właściwie się w nim znajduje. Plotka głosiła, że zabił kiedyś człowieka i właśnie tam go zatopił, obciążywszy kamieniami. Tylko po co miałby oznaczać miejsce ukrycia zwłok? Inni twierdzili, że stracił kiedyś członka załogi w czasie sztormu i zaznaczył miejsce, gdzie ten utonął. Ale nikt tak naprawdę nie wiedział na pewno.

Rybak miał świadomość, że chłopcy wwiercają się w niego zaciekawionym wzrokiem. Wiedział też o krążących o nim plotkach. Nie obchodziło go to. Pewnego dnia przetnie linę i pozwoli workowi odpłynąć A potem może zdoła zapomnieć.

Zachowując beznamiętny wyraz twarzy, podprowadził łódkę do kolejnej boi.

Bum!

Rybak obrócił się tak raptownie, że dwaj chłopcy musieli złapać się burt, bo mała łódka zakołysała się na falach. Zdjęci strachem, podnieśli wzrok na stojącego w łodzi mężczyznę, zastanawiając się, co też skłoniło go do tak gwałtownej reakcji.

Rybak zapatrzył się w głębinę. Blady worek unosił się na wodzie.

Czy coś słyszał? Czy poczuł? Czy to tylko echo fali, która zachlupotała w skalnej wnęce?

Czekał. Łódź kiwała się na wodzie jak pijana.

Nic.

Dwaj bracia patrzyli na obracającego się ku nim rybaka. Ponure cienie rysowały się na jego twarzy, a do oczu napłynął głęboki smutek. Nagle poczuli, że prędzej daliby wiarę tym, którzy głosili plotkę, że zabił człowieka i oznaczył jego grób na morskich falach. Nerwowo złapali za bosaki, ale rybak odpuścił pozostałe pułapki i pokierował łódź prosto do domu. Starczy łowów na dziś.

Mężczyzna polecił chłopcom posortować ryby, a sam opuścił przystań i ruszył brzegiem do miejsca, gdzie dmuchany worek unosił się w ciemności kilka długości łodzi od skał. Z oka rybaka ciekła strużka słonej wody.

Czas i pływy to najwidoczniej za mało.

W rzeczy samej, cały ocean to za mało, by zatopić jego poczucie winy.

W dalekim kraju za Nieskończonym Morzem stworzenie uniosło głowę. A także trzy inne, które wcześniej nigdy jeszcze nie odpowiedziały.

Bum!

29

POWITANIE

Jeśli Falko był zaskoczony intymną naturą audiencji, to znacznie mniej zaskoczyła go ściana ciszy, która powitała ich w sypialni w akademickich barakach. Giermek służący im za przewodnika skłonił się nerwowo i pospiesznie wyszedł, zostawiając nowo przybyłych w towarzystwie trzydziestu patrzących na nich ponuro silnych młodych mężczyzn. Te spojrzenia wyrażały lekceważenie dla rywali z jakiejś prowincjonalnej mieściny w Valencji. Młodzi szlachcice z Caer Dour nie przejęli się tym. Po chwili podeszli po prostu do swoich łóżek, nie zdradzając najmniejszych oznak kompleksów.

Na środku stali więc już tylko Falko, Bryna i Malaki.

Słabeusz, kobieta i wiejski kowal.

Niektórzy kadeci z zainteresowaniem gapili się na Brynę, lecz Falko zauważył, że większość jest skupiona na Malakim, jakby usiłowali oszacować jego siłę z samej tylko postawy. Tak, chłopak z czerwoną plamą na twarzy od razu zwrócił uwagę wszystkich. Falko uśmiechnął się w duchu. Choć raz to nie on będzie w centrum zainteresowania. Ale jego anonimowość nie trwała długo.

– Ha! – zawołał głos gdzieś ze środka długiego pomieszczenia. – Czy to nie zdrajca z Caer Dour? Pewnie przyszedł, żeby polerować koleżce zbroję.

Kadeci obejrzeli się. Falkowi serce podskoczyło do gardła, gdy właściciel znajomego głosu wyszedł naprzód. To był Jareg Snidesson.

– A więc przeżyłeś – rzucił oskarżycielskim tonem. – Sprowadziłeś zagładę na rodzinne miasto i śmierć na swoich, a jednak ze wszystkich ludzi akurat ty przeżyłeś. – Podszedł bliżej, kołysząc się swobodnie na nogach jak kapitan na własnym okręcie. Za nimi szli trzej jego rośli znajomkowie, a wśród nich potężny Beltańczyk, większy jeszcze nawet od Malakiego.

Pozostali kadeci patrzyli na młodego szlachcica, gdy szedł ku swoim krajanom. Nie wiedzieli, co między nimi zaszło, ale widzieli, kto ma władzę, a kto jej nie ma. Szlachcic, którego los zależał od wyboru jak najsilniejszego sprzymierzeńca, nie zastanawiałby się długo, po której stronie stanąć.

– Przynajmniej nie uciekliśmy – powiedział Malaki, robiąc krok naprzód.

– Ach, syn kowala – wyrzekł Jareg tym samym protekcjonalnym tonem, którym tak biegle posługiwał się jego ojciec. – I dziewczyna, która trafiła tu tylko dlatego, że oszukiwała na turnieju.

Falko kątem oka zobaczył, jak Bryna kładzie rękę na ramieniu Malakiego.

– Twierdzisz, że uciekłem? – ciągnął Jareg na tyle głośno, by wszyscy go słyszeli. – Zginęlibyście w górach, gdybym nie sprowadził pomocy wraz z ojcem.

– Wstydź się – wymówił Falko z kamienną maską na twarzy. Nie powiedział słowa o jeźdźcach, którzy oddali życie, by dostarczyć wiadomość. Nie musiał. Ciche przekonanie w jego głosie wystarczyło, by rzucić cień wątpliwości na przechwałki Jarega.

Na sekundę oczy szlachcica zajaśniały żądzą mordu, ale zaraz ułożył wargi w szyderczy uśmieszek i szybko zmienił temat.

– To wszystko przez niego. Gdyby nie on, nie byłoby nas tutaj. – Zrobił pauzę, by wwiercić się spojrzeniem w Falka. – To ty ostrzegłeś czarnego smoka, który zabił naszego maga bitewnego. Może się mylę?

Falko milczał, ale jego milczenie potwierdzało, że przynajmniej w tej sprawie Jareg nie kłamie. Nastrój w pomieszczeniu zgęstniał. Jareg uśmiechnął się zwycięsko, choć w jego oczach wciąż pełgała obietnica przemocy.

Nagle drzwi do baraków otworzyły się i do środka weszło dwóch mężczyzn w czarnych opończach z motywem końskiej głowy. Instruktorzy. Jeden z nich trzymał w dłoni zwój. Obaj budzili szacunek, który przyćmiewał wszystkie młode książątka w pokoju. Starszy z dwóch mężczyzn zrobił krok naprzód. Był dobrze zbudowany, a jego łysą głowę znaczyły blizny. Masywna żuchwa porośnięta była przyciętą krótko brodą, a wydatne czoło rzucało cień na osadzone głęboko oczy. Potoczył surowym wzrokiem po pomieszczeniu i widać było, że z miejsca zorientował się, co tu się dzieje. Zawsze było tak samo: młode byczki walczą o dominację w nowym stadzie.

– Akademia wita kadetów z Caer Dour – wyrzekł niespodziewanie łagodnym głosem z silnym akcentem z Clemoncé. – Przyjmijcie moje przeprosiny. Powinienem był powitać was zaraz po waszym przybyciu, ale spodziewaliśmy się was dopiero jutro.

Szybko objął spojrzeniem wszystkich nowo przybyłych, zarówno tych stojących już przy swoich łóżkach, jak i tych przy drzwiach.

– Jestem lanista Magnus – kontynuował. – A to lanista Deloix, zwierzchnik tego baraku.

Wskazał gestem wysokiego, muskularnego mężczyznę o ciemnej skórze, włosach splecionych w warkocz i jasnobrązowych, wilczych oczach. Jego twarz i ramiona również były pokreślone bliznami. Brakowało mu czubka lewego ucha; wyglądało na to, że odcięto mu go jednym ciosem.

– Nie spodziewamy się już dzisiaj nowych kadetów, więc od razu przejdę do rzeczy. Wasz trening rozpocznie się za dwa dni. Teraz przedstawcie się i powiedzcie, jaką wybraliście dyscyplinę.

Lanista rozwinął zwój i przemknął po nim wzrokiem, a potem spojrzał na Jarega.

– Jareg Snidesson – przedstawił się szlachcic. – Szkolenie oficerskie, kawalerzysta.

Lanista przeszedł wzrokiem do kolejnego kadeta.

– Allyster Mollé. Szkolenie oficerskie. Łucznik.

Powoli przeskakiwał wzrokiem po uczniach, aż doszedł do trzech nowo przybyłych, stojących na uboczu. Pierwsza była Bryna.

– Bryna Godwin. Szkolenie oficerskie. Łuczniczka.

Po sali przebiegł szmer. Dwaj kadeci prychnęli śmiechem, gdy powiedział im coś czarnowłosy młodzieniec stojący przy Falku. Chłopak nie dosłyszał w całości treści żartu, ale wiedział, że była mowa o strzałach i pewnych częściach męskiej anatomii, którymi mogłaby się zająć łuczniczka.

Lanista przeszedł do Malakiego.

– Malaki de Vane, szkolenie oficerskie, rycerz – powiedział kowal, wzbudzając nową falę szeptów.

Do uszu Falka dotarło głośne prychnięcie, które wyszło z ust Jarega, ale kilku wyższych kadetów spojrzało na Malakiego z odnowionym zaciekawieniem. A więc nie tylko oni będą w tym miesiącu próbować swoich sił w épreuve du force.

Wreszcie lanista doszedł do Falka. Wielu kadetów zaśmiało się, jakby instruktor sposobił się do jakiegoś okrutnego żartu. Jareg nie silił się nawet, by stłumić szydercze parsknięcie.

– I Falko Danté – przeczytał instruktor. – Ty również będziesz tu spał, dopóki nie zostanie podjęta decyzja o twoim szkoleniu.

– Jaka niby decyzja? – wypalił Jareg. – Chyba nie przyznano miejsca w akademii temu słudze?

Oburzony szlachcic ruszył naprzód, ale lanista osadził go w miejscu spojrzeniem.

– Istnieją kwestie, które wymagają rozwiązania, zanim pan Danté rozpocznie szkolenie na maga bitewnego.

– Że co?! – wykrzyknął Jareg, a po sypialni przeszły okrzyki niedowierzania.

Magnus nie mógł mówić poważnie, a jednak jego spojrzenie było niewzruszone. Po prostu patrzył na Falka, a potem skinął krótko głową, jakby uznał, że wszystko się zgadza. Przynajmniej na razie.

Jareg wybuchnął śmiechem, ale czuło się, że jego rozbawienie jest wymuszone, szybko więc ucichł.

Lanista uniósł dłoń i w pomieszczeniu zapadła cisza.

– Za dwa dni zostaniecie obudzeni o świcie i rozpocznie się wasz trening – rzekł. – Ponadto pragnę was powiadomić o zaszczycie, jaki was spotkał – dodał szczególnie uroczystym tonem. – Właśnie otrzymałem wiadomość z pałacu, że dziś do kadry instruktorskiej dołączy nowy nauczyciel. Czy raczej stary nauczyciel wróci do fachu po przerwie. W tym roku będzie nad wami czuwał sir William Chevalier z Eltz. Przynajmniej do chwili, gdy za kilka miesięcy ruszy do walki Czwarta Armia.

W pokoju czuło się ekscytację. Falko doznał ulgi na myśl, że emisariusz jeszcze przez jakiś czas będzie częścią ich życia.

Lanista ponownie zarządził spokój.

– Wypocznijcie – polecił. – Za dwa dni macie być w pełni sił.

Kadeci zaczęli rozmawiać, choć lanista jeszcze nie skończył. Potężny mężczyzna utorował sobie drogę między nimi i stanął przed czarnowłosym chłopakiem, który żartował z Bryny. Przez moment tylko patrzył na uśmiechającego się nerwowo kadeta, a potem strzelił go otwartą dłonią w głowę. Uderzenie było tak silne, że chłopak upadł twarzą do ziemi. Lanista zwrócił się do reszty:

– Akademia nie będzie tolerować braku szacunku dla kadetów płci żeńskiej – wygłosił, gdy koledzy pomogli towarzyszowi wstać. – Mógłbym spodziewać się takiego zachowania po Nieregularnych, ale nie po kadetach zaprzysiężonych królowej Furii, elicie wśród elit. – Wielu chłopców utkwiło wzrok w podłodze. – Każdy, kto o tym zapomni, zostanie poproszony o opuszczenie akademii. Drugiej szansy nie będzie. Czy wyrażam się jasno?

Młodzi mężczyźni kiwali głowami i mamrotali. Jareg poruszał ustami w taki sposób, jakby zjadł zgniły owoc. Było jasne, że większość tych uprzywilejowanych młodzieńców nie przywykła do wykonywania poleceń.

Lanista zwrócił się do Bryny:

– Tutaj, w barakach, wokół twojego łóżka zostaną rozwieszone zasłony. Otrzymasz również do użytku oddzielną latrynę, ale z pewnością przyjdzie czas, gdy tego typu przywileje znajdą się poza twoim zasięgiem. – Jego spojrzenie było twarde i nieugięte. – Jeśli nie możesz znieść myśli o obnażeniu tyłka i wysikaniu się przed setką napalonych mężczyzn, lepiej od razu opuść akademię.

Bryna zarumieniła się, ale nie spuściła wzroku. Malaki wydawał się zażenowany, ale Falko zorientował się, o co tak naprawdę chodziło instruktorowi. Owszem, udzielał Brynie użytecznej przestrogi, lecz także sprawdzał, czy jego poprzednia wypowiedź dotarła do kadetów. Chciał się przekonać, czy któryś z nich zaśmieje się na wspomnienie o dziewczynie świecącej tyłkiem przed towarzyszami. Wyglądało na to, że chłopcy zrozumieli Magnusa w całej rozciągłości.

Drobny uśmieszek aprobaty przemknął przez usta lanisty. Skinął Brynie głową, a potem obrócił twarz do reszty.

– Jeśli macie jakieś pytania, zadajcie je laniście Deloix, którego znajdziecie w kwaterach instruktorskich. – Pauza. – Za dwa dni o wschodzie słońca. Dobrej nocy.

Z tymi słowy obaj instruktorzy opuścili pokój. Ale Jareg tylko czekał, aż zamkną się drzwi.

– Ty? Magiem bitewnym? – prychnął. – To musi być jakiś chory żart. – W dwa kroki stanął przed Falkiem. – Po tym, co zrobił twój ojciec, po tym, co ty sam zrobiłeś naszemu miastu? Skąd pomysł, że pozwolą ci nim zostać? Jak to w ogóle byłoby możliwe? Popatrzcie tylko na tego wypłosza… – Tu bez krępacji złapał Falka za ramię, jakby ten był jedynie strachem na wróble. – Skóra i kości – syczał, łypiąc na wszelki wypadek w kierunku Malakiego. – Trudno nazwać go materiałem na wielkiego wojownika. – Odwrócił się do małej kohorty swoich popleczników. – Poczekaj tylko, aż dowie się o tym mój ojciec. Posika się ze śmiechu, a potem poinformuje kuzyna Ludovica o historii twojej rodziny. Wówczas książę doprowadzi do wyrzucenia cię z akademii, a potem z miasta, okrytego hańbą. – Jareg odszedł z dumnie wypiętą piersią, a potem zatrzymał się, gdy w powietrzu zadzwonił głos Bryny.

– To królowa, a nie książę Ludovico podejmuje w Furii takie decyzje – wyrzekła równym i dźwięcznym głosem, choć była już mocno czerwona na twarzy.

Jareg obrócił się powoli. Na jego twarzy widniał znajomy złowróżbny uśmieszek.

– Na razie – wypluł. – Ale poczekajcie tylko, aż armia magów Galena Thralla ruszy do boju. To książę i szlachta go poparli, podczas gdy królowa bruździła magom na każdym etapie przygotowań. Czas Wielkich Dusz dobiega końca, a magowie nie zapomną, kto tyle czasu krzyżował im plany.

Nowo przybyli z Caer Dour nie orientowali się w tych politycznych machinacjach, ale Bryna nie dawała się zbić z pantałyku. Ona również była wysoko urodzona. Ani myślała pozwolić się zastraszyć takiej szumowinie jak Jareg.

Wreszcie młody szlachcic poszedł w swoją stronę, a dziewczyna obróciła się do dwóch przyjaciół.

– Co za dupek!

Obaj rozdziawili usta, słysząc, jakie słowa spłynęły z jej szlachetnego języka, ale gdy zawstydzona podniosła wzrok, cała trójka roześmiała się cicho. Jedyne puste łóżka były rozproszone po całym pokoju, nie mogli więc ułożyć się obok siebie.

– Macie, weźcie te dwa – powiedział Owen, przenosząc swoje rzeczy na puste łóżko przy przeciwnej ścianie.

Falko podziękował skinieniem. Czuł na sobie spojrzenia reszty kadetów, z których wielu z przyjemnością słuchało docinków Jarega. Doświadczeni ciemiężcy podziwiający swojego pobratymca przy pracy. Ale zauważył też, że kadeci z Caer Dour odwrócili oczy. W odróżnieniu od Jarega widzieli, jak Falko ruszył w stronę demona i stanął przy Symeonie. No i przebyli wraz z nim podróż do Furii. Nie połączyły ich jeszcze więzy przyjaźni, ale zapałali do siebie szacunkiem, nawet jeśli nie zechcieliby się do tego przyznać na głos.

Dzięki Owenowi mieli teraz dwa łóżka obok siebie i Falko szukał kolejnego gdzieś w pobliżu, gdy jeden młodzieniec trącił sąsiada łokciem i gestem poprosił go, by przeniósł swoje rzeczy. Falko poznał po ciemnych włosach, niebieskich oczach i kwadratowych żuchwach, że to bracia. Mniejszemu grał w oczach szelmowski błysk, ten większy był spokojny i opanowany. Falko odczekał, aż dryblas zabierze rzeczy, a potem złożył własny tobołek na pościeli.

– Dziękuję.

– Alex Klingemann – przedstawił się młodszy, stając przy łóżku Falka.

Chłopak potrząsnął jego dłonią, nieco zdziwiony tym nieoczekiwanym przyjaznym gestem.

– A to mój brat Quirren – dodał, podając dłoń Malakiemu i Brynie. – On jest tym cichym z nas dwóch – zakończył z szerokim uśmiechem.

Quirren pozostał po drugiej stronie łóżka, ale spokojnie skinął im głową.

– Czy to prawda, że podróżowaliście z Chevalierem? – spytał Alex.

Falko potwierdził ruchem głowy, zauważając, że kadet mówi z tym samym illicyjskim akcentem co emisariusz.

– I naprawdę widzieliście demona?

Falko znowu pokiwał głową.

– Bryna zestrzeliła jednego na ziemię – pochwalił łuczniczkę Malaki. – No, przynajmniej zestrzeliła mrocznego anioła.

– Schwarzengela! – Alex spojrzał na nią z podziwem. – Mniejszy demon to wciąż demon.

Falko zwrócił uwagę, że pozostali kadeci przysłuchiwali się rozmowie. Skakali wzrokiem od Bryny do Jarega z coraz trudniejszymi do odczytania emocjami wypisanymi na twarzach, jakby zaczynali rozumieć, że historia, którą im opowiedziano, może nie być całkiem prawdziwa.

– Jaki on jest? – zaciekawił się Alex, mając oczywiście na myśli emisariusza.

– Alex, zlituj się! – Quirren zwrócił mu uwagę basowym głosem, zanim Falko zdołał odpowiedzieć.

– No dobrze, już dobrze... – Alex wywrócił oczami i spojrzał wymownie na brata, jakby chciał zganić go za psucie mu zabawy. – No nic, rozgośćcie się – zakończył, zwracając się do Falka. – A jakbyście czegoś potrzebowali...

– Dzięki – powiedział Falko.

Alex odwrócił się, obdarzając ich uśmiechem, ale nie uszedł jednego kroku, nim znowu zwrócił się do Falka:

– W Illicji cieszy się sławą wielkiego wojownika.

Chłopak nie mógł się nie uśmiechnąć. Dostrzegł w oczach Alexa pewną nerwowość, jakby ten obawiał się, że rozmówca zniszczy budowane od lat wyobrażenie.

– Bo nim jest – rzekł Falko, a uśmiech natychmiast powrócił na usta chłopaka. Ucieszył się, że rozmówca potwierdził nieskalaną reputację jego bohatera.

Alex wrócił w końcu do swojego łóżka, a Falko usłyszał jeszcze, jak Quirren dyskretnie go strofuje.

– No co? – bronił się weselszy z dwóch braci. – Zapytałem tylko.

Wciąż nie mogąc przestać się uśmiechać, Falko wrócił wzrokiem do Bryny i Malakiego, którzy jak urzeczeni rozglądali się po koszarach. Dopiero teraz nadarzyła się okazja, by obejrzeli swój nowy dom.

Zajmowali trzy łóżka spośród piętnastu w długim pokoju o kamiennych ścianach, w których umieszczono w równych odstępach małe okna, ale już zapadła noc i jedynym źródłem światła były latarnie wiszące z belek stropowych oraz małe przenośne metalowe paleniska, rozstawione pod ścianami.

Drewnianą podłogę zasłano szorstkimi plecionymi dywanami. Ściany były pobielone, ozdobione gobelinami przedstawiającymi różne style szermiercze oraz formacje wojskowe, ale rzeczą, która naprawdę przykuwała uwagę, była wisząca wśród nich broń. Wydawało się, że każda nacja i każdy typ żołnierza znalazły swoją reprezentację na kamiennych ścianach kwatery kadetów.

Falko widział włócznie i zakrzywione kopisy z Thraecji, lakonie z Acheronu wyposażone w klingi podobne do liści, ciężkie pałasze i wyprofilowane brodate topory z Beltane, długie miecze z Clemoncé i Illicji. A z Valencji... półtoraręczne „kundle", zwane też bękartami, czyli miecze uważane przez wielu za broń idealną i o najszerszym zastosowaniu. Ich klingi nie były ani długie, ani krótkie, ani cienkie, ani przesadnie szerokie. Były dostatecznie grube, by zablokować uderzenie, ale na tyle lekkie, by nadawały się do szybkiej walki. Nie miały określonej długości ani kroju. W Valencji miecze dostosowywano do osoby, która miała nimi władać. To właśnie nieokreśloność formy i brak rodowodu sprawiły, że zaczęto nazywać je bękartami. Zwolennicy szlachetnych szkół szermierczych odnosili się do nich z pogardą, ale w ogniu bitwy, gdy los mógł postawić przed wojownikiem wroga posługującego się najróżniejszym rodzajem broni, bękart sprawdzał się jak mało co.

– Słyszałem o każdej z tych broni – mruknął pod nosem Malaki, gdy już obejrzeli sobie całe pomieszczenie. – Ale dotąd nie widziałem na oczy większości z nich. Widziałeś zweihändera, który wisi na tamtej ścianie?

– Absurdalna broń. – Falko się uśmiechnął.

– Tak, ale imponująca – odrzekł Malaki, a Bryna po prostu wywróciła oczami.

– Chłopcy i ich zabawki – skwitowała i zaczęła rozpakowywać torby siodłowe, a zawartość układać na prostej półce, która stała przy łóżku.

Chłopcy wyszczerzyli się do siebie i zaczęli robić to samo. Przy każdym łóżku stał niski stół z jedną szufladą i wysoki drewniany mebel z trzema głębokimi półkami oraz kołkami, na których można było zawiesić broń i zbroję, w nogach łóżka zaś – wielki drewniany kufer. Zadowolony Malaki skinął głową i zaczął rozpakowywać swój niebieski pancerz, Bryna powiesiła na kołkach łuk i kołczan. Karwasz i rękawicę do strzelania wrzuciła do małej szuflady razem z sakwą z zapasowymi grotami, białymi gęsimi piórami i stoperami, którymi zaznaczało się na cięciwie punkt naciągu.

Obserwując ich, Falko nagle zrobił się nerwowy. Obydwoje byli świetnie wytrenowani w swoich dziedzinach. To było ich miejsce na ziemi. A on? Oczywiście czuł się ściśle związany z bronią i zbrojami, które widział na ścianach koszar, a widok dobrze wykutego miecza zawsze trącał jakąś strunę w jego duszy, ale jeśli miał być szczery, myślał o sobie dokładnie to co Jareg. Spojrzał na swoje chude dłonie i nadgarstki.

Żaden z niego wojownik.

Mimo to nie pozwoli, by łajdacy pokroju Jarega mówili mu, co może, a czego nie. Zaufa emisariuszowi, skoro ten z jakiegoś powodu zdawał się pokładać wiarę w instynkcie kalekiego chłopca, który nigdy nie nauczył się chodzić. Podniósł wzrok i przyjął na siebie nieufne spojrzenia pozostałych kadetów. Zostanie magiem bitewnym, choćby tylko na złość tym ludziom. W mętnym świetle latarni oczy Falka zajaśniały blaskiem, który wypalił całą zaległą w nich słabość. Jeden po drugim przestali na niego zerkać.

Prychnął z zadowoleniem.

– Co za dupki – szepnął pod nosem, uśmiechnięty od ucha do ucha.

30

NADCHODZĄCY CIEŃ

Utracone Ziemie płonęły. Skała była spękana i skruszona przez rozświetlający ciemność nocy ogień. Nad nim obracały się wolno w powietrzu poczerniałe ciała dwunastu umęczonych dusz, ohydnie spalone i okaleczone przez płomienie. Ale dusze nie były martwe. Bluźniercza moc Opętanych nigdy nie pozwoliłaby im uciec w błogą śmierć. Jęczały i rzęziły przez spalone gardła. Krople wytopionego tłuszczu ściekały z ich ciał jak łzy. Wokoło stało tyle samo podobnych do zwłok postaci znanych jako Oświeceni, bladych, chudych i pogrążonych w dojmującym smutku. Ich skóra miała woskową, niemalże przeźroczystą barwę, a oczy lśniły jak kule z polerowanej kości. Gdyby nie tych kilka porwanych szmat, byliby zupełnie nadzy, a w rękach trzymali narzędzia do obróbki metalu, szczypce, pilniki i młoty. W poprzednim życiu wykuwali broń i zbroje. Teraz oszczędzono im najgorszych kaźni piekielnych w zamian za użyczenie Opętanym swoich talentów.

Tygodniami Oświeceni czekali przy tej ziejącej ranie w tkance świata, aż wreszcie sługa ciemności przybywał, nadszedł więc czas na rozpoczęcie pracy. W maelstromie piekła stworzenie nie posiadało fizycznej formy, lecz tutaj, w wymarłym świecie, przybierze cielesną postać. Ich zadaniem było wykucie narzędzi, które najlepiej mu się przysłużą.

Powoli Oświeceni zaczęli kształtować dzieło stanowiące odbicie jego natury. Czy stworzenie ma zostać zakute w gruby pancerz? Czy ma być masywną, ciężkozbrojną, niepowstrzymaną machiną zagłady?

Czy może zręczną i prędką maszynką do zabijania, wyposażoną w lekki pancerz i smukłe ostrze?

Oświeceni pochylili się nad okrutnymi płomieniami, zniecierpliwieni wbrew sobie, chcący dowiedzieć się czym prędzej, jaką broń i zbroję mają wykuć dla nowego piekielnego sługi. Wpatrywali się w jaśniejący żar, wyczuwając potrzeby wyłaniającego się z otchłani demona, i jak jeden mąż odchylili się w tył i wypuścili z gardeł westchnienie, gdy przyszłość została przed nimi odsłonięta. Zobaczyli, co wynurza się z płonącej paszczy podziemi, zrozumieli, co muszą zrobić...

Hełm o warstwowych bokach i wysokim, wąskim grzebieniu.

Płytowe naramienniki, napierśnik i karwasze.

I miecze, długie, zakrzywione i straszne.

Ostrza zdatne do rozrzynania smoczych łusek.

W zimnej ciemności ponurej nocy, domeny Opętanych, Oświeceni zabrali się do pracy.

31

AKADEMIA SZTUKI WOJENNEJ

Pomimo zdenerwowania, niegościnnych towarzyszy, chrapania, pierdzenia i nieustannego, zdawałoby się, kaszlu innych kadetów Falko spał nadzwyczaj dobrze. Tylko raz koszmary okazały się na tyle straszne, że zerwał się ze snu. Miał nadzieję, że nie krzyczał lub nie wydał innego dźwięku, który mógł ściągnąć na niego czyjąś uwagę.

Po chwili zasnął i obudził się dopiero rano. Nowy dzień powitał go mieszanką rozmaitych aromatów: potu, kawy i kamforowej woni maści tygrysiej. Towarzysze gawędzili przyciszonymi głosami, mrużąc oczy w rannym świetle. Zobaczył, że większość kadetów była już na nogach. Tak jak obiecał Magnus, wokół łóżka Bryny zawieszono zasłony. Gdy Falko przerzucił nogi przez krawędź swojego, ujrzał akurat wychodzącą zza nich dziewczynę. Jedną ręką wycierała włosy ręcznikiem, a drugą zasuwała zasłonę. Jej skóra miała różowawy odcień osoby, która dopiero co się wykąpała.

– Słowo daję, w Caer Dour chlewy pachniały lepiej niż to – wybełkotała, ale Falko wyłapał zadowolenie w jej oczach. Była wyraźnie szczęśliwa, że mogła tu być, nawet jeśli otaczał ją tłum cuchnących mężczyzn.

– Tobie też dzień dobry – odpowiedział, a Bryna błysnęła uśmiechem.

Falka zdumiewały zmiany, jakie zaszły w niej od bitwy. Nie była już wyniosła i nieprzystępna, choć wciąż potrafiła uciszyć człowieka spojrzeniem, które sprawiało, że czuł się wysoki najwyżej na dwa cale.

– O, wstał!

Falko obrócił się i zobaczył Malakiego w nogach łóżka. On również miał na ramieniu ręcznik, a jego gęste brązowe włosy wciąż jeszcze były wilgotne i nieuczesane.

– Mają tu kapitalne łaźnie – rzekł kowal, energicznie wycierając głowę. – Gorąca woda, baseny, cuda-niewidy!

– Dbają o nas, nie ma co.

Alex Klingemann pojawił się u boku Malakiego.

– Dzień dobry towarzystwu – dodał, zaprawiając pozdrowienie swoim zwyczajowym uśmiechem. – Pomyśleliśmy z Quirrenem, że może was oprowadzimy. Po jakimś sutym śniadaniu, ma się rozumieć.

Falko wymienił spojrzenia z Malakim i Bryną. Alex posiadał naturalny dar wzbudzania sympatii, ale wiedzieli też, że chciał wyciągnąć z nich jeszcze jakieś opowieści o emisariuszu i bitwie z Opętanymi. Skoro jednak nadarzała się okazja, by oprowadził ich po akademii kompetentny przewodnik, należało z niej skorzystać.

– Będziemy ci wdzięczni – rzekł Falko.

Najnowszym dodatkiem do bogatego asortymentu koszarowych zapachów stała się wyraźna woń świeżo upieczonego chleba i smażonego boczku. Falkowi zaburczało w brzuchu i dopiero teraz uświadomił sobie, jaki jest głodny.

Gdy Bryna kończyła toaletę, Falko wygrzebał swoje najczystsze ubranie i poszedł za Malakim do łaźni. W niknącym świetle minionego wieczoru nie docenił należycie budynku, w którym ich zakwaterowano. Widział teraz, że koszary tworzyły zachodni bok wielkiego czworoboku, wzniesionego dookoła odkrytego dziedzińca wysypanego piaskiem, na którym znajdowały się rozliczne przyrządy do ćwiczeń oraz manekiny do walki. Łaźnia znajdowała się po stronie wschodniej, a kuchnie i jadalnie – po północnej. Falko zorientował się w ich położeniu, kiedy przecinał dziedziniec.

Gdy weszli do łaźni, w zdumienie wprawiło go kilkanaście olbrzymich wanien, wyłożonych płytkami i wprawionych w podłogę; w takie były wyposażone czasem bogatsze domy w Caer Dour.

Malaki uśmiechnął się, widząc rozdziawione usta i wybałuszone oczy przyjaciela.

– Widzimy się w jadalni – powiedział, gdy Falko zaczął się rozbierać.

– Zachowaj dla mnie trochę boczku – rzucił mu na odchodnym Falko, a potem wydał z siebie westchnienie rozkoszy, gdy zanurzył się w gorącej, parującej wodzie.

Choć czuł się jak w niebie, szybko opuścił łaźnię. Zaraz bowiem wszedł Jareg Snidesson z kilkoma przyjaciółmi i spojrzenia, jakimi go traktowali, w odróżnieniu od tych braci Klingemann, nie należały do przyjaznych. Starając się nadrabiać miną, Falko szybko się ubrał i ruszył do jadalni, gdzie czekali już na niego Malaki i Bryna. Dziewczyna aż pokręciła głową, widząc, jak masakruje cały talerz boczku, jaj i pieczonych pomidorów z kilkoma grubymi pajdami świeżego chleba i opasłą, soczystą gruszką. Popił wszystko wielkim kubkiem wody. Odkąd obudził się w Toulwarze, jego apetyt tak się wzmógł, że teraz Falko mógłby nawet iść w szranki z żarłokiem Malakim.

– Mówiłem ci, że wszystko zje – rzucił kowal do Bryny, a ta zmrużyła oczy na jego tryumfalny wyszczerz.

Gdy już się najedli, posprzątali po sobie i wrócili do koszar, gdzie umówili się z Alexem i Quirrenem. Następnie wyszli z części sypialnej głównym wyjściem w południowej ścianie. Poranek był zimny, ale chmury odrywały się już od gór i zaczęły przepuszczać słońce.

Jak się zaraz okazało, z Alexa był przewodnik pierwszej wody. Dwaj bracia byli w Furii już od kilku tygodni i czekali, aż dotrą ostatni kadeci. Mieli też starszego kuzyna, który szkolił się już w akademii, więc wiedzieli o niej o wiele więcej niż nowo przybyli.

Falko zawsze wyobrażał ją sobie jako swego rodzaju zamek lub uniwersytet, ale wkrótce przekonał się, że Akademia Sztuki Wojennej to nie tyle budynek, ile obóz wojskowy, w którym roiło się od tysięcy żołnierzy z Czwartej Armii, przygotowujących się do następnej kampanii.

– Myślałem, że akademia jest tylko dla kadetów – zdradził swoje wątpliwości Falko, gdy mijali kompleks olbrzymich stajni.

– Praca z żołnierzami głównych armii to przecież część naszego treningu – rzucił Alex, jakby to była powszechna wiedza. – Niektóre manewry konne mogą zostać przeprowadzone na oddziale liczącym nawet pięćset koni.

– Co za formacje mają aż pięćset koni? – zdziwiła się Bryna.

– To zależy od tego, jaką dyscyplinę wybierzesz. Ale wszyscy musimy przerobić manewr trawersowy.

Troje nowo przybyłych wbiło w niego nierozumiejące spojrzenia.

– Tak to nazywają tu, w Clemoncé. – Alex posłał im znaczące spojrzenie. – My mówimy na to „przeplatanka". Nigdy go nie wykonaliśmy, ale wygląda cholernie przerażająco.

Zanim zdołali wypytać go o szczegóły, ktoś zawołał na nich i szybko odskoczyli z drogi przejeżdżającej tamtędy kolumny konnych żołnierzy, którzy wyłonili się z jednej z bram kompleksu stajennego i wjechali żwawo po krótkiej skarpie na wyższy poziom płaskowyżu. Każdy z konnych miał na sobie zbroję półpłytową i dźwigał lancę – ale nie taką ekstrawagancką, jakimi walczy się na turniejach, tylko prostą włócznię, długą na dziesięć stóp.

– To rycerze z Czwartej Armii – objaśnił Alex. – Jadą na pole turniejowe ćwiczyć walkę lancą.

Wspięli się na górę za ostatnim rycerzem i stamtąd podziwiali lepszy widok na kompleks akademicki. Składał się z wielu budynków: warsztatów, kuźni i spiżarni, a także długich rzędów białych namiotów, z których większość była zamieszkana przez żołnierzy z Czwartej. Za budynkami i namiotami znajdowały się poligony – ogrodzone pola traw lub łupkowego piasku.

– Tam odbywa się większość treningów – rzekł Alex, wskazując leżące pośrodku pole z drewnianymi słupkami i manekinami do walki, podobnymi do tych na dziedzińcu nieopodal baraków. Nawet z tej odległości widać było, że słupki są porąbane i pocięte, ukształtowane latami ćwiczeń.

– A to co? – spytał Falko, wskazując położone dalej pole, na którym grunt zaczął wznosić się w kierunku gór. Tam również powbijano w ziemię paliki, ale w odróżnieniu od pola znajdującego się bliżej, gdzie były one drewniane, te wykonano z jakiegoś czarnego kamienia.

– To jest poligon dla magów.

– Kamienne paliki? – zdziwił się Malaki.

– Odpryski fortissytu – wyjaśnił Alex. – To jedyny surowiec, którego magia nie może zniszczyć.

Falko gapił się na mały las ośmiobocznych słupów. Czarny kamień przypominał mu ciemne skały Mont Noir i Wichrowej Twierdzy.

– Magowie bitewni również z nich korzystają – dodał Alex, łypiąc ostrożnie na Falka.

Nie powiedzieli tego na głos, ale zarówno on, jak i Quirren nie wierzyli tak naprawdę, że Falko przybył tu, by szkolić się na maga bitewnego.

– Trenują z kadetami? – spytał Malaki. – Znaczy magowie bitewni.

– Tak sądzę – odpowiedział przewodnik. – Ale także w Moździerzu.

Patrzyli na niego, nie rozumiejąc.

– To arena zanurzona w ziemi jak amfiteatr. Mówią, że uniemożliwia nieudanym zaklęciom zadanie niechcianych obrażeń, ale mnie się wydaje, że magowie chcą po prostu trenować w sekrecie.

– Możemy go zobaczyć? – poprosił Malaki.

– Oj, nie wiem – odrzekł Alex, nagle dziwnie ponury, co zupełnie do niego nie pasowało. – To kawał drogi.

– Nigdy tam nie byliśmy – wyjaśnił Quirren, śmiejąc się z zaaferowania brata. – On się boi magów.

– Wcale się nie boję – zaprzeczył Alex. – Po prostu się przy nich denerwuję.

– Moździerz jest tam. – Quirren wskazał skaliste zbocza za akademią.

Reszta popatrzyła we wskazanym kierunku, ale ich wzrok ściągnęła w prawo mroczna wieża magów Clemoncé, wysoka i imponująca, która prężyła się na tle obsypanych śniegiem gór.

– Możemy tam potem pójść, jeśli macie ochotę.

Malaki i Bryna pokiwali głowami, ale Falko dobrze rozumiał Alexa. On również nie czuł się pewnie w obecności magów.

– Chodźcie. – Alex nagle odzyskał rezon. – Bryna na pewno chciałaby zobaczyć strzelnice.

Obeszli poligon i dotarli do wydzielonych zagrodami podłużnych pasów gruntu zastawionych wszelkiego rodzaju celami. Były tam zwykłe okrągłe tarcze ze słomy, ale również wąskie, obwieszone wypchanymi workami słupki, przypominające z grubsza Opętanych. Grupa około pięćdziesięciu łuczników była akurat w trakcie ćwiczeń. Strzelali do strzępów jaskrawych szmatek zawieszonych w różnych odległościach. Ta ostatnia kwestia zainteresowała Brynę.

– Do jakiej odległości dochodzą? – spytała, wodząc krytycznym spojrzeniem po celach.

– Maksymalnie do trzystu jardów – odrzekł Quirren, który stał obok niej. – Ale tylko najcięższe łuki niosą tak daleko.

– Mówią, że beltański łucznik potrafi dosięgnąć człowieka z trzystu jardów – rzekł uśmiechnięty niefrasobliwie Alex.

– Bzdura – zgasiła go Bryna.

Chłopak skrzywił się żałośnie, a Falko i Malaki wyszczerzyli zęby w uśmiechu. Co jak co, ale o kwestie związane z łucznictwem lepiej się z Bryną nie kłócić.

Poszli dalej, aż wrócili do pola turniejowego, gdzie żołnierze byli już w zaawansowanej fazie manewrów. Rycerze podzielili się na dwie grupy i po kolei atakowali gruby słomiany cel ustawiony na trzech słupkach.

Alex podprowadził zwiedzających bliżej, gdy konni jeźdźcy galopem objeżdżali pole w dwóch szeregach. Od każdego z nich w regularnych odstępach czasu odłączał się jeden jeździec, który płynnie przechodził do natarcia. Przyglądali się im dwaj instruktorzy znani jako écuyerowie, czyli giermkowie, którzy wykrzykiwanymi głośno poleceniami korygowali przebieg ćwiczeń.

– Nazywają to „en passant" – poinformował ich Quirren, który znalazł się teraz obok Malakiego. – Używają tej taktyki przeciw większym bestiom Opętanych.

Malaki przyglądał się, jak jeźdźcy inicjowali atak tylko po to, by zawrócić konia w ostatnim momencie, gdy padł rozkaz z ust écuyerów.

– Chodzi o to, żeby odciągnąć uwagę bestii, nie odnosząc ran, tak aby drugi żołnierz mógł wyprowadzić atak – powiedział Alex.

– Mierzą czas uderzeniami kopyt o ziemię – dodał Quirren.

Uśmiechnął się lekko i pokiwał głową, gdy Malaki obrzucił go niedowierzającym spojrzeniem. To chyba niemożliwe, by kawaleria osiągnęła ten stopień precyzji. Odmierzać czas uderzeniami kopyt? Niesamowite.

– Takich rzeczy będziemy musieli się nauczyć, jeśli mamy zostać rycerzami.

Falko spojrzał na przyjaciela, który odwrócił się, by raz jeszcze przyjrzeć się nadzwyczajnemu pokazowi dokładności. Domyślił się, że Malaki pali się do nauki.

Wreszcie jeden z écuyerów zawołał: „En vérité!", a dokonujący manewru kawalerzysta wykonał atak i przyszpilił słomiany cel do ziemi.

– On powiedział: „Prawdziwy!" – przetłumaczył Quirren.

– Czasami krzyczą po prostu: „Vérité!" – dodał Alex.

Było oczywiste, że obydwaj młodzieńcy są zafascynowani manewrem.

Poranek ciągnął się leniwie i pomimo narastającej niechęci Alexa grupa kadetów postanowiła wspiąć się na skały, by obejrzeć Moździerz.

Zostawiwszy za sobą poligon, wdrapali się po skalistym zboczu na kolejną równinę. Wieża magów wznosiła się po ich prawej. Alex co chwila łypał na nią nerwowo.

– Czy w ogóle wolno nam tu być? – spytał Malaki, gdy już wyszli na równy grunt.

– A czemu nie? Przynajmniej tak sądzę... – odrzekł Quirren.

Mimo to czuło się w powietrzu jakieś napięcie, gdy podchodzili do zanurzonego w skale leja. Grunt raptem otworzył się przed nimi i znaleźli się nad wielkim owalnym dołem o głębokości czterdziestu stóp i średnicy osiemdziesięciu jardów. W ścianach opadających łagodnie ku wysypanemu jasnym żwirem dnu wykuto schody. Całość rzeczywiście przypominała wielki amfiteatr.

– Ten Moździerz musi być strasznie stary – odezwała się Bryna, spoglądając na olbrzymi kamienny lej, który wyglądał, jakby stał tu od początku świata.

Im dłużej chłonęli go wzrokiem, tym bardziej skłaniali się ku temu, co mówił Alex. Wykute w skale stopnie były poobijane i nadpalone. Nietrudno było uwierzyć, że wytrzymały wiele magicznych bitew.

– A to co? – spytał Falko. Jego uwagę zwrócił zacieniony łuk we wschodniej części ściany. Z miejsca, w którym stali, nie widzieli dokładnie, a przejście musiało prowadzić do wieży magów.

– Nie wiem – odszepnął Alex.

– Może zejdziemy rzucić okiem? – zaproponował Malaki, ale Falko pokręcił przecząco głową.

– Nie – powiedział. – Lepiej chodźmy zobaczyć coś innego.

W prowadzącym w głąb ziemi kamiennym tunelu było coś, co budziło intensywny niepokój. Coś, co mówiło o koszmarach i o szepcie, który Falko w nich słyszał.

– Dobra – przystał Alex. – Chodźmy.

Odwrócili się plecami od Moździerza i wrócili nad skraj przepaści. Słońce wyjrzało zza chmur i niepokój, który na krótką chwilę owładnął Falkiem, jakby roztopił się w jego promieniach. Stanęli na szczycie skały i powiedli wzrokiem po płaskowyżu. Przed nimi rozciągał się widok na całą akademię, a za nią rosło miasto, niczym wyspa na tle oceanu.

Falko pozwolił swoim oczom opłynąć poszarpaną linię brzegową na południu i wspiąć się na górujące nad światem szczyty, sięgające północnego nieba. Gdy wrócił wzrokiem do płaskowyżu, ujrzał rząd pobudowanych z kamienia farm i gospodarstw. Z małych kominów wzlatywały ku chmurom smugi dymu. W znajdującym się na końcu rzędu warzywniaku stał mężczyzna. Choć dzień był jasny, zimno dawało się Falkowi we znaki, a więc musiało również doskwierać rolnikowi, który miał na sobie tylko lekką koszulę i spodnie. Wydawał się patrzeć na coś w powietrzu za nimi.

Falko obrócił się, wiedziony jego spojrzeniem, i tam, w wyrwach między chmurami, dostrzegł zarysowany na tle nieba kontur smoka. Był o wiele bliżej niż tamten, którego widzieli, gdy wjeżdżali do miasta. Falko wpatrywał się zafascynowany w ruch potężnych skrzydeł, w które stworzenie łapało unoszące go prądy powietrza. Wtem smok zwinął skrzydła i opadł ostro w dół, a potem znowu rozpostarł je szeroko, zatoczył na niebie zgrabne półkole i zniknął im z oczu. Serce Falka szarpnęło się w piersi. Spojrzał w dół, na mężczyznę w ogrodzie warzywnym, wciąż wpatrzonego w niebo, jakby mógł jeszcze dostrzec majestatyczne stworzenie. Było coś dziwnego w jego pozie. Coś, co przypominało Falkowi ludzi, którzy wyprawiali się na Opętanych w oddziałach tylnej straży, gdy z Caer Dour uciekali przez góry. Człowiek wydawał się rozkojarzony, odseparowany od świata naokoło.

A potem z budynku obok wyszedł drugi mężczyzna. Poruszał się, wyraźnie utykając, był przygarbiony i Falko widział, że ma tylko jedno ramię. Zbliżył się do towarzysza i położył mu na ramieniu swoją jedyną rękę. Przez moment stali tak razem, a potem mężczyzna w białej koszuli schylił głowę i pozwolił się zaprowadzić w kierunku chaty.

– Zagrodnicy – rzekł Alex, stając obok Falka. – A przynajmniej tak nazywają ich mieszczanie.

Falko odwrócił się częściowo, ale nie mógł oderwać się wzrokiem od dwóch widocznych jeszcze w oddali ludzi. Reszta kadetów podeszła do niego, by zobaczyć, w co się tak wpatruje.

– To magowie bitewni, którzy przeszli na emeryturę – wyjaśnił Alex.

– Ten starszy wydaje się ranny – rzekł Malaki, a przewodnik pokiwał głową.

– To Aurelian Cruz, żyjąca legenda. On i jego smok zostali okaleczeni przez parę demonów na północy Beltane.

Falko odprowadził kalekę wzrokiem aż do wejścia do chaty.

– Zabił jednego z demonów, ale drugi niemal przegryzł go na pół, zanim smok wydobył go z jego paszczy. A nawet wówczas najprawdopodobniej zginąłby w ogniu demona, gdyby smok nie zasłonił go własnym ciałem. Mówią, że stworzenie wzięło na siebie całą siłę ataku piekielnika.

Na oczach Falka mężczyzna zatrzymał się jeszcze i sięgnął ręką do czegoś, co leżało przy drzwiach w cieniu kamiennej chaty, i nagle chłopak uświadomił sobie, że to, co wziął za plamę cienia, było w rzeczywistości smokiem.

– Tam jest smok – podzielił się spostrzeżeniem.

– Tak, to Dwimervane. Smoczyca Aureliana. Okaleczona i na wpół ślepa. Nie może już latać, ale czasem wspina się po skałach.

– Wydaje się czarna – powiedział Malaki.

– Ciemnoniebieska – doprecyzował Quirren. – Mówią, że nie pożyje dość długo, żeby zmienić się w czarną.

Milczeli chwilę. Mężczyzna przy drzwiach wciąż stał, jakby rozmawiał z przyjacielem. A potem nagle wrócił spojrzeniem do kadetów na skale. Nikt nie miał wątpliwości, że patrzy prosto na Falka. Wpatrywał się w niego jeszcze chwilę, a potem schylił się, przeszedł przez drzwi i zniknął.

– Kim był ten drugi człowiek? – zapytała Bryna.

– Nie znam jego imienia – odpowiedział Alex. – Ale też był magiem bitewnym. Smok, którego przyzwał, był czarny, musiał go więc zabić. To go złamało. – Pauza. – Nazywają takich ludzi Odrzuconymi.

Falko poczuł, jak znajomy żal zaciska się zimnym łańcuchem na jego sercu. Pomimo całej tej przemocy, nienawiści i strachu wciąż czuł się głęboko zasmucony, gdy pomyślał o zabitym w Wichrowej Twierdzy czarnym smoku. Falko rozumiał, jak zamordowanie takiego stworzenia może złamać człowieka na zawsze.

– Chodźmy – rzekł Alex. – Zjemy coś na mieście.

Godzinę później siedzieli na murach obronnych i patrzyli na przystań oraz piaszczystą plażę, ciągnącą się do meandrującej na południu rzeki Denier. Alex grzebał w swoim cieście z wołowiną i ziemniakami, namyślając się, aż w końcu, gdy już nie mógł się dłużej powstrzymywać, po prostu wypalił:

– Czyli widzieliście, jak on walczy?

Nie musieli pytać, o kogo mu chodzi.

– Malaki nawet się z nim pojedynkował – rzuciła Bryna, a Alex wybałuszył oczy na kowala. – Na próbach – podjęła. – Bo ktoś – tu spojrzała oskarżycielsko na Falka – zgłosił Malakiego do pojedynku z emisariuszem, a emisariusz wyraził zgodę.

Alex świdrował Malakiego wzrokiem, a jego oczy wyrażały zazdrość.

– Nie wygrałeś chyba? – wydusił, jakby to było nie do pomyślenia.

– Nie – odparł kowal, oblewając się rumieńcem.

– Nie wygrał – powtórzyła Bryna. – Ale złamał mu nos.

Alex i Quirren rozdziawili usta, a troje Valencjan roześmiało się, a potem opowiedziało, jak to naprawdę było. Nie pominęli też przywołania i bitwy w górach. Gdy skończyli, bracia Klingemann siedzieli w ciszy, osłupiali. Rzeczywiście wzięli troje przyjaciół za prostaczków z małego miasta za górami, ale nim popołudnie przeszło w wieczór, uświadomili sobie, że pomimo całej swojej wiedzy o Furii i akademii to oni są nowicjuszami.

Dzień był bardzo pouczający dla obu stron, a wymiana doświadczeń niezwykle owocna. Gdy wrócili do koszar wczesnym wieczorem, nogi mieli jak z ołowiu.

– Ciekawe, co na kolację – powiedział Alex, gdy zbliżali się do czworobocznego budynku.

– Pachnie jak potrawka – rzucił Quirren, kierując się do części sypialnej. – Pójdę po przyprawy.

– Nigdy nie dają ich dosyć, więc poprosiliśmy, żeby przysłali nam z domu szczyptę czy dwie – wyjaśnił Alex, doskakując do brata. – Zajmijcie nam stół przy oknie – zawołał jeszcze przez ramię, nim zniknęli w drzwiach.

– Pójdę się przebrać – powiedziała Bryna.

– A ja bym chętnie zrzucił balast...

– Dziękuję za tę informację! – Bryna uniosła rękę i zamknęła oczy. Pokręciła głową. Gdy je otworzyła, spojrzała błagalnie na Falka. – Czy on zawsze ogłasza wszem wobec swoje funkcje życiowe?

– Zawsze był po prostu obrzydliwy, jeśli o to pytasz.

– Ech... chłopcy! – wykrzyknęła, raz jeszcze spojrzała w sufit, a potem poszła się odświeżyć.

Falko i Malaki wymienili rozbawione spojrzenia.

– Widzimy się w jadalni – powiedział kowal, ruszając w stronę latryn.

Wciąż uśmiechnięty Falko przeszedł przez sklepione łukiem drzwi na centralny dziedziniec. Zobaczył na nim grupkę kadetów. Niektórzy wyglądali na wykończonych, mieli obwisłe twarze i przepocone koszule. Najwidoczniej spędzili dzień na treningu, ale na widok Falka zebrali ubrania i poszli do łaźni. Falko nie zwrócił na to uwagi, ale kiedy ruszył dziedzińcem, kilku innych kadetów obróciło się za nim, a on rozpoznał dwóch ponuraków, którzy stali przy Jaregu minionego wieczoru.

– Przynosisz hańbę temu miejscu.

Serce podeszło Falkowi do gardła, gdy zobaczył, że spod zadaszonej części dziedzińca wyłania się Jareg Snidesson. Zupełnie jakby na niego czekał.

– Wiesz, że nie jesteś tu mile widziany. – Jareg stanął Falkowi na drodze. W ręce jak gdyby nigdy nic trzymał miecz treningowy.

– To zależy, kogo spytasz – odparł Falko, patrząc na pięciu dobrze zbudowanych młodzieńców, którzy właśnie go otaczali.

– Może odejdź stąd od razu i oszczędź nam wstydu dzielenia rangi kadeta z kimś takim jak ty.

– Nigdzie się nie wybieram – odparł Falko, a jego serce zerwało się do biegu.

Przepchnął się między nimi, ale Jareg skinął na jednego ze swoich koleżków, potężnego chłopaka o rudych włosach i beltańskiej żuchwie, który bez wysiłku posłał go pchnięciem na jeden z drewnianych manekinów. Falko próbował wyhamować, ale siła pchnięcia zaskoczyła go i uderzył twarzą o twardy drewniany słupek. Rażony bólem i zdumieniem, usiłował się wyprostować, ale zanim odzyskał równowagę, inny kadet kopnięciem wygarnął spod niego nogi i Falko upadł ciężko na bok.

Wiedział od razu, co powinien teraz zrobić, ale jego ciało po prostu mu to uniemożliwiało. Zdołał się tylko skulić, gdy zaczęły spadać na niego ciosy. Jęknął z bólu, a potem zassał z sykiem powietrze, gdy Jareg wpił pięść w jego długie czarne włosy.

– Akademia Sztuki Wojennej to niebezpieczne miejsce – powiedział niskim i groźnym tonem. – Zdarza się, że kadeci giną w trakcie ćwiczeń. A twój wielki koleżka nie zawsze będzie mógł cię pilnować.

Falko skrzywił się, gdy Jareg odgiął mu głowę, by zajrzeć w jego oczy.

– Jeśli jeszcze raz oskarżysz moją rodzinę o tchórzostwo, dopilnuję, żebyś zginął i został pochowany w zbiorowym grobie. – Jego głos przeszedł teraz w napięty szept. – Rozumiesz, co do ciebie mówię?

Z tymi słowy puścił włosy Falka i się odwrócił.

– Nie powiedziałem, że jesteś tchórzem – odezwał się Falko, podnosząc się na łokciu i plując krwią. – Jedynie zasugerowałem, że popełniasz błąd, przypisując sobie odwagę innych.

Jareg zatrzymał się. Miecz treningowy wisiał luźno w jego ręku. Pochylił głowę, a potem jego palce zacisnęły się na drewnianej rękojeści. Obrócił się i trafił Falka płazem w bok głowy.

Takie uderzenie potrafiło wyrządzić znaczną krzywdę, ale wyglądało na to, że czaszka Falka jest twardsza, niż się wydawało. Lecz i tak zaatakowany zwalił się ciężko na piasek, a krwawa struga zalała mu oko. Oszołomiony zamrugał i podniósł wzrok. Zobaczył, że napastnik odchodzi, ale zanim zniknął, posłał mu jeszcze przez ramię ostatnie spojrzenie. Z jego oczu lała się pogarda, ale Falko dostrzegł w nich coś jeszcze. Coś, co sprawiało, że nienawiść w sercu Jarega zapłonęła jaśniej niż kiedykolwiek wcześniej. Był to wstyd.

Co ci się stało, do diaska? – spytał Malaki, wchodząc kilka minut później do jadalni.

Bryna opatrywała rozcięcie nad prawym okiem Falka.

– Znaleźliśmy go na dziedzińcu – powiadomił go Alex, gdy Malaki postawił na stole wielki talerz z potrawką i pierogami.

– Potknąłem się na schodach... – zaczął Falko.

– Snidesson! – wycharczał Malaki. – Ten...

Falko gestem kazał mu usiąść, a potem syknął, gdy Bryna przyłożyła mu do czoła zimną szmatkę.

– Trzeba to zaszyć – orzekła.

– Kto mógłby zrobić coś podobnego? – spytał Quirren, którego zwykle spokojna twarz pociemniała od gniewu.

Troje Valencjan popatrzyło po sobie, ale żadne z nich nie odpowiedziało. Trudno byłoby podsumować w kilku zdaniach całą historię animozji pomiędzy Falkiem i szlacheckim rodem Snidessonów.

– Musimy komuś powiedzieć – postanowił Alex. – Może laniście Deloix.

Falko pokręcił głową.

– To tylko pogorszy sprawę.

– Nie mogę się doczekać, aż spotkam go na poligonie – wycedził Malaki.

– A co, nie umie walczyć? – zdziwił się Quirren.

– Umie, umie. Ale i tak skopię mu dupę.

Falko roześmiał się. Dziwiło go, że sam nie był zły na Jarega. Młody szlachcic miał za ojca Belliusa Snidessona, a jego matka bardziej niż o syna troszczyła się o kupioną za pieniądze reputację. A Falko miał Symeona i Fossettę. Nie, nie darzył Jarega nienawiścią. Miał dla niego tylko litość. Odsunął uprzejmie rękę Bryny i sam przyłożył sobie kompres do czoła, a potem zgarnął z talerza Malakiego opasły pieróg i wepchnął go sobie do ust. Syknął z bólu, gdy gorący sos sparzył jego rozcięte usta.

– Chyba pójdę po drugi talerz – rzekł kwaśno Malaki, a Falko pomimo rozcięć i siniaków, które uwidoczniły się brzydko na jego twarzy, rozszerzył usta w uśmiechu.

A więc Jareg i jego totumfaccy znowu go sprali. No i co z tego? Tym bardziej czuł się tu jak w domu.

32

DZIEDZINY WIEDZY

Wybiła północ. Meredith Saker spędził ostatnie dwadzieścia cztery godziny w wieży magów Clemoncé. Medytował w jednej z odosobnionych komnat przeznaczonych do tego właśnie celu. Teraz nadszedł czas, by wreszcie ją opuścić i wyjawić wielkiemu veneratu dziedziny wiedzy, które staną się podwaliną jego pracy. Meredith czuł niepokój. Podejrzewał, że ojcu nie spodoba się jego wybór. Ale skoro tak – trudno. Taki był cel medytacji: odnaleźć prawdziwą naturę swego powołania. Meredith całe życie tkwił w cieniu ojca. Nadszedł czas, by w końcu rzucił własny.

Drzwi jego celi otworzyły się i w drzwiach stanął mag z pochodnią oliwną w ręku.

– Możesz wejść.

Meredith kiwnął głową i wstał. Klęczał długo i całe ciało miał sztywne, ale nie poskarżył się, tylko gestem kazał magowi pójść przodem.

Pokój otwierał się na długi korytarz z ciemnego kamienia, który wydawał się nie tyle wybudowany, ile wyrzezany w nagiej skale. Po obu stronach znajdowały się rzędy drzwi, każde z nich prowadziły do pokoju podobnego do tego, który właśnie opuścił Meredith – małego, pozbawionego okien pomieszczenia z prostą pryczą i wiadrem na odchody. Przypominały Meredithowi cele więzienne w głównej twierdzy Caer Dour.

– Tędy – powiedział mag, wskazując prawą odnogę korytarza, oświetloną przez ogień płonący w podobnych do naczyń kinkietach wprawionych w ściany.

Z jakiegoś powodu mężczyzna widocznie się strapił, gdy rzucił okiem na lewą odnogę – nieoświetlony tunel, który ginął w cieniu. Młody mag podążył za jego spojrzeniem i jego również opanowało zdenerwowanie, a po plecach spłynął mu zimny dreszcz. Na samym końcu korytarza dostrzegł skrytą w ciemności kolejną celę i choć w zamkniętych drzwiach nie było kratki ani dziurki od klucza, nie mógł oprzeć się wrażeniu, że ktoś skryty za nimi go obserwuje.

Rozstrojony nagłym uderzeniem strachu, odwrócił się plecami do korytarza i ruszył żwawym krokiem za magiem. Gdy tak szli, Meredith słyszał ciche dźwięki dobiegające z zajętych cel. Szepty, skandowanie, mamrotane pod nosem słowa. Już mieli opuścić korytarz, gdy raptem zatrzęsło się powietrze, jakby ktoś przyłożył w drzwi celi taranem.

Meredith wzdrygnął się, gdy przerażenie żarzące się w jego sercu w krótkiej chwili wybuchło płomieniem. Wtedy trzej inni magowie pojawili się w korytarzu, wszyscy ponurzy i potężnie zbudowani. Na szatach nosili czarne szale strażników. Meredith wyczuł, że są spięci, i zauważył, że wszyscy zaczęli koncentrować energię w dłoniach. Trzymali w pogotowiu potężne zaklęcia, gotowi rzucić je w każdej chwili.

Kolejny huk poniósł się echem przez korytarz i Meredith uświadomił sobie, że ten dźwięk dobiega z celi na końcu przeciwległego korytarza.

– Przeszkadzałeś mu? – spytał jeden ze strażników.

– Nie – odparł przewodnik Mereditha. – Szliśmy cicho.

Strażnicy posłali im podejrzliwe spojrzenia, a potem się odwrócili. Nie zdążyli dobiec do drzwi, gdy owionął ich jakiś głos.

– Eu pot auzi tu, fiul lui Saker – zasyczał niski, złowróżbny szept. – Pot mirosi tu.

Meredith poczuł mrowienie na twarzy. Nawet pośród magów byli tacy, którzy rozumieli pradawną mowę Ferocji, lecz Meredith poświęcił o wiele więcej czasu na jej studiowanie.

„Słyszę cię, synu Sakera. Czuję twój zapach".

– Idźcie dalej – nakazał jeden ze strażników. – A my zajrzymy do brata Pacatosa.

Meredith i jego przewodnik już mieli ruszyć dalej, gdy przez rozedrgane powietrze ponownie napłynął do ich uszu głos:

– Am miros trădare în tine.

„Czuję zdradę w twoim sercu".

Meredith stanął jak wryty. Obrócił się z powrotem i wzdrygnął, gdy korytarzem raz jeszcze wstrząsnął huk. Brzmiał, jakby drzwi celi miały zostać zaraz wyłamane.

– Chodźmy – ponaglił go przewodnik, któremu naraz zaczęło się bardzo spieszyć. – Nie dajmy czekać wielkiemu veneratu.

– Kto tam siedzi? – zapytał Meredith, gdy wchodzili po schodach na wyższe piętro.

Mag zwlekał z odpowiedzią, więc Meredith złapał go za ramię.

– To brat Pacatos – zdradził wreszcie.

– Co z nim jest? To więzień?

– Spędza czas... w odosobnieniu.

– Dlaczego?

– Mówią, że jest niezrównoważony – szepnął mężczyzna. – Że jest potężny, lecz kontrolowanie własnej mocy przychodzi mu z wielkim trudem.

Meredith obejrzał się przez ramię.

– Nie schodź tam. I nie podchodź do jego celi. A już na pewno nie sam! – Podkreśliwszy to, mężczyzna wznowił wspinaczkę.

Głęboko poruszony Meredith potrzebował chwili, by się uspokoić, a potem pospieszył za magiem, obracając w głowie słowa brata Pacatosa, które nie chciały go opuścić.

„Am miros trădare în tine".

„Czuję zdradę w twoim sercu".

Dotarli na szczyt i przeszli przez drzwi, nie słyszeli więc okropnego krzyku, który poniósł się echem przez tunel za ich plecami. Kawałek dalej znajdowały się wielkie zamknięte podwójne drzwi.

– Przybył nowicjusz Meredith Saker, żeby obwieścić wybrane przez siebie dziedziny wiedzy – zaanonsował go mag, gdy obaj znaleźli się już w komnacie wielkiego veneratu.

Wciąż wstrząśnięty Meredith rozejrzał się wokół. Stał na środku okrągłego pomieszczenia wyłożonego szarym marmurem. Drzwi z czarnego drewna prowadziły do innych pomieszczeń, a w otwartej jamie łukowego przejścia widniał jedynie mrok. Ruch powietrza powiedział mu, że na końcu tego korytarza musi znajdować się balkon. Po przeciwnej stronie pokoju znajdowało się biegnące po półkolu wieży podwyższenie. Siedzący na czymś, co mogło być opisane tylko jako tron, czcigodny mistrz i wielki veneratu magów Clemoncé Galen Thrall mierzył go przenikliwym wzrokiem. Tron był wielkim siedziskiem z czarnego marmuru, wyposażonym w wysokie oparcie i podłokietniki wyobrażające dwa wielkie kruki.

To tyle, jeśli idzie o regułę ubóstwa, rzuciło się na myśl Meredithowi.

Na prawo od tronu stał jego ojciec, Morgan Saker, a Meredith zganił siebie za to, iż zdradził się ze swoją reakcją. Może nie potrafią wyczytać szczegółów z jego umysłu, ale z pewnością ogólny ton jego myśli stał się dla nich jasny. Zalecił sobie większą ostrożność i skłonił się nisko wielkiemu veneratu, potem zaś skinął głową ojcu.

– Czy twoja medytacja dobiegła końca? – spytał Thrall. – Czy wybrałeś dziedziny, które będziesz studiował?

– Tak – odrzekł Meredith, po raz pierwszy skupiwszy spojrzenie na Thrallu.

Wielki veneratu miał aparycję szacownego starca, który zachowuje jeszcze pełnię sił. Na pierwszy rzut oka można było uznać go za osobę dobrotliwą, dopóki człowiek nie uświadomił sobie, że uśmiech w jego oczach nie wynika z dobrotliwości, lecz z wyboru, a wąskie wargi dzieli od szyderczego grymasu jedynie drgnienie. Jego pokryte brylantyną długie włosy układały się w delikatne fale i miały barwę płowoszarą. Miał bladą karnację pokrytą patyną zmarszczek i drobnych blizn niewiadomej i nieco niepokojącej natury. A źrenice jego wodnistych, zielonoszarych oczu były nieco zbyt małe, by dało się obwinić o to wrażenie przyćmione światło w pomieszczeniu.

Był to człowiek, który budził u innych niepokój, i Meredith widział, że nawet jego ojciec nie czuł się pewnie w jego obecności. Nagle zwątpił w swój wybór dziedzin. Mierzyć się z niezadowoleniem ojca to jedno, ale wywołać niezadowolenie Galena Thralla to zupełnie coś innego.

– A zatem jakie dziedziny wybrałeś?

Meredith miał wrażenie, że Thrall jakimś sposobem już to wie. A co, jeśli rzeczywiście potrafił czytać w myślach?

– Komunikację... historię i... smokoznawstwo.

– Nonsens! – warknął jego ojciec, ale Galen Thrall tylko kiwnął głową, jakby były to dziedziny absolutnie godne tego, by je zgłębiać. – Masz dar ukrywania i przywoływania – ciągnął ojciec. – A polityka jest z pewnością istotniejsza od historii. Myślałem, że chcesz coś zmienić w świecie.

Na te słowa Galen Thrall uniósł brew, jakby uznał je za zabawne, a Meredith spłonął rumieńcem. Pomimo siły jego postanowienia ojciec wciąż potrafił zaledwie kilkoma słowami sprawić, że czuł się jak dziecko. Ale nie, nie wolno mu zapomnieć, że wybór dziedzin to jego święte prawo. Zakończenie studiów uczyni z niego pełnoprawnego maga.

– To moja decyzja – rzekł, przywołując całe swoje opanowanie. – Takie dyscypliny wybrałem.

– Tak, tak – rzekł Galen Thrall. – My zaś wspomożemy cię w nauce. Ale nie w smokoznawstwie. Niewiele można się nauczyć, studiując wyrmy. Czasy tego gatunku dobiegają końca, smoki powoli znikają z tego świata i nie minie wiele czasu, zanim znikną ze szczętem, obawiam się. Za to historia... Wiedza o tym, co przeminęło, zawsze ma jakąś wartość. Nie sprzeciwiam się obraniu przez ciebie tej ścieżki.

Uśmiechnął się wielkodusznie, ale źrenice jego oczu wyglądały, jakby jeszcze się skurczyły. Thrall z ostrożnością podchodził do takich, którzy chcieli „coś zmienić".

– Odejdź – podjął, odprawiając Mereditha, nim ten zdążył powiedzieć coś jeszcze. – Przygotowano już dla ciebie komnaty. Gdy wypoczniesz, każę komuś odeskortować cię do archiwów. Oby twoje studia przyniosły oczekiwane owoce.

Brak zgody na studiowanie smokoznawstwa przygiął Mereditha do ziemi.

Nie mógł jednak sprzeciwić się decyzji wielkiego veneratu. Celowo ignorując świdrujące spojrzenie ojca, młody mag skłonił się nisko i opuścił komnatę.

– Historia! – prychnął Morgan, gdy drzwi zamknęły się za jego synem. – Jaka strata czasu!

Thrall przez chwilę nie mówił nic. Opuszczone brwi znamionowały głębokie zamyślenie.

– Czy możemy zaufać mu na tyle, żeby wyjawić mu prawdę?

– Nie wiem – odparł Morgan. – Od przywołania jest wycofany, zmieszany... Za dużo słabości odziedziczył po matce.

– A więc nie wolno mu przeczytać kronik osiemdziesiątej czwartej dekady.

– Mamy do czynienia ze studentem historii, który przejawia też znaczny talent w sztuce ukrywania. Jeśli je usuniemy lub schowamy, dowie się o tym.

– Ani ich nie ukryjemy, ani nie usuniemy – powiedział Thrall z uśmiechem. – Umieszczę w archiwach brata Seruliana. Jest mistrzem utajniania. Twój syn nie zapamięta ani jednego słowa z kronik osiemdziesiątej czwartej dekady, choćby przeczytał je sto razy.

– Nabierze podejrzeń.

– Ha! – wypluł Thrall i zaśmiał się chrapliwie. – Nawet nie zauważy. Tę wiedzę pochłonie ciemność. Po prostu będzie myślał, że nie nauczył się z nich niczego nowego.

– Niech tak będzie – zgodził się Morgan.

– Niech tak będzie – postanowił Thrall.

Oszalały ze złości i udręczony głodem Meredith poszedł za magiem serią korytarzy i trafił do przeznaczonych mu komnat. Spodziewał się, że sprzeciwienie się ojcu przyniesie mu satysfakcję, ale w jego sercu wrzał gniew spowodowany znajomym brzemieniem rozczarowania. Gdy mężczyzna opuścił pokój, Meredith przysiągł samemu sobie, że nic nie odciągnie go od studiów nad dziedzinami, które wybrał. Nie zważając na perswazje wielkiego veneratu i ojca, odda się nauce historii Furii i jakimś sposobem wydobędzie z niej wiedzę o smokach.

„Am miros trădare în tine".

Czy to o tej zdradzie mówił brat Pacatos?

Zdjęty grozą Meredith miał nadzieję, że nie.

33

POCZĄTEK SZKOLENIA

Drugiej nocy nikt nie spał nawet w połowie tak dobrze jak pierwszej. Wiedząc, że zostaną zbudzeni o świcie, kadeci obracali się niespokojnie na boki, a sen przyszedł dopiero parę godzin po północy. Falko spodziewał się, że zbudzi ich jakiś nieludzki jazgot, tak jak w barakach Caer Dour. Zdziwił się więc, gdy o wskazanej porze lanista Deloix po prostu pojawił się w koszarach z młodszym asystentem. Stanął w końcu pomieszczenia, a młodzieniec zadzwonił mosiężnym dzwonkiem, który zawieszono na jednej z belek stropu biegnących środkiem przez całą jego długość.

Ding, ding, ding!

Trzy subtelne dźwięki, raz, a potem drugi raz. To więcej niż dosyć, by wszyscy niespokojni kadeci wstali z łóżek.

– Dzień dobry. Ufam, iż dobrze spaliście – powiedział lanista, patrząc na ich opuchnięte twarze i zaczerwienione oczy. – Macie dwadzieścia minut, żeby się ubrać, pójść do toalety i stawić się na dziedzińcu. Każdemu z was przygotowano buty i ubranie.

Wskazał je ułożone na kufrach w nogach łóżek: spodnie, tunika, buty, kurtka z owczej skóry i nawoskowany bawełniany płaszcz. Lanista zakończył przemówienie kiwnięciem i w barakach zawrzało.

Falko jęknął, wstając z łóżka. Sińce nabrały koloru przez noc, a żebra miał sztywne i obolałe. Przyłożył dłoń do twarzy, przesunął językiem po rankach na ustach, a potem podniósł wzrok na lanistę Magnusa, który stał przy jego kufrze. Starszy instruktor obejrzał twarz i żebra chłopaka.

– Decyzja w sprawie twojego szkolenia zostanie podjęta dziś po południu – rzekł z nieruchomym, niemożliwym do odczytania wyrazem twarzy. – Do tego czasu będziesz traktowany tak jak inni kadeci.

Falko pokiwał głową i odprowadził lanistę wzrokiem do drzwi. Wyczytał w jego tonie coś niepokojącego. Jakby instruktor nie powiedział mu wszystkiego, co wiedział. Dręczony złym przeczuciem, Falko sięgnął po bawełnianą koszulę i syknął, gdy odezwały się poobijane żebra.

– Żyjesz? – zainteresował się Malaki.

– Jakoś to będzie – odparł Falko.

Widział Jarega i pozostałych napastników po drugiej stronie pomieszczenia. Nie chciał dawać im satysfakcji, zagryzł więc zęby, ubrał się szybko i załatwił, co jest rano do załatwienia.

– Co powiedział ci Magnus? – spytał kowal, gdy opuszczali baraki wraz z Bryną.

– Tylko tyle, że decyzję o moim szkoleniu podejmą po południu.

– Brzmi złowróżbnie – skomentował Malaki.

– Na pewno będzie dobrze – zapewniła go Bryna.

Ale Falko nie czuł się tym pokrzepiony. Milczał, gdy szli za resztą kadetów na pole treningowe, gdzie czekał już na nich lanista Deloix. Niebo wciąż było szare, a w powietrzu pachniało deszczem, więc pomimo płaszczy i kurtek drżeli z zimna. Jesień powoli umykała przed zimą.

Lanista Deloix zaprowadził ich do wielkiego białego namiotu z boku dziedzińca. Gdy wchodzili kolejno do środka, asystent odbierał od nich płaszcze i prezentował każdemu wybraną przez nich broń. Bryna otrzymała łuk i kołczan pełen strzał oraz krótki miecz w pochwie na pasku. Malaki i Falko otrzymali po valenckim bękarcie i okrągłej, okutej stalą tarczy.

Zawstydzony Falko ściągnął krócej paski tarczy, by dopasować je do chudych ramion. Poderwawszy wzrok, zauważył, że Jareg i kilku innych słało w jego kierunku szydercze spojrzenia, ale nie przejmował się tym. Raz jeszcze poczuł przyjemne ukłucie zadowolenia wynikające z kontaktu z bronią. Kusiło go, by pomyśleć sobie, że to męska rzecz, ale dostrzegł nabożną cześć, z jaką Bryna zakładała pas z mieczem, przerzucała kołczan przez ramię i łapała za łuk. Nie. To kwestia tego, kim się jest i jak się postrzega samego siebie. Może nie wyglądał na wojownika w tym stopniu co Malaki, ale gdy złapał za miecz i zapiął tarczę na przedramieniu, poczuł się osobliwie na miejscu.

Gdy wszyscy już byli należycie wyekwipowani, wyszli za Deloix na zewnątrz, gdzie czekał już na nich Magnus. Starszy instruktor uniósł ramię i wskazał góry.

– Tam, we mgle – zaczął – znajduje się kamień, który zwą Palcem. To wielki granitowy blok wystający ze zbocza góry. Codziennie rano będziecie wspinać się na Palec, a potem wracać tutaj, żeby zjeść śniadanie i przygotować się do treningu.

Kadeci podnieśli wzrok na zwieszającą się nisko na niebie chmurę, która połykała wierzchołek góry. Widzieli blady zarys ścieżki wspinającej się wężykiem po stoku.

– Do Palca są dwie mile i tysiąc stóp – ciągnął dalej Magnus. – Powinno wam to zająć jakąś godzinę – dodał, gdy pozostali instruktorzy wrócili do namiotu.

Niektórzy z kadetów przestępowali powoli z nogi na nogę, ale było jasne, że część była zaznajomiona z tym porannym rytuałem – i ci ruszyli truchtem w kierunku ścieżki.

– No, lepiej zaczynajmy – rzekł Alex, każąc Falkowi i reszcie pobiec za sobą. – To wspinaczka co się zowie. I nieco więcej niż dwie mile.

– Odbyłeś ją już? – zapytał Falko, gdy on, Malaki i Bryna ruszyli w drogę za braćmi.

– Tak, niedawno. Kuzyn nam o tym powiedział. Dodał, że to nie wyścig, ale zawsze w końcu robi się z tego wyścig.

Malaki aż błysnął oczami, ale z Falka uleciało powietrze. Dosłownie, bo już trudno mu się oddychało i po kilku minutach zwolnił do chodu.

– Biegnijcie beze mnie – rzekł, gdy dostosowali do niego prędkość. Alex i Quirren pokiwali głowami, ale Malaki nie chciał zostawiać przyjaciela w tyle.

– No biegnij, głupku jeden. – Falko popchnął go lekko. – Nie pozwolisz chyba, żeby wyprzedził cię ten łajdak Jareg?

Malaki uśmiechnął się wreszcie, skinął Brynie głową i pobiegł sprintem przed siebie. Quirren zaraz zrównał się z kowalem, a Alex i Bryna pobiegli nieco swobodniejszym tempem.

Dla Falka ta dwumilowa przebieżka mogłaby równie dobrze mieć dziesięć mil, ale biegł twardo naprzód, zwalniając tylko, by wyminęli go ci, którzy już wracali na dół. Jednym z nich był Jareg, który dołożył starań, by zepchnąć Falka z traktu. Chłopak jednak szybko zapomniał o doznanym afroncie, gdy zobaczył za plecami szlachcica Malakiego i Quirrena, którzy przyspieszyli kroku i zaczęli go szybko doganiać. Żałował tylko, że sam nie zdąży dobiec na dół na czas, by zobaczyć minę Jarega, gdy kowal wyprzedzi go w drodze do namiotu instruktorów.

Pobiegł raźniej naprzód i ostatecznie dotarł do Palca, sterczącego z ziemi skalnego obelisku, który rzeczywiście przypominał nieruchomy palec wskazujący pustkę. Wierzchnia jego krawędź była ścięta na płasko i Falko poświęcił chwilę, by wejść na nią i nie przejmować się opadającym poniżej ostro w dół urwiskiem. Stojąc na czubku, poczuł opływającą go zimną mgłę. Przypomniały mu się góry Caer Dour. Zaczerpnął tchu i uśmiechnął się. Tak, zmachał się ponad wyobrażenie, ale poradził sobie lepiej, niż myślał, a nawet wyciągnął z wysiłku mnóstwo satysfakcji. Obrócił się i dziwnie pokrzepiony, zaczął zbiegać ścieżką w dół.

Godzinna świeca dawno już się wypaliła, kiedy Falko wrócił na dziedziniec. Kadeci kręcili się po okolicy, osłaniając się płaszczami przed bladym, wilgotnym porankiem. Niektórzy z nich kończyli śniadanie, inni rozmawiali w grupach, porównywali broń lub ćwiczyli manewry i techniki. Jeden z asystentów wziął miecz i tarczę Falka, a potem wręczył mu talerz i kubek o zawartości pachnącej rumiankiem.

– A więc udało ci się – powiedział Malaki, gdy przyjaciel usiadł obok na ławce.

Falko pokazał mu swój własny palec, a potem nabrał na pajdę chleba pomarańczowej konserwy i wcisnął sobie do ust.

– Prześcignąłeś go? – zapytał, wskazując Jarega w zwyczajowym wianuszku swoich zauszników.

– A ty jak myślisz? – Malaki wyszczerzył się do przyjaciela.

Falko odwzajemnił uśmiech i przełknął łyk herbaty, gdy kadetom kazano wyjść z namiotu.

Lanista Deloix zaprowadził ich do ustawionych w półkolu ławek przy wielkim białym namiocie. Gestem rozkazał im zająć miejsca, a sam stanął na środku. Moment później z namiotu wyszło kilkunastu instruktorów, każdy z co najmniej jednym asystentem, a po tłumie kadetów przemknęły odgłosy podekscytowania.

Falko dał Malakiemu sójkę w bok, gdy ujrzał, kto idzie na czele kadry instruktorskiej. Z lanistą Magnusem u boku wyłoniła się z namiotu niemożliwa do pomylenia z nikim innym sylwetka emisariusza, ubranego w czarną instruktorską opończę. Nie dał po sobie poznać, że ich zna. Falko poczuł ukłucie rozczarowania, gdy emisariusz potoczył wzrokiem po wszystkich kadetach z jednakową obojętnością.

Kątem oka Falko złapał Alexa i Quirrena, którzy ze wszystkich sił starali się ukryć emocje. Obrócił się, by spojrzeć na siedzącego obok Malakiego. Zdążyli całkiem dobrze poznać się z emisariuszem i denerwowali się tylko na myśl o tym, że mogliby go zawieść. Falko posłał Alexowi pokrzepiający uśmiech, a potem stężał, gdy poczuł, że ktoś się nad nim pochyla.

– No proszę, czyli piesek królowej przyszedł się tobą zaopiekować, co?

Falko zamknął oczy, słysząc szept Jarega.

– No cóż... Książę Ludovico usłyszał już o tej farsie. Wygląda na to, że Czwarta wyjdzie z miasta szybciej, niż zakładano. Niedługo będziesz się cieszył protekcją emisariusza.

Jareg wyprostował się, a Falko obejrzał się na młodzieńców w ostatnim rzędzie. Ich pogardliwe spojrzenia zdradziły mu, że ich zdaniem Falko może liczyć na specjalne traktowanie.

– Co ci znowu powiedział? – spytał Malaki, ale przyjaciel gestem nakazał mu milczenie. Zaczynał się pierwszy dzień treningu.

Asystenci rozstawili stoły, a na nich położyli broń treningową i zbroje. Rozmieścili także kilka manekinów treningowych z drewna i słomy, ubranych w czarne pancerze ferockich kardaków. Na sam ich widok Falko zadrżał.

Gdy wszystko było już gotowe, emisariusz zwrócił się do kadetów:

– Dlaczego tu jesteście?

Pytanie wypowiedziane zostało cicho, jakby Chevalier pytał sam siebie. Z początku nikt nie odpowiedział. A potem odezwał się przysadzisty młodzieniec o śniadej cerze, siedzący po lewej ręce Falka.

– Żeby nauczyć się walczyć. I być tak dobrym, jak to możliwe.

Emisariusz pokiwał głową, jakby była to zupełnie dobra odpowiedź.

– Tak – przyznał. – Ale co ważniejsze, jesteście tutaj, żeby stać się przywódcami ludzkości. Gdy opuścicie akademię, wrócicie do swoich ludzi i nauczycie ich tego, czego sami się nauczyliście. W ten sposób wiedza akademii rozprzestrzeni się po świecie. Ale dlaczego elitarna uczelnia w Clemoncé miałaby dzielić się swoimi tajemnicami z innymi królestwami, z którymi toczyła w przeszłości niezliczone wojny?

– Żeby pokonać Opętanych.

Falko spojrzał w prawo. To powiedział Alex.

– Ale dlaczego to takie ważne? Co czyni ich takimi wyjątkowymi?

– Zagrażają nam wszystkim – powiedział ktoś.

– Bo są okrutni – dodał ktoś inny.

– Okrutni? – Emisariusz roześmiał się gorzko. – Gdy illicyjska armia zdobyła beltańskie miasto Guerthang, zarżnęła wszystkich: mężczyzn, kobiety i dzieci. Moi krajanie zabili tam ponad tysiąc ludzi. – Skrzywił się, jakby sam ledwo wierzył w to, co mówią jego usta. – Czy Opętani są bardziej okrutni od nich?

Kadeci milczeli. Wszyscy znali opowieści o masakrach, torturach i śmierci, które były nieodłączną częścią świata ludzi. Historia Furii była pełna podobnych okropieństw, a niektóre zdarzały się nawet dziś. Czy Opętani rzeczywiście tak się różnili od ludzi? Emisariusz pozwolił im zastanowić się nad tym, a potem kontynuował.

– Jaka jest najgorsza rzecz, jaką można sobie wyobrazić? – Pytanie skierował do jasnowłosego Illicjanina w pierwszym rzędzie. – Jaka jest najdotkliwsza krzywda, jaką można wyrządzić drugiemu człowiekowi?

– Morderstwo – odpowiedział młodzieniec, a emisariusz prychnął, jakby jego odpowiedź nie była godna tego miana.

– Tortury – rzekł ktoś inny.

– A jaka jest najgorsza tortura?

– Rozżarzone kleszcze...

– Łoże...

– Obdzieranie ze skóry...

Emisariusz wydął usta, wciąż daleki od satysfakcji.

– A co, gdyby ktoś, kogo kochacie, był torturowany w taki sposób, a wy nic nie moglibyście zrobić, żeby mu pomóc? Jaką nadzieję byście wówczas żywili?

Strwożeni kadeci patrzyli na niego.

– Żeby szybko umarł – powiedział ktoś z tylnego rzędu.

Emisariusz przeszył go spojrzeniem zimnym jak skała.

– A gdyby nie mógł umrzeć?

Młody człowiek patrzył na niego, nie obejmując umysłem jego słów.

– Co, gdyby ból i cierpienie nie mogły zostać ukrócone przez śmierć? Co, gdyby ktoś obdzierał go ze skóry i był to dopiero początek jego cierpienia?

Patrzył na nich, nie pozwalając, by któremuś kadetowi umknęło pełne znaczenie jego słów.

– Ci, których zabierają Opętani, nie są zabijani, tylko niewoleni. Nigdy nie zostaną dopuszczeni do luksusu, jakim jest śmierć. Nawet gdy ich ciała zostaną wyniszczone, dusze ich nie opuszczą i będą cierpieć już zawsze. Ludzie zniewoleni przez Opętanych pięćset lat temu wciąż żyją. Wciąż cierpią katusze.

Cisza.

– Czy nie ma dla nich nadziei?

Pytanie wypowiedział ktoś cichym głosem, a emisariusz odczekał chwilę, nim odpowiedział. Wiedział, że bliskich wielu z tych młodych ludzi zabrali Opętani.

– Jeśli zginęli, nie straciwszy nadziei, to wróg nie zdołał ich zniewolić. Jeśli demon, który ich zniewolił, został zabity, ich dusze da się uratować. Ale jeśli zostali zniewoleni lub zginęli w rozpaczy, wtedy nie. Ich jedyną nadzieją jesteśmy my. Niektórzy wierzą, że gdy pokonamy Opętanych i wypędzimy ciemność z naszego świata, może wówczas ich dusze da się odkupić.

Kadeci świdrowali go wzrokiem. Dotąd myśleli tylko o sobie i o swoim własnym rozwoju. Akademia była dla nich sposobem na podniesienie umiejętności i statusu. A teraz emisariusz mówił im, że los niezliczonych dusz zależy od nich.

Falko pomyślał o wszystkich ludziach, których oni stracili w walce z Opętanymi.

Balthazak... Sir Gerallt... Symeon.

Czy spoczywają w pokoju, czy też ich dusze cierpią męki piekielne? Spojrzał w bok. Malaki i Bryna siedzieli z pochylonymi głowami.

– Pytam więc raz jeszcze. Dlaczego tu jesteście?

Tym razem nikt nie kwapił się do odpowiedzi.

– Jesteście tu, żeby nauczyć się walczyć – odpowiedział emisariusz na własne pytanie. – Żeby być tak dobrymi, jak to tylko możliwe. – Spojrzał na młodzieńca, który właśnie to przed chwilą powiedział, i skinął mu głową. – To wszystko, co każdy z nas może zrobić.

Kadeci wpatrywali się w niego i nawet Jareg Snidesson poddał się mocy aury emisariusza.

– Tak więc – mówił dalej Chevalier, ale tym razem na jego twarzy jaśniał uśmiech – walczmy.

Kadeci podzielili się na małe grupki, którym przydzielono po instruktorze i kilku asystentów.

Falko trafił do grupki lanisty Magnusa z Malakim, Bryną, kilkoma Beltańczykami oraz śniadymi młodzieńcami, którzy mogli pochodzić z Acheronu lub Thraecji.

– Ale ja jestem łuczniczką – powiedziała Bryna, gdy asystent podał jej treningowy miecz i tarczę.

– Każdy z was wybrał dyscyplinę walki – przyznał lanista Magnus. – Ale będziecie też szkolić się w pozostałych. Łucznicy będą walczyć mieczem i tarczą i uczyć się podstaw formacji włóczniczych, włócznicy zaś będą się uczyć strzelania z łuku w szyku bez strzelania towarzyszom w plecy. W ten sposób dowiecie się, jakie są mocne i słabe strony każdej jednostki na polu bitwy. To bezcenne doświadczenie dla kogoś, kto jest przeznaczony na stanowisko dowódcze.

Kadeci popatrzyli po sobie. Dopiero zaczęli szkolenie, a instruktorzy już mówili o dowodzeniu. A potem, nie zwlekając, również wzięli miecze i tarcze i trening zaczął się na poważnie.

Ćwiczyli kilka godzin, przerabiając podstawowe style walki, z którymi większość była zaznajomiona, choć już po dwudziestu minutach ramiona Falka przestały się nadawać do czegokolwiek. Definitywnie od przebudzenia w Toulwarze robił się coraz silniejszy, ale w porównaniu z innymi wciąż był słabeuszem. Biedził się z mieczem i tarczą, dopóki któryś z asystentów nie zadzwonił dzwonkiem. Instruktorzy znowu kazali im usiąść i ponownie dali mówić emisariuszowi.

– Na potrzeby sparingu korzystamy z mieczy drewnianych lub metalowych ze stępionymi ostrzami, z jakimi większość z was jest zaznajomiona. – Wskazał ruchem głowy tępe miecze treningowe, które spoczywały w rękach kadetów. – Ale trenujemy też z prawdziwymi. – Pokazał trzymany w ręce zwykły miecz jednoręczny i metalową tarczę. – Czy ktoś z was uczył się już szermierki w stylu wolnym lub czytał Gladiatorię?

Najwyżej połowa kadetów uniosła niepewnie ręce.

Falko spojrzał znacząco na Malakiego. Symeon posiadał bardzo stary egzemplarz Gladiatorii i dwaj chłopcy uwielbiali zakradać się do jego gabinetu i oglądać ryciny, a potem również czytać ten legendarny podręcznik wojownika.

Emisariusz skinął na gładko ogolonego młodzieńca z Clemoncé, o piaskowych, jasnych włosach. Wręczył mu ostry miecz i tarczę, a potem polecił przyjąć pozycję przed manekinami ucharakteryzowanymi na kardaków. Manekiny zostały wyposażone w miecze, z których każdy reprezentował inną dyscyplinę walki.

– Na komendę zaatakujesz przeciwnika – rzekł emisariusz, uspokajając uśmiechem nerwowego kadeta.

Chłopak kiwnął głową i gdy asystent zadzwonił dzwonkiem, rzucił się naprzód. Czubek jego miecza bezbłędnie odnalazł szczelinę między płytami pancerza. Następnie kadet zrobił krok w prawo, odbił miecz drugiego manekina własnym, a potem unieruchomił ramię przeciwnika, by wrazić ostrze w jego odsłoniętą pachę. Kolejnego chlasnął mieczem po gardle i po łokciu, by wreszcie rzucić się w kierunku ostatniego manekina. Przemknął obok niego, przyjmując jego miecz na tarczę, a potem obrócił się błyskawicznie i wyprowadził „ostateczny cios" w miejsce na styku dwóch płyt pancerza.

Stanął zdyszany, a manekiny kiwały się i drgały po jego uderzeniach. Każdy został unieszkodliwiony wprawnym, precyzyjnym ciosem. Obserwujący byli pod wrażeniem, a emisariusz nagrodził ucznia aprobującym skinieniem. Wskazał młodzieńcowi miejsce na ławie.

– Czy ktoś z was walczył kiedyś z Opętanymi?

Wszyscy poza kadetami z Caer Dour, którzy walczyli z nimi w górach, pokręcili wolno głowami.

Emisariusz w dwa kroki stanął przed Malakim. Kowal miał pochyloną głowę, lecz teraz ją podniósł, a wyraz jego ciemnych oczu zdradzał, że wolałby zapomnieć, że miał kiedyś z nimi do czynienia. Emisariusz wyciągnął miecz rękojeścią do niego, a Malaki z ociąganiem zacisnął na niej palce. Wstał i przytroczył do przedramienia tarczę. Ruszył, by zająć pozycję.

– To są kardakowie, ciężkozbrojni żołnierze Opętanych. Chcę, żebyś ich pokonał.

Malaki spojrzał na niego, wciąż zwieszając nisko głowę, a potem zwrócił się przodem do manekinów. Wydawał się poskromiony i wycofany, ale Falko zauważył, że klinga jego miecza uniosła się delikatnie, gdy kowal zacisnął wielką pięść na rękojeści.

Zabrzmiał dzwonek i Malaki natarł na pierwszego przeciwnika. Pierwsze cięcie przedarło się od dołu przez gardę kardaka, podrywając napierśnik i rozrzynając znajdujące się pod spodem słomiane ciało, przywiązane do słupka. Drugi cios był kontynuacją pierwszego. Illicyjskie ostrze wżarło się w ramię manekina, pozbawiając go prawej ręki, w której dzierżył miecz. Następnego Malaki powalił potężnym ciosem tarczy i dobił równie potężnym cięciem od góry. Odrąbany kawał słupka pofrunął w powietrze. Jeszcze dwa... Malaki złamał słupek pierwszego kopniakiem, a ostatniego zmasakrował sekwencją ciosów zarówno mieczem, jak i tarczą. Manekin zwalił się na ziemię w kawałkach, czarny hełm potoczył się po piasku i zastygł.

Malaki stanął nieruchomo, spięty, lecz w pozycji wyrażającej gotowość do dalszej walki, jakby miał w planach powalić jeszcze dzisiaj stu Opętanych. Kadeci wbili w niego zaszokowane spojrzenia. Lanista Deloix kiwnął lekko głową, a na ustach lanisty Magnusa wykwitł mroczny uśmieszek zadowolenia.

Większość kadetów spoglądała teraz na kowala z nowym zasobem szacunku. Tylko Jareg i jego klika nie wydawali się usatysfakcjonowani tą demonstracją siły. Młody szlachcic skwitował pokaz prychnięciem, a wielki Beltańczyk gromił Malakiego spojrzeniem, w którym nietrudno było wyczytać wyzwanie.

Emisariusz zwrócił się do uczniów.

– Jedną z najważniejszych rzeczy, których nauczymy was w akademii, jest różnica między sparingiem a prawdziwą walką. – Poczekał, aż

Malaki zajmie miejsce. – Dobrze wymierzony cios może zdobyć wam punkt na turnieju, ale żeby wasz atak odniósł skutek w bitwie, wróg musi zacząć bać się o swoje życie. Przebicie się mieczem przez skórznię lub złamanie ręki przez kolczugę wymaga prawdziwej siły i nie jest łatwo odszukać szczelinę w pancerzu wroga, gdy ten próbuje was zabić.

Podziękował skinieniem, gdy jeden z asystentów podał mu napierśnik pierwszego słomianego kardaka. Podniósł go wysoko, by każdy mógł zobaczyć imponujące wgłębienie po mieczu Malakiego.

– To było uderzenie, które wyrządziłoby wielką krzywdę przeciwnikowi niezależnie od tego, gdzie by trafiło. Ono wręcz domaga się reakcji wroga. Gdy się bronicie, musicie bronić się przed takimi właśnie ciosami. Takimi, za którymi stoi intencja pozbawienia was życia.

Popatrzył na młodzieńca, który w swoim starciu z manekinami postawił na precyzję.

– Nie sugeruję, żebyś porzucił finezję na rzecz brutalnej siły, ale musisz zrozumieć, że finezja to nie wszystko. Do pokonania Opętanych będzie wam potrzebne zarówno jedno, jak i drugie.

Pierwsza lekcja została udzielona, emisariusz przeszedł więc do kolejnej. Asystenci przymocowali elementy pancerza do słupków, żeby pokazać kadetom, jak wielka siła ciosu jest potrzebna, by przebić się przez różne typy pancerza. Wkrótce stało się jasne, że lekkie i finezyjne cięcia i pchnięcia nie są w stanie zranić przeciwnika w pancerzu. Nagle do młodych wojowników dotarło, że ich dotychczasowy trening był tylko dziecięcą igraszką.

Dzień toczył się wolno naprzód, a Falko zauważył, że instruktorzy obserwują ich zachowanie, sposób walki i reakcje na polecenia oraz to, jak odnoszą się do siebie nawzajem – by wyrobić sobie zdanie na ich temat, dokonać oceny wedle sobie tylko znanych kryteriów. Ale trening szybko stał się mordęgą ponad jego siły. Choć sesja nie była szczególnie intensywna, ramiona zaraz odmówiły Falkowi posłuszeństwa. Ledwie mógł unieść miecz, a od wysiłku ściskało go w piersi. Instruktorzy nie strofowali go, po prostu przechodzili do kolejnego kadeta, dając Falkowi czas na regenerację. Doznał obezwładniającej ulgi, gdy wreszcie wrócili na ławki, by oglądać sparingi jeden na jednego. Podziękował skinieniem asystentowi, który wręczył mu kubek parującej polewki.

Dzień nie ocieplił się do południa, poranna mgła uniosła się z gór. Czując się więcej niż tylko odrobinę zniechęconym, Falko pokręcił głową, patrząc na swoje wychudzone ramiona i nadgarstki, które Malaki bez trudu objąłby dwoma palcami.

– Dobrze walczą.

Obrócił się i zobaczył, że siedzi przy nim emisariusz.

– Tak, to prawda – odpowiedział, pochylając głowę i biorąc łyk polewki. Nie chciał, by Chevalier domyślił się, że użala się nad sobą.

– Co myślisz o Owenie? – spytał emisariusz. – Jest szybki...

– Tak... – odrzekł Falko, uświadomiwszy sobie, że Chevalier oczekuje odpowiedzi. – Ale reaguje zbyt raptownie. To czyni go podatnym na zmyłki przeciwnika.

– A tamten Acherończyk walczący z Quirrenem?

Falko przypatrzył się śniademu młodzieńcowi. Poruszał się z gracją urodzonego wojownika pomimo masywnej budowy, z której słynęli Acherończycy.

– Jest przewidywalny – skomentował chłopak. – Zawsze odbija na lewo, a ułożenie stopy uprzedza wroga o następnym uderzeniu.

Emisariusz wydął usta i pokiwał głową.

– A twój przyjaciel kowal?

Falko łypnął na niego, jakby instruktor żartował. Trudno się chyba przyczepić do sposobu walki Malakiego. Ale w oczach Chevaliera była śmiertelna powaga, a więc zmarszczony w skupieniu Falko poświęcił całą uwagę przyjacielowi. Z początku widział tylko czystą i płynną sprawność, ale po chwili uwidoczniły się przed nim drobiazgi, na które wcześniej nie zwrócił uwagi.

– Za dużo ciężaru dźwiga na barkach. Atakuje zbyt gorliwie. Gdyby nie był taki dobry, odkrywałby się przed przeciwnikiem.

– Nie jest aż taki dobry i odkrywa się przed przeciwnikiem – poprawił emisariusz z uśmiechem.

Przez chwilę milczał.

– Siła wymaga tylko czasu i wysiłku – powiedział, a Falko pochylił głowę zawstydzony, że dał się tak łatwo rozszyfrować. – Ale tego, co jest tutaj... – emisariusz dotknął swojej skroni – i tutaj... – popukał się palcem w pierś – tego nie da się wytrenować.

– A więc będę się uczył?

Emisariusz zrobił pauzę. Było jasne, że niełatwo mu powiedzieć to, co ma do powiedzenia.

Falko czekał.

– Odbędzie się sąd polowy – wyrzucił z siebie w końcu. – Królowa udzieliła pozwolenia na twoje szkolenie, ale jej decyzja jest usilnie kwestionowana.

– Przez kogo?

– Przez lordów Snidessona i Sakera. Oskarżają cię o zdradę za to, co się stało przy Smoczym Kamieniu.

Falko zamknął oczy.

– Kiedy?

– Wkrótce. Doniesiono mi, że konstable już jadą.

– A kto będzie mnie sądził? – spytał Falko, czując, że przyspiesza mu puls.

– W normalnych okolicznościach byłaby to królowa, ale ponieważ to jej decyzja jest kwestionowana, na fotelu sędziowskim zasiądzie książę Ludovico. Snidesson będzie reprezentował Dariusa, a Galen Thrall magów, którzy zginęli w walce ze smokiem.

– Czy będziesz mnie reprezentował? – spytał Falko.

Emisariusz pokręcił głową.

– Zostałem powołany na świadka wraz z lordem Sakerem i jego synem Meredithem. Ale nie martw się – podjął, gdy zobaczył rozpacz na twarzy Falka. – Książę Ludovico nie skaże cię za zdradę. Chcą tylko uniemożliwić ci szkolenie się na maga bitewnego.

– A więc sprawa jest już przesądzona – powiedział Falko. – Galen Thrall za nic nie zgodzi się, żeby pozwolono mi się uczyć. Nie, jeśli Saker macza w tym palce.

– Nie byłbym taki pewien. Może decyzja nie będzie należeć do Thralla.

Falko posłał emisariuszowi ostre spojrzenie. Galen Thrall był czcigodnym mistrzem magów Clemoncé. Nie ma takiej rzeczy związanej z magią, która by nie zależała od niego...

– A poza tym jest jeszcze ktoś, kto może zechcieć ci pomóc.

– Tak?

– Owszem – odrzekł emisariusz, wstając, gdy w dali pojawiła się kolumna jeźdźców.

– A jeśli nie zechce?

– To może cię zabić – powiedział Chevalier, a chłopak nie potrafił ocenić, czy żartuje, czy nie.

Ogarnięty nudnościami, stanął obok emisariusza, gdy czterej konstable okrążyli poligon i zatrzymali się obok lanisty Magnusa. Zauważył, że przyprowadzili ze sobą wolnego konia.

Kadeci przestali walczyć i zebrali się wokoło.

– Co jest grane? – spytał Malaki, ale nie było czasu na tłumaczenia.

Konstable skończyli rozmawiać z trenerami. Z malującym się na twarzy wyrazem, który sugerował, że bardzo nie lubi, gdy ktoś przerywa mu lekcję, lanista Magnus zaprowadził konstabli do miejsca, gdzie Falko stał obok emisariusza.

– Falko Danté – wygłosił dowódca konstabli – zostałeś oskarżony o zdradę w związku ze śmiercią maga bitewnego Dariusa Voltaria. Pójdziesz z nami do Komnaty Rady, gdzie podjęta zostanie decyzja o twoim losie.

Malaki świdrował ich wzrokiem. Bryna wyłoniła się z tłumu, by stanąć obok niego. Pozostali kadeci patrzyli na oskarżonego z zainteresowaniem i podejrzliwością. Alex i Quirren się zatroskali. Jareg Snidesson uśmiechnął się, jakby właśnie pokonał Falka w walce.

– Idź z nimi – polecił przyciszonym głosem emisariusz. – Wkrótce do ciebie dołączę.

Próbując uspokoić rozszalały żołądek, Falko ruszył naprzód i dosiadł konia, którego trzymał dla niego lanista Deloix. Konstable skłonili się sztywno emisariuszowi, a potem obstawili Falka dookoła i ruszyli naprzód.

34

PRZECIWNIK

Komnata Rady była owalnym budynkiem w północnej części miasta, olbrzymim, zadaszonym amfiteatrem, gdzie wygłaszano wykłady, urządzano narady strategiczne oraz przeprowadzano rozprawy sądowe. Imponujące ściany z bladobrązowego kamienia udekorowano reliefami przedstawiającymi historyczne debaty oraz wielkich mówców. Budynek nakryty był nisko sklepioną, obłą kopułą, trybutem na cześć niezrównanych kamieniarzy i inżynierów Clemoncé.

Do gmachu prowadziły cztery główne wejścia, ale konstable zaprowadzili Falka do małej bramy i kazali iść kamienną klatką schodową do tunelu. Gdy go pokonali, znaleźli się na najniższym poziomie amfiteatru, wielkim obszarze wyłożonym polerowanym marmurem, o podłodze zaścielonej niesamowitym dywanem przedstawiającym jakąś mapę. Ten centralny punkt pomieszczenia, kolista arena, otoczony był ze wszystkich stron rozchodzącymi się promieniście trybunami, z których można było bez problemu dostrzec, co dzieje się w środku budynku, gdzie stał teraz Falko, ogarniający wzrokiem ogrom gmachu. Chłopak natychmiast skojarzył Komnatę Rady z Moździerzem i tak samo jak w nim odczuł nagle, że na jego umysł napiera ze wszystkich stron obawa, wynikająca nie z nadchodzącej rozprawy, lecz z aury samego miejsca.

Funkcjonariusze zaprowadzili Falka do drewnianego krzesła przy obrzeżu areny. Dwóch stanęło po obu jego stronach w pozycji wartowników, a tymczasem pozostali udali się do miejsca, gdzie ustawiono dwa stoły – jeden naprzeciwko oskarżonego, a drugi, mniejszy, nieco z boku. Gdy konstable zajęli pozycje, jeden z nich skinął w stronę głównego wejścia. Falko podążył wzrokiem w tamtym kierunku i zobaczył, że do środka wchodzą dwaj mężczyźni. Pierwszy musiał być skrybą, drugi – jakimś urzędnikiem. Zajęli miejsca przy mniejszym stole.

Następnie do sali weszli świadkowie: Morgan Saker z synem Meredithem oraz emisariusz. Dwaj magowie przecięli pomieszczenie i usiedli na najniższej trybunie po prawej ręce Falka. Emisariusz zajął miejsce na wprost nich, nieco po lewej. Nie patrzył na Falka, ale chłopak czerpał otuchę z samej jego obecności.

Wreszcie pojawili się trzej mężczyźni, na których czekały miejsca przy dużym stole. Pierwszym był Bellius Snidesson, drugim mógł być tylko Galen Thrall. Sądząc po strojnych szatach, trzecim był sam książę Ludovico z Góry Króla Michaela, wysoki i tchnący szlachetnością mężczyzna w sile wieku, z nosem w kształcie żeleźca topora i długimi czarnymi włosami obficie przetkniętymi siwizną. Tak jak Bellius, miał schludnie przyciętą brodę i wąsy, ale w odróżnieniu od niego nie gromił Falka nienawistnym spojrzeniem. Zamiast tego na jego twarzy malowały się powaga i namysł.

Trzej mężczyźni zajęli miejsca przy głównym stole: Bellius po jednej stronie, Thrall po drugiej, a książę w środku. Galen Thrall powiódł wzrokiem po pomieszczeniu, a następnie utkwił go w Falku. Chłopak czuł się nagi pod spojrzeniem jadeitowych oczu. Natomiast książę Ludovico patrzył na Falka, jakby nie mógł uwierzyć, że taka mikra postać może być przedmiotem tak wielkiego gniewu.

Skryba ujął pióro, książę skinął głową i urzędnik rozpoczął rozprawę.

Przesłuchanie nie było długie, ale Falko miał wrażenie, że ciągnie się miesiącami. Złożył zeznania w stanie umysłu przypominającym oszołomienie, a przez resztę czasu czuł się odrętwiały i odseparowany od toku sprawy, jakby obserwował jej rozwój z jakiegoś miejsca na trybunach. Gdy wreszcie wysłuchano wszystkich wersji i racji, Falko patrzył na trzech przechylonych do siebie nad stołem mężczyzn, w których rękach znajdował się jego los. Przez to otępienie, które go ogarnęło, ich przyciszone głosy odbijały się w jego głowie osobliwym echem.

– Nie przejmuj się – powiedział cichy głos i Falko zobaczył stojącego nad nim emisariusza. Chevalier popatrzył na konstablów, a potem dał oskarżonemu kubek wody. – Mówiłeś z sensem, a książę miłuje prawość. Snidessonowi nie uda się go urobić.

Emisariusz przemawiał cicho, aby nie usłyszał go Bellius, który co rusz strzelał do Falka nienawistnym spojrzeniem. Z kolei Galen Thrall całą uwagę skupiał na księciu, który siedział pośrodku stołu ze skrzywionymi w skupieniu brwiami. Emisariusz zapewnił Falka, że ten człowiek nie poprze oskarżenia o zdradę, ale chłopcu trudno było wyobrazić sobie, że książę podejmuje decyzję, która jest nie w smak Galenowi Thrallowi.

Falko oderwał się od nich spojrzeniem i napił się wody. Jego ręka drżała tak mocno, że kilka kropel pociekło mu po brodzie.

Gdy kontynuowali dyskusję, Falko skorzystał z okazji, by rozejrzeć się po pomieszczeniu. Po jego prawej stronie Morgan Saker przysłuchiwał się rozmowie, Meredith patrzył na wprost z nieokreślonym wyrazem twarzy. Wraz z emisariuszem zrelacjonował ze szczegółami wydarzenia nad Smoczym Kamieniem.

Falko wrócił spojrzeniem do głównego stołu, gdy uświadomił sobie, że to, co wziął za cień padający na najwyższe trybuny, było w rzeczy samej sylwetką człowieka. Jak przez mgłę przypomniał sobie, że do komnaty rzeczywiście weszła jeszcze jedna osoba, której nie poświęcił wówczas nawet pół myśli. Cicha, okutana w ciemność figura była obecna od początku rozprawy. Zanim zdołał uważniej jej się przyjrzeć, jego uwagę przykuła uniesiona ręka księcia Ludovica. Najwyraźniej usłyszał już dosyć. Bellius i Thrall odchylili się na krzesłach i zamilkli.

– Sąd pragnie podziękować świadkom za ich szczere zeznania dotyczące tego tragicznego wydarzenia – przemówił głębokim głosem z ciężkim akcentem.

Emisariusz skinął głową Falkowi i wrócił na swoje miejsce.

– Sąd nie ma wątpliwości co do tego – mówił dalej książę – że pan Danté ostrzegł smoka przed atakiem i złamał czar ukrycia, udaremniając próbę zabicia go.

Bellius uśmiechnął się z satysfakcją, a Galen Thrall tylko pokiwał głową, tak jak robią to mędrcy, z cieniem uśmiechu na wąskich wargach.

– Jednak zdrada nie może zaistnieć bez wyraźnej intencji. – Bellius poruszył się na krześle, a źrenice Thralla nagle się zwęziły. – Nie ma żadnych dowodów na to, że pan Danté zamierzał spowodować śmierć Dariusa Voltaria. Zeznania sugerują, że był to odruch. Głupi i tragiczny w skutkach, ale nienoszący znamion intencji, żeby postawić w zagrożeniu życie ofiary.

Zamilkł, nim wydał werdykt.

– Ogłaszam więc oskarżonego niewinnym zarzucanej mu zdrady.

Falko wypuścił powietrze z płuc, zaskoczony rozsądnym tokiem rozumowania księcia. On sam osądził go na podstawie towarzystwa, w jakim książę się obracał, czyli magów i szlachciców pokroju Belliusa, którzy ich popierali. Teraz uświadomił sobie, że był względem niego niesprawiedliwy.

– Co się zaś tyczy kwestii szkolenia – ciągnął książę – nie mam stosownych kwalifikacji, żeby wydać werdykt w tej sprawie. Wysłuchałem raportów o smutnym zdarzeniu, jakim był upadek ojca oskarżonego, który w moim rozumieniu jest dostatecznym argumentem przemawiającym za tym, żeby zastosować daleko idące środki ostrożności. – Zrobił pauzę, a Bellius znów poruszył się na krześle. – W tej sprawie muszę więc poprosić o radę wielkiego veneratu. Z tego, co wiem, magowie bitewni muszą szkolić się pod okiem maga. Pozostawiam decyzję o szkoleniu pana Dantégo Galenowi Thrallowi.

Gdy książę wydał wyrok, wszystkie oczy skupiły się na przywódcy magów.

– Wasza Książęca Mość jest jak zwykle pełen zrozumienia i mądrości – zaczął Thrall podejrzanie uprzejmym tonem. – Kwestię pana Dantégo rozstrzygamy, odkąd dowiedzieliśmy się o jego chęci zostania magiem bitewnym. Rola przewodnika przyszłego maga bitewnego nie jest łatwa, pozwoliłem sobie więc przedstawić tę kwestię członkom wieży. Pomimo historii rodzinnej pana Dantégo ja osobiście nie mam nic przeciwko, żeby przeszedł szkolenie.

Jasne, akurat, pomyślał Falko.

– Jednak nie ma wśród moich magów ani jednej osoby, która chciałaby przyjąć na siebie rolę przewodnika pana Dantégo. A skoro tak, ośmielam się zasugerować, żeby usunąć go z Akademii Sztuki

Wojennej, tak aby jego fizyczne niedostatki nie odrywały uwagi lanistów od bardziej obiecujących kadetów.

Spojrzał na Falka przepraszająco, jakby nie miał żadnego wpływu na wydany przez siebie werdykt. Bellius zaprezentował Falkowi tryumfalny uśmiech. Chłopak prawie czuł satysfakcję promieniującą od Morgana Sakera. Choć został oczyszczony z zarzutów o zdradę, żołądek skręcał mu się na myśl, że ci ludzie pozbawili go możliwości nauki w akademii. Zwrócił się na prawo, ale emisariusz nie patrzył na niego. Utkwił wzrok w podłodze, Falko widział jednak napięcie w jego złożonych rękach, jakby Chevalier na coś czekał.

– Dobrze więc – powiedział książę Ludovico. – Pan Danté pozostaje wolnym człowiekiem, ale zostanie usunięty z akademii ze skutkiem natychmiastowym i powróci do...

– Ja będę go trenował.

Słowa wypowiedziano cicho, jakby nie niosły ze sobą żadnej istotnej treści. Falko zobaczył, jak emisariusz podrywa głowę, a w jego oczach jaśnieje zadowolenie. Ale nie patrzył na Falka. Spoglądał na Meredítha Sakera. Wciąż noszący szaty nowicjusza Meredith wstał z miejsca i stanął przed głównym stołem.

– Ja będę przewodnikiem Falka.

Bellius wyglądał, jakby ktoś uderzył go pięścią w żołądek. Bladozielone oczy Galena Thralla nabrały mroźnej ostrości krzemienia. A po prawej ręce Falka furia Morgana Sakera płonęła jasno jak ogień.

Falko ponownie poczuł się odseparowany od toku wydarzeń, jakby z daleka przyglądał się procesowi jakiejś obcej osoby. Meredith Saker jakimś sposobem znalazł w sobie odwagę, by sprzeciwić się najpotężniejszemu magowi w Furii. A co więcej – własnemu ojcu.

Meredith napotkał tchnące niedowierzaniem spojrzenie Falka i wówczas dotarło do niego, co tak naprawdę robi.

– Uratował mi życie – rzekł tylko, a Falko poczuł ucisk w gardle.

Książę Ludovico wodził wzrokiem od ojca do syna. Uniesiona brew nie mąciła nieodgadnionego wyrazu jego twarzy, gdy rozsiadł się na krześle i zwrócił do Galena Thralla, który milczał chwilę, nim się odezwał:

– Oczywiście, to rzecz zupełnie naturalna, wręcz chwalebna, że pan Saker czuje powinność wobec pana Dantégo.

Falko był pełen podziwu dla samokontroli Thralla, nawet w obliczu tak jawnego sprzeciwu ze strony nowicjusza.

– Jednak w tym konkretnym przypadku zmuszony jestem zakazać...

– Nie możesz – rozbrzmiał nagle surowy głos i Falko podniósł wzrok na postać na tyłach komnaty, która właśnie wstawała z trybuny. – Decyzja o podjęciu szkolenia należy wyłącznie do nauczyciela i ucznia. Żaden z nich nie potrzebuje zgody wieży.

Postać zeszła po schodach i Falko dopiero teraz zauważył, że jest to przygarbiony, utykający, jednoręki mężczyzna. Aurelian Cruz.

Thrall zmarszczył brwi i po raz pierwszy na jego twarzy pojawiła się złość.

– Ośmielasz się mieszać w sprawy wieży?

– Nie mieszam się – zaprzeczył Cruz, stając u stóp schodów. – Tylko przypominam ci o regułach ustanowionych przez magów większych od ciebie.

Słowa miały zaboleć i Falko zauważył, że Thrall robi, co może, by powstrzymać się przed reakcją.

Aurelian potoczył wzrokiem po komnacie. Zatrzymał go dłużej na Falku, po czym skinął na przywitanie emisariuszowi. Musiał być kiedyś wysokim mężczyzną, i pewnie przystojnym, lecz to było dawno temu, zanim naznaczyły go odbyte bitwy. Teraz jego twarz była przedwcześnie postarzała, poznaczona bliznami jak drewniane słupki na polu treningowym. Miał połamane zęby, a skóra po lewej stronie twarzy była napięta w wyniku oparzeń. Włosy miał długie, niesforne i siwe, a jednak była w nim jakaś godność, jakby stawił czoła najgorszym rzeczom i sprawom, jakie ma do zaoferowania życie, i nie miał już nikomu nic do udowodnienia.

– A więc – podjął – ten młody nowicjusz chce poprowadzić tego oto żółtodzioba ku zagładzie, a ty nic nie możesz na to poradzić. Pewnie szlag cię trafia, co? – dodał, nie kryjąc się ze złośliwością.

Cisza aż dzwoniła w uszach. Źrenice Galena Thralla zmniejszyły się do dwóch maleńkich czarnych punkcików. Gdy ponownie się odezwał, jego głos drżał.

– To nie jest kwestia pozwolenia lub zabronienia, ale bezpieczeństwa. Wiesz lepiej niż ktokolwiek, że rytuał Assay to nie przelewki. Pochłonął już życie niejednego obiecującego młodzieńca. A poza tym...

nie ma dowodów na to, że pan Danté w ogóle nadaje się na maga bitewnego.

Thrall zrobił pauzę, pewien, że odzyskał kontrolę nad sytuacją.

– Pomijając oczywistą słabość organizmu – ciągnął, mierząc Falka pogardliwym spojrzeniem – po przyszłym magu bitewnym należałoby się spodziewać jakichś oznak wewnętrznej siły, zwłaszcza w takim wieku, tymczasem...

Przerwał mu w połowie zdania szum ognistej kuli, która nagle wystrzeliła z dłoni Aureliana i przemknęła nad podłogą. Przerażeni konstable odskoczyli na bok, a Falko ledwie miał czas się wzdrygnąć, nim ogarnęły go płomienie. Poczuł uderzenie gorąca, a potem ogień zniknął.

– Skandal! – wykrzyknął Bellius, gdy wszyscy porwali się z miejsc, obalając krzesła i przewracając kielichy z wodą.

– Bez paniki – warknął Aurelian. – Nie była taka znowu duża.

Pokuśtykał do Falka, złapał go za ramię i dźwignął na nogi. Jego ubranie dymiło, miał przypalone włosy, a skóra była zaczerwieniona, ale poza tym nie odniósł obrażeń. Za to krzesło, na którym siedział, było spalone na wiór.

– Nie ma dowodów? – powtórzył Aurelian. – Ta kula ognista zabiłaby zwykłego człowieka. No, przynajmniej poważnie poparzyła – dodał, wędrując przepraszającym wzrokiem do emisariusza. – Ten chłopiec przeżył kontakt ze smoczym ogniem i stanął przeciwko demonowi, gdy twoi magowie obsrywali szaty. Jakich dowodów jeszcze potrzebujesz?

Spojrzał na Falka i potrząsnął nim lekko, jakby chciał się przekonać, że ten ustoi o własnych siłach.

– To prawda, że wygląda jak wypłosz, ale nie popełnijcie błędu, panowie. Ten chłopak ma duszę maga bitewnego. I tylko czas pokaże, czy ma dość siły, żeby nim zostać.

– Moglibyśmy odmówić wykonania rytuału – powiedział Thrall.

– Moglibyście – przyznał Aurelian z groźnym błyskiem w lodowato błękitnych oczach. – Ale co by powiedzieli ludzie, gdyby się dowiedzieli, że przeszkodziłeś w wykuciu broni, która mogłaby ich obronić?

Galen Thrall zawahał się. Nawet on nie był na tyle arogancki, by myśleć, że wolno mu zignorować głos ludu. W rzeczy samej, od wielu lat pracował na to, by zmienić zdanie ludzi o magach. Nie mógł sobie na to pozwolić, zwłaszcza teraz, gdy ich armia miała lada moment sprawdzić się w pierwszej bitwie.

– Dobrze – powiedział w końcu. – Pan Saker zostanie przewodnikiem Dantégo, ale pod warunkiem, że nie będzie to kolidować z jego własnym szkoleniem. Nie pozwolę zmarnować jego talentu przez głupie poczucie obowiązku.

Aurelian skwitował sprawę niskim warknięciem, a potem przyjrzał się Falkowi, który poruszył się niespokojnie pod jego przenikliwym spojrzeniem. Chłopak miał wrażenie, że te zimne oczy drapią mu skórę jak druciana szczotka. Stary mag wydawał się być pod wrażeniem tego, co zobaczył. Zmierzył chłopaka wzrokiem i pokiwał głową.

– Rano będziesz trenował z innymi kadetami – zabulgotał Aurelian, wwiercając się wzrokiem w Falka. – A popołudniami będziesz trenował ze mną.

Falko po prostu skinął głową, zastanawiając się, w co też pozwolił się wplątać.

Aurelian ostatni raz potoczył wzrokiem po ludziach zgromadzonych w komnacie. Wreszcie spojrzał na emisariusza, który odpowiedział mu lekkim uśmiechem.

– Ha! – zaśmiał się stary mag bitewny, raz jeszcze potrząsnąwszy głową. A potem, mrucząc pod nosem przekleństwa, ruszył do wyjścia. Wchodząc do tunelu, zatrzymał się i powiódł wzrokiem do jednej z usytuowanych wyżej bram za plecami Falka. – Wasza Wysokość – rzekł i skłonił głowę.

Wszyscy podnieśli wzrok. W cieniu bramy nikogo nie było widać, lecz nie ulegało wątpliwości, że na sali obecny był jeszcze jeden świadek procesu Falka.

– O pierwszej godzinie popołudnia, panie Danté – chrapliwy głos Aureliana odbił się echem w tunelu – widzę pana w Moździerzu.

Z tymi słowy zniknął.

Meredith? – wykrzyknął Malaki, gdy wraz z Bryną i braćmi Klingemann siedzieli z Falkiem przy stole w mesie. – Ostrza i obuchy, ma facet jaja.

– A co powiedział jego ojciec? – chciała wiedzieć Bryna.

– Nic nie powiedział – odrzekł Falko. – Ale widać było, że dostał szału.

– Kim jest ten cały Meredith? – zapytał Alex.

– To syn Morgana Sakera, starszego maga z naszego miasta – wyjaśniła Bryna.

– Oni też cię nienawidzą jak Snidessonowie?

Malaki i Bryna wymienili spojrzenia.

– Morgan Saker był świadkiem śmierci mojego ojca – rzekł Falko. – Ale wydaje mi się, że Meredith nie jest taki jak on.

Bracia Klingemann oczywiście domyślili się, że jest w tej historii coś więcej, ale Quirren kiwnął lekko głową i Alex przynajmniej raz powściągnął swoją nienasyconą ciekawość.

– No cóż, to bez znaczenia – skonkludowała Bryna. – Klamka zapadła. Będą cię trenować.

– Jutro! W Moździerzu! Z Aurelianem Cruzem! – wykrzyknął nieposiadający się ze zdumienia Alex.

– Odprowadzimy cię tam jutro – zapowiedział Malaki – w czasie przerwy obiadowej. Wrócimy, zanim zacznie się popołudniowy trening.

Falko odpowiedział uśmiechem. Co jak co, ale przyda mu się moralne wsparcie. Z przeciwnej strony pokoju Jareg posłał mu jadowite spojrzenie. Młody szlachcic jak zwykle siedział w obstawie swoich zauszników i Falko nie wątpił, że wszyscy poznali już szczegóły rozprawy. Uśmiech nie spłynął z ust Falka, zrobił się tylko bardziej ponury i zdecydowany. Wyglądało na to, że on również zapracował na swoje miejsce w akademii, ale coś mu mówiło, że może jeszcze tego pożałować.

– Nie doceniłeś go. – Galen Thrall spojrzał na Morgana Sakera z zimną obojętnością węża.

– Nie wiedziałem, że poprze go mag bitewny – bronił się Saker, chodząc w kółko po wypolerowanej podłodze komnaty wielkiego veneratu.

– Nie mówię o Dantém, ale o twoim synu.

Morgan Saker warknął, z trudem hamując wściekłość.

– To ten emisariusz – wysyczał szeptem. – To on za tym stoi. Napchał mu głowę bzdurami, zaraził go jakąś szczeniacką szlachetnością.

– No cóż, co się stało, to się nie odstanie – westchnął Thrall. – Nie gryź się tym za bardzo. Aurelian Cruz może jest na początku szkolenia Dantégo, ale na końcu będziemy my.

Morgan Saker zatrzymał się w pół kroku.

– Tak – powiedział z nagłym przekonaniem. – Daj mi wolną rękę w czasie rytuału Assay. Złamię tego szczeniaka jak suchą gałązkę.

Thrall zgodził się, kiwając wolno głową.

– Jest w wieży wielu takich, którzy mogliby złamać tego chłystka. – Na jego wargi wypłynął tajemniczy, mroczny uśmiech. – I jeden taki, który wydrąży jego umysł jak dynię.

Główny lekarz szpitala w wieży magów pochylił się, by przyjrzeć się rannemu strażnikowi.

– Przeżyje?

– Jest za wcześnie, żeby coś powiedzieć – odparł chirurg. – Pozszywaliśmy mu twarz, ale oka nie udało się uratować.

Lekarz przyjrzał się poszarpanej linii szwu otaczającej prawy oczodół strażnika.

– Jak Pacatos go dosięgnął? Myślałem, że mają zakaz wchodzenia do jego celi.

– To nie jest dzieło brata Pacatosa – powiedział chirurg. – On sam to sobie zrobił.

Głęboko w trzewiach magicznej wieży w Clemoncé umęczona dusza kołysała się w przód i w tył w najciemniejszym kącie celi.

– Vino la mine micul meu soim – powiedział brat Pacatos z oczami zaszłymi mgłą Opętania. – Cei frații și toate deliciile lor sunt în aștеptare pentru tine.

„Chodź do mnie, mój mały sokole. Bracia i wszelkie ich rozkosze czekają już na ciebie".

35

MOŹDZIERZ

Drugi dzień treningu dobrze się zaczął dla Falka. Kadetów obudził odgłos deszczu chłoszczącego terakotowe dachówki baraków, ale zanim wyszli na dziedziniec, deszcz ustał i ciepłe światło wstającego słońca namalowało nieskazitelny obraz gór. Ponownie przydzielono im broń i kazano wspiąć się na Palec. Tym razem Falko wytrzymał pół mili biegiem. Dopiero gdy grunt uniósł się stromo, musiał puścić przodem Malakiego i resztę. Znowu zakończył bieg długo po ostatnim kadecie, ale gdy wpadł wykończony do namiotu, część uczniów nie skończyła jeszcze śniadania.

Malaki klepnął go w plecy i wręczył miskę gorącej owsianki, gdy Falko zwalił się ciężko na ławę. Ten podziękował przyjacielowi i odczekał, aż uspokoi mu się oddech, nim zaczął jeść.

– Zakładam, że dzisiaj też pokonaliście Jarega – powiedział, przyjmując od Quirrena kubek gorącej herbaty.

– Niestety, dzisiaj nie – odpowiedział wielki Illicjanin, zajmując miejsce obok Falka.

Chłopak podniósł głowę. Quirren nie wydawał się zasmucony, właściwie to się uśmiechał. Alex i Bryna także. Wszyscy zdawali się cieszyć z poniesionej porażki.

– Pierwszy ukończył bieg – rzekła Bryna, wskazując głową wejście do namiotu, gdzie Falko dostrzegł Jarega.

Stał na zewnątrz i trzymał się poły namiotu, by się nie przewrócić. Jeden z jego znajomków poszedł z nim pomówić, ale Jareg odpędził go ruchem dłoni.

– Chyba zaszkodziła mu owsianka – powiedziała Bryna i wszyscy wybuchnęli śmiechem.

Jareg co prawda wygrał wyścig, ale ponieważ wycisnął z siebie siódme poty, płacił teraz za to dumą. Może to przez to był tego dnia szczególnie wredny podczas sparingów.

Po kilku godzinach normalnego treningu kazano im usiąść na ławach, a potem pojawił się lanista Deloix z torbą pełną małych drewnianych tabliczek z imionami kadetów. Następnie każdy losował swojego przeciwnika.

Ku nieskrywanej radości Jarega Falko dwukrotnie zebrał solidne baty.

Najpierw od młodzieńca z Clemoncé, który świetnie radził sobie z mieczem, a potem od przysadzistego Acherończyka imieniem Kleitos.

Bryna trafiła na wysokiego Illicjanina Kurta Voglera, ale ten walczył na pół gwizdka. Nie obeszło się bez interwencji emisariusza.

– Czy myślisz, że Opętani będą obchodzić się delikatniej z panią Godwin, bo jest kobietą?

Vogler pokręcił głową.

– Więc nie obrażaj jej w ten sposób.

Wznowili walkę i w ciągu kilku sekund Bryna wylądowała na plecach z krwawiącą wargą i mieczem Voglera przy krtani.

– Tak lepiej – rzekł emisariusz.

Zawstydzony Vogler wyciągnął rękę, by pomóc Brynie się podnieść. Dziewczyna przesunęła językiem po spuchniętej wardze.

– Dopadnę cię następnym razem – szepnęła i Vogler się uśmiechnął.

Jareg stanął przeciw thraeckiemu włócznikowi imieniem Arakios. W odróżnieniu od większości kadetów przedkładał włócznię nad miecz i tarczę, więc Jareg szybko się z nim uporał. Ale nie poprzestał na pokonaniu go. Uniknąwszy wszystkich jego ataków, Jareg wykończył Arakiosa serią ciosów, z których każdy kończył się głośnym klaśnięciem, gdy drewniany miecz uderzał w jego ciało z przesadną siłą.

Laniści skrzywili się na ten „brak samokontroli", ale nie powiedzieli ani słowa, gdy Arakiosa odprowadzono do szpitala z podejrzeniem złamania.

Pozornie nie zdając sobie sprawy z niezadowolenia instruktorów, Jareg wrócił na miejsce. Rozegrano jeszcze dwa pojedynki, nim wywołano go ponownie. Z rysującym się na wargach aroganckim uśmieszkiem wyszedł na czoło grupy i czekał, aż wylosowane zostanie nazwisko jego przeciwnika.

– Malaki de Vane.

Uśmieszek wyparował, gdy Malaki stanął naprzeciwko.

Serce Falka nagle zabiło szybciej. Spojrzał na Brynę i zauważył, że dziewczyna zagryzła wargę, a jej zaciśnięte na rękojeści miecza palce są nienaturalnie białe. Tłum kadetów zaszemrał z ekscytacją. Wszyscy wiedzieli, że ci dwaj się nie lubią.

Lanista Deloix dał znak do rozpoczęcia potyczki.

Jareg przejął inicjatywę i wyprowadził serię skomplikowanych ciosów, ale Malaki uniknął wszystkich. Dwa razy wymanewrował Jarega z taką łatwością, że spokojnie mógłby zadać cios, ale powstrzymał się przed tym. Każdy, kto oglądał walkę, widział, że Malaki kontroluje sytuację, lecz zanim starcie zrobiło się upokarzające dla Jarega, kowal zwabił go luką w gardzie, a gdy szlachcic rzucił się naprzód, Malaki zasłonił się tarczą i pozwolił mu się minąć, a potem lekko dotknął karku Jarega mieczem.

Zawiedziony Alex jęknął przeciągle, jakby nie mógł się doczekać, aż Jareg zbierze bęcki, na jakie zasłużył. Bryna również wydawała się rozczarowana i tylko Quirren uśmiechał się z zadowoleniem.

Falko pokręcił głową z niedowierzaniem.

– Pamiętasz chyba, że sprał mnie do nieprzytomności? – wycedził, gdy Malaki usiadł między nim a Bryną.

– Nigdy nie odbieraj człowiekowi godności – odparł Malaki, cytując pierwszą część powiedzonka swojego ojca.

– Tak, wiem – rzekł Falko. – I nigdy nie pozwól mu odebrać godności sobie.

Powiedział to tonem znudzonego lekcją ucznia, ale gdy podniósł wzrok na przyjaciela, w jego spojrzeniu jaśniała duma. Jedną z rzeczy,

które Falko uwielbiał u Malakiego, było to, że nigdy nie nadużywał swojej siły. Prawda, wygrał niejedną walkę, ale nigdy nie posuwał się dalej, niż musiał, by powiedzieć, co miał do powiedzenia.

Trening trwał dalej, a Falko odkrył, że im bliżej południa, tym robi się coraz bardziej nerwowy. Był głodny jak wilk, ale nie sądził, by zdołał coś przełknąć. Był szczęśliwy, że przyjaciele zaproponowali, iż odprowadzą go do Moździerza. Wspomnienie Aureliana i jego kuli ognia było wciąż boleśnie świeże w jego pamięci i nielekko mu było z myślą o samotnym wkraczaniu do jaskini lwa. Jednakże na krótko przed ogłoszeniem przerwy obiadowej laniści zwołali kadetów. Podzielili ich na dwie grupy: tych, którzy mieli być szkoleni na oficerów, jak Bryna i Alex, oraz pozostałych trzynastu, którzy mieli nadzieję zostać rycerzami, jak Malaki i Quirren.

Lanista Magnus zwrócił się do potencjalnych oficerów.

– Dzisiaj zjecie obiad w mesie oficerskiej z dowódcami głównych armii – rzekł. – Chcą was poznać, zanim zdecydują, jakie jednostki wam przydzielić.

– Będziemy dowodzić? Tak szybko? – wykrzyknął Alex, a lanista Magnus zaśmiał się.

– A jak inaczej mielibyście się tego nauczyć?

Nagle Alex i Bryna nie wyglądali wcale na mniej zdenerwowanych od Falka. Pożegnali się, a potem wrócili do baraków, by umyć się i przebrać.

– Nie wiedziałem, że tak szybko zaczną szkolenie z dowodzenia – zdziwił się Malaki, gdy on, Falko i Quirren zasiedli do posiłku w namiocie przy polu treningowym.

– Ja też nie – rzekł Quirren. – Może muszą przyspieszyć trening, skoro Opętani są tak blisko?

Falko nie mówił wiele. Przełknął tylko kilka kęsów chleba i połowę jabłka, gdy Malaki klepnął go w plecy.

– No chodź – rzekł. – Już po dwunastej. Nie dajmy czekać Aurelianowi Cruzowi. Następna kula ognia może już nie być taka mała!

Quirren zaśmiał się, Falkowi jednak zrobiło się słabo, gdy podniósł się z miejsca. Wciąż mieli mnóstwo czasu, ale Malaki miał rację – wolał być za wcześnie niż za późno. Razem wyszli z namiotu. Ruszyli w kierunku zbocza, gdy drogę zastąpił im emisariusz.

– A wy dokąd?

– Idziemy do Moździerza z Falkiem – odpowiedział Malaki. – Wrócimy, zanim zacznie się popołudniowa sesja.

Emisariusz pokręcił głową i wskazał poligon. Trzej młodzieńcy obejrzeli się i zobaczyli nadjeżdżający szwadron ciężkiej kawalerii. Na pięciu pierwszych wierzchowcach siedzieli rycerze. Pozostałe nie miały jeźdźców, ale mimo to karnie podążały za czołem kawalkady. Każdy rycerz miał opończę w innym kolorze i długą lancę, z której zwisał proporzec o tej samej barwie. Ze wszystkich łopoczących na wietrze emblematów Falko rozpoznał tylko jeden. Lśniąca biel i czarne pole. Góry Nieugiętych.

Kawaleria zatrzymała się i jeden z dowódców wyjechał koniem dwie długości przed resztę. Bez wątpienia był to najbardziej imponujący pod względem fizycznym mężczyzna, jakiego Falko widział w życiu. Wysoki, muskularny, o długich czarnych włosach, dosiadający wspaniałego gniadego ogiera. Miał wyraźnie zarysowane brwi i wydatną żuchwę, porośniętą gęstą czarną brodą. Jego opończa miała barwę bladego srebrzystego błękitu, a końska głowa wyobrażona na jego piersi była czarna. Z wysokości swojego wierzchowca powiódł wzrokiem po kadetach, jakby byli dziećmi, którymi rzeczywiście byli przy takich mężczyznach jak rycerz.

– Fraternité rycerzy zwraca się do tych, którzy chcą wziąć udział w épreuve du force, żeby wystąpili naprzód – zawarczał surowym głosem.

Malaki i Quirren popatrzyli po sobie, a potem spojrzeli na Falka. Wygląda na to, że wszystkich czekają dzisiaj wyzwania.

– A nie moglibyśmy po prostu... – zaczął Malaki, ale emisariusz już kręcił głową.

– Teraz albo nigdy.

– Idźcie – powiedział Falko. – Poradzę sobie.

Malaki zrobił się blady jak ściana. Czerwone znamię na twarzy uwidoczniło się wyraźniej niż kiedykolwiek.

– A co, jeśli dam ciała? – powiedział, a Falko zdumiał się, widząc prawdziwy strach w oczach przyjaciela.

– Ty też sobie poradzisz – powiedział głosem wyrażającym niezachwiane przekonanie.

Malaki uśmiechnął się niemrawo, a po chwili już szczerzył się jak zwykle.

– Nie daj się pobić, gdy nas nie będzie, jak ostatnim razem.

– Postaram się – odparł Falko i zwrócił się do Quirrena: – Połamania nóg.

– Wzajemnie – rzekł olbrzym, stojąc jak słup soli.

– No idźcie, czekają na was.

Malaki i Quirren z jedenastoma pozostałymi kadetami wyszli naprzód. Był wśród nich wielki Beltańczyk, który, jak się dowiedzieli, miał na imię Huthgarl. Kadeci wskoczyli na siodła i dowódcy zaczęli się zbierać do drogi powrotnej. Skinęli z szacunkiem instruktorom, a potem mężczyzna w czarnej opończy Nieugiętych podążył wzrokiem do emisariusza i zasalutował mu lancą. Zwalisty rycerz w niebieskiej opończy podążył za jego spojrzeniem. Nie zasalutował, ale skinieniem pozdrowił rycerza, a emisariusz zrewanżował się tym samym.

– Kto to? – zaciekawił się Falko, gdy pięciu rycerzy odjechało wraz z czeredą studentów.

– Sébastien Cabal – odrzekł Chevalier. – Lord dowódca rycerzy Furii.

Falko nagle zaczął się bać o przyjaciół, a emisariusz zauważył to i zrozumiał, jak chłopak się czuje. On sam zmierzył się z Sébastienem Cabalem na ubitej ziemi. Był to jeden z zaledwie kilku przegranych przez niego pojedynków. Uśmiechając się do wspomnień z tego epickiego turnieju, zwrócił się ku Falkowi.

– Powinieneś już iść – powiedział, gdy wychowankowie zniknęli z widoku. – Pan Cruz nie lubi niepunktualnych uczniów.

Obdarzywszy Falka niewyraźnym uśmiechem, wrócił do namiotu.

Falko wydał z siebie zrezygnowane westchnienie. Wyglądało na to, że musi sobie poradzić bez wsparcia moralnego.

Wejdzie do Moździerza samotnie.

Niebo było czyste i świeciło słońce, gdy chłopak zbliżył się do zakrzywionej krawędzi skalnego amfiteatru. Z łomoczącym w piersi sercem spojrzał w dół, na wielki, zatopiony w ziemi lej, ale nikogo w nim nie dostrzegł. Moździerz był pusty.

Falko zaczął się zastanawiać, czy może Aurelian zapomniał o spotkaniu lub się rozmyślił, ale doszedł do wniosku, że najprawdopodobniej po prostu się spóźni. Do momentu obwieszczenia przez miejskie dzwony pierwszej godziny popołudnia brakowało jeszcze paru minut.

Uzbroiwszy się w cierpliwość, Falko zszedł po schodach i wyszedł na piaszczystą arenę. Wciąż nikt się nie pojawił. Podszedł do jednego z czterech pionowych filarów i przesunął dłonią po lśniącym czarnym kamieniu. Różniły się od odrapanych, poobijanych i nadpalonych ścian. Zbudowane na podstawie pięcioboku kolumny były prawie zupełnie gładkie. Nosiły jedynie drobne zarysowania i tylko czasem ubytki po odłupanych drobinkach.

Rozejrzawszy się po wznoszących się dookoła ścianach, Falko poczuł się bezpieczny. Lecz wtedy jego wzrok padł na zacienioną, sklepioną łukiem bramę po przeciwnej stronie areny i pokrzepiające wrażenie zniknęło. Ziejący portal zdawał się go przyciągać i Falko uprzytomnił sobie, że idzie w jego kierunku. Zatrzymał się może dziesięć jardów przed progiem, a jego umysł niespodziewanie wypełnił się szeptem, jakby przejście wiodło do wszystkich koszmarów, które śniły mu się, gdy był dzieckiem. Poczuł potrzebę, by się cofnąć, uciec, ale Falko nauczył się dawno temu, że przed snami nie ma ucieczki. Koszmary siedzą w człowieku i są jego częścią, czekają tylko na odpowiedni moment, by wypłynąć na powierzchnię, gdy człowiek zaśnie.

„Myśl o miłych rzeczach" – radziła mu zawsze Fossetta. Ale myślenie o miłych rzeczach nigdy nie działało, Falko z przekory zaczynał więc myśleć o ich przeciwieństwie. Wyobraził sobie najgorsze ze wszystkich koszmarów, a potem myślał o sposobach na ich zwyciężenie. Tylko wyobrażając sobie, że wznosi wysoko trzymany w dłoni lśniący miecz, mógł zamknąć oczy i stawić czoła nocnym strachom. A więc nie cofnął się. Jego zielone oczy płonęły, a wargi uformowały coś, co przypominało coraz bardziej szyderczy uśmiech. Koszmary nie pochłonęły go, gdy był dzieckiem, nie pochłoną go teraz.

– Niewielu ludzi ma odwagę stanąć tam, gdzie ty teraz stoisz.

Falko wzdrygnął się, słysząc głos. Obrócił się do Aureliana Cruza, który stał za nim z poczerniałym od ognia mieczem zwisającym mu u pasa. Stary mag bitewny skrzywił się, patrząc z namysłem na chłopca. Gestem jedynej ręki kazał Falkowi odsunąć się od portalu, jakby był potencjalnym samobójcą na skraju przepaści.

Raz jeszcze zerknąwszy w ciemność, Falko się cofnął.

– Co to za miejsce? – spytał. – I dokąd prowadzi?

Aurelian zwlekał z odpowiedzią. Odciągnął Falka jeszcze na parę kroków, jakby on również nie czuł się zbyt pewnie, stojąc tak blisko tunelu.

– Ludzie z Clemoncé nazywają to L'obscurité, czyli Ciemnością. Inni Labiryntem albo Oubliette. To tunel, który wiedzie człowieka do jego przeznaczenia.

Zaprowadził Falka na północny skraj Moździerza, gdzie na najniższym poziomie schodów leżały miecz i tarcza.

– To tam odbędziesz rytuał Assay.

Falko wrócił wzrokiem do ciemnego portalu. Pomimo jego postanowienia strach go obleciał na myśl o wejściu w ten nieprzenikniony mrok.

– A więc to ty jesteś synem Aquili – rzekł Aurelian, taksując go wzrokiem.

Falko kiwnął głową.

– Niebiosa litościwe! – wymamrotał okaleczony mag, potrząsając głową i śmiejąc się cicho.

Falko się zawstydził.

– Ależ nie, nie frasuj się tak – rzucił Aurelian, gdy dostrzegł wyraz jego twarzy. – Masz wzrost ojca i nawet wyglądasz trochę jak on. – Wielką, zrogowaciałą dłonią ujął Falka za podbródek i zmusił go, by stanął prosto. Pokiwał głową, jakby wyprostowany chłopak robił lepsze wrażenie. – A poza tym Chevalier dobrze o tobie mówił i jego słowo mi wystarczy.

Falko nie wiedział, co powiedzieć. Oto miał przed sobą kolejną osobę, która znała jego ojca.

– Tylko będziemy musieli go trochę zaprawić, no nie? Dwim? – podjął Aurelian, patrząc gdzieś na prawo od Falka.

Chłopak obrócił głowę w tamtym kierunku i zobaczył siedzącego na trybunach mężczyznę oraz rozłożonego na szerokich stopniach smoka o łuskach koloru opalizującego błękitu. Falko rozpoznał tego człowieka. To był zagrodnik, którego widzieli podczas pierwszej wycieczki nad Moździerz. Po chwili przypomniał sobie też imię smoka Aureliana – Dwimervane.

Bestia spojrzała na Falka z ostrożną ciekawością. Chłopak przestąpił z nogi na nogę pod tym badawczym spojrzeniem, ale nie odwrócił wzroku.

– No to powiedz mi, co potrafisz.

Falko obrzucił Aureliana nierozumiejącym spojrzeniem. Nie miał pojęcia, o czym mag mówi.

– Co potrafisz? – powtórzył Aurelian. – Umiesz tworzyć żar lub ogień, przesuwać przedmioty lub niszczyć je bez dotykania?

Falko pokręcił głową, wciąż niewiele mądrzejszy.

– Ale posiadasz jakieś umiejętności obronne? – indagował Aurelian. – Nie przeżyłbyś tej kuli ognistej, gdybyś nie potrafił się bronić.

Falko ponownie pokręcił głową.

– Knurze jajca! – zaklął mag bitewny. – Czyli otaczasz się tarczą ochronną, nawet sobie tego nie uświadamiając?

Falko wzruszył ramionami.

– Stań tam! – nakazał rozeźlony Aurelian.

Nie wiedząc, co niby zrobił źle, Falko usłuchał i stanął jakieś dziesięć stóp od maga. Aurelian wziął z ziemi garść żwiru i bez ostrzeżenia cisnął nim mocno w Falka. Chłopak zamknął oczy, gdy twarde kamyki zakłuły go w twarz i ręce.

– Broń się – warknął mag, zamierzając się kolejną garścią żwiru.

Falko zasłonił się rękami i próbował uchylać się przed pociskami, którymi raz po raz miotał w niego Aurelian. Nagle zamiast piachu i kamieni mag cisnął w niego kulą ognistą, która ogarnęła go i wybuchła. Falko raz jeszcze poczuł na skórze intensywny żar, a potem ogień rozwiał się, zostawiając po sobie tylko gryzący zapach nadpalonych włosów i ubrań.

– Ha! – zawołał Aurelian, jakby wszystko to było tylko niezbyt śmiesznym żartem. – Instynkt! Nic więcej. – Odwrócił wzrok i przemknął nim po Moździerzu, jakby czegoś szukał. – Gdzie, u diabła, jest ten mag? Ma tyle roboty, a już się spóźnia!

– Nie spóźniam się – odpowiedział mu głos. – Patrzę tylko.

Podnieśli wzrok na Mereditha Sakera, który niespodziewanie pojawił się na schodach. Skinął Falkowi głową, a potem skłonił się dwóm weteranom.

– Panie Cruz. Panie Dusaule.

Dusaule, pomyślał Falko, wbijając wzrok w mężczyznę siedzącego przy smoku. Więc tak brzmiało nazwisko zagrodnika. Był wysokim mężczyzną, szerokim w barach, o sięgających ramion brązowych włosach. Mag bitewny skłonił się z rezerwą, mierząc przybyłego podejrzliwym wzrokiem.

Meredith pokłonił się następnie smokowi, który lekko przechylił głowę, jakby był zaskoczony tą oznaką szacunku ze strony jednego z magów.

– Patrzysz sobie, hę? – sarknął Aurelian, rzucając Dusaule'owi znaczące spojrzenie. – Chevalier wspominał, że masz talent do czarów ukrywających.

Meredith puścił jego słowa mimo uszu. Usiłował zachować godną postawę, co nie było proste w towarzystwie dwóch magów bitewnych i smoka.

– Powiedz mi więc, dlaczego ten wypłosz rzuca czar ochronny tylko wtedy, gdy myśli, że jego życie jest w niebezpieczeństwie?

Meredith przeskoczył wzrokiem do Falka, który jakby nie zauważył obraźliwego tonu weterana.

– Tak jak powiedziałeś, instynkt – odrzekł Meredith. – Falko nigdy nie nauczył się kanalizować swojej mocy. Uwidoczniła się ona tylko za sprawą podświadomości.

Młody czarodziej całą noc ślęczał nad podręcznikami magów bitewnych. Wynikało z nich, że określenie nauczyciela jako „przewodnika" miało wiele sensu. Jego rolą było bowiem nie tyle uczenie przyszłego maga bitewnego, ile udzielenie mu pomocy w odkryciu już posiadanych przez niego umiejętności, a więc jedynie wskazanie, a nie wytyczenie mu drogi. Meredith przyglądał się bacznie obrzucanemu żwirem Falkowi, ale przede wszystkim obserwował umysł chłopca. Z początku Falko czuł zdumienie, ból i rosnącą irytację, ale gdy Aurelian uderzył w niego kulą ognistą, coś poruszyło się w jego umyśle, zbudziła się do życia uśpiona energia, jakby to pogrążona w letargu bestia otworzyła oko, czując zagrożenie. Moc zapłonęła jasno i błyskawicznie otoczyła Falka, a potem zniknęła, gdy tylko rozwiały się płomienie.

– Ja potrafiłem rzucać czary ochronne, gdy miałem siedem lat – powiedział Aurelian. – Gdy skończyłem dziewięć, potrafiłem już myślą miażdżyć kamienie i łamać drewno.

– Ale Falko chorował od dziecka – rzekł Meredith. – Zawsze uważał się za słabego. – Spojrzał pytająco na Falka, który potwierdził skinieniem prawdziwość tych słów. – Rzucenie czaru wymaga wiary w siebie. Chyba że zachodzi za sprawą instynktu.

Aurelian pokiwał wolno głową, jakby zaczynał rozumieć.

– Ale czemu tylko czary defensywne? – spytał.

– Przywoływawcze i wzmacniające wymagają wyraźnej intencji.

– O czym wy mówicie? – przerwał Falko, który nigdy nie słyszał podobnych określeń.

Spojrzeli na niego, dopiero teraz uświadamiając sobie, jak mało ich uczeń wie o sztuce magicznej i mocach maga bitewnego.

– To terminologia magiczna – wyjaśnił Meredith. – Kategorie, którymi określamy różne sposoby manifestacji magicznej energii. – Spojrzał na Falka z niespodziewaną intensywnością.

Komunikacja.

Falko wzdrygnął się, gdy słowo rozbłysło w jego głowie. Nie usłyszał go, przynajmniej nie za pośrednictwem uszu.

Raczej myśl pojawiła się znikąd i zabrzmiała w jego umyśle.

– Kula ognia to czar przywoływawczy – mówił dalej Meredith, już za pośrednictwem ust. – Ale termin odnosi się też do każdej dostrzegalnej formy energii, którą mag tworzy poza swoim ciałem. Przemienianie to modyfikacja przedmiotów bez ich fizycznego dotykania.

Falko pokiwał głową, przypominając sobie wszystkie magiczne ataki, jakie zastosował Darius w walce z czarnym smokiem.

– Wzmocnienie to rodzaj czarów, które wzmacniają ciało. Mag może skorzystać z czarów tej kategorii, żeby osłonić się przed uderzeniem lub zniwelować siłę uderzenia o grunt po skoku z dużej wysokości. Czary woli to te, które pomagają odpędzić strach i obronić się przed atakiem na umysł.

Aurelian zaczął się niecierpliwić.

– Mag bitewny nie myśli w takich kategoriach – rzekł. – W pewnym sensie wszystko, co robimy, jest instynktowne. Tyle że robimy to na zawołanie. – Machnął ręką i przez Moździerz pomknął łuk błękitnawej energii, który zostawił po sobie głębokie wcięcie w przeciwległej ścianie areny. – Jeśli masz zostać magiem bitewnym, musisz nauczyć się robić to wszystko samą myślą. To wymaga wysiłku, a jak przedobrzysz, to opadniesz z sił, ale nie ma czasu na kategoryzowanie i reguły, gdy walczysz z Opętanymi.

Aurelian wydawał się zniecierpliwiony. Podszedł do najniższego stopnia i podniósł leżące tam miecz i tarczę.

– Jak więc chcesz mu pomóc? – zapytał wprost Mereditha, Falkowi zaś wręczył broń. – Jak przeniesiesz ośrodek decyzyjny z podświadomości do świadomości? Jak uchronisz go przed pewną śmiercią?

Falko niemal bezwiednie złapał za miecz i osadził tarczę na przedramieniu, gdy Meredith łypnął na niego z niepokojem. Nie spodziewał się, że jego rola „przewodnika" tak szybko zostanie poddana testowi.

– Gdy pierwszy raz cisnąłeś w niego kulą ognistą – odpowiedział – moc zbudziła się w jego umyśle. Właśnie na tym bym się skupił.

Aurelian puścił jego słowa mimo uszu i dobył własnego miecza. Ostrze było porysowane i odbarwione przez ogień, ale wciąż ostre jak brzytwa.

– Broń się – polecił stary mag bitewny lodowatym tonem.

Falko poczuł, że ogarnia go niepokój. Nawet jednoręki, przygarbiony i utykający Aurelian był śmiertelnie groźnym przeciwnikiem. Meredith odsunął się na kilka kroków, nie bardzo wiedząc, o co chodzi Aurelianowi. Raptem stary mag dał nura naprzód i wyprowadził cios, który niechybnie zabiłby Falka, gdyby ten nie zasłonił się tarczą. Chłopak zachwiał się pod uderzeniem rozpędzonej klingi i z trudem utrzymał równowagę.

– I co teraz zrobisz, magu? – szydził Aurelian, zmuszając Falka do cofnięcia się przed serią szaleńczych uderzeń.

Falko walczył o życie, a Meredith był sparaliżowany rozpaczliwym poczuciem odpowiedzialności.

– On zaraz umrze, magu – wydyszał Aurelian. – Opętani rozedrą go na strzępy i zgwałcą jego duszę. – Zaszarżował na Falka i obalił go na ziemię, przydeptał jego tarczę i wykopał mu miecz ze zdrętwiałych palców. – A co ty masz zamiar zrobić, do cholery?

Miecz Aureliana pomknął w dół i Meredith był pewien, że Falko jest już martwy. Ale w ostatnim momencie jakaś niewidzialna siła wybiła broń z ręki weterana. Miecz pofrunął w powietrze i wylądował z brzękiem jakieś dwadzieścia stóp dalej. Arenę wypełniła napięta cisza.

Dusaule stał wyprostowany i patrzył w dół, na arenę. Milczący mag bitewny wydawał się nieporuszony tym, że uratował Falkowi życie. Meredith drżał. Falko leżał na arenie, zasłaniając się tarczą przed dyszącym ze złości Aurelianem Cruzem. Ten podszedł do Mereditha i zatrzymał swoją twarz dwa cale od twarzy nowicjusza.

– Rytuał Assay to nie jest przechadzka po parku – wysyczał. – To próba złamania człowieka w nadziei, że stanie się niezłomny.

Meredith próbował się cofnąć, ale Aurelian złapał go za szaty.

– Magowie zapuszczają się do samych piekieł, żeby sprawdzić mężczyzn i kobiety, którzy mają stawić czoła demonom Opętanych. A możesz być pewien, że Thrall i twój ojciec nie poskąpią rózgi, poddając rytuałowi pana Dantégo. Zapytam więc jeszcze raz... Jak masz zamiar go na to przygotować?

– Nie wiem – powiedział Meredith cicho.

Jeszcze przez chwilę Aurelian trzymał go za ubranie, a potem w jego zaciętej twarzy pojawiło się pęknięcie uśmiechu.

– Wreszcie choć trochę pokory – rzekł, puszczając go. – Może jest dla was jakaś nadzieja, chłopcy. – Odwrócił się i skinieniem podziękował Dusaule'owi, który ponownie zajął miejsce obok Dwimervane. Pokuśtykał do leżącego na piasku miecza i starł z niego kurz, nim schował go w pochwie.

Wciąż roztrzęsiony Meredith podszedł do podnoszącego się Falka. Z racji wieku obu uważano już za mężczyzn, ale tutaj, w Moździerzu, czuli się jak wystraszeni chłopcy.

Aurelian podszedł do schodów, gdzie dźwignęli się z miejsc Dusaule i Dwimervane.

– Jutro o tej samej porze – powiedział, mijając Falka i Mereditha. – I może tym razem się przygotujcie.

Z tymi słowami zachęty mag bitewny opuścił arenę, a smok i Dusaule ruszyli za nim.

Falko i Meredith odprowadzili ich wzrokiem za krawędź Moździerza. Popatrzyli po sobie niespokojnie, jakby zaczęli rozumieć, w co się wpakowali.

– Nie musisz... – zaczął Falko, ale Meredith uciszył go uniesioną dłonią.

– To dziwne uczucie, które pojawiło się u ciebie, gdy Aurelian przywołał kulę ognia...

– To nic – rzekł Falko. – To tylko nerwy. Czuję to samo, gdy słyszę muzykę lub opowieść, która mnie porusza. Gęsia skórka, ot i tyle.

– Nie – rzekł Meredith z pewnością w głosie. – Ten błysk. Ten przypływ energii. Od tego zaczniemy.

Falko nie wiedział, co na to powiedzieć. Meredith skłonił się i ruszył do wyjścia z areny, po czym skierował się do wieży magów. Falko stał oszołomiony wszystkim, co się wydarzyło. Ręce bolały go po blokowaniu ciosów Aureliana, nogi miał jak z waty. Ostatni raz powiódł wzrokiem po wielkiej arenie, a potem sam również zaczął wchodzić po schodach. Ruszył ścieżką w kierunku akademii. Wciąż było wcześnie i zastanawiał się, czy nie powinien wracać na pole treningowe, ale był wykończony i musiał pomyśleć o tym, co powiedział mu Meredith.

„Ten błysk. Ten przypływ energii. Od tego zaczniemy".

Falko znał uczucie, o którym mówił Meredith, to mrowienie gdzieś za oczami, które spływało w dół ciała; maleńka śmierć, która podnosiła mu włoski na rękach i przynosiła wrażenie oczyszczenia.

Przystanął na zboczu, skąd widział przed sobą Akademię Sztuki Wojennej. Zamknął oczy i zmarszczył brwi, chcąc przywołać to uczucie.

Czy to naprawdę może być ziarno, z którego wykiełkuje jego moc?

Otworzył oczy i spojrzał na swoje mrowiące ręce, jakby widział je pierwszy raz w życiu. Tak, pomyślał. Może.

36

W CAŁYM STWORZENIU

Dzień potoczył się dalej, a Falko zaczynał nabierać przekonania, że miejsce w akademii było nie tyle nagrodą, ile bardzo bolesną karą. Wciąż przegrywał każdy sparing, do którego stanął, a serie ćwiczeń na wytrzymałość, które instruktorzy nazywali kondycyjnymi, przyprawiały go o drżenie i mdłości. A to zaczęło się, jeszcze zanim wszedł do Moździerza z Aurelianem, gdzie weteran rzucał nim od ściany do ściany, aż Falko mdlał z wyczerpania i był obolały od stóp do głów. Jednak notował postępy. Może sobie tego nie uświadamiał, ale powoli zbliżał się do reszty wytrenowanych lepiej od niego kadetów. Zaczynał też rozpoznawać wrażenia w swojej głowie, które były tak czytelne dla Mereditha.

– O, właśnie! – powiedział jego przewodnik pewnego popołudnia w Moździerzu, gdy Falko usiłował odeprzeć grot włóczni, który Aurelian przyciskał do jego piersi. – Teraz skup się na ostrzu, spróbuj je odepchnąć.

Było chłodne, ponure popołudnie, w powietrzu ćmiła zapowiedź śniegu. Trenowali od jakichś dwóch godzin, gdy Meredith zasugerował, że powinni sprawdzić, czy Falko zdoła „wzmocnić" swoje ciało przed stałym naciskiem na jeden jego punkt.

– To może być łatwiejsze od próby osłonienia się przed latającym żwirem – skomentował.

Aurelian nie wydawał się przekonany, ale posłusznie dotknął go końcem włóczni. Przyniósł ją, by sprawdzić, czy Falko zdoła ją odbić mocą umysłu, ale Meredith obawiał się, że chłopak nie jest gotowy na ten sprawdzian. Weteran stał więc z wciśniętą pod pachę włócznią, której koniec opierał się boleśnie o pierś ucznia.

Falko zamknął oczy i skoncentrował się, pewien, że niedługo ostry grot wbije się w jego ciało. Nie widział, jak Aurelian zaciska szczęki, napierając na niego coraz mocniej i ślizgając się na żwirze.

Meredith czuł zadowolenie, widząc, jak moc Falka zaczyna się wreszcie ujawniać.

– Aj! – krzyknął chłopak, wykręcając się spod włóczni, gdy poczuł, że grot przenika przez koszulę i nacina mu skórę ramienia. – Nie dam rady. Nie umiem.

Aurelian zaklął i poleciał do przodu, ale zaraz odzyskał równowagę.

Falko usunął się z jego drogi i przyłożył rękę do krwawiącego ramienia. Nie rozumiał satysfakcji malującej się na twarzy przewodnika. Z kolei Aurelian gromił Falka wzrokiem, jakby był najgorszym ze wszystkich uczniów, jakich miał nieszczęście szkolić.

– Rzuć okiem na jego ramię, Nicolasie – powiedział do Dusaule'a, idąc w kierunku schodów. – Zrobiłbym to sam, ale chyba nie oparłbym się pokusie, żeby trochę go potarmosić. – Trzęsąc w niedowierzaniu głową, pomasował kikut ramienia, jakby doskwierało mu zimno. – To jakiś cud, że ten chłopak przeżył tak długo!

Dusaule podniósł się z miejsca z nikłym uśmieszkiem na twarzy i zaczął płynnie schodzić po schodach.

Nie rozumiejąc poirytowania Aureliana, Falko pozwolił się odprowadzić na bok, gdzie Dusaule odsłonił rankę i wytarł ją kawałkiem szmatki, a potem przyłożył do niej rękę. Falko syknął, a potem westchnął, gdy intensywne mrowienie przebiegło po rozcięciu i otoczyło ramię głębokim wrażeniem ciepła. Ból przeszedł jak ręką odjął, a Falko przypomniał sobie lecznicze zabiegi Symeona. Gdy Dusaule odjął rękę, z ranki przestała sączyć się krew. Właściwie to wyglądała, jakby już zaczynała się goić.

– Dziękuję – rzekł Falko, ruszając ostrożnie ramieniem.

Dusaule skłonił się i kiwnął lekko głową do Aureliana, a potem wrócił na trybunę kilka stopni ponad poziomem areny. Ale nastrój Aureliana wcale się nie polepszył. Siedział sam i mamrotał coś pod nosem, dopóki Dwimervane nie podeszła do niego, powłócząc łapami, i nie usiadła obok.

– Pierwszy raz spotykam kogoś, kto nie ma bladego pojęcia o własnym potencjale – powiedział cicho Aurelian, gdy siedzieli sami.

Smoczyca obróciła rogatą głowę, by spojrzeć mu w oczy, a Aurelian poprawił się na trybunie, jakby nagle poczuł wyrzuty sumienia.

– Wiem, wiem. To nie jego wina – zrejterował w końcu. – To po prostu cholernie frustrujące, i tyle.

Głowa Dwimervane na moment spoczęła na jego ramieniu. Smoczyca uważała, by nie poszarpać ubrania zakrzywionymi, długimi na stopę rogami. A potem zaczęła sztywnym krokiem schodzić po schodach, zahaczając Aureliana skrzydłem w tył głowy. Mag zaklął cicho, a Dusaule się uśmiechnął. To nie było przypadkowe.

Falko patrzył na idące w jego kierunku stworzenie, podziwiał grę światła na jego niebieskich łuskach, połyskujących w przygaszonym blasku słońca. Z jakiegoś powodu smoczyca nie mogła wyprostować się na całą wysokość i szła przygarbiona, wyraźnie utykając, tak jak sam Aurelian. Jej skrzydła były zdeformowane i zwiędłe, obkurczone przez poparzenia, pokryte lśniącymi plamami tkanki bliznowatej. Łuski po prawej stronie ciała wydawały się nadtopione i zrośnięte. Falko podejrzewał, że to właśnie źle zabliźniona tkanka krępuje jej ruchy. Mimo to Dwimervane miała ramię na wysokości czterech stóp, a jej wielka niebieska głowa wznosiła się wysoko nad Falkiem.

Popatrzyła na niego z góry zaciekawionym, intensywnym spojrzeniem, jakby chciała zgłębić jego serce. Jej żółte, kojarzące się z drzemiącym płomieniem oczy prześlizgnęły się po poparzonej szyi Falka. Unosząc przednią nogę, odsunęła kołnierz koszuli ostrym adamantytowym szponem. Smoczyca obejrzała rany Falka i wróciła spojrzeniem do jego twarzy, a chłopak wyczytał niewypowiedziane pytanie w jej oczach: „Czy to naprawdę zrobił smok?".

Falko pochylił głowę w przypływie poczucia winy. Wiedział, że prawda tylko zasmuci smoczycę.

Po chwili jednak Dwimervane opuściła głowę i tak jak żółty smok w Toulwarze przyłożyła czoło do jego czoła. Falko zamknął oczy i raz jeszcze ogarnęło go uczucie całkowitego zaufania, zmąconego jedynie krążącymi po jego głowie pytaniami, na które nie miał odpowiedzi.

Powoli Dwimervane odjęła głowę i rzuciwszy Falkowi ostatnie badawcze spojrzenie, zbliżyła się do Mereditha, który cofnął się przed bestią o dwa kroki. Wreszcie zatrzymał się i pozwolił smoczycy, by mu się przyjrzała. Jej wzrok sięgnął głęboko w jego duszę. A potem Dwimervane raz jeszcze pochyliła głowę.

Kątem oka Falko zauważył, że Aurelian łypnął z ukosa na Dusaule'a. Najwidoczniej nigdy nie zaobserwował u smoczycy podobnego zachowania wobec magów.

– Przyłóż czoło do jej czoła – poradził mu Falko. – One tak się witają.

Nie miał pojęcia, skąd to wie, ale nie miał cienia wątpliwości, że tak właśnie jest.

Wyraźnie zaniepokojony Meredith powoli pochylił głowę, aż chłodna skóra jego czoła zetknęła się z ciepłymi łuskami smoczycy. Falko widział, że ciało ma spięte, ale po chwili Meredith wypuścił z płuc długie, tchnące spokojem westchnienie. Smok odsunął głowę i Falka wcale nie zdziwiły łzy w oczach maga. On sam wydawał się zażenowany, lecz Falko pokrzepił go skinieniem. Dobrze pamiętał to wszechogarniające uczucie, gdy człowiek pierwszy raz staje oko w oko ze smokiem.

– No dobra – rzekł Aurelian, wstając. – Skoro już zostaliście sobie należycie przedstawieni, pogadajmy chwilę o smokach. – Podszedł do smoczycy i położył jej rękę na grzbiecie. – Spotkaliście już kiedyś smoka? Tamten przywołany się nie liczy – dodał prędko.

Meredith pokręcił głową.

– Ja spotkałem smoczycę Dominica Ginoli w Toulwarze – powiedział Falko.

– I co myślisz?

– Jest piękna.

Aurelian się uśmiechnął.

– Tak – przyznał. – Jest.

Dwimervane popatrzyła na nich, zupełnie zadowolona, że jest w centrum uwagi.

– Czy wszystkie smoki są płci żeńskiej? – zainteresował się Meredith.

– Nie – odpowiedział Aurelian. – Wiele tak, ale ich płeć nie ma znaczenia. Wszystkie walczą jak szatany.

Falko raz jeszcze doznał przyjemnego uczucia transu. Nie zważał na rany Dwimervane. Widział tylko jej piękno. Wiotką szyję, zabójczy kolec na końcu ogona, pancerne łuski na piersi i ramionach, i te mniejsze wokół oczu. Jej szpony miały długość palców, a jej białe zęby lśniły jak polerowany metal.

– Czy to prawda, że ich łuski są twardsze od stali? – spytał.

– Tak – potwierdził Aurelian. – Ale też spowija je coś na kształt czaru wzmacniającego. Bardzo trudno zranić smoka u szczytu potęgi, ale gdy są wyczerpane lub przestraszone, stają się bardziej podatne na rany. W porządku, możesz jej dotknąć – dodał, widząc, jak wyciągnięta przez Falka ręka zastygła w powietrzu.

Gdy dłoń chłopca zetknęła się z łuskami na ramieniu smoczycy, Falko poczuł na skórze ciepło, jakby dotknął schładzającego się dopiero obrobionego metalu. Przez środek każdej łuski biegło małe wgłębienie, a krawędzie były niemalże ostre. Gdy przycisnął dłoń, łuski się poruszyły.

– Dosiądź jej – powiedział Aurelian. – Nie martw się, nie gryzie – dodał z uśmiechem, widząc wahanie na twarzy Falka.

Poinstruowany przez Aureliana, oparł nogę na ramieniu Dwimervane.

– Drugą po prostu przerzuć, jakbyś dosiadał konia.

– Myślałem, że używacie siodeł – powiedział Meredith, wciąż na wszelki wypadek oddzielony od smoczycy kilkoma krokami.

– Bo używamy – potwierdził Aurelian. – Choć jest to raczej rodzaj uprzęży. Ale można też jeździć bez siodła. Popatrz...

Gdy Falko usadowił się na smoczym grzbiecie, poczuł, że łuski pod nim się poruszają, jakby dostosowywały się do kształtu jego ciała. Mało tego, ujmowały go delikatnie, jakby chciały uchronić go przed upadkiem.

– Zaufaj mi – rzekł Aurelian. – Gdy pierwszy raz zapikujesz na atakującym smoku, to poczucie, że jesteś wczepiony w grzbiet, będzie jedyną rzeczą, dzięki której nie wypełnisz własnych portek.

– Więc po co wam jeszcze uprząż? – spytał Meredith.

– To nie działa zbyt dobrze, gdy masz na sobie pancerz – wyjaśnił Aurelian.

Dwimervane obejrzała się na Falka, jakby chciała się upewnić, że siedzi bezpiecznie, a potem wspięła się na tylne nogi i zamachała zniekształconymi skrzydłami.

Serce podskoczyło Falkowi do gardła. Uczucie drzemiącej pod nim mocy musiało być o wiele bardziej intensywne niż choćby na największym bojowym rumaku. Falko nie doznał jeszcze niczego podobnego, choć jakieś nienazwane wrażenie zaczęło toczyć jego pamięć, niejasne déjà vu, sugerujące, że to się już kiedyś wydarzyło. Ale uczucie zaraz się rozwiało, gdy Dwimervane wspięła się na całą wysokość i wydała z siebie ryk, który całkowicie przeczył jej wyniszczonemu ciału. A później z jej paszczy buchnął ogień i rozbił się na kamiennych stopniach, a echo potoczyło się po Moździerzu i wypełniło go drżeniem.

Meredith odskoczył i zachwiał się w tył, unosząc ramiona w geście obronnym, ale Aurelian tylko się zaśmiał.

– Tęskni za bitwą – objaśnił z dumą w głosie. Podszedł do smoczycy od przodu i położył sobie jej głowę na ramieniu. – Popisujesz się, co, staruszko?

Smoczyca trąciła go pyskiem, aż zachwiał się na nogach, ale to tylko wzbudziło w nim kolejną salwę śmiechu.

– Jak one to robią? – zaciekawił się Meredith, powoli zapanowując nad swoim zdumieniem. Pokaz Dwimervane przywołał wciąż zbyt wyraźne wspomnienie czarnego smoka w Wichrowej Twierdzy. – Jak to się dzieje, że akurat one są zdolne stanąć przeciwko demonowi, gdy wszystkie inne zwierzęta uciekają w przerażeniu?

Aurelian spojrzał na niego, a Falko zlazł ze smoczego grzbietu.

– Wszystko sprowadza się do duszy – odpowiedział weteran. Przeskoczył wzrokiem do Dusaule'a, łypnął na Dwimervane, a potem dobył miecza i stanął przed Falkiem i Meredithem. – Istnieją tylko trzy rzeczy obdarzone duszą: człowiek, smok i miecz maga bitewnego.

Pokazał im ostrze.

– To właśnie siła duszy pozwala smokom rzucić wyzwanie wielkiemu złu, duszy wykutej w ogniu lub zmienionej koszmarami dziecka. Nikt nie wie, jakim sposobem smoki opierają się strachowi, ale coś przygotowało je do walki z demonami piekieł, a możecie być pewni, że to niełatwe.

Stary mag bitewny raz jeszcze ogarnął wzrokiem Dwimervane, a smoczyca odwzajemniła jego spojrzenie, jakby rozumiała wypowiedziane przez niego słowa.

– Smoki to nasi bracia i siostry, nasze zbawienie i nasza nadzieja. Bez nich jesteśmy zgubieni.

Falko dosłyszał w głosie Aureliana prawdę, miłość i smutek. Pochwycił wzrokiem spoglądającego na niego Dusaule'a. Przystojna twarz mężczyzny była nadszarpnięta poczuciem winy i smutkiem.

Nasze zbawienie i nasza nadzieja, pomyślał Falko, odwzajemniając spojrzenie Dusaule'a. A ciebie zmuszono, żebyś jednego zabił.

– Ale wszystkiego tego nauczysz się w swoim czasie – powiedział Aurelian, mrugając, jakby coś wpadło mu do oka. – To znaczy jeśli w ogóle zdołasz się czegoś nauczyć – dorzucił z cieniem niedawnej irytacji.

– Kto wykuł twój miecz? – spytał Meredith.

Czytając o magach bitewnych, dowiedział się, że ich miecze wykonywane są przez najzdolniejszych zbrojmistrzów, ale wykuwa się je nie w ogniu kuźni, lecz w ogniu wyczarowanym przez samego maga bitewnego.

– Ta sama osoba, która wykuła je wszystkie na przestrzeni ostatnich trzydziestu lat – rzekł Aurelian. – Antonio Missaglias. Zwróć uwagę, że gdy wykuł ten, sam był jeszcze prawie nowicjuszem.

Raz jeszcze podniósł miecz, by chłopcy mogli mu się bliżej przyjrzeć. Całe ostrze pokryte było pięknym wzorem, przywodzącym na myśl spływającą kaskadę wody. Wzór zwano wężami w mieczu i był to efekt bardzo trudny do osiągnięcia nawet na zwykłej broni, a co dopiero na magicznym mieczu takim jak ten.

– Zawsze był rozwinięty ponad miarę, drań jeden. Niektórzy nawet mówią o nim „geniusz". Nie kłamią. Moje przywoływanie zawsze było nieco chaotyczne, że tak powiem. Aż dziwne, że metal po prostu nie eksplodował.

– Nie rozumiem – odezwał się Falko.

– Mag bitewny za pomocą swojej magii rozgrzewa go do temperatury nieosiągalnej w zwykłym palenisku – rzekł Meredith. – Ale musi też kontrolować przyrost temperatury, bo w przeciwnym razie zniszczy miecz. Tylko w ten sposób można wyprodukować ostrze zdolne wytrzymać siły, które przez nie przepuszcza mag bitewny. Zwykłe ostrze uległoby zniszczeniu.

Falko kiwnął głową.

– Nam pomogło to, że znamy się, od kiedy byliśmy szczeniakami, takimi jak wy teraz – powiedział Aurelian. – Pomogłem mu odczytać metal i dopasować osobowość broni do kaprysów mojej mocy.

Falko był zaintrygowany. Weteran opowiadał o swoim mieczu, jakby to była żywa osoba. Sięgnął ręką, by go dotknąć, a gdy to nastąpiło, wysoka, dźwięczna nuta zadźwięczała w jego umyśle, jakby miecz śpiewał. Zaskoczony zabrał rękę.

– Ha! – wykrzyknął Aurelian. – Nawet mój miecz wie, że jesteś magiem bitewnym. – Szturchnął Falka, uśmiechając się z nieoczekiwaną serdecznością. – No, popracujemy jeszcze trochę nad nogami, a potem kończymy na dzisiaj.

Meredith usiadł na najniższym stopniu z boku areny, by popatrzeć. Falko przeszedł daleką drogę, odkąd był schorowanym sługą w Caer Dour. I nawet jeśli sam nie zdaje sobie z tego sprawy, Meredith wyczuwał rosnącą w nim moc. A co więcej, rzuciło mu się na myśl, gdy obserwował sparing między weteranem a nowicjuszem, Falko zaczynał w końcu wyglądać jak wojownik.

Gdy nauczyciel i uczeń wymieniali ciosy, spojrzenie Mereditha samo z siebie powędrowało tam, skąd krytycznym okiem przyglądała się lekcji Dwimervane. Poznał smoka. Pierwszy raz doświadczył czegoś takiego. Było to przytłaczające i wszechogarniające doznanie, uczące pokory i jakże odmienne od ślepego strachu, który ogarnął go w obecności czarnego smoka.

Jego studia w wieży dobrze się rozpoczęły i znalazł też czas, by dowiedzieć się nieco o szkoleniu magów bitewnych. Ale dzisiejszej nocy, pomyślał, gdy Akademia Sztuki Wojennej będzie pogrążona we śnie, on odwiedzi piątą komnatę repozytorium, gdzie są przechowywane archiwa dotyczące smokoznawstwa. Bo gdzieś tam musi znajdować się odpowiedź na pytanie, dlaczego czarne smoki są szalone.

37

URWIPOŁCIE, „DRUGA SKÓRA" I ÉPREUVE DU FORCE

Nie tylko Meredith dostrzegł zmiany w Falku. Inni kadeci także zaczęli je zauważać. Po trzydziestu dniach treningu Falko niemal dogonił jednego z nich podczas porannej przebieżki do Palca. Przysadzisty Acherończyk był raczej z tych grubokościstych i zwykle zamykał grupę, ale gdy na ostatniej prostej do namiotu dojrzał za sobą Falka, przyspieszył gwałtownie, by nie dać się pokonać. Falko spędził całe śniadanie, wymiotując z pustego żołądka, ale twarze towarzyszy mówiły wszystko.

Chuderlawy Valencjanin zaczynał być siłą, z którą będzie trzeba się odtąd liczyć.

Wciąż był najsłabszym ogniwem grupy i miał więcej siniaków i ran niż pozostali razem wzięci, ale był wytrwały i nigdy się nie zrażał. Pomimo ciągłego lania, jakie obrywał na poligonie, każdego dnia zdawał się prostować nieco bardziej, sięgać głową nieco wyżej. Mocniej ściskał miecz i przyjmował poprawną pozycję, nie jak ktoś, kto uczy się walki, lecz jak ktoś, kto przypomniał sobie, że może walczyć.

Minęło blisko pięć tygodni od rozpoczęcia treningu i kadeci zaczęli zastanawiać się nad tym, kiedy wrócą kandydaci na rycerzy.

– Épreuve du force trwa zwykle cztery tygodnie – powiedział Alex, gdy pewnego dnia wstali z łóżek. – Powinni wrócić lada dzień.

Alex i Bryna szczególnie nie mogli się doczekać powrotu przyszłych rycerzy. Przez te kilka tygodni jedynie czasem chwytali ich wzrokiem, biegających po górach lub wykonujących wyczerpujące ćwiczenia odpornościowe na wyżej położonych obszarach poligonu, podczas gdy reszta kadetów wracała już do baraków na obiad. Jeden z kucharzy zdradził uczniom, że widział ich kilka mil dalej na brzegu. Podobno mocowali się z wozami pełnymi kamieni, ciągnąc je po błotnistej ziemi.

– Byli mokrzy, zziębnięci i potwornie zmęczeni – brzmiał sugestywny opis.

Ostatnio kadeci mieli okazję zobaczyć przyszłych rycerzy cztery noce temu, gdy zajechali do stajni na zmordowanych koniach. Sami uczniowie wyglądali na równie zmęczonych, ale nie dano im ani chwili na odpoczynek. Świeże konie już na nich czekały i gdy tylko przeniesiono siodła z jednych na drugie, kadeci ruszyli z powrotem w ciemniejącą noc. Malaki mignął tylko Falkowi, ale widać było dokładnie, że jego lewe przedramię jest owinięte zakrwawionym bandażem.

Martwili się więc o przyjaciół, choć nie był to jedyny wiszący nad Alexem i Bryną frasunek. Któregoś ranka powiadomiono ich, że dokonano już pierwszej oceny kadetów i właśnie tego dnia przyszli oficerowie mieli dowiedzieć się, nad którymi jednostkami obejmą dowodzenie. Niektóre z nich miały być regularnymi oddziałami wojskowymi, gotowymi do powrotu na front, a pozostałe – niewytrenowanymi grupami Nieregularnych, stacjonującymi w Furii.

– Mam nadzieję, że dostanę piechotę – rzekł Alex, zdejmując buty.

Falko jęknął, również sięgając do swoich.

– Wszystko w porządku? – spytała Bryna.

– Tak, nic mi nie jest. – Czuł się nieco poobijany i zesztywniały z rana, ale jak już się rozrusza, będzie mu lżej. – A ty, Bryno? Kogo byś chciała dostać?

– Bez różnicy – odparła. – Byle nie początkujących.

– A to czemu? – dociekał Alex.

– Powinieneś zobaczyć, czego mamy ich nauczyć – odparła Bryna, gdy wychodzili z baraków i kierowali się na poligon. – Nie tylko szacowania odległości i salw naprzemiennych. Istnieje manewr zwany „suivez". To oznacza „podążać" – dodała na widok ich pustych spojrzeń. – Jest „suivez cinq" i „suivez dix", czyli kolejno „pięć" i „dziesięć". Korzysta się z niego przeciw zanadto skracającym odległość ciężkozbrojnym oddziałom.

Falko i Alex wciąż nie umieli sobie tego wyobrazić.

– Chodzi o to, że trzeba pracować w grupach pięciu lub dziesięciu żołnierzy z określonym „punktem". Ten punkt wybiera cel, a reszta grupy musi trafić w ten cel w tym samym czasie.

– To brzmi jak przepis na katastrofę – rzekł Alex.

– Bo tak jest – odparła Bryna. – Próbowaliśmy tego niedawno i prawie odstrzeliłam Allysterowi ucho.

Falko i Alex roześmiali się.

– Ja nie żartuję! – krzyknęła rozpaczliwie Bryna. – Wszędzie było pełno krwi i w ogóle!

Weszli do namiotu przy polu treningowym, w którym wrzało jak w ulu. Mała grupka kadetów zgromadziła się wokół Jarega, stojącego przy ostatnim stole z bronią.

– Nie zazdroszczę jednostce, którą on będzie dowodził – wybełkotał Alex, przygotowując się na codzienny bieg do Palca. – On nikogo nie słucha.

Falko rzucił okiem na Jarega, który tryskał przesadnym entuzjazmem. Najwidoczniej on też denerwował się dzisiejszym ćwiczeniem dowódczym.

Niebo na wschodzie zaczęło się z wolna rozjaśniać, gdy ruszyli w kierunku Palca, ale Falko postanowił biec spokojnie. Chciał zachować nieco sił na sparingi. Zadecydował, że dzisiaj zaliczy jedno celne trafienie. Ale nawet nie przemęczając się, wrócił do namiotu, gdy reszta kadetów była w połowie śniadania. Siadł obok Bryny i Alexa, zjadł swoją porcję chleba, boczku i jajek, a potem we trójkę opuścili namiot i zajęli miejsca na ławach.

– Dzisiaj w południe ogłosimy przydział jednostek – oznajmił emisariusz. – Ale tymczasem – podjął głośniej, by przekrzyczeć szepty – spróbujemy czegoś zupełnie nowego.

Na pustych stołach kawałek dalej asystenci rozkładali właśnie ciężkie skórzane pancerze.

– Dzisiejsze sparingi będą szybkie i o wiele bardziej kontaktowe.

Kadeci wymienili nerwowe spojrzenia. Ci bardziej pewni siebie wydawali się podekscytowani nowym wyzwaniem, ale Falko opuścił głowę, zdając się na wolę nieba. Emisariusz wziął ze stołu parę masywnych naramienników i hełm. Przypominały te, których używali na co dzień, ale były większe i miały więcej wypełnienia amortyzującego.

– Skóra została wygotowana, co czyni ją twardszą – rzekł, stukając palcami o nieplastyczną powierzchnię. – W dodatku maska hełmu również jest pokryta warstwą sztywnej skóry. Nie przejdzie przez nią nawet czubek miecza.

Obrócił hełm w palcach, by kadeci mogli dobrze przyjrzeć się jego przedniej części, a potem wybrał z tłumu jedną osobę. Asystenci błyskawicznie ubrali ją w pancerz.

– W większości szkół walki ten trening nazywa się po prostu walką w ciężkim pancerzu – mówił dalej emisariusz. – Ale my tę zbroję nazywamy „drugą skórą".

Kadeci zaśmiali się, a młodzieniec na przedzie zatoczył koła rękami, by pokazać, że ma zupełną swobodę ruchu.

– Do tego ćwiczenia będziemy używać drewnianych mieczy. Nie obawiajcie się, pancerz jest tak pomyślany, żeby całkowicie was chronić.

Chevalier zilustrował to, trafiając kadeta w ramię i nie wyrządzając mu najmniejszej krzywdy.

Każdy z uczniów otrzymał pełny zestaw i zaczęła się rozgrzewka.

Kadeci dostali nieco czasu, by przyzwyczaić się do poruszania w nowym pancerzu. Choć wciąż było chłodno, Falko szybko zaczął się pocić. Zdjął karwasze i hełm, gdy pierwsza para sparingowa została wybrana w tradycyjny sposób – poprzez losowanie tabliczek z imionami.

Bardzo ciekawie się oglądało te pojedynki. Były dynamiczne i nie trzeba było się krygować przed pełną siłą ciosu. Różniły się od kontrolowanych potyczek, które uskuteczniali do dzisiaj. Kadeci aż syczeli, patrząc, jak dwóch wojowników pierze się nawzajem na kwaśne jabłko. Nawet w „drugiej skórze" wciąż zebrali całe mnóstwo siniaków i obaj zaliczyli obfite krwawienie z nosa.

Serce Falka zabiło szybciej. W worku było coraz mniej imion, ale jego jak dotąd nie padło. Bryna siedziała obok niego z rudymi włosami przylepionymi do twarzy i dumą jaśniejącą w oczach. Świetnie poradziła sobie z o wiele większym przeciwnikiem.

– Falko Danté – ogłosił lanista Deloix, podnosząc małą tabliczkę. – I Jareg Snidesson.

Po tłumie przemknęły szepty. Ci dwaj natrafili na siebie po raz pierwszy. Wielu kadetów śmiało się, kilku poklepało Jarega po opancerzonym ramieniu, gdy zakładał hełm i wychodził naprzód.

– Skop mu dupę – szepnął Alex, gdy Falko zakładał swój hełm.

Wsunął rękawice, założył tarczę i złapał za obciążony drewniany miecz.

Bryna posłała Falkowi uśmiech i wojownicze spojrzenie. Gdy przyjaciel szedł na spotkanie Jarega, nagle zwróciła uwagę na to, że Falko jakby urósł. Przygarbiony słabeusz z Caer Dour zniknął, a w jego miejsce pojawił się kadet Akademii Sztuki Wojennej.

Falko szedł, licząc na jedno czyste trafienie, ale miał świadomość, że Jareg nie przepuści okazji, by mu dokopać. Gdy instruktorzy dali znak do rozpoczęcia walki, szlachcic od razu ruszył naprzód, wyciągając przed siebie tarczę i zmuszając Falka do cofnięcia się. Jareg dołożył do szarży sekwencję silnych ciosów wymierzonych w głowę i szyję przeciwnika. Falko jakoś zdołał je sparować i nawet poważył się wyprowadzić cios w wysuniętą do przodu nogę Jarega, zanim ten chlasnął go mieczem w tylną część uda. Falko sklął się w myślach za to, że pozwolił przeciwnikowi przemknąć się pod gardą, i potrząsnął nogą, by odpędzić pulsujący ból. W „drugiej skórze" może i był chroniony przed poważnymi uszkodzeniami, ale taki cios potrafił sprawić ból.

Jareg cofnął się, gdy instruktorzy policzyli mu punkt, i dwaj kadeci przyjęli pozycje bojowe.

Pojedynek wygrywał ten, kto pierwszy zdobył pięć punktów. Wyglądało na to, że Jareg chce zakończyć starcie jak najszybciej. Ale gdy zaszarżował ponownie, Falko był gotów. Odskoczył zwinnie na bok, zmuszając przeciwnika do błyskawicznego i niezręcznego okręcenia się na pięcie, jeśli ten nie chciał zarobić ciosu w plecy. Gdy się obracał, wykorzystał całą siłę i zamachnął się na odlew, celując w głowę Falka, ale cios odbił się od tarczy i Jareg spudłował o pół cala.

– Ooo! – zawyli kadeci, gdy Jareg potrzebował chwili, by odzyskać kontenans.

Falko, nie tracąc czasu, zaprezentował sekwencję ciosów, ale Jareg odbił wszystkie z łatwością, a następnie opadł nisko na ugiętych kolanach i rzucił się na Falka przy samej ziemi, tak że ten nie zdążył opuścić tarczy.

– Punkt! – zawołał lanista Magnus, gdy mocny cios ześlizgnął się po napierśniku i trafił Falka w kość udową.

Nie zważając na ból, kadet przyjął pozycję bojową.

Gdy rozpoczęła się kolejna runda, Jareg zamarkował niski sztych, a potem uderzył od góry, omijając podniesioną tarczę przeciwnika. Ale Falko, zamiast się cofnąć, przyskoczył do Jarega i sparował cięcie nad głową, po czym wbił mu miecz w pierś.

– Punkt! – zawołał lanista Magnus.

Śledzący walkę kadeci zachłysnęli się powietrzem.

– Dajesz go! – wrzasnął podekscytowany Alex.

Jareg skrył twarz za maską hełmu, ale wszyscy widzieli, że był wściekły. Jego opuszczona głowa i przygarbione ramiona nie były wyrazem pokory, ale znamionowały zemstę.

Nie przebrzmiał jeszcze sygnał rozpoczęcia kolejnej rundy, gdy dał nura naprzód. Falko uniósł nogę, by uniknąć sunącego nisko nad ziemią miecza, a potem zwinął się błyskawicznie i złapał na tarczę dwa prędkie ciosy. Odczytał pierwszy zwód Jarega, ale za drugim kryły się jeszcze dwa potężne pchnięcia. Falko jednak wydawał się powoli rozpracowywać przeciwnika i uniknąwszy kilku kolejnych cięć i sztychów, zaczął dostrzegać frustrację w ruchach Jarega.

Zawirował raz jeszcze na nogach i prawie zapunktował, ale Jareg w porę sam się obrócił i teraz to Falko musiał dać nura pod rozpędzonym mieczem. Poświęcił mu zbyt wiele uwagi i nie zauważył tarczy Jarega. Jej krawędź wbiła się boleśnie w bok głowy Falka, strącając hełm. Atak powalił go na kolana. Kątem oka zobaczył, że lanista Magnus wybiega naprzód z uniesionymi ramionami, by zakończyć walkę, ale było za późno. Miecz Jarega już pędził w kierunku gołej głowy Falka i wszyscy na trybunach zrozumieli, że jego czaszka zaraz pęknie na dwoje. Nie było czasu, by zasłonić się mieczem ani skryć za uniesioną tarczą.

Ale to nie oznaczało, że Falko nie miał dość czasu, by go zatrzymać.

W okamgnieniu skupił energię w swoim umyśle. Rozległ się trzask, jakby gdzieś zagrzmiał piorun, i nagle miecz Jarega rozprysnął się w chmurze drzazg. Drewniane drobinki spadły na głowę i ramiona Falka, podczas gdy Jareg zatoczył się w tył, nie wiedząc, co się dzieje. W panice sam zdjął hełm i wlepił wzrok w rywala, jakby ten był jakimś potworem. Ale Falko nie był potworem. Był magiem bitewnym, a jego moc wreszcie zaczynała się budzić.

Kadeci mogli tylko patrzeć na niego wybałuszonymi oczami i nawet instruktorzy byli zszokowani. Jedynie emisariusz wydawał się spokojny, kiedy wchodził między Falka i Jarega. Położył Snidessonowi rękę na ramieniu i spojrzał na niego uważnie, by się upewnić, że nie jest ranny, ale ten strącił ją i odtoczył się na bok.

Emisariusz zwrócił się w stronę Falka.

– Już dobrze – powiedział, wyciągając rękę, by pomóc mu wstać. – Nikt nie jest ranny. Wszystko w porządku.

Falko drżał, dźwigając się wolno na nogi. W jego jasnozielonych oczach widniało niedowierzanie i strach.

– Ja tylko zatrzymałem miecz – tłumaczył. – Chciałem go tylko zatrzymać.

– I to właśnie zrobiłeś – powiedział emisariusz. Widział łzy nabiegające Falkowi do oczu i nagle pojął, skąd u niego to roztrzęsienie.

– Nie będę jak mój ojciec – wydusił Falko niskim głosem. – Nie będę zabijał.

Emisariusz osadził mu rękę na ramieniu.

– Jasne, że nie – rzekł, choć nie był najlepszą osobą, by dawać mu podobne gwarancje.

Falko wypuścił z płuc rozedrgane tchnienie. Bryna i Alex wyrośli jak spod ziemi.

– Nic mu nie jest?

– Wszystko gra – odparł emisariusz, pokrzepiając Falka uśmiechem. – Aurelian czekał na coś w tym stylu. Chodźmy – powiedział, kierując młodego kadeta w stronę namiotu. – Zjemy coś, a potem ogłosimy przydziały.

Bryna i Alex odprowadzili Falka do namiotu, a emisariusz poszedł rozmówić się z pozostałymi instruktorami. Przyjaciele posadzili go na ławie i pomogli wyłuskać się ze sztywnego skórzanego pancerza.

– Dzięki – wykrztusił Falko, gdy podali mu kubek wody. Sącząc zimny płyn, podążył wzrokiem do kadetów zgromadzonych po przeciwnej stronie namiotu. Rozmawiali przyciszonymi głosami i posyłali mu nerwowe spojrzenia.

– Boją się – zrozumiał Falko.

Bryna tylko pokiwała głową. Alex wydawał się zdenerwowany bardziej niż tylko trochę, gdy przywoływał na twarz niefrasobliwy uśmiech.

– Słowo daję, Jareg prawie się zesrał – powiedział.

Napięcie zeszło z nich momentalnie i zaczęli się śmiać.

Zobaczyli, że Owen, Allyster i kilku innych Valencjan odłączyło się od grupy i szło teraz do miejsca, w którym siedział Falko. Przez moment tylko stali w kupie, jakby zapomnieli, po co przyszli.

– Wiedzieliśmy, że to zrobisz – rzekł w końcu Owen w imieniu grupy. – Od bitwy w górach... Po prostu wiedzieliśmy.

Falka dopadły raptowne i silne emocje. Kiwnął głową na znak wdzięczności.

– To było niezłe uderzenie – pochwalił go Owen, gdy zaczęli wracać do pozostałych. – To nad tarczą Jarega.

Falko uśmiechnął się i zostali sami we trójkę.

Podano jedzenie, ale choć Falko umierał z głodu, nie miał ochoty jeść. Właśnie powstrzymał spadający na niego cios niczym więcej jak tylko siłą umysłu. Po raz pierwszy od rozpoczęcia treningu nie mógł się doczekać, aż wróci do Moździerza i Aureliana. Ludzie wciąż posyłali mu ukradkowe spojrzenia. Falko poczuł ulgę, gdy laniści Magnus i Deloix pojawili się w namiocie z dwoma arkuszami papieru, które przybili do poprzecznej belki na środku namiotu.

Kadeci zgromadzili się wokół nich, by zobaczyć, jakimi jednostkami będą dowodzić przez następne pół roku.

Falko został tam, gdzie siedział. Po kilku chwilach Alex przepchnął się z powrotem na tyły i klapnął obok.

– No i? Dostałeś piechocińców?

Alex tylko pokiwał głową. Falko nigdy nie widział go tak poważnego.

– Dali mi Die Verbannten – wymówił grobowym tonem. – Wygnańców – wyjaśnił, ale ta nazwa wciąż nic Falkowi nie mówiła. – To zbieranina illicyjskich uchodźców ze wszystkich lig. To ludzie, którzy nie mają już nic do stracenia.

Falko niemal widział, jak poczucie odpowiedzialności spada na barki przyjaciela niczym płaszcz z ołowiu. Podejrzewał, że nie bez powodu ten konkretny oddział dostał się młodemu człowiekowi, który witał uśmiechem każdy nowy dzień.

– A on? – spytał Falko, widząc, że Jareg odchodzi od list z uniesioną tryumfalnie pięścią.

– Dali mu królewskich husarzy – powiedział Alex nieobecnym głosem.

– Trochę to nieuczciwe – skomentował Falko. – Niby za co miałby zostać nagrodzony takim oddziałem?

– Nie rozumiesz. Nasz kuzyn powiedział, że dają najtrudniejsze jednostki najsprawniejszym dowódcom. Królewska Husaria to świetnie wyszkolona jednostka. Daliby ją tylko kiepskiemu dowódcy.

Falko pokiwał głową. Jareg najwyraźniej tego nie wiedział. Nie posiadał się z radości, obejmując dowodzenie nad doborowym oddziałem lekkiej kawalerii.

Przestali patrzeć na Jarega, gdy z tłumu wyłoniła się Bryna. Podeszła do nich z dziwnym wyrazem twarzy. Kilku kadetów wciąż spoglądało na nią, śmiejąc się, jakby sobie z niej dworowali.

– A ty kogo masz? – spytał Falko, gdy Bryna usiadła przy stole.

– Nie wiem, ale wszyscy uważają, że to prześmieszne – powiedziała, spoglądając na kadetów, którzy popatrywali w jej kierunku, wciąż nie przestając rechotać.

– Czy ta tajemnicza jednostka ma jakąś nazwę? – indagował Alex.

– Napisali tylko: Bryna Godwin, Urwipołcie – powiedziała Bryna i skrzywiła się, gdy Alex wwiercił się w nią niedowierzającym spojrzeniem.

– Dali ci Urwipołciów?!

Bryna tylko pokiwała głową.

– To źle? – zaciekawił się Falko. – Kim oni są?

– To kompania łuczników wchodząca w skład Nieregularnych – wyjaśnił Alex, z trudem powstrzymując śmiech. – Wyobraź sobie dwustu kłusowników, wyrzutków, dezerterów i złodziei, wszystkich pijanych w sztok i szukających guza.

Bryna otrzymała zadanie przemienienia bandy nieprzystosowanych zbirów w efektywną i zdyscyplinowaną jednostkę wojskową. Namyślając się, dziewczyna przekrzywiła głowę, bo coś sobie uprzytomniła.

– Właściwie to szkolił mnie kłusownik – powiedziała, a dwaj chłopcy mogli tylko prychnąć śmiechem.

Dyskusja o przydzielonych jednostkach wkrótce ustąpiła miejsca poważniejszej rozmowie o tym, czego właściwie wymaga się od nowo mianowanych dowódców. Emisariusz wyjaśnił, że wszystkie jednostki przydzielone kadetom utworzą podstawę armii treningowej, zredukowanego wariantu prawdziwego wojska, a celem ćwiczenia jest wyszkolenie indywidualnych dowódców w pracy nie tylko z żołnierzami, lecz także z innymi dowódcami i ich jednostkami.

– Gdy stopnieją śniegi, zostaniecie wysłani na kampanię treningową do innego miasta – powiedział im. – Będziecie uczyć się o wszystkich aspektach prowadzenia armii, nie tylko o taktyce wojskowej, ale też o zaopatrzeniu i logistyce, o ocenie stanu rannego na polu bitwy oraz urządzeniu szpitala polowego. Nauczycie się organizować jednostki zwiadowcze, budować sieć komunikacyjną, czytać mapy, nie pominiecie kwestii temp marszowych, strategicznego rozlokowywania sił, a nawet przerobicie podstawy politycznej etykiety i zarządzania uchodźcami. No co? – Emisariusz uśmiechnął się, widząc ścianę przerażonych twarzy. – Myśleliście, że przez okrągły rok będziemy was uczyć machania mieczem?

Kadeci nie mieli innego wyjścia, jak tylko pogodzić się ze swoimi nowymi pozycjami i odpowiedzialnościami. Falko niepostrzeżenie wyślizgnął się z namiotu i poszedł do Moździerza. Rozpaczliwie pragnął porozmawiać z kimś, kto będzie rozumiał, czego dzisiaj dokonał, lecz zarazem dręczył go niepokój. Gdy spojrzał za krawędź wielkiej areny, ujrzał czekających już na niego Aureliana, Dusaule'a, Mereditha i Dwimervane. Ruszył ku nim po schodach, skrępowany i zawstydzony. Zorientował się, że dotarły do nich wieści o jego wyczynie.

Dwimervane i Dusaule siedzieli na swoich zwykłych miejscach, kilka stopni od areny, a Meredith wstał z trybuny i spotkał się z Falkiem na piaszczystej arenie. Aurelian ruszył w jego kierunku. Falko zebrał się w sobie i podniósł na niego wzrok. Przez chwilę okaleczony mag bitewny tylko na niego patrzył. Chłopak był pewien, że czeka go bura, lecz wtedy Aurelian zrobił jeszcze jeden krok naprzód, osadził wielką dłoń na jego karku i przyciągnął go do siebie, by objąć sękatym ramieniem.

Serdeczność to ostatnie, czego Falko spodziewał się po nauczycielu, a jednak uścisk to właśnie wyrażał.

– Nic się nie martw, chłopcze – wycharczał basem Aurelian. – Miecz to tylko miecz. Liczy się to, jak z niego korzystamy.

Falko poczuł ucisk w gardle. Zachodził w głowę, jak wyjaśnić to, co czuł. Jak wyrazić słowami ten strach wynikający z wiedzy, że posiada się moc zdolną zabić. Ale nie musiał niczego tłumaczyć, bo Aurelian go rozumiał. Tak jak każdy mag bitewny przed nim... po prostu rozumiał.

Aurelian rozerwał uścisk i mocno klepnął Falka w bok głowy, aż gwiazdki zatańczyły mu przed oczami.

– A teraz pokaż mi, co umiesz.

Stary mag cofnął się i naprzód wystąpił Meredith. Najwidoczniej miał zbadać umysłem to, czego nauczył się Falko.

– Nie jestem pewien, czy zdołam to powtórzyć – powiedział Falko, a Aurelian schylił się i nabrał garść żwiru. – To się po prostu...

Nie zdążył dokończyć, bo Aurelian cisnął w niego kamykami. Falko wzdrygnął się, przygotowany na dawkę bólu, ale w tym samym czasie podjął decyzję: nie. Małe drobinki zapłonęły ognikami, uderzywszy o niewidzialną barierę, która roztoczyła się kilka cali od jego ciała. Piaskowa mgiełka wypełniła powietrze, a potem opadła leniwie na arenę.

– Ha! – wykrzyknął Aurelian. – No, wreszcie!

Weteran był szczerze uradowany, a Meredith szczerze zdumiony. Z kolei siedzący na trybunach Nicolas Dusaule spoglądał na Falka z ledwie zarysowanym smutnym uśmiechem.

– Złapałeś to? – rzucił Aurelian do Mereditha. – Można na tym pracować?

Meredith mógł tylko pokiwać głową. Magowi stworzenie takiej bariery zajęłoby kilka godzin, a Falko postawił ją spontanicznie. Mag przyglądał mu się bacznie i choć nie umiał ubrać tego w słowa, miał jakieś pojęcie o tym, czego właściwie dokonał Falko. Wiedział, że jeśli tę moc nieco się utemperuje, uda się ją kontrolować i z niej korzystać. Następne dwie godziny badali ograniczenia nowej umiejętności Falka.

– Kolejnym krokiem jest kształtowanie tarcz obronnych i tworzenie ich w taki sposób, żeby można było otaczać nimi innych – wyłożył Aurelian.

Pole obronne, które wyprodukował Falko, zdawało się mieć kształt jego ciała. Była to niewidzialna powłoka, otaczająca go niczym druga skóra. Meredith odkrył, jak Falko mógłby manipulować kształtem tej energetycznej zasłony, ale niełatwo mu było wyjaśnić drobne zmiany w umyśle, które miałyby do tego doprowadzić.

– Wyobraź sobie kulę – rzekł. – Sfera to naturalny kształt spotykany w przyrodzie. Gdy już to zrobisz, będziemy mogli popracować nad stworzeniem takiej energetycznej kuli w pewnej odległości od ciebie.

Falko pokiwał głową, ale był zbyt zmęczony, by próbować teraz czegoś nowego. Do fizycznego zmęczenia był przyzwyczajony, ale zmęczenie psychiczne było dla niego czymś nowym.

– Umysł jest jak mięsień – rzekł Aurelian. – Jak się go ćwiczy, rośnie w siłę.

Poklepał go po plecach, a Falko zdumiał się, jak wielką czuł satysfakcję, że mógł w końcu zadowolić stetryczałego weterana.

– Starczy na dzisiaj. Wypocznij i wyśpij się porządnie. Wrócimy do tematu jutro. Nicolas pomoże ci wrócić do baraków – dodał, widząc, że chłopak pada z nóg.

Dusaule pojawił się u boku Falka. Chłopak skinął mu głową, gdy wysoki zagrodnik wyprowadził go z Moździerza. Potykając się ze zmęczenia, Falko mozolił się w dół stoku. Był oszołomiony, jakby odurzony zmęczeniem. Miał mętne wrażenie, że potykał się na drodze, ale Dusaule zawsze w porę go łapał. Gdy zmęczenie w końcu wzięło nad nim górę i Falko zasnął na stojąco, Dusaule wziął go na ręce i ostatnie dwieście kroków po prostu niósł. Potem złożył go w łóżku. Falko spał twardo, dopóki reszta kadetów nie wróciła do koszar po popołudniowym treningu. Kiedy otworzył oczy, wciąż czuł się zmęczony, ale zarazem wypoczęty.

Wraz z powrotem kadetów w barakach podniósł się gwar, który musi towarzyszyć grupie podekscytowanych młodzieńców szykujących się do snu. Falko podniósł się i usiadł na brzegu łóżka.

– Aleś ty zmarnowany – powiedziała Bryna, gdy wróciła wraz z Alexem.

– Nic mi nie jest – wymamrotał chłopak, choć najchętniej wróciłby do snu.

– Umieram z głodu – sapnął Alex. – Zobaczmy, co tam mają na kolację.

Falko zgodził się skinieniem i ziewając, dźwignął się na nogi.

– Zjadłbym konia z kopytami...

– I dwie świnie, i kurczaka – Alex dokończył znane wśród kadetów powiedzenie. Wszyscy zauważyli, że jedzą coraz więcej.

Przeszli do jadalni i zasiedli do stołu. Falko oparł głowę na łokciu, powoli wypełniając usta gotowanymi ziemniakami, pieczonym pasternakiem i duszoną jagnięciną, podczas gdy Bryna i Alex rozmawiali o wydawaniu rozkazów w czasie bitwy i o łańcuchu dowódczym w armii. Gwar ekscytacji ucichł i w jadalni niósł się tylko bezgłośny pomruk rozmów, wszyscy podskoczyli więc, gdy nagle drzwi wyrżnęły o framugę i do środka wpadł podekscytowany kadet.

– Rycerze wrócili! – wrzeszczał. – Épreuve du force się skończyło!

Jadalnia opustoszała w mgnieniu oka, gdy kadeci wybiegli z niej jak spłoszone stado, by zebrać się przy wiodącej na czworoboczny dziedziniec bramie. W rozświetlonej pochodniami ciemności widzieli już grupki powracających towarzyszy. Byli brudni, przygarbieni i całkowicie wykończeni. Padał deszcz i robiło się naprawdę zimno. Przemoczeni i ubłoceni rycerze wyglądali, jakby myśleli już tylko o jednym – jak doczołgać się do baraków i wtoczyć do łóżek.

Kadeci zaczęli rozpoznawać przyjaciół, podbiegali, by pomóc im wejść do budynku. Gdy przybysze znaleźli się w barakach, pozostali okutali ich w koce i posadzili przy kominku, nalali do kubków gorącej herbaty i kręcili się nieopodal z nadzieją, że usłyszą jakieś opowieści o tym, co tamci przeszli. Ale przyszli rycerze nie byli w stanie zaspokoić ich ciekawości. Niektórzy od razu, w ubraniach, zwalili się na posłania i zapadli w sen, gdy tylko ich głowy dotknęły poduszek.

Falko, Alex i Bryna szukali wśród powracających Malakiego i Quirrena, ale nie dostrzegli ich, nawet gdy cała kolumna znalazła się już na dziedzińcu. Gdy już mieli poszukać lanisty Deloix, z ciemności wyłoniła się kolejna figura. Był to wielki Beltańczyk Huthgarl. Zaraz za nim szedł Quirren, ale nie sam. Razem z przysadzistym Acherończykiem pomagał iść rozpiętej między nimi postaci. Ramiona potężnego mężczyzny były zarzucone na ich szyje, głowa pochylona, a bezwładne nogi ciągnęły się z tyłu i grzęzły w błotnistej ziemi. Długie brązowe włosy opadły nieszczęśnikowi na twarz, ale gdy Falko zauważył owinięte brudnym bandażem przedramię, wiedział już, że wleczony do baraków człowiek to Malaki.

Bryna musiała dojść do tego samego wniosku, bo wyrwała z miejsca i podbiegła, by pomóc go nieść. Alex także.

Gdy do nich dołączyli, siły opuściły Quirrena i teraz Bryna pomagała Acherończykowi prowadzić Malakiego, niknąc niemal pod jego potężnymi ramionami. Pomimo własnego wycieńczenia Falko pomógł Alexowi z bratem. Wielki Illicjanin spojrzał na nich swoim spokojnym, wyważonym spojrzeniem, mimo że twarz obwisła mu z wysiłku.

– Udało nam się – wybełkotał tylko.

Falko i Alex zarzucili sobie jego ramiona na kark i dźwignęli go na nogi. Wspólnymi siłami, potykając się na rozmiękłym gruncie, dołączyli do reszty w barakach. Bryna i Acherończyk ułożyli Malakiego w łóżku, a potem pobiegli do Quirrena.

– Udało się – powtórzył mężczyzna, gdy Falko narzucał mu na ramiona suchy koc.

– No... pewnie... że... tak! – rzekł Alex, zapierając się mocno nogami, by zdjąć bratu buty.

Quirren położył mu rękę na ramieniu i przywołał gestem jego spojrzenie.

– Wybrali mnie do funkcji Orden des Schwarzen Adlers – powiedział głosem napęczniałym od emocji i niedowierzania.

Alex przestał szamotać się z butami i wstał, by uściskać brata.

– Ojciec wie – usłyszał Falko jego słowa, wydyszane stłumionym głosem. – Wie to i jest z ciebie dumny.

Falko odwrócił się, gdy Quirren zaczął płakać, wciśnięty w ramię Alexa. Nie wiedział, czym jest Orden des Schwarzen Adlers. Kojarzył tylko tyle, że „schwartz" to illicyjskie słowo oznaczające „ciemny" lub „czarny".

Zwrócił się do Bryny, która opiekowała się Malakim. Pomógł jej zdjąć z niego mokre ubranie i poszedł przygotować mu coś do picia, ona tymczasem ręcznikiem osuszała włosy Malakiego. Ze wszystkich uczestników szkolenia to kowal był w najgorszym stanie. Wydawał się ledwie przytomny, gdy Falko stawiał na jego stoliku nocnym kubek z kawą. Bryna okryła go ciepłym kocem i głaskała po głowie. Próbowali dociec, czy wszystko z nim w porządku.

– Zmęczony – wymamrotał Malaki jak człowiek na granicy snu. – Jestem tylko zmęczony.

W nogach jego łóżka stał Huthgarl. Wielki Beltańczyk patrzył na kompana z nieczytelną miną na srogiej twarzy. Nagle pojawiła się przy nim mniejsza postać.

– No jasne! – wypluł Jareg Snidesson z wrednym uśmieszkiem na twarzy. – Oczywiście, że épreuve du force to za dużo dla wiejskiego kowala.

Falko zjeżył się, widząc, jak młodzieniec kręci pogardliwie głową.

– Spójrzcie tylko na niego. Nasza Truskaweczka wyciśnięta z ostatnich soków. Tak to jest, jak komuś roją się w głowie pomysły sięgające poza jego miejsce na świecie...

Falko zobaczył, jak Bryna podrywa się z łóżka, lecz zanim zdążyła zrobić cokolwiek, Huthgarl warknął jak dzikie zwierzę i okręcił się błyskawicznie, a potem zacisnął potężną łapę na gardle Jarega i przyłożył nim o jeden z grubych drewnianych filarów. Jareg wydał z siebie zduszony krzyk i zaczął się szarpać, ale nie miał szans wydostać się z tak mocnego uścisku. Przez moment Huthgarl tylko świdrował go wzrokiem, a Falko zaczął się obawiać, że zaraz poważnie go zrani. Ale olbrzym poluzował uścisk.

– Dość – powiedział tylko, pozwalając charczącemu Jaregowi osunąć się na ziemię. Zwrócił się do Falka i Bryny, popatrzył na nich, wrócił spojrzeniem do Malakiego. A potem odszedł bez słowa.

Falko chwilę patrzył za nim, zastanawiając się, co zaszło w czasie épreuve du force, że spowodowało taką radykalną zmianę u Beltańczyka. Spuścił wzrok na Jarega, który powoli się podnosił, odpędzając dwóch zauszników schylających się, by mu pomóc. Ciemne oczy Jarega nabiegły nienawiścią, o tyle większą, że to już drugie poniżenie, jakie spotkało go tego dnia. Falko poczuł coś na kształt współczucia, ale zarazem czuł jego jałowość i własną bezsiłę. Uraza rodziła swoje własne gorzkie owoce.

Westchnąwszy żałośnie, obrócił się twarzą do przyjaciela.

Bryna mamrotała coś pod nosem, unosząc kubek do ust Malakiego. Sączył ospale kawę. Ciemna strużka spłynęła mu po brodzie. Twarz miał bladą z wyziębienia i zmęczenia, kilka siarczystych sińców wyłaziło mu spod skóry, ale powoli zaczął chyba wracać do siebie. Sięgnął do kubka w dłoni Bryny i złapał mocniej, by wypić trochę więcej.

– Dziękuję – powiedział.

Falko stanął obok łuczniczki, a Malaki usiłował skupić wzrok na ich twarzach. Uśmiechnął się, jakby właśnie obudził się ze złego snu. Ślad rumieńca pojawił się na jego pobladłych policzkach.

– A więc przeżyłeś – uśmiechnął się Falko.

– A jak – odpowiedział tym samym Malaki.

Bryna westchnęła z irytacją, słysząc ten lekki ton, a potem uniosła dłoń Malakiego do ust, ewidentnie ogarnięta ulgą, że nic poważnego mu się nie stało. Malaki sięgnął ręką do jej ramienia i przyciągnął ją do siebie, a ona pocałowała go jak należy.

– Wystraszyłeś mnie na śmierć – zrugała go szeptem, a Malaki się roześmiał.

– I co? Zdałeś? – spytał Falko, a Malaki kiwnął głową.

– Tylko czterech odpadło. Instruktorzy mówią, że zwykle jest ich więcej.

Bryna wsunęła mu za plecy kolejną poduszkę, gdy dźwignął się z mozołem, by usiąść.

– A zatem który zakon okazał się na tyle zdesperowany, żeby cię przyjąć? – spytał Falko, gdy Malaki upił kolejny łyk kawy i zagryzł owocowym ciastem, które magicznie pojawiło się przy jego łóżku. – Zakon Łabędzia? – podsunął. – A może Order du Croissant?

Malaki zaśmiał się i pokręcił głową. Niezgrabna wymowa Falka zniekształciła słowo i zamiast „półksiężyca" wyszedł „rogalik". Ale wtedy twarz kowala spoważniała.

– No chyba nie do Pancernej Konnej? – zdziwił się Falko. – To beltańska jednostka, Huthgarl nigdy by na to nie pozwolił.

Malaki znowu pokręcił głową, a Falko wlepił w niego niedowierzające spojrzenie.

– Nie mów mi, że zostałeś wybrany przez Nieugiętych!

– Nie – odrzekł Malaki, a w jego oczach również pełgało niedowierzanie. – Przez Rycerzy Furii.

38

ARCHIWA

Później tej nocy rozpętała się pierwsza w tym roku śnieżyca. Obłoki śniegu wirowały wokół wieży magów, ale głęboko w jej trzewiach nie było słychać wycia wiatru ani łomotania gradu. Tak jak w głębinach bezdennego jeziora panował tu niezmącony spokój.

Meredith Saker wziął kolejny łyk krwistoczerwonego wina i odstawił kielich na bok, uważając, by nie zachlapać pradawnych ksiąg i zwojów rozłożonych na stole z czarnego kamienia. Było już dobrze po północy i nie licząc monotonnego pomruku odległego skandowania, repozytorium było pogrążone w ciszy. Mroczne, sklepione łukowo katakumby były oświetlone nie pochodniami, lecz małymi, nieregularnymi płytkami bladofioletowego onyksu, przymocowanego do ścian żelaznymi ćwiekami. Magiczne urządzenia wydzielały mętny blask, zapewniając akurat dość światła, by dało się czytać.

Meredith ostatnie kilka tygodni spędził właśnie tutaj, w mrocznym łonie archiwum, badając szczegółowo wybrane przez siebie dziedziny wiedzy. Wpadł na ciekawy pomysł z dziedziny komunikacji – chciał połączyć magiczne wieże siatką przekaźników umożliwiających natychmiastowe porozumiewanie się. To prawda, że kwintet wykwalifikowanych magów potrafił przesłać prostą wiadomość z wieży do wieży, ale to nie to samo co normalna rozmowa. Meredith był przekonany, że jego pomysł będzie miał niesłychane znaczenie strategiczne w wojnie z Opętanymi.

Jeśli chodzi o historię, znalazł wiele zagadnień, którym z radością poświęciłby lata pracy, ale na razie postanowił ograniczyć się do kwestii powstania i powrotu Opętanych.

I wreszcie, pomimo wyraźnego zakazu ze strony Galena Thralla, postanowił dowiedzieć się więcej o smokach. Mało tego, że od dawien dawna fascynowały go te zagadkowe stworzenia – był przekonany, że szaleństwo czarnych smoków miało ścisły związek z Wielkim Opętaniem. Gdyby tylko odkrył, co dokładnie czyni smoki podatnymi na opętanie, może zdołałby zrozumieć, dlaczego traciły zmysły. Dwa pytania nieustannie rozbrzmiewały w jego głowie.

Po pierwsze, czy magowie wiedzieli o podatności smoków na opętanie?

I po drugie, jeśli tak, to dlaczego nie ostrzegli ludu Furii?

Wiedział, że zadawanie takich pytań ściągnęłoby na jego głowę liczne kontrowersje, ale przysiągł sobie, że nie spocznie, dopóki nie znajdzie odpowiedzi.

Meredith podniósł głowę i podziękował skinieniem jednemu z archiwistów, który położył na stole kolejny zwój.

– Czy potrzebujesz czegoś jeszcze? – spytał łysy mężczyzna.

– Nie, dziękuję. Chcę tylko porównać dekadowy porządek chronologiczny z kronikami z innych królestw.

Archiwista kiwnął głową bez specjalnego zainteresowania i już miał odejść, gdy wzrok Mereditha padł na jedyną poza nim osobę przy biurku. Mężczyzna był tam od pierwszego pojawienia się maga w katakumbach cztery tygodnie temu.

Starzec siedział na krześle obok prostej pryczy zawieszonej blisko wejścia do komnat. Jego twarz była pomarszczona jak u małpy, a poznaczoną wątrobowymi plamami łysinę na czubku głowy otaczały rzadkie siwe włosy. Małe, załzawione oczka zawiesił w przestrzeni, marszcząc brwi, jakby usiłował coś z niej wyczytać.

Ktoś mógłby pomyśleć, że mężczyzna był w trakcie przywoływania, w magicznym transie, w czasie którego skupiał całą swoją uwagę na stworzeniu specyficznej aury lub stanu umysłu, z tym że nikt nie mógł pozostawać w tym stanie tak długo, no i Meredith nie wyczuł, by starzec rzucał jakieś zaklęcie.

– Czy on tu mieszka? – spytał, wskazując głową drobną, przygarbioną postać.

– Czasem pomieszkuje – rzekł archiwista. – Brat Serulian był swego czasu wielkim uczonym.

Meredith pokiwał z namysłem głową. Nie wiedzieć czemu, brat Serulian sprawiał, że Meredith czuł się wysoce niekomfortowo. Stary mag nigdy nawet na niego nie spojrzał, nigdy nie skinął głową na powitanie, lecz mimo to Meredith wiedział, że jest bacznie obserwowany. Może to ojciec kazał starcowi mieć na niego oko, w razie gdyby postanowił sięgnąć w swoich badaniach zbyt daleko albo podjąć temat, którego Morgan Saker nie pochwalał. Cóż, dowie się o tym dzisiejszej nocy, gdy przejdzie do piątej komnaty. Jeśli ojciec zrobi mu jutro aferę o studiowanie smokoznawstwa, Meredith będzie wiedział, że brat Serulian jest podstawionym szpiegiem.

– Czy to wszystko?

Meredith spojrzał na archiwistę, który wisiał nad nim, oczekując odpowiedzi.

– Tak, dziękuję.

Mężczyzna zniknął w szerokich drzwiach do komnaty. Meredith jeszcze chwilę obserwował brata Seruliana, a potem chwycił zwój i rozwinął go na blacie. Przemknął wzrokiem po datach na osi czasu i porównał je ze swoimi notatkami. Zaczął od brzemiennej w skutki bitwy pod Erlangaen w osiemset dwudziestym siódmym i doszedł aż do Inkwizycji Ossandy w czterdziestym piątym, gdy magowie zostali oczyszczeni z zarzutu zatajenia informacji przed Wielkim Opętaniem, do którego doszło dwa lata później.

Minęło dwadzieścia minut, nim Meredith rozparł się na krześle, wydając z siebie westchnienie zaskoczenia. Puszczony zwój zwinął się samoistnie. Oś czasu potwierdziła, że nie pominął niczego istotnego. Wielkie Opętanie miało miejsce w roku osiemset czterdziestym trzecim Anno Ira, czyli roku Furii. Zwykle kroniki osiemdziesiątej czwartej dekady były pierwszymi, do których zaglądał, a mimo to nie nauczył się z nich niczego istotnego, niczego, czego już by nie wiedział.

Prychnięciem dał upust frustracji i odłożył zwój. A może się mylił? Może wiedział już wszystko o Wielkim Opętaniu? Może nie ma już nic, czego mógłby się o nim dowiedzieć? Wstał i opróżnił kielich. A potem, sprawdzając, czy w repozytorium nie ma nikogo innego, odepchnął się od stołu i poszedł do piątej komnaty, gdzie przetrzymywano zwoje i księgi dotyczące smoków. Zadrżał lekko, przechodząc przez strumień nieobecnego spojrzenia brata Seruliana, ale stary mag wydawał się nie zauważać jego obecności. Wciąż patrzył w przestrzeń przez katarakty w wilgotnych oczach, ale w jego umyśle ostało się echo rozkazu wielkiego veneratu.

Syn Sakera nie może poznać szczegółów osiemdziesiątej czwartej dekady. Nie może dowiedzieć się prawdy.

Doznawszy niewyraźnego wrażenia niepokoju, Meredith Saker minął próg piątej komnaty.

39

NARODZINY

Głęboko na Utraconych Ziemiach obszar umęczonych skał zaczął drgać i się wybrzuszać, jakby coś usiłowało wydostać się na powierzchnię. Oświeceni odłożyli narzędzia i zebrali się wokół dołu, gotowi przyodziać nowo przybyłego w regalia wojenne. Skała pękła i wyłonił się spod niej kształt – postać o potężnych ramionach i potwornej głowie, pochylonej w trudzie narodzin na ten nowy i nieprzyjazny świat. Demon wsparł się rękami po obu stronach dołu i wydobył się z masy płynnej magmy. Jego oczy płonęły krwistą czerwienią, gdy usiłował dźwignąć się na okadzone dymem, wygięte w tył nogi.

Wokół niego wisiały w powietrzu poczerniałe ciała suplikantów, które zaczęły opadać jedno po drugim, aż wszystkie zanurzyły się w rozoranej ziemi. Spełniły swoje zadanie, przywiodły demona na powierzchnię, wskazując mu drogę swoją agonią. Teraz przez tę samą szczelinę opuszczą świat ludzi, by zapuścić się do wspanialszego królestwa podziemi.

Gdy ostatni z suplikantów zniknął pod poruszającą się skorupą skał, przekształcenie się dokonało. Pogromca był teraz mieszkańcem tego świata. Niemal natychmiast ziemia zaczęła stygnąć i twardnieć, aż nie ostało się nic poza rysunkiem jaśniejących pęknięć i zapachem płynnej skały i płonącego mięsa. Ale suplikanci zniknęli. Nie zostali pogrzebani w ziemi. Zniknęli. Nikt, kto wykopałby tutaj dół głęboki na tysiąc stóp, nie znalazłby ich kości. Byli teraz w innym miejscu, w krainie cierpienia, z której nigdy nie uciekną. A przynajmniej dopóki Marchio Dolor we własnej osobie nie zostanie rozgromiony, a nie było na świecie nikogo tak silnego, by zdołał tego dokonać.

Mierzący osiem stóp Pogromca spojrzał w dół, na Oświeconych, którzy krzątali się wokół niego. Na czarnej, skopanej skale położyli dwa miecze o szerokich, zakrzywionych klingach i ostrych czubkach. Pogromca przez chwilę przyglądał się broni, jakby nie potrzebował tak prymitywnych narzędzi, lecz nagle wyczuł zawartą w nich moc oraz oddanie, z jakim je wykuto.

Uklęknął i wolno ujął oba miecze w potężne dłonie. Gdy był pochylony, Oświeceni nałożyli mu płyty pancerza na ramiona, pierś i ręce. Wreszcie jeden z nich podniósł wielki hełm i osadził go na głowie demona. Gdy się cofnęli, Pogromca pochylił niżej głowę i zamknął oczy, a jego czarne ciało zajaśniało piekielnym blaskiem. Płonęło żywym ogniem, podsycało temperaturę, aż zaczarowana stal zespoliła się z diabelskim ciałem.

Demon i jego zbroja byli jednym.

Pogromca wolno podniósł się na nogi. Jego potężna pierś rozdęła się, gdy nabrał w płuca powietrza, którym oddychali ludzie. Zamknął oczy. Idealnie wyważone miecze wisiały u jego boków. Stanowiły teraz przedłużenie jego czarnego umysłu zabójcy. Został tu przyzwany w jednym jedynym celu.

By zabijać.

By mordować Przeciwników i ich przeklęte wyrmy. I to właśnie będzie robić.

40

DOBRA RADA

Po powrocie z épreuve du force kandydaci na rycerzy spali przez prawie dwa dni, a nawet po ich upływie instruktorzy nalegali, by wzięli jeszcze kilka dni wolnego, które pomogą im wrócić do pełnej sprawności. Żaden z nich nie miał ochoty rozmawiać o odbytej próbie, co rodziło frustrację u innych kadetów i otaczało słynny proces selekcji tajemniczą aurą.

– Byłem zbyt powolny i dostałem w rękę – odpowiedział Malaki na pytanie o ranę na ramieniu.

Było jasne, że cokolwiek wydarzyło się podczas próby, zaowocowało zawiązaniem więzi wśród przyszłych rycerzy. Falkowi co rusz udawało się zaobserwować, jak „rycerze" wymieniają skinienia i ściskają sobie dłonie, a nawet śmieją się razem. Ku własnemu zdziwieniu poczuł ukłucie zazdrości na myśl o tym, że Malaki przeżył coś tak doniosłego bez udziału przyjaciela, lecz przecież Falko miał swoją własną historię do opowiedzenia.

– Och, żałuję, że tego nie widziałem... – westchnął Malaki, gdy usłyszał o walce przyjaciela z Jaregiem.

Z początku Malaki był zbyt wyczerpany, by zauważyć cokolwiek, ale gdy doszedł do siebie, spostrzegł zmiany, jakie zaszły w koszarach pod jego nieobecność. Kilku kadetów śmiało się teraz i żartowało z Bryną, jakby w tym krótkim czasie połączyły ich więzy przyjaźni.

– Dzisiaj będzie trzy zero dla mnie, Godwin – zaczepił Brynę Kurt Vogler, mijając grupkę przyjaciół w barakach.

– Będziesz potrzebował większego miecza – zaripostowała Bryna, rzucając mu znaczące spojrzenie i wzbudzając salwę śmiechu kadetów, Voglera nie wyłączając.

Falko uśmiechnął się, ale zaskoczony Malaki tylko uniósł brwi.

– Kiedyś go dostanę – powiedziała Bryna, a potem westchnęła, gdy brwi Malakiego powędrowały jeszcze wyżej. – W pojedynku – wyklarowała i trzepnęła go w głowę rękawicami.

Ale największą zauważoną przez Malakiego zmianą była ta, która zaszła w Falku.

– Czy ja widzę mięśnie? – spytał niedowierzającym tonem, zgrywając się, gdy Falko zdjął koszulę, w której spał.

– Raczej opuchlizny od tych wszystkich siniaków – zbył go zawstydzony przyjaciel. Wciąż był najchudszy ze wszystkich kadetów, ale mimo to czerpał niemałą satysfakcję, widząc, że jego ramiona i pierś nie są już tak patykowate jak wcześniej.

– Słowo daję, Falko, ty urosłeś – dodał kowal, zastępując mu drogę, gdy przyjaciel wstał z łóżka.

Falko wciąż nie dorównywał imponującym sześciu stopom i dwóm calom Malakiego, ale niewiele mu brakowało.

– Uff!

Malaki zgiął się, gdy Falko trzepnął go w splot słoneczny.

– Z drogi, giermku – powiedział, używając terminu, jaki stosowano wobec kadetów szkolących się na rycerzy.

Malaki zamachnął się na niego, ale Falko odskoczył zwinnie poza jego zasięg. Alex i Quirren zaśmiali się, a Bryna pokręciła głową i rzuciła swój zwyczajowy tekst:

– Chłopcy, zachowujcie się! Byle jak, ale się zachowujcie.

Idąc pod prysznic, Falko obejrzał się z uśmiechem na Malakiego i stanął jak wryty.

Nagle jak spod ziemi wyrósł przed nim lanista Deloix. Śniadoskóry instruktor lustrował go wzrokiem i chłopak przez moment myślał, że ma kłopoty, ale wtedy mężczyzna podał mu list.

– Z Lavandier – rzucił tonem wyjaśnienia.

Falko popatrzył na złożoną kartkę związaną sznurkiem i zapieczętowaną czerwonym woskiem. Przeczytał adres na froncie.

Falko Danté
Akademia Sztuki Wojennej
Furia

Kadeci zgromadzili się wokół niego, gdy lanista Deloix wyszedł.

– Od kogo to? – spytała Bryna.

– Od Fossetty – odparł Falko, odczytawszy adres zwrotny po drugiej stronie.

– Na co czekasz? Otwieraj! – niecierpliwił się Malaki.

Falko usiadł na skrzyni w nogach swojego łóżka, przełamał pieczęć i zdjął sznurek. Ręce drżały mu ledwie dostrzegalnie, gdy zaczął czytać:

Najdroższy Falko,

mam nadzieję, że ten list znajdzie cię w dobrym zdrowiu. Właściwie to mam nadzieję, że w ogóle cię znajdzie. Nie wiedziałam, jak dokładnie go zaadresować. I wybacz mi, że nie napisałam szybciej, ale podróżowaliśmy na złamanie karku, usiłując dotrzeć do małego miasteczka zwanego Lavandier, zanim śnieg złapie nas na szlaku. Plotki mówią o jakimś miejscowym chłopcu, który śni koszmary, i o tym, że rzeczy „niszczą się", kiedy dopadają go gwałtowne emocje. Od opuszczenia Toulwaru odwiedziliśmy już troje dzieci. To będzie czwarte. Jak dotąd Tobias tylko do jednego powiedział „Mamidełko".

Oboje jesteśmy zdrowi i cieszymy się, że możemy zwiedzić ten piękny kraj. Chłopiec robi to, o co prosił go emisariusz, i muszę powiedzieć, że świetnie sobie radzi. Po twoim wyjeździe do naszej drużyny dołączyła Heçamedes. W wielu z tych odległych wiosek nie ma uzdrowicieli i jesteśmy bardzo wdzięczni za jej towarzystwo.

Z Lavandier (jeśli pogoda pozwoli) ruszymy na wschód, ku illicyjskiej granicy. Chyba nie ma co się dziwić, że większość „dzieci z problemami" pochodzi z tego rejonu. Nawet tutaj, do Clemoncé, sięgają długie cienie Opętanych. Nie umiem sobie wyobrazić, jak musi być bliżej frontu. Och, a może jednak umiem?

W każdym razie dość już o naszych przygodach. Co u ciebie?

Heçamedes bardzo ucieszyły wieści o twoim wyzdrowieniu w Toulwarze. Mam wielką nadzieję, że czujesz się coraz lepiej. Jak twoje płuca? Mam nadzieję, że infekcja nie wraca. Heçamedes radzi, byś dobrze jadł i głęboko oddychał. Wiem, że Furia leży na wybrzeżu, ale z tego, co mi mówiono, nawet tam bywa chłodno. Nie chcę słyszeć, że chodzisz na zewnątrz w samej koszuli! Pamiętaj...

Nie rozdziewaj się z kapoty, gdy wiosenne trwają słoty.

Czy podjęto już decyzję w sprawie twojego szkolenia? Nie bądź rozczarowany, jeśli nie uda ci się podążyć śladami ojca. Masz dobre serce i prędki umysł. Jest wiele innych sposobów, byś przysłużył się potrzebującym.

Ojej. Jest tyle rzeczy, o które chciałabym cię zapytać. Jaka jest Furia? A morze? Czy widziałeś królową? Czy Malaki i Bryna też ją poznali? Czy wciąż jest z tobą emisariusz? Czy Bellius rzeczywiście ma koneksje na dworze królewskim?

Tak bym chciała usłyszeć od ciebie jakieś wieści, ale obawiam się, że mój adres zwrotny może być mylący. Rzadko siedzimy długo w jednym miejscu, ale jak się gdzieś zasiedzimy, niezwłocznie dam ci znać.

Pozdrów ode mnie gorąco Malakiego i Brynę. Nie ma godziny, żebym o was nie myślała.

Do zobaczenia, mój kochany. Niech ci się wiedzie. Napiszę jakoś na wiosnę.

I pamiętaj: cokolwiek by się działo, zawsze będziesz w moim sercu.

Całuję gorąco, Fossetta
(i Tobias) (i Heçamedes)

PS Nie martw się o nasze bezpieczeństwo. Towarzyszą nam dwaj żołnierze z Toulwarskich Szaserów Królewskich – kapitan Roche i jeszcze jeden człowiek, który zna las, jakby to była ścieżka ogrodowa. Nie jestem pewna jego szarży. Zwracamy się do niego per Francois.

Podróżuje się z nimi przyjemnie, nawet jeśli nie mówią zbyt wiele. W odróżnieniu od dwóch mężczyzn, którzy powożą. Nieustannie się kłócą (ale trzeba przyznać, że zrywamy boki z ich wzajemnych docinków). Zwłaszcza Tobias polubił ich towarzystwo. Myślę, że ich poczucie humoru przypomina mu ojca.

A teraz to już naprawdę wszystko, przynajmniej do wiosny. Trzymaj się dzielnie.

Malaki i Bryna zaglądali Falkowi przez ramię. Mimo to podał im list, by mogli go przeczytać jak należy.

– Wszystko dobrze? – zatroskał się Malaki, gdy Falko wstał ze skrzyni.

– Tak – odparł przyjaciel, wkładając świeżą koszulę i spodnie. – Po prostu dotarło do mnie, jak bardzo za nią tęsknię.

Malaki kiwnął głową i Bryna złapała jego rękę. Falko posłał im mętny uśmiech i ścisnął jej dłoń, a potem poszedł umyć się przed śniadaniem.

Ona jest w porządku, pomyślał, przecinając zmrożony dziedziniec. I nawet znalazła czas, żeby pozrzędzić!

Przed opuszczeniem Caer Dour Falko nie zdołałby wyobrazić sobie Fossetty na wozie, przemierzającej wieś w obstawie żołnierzy. Choć właściwie czemu nie? Była jednym z najsilniejszych ludzi, jakich znał, i wiedział, że to doświadczenie bardzo przypadnie jej do gustu. Nagle pomyślał, że to niesłychanie pocieszające wiedzieć, że są na świecie ludzie tacy jak ona. Zimna mgła wisiała nad dziedzińcem i Falko uśmiechnął się, wkraczając w parujące gorąco łaźni.

41

CIEŃ NA POWIERZCHNI ZIEMI

Na Utraconych Ziemiach Illicji Pogromca patrzył na słońce, które wschodziło ponad zamglonymi wzgórzami. Ludzie uważali wschód słońca za symbol nadziei. Jak w takim razie wytłumaczą sobie obecność demona? Zabił już kilka żywych stworzeń, ale tylko ludzie dawali mu jakąś satysfakcję. Zwierzęta były po prostu iskrami życia, które łatwo było zdmuchnąć, ale ludzi mógł torturować dalece dotkliwiej niźli tylko w przelotnej chwili śmierci. Było coś niemalże boskiego w ilości bólu, jaką można im zadać. Pogromca pławił się w ich cierpieniu, ale wezwany został po znacznie więcej. Kazano mu ruszyć na południe i zabić Przeciwników oraz wyrmy, które tam walczyły, dusze tak aroganckie, że wierzyły, iż mogą rzucić wyzwanie Wiernym. Demon przeciągnął się, a w jego mieczach przejrzało się wstające słońce. Światłem się nie przejmował, choć po stokroć wolał ciemność. Skryje się więc pod powierzchnią ziemi, by zawitać na chwilę do krainy piekieł. Zaniósł modły i otworzył wrota, a potem zniknął. Gdyby ktoś na niego patrzył, zobaczyłby idącego przed siebie demona, który wolno zapuszcza się w ciemność, zostawiającą po sobie poczerniałą bliznę na obliczu świata.

I wszystko, co ostało się po jego przejściu, to tylko cień, który przemknął po powierzchni ziemi.

Ukryty przed ciekawskimi oczami, kontynuował swoją podróż. Daleko na północy czuł jedną z owych Wielkich Dusz. Pragnął ją posiąść. Jego wyczulone zmysły powiedziały mu, że Przeciwnik jest sam, że nie ma z nim wyrma, który podzieliłby jego wyrok śmierci. Ale to nic.

Na razie ograniczy się do zabicia Przeciwnika. Przyjemność zabicia wyrma będzie musiała poczekać.

42

PADDY FECK

Akademia Sztuki Wojennej znalazła się w bezlitosnym uścisku zimy, a płaskowyż okryła szczelnie biała pierzyna śniegu, który skrzypiał pod butami kadetów, gdy w ciemności torowali sobie drogę na poligon.

– Czyli umiesz już korzystać z magii obronnej? – spytał Malaki, gdy weszli do namiotu.

– Na razie mogę osłonić nią tylko siebie – dookreślił Falko. – Ale tak.

Malaki pokiwał z uznaniem głową. Jego oczy miały jakiś dziwny wyraz, którego Falko nie potrafił rozszyfrować. A potem przypomniał sobie, że tak samo patrzył na Malakiego Balthazak, gdy młody kowal pierwszy raz pokonał starego w walce. Mieszanka dumy i obawy, uprzytomnienie sobie, że niezachwiana dotąd równowaga mocy w końcu drgnęła.

Tego ranka biegli razem jako grupa. Malaki wciąż wracał do sił, a Falko robił się coraz silniejszy, więc spokojne tempo umożliwiało wszystkim trzymanie się razem. A poza tym poranki były teraz tak ciemne, że nikt nie miał ochoty rozwijać pełnej prędkości w trakcie pokonywania wąskiej skalistej ścieżki. Zaczynało świtać, gdy wrócili do namiotu na śniadanie. Kadeci skończyli jeść i zwrócili uwagę na większy niż zwykle gwar na zewnątrz. Brzmiało to tak, jakby namiot mijała cała Czwarta Armia. Miny instruktorów wskazywały, że są oni jedynymi osobami w namiocie, które wiedzą, co się dzieje. Kadeci rzucili się do wyjścia i wybiegli na zewnątrz.

Falko i pozostali wyłonili się z namiotu i zobaczyli tłum żołnierzy formujący szyk na polu treningowym: równiutkie kwadraty i prostokąty kawalerii, włóczników i piechoty uzbrojonej w miecze i tarcze, a także kilka jednostek łuczniczych. Prawie dwa tysiące mężczyzn oraz garstka kobiet – wszyscy oni patrzyli na kadetów stojących z rozdziawionymi ustami i wybałuszonymi oczami. Emisariusz odczekał, aż ostatni uczniowie wyjdą na dwór, a potem poprowadził ich na poligon.

– Kadeci Akademii Sztuki Wojennej! – powiedział i zatoczył ramieniem szeroki półokrąg. – Oto armia na wasz rozkaz!

Zgromadzeni żołnierze zakrzyknęli gromko. Efekt był imponujący, psuli go tylko wciąż budujący szyk łucznicy po drugiej stronie pola. Ich niemrawy okrzyk ucichł długo po tym, jak wybrzmiało pięknie skoordynowane zawołanie pozostałych oddziałów. Strzelcy nie wyglądali jednak na zawstydzonych brakiem dyscypliny.

Mało tego, członkowie niejednolitej gromady bez skrępowania rozmawiali między sobą i śmiali się, a potem zmrożone powietrze poranka rozdarte zostało przez dźwięczne pierdnięcie, z całą pewnością efekt znacznych i celowych wysiłków któregoś z łuczników.

W uśmiechu emisariusza było coś z przeprosin, gdy grupa huknęła śmiechem. Wszyscy kadeci spojrzeli współczująco na Brynę, która miała okropne przeczucie, że to właśnie przedstawił się jej oddział – owi Urwipołcie, o których tyle słyszała.

Gdy dramatyczne zapoznanie dobiegło końca, lanista Magnus wyszedł naprzód z listą w ręku. Każdy z wywołanych kadetów szedł następnie z emisariuszem na poligon, gdzie ten przedstawiał go nowym podkomendnym. Wszyscy byli nerwowi, ale nikt bardziej od Alexa Klingemanna. Chłopak był chorobliwie blady. Falko bał się, że może nawet zwymiotować. Kiedy lanista wywołał jego imię, Alex ruszył za emisariuszem na drżących nogach, a po chwili stanął przed oddziałem piechocińców w czarnych opończach, na których widniał znak jednej z siedmiu illicyjskich Lig.

Najstarszy członek Die Verbannten wyszedł naprzód, by powitać tego „nowego dowódcę". Jego oczy, tak jak pozostałych Wygnańców, były naznaczone piętnem cierpienia i mężczyzna spoglądał na Alexa z całkowitą obojętnością, jakby nie miało to znaczenia, że będzie dowodziło nimi dziecko.

Emisariusz otworzył usta, by go przedstawić, lecz Alex nie pozwolił mu na to. Sam zrobił dwa kroki naprzód i stanął przed swoimi ludźmi. Przez chwilę patrzył w puste oczy starszego żołnierza, a potem położył się na ziemi, wcisnął twarz w grunt i rozłożył ramiona na podobieństwo krzyża.

– Co on wyrabia? – szepnęła Bryna do Quirrena. Nawet jak na Alexa, ten gest był nieco zbyt melodramatyczny.

– Okazuje pokorę – rzekł Quirren z nutą zaskoczenia w głosie. – Wie, że nie jest godzien nimi dowodzić. Obejmie stanowisko dowódcy, tylko jeśli mu na to pozwolą.

Starszy żołnierz patrzył na leżącego na ziemi Alexa, jakby nie wiedział, co ma zrobić. Gest najwidoczniej wprawił go w zakłopotanie. Podniósł wzrok na emisariusza, ale nieugięte spojrzenie tamtego niczego mu nie doradziło. Wtedy obejrzał się na pozostałych Wygnańców i znowu jego wzrok spoczął na Alexie. Uklęknął wreszcie i położył dłoń na potylicy kadeta. Zamknął oczy, a jego usta zaczęły się poruszać, gdy wypowiedział kilka słów, których nikt poza Alexem nie słyszał, a potem cofnął się o krok, a nowy dowódca dźwignął się na nogi.

– Czas najwyższy – powiedział, pocierając czubek nosa. – Już myślałem, że każesz mi tak leżeć, aż zamarznę.

Emisariusz uśmiechnął się, a żołnierz uniósł brew.

A potem przyłożył pięść do klatki piersiowej i skłonił się Alexowi. Pozostali członkowie oddziału poszli w jego ślady. Wygnańcy zaakceptowali swojego młodego dowódcę. Quirren roześmiał się cicho.

– Będą się uczyć nawzajem – powiedział tylko.

Chwilę później za emisariuszem ruszyła Bryna. Wszyscy kadeci odprowadzali ją wzrokiem i nie było wśród nich nikogo, kto by jej zazdrościł. Gdy zbliżała się do Urwipołciów, towarzyszyła jej kakofonia śmiechów, gwizdów i jednoznacznych okrzyków.

Gdy emisariusz zatrzymał się przed oddziałem, pierwszy rząd zaczął przepychać się i trącać łokciami, jakby nie postanowiono jeszcze, kto będzie reprezentować ich przed dowódczynią. Wreszcie wysoki, ciemnowłosy mężczyzna wynurzył się z tłumu i zbliżył do niej roztańczonym krokiem. Jego twarz była poznaczona śladami po ospie, a włosy wyglądały, jakby ktoś uciął je piłą. Uśmiechnął się kpiarsko do emisariusza, raz po raz oglądając się na swoich towarzyszy i zadzierając podbródek na ich prostackie komentarze i wyrazy poparcia.

– To nie na niego musisz patrzeć – powiedział emisariusz cicho, gdy mężczyzna się zbliżał.

Wskazał głową jasnowłosego mężczyznę o szerokich barach, z dwoma warkoczykami zaplecionymi na lewej skroni, który wwiercał się wzrokiem w Brynę. Jego ogorzała twarz świadczyła o burzliwym życiu, ale w głęboko osadzonych oczach błyskały iskierki inteligencji.

– Patrick Feckler – szepnął Chevalier. – Znany też jako Paddy Feck.

Zanim zdołał coś dodać, stanął przed nimi dziobaty mężczyzna.

– Kadet Bryna Godwin – przedstawił ją emisariusz. – Pełniąca obecnie funkcję dowódczyni królewskiego oddziału Nieregularnych, Piątej Kompanii Łuczników.

– Dedric Sayer, do usług – zakpił mężczyzna, mierząc Brynę wzrokiem od stóp do głów z wyraźnym zadowoleniem.

– Do usług, pani kapitan – poprawił emisariusz nieco ostrzej.

– Do usług, pani kapitan – powtórzył Dedric, czerwieniąc się i rzucając przez ramię wymowne spojrzenie szydzącym z jego kapitulacji towarzyszom.

Zanim się odwrócił i odszedł do swoich, Bryna zauważyła, że zerknął na Paddy'ego Fecka, jakby pytał go o pozwolenie. Feckler łypnął na Brynę i kiwnął lekko głową. Dedric zwrócił się twarzą do niej, a potem uniósł rękę i zawołał głośno:

– Hip, hip, hura dla pani kapitan! Hip, hip!

– Hura! – zagrzmiała odpowiedź.

– Hip, hip!

– Hura!

– Hip, hip!

– Hura, hura, hura!

Emisariusz uśmiechnął się rozbawiony, a Bryna przełknęła ślinę. Wyglądała na dokumentnie przerażoną. Ostatnie „hura!" przebrzmiało i przeszło płynnie w chór śmiechów. Falko łypnął na Malakiego.

– Boisz się o nią?

– Nie – rzekł Malaki. – To tylko mężczyźni. Może trochę jej to zajmie, ale w końcu owinie ich sobie wokół palca.

Falko był pełen podziwu dla jego niezachwianej wiary w partnerkę.

– A poza tym – podjął Malaki – osobiście ukatrupię każdego, kto dotknie jej choćby palcem.

Te słowa, odniósł wrażenie Falko, były o wiele bardziej szczere.

Po zapoznaniu oficerów przyszedł czas na rycerzy. Emisariusz wrócił i stanął obok Falka. Wszyscy patrzyli na reprezentantów sześciu zakonów rycerskich, którzy torowali sobie drogę przez śnieg. Ubrani w kolczugi i opończe, dosiadający potężnych rumaków bojowych wojownicy wyglądali imponująco i nawet Urwipołcie ucichli nieco na ich widok.

Falko rozpoznał pięć insygniów, które ujrzał pierwszy raz, kiedy rycerze zjawili się po kadetów przed épreuve du force, lecz teraz dostrzegł wśród nich nowy znak – czarnego orła w czerwonym polu. Domyślił się, że to illicyjskie insygnia, a po chwili zrozumiał, do kogo należą.

Der Orden des Schwarzen Adlers.

– Zakon Czarnego Orła – wydyszał.

– Nasz ojciec do nich należał – powiedział cicho Quirren, patrząc na formujących szyk konnych. Z chrap olbrzymich rumaków buchały chmurki pary.

Każda grupa reprezentantów składała się z dwóch rycerzy i giermka, który dźwigał miecz w pochwie, owinięty pasem. Jeden z wojowników z każdej pary prezentował barwy swojego zakonu. Falko natychmiast rozpoznał mężczyznę z proporcem Rycerzy Furii. Sébastien Cabal, lord dowódca zakonu.

Rycerze z proporcami pozostali w siodle, a ich towarzysze zsiedli z koni. Wyraźnie nerwowi paziowie również. Stanęli przy swoich rycerzach, a tymczasem lanista Magnus dał znak kadetom, by zrobili krok naprzód.

Quirren podszedł do rycerza z Zakonu Czarnego Orła. Huthgarl i inny kadet imieniem Blaevar – do wojownika z beltańskiej Pancernej Konnej, a dwaj młodzieńcy z Illicji stanęli przed Nieugiętym.

Malaki jako jedyny podszedł do Rycerza Furii.

Kadeci stanęli w równym rzędzie, giermkowie bez ceregieli podali miecze swoim rycerzom, by ci następnie wręczyli je kadetom.

Falko spodziewał się jakichś podniosłych, ceremonialnych słów lub uroczystego zaprzysiężenia. Zwrócił się do stojącego obok emisariusza.

– Czy to oznacza, że już są rycerzami?

– Nie – odrzekł Chevalier. – Na razie tylko czeladnikami przyrzeczonymi zakonowi, który zgodził się wcielić ich w swoje szeregi. Gdy ukończą szkolenie, ruszą do boju pod ich sztandarami. Dopiero po pierwszej bitwie zostaną uznani za rycerzy.

Falko pokiwał głową i utkwił wzrok w Malakim. Stojący przed kowalem rycerz wydawał się zadowolony z tego, że to akurat Malaki trafi do Czarnych Orłów, ale Sébastien Cabal wydawał się płonąć gniewem.

– A temu co? – zdziwił się Falko, wskazując podbródkiem lorda dowódcę.

– Z Malakim jest nieco inaczej – powiedział emisariusz. – On już dowiódł męstwa w boju. Teraz ma status „rycerza oczekującego". Wciąż musi ukończyć szkolenie w akademii, ale jeśli Rycerze Furii sobie tego zażyczą, może iść w bój choćby jutro.

– Czemu to złości lorda Cabala?

– Uważa, że Malaki jest zbyt młody i w odróżnieniu od innych młodych szlachciców nie odebrał formalnego wykształcenia.

– Więc dlaczego go zaakceptowali?

– Och, lord dowódca nie ma wątpliwości co do jego potencjału. Po prostu nie wierzy, że Malaki jest gotów iść na wojnę.

– A jest?

Emisariusz wydął wargi.

– Przekonamy się.

Falko wrócił wzrokiem do Malakiego, a potem powiódł nim wzdłuż granicy poligonu. Był ostatnim kadetem i czuł się dziwnie, stojąc tu jako jedyny.

– A co ze mną? – spytał.

– To zależy – powiedział emisariusz. – Przeciw bestiom i Opętanym wystarczą mięśnie i miecze. Ale jeśli przystąpią do walki z demonem, to kto wie czy nie będziesz jedyną rzeczą dzielącą ich od wieczności w piekle.

Falko utkwił w emisariuszu spojrzenie szarych oczu. Stojący przed nimi młodzi oficerowie byli onieśmieleni perspektywą dowodzenia setkami żołnierzy, ale czymże było ich zdenerwowanie w porównaniu z brzemieniem, jakie będzie musiał dźwigać Falko? Już sama myśl o tym przejmowała go przerażeniem.

Gdy przekazanie mieczy dobiegło końca, wydano komendę „spocznij" i armia kadetów się rozpierzchła. Uczniowie zebrali się w grupie i rozbrzmiał gwar podekscytowanych rozmów. Oficerowie również otrzymali podarunki. Alex dostał illicyjski długi miecz, Jareg pięknego, zwinnego wierzchowca o pstrokatej, szaro-białej maści, większość włóczników dumnie dzierżyła thraeckie włócznie o długich drzewcach i smukłych grotach, tarcze, xiphosy o krótkich oraz kopisy o zakrzywionych klingach. Łucznicy pokazywali towarzyszom nowe łuki i skórzane kołczany. Natomiast Bryna wróciła do namiotu z małą czarką o dwóch uchwytach.

– Nazywają to „quaich" – objaśnił emisariusz. – To czarka powitalna.

Bryna przyjrzała się drewnianemu naczyniu o srebrnych zrębach, które przy dobrych chęciach można nawet było nazwać eleganckim.

– Spodziewają się po tobie, że będziesz z nimi piła – dodał Alex. – To tradycja.

– Co piła? – spytała Bryna.

– Nie jestem pewien – zamyślił się Alex. – Nie dzielą się tym z nikim. Ale mówi się, że to najlepszy trunek we wszystkich Siedmiu Królestwach.

– Hmm – mruknęła Bryna z nadzieją w oczach. – Picie mi nie przeszkadza.

Roześmiali się, a Falko spojrzał na Malakiego, który wpatrywał się w miecz leżący na jego kolanach. Kilka cali ostrza pokazało się między jelcem a pochwą. W stali wytrawiony był „nieujarzmiony rumak" Rycerzy Furii.

– Nie mogę w to uwierzyć – wydyszał Malaki.

– A ja owszem – sparował Falko.

Kowal spojrzał na przyjaciół rozognionymi oczami. Wszyscy kiwali z uznaniem głowami i uśmiechali się do niego. Zdaje się, że Falko mówił nie tylko w swoim imieniu.

Tego ranka nie trenowali zbyt wiele. Instruktorzy zasiedli razem z kadetami i rozpoczął się długi strumień pytań i odpowiedzi. Tak, wciąż będą szkolili się w swoich dziedzinach, ale ich nowe jednostki będą grały coraz większą rolę w ich treningu, aż do momentu, gdy armia kadetów będzie gotowa do wojny.

– Jako oficerowie – zaczął emisariusz – będziecie musieli brać udział w publicznych spotkaniach strategicznych w Komnacie Rady. Ty także – dodał, znajdując wzrokiem Falka. – Magowie bitewni stanowią integralną część armii.

Falko podniósł wzrok, zebrani obrócili się, by na niego spojrzeć. Nikt już nie wątpił w słowa emisariusza, że Falko był magiem bitewnym. Szok i strach, które padły na kadetów po tym, jak zniszczył miecz Jarega, zaczęły się z wolna rozwiewać. Wydawało się, że uświadomili sobie w końcu, iż Falko jest po ich stronie. Może i mamrotał dziwne i niepokojące rzeczy przez sen, może dysponował przerażającymi mocami, których nie rozumieli, ale to właśnie te moce mogą pewnego dnia ocalić im życie. To nowe uznanie wywołało w Falku obce dotąd uczucie, które jeszcze zwiększało rosnące poczucie odpowiedzialności.

Rozmawiali przez resztę poranka, a gdy asystenci rozstawili na stołach jedzenie, Falko skorzystał z zamieszania i dyskretnie opuścił namiot. Złapał po drodze zapiekane w cieście mięso, trochę chleba i garść owoców, a potem poszedł do Moździerza. Zdjął płaszcz i przewiesił go sobie przez ramię, gdy jasne zimowe słońce wypaliło z powietrza chłód.

– A więc dostali w prezencie od armii nowych koleżków, co? – zaśmiał się Aurelian, gdy Falko usiadł na schodach areny i pociągnął długi łyk wody z miedzianego kubka. – Słyszałem, że twojej znajomej łuczniczce dostali się Urwipołcie? – Prychnął śmiechem. – Co prawda, to prawda, niezła zbieranina łajdaków, ale to zarazem jedni z najlepszych łuczników, jakich kiedykolwiek zobaczysz.

Osadził wzrok na Falku i nie umknął jego uwadze kiepski humor chłopaka.

– Gdzie Meredith? – spytał Falko.

– Poprosiłem go, żeby dziś nie przychodził.

Chłopak spojrzał na Dwimervane i Dusaule'a, siedzących na zwykłych miejscach. Stary mag bitewny miał na sobie gruby wełniany płaszcz, a ciemnoniebieskie łuski smoczycy kontrastowały z bielą śniegu zalegającego na stopniach i trybunach wokoło.

– Czujesz się pominięty, co? – rzucił z pozorną niefrasobliwością Aurelian po chwili ciszy.

Zastanawiając się, o co chodzi, Falko rozejrzał się po arenie. Zaprzeczył niemrawym ruchem głowy, ale właściwie była to prawda – czuł się pominięty, a jego umysł poczęła spowijać aura osamotnienia.

– Nie przejmuj się – podjął Aurelian. – To zupełnie normalne. Bycie magiem bitewnym to samotnicza robota. Ale są rzeczy, które to wynagradzają – dorzucił z błyskiem rozbawienia w oczach. – Dlatego właśnie zaaranżowałem na dzisiaj coś specjalnego.

Podejrzliwość Falka tylko się wzmogła. Zwykle gdy Aurelian chciał „spróbować czegoś nowego", skutkowało to dla ucznia znaczną ilością bólu i niewygody.

Patrzył, jak weteran idzie na przeciwny kraniec areny. A potem, gdy stary mag bitewny skinął głową w niebo, Falko poczuł, że coś spada w dół. Okręcił się akurat w porę, by zobaczyć lecącego w jego stronę smoka. Nie zastanawiając się ani chwili, otoczył się magiczną osłoną, by oprzeć się nieuniknionej kolizji, ale bestia w ostatniej chwili złamała tor lotu i przefrunęła nad jego głową. Gdy to zrobiła, postać w zbroi zeskoczyła z jej grzbietu i wylądowała na ziemi przed Falkiem, przetaczając się w celu zamortyzowania uderzenia, a następnie poderwała się na nogi. Mężczyzna w zbroi dobył miecza i przybrał postawę bojową.

Falko nie miał przy sobie broni, ale również przybrał odpowiednią postawę. Skupił się.

– Popatrz tylko! – zawołał radośnie Aurelian. – Mówiłem ci, że robi postępy.

Postać w pancerzu wyprostowała się, włożyła miecz do pochwy i zdjęła hełm. Długie czarne włosy wysypały jej się na ramiona i plecy.

To nie mężczyzna, uprzytomnił sobie Falko, tylko kobieta!

Obrzuciła go przenikliwym spojrzeniem ciemnych oczu, a potem podeszła, położyła wolną rękę na jego ramieniu i ucałowała go w oba policzki. Nie spieszyła się z tym drugim pocałunkiem. Jej policzek długo stykał się z jego twarzą. Ostatecznie objęła go i uściskała, a Falko czuł się coraz bardziej rozbrojony.

– Bienvenue, petit frère – powiedziała.

Na wargach kobiety zajaśniał uśmiech. Raz jeszcze ścisnęła jego ramię, a potem obróciła się twarzą do Aureliana. Zrobiła kilka kroków i rzuciła się w jego objęcia. Weteran zachwiał się i złapał ją mocno swoją jedyną ręką.

– Ostrożnie, dziewczyno! Potniesz mnie na sztuki tym pancerzem – zaśmiał się, gdy ostra krawędź naramiennika wpiła się w jego zarośnięty policzek.

Gdy go wreszcie puściła, pobiegła do Dusaule'a i Dwimervane, by powtórzyć rytuał obściskiwania.

Falko dopiero zaczynał przetwarzać w głowie tę serdeczność oraz bliskość między gościem, magami i smoczycą, gdy nagle poczuł gdzieś nad sobą jakąś nową obecność. Zawiał wiatr i buchnął śnieg, a obok niego wylądował piękny smok o bursztynowych łuskach. Bestia złożyła skrzydła i objęła Falka wnikliwym spojrzeniem, a potem podeszła do Aureliana, który zetknął się ze smokiem czołem. Weteran podniósł rękę i objął czule smoczą szyję, a wówczas Falko zauważył rany na ciele stworzenia. Mnóstwo starych blizn, ale też pewną liczbę świeżych. Ślady poparzeń, porwana błona skrzydeł, głęboko zarysowane rany po ostrzu, które przebiło się przez pancerz łusek. Lecz mimo tych pamiątek z rozlicznych bitew smoczyca nie wydawała się cierpieć ani potrzebować pomocy.

– Jak się miewasz, moja piękna? – powiedział Aurelian.

W odpowiedzi stworzenie trąciło go serdecznie pokrytym łuskami długim pyskiem. A potem dotknęło głową jego pokrytego bliznami boku pod kikutem ręki.

– Jest w porządku – powiedział Aurelian. – Tylko trochę mi sztywno w ten ziąb.

Smoczyca przyglądała mu się przez chwilę. Odwróciła głowę, by popatrzeć na Dusaule'a i Dwimervane, a potem podeszła do Falka, który pochylił czoło, by się przywitać.

– Pozwól, że przedstawię ci Nathalie Saigal – rzekł Aurelian. – Oraz jej smoczycę Ciel.

Falko skłonił się każdej z nich z osobna.

– Jesteś wyższy, niż się spodziewałam – powiedziała Nathalie, znowu podchodząc do chłopaka.

Zmieszany Falko spuścił wzrok, choć zdziwiło go to, jak swobodnie czuje się w jej towarzystwie. Gdy podniósł oczy, opromieniła go uśmiechem.

Nathalie Saigal mogła mieć około trzydziestu pięciu lat, miała wysportowaną sylwetkę i wyrazistą twarz o wydatnych kościach policzkowych, a oczy tak ciemne, że prawie czarne. Wydawała się osobą energiczną i najwyraźniej była szczerze uradowana spotkaniem z Falkiem. Było też w niej jakieś zmęczenie, jakby długo borykała się z jakimś trudnym i niewdzięcznym zadaniem. Biała blizna biegła od nasady jej nosa przez policzek do ucha, ale, tak jak jej smoczyca, kobieta nosiła też ślady po świeżych ranach. Jej twarz i ręce pokrywała siatka drobnych draśnięć i obtarć. Prawa ręka była zabandażowana, a wielki siniec zaczynający się u podstawy żuchwy i niknący pod napierśnikiem zwracał szczególną uwagę. Uniosła brew, widząc, jak Falko się jej przypatruje, a potem się uśmiechnęła.

– Miło cię poznać – powiedziała z płynnym akcentem z Clemoncé. – Nigdy nie było mi dane poznać twojego ojca, ale nie wierzę w to, co się o nim mówi. Znaczy mam na myśli sam koniec.

– To prawda – rzekł Falko. – Naprawdę zabił tych wszystkich ludzi.

– Och, ależ wiem – powiedziała Nathalie, a coś w jej głosie zadźwięczało jak stal. – Po prostu w to nie wierzę.

Falko przez chwilę patrzył jej w oczy, a potem kiwnął głową na znak, że rozumie.

– To co? – Uśmiechnęła się wyzywająco. – Chciałbyś przelecieć się na smoku?

– Co... Znaczy... Nie! – zająknął się chłopak, skacząc wzrokiem od Nathalie do Ciel.

Obie zwróciły się do Aureliana, który nagle poświęcił całą uwagę płynącym po niebie chmurom.

– Nawet mu nie powiedziałeś? – rzuciła oskarżycielskim tonem Nathalie, a potem odwróciła się twarzą do Falka. – On jest po prostu niemożliwy – rzekła, krzywiąc się z dezaprobatą.

– Nie chciałem go martwić – tłumaczył się weteran.

Nathalie obrzuciła go spojrzeniem półprzymkniętych oczu, a następnie utkwiła wzrok w Falku.

– To chcesz polatać czy nie?

43

Z DAWNA ZAPOMNIANY SEN

Falko ścisnął kolanami grzbiet smoczycy i wczepił się palcami w jej łuski.

– Właśnie tak – powiedziała Nathalie, gdy złapał za kolce na karku Ciel i wsparł łokcie po obu stronach kręgosłupa. – Latałeś już, co?

– Nie, nigdy.

Nathalie skrzywiła się i popatrzyła na Aureliana, ale Falko tego nie zauważył. Jego serce łomotało na samą myśl o tym, co się zaraz stanie. Aurelian i Nathalie dostosowali uprząż do jego wzrostu. Falko czuł, jak łuski Ciel obejmują jego przedramiona.

– Nie ma jakiegoś pasa albo strzemion? – zapytał i oblał się rumieńcem, gdy Aurelian i Nathalie wybuchnęli śmiechem. – A co będzie, jak spadnę?

– Nie spadniesz – zapewniła go Nathalie.

Stanęła bliżej głowy smoczycy.

– Potraktuj go delikatnie, proszę – powiedziała do Ciel, gdy smocze rogi zaskrobały o jej pancerz.

– Jak mam jej mówić, dokąd ma lecieć? – spytał Falko, znowu wzbudzając falę śmiechu.

– Wcale nie masz – odpowiedziała Nathalie. – Decydujecie o tym razem.

Falko rzucił jej strwożone spojrzenie. Co to w ogóle za rada?

– Sam się zaraz przekonasz – zapewniła go Nathalie. – Najważniejsze to zaufać smoczycy.

Falko przełknął nerwowo ślinę.

– Spróbuj się rozluźnić – powiedział Aurelian. – Kto wie, może ci się spodoba?

Odsunęli się od Ciel, a Falko zebrał się w sobie i odetchnął głęboko. Wówczas zauważył, że Dusaule znika za krawędzią Moździerza.

Aurelian podążył za spojrzeniem chłopaka.

– Są rzeczy, na które nie może patrzeć, bo sprawiają mu zbyt wielki ból – wyjaśnił i wymienił spojrzenia z Nathalie. – Nie kłopocz się tym – podjął. – To nie ma nic wspólnego z tobą. – Odczekał chwilę, by upewnić się, że Falko zrozumiał, a potem się uśmiechnął. – To jak, gotowy?

Falko kiwnął sztywno głową.

Ciel wygięła długą szyję, by na niego popatrzeć. W głębokim spojrzeniu czerwonych oczu było coś, co ukoiło zdenerwowanie chłopaka. Smoczyca kiwnęła wielką głową, a potem rzuciła się do biegu. Trzema wielkimi susami dotarła do ściany areny, wybiła się z ostatnich szerokich stopni i rozłożyła skrzydła.

Falko miał wrażenie, że zostawił żołądek na piasku areny. Wzlecieli szybko w powietrze, raptownie zwiększając wysokość. Była to najbardziej emocjonująca, przerażająca i wspaniała rzecz, jakiej Falko doświadczył w życiu. Zaciskał powieki i trzymał się mocno smoczych kolców, bał się poruszyć, aż wreszcie zaczął stopniowo wynurzać się z głębi oszołomienia i na jego zmysły naparła cała gama wrażeń. Wściekły, zimny wiatr. Pokrzepiające ciepło smoczycy. Nieprawdopodobne wrażenie wolności. Zrywy powodowane machnięciami olbrzymich skrzydeł, które niosły go coraz wyżej.

Gdy wreszcie udało mu się otworzyć oczy, odkrył ku własnemu osłupieniu, że wcale się nie boi. Na północy i wschodzie rosły pod niebo okryte śniegiem szczyty gór, a za nimi, o czym przekonał się, gdy wzlecieli wyżej, kryły się kolejne i kolejne. Zaczął rozglądać się niepewnie. Za jego plecami rozciągało się szare zimowe morze, poznaczone wzdłuż brzegu pręgami turkusu. Popatrzył w dół, na rozłożoną u jego stóp Furię, śmiesznie małą z tej perspektywy. Wyraźnie widział zarys podwójnych murów obronnych i upstrzone statkami wody przystani.

Pałac lśnił w popołudniowym słońcu, ludzie przemykali ulicami, mali jak mrówki.

Wciąż wzbijali się wyżej. Falko wzmocnił uścisk, gdy Ciel odbiła mocno na prawo. Okręcili się w powietrzu i chłopak zorientował się, że patrzy na akademię. Widział jak na dłoni czworoboczny budynek baraków, długie linie stajni i liczne pozostałe budynki oraz poligon. Obok stał wielki biały namiot i Falko ujrzał poruszające się przy nim maleńkie postacie. Obejrzał się na góry.

W ten sposób dotarłbym do Palca raz-dwa, rzuciło mu się na myśl i raptem wspomnienie sterczącej skalnej kolumny rozbłysło w jego umyśle.

– Tak – wydyszał i poczuł, jak Ciel zmienia kierunek, by pomknąć w stronę gór.

Przez chwilę skaliste zbocza wydawały się bardzo daleko, ale zaraz potem zyskały na ostrości i zaczęły się szybko zbliżać. Falko był pewien, że się rozbiją, ale w ostatnim momencie Ciel rozrzuciła skrzydła na boki i wykonała coś na kształt podniebnego piruetu, a potem wylądowała z gracją na skalnym obelisku.

Falka zdumiało to, jak delikatnie jej nogi zetknęły się ze skałą. Nie zarzuciło nim, nie szarpnęło, po prostu opadł wraz ze smoczycą lekko jak piórko. Siedzieli tam razem, a chłodny wiatr burzył mu włosy. Czuł pod sobą smoczycę. Czuł rytm jej oddechu i głębokie bicie wielkiego serca. Poruszyła głową, podziwiając widok, a Falko nabrał osobliwego wrażenia, że wie, na co dokładnie patrzy: flagi powiewające na wieżach pałacu, grupka żołnierzy ujeżdżających konie w zagrodzie przy stajniach, mroczniejąca w dali wieża magów, wznosząca się na tle ośnieżonych gór niczym ułamany obsydianowy filar, pozostałość po jakiejś olbrzymiej świątyni z zapomnianych dni.

Ciel utkwiła spojrzenie w wieży i Falko również. Bardziej niż jakikolwiek inny budynek robiła wrażenie zamkniętej i groźnej. Skrywała wielkie tajemnice i wielką moc.

Chłopiec w końcu oderwał od niej wzrok, a Ciel poszła w jego ślady, jakby teraz to ona wiedziała, na co patrzy Falko. Sięgnął spojrzeniem poza miasto, gdzie wypływał w morze trójmasztowy statek handlowy. Falko nigdy nie pływał po morzu. Myśl, że mógłby to zrobić, wydała mu się podniecająca i straszna. Zastanawiał się, jak by to było ujeżdżać fale i czuć na twarzy słoną wodną mgiełkę. Z uśmiechem skupił spojrzenie na statku i ponaglił Ciel do lotu. Wydawała się dokładnie wiedzieć, dokąd Falko chce polecieć. Zeskoczyła lekko z Palca i rozłożyła skrzydła, spłynęła w dół stoku niemal po linii skał, a potem wzbiła się ponad płaskowyż. Mknęli nad miastem z oszałamiającą prędkością, a potem przefrunęli nad murem przystani. Szybko dogonili szkuner i Falko zobaczył marynarzy na linowych drabinkach, wpatrzonych w kołującego na niebie w pełnej krasie smoka, władcę wiatru, który oni łapali w żagle i na którego łasce płynęli teraz w stronę horyzontu.

Ostatnie ślady niepokoju i obaw dawno już wywietrzały Falkowi z głowy. Przycisnął pierś do ciepłego grzbietu Ciel, ramion używając raczej do utrzymania równowagi niż do kurczowego trzymania się życia.

Wyżej, pomyślał. Polećmy jeszcze wyżej i jeszcze szybciej.

Ciel jakby pojęła treść jego myśli, raptem zwróciła się ku słońcu i odskoczyła na znaczną odległość od morskiej tafli. Z każdym machnięciem skrzydeł Falko czuł niesamowity przypływ mocy, zdolnej wynieść smoka i człowieka wysoko w niebo. Statek był teraz mały jak dziecinna zabawka, zagubiona pośród szaroniebieskiego przestworu wody. Szum wiatru i zimna mgła na twarzy dotknęły czegoś zagrzebanego w umyśle chłopca, wspomnienia, które tkwiło tam zduszone od lat.

Jesteśmy w chmurach, pomyślał, i wtedy dotarło do niego, że miał już kiedyś taką myśl, dawno temu, zanim jeszcze nauczył się formułować słowa.

Jesteśmy w chmurach, pomyślał znowu, a w jego głowie rozbrzmiał śmiech, głęboki i cichy, przeznaczony tylko dla niego. Poczuł kogoś za sobą, kto obejmował go ramionami, tulił do piersi, budził poczucie bezpieczeństwa. Żadnych słów, żadnej twarzy, po prostu obecność – ojciec pokazujący synowi nieporównywalny z niczym innym cud dzielenia nieba ze smokiem.

Robiłem to już wcześniej, dotarło do Falka. Gdzieś w odległej przeszłości, przed chorobą, przed nieszczęściem i utratą. Był tu już, widział to już kiedyś.

Wypadli z chmur i Falko poczuł na twarzy ciepło bladego zimowego słońca. Puścił szyję Ciel i siadł prosto, smakował niewyobrażalne

uczucie swobody, gdy przecinali mroźne powietrze. Jego twarz była odrętwiała, ręce zaczynały sztywnieć od zimna, ale on trwał z zamkniętymi oczami, zatraciwszy się w zaufaniu. Na tej wysokości prawie nic nie dzieliło go od pewnej śmierci, a jednak nigdy w życiu nie czuł się taki bezpieczny. Spojrzał w dół, na świat Furii, rozwinięty przed nim jak mapa. A potem usłyszał w umyśle dalekie echo głosu ojca.

„A teraz złap się mocno" – powiedział, a Falko usłuchał.

Przywarł do smoczego ciała, złapał kolce na karku i omyło go pokrzepiające uczucie bezpieczeństwa, gdy łuski poruszyły się i wczepiły w jego ramiona. A potem wielki smok odbił mocno w prawo, nieomal odwracając się do góry nogami, a Falko zamknął oczy, gdy spadali razem ku ziemi, szybciej niż drapieżny ptak, po którym otrzymał imię.

Oto chwała, pomyślał Falko, którego duszę przepełniała świetlista obecność smoczycy. Jak to możliwe, aby było w tym zło?

Daleko w dole, na arenie Moździerza, Aurelian i Nathalie ujrzeli, jak smoczyca i jeździec przebijają się przez chmurę i pikują w dół w pełnej prędkości bojowej.

– On już latał – powiedziała Nathalie. – Ciel nie fruwałaby tak z nowicjuszem.

Stojący obok Aurelian mógł tylko pokiwać głową.

Ale nie tylko oni byli świadkami lotu Falka.

Stojący na poligonie emisariusz wywołał kadetów z namiotu.

– Czy to jest Falko? – wyrzekła z niedowierzaniem Bryna.

Chevalier pokiwał wolno głową, gdy wielki bursztynowy smok przecinał powietrze nad nimi. Malaki stanął obok, popatrzył w niebo i się uśmiechnął. Reszta kadetów nie posiadała się ze zdumienia, widząc Falka latającego na smoku, ale Malaki znał go całe życie i wcale nie czuł zdziwienia. Wcale a wcale.

Przez obszerne pałacowe okno królowa przypatrywała się mknącemu nad miastem smokowi, który frunął w stronę morza. Zdziwiła się, gdy Aurelian poprosił ją o pozwolenie na pierwszy lot Falka. Stary zgryźliwiec nie był tak nieczuły, na jakiego pozował. Wiedział o napiętych stosunkach między koroną a magami. Jeśli niedostatecznie kryła się przed nimi ze swoim poparciem dla smoków, magowie przywoływali w ramach wymierzonego w nią kontrargumentu ogarnięte szaleństwem czarne smoki. Ale królowa nie mogła znieść myśli o tym, że miałaby odwrócić się plecami do Wielkich Dusz, które dały światu tak wiele.

– Świetnie sobie radzi – rzekł Cyrano, stojący przy jej boku. – Może Chevalier miał nosa, sprowadzając chłopaka do Furii.

Tak, pomyślała królowa. Na to wygląda.

Z wysokiego balkonu komnaty wielkiego veneratu Galen Thrall obserwował wzbijającego się ku chmurom smoka, w którego łuskach koloru palonej pomarańczy lśniło słońce.

– A więc wątpliwości się rozwiały – orzekł.

– Tak – potwierdził stojący obok Morgan Saker. – Syn Dantégo jest magiem bitewnym.

– Kiedy będzie gotowy do rytuału?

– To zależy od tego, jak szybko będzie się uczył. Zwykle zajmuje to rok lub więcej, ale w jego przypadku? Trudno ocenić.

– Powiedz więc braciom, żeby natychmiast rozpoczęli przygotowania – rzekł Thrall, gdy patrzyli na wynurzającego się z chmur smoka, który zbliżał się ku ziemi jak spadająca gwiazda. – Coś mi mówi, że syn Aquili Dantégo okaże się pojętny, a my nie możemy pozwolić sobie na to, żebyśmy spotkali się z nim nieprzygotowani.

Falko otworzył oczy i zobaczył, że spada. Szybkość dławiła go, ale nie czuł strachu. Widział rosnący szybko w dole owalny lej Moździerza, ale w momencie gdy smok i jeździec zrównali się z jego poziomem, Ciel rozłożyła skrzydła, by spowolnić opad. Falko poczuł, jak siła odśrodkowa wciska jego ciało w grzbiet smoczycy, a potem nacisk łagodnieje, gdy bestia ląduje z gracją kilka jardów od Aureliana i Nathalie. Dwoje magów bitewnych zasłoniło się przed gradem śnieżnych drobinek, które Ciel wzbiła w powietrze uderzeniami skrzydeł.

Piękna bursztynowa smoczyca znieruchomiała, a Falko wcisnął policzek w ciepłe, połyskliwe łuski. Wiedział teraz, że to nie był jego pierwszy lot. Latał przecież z ojcem, tak dawno temu, że prawie nie pamiętał. W jego umyśle łuski, na których opierał dłonie, lśniły najgłębszym odcieniem krwi – były niemal czarne.

Falko wiedział, że powinien się poruszyć, ale odkrył, że nie może. Czuł, że jeśli to zrobi, umknie mu to bezcenne wspomnienie, tak jak sen umyka temu, kto się budzi; wspomnienie ostatniego ojcowskiego pocałunku, które pozwoliło mu przetrwać natarcie demona. Łzy spłynęły po jego policzkach i zniknęły między łuskami na grzbiecie Ciel. Intensywne uczucie zaczęło się rozwiewać, ale wspomnienie trwało w jego głowie. Powróciwszy do rzeczywistości, zawstydził się, że tak zdradził się z emocjami, ale potem poczuł na ramieniu delikatną dłoń i otworzył oczy. Zobaczył, że Nathalie też płacze, że w oczach stojącego za nią Cruza również zbierają się łzy.

Nie znali szczegółów przeżycia Falka, ale wiedzieli, jak silna więź może połączyć człowieka ze smokiem. A ponad nimi, spoglądając na arenę przez szczelinę w ścianie Moździerza, stał Nicolas Dusaule. Jego policzki były suche, ale serce również płakało. Nikt w Moździerzu nie płakał tak bardzo jak on.

44

KOMNATA RADY

W ciągu następnych kilku tygodni Falko latał z Ciel jeszcze trzykrotnie, za każdym razem nieco dalej, za każdym razem próbując sięgnąć głębiej w swoją przeszłość w nadziei, że wydobędzie z niej inne pogrzebane wspomnienia. Ale wyglądało na to, że Falka nie czekały już żadne nowe olśnienia. Nie czuł zawodu, wystarczyło mu, że wiedział na pewno, iż senne wizje w jego umyśle nie były wytworem jego wyobraźni, tylko najprawdziwszą prawdą. Chętnie latałby częściej, ale Aurelian wyjaśnił mu, że Nathalie i Ciel będą niebawem musiały wrócić do illicyjskiego fortu.

– Przyleciały tu tylko na krótko, żeby odpocząć i wrócić do sił – powiedział Falko przyjaciołom, gdy siedzieli przy przenośnym palenisku w barakach. – Nathalie nie mówi o tym za wiele, ale coś mi się widzi, że sytuacja na froncie nie jest za wesoła.

– Może dowiemy się więcej dziś w nocy – powiedział Malaki.

Pozostali kadeci pokiwali wolno głowami. Dzisiejszej nocy mieli po raz pierwszy wziąć udział w spotkaniu strategicznym w Komnacie Rady. Lanista Magnus powiedział im również, że poznają szczegóły kampanii ćwiczebnej, która odbędzie się wiosną.

– Ciekawe, dokąd nas wyślą – namyślał się Alex.

– Mnie chyba donikąd – rzekła Bryna z rozpaczą.

Falko i pozostali wymienili niezręczne spojrzenia. Instruktorzy wyjaśnili im jasno i przejrzyście, że uzyskają pozwolenie wzięcia udziału w kampanii tylko wtedy, gdy ich jednostki wykonają wymagane manewry na polu bitwy, włącznie z niesławnym manewrem trawersowym.

Pozostali kadeci notowali postępy i tylko Bryna wciąż miała kłopot z Urwipołciami. Pomimo jej wytężonych starań udawali tylko, że wypełniają jej rozkazy. Dopiero gdy Patrick Feckler skinął głową, robili, co im kazała, a wieści o znikomej kontroli Bryny nad przydzieloną jej jednostką zaczynały powoli docierać do uszu instruktorów. Przyjaciele nie mogli jednak dalej o tym rozmawiać, gdyż właśnie zjawił się lanista Magnus, by zabrać ich do miasta na spotkanie.

– Każdy może zabrać głos – powiedział. – Ale zalecałbym trzymać język za zębami, chyba że macie do powiedzenia coś sensownego. Marszałek Breton nie lubi, gdy włącza się do dyskusji ktoś źle poinformowany.

Kadeci mruczeli między sobą, nie mogli bowiem doczekać się spotkania.

Rozmowy nie ustawały, gdy schodząc z płaskowyżu, zapuścili się w ulice miasta, opromienione mętnym światłem latarni. Zamilkli dopiero wtedy, gdy wyłonili się na szeroki brukowany plac otaczający Komnatę Rady i zaczęli chłonąć wzrokiem niesamowity, przykryty imponującą kopułą gmach, do którego napływały szeroką bramą tłumy ludzi.

Lanista Magnus poprowadził ich w tym właśnie kierunku. Minęli łuk i znaleźli się w obszernym korytarzu, bardzo różnym od ciemnego tunelu, którym Falko zmierzał na rozprawę. Doszli nim na balkon wielkiej sali zastawionej krzesłami, gdzie momentalnie uderzył ich gwar ludzkich głosów, dobywających się z setek gardeł.

Kadeci wypełnili kilka rzędów, gdy głosy wokoło zaczęły cichnąć, a uczestnicy spotkania – zajmować miejsca. Falko usiadł z przyjaciółmi, a lanista Magnus zaraz za ich plecami. Po drugiej stronie pomieszczenia Falko wypatrzył Nathalie w towarzystwie dwóch mężczyzn w mundurach. Kilka rzędów od niej siedziała grupa magów, a wśród nich Morgan Saker i Galen Thrall.

Falko przestał na nich patrzeć i rozejrzał się po okazałej komnacie, oświetlonej kilkudziesięcioma mosiężnymi lampami oliwnymi, które albo przymocowano do ścian, albo spuszczono z sufitu na łańcuchach.

Podłoga była pusta, jeśli nie liczyć pojedynczego rzędu krzeseł po jednej stronie. Wydzielona na środku sali owalna przestrzeń zasłana była wielkim dywanem, długim na trzynaście, a szerokim na dwadzieścia stóp. Falko pamiętał ten dywan ze swojej pierwszej wizyty, ale nie docenił go wówczas należycie. Z miejsca, w którym siedział, widział dokładnie, że przedstawiał mapę, i to nie tylko Clemoncé, ale całego świata Furii. Gdy wodził po nim wzrokiem, kilku asystentów podeszło i zaczęło go zwijać. Wówczas Falko zorientował się, że ten dywan stanowił tylko pokrycie prawdziwej, leżącej pod spodem mapy – wykonanej z tak wielkim przywiązaniem do szczegółów, że na jej widok dosłownie zaparło mu dech w piersi.

– Spójrz tylko na to! – szepnął do Bryny nabożnym tonem i potrząsnął głową. W najpiękniejszych snach nie mógłby wyobrazić sobie takiej mapy.

Miejsce przykryte dywanem zajmował wielki prostokątny intarsjowany panel. Kartografowie użyli kamieni w różnych kolorach, by odróżnić ląd od morza. Ziemię zaznaczyli ciepłymi, ziemistymi odcieniami ochry, a wodę – bladą, połyskliwą szarością. Rama otaczająca mapę ozdobiona została eleganckim plecionym wzorem wyłożonym srebrem i brązem. Powierzchnię wypolerowano na połysk, który uwydatnił bogactwo kolorowych kamieni, nie zacierając jednocześnie niesamowitej ilości detali.

Kadeci patrzyli jak oczarowani, a Falko poczuł się tak, jakby znów leciał na grzbiecie Ciel wysoko ponad światem.

– Patrz – powiedział Malaki, wytrącając Falka z zachwytu. – Tam jest Caer Dour.

Falko podążył wzrokiem po linii wytyczonej jego palcem, aż ujrzał małą kropkę oznaczającą położenie ich rodzinnego miasteczka w północnej Valencji.

– A tam jest Reiherstadt, skąd pochodzimy my – powiedział Alex. – O tam, wzgórza na północ od jeziora Viegal.

Falko znalazł miejsce, o które chodziło Alexowi, ale zaraz zauważył też, że Reiherstadt leży w części mapy pomalowanej jakimś czerwonym lakierem. Czerwona plama rozciągała się na całą Ferocję i pokrywała większość Illicji i Beltane. Chłopak uprzytomnił sobie, że zaznaczono tak obszar nazywany Utraconymi Ziemiami – było to terytorium zagarnięte przez Opętanych.

Dywan wreszcie usunięto i asystenci wyszli przez tunel, którym zaraz wkroczyli do środka skrybowie i kartografowie. Nieśli ze sobą zwoje papieru i pojemniki z przyborami do pisania. Ich zadaniem było notowanie najważniejszych punktów spotkania. Dwaj z nich nieśli tace wypełnione małymi metalowymi ozdobami, podobnymi do bierek szachowych, podczas gdy kolejny dźwigał długie mosiężne pręty, które musiały służyć za wskaźniki. Gdy ustawili się wzdłuż boku mapy, tym samym korytarzem wszedł do komnaty mężczyzna, w którym Falko rozpoznał Cyrana, doradcę królowej.

Ubrany jak zwykle w czarny szenilowy dublet i turkusowy płaszcz, zatrzymał się i omiótł salę jastrzębim spojrzeniem. Gdy uznał, że wszystko jest jak należy, odsłonił wejście, a zebrani wstali z miejsc. Na rozkaz lanisty Magnusa kadeci uczynili to samo.

Królowa Catherine weszła do sali wraz z księciem Ludovikiem przy boku. Falko przypomniał sobie, jak uderzającą była kobietą – wysoką i smukłą, o długich czarnych włosach i twarzy tchnącej jednocześnie pięknem i siłą.

Za nimi szedł mężczyzna, którego Falko widział po raz pierwszy.

– To marszałek Breton – wyszeptał Alex, wskazując głową mężczyznę o surowej minie i długich siwych włosach, schludnie przystrzyżonej brodzie i wąsach.

Następnie w komnacie pojawił się ciemnowłosy mężczyzna z wąsami i brodą przystrzyżonymi w tym samym stylu co zarost marszałka.

– To generał Renucci z Czwartej – rzekł Alex. – Pierwszy dowódca po Chevalierze.

Falko spoglądał chwilę na generała, ale zaraz jego wzrok przyciągnął emisariusz. Wyglądał niemal elegancko w tunice z szarego aksamitu. Miał umyte i uczesane włosy, a Falko nigdy nie widział go tak wystrojonego. Dziwił go więc siwy cień zarostu na jego żuchwie.

Gdy dygnitarze usiedli, kartografowie skłonili się królowej, a potem podeszli do mapy. Dwóch z nich uklękło i zaczęło usuwać linię wyznaczającą granicę Utraconych Ziem. A potem, posiłkując się kilkoma mniejszymi mapami, narysowali nową linię i wypełnili czerwienią nowy obszar. Karmazynowy płyn nie wnikał w polerowany marmur, ale schnął z czasem, zostawiając po sobie wypłowiały osad i sprawiając wrażenie, jakby pomalowany nim obszar płonął. Widok zamalowywanego terenu dawał pojęcie o tym, jak szybko Opętani zagarniali nowe tereny, i działał jak kubeł zimnej wody wylanej prosto na głowę. Tylko na dwóch obszarach sojusznicy wciąż bronili się przed wrogiem: na północy, w okolicy illicyjskiego miasta Hoffen, i na południu, w pobliżu beltańskich miast Aengus i Dziewicy.

– I to wszystko w raptem parę miesięcy – rzekł Alex. – Za rok nic nie zostanie z Illicji i Beltane.

Falko rzucił okiem na dwóch braci. Byli Illicjanami, ale wydawało się jasne, że nawet oni nie byli świadomi, jak źle toczą się sprawy.

Narysowawszy nową linię frontu, kartografowie rozstawili na mapie niewielkie metalowe pionki. Małe brązowe tarcze reprezentowały sojusznicze armie, a miniaturowe zamki oznaczały położenie ufortyfikowanych miast.

– Bierki z mieczami to magowie bitewni – wyjaśnił lanista Magnus. – Opętani oznaczeni są sztandarami, a demony figurkami w kształcie demonów.

– A tamten demon w Beltane? – zaciekawiła się Bryna. – Wygląda inaczej niż pozostałe.

– Sądzimy, że to dowódca wroga – odrzekł lanista. – Ten, którego zwą Marchio Dolor.

Na dźwięk jego imienia Falka ogarnął niepokój. Światło w komnacie jakby przygasło, a w umyśle chłopaka zabrzmiał basowy, demoniczny głos z jego koszmarów.

„Nigdy byś się nie odważył. Nigdy nie znalazłbyś w sobie siły".

Pole widzenia Falka zawęziło się, tak że nie widział nic poza małą brązową figurką Marchia Dolora. Lecz wtedy jego spojrzenie powędrowało na północ i Falko zmarszczył brwi, jakby spodziewał się ujrzeć na mapie jeszcze jedną charakterystyczną bierkę. Jakiś dźwięk zaczął pulsować w jego uszach, ale chopak nie potrafił powiedzieć, czy to warczenie demona, czy może szum krwi płynącej w jego żyłach.

– Wszystko w porządku?

Głos Malakiego przywołał go z powrotem na ziemię. Falko rozejrzał się po komnacie.

Kartografowie skończyli rozstawiać znaczniki i teraz stało się jasne dla wszystkich, że wróg ma miażdżącą przewagę liczebną. Odstąpiwszy od mapy, kartografowie skłonili się królowej, która następnie dała znak marszałkowi Bretonowi.

Podchodząc do boku mapy, mężczyzna wziął od jednego z kartografów długi mosiężny pręt i nie siląc się na grzecznościowy wstęp, w kilkunastu zwięzłych zdaniach podsumował obecną sytuację na froncie.

Falko przyglądał się z perwersyjną przyjemnością, jak marszałek tłumaczy zebranym rozpaczliwe położenie Furii. Kadet pierwszy raz widział taką mapę, ale nawet dla jego niewprawnego oka i ucha sytuacja była tragiczna. Jedyną rzeczą, którą uznał za dziwną, było rzucające się w oczy puste pole wśród wojsk Opętanych, jakby kartografowie zapomnieli postawić tam jeszcze jedną figurkę. Był pewien, że marszałek zaraz to wyjaśni, ale mężczyzna zdawał się konkludować swoją przemowę.

– Jeśli Opętani będą posuwać się naprzód w tym samym tempie, w ciągu roku znajdą się na naszej granicy.

– A co z Acheronem i Thraecją? – spytał ktoś z końca sali. – Czy wciąż odmawiają przyłączenia się do nas?

Marszałek Breton potwierdził skinieniem.

– A Valencja? – padło pytanie. – Czy będzie walczyć z Opętanymi, gdy ci dotrą do jej granic?

– Obawiamy się, że nie – odrzekł Breton. – Mamy powody sądzić, że król Vittorio wycofa swoje siły, żeby bronić Caer Laison.

– Ale w ten sposób zostawi przesmyk Amaethon bez obrony – zauważył generał Renucci. – Opętani będą wówczas mogli zignorować Caer Laison i ruszyć prosto na Navarię.

– Owszem, istnieje takie zagrożenie – przyznał Breton.

– A to z kolei pozostawi naszą południową granicę bez obrony – kontynuował generał. – Może czas rozważyć wysłanie dodatkowych sił do Navarii?

– Nie możemy – uciął marszałek. – Traktat z Acheronem zabrania nam wysłania tam wojsk.

– Ale Navaria nie ma własnej armii. Tyramimus na pewno zorientował się już, że są bezbronni.

– Oczywiście, że tak – powiedziała królowa, stając obok marszałka. – Po to właśnie powstała Navaria. Miała być buforem między dwoma walczącymi narodami.

– Ale jeśli Opętani się przedrą, Navarianie nie mają szans.

– Miejmy więc nadzieję, że się nie przedrą – rzekła królowa, uśmiechając się do wzburzonego generała Renucciego.

Demonstrując anielski spokój, ona również przyjęła wskaźnik od jednego z kartografów i zaczęła podsumowywać to, co powiedział dotąd marszałek.

– A więc Pierwsza Armia stacjonuje obecnie w Hoffen. – Wskazała miasto w północnej Illicji. – Druga i Trzecia są na południu, a Piąta zbiera siły i zaciąga żołnierzy.

– A Czwarta jest już gotowa do walki – dodał marszałek Breton. – Podobnie zresztą jak armia magów.

Królowa pokiwała głową w zamyśleniu.

– Zostają Nieregularni i Legion Tronowy.

– Którzy muszą zostać, żeby bronić stolicy – zaripostował marszałek, jakby podejrzewał, co chodzi po głowie władczyni.

– Oczywiście – odrzekła królowa takim głosem, jakby się przed czymś broniła.

– Nie znosi tego – skomentował cicho lanista Magnus. – Nie znosi wysyłać ludzi do walki, gdy sama zostaje w stolicy.

Za pomocą wskaźnika królowa narysowała dwie linie biegnące od Clemoncé do Illicji.

– Tak więc zamierzamy wysłać do Hoffen posiłki w postaci Czwartej Armii, gdy tylko będzie gotowa do walki, a Piątą chcemy przemieścić na południe, żeby obsadziła obszar wokół Ambossu.

– Ale to oznacza, że wszystkie armie będą w polu jednocześnie – zauważył książę Ludovico. – Czy to nie lekkomyślne zostawiać królestwo bez obrony?

– Przeciwnie – odparł emisariusz, również wychodząc z szeregu. – Wysłanie armii poza granice Clemoncé to najlepszy sposób, żeby obronić królestwo. Naszym nadrzędnym celem jest powstrzymać pochód

Opętanych. I musimy jakoś przekonać Acheron i Thraecję, żeby się z nami sprzymierzyły. Bez ich wsparcia porażka jest tylko kwestią czasu.

– Acherończycy są zbyt aroganccy – rzekł generał Renucci. – A Thraecy nigdy się do nas nie przyłączą. A przynajmniej nie zrobią tego, dopóki magowie będą więzić króla Cleomenesa na jego łożu śmierci.

Na te słowa podniósł się z miejsca Galen Thrall.

– Jestem całkiem pewien, że Thraecja sprzymierzy się z nami, gdy tylko nasza armia magów sprawdzi się w bitwie. Oni szkolą w tej chwili własne wojsko złożone wyłącznie z magów. Jestem pewien, że odniosą sukces tam, gdzie zawiodły konwencjonalne armie.

Dowódcy wojskowi zjeżyli się na sugestię, jakoby ich ludzie „zawiedli", ale twarz królowej nie zdradzała oznak irytacji.

– Armia magów wkrótce będzie miała szansę się wykazać – powiedziała tylko. – Tymczasem będziemy kontynuować wspieranie Illicji i Beltane. – Zwróciła się do emisariusza: – Kiedy Czwarta Armia będzie gotowa do wymarszu?

– Za dwa lub trzy tygodnie, Wasza Wysokość – odparł emisariusz. – Czekamy tylko na nowe raporty. Jeśli w dolinach nie zalega zbyt wiele śniegu, będziemy mogli pójść prosto na front.

– Dobrze – powiedziała królowa, choć Falko doszukał się w jej głosie niepokoju na myśl o tym, że emisariusz ma wrócić na wojnę. – A czy kadeci będą wówczas mogli bezpiecznie toczyć kampanię treningową?

– Sądzę, że tak – powiedział emisariusz. – Docierają do nas wieści o drobnych napaściach i nocnych potyczkach, ale jeśli sytuacja nie zmieni się dramatycznie w ciągu najbliższych kilku miesięcy, powinno im się udać zakończyć ćwiczenie zgodnie z planem.

– Czy wytyczono już cele ich kampanii?

– Dostarczą żywność i posiłki do miasta Le Matres. Następnie pomogą zbudować dwa nowe mosty na rzece Naern, a potem odeskortują rannych i uchodźców z powrotem do stolicy. Powinno im to zająć jakieś dwa miesiące.

– Świetnie – ucieszyła się królowa. – Przejdźmy więc do wypisywania rozkazów.

Skrybowie ujęli pióra i zaczęli zapisywać rozkazy, które zostaną wysłane na front.

Falko usłyszał, że Bryna powiedziała coś do Malakiego o kampanii treningowej, ale właściwie jej nie słuchał. Wciąż czekał, aż ktoś odniesie się do pustego pola na południe od Hoffen, ale najwyraźniej nikt nie miał takiego zamiaru.

Gdy nabrał pewności, że spotkanie dobiega końca, bezwiednie podniósł się z krzesła. Kartografowie wzięli się do sprzątania mapy. Skrybowie przygotowywali rozkazy. A Falko stał. Ludzie zaczęli szeptać i pokazywać go palcami. Ktoś z nich zaczął się śmiać. Lanista Magnus spojrzał na Falka z uniesionymi brwiami, ale nie kazał mu usiąść.

– Masz coś do dodania, kadecie?

Wzrok Falka powędrował do marszałka Bretona, który patrzył teraz prosto na niego. Reszta zgromadzonych również skupiła na nim wzrok. Marszałek był wyraźnie poirytowany. Thrall mierzył Falka pogardliwym spojrzeniem. Pozostali wydawali się po prostu ciekawi, co też chłopak może mieć do powiedzenia.

– No, panie Danté? – odezwała się królowa. – Czy ma pan coś do dodania?

Falkowi zaschło w ustach, gdy uświadomił sobie, że patrzy na niego cała sala. Zwilżył wargi językiem.

– Zastanawia mnie to puste pole w Illicji.

– Jakie pole? – nie zrozumiał marszałek Breton. Spojrzał na metalowe figury, które sprzątali kartografowie.

– Puste miejsce w wojskach Opętanych – tłumaczył Falko. – Na południe od Hoffen.

Marszałek skrzywił się, jakby Falko bredził bez sensu, ale emisariusz podszedł do wskazanego przez chłopca miejsca.

– Pokaż nam – powiedziała królowa.

Zawstydzony do tego stopnia, że było to niemal ponad jego siły, Falko wyszedł z rzędu i zszedł z balkonu po schodach na parter. Starając się ignorować kamienne spojrzenia Thralla i Bretona, podszedł do marmurowej mapy.

– Tutaj. – Pokazał palcem. – Puste miejsce pośród wojsk Opętanych.

– To nie jest żadne puste miejsce – włączył się generał Renucci. – Spójrz... Ferocka armia jest tu i tam. I ma w okolicy przynajmniej dwa demony.

– Tak – zgodził się Falko. – Ale to jeden z niewielu obszarów frontu, gdzie odnieśliśmy jakiś sukces. Dowódca Opętanych z pewnością chciałby się za to zemścić. Więc powinno coś tu być.

Wszyscy patrzyli na niego i nawet emisariusz stracił pewność siebie. Twarz Bretona wyrażała irytację i zniecierpliwienie.

– Jak długo uczysz się w akademii? – spytał.

– Około trzech miesięcy, panie.

– A od jak dawna badasz strategię Opętanych?

Falko spuścił wzrok i marszałek Breton prychnął z wyższością. Królowa jednak podniosła wzrok na krzesła po drugiej stronie komnaty.

– Magu bitewny Saigal – powiedziała, zwracając się do Nathalie jej oficjalnym tytułem – czy widzisz coś niezwykłego w szeregach wroga?

Nathalie spojrzała przelotnie na Falka, nim utkwiła wzrok w mapie. Zmrużyła oczy w zamyśleniu. Wreszcie potrząsnęła głową.

– Sama bym tego nie zauważyła, ale gdy teraz o tym myślę, czuję zaskoczenie, że nasz sukces na północy nie spotkał się z zajadlejszą kontrą.

Królowa zwróciła się twarzą do Falka. Galen Thrall mroził chłopaka pogardliwym spojrzeniem.

– Chyba nie będziemy radzić się chłopca, który nawet nie skończył jeszcze szkolenia na maga bitewnego – rzekł.

– Falko nie zabrałby głosu bez przyczyny – powiedział emisariusz, ale Thrall skwitował jego słowa lekceważącym wydęciem warg.

– A poza tym – odezwała się królowa – czy to nie sam Syballian powiedział, że magiem bitewnym się nie zostaje, ale się nim rodzi?

Źrenice rozeźlonego Thralla skurczyły się groźnie. Królowa rzuciła mu w twarz słowa najpotężniejszego veneratu wszech czasów. Ale dobrze ukrył swoje emocje, bez słowa skłonił się władczyni i odwrócił, jakby obserwacje Falka nie miały większego znaczenia.

– Cóż – wróciła do tematu królowa – illicyjscy magowie bitewni Wildegraf Feuerson i Jürgen Focke stacjonują nieopodal tego obszaru. Jeśli jest tam coś dziwnego, z pewnością to odkryją. A poza tym – dodała – Czwarta Armia wkrótce wyruszy w tamtym kierunku. Nie popadajmy jednak w zgubne samozadowolenie. – Zwróciła się do skrybów: – Zawrzyjcie w protokole, że nieregularność w liniach wroga została zaobserwowana przez kadeta Falka Dantégo, szkolącego się na maga bitewnego.

Falko z wysiłkiem przełknął ślinę, gdy jego mętne podejrzenia trafiły do oficjalnego protokołu spotkania. Tylko czas pokaże, czy są one ukorzenione w rzeczywistości. Rozejrzawszy się, pochwycił skrzące dezaprobatą spojrzenia marszałka Bretona i Galena Thralla, ale napotkał też wzrok emisariusza i choć ten się nie uśmiechnął, skinął Falkowi głową, jakby chciał powiedzieć „dobra robota".

– Czy ktoś jeszcze chciałby coś dodać? – zapytała królowa i zawiesiła głos. Spojrzała na ludzi stojących przy mapie, ale wyglądało na to, że nikt nie ma już nic do powiedzenia. – Zatem dziękuję za wasz czas. Niniejszym uznaję to publiczne spotkanie strategiczne za zakończone.

Wszyscy wstali z miejsc i zasalutowali, przykładając prawą rękę do piersi, a następnie królowa, skłoniwszy się swoim poddanym, opuściła wraz z dygnitarzami komnatę.

Falko zwrócił się ku przyjaciołom, gdy asystenci ponownie nakryli mapę dywanem. Kadeci patrzyli na niego, jakby nie mogli uwierzyć, że odważył się zabrać głos. Lanista Magnus z początku nic nie mówił, choć jego brwi zastygły w krzywym grymasie.

– Przepraszam – odezwał się Falko. – Po prostu czułem, że muszę to powiedzieć.

– Nie przepraszaj – rzekł lanista. – Skoro masz dowodzić, potrzebna ci będzie moc twojego przekonania. Myślałem, że Galen Thrall urodzi kamień żółciowy, gdy królowa zacytowała mu Syballiana.

Kadeci prychnęli śmiechem i dołączyli do strumienia ludzi wypływającego z Komnaty Rady. Niektórzy szli, pogrążeni w rozmowie. Alex i Quirren zrobili się milkliwi, co było zrozumiałe, ale Malaki długo rozmawiał z Bryną o jej problemach z Urwipołciami.

– Po prostu pokaż im, kto tu rządzi – radził kowal.

– W tym właśnie sęk! – Bryna załamała ręce. – Oni dokładnie wiedzą, kto tu rządzi. Patrick Feckler, niech go diabli porwą.

– A może wyzwij go na pojedynek? – podsunął Malaki, gdy wyszli na plac. – Gdy go pokonasz, może postawi ich to do pionu.

– Jasne, już to widzę. A poza tym nie wiem, czy zdołałabym go pokonać. Jest świetnym łucznikiem. Jak oni wszyscy. Po prostu mnie nie słuchają. Za dwa dni mam zaprezentować suivez cinq, a jeśli nie wykonamy manewru trawersowego, nie zostaniemy w ogóle dopuszczeni do kampanii treningowej.

Malaki złapał ją za ramiona i ucałował w czubek głowy.

– Poradzisz sobie z nimi – powiedział.

Falko uśmiechnął się, choć myślami był już gdzie indziej. Rozważał to, co powiedział Magnus o nim w roli przywódcy. Nigdy nie myślał o sobie w ten sposób. Ta myśl go przeraziła. Ludzie mieliby ryzykować życie, by wykonać jego rozkazy? Nie miał pojęcia, jak królowa znosi taką odpowiedzialność.

Zabrał głos tylko dlatego, że uznał, iż postąpiłby źle, gdyby tego nie zrobił. Nie uświadamiał sobie, że postanowienie, by zrobić krok naprzód i przyjąć na siebie odpowiedzialność, to właśnie to, co czyni człowieka przywódcą. Gdyby dotarło to do niego wcześniej, pewnie ugryzłby się w język.

45

BLOKADA UMYSŁU

Magowie powrócili do wieży w ponurych nastrojach. Szczególnie grymas na twarzy Galena Thralla budził skojarzenie z chmurą burzową. Pomimo jego prób przejęcia kontroli nad spotkaniem królowa utrzymała swoją pozycję i nie pozwoliła mu opowiedzieć o zaletach armii magów. Dla mężczyzn formatu Thralla była to zniewaga domagająca się krwawej pomsty. A wisienką na tym wyjątkowo wstrętnym torcie było to, że pozwolono mówić Falkowi Dantému. Gdy wrócili do sali przedsionkowej, Thrall zebrał wokół siebie wszystkich magów.

– Jak wszyscy wiemy, piesek kanapowy królowej za kilka tygodni wyrusza na wojnę – usłyszał jego słowa Meredith. – Musimy być natenczas gotowi, żeby dać mu lekcję sztuki wojennej.

Meredith uniósł brwi na ten pokaz arogancji, ale słowa nie były skierowane do niego, a więc zachował milczenie. Pochylił głowę i ruszył w kierunku schodów wiodących w dół, do archiwów. Prawie dotarł już do pierwszego stopnia, gdy wrył go w ziemię głos Thralla:

– Panie Saker, pan pozwoli. Jeśli ma pan chwilę.

Meredith obrócił się i napotkał niepokojąco wnikliwe spojrzenie wielkiego veneratu. Pozostali magowie zaczęli odchodzić, a Meredith przełknął ślinę na myśl, że będzie musiał stanąć przed czcigodnym mistrzem w samotności.

– Ten Danté... – zaczął Thrall, spoglądając na Mereditha, jakby znał wszystkie sekrety jego serca – czy jest pojętny?

– Nie, mistrzu. – Meredith pokręcił głową. – Nauka przebiega opornie. Ale szybko osiąga doskonałość w tym, czego już zdoła się nauczyć.

Thrall mruknął, jakby nie to chciał usłyszeć.

– I wciąż nie poczynił żadnych postępów w czarach ofensywnych?

Meredith z trudem krył swoje zdumienie. Wielki veneratu najwidoczniej obserwował ich treningi.

– Nie – powiedział. – Jest silny, ale na razie przejawia zdolności jedynie w magii defensywnej. Jeśli chodzi o magię ofensywną, zmaga się z jakąś blokadą umysłu.

– Czy zidentyfikowałeś źródło tej blokady?

Meredith kiwnął głową.

– Poczucie winy, wstyd i strach.

– O, doprawdy?

– Czuje się winny i wstydzi się czynów ojca.

– I obawia się wroga – podsunął Thrall, ale Meredith pokręcił głową.

– Nie, mistrzu. Falko oczywiście boi się Opętanych, ale to nie ten strach blokuje jego myśli.

– A jaki?

– Strach przed szaleństwem i mordem. Obawia się, że stanie się taki jak jego ojciec.

Teraz to Thrall kiwnął głową.

– A czy go przełamie?

– Tego nie wiem. Nie może zmienić tego, co wydarzyło się w przeszłości.

– Prawda. – W wodniście zielonych oczach Thralla zalśnił lód.

– Czy to wszystko, mistrzu?

– Tak. Nie chciałbym odciągać cię od studiów.

Niezadowolenie Thralla przyniosło Meredithowi satysfakcję, nowicjusz wiedział bowiem, że stary mag skrycie darzy go niechęcią. Młodzieniec skłonił się i ruszył w stronę archiwów. Schodząc długą i krętą klatką schodową, zaczął się zastanawiać nad tą antypatią magów wobec Falka. W którymś momencie, i to zupełnie niedługo, magowie będą próbowali złamać jego ducha w czasie rytuału Assay. Do jego, Mereditha, obowiązków należało przygotowanie go na to. Lecz jeśli Falko nie zdoła opanować magii ofensywnej, szanse na pomyślne przejście próby będą bardzo małe. Nawet jeśli się ich nie używa, sama wiedza o tym, że ma się do dyspozycji niszczycielskie zaklęcia ofensywne, jest dla poddanego rytuałowi młodego maga znaczną psychiczną podporą. Meredith był pewien, że bez niej Falko upadnie.

Resztę nocy spędził na wertowaniu rozmaitych tekstów o historii Furii i fizjologii smoków, ale jego koncentrację psuła wypływająca co rusz na powierzchnię jego umysłu myśl. Obawa przed tym, że zawiedzie swojego ucznia.

46

SZACUNEK

Następnego ranka kadeci byli w wyjątkowym nastroju do refleksji. Nie dość, że spotkanie strategiczne zmusiło ich do przemyślenia wielu spraw, to jeszcze emisariusz ogłosił, że w związku z rychłym wyruszeniem Czwartej Armii dzisiejsze zajęcia będą ostatnimi z nim w roli instruktora. Pozostali laniści zebrali się tego dnia na zamkniętym spotkaniu i poranna sesja treningowa zakończyła się szybciej niż zwykle. Większość kadetów skorzystała z okazji i udała się na szybszy obiad. Z kolei Quirren w towarzystwie kilku innych kadetów szkolących się na rycerzy poszedł do zagrody, gdzie ujeżdżało się konie, by przygotować się na popołudniowe ćwiczenia.

Malaki poszedłby z nimi, ale Bryna wybierała się na strzelnicę, by po raz kolejny spróbować ulepić coś z niepokornych Urwipołciów, postanowił więc szybko coś przekąsić i pójść z nią. Falko najchętniej od razu pobiegłby do Moździerza, ale wiedział, że Brynie przyda się moralne wsparcie, a więc on i Alex także ruszyli razem z nią. Kiedy dotarli do niskiego wzniesienia, skąd rozciągał się widok na strzelnicę, rozłożyli płaszcze na zimnej ziemi i wyjęli przyniesione z sobą jedzenie.

– Próbowałam wszystkiego – powiedziała Bryna. – Nimi się po prostu nie da dowodzić.

– Ależ oczywiście, że się da – odrzekł Alex.

– Na pewno nie, chyba że jest się zimnokrwistym mordercą, takim jak Paddy Feck.

Malaki i Falko wymienili zmartwione spojrzenia. Nigdy jeszcze nie widzieli Bryny w takim dołku.

– No cóż, dzisiaj przyszłaś tu wcześniej niż zwykle – powiedział Malaki. – Może po prostu zejdź na dół i zacznij strzelać. Może któryś się do ciebie przyłączy.

– Mowy nie ma – zarzekała się Bryna. – Oni nie robią nic, czego nie rozkaże im Paddy.

Chłopcy skrzywili się dziwnie, ale nic nie powiedzieli. Wreszcie Bryna westchnęła z rezygnacją, wzięła łuk i zeszła ze wzniesienia, kierując się do strzelnicy. Nawet siedząc tak daleko, słyszeli gwizdy i śmiechy, którymi Urwipołcie powitali swoją dowódczynię.

– Chyba wolałbym raczej zmierzyć się z hordą kardaków – wymamrotał Alex.

Falko zaśmiał się lekko, ale Malaki nie odrywał wzroku od Bryny. Niełatwo było mu patrzeć, jak traktują ją w ten sposób. Kadeci patrzyli, jak dowódczyni bezskutecznie próbuje nawiązać rozmowę ze swoimi żołnierzami. Wreszcie dała za wygraną, podeszła do stanowisk łuczniczych i zaczęła strzelać.

Urwipołcie spoglądali na nią z rozbawieniem, obojętnością i pożądliwością. Nieco z boku chłopcy widzieli zwalistą postać Patricka Fecklera, otoczonego tuzinem podobnych do niego zbirów. To byli ludzie, którzy wyrzeźbili swoje życie w ciemnych zaułkach tego świata: kłusownicy, najemnicy, wymuszacze i jeszcze gorsi. Nie będzie im jakaś panieneczka mówiła, co mają robić, choćby nie wiem jak była ładna i jak dobrze radziła sobie z łukiem.

– Jak jej idzie?

Chłopcy odwrócili się i zobaczyli emisariusza, prowadzącego w ich stronę za uzdę swojego konia, Tapfera.

– Nie najlepiej – odpowiedział Falko.

Bryna właśnie wypuściła ostatnią strzałę. Zebrała je, a potem wróciła do przyjaciół. Gdy była blisko, wstali z ziemi, a Malaki zaproponował jej chustkę pełną jedzenia. Bryna odmówiła ruchem głowy i obróciła się, by spojrzeć na kompanię łuczników, która spędzała jej sen z powiek. Teraz gdy się oddaliła, Urwipołcie zaczęli ćwiczyć, ponieważ Paddy podszedł do stanowisk strzelniczych.

– Robią mi to na złość – rzekła Bryna, a Falko widział, że jest bliska łez.

Malaki usiłował otoczyć ją ramieniem, ale Bryna strąciła jego rękę.

– Udało ci się wykonać suivez cinq albo dix? – spytał emisariusz.

Bryna pokręciła głową.

– Zakładam więc, że nawet nie ruszyliście trawersowego.

Potaknęła. Chłopcy popatrzyli po sobie. Krępująca cisza również im dawała się we znaki. Z dołu dobiegła ich fala śmiechu, gdy Patrick Feckler podniósł wzrok na małą grupkę na wzniesieniu, spoglądającą na jego Urwipołciów.

– Po prostu nie mają dla mnie ani krztyny szacunku – stwierdziła Bryna.

– A dlaczego mieliby mieć? – spytał emisariusz, a Falko aż podskoczył, słysząc surową nutę w jego głosie.

– No... – zaczęła Bryna, ale emisariusz wszedł jej w słowo:

– Jesteś tylko dziewczynką z jakiejś zapadłej mieściny. Niektórzy z nich utrzymywali się ze stręczenia panienek takich jak ty. Naprawdę spodziewasz się, że zaczną cię szanować tylko dlatego, że umiesz prosto strzelić z łuku?

Bryna pokręciła głową, a po jej policzku spłynęła łza. Falko spojrzał na emisariusza. Potrafił być surowy, ale okrucieństwo nie leżało w jego naturze. Musiał mieć jakiś powód, by tak przygadać Brynie.

– Urwipołcie nie muszą szanować ciebie, Bryno Godwin. Ale muszą uszanować twoją rangę.

Bryna spojrzała na emisariusza, ale jego spojrzenie było nieustępliwe. Przez chwilę po prostu wpatrywała się w niego. A potem jej usta rozszerzyły się w uśmiechu. Złapawszy Malakiego, cmoknęła go lekko w usta, by przeprosić za to, że strząsnęła z siebie jego rękę. A potem założyła sobie łuk ukosem przez plecy i zeszła po stoku.

Urwipołcie nagrodzili jej powrót nową falą śmiechów i gwizdów. Jej przyjaciele na wzgórzu patrzyli, jak Bryna toruje sobie drogę przez tłum mężczyzn, który rozstępował się przed nią, gdy kierowała się prościutko do stojącego nieruchomo olbrzyma Patricka Fecklera.

– Ostrza i obuchy... – zaklął Malaki pod nosem. – Co ona znowu wymyśliła?

Falko pomyślał, że też chciałby wiedzieć. Z miejsca, w którym stali, nie mogli dosłyszeć ich rozmowy.

Serce Bryny tłukło się w piersi, gdy maszerowała ku człowiekowi, który jako jedyny na świecie miał posłuch wśród Urwipołciów. Paddy Feck obrócił się i utkwił w niej spojrzenie. W jego głęboko osadzonych oczach nakrytych zwałami brwi połyskiwało szczere rozbawienie. Bryna maszerowała tak długo, aż stanęła krok przed nim. Wielu mężczyzn prychnęło śmiechem, widząc jej mikrą postać przy potężnym Paddym.

– Dziś opanujemy manewr znany jako suivez cinq – oświadczyła Bryna. – A jutro...

– Wybacz, panieneczko – przerwał jej Paddy przepraszającym tonem. – Ale akurat mamy inne pla...

Chlast!

Bryna strzeliła go w twarz płaską dłonią. Wielki mężczyzna zachwiał się po niespodziewanym ciosie, ale gdy wrócił do niej wzrokiem z ustami skrzywionymi we wrednym uśmiechu...

Chlast!

Kolejny policzek, co najmniej tak siarczysty jak ten pierwszy. Tym razem Paddy syknął z bólu, a rozbawienie zniknęło z jego oczu.

– Ty mała...

Chlast!

Urwipołcie kolektywnie nie posiadali się ze zdumienia, gdy Bryna po raz trzeci prasnęła ich dowódcę w twarz. Zamachnęła się i czwarty, ale tym razem Paddy złapał jej szczupłe ramię w swoje sękate łapsko. Uniósł drugą rękę do ciosu, pięść pomknęła szybko ku twarzy Bryny, ale ta zadarła chwacko podbródek, jakby rzucała mu wyzwanie.

Przez moment spojrzenie Paddy'ego wżerało się morderczo w oblicze młodej dziewczyny, ale jego pięść zamarła w powietrzu, a na zaciętą gniewnie twarz wypłynął grymas zmieszania. Wiedział, jaka kara grozi za uderzenie oficera, a czy chciał czy nie, Bryna była wyższa stopniem.

Pełna napięcia cisza zmroziła wszystkich wokoło. Paddy stał jak słup soli. A potem Dedric Sayer zerwał się z miejsca i ruszył w kierunku Bryny, błyskając z oczu obietnicą przemocy. On także wiedział, co grozi żołnierzowi za naruszenie nietykalności oficera, ale nie miał zamiaru patrzeć, jak ta szczeniara okłada jego przywódcę po twarzy. Był gotów dać się wychłostać za Paddy'ego. W ten sposób podreperuje swoją reputację wśród Urwipołciów.

Rozpędziwszy się, złożył się do uderzenia, a Bryna wzdrygnęła się w oczekiwaniu na cios, ale w ostatniej chwili Paddy puścił jej rękę, a sam przygrzmocił Sayerowi pięścią w bok twarzy. Mężczyzna złożył się jak scyzoryk i znieruchomiał na ziemi. Atmosfera tak się zagęściła, że powietrze można było kroić nożem.

W dzwoniącej w uszach ciszy głos Bryny zabrzmiał donośnie i dźwięcznie.

– Jak już mówiłam – podjęła, patrząc we wlepione w nią oczy – dzisiaj opanujemy suivez cinq. A jutro – dodała, przenosząc wyzywające spojrzenie na Patricka Fecklera – opanujemy suivez dix.

Dobywając łuku, obróciła się ku czterem mężczyznom stojącym na stanowiskach strzelniczych z łukami opartymi niedbale o buty.

– Wy czterej – powiedziała, gdy brała strzałę z kołczanu i nakładała ją na cięciwę – na komendę „suivez cinq" strzelicie do wyznaczonego przeze mnie celu.

Jeden z mężczyzn odruchowo powędrował wzrokiem do Paddy'ego, ale wtedy Bryna błyskawicznie przestrzeliła mu prawy but.

– Co się gapisz na niego, ty durniu? – ryknęła. – Ja jestem twoją dowódczynią i jak mi gwiazdy na niebie miłe, na mnie będziesz odtąd patrzeć!

Mężczyzna syknął z bólu, bo grot zaciął go w łydkę, ale Bryna już miała drugą strzałę na cięciwie i tylko najodważniejszy lub najgłupszy z Urwipołciów oderwałby teraz od niej wzrok. Z furią w oczach minęła czterech mężczyzn i zajęła miejsce na stanowisku.

– Suivez cinq! – zawołała, trafiając strzałą w drugi cel od lewej.

Za nią zadźwięczały cztery cięciwy i cztery strzały wbiły się w ten sam cel.

– Suivez cinq! – powtórzyła, tym razem trafiając cel najdalej po prawej.

Zza jej pleców rozległ się dźwięk cięciw, ale tym razem tylko trzy strzały trafiły w cel. Czwarty mężczyzna spudłował, no ale w końcu utykał na jedną nogę, a z jego buta sterczała strzała.

– Dobrze! – krzyknęła Bryna, obracając się twarzą do Urwipołciów. – Reszta, podzielić się na grupy po pięciu i stanąć na stanowiskach. Zanim zajdzie słońce, każdy jeden z was ma umieć wykonać manewr.

Urwipołcie gapili się na nią, zbyt oszołomieni, by się ruszyć. A wtedy...

– Na co czekacie, dupki żołędne? – zawył Paddy Feck. – Słyszeliście panią kapitan. Grupy po pięciu, na stanowiska i strzelać!

Urwipołcie porwali się do wykonania rozkazu, zakotłowali, powpadali na siebie, ale wreszcie podzielili się na pięcioosobowe grupy i zaczęli ćwiczyć suivez cinq.

Wśród całego tego zamieszania i sprężystego brzdękania cięciw Bryna zwróciła się ku Patrickowi Fecklerowi, który stał naprzeciwko. Wielki mężczyzna patrzył na nią z nieodgadnionym wyrazem zacienionych oczu.

Bryna była zaskoczona, gdy poparł jej rozkaz, ale wiedziała, że Paddy to człowiek praktyczny. Wiedział, że zagrała kartą, na którą nie miał odpowiedzi. W tym momencie stracił pozycję pierwszego pośród Urwipołciów. Jednakże instynkt ocaleńca powiedział mu, że wciąż może objąć pozycję drugiego, nawet jeśli pierwszym jest teraz kobieta.

Czerwona na twarzy i chwiejąca się z nerwów na nogach dziewczyna czekała, aż coś do niej powie.

– Niech cię cholera, dziewczyno – charknął Paddy – twój stary musi być z ciebie dumny.

Bryna poczuła, jak gula rośnie jej w gardle.

– Mojego ojca zabił demon w górach – odparła. – Ale owszem, był ze mnie dumny.

Paddy zawiesił na niej wzrok, a potem pokiwał głową.

– Masz jeszcze ten kubek, cośmy ci go dali?

Bryna potwierdziła skinieniem.

– To przynieś go dzisiaj do mesy Nieregularnych, a my ci wyprawimy porządne urwipołciowe powitanie.

Bryna kiwnęła głową, a Paddy odstąpił o krok, by pozwolić jej przejść.

A niech to... – pomyślała, kiedy opuściła strzelnicę i zaczęła rozglądać się za jakimś miejscem, gdzie mogłaby zwymiotować. Teraz jeszcze muszę z nimi pić. Odchodząc, słyszała jeszcze, jak Paddy gromkim głosem obsztorcowuje tego, który prawie strzelił towarzyszowi w plecy.

– Nie tak, Harper, ty kozojebco zatracony! W portki się zwalisz, jak przesuniesz tę nogę dalej, czy jak?

Przypatrujący się całej scenie przyjaciele Bryny odetchnęli z ulgą, gdy wreszcie okazało się, że Urwipołcie nie stłuką jej na kwaśne jabłko. Falko łypnął z ukosa na Malakiego, który patrzył z góry na Brynę z przeraźliwą intensywnością w oczach. W jednym momencie prawie już zbiegł na dół, by rzucić się na nich z gołymi rękami, ale emisariusz go powstrzymał.

– Daj jej chwilę! – polecił, gdy Bryna uderzyła Paddy'ego po raz drugi.

Teraz patrzyli, jak gromada łuczników zajmuje pozycje strzelnicze, a Bryna rozmawia chwilę z Paddym, a potem znika za rogiem warsztatu łuczarza.

– Sam mówiłeś, że sobie poradzi – przypomniał mu Falko.

Malaki popatrzył na niego i potrząsnął głową. Jego twarz przyozdobił uśmiech, gdy zeszło z niego zdenerwowanie.

– A ja myślałem, że to Paddy Feck jest straszny – powiedział Alex.

Cała trójka huknęła śmiechem, a emisariusz śmiał się razem z nimi. Może i zdradził Brynie sekret, jak okiełznać Urwipołciów, ale to Bryna rzuciła wyzwanie ich przerażającemu dowódcy i stojącym za nim murem dwustu mężczyznom. Pokazała, że w byciu dowódcą nie chodzi o fizyczną siłę, ale o siłę charakteru. Bo tylko siłą charakteru można zaskarbić sobie szacunek.

47

JEDNO DOTKNIĘCIE

Trzy tygodnie później w mroźny zimowy poranek Czwarta Armia opuściła bezpieczne mury Furii i wyglądało na to, że całe miasto przyszło ją pożegnać. Ulice były zapełnione cywilami, gdy żołnierze schodzili z płaskowyżu i płynęli szeroką ulicą ku bramie. Ludzie przyglądali im się w pełnej szacunku ciszy oraz wpatrywali z fascynacją w kolumnę magów wojowników, którzy maszerowali wraz z nimi. Dwie siły dojdą razem aż do Skweru Bezimiennego Rycerza. Tam zaczekają na dowódców, którzy dołączą do nich po ostatniej audiencji u królowej, przypominającej, że idą na wojnę w jej imieniu.

Ale zanim dowódcy Czwartej Armii poszli porozmawiać z królową, dopilnowali, by wojska zatrzymały się przy akademickich barakach i pożegnały osobiście z kadetami. Emisariusz powiedział kilka pokrzepiających słów Malakiemu, Brynie, Alexowi i Quirrenowi oraz pozostałym, ale nie Falkowi, gdyż ten był wówczas gdzie indziej. On również został poproszony o stawienie się u królowej. Stał teraz przy niej, gdy władczyni odprowadzała wzrokiem ku bramie kolumnę wojowników.

– Ten widok zawsze wywołuje we mnie sprzeczne emocje – zwierzyła mu się, patrząc wraz z nim z wysokiego, zawieszonego nad miastem tarasu. – Jest piękny, ale i budzi smutek.

Zwróciła się do Falka, nie próbując wcale ukryć targających nią uczuć. Pod błękitnym płaszczem i kołnierzem z wilczego futra nosiła pancerz, a czarny pas ze sprzączką w kształcie końskiej głowy obciążał miecz. Było jasne na pierwszy rzut oka, że to nie jest ceremonialna zbroja, lecz pancerz przeznaczony do bitwy.

– Absurd, czyż nie? – podjęła królowa, widząc, gdzie zawędrował wzrokiem. – Tradycja nakazuje, żebym jako naczelna dowódczyni ubierała się stosownie, pomimo że ta zbroja nigdy nie widziała bitwy.

– Walczyć można na wiele sposobów, Wasza Wysokość – powiedział Falko, a królowa zaśmiała się drwiąco.

– Zaczynasz mówić jak on. – Kiwnęła głową na jednego z jeźdźców jadących w kierunku pałacu; rycerza w zbroi, dosiadającego pięknego siwego perszerona.

Przy emisariuszu jechał kapitan armii magów, mężczyzna imieniem Dagoran Sorn. Emisariusz miał na sobie opończę i płaszcz w kolorach bladego błękitu i turkusu – barwach królowej. Mag wojownik nosił purpurowe szaty oraz gęsto plecioną kolczugę.

Falko i królowa patrzyli na jeźdźców, którzy wspinali się pochyłą ulicą ku pałacowej bramie. Oderwali od nich wzrok, dopiero gdy zniknęli w tunelu prowadzącym pod murami, a potem spojrzenie władczyni spoczęło na maszerujących żołnierzach.

– Ruszają za Le Matres – powiedziała. – Ku mieście Hoffen.

Nie patrzyła na niego, ale Falko zrozumiał napięcie w jej głosie. To dlatego chciała się z nim zobaczyć. Emisariusz wyruszał tam, gdzie Falko dostrzegł przerwę w siłach Opętanych. Clemoncé zawsze szczyciło się swoim wywiadem, a królową dręczyła myśl, że coś przegapiła, że może wysyła ludzi w paszczę jakiegoś nieznanego zagrożenia.

– Czy jest coś jeszcze, co mógłbyś powiedzieć mi o tym, co poczułeś podczas spotkania?

Falko pokręcił głową.

– To było ulotne wrażenie – rzekł, czując się tak, jakby sprawiał jej wielki zawód. – Właściwie prawie nic nie powiedziałem.

Królowa milczała przez chwilę, a potem westchnęła, uśmiechając się niewyraźnie, jakby czuła, że to nieuczciwe prosić Falka o wyjaśnienia.

– Czy dotarły jakieś wiadomości od illicyjskich magów bitewnych? – zapytał Falko.

– Nie. Ale to nic niezwykłego. Nathalie potrzebuje czasu, żeby ich odszukać, a nawet wówczas mogą być zbyt zajęci, żeby zbadać sprawę od razu. Nawet nasze Wielkie Dusze nie mogą być w kilku miejscach jednocześnie.

Falko dyskretnie zerknął na królową, która znowu patrzyła w dół, na miasto. Słyszał zmęczenie w jej głosie, trud związany z prowadzeniem wojny, która zdaniem wielu była już przegrana. Prześlizgnął się wzrokiem po nieskazitelnej linii jej żuchwy i bladych policzkach i zauważył kontrast pomiędzy miękką skórą szyi i ostrymi kątami napierśnika. Powiew wiatru zsunął z jej twarzy kosmyk ciemnych włosów i przez chwilę ujrzał ją nie jako królową, lecz kobietę – silną i piękną, ale dręczoną wątpliwościami i nieznośną obawą przed sprawieniem zawodu swoim ludziom.

Falka ogarnęła fala miłości i w tym momencie wiedział, że zrobi wszystko, co w jego mocy, by jej pomóc.

– Od takich spojrzeń damy się rumienią, panie Danté – rzekła królowa.

Falko odwrócił wzrok, ale gdy królowa popatrzyła na niego, to nie ona się rumieniła, tylko Danté. Uśmiechnęła się, a Falka uchronił od wstydu i zażenowania Cyrano, który pojawił się za ich plecami.

– Mag wojownik Dagoran Sorn oraz dowódca Czwartej Armii proszą o audiencję i błogosławieństwo Jej Wysokości królowej Furii.

Królowa wyprostowała się i uniosła twarz. Falko widział, jak nabiera głęboko tchu i zamyka oczy, gromadząc odwagę. Stawić czoła legionom piekielnym to jedno, ale pożegnać ukochanego mężczyznę, wiedząc, że być może widzi się go po raz ostatni – to zupełnie co innego.

– Dziękuję, Cyrano – powiedziała po chwili.

Doradca skłonił głowę i samym spojrzeniem powiadomił Falka, że jego audiencja dobiegła końca.

Falko zwrócił się do królowej i ukłonił.

– Wasza Wysokość – powiedział, czekając, aż królowa zezwoli mu na opuszczenie komnaty.

– Może niebawem znów będzie nam dane porozmawiać. Jeśli, ma się rozumieć, zdołasz oderwać się na chwilę od treningu.

– Będę zaszczycony – odrzekł Falko, czerwieniąc się ponownie.

– A więc do zobaczenia – pożegnała się królowa, a Falko wiedział, że teraz powinien już iść.

Podszedł do łukowych drzwi, przy których czekał Cyrano. Za nimi stało dwóch mężczyzn. Pierwszym był emisariusz, a drugim stosunkowo niewysoki mężczyzna o wyrazistych, jastrzębich rysach i ciemnych, penetrujących oczach. To jego Galen Thrall uczynił dowódcą swojej bezcennej magicznej armii, którą posyłał w pierwszy bój.

– Lordzie Sorn – rzekł Cyrano, zapraszając maga wojownika do środka.

Dagoran Sorn skłonił się sztywno i pozwolił doradcy zaprowadzić się przed oblicze królowej.

Falko i emisariusz patrzyli na obu mężczyzn zmierzających ku monarchini, która stała teraz na progu tarasu, gdzie widzieli ją ludzie zgromadzeni na ulicy poniżej.

– Pytała cię o Opętanych?

Falko spojrzał na emisariusza i pokiwał głową.

– Nie frasuj się tym – rzekł Chevalier. – Każdy zwiadowca i każdy kapitan, który kiedykolwiek składał raport, chciałby móc powiedzieć więcej. Cokolwiek, byle tylko choć trochę jej ulżyć.

Falko przyjrzał mu się, raz jeszcze zadziwiony tym, jak dobrze emisariusz rozumiał trudy władców.

– Czy pożegnałeś się z resztą? – spytał, a emisariusz potwierdził skinieniem. – To dobrze – rzekł Falko. – Alex był pewien, że odejdziesz bez pożegnania.

Chevalier się roześmiał.

– Aurelian powiedział mi, że poczyniłeś postępy.

– W pewnym sensie.

Emisariusz przywołał na twarz uśmiech zrozumienia.

– Mówi, że masz kłopot z magią ofensywną.

– Jeśli tak można określić całkowitą nieumiejętność korzystania z niej – doprecyzował Falko, a frustracja i żal odbiły się w jego głosie. Trapiło go to, że nie potrafi wyprowadzić nawet słabego magicznego ataku. – To po prostu nie ma sensu – pociągnął. – Mając miecz w ręku, zaatakowałbym od razu i nawet bym się nie obejrzał.

– Może to dlatego, że miecz nie kojarzy ci się z zabijaniem.

Falko poderwał głowę. Emisariusz znowu ujął nieuchwytną prawdę w kilku prostych słowach.

Milczeli przez chwilę, a tymczasem audiencja Dagorana Sorna dobiegła końca.

– Musiałem kiedyś stracić służącego pode mną żołnierza – zwierzył się emisariusz. – Przyjaciela, który w ataku szaleństwa dopuścił się mordu na przyjacielu. – Przerwał na chwilę. – Wiesz, co mi powiedział, gdy założyli mu pętlę na szyję?

Falko wlepił w niego spojrzenie.

– Że łatwiej umrzeć, niż odebrać życie i samemu żyć dalej.

Oczy Falka zaszły łzami. Strach przed zrobieniem czegoś złego był większy od strachu przed samym złem.

– Nie jesteś swoim ojcem, Falko – powiedział mu emisariusz. – Jego przeznaczenie nie jest twoim przeznaczeniem.

Falko mrugnął i łzy spłynęły mu po policzkach. Wtedy zorientował się, że stoi nad nimi Cyrano. Audiencja Sorna się skończyła i królowa czekała teraz na dowódcę swojej Czwartej Armii. Emisariusz skinął władczyni głową.

– No, to do rychłego – rzekł, podając Falkowi dłoń.

– Myślisz, że spotkamy się jeszcze?

– Któż to może wiedzieć? W końcu trwa wojna – powiedział emisariusz. – Ale dobrze jest żywić nadzieję.

Przyciągnął Falka do siebie i uściskał go mocno, a potem, obdarzywszy go ostatnim uśmiechem, poszedł pożegnać się ze swoją królową.

Falko odprowadził go wzrokiem aż przed jej oblicze. Uniesiona głowa, proste ramiona – któż by się domyślił, jak wielki strach wpija się szponami w jej umęczone serce. Emisariusz stanął przed nią, uklęknął i czekał, aż poczuje na czole delikatny dotyk jej dłoni.

Ludzie na ulicy patrzyli na królową przyjmującą dowódcę Czwartej Armii. Widzieli, jak wyciąga rękę, by pobłogosławić jego i wszystkich mężczyzn i kobiety, których poprowadzi on do walki.

Wreszcie odjęła rękę i emisariusz stanął przed nią. Falko nie mógł słyszeć, o czym mówili, ale rozmowa trwała długo.

Gdy sir William Chevalier stanął przed swoją królową, bardziej niż kiedykolwiek przygniótł go do ziemi ciężar zbroi i oręża. Jego siła woli o mało co nie skruszała, gdy podniósł na nią wzrok i ujrzał jej twarz. Wiedział jednak, że każde z nich polega na sile drugiego, a więc jego spojrzenie było spokojne i pokrzepiające, gdy zgłębiał nim niebieskie oczy kobiety, którą kochał.

Przez kilka długich minut królowa nic nie mówiła, tylko omiatała wzrokiem każdy szczegół znajomego oblicza swojego emisariusza: silną i ogorzałą twarz, wzbogacaną stale o nowe blizny, twardą żuchwę pokrytą niezmiennie kilkudniowym zarostem, szpakowatym już, tak jak sięgające ramion włosy. Złamany nos, dumną linię brwi i oczy... piękne, szare jak morski kamień.

W pełni świadoma, że patrzy na nią całe miasto, królowa upajała się jego widokiem. Nie mogła strząsnąć z siebie okropnego przeczucia, że być może widzi go po raz ostatni. Że jej ukochany jedzie w ciemność, z której może nigdy nie wrócić. Ta myśl była niemal nie do zniesienia i królowa czuła, że jej siła woli słabnie, lecz jak zawsze on był tam, by ją podtrzymać.

– Czwarta Armia Clemoncé prosi o błogosławieństwo tronu, wyruszając na wojnę z jego wrogami.

Sztywna formułka ściągnęła królową na ziemię. Uniosła twarz i przywołała całą swoją królewską dumę.

– Tron błogosławi Czwartą Armię w drodze do zwycięstwa. Jedźcie, wypełniwszy serca światłem naszej miłości.

Emisariusz skłonił się, a królowa wyrzekła cichszym, intymniejszym tonem:

– Jak myślisz, czy przyjdzie kiedyś taki dzień, gdy zerwiemy kajdany obowiązku i honoru?

– Obowiązek i honor mogą wytyczać tok naszego życia – powiedział emisariusz. – Ale mojego serca nikt nie zakuje w kajdany.

Królowa posłała mu smutny uśmiech, a w duchu przeklęła siły, które uniemożliwiały im urzeczywistnienie ich wzajemnej miłości. Niemalże bezwiednie jej ręka uniosła się ku jego ręce, ale w ostatniej chwili powściągnęła ją, choć jej serce rwało się, by dotknąć go po raz ostatni. Był dowódcą Czwartej Armii, kapitanem Nieugiętych, Chevalierem. Nie ośmieszy go tak otwartym wyrazem uczucia.

– Wróć do nas, Chevalierze.

– Choćby wszystkie hordy piekielne stanęły mi na drodze.

Królowa uśmiechnęła się, słysząc pewność w jego głosie, choć wiedziała, że w tych czasach nikt nie może być pewien swojej przyszłości.

– Tak mało czasu dostaliśmy od losu – powiedziała głosem, który w końcu zmogły emocje. – Za mało, żeby dzielić przemijające życie.

Spuściła wzrok i pojedyncza łza spłynęła po jej policzku.

Przez chwilę emisariusz po prostu stał nieruchomo; stoicki, niewzruszony rycerz. Lecz wtedy wyciągnął rękę, by odnaleźć jej dłoń, a jego chropowate palce zamknęły się na jej delikatnych palcach. Przyciągnął ją blisko, zajrzał głęboko w oczy, a potem, choć patrzył książę Ludovico i wszyscy mieszkańcy Furii, pocałował ją, delikatnie dotykając jej ust swoimi, drapiąc jej skórę ostrym zarostem, zapisując się na zawsze w jej sercu i stając się bezcennym wspomnieniem.

– Całe moje życie jest w tym jednym dotyku – wyszeptał, gdy jego policzek dzieliło od jej twarzy jedynie tchnienie.

Przez sekundę czuł, jak jej palce zaciskają się na jego dłoni, a potem dowódca Czwartej Armii odwrócił się i odszedł, zabierając ze sobą błogosławieństwo, by przynieść je wojownikom, których prowadził na wojnę.

Na miasto spadła cisza, cisza mówiąca o dwudziestu tysiącach równie bolesnych pożegnań: kochanków z kochankami, matek z synami, ojców z wystraszonymi, niczego nierozumiejącymi dziećmi. Obiecali, że będą ostrożni. I że wrócą. Ale żołnierz nie może zawsze dotrzymać takiej przysięgi. Może tylko mieć nadzieję, że ona się ziści.

48

POSTĘPY

Wyruszenie Czwartej Armii na wojnę wpłynęło na kadetów. Uprzytomniło im, że ledwie za kilka miesięcy przyjdzie ich kolej na to, by stawić czoła niepewności wojny. Może przeżyją pierwszą bitwę, ale z każdą kolejną prawdopodobieństwo przeżycia drastycznie malało. Ile czasu upłynie, nim zostaną porąbani na kawałki lub schwytani przez wroga, który ześle na nich wieczne cierpienie, przemieniając ich w Opętanych?

Okropna perspektywa, a jednak wiedzieli, że taki los czeka niektórych z nich. Uświadamiali sobie również, że wytężony trening zmniejszy prawdopodobieństwo takiego obrotu spraw, wyciskali więc z siebie ostatnie poty. Rankami dalej trenowali razem, pracując nad kondycją i szlifując umiejętności, a po południu – ze swoimi żołnierzami, powtarzając ćwiczenia i manewry oraz studiując rozmaite zagadnienia związane z prowadzeniem kampanii.

Poskromiwszy Paddy'ego, Bryna szybko poczyniła znaczne postępy z Urwipołciami i była niemal gotowa przystąpić z kawalerią do manewru trawersowego. Lecz nie tylko ona świetnie sobie radziła. Malaki i Quirren przejawiali cechy o wiele starszych i bardziej zaprawionych w bojach wojowników. Robili niesamowite wrażenie w pojedynkach. Dosiadając koni, które podarowały im ich zakony, zaczynali budzić respekt i trwogę.

Zgodnie z tradycją Czarnych Orłów Quirren otrzymał karego freyzjańskiego ogiera, a Malaki wspaniałego konia bojowego, olbrzyma szkolonego do walki od urodzenia, będącego efektem lat ostrożnej i przemyślanej hodowli. W ciągu minionego tygodnia dostarczono im również zbroje, płytowe pancerze robione na zamówienie. Quirren potrzebował pełnej zbroi, od pancernych butów po charakterystyczny illicyjski hełm typu salet, o przyłbicy zaopatrzonej w dwie szczeliny na oczy, wzmocniony na czole dodatkową warstwą stali. Niebieski pancerz Malakiego dorównywał jakością zbrojom wyrabianym w Furii, a więc ograniczono się do dostosowania go do wzorca zakonnego i wzbogacenia o potężny hełm garnczkowy zwany „heaume", z którego słynęli Rycerze Furii.

Prawdę powiedziawszy, wszyscy kadeci radzili sobie świetnie, ale żaden tak dobrze jak Falko. Przyjechał do akademii jako wysoki i chudy chłopiec, który wciąż wylizywał się z ran, choroby i traumy. Teraz stał prosto, sztywno, obrósł w siłę i choć nie był masywny jak Malaki, nie był też wychudzony ani słaby, ale szczupły i silny. Płuca mu jeszcze dokuczały, gdy przedobrzył z ćwiczeniami kondycyjnymi, a oparzeliny na szyi i ramionach wciąż były wrażliwe i czerwone, ale wszelkie oznaki słabości i kruchości już dawno zniknęły.

Falko czuł się osamotniony po wyjeździe emisariusza, ale też miał wrażenie, że przejaśniło mu się w głowie. Rozumiał, że tylko od niego zależy, czy wpłynie jakoś na wynik wojny. Nieobecność emisariusza sprawiła, że zaczął w większym zakresie polegać na sobie i uczył się stać pewniej na własnych nogach. Gdy inni szli na poligon musztrować swoich podkomendnych, Falko wspinał się górską ścieżką do Moździerza. Wciąż nie umiał przywołać żadnej ofensywnej mocy, ale jego repertuar umiejętności stale się powiększał i chłopak z każdym dniem był coraz silniejszy.

– Nie przejmuj się – powiedział mu Aurelian pewnego popołudnia, gdy znowu nie udało mu się zniszczyć glinianego dzbana postawionego na schodach areny. – Jeśli dziesięć tysięcy wojowników zdoła stawić czoła Opętanym, bo ty będziesz z nimi, to wierz mi... zrobi to znaczną różnicę.

Falko pamiętał, jak obecność Symeona krzepiła żołnierzy Caer Dour w górach, umożliwiając im kontynuowanie walki, podczas gdy bez niego dawno porzuciliby broń i salwowali się ucieczką. Lecz nawet wiedząc to, nie potrafił wyrzucić z głowy poczucia porażki.

– No, dalej – powiedział Aurelian. – Spróbujemy połączenia fizycznej i magicznej obrony. Nie chcę smarować ci tyłka sadłem, ale twoja postawa obronna faktycznie zaczyna mieć ręce i nogi.

Falko uśmiechnął się na ten obosieczny komplement. Wiedział dobrze, że stary mag bitewny jest pod wrażeniem jego możliwości obronnych. Odepchnął więc wątpliwości na bok i podniósł miecz i tarczę, które wcale mu już tak bardzo nie ciążyły. W walce na miecze dawno przegonił Aureliana i dopiero gdy na arenę schodził Dusaule, Falko musiał się bardziej postarać. Drugi mag bitewny nigdy się nie odzywał i nie wykazywał zamiłowania do przemocy, ale nie ulegało wątpliwości, że jest bardzo zdolnym fechtmistrzem.

Czasem Dwimervane przyjmowała na siebie rolę demona i Aurelian pokazywał Falkowi, jak należy walczyć z o wiele większym od siebie przeciwnikiem, by nie dać się zabić. Falko wiedział już, że bronić się przed człowiekiem normalnych rozmiarów posługującym się mieczem i tarczą to zupełnie co innego, niż walczyć z olbrzymem wyposażonym w kły i szpony, który może dodatkowo zionąć ogniem zdolnym zabić człowieka z pięćdziesięciu stóp. Z początku Dwimervane miotała Falkiem po arenie niczym kot zabawiający się z niezgrabną myszą, ale umiejętności przyszłego maga bitewnego rozwijały się zatrważająco szybko, a jego reakcje, wreszcie nieograniczone niedoskonałością ciała, dorównywały szybkości jego umysłu.

– Właśnie tak – pochwalił go Aurelian, gdy Falko przyjął cios wielkiej łapy na tarczę i odtoczył się, by zneutralizować siłę uderzenia.

Użył magicznej osłony, by sparować kolejny atak smoczycy, a potem tarczą zablokował uderzenie ogonem, następnie zaś dał nura naprzód i zamierzył się mieczem na jej lewą nogę. Ale Dwimervane błyskawicznie okręciła głowę i odepchnęła go z mocą na bok.

– Wzmocnienie! – powiedział Aurelian, śmiejąc się, gdy Falko wił się na zimnej i mokrej ziemi. – Nie możesz pozwolić sobie na to, by zbliżyć się na tak małą odległość bez jakiegoś magicznego wzmocnienia.

– Mogłabyś przynajmniej dać mi jakąś szansę – powiedział Falko, rzucając Dwimervane gorzkie spojrzenie, gdy dźwigał się na nogi, ale smoczyca zupełnie się tym nie przejęła. Ani myślała oddawać mu punkty za darmo. Była na to zbyt dumna.

Falko poczynił też znaczne postępy w zakresie czarów obronnych. Potrafił teraz osłonić się przed większością zwykłych ataków i uczył się wzmacniać swoje ciało, tak że nawet Dwimervane nie mogła przycisnąć go do ziemi potężną łapą.

– Pamiętaj, to nie tylko siła fizyczna – wykładał mu nieustannie Aurelian, gdy Falko usiłował stanąć prosto pod masywną smoczą łapą. – To umysł, serce i dusza. Jeśli zaczniesz wątpić, twoja siła skruszeje i przegrasz.

Falko przypomniał sobie moment, w którym Symeon zaczął uginać się przed umysłowym atakiem demona. Ale przynajmniej teraz wiedział, jakim sposobem Dariusowi udawało się trzymać poza zasięgiem szczęk czarnego smoka w Wichrowej Twierdzy. Falko nawet nieźle radził sobie w pojedynkach ze smoczycą, ale wiedział też, że nie pójdzie mu tak łatwo ze smokiem lub demonem, który będzie uderzał, żeby zabić.

Korzystając z magii wzmacniającej, potrafił już lądować bezpiecznie po skoku z biegnącego konia, choć i tak miało się to nijak do zeskakiwania z grzbietu lecącego smoka. Dodatkowo nauczył się wreszcie rzucać magiczne osłony na odległość. Przełom nastąpił, gdy Meredith wymyślił nowy sposób na to, jak przedstawić Falkowi zadanie tak, by zrozumiał.

– Nie próbuj otoczyć celu – powiedział. – Skup się na jednym punkcie, który następnie rozwiniesz na cały obiekt.

Początkowo Falko nie potrafił wyobrazić sobie tego jednego punktu, ale Meredith cierpliwie obserwował ruchome kształty w jego głowie, aż wreszcie dostrzegł to, czego szukał.

– O, właśnie – rzekł pewnego popołudnia. – To prawie jak dźwięk, jak pierwsza chwila uderzenia w dzwon. Skup się na tym, a potem rozszerz to, by objęło cały cel.

Ćwiczyli na hełmie postawionym na jednej z kolumn areny w odległości dwudziestu stóp. Zadanie polegało na tym, że Falko miał bronić hełmu, tak by Aurelian nie zdołał strącić go włócznią. Z początku Falko tylko przesuwał go mocą umysłu. Aurelian przypomniał mu, że to jego robota. Z czasem zaczął w końcu łapać, o co chodziło Meredithowi.

Wybrać punkt. Rozszerzyć go do kształtu sfery.

– Spróbuj teraz – powiedział Meredith do Aureliana, gdy wyczuł subtelną wariację w koncentracji Falka.

Weteran z całych sił pchnął włócznią, a ta pomknęła prościutko w kierunku hełmu i trafiłaby z pewnością, gdyby nie odbiła się od niewidzialnej bariery cal od niego. Zanim broń opadła na ziemię, Aurelian cisnął w stronę hełmu kulą ognia. Płomienie owionęły kolumnę, ale hełm pozostał nietknięty na jej szczycie i wszyscy obecni na arenie widzieli, jak ogień opłynął niewidoczną sferę energii otaczającą cel, tak jak woda w rzece opływa zalegający na dnie otoczak.

– Dobrze – pochwalił go Aurelian. – Bardzo dobrze.

Dni były coraz dłuższe, zima z wolna wypuszczała ziemię z lodowatych objęć i gdy w powietrzu zapachniało wiosną, umiejętności Falka zrobiły się jeszcze bardziej imponujące. Któregoś popołudnia Meredith przyglądał się z uwagą, jak Falko mierzy się jednocześnie z Dusaule'em i Dwimervane – wywijał mieczem z taką szybkością, że klinga rozmazywała się w powietrzu, szybko i zwinnie pracował nogami, wkładając serce i przekonanie w każdy ruch, i zaczynał wreszcie wyłaniać się z niego rasowy wojownik, uwięziony od tak dawna w ciele słabego, chorowitego dziecka. Pojedynki przynosiły im radość; Aurelian śmiał się głośno, gdy Falko zwalił się z nóg tylko po to, by przekoziołkować i błyskawicznie złożyć się do kontry. Od czasu do czasu stary mag bitewny ciskał w niego zaklęciem niespodzianką, a Meredetha zdumiewała prędkość, z jaką Falko odbijał kule ogniste i zasłaniał się przed łukami błękitnego światła, nie zaburzając płynności ruchów i nie dając się wybić z rytmu.

– Na niego, Dwim! – ryknął Aurelian, gdy okaleczona smoczyca powaliła Falka na jedno kolano uderzeniem wielkiej łapy. Tymczasem jej druga łapa pomknęła przy samej ziemi, chcąc podciąć Falka, ale kadet przewidział to i zmienił ułożenie tarczy, by zablokować zdradziecki cios. Siła uderzenia odrzuciła go w bok, aż wrył się nogami w żwir, ale ramię wytrzymało, wzmocnione siłą umysłu. Falko sparował cios Dusaule'a, przetoczył się pod kolejnym poziomym uderzeniem ogona Dwimervane i zdołał jeszcze po drodze uchronić Meredetha przed spłonięciem, gdy Aurelian posłał w jego kierunku gorejący ognisty pocisk.

Meredith odchylił się zaskoczony, gdy płomienie rozlały się po przeźroczystej sferze, roztoczonej wokół niego przez Falka. Popatrzył zdumiony na Aureliana, ale weteran tylko uśmiechnął się zawadiacko.

– No nic, kontynuujemy – rzekł, nie zważając na oburzony grymas Meredítha. – Wprawdzie nie byłem całkiem pewien, czy wyłapie tę kulę ognia, ale na szczęście nic się nie stało.

Wyprowadzony z równowagi Meredith obrzucił spojrzeniem Falka, którego spychał ku przeciwległej ścianie Moździerza Dusaule z wydatną pomocą Dwimervane. Falko wciąż musiał pracować nad kondycją. Dyszał i wyglądał na wykończonego. Sparował potężne cięcie Dusaule'a od góry, ale nie zdążył zablokować ciosu na odlew wyprowadzonego przez Dwimervane. Knykcie smoczej łapy wryły się w bok Falka i odepchnęły go z mocą, aż potoczył się po ziemi. Miecz wyleciał mu z ręki, a poobijana tarcza wisiała z przedramienia na jednym pasku. Meredith patrzył, jak jego uczeń nieruchomieje na ziemi zaledwie kilka stóp od mrocznego łuku L'obscurité.

Wszyscy znieruchomieli, jakby Falko wylądował u stóp jakiejś groźnej bestii. Poruszył się i zaczął wstawać, a Meredith zdumiał się, widząc, że Dusaule staje między nim a bramą, jakby chciał obronić Falka przed czymś, co mogłoby czyhać na niego pośród cieni. Jakiś strach zawisł nad Meredithem, gdy od strony ciemnego portalu dobiegła go plątanina złowieszczych szeptów.

Falko i Dusaule nie poruszyli się. Dwimervane stała jak wryta, jakby ona także wyczuwała jakąś przyczajoną w ciemności obecność. Meredithowi zaschło w ustach. Nagle zapragnął odwrócić się od ziejącego tunelu. Aurelian powoli podszedł do Falka i stanął przy nim. Dopiero wówczas Dusaule odstąpił na bok.

– Chcę to zrobić – rzekł Falko, dysząc ciężko po wysiłku. – Chcę tam wejść.

Sama myśl o wejściu w ciemny korytarz przejęła Meredítha zwierzęcym strachem.

– Nie jesteś gotowy – powiedział Aurelian.

– Ale wróg rośnie w siłę z każdym dniem. Muszę coś zrobić.

– Wiem. Ale nic nie wskórasz, rzucając się na oślep w paszczę niebezpieczeństwa.

– Poradzę sobie – upierał się Falko.

– Nie! – zaprzeczył Aurelian, a Mereditha zaszokował jego nieustępliwy ton.

Przez chwilę stali, mierząc się wzrokiem, a potem Aurelian westchnął. Biorąc Falka za ramię, odciągnął go od tunelu ku schodom. Reszta poszła za nimi.

– Nie możesz mnie powstrzymać – odezwał się Falko, gdy usiedli na niskich stopniach. – Decyzja o przystąpieniu do rytuału należy do mnie.

Aurelian zaśmiał się, ale w tym śmiechu nie było kpiny. Wyrażał raczej szacunek i sympatię.

– Owszem, decyzja należy do ciebie – przystał. – Ale musisz ją podjąć, gdy będziesz gotowy. A nie dlatego, że rozpaczliwie chcesz „coś zrobić".

– Moje czary obronne są potężne. Przecież sam to powiedziałeś.

Aurelianem znowu wstrząsnął śmiech.

– Ale próba nie ogranicza się tylko do obrony. Żeby przejść rytuał Assay, będziesz potrzebował każdego dostępnego narzędzia, a jak dotąd nie rzuciłeś jeszcze żadnego czaru ofensywnego.

To nie było krytykanctwo. Aurelian próbował po prostu wytłumaczyć tę kwestię Falkowi.

– Przecież nie będę chyba walczył z magami podczas rytuału?

– Nie – rzekł Aurelian. – Ale ich zadaniem będzie stanąć przeciwko tobie, a ty będziesz musiał pokonać manifestacje, które rzucą do walki z tobą. – Zrobił pauzę. – Nie musisz atakować, ale sama świadomość, że w razie czego możesz, to już siła, która pomoże ci w czasie rytuału.

Falko westchnął.

– A co, jeśli nigdy nie nauczę się atakować?

– Wówczas rytuał będzie dla ciebie bardzo, bardzo trudny.

Aurelian łypnął zatroskany na Dusaule'a. Milczący zagrodnik złożył przysięgę, że nigdy już nie użyje czaru ofensywnego, lecz żaden z nich nie potrafił wyobrazić sobie, by młody mag bitewny miał przystąpić do próby z zerowymi umiejętnościami ofensywnymi.

– Myślisz, że przejdę próbę? – spytał Falko i tym razem Aurelian się uśmiechnął.

– Nie marnowałbym czasu na ciebie, chudzielcu, gdybym tak nie myślał. – Poczekał, aż Falko na niego spojrzy, i wówczas skinął mu głową. – Posłuchaj mnie – rzekł. – Jutro pójdziemy zobaczyć się z Antoniem w królewskiej zbrojowni. Najwyższy czas wziąć miarę i sprawić ci zbroję. Jeśli się postara, pancerz będzie skończony, gdy wrócisz z kampanii treningowej.

– Ale to raptem dziesięć tygodni – zdziwił się Falko. – Przecież chyba nie wykuje pełnej zbroi w lekko ponad dwa miesiące?

– Ba! Ponad dwudziestu mistrzów kowalskich zbija bąki w jego warsztacie. A poza tym – dodał, mrugnąwszy do Falka – porozmawiam z królową. Jedno słóweczko Jej Królewskiej Mości i Antonio wyczaruje zbroję pstryknięciem palców.

– A co z mieczem? – spytał Falko. – Jak ma go wykuć, skoro nie umiem wyczarować ognia?

Uśmiech spełzł z ust Aureliana. Znowu spojrzał na Dusaule'a, ale mężczyzna pokręcił lekko głową, jakby nie zgadzał się z pomysłem, którym weteran zaraz podzieli się z Falkiem.

– Zastanawiałem się nad tym. – Aurelian podrapał pokryty kilkudniowym zarostem podbródek. – Myślałem, że może ja wyczarowałbym ogień, a Antonio odwaliłby całą brudną robotę.

– Czy to zadziała? Myślałem, że powiedziałeś, że twoje przywołania są nieco chaotyczne.

Aurelian wzruszył ramionami.

– Warto spróbować.

Dusaule raz jeszcze pokręcił głową, a Meredith skrzywił się, dręczony wątpliwościami. Wszystkie teksty o wykuwaniu miecza maga bitewnego mówiły, że proces jest bardzo trudny i wymaga ręki zdolnego rzemieślnika. Mag bitewny i zbrojmistrz pracowali razem, by stworzyć miecz, który będzie pasował nie tylko do warunków fizycznych i zdolności magicznych czarodzieja, lecz także do jego osobowości. Próba wykucia go przez osobę trzecią przy wsparciu nieprzewidywalnych mocy Aureliana nie mogła skończyć się inaczej jak tylko tragicznie.

Co innego zbroja. To magowie opracowywali zawiłe wzory, które zostaną naniesione na stalowe płyty, magiczne znaki, które pozwolą na rozproszenie energii maga bojowego bez uszkodzenia stali.

Po przeczytaniu kilku prac na ten temat Meredith z powodzeniem wziął się do opracowywania ciągów symboli. Sądził, że zdoła pokierować ręką rzemieślnika, który będzie wykonywał grawerunek. Meredith pracował z Falkiem od czterech miesięcy. Od dawna obserwował jego umysł i zaznajomił się już ze zmienną dynamiką myśli chłopaka. Istniała możliwość, że Falko nigdy nie wykształci umiejętności ofensywnych, ale Meredith był zdeterminowany, by opracować jego zbroję w taki sposób, aby nie zawiodła go również wówczas, gdy tego dokona.

– No, zatem ustalone – skonkludował Aurelian, zacierając ręce. – Jutro weźmiemy miarę i Antonio zacznie wykuwać twój pancerz maga bitewnego.

49

OSTATNI ŻYJĄCY ŚWIADEK

Wczesne godziny poranka zastały Meredítha w archiwach wieży magów. Tekst, oświetlony ametystowym blaskiem kryształowych lamp zawieszonych na ścianach, zaczął pływać mu przed oczami. Wstał więc od kamiennego stołu i przeciągnął się, a potem zaczął rozmasowywać spięte mięśnie ramion i zesztywniały kark. Pracował od wielu godzin i nadszedł już czas, by poukładać sobie w głowie przyswojone informacje.

W pierwszej kolejności zapoznał się z serią ilustrowanych książek, w których skatalogowano wzory nanoszone na zbroje magów bitewnych. Meredith spędził kilka godzin, pracując nad własnym wzorem, a potem, wiedziony impulsem, poszukał w księgach tego, który znajdował się na zbroi ojca Falka. Znalazł pełne cztery strony poświęcone pancerzowi Aquili Dantégo. Meredith powiódł palcem po zawiłych rysunkach, kiwając głową za każdym razem, gdy doszukał się podobieństw między nimi a tymi przygotowanymi dla Falka. Wiry były wyrysowane nieco ciaśniej, a splatające się z nimi linie miały trochę bardziej skomplikowaną strukturę, ale – owszem – coś zbliżonego do tego wzoru z pewnością dobrze posłuży mocom Falka.

W dalszej kolejności zagłębił się w księdze, w której znalazł kilka teorii o budowie i działaniu smoczych umysłów. Autor wykazywał, że smoki łączy swoista świadomość zbiorowa. Nie potrafiły rozmawiać ze sobą tak, jak robili to ludzie, ale istniało między nimi jakieś połączenie. Ale najciekawszy fragment dotyczył czegoś, co autor nazywał „pamięcią rasową".

Twierdził, że smoki pamiętają wydarzenia, które miały miejsce przed ich narodzeniem, i że owa pamięć rasowa sięga z wiekiem coraz dalej. Innymi słowy, im smok był starszy, tym więcej pamiętał z przeszłości. Pisarz wysunął nawet hipotezę, że to właśnie z tego powodu czarne smoki popadają w szaleństwo. Że samo wspomnienie Opętania w jakiś sposób odtwarzało jego efekt na smoczym umyśle. Meredith postanowił wnikliwiej zbadać ten temat w nieodległej przyszłości.

Później uporządkował notatki dotyczące komunikacji na odległość. W czasie gdy Falko wraz z innymi kadetami rozpocznie kampanię treningową, Meredith zamierzał wypróbować swoje pomysły na połączenie wież magów magicznymi przewodami komunikacyjnymi. Meredith pracował nad tym z pięcioma innymi magami, z których dwaj mieli odbyć wraz z nim podróż do wieży w nadbrzeżnym mieście Tempête Havre, pięćdziesiąt mil na południe. Pozostała trójka miała zostać w Furii, aby ustanowić połączenie mentalne, tak by drużyna Mereditha mogła sprawdzić, na jaką odległość zdoła oddalić się od stolicy, nim to się zerwie. Meredith był przekonany, że jeśli tylko uda im się utrzymać koncentrację, połączenie powinno zadziałać. Trudności mogą zacząć się w momencie przekazania połączenia między magami celem jego wydłużenia, a potem utworzenia sieci, której węzełkami będą poszczególni rozproszeni na znacznym obszarze magowie pełniący funkcję przekaźników. Łatwo nie będzie, pomyślał. Ale sukces jest najzupełniej możliwy.

Wreszcie sięgnął po pradawny manuskrypt zawierający wywiady z tymi, którzy ocaleli z Wielkiego Opętania. Niestety, po raz kolejny doszedł do wniosku, że nie nauczy się z niego niczego nowego. Ostatni rozdział poświęcony został człowiekowi, który miał być „ostatnim żyjącym świadkiem Wielkiego Opętania". Sęk w tym, że księga nie wymieniała go z nazwiska i nie zawierała informacji o tym, co dokładnie ten człowiek zobaczył. Całkowicie zniechęcony Meredith już zamykał manuskrypt, gdy jego uwagę zwrócił jeden akapit dotyczący owego świadka, który został przesłuchany podczas Inkwizycji Ossandy w roku osiemset pięćdziesiątym pierwszym Anno Ira.

...po bliższym zapoznaniu się z zeznaniami świadka badacz może zwrócić uwagę na pewne niejasności, które zakradły się do jego świadectwa. Jednakowoż, jak wiadomo powszechnie, mężczyzna został przez Inkwizycję zwolniony i umieszczony w wieży lepiej wyposażonej pod kątem leczenia osób zdradzających symptomy dręczącej go choroby. W rozkazie przeniesienia czytamy, iż świadek przebywa w odosobnieniu, a zatem najwyraźniej jego psychika ucierpiała wskutek okropności, których doświadczył, gdy smoki zaczęły mordować ludzi. Bardziej szczegółowy zapis jego świadectwa oraz analiza jego stanu psychicznego znajdują się w księdze Sennicia Verdego „Ostatni żyjący świadek".

Meredith wlepił wzrok w tytuł. To dziwne, że nigdy nie słyszał o tej księdze. Zajrzawszy do bibliografii, przesunął palcem po pozycjach, z których korzystał autor. Jeśli okaże się, że ten egzemplarz znajdował się w Furii, to księga musiała zaginąć dawno temu, bo w całym toku studiów nie znalazł o niej ani jednej wzmianki. Ale istniała szansa, że jej kopie da się znaleźć w innych magicznych wieżach. Wreszcie jego palec zatrzymał się i Meredith mógł tylko wwiercić się wzrokiem w stronicę. Znalazł tytuł pracy, nazwisko autora i listę miejsc, w których przechowywano kopie.

Ostatni żyjący świadek: Sennicio Verde: Furia, Le Matres

Le Matres. Miasto, które Falko i pozostali kadeci mieli odwiedzić w czasie swojej kampanii. Serce Mereditha zabiło szybciej. Oto relacja z Wielkiego Opętania przekazana przez kogoś, kto był tam i doświadczył go na własnej skórze. Egzemplarz z Furii najwidoczniej zaginął, ale może ostała się jeszcze księga z Le Matres.

Umysł Mereditha zerwał się do biegu. Mag zastanawiał się, czy jest możliwe, żeby dołączył do kadetów w czasie ich wyprawy. Le Matres było o wiele dalej niż Tempête Havre, ale odległość nie stanowiła problemu. Jego wynalazek powinien zadziałać zarówno przy dwustu, jak i pięćdziesięciu milach, poza tym będzie mógł kontynuować szkolenie Falka.

Już któryś raz tego dnia łypnął na brata Seruliana, przycupniętego na krawędzi krzesła niczym wielki, pomarszczony człekokształtny ptak. Otrząsając się ze znajomego uczucia niepokoju, Meredith odłożył manuskrypt na stosik tych, które archiwiści mogą już odstawić na półkę. Dzięki talentowi brata Seruliana już wyleciał mu z głowy tytuł księgi, którą właśnie odłożył. Zapomniał też większość tego, co z niej wyczytał, ale nie zapomniał tytułu księgi, która może znajdować się w wieży w Le Matres.

Mag zebrał swoje notatki i szkice wzorów na zbroję Falka. Było już późno, a jutro będzie musiał omówić zmianę planów z magami, z którymi współpracował. Nie sądził, aby byli uradowani perspektywą podróży, ale wiedział, że pochłonęła ich praca nad jego projektem.

Opuściwszy komnatę, Meredith przeciął linię wzroku brata Seruliana, ale jak zwykle starzec wydawał się zupełnie nie zauważać jego obecności. Treść rozkazu brzmiała: upewnić się, że podczas pobytu w archiwach Furii Meredith nie zachowa w pamięci żadnej informacji dotyczącej osiemdziesiątej czwartej dekady. Ale nie było mowy o dekadzie osiemdziesiątej piątej ani o dziełach, które mogą znajdować się w archiwach w Le Matres, gdzie Meredith Saker w końcu dojdzie do prawdy.

50

ZBROJA MAGA BITEWNEGO

Warsztaty Antonia Missagliasa leżały w północno-wschodniej dzielnicy miasta, skąd wiejące często wiatry unosiły wyziewy z kuźni w kierunku gór. Falko i Meredith próbowali nie przeszkadzać rzemieślnikom, gdy czekali, aż Aurelian powróci do nich ze zbrojmistrzem.

– Malakiemu by się tu spodobało – rzekł Falko, chłonąc wzrokiem olbrzymie królewskie kuźnie.

– Trochę za gorąco, jak na mój gust – odetchnął Meredith, ocierając czoło, a Falko nie mógł się nie zgodzić.

Rozgrzane powietrze napierało na jego twarz, niosąc ze sobą uderzającą do głowy mieszankę zapachów, których smak Falko czuł na języku: ziemistą woń palonego drewna i rudy zmieszaną z ostrzejszą metalową nutą, wyraźny zapach skóry i słodkawą woń oleju hartowniczego. Rozmaite miechy i pompy sprawiały wrażenie, że cały gmach dyszy, a dźwięk kowalskich młotów wypełniał każdy skrawek przestrzeni. Doniosły łomot tych wielkich, służących do kształtowania ostrzy kontrapunktowało podzwanianie tych mniejszych, za pomocą których spajano ze sobą płyty pancerza.

Falko czuł się tutaj pokrzepiony, jakby wrócił do domu. Odetchnął powietrzem kuźni i otarł pot z czoła, gdy dostrzegł Aureliana, lawirującego między opasłymi piecami, kanciastymi kowadłami, stojakami na broń i narzędzia. Za nim szedł drugi mężczyzna, który wyglądał zupełnie inaczej, niż Falko się spodziewał. Oczekiwał wysokiego, muskularnego rzemieślnika, a w miarę zbliżania się mężczyzny coraz dobitniej przekonywał się, że mistrz Missaglias był garbusem, choć Falko nie umiał stwierdzić, czy był to efekt wielu lat ślęczenia nad kowadłem, czy też nieszczęśnik już się taki urodził. Był niski, wręcz podobny do karła, lecz posiadał potężne bary, a jego skóra była brudna od sadzy, co charakteryzowało ludzi spędzających całe swoje życie w kuźni. Jego nagie ramiona były zgrubiałe od blizn, podobnie jak czerwonawa skóra twarzy, lecz ciemne oczy skrzyły inteligencją.

– Przedstawiam wam mistrza Antonia Missagliasa. Mistrzu, oto dwaj twoi rodacy, Falko Danté i Meredith Saker.

Antonio skłonił się i uśmiechnął na widok Falka, wpatrzonego w rzucające się w oczy szramy, które wyglądały, jakby kopnął go w twarz koń podkuty rozgrzanymi do czerwoności podkowami.

– Zrobiła mi to jedna klacz – powiedział tonem wyjaśnienia z neutralnym, valenckim akcentem. – Chyba nie spodobały jej się moje końskie zaloty.

Falko się wzdrygnął.

– Żartuję, przywołała mnie tylko do porządku. – Mistrz wzruszył niefrasobliwie ramionami. – Gdyby chciała, z miejsca by mnie wy-koń-czyła. – Antonio prychnął śmiechem i zmierzył Falka od stóp do głów. – Podobno potrzebujesz zbroi, chłopcze.

Falko skłonił głowę, raptem zawstydzony.

Mistrz ośmielił go życzliwym uśmiechem. Wypowiedział to, jakby wpadli po drodze, by zamówić zwykłe karwasze. Raz jeszcze przyjrzał się kadetowi badawczym wzrokiem, a potem spojrzał na Mereditha.

– Ty opracowałeś wzór, jak mniemam?

Meredith potwierdził skinieniem. Jego dłoń sama z siebie powędrowała do skórzanego tubusu na zwoje, który nosił przy boku. Przyniósł w nim szkice i notatki, nad którymi pracował minionej nocy.

– I na kiedy potrzebujesz tego pancerza? – spytał Antonio, biorąc się pod boki.

– Falko niebawem wyrusza z resztą kadetów na kampanię treningową – powiedział Aurelian, stając za nim. – Szacuję więc, że do jego powrotu zostało mniej więcej dziesięć lub jedenaście tygodni.

Zbrojmistrz prychnął, słysząc, jak wielką wiarę pokłada Aurelian w jego możliwości.

– Wiem, że mówimy o zbroi maga bitewnego – nie ustępował weteran – ale jestem pewien, że przy wytężonej pracy... – urwał, wiedząc, że prosi o zbyt wiele.

Antonio obrócił się i poprowadził gości środkiem długiego budynku ze stanowiskami kowalskimi po obu stronach. Falko wyczuł ostrą woń kwasu i zobaczył, że kowale po prawej stronie przygotowują się do wytrawienia czegoś w elementach pancerza. Zgiełk i harmider warsztatu zaczęły cichnąć, gdy przechodzili do kolejnego pomieszczenia, którym okazała się przymierzalnia.

– Co myślisz, Antonio? – spytał Aurelian, już bez zwyczajowej pewności siebie, która ustąpiła miejsca zwątpieniu. Krótka wycieczka po kuźniach przypomniała mu, ile pracy wymaga wykucie pełnej zbroi. – Mógłbyś przynajmniej zacząć. Minie jeszcze sporo czasu, zanim Falko będzie mógł przystąpić do rytuału Assay.

Antonio zatrzymał się i spojrzał na Falka, a potem posłał Aurelianowi spojrzenie przesycone dezaprobatą. Wyglądało na to, że wątpi, by Falko był gotów podejść do próby. Zaczepił przechodzącego obok pracownika przymierzalni.

– Ten młody człowiek potrzebuje zbroi – rzekł. – Zbroi maga bitewnego, żebyśmy mieli jasność – dodał. – Jak sądzisz, jak szybko możemy spełnić jego prośbę?

Mężczyzna skłonił się i uśmiechnął uprzejmie. Wziął w ręce zawieszoną na szyi miarkę.

– Za mną, młodzieńcze.

Falko spojrzał na Aureliana, który skinął przyzwalająco głową, po czym czując się wybitnie nieswojo w centrum uwagi, poszedł za mężczyzną do pokoju w rogu budynku. Wejście zasłonięte było kotarą. Gdy mężczyzna ją odsunął, Falko stanął jak wryty.

Na środku pomieszczenia stała na drewnianym stojaku wykuta z ciemnej stali zbroja półpłytowa z kolczugą. Napierśnik, naramienniki i karwasze, nabiodrki, nagolenniki i pancerne buty. Osobny stojak, na którym zawieszono okrągłą metalową tarczę, zwieńczono barbutą z charakterystycznym wycięciem w kształcie litery T, która zdawała się mierzyć Falka groźnym wzrokiem. Zbroja nie była jeszcze ukończona, ale wszystkie jej fragmenty były już gotowe.

– Trzymaliśmy się stylu valenckiego – rzekł mistrz Missaglias, jakby nie mógł doczekać się od Falka pochwały.

Oczy chłopaka zatrzymały się na dodatkowym elemencie na części zbroi okrywającej prawe ramię, którym trzymało się miecz, oraz lewą nogę, wysuniętą zwykle do przodu w pozycji bojowej. Były to typowe cechy zbroi noszonych w Valencji. Falko był tak oszołomiony, że nie mógł dobyć słowa. Za jego plecami Aurelian śmiał się półgębkiem.

– Jak to możliwe? – zapytał starego maga bitewnego.

– Królowa spotkała się ze mną u schyłku jesieni – odpowiedział za niego Antonio. – Powiedziała, że emisariusz sprowadzi do stolicy nowego maga bitewnego, i spytała, czy mógłbym zacząć pracę nad pełną zbroją dla niego.

– A niech mnie – wybąkał Aurelian, kręcąc głową i podchodząc, by dokonać szczegółowej inspekcji zbroi.

– Trochę czasu strawiliśmy na przygotowanie metalu i wyżarzanie – mówił dalej Antonio. – A potem, gdy przybył pan Danté, wzięliśmy miarę z pancerza treningowego, którego używał w akademii. Wreszcie poprosiliśmy o radę lanistę Magnusa, który powiedział nam, jak rozwinie się pod wpływem treningu ciało młodego kadeta. – Tutaj spojrzał na Falka, jakby chciał ocenić, czy instruktor się nie pomylił. – Ma się rozumieć, wykonamy wszelkie wymagane poprawki, ale myślę, że trafiliśmy bez pudła.

Za plecami Falka Meredith był w równej mierze zdumiony fortelem królowej, ale i podziwiał w duchu jej zdolność przewidywania. Zbroja wymagała ostatnich szlifów, ale była już prawie gotowa. Nagle pożałował, że sam nie spędził więcej czasu nad wzorami, które trzeba będzie w finalnym stadium przygotowań nanieść na stal.

– I co myślisz? – spytał Aurelian, ale Falko tylko się gapił.

Mistrz Missaglias przywołał gestem dwóch czekających w pobliżu pracowników. Mereditha i Aureliana poproszono uniżenie o opuszczenie przymierzalni, gdy dwaj siwowłosi mężczyźni weszli do pomieszczenia i zasunęli kotary. Zdjęli z Falka płaszcz i kamizelkę z owczej skóry, a potem w ruch poszły miarki. Jeden mężczyzna przykładał długi skórzany pasek z podziałką do różnych części ciała Falka, a drugi zapisywał wartości liczbowe w notesie, i tak już wypełnionym po brzegi liczbami. Potem, rozebrawszy Falka do koszuli i bielizny, zaczęli nakładać mu różne elementy pancerza, gdy on mógł tylko stać jak słup soli, zawstydzony i zażenowany, czując się jak rasowy byk przygotowywany na dzień targowy.

Zaczęli od lekkiej pikowanej kolczugi i pary skórzanych spodni z jedwabną podszewką. Na to nałożyli kolczą koszulkę, obmyśloną tak, by wzmocnić newralgiczne, nieprzykryte płytą miejsca, nie zwiększając zanadto jej ciężaru. Następnie pomogli Falkowi z opancerzonymi butami, przytwierdzili nagolenniki i nabiodrki. Zapięli napierśnik i jego odpowiednik na plecy, wyposażony w dwa główne połączenia przegubowe, by uchronić Falka przed wciskającymi się w krtań metalowymi elementami. W dalszej kolejności nałożyli naramienniki i wsunęli na dłonie rękawice ze skóry i zmyślnie połączonych drobnych płytek, a na przedramionach znalazły się karwasze, przez królewskich zbrojmistrzów zwane również „mniejszymi rurami".

Ostatecznie zdjęli ze stojaka barbutę i w tym momencie mistrz Missaglias wydął krytycznie usta, jak gdyby dopasowanie hełmu świadczyło najdobitniej o trafności jego mierniczych szacunków. Dwaj siwi mężczyźni nie nałożyli Falkowi hełmu, lecz wręczyli mu go, by mógł zrobić to własnoręcznie.

– Nie jesteś w końcu królem – wytłumaczył Antonio. – Tradycja nakazuje, żeby rycerz sam zakładał na głowę hełm.

Falko utkwił wzrok w stalowym dzwonie w swoich rękach. Akt nakładania hełmu nabrał raptem uroczystych cech, jakby stanowił symboliczny moment powzięcia całej odpowiedzialności związanej z pancerzem maga bitewnego. Uniósł go więc wolno i zamknąwszy oczy, osadził na głowie. Dwaj mężczyźni cofnęli się o krok, gdy mistrz Missaglias stanął przed Falkiem.

– Potrząśnij i pokręć głową – powiedział, a Falko wykonał polecenie.

Zbrojmistrz przyglądał się bacznie sposobowi, w jaki hełm poruszał się na głowie. Mruknął pod nosem, wyraźnie niezadowolony ze stopnia dopasowania.

– Mam wrażenie, że pasuje jak ulał – stwierdził Falko. – Na pewno lepiej niż wszystko, co dotąd nosiłem.

Ale mistrz nie dał się przekonać.

– Nie – rzekł. – Część brwiowa leży dobrze, ale musimy trochę podnieść grzebień, żeby zacieśnić część policzkową i poprawić zakrzywienie na potylicy, zanim dokonamy ostatecznego hartowania – rzucił prędkimi słowami do pomocnika, który zapisał to wszystko w notesie. – Teraz weź tarczę – zwrócił się do Falka, robiąc miejsce pomocnikowi, który podsunął tarczę kadetowi tak, by ten mógł bez przeszkód wsunąć ramię w skórzane pasy.

Tarcza była doskonale wyważona i Falko poczuł głęboką satysfakcję, gdy zacisnął palce na uchwycie. Nigdy wcześniej nie widział tej zbroi i z całą pewnością nie uważał się za godnego, by ją nosić, a jednak czuł się w niej świetnie. Na miejscu. Jakby była zrobiona specjalnie dla niego, co było rzeczywiście prawdą.

Pracownicy przymierzalni obrócili Falka twarzą do wielkiego lustra, a chłopak ledwie rozpoznał stojącą naprzeciw postać. Wreszcie zamaszystym gestem odsłonili kotarę, by pokazać Falka Aurelianowi i Meredithowi.

Spojrzenie Aureliana wypełniała osobliwa satysfakcja, a Meredith po prostu wwiercał się wzrokiem w ucznia.

– A nie mówiłem? – Aurelian uśmiechnął się szeroko. – Pstryknięciem palców!

– Niesamowita – wykrztusił Falko, poruszając na próbę rękami i nogami. – Chyba lżejsza niż „druga skóra".

Aurelian prychnął śmiechem, a mistrz Missaglias uniósł brew, udając obrażonego. Nikt dotąd nie porównał dzieła jego rąk do skórzanej kapoty, po której okładali się drewnianymi mieczami kadeci. Skinąwszy ostatni raz głową, zostawił Falka w kompetentnych rękach swoich pracowników, którzy sporządzali właśnie listę wymaganych poprawek. Falko zarzekał się, że żadne nie są konieczne, ale mężczyźni wiedzieli, że niedopasowana zbroja może zranić noszącego w równej mierze co wróg, zwłaszcza jeśli noszącym jest mag bitewny, który musi zachować na polu bitwy całą swoją zwinność, szybkość i siłę. Za pomocą kawałka czarnego wosku, którego używali w taki sam sposób, jak krawiec używa kredy, zaznaczyli miejsca wymagające modyfikacji. Wszystko, ma się rozumieć, zostało opisane w notesie.

Gdy przymierzalnicy kończyli pracę, Antonio podszedł do Mereditha, który wciąż nie mógł odczepić się wzrokiem od Falka.

– Wygląda jak moc, którą czuję w jego wnętrzu – odetchnął Meredith.

– To chyba najlepszy komplement na świecie – rzekł Antonio, wywołując rumieniec na obliczu maga, który wcale nie chciał dzielić się swoimi myślami. – Tu masz chyba rysunki, nie mylę się?

Meredith pokiwał głową i nakrył dłonią tubus. Antonio zawołał młodego czeladnika, który wykładał elementy pancerza w przymierzalni obok.

– Znajdź mistrza Doriana w wytrawialni. Poproś, żeby poświęcił nam kilka minut.

– Tak, mistrzu.

Antonio zaprowadził Mereditha do pomieszczenia zastawionego stołami kreślarskimi, na których piętrzyły się arkusze papieru pokryte szkicami pancerzy w różnym stopniu wykończenia. Mistrz oczyścił jeden ze stołów i poprosił, by Meredith pokazał rysunki, nad którymi pracował. Ogarnięty zdenerwowaniem Meredith otworzył tubus i zaczął wykładać przygotowane projekty. Zwoje zwijały się, dopóki Antonio nie obciążył ich w rogach przyciskami.

– Hmm... – mruknął, przyglądając się krytycznie zawiłym rysunkom. – Ach, jesteś już, Dorianie – rzekł, gdy wysoki i chudy mężczyzna pojawił się za ich plecami. – To jest Meredith Saker, mag, który zaprojektował wzór na pancerz pana Dantégo.

– Jestem tylko nowicjuszem – poprawił Meredith.

Spojrzenie mistrza Doriana mówiło: jak śmiesz go poprawiać? Mrugnął małymi, świdrującymi oczkami i przesunął dłonią po przyciętej w szpic brodzie na wąskim podbródku.

– Czy mogę?

– Oczywiście – rzekł Meredith, dopuszczając do stołu wytrawialnika.

– Hmm – mruknął mistrz Dorian, dokładnie tak samo jak wcześniej Antonio. Wyłowił z kieszeni koszuli monokl w mosiężnej oprawce i zbliżył głowę do stołu, obwodząc szkice długim i szczupłym palcem.

– Interesujące – powiedział po dokładnych oględzinach. – Bardzo podobne do znaków ojca.

Meredith uznał, że to niesamowite, iż ten człowiek potrafi z pamięci dostrzec podobieństwo.

– Tak – potwierdził, nie zdradzając się z zaskoczeniem. – Przy czym wcale nie skopiowałem rysunku z pancerza Aquili Dantégo. Zauważyłem podobieństwa już po tym, jak narysowałem te wzory.

– Nie uprawiam krytykanctwa, młody człowieku – zarzekł się mistrz Dorian. – Twoje rysunki wyglądają bardzo dobrze, choć widzę, że to twój debiut.

Meredith nie był pewien, czy to komplement.

Antonio uśmiechnął się i podziękował skinieniem Dorianowi, a ten oddalił się do przerwanych obowiązków.

– Skoro więc mamy rysunek wzoru i listę poprawek, nie trzeba nam już nic więcej, żeby dokończyć zbroję. Będzie gotowa, gdy Falko wróci z kampanii. Pozostaje więc tylko kwestia miecza.

– Ach... – zaczął Aurelian i tym razem to na jego twarz wypłynął wstydliwy grymas. – Tak... Właśnie miałem ci o tym powiedzieć.

Mistrz Missaglias raz jeszcze uniósł brwi. Znał Aureliana dość dobrze, by wiedzieć, że nie spodoba mu się to, co stary mag bitewny ma do powiedzenia. Aurelian otoczył ramieniem garbate plecy mistrza i wyprowadził go z pokoju.

Meredith prawie nie zauważył, jak zniknęli. Obserwował stojącego po drugiej stronie kotary Falka w otoczeniu przymierzalników. Ujrzawszy go w zbroi, doznał wrażenia, jakby zobaczył go po raz pierwszy. I wówczas zaczął rozumieć obawy Galena Thralla i swojego ojca. Pancerz zdawał się idealnie pasować do Falka. Jego ciężar, styl i krój były doskonale dopasowane do jego ciała. Mało tego, Falko rzeczywiście wyglądał w nim groźnie i Meredith raptem zwątpił w to, czy chce pomóc mu uwolnić pełnię jego mocy.

Czy to naprawdę dobry pomysł?

A co, jeśli rzeczywiście pójdzie w ślady ojca i zwróci się przeciw nim?

Dwaj siwowłosi mężczyźni zabrali notatki, odsunęli zasłonę i wyszli z przymierzalni, zostawiając Falka samego na kilka minut. Usiłując zdusić falę wątpliwości, Meredith przypomniał sam sobie o instynkcie, który pchnął go do tego, by pomógł chłopakowi. Rozsądek zalecał ostrożność, ale przeczucie mówiło, że powinien zaufać uczniowi. Na razie odda głos przeczuciu.

Wreszcie został sam. Falko wpatrywał się w opancerzoną postać w lustrze, człowieka, który wyglądał na silnego i niebezpiecznego. Doznał przedziwnego uczucia, jakby nie patrzył wcale na siebie, ale na swojego ojca. Smutek i żal ścisnęły go za gardło. Przez chwilę jeszcze spoglądał na swoje odbicie, a potem spuścił wzrok na pustą prawą dłoń. Mistrz Missaglias miał rację. Falko miał na sobie zbroję, o której niewielu mogło marzyć.

I brakowało już tylko miecza.

51

TRAWERSOWANIE

Nie wierzę, że mnie nie zaprosiłeś! – powiedział Malaki po raz piąty, odkąd usłyszał o wizycie Falka w warsztatach słynnego Antonia Missagliasa.

– Myślałem, że tylko tam zajrzymy – bronił się Falko, gdy brali prysznic po porannej sesji treningowej. – A tak w ogóle to ty nie myśl o Missagliasie, przyłóż się lepiej do jazdy konnej.

– Tylko raz uderzyłem w słupek – fuknął Malaki, wycierając twarz ręcznikiem.

– Ale pękł na pół, z tego, co słyszałem – zaripostował Falko, widząc, że Quirren i Alex próbują zdusić napad śmiechu. Nawet Bryna spojrzała na chłopaków przez oddzielającą ich zasłonę.

– To wina Fidelisa – tłumaczył się Malaki, mając na myśli swojego konia. – Słowo daję, ma cztery lewe kopyta!

– No pewnie. Obwiń konia – prychnął Falko, jakby miał już dość wymówek.

Wszyscy buchnęli śmiechem, a Falko wzdrygnął się, gdy mokry ręcznik trafił go w twarz.

– En passant nie jest łatwy – stwierdził Quirren, klepiąc mijającego go Malakiego po plecach. – Zwłaszcza teraz, gdy wykonujemy go przy pełnej szybkości.

– Otóż to – potwierdził Malaki. – Wszystko jest trudniejsze, jak się to robi szybko... – Umilkł, gdy zza zasłony wyszła Bryna, wycierając włosy ręcznikiem.

Reszta spojrzała na nią dziwnie, ale Bryna tylko potrząsnęła głową i wrzuciła ręcznik do pobliskiego wiadra. Tego popołudnia Urwipołcie pierwszy raz wykonają manewr trawersowy z kawalerią, i to przy pełnej prędkości. Bryna bała się, że im się nie uda i nie będzie mogła wyruszyć na kampanię treningową.

Wciskając koszulę w spodnie, nałożyła drugą ręką kurtkę i wyszła na zewnątrz. Malaki złapał koszulę i wybiegł za nią, a za nim Falko i bracia Klingemann.

– Będzie dobrze – powiedział Malaki, narzucając koszulę na wilgotne ramiona. – Trawersowałaś już z piechotą i konnicą w zwykłym tempie.

– Wiem – odrzekła dziewczyna, biorąc bułkę z talerza stojącego na stole. – Ale Połcie to łucznicy... Spinają się przy konnych. Niektórzy z młodszych chłopaków po prostu boją się koni.

Bryna ugryzła bułkę. Z wnętrza świeżego pieczywa wydobyła się para. Był piękny wiosenny dzień.

– Musisz im jakoś dodać otuchy – doradził Malaki, gdy Falko, Alex i Quirren zasiadali do stołu.

– Manewr nie trwa długo. Szast-prast i będzie po wszystkim – rzekł Alex. – Musisz tylko utrzymać szyk w prostej linii i pilnować odstępów.

Spojrzenie Bryny mówiło: łatwo powiedzieć. Wygnańcy wykonali manewr poprawnie kilka razy, ale byli starszymi i bardziej doświadczonymi żołnierzami. Urwipołcie stanowili mieszaninę wszystkich grup wiekowych i dominowali wśród nich ludzie nieprzewidywalni i wybuchowi, skłonni do działania pod wpływem impulsów. Widziała oczami wyobraźni, jak wyłamują się z szyku i giną pod końskimi kopytami.

– A może zakazałabyś to robić tym nerwowym? – powiedział Falko.

– Ja sama jestem nerwowa. Nie jest łatwo odwrócić się plecami do stada galopujących koni. A poza tym ci ludzie prędzej zginą, niż stracą twarz.

– Poradzisz sobie – powiedział Malaki z przekonaniem. – Od wyruszenia na kampanię wciąż dzielą nas prawie trzy tygodnie. Jeśli nie uda ci się dziś, uda się jutro.

Bryna oderwała zębami kolejny kęs bułki i popiła wodą. Wtedy zobaczyli, że na płaskowyż wjeżdża kolumna żołnierzy Legionu Tronowego. A od strony strzelnic nadeszła zbieranina dwustu roześmianych, poszturchujących się łuczników.

Z namiotów wychodzili kolejni kadeci, a asystenci zaczynali przygotowywać poligon do ćwiczeń.

– Lepiej do nich pójdę – powiedziała Bryna, przełykając ostatni kęs.

Malaki wstał z miejsca, by ją pocałować.

– Powodzenia – rzekł, wzbudzając wśród przyjaciół falę najlepszych życzeń, skinięć i niezręcznych uśmiechów.

Blada i nerwowa Bryna złapała łuk i kołczan, a potem ruszyła na spotkanie Urwipołciów. Nie witali jej już gwizdami i okrzykami. Połcie wiedzieli, ile znaczy dla Bryny dzisiejszy dzień, i żaden nie chciał wyjść na głupka przed instruktorami i kadetami.

– Poradzi sobie – rzucił Falko do Malakiego, gdy patrzyli na konnych formujących szyk na poligonie przylegającym do ich własnego. – Jeśli ktokolwiek potrafi jechać prosto, to właśnie żołnierze z Legionu Tronowego.

Rozkojarzony Malaki pokiwał głową. Razem oparli się o ogrodzenie wydzielonego obszaru poligonu, by popatrzeć. Po chwili dołączyli do nich laniści. Urwipołcie uformowali szyk we wskazanym miejscu.

– Uda jej się – rzekł lanista Magnus. – Wykonała kawał dobrej roboty z najbardziej niesubordynowaną jednostką w całej armii.

Malaki był wdzięczny laniście za słowa otuchy, choć nawet on wydawał się z niepokojem oczekiwać wyników manewru. Trawers był, krótko mówiąc, manewrem niebezpiecznym. Opracowano go po to, by umożliwić jednemu oddziałowi przejście przez drugi bez kolizji i zamieszania. Księgi historyczne były pełne bitew, które zakończyły się sromotną klęską, bo poszczególne jednostki nie potrafiły dotrzeć na wyznaczone pozycje, bo armie dawały się złapać wrogowi w kleszcze, bo konnica nie mogła dosięgnąć wroga, gdy na jej drodze stanęły zbite kwadraty jej własnej piechoty. Był to manewr trudny, a od jego przeprowadzenia mogły zależeć losy bitwy, Brynie zależało więc na tym, by wykonać go poprawnie.

Czując na sobie wzrok gapiów, ruszyła przez pole, by spotkać się z widoczną w oddali figurą Patricka Fecklera.

– Jak się mają?

– Nieźle – odparł Paddy. – Śmieją się, żartują, nakręcają nawzajem. Czyli jak nic robią w majty.

Bryna kiwnęła głową, mieląc językiem w zaschniętych ustach. Urwipołciom udało się wykonać manewr w tempie marszowym wraz z piechotą i konnicą. Trawers w pełnym galopie przedstawiał zupełnie nową skalę niebezpieczeństwa. Ziemia dosłownie drżała od łomotu kopyt. Odgłos nadciągającej konnicy potrafił przerazić największych twardzieli.

Na rozkaz dowódcy jednostka przetrawersowywana musiała rozproszyć szyk celem przepuszczenia jednostki mającej się przez nią przedostać. Szyk musiał więc być równy i idealnie wykreślony, bo w przeciwnym razie dochodziło do tragedii, zwłaszcza gdy przetrawersowywała się konnica z piechotą. Ciężko pracowali, by zrobić to jak należy, ale bardzo wiele zależało w tym manewrze od tego, czy żołnierze zachowają zimną krew. Widząc zbliżającą się konnicę, mieli odwrócić się i kucnąć, opierając głowy o plecy osoby z przodu, by zredukować profil i zminimalizować ryzyko odniesienia ran.

– Jak się trzymają Alnwick i Daniel? – spytała Bryna.

– Mają nawet pełniejsze gacie niż reszta – odrzekł Paddy. – Ale są zdeterminowani, żeby zrobić to dobrze.

– Może powinnam nalegać, żeby wyłączono ich z manewru – powiedziała Bryna, patrząc na dwóch chłopców, którzy nie mogli mieć więcej niż siedemnaście lat. O jednym z nich, Danielu, mówiło się, że jest „ułomny", ale Urwipołcie uznali go za swojego. Podeszła do nich.

– Jak tam, chłopaki? – rzuciła do dwóch młodzieńców z łukami opartymi o buty.

– Wszytko gra i buczy, pani kapitan – odparł Alnwick, nie zdradzając się z przypadłością, o której wspomniał Paddy.

– Ja to się trochę boję – przyznał Daniel, odgarniając z oczu długie jasne włosy.

– Wiecie, nie musicie tego robić – powiedziała Bryna. – Wiecie o tym, nie?

Chłopcy oblali się rumieńcem i odwrócili oczy. Alnwick chyba chciał coś powiedzieć, ale w końcu ugryzł się w język.

– Odrobinka strachu jeszcze nikogo nie zabiła – powiedział Daniel, jakby usłyszał te słowa od jakiegoś starszego żołnierza.

Bryna posłała im uśmiech i odwróciła się, zanim ten samorzutnie spełzł z jej ust.

– Miej na nich oko – szepnęła do Paddy'ego. – Jeśli Alnwick się podłamie, wyłącz go z manewru. Zwiąż go, jeśli będziesz musiał, nie dbam o to.

Paddy łypnął na dwóch młodzianów, zanim odpowiedział:

– Są tu z własnej woli. Albo dadzą radę, albo nie dadzą.

Bryna spojrzała przelotnie na niedźwiedzią postać Patricka i zastanawiała się, co by się musiało stać, żeby i ją ogarnęła podobna obojętność. Była od tych chłopców tylko kilka lat starsza, ale nawet w jej oczach byli jeszcze dziećmi.

– Rozstaw szyk – rozkazała. – Zaraz zaczynamy.

Paddy kiwnął głową i zaczął ustawiać podkomendnych w formację wyjściową, gotową do oddania strzału. W tym czasie Bryna podeszła do jednego z marszałków trzymających pieczę nad manewrami.

– Salwa z dwustu jardów. Na mój rozkaz wykonać trawers – powiedział, patrząc na nią surowym wzrokiem. – Kawaleria ruszy na sygnał trąbki. Flaga będzie wskazywać linię podejścia. – Podniósł czerwoną flagę, którą trzymał w ręku. – Jeśli wystąpią problemy, dowódca ma czas do drugiego sygnału trąbki, by odwołać ćwiczenie. Potem będzie już za późno.

Bryna pokiwała głową. Jeśli nie będzie zadowolona z utworzonej formacji, zostanie jej dosłownie chwila, by zakończyć manewr. Wówczas marszałkowie wydadzą konnym rozkaz rozproszenia się w dwóch grupach ku przeciwległym krańcom pola. Odwróciwszy się od marszałka, omiotła wzrokiem Urwipołciów stojących w równiutkim szyku. Po jednej stronie pola znajdował się rząd celów oznaczonych białymi, łopoczącymi na wietrze flagami. Po drugiej ryły ziemię kopytami konie Legionu Tronowego, stojące w słońcu i czekające na komendę do trawersu w galopie. Stanęła na tyłach Urwipołciów, najbliżej kawalerii. Jej pozycja wyznaczała linię, na podstawie której jej ludzie uformują szyk trawersowy – był to tak zwany la point.

Bryna, nie patrząc na Malakiego i innych, zajęła pozycję za Paddym.

– Nie wygląda to źle – przełamał ciszę Alex z nutą zaskoczenia.

Falko kiwnął głową. Urwipołcie szybko uformowali szyk. Rzucił okiem na Malakiego, ale on patrzył wyłącznie na Brynę. Wreszcie marszałek wkroczył na pole i uniósł czerwoną flagę. Urwipołcie jak jeden mąż nałożyli strzały na cięciwy.

– Napiąć!

Żołnierze wykonali polecenie, łapiąc cięciwę trzema silnymi palcami, by wytrzymać napięcie. Nawet z tak daleka kadeci słyszeli wyraźnie donośny głos Bryny. W odróżnieniu od wielu kobiet, których głosy w krzyku robiły się piskliwe, jej ton był głęboki i dźwięczny.

– Strzelać! – wrzasnęła.

Brzęknęło dwieście cięciw. Strzały przecięły powietrze i wbiły się w ziemię wzdłuż linii słupków dwieście jardów dalej. Może i denerwowali się przy konnicy, ale wciąż strzelali jak szatany.

Oddawali salwę za salwą w równym tempie, aż marszałek opuścił flagę i zabrzmiała pierwsza trąbka.

– Traverser, sur moi! – zawołała Bryna.

– Traverser, sur la point! – potwierdził jej rozkaz Paddy Feck.

Urwipołcie jednocześnie opuścili łuki i obrócili się, by sprawdzić pozycję Bryny. Stała na tyłach oddziału z rozłożonymi rękami. Sprawdziła położenie flagi marszałka, odwrócona teraz tyłem do kawalerii, która wyrwała z kopyta i ruszyła prosto na nich. Urwipołcie mieli tylko kilka sekund, by rozstawić się w odpowiednim szyku, słysząc niosący się po polu, narastający tętent.

Rząd najbliżej Bryny dostosował się do linii wyznaczonej jej ramionami i zaczął się poszerzać, zwiększając dwukrotnie odstęp między poszczególnymi żołnierzami. Na tej podstawie kolejne rzędy ustawiły się jeden po drugim, w tych samych odstępach, formując rozproszony kwadrat. Bryna poczuła ukłucie dumy, widząc, jak szybko zmienili szyk.

– W tył zwrot! – zawołała.

Urwipołcie obrócili się plecami do zbliżającej się szybko kawalerii.

– Na dół i blisko! – zawołała.

Cała formacja opadła na jedno kolano, złożyła łuki płasko na ziemi i oparła głowy o osoby z przodu, łapiąc jedną ręką za ich ubranie.

Bryna miała dosłownie chwilę, by sprawdzić, czy wszystko jest jak należy. Formacja była idealnie rozstawiona, kanały szerokie i czyste. Kiwnęła z uznaniem głową i wtedy usłyszała drugi dźwięk trąbki.

– Na dół! – powiedział Paddy i Bryna poczuła na karku wielką rękę, przyginającą ją do ziemi, gdy mężczyzna zasłonił ją swoim ciałem.

Bryna przycisnęła czoło do pleców mężczyzny przed nią, a czas stanął w miejscu, gdy za ich plecami potężniał huk kopyt. Czuła zapach skóry i potu, i raptowny oddech mężczyzny przed sobą. Podniosła wzrok i zobaczyła Alnwicka po swojej lewej i Daniela po prawej. Obaj chłopcy klęczeli jak na szpilkach, zmagając się z przerażeniem potęgowanym przez dudniący w uszach tętent.

Nagle Alnwick porwał się z miejsca, chcąc uciec z pola, ale Dedric Sayer złapał go mocno za kołnierz i wciągnął z powrotem do szyku, a potem przygwoździł do ziemi własnym ciałem.

Po jej prawej stronie Daniel wiercił się nerwowo w miejscu. Mężczyzna za jego plecami usiłował uspokoić go silnym dotykiem ręki.

Trzymajcie się, chłopcy, pomyślała Bryna, gdy ziemia pod jej nogami zaczęła się trząść. Jeszcze tylko kilka sekund.

Bryna zagryzła zęby i wcisnęła głowę w plecy żołnierza przed sobą, gdy pierwszy koń przebiegł obok niej. Źdźbła trawy pofrunęły w powietrze, ziemia spryskała jej twarz. Narosła w niej panika, ale wiedziała, że zaraz będzie po wszystkim. Zaryzykowała kolejne spojrzenie na chłopców. Między rozmazanymi kształtami koni i przez plątaninę łomoczących kopyt dostrzegła ich, zastygłych nieruchomo w swoich rzędach. Mężczyzna za Danielem robił, co mógł, by go uspokoić.

Akurat mijał go ostatni koń, gdy chłopak wyrwał się mężczyźnie i obejrzał, by sprawdzić, ilu jeszcze zostało jeźdźców. Ledwie złamał szyk, wysunął głowę tylko na kilka cali, ale to wystarczyło. Kopyto trafiło go w skroń i Bryna syknęła, gdy w powietrze trysnęła krew. Mężczyzna nakrył Daniela swoim ciałem, przycisnął do ziemi, ale było już za późno. Gdy minęli ją ostatni jeźdźcy, Bryna wyrwała się Paddy'emu i podpełzła na czworakach, by zobaczyć, co z Danielem.

Leżący na nim mężczyzna podniósł się wolno i obrócił chłopca na plecy. Jego jasne włosy były mokre od krwi. Wstrząsały nim drgawki, gdy leżał na skopanej ziemi. Bryna uklękła przy nim, położyła mu rękę na policzku.

– Daniel. Słyszysz mnie? – spytała zmienionym głosem.

Daniel rozwarł powieki.

– Trochę się bałem – powiedział niewyraźnym głosem, jakby spał. – Konie – dodał, a jedna strona jego twarzy obwisła nieruchomo. – Wielkie i silne. Człowiek nie zdaje sobie sprawy, póki ich nie zobaczy z bliska.

Bryna poczuła, że coś łapie ją za gardło, gdy jego lewe oko zamknęło się, poruszane mięśniami, które już nie chciały go słuchać. Usta chłopaka rozwarły się i zaczęła toczyć się z nich piana. Próbował coś jeszcze powiedzieć, ale wtedy twarz skurczyła mu się w grymasie bólu i zapłakał. Jego ciało jakby stężało, podbródek wcisnął się w szyję, nadając nienaturalny kształt otwartym, płaczącym ustom. Skurcz targnął nim raz, drugi, a potem Daniel znieruchomiał. Krew wsiąkała w błotnistą ziemię wokół jego głowy. Bryna patrzyła na niego przez łzy. Jak to się mogło stać?

Już było prawie po wszystkim. Wykonali manewr, poszło jak po maśle. Było już prawie po wszystkim.

Jak jedno szybkie spojrzenie mogło się tak skończyć?

Beznadzieja i bezsens tego, co się stało, sprawiły, że wnętrzności wywróciły jej się do góry nogami i dopiero gdy Paddy próbował odciągnąć ją od Daniela, uprzytomniła sobie, że ściska w pięściach jego ubranie. Reszta Urwipołciów podniosła się na nogi. Uśmiechy satysfakcji spełzły z ich ust, gdy dotarło do nich, że coś poszło nie tak.

– Daniel – Bryna usłyszała ich głosy. – Mały Daniel nie żyje. Mały Daniel nie żyje.

Łucznicy złamali szyk i skupili się wokół leżącego na ziemi Daniela. Marszałkowie przybiegli wraz z dwoma asystentami z noszami. Pilność wyparowała z ich kroków, gdy uświadomili sobie, że chłopak zmarł.

Bryna wolno wstała, Paddy odprowadził ją na bok.

– Powinnam była ich wyrzucić – powiedziała pustym tonem. – Wyrzucić obu z pola.

– To nie jest twoja wina – odparł Paddy ponurym, ale pewnym głosem. – Mówiłem ci. Albo dadzą radę, albo nie dadzą.

Bryna wlepiła w niego nierozumiejące spojrzenie. Gdzieś w jego słowach była ukryta jałowa mądrość. Usiłowała ją pojąć, ale odkryła, że nie potrafi. Łzy spłynęły jej po policzkach, ale Paddy tylko na nią patrzył.

– Przejmowanie się nic nie daje – rzekł. – Tylko zżera cię od środka.

Patrzyli, jak asystenci wynoszą Daniela na noszach. Krew przesączała się przez białe płótno.

– Wypijemy dziś za niego – mówił dalej Paddy. – I wtedy będzie po wszystkim.

Z tymi słowy odszedł od niej i zaczął zaganiać Urwipołciów w kierunku baraków Nieregularnych. Gdy zaczęli schodzić z poligonu, Bryna spostrzegła, że biegną do niej Malaki i Falko. Pierwszym uczuciem, które zrodziło się w jej sercu, była ulga, ale zaraz przyszło poczucie winy. Może Paddy miał rację, może niedobrze jest się przejmować, ale Bryna nic nie mogła na to poradzić.

Przejmowała się.

I zżerało ją to od środka.

Pomimo najlepszych intencji nic, co mówili, nie złagodziło jej poczucia winy. Później tej nocy w mętnym świetle palenisk Falko patrzył, jak Malaki i Alex próbują ją pocieszać. On sam stał w nogach łóżka Bryny i milczał. Quirren podszedł i stanął u jego boku.

– Cholera, że też nie ma tutaj emisariusza – powiedział wielki Illicjanin. – On by wiedział, co powiedzieć.

Falko kiwnął głową.

Quirren powiedział to cicho, ale Bryna go usłyszała.

– I co by powiedział? – rzuciła, po czym zerwała się z łóżka i podeszła do nich.

Zmieszany Quirren odwrócił wzrok, ale Falko tylko się skrzywił.

– To by zależało od twojego postanowienia – powiedział.

Bryna zadarła podbródek, czekając na ciąg dalszy.

– Gdybyś postanowiła wrócić do spokojnego życia szlachcianki, powiedziałby ci, że to słuszna rzecz opłakiwać śmierć kogoś tak młodego. – Falko nie drgnął nawet pod jej rozognionym spojrzeniem. – Ale gdybyś postanowiła zostać w akademii – podjął, przywołując surowe spojrzenie, jakie często gościło na twarzy emisariusza – powiedziałby ci, żebyś przestała zachowywać się jak matrona w sierocińcu, a zaczęła jak dowódca w armii.

Przez chwilę miała taki wyraz twarzy, jakby chciała go uderzyć. A potem jej oczy nabiegły łzami i opuściła głowę. Porwała kurtkę z oparcia łóżka, minęła Falka i ruszyła do wyjścia.

– Dokąd idziesz? – spytał Malaki, też wstając.

– Idę upić się z Urwipołciami. A potem będzie po wszystkim.

W niełatwej ciszy, jaka zaległa w koszarach po jej wyjściu, Malaki nie podniósł wzroku na Falka. Może i powiedział prawdę, ale Malaki czuł złość, że Falko przysporzył jej cierpienia. Wziął własną kurtkę, przepchnął się między przyjaciółmi i ruszył w ślad za Bryną. Jeśli rzeczywiście się dzisiaj upije, to nie Urwipołcie pomogą jej dotrzeć do domu.

Gdy Malaki wyszedł, Alex posłał Falkowi niezręczny uśmiech, a Quirren położył mu rękę na ramieniu. Bywa tak, że powiedzenie tego, co należy powiedzieć, wymaga nie lada odwagi.

Falko trwał pogrążony w myślach, gdy dwaj bracia poszli na kolację. Wcale nie znalazł przyjemności w ciężkich słowach, które skierował do Bryny, ale czuł, że to właśnie powinien powiedzieć. Emisariusz może i opuścił akademię, ale jego obecność i jego mądrość wciąż odbijały się echem w ich sercach.

W najbliższych dniach Bryna prezentowała tę samą siłę charakteru, która pozwoliła jej obłaskawić Urwipołciów. Szybko stała się dawną, władczą i energiczną sobą. W jakiś dziwny sposób śmierć Daniela jeszcze mocniej zbliżyła do siebie kadetów. Prędzej czy później wszyscy będą musieli zmierzyć się ze śmiercią ludzi, którymi dowodzą. Bryna po prostu musiała zmierzyć się z nią szybciej. Marszałkowie orzekli, że kapitan nie ponosi winy za ten wypadek. Co więcej, stwierdzili, że Urwipołcie wykonali manewr sprawnie i dokładnie oraz że zostaną dopuszczeni do kampanii treningowej.

Zima umknęła przed wiosną i ziemia z wolna budziła się do życia. Trawa na płaskowyżu wydawała się zieleńsza i nawet góry przystroiły się w cieplejszy odcień szarości.

W ogrodach wokół pałacu zaczęły puchnąć pąki kwiatów, a spomiędzy źdźbeł trawy w sadach strzelały dzikie krokusy i drobne, maleńkie narcyzy. Czas rozpoczęcia kampanii zbliżał się wielkimi krokami. W akademii wrzało.

Podczas gdy kadeci kontynuowali trening, w warsztatach szła pełną parą produkcja broni. Kadeci dowodzący musieli także przyjąć na siebie rolę kwatermistrzów i przygotować listy sprzętu i zapasów, jakie będą potrzebne ich jednostkom.

– Myślałem, że będziemy się tu uczyć walki – powiedział Alex, patrząc na pęk papierów w swojej ręce. – W życiu bym nie pomyślał, że będę rachował, ile mąki zeżre w miesiąc oddział dwustu żołnierzy.

Uśmiechnęli się na te słowa, a potem spoważnieli, widząc, że Falko wychodzi na trening w Moździerzu.

– Do zobaczenia później – powiedział.

– Powodzenia – rzekła Bryna.

– Po prostu wyobraź sobie, że to gęba Snidessona – rzucił Malaki.

Falko zaśmiał się i pomachał im na pożegnanie. Wiedzieli dobrze, że wciąż próbuje wycisnąć z siebie czary ofensywne. Mimo to Aurelian utrzymywał, że najważniejszą rzeczą jest obrona ludzi przed strachem. Tylko co z tego, że ich obroni, jeśli nie zdoła powstrzymać demona przed sianiem zniszczenia na polu bitwy?

Zatrzymał się nad krawędzią Moździerza i zaśmiał się gorzko. Powstrzymać demona... Ha!

Falko nie przypominał już w niczym wątłego młodzieńca, który obudził się w szpitalu w Toulwarze. Ale myśl, jakoby miał kiedyś powstrzymać demona przed zrobieniem czegokolwiek, wciąż wydawała mu się absurdalna. Przypomniał sobie, jak zatrważającą potęgą władał stwór, który stratował w górach szeregi wojowników z Caer Dour. Jak niby ktokolwiek mógłby powstrzymać coś takiego?

– Złazisz czy nie?!

Poirytowany głos odbił się echem od ścian areny. Falko spojrzał w dół, na Aureliana, Mereditha, Dusaule'a i leżącą nieopodal Dwimervane. Na szerokich stopniach stało kilka dużych glinianych urn. Wyglądało na to, że Aurelian prędzej sczeźnie, niż puści go do walki bez czarów ofensywnych.

Odrzuciwszy wątpliwości, Falko zszedł po schodach na arenę. Podczas pobytu w Furii Malaki, Bryna i Meredith zademonstrowali mu głębię swoich charakterów. Czas, by Falko zrobił to samo.

52

SŁABOŚĆ STALI

W części Utraconych Ziem, która była kiedyś Illicją, grupa jeźdźców pierzchła przed przerażającą aurą demona. Pogromca nie poświęcił ani jednej myśli ludziom uciekającym między drzewami. Spojrzał głęboko w oczy Przeciwnika, który wisiał w powietrzu, przebity wielkim, zakrzywionym mieczem demona. Nawet teraz ten mężczyzna nie zdradzał oznak strachu, tylko ból i żal spowodowane zawodem.

Pogromca wepchnął klingę głębiej. Przeciwnik charknął krwią i zassał powietrze, gdy czubek miecza wynurzył się z jego pleców. Z początku metal nie poddawał się jego uderzeniom i Pogromca był zdumiony potęgą wiary, która opierała się jego broni, ale gdy Przeciwnik słabł, słabł też jego stalowy pancerz, który nie mógł oprzeć się klindze wykutej przez Oświeconych.

Nawet teraz, gdy tkwił w szponach bolesnej śmierci, Przeciwnik odmawiał poddania się i Pogromca zaczynał się zastanawiać, ile czasu minie, nim złamie tak silną wiarę i zdobędzie jego duszę. Lecz to nie należało do celów jego misji. Pogromca miał tylko zabijać i to mu wystarczyło. Mógłby odrąbać Przeciwnikowi głowę lub pchnąć mieczem wyżej, by przebić jego serce, lecz zamiast tego demon po prostu trzymał mężczyznę nad ziemią i patrzył, jak umiera. Gdy ostatni oddech opuścił jego ciało, Pogromca cisnął Wielką Duszę tam, gdzie leżał jego rozpłatany od obojczyka po łęk siodła koń, dwa ochłapy mięsa, nieprzypominające żywego stworzenia.

Krew Przeciwnika wciąż plamiła klingę Pogromcy. Demon zwrócił się na północny zachód, gdzie drugi Przeciwnik wkroczył w obszar jego świadomości. Wniknąwszy ponownie w cień, zanurzył się w ziemi tego świata i ruszył przed siebie.

Daleko na południu, w części Utraconych Ziem, która była niegdyś Beltane, Marchio Dolor zamknął oczy. Czuł głębokie zadowolenie ze stworzenia, które przyzwały jego modły. Rzadko zdarzało się, by demon pokonał maga bitewnego w otwartej walce, ale taki właśnie demon przemierzał teraz północne ziemie. A Marchio Dolor mógł skupić całą swoją energię na Vercincallidusie, człowieku, którego zwą Serthiańskim Wilkiem. Beltański generał nie stanowił dla niego wyzwania, ale któż nie czerpał satysfakcji z tego, że zmusił człowieka przepełnionego dumą, by pełzał w pyle jak najmarniejszy robak?

· CZĘŚĆ III ·

WŚCIEKŁOŚĆ

53

W DROGĘ

Pomimo wytrwałości Aureliana i cierpliwości Mereditha Falko nie poczynił najmniejszych postępów w magii ofensywnej. Ale był coraz lepszy w defensywie. Gdy kampania treningowa była już blisko, zaczęli koncentrować wysiłki na magii leczniczej, do której Falko miał nadzwyczajną smykałkę. Nicolas, szczególnie uzdolniony w tej materii, często towarzyszył pozostałym podczas ich wizyt w szpitalu akademii.

– W większości zajmujemy się drobnymi obrażeniami – poinformował ich główny lekarz, gdy dłonie Falka spoczęły na złamanej nodze stajennego, który oberwał końskim kopytem. – Zwichnięcia, naderwania, czasem złamane kości, jak tutaj.

Doktor wiedział o leczniczych mocach magów bitewnych. Zawsze z chęcią obserwował Dusaule'a przy pracy, gdy ten miał dyżur w jego placówce.

– Umiejętność uśmierzania bólu to wielki dar – ciągnął. – Ale to nie ból jest przyczyną śmierci pacjentów. Niedrożność dróg oddechowych, krwawienie, wstrząs, zakażenie... To one zabijają.

Falko zamknął oczy i skupił się na strzaskanej kości, którą czuł pod skórą stajennego. Nie potrafił dostrzec szczegółów złamania, ale był w stanie odtworzyć w umyśle jego ogólny obraz.

– Nie koncentruj się na tym, by uleczyć takie czy inne obrażenie – poinstruował go stojący nad nim Meredith – tylko skłoń ciało, by samo się uleczyło.

Obok niego Dusaule potwierdził skinieniem, a mężczyzna na łóżku syknął, kiedy niespodziewanie poczuł gorące wibracje w miejscu złamania. A potem westchnął, bo ból ustąpił. Popatrzył w zdumieniu na Falka.

– Merci, jeune maître – powiedział w języku Clemoncé. – Dziękuję, młody panie.

Falko uśmiechnął się i cofnął o krok, a dwaj pielęgniarze zbliżyli się, by opatrzyć pacjentowi nogę i założyć szynę. Kość nie była jeszcze całkiem zrośnięta, ale dzięki interwencji Falka zaleczy się znacznie szybciej.

– W ten sam sposób można zatamować krwawienie, ustabilizować funkcjonowanie narządów wewnętrznych i zapobiec zakażeniu – pouczył go Meredith. – Ale taka przyspieszona regeneracja ma swoją cenę. Leczenie poważnych ran może wyssać z maga bitewnego wszystkie siły.

Falko pokiwał głową na znak, że rozumie, a potem rozejrzał się po szpitalu, by zobaczyć, czy może pomóc komuś jeszcze. Oddział Królewskiego Korpusu Ratowniczego miał dołączyć do kadetów na czas kampanii treningowej. Jego członkowie odetchną z ulgą, wiedząc, że będą mogli liczyć na wsparcie maga bitewnego, nawet jeśli to tylko nowicjusz, wciąż odkrywający pełnię swoich mocy.

W dniu, w którym kadeci mieli wyruszyć w drogę, Aurelian wręczył Falkowi zbroję, miecz i tarczę.

– Porządny kawał stali, sprawi się znakomicie – powiedział stary mag bitewny, nakładając uczniowi naramienniki. – Oczywiście blednie w zestawieniu z tym, co zwykle wychodzi spod młota Antonia, ale nie jest źle.

Falko nałożył hełm, wziął do ręki okrągłą tarczę, a potem złapał za miecz.

– Ta głownia nie wytrzymałaby wypełnienia magiczną energią maga bitewnego – tłumaczył Aurelian. – Ale póki co nie podgrzałbyś nawet miski zupy, więc to nie problem. A poza tym to przecież tylko kampania treningowa. Nie wiem, po co w ogóle zabierasz miecz.

– Dziękuję – rzekł Falko, sprawdzając, czy pancerz nie krępuje mu ruchów. Hełm – barbuta wyposażona w duży otwór w kształcie litery T – prawie nie ograniczał widoczności. Aurelian znalazł też parę kawaleryjskich butów w rozmiarze Falka. Zbroja rzeczywiście była porządna, ale po przymiarce wykutego na miarę pancerza Missagliasa wydawała się nieporęczna i niewygodna.

– Pamiętaj – przestrzegł ucznia Aurelian, gdy Falko zbierał się do wymarszu. – Żołnierze mogą nie czuć się komfortowo w twojej obecności. Nie bierz tego do siebie. Ludzie od zawsze boją się tego, czego nie rozumieją. Będą szeptać za twoimi plecami. Śmiechy i pieśni będą cichnąć, gdy znajdziesz się obok. Ale bądź pewien, że gdy zetkniecie się z Opętanymi, każdy mężczyzna i każda kobieta w armii będą szukać wsparcia u ciebie. Rozumiesz?

Przez chwilę Falko wpatrywał się ponurym wzrokiem w starego maga bitewnego. Pancerz na jego ramionach nagle zrobił się ciężki, lecz Falko pokiwał głową na znak, że pojmuje.

– No, to powodzenia – rzucił Aurelian. – Postaraj się nie zrobić z siebie głupka.

Armia kadetów wyruszyła w drogę zimnego wiosennego poranka, gdy cienka warstwa mgły wciąż zalegała na mokrej od rosy trawie. Nie towarzyszyły im fanfary, tak jak Czwartej Armii. Gdy kadeci sprowadzali swoje jednostki z płaskowyżu, tradycyjny salut odtrąbił tylko jeden róg. Nie przeszli przez miasto. Wybrali szeroką drogę, która spływała łagodnie ze wzniesienia, a potem zwracała się w głąb lądu do brodu Garr.

Opuściwszy miasto, dostrzegli odległą postać stojącą na wschodnim tarasie pałacu. Odległość była zbyt duża, by mogli mieć pewność, ale byli przekonani, że to królowa. Wielu kadetów pozdrowiło ją uniesieniem broni, ale Falko tylko na nią patrzył. Pamiętał dobrze, jak zdenerwowana była podczas ich ostatniego spotkania. Wiedział, że dręczą ją niepewność i pytania, na które nie miała odpowiedzi.

Czy Beltane przetrwa bój z armiami Marchia Dolora?

Czy Valencja obroni Navarię, czy może zostawi ją na pastwę losu?

Czy rzeczywiście przeoczyli coś w Illicji? A jeśli tak, to czy posłała swojego emisariusza na śmierć?

Falko zmusił się, by oderwać wzrok od niknącej w oddali postaci. Armia kadetów miała odbyć serię ćwiczeń na obszarze oddalonym od stolicy o kilka mil w głąb lądu. Nie zanosiło się na to, by napotkali wroga na swojej drodze, ale Falko poczynił solenne postanowienie, by jeśli tylko nadarzy się sposobność, przysłużyć się jakoś królowej. Jeśli istniał sposób na to, by wyczytać z umysłu wroga jakąś cenną informację, zrobi to.

Falko nie dowodził żadnym oddziałem, jechał więc z Malakim i pozostałymi kandydatami na rycerzy. Wszyscy mieli na sobie kolczugi, a mieczom wiszącym przy ich pasach towarzyszyły lance przytroczone do siodeł, gdzie znajdowała się też reszta pancerza. W armii treningowej stanowili elitarną jednostkę, którą dowodził teraz niejaki Malaki de Vane.

Można by przypuszczać, że inni kadeci będą mu zazdrościć tej zaszczytnej rangi, lecz wyglądało na to, że młodzieńcy są ponad taką małostkowość. Akademia nie tylko nauczyła ich wojennego rzemiosła, ale też pomogła im dorosnąć. Nie po raz pierwszy Falko pomyślał, że młodzieńcza brawura i pozerstwo wyrastają ze strachu i niepewności. Im młodzi wojownicy więcej potrafili, tym mniej byli skłonni do przechwałek i rozpychania się łokciami. Nawet Jareg przestał być taki nieznośny. Wciąż nie lubił Falka, to było jasne jak słońce, ale nie starał się już za wszelką cenę okazywać mu antypatii.

Danté powiódł wzrokiem po kolumnie żołnierzy. Dostrzegł młodego szlachcica na czele przydzielonych mu husarzy. Za szeregami jego kawalerii wlókł się odziany w szare barwy oddział Wygnańców. Zdyscyplinowana jednostka maszerowała równym krokiem, tylko młody dowódca co rusz zmieniał nogę, wybijając żołnierzy z rytmu. Starał się robić wrażenie, że to przez przypadek, ale Falko wiedział, że tak nie jest.

– To pewnie przez nerwy tak mu się nogi plączą – powiedział Falko, śmiejąc się na widok usiłujących odzyskać rytm żołnierzy za plecami Alexa.

– To bym rozumiał... – skrzywił się z dezaprobatą Quirren.

Alex powtarzał swój sporadyczny żart, aż któryś weteran zmroził go spojrzeniem. Młody dowódca skłonił mu się i odtąd już szedł normalnie.

– To zachowanie niegodne oficera, ot co – zeźlił się poważny Quirren, ale Falkowi nie umknęło spojrzenie z ukosa, które weteran posłał jednemu ze swoich kamratów. Ci ludzie byli wyjałowieni trudami życia i ponurzy. Podobnie jak Quirren rozpaczali nad frywolnością dowódcy, lecz Falko widział, jak wymieniają ukradkiem uśmiechy. A kiedy kilkaset jardów dalej Wygnańcy znów zaczęli się potykać, gdy Alex po raz kolejny z rozmysłem zgubił rytm, po oddziale Die Verbannten przemknęła fala wstrzymywanego nieudolnie śmiechu.

– Beznadzieja! – obruszył się Quirren, ale rozbawiony Malaki tylko trącił Falka ramieniem.

Zza ich pleców dobyła się salwa bynajmniej nie tłumionego rechotu. Obróciwszy się, ujrzeli oberwane szeregi Urwipołciów.

– Przynajmniej nie maszerujemy za nimi! – powiedział Malaki.

Falko zachichotał, podobnie jak kilku jadących nieopodal rycerzy. Fetor ciągnący się za Urwipołciami obrósł legendą, a szczególnie zabójczy był ten po nocnej pijatyce. Falkowi mignęła ruda czupryna Bryny, która sunęła na czele jednostki. Strzelcy mieli na sobie lekkie zbroje, niebieskie watowane kubraki i turkusowe płaszcze podróżne. Gdyby ktoś zmrużył oczy, mógłby uznać, że w niczym nie odstają od reszty królewskiej armii, ale jak mawiał Dedric Sayer: z łajna bicza nie ukręcisz.

W skład armii kadetów wchodziła kolumna dwóch tysięcy żołnierzy i wozy z zapasami, które miały trafić do mieszkańców Le Matres. Armię eskortowali ubrani w srebrnoszare szaty asesorzy oraz dowódcy tymczasowi, który tworzyli łańcuch dowódczy. Z czasem będą oni powierzać kadetom coraz więcej odpowiedzialności, aż wreszcie cała bez wyjątku armia znajdzie się pod ich dowodzeniem.

Na tyłach kolumny jechały trzy postacie w purpurowych szatach magów. Falko w pewnym momencie wstrzymał konia i zrównał się z Meredithem, który przywitał go skinieniem. Towarzyszący mu dwaj czarodzieje nie dali po sobie poznać, czy go zauważyli. Jeden wyglądał, jakby drzemał w siodle. Drugi patrzył przed siebie, jakby był w transie.

– Koncentruje się – wyjaśnił Meredith, widząc, że Falko przygląda się mężczyźnie. – Jego umysł jest połączony z umysłem innego maga w Furii, jednego z tych, którzy pomagają mi w eksperymencie.

– Czy to znaczy, że mógłbym teraz porozmawiać z kimś w wieży?

– Niebezpośrednio – odparł Meredith. – Ale moglibyśmy przekazać mu twoje słowa.

Falko pokiwał z uznaniem głową.

– Jeśli się rozproszy, połączenie zostanie przerwane?

– Zgadza się. – Mina Mereditha wyrażała to, jak wysoki jest współczynnik trudności zadania, które mag sobie wytyczył.

– A co się stanie, jeśli zaśnie? – indagował Falko.

– Jeśli on się zmęczy, ktoś z nas go zastąpi. Po prostu przekaże nam połączenie.

Chłopak znowu musiał pokiwać głową. To niesamowite, że magowie potrafili tak długo utrzymać całkowite skupienie. Jechali chwilę w ciszy. Falko sam się zdumiał, jak komfortowo czuje się w obecności Mereditha. Zupełnie inaczej niż w obecności jego ojca, przy którym nie czuł nic poza strachem i niepewnością.

– Czy wykonałeś ćwiczenia, które ci zadałem? – zmienił temat przewodnik. Usiłował nauczyć Falka, jak tworzyć gorąco i wypełniać nim różne rzeczy, na przykład miecz.

– Czuję rosnącą energię, ale gdy próbuję ją skanalizować, rozprasza się – odpowiedział Falko. – Prawda jest taka, że po prostu się jej boję. Jakbym więził w swoim wnętrzu potwora, którego za nic nie wolno mi wypuścić.

Meredith uniósł powoli głowę, aż spotkały się ich spojrzenia.

– Jesteśmy synami naszych ojców, Falko. Ale nie nimi samymi.

Młody mag bitewny nie odwracał wzroku. Pierwszy raz pomyślał o tym, że Meredith może obawiać się tego, że zmieni się w kopię Morgana Sakera, tak jak Falko obawiał się, że sam może popaść w szaleństwo, podobnie jak jego własny ojciec. Skinął głową i jechali dalej razem w niekrępującej ciszy, aż nadeszła chwila, w której nowicjusz musiał przejąć połączenie z magiczną wieżą w Furii.

– Znajdę cię dzisiaj wieczorem – obiecał Meredith. – Poćwiczymy telekinezę.

Falko kiwnął głową. Potrafił już poruszać przedmiotami znajdującymi się niedaleko. Udało mu się nawet przysunąć do siebie miecz z odległości dwudziestu kroków, tak że mógł bez przeszkód schylić się i go podnieść, nie ruszając się z miejsca, czego nie potrafił nawet Aurelian. Mało tego, Meredith był przekonany, że ucznia stać na jeszcze więcej.

– A więc do zobaczenia – pożegnał się Falko.

Mag skłonił mu się, ale wyraz jego twarzy powiedział podopiecznemu, że Meredith już odpływa w magiczny trans.

Armia szła naprzód marszowym krokiem. Osmagane wiatrem nadbrzeżne wzgórza ustąpiły miejsca lasom. Falko cofnął się pamięcią do podróży, jaką odbył z przyjaciółmi do stolicy. Drzewa dopiero zaczynały puszczać pąki, a zachodzące słońce sprawiło, że zalśniły zielonym blaskiem, gdy wojsko zatrzymało się na noc w rozległej rzecznej dolinie. Rozbijanie obozu trwało o wiele dłużej, niż powinno, i asesorzy nie byli zadowoleni. Bardziej doświadczeni spośród żołnierzy szybko zabrali się do rutynowych czynności, ale ku zdziwieniu wszystkich to Urwipołcie pierwsi zasiedli do wieczerzy.

– Po prostu pozwalam im robić, co tam mają do zrobienia – wyjaśniła Bryna, gdy Alex zapytał ją, jaka dowódcza sztuczka pozwoliła jej ogarnąć tę zbieraninę łotrów.

Z każdym kolejnym dniem rozbijanie i zwijanie obozu przebiegało coraz sprawniej. Kadeci szybko oswoili się z nową rutyną i nie minęło wiele czasu, gdy ich wydajność znacznie wzrosła.

Meredith codziennie znajdował chwilę na szlifowanie magicznych umiejętności Falka, ale wciąż nie udało mu się doprowadzić do przełamania jego wewnętrznej blokady. Dziesiątego dnia kampanii Falko i jego przyjaciele siedzieli razem przy ognisku, gdy nagle przybiegł do nich jeden z obozowych chłopców na posyłki, ściskając w garści plik listów z Furii. Falko patrzył, jak posłaniec rozdaje je kadetom. I zdziwił się, gdy podszedł również do niego.

– To przyszło do akademii kilka dni po wymarszu – wyjaśnił, wręczając mu list.

Falko natychmiast rozpoznał charakter pisma.

– To od Fossetty – rzekł, podziękowawszy chłopcu.

– Co pisze? – zaciekawiła się Bryna.

Przysunęła się bliżej z Malakim, a Falko zaczął czytać. Listy z domu były rzeczą rzadką i cenną. Przypominały też kadetom, dlaczego w ogóle wstąpili do akademii, ci zaś czerpali siłę z tego przypomnienia.

Najdroższy Falko,

Jeśli mój ostatni list dotarł do ciebie, to mam nadzieję, że ten dotrze również. Chciałam ci napisać, że zmierzamy do prowincji Tourienne i zostaniemy tam przez kilka tygodni, nadarza się więc okazja, byś do mnie napisał (jeśli chcesz). Jest tam pewna liczba dzieci, które musimy odwiedzić. Nasz bazą wypadową będzie miasteczko Daston. Burmistrz, bardzo miły człowiek, powiedział, że chętnie przyjmie i przekaże nam wszelkie przysłane do nas listy, jeśli więc zechcesz napisać, podaję adres kontaktowy:

Fossetta Pieroni
Pod adresem: Maire Philippe Decazes
Daston
Tourienne

Przyszła wiosna, jedziemy więc raźno na wschód. Ale im bardziej zbliżamy się do granicy, tym bardziej musimy mieć się na baczności. Już dwukrotnie zetknęliśmy się nocą z Opętanymi. Któregoś wieczoru zabłąkany skiryta pojawił się znikąd na obrzeżu naszego obozowiska. Nic nie robił, gapił się tylko na nas takim wzrokiem, że włosy zjeżyły mi się na głowie, a gdy kapitan de Roche go zaatakował, rozmył się w ciemności i zniknął. Potem około tuzina skirytów i wielka bestia zaatakowały wioskę, w której akurat przebywaliśmy.

Mieszkańcy zdołali się jakoś obronić, ale trzeba było aż ośmiu chłopa z włóczniami na dziki, by powalić potwora (czy też bestiaruma, jak nazwali go miejscowi). Kilku mężczyzn odniosło rany, a jeden niechybnie by umarł, gdyby szybko nie pomogła mu Heçamedes.

Najwyraźniej nie była to pierwsza napaść Opętanych w tym rejonie. Ludzie żyją tu w ciągłym strachu. Ale pomimo nieustannego zagrożenia Tobias jest zdecydowany, by przeć dalej naprzód. Obawiam się jednak, że jeśli ataki będą się nasilać, może będziemy musieli ograniczyć się tylko do tych terenów, które wciąż są poza zasięgiem nieprzyjaciela.

Ale dość już o naszych zmartwieniach. Jak się miewasz? Bardzo chciałabym wiedzieć, że jesteś zdrów i cały. Proszę, odpisz, jeśli tylko zdołasz.

Twoja na zawsze

Fossetta

– Daston – powiedział Alex, nachylając się przez ramię Falka. – To zaledwie kilka mil od Le Matres, prawda?

– Może nadarzy się okazja, by zobaczyć się z Fossettą – powiedział Malaki, a serce Falka urosło na tę myśl.

– Lepiej nie obiecywać sobie zbyt wiele – powiedział przezornie. – Ale kto wie? Może się uda.

– Kim jest ta Fossetta? – spytał Huthgarl, wyrażając chyba ciekawość wszystkich pozostałych kadetów.

– To kobieta, która mnie wychowała – powiedział Falko, czując ściskanie w gardle.

– Skoro tak, to musisz ją odwiedzić, bez dwóch zdań – odparł wielki Beltańczyk.

Reszta potwierdziła skinieniami, rozumiejąc doskonale tęsknotę za czasami, gdy życie było prostsze, a świat nie taki wielki.

– Tak – zgodził się Falko. – Zrobię to.

Później tej nocy młodzieniec położył się na posłaniu i zapatrzył w ciemność, rozmyślając o tym dziwnym zrządzeniu losu, które posłało ich w drogę w tym samym kierunku. Ale zaraz uświadomił sobie, że to nie los i nie przypadek – tylko Opętani. Tobias i Fossetta, Nathalie i emisariusz, a teraz on sam wraz z innymi kadetami jechali do miejsca, które ucierpiało najmocniej ze strony wroga. Tam, gdzie byli najbardziej potrzebni.

Dalej na południu będą kolejne oddziały koncentrujące się w zagrożonych miastach Illicji i Beltane, składające się z obywateli królestwa Furii zdecydowanych zrobić, co w ich mocy, by zatamować napływ wrogów w jego granice. Nietrudno było poddać się beznadziei, lecz Falko zwarł szczęki i błysnął w ciemności zielonymi oczami. Jeśli wszyscy żołnierze byli tacy jak ci, którzy kierowali się teraz na Le Matres, to jeszcze nic straconego, jeszcze jest nadzieja.

Pokrzepiony tą myślą i perspektywą ujrzenia Fossetty, Tobiasa i Heçamedes, Falko zasnął.

54

TAJEMNICZY LOS JÜRGENA FOCKEGO

Sto mil dalej w kierunku wschodnim emisariusz poruszył się niespokojnie przez sen. Podniósł głowę, zastanawiając się, co go obudziło.

Cisza... Zwyczajowe odgłosy pogrążonego we śnie obozu, rozproszony chór oddechów, chrapanie, przyciszone głosy wartowników, chrupanie posilających się obrokiem koni.

Wszystko wydawało się w porządku, ale ostrożności nigdy dosyć. Odkąd Czwarta Armia znalazła się na illicyjskim froncie, emisariusz sypiał płytko. Stojący przy namiocie Tapfer prychnął cicho, a emisariusz obrócił się na drugi bok, by złapać jeszcze kilka godzin snu. Perszeron nie wydawał się zaniepokojony. A więc, przynajmniej na razie, nie było powodu do obaw.

Ujął w palce wisiorek z końskim łbem, który miał zawieszony na szyi, i wtulił głowę w siodło okryte owczą skórą, służące mu za poduszkę. Wszyscy żołnierze byli uważniejsi niż zwykle. Już dwa razy w ciągu ostatnich dni napadły na nich małe oddziały Opętanych. Niewielkie grupki skirytów wyłaniały się z mroku, wspomagane okazjonalnie przez bestiarumy oraz toksytów o zawiązanych oczach, którzy zasypywali ich czarnymi strzałami. Nie było ich dość, by zagrozić armii, ale dostatecznie dużo, by zasiać strach i zmącić sen.

Tylko raz doszło do potyczki, ale oddział wroga nie był zbyt liczny, więc został łatwo rozbity. Żołnierze dokonali tego tak szybko, że nie było potrzeby angażować do walki magów wojowników, z czego nie był zadowolony ich dowódca, Dagoran Sorn. Mężczyzna rozpaczliwie pragnął sprawdzić się w boju i powiadomić Galena Thralla o sukcesie przedsięwzięcia.

Dagoran robił wrażenie, jakby obawiał się porażki, podczas gdy największą obawą emisariusza było spotkanie z demonem na polu bitwy. Weterani może zdołaliby przez jakiś czas obronić się przed strachem, ale bez wsparcia maga bitewnego prędzej czy później każdy padał jego ofiarą.

Chevalier zamknął oczy, próbując odpędzić obawy. Nathalie dwa razy spotkała się z nim w czasie podróży. Poinformowała, że w okolicy jest tylko jeden demon, i obiecała wrócić, nim zacznie stanowić zagrożenie dla Czwartej Armii. Emisariusz był jej wdzięczny, ale wiedział, że ona również nie jest wolna od obaw. Wciąż nie udało jej się znaleźć illicyjskich magów bitewnych Wildegrafa i Jürgena. Dotarły do niej raporty mówiące o tym, że Wildegraf badał na południu prawdziwość pewnych pogłosek. Sama zmierzała w tej chwili w tamtym kierunku, by go odszukać. Następnie miała spotkać się z emisariuszem na południe od Hoffen, by wesprzeć Czwartą w walce ze zbliżającym się do niej demonem.

Pokrzepiony perspektywą rychłego powrotu Nathalie, emisariusz pozwolił swoim myślom rozwiać się, a potem, przycisnąwszy wisiorek do piersi, zapadł w płytki, czujny sen.

Pięćdziesiąt mil na południowy wschód dalej Nathalie potoczyła wzrokiem po połaci lądu pogrążonej w mroku nocy, gdy Ciel wylądowała na spękanej, wypiętrzonej skale. Było zbyt ciemno, by dostrzec cokolwiek, ale czuła, że coś jest nie tak. Wildegrafa nie było tam, gdzie miał być, a teraz dobiegły ją wieści o zaginięciu Jürgena Fockego.

Niestety, było zbyt późno, by kontynuować poszukiwania. Wznowi je o świcie. Obiecała emisariuszowi, że spotka się z nim na południe od Hoffen, ale nie chciała rezygnować z poszukiwań przed rozmówieniem się z Wildegrafem. Chciała potwierdzić, że podejrzenia Falka, które zgłosił w Komnacie Rady, były bezpodstawne.

Nathalie żywiła nadzieję, że chłopak się mylił, ale coś jej mówiło, że to nieprawda. Królowa podzielała jej obawy, ale nawet gdyby było inaczej, Nathalie musiała wiedzieć na pewno. Teraz jednak przyszedł czas na odpoczynek, więc magiczka i Ciel przeniosły się do miejsca skrytego za skalną ścianą, gdzie Nathalie schroniła się pod skrzydłem swojej towarzyszki. Smocze łuski miło grzały ją w plecy.

W magicznej wieży w Furii wielki veneratu Galen Thrall spojrzał w dół, gdzie w komnacie narad przebywali trzej magowie pomagający Meredithowi w jego projekcie. Jeden siedział na kamiennym krześle na środku pomieszczenia pogrążony w medytacji, drugi spał na prostej pryczy, a trzeci jadł późną kolację przy drewnianym stole. Żaden z nich nie opuścił komnaty przez jedenaście dni. I żaden tego nie zrobi, dopóki eksperyment nie zakończy się powodzeniem lub nie przerwie go porażka.

– Wciąż utrzymują kontakt? – spytał Thrall cichym, nieniosącym się wśród kamiennych korytarzy głosem.

– Tak – odparł stojący obok Morgan Saker. – Połączenie nie zostało przerwane.

Źrenice wodnistych, zielonoszarych oczu czarodzieja zwęziły się.

– Imponujące. Kto wie, może wynalazek twojego syna zadziała. – Morgan Saker skłonił się bez przekonania. – Jesteś pewien, że poinformuje nas o postępach Dantégo w magii ofensywnej?

– Ma pełną świadomość swoich powinności – zapewnił go Saker. – Zrobi, co kazaliśmy mu zrobić.

– A nasza magiczna armia?

– Spokojna głowa. Jeśli Meredith dowie się o jakichś jej sukcesach, o tym również nas powiadomi.

– Doskonale – rzekł Thrall z zadowoleniem, a jego źrenice zamigotały jak rozżarzone węgle. – Nie możemy pozwolić sobie na opóźnienia. Gdy tylko uzyskamy pewne informacje o skuteczności magów wojowników, będziemy mogli podjąć kroki przeciw królowej. A gdy osadzimy na tronie Ludovica, będziemy o krok bliżej przejęcia władzy.

Królowa stała w oknie swojej komnaty, ale nie patrzyła w morze, lecz na wschód, w głąb lądu. Gdzieś tam jej poddani maszerowali na spotkanie śmiertelnego niebezpieczeństwa, a mimo to myślała o nich z zazdrością. Lepiej stawić czoła czarnym mieczom niż tajemnym machinacjom tych, którzy chcieliby usunąć ją z tronu.

Wiedziała, że Thrall z niecierpliwością czeka na informacje o armii magów, od której uzależnia wszczęcie puczu. Będzie udawał lojalnego poddanego, ale w końcu uzyska kartę przetargową, która jest mu potrzebna, by wymóc na królowej małżeństwo z księciem Ludovikiem. Ona zgodzi się na nie przez wzgląd na dobro swego ludu i nikt nigdy nie dowie się, jak głębokim bólem przypłaci tę decyzję. Pogrzebie swoje uczucia i poświęci je dla sojuszu, który może okazać się zbawienny dla jej poddanych.

Nocne powietrze raptem zaczęło ziębić jej odsłonięte ramiona i królowa zadrżała. Przez krótki, wypełniony goryczą moment żywiła nadzieję, że armia magów zawiedzie, lecz ta myśl wypełniła jej serce wstydem. Po jej policzku spłynęła łza. Zrobiłaby wszystko, byle tylko ocalić swój lud. Jeśli będzie musiała ugiąć się przed Thrallem, poświęcić swoje osobiste szczęście – niech tak się stanie.

Nadzwyczajnym wysiłkiem woli skupiła w sercu całą swoją rozrzewnioną niepewnością i rozłąką miłość, a potem wysłała ją w świat, żywiąc nadzieję, iż odnajdzie ona emisariusza i żołnierzy Clemoncé, kadetów pchanych do czynu przez młodzieńczą determinację, magów bitewnych i ich smoki, którzy dźwigają na swoich barkach tak ogromny ciężar, wreszcie również magów wojowników, którzy rzucają wyzwanie ciemności w imieniu wielkiego veneratu.

Przecież oni również są jej poddanymi, obywatelami Furii.

Wreszcie jej myśli osiadły na młodym Dantém. Miała nadzieję, że zbliżył się już na tyle do linii frontu, by coś wyczuć... to znaczy jeśli jego podejrzenia pokrywają się z prawdą. Wciąż nie otrzymała żadnych wieści od Nathalie. Królowa zastanawiała się, czy udało jej się odszukać Wildegrafa i Jürgena. Magowie bitewni z Illicji od lat walczyli w tym rejonie. Jeśli wróg szykuje tam jakiś fortel, z pewnością się zorientowali i podzielą się swoimi informacjami z Nathalie.

Zachowując swoje ostatnie myśli dla Chevaliera, królowa odwróciła się od okna, by złapać choć kilka godzin snu. Może jutrzejszy dzień przyniesie jej dobre wieści. Może okaże się, że wszystko jest w porządku i nie pojawiło się żadne nowe zagrożenie.

Noc minęła i wstało słońce. Na Utraconych Ziemiach Illicji mag bitewny Wildegraf Feuerson słuchał uważnie raportu zalęknionych żołnierzy. Składał w jedną całość zdania potrzaskane przez strach, szok i wstyd. Opowiadali, jak ruszyli w głąb Utraconych Ziem, by odbić uwięzione tam rodziny. Jak w czasie gdy przemykali lasami, znienacka padł na nich cień. Cień pochłaniającego wszystko przerażenia, wydobywający się z trzewi zakutego w stal demona o potwornej sile. Zrzuceni z koni, z pewnością by zginęli, gdyby spomiędzy drzew nie wyskoczyła jeszcze jedna postać – wojownik na koniu... mag bitewny.

– Ruszył na demona, ale ten ubił jego wierzchowca w biegu... – dukał jeden z przerażonych do żywego mężczyzn. – Zaatakował ogniem, zamachnął się mieczem... ale to nie wystarczyło. Demon nawet nie odniósł ran.

– Wrzasnął, byśmy uciekali.

– To uciekliśmy.

– Wskoczyliśmy na koń i puściliśmy się cwałem...

– Nic nie mogliśmy zrobić...

– Kazał uciekać!

– Nie mogliśmy mu pomóc...

Wildegraf ściągnął brwi, słysząc ten rozczłonkowany raport. To prawda, że nic nie mogli zrobić, a jednak wspomnienie tego dnia położy się cieniem na reszcie ich życia. Poczucie winy nie opuści ich do ostatniego dnia.

– Gdzie to się wydarzyło? – spytał.

– W dolinie Keiler. Cztery dni drogi na południe.

Wildegraf podziękował im i wskazał drogę do miasta Hoffen, gdzie, jak wiedział, będą bezpieczni. Po chwili, wciąż nosząc na sobie ich spojrzenie, mag odwrócił się do swojego smoka Beryliana, który wyłaniał się właśnie z rzadkiego lasu. Szmaragdowe łuski lśniły w mętnym świetle, przesączającym się przez korony drzew. Żołnierze skupili na nim tchnący bojaźnią wzrok. Smok był niezaprzeczalnie potężnym stworzeniem, ale nie budził przerażenia jak demon. Raczej podziw i szacunek.

Wildegraf trwał w głębokim namyśle, gdy Berylian wrócił na polanę, skąd można było wzbić się do lotu. Strzępy opisu wskazywały na to, że tym magiem bitewnym, jedynym w okolicy, musiał być Jürgen Focke.

Przywołanie Jürgena pozostało wprawdzie bez odpowiedzi, ale to nie powstrzymało maga przed oddaniem sprawie licznych zasług. Marne szanse, by natknął się na żołnierzy przypadkiem. Raczej tropił demona, który się na nich zasadzał.

Mimo to Wildegraf się martwił. Wyciągnął z relacji żołnierzy kilka niepokojących wniosków na temat natury tego demona. Potwory często ukrywały się pod płaszczem cieni, ale dziwne było, że napotkany piekielnik z taką łatwością oparł się atakowi maga bitewnego. Jürgen może i nie został pobłogosławiony smokiem, ale bynajmniej nie był słabeuszem. Berylian przygotowywał się do lotu, a zamyślony Wildegraf zaczynał rozumieć, że być może wydarzyło się najgorsze. Bo dlaczego Jürgen nie dogonił żołnierzy po walce, by im pomóc?

Berylian spojrzał na niego, a obrazy, które przemknęły przez głowę Wildegrafa, nie należały do przyjemnych.

– Tak, przyjacielu – powiedział do smoka. – Obawiam się, że możesz mieć rację.

Złapał się siodła, a Berylian wystrzelił w niebo. Jeśli ten piekielnik sam poradził sobie z Jürgenem, oznaczało to, że był o wiele groźniejszy od wszystkich napotkanych dotąd demonów. Chcąc pokrzepić Beryliana, Wildegraf dotknął jego potężnej szyi. Choć nie mógł pozwolić sobie na zbyt długą eskapadę, odszuka tego demona. Wprawdzie armie wokół Hoffen potrzebowały jego pomocy, lecz jeśli demon był przedstawicielem jakiegoś nowego gatunku, obowiązkiem Wildegrafa było go odnaleźć. I to szybko.

Szmaragdowozielony smok zniknął za zasłoną chmur. Dolina Keiler nie leżała daleko, ale jej nierówne zbocza porastał pradawny las. Jeśli demon ukrył swoją obecność, nie będzie łatwo go znaleźć, ale Wildegraf wyciągnie go choćby spod ziemi. A jeśli okaże się, że Jürgen poległ – przynajmniej pomści towarzysza.

55

BRZEMIĘ DOWÓDCY

Pogoda nie sprawiała zawodu i armia kadetów sprawnie przemierzała porośnięte lasem serce Clemoncé. Wyzwania mnożyły się już w czasie wędrówki. Krótko po tym, jak kolumna minęła niewielkie miasto, Bryna musiała zmierzyć się z takim właśnie wyzwaniem natury dyscyplinarnej. Jednego z jej ludzi przyłapano, gdy okradał dom któregoś z miejscowych. Większość uczestników kampanii nie dowiedziała się o jego występku. Wiedzieli za to Urwipołcie, którzy widząc jednego ze swoich doprowadzonego przed oblicze dowódczyni, nigdy jeszcze nie byli tak grzeczni.

– Jak myślisz, co z nim zrobi? – spytał Falko, z boku obserwując z Malakim przebieg postępowania.

– Pojęcia nie mam – odparł przyjaciel. – Wiem tylko, że Bryna jest wściekła. Nie zdziwiłbym się, gdyby wychłostała go własnoręcznie.

Kapitan miała świadomość, że wszyscy jej się przyglądają, ale ona ledwie mogła znieść widok doprowadzonego do niej winowajcy. Obok niej Patrick Feckler trzymał w garści skręcony ze skóry kańczug, który Urwipołcie zwali Przystawką.

– Co powinnam zrobić? – mruknęła Bryna do Paddy'ego, a ten wzruszył ramionami.

– Możesz dać mu dwieście batów lub więcej – odpowiedział, patrząc na stojącego z pochyloną pokornie głową włamywacza. – Jak dasz mniej niż sto, chłopaki pomyślą, że nie masz jaj, by trzymać w oddziale dyscyplinę.

– Dwieście batów nazywasz trzymaniem dyscypliny? – Bryna zgromiła Paddy'ego zdegustowanym spojrzeniem.

– Ludzie tacy jak oni muszą mieć nad sobą bat – wyjaśnił Paddy. – Czują się lepiej, wiedząc, na czym stoją.

Bryna skwitowała to prychnięciem. Łypnęła na Falka i Malakiego, a potem prześlizgnęła się wzrokiem do jednego z asesorów, który z dyskretnej odległości obserwował przebieg wydarzeń. Wreszcie machnęła na Urwipołcia, by podszedł.

– Dlaczego? – spytała.

Oskarżony podniósł wzrok. Czuł się wielce nieswojo, znalazłszy się w centrum uwagi.

– Dom był pusty. Nie myślałem, że ktoś zauważy, pani.

– Pani kapitan – poprawił Paddy.

– Pani kapitan – powtórzył winowajca, dotykając dłonią czoła w niezgrabnej parodii salutu.

Bryna wwiercała się w niego wzrokiem, zła, że postawił ją w takim położeniu. Widziała już chłostanych mężczyzn. Nie był to piękny widok i miała nadzieję nigdy go więcej nie ujrzeć.

Zamyśliła się.

– Skąd pochodzisz? – spytała wreszcie.

– Verinae – odpowiedział oskarżony. – Wieś przy granicy z Valencją.

– A więc tam właśnie wrócisz – zarządziła Bryna.

Mężczyzna patrzył na nią jak cielę na malowane wrota.

– Nie rozumiem.

– To jest oddział łuczniczy Królewskich Nieregularnych – powiedziała Bryna, przywoławszy na twarz maskę obojętności. – A więc potrzebni mi łucznicy, nie złodzieje.

– Ależ, pani... pani kapitan – zająknął się oskarżony i zrobił krok naprzód, ale Paddy powstrzymał go, opierając masywną dłoń na jego piersi.

Bryna całkowicie zignorowała jego pretensje.

– Dajcie mu dość prowiantu i zapasów na drogę – rozkazała, a potem odwróciła się i ruszyła do wyjścia z obozu.

Mężczyzna wpatrywał się w nią zrozpaczonym wzrokiem. Nawet strzelcy robili wrażenie zdumionych. Po prostu wyrzuciła faceta z Urwipołciów. Ot tak, jak gdyby nigdy nic. To podziałało na nich mocniej niż chłosta. Stojący dalej asesor uniósł brwi z aprobatą. Falko i Malaki patrzyli, jak Bryna znika w cieniu drzew.

– Nie przyszło jej to łatwo – ocenił Malaki.

Falko pokiwał głową. On również współczuł mężczyźnie. Wiedział z doświadczenia, że nic tak nie boli jak wstyd.

Następnego dnia Bryna jechała z dwoma przyjaciółmi. Była niecodziennie cicha. Milczała do chwili, gdy nagle zauważyła, że Patrick Feckler, którego zostawiła na czele oddziału, gdzieś sobie pojechał. Zmełła przekleństwo i ruszyła go szukać. Falko i Malaki spojrzeli po sobie, a potem pojechali za nią. Odnalazła dowódcę na tyłach kolumny. Rozmawiał z jednym z Urwipołciów, który szedł obok innego mężczyzny. Ten ostatni z trudem dotrzymywał im kroku. Paddy spierał się z łucznikiem w środku. Gdy przyjaciele się zbliżyli, dobiegły ich wypowiadane przez niego słowa.

– Mówiłem, żebyście go schowali na wozie, do krośset! – warczał Paddy.

– Kiedy, szefie, drań uparł się, żeby iść...

– Co tu się dzieje? – spytała Bryna, zrównując się z Paddym.

Ten obrzucił towarzysza spojrzeniem z rodzaju „no i patrz, coś narobił", a w tym samym momencie kapitan zwróciła uwagę na człowieka idącego, czy też raczej wlokącego się, za wozem. Miał pochyloną głowę, a koszula na jego plecach była ciemna od krwi w różnych stadiach zasychania. Falko natychmiast go rozpoznał, ale do Bryny jeszcze przez chwilę nie docierało, kim jest ten nieszczęśnik. Wreszcie ją olśniło.

– Chyba kazałam ci odesłać go do domu? – syknęła na Paddy'ego.

– To prawda, pani kapitan – odpowiedział Paddy, spojrzeniem zabraniając towarzyszowi mieszać się do rozmowy. – Kazała pani odesłać do domu Jeana Bonnota, złodzieja. Wysłałem go więc do domu z moim butem w tyłku. Lecz to jest Jean Bonnot, łucznik z Królewskich Nieregularnych.

Mężczyzna zachwiał się, gdy Paddy trzepnął go w ramię. Jego twarz była blada i mokra od potu. Wszyscy widzieli, że jest na granicy omdlenia.

Bryna zapłonęła furią, ale Paddy ani drgnął. Miała zamiar coś powiedzieć, wówczas jednak zatrzymała się wzrokiem na żałosnej postaci Jeana Bonnota. Wychłostano go dotkliwie, jego plecy wyglądały, jakby ktoś obłożył je surowym, krwawiącym mięsem. Po takiej chłoście człowiek lądował zwykle w lazarecie i nie wychodził z niego przez tydzień, ale mężczyzna uparł się, by iść, i nie chciał wsiąść na wóz, który przygotował dla niego Paddy. Wolał chłostę od wyrzucenia z Urwipołciów.

Oczy Bryny wypełniły się łzami.

– Cóż, wygląda na to, że monsieur Bonnot spał tej nocy w pokrzywach – powiedziała nieco chrapliwym tonem.

– Najwidoczniej, pani kapitan – odparł Paddy, dotykając palcem czoła.

– Ma jechać na wozie, dopóki nie będzie w stanie dotrzymać kroku pozostałym.

– Tak jest.

Bryna skinęła Feckowi głową, by dać znać, że sprawę uważa za zakończoną, a potem, nie odzywając się już ani słowem, obróciła się do Falka i Malakiego.

– Widzimy się później – rzuciła i popędziła wzdłuż kolumny.

Urwipołcie zerkali na nią lękliwie, gdy ich mijała. Było jasne, że każdy z nich wiedział o Bonnocie i że obawiali się, jak kapitan zareaguje na tak jawne złamanie rozkazu. Ale Bryna po chwili ściągnęła wodze i wróciła na swoją pozycję na czele jednostki. Urwipołcie odetchnęli z ulgą i niektórzy pozwolili sobie na uśmiech satysfakcji.

Falko i Malaki również z ulgą wypuścili powietrze. Nietrudno stracić kontrolę nad tak niesfornym oddziałem, ale wyglądało na to, że zaklęcie, które Bryna rzuciła na tę zbieraninę wykolejeńców, trzymało mocno.

Gdy później tego dnia Falko jechał z Malakim i pozostałymi rycerzami, młody mag bitewny zauważył zdążających węższą odnogą głównego szlaku trzech jeźdźców, którzy zbliżali się do kolumny. Dwaj z tyłu mieli nawyżej po piętnaście lat, ale prowadził ich wielki mężczyzna na bojowym rumaku podobnym do konia Malakiego. Falko widział już dokładnie wyszytą na białej opończy czarną końską głowę w srebrzystobłękitnym polu – znak Zakonu Rycerzy Furii.

Falko dał kuksańca Malakiemu, a kiedy ten spojrzał na niego, wskazał głową nadjeżdżającego rycerza. Obserwowali go, gdy dołączył do kolumny i zamienił dwa słowa z jednym z tymczasowych dowódców. Ten obrócił się w siodle i wskazał grupkę przyszłych rycerzy. Wówczas nowo przybyły wraz ze swoimi giermkami odsunął się na bok, czekając, aż Malaki i reszta zrównają się z nimi.

Mężczyzna był wysoki i barczysty. Falko zauważył świeżą bliznę biegnącą od nosa do lewego ucha rycerza. Zwrócił też uwagę na bladą twarz nabiegłą cieniem pod kośćmi policzkowymi. Ten człowiek dochodził do siebie po ranach i chorobie.

– La force, l'honneur et la foi – rzekł rycerz.

– Siła, honor i wiara – odparł Malaki, zaszczycony tym, że mężczyzna przywitał go mottem zakonu, jakby zwracał się do dorównujących mu szarżą pełnoprawnych rycerzy.

Rycerz dołączył do grupy kadetów, a Falko zwolnił nieco, by dać Malakiemu trochę przestrzeni. Jakiś czas jechali w ciszy.

– A więc to z twojego powodu lord dowódca jest taki zaaferowany?

Malaki obrócił się raptownie, zdumiony, że ktoś spoza akademii słyszał o nim.

– Nie zrobiłem tego specjalnie – zaczął, ale rycerz uniósł otwartą dłoń, chcąc powstrzymać wyjaśnienia.

– Sir Garnier z Ledorne – przedstawił się, pochylając się w siodle, by uścisnąć Malakiemu dłoń i przyjrzeć się jaskrawemu znamieniu na jego twarzy.

– Malaki de Vane z Caer Dour.

Rycerz kiwnął głową, jakby już to wiedział.

– A to wasza kampania treningowa? Część szkolenia?

– Tak jest. Jedziemy do Le Matres.

– A potem?

Malaki obrzucił go nierozumiejącym spojrzeniem.

– Pytam, czy wracasz później do Furii, czy może jedziesz na południe wraz z resztą zakonu?

– Wracam do Furii – odrzekł Malaki, zdziwiony tym, że miałby opuścić akademię przed ukończniem szkolenia. – Wciąż muszę się wiele nauczyć.

– A nam przyda się każdy miecz – powiedział rycerz z lekką nutą dezaprobaty w głosie, jakby nie potrafił zrozumieć, że rycerz miałby ot tak przepuścić okazję do prawdziwej bitwy. – Lord dowódca planuje ruszyć na południe po Le Matres. Byłbym zaszczycony, gdybyś pojechał ze mną.

– Ale lord dowódca może nie zechcieć mnie przyjąć – powiedział Malaki, podniecony perspektywą wyruszenia na prawdziwą wojnę.

– Zechce, gdy ja cię poprę – odparł rycerz.

Malaki osadził wzrok na mężczyźnie i wtedy dotarło do niego, co tak naprawdę proponuje mu sir Garnier. Czy był gotów opuścić przyjaciół i walczyć w szeregach rycerzy Furii? Czy jeśli odmówi, uznają go za tchórza?

Falko usłyszał, o czym mówią, i również poczuł się wstrząśnięty perspektywą rozstania z przyjacielem, ale postanowił nie włączać się do rozmowy. Malaki musiał sam podjąć tę decyzję.

Późnym popołudniem wzdłuż kolumny przemknął posłaniec, informując napotkanych po drodze dowódców, że od miejsca postoju dzieli ich jeszcze kilka mil.

– Za następną wioską znajduje się wielka łąka. Tam rozbijemy obóz – powiedział Malakiemu, by zaraz ruszyć dalej.

Jakiś czas później z szarówki wyłonił się zarys osady: rozproszona gromada pięćdziesięciu chat, wtulona w zakole rzeki.

– Dziś chyba będzie sucho – powiedział Malaki, gdy kolumna zaczęła obchodzić wioskę.

Falko pokiwał głową, choć właściwie wcale go nie słuchał. Zimny dreszcz strachu podniósł mu włoski na karku. Powędrował wzrokiem na skraj polany, gdzie pogłębiały się cienie pod drzewami. Nie mógł strząsnąć z siebie przemożnego wrażenia, że pośród tych cieni porusza się jakieś nienazwane zło. Malaki spiął się, dostrzegłszy intensywność jego spojrzenia, ale zaraz się rozluźnił, gdy w polu widzenia znalazła się setka mieszkańców wioski. Wielu z tych, którzy wyłaniali się spod osłony lasu, trzymało w rękach pochodnie. Szli żwawym krokiem w kierunku zabudowań.

– To chyba orszak weselny – rzucił Malaki.

Falko z wysiłkiem skupił myśli na tłumie ludzi kierujących się do domów przed zapadnięciem zmroku. Na czele pochodu dostrzegł młodą kobietę w długiej, kremowożółtej sukni i z wiosennymi kwiatami wplecionymi we włosy. Wokół niej niósł się gwar wielu głosów i śmiechy, między nogami dorosłych przemykały biegające dzieci. Żołnierze armii kadetów uśmiechnęli się, widząc rozweselony tłum, i z zazdrością spoglądali na domy w wiosce, wiedząc, że ich samych czeka kolejna noc pod gołym niebem.

Widok mieszkańców nieco uspokoił Falka, lecz raptem chłopak dostrzegł, że mężczyźni na końcu pochodu oglądają się nerwowo. Jeden czy dwóch trzymało miecze lub włócznie, ale wszyscy wyglądali na zdenerwowanych i wystraszonych.

Nie uświadamiając sobie, czemu właściwie to robi, Falko wyszedł z maszerującej kolumny i ruszył ku wiosce.

– Co jest? – zaniepokoił się Malaki, dołączając do niego.

– Zatrzymać kolumnę – polecił Falko.

Z początku przyjaciel uznał to za żart, ale zaraz rozpoznał ten szczególny ton głosu Falka – emanujący siłą i nieznoszący sprzeciwu, mówiący o rzeczach, które wymykały się pojmowaniu zwykłych ludzi. Wrócił wzrokiem do orszaku weselnego i również zauważył, że mężczyźni na tyłach próbują przeniknąć ciemność lękliwym wzrokiem.

Okręcił się w siodle i dał rozkaz do zatrzymania. Żołnierze w zasięgu słuchu stanęli, a ci, którzy znaleźli się dalej, pomaszerowali przed siebie, dzieląc kolumnę na dwoje. Wygnańcy Alexa i husarze Jarega byli wystarczająco blisko, by usłyszeć rozkaz, ale po widocznej na twarzy Jarega irytacji można było poznać, że młody szlachcic nie ma zamiaru wykonać polecenia Malakiego. Popędził konia w ich kierunku, by zobaczyć, o co chodzi. Alex ruszył za nim, po chwili do grupy dołączył sir Garnier.

– O co chodzi? Czemu stoimy? – dociekał rycerz, ale Falko nie odpowiadał. Uczucie, które go ogarnęło, sięgało zenitu, dobiegało do punktu krytycznego niczym rozciągana aż do rozdarcia tkanina.

– Tam. – Falko wskazał palcem ścianę lasu, z której wynurzyła się przed chwilą procesja weselników. Zalegające tam cienie wydawały się zbyt czarne, by mogły je rzucać splątane gałęzie.

– Nic nie widzę – parsknął Jareg, ale zdenerwowanie udzieliło się wszystkim.

Nagle spomiędzy pni świsnęła strzała i jeden z chłopów zwalił się na ziemię. Z jego karku sterczało czarne, opierzone drzewce.

– La possédé! – wrzasnął jeden z mieszkańców wioski i wśród ludzi rozpętał się chaos. Grupa kilkudziesięciu skirytów wyskoczyła z ciemności i rzuciła się na bezbronnych ludzi, którzy próbowali ratować się ucieczką. Za skirytami zamajaczyły mroczne sylwetki łuczników w czarnych łachmanach. Ich oczy były przewiązane ciemną tkaniną.

– Toksyci – wydyszał sir Garnier.

– Rycerze, do mnie! – zawołał Malaki i kadeci przypadli do niego, mierząc w Opętanych włóczniami.

– Nie! – zawołał Falko, widząc, z jaką szybkością wrogowie pędzą za mieszkańcami. – Zanim do nich dotrzecie, wejdą już między domy. – Odwrócił się do Jarega. – Husarze lepiej poradzą sobie w wąskich uliczkach.

Wyraz twarzy Malakiego zdradzał irytację. Sir Garnier obrzucił Falka taksującym spojrzeniem. Jareg przez chwilę gapił się, rozdarty między satysfakcją, jaką czerpał z faktu, iż jego jednostka została doceniona, a oburzeniem, które ogarnęło go na myśl, że miałby wykonać rozkaz wydany przez Falka. Lecz w końcu...

– Husaria! – zawołał. – Pierwszy oddział za mną! Drugi lewym łukiem na toksytów!

Jareg pojechał naprzód, a oddział uformował się za nim w biegu.

– Naprzód! – ryknął i lekka konnica pomknęła na skirytów, podczas gdy druga jednostka popędziła po zakolu w kierunku łuczników, wykonując manewr, który czynił oddział mniej podatnym na trafienie.

Skiryci szybko skracali dystans dzielący ich od mieszkańców. Dwaj kolejni ludzie padli na ziemię, przebici strzałami, nim zdołali skryć się wśród chat.

– Bryna! – krzyknął Falko, ale przyjaciółka już wydała Urwipołciom rozkazy.

Mężczyźni wybiegli naprzód, uformowali szyk i zaczęli zasypywać toksytów strzałami. Odległość była dość duża, ale Urwipołcie strzelali celnie i wkrótce czarno odziani wrogowie zaczęli padać na ziemię, a tyraliera Urwipołciów posuwała się naprzód.

– Zostańcie z nimi – polecił Falko Malakiemu. – Tam jest coś więcej niż tylko piechota.

Przyjaciel skinął głową, a na jego twarzy pojawił się ponury grymas. Kilkoma krótkimi rozkazami podzielił swoich rycerzy na dwie grupy, które osłoniły obie flanki Urwipołciów. Falko widział, że Malakiemu nie spodobało się, że przyjaciel przedłożył husarzy Jarega nad jego oddział. Trudno, nie czas teraz na dąsy.

Dobywywszy miecza, Falko dołączył do rycerzy, tymczasem z wioski zaczęły dobiegać odgłosy walki. Krzyki mieszkańców zmieszały się z szczękiem stali, rżeniem i tętentem koni, lecz Falko postąpił słusznie, posyłając husarzy między budynki. W ciasnocie osady ich lżejsze wierzchowce i nadzwyczajne umiejętności jeździeckie okazały się kluczowe – wymijali przerażonych wieśniaków i wyrzynali skirytów, którzy warczeli i wrzeszczeli ze złości na zbyt szybkich i zbyt silnych jeźdźców.

Szum walki zelżał, gdy husarze wybili ostatnich zalegających w wiosce Opętanych, ale Urwipołcie nie wychodzili z formacji – stali wciąż na otwartej przestrzeni między skupiskiem chat i linią drzew. Alex uformował ze swoich piechurów linię obronną, gotową ruszyć do ataku lub odeprzeć natarcie przeciwnika.

Drugi oddział husarii wykończył niedobitki toksytów, a potem dołączył do Urwipołciów. Jeden z mężczyzn miał ramię przebite strzałą i kołysał się w siodle. Inny spadł z konia, gdy ten runął na ziemię rażony strzałą. Byli ranni, ale nie było zabitych. Urwipołeć zrzucony z siodła doszedł już do siebie i zaczął uspokajać rannego wierzchowca. Husarze wracali z wioski na szlak.

Gdy walka dobiegła końca, mieszkańcy zebrali się na bezpiecznych pozycjach wytyczonych przez Wygnańców i Urwipołciów, a Jareg i jego husarze przeczesywali wioskę, by upewnić się, że nie ukrył się w niej żaden pominięty w potyczce skiryta. Napięcie zaczynało powoli ulatywać, ale Falko nie mógł oderwać wzroku od ciemności pośród drzew, która wciąż wydawała mu się nienaturalnie czarna. Serce zerwało się do biegu w jego piersi, gdy zorientował się, że to nie cień, tylko wyrwa w tkance świata. A potem poczuł, że nadchodzą... wielkie, potężne i szybkie.

– Bestiarumy! – krzyknął. – Przygotować się!

Nie skończył zdania, kiedy dwie wielkie bestie wypadły z ciemności, a w ślad za nimi trzecia.

Wyglądały jak ogromne czarne byki ulepione z żarzących się węgli, obdarzone muskularnymi nogami i szponami w miejsce kopyt. Ich potężne łby przypominały głowy niedźwiedzi lub może jakichś piekielnych, dzikich małp. Stwory błyskały zębami i wodziły wokoło płonącymi oczami.

Wszystko wydarzyło się błyskawicznie. Dwie bestie ruszyły prosto na Urwipołciów, których szyk zaczął się łamać. Kilku łuczników posłało w ich stronę strzały, ale to o wiele za mało, by powstrzymać zwalistych przeciwników. Falko poczuł, jak rośnie w nim fala energii, ale przeraziła go jej dzikość i wówczas zniknęła niczym duch jakiejś mrocznej siły, która czaiła się w jego sercu. Wyglądało na to, że potwory zaraz wryją się w szeregi Urwipołciów, ale Malaki i jego rycerze znajdowali się w dogodnej pozycji, by odeprzeć atak. Ich rumaki bitewne, owoc przemyślanej hodowli, były olbrzymimi i potężnymi zwierzętami, które nie potrzebowały rozpędu, by przypuścić druzgoczące natarcie. Malaki krzykiem dał znak do ataku i rycerze wyrwali z kopyta w kierunku nadciągających bestii.

Huthgarl uderzył pierwszy. Pchnął lancą, a broń wbiła się w szyję stwora i ugrzęzła głęboko w jego piersi. Malaki trafił drugiego w bark. Odrażające monstrum obróciło się, niesione impetem, wystawiając żebra na cios Quirrena Klingemanna.

Pierwsze dwa potwory szybko unicestwiono. Ale trzecia bestia nie pognała na Urwipołciów, tylko prosto na grupkę wieśniaków, których ustawiono nieopodal Wygnańców. Niektórzy z nich zaczęli uciekać, pozostali zaś skupili się w ciasnej gromadzie i tylko wpatrywali szeroko rozwartymi oczami w mknącą w ich kierunku bestię. I gdy stwora nie dzieliło już prawie nic od przerażonej masy ludzi, z prawej flanki dał się słyszeć rozkaz.

– Suivez dix!

Dedric Sayer wypuścił strzałę i nie dziesięciu, ale dwunastu innych łuczników obrało wyznaczony przez niego cel. Potwór był wielki i znajdował się blisko, nietrudno więc było w niego trafić wytrawnym łucznikom z Urwipołciów. Strzały jednocześnie wbiły się w jego zad, a siła uderzenia mocno zarzuciła na bok rozpędzonym stworem. Monstrum zaryczało i odzyskało równowagę, ale zaczęło powłóczyć tylnymi nogami i nie zdołało uskoczyć przed mieczem sir Garniera, który w pełnym pędzie chlasnął potwora po pysku.

Przerażeni wieśniacy trzymali się w grupie, gdy bestia szamotała się na ziemi niespełna dwadzieścia stóp od nich, ale kolejna porcja strzał oraz ostateczny cios włócznią jednego z rycerzy położyły kres przedśmiertnym drgawkom potwora. Trzy opasłe truchła zaległy w zrytym gruncie, podobne do stosów rozżarzonych popiołów. Ich ciała szybko zaczęły kruszeć i ulatywać z wiatrem, aż w końcu zostały po nich tylko poczerniałe szkielety straszące wielkimi zębami i szponami.

Raptem zaległa cisza, zakłócały ją tylko przyspieszone oddechy koni i przytłumione głosy miejscowych, usiłujących uspokoić swoje rozdygotane dzieci. Przedziwna kurtyna ciemności rozmyła się w cieniu pod drzewami i poczucie zagrożenia odpłynęło z umysłu Falka.

Dzisiejszej nocy Opętani nie złożą im już wizyty.

Od strony szlaku dobiegł ich gwar, gdy żołnierze z przedniej i tylnej części kolumny zaczęli gromadzić się na polu bitwy, chcąc dowiedzieć się, co się stało. Dopiero wtedy do Falka dotarło, że całe starcie nie trwało dłużej niż kilka minut. Czterej wieśniacy leżeli martwi na ziemi, przynajmniej tuzin odniósł rany. Kilku husarzy Jarega trzeba było opatrzyć, podobnie jak tych Uriwpołciów, którzy oberwali strzałami toksytów, ale sądząc po siarczystych przekleństwach, nikt nie odniósł poważnych ran.

Dowódcy zaprowadzili porządek w swoich oddziałach, ustanowili perymetr obronny i rozesłali zwiadowców, by gruntownie przeszukali okolicę. Po dyskusji w gronie dowódczym postanowiono, że wieśniacy będą dziś spać w obozie. Pozwolono im zabrać kilka potrzebnych rzeczy, a potem odeskortowano ich na tył kolumny, gdzie znaleźli dość miejsca na wozach.

Na polanę spłynął przygaszony spokój. Znów dały się słyszeć zwyczajowe odgłosy nocy: wiatr w koronach drzew, daleki szmer rzeki, żałobne huczenie sów. Dzieci płakały, ranni jęczeli. Falko wraz z lekarzami robił, co w jego mocy, by ulżyć ich cierpieniom. Młody mag bitewny oczyścił właśnie ranę wlotową po strzale toksyty, gdy zaczepił go jeden z asesorów.

– Falko Danté – rzekł surowym tonem – pozwól na chwilę.

Falko wolałby zostać i pomagać rannym. Już miał powiedzieć o tym asesorowi, gdy zauważył, że ten poprosił na stronę Brynę, Malakiego, Jarega i Alexa, którzy mierzyli go spojrzeniami. Parę kroków dalej stał sir Garnier i obejmował wszystkich nieodgadnionym wzrokiem, a zwłaszcza Malakiego i Falka. Chłopak umył szybko ręce i ruszył wraz z resztą za asesorem do namiotu dowódczego, gdzie zaczęto wypytywać ich o potyczkę z Opętanymi.

– Z jakiego powodu zatrzymałeś kolumnę? – spytał inny asesor.

– Przeczucie. – Falko wzruszył ramionami. – Wyczułem, że coś czai się w lesie.

– Zwiadowcy nie zauważyli niczego, gdy badali ten obszar – rzekł jeden z dowódców.

– Bo nic tam nie było, gdy go badali.

– Skąd więc wzięli się tam Opętani? Czy przekroczyli rzekę?

Falko pokręcił głową.

– Po prostu się pojawili. Wyłonili się z ciemności, jakby ta ciemność była bramą prowadzącą do jakiegoś innego miejsca.

Asesorzy spojrzeli po sobie nerwowo. To tłumaczyło opowieści o Opętanych pojawiających się znikąd.

– A więc wygląda na to, że mieliśmy szczęście – powiedział po chwili jeden z nich. – Bo gdyby armia maszerowała dalej, mieszkańcy wioski zginęliby, zanim zdążylibyśmy cofnąć się, by pospieszyć im z pomocą.

Falko kiwnął głową, lecz w głębi serca czuł się winny, bo nie dość szybko zorientował się, że ludziom zagraża niebezpieczeństwo. Gdyby był uważniejszy, czterech mieszkańców wioski wciąż by żyło. Ale teraz rozpozna już ową osobliwą ciemność na pierwszy rzut oka. Tyle dobrego.

Po wnikliwej analizie wypadków asesorzy i dowódcy doszli do wniosku, że kadeci działali sprawnie i szybko, za co należy im się pochwała. Oraz że na wyróżnienie zasłużyli husarze, którzy z podziwu godną ofiarnością i skutecznością oczyścili sioło z wrogich żołnierzy.

Jareg skinął w milczeniu głową, a był to rzadki u niego wyraz pokory. Gdy asesorzy wypuścili ich z namiotu, spojrzał na Falka, jego twarz była mozaiką bardzo różnych emocji. Ostały się na niej ślady strachu i ekscytacji, dumy i satysfakcji, którą przyniosła mu pochwała, ale dało się też doszukać na niej kilku sprzecznych uczuć, z którymi nie wiedział chyba, co ma zrobić. Bo to przecież Falko przedłożył jego jednostkę nad rycerzy pod wodzą Malakiego. To przecież on instynktownie wszedł w rolę dowódcy i rozdzielił zadania między wszystkie jednostki. Coś podpowiadało Jaregowi, że należy mu się za to szacunek, a jednak nie mógł zmusić się, by przyjąć to do wiadomości.

Falko westchnął, gdy Jareg oddalił się, by dołączyć do swoich żołnierzy.

– Oczywiście, jakżeby inaczej – prychnął Malaki. – On prędzej sczeźnie, niż ci podziękuje.

– Ja natomiast nie sądziłem, że przyszły członek Zakonu Rycerzy Furii pozwoli sobą komenderować, i to człowiekowi, który sam jest jeszcze kadetem.

Słowa przygany padły z ust sir Garniera. Malaki zatrzymał się i stanął twarzą w twarz ze starszym członkiem swojego zakonu.

– Dlaczego pozwoliłeś, by ten człowiek odwołał twój rozkaz? – natarł na niego sir Garnier. – Tak małą wiarę pokładasz w swoich rycerzach?

Malaki zrobił się czerwony jak rak. Falko nie umiał ocenić, czy zdobędzie się na gniewną ripostę, czy zrejteruje pod nieustępliwym spojrzeniem rycerza. Wreszcie Malaki odpowiedział ze spokojem i godnością, z których słynął w szeregach kadetów:

– Twoje słowa wynikają z ignorancji, panie. – Brwi sir Garniera uniosły się wysoko. Taka niesubordynacja była niespotykana wśród rycerzy Furii. – Gdybyś znał Falka tak jak ja, nie musiałbyś o to pytać.

Twarz sir Garniera zastygła w nieruchomą maskę, ale po chwili jego usta ułożyły się w kpiący uśmieszek.

– Lord dowódca miał rację. Nie jesteś gotowy, by ruszyć z nami do walki. Przede wszystkim musisz pokładać wiarę w swoich braciach.

– Falko jest moim bratem – zaripostował Malaki, a oczy Bryny zapłonęły dumą.

Sir Garnier jeszcze przez chwilę wpatrywał się w Malakiego. Jego uśmiech poszerzył się, jakby rozbawiła go naiwność jego słów.

– Żegnaj więc, Malaki de Vane – powiedział rycerz. – Jestem pewien, że pewnego dnia będziesz gotów wojować z rycerzami Furii.

– La force, l'honneur et la foi – odpowiedział Malaki, nie pozwalając tak łatwo się zbyć.

– Siła, honor i wiara – rzekł rycerz. Uśmiech spełzł z jego ust, gdy skłaniał się kadetowi.

Starszy rycerz zniknął, a przyjaciele ruszyli tam, gdzie obozowała reszta ich wojsk.

Gdy zbliżyli się do miejsca, w którym rozłożyli się Urwipołcie, na spotkanie wyszedł im Patrick Feckler.

– Jakieś kłopoty? – spytał.

– Nie – odrzekła Bryna. – Trzeba było tylko omówić parę spraw. Gdzie jest Dedric? Chcę mu pogratulować zwycięstwa nad bestią.

Paddy uśmiechnął się krzywo, a stojący w zasięgu słuchu Urwipołcie roześmiali się.

– Siedzi sam w lesie. Beczy jak małe dziecko.

Bryna zmartwiła się, ale Paddy pokręcił głową.

– Nie przejmuj się. Kilku wieśniaków przyszło mu podziękować za ocalenie życia. Wyściskali go, przynieśli podarki. Cyrk na kółkach, co nie, chłopaki?

Paddy i Urwipołcie wymienili wredne uśmieszki, ale Bryna wciąż nie rozumiała, o co chodzi.

– Dedricowi nawet powieka by nie drgnęła, gdybyś wrzeszczała i lżyła go przez okrąglutki rok – wyjaśnił Paddy. – Ale życzliwość i wdzięczność...? Z tym jeszcze nigdy nie miał do czynienia.

Bryna utkwiła spojrzenie w ścianie lasu.

– Zostaw go – poradził Paddy na odchodnym. – Dojdzie do siebie.

Kilku innych mężczyzn zbliżyło się z jedzeniem i napitkiem. Usiedli wszyscy razem i zaczęli cicho rozprawiać o minionej bitwie, ale uwadze Falka nie uszły ukradkowe komentarze i to, jak ludzie patrzyli na niego, gdy myśleli, że tego nie widzi. To dlatego, że żaden z nich nie przewidział czającego się w ciemności zagrożenia. Żaden z nich nie potrafił wyczuć Opętanych.

– Nie przejmuj się nimi – rzekł Malaki, podając mu rożen z nadpalonymi kawałkami dziczyzny. – Nie rozumieją, skąd wiedziałeś, ale są ci wdzięczni.

Falko posłał mu powątpiewające spojrzenie.

– No co? To prawda – nie ustępował przyjaciel. Oderwał zębami kawałek mięsa z własnego rożna. – Kilka oddziałów pytało nawet, czy nie chciałbyś jutro jechać z nimi.

Falko łypnął na dwóch mężczyzn, którzy szeptali, pochyleni do siebie. Jeden z nich odwrócił wzrok, zawstydzony, że dał się przyłapać, ale drugi uśmiechnął się szeroko i skinął mu głową z szacunkiem. Falko przypomniał sobie słowa Aureliana.

„Bądź pewien, że gdy zetkniecie się z Opętanymi, każdy mężczyzna i każda kobieta w armii będą szukać wsparcia u ciebie".

Myślał o tym, jak zaczął wydawać rozkazy podczas ataku Opętanych i jak naturalnie mu to przyszło. Ale zauważył też, że wybiło to z rytmu Jarega, sir Garniera, a nawet Malakiego.

– Miałeś rację – powiedział nagle Malaki.

– Proszę?

– Miałeś rację, wysyłając Jarega do wioski.

Malaki wydłubał spomiędzy zębów włóknisty kawałek mięsa. A Falko się uśmiechnął.

56

DOWÓDCA CZWARTEJ ARMII

W namiocie dowódczym Czwartej Armii atmosferę można było kroić nożem. Odkąd Czwarta przybyła na front i rozbiła obóz dwa dni drogi na południe od Hoffen, wdała się w kilka potyczek z wrogiem, lecz teraz szły na nią dwie wielkie armie Opętanych, z południa zaś ciągnęła kolejna, dowodzona przez demona.

– Nie rozumiem – powiedział jeden z młodszych oficerów. – Myślałem, że ten region jest względnie bezpieczny.

– Coś musiało się wydarzyć na południu – powiedział emisariusz. – Zarówno Jürgen, jak i Wildegraf zaginęli, a my nie mamy pojęcia, kiedy wróci Nathalie.

Wbił wzrok w leżącą na stole mapę. Jeśli będą działać szybko, może uda im się pokonać dwie armie, zanim te połączą siły i staną się jedną, o wiele bardziej niebezpieczną. Lecz jeśli do którejś z nich dołączy demon nadciągający z południa, Czwarta nie zdoła ich już zatrzymać.

Rozmyślania emisariusza przerwał Dagoran Sorn, który uderzył pięścią w zasłany mapami blat.

– Dość czekania! Czas wkroczyć do akcji! – W miejscu, gdzie spoczywała jego dłoń, papier zaczął ciemnieć od nagromadzonej w jego ciele magicznej energii. Dowódca armii magów robił się coraz bardziej niecierpliwy. Dotychczasowe potyczki trwały krótko i czarodzieje nie mieli jeszcze okazji zademonstrować swoich umiejętności. – Wiemy, gdzie jest wróg. Powinniśmy zaatakować od razu, zanim dwie armie wykorzystają nadarzającą się okazję i połączą się w jedną siłę!

– Zrobimy to – zapewnił go Chevalier.

– Kiedy? Na co właściwie czekamy? – domagał się odpowiedzi Sorn.

– Nie możemy zaatakować, dopóki nie wrócą zwiadowcy – odpowiedział generał Renucci. – Nie możemy zaplanować bitwy, póki nie dowiemy się, z czym dokładnie mamy do czynienia.

– Przecież wiemy, z czym – upierał się Sorn. – Z Opętanymi. Wiemy też, że jeśli ich nie powstrzymamy, za kilka miesięcy przekroczą granice Clemoncé.

– Walczę z Opętanymi od dwudziestu lat – mruknął Renucci przez zaciśnięte zęby. – Nie będzie mnie pouczał napuszony kuglarz, który nigdy nie zaznał bitwy.

Podniósł wzrok, by zmrozić Sorna spojrzeniem. Odpowiedziała mu zimna pogarda wymalowana jaskrawymi barwami na twarzy maga.

– Wszyscy mamy świadomość tego, co się zbliża – odezwał się emisariusz. – Podziwiam zapał lorda Sorna, ale rozwaga nakazuje cierpliwość.

Napięcia pomiędzy generałem Renuccim i lordem Sornem nie mogła rozładować nawet uśmierzająca obecność Chevaliera. Oficerowie zaczęli przestępować niepewnie z nogi na nogę. Atmosfera w namiocie dowódczym Czwartej nigdy jeszcze nie była tak nerwowa.

Emisariusz wrócił wzrokiem do mapy i wydał z siebie ciężkie westchnienie.

– Lord Sorn ma rację. Musimy zaatakować armie Opętanych, zanim połączą siły. Lecz musimy też zachować ostrożność, a więc nie zaatakujemy, dopóki nie wrócą zwiadowcy. – Sorn skrzywił się gorzko. Generał Renucci pociągnął nosem z satysfakcją i nagrodził decyzję sir Williama znaczącym skinieniem. – Cokolwiek by się stało, nie wolno nam pozwolić żadnej z nich na połączenie sił z armią nadciągającą z południa, której przewodzi demon. Dopóki nie wróci Nathalie, nie mamy szans na jej pokonanie.

– My moglibyśmy tego dokonać. – Sorn zadarł nos, nic sobie nie robiąc z niedowierzających spojrzeń pozostałych oficerów.

Generał Renucci już miał wyrazić wątpliwości, gdy ponownie zabrał głos emisariusz.

– Czy walczyliście kiedyś z demonem?

– Jesteśmy wyszkoleni w walce z nimi – odrzekł Sorn, zgrabnie unikając bezpośredniej odpowiedzi.

Emisariusz westchnął. Wszyscy słyszeli opowieści o treningu magów wojowników. O tym, że w jego trakcie wystawia się czarodziejów na ataki umysłowe, które mają za zadanie zwiększyć ich zdolność obrony przed złem. Ale w oczach tych, którzy walczyli z demonem, dało się dostrzec pewien szczególny wyraz. Wspomnienie całkowitej beznadziei towarzyszącej uświadomieniu sobie przez człowieka, że cała jego odwaga nie wystarczy, by oprzeć się piekielnej mocy. Dagoran Sorn był człowiekiem dumnym i aroganckim, i nic poza tym nie można było wyczytać teraz z jego spojrzenia.

– Nie – odpowiedział za niego emisariusz, a oburzenie maga wojownika rozgorzało na nowo. – Zaatakujemy dwie armie Opętanych na wschodzie, ale potem będziemy musieli zaczekać na Nathalie...

Sorn świdrował emisariusza spojrzeniem. Fakt, że przedkładał jednego żeńskiego maga bitewnego nad oddział tysiąca jego magów wojowników, doprowadzał go do szału. Od samego początku zdawał się sądzić, że przyjmowanie rozkazów od zwykłego żołnierza jest poniżej jego godności, lecz wiedział doskonale, że teraz zwierzchnikiem jednostki jest Chevalier i że zostanie tak, dopóki przechwałki magów nie znajdą potwierdzenia w prawdziwej bitwie. Uznawszy rozmowę za zakończoną, Sorn skłonił się sztywno i opuścił namiot w asyście dwóch wojowników w purpurowych płaszczach.

– Inaczej zaśpiewa, jak już stanie twarzą w twarz z Opętanymi – mruknął generał Renucci. – Wtedy przejdzie mu zapał.

Oficerowie wyszli z namiotu, zostawiając emisariusza samego. Chevalier podzielał irytację generała Renucciego, ale też skłamałby, mówiąc, że nie rozumie zniecierpliwienia Sorna. Dowódca armii magów bardzo chciał pochwalić się sukcesem przed Galenem Thrallem. Ostrożność emisariusza odbierał jako złośliwe działanie, mające odwlec to, co nieuniknione. Nie była to prawda i choć magowie ośmielili się grozić królowej, emisariusz postanowił dać im uczciwą szansę na to, by mogli się wykazać. Ale nie miał zamiaru narażać w tym celu Czwartej Armii.

Następnego dnia – i jakieś sześćdziesiąt mil na południe od Czwartej – Wildegraf Feuerson i jego smok Berylian kontynuowali poszukiwania nad zalesionymi wzgórzami Illicji. Wielka zielona bestia skręciła raptownie w prawo i opadając coraz niżej, zaczęła kołować nad czymś, co wyczuła wśród drzew. Wildegraf przywarł do smoczego grzbietu, wpatrzony w zbliżające się sklepienie lasu. Przez moment był pewien, że coś tam jest, teraz jednak przeświadczenie minęło. Smok jeszcze dwa razy zamachał skrzydłami, a potem wzbił się wyżej i wznowił lot.

Ukryty daleko w dole Pogromca owinął się szczelniej płaszczem ciemności, gdy wyrm zataczał kręgi ponad lasem, a uczepiony jego łuskowatego grzbietu Przeciwnik zaczął wpatrywać się bacznie w miejsce, gdzie się znajdował. Wiedział, że potrafią wyczuć jego obecność, tak jak on wyczuwał ich. Wiedział także, że nie mogą go zobaczyć. Bo gdyby mogli, od razu przypuściliby atak. Przez chwilę Pogromca rozważał, czy nie pozwolić cieniom opaść i nie rzucić wrogom wyzwania, lecz ostatecznie postanowił tego nie robić. Czuł ich moc i nie chciał ryzykować starcia pozbawionego elementu zaskoczenia. Lepiej poczekać, aż znajdą się na ziemi, a potem uderzyć z ciemności. W końcu trudno o potężniejszą broń niż ciemność.

Miasto Le Matres wzniesiono wokół miejsca, gdzie zbiegały się dwie rzeki. W jego środku wznosiło się niskie wzgórze, na którego szczycie zbudowano zamek. W miarę zbliżania się do bram drzewa przerzedzały się, a przed kadetami otworzył się widok na szeroką dolinę zwróconą na wschód, ku illicyjskiej granicy. Wokół otoczonego murem miasta porozbijały się liczne obozy, w których gnieździli się przybyli z okolicznych prowincji uchodźcy.

– Wiem już, kogo będziemy musieli odeskortować do Furii – rzekł Malaki.

Falko pokiwał głową, onieśmielony wielką liczbą nieszczęśników potrzebujących ich pomocy.

Armia kadetów rozbiła obóz w miejscu, skąd widać było miasto, a z nastaniem poranka zaczęła rozdzielać żywność między uciekinierów oraz zabrała się do budowy mostów, w których sprawie ją tu przysłano.

Wszystkie oddziały wzięły się do pracy, a Falko został sam, nie bardzo wiedząc, co ze sobą zrobić. Gdy więc słońce wspięło się na zamglone niebo, pojechał do Le Matres i ruszył brukowaną ulicą w kierunku zamku. Zostawił konia w stajni przylegającej do dziedzińca, a potem wspiął się po schodach na blanki. Z murów roztaczał się szeroki widok na okoliczne ziemie, który przywiódł mu na myśl wielką mapę w Komnacie Rady.

Na niej Le Matres było małym czarnym dyskiem otoczonym mosiądzem. Teraz zaś, stojąc wysoko ponad miastem, Falko zaczynał ogarniać umysłem rozpiętość świata. Na północnym wschodzie leżało ilicyjskie miasto Hoffen. Falko zorientował się, że zdąża myślami do emisariusza i żołnierzy Czwartej Armii. Miał nadzieję, że są bezpieczni. Czuł się winny, że zbija bąki, podczas gdy oni ryzykowali życie, próbując zatrzymać pochód Opętanych.

Postanowił, że to się zmieni, gdy tylko wrócą do Furii.

Trzydzieści mil na wschód od Le Matres poranne słońce z trudem przebijało się przez cienką warstwę chmur. Czwarta Armia o świcie znalazła się na pozycjach. Emisariusz wraz ze swoimi oficerami spoglądali w dół na niskie wzniesienie, gdy przednia straż Opętanych wlała się do doliny.

Dagoran Sorn spoglądał na wroga z kpiącym wyrazem twarzy. Wydawał się sądzić, że jego magiczni wojownicy rozprawiliby się z nim sami. Generał Renucci, jak nietrudno było przewidzieć, odniósł się do tego z lekceważeniem, ale emisariusz w dalszym ciągu zamierzał pozwolić Sornowi się wykazać. Armię magów wojowników umieścił na prawej flance wraz z trzema tysiącami swoich najbardziej doświadczonych żołnierzy. Reszta Czwartej była rozmieszczona na całym obszarze doliny i gotowa do działania.

Musieli jak najszybciej przerwać szyk Opętanych, by zdążyć się przegrupować i przygotować na walkę z drugą armią, która już zbliżała się do doliny. Emisariusz miał pewność, że jego ludzie uporają się z tym zadaniem, ale nie wiedział, czego się spodziewać po magach. Wyglądali jak wojownicy i trenowali jak wojownicy, ale Chevalier pokładał największą wiarę w odwadze zwykłego człowieka. Magowie wojownicy dali mu się poznać jako zarozumialcy. Emisariusz z przyjemnością pierwszy zwróci im honor, jeśli poprą buńczuczne słowa czynami.

Oderwał myśli od czarodziejów i zwrócił się do generała Renucciego.

– Czy zwiadowcy dokonali już szacunków?

– Liczebność wroga przekracza dziesięć tysięcy – odparł oficer. – Towarzyszy im nie więcej niż sto bestiarumów.

– A druga armia?

– Liczebność podobna, dzieli ich od nas pięć godzin drogi.

Emisariusz kiwnął głową. Miał pod swoimi rozkazami dwadzieścia tysięcy regularnych żołnierzy oraz tysiąc magów wojowników. Liczebność mogła przeważyć szalę zwycięstwa na ich korzyść, ale emisariusz doskonale zdawał sobie sprawę, że na wojnie nie ma nic pewnego. W każdym razie należało pokonać pierwszą armię Opętanych jak najszybciej, ponosząc jak najmniejsze straty.

– Panowie, na stanowiska – rozkazał, a oficerowie jak jeden mąż wykonali salut i wrócili do swoich jednostek.

Emisariusz zwrócił się do oczekujących poleceń sygnalistów.

Obaj mężczyźni unieśli rogi i dali sygnał do gotowości. Jazgotliwe nuty natychmiast zostały podchwycone przez rozproszonych wśród szeregów kolejnych sygnalistów i odbiły się echem od ścian doliny.

Emisariusz wpatrzył się w postępującą czarną masę Opętanych. Podniósł wzrok i ujrzał na niebie dwie kołujące sylwetki mrocznych aniołów, zwiastunów zbliżającej się drugiej armii. Ucałował wisiorek na szyi i schował go za kolczugę. Opuścił przyłbicę. Był dowódcą Czwartej Armii Clemoncé, lecz do bitwy szedł zakuty w pancerz Nieugiętych. Chwycił za miecz, czując już przedsmak bitewnego rauszu.

57

POGROMCA

Wildegraf przywarł do skalistego podłoża, wyglądając ostrożnie ponad krawędzią skarpy. Berylian poruszył się niespokojnie u jego boku.

– Spokojnie, przyjacielu. Ja też to czuję.

Mag bitewny i smok spoglądali w dół, usiłując dostrzec kreaturę, na którą polowali. Poszukiwania zawiodły ich w kierunku Hoffen, ale wciąż znajdowali się głęboko na Utraconych Ziemiach, gdzie nie śpiewały ptaki i żadne żywe stworzenie nie przemykało pod zwieszającymi się nisko gałęziami drzew. Nawet zwierzęta zdawały się rozumieć, że ta kraina jest zgubiona. Zaledwie dwadzieścia mil stąd armie Illicji i Clemoncé próbowały dać odpór Opętanym, ale wróg miażdżył ich liczebnie i z każdym mijającym miesiącem spychał coraz dalej i dalej.

Zrozpaczony Wildegraf zagryzł zęby. On i Berylian byli potrzebni właśnie tam, na froncie. Nie mógł już pozwolić sobie na marnowanie kolejnych dni na poszukiwania demona, który zabił Jürgena.

Odnaleźli ciało maga bitewnego przy jego rozpłatanym wierzchowcu. Nie chcieli ich tak zostawiać, Berylian spalił więc trupy tam, gdzie zaległy na ziemi, a Wildegraf wbił miecz Jürgena w stos dopalających się popiołów, by oznaczyć jakoś miejsce, gdzie postradał życie dobry człowiek.

Ale nie mogli znaleźć demona, który był za to odpowiedzialny. Dopiero dzisiaj rano natrafili na trop, który nie był tylko rozniecona przez nadzieję i frustrację mrzonką, ale śladem jakiejś zapiekłej nienawiści, niczym szlak ciemności ciągnącej się przez krainę. Nawet teraz nie byli właściwie pewni, co dokładnie znaleźli, ale Wildegraf wiedział, że zostawił to po sobie demon, którego szukali. Wyczuwał jego obecność i wiedział, że to nie jakiś pomniejszy książę. Tylko demon o olbrzymiej sile potrafił skryć się przed skoncentrowanym magicznym spojrzeniem maga bitewnego.

Wypuścił wstrzymywane w płucach powietrze. Jeśli demon rzeczywiście tu był, to już dawno odszedł. Wolno cofnęli się od krawędzi klifu. Za ich plecami grunt wyrównywał się nieco, by po stu jardach znów wznieść po ścianie klifu. Wildegraf nałożył hełm i przewiesił tarczę przez plecy. Sięgał ręką do siodła, gdy to poczuł. Mroczna obecność na skarpie za jego plecami. Berylian warknął.

Wildegraf zmarszczył brwi pod hełmem. Ruchem ramienia zsunął tarczę z pleców i chwycił za miecz. Z początku nic nie widział, ale potem, sześćdziesiąt jardów dalej, trawa i krzewy zaczęły więdnąć, jakby palił je intensywny żar. Berylian stężał, gdy rozrastająca się łata spalonej ziemi pomknęła w ich kierunku jak szarżujący byk. Mag bitewny ledwie zdołał nałożyć tarczę i dobyć miecza, gdy demon spadł na niego jak grom z jasnego nieba. A raczej wyskoczył z głębi czerniejącej ziemi, wyprowadzając potężny atak dwoma zakrzywionymi ostrzami. Wildegraf umknął przed pierwszym, Berylian uskoczył przed drugim. Smok dobrze zrobił, nie starając się parować uderzenia, bo zaczarowana klinga otworzyła płytką ranę ukośnie przez jego żebra. Wildegraf poświęcił moment, by skupić się na atakującym przeciwniku. Demon mierzył około ośmiu stóp, miał potężnie rozrośnięte barki i silne, owionięte dymem nogi, zginające się w odwrotną stronę, jak u zwierzęcia. Jego głowę, ramiona i górną część korpusu okrywał ciężki pancerz, a w zaciśniętych pięściach dzierżył dwa wygięte na podobieństwo szabli miecze. Był mniejszy od większości napotkanych przez Wildegrafa demonów – ale też silniejszy. Mag bitewny w lot pojął, dlaczego Jürgen nie zdołał oprzeć się temu potworowi. To nie był zwykły demon.

To był zabójca, odrębny gatunek piekielników, których zwano Pogromcami.

Nie było czasu na myślenie; demon natarł na Wildegrafa z całą zaciekłością, mag bitewny parował cios za ciosem, aż drżenie odezwało się w jego ramionach. Gdy Berylian rzucił się naprzód, rozwierając szczęki, Wildegraf odpalił magiczny atak, który powinien być dostatecznie silny, by zatrzymać napierającego potwora, ale połyskliwy harpun światła odbił się od zbroi demona. Wildegraf zamachnął się mieczem, lecz Pogromca jakimś cudem zdołał się przed nim cofnąć.

Szybki jest! Myśl uderzyła Wildegrafa, gdy Berylian spadł na demona z przeciwnej strony.

Zbyt szybki.

Smok zaatakował wroga szponami twardymi jak stal, ale piekielnik odbił atak jednoczesnym cięciem obu mieczy. Berylian miał szczęście, że udało mu się wyjść ze starcia z wszystkimi kończynami. Wildegraf posłał w stronę demona roziskrzony łuk energii, celując w jego plecy, ale Pogromca ledwie zachwiał się na nogach i okręcił błyskawicznie, uderzając od góry ciosem dość silnym, by rozpłatać dorosłego mężczyznę. Wildegraf ponownie uniósł tarczę i wlał w swoje ramię porcję wzmacniającej magii, ale każdy druzgoczący atak nadwątlał jego magiczną osłonę. Wystrzelił promień energii i trafił demona w brzuch. Wyprowadzany przez stwora cios poszedł bokiem. Pogromca złożył się do kolejnego, gdy raptem znajome uczucie ostrzegło Wildegrafa, że Berylian ma zamiar zaatakować ogniem.

Instynktownie mag bitewny otoczył się ochronną kulą energii, ale demon również przejrzał zamiary smoka i z oszałamiającą prędkością okręcił się twarzą w kierunku, z którego spodziewał się strumienia ognia. Płomienie Beryliana owionęły jego głowę i ramiona, ale Pogromcę uchronił przed obrażeniami magiczny pancerz. Wildegraf patrzył przerażony, jak demon pchnął mieczem przez wyjącą ścianę ognia.

– Nie! – zawył, gdy klinga wbiła się głęboko w podstawę szyi Beryliana.

Ogień zgasł, Berylian zatoczył się w tył. Miecz przeciął nerwy i ścięgna nad jego ramieniem. Lewa kończyna obwisła i powlokła się po ziemi, gdy smok usiłował osłonić się przed drugim ciosem.

Wildegraf skoczył naprzód i wbił miecz w dolną część pleców potwora. Wściekły atak wreszcie zadał potworowi jakieś obrażenia, lecz Pogromca momentalnie obrócił się i zadał cios, który Wildegraf zdołał co prawda przyjąć na tarczę, ale jego nieludzka furia odepchnęła go mocno na bok i prawie zwaliła z nóg. Czar wzmocnienia ocalił mu życie, ale nie uchronił przed raną – ciepła krew spływała po ramieniu ku palcom. Zaciskając zęby z bólu, wyprowadził sekwencję ciosów, ale demon parował je jeden po drugim, aż wreszcie uzyskał dość przestrzeni, by się zrewanżować.

Pogromca zgruchotał nogę Wildegrafa wściekłym kopniakiem i powalił go na kolana ciosem pięścią, który wgniótł mu hełm z lewej strony. Ostatni cios od dołu rzucił maga na plecy. Leżał na ziemi, krztusząc się krwią, a charkot odbijał się echem od ścianek hełmu.

Walcząc o zachowanie przytomności, Wildegraf przetoczył się na bok. Tarcza wisiała bezużytecznie na potrzaskanej ręce, prawa noga była złamana, nie mógł więc zrobić nic, gdy klinga potwora wżerała się po jelec w jego pierś.

Przez wygięte szczeliny przyłbicy widział, jak demon rusza w kierunku Beryliana, ten zaś cofa się przed nim, pełznie w tył na uszkodzonej nodze, która nie potrafiła już udźwignąć jego ciężaru. Widział, jak demon zatacza się pod rozpaczliwym ciosem potężnego zielonego smoka, ale potwora nic już nie mogło zatrzymać. Świat przed oczami Wildegrafa wybuchł płomieniem, gdy Berylian zdobył się na jeszcze jeden ognisty atak, Pogromca jednak przywarł do ziemi, unikając kolumny płomieni. Nastąpiła wymiana brutalnych ciosów i Wildegraf przez krótką chwilę myślał, że smok może jeszcze zwyciężyć, lecz wówczas zakrzywione ostrze spadło w dół, by zaraz łukiem wzbić się w górę, wlokąc za sobą strugę smoczej krwi.

Zanim pociemniało mu przed oczami, mag bitewny dostrzegł jeszcze, jak Berylian opada na bok, machając niemrawo skrzydłem. Demon stał nad nim jak kat przed egzekucją. Wildegrafowi krwawiło serce, gdy musiał patrzeć na swojego towarzysza broni zdanego na łaskę tego potwora, ale jego własne ciało było w strzępach i nie mógł zrobić zupełnie nic, by go powstrzymać. Nie docenili Pogromcy i zapłacili za to najwyższą cenę, ale najgorsze było to, że Wildegraf nie mógł ostrzec przyjaciół. Armie królowej Catherine walczyły w tym rejonie Utraconych Ziem. Nikt nie doniesie im o tej śmiertelnej broni, którą wypluły przeciw rodzajowi ludzkiemu głębie piekielne.

Pogromca zaciągnął Beryliana na skraj klifu, a potem wrócił po maga bitewnego. Wildegraf mógł tylko patrzeć na górującego nad nim piekielnika. Natchniony niezłomną wiarą, spojrzał prosto w gorące, nieludzkie ślepia Pogromcy, lecz zamiast żądzy mordu dostrzegł w nich jadowite okrucieństwo i wiedział już, że demon nie pozwoli Berylianowi po prostu umrzeć. Pogromca sprawi, że będą cierpieć, wykorzysta ich ból jako przynętę, by ściągnąć kolejne Wielkie Dusze w zasięg swoich mieczy, a potem znów zacznie zabijać.

Gdy demon sięgnął do niego, Wildegraf siłą woli posłał swoje ostatnie myśli w świat.

Strzeżcie się! Mój ludu, moi przyjaciele, Wielkie Dusze. Wróg włada nową bronią. Strzeżcie się!

58

NIEDOSTATKI ZWYKŁYCH LUDZI

Powietrze nad doliną drżało od piekielnego żaru Opętanych, ale emisariusz wiedział, że skoro nie ma z nimi demona, zdołają ich pokonać.

Wróg natarł ze zwyczajową zaciekłością, ale żołnierze Czwartej Armii walczyli z nimi już wiele razy i utrzymali formację, łucznicy zaś metodycznie trzebili szeregi Opętanych. Setki lekko opancerzonych skirytów padły pod pierwszymi salwami, ale kolejne setki przeskakiwały nad trupami towarzyszy i zasypywały pierwszą linię gradem ciosów. Opętanego mogła zatrzymać tylko wyjątkowo poważna rana. Ból nic dla niego nie znaczył, a bał się jedynie gniewu swego pana. Żołnierze Czwartej byli przygotowani na bezmyślną, dziką nienawiść wroga i przeciwstawili jej umiejętności i odwagę, lecz teraz Opętani skręcili w kierunku prawej flanki i na ich drodze stanęli magowie wojownicy Sorna.

– No, teraz zobaczymy – powiedział generał Renucci.

Czując trudne do zniesienia napięcie, emisariusz patrzył na mknącą w stronę czarodziejów czarną falę Opętanych, lecz zanim pierwszy skiryta zdołał zaatakować, rozerwała go na strzępy oślepiająca chmara magicznych pocisków. Setki połyskliwych, błękitnych promieni wbiło się w gromadę jego towarzyszy na podobieństwo strzał. Lecz nawet gdy przez kanonadę ciosów przedarli się wojownicy, magowie utrzymali pozycje, dając efektowny pokaz umiejętności walki mieczem i tarczą.

– Chyba się utrzymają – skomentował Renucci, prawie zawiedziony.

Emisariusz potwierdził skinieniem, lecz teraz widział pewne napięcie w szeregach magów. Wojownicy w pierwszym rzędzie walczyli świetnie, ale wielu już wycofało się z frontu i ich szeregi traciły spójność. W przypadku zwykłej jednostki pieszej mogłoby się to okazać zgubne, ale magowie wojownicy nie byli regularną piechotą. Ich nasycone magią miecze wchodziły w brązowe pancerze skirytów jak w masło, a w dodatku osłaniały ich stojące głębiej w szeregach setki magicznych artylerzystów.

Satysfakcja i irytacja zmagały się ze sobą w umyśle emisariusza, który po chwili oderwał wzrok od magów i potoczył nim po pozostałej części pola bitwy. Oddziały usytuowane w środku trzymały się twardo, lewa flanka już zaczęła posuwać się do przodu, gotowa otoczyć Opętanych.

Zadowolony, że główne ognisko bitwy znajduje się pod kontrolą, emisariusz wrócił wzrokiem do czarodziejów. Skirytów wsparła duża jednostka ciężkozbrojnych kardaków. Zwaliści wojownicy wysunęli się na czoło oddziału atakującego magów wojowników i emisariusz nie mógł nie zastanawiać się nad tym, jak czarodzieje poradzą sobie z tym nowym zagrożeniem. Armia Galena Thralla wreszcie miała okazję się wykazać.

Gdy szturmowcy zostawili za sobą zastopowanych ostrzałem skirytów, emisariusz dostrzegł, że Sorn wydaje rozkaz przegrupowania. Magiczni wojownicy zareagowali z podziwu godną dyscypliną: ułożyli tarcze w falangę, nakrywając jedne drugimi na podobieństwo rybich łusek, i przygotowali się na uderzenie. I wtedy spomiędzy szeregów Opętanych wystrzeliły bestiarumy. Stwory przeskoczyły nad murem tarcz i natychmiast zaczęły rwać na strzępy znajdujących się za nim magów.

Emisariusz wbił wzrok w lewą flankę i wysunął się nieco naprzód, by lepiej widzieć.

– Rozdzielić, odizolować, zabić! – powtórzył szeptem mantrę piechoty walczącej z bestiarumami.

Gdy rozszalałe potwory siały śmierć w szeregach czarodziejów, ponad sześciuset kardaków naparło na ich tarcze.

Przez sekundę wydawało się, że magowie złamią szyk, a emisariusz zaczął obawiać się najgorszego. Wtedy z ich szeregów buchnęło jasne światło i magowie wyprowadzili potężny magiczny atak. Huk poniósł się po dolinie jak grom. Pierwsze szeregi kardaków zostały dosłownie rozerwane na sztuki.

– Na niebiosa i wszystkie gwiazdy, co spadają... – zaintonował z przestrachem generał Renucci.

Emisariusz był nie mniej oszołomiony potęgą magicznego zaklęcia, ale jego myśli natychmiast znalazły się przy królowej, która czekała na jego raport o bojowej skuteczności magicznej formacji.

Och, moja miłości, zabłysło mu w głowie, strzeż się, bowiem przechwałki Thralla nie były bezpodstawne.

Wyglądało na to, że magowie nie przechwalali się na próżno. Rzeczywiście mieli do zaoferowania coś, co może ich wszystkich uratować. Przez moment emisariusz stał jak sparaliżowany. Pojął, jakie to może mieć konsekwencje dla niego i dla królowej. Jak wpłynie to na szanse ich bycia razem, gdy Galen Thrall ogłosi wotum nieufności wobec królowej i zacznie nalegać, by przyjęła „pomoc" od księcia Ludovica, który zasiądzie wówczas na tronie jako król małżonek sprawujący faktyczną władzę.

Na tę myśl emisariuszowi ścisnęło się serce, lecz wtedy zsunął się wzrokiem na zalegające na ziemi trupy magów, ofiary tego samego magicznego uderzenia, którym ich pobratymcy potraktowali kardaków. Dostrzegł, że dwa bestiarumy nie zostały jeszcze unieszkodliwione oraz że pozostali przy życiu kardakowie już dokonali przegrupowania, sposobiąc się do kolejnego natarcia. Czekał niecierpliwie na drugi magiczny atak, który pozwoliłby wykorzystać uzyskaną przewagę, ale ten nie nadszedł. Zamiast tego magowie zaczęli podawać tyły, chwiać się i potykać, łamiąc szyk żołnierzy znajdujących się za nimi, tak jak przewracają się nawzajem kostki domina.

– Sypią się! – powiedział przerażony generał Renucci.

Jeszcze przez chwilę emisariusz patrzył na magów wojowników, stając się świadkiem tego, jak cała prawa flanka jego armii idzie w rozsypkę. Nie mieli już szans na otoczenie Opętanych. Teraz to oni byli otaczani. Przemknął wzrokiem po polu bitwy. Gdyby się wycofali i skonsolidowali centrum, wciąż mogliby wygrać tę bitwę, ale na pewno nie zdążą, nim przybędzie druga armia. Dusząc głos serca, który kazał mu walczyć dalej, podjął jedyną słuszną decyzję.

– Trąbić na odwrót.

– Wciąż możemy ich pokonać! – sprzeciwił się Renucci.

– Nie zdążymy. I nie obejdzie się bez wielkich strat. Odwrót, powiedziałem!

Generał Renucci wyglądał, jakby chciał zaprotestować, ale on również widział, że porażka magów wojowników zmieniła rozkład sił na polu bitwy. Czarodzieje nie byli już nowoczesną jednostką o wielkim potencjale, ale piątym kołem u wozu, które uniemożliwiało mu poruszanie się. Renucci zagryzł zęby i dał znak sygnalistom.

Gdy huk rogów rozbrzmiał w dolinie, emisariusz spojrzał na swoją armię, starającą się wykonać rozkaz. Odłączenie się od przeciwnika było w czasie bitwy najtrudniejszym manewrem, ale żołnierze Czwartej zaczęli się powoli wycofywać, nie łamiąc formacji.

Opętani wyczuli słabość, rzucili się za nimi w pogoń, ale emisariusz kazał łucznikom osłaniać odwrót salwami z łuków, a kawalerii wymieść nacierających wrogów krótkimi szarżami. Zdołali uniknąć katastrofy, stracili jednak inicjatywę i teraz szansa na uniemożliwienie dwóm armiom połączenia się została zaprzepaszczona.

Prawdopodobnie i tak wygraliby bitwę, ale zwycięstwo byłoby okupione zbyt wielkimi stratami. Emisariusz wiedział, że jeśli ma utrzymać armię w całości, potrzebne mu posiłki. Gdy tylko wyjdą z doliny, pośle jeźdźca do Hoffen. A gdy nadejdzie pomoc, wróci i znów będzie walczył.

Co się zaś tyczy nadchodzącego demona... Cóż, mógł tylko żywić nadzieję, że Nathalie wróci na czas.

Lecąca nad lesistymi dolinami Illicji Nathalie wzdrygnęła się, gdy znowu to poczuła. Znów dotarło do niej odległe echo cierpiącej duszy. Nie znalazłszy ani śladu Wildegrafa, postanowiła w końcu przerwać poszukiwania i wrócić do emisariusza. Wiedziała jednak, że nawet jeśli się pospieszy, nie zdoła dotrzeć o ustalonej porze.

Znowu. Wszechogarniający przebłysk agonii podobny do tego, który ściągnął ich uwagę poprzednio.

– Nie wiem – odszepnęła Nathalie w odpowiedzi na pytające myśli smoczycy.

Umysł Ciel wypełniały przejmujące obrazy strachu i bólu. Dla Nathalie brzmiało to jak krzyk. Gdzieś tam ktoś bardzo cierpiał. I nie tylko człowiek, również smok.

– Nie martw się, moja kochana – wydyszała Nathalie. – Ktokolwiek to jest, pomożemy im.

Skorygowała kierunek lotu i dała znać smoczycy, by żwawiej pomknęła naprzód. Uwolnią te umęczone dusze od katorgi, którą cierpiały, a potem, tak szybko jak to tylko możliwe, wrócą do emisariusza.

W odróżnieniu od wściekłego generała Renucciego Chevalier nie miał dla Dagorana Sorna nic poza współczuciem. Wyglądało na to, że pomimo wielkiej mocy magowie padli ofiarą niedostatków zwykłych ludzi. Przez strach doszczętnie wydrenowali się z mocy, która pozwoliłaby uderzyć w kardaków. Popełnili więc ten sam błąd co wszyscy niedoświadczeni żołnierze, którzy całą swoją siłę marnują na pierwsze minuty bitwy.

– I jak wiele czasu potrzebujecie, by przygotować kolejny zasób ofensywnych czarów? – spytał emisariusz, gdy zasiedli przy niknącym pod mapami stole w namiocie dowódczym.

– Splecenie jednego zaklęcia wymaga kilku godzin medytacji – odpowiedział Sorn. – Ale przygotowanie zasobów energii na całą bitwę potrwa kilka tygodni.

Generał Renucci prychnął pogardliwie. Nawet Chevalier nie był w stanie stłumić szalejącej w nim rozpaczy.

– A więc nie będę odciągał was od pracy – rzekł z wysiłkiem.

Skłoniwszy się sztywno, Dagoran Sorn wrócił do swoich przetrzebionych szeregów, by leczyć własne strzaskane ego.

Wreszcie udało im się oddzielić pewną odległością od przeciwnika, ale dwie armie Opętanych zdołały się już połączyć w siłę dorównującą liczebnie Czwartej Armii.

– Wciąż możemy ich pokonać – nie tracił nadziei kapitan Salien, weteran, który zjadł zęby, wojując z Opętanymi.

– Tak, możemy – przystał emisariusz. – Ale nie możemy okupić zwycięstwa unicestwieniem Czwartej. Osiem tysięcy żołnierzy z Hoffen da nam przewagę, której potrzebujemy, i zredukuje potencjalną liczbę poległych.

– Ale musimy zniszczyć armię Opętanych przed przybyciem demona!

– I dokonamy tego – zapewnił go Chevalier. – Gdy tylko przybędą posiłki z Hoffen.

– Nie będzie żadnych posiłków!

Wszyscy zwrócili się w stronę wejścia do namiotu, którędy wtoczył się do środka zmordowany zwiadowca. Bladość jego twarzy wystarczyła za wieści.

– Panowie... – Mężczyzna skłonił się pospiesznie. – Marszałek Vitrion przesyła przeprosiny. Garnizon w Hoffen został wezwany, by zapobiec przedostaniu się wroga na północ. Minie ponad tydzień, nim zdołają przyjść nam z pomocą.

Emisariusz zamknął oczy, a wszyscy oficerowie skupieni nad mapami zaczęli mówić jednocześnie.

– Musimy wycofać się do miasta.

– Zwariowałeś? – fuknął generał Renucci. – Nie możemy zaprowadzić demona do miasta, nie mając ze sobą maga bitewnego. Same mury go nie powstrzymają!

– A więc nie mamy innego wyboru, jak tylko zaatakować Opętanych przed przybyciem demona!

– Stracimy pół armii!

– Ale przynajmniej nie pozwolimy wrogowi zjednoczyć sił z demonem. Lepszy demon z garstką niedobitków niż demon z dwudziestoma tysiącami wojowników.

Oficerowie sprzeczali się, a emisariusz spojrzał na mapę. Renucci miał rację. Nie wolno im było zaprowadzić demona pod bramy bezbronnego miasta. Musieli znaleźć sposób, by odciągnąć Opętanych od Hoffen i dać Nathalie czas na powrót. Wciąż pokładał wiarę w magu bitewnym, lecz jeśli Nathalie zawiedzie, miasto Hoffen i cały region dostaną się w ręce wroga. Nie. Musi być jakiś inny sposób.

Emisariusz przebiegł palcem po linii na mapie. Linii, która wiodła do kolejnej doliny, oddalając się od Hoffen, a zbliżając do Le Matres. Nagle zaświtała mu w głowie myśl. Kto wie, może się uda.

Oficerowie przestali się kłócić, gdy emisariusz zwrócił się do jednego z czekających nieopodal kurierów.

– Jedź do Le Matres – polecił. – Znajdziesz tam garnizon trzech tysięcy żołnierzy oraz armię kadetów z Akademii Sztuki Wojennej. – Zignorował okrzyki niedowierzania, które dobyły się z gardeł kilku oficerów. Czy on zamierzał posłać do walki kadetów? – Powiedz, by wyruszali natychmiast. Niech spotkają się z nami w dolinie, o, gdzieś tutaj. – Popukał palcem w mapę. – I powiedz, by koniecznie zabrali ze sobą Falka Dantégo.

– Danté! – wykrzyknął generał Renucci. Pozostali oficerowie wodzili między nimi niepewnym wzrokiem.

– Jest silny – rzekł emisariusz. – Silniejszy, niż na to wygląda.

– Ale nie przeszedł jeszcze szkolenia! – zaoponował Renucci.

– To prawda. Ale jeśli demon dopadnie nas, zanim pokonamy Opętanych, Danté może stworzyć nam szansę, którą zdołamy wykorzystać.

59

DASTON

W Le Matres rozdano ludziom żywność i zaczęto budowę mostu. Wykonano spis uchodźców, których armia kadetów miała odprowadzić do Furii. Podczas gdy kadeci byli pochłonięci pracą, Falko starał się wyciągnąć, ile tylko zdoła, z ostatnich lekcji z Meredithem. Eksperyment komunikacyjny trwał i wszystko wskazywało na to, że zakończy się sukcesem, ale mistrzowie wieży magów w Le Matres ociągali się z udzieleniem Meredithowi zezwolenia na audiencję.

– Mają mnie za pyszałka – wyjaśnił. – Nie lubią, gdy chłystek taki jak ja próbuje ulepszyć metody, którymi posługują się od lat.

Falko uśmiechnął się ze współczuciem. Meredith był wyraźnie dumny ze swojego osiągnięcia, ale wydawał się również wyczerpany.

– Zakładam, że wrócisz do Furii, gdy już ich przekonasz?

Meredith kiwnął głową.

– Zajmie mi kilka dni nauczenie ich, jak przenosić połączenie. A poza tym muszę tu trochę pogrzebać w księgach. Ale tak. Ostatecznie wrócę do Furii.

– To dobrze. Po powrocie będę potrzebował twojej pomocy.

Meredith spojrzał na niego, ale się nie odezwał. Wiedział, że Falko myśli o rytuale Assay, ale tak samo jak Aurelian uważał, że nie jest jeszcze gotowy.

– Pojedziecie zobaczyć się z Fossettą?

– Nie wiemy nawet, czy jeszcze ją tam zastaniemy – odparł Falko. – Ale ponieważ Daston leży wszystkiego dwadzieścia mil stąd, spróbujemy.

Meredith pokiwał wolno głową. Zastanawiał się, jak to jest mieć w życiu ludzi, którzy tak się o ciebie troszczą.

Falko i Malaki mieli wyruszyć z rana, ale Bryna nie mogła jeszcze opuścić Urwipołciów, którzy wdawali się w bójki ze strażą miejską. Wyglądało na to, że opinia kłusowników i rzezimieszków była nie w smak jej łucznikom.

Przyszła tylko się pożegnać. Patrzyła, jak Falko i Malaki siodłają konie.

– Spróbuję dołączyć do was za dzień lub dwa – powiedziała. – Gdy tylko wbiję Patrickowi do głowy, że bijąc się z kim popadnie, nie zdobędzie zaufania tych, którzy są uprzedzeni do Urwipołciów.

Roześmiali się wszyscy, a Malaki złożył na ustach Bryny przeciągający się pocałunek.

– Uważajcie na siebie – powiedziała im.

– Ty też – odparł Malaki, po czym ruszyli w zimną i mokrą mgłę, która lepiła się do wzgórz jak lukier.

Droga zaprowadziła ich do starej ścieżki poganiaczy bydła, wijącej się między wzgórzami, i dopiero późnym popołudniem dotarli do leśnego miasteczka Daston. Mieszkańcy nie poświęcili im dwóch spojrzeń, gdy zmierzali główną drogą na rynek. Najwidoczniej byli przyzwyczajeni do przejeżdżających przez miasto obcych. Teraz byli nimi głównie zalęknieni uchodźcy, uciekający przed falą Opętanych. W tych dwóch wojownikach na koniach nie było jednak nic z zalęknienia.

Czereda dzieci przyczepiła się do końskich ogonów i biegła za nimi, dopóki nie zatrzymali się przed kuźnią, by napoić wierzchowce.

– Witajcie, panowie. Ależ piękne zwierzę! – zaczepił ich kowal, wycierając dłonie w szmatę, gdy wychodził spod wiaty kuźni.

– Co prawda, to prawda – odparł Malaki, klepiąc Fidelisa po szyi. – Ale żadni z nas panowie, jesteśmy dopiero w trakcie szkolenia.

Kowal rzucił Malakiemu spojrzenie z gatunku „skoro tak twierdzisz".

– W czym mogę pomóc? – powiedział na głos, taksując ich wzrokiem.

– Szukamy naszej przyjaciółki – włączył się do rozmowy Falko. – Nazywa się Fossetta Pieroni. Z tego, co wiemy, burmistrz jest z nią w kontakcie.

– Możliwe, że jest – powiedział kowal. – Ale nie tylko on, bo ja również. – Wyszedł na ulicę i wskazał głową drogę wiodącą do okazałego budynku, który musiał mieścić tutejszą gospodę. – Panie Pieroni i Asclepios są gośćmi Pod Dębowym Liściem.

Serce Falka zabiło mocniej. Wiedział, że to absurd, ale nagle zrobił się nerwowy.

– Ale nie znajdziecie ich tam teraz – dodał kowal. Nie umknęło mu rozczarowanie wymalowane na twarzy Falka. – Wrócą dopiero za jakiś czas, bo pojechały w odwiedziny do czcigodnej pani Casty.

Falko odetchnął z ulgą. Właściwie prawie nie wierzył, że je tu znajdzie.

– Jest z nimi również młody pan Merryweather – pociągnął kowal, widocznie szczęśliwy, że może dostarczyć przybyszom dobre wieści. – Na pewno wrócą przed zachodem słońca. – Jego oblicze nachmurzyło się. – Niemądrze jeździć nocą po lesie.

– Dziękujemy – powiedział Falko.

– Nie ma sprawy. Dobrze mieć w mieście uzdrowicielkę z prawdziwego zdarzenia. – Odsunął się, gdy jeźdźcy odciągnęli konie od koryta z wodą. – Poczekajcie na nich Pod Liściem, jeśli chcecie. Madame Beaujon na pewno nie będzie miała nic przeciwko. Jest tam co zjeść i gdzie się przespać, jeśli macie ochotę.

Podziękowali raz jeszcze i pojechali we wskazanym kierunku. Gospoda była pokaźnym, dwupiętrowym budynkiem, robiącym wrażenie dostojnego przybytku spychanego w ruinę przez trudne czasy. Oddali konie młodemu stajennemu, po czym weszli niskimi drzwiami do środka. Wnętrze okazało się o wiele bardziej przytulne, niż wskazywał na to wygląd zewnętrzny.

– W czym mogę pomóc? – zapytała uprzejmie korpulentna kobieta za barem, która musiała być rzeczoną madame Beaujon.

– Dowiedzieliśmy się, że przebywa tutaj Fossetta Pieroni – odezwał się uprzejmie Falko. – Chcielibyśmy zaczekać tu na nią, jeśli pani pozwoli.

– Znacie się, tak?

Falko skinął głową.

– Nie wie pani może, kiedy wróci?

– Chyba nie późno – odparła madame Beaujon. Obmyła ręce w kamiennej misie, by następnie wyjść zza kontuaru i powitać gości jak należy. – Valencjanie, co? – stwierdziła raczej, niż zapytała. – Chodźcie na dziedziniec, nakarmimy was. – Zaprosiła ich gestem na dwór, gdzie ujrzeli stoły i krzesła. – Nie jesteście chyba z Caer Dour? – zapytała po chwili.

– Owszem, jesteśmy – potwierdził Falko, a w oczach właścicielki zajaśniały ogniki zrozumienia.

W drzwiach prowadzących na dziedziniec pojawił się starszy mężczyzna i zaczął z mozołem przedzierać się przez podwórze. Stawiał kroki jak człowiek dotknięty artretyzmem.

– Albercie – zwróciła się do niego gospodyni, a mężczyzna stanął w miejscu – przyniesiesz naszym gościom coś do zjedzenia?

– Chyba nie mam wyjścia – odparł starzec niechętnie, nawet nie obracając głowy.

– I nieco wina...

– Skoro trzeba – dodał głosem udręczonego służącego, przeciągając sylaby.

Gospodyni nie przeprosiła za jego opryskliwość. Uśmiech na jej ustach zdawał się raczej mówić o ciepłym uczuciu, jakim darzy starca. Wyraźnie opierając się pokusie obsypania gości pytaniami, zostawiła ich przy stole, a sama wróciła za kontuar.

Albert nie spieszył się przesadnie. Wykonał jeszcze dwa przebiegi, nim wreszcie wszystkie zamówione rzeczy znalazły się na stole. Najedzeni i wypoczęci goście rozparli się na krzesłach.

– Co będziemy teraz robić? – spytał Malaki. – Moglibyśmy przejść się po mieście.

– Wolałbym po prostu tutaj poczekać – odpowiedział Falko.

Ani myślał się stąd ruszać, zwłaszcza że Fossetta mogła się pojawić w każdej chwili. Malaki po prostu wzruszył ramionami i poprawił się na krześle. Nie minęła minuta, a zaczął chrapać.

60

PRZECIWNIK

Ciel zauważyła to pierwsza. Osobliwa masa zieleni i czerni przy klifach na skraju stromej skarpy. To stamtąd emanowało cierpienie, które wyczuły. Wiedząc, że dzieje się tam coś złego, zaczęły wolno obniżać lot po spirali. W miarę zbliżania się widziały coraz więcej.

– Och, serce moje! – Nathalie zachłysnęła się powietrzem, gdy uświadomiła sobie, że zieloną plamą jest smok, a ta czarna to krew, która go zbryzgała. – Wildegraf! – Nieomal zakrztusiła się krzykiem, rozpoznawszy ciało illicyjskiego wojownika leżące... nie, rozciągnięte na smoczych zwłokach jak na katowskim łożu.

Ciel nie mogła powstrzymać emocji, gdy dotarło do niej, na co właściwie patrzy. Wylądowała na ziemi bez zwyczajowej gracji. Ktoś lub coś okaleczyło, a potem ułożyło ciała Wildegrafa i Beryliana jak na wystawie. Smok tkwił przygwożdżony do skały mieczem maga bitewnego, którego ciało było jakimś sposobem przytwierdzone za nadgarstki i kostki do jego łap. Zbroja leżała rozrzucona wokoło, a jeden z rogów Beryliana sterczał z rozszarpanego brzucha mężczyzny.

Nathalie nie wiedziała, jaka sadystyczna bestia dopuściła się czegoś takiego. Czy chciała uczynić towarzyszy narzędziami tortur dla siebie nawzajem?

Rozejrzawszy się za niebezpieczeństwem, Nathalie zsunęła się z grzbietu smoczycy, założyła tarczę i dobyła miecza. Twórca tego upiornego dzieła wciąż mógł gdzieś tu być. Ciel również to wiedziała. Węszyła w powietrzu, gdy zbliżały się powoli do ciał.

Nathalie nie sądziła, by Wildegraf lub Berylian jeszcze żyli, lecz wiedziała, że jedną z piekielnych zdolności Opętanych było wydłużanie życia torturowanych ofiar, tak by mogli dłużej karmić się ich cierpieniem. Teraz obie widziały, że długie wstęgi skóry zerwanej z Beryliana posłużyły za linę, którą kat przywiązał Wildegrafa za ręce i nogi do jego ciała. Oba ramiona maga były wybite z barków, jego przeguby rozciągnięte i pokryte sińcami. Lewa połowa twarzy niknęła pod maską skrzepniętej krwi. Posoka wyciekająca z ran na jego brzuchu zdążyła już sczernieć i znaczyła bladą skórę na piersi ciemnymi strugami.

Nathalie widziała już wcześniej ciała poddane torturom, ale nigdy jeszcze nie spotkała się z tak ohydnie splugawionymi ciałami maga bitewnego i smoka. Czegoś tak potwornego mógł dokonać jedynie demon o wielkiej mocy.

Wiedziała, że nie mogą zrobić nic, by im pomóc. Chyba tylko ukrócić ich cierpienie, tak by zaznali wreszcie spokoju. Podczas gdy Ciel rozglądała się bacznie za jakimiś śladami niebezpieczeństwa, Nathalie schowała miecz do pochwy i ruszyła w kierunku dwóch umęczonych dusz, by na zawsze uwolnić je od bólu.

Przez cienką warstwę eterycznej skały Pogromca obserwował zbliżającą się do klifów Przeciwniczkę, chcącą pomóc powalonym towarzyszom w wyniku odruchu słabości, jakim było współczucie. Taka arogancka, a taka łatwowierna. To niemal rozczarowujące złapać ją z taką łatwością. Jeszcze kilka kroków, a zabije ją jednym ciosem.

Umysł Wildegrafa wypełniony był bólem i jedynie dzięki nadzwyczajnemu wysiłkowi woli wzbraniał się przed wszechogarniającym uczuciem zimnej, zwierzęcej paniki. Lecz nagle wyczuł, że opada w jego kierunku jakaś obecność. Tchnęła od niej siła, która przywróciła Wildegrafowi nadzieję. Z początku myślał, że to sen lub że mami go jego własny udręczony umysł, ale wtedy rozpoznał aurę pokrewnej mu duszy... dwóch dusz: jednej ludzkiej i jednej smoczej. Kobieta i smoczyca zbliżały się do niego, a ich rozognione serca tchnęły miłością i współczuciem.

Niemal zapłakał z radości, ale wtedy przypomniał sobie o przyczajonym niedaleko Pogromcy, który tylko czekał, aż dwie kolejne ofiary wpadną w zastawioną przez niego pułapkę. Wildegraf wyczuł zniecierpliwienie ukrytego przed ludzkimi i smoczymi oczami demona, gdy dwie dusze podeszły ostrożnie bliżej. Pogromca trwał w ukryciu, nie zobaczą go! Powali je z zaskoczenia, a potem kobieta i smoczyca podzielą los Wildegrafa i jego towarzysza.

Nie podchodźcie! – pomyślał, z całych sił usiłując wymówić słowa suchymi, spękanymi ustami. Niemoc wzmogła jego rozpacz, wzbudziła cierpienie dotkliwsze od tego, które sprowadził na niego demon, i pojedyncza łza spłynęła z kącika jego oka.

Nie podchodźcie!

Podejdźcie, pomyślał Pogromca, mocniej ściskając rękojeści mieczy. Jeszcze tylko dwa kroki...

Widok łzy ściekającej po policzku Wildegrafa zakłuł Nathalie w serce.

Niebiosa, zlitujcie się nad nim. On żyje. Wie, że tu jesteśmy.

Wciąż skanując okolicę wyczulonymi zmysłami, zbliżyła się o krok. A Wildegraf otworzył jedno opuchnięte, nabiegłe krwią oko. Spękane usta poruszyły się.

Nathalie już miała podejść bliżej, lecz wtedy dobiegł ją jego głos.

– Uciekajcie – rzekł Wildegraf głosem trupa.

Nathalie zamarła. Nigdy nie sądziła, że usłyszy tak wielkie przerażenie w głosie maga bitewnego.

– Uciekajcie stąd! – powtórzył, ale było już za późno.

Nathalie zaczęła się cofać, gdy Pogromca wyłonił się z kryjówki. Pierwsze uderzenie zakrzywionych ostrzy zmiotłoby jej głowę z ramion, ale dzięki Wildegrafowi miała dość czasu, by zasłonić się tarczą. Potworna siła uderzenia zaburzyła jej równowagę, ale Nathalie wykorzystała ją, by odtoczyć się poza zasięg dwóch kling. Nie spodziewała się, że gdy wyląduje na nogach, ujrzy już przed sobą niesamowicie szybkiego demona. Ledwo co zdołała sparować mieczem cięcie, które otworzyłoby jej klatkę piersiową. Głowa, kolano, brzuch. Uderzenia Pogromcy spadały z oszałamiającą szybkością i jedynie refleks ocalił Nathalie przed śmiercią. Ale gdy demon kopnął ją obsydianowym kopytem w udo, zachwiała się, a zdrętwiała noga ugięła się pod nią.

Zginęłaby, gdyby nie Ciel. Bursztynowa smoczyca rzuciła się na Pogromcę i zacisnęła potężne szczęki na jego prawym ramieniu. Demon zawył z bólu, ale pancerz osłabił ukąszenie i Ciel musiała wypuścić jego rękę, gdy drugie ostrze pomknęło w kierunku jej gardła. Uskoczyła przed ciosem i uderzyła wroga zakończoną szponami łapą, ale wykuty przez Oświeconych pancerz wytrzymał.

Nie bacząc na odmawiającą posłuszeństwa nogę, Nathalie dźwignęła się do pionu, rozwścieczona ponad wyobrażenie tym, co zrobił demon. Prędko zebrała moc, podniosła miecz i tarczę, a potem, mierząc w jego pierś, wystrzeliła połyskliwy grot magicznej energii. Nawet Ciel wzdrygnęła się przed intensywnością tego ataku. W następnej chwili Nathalie jednak pojęła, skąd wziął się ten strach w oku Wildegrafa. Czuła, że nawet tak potężny atak, który przeciętnego demona naznaczyłby śmiertelną raną, nie wyrządzi krzywdy temu potworowi zakutemu we wchłaniający obrażenia pancerz. W miejscu, w które trafiła, widniała tylko na żebrach poczerniała plama nadpalonego mięsa. Jej ataki jedynie rozwścieczały wroga.

Stwór zamachnął się ostrzami i łuk płonącej siarki pofrunął w kierunku Nathalie, która w ostatniej chwili skryła się za tarczą opalizującego światła.

Gdy zatoczyła się, obciążając ranną nogę, demon spadł na nią jak grom. Jeden cios przyjęła na tarczę, kolejny sparowała mieczem. Trzeci zjechał po hełmie, ale był dość silny, by jej głowa odskoczyła od klingi jak kopnięta piłka. Nathalie poczuła, jak ciepła krew spływa jej po szyi.

Poczuła gorąco na plecach – to Ciel buchnęła ogniem, który owionął Pogromcę jak morderczy wiatr, ale, o dziwo, nie wyrządził mu krzywdy. Wówczas Nathalie uświadomiła sobie, że nie wygrają tej walki.

– Ciel! – zawołała Nathalie. – Uciekaj!

Smoczyca natychmiast ucięła strumień ognia, ale gdy tylko się odwróciła, Pogromca pchnął mieczem. Zakrzywione ostrze o pół cala minęło jej szyję, ale wcięło się w bok prawego skrzydła. Smok warknął z bólu, a Pogromca złożył się do kolejnego uderzenia. Wtedy Nathalie przyłożyła mu w twarz kulą ognia.

Spowolnione przez rany Nathalie i Ciel rzuciły się biegiem w kierunku urwiska, ale Pogromca strząsnął z siebie ostatnie wijące się języki płomienia i ruszył w pogoń. Był potwornie szybki, jak na swoje rozmiary, i z łatwością by je dogonił, gdyby nagle jakaś niewidzialna siła nie złapała go za nogi. Demon wyrżnął o ziemię, a Nathalie i Ciel zeskoczyły ze skarpy. Na chwilę zniknęły piekielnikowi z oczu, by za moment pojawić się na niebie. Ciel starała się lecieć prosto pomimo uszkodzonego skrzydła, a Nathalie wisiała uczepiona siodła.

Umysł Pogromcy zapłonął drapieżną furią. Mógł tylko patrzeć na ofiarę, która mimo całej jego potęgi wymknęła mu się z rąk. Lecz wówczas na jego oczach smoczyca zakołysała się na niebie i spadła między drzewa. Przez uszkodzone skrzydło nie zdołała utrzymać się w powietrzu. Przeciwniczka oraz jej wyrm nie zdołają uciec. Pogromca będzie je gonił, aż zabraknie im sił.

Wiedząc, że ofiara jest w zasięgu ręki, demon ochłonął. Wkrótce rozpoczną się łowy, lecz najpierw Pogromca zajmie się tym, który w kluczowym momencie go powstrzymał. Którego przedwcześnie uznał za pokonanego.

Wildegraf tracił wzrok, ale zdążył jeszcze zobaczyć, że Pogromca zwraca się ku niemu. To ostatnie zaklęcie wydusiło z niego resztki sił, ale Nathalie i Ciel zdołały uciec. Tylko to się liczyło. Podniosą alarm, i dzięki temu inni magowie bitewni zyskają dość czasu, by przygotować się do walki z tym nowym, potężnym przeciwnikiem. Wildegraf miał świadomość, że demon zemści się na nim za to, że ośmielił się wplątać w walkę, ale nic go to nie obchodziło. Nie na darmo wróg nazywał magów bitewnych Przeciwnikami.

61

UCIECZKA

Nathalie trzymała się kurczowo uprzęży, gdy frunęły ponad wierzchołkami drzew. Tarcza na przedramieniu utrudniała jej mocny uchwyt obiema rękami i magiczka obawiała się, że spadnie, lecz wtedy Ciel okręciła się w locie, umożliwiając Nathalie wspięcie się na jej grzbiet. Ale nawet wczepiona mocno w smocze łuski, nie czuła się bezpieczna. Prawe skrzydło Ciel było uszkodzone i kobieta wyczuwała ostry ból, który dręczył starającą się utrzymać wysokość smoczycę. Bardzo chciała wlać nieco wzmacniającej magii w ciało towarzyszki, gdy ta mknęła ponad zielonym dachem lasu, muskając nogami czubki drzew, ale nim zdołała to zrobić, przebiły się przez splątaną zieloność i uderzyły z mocą o ziemię.

Sycząc z bólu, Nathalie wstała na rozchwiane nogi, plując ziemią i igliwiem, usiłując odzyskać jasność myślenia. Ciel również się podniosła, marszcząc z bólu okrytą drobnymi łuskami brew. Jej prawe skrzydło wisiało niżej od lewego. Nathalie natychmiast popędziła do smoczycy, spoglądając między drzewami, czy czasem Pogromca nie puścił się w pogoń.

Szybkie oględziny potwierdziły domysły Nathalie. Ostrze Pogromcy przebiło łuski i nadkruszyło skrytą pod nimi kość.

– Możesz latać? – spytała Nathalie wbrew nadziei.

Ciel westchnęła, spuszczając głowę, ale trąciła Nathalie pyskiem, zachęcając ją, by jej dosiadła. Nathalie prawie załkała, tak była z niej dumna. Czuła jej ból i nie chciała krzywdzić towarzyszki, ale musiały się spieszyć.

– Chwileczkę – rzuciła kobieta i poderwała wzrok. Skierowała go w kierunku skarpy, by przebić się spojrzeniem przez zasłonę drzew.

Spadając, upuściła miecz, by złapać się uprzęży. Czuła, że leży on u podstawy skarpy. Była pewna, że Pogromca zacznie je gonić, ale miecz maga bitewnego był niemalże częścią jego ciała. Porzucić go to jak porzucić przyjaciela.

Przeszła pomiędzy drzewami i dostrzegła swoją broń wśród skał. Ruszyła w tamtym kierunku, ale dobiegający z góry ryk demona powiedział jej, że nie ma zbyt wiele czasu. Skupiła się i sięgnęła myślami do miecza, a ten poruszył się i trącił kamień, po czym poderwał się z ziemi i wylądował w jej dłoni. Narastała w niej panika i strach dobijał się do jej umysłu, ale mając miecz w dłoni, poczuła osobliwy spokój. Lecz wtedy sylwetka opancerzonego demona wynurzyła się zza krawędzi stoku. Nathalie wiedziała, że łowy się rozpoczęły.

Utykając, ruszyła z powrotem do Ciel. Bursztynowa smoczyca czekała na nią, nie zlękła się ryku potwora.

Obejrzawszy się po raz ostatni, Nathalie schowała miecz do pochwy i wgramoliła się na siodło. Czując, że Ciel sposobi się do lotu, pozwoliła leczniczej mocy wniknąć do rannego skrzydła. Na nic innego nie miały już czasu.

Łzy spłynęły jej po skrytej pod hełmem twarzy, gdy szeptała smoczycy do ucha pokrzepiające słowa.

– Leć, najukochańsza. Tak szybko, jak zdołasz.

62

STARE, DOBRE CZASY

Falko drzemał, rozparty na krześle na osłoniętym dziedzińcu gospody Pod Dębowym Liściem. Nie był pewien, co wyrwało go ze snu, ale wyprostował się i usłyszał głosy wchodzących do karczmy ludzi. Dobiegło go szuranie przestawianych mebli, przez które przebił się głos madame Beaujon.

– Przepraszam, panie Merryweather – mówiła gospodyni. – Nie powinnam była tu tego zostawiać.

Serce zabiło mu szybciej i Falko wyciągnął rękę, by trzepnąć Malakiego w ramię.

– Ej, za co? – oburzył się przyjaciel, mrużąc oczy przed popołudniowym światłem.

Falko nie odpowiedział. W ciemnym wnętrzu gospody spostrzegł uzbrojonego żołnierza, pchającego przed sobą wózek.

– Dobry wieczór, madame Pieroni – przywitała się gospodyni. – Jak się miewa pani Casta?

– Niezbyt dobrze – odrzekł głos, który Falko tak dobrze znał. – Ale myślę, że bardzo jej pomogła kuracja Heçamedes. Z całą pewnością towarzystwo polepszyło jej nastrój.

Grupa przybyszów już miała przejść do głównej izby, gdy powstrzymały ich słowa madame Beaujon.

– Chyba powinniście zajrzeć na dziedziniec przed kolacją – powiedziała głosem nasyconym sugestią. – Czeka tam na was dwóch młodzieńców.

– Doprawdy? – odrzekła Fossetta tonem człowieka, który spodziewa się, że zaraz zostanie poproszony o przysługę. Czy to kolejny ojciec, którego dziecko cierpi koszmary? Kolejni pacjenci Heçamedes?

Falko rozciągnął usta w uśmiechu, słysząc narastający odgłos kroków. Wreszcie Fossetta stanęła w drzwiach, rozplątując rzemienie podróżnego płaszcza, i omiotła dziedziniec zniecierpliwionym spojrzeniem. Przemknęła wzrokiem po dwóch młodych żołnierzach, nie rozpoznając ich, a potem wróciła do Falka i przechyliła głowę, starając się dostrzec jego twarz. Wtedy rzemyki wysunęły jej się z palców i płaszcz opadł na podłogę, a obie dłonie zakryły usta.

Falko już miał coś powiedzieć, gdy Fossetta nagle odwróciła się do nich plecami z oczami pełnymi łez. Falko poczuł się nieswojo, jakby w jakiś sposób sprawił jej przykrość. Wtedy jego uwagę przykuł chłopak podjeżdżający do nich na wózku.

– Mamidełko! – powiedział Tobias z nieskrywaną radością i teraz to Falko zakrztusił się szlochem.

Kaleki chłopiec opromienił go gorącym uśmiechem. Falko podszedł do niego i ujął jego drżącą dłoń.

– Cześć, Tobias – przywitał się. – Czołem, Heçamedes – dodał, gdy na dziedzińcu stanęła uzdrowicielka.

– Dobrze cię widzieć, Danté – rzekła kobieta. Jej ciemne thraeckie oczy tchnęły ciepłem. – Panie de Vane – dodała, uśmiechając się do Malakiego, który właśnie się do nich zbliżył.

Heçamedes, nie odrywając wzroku od Falka, popędziła go ruchem głowy w kierunku Fossetty.

– Dzień dobry, Fossetto – przywitał się.

Wreszcie kobieta uniosła wzrok i w nagłym przypływie uczuć przygarnęła go do siebie.

– Nie mogłeś mnie uprzedzić? – rzekła, gdy już odzyskała mowę.

– Nie pomyślałem – odparł Falko chrapliwie.

– Pewnie, że nie. Ty w ogóle niewiele myślisz! – obsztorcowała go, a Falko musiał się uśmiechnąć. To była Fossetta, jaką znał i kochał.

Pociągając nosem i ocierając łzy, puściła Falka i zamknęła Malakiego w równie serdecznym uścisku. A potem, wszedłszy na światło dziedzińca, ustawiła ich obok siebie, by lepiej im się przyjrzeć.

– Nie wierzę – powiedziała, sycąc wzrok widokiem Falka. – Prawie cię nie poznałam. A potem, gdy skupiłam na tobie wzrok, wydawało mi się, że patrzę na twojego ojca. Tylko oczy masz inne – dodała, głaszcząc jego policzek. – Matki.

Falko także zauważył pewne zmiany w korpulentnej sylwetce Fossetty. Zgubiła parę kilogramów, a skóra jej twarzy była ogorzała od ciągłej podróży. Wyglądała świetnie.

– Usiądźmy – zaordynowała Fossetta, choć przytrzymała Falka jeszcze chwilę, jakby próbowała nałożyć zapamiętany obraz chorowitego podrostka na silnego młodego mężczyznę, którego miała teraz przed sobą. Był szerszy w barkach, mocniejszy w piersi, a jego ramiona wyglądały, jakby przez ostatnie osiem miesięcy pracował w polu. Ciemne włosy były gęste i zdrowe, nawet kark i szyja wydawały się silne i muskularne. Co się zaś tyczy Malakiego... no cóż, zawsze był wysoki i silny, lecz teraz budził podziw, wręcz postrach.

– Dobroci łaskawa! – wykrzyknęła, gdy zasiedli wreszcie na krzesłach na dziedzińcu. – Czym oni was karmią w tej Furii?

Roześmieli się chórem, a potem słowa same popłynęły z ich ust.

– Skąd się tu wzięliście?

– Jak długo zostaniecie?

– Jak się miewa Bryna i emisariusz?

– Co słychać u pozostałych młodych ludzi z Caer Dour?

Kobiety chciały wiedzieć o wszystkim, co się wydarzyło od ostatniego spotkania: o szkoleniu w akademii, o stolicy i o morzu. A przede wszystkim o królowej! Fossetcie nie mieściło się w głowie, że chłopcy spotkali monarchinię Furii.

– Myślałam, że najwyżej pomacha wam z daleka!

Tobias chciał usłyszeć o smokach i wydawał się szczególnie zainteresowany tym, co opowiedział mu Falko o Aurelianie i Dwimervane.

Fossetta przedstawiła gościom dwóch żołnierzy z Toulwaru, którzy towarzyszyli im w podróży: kapitana Reynalda de Roche'a i porucznika Francois de Lacy'ego z Toulwarskich Szaserów Królewskich.

Mężczyźni skłonili się po żołniersku, ale utrzymali dyskretną odległość, nie chcąc się narzucać i przeszkadzać przyjaciołom w spotkaniu.

Rozmawiali bez chwili ciszy, aż madame Beaujon zaprosiła ich do izby, gdzie podano już jedzenie i gdzie było nieco cieplej. Siedzieli przy kominku, na zmianę zadając pytania i odpowiadając.

– A jak wam idzie? – spytał Falko, gdy rozmowa zeszła na poszukiwania młodych magów bitewnych. – Wspomniałaś w swoim liście tylko o jednym „mamidełku".

– Znaźliśmy jesze jednego – odpowiedział Tobias. – Ale się nie udao.

Falko pokiwał głową. Sam zachował jaskrawe wspomnienia z dzieciństwa, dobrze pamiętał koszmary, które o mało nie doprowadziły go do szaleństwa, nim nauczył się nad nimi panować.

– Dość o smutkach – zarządziła Fossetta. – Opowiedzcie nam o czymś weselszym!

– Ja mogę opowiedzieć o tym, jak Bryna spiła się z Urwipołciami – podsunął wrednie uśmiechnięty Malaki.

– Panna Godwin? – powiedziała z niedowierzaniem Heçamedes. – Nie wierzę!

Żadna z kobiet nie słyszała o osławionej jednostce łuczniczej, ale Falko zauważył, że Francois i Reynald nachylili się, nagle zaciekawieni. Najwyraźniej wiedzieli, o czym mowa.

– Ależ tak – potwierdził Malaki. – Obrzygała mnie od stóp do głów!

Zabrał się z zapałem do opowieści.

Zapadał wieczór, gdy do grupy przysiedli się dwaj mężczyźni. Ich uprzejmości przeplatały się z przekleństwami, których nie powstydziłby się Dedric Sayer.

– Pozwólcie, że przedstawię – rzekła Fossetta, gromiąc ich spojrzeniem. – Pierre Laffite i Louis Macaire, woźnice, jakich świat nie widział – dodała z wyćwiczonym sarkazmem.

– Miło poznać! – zawołali dwaj mężczyźni, obracając się do Falka z rozbrajającymi uśmiechami na ustach.

– O w dupę! – powiedział Pierre, gdy zobaczył znamię Malakiego. – Co ty masz na twarzy, kolego!

– Myślałem, że dzieciom daje się klapsa w tyłek, nie w twarz! – dorzucił Louis Macaire i obaj kamraci nagrodzili się wzajemnie gromkim śmiechem.

Poirytowany Malaki uniósł brew, ale Falko roześmiał się i nawet Fossetta musiała zakryć usta dłonią. I to wystarczyło. Ci dwaj mężczyźni bez wątpienia odnaleźliby się wśród Urwipołciów. Reszta wieczoru i większość nocy upłynęły im na beztroskich rozmowach i śmiechu, jakich Falko już dawno nie zaznał.

Udali się na spoczynek niedługo przed brzaskiem. Falko uśmiechnął się, ułożywszy się w prawdziwym łóżku i wtuliwszy głowę w miękką puchową poduszkę. Mogli zostać jedynie dzień lub dwa, ale na razie wystarczyła mu świadomość, że jutro będzie mógł wstać z łóżka, jak przyjdzie mu na to ochota, i zjeść śniadanie z ludźmi, których zna całe życie.

Gdy odpływał w sen, wyobraził sobie, że leży w swoim starym pokoju w willi Symeona. I że życie znowu jest proste, a jego jedynym zmartwieniem jest zadbanie o to, by rano jego panu nie zabrakło wina. Niemal słyszał głos Symeona, strofującego go za jakąś drobnostkę głębokim, tchnącym autorytetem głosem, w którym jednak potrafił zawrzeć nutę serdeczności. Prawie udało mu się przekonać samego siebie, że ta najnormalniejsza ze wszystkich wersja rzeczywistości jest tą prawdziwą.

Och, gwiazdy na niebie, jakże by pragnął, by tak właśnie było.

63

WEZWANIE DO BRONI

W Le Matres Bryna rozdzielała właśnie obowiązki między Urwipołciów, gdy sygnaliści obwieścili wezwanie do broni. Zorganizowała eskortę w porozumieniu z dwoma miejscowymi zwiadowcami i miała niebawem ruszać do Daston, lecz teraz wszyscy rzucili to, co robili, i zwrócili spojrzenia w kierunku obozu. Z początku myśleli, że musiała zajść jakaś pomyłka lub może zarządzono niezapowiedziane ćwiczenia, ale z błędu wyprowadziła ich krzątanina dowódców oraz podniesiona czerwona flaga bitewna. To nie ćwiczenia, zorientowała się Bryna i zanim świadomie podjęła decyzję, jej ciało samo rzuciło się pędem naprzód.

– Co się dzieje? – spytał doganiający ją Patrick Feckler.

– Pojęcia nie mam – odparła Bryna, gdy dobiegli do namiotów Urwipołciów. – Ale każ ludziom szykować się do wymarszu. Mają być gotowi za dwie minuty.

Paddy zmarszczył brwi. Widział dość świata, by rozpoznać kłopoty na pierwszy rzut oka. Napięcie, które raptem zawładnęło obozem, nie miało nic wspólnego z wojskowym drylem. To była mobilizacja. Wyszczekał serię raptownych komend i kilkoma celnymi chlaśnięciami w potylice popędził co bardziej leniwych podkomendnych, a potem dał nura do namiotu, który dzielił z Dedrikiem i dziesięcioma innymi osobami. Wszędzie wokoło rozbrzmiewały klątwy i odgłosy wpadających na siebie żołnierzy, którzy zmieniali ubrania robocze na zbroje.

Paddy uwinął się szybciej niż większość. Rękami przyzwyczajonymi do pracy pod presją założył zbroję, przypasał miecz, złapał za łuk i kołczan, nałożył hełm i wypadł z namiotu, ostatnie rzeczy pakując do plecaka już w biegu.

– Ustaw ludzi w szeregu – powiedziała Bryna, gdy Paddy wynurzył się z namiotu. – Idę sprawdzić, co się dzieje.

Wokoło żołnierze gorączkowo formowali szyk. Bryna przedzierała się przez tłum w kierunku namiotu dowódczego. Dowódcy i kilku kadetów gromadzili się na zewnątrz wokół zmordowanego po długiej drodze jeźdźca.

– Co jest? – spytała Bryna. – Co się dzieje?

– Chevalier – powiedział Alex, gdy kadeci zbliżyli się do zacieśniającego się kręgu ludzi wokół kuriera. – Chevalier odciąga armię Opętanych od Hoffen i potrzebuje naszej pomocy.

– Naszej? Jak to? – zdumiał się Huthgarl, podchodząc do nich z innymi kadetami.

– Z południa idzie demon. Chevalier chce unicestwić armię Opętanych przed jego przybyciem.

– Taka jest liczna? – zląkł się Quirren.

– Najwyraźniej – odparł dowódca. – Ale mag bitewny Nathalie Saigal nie wróciła jeszcze z południa. Jeśli Chevalier nie pokona Opętanych szybko, to gdy dołączy do nich demon, Czwarta Armia z pewnością zostanie rozgromiona.

– Wielkie nieba! – Bryna zachłysnęła się powietrzem.

Nie mogła zdecydować, co trudniej jej sobie wyobrazić: utracenie całej Czwartej czy samego emisariusza.

Dowódca zaprowadził ich do stojącego na dworze stołu, na którym rozłożono wielką mapę.

– Chevalier robi odwrót, idzie przez tę dolinę, a w ślad za nim ciągnie armia Opętanych. – Przesunął palcem wzdłuż linii wyrysowanej na mapie kotliny. – Armia demona sunie na niego z południa, czyli gdzieś stąd.

Bryna widziała teraz, że istniało zagrożenie, iż armia demona odetnie emisariuszowi drogę i Opętani zaatakują Czwartą z dwóch stron.

– Chevalier chce, byśmy dołączyli do niego jak najszybciej. Gdy tylko przybędziemy, zawróci i wespół szybko rozprawimy się z Opętanymi.

– Czemu nie miałby po prostu wycofać się do Hoffen? – spytał Jareg, który nagle pojawił się w grupie.

– Z Hoffen odwołano garnizon, nie ma tam magów bitewnych, którzy mogliby go wesprzeć – wyjaśnił dowódca. – A on nie może zaprowadzić armii demona do miasta pełnego ludzi.

– A co z demonem? – spytał Huthgarl. – Jak mielibyśmy walczyć z nim bez maga bitewnego?

Dowódcy wymienili nerwowe spojrzenia.

– Gdzie jest Falko Danté?

– W Daston – powiedziała Bryna. – Z Malakim. – Dowódcy wyglądali na zaszokowanych jej słowami. – Sam pan go puścił – broniła się Bryna. – Pojechali wczoraj.

– Jak daleko stąd jest Daston? – spytał jeden z dowódców.

– Około dwudziestu mil.

– A więc musimy czym prędzej go tu sprowadzić.

– Ależ on nie jest magiem bitewnym! – zaoponował Jareg. – Nie umie nawet czarować!

– Ale sama jego obecność może umożliwić nam walkę – odparł dowódca.

– Bez maga bitewnego nasza odwaga natychmiast skruszeje w obliczu demonicznej mocy – poparł go inny.

Jareg nie dawał się przekonać. Nie doświadczył jeszcze wyniszczającego przerażenia, które demon rzucał na pole bitwy.

– Falko i Malaki nie będą wiedzieli, dokąd jechać! – odezwała się Bryna.

– Zaczekamy na nich – powiedział Huthgarl, przemawiając w imieniu wszystkich przyszłych rycerzy.

– Wyślemy po nich gońca – dodał Quirren. – A potem dołączymy do was w miejscu spotkania z demonem. – Dźgnął palcem miejsce na mapie.

– Niech tak będzie – zgodził się dowódca. – Posłać po pana Dantégo. Ruszamy w ciągu godziny.

64

PAN DANTÉ

Po serdecznym powitaniu minionej nocy poranek otrzeźwił ich nieco i do Falka zaczynało docierać, że wizyta w Daston kiedyś dobiegnie końca. Czas spędzony z bliskimi naznaczony był więc niezbywalnym piętnem mającej niebawem nadejść rozłąki. Zjedli śniadanie i poszli na spacer do lasu. Wrócili dopiero na drugie śniadanie, gdy madame Beaujon podała herbatę i ser.

– Bryna wpadnie później – powiedział Malaki. – Chciała pojechać razem z kilkoma miejscowymi zwiadowcami.

– Byłoby wspaniale, gdyby jej się udało – odrzekła Fossetta. – Zawsze była taka energiczna i żywiołowa. Nie dziwi mnie, że poskromiła tych całych Urwisów.

Falko i Malaki tylko się wyszczerzyli. Dali za wygraną, jeśli idzie o poprawianie Fossetty, której ciągle myliła się nazwa podległej Brynie jednostki. Z czasem dwaj toulwarscy oficerowie coraz bardziej angażowali się w rozmowę. Ze szczerym zainteresowaniem słuchali wszystkiego, co Falko i Malaki mogli powiedzieć im o świecie. Toulwar leżał daleko od frontu, a oficerowie rwali się do walki. Dopiero teraz Falko dowiedział się, że to właśnie oni znaleźli wiadomości wysłane przez mieszkańców Caer Dour i wysłali maga bitewnego Dominica Ginolę, by odnalazł ich w górach. Raz jeszcze zadziwiło go to, jak splatają się nici ludzkich losów.

Po obiedzie Falko zgodził się towarzyszyć Heçamedes i Fossetcie podczas wizyty u mężczyzny, który złamał żebra przy wycince drzew.

– Dałam mu napar na ból, ale przy takich ranach zawsze istnieje ryzyko infekcji. Jeśli mógłbyś jakoś pomóc...

Heçamedes opiekowała się Falkiem przez wiele lat, więc dziwnie się czuł, gdy teraz to ona prosiła go o pomoc, ale miał zamiar zrobić dla tego człowieka, ile tylko zdoła. Zostawiwszy Tobiasa w gospodzie, ruszyli wąską ścieżką w kierunku wzgórz. Nie było ich może godzinę, gdy do miasta wjechał posłaniec. Wrył konia przed karczmą, zeskoczył z siodła i wbiegł do środka.

– Szukam człowieka zwanego Danté! – wydyszał w twarz osłupiałej madame Beaujon.

Emisariusz czekał, aż ostatni oddział tylnej straży wróci do doliny. Gdy czterystu jeźdźców znalazło się w polu widzenia, przypomniała mu się ucieczka z Caer Dour. Przez całe życie oddawał Opętanym kolejne połacie ziemi. Miasto, w którym przyszedł na świat, leżało niewiele ponad dwieście mil na wschód i już od dawna należało do Utraconych Ziem. Wspomnienie nie tak znowu odległych czasów, gdy znajdowało się jeszcze w granicach Furii, wydawało się nierzeczywiste.

Kiwnął z zadowoleniem głową, gdy kawaleria skróciła dystans. Widział, że tylko kilka siodeł jest pustych.

– Daleko? – spytał, gdy podjechał do niego kapitan oddziału.

– W dalszym ciągu około dwóch mil, panie – odparł zmęczony mężczyzna. – Chyba nie możemy żywić nadziei na nic więcej.

Emisariusz zmrużył oczy. Opętani byli blisko, ale się nie zbliżali. Jeśli Czwarta Armia utrzyma tempo, powinna dotrzeć do miejsca, gdzie miała spotkać się z armią kadetów. To oznaczało, że będą musieli iść całą noc, ale już jutro podejmą walkę.

Następny oddział tylnej straży przygotowywał się do drogi. Emisariusz zapatrzył się w niebo, rozpaczliwie szukając na nim Nathalie. Widział jednak tylko śmigające wśród chmur mroczne anioły – zwiadowców Opętanych, śledzących ich pochód przez góry. Armia demona nieustannie parła naprzód od południa. Emisariusz wiedział, że moment podjęcia walki będzie kluczowy dla powodzenia planu.

Raptem przygniotła go do ziemi świadomość spoczywającej na jego barkach odpowiedzialności. Od jego decyzji będzie zależeć życie dwudziestu tysięcy ludzi. A on wszystko uzależniał od siły młodego mężczyzny, którego znał niepełny rok.

Czy postąpił słusznie? Czy to było w porządku?

Odpowiedź na obydwa pytania brzmiała: nie. Ale nie miał innego wyboru.

Dziesięć mil na wschód od Le Matres armia kadetów przeprawiła się przez serię płytkich rzek. Żołnierze z miejskiego garnizonu ledwie za nimi nadążali. Gdy zeszli po łagodnym zboczu na podmokłe wrzosowisko, Bryna nie zdołała się powstrzymać i znowu obejrzała się na pozostawione w tyle miasto. Choć wiedziała, że kurier musiał dopiero dotrzeć do Daston, wciąż wypatrywała na szlaku spieszących ku niej Falka i Malakiego. Usiłowała oszacować, kiedy rzeczywiście przybędą, i uświadomiła sobie z ciężkim sercem, że dopiero o zmroku. Falko i Malaki będą musieli pokonać dwadzieścia mil, by dotrzeć do Le Matres, a dopiero później ruszyć za armią.

Potoczyła wzrokiem po równinie. Widok nie zmieniał się, ale wiedziała, że przeprawiwszy się przez rzeki, znaleźli się w królestwie Illicji. Od doliny, w której mieli spotkać się z emisariuszem, dzieliło ich najwyżej osiemnaście mil, ale droga wiodła przez rozmokłą ziemię, która pod stopami maruderów prędko zmieniła się w czarne, utrudniające wędrówkę błoto. Wlekli się jak muchy w smole. Dowódcy zarządzili, że odsapną nieco w czasie najciemniejszych godzin nocy, a z nastaniem poranka pokonają ostatnich kilka mil dzielących ich od pola bitwy.

Bryna obejrzała się i ujrzała błotnisty, wydeptany przez armię ślad, ciągnący się wężykiem pośród wzgórz, za którymi leżało Le Matres. No cóż, przynajmniej Falko i Malaki znajdą ich bez problemu.

Falko wyczuł w myślach jeźdźca niedającą się opanować niecierpliwość, zanim jeszcze usłyszał stukot kopyt na kamiennej ścieżce.

Przed chwilą opuścili gospodarstwo drwala, który dzięki magii Falka nie syczał już z bólu przy każdym oddechu i był wreszcie w stanie odetchnąć pełną piersią.

– Niesamowite – nie mogła wyjść z podziwu Heçamedes. – A ja myślałam, że nie uświadczę lepszego uzdrowiciela niż pan le Roy.

Malaki również był pod wielkim wrażeniem, a z ust dumnej jak paw Fossetty nie schodził pełen zadowolenia uśmiech, lecz Falko nie zwracał już uwagi na pochwały. Wpatrywał się uporczywie w miejsce, gdzie trakt niknął w lesie, aż w końcu pokazał się na nim kurier.

– Coś się stało – powiedział, gdy na jego widok jeździec ponaglił konia.

– Danté! – wykrzyczał zdyszany jeździec. – Czy ty jesteś Falko Danté?

– Tak, o co chodzi?

– Musisz jak najszybciej wracać. – Mężczyzna walczył o oddech. – Dowódca Czwartej Armii cię potrzebuje.

65

W CIEMNOŚĆ NOCY

Zmierzchało już, gdy Falko i Malaki ujrzeli na horyzoncie fortyfikacje Le Matres. Obydwaj chcieli jak najszybciej dołączyć do armii, lecz Malaki uparł się, by nie forsować koni.

– Mamy szmat drogi do pokonania – argumentował. – W ostatecznym rozrachunku tak będzie szybciej.

Falko miał nerwy napięte jak postronki, ale postanowił zaufać doświadczeniu przyjaciela. Kandydaci na rycerzy przechodzili gruntowne szkolenie w zakresie jazdy konnej i wiedzieli, jak najlepiej wykorzystać szybkość i wytrzymałość wierzchowców w drodze i w bitwie. Mogli zwiększyć tempo i zamienić konie na świeże w Le Matres, ale Malaki nie miał zamiaru ruszyć do bitwy na innym wierzchowcu niż jego Fidelis. Jeździec i koń bardzo zżyli się ze sobą, a zgranie rycerza z jego rumakiem bojowym znacznie zwiększało skuteczność w bitwie. Musieli więc zdusić potrzebę gnania na złamanie karku, w nadziei, że uda się nadrobić choć parę minut. Malaki nie mógł znieść myśli, że miałby puścić Brynę samą do walki. Wybiegał myślami do sposobiących się do bitwy towarzyszy. Falka zaprzątała inna kwestia: wiedział, dlaczego emisariusz go potrzebował.

– On chce, bym osłonił nasze wojsko przed wpływem demona – wyjaśnił, gdy wcześniej żegnali się pospiesznie z dwiema kobietami.

– A potrafisz to zrobić? – zatroskała się przerażona nie na żarty Fossetta.

– Nie wiem – przyznał Falko. – Ale jeśli mi się nie uda, armia będzie niezdatna do walki.

– Myślałem, że Nathalie jest z emisariuszem – szepnął Malaki, gdy przygotowywali konie do drogi.

– Musiało się stać coś złego. – Ta myśl ścięła Falkowi krew w żyłach. Coś bardzo złego, dodał w myślach, skoro Nathalie zostawiła Czwartą bez ochrony.

Falko obawiał się, że ta desperacja dowódcy przerazi Fossettę, ale okazało się, że nie docenił wewnętrznej siły nieprzejednanej gospodyni Symeona.

– Jedź. Pomóż swoim przyjaciołom. – Tylko tyle powiedziała, całując Falka w oba policzki.

Żołnierze dosiedli koni i obrócili je łbami w odpowiednim kierunku.

– Przeproście od nas Tobiasa – rzucił Falko.

– Zrozumie – odparła Fossetta. – No, w drogę!

Teraz spotkanie w Daston wydało im się jedynie snem. Lecz jeśli to rzeczywiście był sen, to z gatunku tych dobrych. Falko zaczerpnie z niego siły, niezależnie od tego, co czeka go w przyszłości. Jadąc krętą leśną ścieżką, wyrył sobie w pamięci dwa ostatnie dni. Gdy zagłębili się w dolinę, w której leżało Le Matres, napotkali Huthgarla i kilku przyszłych rycerzy w pancerzach podróżnych. Zbroje bitewne trzymali w torbach za siodłami.

– Czekaliśmy na was – oświadczył Quirren, gdy do nich podjechali.

Wręczyli dwóm jeźdźcom prowiant, a Quirren dał Malakiemu dwie pokaźne torby siodłowe zawierające resztę jego pancerza. Falko nosił swoją zbroję z przyzwyczajenia, ale Malaki pojechał do Daston tylko w kolczudze i okutych butach. Posiłek zjedli w siodle. Objechali miasto, a tymczasem rycerze poinformowali ich o ostatnich wydarzeniach.

– Armia kadetów wyruszyła w drogę dziś rano – mówił Huthgarl. – Jeśli będziemy jechać całą noc, może uda się dołączyć do reszty przed rozpoczęciem bitwy.

Falko i Malaki pokiwali głowami. A zaraz potem ich uwagę przykuła grupa jeźdźców na drodze do Illicji, wcinającej się falującą wstęgą w smętne wrzosowisko. Pięciu rycerzy, każdy z parą giermków, a za nimi tuzin przestępujących nerwowo z nogi na nogę koni.

– To sir Garnier – rozpoznał spotkanego po drodze do Le Matres rycerza Malaki.

– I lord Cabal – uzupełnił Quirren tonem pełnym zaskoczenia i podziwu.

– Witajcie – rzekł sir Garnier do nadjeżdżających kadetów.

– Panie. – Huthgarl skłonił się z szacunkiem rycerzom Furii, reszta poszła za jego przykładem.

Malaki również, choć na jego twarzy pojawiło się zmartwienie. Lord Cabal na pewno dowiedział się już o potyczce w lesie. Malaki nie sądził, by raport sir Garniera poprawił jego opinię o młodym kadecie, który ośmielił się sprzeczać ze starszym rycerzem.

– Zmierzaliśmy na południe, gdy dotarły do nas wieści o prośbie Chevaliera – rzekł sir Garnier. – Chcemy jechać dalej z wami.

Falko podniósł wzrok na imponującą postać Sébastiena Cabala. Przypomniał sobie spięcie między emisariuszem a lordem dowódcą.

– Będziemy zaszczyceni – rzekł Quirren, a sir Garnier skłonił się, lecz Falko zauważył, że wzrok lorda Cabala skupiony był na Malakim. Uznał go za nazbyt młodego, by formalnie przyjąć go do Zakonu Rycerzy Furii. Wyraz jego twarzy świadczył o tym, że zdania nie zmienił.

– Przyprowadziliśmy wolne konie – rzekł sir Garnier. – Żeby nie obciążać naszych rumaków forsowną podróżą.

Huthgarl pokiwał głową i wszyscy szybko dosiedli zapasowych. Potem przywiązali zwolnione konie do siodeł i ruszyli drogą przez wrzosowisko. Światło dnia gasło i wkrótce niebo zaczęła zagarniać noc. Sunęli przez poszarzały świat cieni. Nie było tu żadnych punktów orientacyjnych pozwalających ocenić szybkość pokonywania trasy, ale armia kadetów pozostawiła po sobie szeroki pas ciemnej ziemi. Ruszyli nim w zapadającą noc.

66

POŚPIECH

Nathalie stoczyła się z siodła w kępę wrzosów, gdy Ciel po raz kolejny opadła na ziemię. Nad wrzosowiskami Illicji wstawał dzień, ale szare światło nie podniosło kobiety na duchu. Dźwignęła się na nogi i podeszła do smoczycy, starając się ją pocieszyć.

– Świetnie sobie radzisz – powiedziała, kładąc dłonie na jej rannym skrzydle. – Już prawie jesteśmy na miejscu.

Nathalie zamknęła oczy i zrobiła co mogła, by złagodzić ból smoczycy i scalić uszkodzoną kość. Gdyby dać jej nieco czasu, zrosłaby się szybko, ale czas był surowcem na wyczerpaniu. Nawet teraz co chwilę oglądała się za siebie, szukając pogoni na horyzoncie. Ciel mogła przelecieć milę, góra dwie, nim ból przygnie ją do ziemi. Jeśli przesadzi, nadkruszona kość się złamie i wtedy na pewno nie uda im się ostrzec przyjaciół o nadciągającym demonie.

Do Nathalie zaczynało powoli docierać, że prędzej czy później Pogromca je dogoni i nie uda im się uniknąć kolejnego starcia. Obciążyła ostrożnie ranną nogę i zaklęła rozpaczliwie. Demon wprawdzie pokonał ją, gdy była w pełni sił, lecz wziął ją z zaskoczenia. Teraz jednak znała już jego moc i jeśli dojdzie do starcia, będzie lepiej przygotowana.

Ciel kiwnęła wielką, rogatą głową, dając znać, że jest gotowa do dalszej drogi. Wspięły się na niski występ skalny i obróciły do wiatru, by ten pomógł im wznieść się w powietrze. Nathalie wgramoliła się na siodło, a Ciel rozpięła skrzydła koloru płomieni. Ciało smoczycy zadrżało z bólu, gdy machnęła skrzydłami, usiłując uzyskać odpowiednią wysokość, a Nathalie prawie zaszlochała, czując, ile wysiłku ją to kosztowało. Mimo to udało się i znów leciały naprzód, czując na twarzach chłodną poranną mgłę. Byle dalej na północ, myślała Nathalie. Byle na czas ostrzec emisariusza.

Pogromca ryknął gdzieś za nimi, gdy wyczuł, że Przeciwniczka znów wzniosła się w powietrze, po raz kolejny wymykając mu się z rąk. Demon wiedział, że smoczyca jest ranna, zdziwił się więc tym kolejnym zrywem i znaczną prędkością uciekinierek. Powinien był ciąć głębiej, całkiem odrąbać skrzydło, ale łuski wyrma były twarde jak stal, chroniły go nawet przed ostrzem z kuźni Oświeconych. Nic to. Pogromca wyczuwał ich zmęczenie, ich ból. Ta pogoń nie potrwa długo. I wyczuwał też Wiernego, idącego w swoją stronę gdzieś daleko przed nim. Księcia o ograniczonej mocy.

Czuł jego dziki, niezaspokojony apetyt. Tak jak Pogromca, witał się już ze swoją ofiarą.

Emisariusz robił co mógł, by nie zdradzić się ze swoimi obawami, gdy w zimnej porannej mgle przyjmował raport wykończonej zwiadowczyni. Kobieta była jednym z kilkorga zwiadowców donoszących dowódcy o poczynaniach idącego na nich z południa demona. Wieści nie były dobre. Potwór zwiększył tempo, co zmuszało emisariusza do podjęcia walki z Opętanymi przed przybyciem posiłków z Le Matres.

– Może powinniśmy mimo wszystko wycofać się do Hoffen – myślał na głos generał Renucci.

– Nie – zaoponował emisariusz. – Znajdziemy się w potrzasku, uwięzieni w mieście i z demonem u bram. Musimy iść dalej, w ten sposób przynajmniej kupimy im nieco czasu. Może zdąży dotrzeć do nich mag bitewny z północy.

– Wciąż żadnych wieści od Nathalie?

– Niestety. Musimy liczyć się z tym, że nie zjawi się, by nam pomóc.

Twarz generała Renucciego przybrała w mętnym świetle poranka chorobliwy odcień bladości. Podobnie jak emisariusz, on również nauczył się radzić sobie ze strachem, jaki wiązał się z walką z Opętanymi, lecz przerażenie roztaczane przez demona było zupełnie innym rodzajem strachu, któremu zwykły człowiek nie był w stanie podołać.

– Czy zwiadowcy znaleźli dla nas dogodne miejsce do walki?

– Tak. – Generał Renucci westchnął z rezygnacją. – Głębiej w dolinie, pięć mil stąd, jest niewielkie wzniesienie, które możemy wykorzystać.

– Dobrze – rzekł emisariusz. – A więc tam będziemy na nich czekać.

Bryna była tak zmęczona, że zbierało jej się na mdłości. Jako oficer mogła jechać konno, ale jej wierzchowiec gonił resztkami sił, zdecydowała się więc iść pieszo, tak jak jej ludzie, trzymając konia za uzdę. Armia wypoczęła nieco podczas najciemniejszych godzin nocy, ale nikt nie zmrużył oka. Nerwowe oczekiwanie okazało się równie wyczerpujące co mozolny marsz po błocie. Nadrabiała miną jak mogła, nie chcąc pokazać zmęczenia. Zadarła hardo głowę, gdy wrócił Paddy, rozmówiwszy się z jednym ze zwiadowców.

– No i? – spytała.

– Jeszcze cztery mile – powiedział jej ponury podkomendny.

Podobnie jak wielu zaprawionych Urwipołciów, Feck nie okazywał zmęczenia forsownym marszem. Jedyną oznaką dyskomfortu był jego zepsuty humor, wiszący nad nim jak burzowa chmura.

– Widać już Czwartą?

– Jeszcze nie. Ale nie mogą być zbyt daleko.

Głos Bryny ścichł do szeptu.

– A co z demonem?

– Jest bliżej, niż nam się zdawało – odrzekł Paddy, rozglądając się, by mieć pewność, że nikt nie strzyże uszami. – Nie sądzę, byśmy skończyli bitwę przed jego nadejściem.

Bryna stłumiła atak paniki, która nigdy na długo nie opuszczała jej umysłu. Dobrze pamiętała otumaniający strach, jaki opadł ich w górach podczas bitwy z tamtym demonem. Owionął ich jak parzący cień rozpaczy.

– Czy ten strach jest tak zły, jak mówią? – spytał Paddy.

Bryna nic nie powiedziała, ale wyraz jej twarzy nawet Paddy'ego zmroził od stóp do głów.

Falko czuł, że jego ciało jest sztywne ze zmęczenia. Nie spali tej nocy, kolejne godziny spędzone w siodle dłużyły się jak koszmarny sen. Droga przez ponure wrzosowiska nie była łatwa, a gdy księżyc schował się za chmurami, jechali po omacku przez zimną i mokrą ciemność. Szlak rozmywał się w mroku, zapalili więc dwie pochodnie, które dali pierwszemu i ostatniemu jeźdźcowi w kawalkadzie. Z wolna dławiąca ciemność zaczęła rzednąć i w słabym świetle nadchodzącego świtu droga na nowo zarysowała się przed nimi. Wkrótce dotarli do miejsca, gdzie niedawno obozowała armia kadetów. Ogniska nie zdążyły jeszcze ostygnąć, odgadli więc, że armia ma względem nich przewagę dwóch, może trzech godzin. Przejechali jeszcze kilka mil, aż porośnięty wrzosem przestwór przerodził się w niskie, skaliste wzgórza. Pozostawione przez konie kupki odchodów wciąż lekko parowały w chłodzie poranka.

– Zbliżamy się – stwierdził sir Garnier, gdy stanęli na szczycie kamienistego wzniesienia.

Falko i pozostali chcieli jechać dalej, lecz rycerze nalegali, by zatrzymać się i coś przekąsić.

– Będziecie potrzebowali siły – powiedział jeden z nich, gdy Malaki odmówił posiłku.

Czuł, że tracą czas, lecz wreszcie uległ i przełknął kilka prędkich kęsów. Popijając je łykiem wody, podniósł się do koni, a za nim pozostali kadeci.

– Czekajcie! – osadził ich w miejscu głos Sébastiena Cabala. – Tutaj założymy zbroje.

Wszyscy w lot zrozumieli, co to oznacza: że znaleźli się na terytorium, gdzie w każdej chwili można natknąć się na wroga.

Bez słowa giermkowie zaczęli wyjmować elementy pancerzy z toreb przy siodłach. W szarym świetle poranka rycerze szybko okryli się dodatkowymi warstwami, zmieniając się z odzianych w kolczugi kawalerzystów w budzących postrach żelaznych wojowników, których sława rozciągała się na cały świat.

Prosta czynność zakładania zbroi tchnęła dostojeństwem pradawnego rytuału. W istocie przygotowanie do bitwy, powtarzane przez wojowników od początku świata, było czymś na kształt nieformalnej ceremonii. Kadeci, którzy nie mieli jeszcze giermków, pomagali sobie nawzajem. Falko, który nosił swoją zbroję od początku kampanii, pomógł Malakiemu wdziać jego błękitny pancerz. Było to osobliwe, intymne doświadczenie. Gdy zapiął ostatni pasek, spojrzał przyjacielowi w oczy.

– Znajdziemy ich – zapewnił go. – Dotrzemy na czas.

Malaki nie odpowiedział, ale w jego brązowych oczach płonęła determinacja, gdy zajęli się końmi.

Wierzchowców nie wyposażono w zbroję na czas kampanii treningowej, ale Quirren i inni zdołali zaopatrzyć się w jej elementy w zbrojowniach Le Matres. Cały proces opancerzania zwierząt zajął o wiele mniej czasu, niż się Falko spodziewał. Wkrótce rumaki były gotowe do bitwy. Przeczuwały nadchodzącą walkę, zaczęły prychać i orać kopytami ziemię. To były zwierzęta hodowane i ćwiczone do wojny. Wiedziały, co zbliża się wielkimi krokami, i krew burzyła im się w żyłach.

Wreszcie rycerze przyczepili hełmy do siodeł i dosiedli koni. Lance, związane razem i dźwigane przez giermków, zostały teraz rozdysponowane pośród rycerzy. Falko patrzył, jak dosiadający Fidelisa Malaki przyjmuje broń od jednego z giermków. Teraz kadeci prawie niczym nie różnili się z wyglądu od pełnoprawnych rycerzy Furii. Oddział nie był może zbyt liczny, ale spowijająca go aura potęgi napierała na wszystkie zmysły.

Falko dosiadł swojego konia, odtroczył tarczę od siodła i nałożył ją na przedramię. Następnie ujął wodze i okręcił wierzchowca, gotowy do drogi.

– La force, l'honneur et la foi – zaintonował lord Cabal.

– Siła, honor i wiara – podchwycili rycerze i nim przeminęło echo ich słów, ruszyli naprzód.

Na szlaku napotkali grupę żołnierzy, których armia zostawiła w tyle – rannych i nie tak wytrzymałych, niezdolnych dotrzymać kroku pozostałym. Mężczyźni zrobili rycerzom miejsce, pokazując palcami kierunek.

– Tędy – powiedział jeden z nich. – Nie dalej niż dwie godziny drogi.

Już tylko dwie godziny, pomyślał Falko. Dotarli prawie do miejsca, gdzie Czwarta planowała podjąć walkę z wrogiem.

Armia kadetów pewnie już tam jest, a zaraz zjawią się i oni. W samą porę, by odegrać swoją rolę w nadchodzącym starciu.

Bryna objęła wzrokiem dolinę, gdzie powinna znajdować się Czwarta Armia, lecz nie było w niej ani ludzi, ani ścigających ich Opętanych. Jej serce natychmiast wypełniło się zwątpieniem. Czy dojechali do niewłaściwego miejsca? A może Czwartą już dogonili wrogowie? Odpowiedź na oba pytania przyszła niemal natychmiast pod postacią jeźdźca, który popędził wierzchowca w górę po zboczu i skierował się w ich stronę.

– Jakie wieści? – spytał jeden z dowódców, gdy mężczyzna się z nim zrównał.

Kurier trzymał się siodła chyba tylko siłą woli. Potrzebował kilku głębokich oddechów, nim udało mu się odezwać.

– Armia demona przemieszcza się szybciej, niż sądziliśmy – wykrztusił w końcu. – Chevalier nie miał wyjścia, zatrzymał się więc i stanął do walki.

– Jak daleko? – zażądał oficer.

– Cztery mile. Na zachód.

Dowódca zmełł przekleństwo, a potem dał znak sygnalistom.

– Marsz. Półtorej szybkości.

Wśród obolałych żołnierzy dał się słyszeć jęk sprzeciwu, lecz karnie zwarli szeregi i przygotowali się do marszu.

– Myślisz, że Falko i reszta do nas dołączą? – spytał niepewnie Kurt Vogler. Żołnierze byli wystraszeni, było to jasne jak słońce. Każdy słyszał opowieści o demonicznej aurze przerażenia.

Pytanie skierowane było do Bryny, ale odpowiedział Alex.

– Tak – powiedział bez śladu zwątpienia w głosie.

Kadeci zgodnie pokiwali głowami, choć na ich twarzach próżno było szukać tej samej pewności, którą żywił Alex Klingemann. Ten pełzający strach udzielił się także Brynie; podjechała do Urwipołciów, jęczących i klnących na czym świat stoi, odkąd dotarł do nich rozkaz zwiększenia tempa.

– Dość tego zawodzenia, wy leniwe gnidy! – ryknął Paddy. – Słuchajcie, jeszcze tylko jeden wysiłek, a pokażemy tym obesrańcom z Czwartej, jak strzelają prawdziwi łucznicy.

Mężczyźni byli zbyt zmęczeni, by wydobyć z siebie coś więcej niż umiarkowanie entuzjastyczny okrzyk, ale wzięli się w garść i ruszyli podanym przez sygnalistów tempem.

Cztery mile... – pomyślała Bryna. Jeszcze tylko cztery mile i ruszą do bitwy.

Gdy armia potoczyła się naprzód, dziewczyna obejrzała się w kierunku wrzosowisk i wodziła wzrokiem po horyzoncie, szukając Falka i Malakiego. Podzielała zdanie Alexa. Nie wątpiła ani trochę, że dwaj przyjaciele stawią się na wezwanie. Pytanie tylko, czy zdążą na czas.

67

CZWARTA ARMIA

Emisariusz patrzył na gorejącą w dolinie bitwę. Miał trudną decyzję do podjęcia. Opętani przypuścili szaleńczy szturm na żołnierzy Czwartej, a oni przeciwstawili mu zawziętą nieustępliwość ludzi, którzy wiedzą, że walczą o życie. Chevalier wiedział, że wszyscy są wycieńczeni, ale nie wątpił w to, że utrzymają szyk. Jednak tym razem może się okazać, że to za mało.

Nie po raz pierwszy spojrzał w kierunku wlotu do doliny, chcąc ujrzeć w dali posiłki z Le Matres, ale posiłków nie było, a emisariusz nie mógł polegać na wątłej nadziei na odsiecz. Miał więc dwie możliwości: uzbroić się w cierpliwość i kazać żołnierzom wytrwać w formacji obronnej lub odrzucić ostrożność i zarządzić ofensywę. To pozwoli szybciej rozprawić się z wrogiem, ale ceną było znaczne uszczuplenie zasobów armii. Ale jeśli wciąż będą walczyć, gdy Opętanych wspomoże demon i jego żołnierze – Czwarta Armia zostanie wbita w ziemię.

Emisariusz spojrzał w prawo, gdzie piechota usiłowała odrąbać od masy wrażej armii duży oddział skirytów. Tymczasem po lewej stronie generał Renucci kombinacją łuczniczych salw i kawaleryjskich szarż usiłował uniemożliwić przeciwnikom otoczenie flanki.

W środku liczne szeregi włóczników powstrzymywały Opętanych przed zmasowanym uderzeniem na ścianę tarcz, a jednocześnie kawaleria i ciężkozbrojna piechota eliminowały pojedynczych kardaków, którzy zdołali przedrzeć się przez zaporę. Nawet magowie wojownicy dorzucali swoje trzy grosze. Podzielili się na małe grupki i rozproszyli po Czwartej, by wzmacniać czarami walczących bronią ręczną żołnierzy.

Ale to wszystko za mało.

Wygranie bitwy tą drogą zajmie zbyt wiele czasu, a nie mogli już czekać na posiłki. Wiedząc, że jest przyparty do muru, podjął decyzję o przypuszczeniu ofensywy.

Już miał polecić sygnalistom przekazanie żołnierzom komendy „repulsus", a więc odepchnięcia wroga w tył, gdy sięgnąwszy wzrokiem ku poszarpanej krawędzi skał, dostrzegł po lewej stronie skupisko kształtów, które ciemniało na jego oczach jak wyrojona z barci chmura pszczół. Czarne punkciki przybrały ludzki kształt, a na wietrze ponad ich głowami załopotały turkusowo-niebieskie sztandary Clemoncé.

Armia kadetów i garnizon z Le Matres. Pięć tysięcy żołnierzy gotowych spaść na Opętanych ze zboczy kotliny, wykorzystując przewagę wysokości.

Emisariusza ogarnęło niemożliwe do porównania z niczym innym uczucie ulgi. Serce urosło mu w piersi, gdy huknęły rogi.

Impetus! Impetus!

Odsiecz z Le Matres! Le Matres atakuje!

Brynie zaschło w ustach, gdy zajęła pozycję na czele oddziału Urwipołciów, czekając na sygnał do ataku. Dotarli na miejsce, gdy bitwa była już w rozkwicie, więc dowódcy nie marnowali czasu na ustawianie swoich oddziałów na krawędzi wzgórz okalających kotlinę. Po prostu każdy odczekał, aż całość jego rozproszonej wędrówką jednostki zleje się z powrotem w jednolitą masę, by potem rzucić ją do ataku. Niemalże bezszelestnie podeszli nad skraj doliny i spojrzeli na szalejącą w niej bitwę.

– Cholera, aż tutaj czuć żar – sarknął Patrick Feckler, gdy znaleźli się w obszarze działania piekielnego gorąca.

Dla wielu żołnierzy, i większości kadetów, było to pierwsze spotkanie z Opętanymi. Padł na nich blady strach. Po raz pierwszy zobaczyli na własne oczy, jak Opętani rąbią mieczami i drapią pazurami, z jaką bezmyślną i bestialską furią walczą z ludźmi z krwi i kości, tworzącymi osławioną Czwartą Armię. Pole bitwy było usiane trupami z obu stron konfliktu, z wysokości mogli dostrzec rannych tratowanych przez tych, którzy jeszcze trzymali się na nogach, i usiłujących odczołgać się byle dalej od kotła, gdzie wrzał najbardziej zacięty bój. Ale Opętani wydawali się nie zważać na własne rany.

– Czy ich w ogóle da się zatrzymać? – wydyszał Dedric Sayer.

– Da się – odpowiedziała Bryna, przypominając sobie, co powiedział jej w górach Stary Reese. – Tylko nie przestawajcie strzelać.

Patrick Feckler spojrzał na Brynę. Jego twarz ułożyła się w zagadkowy wyraz. W najdzikszych snach nie przyszłoby mu na myśl, że będzie czerpał odwagę od jakiegoś dziewczątka, które mogłoby być jego córką.

Z tłukącymi się w piersiach sercami i drżącymi od adrenaliny ramionami Urwipołcie patrzyli, jak na czoło wychodzą sygnaliści. Rozbrzmiał sygnał nawołujący do manewru impetus. Posiłki z Le Matres pomknęły po trawiastym zboczu w stronę wroga niczym lawina stali.

Emisariusz natychmiast dał rozkaz, by odtrąbić ten sam rozkaz dla Czwartej. Jego żołnierze zakrzyknęli gromko, gdy dobiegł ich huk trąb. Gdzieś głęboko we własnych sercach odnaleźli dość siły, by przypuścić szturm.

Włócznicy w środku szyku złamali formację defensywną i ustawili włócznie do ataku. Linia najeżyła się ostrymi grotami.

Po prawej stronie mieczownicy zwarli szereg i przygotowali się do jednoczesnego uderzenia ścianą tarcz, które miało za zadanie odrzucić skirytów od pierwszej linii. Gdy to nastąpiło, skiryci zachwiali się w tył, a wtedy ściana rozczłonkowała się i spomiędzy tarcz wystrzeliły jednocześnie miecze, które dobiegłszy celu, zaraz skryły się z powrotem za postawionym na nowo murem.

Zamknąć... pchnąć... otworzyć... uderzyć.

Zamknąć... pchnąć... otworzyć... uderzyć.

Z początku szło jak po grudzie, ale gdy pierwsze linie skirytów zostały wyrżnięte, mieczownicy ruszyli przed siebie, miażdżąc pod butami trupy i zaścielając grunt nowymi, metodycznie, krok po kroku, posuwając się naprzód.

Na lewej flance generał Renucci odwołał rozkaz otoczenia Opętanych i uformował z kawalerii ofensywne formacje klinowe, których groty tworzyli wojownicy w ciężkich pancerzach. Opuszczono lance, wyrównano boki ostrokątnych trójkątów i zanim jeszcze odsiecz zasiliła szeregi Czwartej, kliny wżarły się głęboko w cielsko wrażej armii. Renucci nie obawiał się, że czarna masa połknie jego rycerzy, gdyż cała lewa flanka parła naprzód wraz z nim, a za plecami mieli biegnących im z pomocą towarzyszy.

Opętani z wolna dawali się okrążyć i choć atakowali ze zwykłą nieustępliwością, rozgromienie ich było tylko kwestią czasu.

Rozkazy Bryny były jasne i klarowne: zająć wzniesienie po prawej stronie, za głównym oddziałem włóczników, i szyć z łuków w środek i lewą flankę wroga. Łypnąwszy w lewo, dostrzegła czarne opończe Wygnańców, spływających po zboczu pod komendą Alexa, a przed nimi pędzących na złamanie karku husarzy Jarega.

Snidesson był chory ze strachu, lecz wciąż dokuczał mu fakt, że on i ojciec zostawili swoich pobratymców w górach na pastwę demona. Zaczynał rozumieć, że pogarda, którą darzono jego rodzinę, jest uzasadniona. Był więc zdeterminowany, by pokazać wszystkim, że żaden niby-mag bitewny Falko Danté nie musi dodawać mu odwagi w obliczu wroga. A więc powiódł swoją kawalerię naprzód, pozwalając, by bitewna gorączka spaliła strach przed tym, co się stanie, jeśli zostanie zrzucony z konia i zniewolony przez Opętanych.

Bryna niemal czuła jego determinację, gdy patrzyła, jak husaria wbija się klinem w czarne szeregi. Atak okazał się skuteczny i na krótką chwilę zapomniała o swojej opinii o Jaregu. Właściwie to ogarnęła ją duma, kiedy tak patrzyła na kadetów, którzy śmiało sobie poczynali, rzuceni w wir swojej pierwszej bitwy. Ale ta jeszcze się nie skończyła. Mieli przed sobą tysiące Opętanych, którzy nie bali się ani ran, ani śmierci. Którzy nie uciekną z pola bitwy pod naporem liczniejszych oddziałów wroga. Musieli zostać unicestwieni do ostatniego żołnierza.

Dotarłszy do skalnego wyniesienia, Urwipołcie uformowali szyk. Każdy z nich był wyposażony w bitewny kołczan zawierający sześćdziesiąt cztery strzały oraz w zapasową wiązkę, gdyby ten zbyt prędko się opróżnił. Położywszy swoje strzały przy nogach, Bryna obejrzała się przez ramię, by się upewnić, że Urwipołcie stoją jak należy. Następnie skierowała wzrok na dno doliny, szukając miejsca, gdzie przebiega granica oddzielająca dwie armie.

– Trzydzieści jardów przed najbliższą falangą włóczników! – zawołała. – Dziesięć strzał, zwykłe tempo!

Pośród czarnej kipieli skirytów mogła dostrzec większe grupy kardaków, którzy za nic nie chcieli oddać Czwartej choćby piędzi ziemi.

– Przygotować się! – huknął Patrick Feckler. Jego szorstki głos z łatwością przedarł się przez ogłuszający harmider bitwy. – Nałóż! Celuj! Ciągnij! – Zatrzeszczały wyginane gryfy i naciągane cięciwy, a potem...

– Strzelaj! – krzyknęła Bryna i dwieście strzał pomknęło w niebo. – Strzelaj! – krzyknęła ponownie, bo jej ludzie już mieli kolejne strzały na cięciwach.

Dalej krzyczeć nie musiała. Urwipołcie strzelali do wyćwiczonego drylami rytmu. Było coś niemal teatralnego w synchronicznej harmonii ich ruchów, w chwilowym zawieszeniu, które następowało po osiągnięciu pełnego naciągu łuków, oraz jednoczesnym brzęku zwalnianych cięciw i szumie wzbijających się w niebo strzał.

Sekwencją regularnych fal dwa tysiące strzał posypało się na głowy czarnych wojowników i choć same pociski nie mogły powstrzymać nacierających kardaków, osłabiły ich pozycje na tyle, by dzieło zniszczenia mogli zwieńczyć włócznicy.

Bryna kiwnęła głową i zaczęła szukać kolejnego celu.

Oczy emisariusza jaśniały dumą, gdy armia kadetów zaszarżowała na Opętanych. Musieli szybko maszerować, skoro znaleźli się tu w tak krótkim czasie, ale nie widać było po nich zmęczenia. Chevalier powiódł wzrokiem po dolinie i widział, że zdołają pokonać Opętanych, i to szybko.

Emisariusz postanowił rzucić do walki również rezerwę. Przesunie swoich własnych łuczników naprzód, tak by nadążyli za posuwającymi się metodycznie włócznikami, i pośle mieczowników na prawą flankę, by zmienili wyczerpanych walką wojowników. Kawalerię poprowadzi osobiście. Ruszy południowym stokiem i zajedzie wroga od tyłu.

Lecz gdy obrócił się, by wydać rozkazy, natychmiast zorientował się, że coś jest nie tak. Żołnierze za jego plecami wydawali się wahać, wypełniali jego rozkazy z ociąganiem. Nie wyglądali już na dotkniętych ulgą na widok posiłków z Le Matres. Ich twarze nosiły piętno strachu.

Wielu spoglądało za siebie, skupiało wzrok w punkcie, gdzie dolina łączyła się z drugą od południa.

Emisariusz okręcił konia, a jego czoło zmarszczyło się w głębokim grymasie, gdy ogarnęło go złe przeczucie. I zobaczył go... Mroczny anioł wzniósł się z kielicha zakreślonego stokami dwóch wzgórz, by popatrzyć z wysokości na rozciągającą się przed nim kotlinę.

Żołnierze rezerwy też go zobaczyli. I zaczęli się cofać, gdy z południowej doliny za plecami armii emisariusza wypełzły opancerzone kształty. Skiryci... setki skirytów.

Dopiero teraz to poczuł... Przejmująca trwogą aura, która była niczym trujące opary wnikające w materię snu, przemieniające go w koszmar. Więcej czarnych postaci zaczęło wlewać się do kotliny i nagły błysk czarnej rozpaczy powiedział emisariuszowi, że ich czas dobiegł końca.

Demon przybył.

Jareg nie miał pojęcia, co się stało. Wiedział tylko tyle, że w jednej chwili był pewny, iż zdoła opanować swój strach, a w następnej jego pewność roztrzaskała się w drobny mak. Dzień nie był słoneczny, ale miał wrażenie, że wielka niematerialna chmura zasnuwała niebo, a dolina za armią emisariusza wydała mu się mroczna jak bezgwiezdna noc. Oderwał wzrok od szalejącej wokoło bitwy, by zorientować się, skąd ta nagła zmiana.

W dolinie pojawiły się nowe zastępy Opętanych, ale o wiele gorsze było poczucie, że nadciąga coś jeszcze – coś, przez co skarlały cały jego animusz i śmiałość, coś, czemu nigdy nie byłby w stanie się przeciwstawić.

Nagły ruch, który pochwycił kątem oka, sprowadził go z powrotem na ziemię.

– Ostrożnie, panie – zawołał jeden z husarzy, którego rumak stratował dwóch skirytów zamierzających zaatakować Jarega.

– Nadciąga ciemność! – zawołał Jareg.

– Musisz wytrzymać – krzyknął zaprawiony w bojach husarz, desperacko rąbiąc napastników, którzy nagle rzucili się dziko naprzód.

Jareg wiedział, że nie zdoła długo opierać się temu przerażeniu, ale był w końcu członkiem szlachetnego rodu Snidessonów, będzie więc walczył do ostatniego tchu. Zdając sobie sprawę, że popada w panikę, ciął mieczem Opętanych, choć czuł gorąco rozlewające się po wewnętrznej stronie ud. Wstyd na krótką chwilę przysłonił kiełkujący z tyłu głowy strach. Słyszał o strachu, jaki ogarnia człowieka w obecności demona, ale nigdy nie dawał wiary tym opowieściom. Aż do teraz.

Emisariusz czuł, jak chwieje się ostatni bastion jego odwagi. Przerażenie naparło na niego jak czarne fale przypływu i widział, jaka zmiana zachodzi pod jego wpływem na polu bitwy. Optymizm i śmiałość zostały nagle zastąpione przez pesymizm i niepewność. Emisariusz patrzył, jak dwie kolumny kardaków pomknęły za skirytami do doliny, a zza ich pleców wyłonił się demon – żywy totem przerażenia i rozpaczy.

Niemal dwukrotnie przewyższający dorosłego mężczyznę, stwór górował nad swoimi podwładnymi; potężna postać ulepiona z poczerniałego, nadpalonego mięsa. Jego olbrzymi łeb ukoronowany był dwoma zakrzywionymi w dół, rowkowanymi rogami, a ciężka, wysunięta żuchwa najeżona była wystającymi kłami z czarnej stali. Wygięte nogi były krótkie, lecz nadrabiał długością ramion obdarzonych pazurzastymi palcami, którymi potrafił rozpłatać zakutego w zbroję rycerza.

Emisariusz spojrzał niżej i ujrzał, że potwór trzyma coś w pięści. Potrzebował chwili, by rozpoznać jednego ze zwiadowców, którego wysłał, by donosił mu o posunięciach demona. Stwór trzymał go za kostkę, pozwalając ramionom wlec się po ziemi, a głowie obijać o skaliste podłoże. Emisariusz mógł tylko mieć nadzieję, że nieszczęśnik już nie żyje. Teraz wiedział, dlaczego zwiadowca nie ostrzegł go przed rychłym pojawieniem się piekielnika.

Demon znieruchomiał na moment i wpatrzył się w emisariusza. Uniósł trupa zwiadowcy, by upuścić go na ziemię pogardliwym gestem, jakby rzucał Chevalierowi wyzwanie. Jego małe oczy płonęły żywym ogniem. Emisariusz nie miał teraz wyboru, musiał założyć, że Nathalie zginęła, i zmierzyć się z faktem, że pośród żołnierzy z Le Matres z jakiegoś powodu nie ma Falka. A skoro nie mogli liczyć na magów bitewnych – ich los był już właściwie przesądzony. Może zdołają walczyć jeszcze przez godzinę lub dwie, choć wiedzieli przecież, że gdziekolwiek szedł demon, śmierć szła za nim krok w krok.

Unieruchomiony przez gorejące spojrzenie ognistych ślepi emisariusz przeraził się na myśl, że mógłby się stać jednym z Opętanych. Przed jego oczami pojawiła się wizja: nagle on sam przedziera się, machając zakrwawionym mieczem, przez zastępy strażników pałacowych w Furii, by w końcu wyrąbać sobie ścieżkę do królowej, którą następnie przeszywa mieczem i siecze z wściekłością, aż ciało ukochanej przestaje przypominać człowieka, przemienia się w błagający o litość ochłap mięsa, a on pławi się w jej chwalebnym cierpieniu i ich zbezczeszczonej miłości.

Zmusił się, by oderwać wzrok od demona.

Łzy zamazały świat przed jego oczami, gdy usiłował wyrzucić z głowy okropne wizje. Przekonywał sam siebie, że taki koszmar nigdy nie mógłby się ziścić, choć przecież wiedział, że to nieprawda. Jeśli Opętani go zniewolą, zostanie przetworzony na ich podobieństwo, ograbiony z człowieczeństwa. Pozwolą mu zachować jedynie ostatnią iskrę dawnej jaźni, a to tylko po to, by jeszcze dotkliwiej go udręczyć.

Wzbraniając się przed strachem, zacisnął szczęki i usiłował myśleć o tym, co powinien teraz zrobić. Armii potrzebny był w tym momencie silny przywódca, inaczej żołnierze rzucą broń i zaczną błagać o łaskę, której nikt im tutaj nie okaże.

Tymczasem kolejne zastępy Opętanych wbiegały do doliny. Nieuchronnie zbliżała się chwila, gdy Czwarta Armia będzie musiała walczyć na dwa fronty. Mógł zrobić tylko jedno – postarać się uratować choć kilka osób, które tkwiły teraz uwięzione w dolinie. Utworzy dwa fronty, jeden zwrócony na wschód, drugi na zachód. I gdy wojownicy będą starać się utrzymać szyki, on podejmie próbę ewakuacji jak największej liczby żołnierzy, którzy, jeśli dopisze im szczęście, wydostaną się z doliny północną częścią leja. Kto wie, może któremuś z nich uda się nawet wrócić do Hoffen lub Le Matres.

Podjął decyzję i dał znak rezerwistom, by odwrócili się i utworzyli szyk obronny.

W środku pola widział zatrzymany oddział włóczników. Ich zwarta formacja zaczynała upadać, gdy oglądali się za siebie, rozpaczliwie szukając źródła tego nienaturalnego strachu. Do mieczowników na prawej flance raptem dotarło, jak bardzo są zmęczeni. Ich szyk zaczął się giąć, a skiryci bezbłędnie odnajdowali swoimi mieczami luki między tarczami, których jeszcze przed chwilą nie było. Łucznicy przestali strzelać i całą armię ogarnęła przemożna potrzeba ucieczki.

Bryna widziała, jak przerażenie rozprzestrzenia się po armii, jakby przeskakuje z żołnierza na żołnierza niczym zakaźna choroba. Skupieni w pobliżu Urwipołcie zaczęli mamrotać pod nosem i kląć. Wielu z nich robiło w życiu okropne rzeczy, a poczucie winy było dla złej aury Opętanych jak otwarte zapraszająco drzwi do ludzkiego wnętrza.

Stojący obok Patrick Feckler wyglądał jak osaczone zwierzę. Jego rumiana zwykle cera była blada, mrużył groźnie osadzone głęboko oczy. Władzę nad nim przejmował instynkt przetrwania i Bryna wiedziała, że teraz, w tym momencie, Paddy dopuściłby się najohydniejszego mordu, byle tylko ujść z życiem.

Ona sama nie była odporna na piekielny strach i wiedziała, że ten nasili się, gdy demon zacznie się zbliżać. Widziała, jak niżej na stoku emisariusz formuje nową linię obrony skierowaną ku miejscu, skąd nadchodzili nowi przeciwnicy. Wiedząc, że ma tylko chwilę, nim Urwipołcie złamią szyk i zaczną uciekać, krzykiem wydała rozkaz: strzelać! Paddy wbił w nią dzikie spojrzenie i przez chwilę myślała, że odmówi, lecz wówczas na jego twarz wypłynął wyraz zrozumienia.

– No dalej, wy dupki żołędne! – ryknął. – Jeszcze kilka salw, zanim zwalicie się w majty ze strachu.

Odezwały się nerwowe śmiechy. Chyba zdołają wypuścić jeszcze kilka strzał. Bryna rzuciła Paddy'emu pełne wdzięczności spojrzenie, ale on tylko wzruszył ramionami.

– I tak mamy przesrane – wymamrotał. – Równie dobrze możemy umrzeć z łukiem w garści.

Bryna skinęła mu głową i skrzywiła usta w grymasie na tyle bliskim uśmiechu, na ile miała siły. Następnie sprowadziła Urwipołciów do miejsca, z którego mogli salwami osłaniać szeregi emisariusza. Sięgnęła po strzałę, ale jej ręka drżała tak bardzo, że nie udało jej się wpasować cięciwy w rowek.

– Nie pozwól im mnie zabrać, Paddy – wyszeptała, gdy pierwsze łzy spłynęły jej po policzku. – Obiecaj, że nie pozwolisz im mnie zabrać.

– Nie obawiaj się, dziewczyno – odparł Feckler. – Nie pierwsze gardło, które poderżnę.

Strach rwał emisariuszowi duszę na strzępy. Dręczyło go poczucie winy dowódcy, który posłał swoich ludzi na pewną śmierć.

Przynajmniej nie zaciągnęliśmy demona do dzieci w Hoffen, pomyślał i to przyniosło mu ulgę.

Znał swojego wroga. Poczucie winy, żal, ból i rozpacz – to był jego oręż. Wiedział, że nie zdoła wiecznie opierać się przerażeniu. W końcu ogarnie go całego, tak jak wszystkich żołnierzy w dolinie. Ale nie bez walki.

Czuł niemalże ojcowską dumę, widząc, jak żołnierze Czwartej bohatersko opierają się trwodze i formują dwie linie bojowe. Wyżej na zboczu dostrzegł pogrążoną w nieładzie jednostkę Urwipołciów. Jakimś sposobem nawet w mundurach wyglądali niechlujnie, ale trzymali szyk, kierując się w jego stronę z zamiarem wsparcia jego żołnierzy. Na ich czele stała drobna postać Bryny Godwin, którą poznał po opadającym na plecy rudym warkoczu. W tej chwili z całego serca pożałował, że poprosił o posiłki z Le Matres. Wyrzuty sumienia raniły mu duszę niczym ciasne kajdany wżerające się w ciało katorżnika.

Zaciął zęby, chcąc odepchnąć od siebie żal, po czym uniósł miecz i kazał łucznikom strzelać.

Awangarda diabelskiej armii znalazła się już w ich zasięgu i wielu skirytów padło pod gradobiciem pocisków, nawet jeśli niektórym łucznikom drżały dłonie. Armia demona nie była wielka, liczyła nie więcej niż tysiąc Opętanych, ale równie dobrze mogłaby liczyć dwadzieścia tysięcy, jeśli był wśród nich demon. Emisariusz słyszał dochodzący zza jego pleców trzask i zgiełk. Pojawienie się wodza tchnęło nowe siły w zastępy Opętanych, którzy raz po raz napierali na rozchwianą ścianę tarcz.

A więc to tutaj przyjdzie mu umrzeć.

Niech więc tak będzie. Był członkiem Nieugiętych i emisariuszem królowej Furii. Pokaże wrogowi, jak umiera wojownik.

Gdy pogodził się ze swoim losem, spłynął na niego swoisty spokój i niemal czuł, jak strach unosi się z jego myśli. Lecz wówczas zobaczył, że rozchwierutany zastęp mieczowników nagle zwiera szeregi i wznosi nowy mur tarcz, gotując się na przyjęcie mknących na niego skirytów. I że łucznicy, którzy jeszcze przed chwilą wyglądali, jakby mieli rzucić broń, stanęli twardo na nogach i odzyskali kontenans. Nawet kawalerzyści wyprostowali się w siodłach, a ich wierzchowce nie zarzucały już głowami i nie rżały ze strachu. Z pola bitwy, z oddziału włóczników, dobiegł go gromki krzyk, gdy żołnierze umocnili się na pozycji, opierając się dzielnie czarnemu szkwałowi Opętanych.

Nie. To nie był wytwór jego wyobraźni. Strach rzeczywiście odstąpił od niego, a to mogło oznaczać tylko jedno...

Emisariusz obrócił się i pomknął wzrokiem po południowej krawędzi doliny, przekonany, że zjawiła się spóźniona Nathalie. Ale nie dostrzegł nigdzie bursztynowych łusek Ciel. Zwrócił wzrok na północ, jednak zobaczył tylko rysującą się na tle nieba małą grupkę jeźdźców. Z daleka wyglądali na zakutych w zbroje rycerzy... ale jeden z nich, ten nieco drobniejszy, stał na czele oddziału i gdy Chevalier go rozpoznał, szloch wezbrał mu w gardle.

Danté.

68

NAJWAŻNIEJSZA JEST WIARA

Falko objął wzrokiem wojsko tkwiące w kleszczach Opętanych. Dwadzieścia tysięcy dusz tonących w oceanie trwogi. Przez chwilę czuł się przytłoczony ogromem tej armii, lecz zaraz zamknął oczy i wybiegł do niej mocą umysłu. Myślami przygarnął ją do siebie, a potem otworzył oczy i skupił wzrok na źródle ich strachu. Jego zielone oczy zapłonęły światłem, gdy dostrzegł w czarnym tłumie Opętanych potężnego piekielnika.

O nie, pomyślał. Jeśli chcesz ich dostać, droga wiedzie przeze mnie.

Na dnie doliny demon zatrzymał się, by na niego spojrzeć. Jego masywne brwi opadły, gdy usiłował pogodzić tego niepozornego chłopca ze znaczną siłą, którą w nim wyczuwał. Grymas przypominający uśmiech przemknął przez jego twarz.

Czy teraz wróg rzuca do walki z Wiernymi nieopierzone dzieci?

Falko czuł bijącą od demona pogardę, ale siła maga bitewnego nie brała się z wiary w zwycięstwo, ale z samego aktu sprzeciwienia się wrogowi. Jego dłoń pomknęła ukośnie przez pierś i zacisnęła się na rękojeści miecza. Potoczył wzrokiem po opadającym miarowo zboczu, u którego stóp stał demon.

– Nie! – powiedział lord Cabal, widząc, co zamierza Falko. – Nie posiadasz zdolności ofensywnych, a my nie możemy pozwolić sobie na to, by cię stracić.

– Lord dowódca ma rację – potwierdził sir Garnier. – Nie wolno ci ryzykować życia w starciu z demonem. Musisz osłonić armię, podczas gdy my spróbujemy ocalić jak najwięcej ludzi.

Spojrzenie, którym obrzucił ich Falko, było nieubłagane i niebezpieczne. To była jego powinność, powód, dla którego żył. Lord dowódca wytrzymał ten wzrok, choć nie spodziewał się takiej siły u kogoś tak młodego.

– Ale co z ludźmi w pierwszych liniach? – spytał Huthgarl. – Nie zdołają wyłączyć się z bitwy.

– Oni muszą utrzymać Opętanych z dala od żołnierzy skupionych w środku, by tym udało się uciec z doliny – wyjaśnił sir Garnier. – My zaś zaatakujemy każdego Opętanego, który będzie próbował im w tym przeszkodzić.

– Ale tam są nasi przyjaciele – spierał się Quirren. Miał rację, w pierwszych liniach walczyli Wygnańcy i Urwipołcie. – Chyba nie twierdzicie, że mamy ich tam zostawić?

– Chevalier również walczy na czele – odparł lord Cabal, wciąż nie spuszczając wzroku z Falka. – Nie chciałby, abyśmy ryzykowali życie całej armii tylko po to, by uratować jego. A teraz jedźmy. Nie ma czasu do stracenia.

Rycerze Furii prędko nałożyli hełmy, a Falko zwrócił się do Malakiego, lecz jeśli spodziewał się po nim poparcia, to się rozczarował. Falko nie widział jeszcze u niego tak twardego spojrzenia. Zacisk szczęk wyrażał siłę jego determinacji.

– Oni mają rację – powiedział pustym, dobiegającym jakby z daleka głosem. – Nie władasz czarami ofensywnymi, a my nie możemy pozwolić, byś zginął.

Falko tylko wpatrywał się w niego, gdy lord Cabal krótko kiwnął głową na znak aprobaty. Rycerze Furii okręcili konie, gotowi ruszyć do miejsca, skąd osaczeni żołnierze mieli szansę na wydostanie się z doliny. Rozdarci wewnętrznie kadeci zaczęli popędzać konie w ślad za nimi. Wszyscy poza Malakim i Quirrenem.

– Szybko! – warknął sir Garnier, ale Malaki nie ruszył się z miejsca. Zamiast tego obrócił konia i zjechał ze ścieżki. Fidelis stał teraz przodem w głąb doliny. Malaki utkwił wzrok w Falku.

– Zdołasz mnie ochronić? – spytał i trwoga napłynęła do jego głębokich, brązowych oczu.

Falko chciał wrzeszczeć: „Nie! To powinienem być ja!". A jednak wiedział, że jeśli to on zginie, cała armia zostanie zniszczona i odrodzi się w szeregach Opętanych. A więc potwierdził skinieniem.

– Zawsze – dodał, a Malaki zdołał się uśmiechnąć, nim założył na głowę swój wielki hełm. Potem nałożył tarczę i chwycił za lancę.

Quirren zrównał się z nim bez słowa, potem Huthgarl, a następnie pozostali młodzi rycerze z akademii.

– Co wy robicie?! – zagrzmiał sir Garnier, gdy zorientował się, gdzie zamierzają zaszarżować. – Nie możecie zaatakować demona. Nigdy żaden rycerz nie pokonał demona!

– Jeśli demon nie zostanie zabity, nasi przyjaciele zginą – rzekł Quirren.

Malaki nic nie powiedział. To nie był akt odwagi. Po prostu nie miał wyboru. Za nic na świecie nie zostawi Bryny, by tam umarła. Na krótką chwilę zwrócił się w stronę rycerzy Furii. Patrzył przez szparę hełmu na masywną postać lorda Cabala. Ledwie dostrzegalnie, lecz z wielkim szacunkiem skłonił się lordowi dowódcy, po czym skierował spojrzenie na dno doliny, gdzie demon kroczył już w ich stronę, poprzedzany hordą ciężkozbrojnych kardaków.

– Huthgarl! – powiedział Malaki. – Ty i reszta formujecie grot i jedziecie przodem. Macie wyrąbać ścieżkę dla Quirrena i dla mnie.

Wielki Beltańczyk kiwnął głową i zajął wskazane miejsce.

– Quirren, za pomocą en passant zwabisz demona w lewo, a ostateczne uderzenie zostawisz dla mnie.

Quirren gapił się wprost przed siebie.

– To szaleństwo! – grzmiał sir Garnier, ale kadeci byli już poza zasięgiem jego rozkazów.

– Za przyjaciół i za królową – powiedział Malaki.

– Za przyjaciół i za królową – powtórzyli pozostali i z tymi słowy pognali naprzód.

Stok wiodący w głąb doliny był dość gładki, pstrzyło go tylko kilka wystających skał i porośniętych wrzosami łat.

Falka dopadło zwątpienie, dotkliwe uczucie odstawania od reszty, ale zdusił je, zsiadł z konia i stanął na płaskiej skale, skąd dobrze widział dno doliny. Patrzył, jak młodzi rycerze pędzą na spotkanie kardaków po ostrzej nachylonym odcinku zbocza i nie wytracają prędkości, znalazłszy się na płaskiej przestrzeni. Łypnął w lewo, gdzie wraz z jego przybyciem rozgorzała na nowo okrutna bijatyka. Nie mógł pozwolić sobie na opuszczenie tarczy swojej wiary, którą okrył walczącą armię, lecz oto młodzi rycerze pokonali odległość dzielącą ich od ławy kardaków i demon skupił teraz całą swoją nienawiść na rozpędzonej formacji w kształcie litery V. Ciężar jego pogardy był tak wielki, że aż odczuwalny w sposób fizyczny. Falko zaczął się zastanawiać, czy rzeczywiście zdoła zdjąć go z barków Malakiego. Czy będzie w stanie oprzeć się tak wielkiej mocy. Opadł na jedno kolano i zamknął oczy, gdy sir Garnier pieklił się za jego plecami.

– To szaleństwo! Samobójstwo!

Falko słyszał nieugięte przekonanie w jego głosie, ale sam zdusił wszelkie wątpliwości, siłą woli roztaczając nad przyjaciółmi magiczną osłonę przed bijącym od demona strachem.

Szarżujący Malaki czuł się tak, jakby pędził prosto w rozwartą paszczę piekła, gotową zedrzeć ciało z jego kości. Wszystkie jego instynkty krzyczały, by się zatrzymał, by poprowadził konia bokiem, ale on nie dawał im posłuchu. Dwadzieścia jardów przed sobą widział Huthgarla i pozostałych, usiłujących utrzymać formację. Jedynie niezachwiana świadomość obecności Falka pchała go naprzód, pozwalając opierać się strachowi.

Walcząc o zachowanie skupienia, Malaki wlepił wzrok w demona, który wydawał się rosnąć w oczach, gdy mknęli mu na spotkanie. Jeśli potwór przejął się ich natarciem, nie dał tego po sobie poznać. Wręcz pochylił się naprzód, z przyjemnością gotując się do wydarcia z ich ciał młodych, silnych dusz. Przed nim kardakowie przygotowali się na przyjęcie uderzenia, lecz nawet ci potężni wojownicy nie zdołali powstrzymać Huthgarla i pozostałych. Grot formacji wbił się w nich i zrobił w szyku wielką dziurę, zagłębił się w czarną masę, by zaraz rozpocząć walkę. W ruch poszły miecze i okute kopyta.

Droga dla dwóch kadetów była otwarta. Malaki zobaczył, że Quirren koryguje kurs. Przy tej szybkości margines błędu bardzo się zmniejszał. Quirren będzie musiał zachować ostrożność, by nie znaleźć się w zasięgu demona. Jakimś sposobem udało mu się nie stracić głowy w tej nawałnicy nienawiści. Wycelował lancą i uniósł tarczę, a potem rzucił się na demona, do ostatniej chwili kryjąc się z zamiarem wykonania zwodu. Piekielnik złożył się do ciosu, który z pewnością powaliłby jeźdźca i wierzchowca, lecz nagle Quirren szarpnął wodzami w bok, a jego koń prawie zwalił się z nóg, rozpaczliwie próbując wykonać polecenie.

Kadet skręcił ostro na lewo. Zrobił unik przed ciosem potwora, ale szpony zahaczyły jego rumaka, naznaczając zad czterema głębokimi ranami. Uderzenie zarzuciło rozpędzonym zwierzęciem, a Quirren wyleciał z siodła i zniknął Malakiemu z oczu.

Młody rycerz skupił wzrok na demonie. Zwód zadziałał i potwór nie zdołał podnieść gardy przed właściwym natarciem.

Czas zatrzymał się na jednym uderzeniu serca. Demon zwrócił twarz w kierunku drugiego napastnika. Jego rysy skrzywiły się w grymasie nienawiści, gdy zaciskał pięść i składał się do ciosu. Malaki pojął, że demon wziął go na cel. Zauważył gorący, czerwony kułak, który mknął w jego stronę. A także nieosłonięte pancerzem miejsce pod pachą piekielnika. Na ułamek sekundy przed ciosem przywarł do końskiego grzbietu, zacisnął palce na drzewcu lancy i wbił ją głęboko w ciało demona. Siła zderzenia była tak wielka, że Malaki wyfrunął z siodła, jakby nic nie ważył. Na moment jego ramieniem wstrząsnął ból, a potem kadet uderzył o grunt i zaparło mu dech. Hełm potoczył się po ziemi, a po całym ciele Malakiego rozeszło się drżenie. Dzwonienie w uszach zdławiło harmider bitwy, zredukowało go do odległego, stłumionego szumu.

Ogłuszony upadkiem Malaki z wysiłkiem wracał do siebie. Usiłował podnieść się z ziemi, ale cała prawa strona jego ciała była odrętwiała i niewładna. Zamrugał, potrząsnął głową, chcąc, by przejaśniło mu się przed oczami. Przez chwilę myślał, że może udało mu się zabić demona, lecz wówczas zamajaczył nad nim złowróżbny cień i wiedział już, że nie.

Gdy rozwiała się mgła przed jego oczami, uprzytomnił sobie, że spogląda prosto w rozognione ślepia potwora. Żar bijący z jego ciała przewyższał gorąco wszystkich kuźni świata i sprawił, że twarz Malakiego natychmiast pokryła się kropelkami potu. Mierząc go spojrzeniem, demon sięgnął pod lewe ramię i z pomrukiem bólu wydobył ze swojego ciała tkwiący w nim długi na stopę grot lancy. Malaki zranił piekielnika, ale nie udało mu się dosięgnąć jego śmiertelnego serca. Szum w uszach Malakiego przybrał na sile, czarne kształty zaczęły pływać mu przed oczami. Dotarło do niego, że zawiódł. Ujrzał, jak demon rzuca na ziemię jego bezużyteczną lancę i z wysokości spogląda na niego z tryumfem. Po czym unosi masywne kopyto, by go zmiażdżyć.

Szum przerodził się w dudnienie. Dźwięk przedarł się do myśli Malakiego, ale ten nie potrafił powiedzieć, czy to bicie jego serca, czy może łomot nadbiegających kopyt. Usiłował przywołać w pamięci obraz Bryny, ale udało mu się ujrzeć tylko kształt jej ust, błękit oczu i niepokorny lok rudych włosów.

– Vérité!

Krzykowi akompaniował świst rozpędzonych jeźdźców. Malaki wzdrygnął się, gdy jego przed oczami przemknęła barwna kawalkada. Poderwawszy wzrok, zobaczył, że demon zatacza się w tył, gdy lanca rysuje jego pancerz i ześlizguje się po obsydianowej skórze.

– Vérité!

Demon prędko odzyskał kontenans, gdy druga lanca wbiła się w jego ramię. Tym razem zamachnął się ręką i rycerz, który go zaatakował, spadł z konia z potrzaskanym pancerzem i przetrąconym kręgosłupem.

– Vérité! – zawołał inny głos, ale demon uskoczył przed atakiem. Kolejny rycerz Furii umarł, zanim jego zwłoki dotknęły ziemi.

Lecz wówczas kolejny wojownik wzniósł okrzyk bojowy, a Malaki nigdy jeszcze nie słyszał głosu o takiej sile.

– En vérité!

Rumak lorda Cabala wybił się w powietrze, a rycerz potężnym ciosem wraził lancę w pierś demona. Mimo że zwierzę chciało tylko przeskoczyć nad powalonym towarzyszem, całkowita determinacja lorda dowódcy oraz jego absolutne skupienie na szarży pozwoliły mu sięgnąć grotem głęboko w cielsko piekielnika. Siła uderzenia strzaskała drzewce i wybiła Cabalowi ramię z barku. Jeździec i wierzchowiec upadli na ziemię.

Demon zawył z bólu, ale i z niedowierzania, że broń dzierżona przez człowieka zdołała wedrzeć się tak głęboko w jego ciało. Opuścił wzrok na ułamane, dymiące drzewce sterczące z jego piersi, gdy kolejna lanca zanurzyła się w jego brzuchu. Zatoczył się w przód i wtedy ostatni cios trafił w jego odsłonięty kark. Ciemna krew zbroczyła ziemię i demon padł.

Malaki był pewien, że śni. Opadło go wielkie zmęczenie, świat znów zamazał mu się przed oczami. Czuł, jak wiele rąk wlecze go po ziemi. Zewsząd dobiegały go dźwięki bitwy i szczęk stali, lecz nic z tego nie miało znaczenia. Jego bracia walczyli u jego boku i nie istniało już nic, czego musiałby się bać.

Stojący na wzgórzu Falko wypuścił powietrze z płuc, widząc powalonego piekielnika. Był wycieńczony, ale wraz z towarzyszami udało mu się dokonać niemożliwego: pokonać demona. Podniósł się na nogi i spojrzał w głąb doliny. Poniżej rycerze wycofywali się z walki w defensywnej formacji, ciągnąc po ziemi Malakiego i dwóch innych rannych towarzyszy. Większość przyszłych rycerzy wciąż siedziała w siodłach, ale otaczający ich pancerni kardakowie znacznie przewyższali ich liczebnie.

Po swojej lewej Falko dostrzegł prący w stronę rycerzy oddział emisariusza. Wiedział, że nie zdążą im pomóc. Jeden dodatkowy miecz raczej nie przeważy szali na ich korzyść. Lecz z drugiej strony kto wie? Falko zrzucił z barków ołowiany ciężar zmęczenia i prędko dosiadł konia. Może i nie władał magią ofensywną, lecz teraz nie miało to znaczenia. Nadszedł czas, by również i on włączył się do bitwy.

Rycerze wspinali się z mozołem po pochyłości doliny, opędzając się od nacierających kardaków oraz osłaniając Malakiego, lorda Cabala i jeszcze jednego wojownika, który nie był w stanie się bronić. Walczyli z niezrównaną zażartością, lecz nawet rycerze Furii nie zdołają wiecznie opierać się liczebniejszemu wrogowi. Falko wiedział, że to tylko kwestia czasu, nim padną pod ich ciosami. Wtedy wdarł się między kardaków i osaczonych rycerzy.

Dotarł do środka szyku i zeskoczył z siodła prosto w czarną masę potężnych wojowników. Z tarczą na przedramieniu i mieczem w garści przyjął pozycję bojową. Kardakowie zatrzymali się, jakby wyczuli, kto przed nimi stoi. Ta chwila dała rycerzom szansę na pokonanie kilku dodatkowych kroków, nim napastnicy wznowili natarcie.

Wówczas spadła na nich salwa strzał, a zaraz za nią kolejna, i jeszcze jedna. I rozległ się grzmiący tętent rumaków bojowych.

Falko łypnął na lewo, skąd szarżowała ku nim kawaleria emisariusza. Nieco dalej na stoku Urwipołcie przestali strzelać, lecz udało im się zastopować natarcie kardaków i wspomóc uciekających rycerzy. Huk nadbiegających koni stale narastał. Falko skupił uwagę na otaczających go mrocznych wojownikach. Bitwa nie była jeszcze skończona, ale przynajmniej sam mógł wreszcie użyć miecza. Przypomniał sobie, jak pierwszy raz stanął twarzą w twarz z wojownikiem Opętanych. Wówczas nie potrafił pokonać nawet jednego rannego skiryty, a teraz wymieniał ciosy z kardakami. Niedostatki w sile fizycznej nadrabiał potężnymi czarami wzmacniającymi. W kilka chwil powalił pierwszego kardaka, ale zdziwił się, jak niewielką satysfakcję mu to przyniosło. Posłał go na ziemię ciosem w kolano i dobił sztychem w szyję, a gdy opancerzone ciało legło u jego stóp, poczuł tylko smutek. Ten wojownik był kiedyś człowiekiem, może rycerzem podobnym do tych, którzy walczyli teraz ręka w rękę z Falkiem. Nie zwrócił się przeciw ludzkości z własnej woli, został przemieniony, splugawiony, opętany.

Gdy Falko zwarł się z kolejnym opancerzonym przeciwnikiem, nagle pojął, jak wielkie nieszczęście spadło na rodzaj ludzki. Nieszczęście, które zmusza do zabijania pobratymców.

Bitwa toczyła się dalej, lecz po raz kolejny Czwarta Armia zyskała przewagę i nic już nie mogło jej tej przewagi odebrać. Czas mknął przed siebie, ręce i nogi Falka drżały ze zmęczenia, ale kardakowie zostali złamani i trzon armii Opętanych tkwił osaczony na środku pola walki. Bitwa zmierzała ku zwycięstwu.

Gdy zagrożenie zmalało, Falko odpadł od linii wojowników i zaczął szukać Malakiego. Wyżej na zboczu dostrzegł miejsce, gdzie na ziemi spoczywali ranni rycerze, strzeżeni przez towarzyszy. Falko najpierw natknął się na Cabala, ale lord dowódca gestem kazał mu iść dalej.

– Idź zobaczyć się z przyjacielem – powiedział, gdy dwaj rycerze przygotowali się do nastawienia jego wybitego barku.

Wielki rycerz krwawił i był blady, ale Falko poznał po oczach, że trzyma się nieźle i jest mentalnie przygotowany na ból. Postanowił, że zajrzy do niego później i wspomoże gojenie czarami, teraz zaś popędził na przełaj przez łagodną skarpę do miejsca, w którym Quirren ułożył Malakiego na trawie, zakończywszy bolesny i mozolny proces wyłuskiwania go z powyginanego pancerza. Twarz i szyja młodego Illicjanina były pokryte krwią z płytkiej rany na głowie, ale całą swoją uwagę poświęcił Malakiemu.

– Ramię i łokieć – westchnął Quirren. – I chyba żebra.

Falko opadł na kolano przy przyjacielu, który balansował na granicy przytomności. Zamykając oczy, położył ręce na jego ramieniu i łokciu, badając rozległość obrażeń, tak jak pokazał mu Meredith. Najbardziej bał się obrażeń wewnętrznych i możliwości wystąpienia szoku, ale silny rytm serca Malakiego rozwiał jego obawy.

– Czułem cię przy sobie – wymamrotał kowal z Caer Dour, rozwierając powieki. Twarz miał bladą i pokrytą potem. – Do samego końca. Wiedziałem, że tam jesteś.

– Zrobiłbyś coś w końcu sam – odparł Falko, a na ustach przyjaciela wykwitł uśmiech.

Falko odpowiedział tym samym, a potem ogarnął umysłem rany Malakiego. Odcinek od łokcia do obojczyka był połamany, ale na szczęście łopatka została cała. Wysondował złamania w odcinku żebrowym, potem wykrył porządne wstrząśnienie mózgu. A poza tym tylko sińce i naciągnięte więzadła. Gwiazdom dzięki, nic się nie naderwało ani nie zerwało. Otworzywszy oczy, Falko zwrócił się do Quirrena.

– Złap go za ramię, o tak, i odchyl się nieco, utrzymując stały nacisk. Przestań, kiedy ci powiem.

Quirren kiwnął głową, a Malaki zassał powietrze przez zaciśnięte zęby, gdy zetknęły się dwa fragmenty złamanej kości. Falko wyczuł, że układają się jak należy, a potem posłał w ciało Malakiego dawkę uzdrawiającej energii. Może nieco więcej, niż zamierzał. Malaki zaklął siarczyście, gdy jego rękę wypełnił ogień i poczuł w środku osobliwe świerzbienie.

– Dobra. Puść.

Quirren ostrożnie wykonał polecenie i Malaki poczuł, że nacisk zelżał. Kadet wypuścił powietrze z płuc i opadł na wilgotną trawę, ale Falko nie mógł jeszcze pozwolić mu na odpoczynek. Przez kolejne dziesięć minut badał obrażenia na jego ciele, nasycając je całą magią leczniczą, jaką mógł zgromadzić, aż wreszcie usiadł na ziemi, zadowolony z efektu swoich wysiłków. Malaki powinien szybko wrócić do zdrowia.

Już miał zająć się Quirrenem, gdy padł na nich cień. Podniósł wzrok i zobaczył, że stoi nad nimi lord Cabal. Jego prawe ramię wisiało na temblaku, a pobladła skóra kontrastowała z czarną brodą i bryzgami krwi. Ale nawet ranny robił piorunujące wrażenie, tchnął groźbą, spowity ponurą aurą. Obok niego stał sir Garnier z hełmem dowódcy pod pachą.

Lord Cabal patrzył na Falka, który poruszył się po chwili, by pozwolić mu podejść do Malakiego. Wielki rycerz opadł na kolano, sycząc z bólu, który odezwał się w uszkodzonym ramieniu. Przez moment tylko spoglądał na leżącego na ziemi kadeta, na jego rany, a potem utkwił wzrok w jego oczach. Blady i wyczerpany Malaki odpowiedział spojrzeniem. Trwali tak jakiś czas.

Falko nie umiał odgadnąć, co myśli lord dowódca. Wiedział tylko, że w spojrzeniu Malakiego nie ma śladu skruchy. Złamał rozkaz najwyżej postawionego członka swojego zakonu. Jego przyszłość jako rycerza wisiała na włosku. Ale niczego nie żałował. I Falko wiedział, że drugi raz postąpiłby tak samo.

Wreszcie lord Cabal przerwał milczenie.

– Skąd wiedziałeś, że twój przyjaciel zdoła cię ochronić? – spytał.

– Nie wiedziałem – odparł Malaki. – Ale wierzyłem, że to zrobi.

Lord dowódca przez chwilę wpatrywał się w oczy Malakiego. A potem pokiwał głową i dziki uśmiech wyostrzył jego spojrzenie.

– Siła, honor i wiara – powiedział. – Ale najważniejsza jest wiara.

Z tymi słowami wziął swój hełm od sir Garniera. Nie wstając z kolana, położył go na ziemi i znowu spojrzał na kadeta.

– To zwycięstwo jest twoje – orzekł. – To ty poprowadziłeś szarżę, to za tobą pojechali rycerze.

Malaki chciał zaprotestować, ale lord Cabal gestem nakazał mu milczenie. Zdrową ręką obrócił jego bladą twarz, by lepiej przyjrzeć się jaskrawemu znamieniu.

– Śmiali się z ciebie, gdy byłeś mały? – spytał. Malaki spuścił wzrok, zawstydzony. – Nikt już nie będzie się z ciebie śmiał.

Z tymi słowami lord Cabal sięgnął do własnej obwiązanej bandażem głowy. Odsunął opatrunek, otworzył palcami ranę, aż cała jego dłoń była zbroczona krwią. A potem przeniósł wzrok na swój wielki hełm i naznaczył jego bok karmazynową plamą. Przyjrzawszy się dziełu, wrócił wzrokiem do Malakiego i kiwnął z zadowoleniem głową. Następnie wziął miecz od sir Garniera i dotknął nim prawego, a potem lewego ramienia leżącego. Wsunął go do pochwy, po czym w palcach lorda Cabala zawisł wisiorek w kształcie końskiej głowy na bladoniebieskiej wstędze. Zawiesił go Malakiemu na szyi.

– Witaj wśród rycerzy Furii, sir Malaki de Vane.

69

POŁOWICZNE ZWYCIĘSTWO

Ostatnich Opętanych dorżnięto o zachodzie słońca. Wówczas emisariusz zaczął szukać Falka. Znalazł go w lazarecie, który urządzono bliżej krawędzi kotliny. Młodzieniec pomagał medykom, przechodząc od rannego do rannego. Wydawał się bardzo zmęczony, ale ani myślał spocząć, dopóki słyszał wokół siebie jęki pacjentów.

– Będziecie musieli poradzić sobie bez pana Dantégo – powiedział emisariusz, stając przed lekarzem. – Falko, już wystarczy na dzisiaj. Pozwól ze mną.

Medycy niechętnie go puścili, ale wiedzieli, że Falko nie zdoła pomóc setkom rannych żołnierzy, sam bowiem pada ze zmęczenia. Zrobił już dosyć. Czas, by zebrał siły. Skłoniwszy się, lekarze wrócili do pracy, a emisariusz zwrócił się do Falka.

– Dobrze cię widzieć, chłopcze – powiedział, kładąc dłoń na jego ramieniu.

Falko spuścił skromnie wzrok.

– Wybacz, że nie zjawiłem się wcześniej – odparł. – Byłem w Daston.

Przez moment emisariusz tylko patrzył na niego, myśląc, że żartuje. A potem potrząsnął głową i się zaśmiał. Falko chyba czuł się nieswojo, ale ochłonął nieco, gdy uśmiech pozostał na twarzy emisariusza, który patrzył mu teraz w oczy bez śladu przygany.

– Symeon byłby dziś z ciebie bardzo dumny – powiedział. Falko pochylił głowę, czując gromadzące się w oczach łzy. – Chodź. Poszukajmy twoich przyjaciół.

Natknęli się na Malakiego na skraju obszaru szpitalnego. Siedział z Bryną, Alexem, Quirrenem i Huthgarlem. Każdy z młodych rycerzy nosił ślady niedawnej bitwy, ale żadnemu nie dostało się tak jak Malakiemu. Jego złamaną rękę opatrzono i unieruchomiono, by dobrze się zrosła. Pomimo leczniczych wysiłków Falka wciąż jednak bolała i Malaki zdusił jęk, gdy Bryna nachyliła się, by chyba po raz setny osłodzić mu cierpienia pocałunkiem. Gdy go wcześniej znalazła, nie mógł mówić. Wtopiła wówczas twarz w jego pierś i zapłakała, a Patrick Feckler i inni Urwipołcie mogli tylko stać i patrzeć. Wszyscy widzieli, jak Malaki i pozostali kadeci atakują demona.

Paddy nic nie powiedział, skinął tylko Malakiemu, jakimś sposobem w sposób ewidentny dając wyraz wielkiego szacunku.

– Masz jaja, chłopie – rzucił ktoś obok niego.

– Będzie ich potrzebował, jak chce się z nią prowadzać – wymamrotał Dedric, za co zarobił potężną sójkę w bok od Paddy'ego.

Urwipołcie, jak to mieli w zwyczaju, momentalnie rozładowali napięcie i wszyscy roześmiali się, gdy Paddy i jego przyboczni ruszyli dalej. Przyjaciele wyprostowali się, gdy zbliżył się emisariusz z Falkiem. Kawałek dalej zobaczyli lorda Cabala, rozmawiającego z rannym rycerzem Furii. Wielki hełm wojownika leżał w nogach jego zaimprowizowanego łóżka.

– Widzę, że rycerze Furii zdobią hełmy własnym znakiem – rzekł Chevalier, a Malaki zarumienił się na te słowa. Wyglądało na to, że pozostali członkowie zakonu poszli za przykładem lorda Cabala i naznaczyli krwią własne hełmy. Chcieli w ten sposób uhonorować wkład Malakiego w pokonanie demona.

– Dwadzieścia lat jestem rycerzem i nie widziałem jeszcze czegoś podobnego – ciągnął emisariusz. Może powiedziałby coś jeszcze, ale akurat nadjechał jeden ze zwiadowców. Sposób, w jaki prowadził konia, dawał pojęcie o pilności posiadanych przez niego informacji.

– Panie emisariuszu! – wykrzyknął mężczyzna, gdy Chevalier wyszedł mu na spotkanie. – Ktoś zbliża się od południa.

Choć emisariusz był wycieńczony, raptem wyprostował się z twarzą wyrażającą uwagę.

– Przyjaciel czy wróg? – spytał, patrząc tam, gdzie wskazał jeździec.

– To mag bitewny Nathalie Saigal – powiedział mężczyzna, jakby sam nie wierzył w to, co mówi.

– Dzięki wam, gwiazdy na niebie! – westchnął emisariusz głosem lekkim od ulgi. Dawno już uznał Nathalie za martwą. – A ty prowadź!

Inni zwabieni dobrymi nowinami zbliżyli się do dwóch mężczyzn i poszli za nimi do wysuniętego punktu na szczycie wzgórza.

– Tam, panie – rzekł zwiadowca.

Rzeczywiście, na zbocze wspinała się Nathalie, a u jej boku bursztynowa smoczyca.

– Ciel jest ranna – zauważył Falko, a emisariusz pokiwał głową. Smoczyca szła mozolnym krokiem, jedno jej skrzydło spoczywało w nienaturalnej pozycji.

Chevalier pospieszył w jej kierunku, a Falko wraz z nim. Był wyraźnie podniecony, lecz młodzieńca naszło raptem złe przeczucie. Wychwycił emocje targające Nathalie, zanim jeszcze usłyszał je w jej głosie.

– Co tu robicie? – wykrzyknęła. – Nie możecie tu zostać. Uciekajcie!

Ulga emisariusza zmieniła się w troskę, gdy zobaczył, w jakim stanie są Nathalie i jej smoczyca. Obydwie były brudne i wyczerpane.

– Słyszysz mnie? Musicie stąd wiać! – powtórzyła Nathalie, stając przy nich.

– Nie ma potrzeby – odrzekł emisariusz. – Demon został pokonany, a Opętani wybici.

Nathalie pokręciła głową.

– Nie! – krzyknęła. – Uciekajcie! – Odwróciła się twarzą w stronę, z której przyszła, jakby spodziewała się ujrzeć kolejną armię Opętanych depczącą jej po piętach. – Musicie podzielić armię na mniejsze jednostki. Wysłać je różnymi trasami z powrotem do Hoffen i Le Matres. Posłać po więcej magów bitewnych.

Emisariusz rzucił Falkowi zmartwione spojrzenie. Nathalie sprawiała wrażenie, jakby bredziła w malignie. Jej słowa nie miały dla nich żadnego sensu. Obejrzał się na stojącego nieopodal zwiadowcę.

– Czy to możliwe, byśmy przegapili inną armię?

– Nie, panie, nie sądzę – rzekł mężczyzna, ale jego przekonanie niespodziewanie skaziła niepewność. Szeregowy zwiadowca otwarcie przeczący słowom maga bitewnego zostałby uznany za niezwykle odważnego człowieka.

Odprowadzili Nathalie do obozu, ale zarówno ona, jak i Ciel co rusz oglądały się przez ramię. Falko poczuł, jak po jego kręgosłupie wspina się strach. Co wzbudziło tak wielkie przerażenie u maga bitewnego i smoczycy?

Zabrakło im kilku kroków do części szpitalnej, gdy Ciel stanęła jak wryta. Stworzenie obróciło się i pochyliło głowę. Groźny pomruk wzbudził się w jej gardle. Nathalie również się odwróciła. Falko też wyczuł czyjąś zbliżającą się, przytłaczającą obecność. Cała trójka utkwiła spojrzenia w to samo miejsce na wzgórzu, jakby widzieli coś niedostrzegalnego dla oczu zwykłych śmiertelników.

– Musicie uciekać – rzekła Nathalie niepokojąco lodowatym głosem. – On już tu jest.

– Spójrz na trawę na tamtym zboczu – powiedział Alex. – Robi się czarna.

I rzeczywiście – widoczna na stoku ciemna łata spalonej ziemi wyciągała się w ich stronę i wszyscy rozpoznali narastający strach obwieszczający nadejście demona, zaciskającą się zimnymi szponami na duszy beznadzieję, przez którą nawet najdzielniejszy mąż czuł się jak przerażone dziecko.

– Zabiliśmy już jednego demona – dał się słyszeć głos Quirrena. – Zabijemy i drugiego.

– Nie – powiedziała Nathalie. – Przeciw temu nic nie wskóramy.

– Z pewnością wspólnymi siłami... – zaczął emisariusz, ale kobieta weszła mu w słowo.

– Ja nie dam mu rady, Chevalier. – Pewność jej głosu zmroziła rycerza do szpiku kości. – Ale spróbuję zatrzymać go tak długo, jak zdołam.

Emisariusz stał, jakby jakaś siła wryła go w ziemię. On miałby zostawić tu Nathalie, by samotnie stawiła czoła takiej potworności? To było dla niego nie do pomyślenia. Ale poznał po jej spojrzeniu, że nie ma wyboru. Jeśli Nathalie i Ciel nie pokonają tego potwora, Chevalier może tylko starać się oddzielić od niego swoich żołnierzy jak największą połacią lądu.

– Wracać do obozu – zarządził. – Wszyscy, ale już!

Zaczął popychać ich w kierunku trzonu armii.

– Nie możemy ich zostawić – zaoponował Falko.

– Nie możemy im też pomóc – powiedział emisariusz. – A teraz chodź. Musisz osłonić odwrót armii.

Z wielką niechęcią zaczęli cofać się w głąb obozu, każdy oglądając się za siebie na coraz wyraźniej rysującą się na tle zieleni czarną plamę, wydłużającą się w ich kierunku, niby gnaną porywistym, płonącym wiatrem.

Podczas gdy oni zbierali się do odwrotu, Nathalie wyszła na spotkanie postępującej ciemności z kroczącą spokojnie u boku Ciel.

Falko obejrzał się na nią, na jej drobną postać, porywającą się na nadciągającą potworność. Słyszał, jak nieopodal wydaje rozkazy emisariusz.

– Wstawać! Na nogi, już! – wołał. – Pomóżcie im przygotować się do drogi.

Ludzie patrzyli na niego, jakby oszalał, ale poznali po jego głosie, że sprawa jest poważna, i nikt nawet nie pisnął. Sami też czuli przecież rosnący w duszy strach wywołany pojawieniem się drugiego demona. Ludzie doprowadzeni do skraju wytrzymałości zostali zmuszeni do kolejnego desperackiego zrywu.

Emisariusz wyłapał z tłumu sygnalistę i kazał mu odtrąbić odwrót.

– Szybko – warknął, gdy skołowany żołnierz wlepił w niego nierozumiejące spojrzenie. Czyż właśnie nie wygrali bitwy? – Odwrót, powiedziałem, natychmiast!

Mężczyzna zwlekał tylko pół chwili, a potem uniósł róg i po dolinie rozlał się sygnał do odwrotu, brzmiący jak okrutny, nie w porę rzucony dowcip.

Emisariusz popatrzył wokoło na mozolących się z wykonaniem rozkazu rannych. Towarzysze pomagali im dosiąść koni lub wejść na wozy, inni wieszali ich sobie na szyi i pomagali iść. Armia sposobiła się do drogi.

Tumult i zgiełk w obozie dźwięczał głośno w uszach Falka. Żołnierzy pchały naprzód strach i zmieszanie. Tłum zaczął wolno oddalać się od samotnej kobiety, która stanęła wraz ze smoczycą na drodze pełznącej ciemności. Wokoło jego przyjaciele dosiadali koni. Dwaj sanitariusze pomagali Malakiemu wspiąć się na Fidelisa. Quirren podał Falkowi jego hełm i wodze wierzchowca, nim sam dosiadł swojego rannego konia. Bryna również siedziała już w siodle. Alex biegł do swoich Wygnańców. A po drugiej stronie pola bitwy Jareg stał tylko nieruchomo, jakby zapuścił korzenie. Przerażenie, które raz od siebie odepchnął, pęczniało teraz w jego umęczonym umyśle, jeszcze gorętsze i jeszcze mroczniejsze niż poprzednio.

Tylko nie to! – myślał gorączkowo. Ratujcie, niebiosa, tylko nie to!

Starsi husarze odciągnęli młodego dowódcę i sami włączyli się w strumień ludzi, który zaczął już wspinać się po północnym stoku doliny. Falko jednak czuł, że nie może iść z nimi. Siedział w siodle, odprowadzając ich wzrokiem.

– Falko! – zawołał emisariusz. – Jesteś nam potrzebny.

Ale ten nie odwrócił się od Nathalie i Ciel. Widział, jak hen przed nimi rozpęka się ziemia i jakieś diabelstwo wyłania się na światło dnia.

Pogromca przybył.

Żołnierze Czwartej Armii zwiększyli tempo, gdy demon pojawił się w zasięgu ich wzroku. Panika przetoczyła się po ich szeregach. Falko czuł ten strach i próbował otoczyć ich osłoną, ale nie mógł zebrać myśli. Nie mógł otrząsnąć się z przekonania, że po prostu porzuca Nathalie i Ciel.

– Falko, no dalej! – krzyczała Bryna, a koń chłopaka sam z siebie obrócił się, by ruszyć za wojskiem.

Falko jak przez sen zdał sobie sprawę, że wierzchowiec niesie go ku towarzyszom, gdy za jego plecami demon otrząsnął się z drobin nadpalonej ziemi. Znalazłszy się w świecie materialnym, Pogromca wczepił się wzrokiem w Przeciwniczkę i stojącego przed nią wyrma. Chciały uciec, ale im się nie udało, lecz mimo to ośmieliły się stanąć przed nim, nie okazując strachu. Pogromcą zawładnęła ekscytacja. Nie mógł się doczekać, by nasycić się ich śmiercią.

Nathalie wpatrzyła się w wyłażącego wprost z poczerniałej ziemi demona. Gdy spojrzała w twarz śmierci, niemal złamał ją nagły przypływ rozpaczy. Czuła w kościach, że nie zdoła mu się wymknąć, a teraz zaprowadziła go prosto do emisariusza i żołnierzy Czwartej. Wiedziała, jak niebezpiecznie jest oddawać się poczuciu winy w obecności piekielnika, lecz zdawała sobie też sprawę, że jej dni od dawna są policzone. Z tą myślą uniosła miecz i tarczę.

Stojąca obok niej Ciel przygotowała się do walki.

Falko miał wrażenie, że przedziera się przez gęstą, nieustępliwą mgłę. Dźwięki i odczucia wydawały się czymś odległym i bezkształtnym. Uciekali od zagrożenia i strachu, ratowali życie, a mimo to czuł, że robi coś złego. Armia mknęła naprzód, ale Falko zacisnął zęby, ściągnął cugle i wrył konia. Obrócił się i raz jeszcze spojrzał tam, gdzie smoczycę i maga bitewnego raptem spowił płomień.

Demon zaskoczył ją, ciskając w nią smugą piekielnego ognia. W ostatniej chwili zasłoniła się ścianą energii. Płomień buchnął w niebo i na boki, o mało nie sięgając uskakującej przed nim Ciel.

W chwili gdy płomienie zgasły, Nathalie zrewanżowała się własnym atakiem. Lanca białego światła pomknęła w kierunku Pogromcy, ale rozprysła się w zetknięciu z pancerzem Oświeconych. Jednocześnie Ciel posłała w jego stronę kolumnę płomienia. Demon rozbił ją ciosem pięści, a wtedy zza zasłony ognia spadła na niego Nathalie, zadająca cios mieczem. Jej klinga przecisnęła się pod bronią Pogromcy i naznaczyła jego udo płytką i długą raną.

Demon odskoczył, gdy do walki włączyła się Ciel i przeorała jego opancerzony hełm ostrymi pazurami. Walczyły o wykorzystanie przewagi, lecz Pogromca nie pozwolił im na to. Odwinął się i wyprowadził straszliwy cios mieczem. Ciel musiała się prędko uchylić przed uderzeniem, które pozbawiłoby ją głowy. W tym samym momencie druga klinga pomknęła z nieprawdopodobną prędkością w kierunku Nathalie i z pewnością pogruchotałaby jej tarczę wraz z ramieniem, gdyby nie wypełniła swojego ciała wzmacniającą energią. Ale nawet osłona nie uchroniła jej przed obezwładniającą siłą ciosu, który wybił ją z równowagi. Wojowniczka wytraciła impet, okręcając się błyskawicznie, pilnując przy tym, by nie wystawiać pleców na kolejny cios wroga.

Pogromca ciął mieczem raz po raz i tylko wysokie umiejętności oraz szybkość uchroniły Nathalie i Ciel przed śmiercią. Ale nie mogły długo zmagać się z tak zażartymi atakami i gdy stwór rękojeścią miecza wgniótł bok hełmu Nathalie, wydawało się, że nadszedł koniec. Nogi ugięły się pod nią i kobieta osunęła się bezwładnie na ziemię.

Nathalie zginęłaby, gdyby w tej chwili Ciel nie rzuciła się na demona. Bursztynowa smoczyca wskoczyła mu na opancerzone barki, usiłując unieruchomić jego muskularne ramiona. Z początku wydawało się, że Pogromca może zachwiać się i upaść, lecz wtedy sięgnął mieczem ponad ramieniem i klinga wżarła się głęboko w górną część przedniej nogi smoczycy. Demon wymknął się spod pazurów Ciel i stworzenie potoczyło się naprzód, warcząc z bólu, gdy wylądowało na rannym skrzydle. Jednakże, pomimo obezwładniającego bólu, smoczyca prędko znalazła się na nogach i ruszyła naprzód, by zasłonić ciałem nieprzytomną Nathalie, ku której potwór obracał właśnie wykrzywioną morderczo twarz.

Pogromca wydawał się w pełni sił, jego ślepia płonęły łaknieniem śmierci, gdy pochylał głowę i naprężał mięśnie potężnych ramion. Oto nadeszła zwycięska chwila i nawet wyrm zdawał sobie z tego sprawę, kiedy tak stał przed ogłuszoną Przeciwniczką niczym żałosny, wierny do ostatniej chwili kundel.

To tyle, jeśli chodzi o Wielkie Dusze tego niewydarzonego świata.

Ostre klingi uniosły się, Pogromca wyrwał z kopyta i rzucił się naprzód. Ale zanim zrobił dwa kroki, ujrzał pędzącą w swoją stronę rozmazaną czarną plamę. Koń i jeździec. Pojawili się znikąd. Pogromca zmarszczył brwi, rozpoznawszy charakterystyczne spojrzenie drugiego Przeciwnika. Błysnął ognistym wzrokiem, zatrzymując wierzchowca, który z wślizgiem wrył kopyta w ziemię, ale jeździec zdążył stanąć na siodle obiema nogami i skoczyć naprzód.

Pogromca zatoczył się, gdy ten nowy Przeciwnik kopnął go obunóż w twarz. Zdumiony mocą tego uderzenia demon skupił wzrok na wojowniku, a gdy to zrobił, o mało nie skrzywił ust w uśmiechu. To jakiś młokos bez ognia, którym władają zwykle jego pobratymcy. Pałający pogardą Pogromca ruszył, by zdusić iskrę jego życia.

Armia wyłaniała się z doliny, a Falko stał przyczepiony wzrokiem do Nathalie i Ciel walczących z demonem. Udany początek walki zrodził w nim przekonanie, że mogą zwyciężyć, lecz wtedy ujrzał, jak po potężnym ciosie w bok głowy nogi uginają się pod Nathalie.

W umyśle Falka nie zajaśniała żadna świadoma myśl, a jednak coś sprawiło, że wbił pięty w końskie boki i zaszarżował naprzód. Miał wrażenie, że patrzy z wielkiej odległości na siłującą się z piekielnikiem Ciel, nim ta oberwała mieczem, wypuściła wroga i stoczyła się z jego grzbietu. Pogromca ruszył w kierunku Nathalie, ale Ciel prędko odzyskała kontenans i stanęła nad rozciągniętą na ziemi wojowniczką.

Wiatr huczał Falkowi w uszach, gdy pognał konia do karkołomnego cwału. Nie myślał, co zrobi, gdy już dotrze do Nathalie i Ciel. Wiedział tylko tyle, że nie może pozwolić im stoczyć tej walki samotnie. Już prawie był przy nich, gdy demon go wyczuł i zwrócił ku niemu masywny łeb. Skupiona wola Pogromcy uderzyła w niego z mocą i nogi ugięły się pod koniem Falka. Wierzchowiec wyrżnął o grunt, ale Falko był gotowy wybić się z siodła, jak robił to tak wiele razy w Moździerzu. Gdy koń Falka padał na ziemię, on mknął już w powietrzu i wbił nogi w twarz piekielnika, po czym przetoczył się po ziemi.

Stanął przed Pogromcą z mieczem i tarczą w gotowości.

Demon potrzebował chwili, by otrząsnąć się po uderzeniu, lecz w chwili gdy na Falka naparła z piekielną siłą cała jego pogarda, potwór rzucił się do ataku. Natarł z lekceważącą dzikością, jakby zamierzał zabić Falka dwoma prędkimi cięciami, ale on uniknął pierwszego ciosu, a drugi zbił tarczą. Zdołał nawet zahaczyć mieczem wierzch nadgarstka potwora, ale ostrze ześlizgnęło się z niego, jakby Falko uderzył w posąg z brązu. Nie zostało po nim nawet zadrapanie.

Ślepia pogromcy zapłonęły gniewem. Ten wypłosz śmiał uchylać się przed jego atakami? Pogromca skoncentrował się i złożył z rozmachem do szybkiej sekwencji mocniejszych ciosów, lecz Falko w dalszym ciągu uskakiwał, blokował i parował wszystkie uderzenia. Uświadomiwszy sobie, że nie docenił tego nowego przeciwnika, Pogromca stężał w gotowości do przypuszczenia druzgoczącego natarcia, lecz w tym momencie Ciel zaatakowała go od tyłu.

Smok zacisnął szczęki na jego prawym ramieniu i próbował odciągnąć je w tył, ale Pogromca okręcił się w miejscu i uderzył mieczem trzymanym w lewej ręce. Ciel musiała go puścić, inaczej stwór wraziłby jej ostrze w pierś. Odginając się do tyłu, uniknęła rozpędzonej klingi, ale nie zdołała zaatakować, bo ugięła się pod nią ranna noga. Pogromca z rozpędu kopnął ją w opuszczoną nisko głowę, ogłuszając smoczycę, która złożyła się i padła na ziemię nieopodal wciąż nieprzytomnej Nathalie. Demon zwrócił się teraz ku Falkowi. Tym razem nikt nie będzie mu przeszkadzał.

Ale Falko utrzymał pozycję. Może i nie posiadał w swoim arsenale czarów ofensywnych, ale jego obrona nie miała sobie równych. Będzie skałą, która skruszy klingi pogromcy. No chodź, tutaj jestem. Jeśli ma to być pojedynek woli, Falko był gotów podjąć wyzwanie. Niech ta bitwa pozwoli mu sprawdzić pełną rozpiętość diabelskiej mocy tego potwora. I niech on połamie zęby na tarczy tego Przeciwnika.

Demon jakby wyczuł wyzwanie w myślach Falka. Jego oczy zalśniły zadowoleniem. Gdy ruszył na niego, Falko uzbroił swój umysł i potężna fala roziskrzonej energii przepłynęła przez całe jego ciało. Przez chwilę czuł transformującą potęgę tej szalonej siły, lecz wtedy demon uderzył. Falko zniknął w burzowej chmurze ciosów wyprowadzanych mieczami, rękami i kopytami. Pierwszy raz mierzył się z podobnie nieokiełznaną brutalnością i wiedział, że nawet jako mistrz defensywy niedługo zdoła jej się opierać.

Przyjął na udo kopnięcie, które pogruchotałoby nogę wołu.

Dał nura pod szerokim cięciem i wzmocnił tarczę, by ta zaabsorbowała siłę uderzenia, które wstrząsnęło jego ciałem i nieomal przearanżowało układ wnętrzności. Ramię było całe, ale klinga Pogromcy wcięła się głęboko w metalową tarczę.

Falko już był wycieńczony wydarzeniami minionego dnia. Z czasem ograniczył się wyłącznie do opierania się atakom demona, coraz rzadziej znajdując sposobność bądź siły, by wyprowadzić własny. Blokował i parował, wykręcał się spod ostrzy, a gdy już nie mógł robić uników, blokował ciosy siłą woli. Ale zasoby mocy Pogromcy wydawały się niespożyte i Falko wkrótce poczuł, że jego energia jest na wyczerpaniu.

Ciężki cios od góry odrąbał prawie połowę jego tarczy i Falko poczuł krew cieknącą po ramieniu. Następne oszałamiające uderzenie zsunęło się po obłości hełmu, a kolejne przejęło rękę drętwotą i bólem, ale Falko i tak zrobił unik. Czuł narastającą frustrację demona.

Uświadomiwszy sobie, że koniec jest bliski, młodzieniec zebrał siły i dał nura pod mknącym ostrzem. Odnalazł klingą odsłonięty kawałek ciała, ale jego miecz nie został wykuty na kowadle mistrza Missagliasa, nie był mieczem maga bitewnego i stal strzaskała się, gdy naparło nią na twarde cielsko demona. Falkowi zostało w ręce tylko kilka cali lśniącego metalu, gdy więc spadło na niego kolejne druzgoczące uderzenie, nie miał na co go przyjąć. Zakrzywione ostrze zetknęło się z bokiem jego głowy, zrzucając z niej hełm i zasnuwając jego pole widzenia milionami gwiazd. Falko padł na kolana i walczył o zachowanie przytomności. Wypluł krew, która wypełniła mu usta. Podniósł spojrzenie na stojącego nad nim demona.

Pogromca patrzył na niego, a jego potężna pierś unosiła się w mozolnym oddechu. Ten młody Przeciwnik został pokonany, ale płomień wciąż tlił się w jego jasnych, zielonych oczach.

Wiedząc, że zaraz zemdleje, Falko zajrzał głęboko w małe, rozżarzone oczy Pogromcy i – niech to porwie piekło i co tylko zechce – uśmiechnął się. Ale nie był to uśmiech wesołości. Był to uśmiech pogardy, uśmiech człowieka, który nie boi się śmierci. I biła z niego tak nieprzejednana siła, że Pogromca zastygł w bezruchu. Ten klęczący przed nim szczeniak nie był pierwszym lepszym Przeciwnikiem. To była Wielka Dusza, władająca mroczną i niebezpieczną potęgą, której nie wolno pozwolić żyć.

Falko poderwał głowę, gdy Pogromca uniósł miecz do ostatecznego ciosu, lecz gdy zakrzywione ostrze pomknęło w dół, błękitny grom trafił demona w rękę i cios przemknął nad głową Falka. Oczy potwora zajaśniały furią, gdy obejrzał się w kierunku, z którego nadszedł atak. A potem zawył z bólu, gdy Nathalie wraziła ognistą kulę w podstawę jego karku. Kula nie była większa od pięści, ale paliła wściekle i zamiast wybuchnąć, wgryzła się w cielsko Pogromcy.

Budząca się Nathalie otrzeźwiała, widząc, jak Falko walczy samotnie z demonem. Potwór bił w niego wszystkim, co miał, a jednak chłopak jakimś cudem wciąż stawiał mu czoła. Ciało Nathalie płonęło bólem i zmęczeniem, ale nie mogła znieść myśli, że Falko mógłby zginąć, a więc podniosła się chwiejnie na nogi, bez hełmu i z zakrwawioną twarzą, po czym pospieszyła mu z pomocą. Trzymany w prawej ręce miecz wlókł się po ziemi, a lewa sterczała wyciągnięta naprzód, gdy z całych sił usiłowała wepchnąć kulę ognistą głębiej w ciało Pogromcy.

Piekielnik drapał pazurami miejsce, gdzie wtapiała się w jego ciało, ale nie mógł jej wydobyć. Wyjąc z bólu, uprzytomnił sobie, że jedynym sposobem na pozbycie się jej jest pokonanie Przeciwniczki raz na zawsze. Rzucił się naprzód, ale nie zrobił kroku, gdyż ogarnął go smoczy ogień. Zaskoczony, po raz kolejny zwalił się na ziemię i przetoczył, chcąc uniknąć potężnego ciosu smoczej łapy. Hełm ochronił demona, ale jeden ze szponów ciął go głęboko pod lewym okiem. Z rany wypłynęła ciemnosrebrzysta krew, Pogromca dźwignął się na nogi, zatoczył, usiłując pozbyć się jej spod powiek, gdy tymczasem ognista kula wciąż wżerała się w jego ciało. Zdołał odbić uderzenie miecza Nathalie, lecz teraz Ciel znów sposobiła się do ataku, utykająca i poraniona, lecz wciąż niebezpieczna.

Pogromca zaczął się cofać i choć wyglądało na to, że Nathalie zaraz zemdleje, to odwlekała tę chwilę i parła naprzód. Wreszcie puściła kulę i machnęła mieczem, posyłając w kierunku demona lśniący łuk światła. Pogromca chciał sparować atak czarodziejskimi mieczami, ale czubek łuku przemknął się przez gardę i zanurzył głęboko w boku piekielnika, zostawiając po sobie śmiertelną ranę, która mogła go zabić.

Ogarnięty podszytym nienawiścią niedowierzaniem, Pogromca uświadomił sobie, że stracił kontrolę nad walką i teraz grozi mu porażka z ręki tej suki, Przeciwniczki, oraz jej przeklętego wyrma. Jedno i drugie już dawno gryzłoby ziemię, gdyby nie ten nieopierzony Przeciwnik. Ale Pogromca nie docenił młodzieńca i teraz szale przechyliły się na korzyść wroga. Jeśli ma przeżyć, musi się wycofać.

Zanosząc się rykiem, Pogromca otoczył się ścianą ognia wiecznego, a gdy wrogowie odskoczyli przed okropnym żarem, rozdarł tkaninę rzeczywistości i przeniósł się do podziemnego świata, gdzie zasklepi swoje rany i odzyska siły. Będzie straszliwie cierpiał za tę porażkę, ale przetrwa pokutę i stanie się silniejszy, potężniejszy niż kiedykolwiek.

A potem wróci, by się zemścić.

Nathalie krzyknęła rozpaczliwie, widząc uciekającego Pogromcę. Nie udało im się go zabić i Nathalie wiedziała, miała całkowitą i przerażającą pewność, że on wróci. Ale z tym będzie się mierzyć innego dnia. Dzisiaj zwyciężyli i musiała być za to wdzięczna losowi.

Czując się doszczętnie wydrenowana z sił, obróciła się i zobaczyła, jak Ciel zbliża się do przygarbionej postaci Falka. Nathalie nie mogła uwierzyć, że on wciąż żyje. Z trudem podeszła do niego i położyła delikatnie rękę na jego oblepionych krwią włosach. Z początku bała się, że Falko nie wytrzymał psychicznie i że pochłonęło go przerażenie, lecz jej obawy się rozwiały, gdy chłopak wolno wyprostował się i osadził na niej wzrok, a ona dostrzegła, że nawet teraz pełga w jego oczach odległe, niebezpieczne światło. Szukała go w tym spojrzeniu, chcąc przeniknąć budzące obawy odrętwienie młodzieńca, ale wówczas jego wzrok się wyostrzył i wiedziała, że do niej wrócił. Wydawał się zmieszany i zaskoczony tym, że widzi ją żywą. Łza spłynęła po jego policzku, a Nathalie otarła ją palcem w pancernej rękawicy.

– Witaj z powrotem, braciszku – powiedziała z uśmiechem.

Daleko na południu, głęboko na Utraconych Ziemiach Beltane, Marchio Dolor palił ziemię mocą swojego niezadowolenia. Mało tego, że kolejny demon został zabity, to w dodatku Pogromca zmuszony został do ucieczki. Marchio niemal wyczuwał jego furię i wstyd, wstyd, który pociągnie go w najgłębsze otchłanie piekła, gdzie jego ciało i broń zostaną wzmocnione diabelskim ogniem, aż będą mogły iść w szranki z ciałem i bronią samego Marchia. Przez moment rozważał porzucenie Beltane i udanie się na północ, lecz wtedy uśmiechnął się, bo już wyczuł dziką chęć Pogromcy, by zemścić się na tych, którzy ośmielili się go ośmieszyć, wyczuł palącą potrzebę zemsty.

A poza tym... Serthiański Wilk wciąż przysparzał mu problemów. Nie. Najpierw zniszczy Vercincallidusa, a potem ruszy na północ, by w ten sam sposób zadręczyć lud Clemoncé. Do tego czasu Pogromca cierpieć będzie zasłużone męki. Biada Przeciwnikowi, który stawi mu czoła, gdy ponownie odrodzi się w królestwie potępienia.

70

PEWNEGO PÓŹNOWIOSENNEGO WIECZORU

W wieży magów w Le Matres Meredith Saker nauczył miejscowych czarodziejów, jak nawiązać i utrzymać magiczne połączenie komunikacyjne. Wcześniej tego dnia do miasta przybył posłaniec z informacją o zwycięstwie Czwartej Armii. Meredith aż się uśmiechnął na tę ironię: pierwsze w historii magiczne połączenie posłuży temu, by poinformować Galena Thralla o porażce, jaką odniosła jego jednostka na polu bitwy.

Zakończywszy z powodzeniem swój eksperyment, Meredith udał się na kwerendę do miejscowego archiwum, by odnaleźć księgę, po którą tak naprawdę tu przyszedł. Jednakże archiwa Le Matres nie były skatalogowane z takim samym rygorem co zbiory Furii. Po kilku godzinach żmudnych poszukiwań zaświtało mu w głowie, że odnalezienie księgi „Ostatni żyjący świadek" może okazać się o wiele trudniejsze, niż myślał. Rozejrzał się za kimś, kto mógłby mu pomóc, ale robiło się późno i jedyną żywą duszą w archiwach okazał się pewien stary mag, który właściwie szykował się już do snu.

– Zechciej poczekać do rana – rzekł sędziwy archiwista. – Brat Ignatius z pewnością powie ci, czy ją mamy, czy nie. On zna tu każdą księgę i zwój, wszyściutko do ostatniego skrawka skruszałego pergaminu.

Meredith westchnieniem dał upust frustracji.

– O której godzinie mogę spodziewać się tu brata Ignatiusa?

– Wcześnie. – Starzec zdławił ziewnięcie. – Chyba że przepisuje akurat dokumenty. Wówczas znajdziesz go w jednej z komnat z oknami na południe. Takiej roboty nie odwala się po ciemku.

– Oczywiście – rzekł Meredith. – A tymczasem... nie macie tu chyba działu smokoznawstwa?

– Ależ naturalnie, że mamy! – zaperzył się obrażony insynuacją mag. – Na samym końcu północnej alei, regał po lewej.

– Dziękuję. – Meredith skłonił się, mężczyzna skinął uprzejmie głową i ruszył do wyjścia.

Mając całe archiwa dla siebie, Meredith poszedł we wskazane miejsce, gdzie znalazł skromny zbiór pozycji dotyczących badań nad smokami. Większość ksiąg była kopiami lub innymi wersjami tytułów, z którymi zapoznał się już w Furii, ale znalazł też kilka nieznanych dotąd dzieł. Zdjął z półki dwa, które wydały mu się szczególnie intrygujące. Wrócił do głównej komnaty, usiadł przy stole i zaczął czytać. Pierwsza księga okazała się interesującym traktatem na temat smoczej anatomii, druga zaś głosiła, że smoki posiadają pamięć rasową, która wyostrza się z wiekiem, pozwalając im na przypomnienie sobie wydarzeń, które miały miejsce na długo przed narodzeniem poszczególnych osobników.

Meredith wiedział, że magowie bitewni doświadczali swoistego umysłowego połączenia ze swoimi smokami. Naszła go straszna myśl. Jeśli wspomnienie Opętania może mieć wpływ na smoki, to może wpływa także na magów bitewnych. Czy to możliwe, że ojciec Falka wcale nie oszalał, ale stał się Opętanym przez więź łączącą go z jego smokiem?

Po tygodniach intensywnej koncentracji Meredith nie był gotowy na całą noc w repozytorium. Czytając, zasnął, a jego sny wyłożone były czarnymi łuskami, płonęły żywym ogniem i gdzieś ciemnowłosy mężczyzna krzyczał jak obłąkany.

Zbudził się, gdy delikatnie potrząsnął jego ramieniem stary archiwista, z którym rozmawiał minionej nocy. Na twarzy starca malował się wyraz zniesmaczenia. Meredith uprzytomnił sobie, że niechcący zaślinił stół. Otarł usta rękawem szaty i zamrugał oczami, chcąc pozbyć się z nich zmęczenia.

– Widzę, że czytałeś o smokach – powiedział ktoś. Głos należał do nieco młodszego mężczyzny o całkowicie białych włosach i kontrastujących z nimi niepokojąco ciemnych brwiach.

– Znaczy... tak, to prawda – potwierdził mag, czując suchość w ustach i ogólny dyskomfort spowodowany snem w niewygodnej pozycji.

– Fascynujące zagadnienie. Ale słyszałem, że szukasz innej książki.

Do Mereditha dotarło, że to musi być brat Ignatius, jedyny człowiek, który wiedział, wedle jakiego klucza uporządkowano księgozbiór Le Matres.

– Tak – powiedział Meredith, wstając. – Chodzi o księgę pod tytułem „Ostatni żyjący świadek". Autorem jest Sennicio Verde. Słyszałeś może o niej?

– Chyba powinienem! – rzekł brat Ignatius. – Brat Verde był w końcu członkiem tej właśnie wieży.

Meredithowi serce podskoczyło do gardła. Wreszcie dowie się czegoś nowego o Wielkim Opętaniu.

– Czy dysponujecie egzemplarzem? – spytał, kryjąc zniecierpliwienie. – Zapiski wspominają o dwóch, z czego ten, który powinien znajdować się w Furii, z jakiegoś powodu zniknął.

– Myślę, że nasz jest, gdzie być powinien – uśmiechnął się brat Ignatius.

W pełni rozbudzony Meredith ruszył za nim między regały.

– Jeśli mnie pamięć nie myli, znajdował się w dziale „Choroby umysłowe", a nie, jak można by przypuszczać, w dziale kronikarskim.

– Czytałeś ją? – spytał Meredith, ożywiony nadzieją.

– Niestety nie – zgasił ją brat Ignatius. – Wolę zgłębiać zagadnienia historyczne, które mają nieco więcej wspólnego z prawdą.

Stanęli w ciasnej wnęce zawalonej po sufit księgami i zwojami.

– Niech pomyślę... – zasępił się archiwista, pochylając się, by prześledzić grzbiety ksiąg w stercie po prawej ręce. – Vanier... Vaughn... Veilleux... Hmm! – Meredithowi bardzo nie spodobało się to mruknięcie. Białowłosy wyprostował się i wbił spojrzenie w kolumnę ksiąg, jakby nie mógł zrozumieć, dlaczego nie zawiera poszukiwanej pozycji. – Dziwna sprawa – rzekł. – Nie przypominam sobie, by ktoś ją wypożyczał.

Zawiedziony Meredith zgarbił się. Skinął głową i przetarł znużone oczy.

– Wybacz, przyjacielu – powiedział brat Ignatius. – Zdaje się, że poszukiwanej przez ciebie księgi nie ma już w archiwach Le Matres.

– A może ktoś po prostu długo ją czyta? – podsunął Meredith. – Czy istnieje jakiś sposób, by ją odnaleźć?

– Nie wydaje mi się. Nie odnotowano, by ktoś ją wypożyczał, nie wiadomo więc, kogo o nią spytać.

Rozczarowanie Mereditha musiało wyraźnie odznaczyć się na jego twarzy, bo brat Ignatius mocno się zawstydził tym, że nie może pomóc młodemu badaczowi odnaleźć księgi, która powinna przecież być we wskazanym przez niego miejscu. Już zaczął ponownie go przepraszać, gdy Meredith odwrócił się, mamrocząc bez przekonania jakieś podziękowania.

– Mógłbyś po prostu wypytać samego brata Verdego...

Meredith stanął jak wryty.

– Coś ty powiedział?

– Powiedziałem, że możesz po prostu porozmawiać z bratem Verdem. Tylko nie sposób przewidzieć, czy odpowie na jakieś twoje pytanie.

– Czy mam rozumieć, że on wciąż żyje? – spytał Meredith. – Myślałem, że jego książka to zapis z pierwszej ręki doświadczeń ostatniego świadka Wielkiego Opętania.

Brat Ignatius uniósł brew. Najwyraźniej był sceptyczny.

– Z tego, co wiem, tak utrzymuje księga.

– Ale Wielkie Opętanie miało miejsce ponad czterysta lat temu. Jak ktokolwiek z żyjących miałby porozmawiać z ostatnią osobą, która żyła w tamtych czasach?

– Jak już mówiłem, wolę zagadnienia historyczne o nieco większym współczynniku prawdopodobieństwa.

Meredith zachodził w głowę, jak to możliwe, że brat Verde wciąż chodzi po świecie, lecz jeśli tak właśnie jest, może rzeczywiście powinien z nim porozmawiać. Autor jest chyba jeszcze lepszym źródłem informacji niż jego księga.

– Czy wciąż jest w wieży? – spytał mag, ale brat Ignatius pokręcił głową.

– Niestety nie. Umysł zaczął zawodzić brata Verdego blisko rok temu. Przeniesiono go do wieży w Zaciszu, placówce na północy, gdzie starsi i niezdrowi mogą liczyć na należytą opiekę.

– I wciąż tam przebywa? Znaczy w Zaciszu?

– Tak sądzę. A przynajmniej nie przypominam sobie żadnych wieści o jego zgonie.

Oczy Mereditha zapłonęły odzyskaną nadzieją. Odeszły go wszelkie oznaki zmęczenia.

– Jak daleko jest ta wieża?

– Jakiś tydzień drogi. Prowadzi tam pewna ścieżka przez góry.

Meredith wybąkał podziękowania, ale większa część jego umysłu już pracowała nad planem. Wyruszy w drogę, gdy wróci Czwarta Armia. Za nic nie przepuści okazji porozmawiania z kimś, kto tyle wiedział o Wielkim Opętaniu, choćby i miał czterysta lat.

Minęły dwa dni, nim Czwarta przekroczyła bramę Le Matres, pobijana i zbroczona krwią, ale najzupełniej zwycięska. Miasto pękało w szwach od uchodźców, ale ludzie robili, co w ich mocy, by jak najlepiej przyjąć wyczerpanych żołnierzy. Posiadłość na przedmieściach została w całości oddana do ich dyspozycji i to tam zakwaterowano wielu rannych, łącznie z Falkiem, który otrzymał pokój z widokiem na rzekę. Uzdrowiciele z Le Matres uznali najwidoczniej, że Falko szybciej wróci do zdrowia w samotności. Temu poglądowi sprzeciwiła się Fossetta, która wraz z Heçamedes i Tobiasem przybyła do miasta dzień wcześniej.

– Bardzo wiele przeszedł – przestrzegł ją starszy lekarz. – Potrzebuje odpoczynku, odpoczynku i spokoju.

– Bzdury pan gadasz! – prychnęła Fossetta. – Potrzebuje towarzystwa przyjaciół.

Lekarz najwidoczniej nie przywykł do kwestionowania jego zaleceń, ale ostatecznie musiał ustąpić.

– Tylko niech nie przedawkuje tej waszej przyjaźni.

I tak oto, zamiast stać się miejscem cichej rekonwalescencji, pokój Falka rozbrzmiewał gwarem kojarzącym się raczej z barakiem kadetów w akademii. W ciągu następnych kilku dni Fossettę widziano siedzącą w kącie, gdzie wyszywała coś na perłowobiałym materiale, gdy tymczasem młodzież siedziała w kółku i trajkotała na okrągło. Tobias również spędzał z nimi cały czas, siedząc i słuchając wszystkiego, co się mówiło.

Falko wciąż nosił ślady rozlicznych ran, ale rozcięcia, otarcia i sińce szybko zmieniły kolor z brzydkiej purpury na nieco mniej brzydki odcień zieleni. Stał się bardziej milczący, bardziej zadumany niż zwykle, ale szybko wracał do zdrowia. Śmiał się pełną piersią, gdy Alex komentował stan jego hełmu, który najwyraźniej nie został uznany za złom – choć nim był – i został zwrócony Falkowi do dalszego użytku.

– Popatrzcie tylko na to! – wygłosił Alex, podnosząc element pancerza, tak by każdy widział głęboką dziurę po klindze Pogromcy. – Jak tyś przeżył takie uderzenie, co? To jakaś bzdura! – Przerysowana irytacja w jego głosie wzbudziła serdeczny śmiech wszystkich zebranych.

– Zawsze mówiłam, że Falko ma twardy łeb. To dlatego nic do niego nie dociera – powiedziała Bryna, wzbudzając nową salwę śmiechu, i tym razem nawet Fossetta dołączyła do chóru, uradowana tym, że również i Bryna docinała Falkowi na równi ze wszystkimi.

Jak dobrze było znów usłyszeć ich zwyczajowe radosne przekomarzanki. Po bitwie nawet Alex zrobił się osobliwie cichy. Stracili ośmioro kadetów, w tym Kurta Voglera, który często sparował z Bryną.

Przyjaciele czuli, że żarty Alexa były próbą załagodzenia tej traumy oraz obaw przed tym, co czeka na nich w przyszłości. Wielu kadetów mówiło na głos, że woleliby pozostać na froncie, niż wracać do akademii. Emisariusz wspominał o pewnym zadaniu specjalnym, które dla nich szykuje. Gdy później tego wieczoru zasiedli wspólnie w pokoju Falka, zdradził im szczegóły.

– Musicie wrócić do Furii – rzekł. – Na nowo obsadzamy front, ale nasze siły nigdy jeszcze nie były tak rozciągnięte. Potrzeba nam więcej żołnierzy.

– Co więc mielibyśmy teraz robić w stolicy? – spytał Quirren.

– Chcę, byście przeszkolili Nieregularnych i przygotowali ich do bitwy.

– Nie mówiłeś czasem, że nie są zbyt dobrzy? – przypomniał sobie Malaki.

– O, przepraszam bardzo! – ofuknęła go Bryna. – Nie zapominajcie, że Urwipołcie też są z Nieregularnych!

– Dokładnie – podjął emisariusz. – Potrzeba im tylko dobrego przywódcy.

– I to my mamy ich szkolić? – dziwił się Malaki.

– Owszem. Ale pomogą wam lanista Magnus i inni instruktorzy. Nie wiem, ile będziecie mieli czasu na wykonanie zadania, ale chcę, byście zmienili Nieregularnych w sprawną jednostkę bojową, która walnie przysłuży się naszej sprawie. – Zrobił pauzę i powędrował wzrokiem do Malakiego, Quirrena i Huthgarla. – Co więcej, chcę, byście to wy trzej zmienili ich obecnych dowódców. – Wyraz jego twarzy mówił, że zdaje sobie sprawę, iż łatwiej powiedzieć, niż wykonać.

– Ale czy nimi nie dowodzi sama królowa? – spytała Bryna.

– Tylko nominalnie – wyjaśnił emisariusz. – W rzeczywistości marnieją pod dowództwem dwóch zbirów, przy których Patrick Feckler to społecznik i filantrop. – Do jego głosu przedarła się nuta szyderstwa, której nigdy tam jeszcze nie słyszeli. – Oficjalnie funkcję dowódczą pełnią generał Connard Forbier i major Viktor Gazon, choć autentyczność ich rang jest cokolwiek wątpliwa. Zadbali o wygodne życie dla siebie i nie będzie łatwo skłonić ich, by z niego zrezygnowali, ale osobiście napiszę do pana Cyrana. Jeśli będziecie potrzebować pieniędzy, by ich przekupić, Cyrano o nie zadba.

Wyraz ich twarzy mówił jasno, co myślą o przekupywaniu żołnierzy, którzy mieli być przecież lojalni wobec monarchini.

– Stąpajcie ostrożnie – poradził im emisariusz. – To wyjątkowe kanalie, otaczające się takimi samymi kanaliami.

Zapewnili emisariusza, że go nie zawiodą, a potem rozmowa zeszła na inne tematy. Była wśród nich kwestia odeskortowania uchodźców z powrotem do stolicy.

– Ja nie mogę czekać na uchodźców – powiedział Falko.

– Rozumiem – odrzekł emisariusz. – Może więc pojedziesz z Malakim, Quirrenem i Huthgarlem? Reszta wyruszy w swoim czasie. Ale nie wolno wam mitrężyć. Potrzebujemy tutaj Nieregularnych tak szybko, jak to możliwe. Wróćcie więc do Furii i czekajcie na rozkazy marszałka Bretona. Jeśli dopisze wam szczęście, może będziecie mieć kilka tygodni, by przygotować się do wojny.

Plan na następne dwa dni przedstawiał się więc następująco: Falko i trzej rycerze mieli jak najszybciej wrócić do Furii, podczas gdy Bryna, Alex i pozostali kadeci we własnym tempie odeskortują tam uchodźców z Le Matres. Rozmawiali chwilę przyciszonymi głosami. Emisariusz powiedział, że musieli na nowo rozmieścić magów bitewnych wzdłuż linii frontu, gdyż ich liczba zmniejszyła się o zabitych Jürgena i Wildegrafa. Minie trochę czasu, nim Ciel będzie w stanie wzbić się w powietrze, ale Nathalie zapewniła Falka, że do wesela się wyliże.

– Nigdy nie lekceważ odporności smoków – rzekła mu na koniec.

Wreszcie emisariusz wstał i skierował się do wyjścia, a pozostali postanowili zrobić to samo. Wymieniono uprzejme pożegnania i Chevalier już miał złapać za klamkę, gdy Falko trącił Malakiego łokciem.

– Pytałeś go już?

– O co? – zaciekawił się emisariusz, gdy Huthgarl, Alex i Quirren opuścili pokój. Jednakże gdy Alex usłyszał słowa Falka, wsunął jeszcze głowę przez półotwarte drzwi i uśmiechnął się od ucha do ucha. Quirren pociągnął go z powrotem na korytarz, a brat niechcący uderzył głową o framugę. Usłyszeli jeszcze, jak ofuknął Quirrena za tę niepotrzebną interwencję, a potem głosy sprzeczki ucichły w głębi korytarza.

Emisariusz zatrzymał się z ręką na klamce, a Malaki wyglądał, jakby zapomniał języka w gębie. Bryna stała za nim ze wzrokiem wbitym w ziemię. Falko prawie się roześmiał, widząc, jak dwoje wojowników, którzy bili się z Opętanymi, wstydzi się zadać proste pytanie.

– Chcą poprosić, byś udzielił im ślubu – wyręczył ich Falko.

Na usta emisariusza wypłynął skomplikowany, nacechowany jakąś intensywną emocją uśmiech, jakiego jeszcze u niego nie widzieli.

– Z przyjemnością, będę zaszczycony – odrzekł z błyskiem w szarych oczach.

Malaki podziękował mu skinieniem, a Bryna zrobiła krok naprzód i pocałowała go w policzek. Falko uśmiechnął się, a zza drzwi usłyszeli głos Alexa Klingemanna.

– No wreszcie! – rozległy się przytłumione słowa kadeta. – Już myślałem, że prędzej umrę ze starości, niż wy się chajtniecie.

Uśmiechy przyozdobiły ich twarze, a potem Bryna powiedziała:

– O mało się nie straciliśmy i...

– Nie ma potrzeby niczego tłumaczyć – przerwał jej uprzejmie emisariusz. – Czy masz kogoś, kto odda cię panu młodemu?

Malaki pokręcił głową, jakby wciąż nie mógł uwierzyć, kogo wybrała jego przyszła małżonka. Patrick Feckler nie płakał, odkąd był brudnym, źle traktowanym przez los i ludzi dziecięciem. Ale ta prosta prośba Bryny odnalazła szczelinę w pancerzu, w który zakuł swoje serce, i wycisnęła łzę z jego głęboko osadzonych oczu.

Emisariusz tylko się uśmiechnął, gdy podała jego nazwisko.

– Jutro wieczorem? – zaproponował. – Zanim się rozjedziecie.

Bryna i Malaki przystali na ten termin. Emisariusz skłonił się oszczędnie i wyszedł z pokoju. Narzeczeni wkrótce zrobili to samo i Falko już miał wrócić do łóżka, gdy ktoś zapukał do jego drzwi. To był Meredith Saker. Mag bitewny domyślił się po jego minie, że ma jakąś niecierpiącą zwłoki sprawę.

– Wszystko dobrze? – spytał przewodnika, gestem zapraszając go do środka.

Meredith nie przyjął zaproszenia. Stał niepewnie na korytarzu, przestępując z nogi na nogę.

– Obawiam się, że nie będę mógł wrócić z tobą do Furii.

Falko wlepił w niego spojrzenie. Miał nadzieję, że Meredith pomoże mu w przygotowaniach do rytuału Assay.

– Ależ... myślałem, że zakończyłeś swój eksperyment – wykrztusił, nie mogąc ukryć rozczarowania.

– To prawda. Ale dowiedziałem się właśnie o czymś, co znacznie opóźni mój powrót do stolicy.

– Czy to naprawdę aż tak ważne?

– Obawiam się, że tak.

– No cóż... skoro tak, to powinieneś się tym zająć. – Falko zmagał się z rozczarowaniem.

– Przepraszam cię – powiedział Meredith. – Jeśli tylko będzie to możliwe, postaram się wrócić na czas.

– Dobrze. Aurelian i Dusaule mi pomogą.

– Dziękuję. – Meredith skłonił się. Obrócił się, by odejść, ale zatrzymał się w pół kroku. – Jeśli mój ojciec będzie na Bijaku, będzie próbował powstrzymać cię ogniem.

Falko zmrużył oczy na sekundę, lecz potem mroczny uśmiech skrzywił jego usta.

– Wiem, jak radzić sobie z ogniem – powiedział i teraz na Mereditha przyszła kolej, by się uśmiechnąć.

Gdy mag rozpłynął się w holu, Falko zaczął się zastanawiać, jak to możliwe, by jabłko spadło tak daleko od jabłoni. Myślał, czy może tak samo jest w jego przypadku, ale czuł, że nie. Czuł, jak gdzieś w głębi serca jaśnieje dziedzictwo jego ojca. Był to ogień, który mógł z czasem pochłonąć go i oddać jego duszę w ręce Opętanych. Może jego podświadomość wiedziała, co robi, trzymając tę moc w ryzach.

Następnego dnia kadeci zaczęli przygotowywać się do drogi powrotnej do stolicy, a tymczasem Meredith Saker rozpoczął swoją własną podróż – na północ, do wieży w Zaciszu. Falko zachodził w głowę, co też może być tak ważne, że musiał zająć się tym tak nagle, ale z biegiem dnia jego myśli zaczęły wybiegać do mającej odbyć się wieczorem uroczystości.

Gdy słońce zawisło nad horyzontem, Falko ruszył z Malakim w kierunku wypielęgnowanego ogrodu, gdzie Patrick Feckler przygotował niewielką scenę. Na końcu rozległego trawnika zakreślono ciętymi kwiatami szerokie koło. Urwipołcie przyłożyli się do swojej roboty i wyglądało na to, że wszystkie rośliny w okolicy położyły głowy w imię artystycznej wizji Paddy'ego. Cały oddział czekał już na państwa młodych, a wraz z nimi ocalali z bitwy kadeci i wielu żołnierzy z Czwartej Armii. Stawili się, by dzielić tę chwilę szczęścia w niekończącym się koszmarze wojny.

Malaki, czerwony jak rak, pozwolił Falkowi odprowadzić się do koła kwiatów, gdzie stanął wyprostowany, czując się nieswojo i zupełnie nie na miejscu. Miał na sobie dopasowaną koszulę ozdobioną valenckim haftem oraz dobrej jakości skórzane spodnie udekorowane tym samym subtelnym motywem, biegnącym wzdłuż nogawek.

Niezwykle przystojny pan młody, co do tego wszyscy byli zgodni, i nawet Alex nie znalazł na tę okazję kąśliwego komentarza.

Tobias siedział w obstawie dwóch szaserów oraz woźniców, którzy przywieźli go z Daston. Pojawiła się Fossetta wraz z Heçamedes, a między nimi Bryna pod rękę z Patrickiem Fecklerem. Bryna miała na sobie piękną suknię z perłowobiałego jedwabiu, ozdobioną kolorowym haftem, bliźniaczo podobnym do tego na koszuli i spodniach Malakiego. Z kwiatami wplecionymi w rude włosy i rumieńcem ekscytacji na policzkach wyglądała wprost olśniewająco, czego Urwipołcie nie omieszkali nagrodzić chórem obcesowych komentarzy i przenikliwymi gwizdami. Wreszcie na scenę wkroczył emisariusz, ubrany w czarne spodnie oraz gustowny dublet z pikowanego szarego jedwabiu. Urwipołcie nie mogli się panny młodej nawitać, więc Patrick Feckler postanowił postawić ich do pionu.

– Mordy! Wy kundle zawszone! – ryknął. – Zaczynajmy już, bo nie będzie czasu na picie.

– Zgoda, ale nie lejcie tamtemu dużemu – zawołał ktoś z tłumu. – Albo nic dzisiaj nie nadzieje na miecz!

– Głupiś jak but z lewej nogi! – padła retorta. – Nadziewa od miesięcy!

Fossetta skrzywiła się z dezaprobatą, ale panowie Laffite i Macaire zawyli śmiechem, a wraz z nimi wszyscy jak jeden mąż Urwipołcie oraz kadeci, którzy byli świadkami kwitnącego związku Malakiego i Bryny.

Ostatecznie do akcji wkroczył emisariusz. Wystarczyło, że uniósł rękę, i zaległa cisza. Uśmiechając się pobłażliwie, ujął mężczyznę i kobietę za dłonie i zbliżył ich do siebie, a potem cichym głosem i z należytym dostojeństwem odprawił prostą ceremonię, której zwieńczeniem było oplecenie obu rąk białą szarfą. I tak oto pewnego późnowiosennego wieczoru Bryna Godwin i Malaki de Vane zostali zaślubieni.

A gdy to nastąpiło, naprzód wyszedł Falko i wyciągnął w ich stronę dwa srebrne pierścienie, skombinowane nie wiedzieć skąd przez Patricka Fecklera. Gdy je nałożyli, przyrzekłszy sobie wieczną miłość, wymienili się podarunkami.

Malaki wręczył Brynie nowy kołczan wypełniony strzałami, a Bryna Malakiemu nową pochwę na miecz. W całkowitej ciszy pani młoda przerzuciła kołczan przez plecy, a Malaki zawiesił miecz na pasie. Wspólnie postanowili obdarować się symbolami życia, które dla siebie wybrali, bronią, która definiowała każde z osobna.

Wreszcie zwrócili się twarzami do siebie.

– W ciszy nocy – zaczął Malaki.

– I w huku bitwy – podjęła Bryna.

– Będę cię kochać – zakończyli razem i niejeden Urwipołeć łyknął łzę.

Nastała cisza, a Falko spoglądał z zainteresowaniem na młodą parę i nie umiał powiedzieć, czy stracił brata, czy może zyskał siostrę. Zresztą co to za różnica? Tyle było cierpienia i strachu naokoło. Wiedział na pewno, że to, czego właśnie był świadkiem, jest czymś dobrym, zdolnym oprzeć się wiszącej nad nimi ciemności.

– No dobra! – zawołał Dedric Sayer. – Pora się nawalić!

Biesiada trwała długo i nawet emisariusz wyraźnie się podchmielił, o czym świadczył niezbicie fakt, iż zgodził się w końcu siłować z Paddym na rękę. Dwaj mężczyźni stoczyli zapierający dech w piersiach bój. Tak zażarty, że stół złamał się pod ich łokciami i obaj zwalili się na ziemię. Nawet Falko dołączył się do gromkiego chóru śmiechów; śmiał się do rozpuku, aż oblał koszulę piwem. Właśnie próbował doprowadzić się do porządku, gdy z tłumu wyłonił się i stanął u jego boku Jareg Snidesson.

– Myślę, że jej ojciec pobłogosławiłby to małżeństwo – odezwał się.

– Ja też tak myślę – zgodził się Falko, zastanawiając się, dlaczego Jareg wybrał akurat ten moment, by z nim porozmawiać.

Stali w przedłużającej się niezręcznej ciszy, aż Jareg odezwał się ponownie:

– Jak ty to robisz?

Falko pokręcił głową, nie rozumiejąc.

– Demony... Nie tak je sobie wyobrażałem. Jak ty to robisz, że...

– Nie wiem – przerwał mu Falko. – Wiem tylko, że umiem to robić.

Jareg długo patrzył mu w oczy.

– Przepraszam cię – powiedział łamiącym się głosem. – Za wszystko... Znaczy... Nigdy nie myślałem o tym, jak musisz się czuć.

I tym prostym gestem zmazał wszystko, co było złego między nimi.

Falko poczuł, że i jego ściska w gardle. Wolał nic nie mówić, bo bał się, że nie powstrzyma łez. Więc po prostu wyciągnął rękę.

Gdy Jareg poszedł w swoją stronę, Falko zwrócił się ku Malakiemu i Brynie – usiłowali wyplątać się z tłumu Urwipołciów, z których każdy najwidoczniej uznał, że jemu także należy się pocałunek panny młodej. Ostatecznie wpadł między nich Paddy i rozdzieliwszy hojnie ciosy ciężkim skórzanym kuflem, pomógł nowożeńcom uciec. Falko uśmiechał się, lecz do jego myśli napłynął cień. Jutro ruszą w drogę powrotną do Furii, gdzie czekały już na niego nowe wyzwania, a wśród nich kilka nie mniej przerażających niż starcie z demonem.

Wykucie miecza, rytuał Assay i przywołanie smoka.

Te rzeczy określą jego miejsce w świecie. Ale to wszystko czeka na niego w przyszłości. I niech jeszcze trochę poczeka. Dzisiejszej nocy pobrali się jego przyjaciele, a Falko cieszył się ich szczęściem.

71

SERTHIAŃSKI WILK

Beltański generał Vercincallidus spoglądał w dół z wysokości mostu na swoją Pancerną Konną, która wdarła się z hukiem w ostatnią linię bojową kardaków, a potem prędko odskoczyła w głąb doliny, poza zasięg ich mieczy. Za ich plecami pozostałości armii Opętanych krążyły po polu bitwy, szukając ofiar, które mogłyby zaspokoić ich nienasycony apetyt śmierci. Ale dzisiaj nikt już nie umrze. A na pewno nikt z synów Elduru. Sześciuset jego błogosławionych wojowników już leżało w bitewnym pyle, ale zginęli z bronią w ręku i jeszcze dziś w nocy otworzą się przed nimi wrota Domu Walecznych.

Generał wycofał już z walki piechotę. Teraz uniósł rękę i po dolinie poniósł się brzęk, gdy tysiąc strzał o topolowych drzewcach odciągnęło się w tył na cięciwach tysiąca wiązowych łuków. Opętani warczeli i wyli, pieklili się, biegnąc im na spotkanie, ale gdy generał opuścił rękę, chmura pocisków przeorała pędzącą gromadę. Długie łuki pracowały wytrwale, wypuszczając strzałę za strzałą, aż na polu walki ostało się tylko kilku ciężkozbrojnych kardaków, a wkrótce i oni padli pod lancami beltańskiej pancernej konnicy. Kolejna armia Opętanych wdeptana w ziemię przez wielkiego Vercincallidusa, człowieka zwanego Serthiańskim Wilkiem.

Nie czekał na uprzątnięcie pola bitwy. Nie marnował nawet czasu, by pochować poległych. Ich ciała rozdziobią kruki, ale ich dusze są już bezpieczne, a tylko to miało znaczenie. A także fakt, że po raz kolejny rozgromili zastępy nieprzyjaciela.

Ale generał nie mógł czekać. Kolejna armia Opętanych zmierzała już w ich kierunku, dowodził nią jednak demon i Vercincallidus nigdy nie rzuciłby jej wyzwania, nie mając w swoich szeregach maga bitewnego. Nie przystąpi więc do walki z piekielnikiem, a zamiast tego sam uważnie wybierze sobie kolejnego przeciwnika. Jego zwiadowcy już znaleźli odpowiednią armię – cztery tysiące Opętanych zaledwie trzydzieści mil na wschód. Zapuszczą się wprawdzie głębiej na Utracone Ziemie, ale generał już dawno nauczył się poruszać po ziemi niczyjej, jakby należała do niego.

Gdy armia ruszyła naprzód, Vercincallidus zwrócił się do stojącego obok kowala. Odrzucił z ramion płaszcz z wilczej skóry i podwinął rękaw, odsłaniając rękę pokrytą okrągłymi znakami wytrawionymi w jego ciele. Każdy z nich reprezentował jedną zniszczoną przez niego armię Opętanych. Kowal uniósł żelazo do znakowania, które jaśniało w zapadającym zmroku. Spojrzał na dowódcę, czekając na zwyczajowe skinienie, a potem przyłożył żelazo. Zapach był mieszanką pieczonego mięsa i palących się włosów, ale Vercincallidus nie wydał z siebie dźwięku. Zacisnął zęby, dzielnie znosząc ból – była to jego modlitwa za wszystkich, którzy postradali dziś życie w walce z nieprzyjacielem.

Dosiadł swojego pięknego taranta i gestem poparzonej ręki dał znak do wymarszu. Może i nie jest w stanie stawić czoła demonowi, który wziął go na cel, ale gdzieś na wschodzie znajduje się armia, z którą na pewno sobie poradzi. I to właśnie ona będzie kolejnym celem Vercincallidusa. To właśnie ci Opętani odczują na własnej skórze wściekłość Serthiańskiego Wilka.

Marchio Dolor pochylił głowę, wysłuchując raportu mrocznego anioła. Posłaniec nie przemówił do niego. Demon odcyfrował sens z potrzaskanych obrazów rozproszonych w jego umyśle: przestwory bezludnych równin i spalonych lasów, wzgórza przedzielone rzekami zatrutymi przez trupy, krajobraz Utraconych Ziem. Ujrzał przemierzające te krainy armie Wiernych, które z pułapu mrocznego anioła wyglądały jak stada mrówek. Ale gdy pomniejszy demon obniżył lot, jego bystrym oczom ukazała się czarna plama wytrawiona na równinie. Zbliżył się i ujrzał trupy kilku tysięcy Opętanych. Poczerniałe kości oblepione gnijącym mięsem. Dusze ściągnięte w głębiny, gdzie poniosą należną karę za porażkę. Vercincallidus i jego wojska zniknęli, ale nawet najostrożniejsza armia zostawia po sobie ślad – i jeden z demonów Marchia Dolora już nim podążał.

Dobrze, pomyślał Markiz Cierpienia. Jego własna armia wciąż będzie szła na południe. Na północ ruszy inny książę. Wspólnymi siłami zapędzą Serthiańskiego Wilka w kozi róg.

72

DYPLOMACJA

Tak jak polecił emisariusz, Quirren i Huthgarl dołączyli do Falka i Malakiego w podróży do Furii. W tak niepewnych czasach bezpieczniej poruszać się we czwórkę. Falko nie miał nic przeciwko, chciał tylko dotrzeć do stolicy możliwie jak najszybciej. Scena pożegnania przypominała mu, jak wieki temu wyruszali z Toulwaru. Wyściskali się serdecznie z Bryną i pozostałymi kadetami, którzy niebawem również wyruszali w drogę wraz z uchodźcami. Z kolei Tobias miał za zadanie kontynuować poszukiwania przyszłych magów bitewnych wraz z Fossettą i Heçamedes, ale tym razem nieco dalej od frontu. Ich droga wiodła w głąb Clemoncé, gdzie nie było jeszcze aż tak niebezpiecznie.

– Tak wycyrklujemy, żeby ostatecznie znaleźć się w stolicy – tak to ujęła Fossetta. – Może tam się spotkamy.

Falko pokiwał głową i ucałował ich wszystkich. Zaczerpnął mnóstwo siły ze spotkania z bliskimi, nawet jeśli nie było tak długie, jak by sobie tego życzył.

Ruszyli przed siebie drogą wiodącą przez zalesione serce Clemoncé. Każdy z podróżnych prowadził za sobą zapasowego konia. Udało im się utrzymać niezłe tempo i w ciągu tygodnia ujrzeli przed sobą blanki miasta stołecznego. Zdecydowali się zatrzymać w gospodzie z widokiem na bród Garr. Wieczorem ruszyli do miasta z zamiarem przyjrzenia się Nieregularnym. Chcieli wiedzieć, na czym stoją, nim obmyślą strategię, która pozwoli im wykonać zadanie nałożone na nich przez emisariusza.

Obóz Nieregularnych był skupiskiem rozklekotanych chat i obwisłych namiotów na obrzeżach miasta. Minęli grupę chłopców bujających się na linowej huśtawce. Spytali ich, czy znają generała Forbiera i majora Gazona. Chłopcy pokiwali głowami i w zamian za dwie drobne monety zaprowadzili nowo przybyłych na niskie wzgórze pośrodku obozu.

– Tam, o – rzekł jeden z nich, wskazując palcem dwóch mężczyzn, wracających najwyraźniej z polowania. Obaj byli postawni, ale zwierzynę dali do oprawienia podkomendnym, sami zaś obmyli ręce w miedzianych misach, by zaraz rozsiąść się na składanych krzesłach i uraczyć winem.

– A kim jest ten trzeci? – spytał Huthgarl, patrząc na mężczyznę, który nadzorował pracę.

– To sierżant Hickey – odpowiedzieli malcy. – Robi, co mu każe generał.

– Wyglądają jak najemnicy – stwierdził Quirren, a pozostali przytaknęli. Z całą pewnością nie przypominali zdyscyplinowanych żołnierzy Jej Królewskiej Mości.

– Dobra – rzekł Malaki, uznawszy najwidoczniej, że widział już dosyć. – Napiszemy do nich i spotkamy się z nimi jutro, tak jak planowaliśmy.

Huthgarl i Quirren pokiwali głowami. Zaintrygowany Falko wodził wzrokiem od jednego do drugiego. Nie uzgodnili z nim tego planu.

– Nie zaprzątaj sobie tym głowy – rzekł Malaki tonem wyjaśnienia. – To nasze zadanie. Ty skup się na treningu w Moździerzu i przygotowaniach do rytuału.

Z powrotem w tawernie trzej konspiratorzy napisali dwa listy, które kurier miał dostarczyć jeszcze tego samego dnia. Jeden zaadresowany był do instruktorów akademii i powiadamiał o przybyciu kadetów. Drugi miał trafić do dowódców Nieregularnych i zawierał „prośbę", by stawili się wraz ze swoją armią na poligonie jutro o godzinie dziesiątej rano. Depesza od emisariusza, zawierająca rozkaz powierzenia dowództwa kadetom, została wysłana odpowiednio wcześniej. Podobnie jak notka zaadresowana do Cyrana, informująca go o tym, że należy liczyć się z ewentualnością wypłacenia kadetom odpowiedniej sumy pieniędzy celem łatwiejszego usunięcia ze stanowisk pewnych oficerów.

Towarzysze wciąż nie chcieli powiedzieć Falkowi, co zamierzają. Pozwolili mu jednak przeczytać list.

– Dość bezpośredni – rzekł, przeciągając sylaby.

– Dokładnie – potwierdził Malaki. – Bo emisariusz poinformował ich już o swojej decyzji. Samo to powinno wystarczyć. Jutro zobaczymy, co mają do powiedzenia panowie Forbier i Gazon.

List wkrótce dostarczono i gdyby kadeci mogli usłyszeć wartki strumień przekleństw dobiegający z namiotu dowódczego, przekonaliby się, że obawy emisariusza co do dwóch niesubordynowanych dowódców były w pełni uzasadnione. Ale młodzi rycerze nic o tym nie wiedzieli, bo przez resztę dnia czyścili zbroje.

Sprawdzili się już w bitwie, zanim więc wyjechali z Le Matres, wręczono im płaszcze, opończe i nakładane na lance proporce z barwami zakonów, do których należeli. Malaki otrzymał proporzec z czarną głową konia w bladoniebieskim polu, Quirren – z czarnym orłem w polu czerwonym, a Huthgarl – z czarnym płomieniem w polu koloru jaskrawej ochry, znak beltańskiej Pancernej Konnej. Założą je jutro, gdy staną pierwszy raz przed Nieregularnymi.

Następnego dnia wstali z samego rana, zjedli porządne śniadanie, a później pokonali bród i wjechali do miasta. Okrążyli podwójny mur obronny, by uniknąć tłumów, po czym znaleźli się na drodze prowadzącej na płaskowyż. Falko otrzymał nową zbroję przed wyruszeniem do Furii, ale prawdę mówiąc, przy olśniewających postaciach Malakiego, Quirrena i Huthgarla czuł się jak jakiś obszarpaniec. Gdy zaczęli się wspinać, na obrzeżu płaskowyżu ujrzeli jeźdźca. Widzieli, że zauważył ich, nim odjechał.

– No cóż, teraz już wiedzą, że nadjeżdżamy – rzekł Quirren z nerwową nutą w głosie.

Za to Malaki wyglądał na zupełnie spokojnego. Hełm i tarczę miał przy siodle, a na czubku jego lancy powiewał bladoniebieski proporzec. Jego twarz zastygła w rezolutnym wyrazie, a znamię pobladło w mętnym świetle pochmurnego poranka. Pokonawszy wzniesienie, ujrzeli na poligonie armię Nieregularnych, tak jak nakazał list, ale dopiero na drugim wzniesieniu w pełni docenili jej liczebność.

– Z osiem tysięcy chłopa – wymamrotał Huthgarl, gdy powiódł wzrokiem po nierównych szeregach. – I pomyśleć, że cały ten czas zbijali bąki w Furii.

– Tylko desperacja popycha dowódcę do tego, by posłać na wojnę niewyszkolonych żołnierzy – rzekł mentorskim tonem Quirren.

Malaki nic nie powiedział. Nie odejmował spojrzenia od trzech mężczyzn stojących na czele armii. Jeśli obawiali się o swoje pozycje, w żaden sposób nie zdradzili się przed podjeżdżającymi rycerzami.

Falko pozwolił pozostałym się wyprzedzić. Tak jak powiedział Malaki – to było ich zadanie. Choć oficerowie wydawali się zupełnie spokojni, ich miny świadczyły niezbicie o tym, że zapoznali się z listem od Malakiego. Falko podejrzewał, że trzeba będzie czegoś więcej niż garści monet, by wysiudać ich z pozycji, na których najwidoczniej zdążyli się wygodnie umościć.

Kadeci zsiedli z koni dwadzieścia jardów przed dowódcami. Mężczyzna znany jako Forbier zwrócił się twarzą do swoich ludzi.

– Panie i panowie, żołnierze Nieregularnych – zawołał. – Zastanawiacie się pewnie, skąd ta poranna musztra w tym właśnie miejscu. Czyżby przygotowano dla was miejsce w prestiżowej Akademii Sztuki Wojennej?

Buchnęły szydercze śmiechy.

– Ależ skąd! – wznowił Forbier, pozwalając śmiechom ucichnąć. – A może ruszacie na wojnę u boku królowej, której ofiarnie i wiernie służymy?

Te słowa nagrodzono wiwatami, ale miny wielu żołnierzy mówiły, że poczuli się niepewnie na wspomnienie władczyni.

– A gdzieżby tam! Jesteśmy tutaj, wystawcie sobie, ponieważ pewnemu illicyjskiemu szlachcicowi wydaje się, że Nieregularni z Clemoncé sprawią się lepiej dowodzeni przez dzieci!

Znowu śmiech, lecz tym razem nie tak entuzjastyczny. Żołnierze taksowali wzrokiem trzech młodych rycerzy, którzy zbliżali się do ich dowódców. Generał powiedział swoje, ale kadeci wcale nie wyglądali jak mali chłopcy.

Forbier odwrócił się plecami do swoich żołnierzy i podszedł do nowo przybyłych. Był potężnym mężczyzną, podobnie zresztą jak major Gazon i sierżant Hickey, ponurak, który „robił, co mu generał każe". Quirren miał rację, wyglądali jak zaprawieni w bojach najemnicy, a żaden bardziej od samego generała Forbiera. Ubrany w zbroję półpłytową i rozdzieloną u dołu kawaleryjską kolczugę, podszedł do Malakiego, kołysząc się nonszalancko na nogach, z ręką opartą o rękojeść miecza. Stojący obok major Gazon wcale nie wyglądał bardziej przyjaźnie. Patrzyli na podchodzących świeżo upieczonych rycerzy, a w ich oczach pełgało lekceważące rozbawienie.

– Patrzcie, patrzcie! – szydził generał Forbier, zauważywszy płaszcz Malakiego. – Ten tutaj uważa się za członka Zakonu Rycerzy Furii!

Wielu żołnierzy zaśmiało się, ale gdy Malaki się zbliżył, głos Forbiera ścichł do groźnego szeptu.

– Więc to ty jesteś tym cwaniaczkiem, który myśli, że... uff!

Malaki kopnął go prosto w krocze. Rozcięcie kolczugi ułatwiło mu celne trafienie. Gdy generał zgiął się wpół, rycerz złapał go za głowę, a drugie ramię zacisnął na jego szyi.

Major Gazon zaklął szpetnie i sięgnął po miecz, ale Huthgarl złamał mu nos błyskawicznym ciosem pięści i mężczyzna rozciągnął się na ziemi jak długi. Zaskoczony sierżant Hickey sięgnął po własną broń, ale zamarł w bezruchu, gdy poczuł na grdyce miecz Quirrena.

– Drgnij, a upuszczę ci krwi jak wieprzkowi – powiedział Quirren, a sierżantowi nie trzeba było dwa razy powtarzać.

Wciąż trzymając Forbiera przed sobą, Malaki zwrócił się twarzą do stojących w ciszy żołnierzy.

– Królewscy Nieregularni – wygłosił. – Jestem sir Malaki de Vane, rycerz Furii, i przybyłem, by dać wam wybór. – Generał Forbier zaszamotał się, gdy ból w kroczu przyćmiła desperacka potrzeba oddychania, ale Malaki go nie puścił. – Możecie albo zmarnować sobie życie, walcząc pod rozkazami takich ludzi jak ci tutaj – Malaki odchylił się, a Forbier musiał stanąć na palcach, by się nie udusić w żelaznym uścisku – albo usłuchać zewu wojny i przynieść chwałę królowej, której imię znajduje się w nazwie waszej jednostki. – Zrobił pauzę, gdy osiem tysięcy żołnierzy poruszyło się, chcąc lepiej widzieć, co się dzieje na przedzie. –

Macie szansę, by przysłużyć się sprawie i zrobić coś, z czego będziecie mogli być dumni. Nie będzie to łatwe i wielu z was zginie. Ale ci, którzy przeżyją, będą mogli spojrzeć swoim bliskim w oczy i nie wstydzić się, gdy ludzie spytają, do jakiej armii należą. – Wreszcie puścił generała Forbiera, a ten padł na ziemię u jego stóp. – To jak będzie? – zawołał, a jego głos poniósł się echem po poligonie. – Będziecie walczyć? Czy pozostaniecie obiektem wszystkich żołnierskich żartów, ludźmi, którzy nie szanują samych siebie do tego stopnia, że wypełniali rozkazy takich jak ten tutaj?

Spojrzał na Forbiera, a wśród żołnierzy przebiegła fala szmerów. Nie wszyscy słyszeli słowa Malakiego, ale ci z przodu natychmiast podali je dalej, do ostatnich szeregów. Ten rycerz ze znamieniem mówił poważnie. Naprawdę oferował im wybór.

– Jakim prawem? – spytał mężczyzna z grupy drabów o takiej samej powierzchowności jak dowódcy. – Skąd myśl, że możesz przyjść tu znikąd i zacząć się szarogęsić? – Ruszył naprzód, a czterdziestu niezadowolonych kamratów poszło w jego ślady. – Atakujesz generała i majora, gdy myśleli, że przyszedłeś tu, by rozmawiać. – Atmosfera robiła się nieciekawa, a oddział przed rycerzami zaczął budzić niepokojące skojarzenia z rozwścieczonym tłumem. – Wiemy, że nikogo nie zabijesz, więc może to my skopiemy ci tyłek i wtedy zobaczymy, czy dalej będziesz taki cwany?

Mężczyźni nie zwalniali kroku, ale Malaki nie ruszył się z miejsca, jakby był gotów pobić ich wszystkich. Sierżant Hickey zaczął się śmiać, lecz wtedy oddział najemników się zatrzymał. Raptem wydali się Falkowi niepewni swego, wręcz wystraszeni. Malaki pomyślał, że to może miecz Quirrena lub olbrzymia postać Huthgarla skłoniła ich do przemyśleń, lecz siedzący za jego plecami Falko obrócił się w siodle i na jego usta wypłynął uśmiech. Od strony stoku szli w ich stronę laniści Magnus i Deloix oraz dwudziestu innych instruktorów z akademii. Ale nie mieli na sobie czarnych płaszczy instruktorów z motywem białej końskiej głowy. Ubrani byli w zbroje żołnierzy, którymi w istocie byli, a ich twarze emanowały śmiertelną powagą, gdy stanęli przy swoich uczniach.

– Rad jestem, że lekcje dyplomacji nie poszły w las – rzekł Magnus.

Malaki zmieszał się nieco, a Magnus się uśmiechnął.

– Witamy z powrotem w Furii, sir Malaki.

Razem popatrzyli na ciżbę najemników, która nadal stała tam, gdzie się zatrzymała. Nieregularni wciąż mieli przewagę liczebną, ale od rycerzy biła imponująca pewność siebie, której te zbiry mogły im tylko pozazdrościć.

I tak oto, przy zupełnie niewielkim wsparciu moralnym, Malaki wyklarował Królewskim Nieregularnym, że odtąd mają wypełniać rozkazy świeżo upieczonych rycerzy. Generał Forbier i major Gazon zostali pozbawieni zwierzchnictwa nad swoimi oddziałami, podobnie jak sierżant Hickey i kilku dalszych oficerów powiązanych blisko z dowódcami.

W ciągu paru następnych dni kilka setek „żołnierzy" po cichu opuści stolicę, gdyż dojdą do wniosku, że nie podoba im się ten stan rzeczy, ale większość zaakceptuje zmianę dowództwa jako kolejny wiraż na długiej i krętej ścieżce ich życia. Znajdą się też i tacy, którzy ucieszą się z tego, że wreszcie staną się częścią armii niebędącej pośmiewiskiem wszystkich wokoło. Przecież to właśnie z tego powodu zaciągnęli się do Nieregularnych: mimo młodego wieku doświadczeni przez życie, choć wciąż młodzieńczo naiwni, mężczyźni i kobiety nieposiadający zdolności ani umiejętności, które otworzyłyby im drzwi do regularnej armii, a chcący mimo to walczyć za swoją królową. Ci dziękowali losowi za to, że w końcu nadarza się okazja na spełnienie ich ambicji. Malaki powiedział prawdę – nie będzie to łatwe i wielu z nich z pewnością polegnie, ale nim to nastąpi, nadadzą swojemu życiu jakiś sens, a skoro tak – nie ma się nad czym zastanawiać.

Wciąż siedzący w siodle Falko uśmiechnął się, patrząc, jak Malaki i pozostali zaczynają obsypywać oszołomionych Nieregularnych rozkazami. Ten dzień potoczył się zupełnie inaczej, niż przewidywali. Cofnął się myślami do chwili, w której Bryna okiełznała Urwipołciów, i przyszło mu na myśl, że ona i Malaki są dla siebie stworzeni.

Pozostawił przyjaciół swoim obowiązkom. Okręciwszy konia, ruszył kłusem w kierunku Moździerza. Każdy z nich wrócił nie po to, by odpoczywać, ale by mierzyć się z kolejnymi zadaniami. Malaki i pozostali od razu zabrali się do swoich. Czas, by Falko poszedł w ich ślady.

Galen Thrall spoglądał z wysokości na podążającego w kierunku Moździerza Falka, który skręcił ku gospodarstwu, gdzie mieszkali dwaj starzy magowie bitewni.

– Wrócił, by poddać się rytuałowi? – spytał. Drobne źrenice jego załzawionych, zielonych oczu wpatrywały się w Falka z intensywnością jastrzębia obserwującego swoją przyszłą ofiarę.

– Tak sądzę – potwierdził stojący za jego plecami Morgan Saker.

– Czy jesteśmy przygotowani?

– Tak.

– Wciąż nie wypracował żadnych zdolności ofensywnych?

– Nie. Choć wszystkie raporty są zgodne co do tego, że jest nadzwyczaj biegły w defensywnych.

– Nie martw się – rzekł Thrall. – Razem mamy więcej niż dość siły, by go zmiażdżyć. A poza tym – dodał, a jego źrenice nie były teraz większe od łebka szpilki – brat Pacatos przypuści atak, zanim jeszcze nasz młody sokół zorientuje się, że walka już się zaczęła.

Morgan Saker łypnął z ukosa na wielkiego veneratu. Choć od kilku miesięcy przygotowywał się do rytuału Assay, nie spotkał jeszcze brata Pacatosa.

Nie kwestionował osądu mistrza, ale rytuał Assay to poważna sprawa i okrutnie się mści na tych, którzy go lekceważą. Tak wielkie nagromadzenie magicznej energii, potrzebnej do przeprowadzenia próby, stanowi zagrożenie nawet dla wprawnych czarodziejów.

Odsunął wątpliwości i wpił się wzrokiem w Falka, który zbliżał się już do rzędu chat spoglądających na płaskowyż. Wciąż sądził, że mocno ryzykują, pozwalając synowi Aquili Dantégo rosnąć w siłę jako magowi bitewnemu. Saker powziął postanowienie, by zatrzymać go na tej drodze, ale martwił się, ponieważ nie wiedział, jak dokładnie potoczą się sprawy na Bijaku. W Caer Dour był veneratu własnej wieży. Ten niepokój był dla niego czymś nowym i wcale nie przypadł mu do gustu.

Falko odnalazł Cruza w gospodarstwie zagrodników, gdzie mieszkał z Dusaule'em. Usiadł z nimi przy palenisku i opowiedział o wszystkim, co wydarzyło się w czasie kampanii treningowej. Okazało się, że niektóre wieści zdążyły dotrzeć do stolicy. Aurelian wiedział o ataku

Opętanych na wioskę, o niepowodzeniu armii magów i o tym, że Malaki zaatakował demona. Wiedział też, że pewien szczególnie niebezpieczny demon zabił Wildegrafa i Jürgena. I że mało brakowało, by Nathalie podzieliła ich los. Nie znał jednak szczegółów, chłonął je więc w ponurej ciszy, gdy Falko opisywał mu Pogromcę i jego zapiekłą, skoncentrowaną nienawiść do magów bitewnych.

– Został przywołany specjalnie po to, by ich zabijać – rzekł Aurelian, gdy Falko skończył. – Czy to właśnie jego wyczułeś podczas spotkania strategicznego?

– Myślę, że tak naprawdę wyczułem przygotowane dla niego miejsce – rzekł Falko, a Aurelian pokiwał głową.

– I mówisz, że gdy z nim walczyłeś, nie wyczułeś drżenia swojego wewnętrznego płomienia? Nawet gdy walka zrobiła się rozpaczliwa?

Falko pokręcił głową. Wiedział, że Aurelian miał nadzieję, iż jego ofensywne moce odblokują się w sytuacji wielkiego zagrożenia.

– Nieważne – powiedział, ale Falko wiedział, że jest rozczarowany. – Podjąłeś walkę z demonem, ocaliłeś życie Nathalie i Ciel. Jesteśmy ci za to wdzięczni.

Falko cieszył się z dobrego słowa nauczyciela, ale fakt pozostawał faktem: dopóki nie nauczy się magii ofensywnej, za pomocą której mógłby walczyć z demonami Opętanych, dopóty będzie zepchnięty do defensywy i zawsze będzie unikał konfrontacji. To był jeden z powodów, które podsycały jego determinację w ukończeniu szkolenia. Gdyby udało mu się przywołać smoka, wówczas jego wartość bojowa znacznie by wzrosła. Chyba że smok okaże się czarny i wtedy Falko będzie musiał go zabić, dodając kolejny ciężar do i tak już obciążonego ponad miarę serca.

– A więc postanowiłeś przejść rytuał? – podjął Aurelian.

– Tak. – Spojrzenie Falka tchnęło niezłomnym zdecydowaniem.

Aurelian westchnął z rezygnacją.

– Powiadomię więc o tym Thralla.

– Czy może mi tego zabronić?

– Nie. To formalność. Potwierdzi zakończenie przygotowań, a potem poda listę magów na Bijaku, ale ostatecznie decyzja należeć będzie do ciebie.

Falko kiwnął głową, zdjęty ulgą. Nie potrafił wyobrazić sobie, by ktoś miał uniemożliwić mu podejście do próby teraz, gdy już powziął postanowienie.

– W takim razie pomyślmy o mieczu dla ciebie.

Prawie sto mil na północny zachód od Le Matres Meredith Saker zbliżał się już do magicznej wieży w Zaciszu. Podróż zajęła mu o wiele dłużej, niż się spodziewał, ale teraz widział już w oddali zamazany kontur budowli przycupniętej na przeciwległym zboczu doliny, na tle okrytych śnieżnymi czapami gór. Otaczały ją ogrody i lasy, stanowiła błogi obraz spokoju, lecz Meredith czuł wszystko poza spokojem. W jego umyśle kłębiły się pytania. Kto wie, może jutro doczeka się odpowiedzi.

73

GRZESZNIK

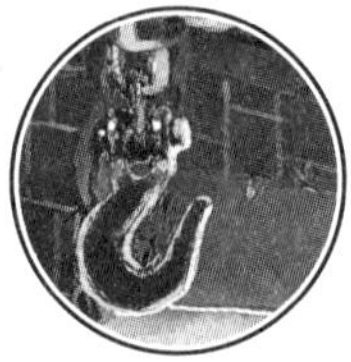

Następnego dnia rano Falko zjadł śniadanie z Malakim, Quirrenem i Huthgarlem, a potem ruszył w góry, by spotkać się z Aurelianem. Pozostali kadeci mieli przybyć do miasta za kilka dni, ale młodzi rycerze chcieli zacząć już szkolenie Nieregularnych.

– Przed nami mnóstwo pracy – rzekł Malaki. – I ani chwili do stracenia.

Falko podziwiał ich entuzjazm. Wiedział, co czują, gdyż sam rwał się do czynu.

Pożegnawszy się, ruszył ścieżką w kierunku Moździerza. Dzisiaj mieli porozmawiać z mistrzem Missagliasem o wykuciu miecza dla Falka. Jednoręki mag bitewny czekał już na niego przed chatą. Siedział w porannym słońcu z rozciągniętą wzdłuż muru Dwimervane.

– Właśnie dostałem wiadomość z wieży – rzekł, wytrzepując fusy z kubka po kawie. – Thrall spotka się z nami w Moździerzu dzisiaj po południu, by formalnie zatwierdzić twoje podejście do rytuału.

Falka ogarnęła nagła fala niepewności. Aurelian klepnął go w ramię.

– Denerwujesz się? To dobrze. Tylko głupiec by się nie denerwował.

W kuźniach jak zwykle wrzała praca. Pomocnik zaprowadził ich do przymierzalni, gdzie znaleźli mistrza we własnej osobie. Rzemieślnicy już skończyli swoją pracę i Falko mógł tylko stać i patrzeć, jak Missaglias odsuwa kotarę i prezentuje swoje dzieło. Pancerz stał na stojaku, tak jak wtedy, gdy Falko ujrzał go pierwszy raz, lecz teraz dzieło było już ukończone. Płyty pancerza wyłożono skórą i pikowanym jedwabiem. Ich powierzchnię pokrywały mistrzowsko wytrawione w metalu wzory autorstwa Mereditha, a wypolerowana na błysk ciemna stal rozsyłała wokoło świetlne refleksy. Falko widywał piękniejsze, bardziej imponujące zbroje, ale żadna z nich nie łączyła w tak zmyślny sposób użyteczności z estetyką.

– Piękna – wydyszał Aurelian. Falko był zbyt oszołomiony, by dobyć słowa.

Szczęściem Antonio uznał jego milczenie za wyraz aprobaty. Jego pobliźniona twarz zajaśniała całkowicie wypranym ze skromności uśmiechem. Falko przymierzył zbroję i odkrył, że rzeczywiście pasuje o wiele lepiej, niż gdy miał ją na sobie pierwszy raz.

– Mam nadzieję, że obejdzie się bez tego – rzekł Aurelian, wskazując obtarcie na karku maga bitewnego, które zostawił tam w czasie kampanii treningowej niedopasowany pancerz. – Czasem wydaje mi się, że zbroja wyrządza większe obrażenia niż te, przed którymi chroni.

Falko miał na ciele więcej śladów pozostawionych przez niedopasowane zbroje, a jednak nie mógł się zgodzić z Antoniem. Przypomniał sobie wyrwę w swoim hełmie i był wdzięczny zbroi za ochronę.

– A myślałeś o mieczu? – spytał Aurelian, gdy Falko przymierzał zbroję.

Antonio z wyrazem troski na twarzy poprowadził ich do paleniska na skraju wielkiego pomieszczenia.

– Mam odpowiednią stal – odezwał się po chwili, wskazując palcem prostokątne sztaby z odciśniętym znakiem poświadczającym rzadki gatunek surowca, odpowiedni do mieczy magów bitewnych. – Ale wciąż nie czuję się przekonany koncepcją rozbudzenia płomienia przez innego maga. – Spojrzał na Falka. – Wciąż nie masz swojego?

Falko pokręcił głową, a kowal zmarszczył brwi.

– Może gdybym znał cię lepiej albo gdyby był tutaj ten młody mag, który wykonał inskrypcje na twój pancerz.

– A co to za różnica? – spytał Falko, a Aurelian gestem kazał mu usiąść na pniu poczerniałego od ognia drewna.

– Kowal oswaja się z tym, jak zachowuje się w jego rękach obrabiany metal – rzekł Antonio tonem wyjaśnienia. – Temperatura, kolor, dotyk pod młotem. Umiejętności są niezwykle ważne, ale po przekroczeniu pewnej granicy tylko instynkt może go poprowadzić. – Zrobił pauzę, Falko słyszał cichy trzask ognia w palenisku. – Wykonanie porządnego miecza wymaga od kowala umiejętności, ale miecz maga bitewnego to coś więcej niż tylko zaostrzony kawał stali. To manifestacja wiary, rzecz w sposób wręcz intymny dostosowana do osobowości maga bitewnego, który ma nim władać. Mógłbym wykonać miecz, który będzie pasował do twojego ciała, ale nie znam cię na tyle, by wykonać taki, który będzie pasował do twojej duszy.

– Ale i tak spróbujesz, prawda? – włączył się Aurelian. – Poprosiłem Dusaule'a, on również pomoże.

Antonio nie wydawał się przekonany.

– Nicolas z pewnością pomoże nam lepiej kontrolować proces – przystał – ale obawiam się, że jeśli coś sknocimy, miecz po prostu zawiedzie. Czy to tutaj, w kuźni, czy podczas walki z wrogiem.

– Ale czy spróbujesz?

Mistrz zamilkł, zamyślił się.

– Wróćcie rano – powiedział w końcu. – Chcę, byście z kimś porozmawiali, zanim odpowiem.

Gdy opuścili kuźnie, Aurelian łypnął na Falka i znalazł na jego twarzy rozczarowanie i niepewność.

– Chodźmy – powiedział pokrzepiająco. – Nicolas i Dwim czekają już na nas w Moździerzu. Potrenujemy chwilę przed przybyciem Thralla. I postaraj się zbytnio nie zamartwiać – dodał. – Jeszcze nie widziałem, by Antonio uchylił się przed wyzwaniem. Jeśli wymyśli, jak zrobić ci miecz, zrobi go.

Wróciwszy na arenę, spędzili kilka ładnych godzin, testując umiejętności Falka i głowiąc się nad tym, jakie wyzwania mogą go czekać na Bijaku.

– Ktoś na pewno spróbuje cię powstrzymać, za pomocą magii wzbudzając w twoim ciele ból – rzekł Aurelian podczas przerwy obiadowej. – Inni będą miotać w ciebie czarami ognia i lodu. Możesz się też spodziewać ataków opartych na surowej sile woli.

Falko zamoczył chleb w kubku zupy, którą przyniósł do Moździerza Dusaule. Milczący mag bitewny siedział teraz w swoim zwyczajowym

miejscu u boku Dwimervane. Falko nagle poczuł się tak, jakby w ogóle stąd nie odjeżdżał.

– Zwykle pojawia się gdzieś animaré – ciągnął Aurelian. – Możesz mi wierzyć... mało rzeczy jest równie dziwnych jak walka z pustą zbroją.

– Pierwsze słyszę o czymś takim – zdumiał się Falko. – Taka magia pewnie świetnie sprawdza się w bitwie.

– Akurat! – prychnął Aurelian. – Magowie przygotowują się miesiącami, by posłać taką zbroję do walki na kilka minut.

– Czyli nie ma się czego obawiać? – skonkludował Falko, ale najwyraźniej był w błędzie, bo Aurelian prawie zakrztusił się zupą.

– To jest rytuał Assay! – krzyknął. – Jest się czego obawiać! Jedno trafienie lodowym ostrzem animaré i zatęsknisz za zwykłą stalą. Dwa powalą cię na kolana. Trzy lub cztery, i magowie będą musieli wynieść cię z labiryntu.

Falko zwiesił głowę, a Aurelianem wstrząsnęło współczucie.

– Ich jedynym celem będzie powstrzymanie cię – dodał łagodniej. – Jeśli uda im się to osiągnąć poprzez wyrządzenie ci krzywdy, nawet powieka im nie drgnie.

– Czy ktoś kiedyś zginął w czasie rytuału? – spytał Falko, a odpowiedzią była niepokojąca cisza. Aurelian podniósł wzrok na Nicolasa, nim znowu otworzył usta.

– Zawsze możesz się poddać. Magowie zrobią wszystko, by cię zatrzymać, ale ich celem nie jest zabicie cię. Po prostu zawołaj „cedo" i magowie przestaną cię atakować. Właściwie wystarczy, że to pomyślisz, i rytuał się zakończy.

Myśl o poddaniu się sprawiła, że Falko błysnął groźnie oczami. Niedoczekanie!

– Ale największą przeszkodą na twojej drodze do celu będzie strach – ciągnął Aurelian.

Falko skrzywił się. Nie sądził, by nawet najsilniejszy strach wywołany przez magów mógł się równać z przerażeniem wywołanym obecnością demona.

– I nie chodzi tu o strach przed spłonięciem żywcem lub przed wypatroszeniem. Nie chodzi nawet o strach przed porażką, który jest szczególnie dotkliwy dla wielu magów bitewnych. Chodzi o strach, który sam wnosisz do rytuału we własnym sercu. Tamta ciemność jest aż czarna od fetoru przerażenia, sekretnych obaw każdego maga bitewnego, który kroczył jej ścieżkami.

Falko podążył za jego spojrzeniem do mrocznego portalu po przeciwnej stronie Moździerza. Nie musiał się zbliżać, by czuć pełzające w powietrzu szepty o przerażeniu, które czeka na niego w labiryncie L'obscurité. Ogarnęły go osobliwe zawroty głowy, jakby coś chciało go wciągnąć w zalegający w portalu mrok, lecz wtedy podniósł spojrzenie, bo wyczuł zbliżających się magów.

– Ach... Jest nasz tłustowłosy cap! – wymamrotał Aurelian, gdy grupa mężczyzn w purpurowych szatach stanęła nad krawędzią Moździerza.

Falko rozpoznał Thralla z przesłuchania w Komnacie Rady. Był najpotężniejszym czarodziejem w Furii, a mimo to na Falku większe wrażenie zrobił raczej mag stojący obok niego. Znajome uczucie dyskomfortu przepłynęło przez jego ciało na widok schodzącego po szerokich schodach Morgana Sakera. Wraz z nimi na arenie pojawili się dwaj inni magowie.

A gdy to nastąpiło, Dusaule i Dwimervane odeszli, zostawiając Falka samego z Aurelianem i delegacją z wieży. Młodzieniec bezwiednie wlepił wzrok w Galena Thralla. Nie był to mężczyzna o imponującej postawie, a jego włosy rzeczywiście wyglądały na przetłuszczone. Lecz pomimo szczupłego i bladego ciała czuło się w nim niezmierzone rezerwy mocy. Stary czarodziej sprawiał wrażenie dzikiego zwierzęcia czającego się pod mlecznobiałą powierzchnią podziemnego jeziora.

Thrall w ogóle na Falka nie spojrzał, lecz chłopak wiedział, że wszyscy przybysze poddają go właśnie gruntownej ocenie. Wrażenie sprawiło, że zaświerzbiła go skóra. Uświadomił sobie, że instynktownie podchodzi do Aureliana.

– Wątpię, byście zostali sobie oficjalnie przedstawieni – odezwał się Aurelian, wodząc wzrokiem od Thralla do Falka i z powrotem. – Galenie Thrallu... Falko Danté. Falko... oto Galen Thrall, wielki veneratu i najczcigodniejszy mistrz wieży magów w Furii.

Ich spojrzenia zetknęły się po raz pierwszy. Falka uderzyły nienaturalnie małe źrenice jasnozielonych oczu Thralla.

– Czy możemy liczyć na to – podjął Aurelian – że wyjawisz nam imiona magów, którzy staną przeciwko temu młodemu człowiekowi w sprawdzianie siły?

Falko poznał po zadowolonym spojrzeniu Morgana Sakera, że jego imię z pewnością znajdzie się na liście.

W wieży magów w Zaciszu Meredith Saker usiadł na tarasie i czekał, aż ktoś ze służących sprawdzi, czy brat Verde czuje się dość dobrze, by przyjąć gościa.

– Ma lepsze i gorsze dni – powiedzieli mu.

Ustronna placówka dla emerytowanych magów była pięknie położona w urokliwej górskiej okolicy, ale widok rezydentów nie wpłynął pozytywnie na nastrój Mereditha. Większości z nich nie dolegało nic poza starością, lecz byli i tacy, którzy najwidoczniej w czasie swojego długiego życia ucierpieli na umyśle. Jeden białowłosy czarodziej wydawał się szczególnie zaintrygowany jego przybyciem i bez skrępowania śledził go aż na taras. Chyba nie mógł zdecydować, czy zagadnąć Mereditha, czy nie, kręcił się więc w pobliżu, mamrocząc pod nosem niedokończone zdania, jakby rozmawiał ze ścianą.

– A bo widzisz, to przez alkaloidy. Niezwykle niebezpieczne. Trucizna, wszędzie trucizna.

Meredith westchnął z ulgą, gdy pojawili się dwaj magowie, pchając wózek inwalidzki, na którym siedział pokurczony starzec.

– Pozwól, bracie Dinasie – rzekł jeden z mężczyzn i wziął siwego gadułę pod ramię. – Nie pokazałbyś mi trujących kwiatów, które rosną w twoim ogrodzie?

Drugi czarodziej uśmiechnął się przepraszająco do Mereditha, który raptem zapałał szacunkiem dla cierpliwości i uprzejmości opiekunów. Wieże magów były niezmiennie zimnymi, ponurymi budowlami i Meredith często zastanawiał się, czy ich niegościnna aura nie udziela się samym ich mieszkańcom, tłumiąc w nich wszelką życzliwość. Miło było przekonać się, że przynajmniej niektórzy magowie wciąż mają ludzkie odruchy. Patrzył, jak opiekun nachyla się do starego mężczyzny na wózku, który robił wrażenie zdezorientowanego, gdy pocierał pokrzywionymi palcami starą bliznę biegnącą od kącika ust do podstawy ucha.

– Bracie Verde... oto człowiek, o którym ci mówiliśmy, lord Saker. Przybył, by porozmawiać o twoim pisarstwie. Lecz tylko chwilę – skorygował, zwracając się już do Mereditha. – Brat Verde miewa trudności z oddychaniem i szybko opada z sił.

Maredith pokiwał głową ze zrozumieniem i ustawił swoje krzesło przodem do starego badacza.

– Dziękuję, że zgodziłeś się ze mną spotkać – zagaił.

– Pisarstwo – wymówił brat Verde. Ekscytacja zapłonęła w jego oczach. – Kiedyś pisałem książki. – Mówił trochę niewyraźnie przez źle zrośniętą bliznę, która odciągała na bok kącik jego ust.

– To prawda – potwierdził Meredith. – To właśnie o jedną z twoich książek chciałbym cię spytać.

– Historia! – podekscytował się brat Verde. – Wszystko jest historią. Wszystko, od pierwszych królów Thraecji do Porozumienia Wolnych Królestw. A wiesz, że...

Opiekun położył mu rękę na ramieniu.

– Lord Saker chciałby spytać o pewną konkretną książkę.

– O, doprawdy? – zainteresował się starzec. – Czy nie chodzi czasem o „Zjednoczenie plemion"? „Upadek Protégii"? „Herezję Viemanna"...?

Słowa wpadały na siebie, gdy recytował po kolei wszystkie dzieła swojego autorstwa.

– O „Ostatniego żyjącego świadka" – zdołał wtrącić Meredith, a brat Verde raptem stracił wątek.

Z jego rozpromienionej twarzy zniknął cały entuzjazm, pamiątka po dziesięcioleciach badań, a w jego miejsce pojawiła się skomplikowana mieszanka emocji: dezorientacja, smutek, podejrzliwość i strach. Meredith czuł się zaszokowany tą nagłą przemianą. Wcale nie chciał przysporzyć cierpienia kruchemu starcowi, ale rozpaczliwie potrzebował odpowiedzi.

– Książka ma być relacją z pierwszej ręki zdaną przez osobę, która była świadkiem Wielkiego Opętania – powiedział – ale to wydarzenie miało miejsce czterysta lat temu. – Zrobił pauzę, chcąc pochwycić rozbiegane spojrzenie brata Verdego, ale mu się nie udało. Stojący nad nimi opiekun wyraźnie się zatroskał. – Chyba nie jest to więc relacja z pierwszej ręki, ale raczej historia powtórzona przez kogoś innego? – nie ustępował Meredith. – Czy to możliwe, by zaszła jakaś pomyłka?

Brat Verde raptem skupił na nim ostre spojrzenie.

– Pomyłka! Słyszycie go? – wypluł. Uniósł drżącą rękę do blizny na twarzy. – To też pomyłka?

– Ale to by oznaczało, że świadek dożył szacownego wieku czterystu lat – ciągnął z uśmiechem Meredith, chcąc, by brat Verde potwierdził jedyną realną możliwość. Ale stary mnich tylko patrzył mu w oczy.

– Zło nigdy nie umiera – sapnął. – Świadek był złym człowiekiem, potężnym. Nawet śmierć się go bała.

Meredith cofnął się bezwiednie, gdy przestrzeń wokół płaczącego brata Verdego zabarwił cień.

– Grzesznik! – powiedział, a Meredith bezbłędnie wyczuł bijący od starca strach, który zdawał się wypływać z porów jego ciała. – Grzesznik... – zaszlochał, a potem zaczął drapać pokrzywionymi palcami obwisłe policzki. – Grzesznik...

– Już wystarczy – orzekł opiekun, odciągając wózek. – Nie chcemy powtórki z zeszłorocznych wydarzeń. – Gestem przywołał drugiego służącego.

– A co się stało w zeszłym roku?

– Był spokojny, gdy tu trafił – rzekł mężczyzna, gdy przywołany starał się ciepłymi słowami uspokoić rozstrojonego badacza. – A potem, którejś nocy u zarania zimy, zaczął niekontrolowanie płakać... Powiedział, że grzesznik się obudził.

– Powiedział coś jeszcze? – dociekał Meredith.

– Nie – rzekł opiekun. – Tylko to... że obudził się grzesznik. Tylko tych kilka słów i łkanie.

Meredith spojrzał na starego maga. Łzy spływały mu po twarzy. Opiekun nie mógł poradzić sobie z sędziwym mężczyzną, ale nagle brat Verde uspokoił się i znieruchomiał, na jego twarz wypłynął nieokreślony wyraz. Utkwił spojrzenie gdzieś daleko i wtedy raptem skądś dobył się głos, który nie mógł należeć do wątłego starca. Brzmiały w nim głębokie, niepokojące tony, a słowa skrzyły się od mocy.

– Vino la mine micul meu soim. Cei frații și toate deliciile lor sunt în așteptare pentru tine – przemówił głos, a w Mereditha uderzyła trwoga, gdy uświadomił sobie, że już to kiedyś słyszał.

– Przepraszam – powiedział opiekun. – Robił to już wcześniej. Sądzimy, że to język wroga, którym nikt tutaj nie umie się posługiwać.

Ale Meredith studiował mowę Ferocji i wiedział dokładnie, co znaczą słowa starca.

„Chodź do mnie, mój mały sokole. Bracia i wszelkie ich rozkosze czekają już na ciebie".

Meredith zamknął oczy, gdy pojął prawdę.

Starzec mówił o grzeszniku.

W języku Ferocji „grzesznik" to „pacatos".

Brat Pacatos, szalony stary mag uwięziony pod wieżą magiczną w Furii. To on był ostatnim żyjącym świadkiem Wielkiego Opętania.

Falko stał przy Aurelianie, gdy ten czytał imiona magów, którzy mieli zająć pozycje na Bijaku.

– Oczywiście czarodziej, który pełni rolę przewodnika maga bitewnego, również powinien tu być – rzekł Thrall, odnajdując wzrokiem Morgana Sakera.

– Ale niestety go nie ma – rzekł Aurelian. – Będziecie więc musieli rozmawiać ze mną. – Jeszcze raz przemknął wzrokiem po liście. Znał większość wymienionych nazwisk, ale dwa wydały mu się obce.

– Brat Daedalus? – spytał. – Pierwsze słyszę.

– I nic dziwnego – odpowiedział Thrall. – To jeden z naszych najmłodszych członków.

– A kim jest ten brat Pacatos?

Źrenice Thralla stały się dwoma maleńkimi punkcikami ciemności. Uśmiech wypełzł mu na twarz.

– Powiedzmy, że to jeden z naszych najstarszych.

74

MIECZ MAGA BITEWNEGO

Gdy następnego dnia wrócili do warsztatu, umysł Falka wypełniały nowe obawy. Po spotkaniu z magami rytuał Assay wydał mu się perspektywą jeszcze bardziej przerażającą niż dotychczas. Sam Thrall nie zajmie pozycji na Bijaku, ale Morgan Saker słynął z olbrzymiej wiedzy i wielkiej mocy. A był tylko jednym z sześciu magów o podobnych umiejętnościach, którzy staną przeciw niemu w czasie próby, co, musiał przyznać, poważnie go martwiło. Ale na razie postanowił odepchnąć to zmartwienie na bok, bo oto wkraczali właśnie z Aurelianem do buchającej gorącem kuźni.

Mistrz Missaglias był sam, ale w przylegającym pomieszczeniu z narzędziami stało jeszcze kilku muskularnych dryblasów, jakby czekali na swoją kolej przy kowadle. Nadzieje Falka chwiały się, a nieodgadniony wyraz twarzy Antonia trudno było nazwać budującym. Aurelian z wyraźną bojaźnią w głosie powtórzył pytanie, które zadał kowalowi wczoraj.

– No dobra – rzekł. – Zrobisz mu miecz czy nie?

– Nie zrobię – odparł Antonio, a serce podeszło Falkowi do gardła.

Aurelian nie zawracał sobie głowy ukrywaniem oburzenia, lecz Antonio jeszcze nie skończył. Uniósł dłoń i zwrócił się do Falka.

– Gdybyś władał własnym ogniem, zgodziłbym się bez wahania – wyznał. – Ale tak nie jest, a więc nie mam zamiaru ryzykować. Po prostu nie znam cię dość dobrze. – Umilkł na moment. – Ale jest tu pewien kowal, z którym znacie się od dziecka.

Mistrz Missaglias spojrzał na wielkich mężczyzn, którzy właśnie wchodzili do pomieszczenia. Dwóch z nich Falko widział pierwszy raz w życiu, ale trzeciego znał od dziecka. Miał szerokie ramiona i silne ręce kowala. I jasnoczerwone znamię na twarzy.

Falko poczuł, że jego oczy wypełniają się łzami.

– Jakbym nie miał co robić! – rzucił Malaki na powitanie.

Aurelian zmełł przekleństwo, a Falko wydawał się zawstydzony swoją emocjonalną reakcją. Antonio Missaglias tylko się uśmiechał. Bo wykuwanie miecza powinno być doświadczeniem nasyconym uczuciami. Raptem wróciły do niego słowa, które często cytował jego własny mistrz i nauczyciel w odległych latach, gdy sam poszedł do terminu:

„Kowale cenią dobrą stal i doświadczenie wielu lat, Lecz nie masz miecza ponad ten, który wykuje twój brat".

Meredith nie tracił nawet czasu, by się posilić. Natychmiast ruszył w drogę powrotną do Le Matres. Gdy tylko wróci do miasta, skorzysta z połączenia komunikacyjnego, by wysłać wiadomość i ostrzec Falka, by nie przystępował do rytuału Assay przed jego powrotem do Furii. Nie miał zamiaru zdradzać mu tajemnicy wieży, a przynajmniej chciał przedtem dać szansę Thrallowi, by ten wytłumaczył, dlaczego więzi brata Pacatosa. Meredith nie miał pewności, miał za to podejrzenia.

Pacatos tkwił w odosobnieniu, ponieważ znał prawdę o tym, co się wydarzyło w czasie Wielkiego Opętania. Więzili go, bo był szalony, bo to, co zobaczył tamtego strasznego dnia, sprawiło, że postradał zmysły. Teraz Meredith wiedział, że magowie kłamali. Oczywiście, że zdawali sobie sprawę, iż smoki są podatne na moc opętania. Wiedzieli, że może to doprowadzić do tragedii, a jednak, powodowani nienasyconym pragnieniem mocy, z nikim się tą wiedzą nie podzielili. Swoim milczeniem skazali na śmierć całe pokolenia magów bitewnych. Na śmierć, którą ci ponieśli z ręki własnych smoków, doprowadzonych do szaleństwa w wyniku opętania.

Meredith mógł tylko się domyślać, co zrobią ludzie, kiedy poznają prawdę. Wybuchną zamieszki, na ulicach poleje się krew. Teraz jednak skupiał myśli wyłącznie na Falku. Nie wolno mu przystąpić do próby, gdy na Bijaku będzie mag taki jak brat Pacatos. Meredith nie sądził, by tak naprawdę jego ojciec życzył Falkowi śmierci, ale nie mógł powiedzieć tego samego o Thrallu. Jechał więc co koń wyskoczy, chciwie szukając na horyzoncie murów Le Matres.

Falko spędził w kuźni cały pierwszy dzień, patrząc na Malakiego, który wraz z innymi rzemieślnikami trudził się nad projektem miecza. Teraz obserwował, jak rozmawia przy stole z mistrzami odpowiedzialnymi za wytworzenie rękojeści. Falko uśmiechnął się, gdy Malaki sam chwycił ołówek jednego z nich i naniósł kilka poprawek na przygotowany szkic.

– Ostrze będzie krótsze, a rękojeść dłuższa – powiedział. – Więc spokojnie możecie zmniejszyć głowicę. Teraz jelec... musi być zakrzywiony. Projekt powinien być prostszy, bardziej subtelny. Żeby nie wszystko naraz rzucało się w oczy.

Człowiek o mniejszej pewności siebie może by się obraził, ale mistrz po prostu przyjął z powrotem ołówek i bez słowa sprzeciwu sporządził kilka dodatkowych szkiców.

– Właśnie o to chodzi – pochwalił Malaki, spoglądając na Falka, jakby przymierzał projekt do przyjaciela. – Idealnie.

Falko był prawdziwie zaintrygowany i z chęcią obejrzałby projekt, ale nie chciał przeszkadzać. Miecz był dla niego, ale za stworzenie go odpowiadał Malaki. Rzemieślnicy zaangażowani w kolejne etapy wytwarzania broni konsultowali z nim teraz rozmaite aspekty procesu, od grawerunku po substancje do polerowania, od skóry, którą obwiązany będzie trzon, do budowy pochwy. Nawet warsztatowi złotnicy pytali, czy się przydadzą, ale Malaki zaprzeczył. W mieczu Falka Dantégo nie będzie żadnych egzotycznych elementów. W rzeczy samej, większość mistrzów wyszła z kuźni z zadaniami, które w stosunku do olbrzymiego zakresu ich kompetencji prezentowały się nad wyraz skromnie. Wyważenie i wytrzymałość – tylko to interesowało Malakiego.

A więc już podczas pierwszego dnia prace znacznie posunęły się naprzód. Działający samotnie mistrz miecznik mógł pracować nawet kilka miesięcy nad skomplikowanym projektem, ale Antonio przydzielił Malakiemu swoich najlepszych specjalistów i zapewnił Falka, że jeśli wszystko pójdzie gładko, już za tydzień będzie miał miecz przy pasie.

Falko i Aurelian chcieli towarzyszyć Malakiemu w warsztacie aż do samego końca. Antonio oczyścił kąt budynku i umieścił tam dla nich trzy posłania. Przy kuźniach było głośno, a powietrze przesycał zapach roztopionego metalu i spracowanych rzemieślników, ale byli wdzięczni za to, że zostali zaangażowani w całe doświadczenie.

Następnego dnia zaczęło się wykuwanie. Falko obserwował opadające i unoszące się rytmicznie młoty w dłoniach dwóch wielkich kowali. Malaki pomagał w rozciąganiu metalowego pręta, który stanie się miękkim rdzeniem klingi, gwarantując jej większą sprężystość.

Mistrz Missaglias nalegał, by to Malaki wybrał stal, z której wykute zostanie ostrze.

– Wszystko zaczyna się od stali – powiedział. – Już w tym momencie zaczynamy dopasowywać charakter miecza do charakteru mieczownika.

– Będziemy ją składać? – spytał Malaki, mając na myśli technikę, w której metal wydłużano i składano na pół, by znowu go później wydłużyć. Takie kute warstwowo ostrze było twardsze i bardziej wytrzymałe. Ku zdumieniu młodego kowala mistrz pokręcił głową.

– Składanie pozwala zniwelować skazy w stali kiepskiej jakości. Nie wpływa w żaden sposób na zwiększenie wytrzymałości.

– Którą więc powinienem wybrać?

– Wybór należy do ciebie – rzekł Antonio, wykładając na ławę sztaby, z których każda nosiła znak mistrzowskiej jakości. – Ta jest najtwardsza, ale też najbardziej oporna w obróbce. Ta jest elastyczna, ale gorzej przyjmuje ciosy. Wszystkie są równie znakomite, ale wiele zależy od obróbki. I od tego, jaki efekt chcesz osiągnąć.

– A ta? – spytał Malaki, a Antonio uniósł brew.

– Posiada wszystkie najlepsze cechy pozostałych. Ale to kapryśny skurczybyk. Jeśli źle ją obrobisz, wybuchnie ci w twarz. Może pęknąć nawet przy ostatecznym wystudzaniu. No, ale jeśli obrobisz ją jak należy...

Malaki zamyślił się. Wykuł niejeden miecz w kuźni ojca – i właśnie na tym polegał problem. Wiedział dość, by zdawać sobie sprawę z tego, jak niewiele wie.

– Czy mnie pokierujesz?

– Ma się rozumieć.

A więc teraz Falko patrzył, jak prostokątny metalowy kształt wydłuża się i rozciąga pod nieustanną łomotaniną dwóch ciężkich młotów. Falko zdziwił się, że rozgrzano metal w palenisku.

– Myślałem, że ty dostarczysz ogień – powiedział do stojącego obok Aureliana.

– Dopiero później. Na tym etapie wystarczy zwykłe palenisko.

Wykuwanie klingi zajęło cały dzień. Falkowi dzwoniło w uszach od ciągłego hałasu, a Malaki padał z nóg. Bolały go plecy i ramiona, bo większość dnia spędził odchylony w tył przy rozciąganiu stali.

Następnego dnia opasłe młoty nie były już potrzebne i Malaki zabrał się do powolnego kształtowania ostrza.

Dzień był ciepły, Falko obserwował kapiące z jego twarzy kropelki potu, ale kowal nie przerywał pracy, chyba tylko po to, by łyknąć wody i coś przekąsić. Nieustannie badał linie i grubość powstającej klingi. Antonio nigdy nie odchodził zbyt daleko i Malaki często pytał go o radę.

– Przy zwykłej stali rozgrzewasz do wiśniowej czerwieni... – poinstruował, gdy surowe ostrze spoczęło na kowadle. – Ale to musisz rozgrzać do koloru o jeden lub nawet dwa odcienie ciemniejszego. O, właśnie! – rzekł. – Widzisz, jak się drań zarumienił? To rozładuje jej wewnętrzne napięcie.

Malaki pozwolił ostrzu ostygnąć na powietrzu, a potem znowu je podgrzał, by opukać młotkiem, wydobywając zamyślony kształt. Pod koniec dnia był z siebie całkiem zadowolony. Uformował zaokrąglenie, wyciągnął szpic i dokładnie go ukształtował. Gdy późnowiosenne niebo zaczęło ciemnieć, pokrył ostrze specjalną gliną, a potem wsunął z powrotem w węgle, by stal związała się jak należy.

– A po co ta glina? – zainteresował się Falko, gdy obaj wpatrywali się w rozpalone palenisko.

– Beltańczycy nazywają to onæling – wyjaśnił Malaki. – Dzięki tej powłoce klinga nie stygnie zbyt szybko. Przez to metal będzie nieco miększy, co pozwoli łatwiej go ukształtować.

– Myślałem, że miecz im twardszy, tym lepszy.

– Będzie dość twardy – rzekł Malaki, pokpiwając z niewiedzy przyjaciela. – Ale tę twardość nadamy mu przy ostatnim podgrzewaniu. Na razie musimy go jeszcze obrobić i wyważyć.

– Planujecie w ogóle się dzisiaj przespać, gaduły? – dobiegł z kąta poirytowany głos Aureliana.

Malaki i Falko wymienili rozbawione spojrzenia.

– Ma rację – rzekł Malaki. – Póki co nie mamy nic do roboty. Ostrze będzie długo stygło.

Falko ułożył się więc do snu, wsłuchując się w cichutkie klikanie i pykanie oblepionej gliną klingi, która z wolna oddawała ciepło.

Było już ciemno, gdy Meredith wrócił do Le Matres, ale nie marnował czasu i natychmiast pojechał do wieży. Zaniepokoił się, gdy odkrył, że pod jego nieobecność połączenie komunikacyjne z Furią zostało zerwane.

– Jak to? – zdumiał się, rozzłoszczony przez zmęczenie i nerwy.

– Infekcja żołądka, obawiam się – powiedział veneratu. – Mag utrzymujący połączenie z Furią robił co mógł, by je zachować, ale zaczął strasznie wymiotować i się zerwało. Przykro mi – dorzucił na koniec, ale Meredith nie wyczuł szczerości w jego głosie. Mistrz wieży w Le Matres nigdy nie odnosił się do pomysłu Meredítha z entuzjazmem. Niezależnie od tego Meredith po prostu musiał wysłać wiadomość do Furii.

– Trudno – warknął. – Przyślij kwintet do komnaty. Muszę wysłać wiadomość do stolicy. Chodzi o zbliżający się rytuał Assay.

– Wybacz, młody panie – powiedział veneratu – ale nie mogę tego zrobić. Na pewno nie dzisiaj. Właściwie będzie to niemożliwe przez kilka następnych dni.

Meredith gapił się na mężczyznę, starając się zorientować, czy specjalnie krzyżuje mu plany.

– Wszyscy magowie wyszkoleni do tego zadania zostali ściągnięci do Hoffen. By pomóc w przekazywaniu rozkazów na nowo utworzony front. Powinni wrócić w ciągu tygodnia.

Tygodnia? – pomyślał Meredith. W tydzień sam zdąży wrócić do Furii.

A Falko przystąpi do rytuału lada dzień.

Wziął głęboki wdech, starając się uspokoić myśli. Było za późno, by ruszać od razu, ale o tej porze roku słońce wstaje wcześnie. Jeśli będzie gnał na złamanie karku i zmieniał konie na kolejnych etapach podróży, na pewno zdąży w tydzień. Oschle życząc veneratu dobrej nocy, ruszył na poszukiwanie kąpieli i łóżka. Był wykończony i obolały, ale jutro o świcie musi ruszyć w drogę.

Veneratu wieży magów w Le Matres poczekał, aż Meredith odejdzie, a potem zszedł do tajemnej komnaty głęboko w trzewiach wieży, strzeżonej przez dwóch magów, którzy otrzymali rozkazy, by nie wpuszczać nikogo poza garstką uprawnionych. Strażnicy rozstąpili się, gdy veneratu podszedł do drzwi. Wszedł cicho, by nie rozproszyć maga, który utrzymywał kontakt mentalny z wieżą w Furii.

– Mam wiadomość dla wielkiego veneratu Thralla – powiedział.

Mag zamknął oczy, słuchając jej treści, a potem otworzył je, by powiedzieć:

– Chwileczkę. Lord Thrall chce jej wysłuchać osobiście.

Minęło kilka minut. Podenerwowany veneratu przestąpił z nogi na nogę.

Już sama ta nowa forma komunikacji sprawiała, że czuł się nieswojo, a teraz musi jeszcze za jej pośrednictwem rozmawiać z samym czcigodnym mistrzem z Clemoncé. Ale rozkazy były jasne.

Młody Saker nie może się dowiedzieć, że połączenie wciąż istnieje.

Veneratu ma donosić Thrallowi o wszelkich posunięciach, myślach i intencjach młodego Sakera.

Nagle mag w środku komnaty otworzył usta i przemówił władczym głosem wielkiego veneratu.

– Jakieś wieści o Sakerze?

– Tak, panie – rzekł veneratu i odczekał chwilę, wiedząc, że przekazanie jego słów na taką odległość zajmie nieco czasu. – Wrócił ze swojej wyprawy. Chciał wysłać wiadomość do stolicy.

– Czy powiedział ci, czego dowiedział się w Zaciszu?

– Nie, panie. Ale wspominał coś o nadchodzącym rytuale Assay. Chyba chce do niego nie dopuścić. Jutro z samego rana wyrusza do stolicy. – Tym razem pauza trwała dłużej niż zwykle i veneratu zastanawiał się, czy Thrall wciąż jest po drugiej stronie, lecz wówczas mag odezwał się ponownie:

– Sprawiłeś się. Poinformuj nas, gdy Saker wyjedzie.

– Tak, panie – odrzekł veneratu i rozmowa dobiegła końca.

W wieży magów w Furii wielki veneratu Thrall zwrócił się do Morgana Sakera:

– Widzę, że twój syn odziedziczył nieustępliwość po ojcu.

– Znalazł się pod wpływem zwykłych ludzi o niezdyscyplinowanych umysłach – odrzekł Saker. – Nie doszłoby do tego, gdybym dokończył jego szkolenie w wieży w Caer Dour.

Odpowiedzią Thralla na wymówki Sakera był przeźroczysty uśmiech.

– Nieistotne – rzucił. – Uwierzył, że połączenie zostało zerwane i że musi wrócić do stolicy. Musimy więc dopilnować, by rytuał odbył się, zanim tu dotrze.

– Czy domyślasz się, czego mógł dowiedzieć się w Zaciszu? – spytał Saker.

– Nie. Ale podejrzewam, że ma to związek z Wielkim Opętaniem, a wszyscy wiemy, że nikt nie może się dowiedzieć o tym, co się wówczas wydarzyło.

Morgan Saker pokiwał głową, ale w jego oczach dało się dostrzec pewien niepokój, którego nie było na twarzy Thralla. Pomimo zawiązania zmowy milczenia wielu magów wciąż czuło wstyd, gdy myślało o tamtym strasznym dniu. Morgan Saker był człowiekiem bezwzględnym, o zatwardziałym sercu, lecz nawet on ten wstyd odczuwał. Thrall najwidoczniej był od niego wolny. Na twarz wielkiego veneratu wypłynął zimny uśmiech, jakby uznał wątpliwości Sakera za słabość, którą on sam pokonał.

Zrobili, co musieli zrobić.

Magowie zawsze robili to, co musieli zrobić.

Onæling miał potrwać cały dzień, a więc w czasie gdy ostrze stygło, Malaki zajął się nadzorowaniem konstruowania innych elementów miecza, a Falko i Aurelian poszli do Moździerza, by potrenować.

Aurelian był pod wielkim wrażeniem postępów Falka. Chłopak zawsze brylował w magii obronnej, lecz był teraz pewniejszy siebie i jeszcze podciągnął się w swojej sztuce. Był poważniejszy, bardziej skupiony, odkąd zrozumiał, jak ważną rolę pełni w tej wojnie. Władanie magicznym ogniem stało się teraz sprawą drugorzędną.

Zakończyli intensywną sesję treningową. Nicolas pluł żwirem po tym, jak Falko wytarł nim arenę, ale Aurelian tylko się śmiał.

– Wiesz co, stary przyjacielu? – powiedział, klepiąc zagrodnika po plecach. – Na zwiędłe śliwki Thralla, myślę, że może mu się udać!

Falko odłożył miecz treningowy i tarczę, śmiejąc się z tej wulgarnej pochwały. Nie mieli czasu odsapnąć, bo musieli wracać do kuźni. Zostawili więc Nicolasa i Dwim i wspięli się po schodach. Było późne popołudnie. Malaki lada moment wydobędzie ostrze z gliny.

Kilka uderzeń o kowadło i z brązowej masy wyłoniło się smukłe ostrze z czarnego metalu. Wciąż ciepłe, ale nie na tyle, by nie dało się go dotknąć. Malaki nie marnował czasu i przeszedł z nim do innej części warsztatu, zawalonej pilnikami, osełkami i tarczami ściernymi.

Pod czujnym okiem Antonia rozpoczął ostatni etap kształtowania klingi.

– Powoli, miarowo – pouczał go mistrz. – O wiele łatwiej zetrzeć, niż z powrotem nałożyć.

Malaki pamiętał, że jego ojciec mówił dokładnie to samo, ale tarcze ścierne czyniły mozolną pracę o wiele łatwiejszą. Mimo to czuł, że noga zaczyna mu drętwieć i drżeć od nieustannego naciskania pedału, który obracał kamiennym dyskiem. Hałas był nie do zniesienia, a powietrze szybko wypełniło się zapachem gorącego metalu i oliwy do studzenia. Stopniowo spod czarnej wierzchniej warstwy zaczęła się wyłaniać lśniąca stal.

Malaki używał coraz to dokładniejszych i bardziej wyspecjalizowanych kamieni, by wyprofilować ostrze i wyciąć płytkie zbrocze, które miało za zadanie zmniejszyć ciężar broni bez szkody dla jej wytrzymałości. Wbrew powszechnej opinii nie służyło ono do tego, by spływała nim krew z głowni lub by zapobiec ugrzęźnięciu broni w ciele przeciwnika.

Kształtowanie klingi zajęło dwa kolejne dni, a w tym czasie pozostali kadeci zdążyli już wrócić do Furii. Bryna, dowiedziawszy się, jaka jest sytuacja, natychmiast poszła zobaczyć się z Malakim w kuźni, ale ich przywitanie nie było takie, jakie sobie wymarzyli.

– Fuj! Ależ jesteś uświniony! – powiedziała, gdy Malaki wziął ją w ramiona i uciszył pocałunkiem. – I cuchniesz! – dodała, gdy wyplątała się z uścisku.

Malaki uśmiechnął się i starł oleisty pył z twarzy, ale ponieważ ręce miał nie mniej brudne, rozmazał go tylko, pogarszając sprawę.

– Nie mogę patrzeć! – wykrzyknęła Bryna, odpychając go. – Zobaczymy się za kilka dni. Jak się wykąpiesz! – Strzeliła w niego wzrokiem, ale oczy jej lśniły, a policzki pokryły się rumieńcem. – Mistrzu Missaglias. – Skłoniła się mężczyźnie, a potem obróciła się, by wyjść.

– Pani – odrzekł Antonio, również się skłaniając, a potem odprowadził ją wzrokiem do wyjścia, podziwiając podskakujące sprężyście kasztanowe włosy. – Żaden kowal, którego znałem, nie miał takiej żony – powiedział Missaglias ze znaczącym uśmieszkiem.

– Szczęściarze – odparł Malaki, a Antonio zarechotał, choć było jasne, że ucieszył się na jej widok.

Zabrali się obaj do pracy. Formowanie ostrza było procesem boleśnie powolnym i ostatnie szlify Malaki kładł już ręcznie. Gdy wreszcie skończył, Antonio pochylił się nad klingą.

– Myślę, że wyszło dobrze – powiedział z rozbawieniem wyrysowanym na pobliźnionej twarzy. Miecz może nie dorównywał standardom tych, które wyszły z jego kuźni, ale mistrz był pewien, że ojciec Malakiego nie przewraca się w grobie.

– Jeszcze bym spiłował trochę sztych – powiedział Malaki, ale Antonio zaśmiał się tylko i klepnął go w plecy.

– Odwagi! – rzekł. – Nie możesz odwlekać tego w nieskończoność.

Malaki westchnął i przesunął po ostrzu szmatą, by pozbyć się ostatniej warstwy pyłu.

– Dobra robota – pochwalił go mistrz. – Teraz musimy już tylko mocno wierzyć.

Malaki kiwnął głową i Falko podniósł wzrok na wchodzącego do kuźni Dusaule'a. W dalszej części pracy konwencjonalne kowalstwo na nic się już nie zda. Czas zahartować miecz w palenisku wypełnionym ogniem maga bitewnego.

Antonio zaprowadził ich z powrotem do kuźni, gdzie w środku pomieszczenia ustawiono coś na kształt ławy. Gruba decha oparta na dwóch kowadłach była okryta krowią skórą. Antonio odwinął ją i okazało się, że to nie deska, lecz sztaba gładkiego, czarnego kamienia, długa na pięć stóp i szeroka na jedną. Jej powierzchnia lśniła, upodabniając sztabę do kolumny dymu podświetlonej błyskawicą.

– Fortysyt – wyjaśnił. – Jedyna rzecz, której nie może uszkodzić magiczna energia.

Falko wyciągnął rękę, by go dotknąć, i poczuł, że choć powierzchnia kamienia lśniła jak lustro, była ciepła w dotyku.

Obok paleniska stały trzy wielkie ceramiczne kadzie. Każda wypełniona była innym płynem. Antonio wytłumaczył Malakiemu, który wciąż trzymał w ręku świeże ostrze, zasadę działania każdego z nich.

– Kwas oczyści klingę z tłustych zabrudzeń... Woda usunie kwas... Olej służy do ostatniego hartowania.

Gdy wskazał na ostatnią kadź, jego spojrzenie spoważniało. Po całej ciężkiej pracy, jaką Malaki włożył w wykucie miecza, to właśnie ten ostatni etap pokaże, czy się opłaciła, czy poszła na marne. Nawet jeśli miecz wytrzyma działanie chaotycznych płomieni Aureliana, wciąż może pęknąć, gdy zostanie zanurzony w oleju.

Za pomocą szczypiec Malaki chwycił ostrze i włożył je do kwasu, dosłownie na chwilę, by pozbyć się wszelkich niedoskonałości, nie uszkadzając metalu. Następnie przeniósł je do wody i pozwolił jej ściec, nim ułożył klingę na fortysytowej ławie.

Antonio przyjrzał się dziełu.

– Teraz głownia zostanie podgrzana do temperatury nieosiągalnej w zwykłej kuźni – wyjaśnił. – Zwykle metal podgrzany do tego stopnia po prostu się rozpuszcza, ale spajająca go energia do tego nie dopuści. Aurelian będzie zwiększał temperaturę klingi do momentu, aż Falko każe mu przestać.

– Skąd będę wiedział? – spytał Falko.

– Metal zacznie śpiewać – odrzekł Aurelian. – A pieśń zacznie rezonować gdzieś głęboko w twoim wnętrzu. Kiedy rozpoznasz nutę, będziesz wiedział. To znaczy jeśli zachowam kontrolę nad temperaturą – dodał z niepewną miną.

Antonio zwrócił się do Malakiego, a gdy się odezwał, młody kowal po raz pierwszy usłyszał zdenerwowanie w jego głosie.

– Fortysyt zaabsorbuje ciepło. Szybciej, niż jesteś w stanie to sobie wyobrazić. Po kilku minutach ostrze wróci do zwykłej temperatury, jaką osiągamy w kuźni. Wówczas musisz być gotowy. Rozpoznajesz temperatury po kolorze... W środku sinoniebieski, na linii ostrza złoty jak pszenica w słońcu. Musisz wkroczyć do akcji, gdy tylko zobaczysz ten układ kolorów. Ale bądź ostrożny. Bo masz tylko jedno podejście.

– A co, jeśli się pomylę?

– Jeśli miecz nie będzie pasował do mieczownika, to albo wybuchnie, albo pęknie po włożeniu do oleju – rzekł Antonio. – Ale wykonałeś go, myśląc o Falku. – Malaki pokiwał głową. – W takim razie przekonamy się, jak dobrze znasz swojego przyjaciela.

Malaki zagryzł zęby. Zdecydowanie odmalowało się na jego twarzy. Antonio się uśmiechnął. Oto odpowiedzialność ciążąca na tych, którzy podejmują się wykucia miecza maga bitewnego.

Antonio zwrócił się do Aureliana i jednoręki mag bitewny zbliżył się do miecza z Dusaule'em u boku. Falko również wstał, choć z nerwów kręciło mu się w głowie. Malaki podszedł do fortysytowej sztaby, ściskając w rękach metalowe szczypce. Antonio stanął przy jego boku, a tymczasem inni mistrzowie zebrali się przed pomieszczeniem, niepewnie zaglądając do środka. Tworzenie miecza dla maga bitewnego było wydarzeniem uroczystym i rzadkim. Kto uważnie mu się przyglądał, ten mógł żywić nadzieję, że stal uchyli przed nim choć rąbka swych tajemnic, niepojmowalnych dla zwykłego człowieka.

Na zewnątrz w bladym cieniu zapadającej nocy stał mag. Odbyty przez niego trening umożliwiał mu słyszenie pieśni magicznie podgrzewanego miecza. Przyszedł tu na przeszpiegi; miał donieść wielkiemu veneratu Thrallowi, czy udało się wykuć miecz maga bitewnego. Mistrzowi zależało na tym, by rytuał rozpoczął się bez zakłóceń. Mag czekał więc cierpliwie, aż miecz będzie ukończony, by następnie zdobyć go i umieścić w L'obscurité, gdzie zostanie złożony w środku labiryntu, by stanowić nagrodę za przejście próby, wspaniałomyślnie przyznaną kandydatowi przez czarodziejów, prawdziwych władców magii. Oraz jako symbol tego, że to oni władają mocą, o którą nieudolnie starają się magowie bitewni.

Na oczach Falka metal zaczął wydzielać mętne czerwone światło, które robiło się coraz jaśniejsze i jaskrawsze, aż stało się pomarańczowe, a w końcu żółte. Rzucił okiem na Aureliana, dostrzegł jego ściągniętą w wysiłku twarz, gdy ten powoli podnosił temperaturę stali. Ta czynność całkowicie różniła się od prostego przywołania kuli ognistej. Wymagała samokontroli i powściągliwości, z których Aurelian nie słynął. Ale starał się jak mógł, a stojący obok Nicolas Dusaule również trwał w niezmąconym skupieniu. Wspólnymi siłami natchnęli stal swoją mocą, a z żółtej stała się biała. Lecz nie przestawali jej podgrzewać.

Falko na powrót skupił uwagę na klindze, która jaśniała teraz z taką intensywnością, że musiał zmrużyć oczy. Aurelian powiedział, że z metalu wydobędzie się pieśń, a on już prawie ją usłyszał... Dźwięk przypominający dzwonienie stali o stal, ale ciągły i ledwo słyszalny, jakby dochodził z bardzo daleka, choć Falko wiedział, że jego źródło tkwi gdzieś głęboko w mieczu. Dźwięk narastał, aż wreszcie zaczął brzmieć jak nuta zagrana na jakimś instrumencie, wysoki ton, osobliwie piękny. Lecz choć piękny, jeszcze odrobinę poza skalą.

– Jeszcze – polecił Falko i poczuł, jak Aurelian wzmaga wysiłki. Uświadomił sobie, ile obserwujących go ludzi czeka, aż powie „teraz dobrze". Wciąż nie wiedział, co dokładnie miał na myśli Aurelian, gdy mówił, że rozpozna dźwięk, gdy już dostroi się do właściwego tonu, ale instynkt podpowiadał mu, że to jeszcze nie ten, o który chodzi.

Stojąc przy krótszym boku fortysytowej sztaby, Malaki osłaniał oczy od intensywnego blasku klingi, a z jego twarzy lał się pot.

– Jeszcze – powiedział Falko i kątem oka spostrzegł, że Aurelian rzuca mu niecierpliwe spojrzenie, usiłując podtrzymać przepływ energii.

– Nicolasie! – sapnął.

Nicolas Dusaule złożył ślubowanie, że już nigdy nie użyje swoich mocy do niszczenia i zabijania. Przez moment marszczył brwi, zmagając się z niezdecydowaniem, lecz najwyraźniej doszedł do wniosku, że pomoc przy wykuwaniu miecza dla maga bitewnego nie wchodzi w zakres przysięgi, i stabilizując pływ energetyczny Aureliana, ostrożnie dodał do niego nieco więcej własnej mocy. Ostrze zabłysło jasną, oślepiającą, płonącą bielą.

– Jeszcze – powiedział Falko, a nuta rosła i potężniała, aż zaczęła przypominać krzyk.

– Falko! – sapnął Antonio. Mistrz zaczął cofać się od głowni, ale Malaki stał twardo.

– Nie wytrzymam... więcej... – wycedził Aurelian.

– Jeszcze o ton wyżej – wymówił nieustępliwie Falko, a wszystkie jego myśli skupiły się na mieczu.

Nuta zaczęła coś mu przypominać, upodobniła się do czegoś, co pamiętał, choć nie wiedział skąd. Ale nie osiągnęła jeszcze właściwego tonu.

– Jeszcze... – wydyszał, a dźwięk przerodził się w ogłuszający pisk, a potem wszedł w rejestry, których ludzkie ucho nie było w stanie wychwycić, i stał się ciszą, wypełnioną żalem po utracie, smutkiem, poczuciem winy i strachem. Ale też czymś więcej. Bo gdzieś tam, w tej nieskończonej przestrzeni, ta cisza odbiła się echem, a w nim brzmiała wiara, nadzieja i miłość.

„Istnieją tylko trzy rzeczy obdarzone duszą: człowiek, smok i miecz maga bitewnego".

– Już... – wydyszał Falko, a Aurelian padł na kolana.

Malaki i Antonio zasłaniali oczy przed wściekłą jasnością, lecz ona zaczęła teraz gasnąć. Czarny fortysyt zajaśniał odbitym rudawym blaskiem, a ostrze zmieniło kolor ze srebrzystobiałego na wściekle żółty. Antonio przystąpił do Malakiego, a on uniósł szczypce i zbliżył się do ostrza, gotów pochwycić stygnącą głownię.

Sztych i krawędzie wystudziły się najszybciej, a grubsza stal w środku klingi wolniej oddawała ciepło, ale z wolna kolor zaczął blaknąć, aż wzdłuż zbrocza zajaśniała niebieskawa pręga wchodząca we fiolet, podczas gdy sztych i krawędzie przybrały barwę złota.

Siny błękit i złota pszenica.

Malaki, nie wahając się ani chwili, złapał trzpień, uniósł klingę wysoko i zanurzył ją w oleju. Płyn zabulgotał i buchnęły płomienie, ale Malaki ani drgnął.

Nie wiedział, jak długo powinna trwać kąpiel ani czy nawet teraz napięcia stali nie okażą się zbyt duże i ostrze nie pęknie, ale przecież wyrósł w kuźni i był krwią z krwi Balthazaka.

Odczekał jeszcze kilka sekund. A potem wyciągnął ostrze, czarne od osadu i ociekające ciemnym olejem. Położył je na ciepłym skraju paleniska. Nie było piękne, ale proste i solidne. I przetrwało chrzest ognia, który zniszczyłby każdy zwykły miecz.

Ten nie był zwykły.

Był to miecz maga bitewnego i jego wykuwanie dobiegło końca.

Gdy usłyszał o tym Galen Thrall, natychmiast przystąpił do przygotowywania rytuału Assay. O brzasku następnego dnia z wieży przybył posłaniec.

– Dwa dni! – wrzasnął oburzony Aurelian. – Żarty sobie stroi?

Ale posłaniec zapewnił go, że wielki veneratu bynajmniej nie żartuje i że rytuał jak najbardziej odbędzie się o zmierzchu za dwa dni. Aurelian był wściekły, ale Falko tylko spojrzał na Malakiego.

– Uwiniesz się? Wykończysz miecz w dwa dni?

Z Malakiego uszło powietrze, ale Antonio zakląskał z uśmiechem.

– Może nie wyjdzie doskonale i może nie będziemy zbyt dużo spać. Ale tak, to wykonalne.

I tak zaczął się ostatni etap tworzenia miecza: szlifowanie, polerowanie i ostrzenie.

A gdy kowale zabrali się do pracy, Falko i Aurelian wrócili do Moździerza, by ostatnie dwa dni spożytkować na trening.

W tym samym czasie siedzący w przydrożnej gospodzie Meredith, któremu brakowało do Furii raptem trzech dni, zjadł wczesne śniadanie, a potem dosiadł konia i rozpoczął kolejny etap podróży. Wciąż bał się, że przybędzie za późno, dokonał więc w pamięci szybkich obliczeń. Falko musiał wrócić do stolicy mniej więcej wtedy, gdy on zawitał w Zaciszu, a więc prawie dwa tygodnie temu. Znając Falka, pewnie natychmiast poprosił o przygotowanie rytuału, co oznaczało, że trzeba było wykuć mu miecz. Meredith nie był pewien, czy to w ogóle możliwe – stworzyć miecz maga bitewnego w dwa tygodnie.

Nie, z pewnością nie. Ale to nieważne, ani myślał zwalniać tempa czy mitrężyć na szlaku. Nie miał zamiaru ryzykować, że Falko podejdzie do próby, gdy na Bijaku znajdzie się mag taki jak brat Pacatos.

Dwa dni później Falko zakończył ostatnią przedrytualną sesję treningową. Nadszedł dzień próby i popołudnie przeradzało się w wieczór. Ostatni trening nie skupiał się na magii ochronnej ani walce mieczem, lecz na zagrożeniach, które czyhały na Falka w jego własnym sercu.

– Nic nie stanowi większego zagrożenia niż twoje własne wątpliwości i obawy – rzekł Aurelian. – Ciemność wyciągnie z ciebie to wszystko, zmusi cię, byś stawił czoła nagiej prawdzie swojego serca.

Wpatrzony w ciemny łuk w przeciwnej ścianie Moździerza, Falko wiedział, że to prawda. Ale przygotował się do rytuału, jak tylko potrafił, i to będzie musiało wystarczyć. Zbierali swoje rzeczy, gdy ponad krawędzią areny pojawił się czeladnik, by poinformować ich, że miecz jest skończony.

– Co jest, chłopcze? – rzucił Aurelian, gdy dostrzegł niewyraźny grymas na twarzy czeladnika.

– Chodzi o to, że... – zająknął się. – Magowie już go zabrali...

Falko zmarszczył brwi, ale Aurelian tylko pokręcił głową.

– Niech go szlag trafi! – syknął. – Thrall nie chce, byś dotknął miecza przed rytuałem.

– Dlaczego?

– Dlatego iż sądzi, że gdy to nastąpi, twoje moce się odblokują.

– A to możliwe?

– Możliwe albo niemożliwe – żachnął się Aurelian. – Tak czy inaczej, miecz znajduje się teraz w sercu labiryntu i jedynym sposobem, by go zdobyć, jest przedarcie się przez wszystkie przeszkody, które magowie postawią na twojej drodze.

75

RYTUAŁ ASSAY*

Zachód słońca zalał Moździerz bladym światłem. Czyste, niebieskie niebo dopiero ciemniało, ale księżyc już wisiał nad górami.

– Dobrze – rzekł Aurelian, podając Falkowi hełm. – Z ciemności zawsze lepiej wychodzi się ku światłu dnia.

Falko słyszał nerwową nutę w jego głosie, nawet jeśli Aurelian starał się myśleć pozytywnie. Tak naprawdę Falko ledwie go słyszał, bo już skupiał całą uwagę na mrocznym portalu po drugiej stronie areny.

Zakuty w pancerz od Antonia Missagliasa, Falko wyglądał groźnie. Magiczne wzory odznaczały się na tle ciemnego metalu. Nałożył barbutę i wziął tarczę, na której widniał teraz wyrysowany gibkimi liniami smok, herb Valencji. Antonio dał mu też miecz. Porządny, ale to nie był jego miecz. Nie ten, który zrodził się pod młotem Malakiego. Ale tak czy inaczej, dobrze było czuć stal w dłoni. Poluzował go w pochwie i stężał, czując, że zbliżają się magowie. Podniósł wzrok w momencie, gdy Thrall i dwaj inni czarodzieje pojawili się nad krawędzią Moździerza.

– Czas najwyższy! – mruknął Aurelian, kiedy schodzili po schodach.

Oflankowany z obu stron dwoma starszymi magami, Thrall robił wrażenie spokojnego. Cała trójka usiadła na trybunie bliżej areny. Aurelian skinął im głową. Cień szyderczego uśmiechu pojawił się na wąskich wargach Thralla. Ten grymas wypełnił serce Aureliana obawą.

---

* Assay (clem. *assaier*) – sprawdzać

Strzelił wzrokiem na trybuny, gdzie Dusaule i Dwimervane siedzieli samotnie niczym jedyni kibice zapomnianej drużyny. Wszystko było przygotowane, wszyscy uczestnicy uroczystości na swoich miejscach. Mag po lewej ręce Thralla wyszedł naprzód.

– Niech wystąpi kandydat chcący poddać się próbie – zawołał, a jego głos odbił się echem wśród murów areny.

Falko poderwał wzrok, a Aurelian spojrzał na niego. Na jego twarzy malowała się śmiertelna powaga.

– Będziemy tu, gdy wyjdziesz.

Falko skinął głową i bez słowa wyszedł na środek, gdzie gromił go zimnym, obojętnym wzrokiem czarodziej przemawiający w imieniu pozostałych.

– Falko Danté – zwrócił się do niego dźwięcznym głosem – zebraliśmy się tutaj, by dopełnić twojego szkolenia na maga bitewnego. By sprawdzić, czy jesteś dość silny, by chronić armie Furii przed płonącą potęgą nieprzyjaciela. Ból, poczucie winy i strach to oręż, którym chce cię powalić przeciwnik. I ten właśnie oręż stanie się narzędziem twojej próby. Jeśli przejdziesz ją pomyślnie, udowodnisz, że jesteś godzien pokładanego w tobie zaufania, że jesteś godzien zwać się magiem bitewnym. Czy przyjmujesz to wyzwanie?

Falko wpatrywał się w niego przez szczelinę barbuty.

– Tak.

– Czy świadomie i z własnej woli przystępujesz do rytuału Assay?

– Tak.

– A zatem niech światłość zlituje się nad twoją duszą.

Mag czekał na jakieś potwierdzenie ze strony Falka, ale on nie skłonił się ani nie zasalutował. Po prostu wpatrywał się w niego. Mag zjeżył się, obrażony, ale uśmiech na twarzy Thralla tylko się poszerzył. Zobaczymy, myślał, czy będziesz taki hardy, gdy już wywleczemy cię zapłakanego i złamanego z otchłani labiryntu.

Cedo.

Falko usłyszał to słowo, jakby Thrall wymówił je w jego umyśle, ale nie miał zamiaru ugiąć się przed wielkim veneratu, nie miał zamiaru nawet pomyśleć tego słowa. Natychmiast wyrzucił je z głowy, a wtedy uśmiech spełzł z ust Thralla. W kolejnym geście sprzeciwu dobył miecza i zawiesił wzrok na magach, a potem odwrócił się do nich plecami i czując, jak serce w jego piersi zrywa się do biegu, ruszył ku mrocznemu portalowi po drugiej stronie Moździerza. Przystanął na chwilę przed nagim, niestrzeżonym progiem, a potem ruszył przed siebie do miejsca, które zwano L'obscurité.

Ciemność pochłonęła Falka jak natarczywa mgła, lecz zaraz zaczęła się z wolna rozwiewać, gdy drogę przed nim oświetliły zawieszone na ścianach nieregularne kryształowe płytki osadzone w czarnych kinkietach. Wydzielały bladozielone światło i Falko widział teraz, że znajduje się w korytarzu utworzonym z idealnie dopasowanych kamiennych bloków. Mimo że półmrok był nasycony cieniami, Falko dziękował losowi za choć tę odrobinę światła.

Przed wejściem do portalu strach krył się gdzieś z tyłu jego głowy, lecz teraz zaczął pełznąć naprzód i Falko miał wielką ochotę cofnąć się i wrócić w bezpieczne objęcia areny, albo chociaż tylko obrócić się i przekonać, że przejście wciąż jest za jego plecami. Lecz mag powiedział prawdę. Falko wybrał swoją ścieżkę. I nie zawróci z niej przy pierwszym zetknięciu ze strachem.

Z uniesionymi tarczą i mieczem ruszył przed siebie. Przeszedł pięćdziesiąt, a potem sto stóp. Odgłos jego oddechu odbijał się echem od ścian, tak jak strudzone kroki i szuranie obutych stóp na chropawych kamiennych płytach podłogi. Powietrze było zimne i wilgotne, nasiąkłe stęchlizną grobowca. Był tu najwyżej od kilku minut, ale już wyczuwał, że upiorne miazmaty tego miejsca zaciskają się na jego umyśle, ohydne demoniczne szepty i przemożne wrażenie, że nie jest sam, że jest tu ktoś jeszcze, że coś wisi nad nim i czai się na granicy jego pola widzenia.

Z początku słyszał tylko ciche, ulotne dźwięki. Niektóre z nich, mógłby przysiąc, emanowały z jakiegoś miejsca w głębi korytarza, podczas gdy inne rozbrzmiewały tak blisko, że oglądał się raptownie, zaskoczony i zdezorientowany. Ale gdy zapuszczał się głębiej w trzewia tunelu, szepty stały się wyraźniejsze, choć przemawiały do niego w języku, którego nie rozumiał. Słowa były obce, ale wsączony w nie jad – jak najbardziej zrozumiały. Falko starał się je ignorować. Wmawiał sobie, że przecież szept nie może go skrzywdzić, ale serce przeczyło tej tezie.

Mijał przejścia i nisze wypełnione lepkim cieniem, za każdym razem spodziewając się, że wychynie z nich jakaś ohydna kreatura, która porazi go rozdzierającym wrzaskiem. Te puste przestrzenie zaczęły igrać z jego umysłem, podobnie jak łaty czarnego cienia rozsiane między rozstawionymi szeroko kinkietami. Gdyby władał ogniem, rozświetliłby ten mrok i uśmierzył swój strach, ale bez niego mógł tylko uzbroić umysł i przeć naprzód. Nieco dalej natknął się na rozwidlenie. Dwie drogi odbijały w dwie przeciwne strony, w lewo i w prawo. Musiał którąś wybrać, lecz obie dwa kroki dalej rozpływały się w ciemności. Niczym się od siebie nie różniły. Ale z jakiegoś powodu Falko odczuł, że przyciąga go prawa odnoga. Oczywiście nie miał pewności, czy to dobra droga, ale to delikatne przeczucie było wszystkim, co miał.

Ruszył więc naprzód i wtedy po raz pierwszy poczuł obecność magów, przeciwstawną wobec jego własnej. Było tak, jakby labirynt nagle go zauważył, jakby wiszące w powietrzu szepty poznały najmroczniejsze sekrety jego serca. To wrażenie sprawiło, że opuścił gardę i poczuł się obnażony, nagi. A to był przecież dopiero początek jego starcia z magami. Zacisnął zęby. Ruszył naprzód.

Kierowany niczym innym jak tylko niejasnym przeczuciem, iskrą intuicji, parł przez labirynt, gdy tymczasem szepty jeszcze się nasiliły, jeszcze zyskały na natarczywości. Zaczął coraz częściej nerwowo się oglądać, jakby czuł, że to coś, co go śledzi, depcze mu już po piętach. Usiłował przekonać sam siebie, że to tylko wytwór jego wyobraźni, ale po dwóch krokach zatrzymał się gwałtownie.

I okręcił się powoli. W przejściu za nim coś było. Szepty odpłynęły, jakby i one się zlękły. Tam, w zacienionym miejscu między dwoma zielonymi kryształami. Wytężył wzrok, starając się dostrzec, co to jest. Chwycił mocniej miecz i tarczę, a potem spiął się, gdy wrzeszczący kształt popełznął w jego stronę. Stawał się coraz większy i coraz głośniejszy, aż hałas wypełnił całe przejście. A potem stanął i umilkł. Znieruchomiał dwa kroki od Falka.

Serce tłukło mu się w piersi. Cofnął się przed unoszącą się w powietrzu postacią. Światło było zbyt przytłumione, by mógł dostrzec coś poza niepokojącym, zamazanym cieniem. Aż podskoczył, gdy coś przemknęło po jego policzku. Lekki dotyk, niemal niedostrzegalny. Jak to możliwe, że poczuł go pod hełmem? Zaszokowany tym, jak bardzo przeraził go zwykły dotyk, zrobił dwa kroki w tył, a wtedy to coś przed nim wypuściło z siebie niski, na wpół ludzki, na wpół diabelski pomruk. Światło wydobywające się z kryształowych płytek raptem pobladło, jakby dławił je duszący płaszcz zła.

W prawie całkowitej ciemności Falko poczuł ostre szarpnięcie za skórę szyi. Coś wbiło się w jego ciało i zaczęło je rozdzierać. Z krzykiem odskoczył w tył i machnął mieczem, ale ostrze świsnęło w powietrzu i skrzesało iskry na kamiennej ścianie. Błysk opromienił przerażającą, zakapturzoną postać i wystraszony Falko odskoczył w tył, ale upiór pomknął za nim. Młodzieniec syknął przez zęby, gdy poczuł pod pachą dwa ostre punkty i gorący, kłujący ból w głębi podbrzusza. Sapnął, gdy niewidzialne szpony wdarły się w jego ciało, a potem wrzasnął, gdy się z niego wyrwały.

Rozpaczliwie zamachał tarczą i mieczem, ale bezskutecznie. Coś zaczęło szarpać jego gardło i Falko puścił się biegiem. Potknął się, biegnąc prawie po omacku przez ledwie zarysowany w ciemności korytarz, gnany przez złego ducha, który miał za nic jego pancerz i oręż. Falko nie miał jak z nim walczyć, nie mógł odpędzić go światłem ani ogniem. Mógł tylko uciekać.

Uśmiech powrócił na usta siedzącego w Moździerzu Thralla. Nie wiedział dokładnie, co się w tej chwili dzieje w labiryncie, ale wyczuł pierwsze rysy na psychice kandydata. Rysy, które łatwo będzie poszerzyć i pogłębić, aż jego umysł pęknie jak rozdarta lodem skała.

Siedzącemu po drugiej stronie areny Aurelianowi serce podchodziło do gardła. Widział zadowolenie wypisane na twarzy Thralla. Znał wspólną historię Falka i Morgana Sakera, ale nie mógł zrozumieć, z jakiego powodu Thrall tak bardzo pragnie porażki kandydata. Magowie od zawsze robili, co mogli, by postawić przed młodym magiem bitewnym jak najtrudniejsze do pokonania przeszkody, ale nigdy jeszcze nie widział, by surowość i niechęć przerodziły się w osobistą animozję. Przychodziło mu na myśl tylko jedno wytłumaczenie: magowie przypuszczali lub wiedzieli, że Falko kiedyś zwróci się przeciw nim, tak jak zrobił to wcześniej jego ojciec. Aurelian nie wierzył, by tak miało się stać, ale nie mógł przecież całkiem wykluczyć takiej ewentualności. W końcu jeśli coś takiego przydarzyło się Aquili Dantému, mogło się przydarzyć każdemu.

Ale cokolwiek szykowała dla nich przyszłość, jedno było pewne. Jego uczeń był osaczony w labiryncie.

Falko stracił poczucie czasu i orientację. Tkwił uwięziony w świecie koszmaru, gdzie nie potrafił już rozróżnić, co jest prawdziwe, a co nie. Uciekał przed okrutną zmorą, aż wpadł do komnaty oświetlonej zielonymi kryształami. W środku pomieszczenia stała postać zakuta w stal, uzbrojona w miecz i tarczę. Z jej postawy Falko wywnioskował, że to strażnik, który będzie chciał go tu zatrzymać. Tylko że ta postać nie była człowiekiem. Jej ciało było ulepione z dymu, który kłębił się pod podobną do skóry powłoką z niebieskawej energii.

To animaré, wyczarowany przez magów konstrukt, postać utkana z magii, zakuta w prawdziwy pancerz. Animaré emanował mocą, a Falko uświadomił sobie, że to nie jest żadna niezgrabna marionetka. Mag, który go kontrolował, z pewnością potrafił walczyć. Ale Falko spędził ostatnie siedem miesięcy, trenując z wojownikami pokroju Malakiego i Quirrena. Stoczył bój z czarnymi kardakami i Pogromcą o dwóch mieczach. Stał się wreszcie wojownikiem, którego zapowiadały wczesne lata jego życia, czymś, z czym nie może się równać jakiś zasuszony czarodziej.

Obejrzawszy się lękliwie w kierunku portalu, Falko postanowił skupić rozbiegane myśli i uspokoić oddech, po czym ruszył ku magicznej zbroi, przyjmując pozycję bojową. Wreszcie przeciwnik, z którym może walczyć. Był gotowy na jego atak, a mimo to jego prędkość zbiła go z pantałyku. Animaré był przerażająco szybki i walczył z precyzją, jakiej Falko wcześniej nie doświadczył. Ale był też przewidywalny i z wolna Falko zaczynał zdobywać nad nim przewagę. Zablokował świetnie wymierzone cięcie i sparował sekwencję doskonale wyprowadzonych pchnięć, a potem sam rozpoczął kontratak. Wymusił na zbroi otwarcie i już miał zadać ostateczny cios, gdy animaré zmienił się w Alexa. Falko niemal zwichnął nadgarstek, przerywając potężny cios.

Skąd Alex się tu wziął i czemu chce go zabić?

Poczucie winy i zmieszanie zachmurzyły jego umysł. Raptem zaczął kwestionować sens swojej walki. Wahanie drogo go kosztowało. Zatoczył się od ciosu, który trafił go ciężko w hełm, gdy twarz przeciwnika zmieniła się w pozbawioną rysów maskę roziskrzonej energii. Walka toczyła się dalej, Falko odzyskał kontenans, ale za każdym razem, gdy już miał zadać decydujący cios, animaré przemieniał się w kogoś, kogo znał: Malakiego, Brynę, Dusaule'a. Mamidła były niesłychanie przekonujące i zwykły człowiek już dawno załamałby się pod naporem poczucia winy i dezorientacji. Ale mag bitewny jest oswojony z kłamstwami nieprzyjaciela, a one są subtelniejsze i okrutniejsze od każdego oszustwa, które mogło zrodzić się w głowach magów. Iluzja była doskonale spreparowana, lecz Falko przeniknął do jej sedna.

Nawet jednak dokonawszy tego, potrzebował pełni swojej determinacji, by zadać decydujący cios i wbić miecz w szyję emisariusza. Jakaś cząstka jego umysłu krzyczała, że to nie jest prawdziwy Chevalier, i Falko wierzył jej, a jednak miażdżące poczucie winy nie chciało się rozwiać. Jeszcze jeden ciężar, jaki będzie musiał dźwigać w czasie swojej podróży przez labirynt.

W kącie pomieszczenia dostrzegł kolejne zakończone łukiem przejście, które przyciągało go do siebie, i Falko zmusił się, by ponownie wkroczyć na nawiedzone ścieżki, gdzie czekały na niego niewidzialne koszmary, ostrzące sobie zęby na jego znękany umysł. Gdy pokonał je i znalazł się w kolejnej komnacie, potykał się ze strachu i doskwierał mu ból niezliczonych iluzorycznych ran. Zachwiał się i oparł plecami o ścianę pomieszczenia zalanego rozedrganym blaskiem ognia. Trzęsąc się z wysiłku, usiłował zdławić kolejny atak przerażających obrazów, które to przeklęte miejsce wsączało do jego umysłu. Rozejrzał się, by zorientować się w otoczeniu.

Pokój mógł mieć piętnaście stóp długości i dwadzieścia szerokości. Płomienie wyrastały wprost z nagich kamieni, tworzących na podłodze jakiś piekielny labirynt. Gdy Falko obmyślił drogę do wyjścia, płomienie rozbuchały się, jakby reagowały na niego, jakby go znały. Raptem przypomniał sobie słowa Mereditha:

„Jeśli mój ojciec będzie na Bijaku, będzie próbował powstrzymać cię ogniem".

Falko nie wątpił, że następnym umysłem na jego drodze jest Morgan Saker.

Schował miecz do pochwy i ruszył naprzód, przeczesując palcami płomienie, skupiony na celu, jakim było dotarcie do wyjścia po przeciwnej stronie pokoju. Ale żar wkrótce stał się nieznośny i Falko musiał otoczyć się barierą obronną. Między płomieniami nie było już luk. Falko napierał teraz wprost na ich ścianę. Skryte pod rozgrzanym pancerzem ciało było zlane potem. Gorące powietrze parzyło go w gardło i płuca. Ale jego czary obronne były niezwykle silne i Falko wiedział, że zdoła przedrzeć się na drugą stronę. Wówczas wyczuł w drgającym powietrzu jakiś zapach. To była woń płonącej sosny i Falko natychmiast cofnął się w swoim umyśle do ostatniej chwili, gdy czuł ten gryzący swąd.

Znów miał pięć lat i stał w płonących zgliszczach swojego domu. Dym szczypał go w oczy i gardło, ale był zbyt otępiały od rozpaczy, by się tym przejąć. Powiedzieli mu, że jego ojciec nie żyje. Nie chciał im wierzyć, choć wiedział, że nie kłamią. Pobiegł do willi i odkrył, że ta płonie. Wpadł do środka, ale dom był pusty, a szalejący ogień uprzytomnił mu, jak bardzo, jak dogłębnie jest samotny.

Ze wszystkich rzeczy, które mogły mu się w życiu przytrafić, ta z pewnością była najgorsza. Już nigdy nie otoczą go silne ramiona ojca. Człowieka, który latał z nim na grzbietach smoków i nauczył trzymać miecz; śmiał się wraz z nim, droczył i opowiadał o kobiecie, której nigdy nie poznał. Która żyła jedynie tyle, by zdążyć raz uściskać syna. Kochała go nawet wtedy, gdy zabierała ją śmierć – powiedział mu ten człowiek. Ale jego już nie było. Jego ojciec nie żył. A skoro tak, kto teraz przekona go, że tamta kobieta w ogóle istniała?

Falko krzyknął, gdy płomienie żałości otoczyły jego serce. Ogień wypełnił pomieszczenie, a łzy na policzkach wyparowały, gdy tylko je uronił.

Nie.

Nie był już małym chłopcem uwięzionym w płonącym budynku. Opłakał rodziców. Przetrwał tę rozpacz i żył z tym, co z niej zostało. Nie pozwoli jej się zniszczyć, a jednak płomienie były jak fizyczna, nieprzebyta bariera na jego drodze i Falko uprzytomnił sobie, że napiera na umysł Morgana Sakera. Wola maga była tak silna jak zawsze i Falko nie miał pewności, czy zdoła ją złamać, ale uniósł tarczę i naparł z mocą naprzód. Morgan Saker uderzył jednak w niego kolejnymi wspomnieniami nawleczonymi na poskręcane ogniste włókno.

Płonący Darius, który naciera na czarnego smoka. A potem spada wraz z nim w przepaść.

Zapach z kuźni ojca Malakiego i on sam, martwy, w poobijanym pancerzu.

Symeon klęczący przed potokiem ognia wiecznego, kolejna dusza, której nie zdołał ocalić.

Falko padł na kolana i ponownie wyciągnęły się po niego płomieniste szpony. Jego skórzane spodnie zaczęły dymić, skóra twarzy pokryła się pęcherzami, a jego wola poczęła się sypać w obliczu ogromu jego win.

„Cedo..."

Przez huk ognia przebił się głos Morgana Sakera:

„Poddaj się i wszystko się skończy".

Morgan Saker był bezlitosny w swoich przygotowaniach. Pewny, że żaden człowiek nie zdoła przejść przygotowanego przez niego testu, a zwłaszcza ktoś, kogo znał tak dobrze jak Falka. Ale pomylił się w jednym istotnym szczególe. Nie można pokonać maga bitewnego, przypominając mu o tych, których kocha. Można go dręczyć i sprawiać mu ból, ale takie wspomnienia tylko dodadzą mu sił.

Zebrawszy siły, Falko dźwignął się na nogi i wbił wzrok w otaczające go płomienie. Nabrał tchu, a gdy to robił, ogień jakby zacieśnił się wokół niego, lecz wówczas zamknął oczy i pozwolił mocy wypełnić swoje ciało. Niczym umierająca gwiazda, która zapada się do środka, nim eksploduje, Falko wybuchnął niszczycielską magiczną energią. Płomienie zgasły jak zdmuchnięta świeca, a w pobliskiej komnacie Morgan Saker osunął się na kolana, gdy jego moc rozpierzchła się przed chłopcem, którego zawsze miał za słabeusza.

Kiedy magiczne świerzbienie opuściło jego ciało, Falko otworzył oczy. Potrzebował chwili, by przypomnieć sobie, gdzie się znajduje, i ponownie przyzwyczaić wzrok do mętnego blasku zielonych kryształów na ścianach. Poparzona skóra bolała i całe jego ciało musiało dopiero otrząsnąć się ze spotkania z niszczycielskimi płomieniami Sakera. Ślady skumulowanej rozpaczy nie opuściły jeszcze jego duszy, ale Falko nie miał czasu na żałość i smutek. Każda minuta spędzona w tym piekle nadwyrężała siłę jego postanowienia i wytrzymałość ciała, pognał więc naprzód, z powrotem w mroczne tunele labiryntu, gdzie czekały na niego wszystkie koszmary dzieciństwa.

Wszystkie demony, cienie i złe, mordercze dzieci o wykrzywionych twarzach i białych, trupich oczach. Pełzające stwory o długich i ostrych zębach, żujące i ssące, robactwo wpełzające pod skórę i stara, szalona kobieta o szlamistoczarnych włosach i szaleńczych iskrach jaśniejących w pustych oczodołach. Wszystkie te potworności przybyły, by karmić się jego męką, a Falko nie mógł się przed nimi bronić. Mógłby je pokonać ognistym zaklęciem, ale nie posiadał takiej mocy, a więc chwiał się na nogach pod ich naporem, znosił ich zęby i pazury, i ostrza, które wypełniały jego umysł otępiającym bólem.

Odurzony strachem, majaczący ze zmęczenia, był u kresu sił. Potykając się w mroku, co chwila lądował na kamiennej podłodze, a miecz wysuwał się z jego zgrabiałych dłoni. Paski tarczy oplątały mu rękę, gdy oparty o ścianę dźwigał się do pionu, obracając tyłem do kierunku marszu i widząc za sobą wyłaniającą się z mroku starą kobietę. Nie szła, ale pełzła na opuchniętych kolanach, podpierając się wykrzywionymi artretycznie knykciami, przybliżając się ku niemu z nienaturalną prędkością.

Otumaniony paniką Falko odwrócił się od niej, zakołysał na nogach, które nie chciały dać się zmusić do wysiłku, a przerażająca postać mknęła za nim z rozciągniętą w obrzydliwym uśmiechu paszczą i zmarszczonymi brwiami – nabrzmiały trup spławionej wiedźmy. Jeszcze parę stóp – i go dorwie. Jeszcze dwa kroki – i jej zgniłe zęby wgryzą się w jego szyję, a palce będą zdzierać mięso z jego twarzy paznokciami, które będą łamać się jak ohydne drzazgi.

Gnany desperacją Falko uciekał, ale ona doganiała go, machając długimi ramionami o rozcapierzonych jak szpony palcach, usiłując go dosięgnąć. Wiedział, że nie może już uciekać, że nie ma innego wyjścia, jak tylko się poddać, lecz w momencie, gdy słowo zaczęło formować się w jego umyśle, wpadł do kolejnej komnaty. W tunelu koszmary zawisły bezczynnie w ciemności i nawet szepty odbiegły na granicę słyszalności. Raptem Falko zaczął odczuwać wielki strach przed odwróceniem się przodem do środka pokoju. Co w nim jest, czego obawiała się ta czereda potworności? Wreszcie odnalazł w sobie odwagę i gdy to zrobił, niemal zapłakał z ulgi.

Znalazł się w okrągłej komnacie, której ściany niknęły w mroku, a w niej, w kałuży bladego światła rozlanej pośrodku pomieszczenia, dostrzegł swój miecz, który wykuł dla niego przyjaciel. Miecz śpiewający w ciszy pieśń, która na zawsze zapisała się w jego duszy.

Księżyc stał już wysoko, gdy Meredith przybył do wieży magów w Furii. Pomimo zmęczenia wspiął się po schodach i poszedł prosto do prywatnych komnat Thralla. Tylko po to, by na drodze stanęły mu zamknięte drzwi. Uniósł rękę i zaczął walić w ciemne, polerowane drewno.

– Co tu się dzieje? – spytał przechodzący obok mag, zdumiony widokiem nowicjusza dobijającego się do komnat mistrza.

– Muszę mówić z wielkim veneratu.

– Nie ma go tutaj – odpowiedział mag. – Czcigodny mistrz bierze udział w rytuale Assay w Moździerzu.

Wiedziałem, pomyślał Meredith.

– Którzy magowie są na Bijaku? – syknął, podchodząc. – Imiona.

– Skąd miałbym wiedzieć? – bronił się czarodziej, cofając pod ścianę.

Meredith westchnął z irytacją i odwrócił się, chcąc wybiec z wieży, lecz raptem się zatrzymał. Istnieje szybszy sposób, by się tego dowiedzieć. Zostawił starszego maga na korytarzu, by w samotności oburzał się na ten brak szacunku, po czym pomknął do cel, gdzie kontemplował dziedziny swoich studiów i gdzie miało miejsce jego pierwsze spotkanie z bratem Pacatosem.

Meredith przeskoczył kilka ostatnich schodów. Rozejrzał się, ale nigdzie nie dostrzegł strażników, pilnujących obłąkanego mnicha.

Popędził długim korytarzem, czując narastające uczucie zagrożenia. Niemal spodziewał się usłyszeć ten straszny głos, ale wszędzie panowała cisza. Jeszcze zanim dopadł do celi na końcu tunelu, wiedział już, że znajdzie ją pustą.

Brat Pacatos zniknął, a gdy Meredith domyślił się, gdzie jest, oblał go zimny pot.

Falko widział go pierwszy raz, ale rozpoznał natychmiast. Valencki miecz półtoraręczny o niespotykanie pięknych proporcjach i trzonie, na którym zmieszczą się zarówno jedna, jak i dwie ręce. Klinga była nieco zbyt krótka, by sprawić się w pojedynku, ale idealna dla mieczowników walczących z tarczą. Jej waga i krój były perfekcyjnie dopasowane do prostej stalowej rękojeści, pokrytej grawerunkiem przedstawiającym splecione w boju smoki. Żadnych frymuśnych detali, żadnych przesadnych ozdobników, które świadczyłyby o bogactwie i władzy. To był miecz maga bitewnego. Jego siła i moc kryły się w środku.

Widok miecza wypełnił serce Falka nadzieją, ale chłopak wzbraniał się przed przesadną ekscytacją. Miał wrażenie, że rytuał zakończył się o wiele za szybko.

Wysunął ramię z poplątanych rzemieni tarczy. Sięgnął wokoło umysłem, szukając ostatniej przeszkody na drodze do celu. Czuł jedynie proste pole energetyczne, które trzymało miecz w miejscu. Nic groźnego, skupienie energii miało jedynie za cel uniemożliwić mu przyciągnięcie miecza do siebie siłą woli. Będzie musiał wziąć go do ręki. Ale to wszystko. Nie stała już przed nim żadna przeszkoda. I całe szczęście, bo nie czuł się na siłach, by stawić czoła kolejnemu wyzwaniu.

Stanął na nogach i ruszył naprzód. I wtedy to poczuł. Poza mieczem było w komnacie coś jeszcze. Z ciemności wyciągała do niego macki bluźniercza aura. Coś, a raczej ktoś zdjął magiczną maskę, za którą się krył. Dziesięć stóp za mieczem zimne światło wydobyło z ciemności mężczyznę siedzącego na kamiennym krześle. Mężczyznę zniszczonego nie tyle wiekiem, ile nieubłaganym upływem czasu.

Był ubrany w brudne szaty maga, jego nagie ramiona były poszarzałe i zniekształcone, naznaczone otwartymi wrzodami i podobnymi do sińców plamami fioletu i czerni. Usta miał cienkie i pokurczone, odsłaniające pieńki połamanych zębów. Kosmyki włosów czepiały się jego wyłysiałej czaszki, obciągniętej przeźroczystą skórą skropioną wątrobowymi plamami i szlakami ciemnych naczyń krwionośnych, jakby krew w jego ciele zmieniła się w atrament. Falko wziąłby go za trupa, gdyby nie złe światło jaśniejące w jego mlecznobiałych oczach.

– Salutări tineri Falcon. Bun venit la moarte – zaintonował mężczyzna, a Falko gapił się na niego podejrzliwie, tknięty nowym rodzajem przerażenia. Ten posłaniec śmierci przemówił językiem, na którego dźwięk przeszedł go dreszcz, ale jego miecz był niemal na wyciągnięcie ręki i trzeba czegoś więcej niż szalonego, starego maga, by go teraz powstrzymać. Falko jednak nie docenił siedzącej przed nim istoty.

Urodzony ponad czterysta lat temu, brat Pacatos był niegdyś starszym badaczem w dalekiej wieży magów w Ossandzie. Był też ostatnim świadkiem Wielkiego Opętania. Wydarzenia tego dnia zniszczyły jego umysł, choć są tacy, którzy twierdzą, że od zawsze ciągnęło go w mrok.

Jego prawdziwe imię przepadło w mgłach czasu. Teraz znany był pod imieniem, które nadano mu, gdy uległ deprawacji. Imieniem zaczerpniętym ze starożytnego języka wroga. Pacatos. Grzesznik.

Falko nie wiedział o tym wszystkim, gdy rzucił się w kierunku miecza, lecz nie zdążył zrobić dwóch kroków, gdy uderzyła go siła umysłu Grzesznika. Potęga brata Pacatosa zalała jego umysł wszechogarniającym wrażeniem zepsucia. Falko czuł, że coś ohydnego wdarło się przemocą do jego czaszki, i nie mógł myśleć o niczym innym jak tylko o tym, by wyrwać to z siebie. Zdarł barbutę z głowy i wbił paznokcie w ciało pod prawym okiem, a sędziwy mag roześmiał się. Nie był to jednak chrapliwy wizg śmierci, jakiego można się było po nim spodziewać, ale głęboki, gardłowy śmiech, który odbił się echem po pomieszczeniu.

Krew spłynęła Falkowi po policzku, ale jakaś cząstka niego pojęła istotę tego ataku. Samookaleczenie było szczególnie groźną bronią w rękach wroga. Wystarczy przekonać przeciwnika, że nie przedstawia sobą żadnej wartości lub że ta wartość została splugawiona, a sam obróci się przeciwko sobie. Nieludzkim wysiłkiem woli Falko opuścił ręce.

Oddzielony od niego mieczem mag skrzywił się, rozeźlony napotkanym oporem i zaskoczony, że jeden człowiek mógł oprzeć się morderczej sile jego sugestii. Nawet najzatwardzialsi strażnicy wieży nie wchodzili do jego celi inaczej jak we trójkę, a czasem nawet okazywali się nie dość silni, by go okiełznać. Zły grymas przemienił się w maskę skupienia, gdy brat Pacatos uniósł zmumifikowany palec i wycelował prosto w serce Falka.

Falko padł na kolana, gdy krew w jego żyłach zmieniła się w jakąś ohydną, płonącą maź. Zdjął rękawice i patrzył, strwożony, jak żyły na wierzchu jego dłoni stają się czarne. Usiłował dźwignąć się na nogi, ale te miał zdrętwiałe i ciężkie jak ołów. Wiedział, że nie utrzymają jego ciężaru. Padł twarzą do ziemi i zaczął się czołgać, gdy siatka czarnych linii rozciągnęła się na szyję i rozlała pod bladą skórą jego twarzy.

Strach krzyczał w jego głowie, gdy czarna trucizna nabiegła do maleńkich żyłek w jego oczach. Zaczął płytko oddychać, a jego serce targnęło się w piersi, gdy maź zatkała mu naczynia krwionośne. Żołądek skręcił się i Falko charknął cuchnącą, czarną wydzieliną, która zalegała też w jego nosie i gardle. Wreszcie świat wokół niego zaczął znikać, gdy jego oczy zamgliły grube, szare katarakty.

Ale wciąż pełzł naprzód.

Zagubiony w ślepym cierpieniu, lgnął ku jedynemu światłu, które nie zatonęło jeszcze w jego umyśle. Nie dlatego, że liczył na odkupienie, lecz ponieważ nie mógł zrobić nic innego. Po tym wszystkim, co przeszedł, to nie knowania czarodziejów rzuciły go na kolana, ale plugawa magia ostatniego żyjącego świadka. Pozostali magowie na Bijaku tylko próbowali go złamać, zmusić, by się poddał. Ten żywy trup nie będzie tak litościwy. Brat Pacatos nigdy nie pozwoli mu się poddać. Falko mógłby krzyczeć „cedo", aż pękłyby mu płuca, lecz teraz nikt by go już nie uratował.

Pacatos pożerał jego ciało od środka, umysł Falka przyćmiło pierwotne zło. Powinien po prostu zwinąć się w pozycję płodu i poddać rozpaczy, ale wciąż czołgał się naprzód, a gdzieś zza jego miecza brat Pacatos wypluł suche, jadowite przekleństwo. W Falku nie zostało już nic z siły woli Przeciwnika, a jednak jakimś cudem parł do przodu. Gnijący starzec pochylił się na krześle, wydał z siebie sykliwe warknięcie i podwoił wysiłki. Ale Falko się nie zatrzymywał.

Warczenie Grzesznika przeszło w suchotnicze rzężenie, gdy ściany labiryntu zaczęły drżeć. Pomieszczenie wypełniły chmurki pyłu, a od sufitu i ścian zaczęły odpadać bryły kamienia. Niektóre z tych, które spadły na Falka, odbiły się niegroźnie od zbroi, ale jeden uderzył go w odsłoniętą głowę. Falko opadł na ziemię, na moment tracąc zmysły. Nie miał już sił, by otoczyć się tarczą energii, kolejne odłamki biły go po głowie i ramionach, ale od miecza dzielił go już tylko jard. Sięgnął po niego trzęsącą się ręką. Ale gdy to zrobił, poczuł chwytające go za gardło niewidzialne palce.

Brat Pacatos zaczął zaciskać wyrzuconą przed siebie szkieletową dłoń. Pod żadnym pozorem nie mógł pozwolić Falkowi dosięgnąć miecza. Broń śpiewała dla Falka cichą pieśń wiary, ale Grzesznik słyszał w niej obietnicę odkupienia, a dla tych zagubionych w ciemności nie było straszliwszej konfrontacji niż ta z samym sobą, splugawionym i zdeprawowanym, i nie istniało nic trudniejszego od tchnienia we własną gnijącą duszę leczniczej iskry życia. Nie istniała w piekle tortura dotkliwsza od tej, a więc stary mag robił, co mógł, by wydusić z Falka ostatnie tchnienie. Czterysta lat szaleństwa, cierpienia i psychotycznej wściekłości. Wypluł z siebie to wszystko.

W skrytych za zaćmą oczach Falka zaczęło gasnąć światło. Ciemność innego rodzaju obłapiała jego umysł, ta, z której nie ma już powrotu. Doszedł do kresu zwykłego, ludzkiego cierpienia. Lecz wówczas jego palce złapały rękojeść miecza, miecza, którego nigdy wcześniej nie dotknął, ale który znał całe życie.

Był to przedmiot z metalu, zwykły i martwy, a jednak dodał mu sił.

Stary mag wyczuł rozpalającą się w nim iskrę nadziei i wzmocnił atak, by ją zdeptać. Odnowione natarcie było niczym krzyk, który rozdarł psychikę Falka, a jedyną rzeczą zdolną mu się przeciwstawić była cicha pieśń miecza. Ścisnął mocno rękojeść i wówczas skorupy zaćm spadły z jego oczu. Dźwignął się na kolana i oparł się na mieczu, wbijając sztych w podłogę. Przycisnął twarz do stalowej rękojeści i poczuł, jak płonąca trucizna odpływa z żył. Jego ramiona drżały z wysiłku, gdy przywoływał ostatnie strzępy woli, by sprzeciwić się przedwiecznemu umysłowi usiłującemu go zniszczyć.

Walka narosła do intensywności, która darła duszę na strzępy, i obydwaj przeciwnicy wiedzieli, że jest to pojedynek na śmierć i życie. Ktokolwiek padnie pierwszy, przepadnie na zawsze.

Falko wiedział, że musi walczyć, choć jakaś część niego nie dbała już o nic. Świat wydawał się nie istnieć, gdy zagubił się w otchłani poza czasem, gdzieś między ciszą a wyciem.

Moździerz był zalany bladym światłem księżyca. Minęły prawie dwie godziny, odkąd Falko wkroczył do labiryntu. Aurelian odchodził od zmysłów. Rytuał potrafił trwać i dłużej, ale stary mag bitewny był pewien, że coś poszło bardzo, ale to bardzo nie tak. Z wyrazu twarzy Dusaule'a dało się wyczytać podobne zmartwienie i nawet Dwimervane wydawała się podenerwowana. Smoczyca wpatrywała się w portal. Niski pomruk wezbrał w jej piersi. Aurelian dotknął jej ramienia.

– Nie przejmuj się. Zaraz wyjdzie.

Pomimo narastającej atmosfery niepokoju Aurelian ani myślał uwierzyć, że Falko mógł przegrać. To prawda, nie miał umiejętności ofensywnych, ale władał najsilniejszą magią defensywną, jaką Aurelian napotkał w życiu, i nie wydawało mu się, by istniał na świecie mag zdolny ją zmóc. Gdy bił się z myślami, u szczytu schodów prowadzących do Moździerza pojawił się człowiek. Był to Meredith i nawet z tej odległości Aurelian dostrzegł śmiertelny strach, który władał jego umysłem.

Przerażony Aurelian zwrócił się ku portalowi. I raptem stracił nadzieję. Gdzieś tam w dole leżały zwłoki Falka. Jakby na potwierdzenie tych słów głęboko pod ziemią wzbudził się raptowny impuls energii i z portalu buchnęła wielka chmura kurzu.

W Moździerzu zalegała grobowa cisza. Wszystkie oczy wpatrywały się w ziejącą paszczę portalu. Minuty ciągnęły się jak godziny, a przejście wciąż wypełniał głęboki cień, podkreślony srebrnym światłem księżyca. Minęło dziesięć minut. Potem dwadzieścia. Nikt nic nie mówił, ledwie dało się słyszeć oddechy, aż wreszcie...

W tunelu coś było, ale nie dało się ocenić, czy to Falko, czy może strażnicy labiryntu, ciągnący po ziemi martwego śmiałka, który nie podołał zadaniu. Lecz wtedy w ciemności zarysowała się postać, a księżyc skrzesał na jej pancerzu iskry metalicznych odblasków. Niczym człowiek budzący się do życia po latach letargu, Falko wyłonił się z ciemności. Jego hełm, tarcza i rękawice zniknęły, ale w ręce dzierżył miecz. Zataczając się z wycieńczenia, zrobił jeszcze kilka kroków i zwrócił się ku magom. Ostatkiem sił uniósł miecz, niczym zwycięski gladiator, lecz wówczas nogi ugięły się pod nim i zwalił się na ziemię.

Niezadowolenie Thralla przybrało niemal fizyczną formę, ale nie miało to już znaczenia. Falko przebył korytarze Oubliette. Stanął twarzą w twarz ze wszystkim, co magowie potrafili rzucić w jego stronę – i przeżył. Przeszedł rytuał Assay. I choćby miał wołać na próżno lub przywołać czarnego potwora – uzyskał prawo do przywołania smoka.

76

KIM SIĘ STANIESZ

Dusaule zaniósł Falka do domu zagrodników, gdzie wraz z Aurelianem rozebrali go ze zbroi i umyli, a potem na zmianę nasycali jego ciało leczniczą magią. W tym czasie Meredith poszedł poszukać Malakiego i Bryny, którzy następnie pilnowali przyjaciela, zaś dwaj magowie bitewni udali się do labiryntu po jego rękawice, tarczę i hełm.

– Czy nic im nie będzie? – zatroskała się Bryna.

– Nie martw się – uspokoił ją Meredith. – Żaden mag nie stanie im przecież na drodze, choć nie można też powiedzieć, że podróż przez labirynt będzie łatwa. To miejsce zdążyło przez lata nasiąknąć koszmarem.

Aurelian i Dusaule wrócili po godzinie. Obaj byli bladzi i widocznie zmęczeni, ale mieli ze sobą rzeczy Falka. Znaleźli także pas i pochwę do jego miecza, piękne przedmioty wykonane z czarnej skóry i wzmocnione elementami z polerowanej stali.

Malaki schował miecz do pochwy i położył go przy Falku na łóżku, a potem on i Dusaule zabrali się do czyszczenia jego pancerza, brudnego od ziemi, sadzy i krwi. Gdy pracowali, Aurelian poszedł porozmawiać z Meredithem. Przypomniał sobie strach, który dostrzegł na twarzy młodego maga, gdy ten przybył do Moździerza. Chciał wiedzieć, gdzie leżała jego przyczyna. Meredith powiedział mu wszystko, co wiedział o bracie Pacatosie i swoich dociekaniach mających na celu odkrycie, co dokładnie wydarzyło się podczas Wielkiego Opętania.

– Cholerny Thrall! – zaklął Aurelian, wysłuchawszy uważnie Mereditha. – Jak mógł pozwolić temu szalonemu magowi wziąć udział w rytuale? – Zacisnął pięści, wściekły, ale zaraz się zamyślił, ściągnąwszy brwi. – A co ty myślisz? – spytał. – Uważasz, że ten cały Pacatos rzeczywiście ma czterysta lat?

– To niemożliwe – powiedział Meredith. – Ale mogę się założyć, że wie coś o Wielkim Opętaniu.

– A są jeszcze jakieś nieodkryte aspekty Wielkiego Opętania? – Aurelian wydawał się zmęczony tym tematem. – Czyli magowie albo się pomylili, albo coś zataili. I co z tego? To zamierzchła historia.

Meredith nie spodziewał się takiej obojętności po starym magu bitewnym, ale nie mógł powiedzieć, by był zdziwiony. Ludzie odnosili się do czarodziejów z ostrożnością podszytą obawą, jaką zawsze darzy się zamknięte koterie o niejasnych dążeniach, lecz mimo to akceptowali ich istnienie z całą ich tajemniczością i skłonnością do sięgania po niebezpieczną niekiedy moc oraz władzę. Meredith jednak miał się stać jednym z nich. Wkrótce złoży śluby lojalności i dyskrecji, przysięgę, której nie wolno złamać. Nie mógł pozwolić sobie na to, by ograniczały go takie zobowiązania. Nie, gdy nurtowały go takie wątpliwości.

– Uważaj – poradził Aurelian, odgadując rebeliancką naturę myśli Mereditha. – Magowie raczej nie będą ci wdzięczni za grzebanie w przeszłości.

– Wiem. – Meredith skinął głową i wstał z krzesła. – Ale ja muszę to zrobić.

Aurelian potrząsnął głową.

– A ja muszę wykopać skądś czystą koszulę – rzekł. – Królowa poprosiła mnie, bym dał jej znać, gdy rytuał dobiegnie końca. Chciała porozmawiać z Falkiem, gdy ten wróci do siebie. Martwiła się o niego.

Meredith raptem uświadomił sobie, jak dramatyczne zmiany zaszły w ich życiu. Niespełna rok temu byli jeszcze dziećmi, a ich horyzont zakreślały małomiasteczkowe sprawy i sprawki. Teraz zaś Meredith miał zamiar zakwestionować historyczną prawdę głoszoną przez najpotężniejszego maga na świecie, podczas gdy sama królowa Furii czekała cierpliwie na rozmowę z człowiekiem, który przez większość życia uchodził za słabego i chorowitego sługę.

Przeskoczył wzrokiem do Malakiego i Bryny. Oni również przeszli przemianę.

– Powiemy mu, że tu byłeś – obiecała Bryna.

Meredith podziękował jej skinieniem, a potem opuścił chatę i ruszył w kierunku wieży magów. Teraz gdy rytuał się zakończył, dogoniła go pełnia zmęczenia, przed którą wzbraniał się od wielu dni. Rozpaczliwie pragnął rozmówić się z Thrallem, ale do takiego starcia potrzebny był mu wypoczęty umysł. Nie zaryzykuje teraz, gdy mógł myśleć tylko o tym, by się wreszcie wyspać. Zdławił jątrzącą niecierpliwość i skierował się do swoich komnat, gdzie wypił wielką szklankę cynobrowego wina, po czym ułożył się do snu.

Falko obudził się przed południem. Usta i gardło miał obolałe, zresztą bolało go całe ciało, ale myślał klarownie. Sycząc z bólu, dźwignął się na łokciu i zamrugał, chcąc pozbyć się spod powiek resztek snu. Rozejrzał się po słabo oświetlonym pokoju. Gospodarstwo zagrodników.

Obok jego łóżka drzemał w fotelu Malaki z żoną na kolanach. Falko gapił się na nich, usiłując pogodzić ich obecność z koszmarem labiryntu. Ogarnął ich wzrokiem raz jeszcze, jakby chciał sam siebie przekonać, że naprawdę tu są, że nie skrzywdził ich ani nie zdradził, co wmawiały mu upiorne szepty.

– No proszę, jednak żyjesz!

Falko spojrzał na Aureliana, który szedł w jego kierunku. Stary mag bitewny pomógł mu usiąść i podał kubek wody. Falko łyknął zimnego płynu, a żołądek zrewanżował się zdrowym uderzeniem głodu. Dopił wodę i opadł na poduszki.

– Jak się czujesz? – spytał nauczyciel.

Cień przemknął Falkowi przed oczami. Zwlekał chwilę z odpowiedzią.

– Nieco wstrząśnięty.

– No myślę, cholera, że wstrząśnięty! – powiedział Aurelian, śmiejąc się z niedopowiedzenia. Rozsunął zasłony i otworzył dwa małe okna.

Chłodne, słone powietrze odświeżyło pomieszczenie, a światło wczesnego lata wypełniło pokój ciepłym, przytulnym blaskiem.

Malaki i Bryna poruszyli się na krześle.

– O, wstałeś – stwierdziła łuczniczka, przeciągając się. Podniosła się i usiadła obok Falka na łóżku.

– Miło, że nie wyglądasz już tak okropnie – dodał Malaki.

Falko opromienił przyjaciół uśmiechem i wywrócił oczami, gdy Aurelian zdjął z niego koc, by przyjrzeć się ranom. Sińce, ugryzienia i obrzęki wyglądały nieco lepiej, a większość ranek już się zamknęła i zaleczyła, łącznie z dwiema, które potrzebowały nawet kilku szwów.

– Przeżyjesz – orzekł Aurelian, wyraźnie zadowolony z oględzin. Poszedł do kuchni, gdzie w garnku na piecu bulgotała zupa.

Malaki i Bryna wiedzieli dość o rytuale Assay, by nie pytać Falka o jego przebieg. Zamiast tego opowiedzieli mu o postępach, jakie poczynili rycerze w szkoleniu Nieregularnych.

– Świetnie sobie radzą – skonkludowała Bryna. – I dobrze, bo marszałek Breton dopiero co przysłał nam rozkazy. Wyruszamy w ciągu tygodnia.

Czekali, aż Falko okaże zdumienie tą nagłą zmianą planów, ale mag bitewny nie patrzył na nich. Skierował wzrok gdzieś do środka.

– Przynajmniej będziecie tu w czasie przywołania – rzekł tylko.

– Chyba nie planujesz go tak prędko? – zdziwił się Malaki.

– Opętani nie będą czekać – odrzekł Falko mrocznym, śmiertelnie poważnym głosem. – A poza tym – dodał nieco weselej – jeśli przywołanie zakończy się sukcesem, będę mógł wyruszyć z wami i z Nieregularnymi.

Malaki i Bryna wymienili zatroskane spojrzenia, lecz wiedzieli, że za nic nie odwiodą go od tych planów.

– Chyba skoczę do baraków, żeby się wykąpać – powiedziała Bryna po chwili ciszy.

Wstała, a potem pochyliła się, by ucałować Falka w czoło.

– Cieszę się, że nic ci nie jest – powiedziała. – Ale nie przeforsuj się. Wyobraź sobie, co by powiedziała Fossetta.

Falko uśmiechnął się i pokiwał głową, ale ten uśmiech nie przeniknął do jego nieruchomych oczu.

Gdy Bryna wyszła, Falko podążył wzrokiem do ławy przy przeciwległej ścianie, na której magowie bitewni wyłożyli jego zbroję, a nad nią zawiesili na ścianie tarczę.

– Aurelian i Dusaule przynieśli z labiryntu twoje rzeczy – wyjaśnił Malaki, a Falko nie zdołał ukryć drżenia; przetoczyło się po jego ciele na samo wspomnienie tego miejsca, które nieomal go pochłonęło. Spojrzał w dół na miecz przy swoim boku, spoczywający teraz w specjalnie wykonanej pochwie. Nakrył go dłonią, po czym podniósł i wyciągnął ostrze na kilka cali. Jego spojrzenie zamgliło się, gdy wrócił myślami do chwili, gdy po raz pierwszy sięgał do niego ręką.

– Zginąłbym, gdyby nie on – powiedział, a Malaki zamarł, słysząc ponurą pewność w jego głosie.

– Może być teraz nieco za ciężki dla ciebie. Ale będzie w sam raz dla tego, kim się staniesz.

– Jest doskonały – powiedział Falko.

– Proszę bardzo. – Malaki skłonił się i przez moment dzielili spojrzenie, jakie mogą zrozumieć tylko przyjaciele znający się całe życie.

– Znaczy... – podjął Falko – doskonały, jak na wiejskiego kowala, który siedem razy podchodził do wykucia swojego pierwszego gwoździa.

Malaki wybuchnął śmiechem i pokręcił głową, wspominając swoje nieudolne pierwsze kroki w zawodzie.

– No dobra – powiedział i zdławił potężne ziewnięcie. – Muszę wracać do Nieregularnych.

Falko pokiwał głową, ale Malaki zawahał się, nim opuścił chatę.

– Nie spiesz się z tym przywołaniem, Falko – rzekł. – Wiesz lepiej niż ktokolwiek, jakie to może być niebezpieczne.

Przyjaciel tylko na niego patrzył. Malaki bezbłędnie rozpoznał upór w jego oczach.

– W takim razie upewnij się tylko, czy jesteś gotowy.

– Zrobię to.

– Aha! – Malaki stanął w drzwiach. – W nocy był tu Meredith. Posiedział z tobą chwilę.

Falko wyraził zdziwienie uniesieniem brwi.

– Nie spodziewałem się go tak szybko.

– Chyba się spieszył. Martwił go jeden z magów biorących udział w rytuale. Właściwie był dość mocno przejęty, ale chyba wszystko dobrze się skończyło.

Spojrzenie Falka pociemniało w półmroku. Dobrze pamiętał przytłaczającą aurę zła, która otaczała ostatniego z pokonanych magów. Tego, który mówił w dziwnym, niepokojącym języku.

– Widzimy się później – rzucił Malaki i pomachawszy Aurelianowi, wyszedł.

Oczy Falka patrzyły, jak jednoręki mag nalewa mu miskę zupy, ale myślami cofnął się do wewnętrznej komnaty labiryntu, gdzie huczało echo zła.

„Salutări tineri Falcon. Bun venit la moarte".

Falko nie rozumiał tego języka, ale jakimś sposobem dotarł do niego sens słów maga.

„Witaj, młody Sokole. Śmierć idzie po ciebie".

Wyrzucił to wspomnienie z głowy, gdy Aurelian podał mu miskę i drewnianą łyżkę. Z jęknięciem, które wydusił z niego podeszły wiek, mag bitewny usiadł w fotelu, gdy tymczasem Falko zaczął pochłaniać gorącą i gęstą polewkę.

– Wiesz, on ma rację – rzekł Aurelian, gdy Falko przechylił miskę, by wyskrobać z niej ostatki jedzenia. – Nie powinieneś porywać się na przywołanie, jeśli nie czujesz się gotowy.

– Kiedy nie ma czasu do stracenia.

Aurelian westchnął z rezygnacją.

– No cóż, może więc przeczytaj to, zanim smok odgryzie ci głowę.

Wyłowił z kieszeni kamizelki złożoną kartę kremowego papieru, przewiązaną turkusową wstążką z królewską pieczęcią.

Falko odłożył pustą miskę i wytarł ręce, zanim zaczął czytać.

Drogi Panie Danté,

Z ulgą przyjęłam wieści o pomyślnym zakończeniu rytuału. Rozumiem, że potrzebujesz czasu, by odzyskać siły. Rozumiem też, że będziesz musiał zająć się wkrótce innymi obowiązkami, lecz zastanawiam się, czy nie zechciałbyś poświęcić mi kilku minut. Chciałabym poradzić się ciebie w pewnej sprawie.

Zawsze ceniłam rady naszych magów bitewnych, a twoje niedawne doświadczenia zdobyte na illicyjskim froncie mogą się okazać bezcenne.

Codziennie w południe będę wysyłać do ciebie posłańca. Gdy poczujesz się lepiej, przekaż mu wiadomość dla mnie, a wówczas ustalimy termin spotkania.

Łączę wyrazy szacunku

Królowa Catherine de Sage

Aurelian zareagował śmiechem na wyraz osłupienia malujący się na twarzy Falka.

– Królowa prosi mnie o spotkanie!

– A czego się spodziewałeś? – odpowiedział z uśmiechem. – Jesteś teraz magiem bitewnym. Królowie i generałowie, a także każdy zestrachany łajdak w szeregach armii będą teraz łaknąć twojej rady i wsparcia.

Falko opadł na poduszki. Aurelian miał rację. Z chwilą zakończenia rytuału Assay stał się pełnoprawnym magiem bitewnym. Ale sam Falko nie czuł się nim jeszcze. Musiał zrobić jeszcze jedną rzecz, nim to się zmieni.

Meredith spał o wiele dłużej, niż zamierzał. Było już popołudnie, gdy brał kąpiel i przebierał się w czyste szaty. Dopiero wówczas poczuł, że jest gotów na konfrontację z Thrallem. Postanowił, że pod żadnym pozorem nie da mu się przekonać do swoich racji, nie da się też zastraszyć ani zaszantażować. Stanął przed drzwiami do komnat wielkiego veneratu, których strzegli dwaj strażnicy. Mierzyli go podejrzliwym wzrokiem, a Meredith był gotów bez ogródek zażądać, by go wpuścili, gdy raptem drzwi się otworzyły i stanął w nich Galen Thrall z ustami wykrzywionymi rozbawionym uśmieszkiem. Gestem nakazał strażnikom, by się odsunęli, i zaprosił Mereditha do środka. Nowicjusz poszedł za Thrallem, który wspiął się na niski podest, by zasiąść na swoim tronie, skąd obrzucił gościa chłodnym spojrzeniem. Ale zagniewany Meredith był gotowy na taką reakcję. Na każdą, prawdę rzekłszy, z wyłączeniem pochwały.

– Bardzo dobrze, lordzie Saker – odezwał się wielki veneratu, schlebiając Meredithowi tytułem zarezerwowanym zwykle dla pełnoprawnego maga. – Znakomicie wywiązałeś się ze swoich powinności przewodnika pana Dantégo.

Słowa Thralla przygasiły złość Mereditha. Ogarnęło go zmieszanie, a to zrodziło w nim irytację. Nie odezwał się jeszcze ani słowem, a już tańczy do muzyki Thralla.

– Dziękuję, panie – usłyszał swój głos. – Lecz obawiam się, że w niewielkim stopniu przyczyniłem się do sukcesu Falka.

– Och, po cóż ta skromność. Gdyby nie twoje rady i nauki, z pewnością poniósłby klęskę.

– Schlebiasz mi, panie. Właściwie to jestem zdziwiony, że wyszedł z próby cało, skoro na Bijaku stał mag taki jak brat Pacatos.

Uśmiech Thralla zrzedł. Jego źrenice skurczyły się groźnie, gdy pochwycił Mereditha w szpony swego lodowatego spojrzenia.

– Czy masz mi coś do powiedzenia, lordzie Saker?

Meredith zebrał się w sobie. W końcu nadeszła chwila, o której tak długo myślał, lecz w wyobrażeniach otwarte przesłuchanie wielkiego veneratu szło mu o wiele łatwiej.

– Chciałbym wiedzieć, dlaczego umieściłeś brata Pacatosa na Bijaku – wymówił w nowym przypływie determinacji. – Chcę wiedzieć, kim jest, co robi w wieży w Furii i co za choroba go trawi.

– To wszystko? – spytał Thrall. Uśmiech powrócił na miejsce.

– Nie. Chciałbym osobiście porozmawiać z bratem Pacatosem.

To żądanie przywołało na twarz Thralla wyraz smutku.

– Obawiam się, że to nie będzie możliwe.

Meredith już miał spytać dlaczego, lecz Thrall podniósł rękę, nakazując mu milczenie.

– Brat Pacatos to językoznawca i historyk z wieży magicznej w Le Matres. Jednakże cierpi na urojenia, śni na jawie sny o własnej wielkości. Przykładowo utrzymuje, że żyje od setek lat. Trafił do nas, ponieważ żadna inna magiczna placówka nie posiada wyposażenia umożliwiającego stosowną opiekę nad człowiekiem tak schorowanym jak brat Pacatos. A na Bijak trafił, ponieważ uznałem, że okaże się największym wyzwaniem dla pana Dantégo.

Meredith bardzo chciał zapytać wprost, czy rzeczywiście stary mag jest ostatnim żyjącym świadkiem Wielkiego Opętania, ale wiedział, że w ten sposób odkryłby przed Thrallem wszystkie karty.

– Co się zaś tyczy twojej rozmowy z bratem Pacatosem... – kontynuował wielki veneratu.

Meredith zmrużył podejrzliwie powieki.

– ...niestety, przeceniłem jego możliwości. Starcie z panem Dantém okazało się ponad jego siły.

– Umarł! – wydyszał Meredith.

– Jeszcze nie – skorygował Thrall. – Lecz jest pod stałą opieką w szpitalu. Jego koniec, obawiam się, jest bliski. Nie należy więc zakłócać jego spokoju.

– Ale ja bezwzględnie muszę się z nim rozmówić.

– Niestety, nie mogę na to pozwolić – powiedział Thrall takim głosem, jakby rzeczywiście chodziło mu wyłącznie o dobro schorowanego człowieka. – Brat Pacatos jest osobą sędziwą i czcigodną. Zasłużył na luksus dokonania żywota w spokoju.

Wzrok Thralla ześlizgnął się z Mereditha i skupił się na dwóch strażnikach, którzy wkroczyli do komnaty i stanęli po obu stronach gościa. Obydwaj mieli na podorędziu czary ogłuszające. Meredith skorzystał z okazji i zapamiętał wzór myśli potrzebny do wykonania takiego zaklęcia.

– A teraz, jeśli to już wszystko, pozwolisz, lordzie Saker, że przygotuję się na przywołanie.

Ton Thralla powiedział Meredithowi, że przystępuje do tego obowiązku niechętnie i że wini za to Mereditha. Jeśli coś pójdzie nie tak podczas przywołania, dużą częścią winy zostanie obarczony przewodnik młodego maga bitewnego.

Żołądek Mereditha skręcił się ze złości, ale nie miał zamiaru zaakceptować porażki. Zerkając na obu strażników, otoczył własne myśli nieprzeniknionym woalem, aby Thrall nie odgadł jego intencji.

– Panie – rzekł, skłaniając się z szacunkiem – wybacz mi to najście.

– Ależ to nic takiego – odrzekł Thrall głosem dobrotliwego staruszka, ale kurczące się źrenice wyjawiły Meredithowi, że wyczuł postawioną przez niego barierę.

Młody mag odczekał, aż zamkną się drzwi komnat Thralla, a potem zwrócił się w kierunku szpitala. Wiedział, że brat Pacatos będzie pod strażą i że nie zdoła do niego dotrzeć, ale musiał przynajmniej potwierdzić jego obecność i ocenić środki zaradcze, które powziął wielki veneratu, by odizolować go od Mereditha. Nie wiedział, jak długo stary mag jeszcze pożyje lub czy zdoła odpowiedzieć na jego pytania. Postanowił jednak przynajmniej spróbować je zadać.

Wspiął się po schodach do południowej części wieży, gdzie mieścił się szpital, i odkrył, że cały korytarz odgrodzony został kordonem czterech strażników, którzy teraz mierzyli go surowym spojrzeniem.

– W czym możemy pomóc? – spytał jeden z nich.

Meredith przystanął, by przeszukać okolice korytarza pod kątem czarów strażniczych.

– Szukam mojego ojca – rzekł wreszcie. – Morgana Sakera. Był jednym z magów, którzy stanęli wczoraj na Bijaku.

– Lord Saker odpoczywa we własnych komnatach – odparł mężczyzna, a podejrzliwy grymas wyrysowany na jego twarzy zelżał.

– Dziękuję – powiedział Meredith. Z ulgą stwierdził, że nie ma tu żadnych innych przeszkód do pokonania. Tylko ci czterej groźni wartownicy o stalowych umysłach.

Gdy schodził krętą serpentyną schodów, dopadło go poczucie winy. Skłamał, że szuka ojca, choć tak naprawdę go unikał. Powinien go odwiedzić i sprawdzić, jak się czuje po wymagającej przeprawie, jaką był rytuał. Ale z jakiegoś powodu nie mógł się na to zdobyć. Wiedział już, że magowie okłamali lud Furii, a to oznaczało, że kłamcą był także jego ojciec. W końcu był veneratu. Musiał znać tajemnice magów, jakiekolwiek by one były.

W tyglu jego serca zmieszały się ze sobą złość oraz poczucie winy wywołane zdradą i nielojalnością. Meredith wrócił do swoich komnat. Postanowił, że jego osobiste uczucia nie zatrzymają go na drodze do prawdy. Nie wiedział, jak wiele ma czasu, nim brat Pacatos rozstanie się z tym światem. Musiał zacząć przygotowywać zaklęcia, żeby przedrzeć się przez wartowników. Meredith mógł tylko żywić nadzieję, że stary mag nie umrze, zanim przygotowania dobiegną końca.

Falko odpoczywał przez cały następny dzień. Czuł się już o wiele lepiej, więc gdy przybył posłaniec królowej, zgodził się na spotkanie z monarchinią następnego wieczoru w Komnacie Rady. Przybył także goniec od Galena Thralla i przekazał, że przygotowania do rytuału przywołania zajmą co najmniej dwa dni.

– Wielki veneratu podkreśla, że gruntowne przygotowania są rzeczą niezwykle ważną – dodał posłaniec.

– No pewnie – mruknął Aurelian.

Plan na następne dwa dni przedstawiał się więc następująco: jutro wieczorem Falko pójdzie porozmawiać z królową, a następnego wieczoru pójdzie w góry, by przy Smoczym Kamieniu podjąć próbę przywołania smoka. Wciąż czuł się fizycznie i mentalnie wyczerpany po rytuale Assay, ale nie miał zamiaru poddać się zmęczeniu. Wznowił trening, a Aurelian i Dusaule pomagali mu wrócić do pełni sił z pomocą magii leczniczej. Lecz w miarę zbliżania się godziny przywołania Dusaule odsuwał się coraz dalej od dwóch pozostałych magów bitewnych i częściej popadał w melancholię.

– Nie przejmuj się nim – powiedział Aurelian do Falka. – Po prostu myśl o przywołaniu budzi bolesne wspomnienia.

Falko dobrze to rozumiał. Sam doświadczył przecież potęgi i majestatu czarnego smoka, choć odczuł też na własnej skórze jego nienawiść. Jeśli czarny smok odpowie również na jego wezwanie, Falko był przygotowany na to, by zrobić, co będzie konieczne.

Następnego wieczoru, gdy chłodne cienie zmierzchu wylały się na ulice miasta, zszedł z płaskowyżu i ruszył do pałacu na spotkanie z królową. Atmosfera w stolicy była osobliwą mieszanką spokoju i podszytego obawą niepokoju. Pod murami wciąż obozowała pewna liczba uchodźców, mocno nadwyrężając stołeczne zapasy żywności, a dobiegające zewsząd opowieści z frontu sprawiały wrażenie, jakby wojna czaiła się tuż za rogiem. Lud Furii zaczął odczuwać na własnej skórze wojenne trudy, którym usiłowało podołać królestwo, oraz zaczynał rozumieć, że siane przez nieprzyjaciela zniszczenie i śmierć mogą lada dzień dotknąć i jego.

Ubrany w zbroję od Antonia Missagliasa, Falko zauważył, jak spoglądano na niego, gdy torował sobie drogę przez miasto. Niektórzy skłaniali się z szacunkiem, inni błogosławili go ruchem rąk. Nie widzieli młodzieńca, który dopiero co osiągnął wiek męski. Widzieli maga bitewnego i Falko zarówno radował się, jak i obawiał całej pokładanej w nim wiary.

Gdy wyszedł na brukowany plac otaczający Komnatę Rady, napotkał dwóch strażników, którzy wprowadzili go do budynku. Pomieszczenie było zwieńczone imponującą kopułą oświetloną kilkunastoma wielkimi lampami oliwnymi, których lśniące mosiężne osłony zaprojektowano tak, by rozpraszały światło, wypełniając komnatę ciepłym, żółtym blaskiem. Strażnicy skłonili się i zostawili go na środku pomieszczenia. Falko rozejrzał się wokoło. W budynku nie było o tej porze żywej duszy, widownia, wypełniona do ostatniego miejsca w czasie spotkania strategicznego, teraz była pusta, komnata robiła więc wrażenie jeszcze większej, niż była w rzeczywistości. Dywan zwinięto i wielką marmurową mapę znów zastawiono figurami, które widział podczas spotkania. Przełknął nerwowe zniecierpliwienie i rozejrzał się po pustym wnętrzu, lecz wówczas jego oczy wychwyciły ruch w nieoświetlonych bocznych wejściach.

Ktoś go obserwował.

– Niesamowite. Zawsze się zastanawiałam, jak magowie bitewni to robią? – powiedziała królowa, podchodząc do światła. Falko skłonił się pospiesznie, lecz królowa zbyła formalny gest niefrasobliwym strzepnięciem dłoni. – Dziękuję, że przyszedłeś, panie Danté. Wiem, jak ważne sprawy cię teraz zaprzątają.

– To dla mnie zaszczyt, Wasza Wysokość – odrzekł Falko.

– Och! – żachnęła się królowa. – Jeśli już musisz mnie tytułować, wystarczy „pani".

– Dobrze, pani.

– Tak lepiej. – Królowa obdarzyła go uśmiechem. – Miałam nadzieję na rozmowę, odkąd wróciłeś z frontu, ale nie chciałam przeszkadzać w przygotowaniach do rytuału.

Falko skłonił się, a królowa dokonała pobieżnych, acz krytycznych oględzin zbroi, której wykonanie zleciła jesienią.

– Legendarne umiejętności mistrza Missagliasa nie maleją z upływem lat.

Falko zarumienił się. Nie podziękował jej przecież za tak królewski podarek!

– Tak, bardzo dziękuję, pani – wymamrotał. – Nie śmiałem marzyć o tak wspaniałej zbroi.

Nie mogła się nie uśmiechnąć, widząc zaaferowanie młodzieńca.

– Choć tyle mogłam zrobić – rzekła, jakby nie zamówiła nic ponad nową parę rękawic do jazdy konnej.

Oderwała wzrok od Falka, by ogarnąć nim mapę ze strategicznie rozmieszczonymi figurami. Ich układ zmienił się od czasu spotkania. Sytuacja wyglądała jeszcze gorzej niż wówczas. Podeszła wolno do mapy, śledząc wzrokiem linię frontu i zatrzymując się, gdy nagromadzenie figur wskazywało na szczególnie zażarte walki.

Falko nie mógł oderwać od niej oczu, gdy kroczyła z godnością w mętnym świetle lamp oliwnych. Długie, ciemne włosy, rozpuszczone, jeśli nie liczyć srebrnej szarfy, która broniła im dostępu do królewskiej twarzy o gładkiej skórze. Miała na sobie długą suknię z brzoskwiniowego jedwabiu, przewiązaną w talii splecionym z czarnych rzemieni pasem emisariusza o odcinającej się kontrastowo klamrze w kształcie końskiej głowy. Z jej ramion spływał szmaragdowozielony płaszcz z marszczonego aksamitu, który podkreślał cieniem i blaskiem zarys jej sylwetki. Falka po raz kolejny uderzyła obezwładniająca dwoistość jej postaci: królowej, symbolu i obrończyni królestwa, oraz kobiety, żywego obrazu piękna.

– Wygląda na to, że nie możemy zrobić nic, by ich powstrzymać – odezwała się królowa. Falko zbliżył się do mapy, gdy jej słowa rozproszyły zauroczenie.

– Tutaj utrzymujemy pozycję – powiedział, patrząc na figury skupione w Beltane.

– Ach, prawda. – Królowa stanęła u jego boku. – Vercincallidus. Najprzebieglejszy ze wszystkich generałów, żyjących i poległych. Jakimś sposobem od lat wymyka się wrogom z rąk, lecz spójrz tutaj. – Wskazała największą figurę demona na mapie. – Wygląda na to, że Marchio Dolor idzie w jego stronę. Nie mogę przestać myśleć, że nad Serthiańskim Wilkiem wisi zguba. – Westchnęła z mozołem. – Ale miejmy nadzieję, że się mylę.

Falko wpatrywał się w posążek demona znanego jako Markiz Cierpienia. I rzeczywiście, królowa miała rację – władca piekielników zbliżał się do obszaru, gdzie Vercincallidus bawił się z wrogiem w kota i myszkę.

– A jak sytuacja na północy? – spytała królowa, w kilka kroków stając przy Hoffen i Le Matres. – Czy wciąż masz wrażenie, że coś przeoczyliśmy?

Falko podążył za nią i spojrzał na szyki wroga.

– Nie tak jak wtedy – powiedział. – Nasze siły są zanadto rozciągnięte na zbyt wielkim obszarze, a demon, który zaatakował Nathalie, nie został zabity, lecz nie widzę nic, co wskazywałoby na to, że wrócił.

Królowa odetchnęła z ulgą.

– Nathalie zginęłaby z ręki Pogromcy, gdyby nie ty. – Falko skromnie pochylił głowę. – Nie wspominając już o tym, że demon unicestwiłby całą Czwartą Armię.

Falko przeniósł ciężar ciała na drugą nogę, nie wiedząc, co ma powiedzieć. On tylko zrobił to, co musiał zrobić. To nie była kwestia wyboru.

– Mamy u ciebie dług, magu bitewny Danté – podjęła królowa. Wydawała się czerpać radość ze zwracania się do Falka z użyciem oficjalnego tytułu, choć widziała, że młodzieniec czuje się tym zakłopotany.

– Czy mamy jakieś wieści od Nathalie i emisariusza? – zmienił temat Falko.

– Niestety, nie odzywali się od tygodnia. Nathalie i Ciel stacjonują teraz w Hoffen. Wciąż liżą rany, ale ich obecność podnosi morale wśród żołnierzy w mieście. A jeśli chodzi o emisariusza... – Zrobiła pauzę. Falkowi nie umknął przeskok w jej oddechu. – Po zwycięstwie Czwartej wytyczył nową linię frontu, ale coraz więcej demonicznych armii wyradza się z Utraconych Ziem. Opętani ciągną teraz na Amboss i marszałek Breton dosłownie przed chwilą rozkazał Czwartej ruszyć na południe.

Usiłowała nadać swoim słowom pozory kolejnego raportu z pola bitwy, ale Falko poznał, że jest zdenerwowana.

– Nic mu nie będzie – pocieszył ją. – Jeśli ktoś ocaleje z tej kampanii, to właśnie emisariusz. Nie znam drugiego człowieka takiego jak on.

– Ja też nie – przyznała królowa. Oczy jej lśniły, ale życzliwość Falka wzbudziła uśmiech na jej zatroskanej twarzy. – Szkoda, że nie widziałeś go, gdy pierwszy raz przybył do Furii. Taki młody i poważny, z sercem przepełnionym cierpieniem. Rozpaczliwie pragnął rzucić się w wir walki. Mój ojciec od razu się na nim poznał, ale wiedział też, że mężczyźni dźwigający tak wielki smutek szybko rozstają się z życiem. Często szukają śmierci, chcąc znaleźć upragniony spokój. A więc zabronił młodemu Chevalierowi wracać na wojnę i zamiast tego przydzielił mu funkcję mojego nauczyciela, instruktora sztuki wojennej. – Podniosła wzrok i uśmiechnęła się. – Ma się rozumieć, nie ucieszyło go to, lecz ponieważ zawsze był człowiekiem honoru, z oddaniem wypełniał nałożone na niego obowiązki. Nauczył mnie, jak walczyć i jak toczyć wojnę, jak układać się z królami, którzy patrząc na mnie, nie widzieli nikogo poza małą dziewczynką, i jak rozmawiać z ludźmi, którzy nie widzieli we mnie nikogo poza królową. Wszystkich tych rzeczy, których latami uczył mnie ojciec. A jednak gdy to samo wpajał mi ten smutny i poważny młodzieniec, nauka przebiegała inaczej. A ja w zamian... przywróciłam mu uśmiech. – Zamilkła, wpatrzona w mapę, jakby sięgała wzrokiem w przeszłość. – Nie miałam pojęcia, że się w nim zakochuję. Pojęłam to dopiero w dniu, gdy Chevalier oznajmił mi, że wraca na front. – Uśmiech, który przyozdobił wargi królowej, był jednocześnie piękny i smutny. – Czy zaznałeś kiedyś miłości, panie Danté?

– Nie, królowo. Nie takiej.

– Ale kiedyś zaznasz... – W głosie władczyni dźwięczała nadzieja, ale Falko pokręcił głową.

– Mam przyjaciół, których miłuję, ale nie sądzę, bym mógł kiedyś oddać komuś połowę duszy. Nie mógłbym obarczyć nikogo takim ciężarem.

– Czy sny maga bitewnego naprawdę są aż tak straszne? – Falko nie odpowiedział. Mrok w jego oczach zrobił to za niego. – A więc współczuję ci, gdyż ponosisz ofiarę większą od mojej. – Ich spojrzenia złączyły się na dłuższą chwilę. – Dość o tym. Chodźmy. Popatrzmy na świat z góry i zobaczmy, jak zaradzić naszej niewesołej sytuacji, gdyż ani myślę uwierzyć, że nie ma dla nas nadziei.

Falko stanął u jej boku i wspólnie wpatrzyli się w mapę. Dorastając w małym górskim miasteczku, nigdy nie pomyślał, że pewnego dnia tak dogłębnie porozumie się z królową Furii. A jednocześnie sam był zdumiony tym, jak swobodnie czuje się w jej towarzystwie. Choć był młody i niedoświadczony, królowa rozmawiała z nim jak równy z równym. Podzielała jego obawy o los Beltane i Illicji. Spytała, co myśli o możliwości upadku Valencji.

– Czy sądzisz, że król Vittorio wytrzyma? – zapytała, zakreślając dłonią koło wokół dwóch figur demonów zagrażających wschodniej granicy Valencji.

Falko pokręcił głową.

– Nie – odpowiedział. – Ucieknie z północy, a swoje wojska oddeleguje na południe.

– A co z dwoma demonami, których armie zebrały się przy jego granicy?

– Ruszą na zachód – rzekł Falko bez zająknięcia. – Spróbują dotrzeć na wybrzeże, wbić klin między dwa wrogie im królestwa.

– A jaki los czeka Navarię?

Falko milczał. Tak zmasowany atak na kraj pozbawiony obrony mógł się skończyć tylko w jeden sposób.

– Tak – powiedziała królowa, jakby odczytała jego myśli. – Upadnie. I wtedy Opętani siądą na obu naszych granicach. – Westchnęła i potoczyła spojrzeniem ku przestworowi Acheronu. – Gdyby tylko udało się rozbudzić gniew Byka – westchnęła, a Falko był pewien, że nie chciała, by słyszał te słowa.

Jeszcze jakiś czas deliberowali o przyszłości świata. Falko sam się zdumiał tym, że całkiem nieźle interpretuje posunięcia wroga i odczytuje jego intencje. Zupełnie jakby Opętani byli zwierzęciem, które rozumiał, lub może pożarem lasu, którym kierował wiatr oraz dziki apetyt w jakiś sposób zrozumiały dla Falka. Fala zniszczenia rzeczywiście sprawiała wrażenie niepowstrzymanej. Gdyby tylko udało się skłonić Acheron i Thraecję do podjęcia walki...

– Kto wie, może do nas dołączą – powiedziała królowa, gdy obwiedli wzrokiem granice dwóch królestw. – Porażka magicznej armii Thralla podkopała pozycję thraeckich magów, ale niewiele można zrobić, skoro kontrolują króla Cleomenesa.

Na chwilę zapatrzyła się w mapę, a potem poderwała głowę i posłała mu uśmiech.

– Chodźmy... – Wzięła go pod rękę. – Już i tak zabrałam ci zbyt wiele czasu. Musisz odpocząć, zebrać siły.

Delikatnie pokierowała Falkiem i zeszli z mapy. Przy wyjściu z komnaty czekał już wartownik.

– Dziękuję, że podzieliłeś się swoimi przemyśleniami, panie Danté – powiedziała królowa, gdy Falko zbierał się do wyjścia.

– To dla mnie zaszczyt, pani.

Królowa nagrodziła uprzejmość uśmiechem.

– Niechaj przywołany przez ciebie smok będzie silny i jasny – rzekła.

Falko podziękował skinieniem i raz jeszcze się ukłonił. Cóż za wspaniała myśl: przywołać smoka tak jasnego jak Ciel. Ale serce mówiło mu, by nie obiecywał sobie zbyt wiele.

Dzień, w którym miało odbyć się przywołanie, przemknął Falkowi przed oczami. Nie wiedział, czy jego umysł wciąż jest przyćmiony po trudach rytuału, czy może to perspektywa przywołania wywołuje w nim to dziwne otępienie. Aurelian wciąż mówił, że przystępuje do niego za szybko, ale Falko za nic nie dał się przekonać. Po południu spotkał się w barakach z Malakim i innymi kadetami na ostatni posiłek, jednak jadł mało, a mówił jeszcze mniej. Większość kadetów była pod wielkim wrażeniem tego, czego miał dokonać Falko, ale Malaki i Bryna pamiętali, co się wydarzyło, gdy ostatnim razem pojawił się na przywołaniu. Nie potrafili objąć rozumem tego, co musiał teraz czuć.

Gdy Falko zaczął przygotowywać się do wyjścia, w stołówce zaległa cisza. Nie wszyscy zdawali sobie sprawę z wagi przywołania, ale wszyscy doświadczyli jego obecności na polu bitwy, a więc życzyli mu jak najlepiej. Nawet Jareg Snidesson skinął mu głową. Huthgarl, Quirren i Alex obeszli stół, by uściskać przyjaciela, a Bryna pocałowała go w policzek, nim znalazł się w niedźwiedzim uścisku Malakiego, który przygwoździł mu ramiona do ciała, skutecznie go tym unieruchamiając.

– Będziemy tutaj, gdy wrócisz – powiedział.

Falko nie zdołał dobyć słowa. Jego umysł schronił się w bezpiecznym miejscu, gdzieś w głębi jego jestestwa, mrocznej przestrzeni, gdzie stępiało się ostrze emocji, a kontrast między nadzieją a strachem był niemalże znośny. Czując się dziwnie odosobniony od reszty świata i ludzi, Falko opuścił baraki i skierował się do gospodarstwa, gdzie Aurelian czekał już na niego z dwoma osiodłanymi końmi.

Pomimo początkowych obiekcji Falko zgodził się, by stary mag bitewny towarzyszył mu w drodze do miejsca przywołania. Bez magii ofensywnej miecz wykuty przez Malakiego mógłby nie przebić się przez smocze łuski. Gdyby doszło do najgorszego, będzie potrzebował kogoś, kto wypełni jego miecz energią, a Falko nie mógł znieść myśli, by miał powierzyć to zadanie magom.

– Gotów? – zagaił Aurelian.

Falko kiwnął głową.

Dusaule'a nigdzie nie było, ale nieco z tyłu stała Dwimervane, która nie chciała płoszyć koni. Niebieskie łuski smoczycy były wyraźnie ciemniejsze niż tego dnia, gdy Falko ją poznał. Patrzyła na niego z ostrożną przenikliwością, ale nie dopatrzył się osądu w jej płomieniście żółtych oczach. Zwykłe smoki, dla których szaleństwo ich czarnych pobratymców było przykrą i haniebną tajemnicą, doskonale rozumiały konieczność ich powstrzymania.

Falko wyłapał sprzeczne myśli kłębiące się w jej umyśle, a także sugestię mroku niczym zbierające się na odległym horyzoncie burzowe chmury. Kiedyś, w niedalekiej przyszłości, łuski Dwimervane również zmienią kolor na czarny, a Aurelian stanie wówczas przed strasznym zadaniem.

Odgadłszy coś z jego myśli, Aurelian położył mu rękę na ramieniu.

– Włóż w przywołanie swoje serce, a na pewno spotka się z taką samą odpowiedzią – poradził mu mag bitewny, a solenne postanowienie Falka zachwiało się w posadach.

Życzliwość Aureliana przebiła się przez jego gardę i mgła wątpliwości podniosła się w jego umyśle. Pomyślał o Dusaule'u, którego duch załamał się przez poczucie winy wywołane tym, co zrobił. Czyżby Falko miał podzielić jego los?

Nie.

To czarny smok zabił Dariusa. Czarny smok zabił jego ojca. Jeśli kolejny czarny smok stawi się na jego wezwanie, Falko go pokona.

77

ŁOWCA I ZWIERZYNA

W mrocznej dziczy Beltane generał Vercincallidus zmarszczył brwi, wysłuchawszy raportu. A więc demon, którego zwiadowczyni miała obserwować, był o wiele bliżej, niż można się było spodziewać.

– Nie kluczy, tylko idzie prosto na nas – powiedziała kobieta. – To znaczy, że wie, że tu jesteśmy. Wróg wziął nas na cel, generale.

Vercincallidus nie odpowiedział. Powiódł wzrokiem po szeregach stacjonującej na drugim brzegu rzeki ferockiej armii. Poprzednia została rozbita, ale pokonanie tej pochłonie zbyt dużo czasu. A czas był teraz zasobem deficytowym.

Generał skrzywił usta, rozzłoszczony własną niemocą.

Już po raz trzeci w ciągu ostatnich tygodni musiał odwołać atak przed doszczętnym unicestwieniem oddziałów wroga. Zwiadowczyni miała rację – to nie przypadek, że demon ciągnie za nimi jak po sznurku. To rezultat prowadzonej przez wroga skoordynowanej kampanii. Większość demonów była przewidywalna, a więc stosunkowo łatwo było unikać starć z nimi. Niektóre były przebiegłe, ale tym razem to coś więcej niż przebiegłość. Tok wypadków sugerował niespotykaną dotąd celowość i zmyślność. Krążyły plotki o potężnym demonie zmierzającym na południe, którego Illicjanie zwali Marchio Dolor. Vercincallidus nie obawiał się ludzi, ale sama myśl o demonie tak potężnym wypełniała mu trzewia lodem. Zacisnął pięści, nie pozwalając tym myślom zagnieździć się w swojej głowie. Musiał wymyślić, jak ocalić życie dziesięciu tysięcy swoich wojowników.

Odwrócił się plecami do zwiadowczyni i potoczył wzrokiem po rozpościerającej się przed nim przestrzeni. Rozważył wszystkie możliwe posunięcia. Na początku bitwy wykorzystał rzekę do swoich celów, lecz teraz odcinała mu najprostszą drogę ucieczki. Jedynym wyjściem był odwrót w kierunku północnym, przez otwierający się dalej żleb, ale musiał jakoś osłonić uciekającą armię przed Opętanymi, którzy z pewnością wyczują dobry moment i zaatakują.

Podjąwszy decyzję, Vercincallidus zwrócił się do adiutanta.

– Odtrąbić odwrót dla Czcigodnych – rozkazał. – Trzystu żołnierzy ma bronić żlebu podczas ucieczki reszty wojsk na płaskowyż.

Adiutant skinął poważnie głową i zwrócił się do najbliższego trębacza, a ten uniósł karnyks do ust i przywołał ochotników gotowych oddać życie za swoich towarzyszy i generała, który ich prowadził. Przez pięć lat używał wszystkich swoich rozlicznych umiejętności, by wywodzić w pole demony i łowić Opętanych, lecz teraz główny dowódca wroga szedł prosto na niego, a on uświadomił sobie, że z łowcy stał się zwierzyną.

W tym samym czasie na północnym zachodzie Illicji, niedaleko nowo wytyczonego frontu, rozległy obszar traw zaczął więdnąć, gdy coś poruszyło się w głębinie podziemnego świata. Pogromca odbył pokutę w bezlitosnych płomieniach piekła. Jego skóra była spalona i poczerniała, a pod wierzchnią warstwą pełgał jaśniejący żar. Jego bliźniacze miecze były rozgrzane do czerwoności, natchnione piekielnym płomieniem. Demon zaczął wspinać się ku powierzchni. Wkrótce odrodzi się w świecie ludzi, a jedyną myślą tlącą się w jego głowie była ta o zemście.

78

ODPOWIEDZI

Meredith śledził wzrokiem opuszczającą wieżę grupę magów, która miała asystować Falkowi podczas przywołania. Jechali konno wąską ścieżką wiodącą wysoko w góry. Do zachodu słońca brakowało trzech godzin, ale Thrall chciał mieć pewność, że wszystko będzie przygotowane, nim przybędą Falko i Aurelian. Meredith zaczekał, aż wielki veneratu zniknie z pola widzenia, a potem odwrócił się plecami do okna.

Tylko głupiec próbowałby skontaktować się z bratem Pacatosem pod nosem Thralla, lecz teraz nie będzie go co najmniej kilka godzin i Meredith mógł przystąpić do działania.

Wróciwszy do swoich komnat, medytował przez kilka minut, by dopiąć przygotowania na ostatni guzik, a potem, oczyściwszy umysł, ruszył w kierunku schodów do szpitala. Serce waliło mu jak młotem. Utrzymując całkowite skupienie, zaczął otaczać się nieprzeniknionym płaszczem ukrycia. Nawet ojciec był pod wrażeniem jego zdolności w tej dziedzinie magii. Czas sprawdzić, czy słusznie.

Świat odbiegł gdzieś na dalszy plan i dźwięk oddechu Mereditha zmienił się, gdy otoczył się kokonem magicznej energii, splatając go powolnymi, metodycznymi ruchami, nie przerywając wchodzenia po schodach. Zatrzymał się na półpiętrze i ujrzał strzegących korytarza czterech czujnych wartowników. Gdy stanęli w dostatecznym rozproszeniu, by zdołał przemknąć między nimi, ruszył naprzód, nie śmiąc głośniej odetchnąć, a potem stanął jak wryty, gdy jeden z mężczyzn spojrzał prosto na niego. Czy go zobaczył? Usłyszał?

Meredith zamarł, gdy wzrok mężczyzny zsunął się z niego. A więc go nie odkrył. Ruszył wolno naprzód. Wiedział, że im bliżej celu się znajdzie, tym będzie trudniej. Musiał nie tylko ukryć przed wzrokiem strażników swoje ciało, ale też wyciszyć wydawane przez siebie dźwięki, zamaskować swój zapach i poruszać się powoli, by nie zdradził go ruch powietrza. Jednak jego przygotowania okazały się wystarczające i przemknął między strażnikami, demonstrując magiczną sprawność o wiele bardziej doświadczonego czarodzieja.

Z umysłem tak skoncentrowanym, że balansował na granicy odrętwienia, Meredith zapuścił się w głąb korytarza. Posuwając się z najwyższą ostrożnością, tak by nie rozproszyć magii ukrywającej, zaczął sprawdzać po kolei pokoje. Wtedy wyczuł aurę człowieka, do którego tu przyszedł. Mroczne, niepokojące jestestwo, które wydawało się blednąć i jaskrawieć jak dogasający płomyk świecy. Meredith uprzytomnił sobie, że przybył w samą porę.

Stary mag rzeczywiście umierał i Meredith mógł tylko żywić nadzieję, że wciąż zdoła odpowiedzieć na jego pytania. Gdy wszedł do pokoju, wiedział już, że niepotrzebnie się martwił. Brat Pacatos leżał przykuty do łóżka na środku pomieszczenia. Wsparty na poduszkach i obleczony w brudną koszulę nocną, patrzył prosto na niego. Jego oczy były zasnute kataraktami, ale Meredith wiedział, że mężczyzna go widzi.

Znalazłszy się w komnacie, poświęcił dosłownie chwilę na wyczarowanie magicznej pieczęci i nałożenie jej na drzwi, tak by nikt im nie przeszkadzał. Następnie zwrócił się twarzą do udręczonego mnicha.

– Ah, fiul lui Saker. Vin să pună întrebări despre cel trecut – wyrzęził Pacatos w starożytnym języku ferockim.

„Ach, syn Sakera. Zjawił się, by pytać o przeszłość".

Meredith zamarł. Pacatos nie tylko go widział, ale też wiedział, po co tu przyszedł. Wtedy po raz pierwszy opadły Mereditha wątpliwości. Drobny mięsień drgnął w kąciku jego prawego oka. Uniósł rękę, by podrapać miejsce na skroni, które zaczęło go swędzieć. Samo przebywanie w obecności Grzesznika budziło w człowieku niepokój, ale

Meredith nie cofnie się przed uzyskaniem odpowiedzi na swoje pytania. Znał podstawy ferockiego, ale nie na tyle, by swobodnie pytać o nurtujące go kwestie.

– În comun, dacă vă rog – wymówił. „We wspólnym, poproszę".

– Jak chcesz – przystał Pacatos, przechodząc na uniwersalny język Furii. Jego skóra miała barwę chorobliwej, przeźroczystej szarości upstrzonej czarnymi śladami po stłuczeniach i płakała otwartymi wrzodami. Żyły widoczne pod jego skórą były czarne, a zwiędłe usta spękane i obwisłe. Nierównemu oddechowi towarzyszył suchy charkot. Wydychane przez niego powietrze cuchnęło rozkładem.

Meredith nie zdołał zdusić obrzydzenia, ale Pacatos tylko się uśmiechnął.

– Pytaj, synu Sakera – rzekł, kontrapunktując słowa nieprzyjemnym dla ucha szmerem oddechu.

– Jak brzmi twoje imię? – zaczął Meredith, podnosząc rękę do skroni, gdzie nasiliło się swędzenie.

– Zwą mnie Pacatos. Niech więc będzie Pacatos.

– Ile masz lat?

Brat Pacatos znów się uśmiechnął, ukazując wypełniające jego usta poczerniałe resztki zgniłych zębów.

– Wiesz, ile mam lat.

– A więc to prawda – powiedział Meredith. – Żyłeś w czasie Wielkiego Opętania.

Brat Pacatos prychnął chrapliwie, jakby uznał ten opis za zabawny.

– Co się wtedy wydarzyło? – indagował Meredith. – Dlaczego magowie zataili przed ludźmi, że smoki są podatne na opętanie?

Pacatosem wstrząsnął głęboki, gardłowy śmiech, który zdawał się szarpać na strzępy umysł Mereditha.

– Dlaczego? – podniósł głos. – Dlaczego nas nie ostrzegli?

– Bo to nieprawda – odpowiedział Pacatos, a jego przymglony wzrok wyostrzył się upiornie.

– Jak to? – Meredith był zdezorientowany. – Wiem, że to prawda. Kłamali wówczas i kłamią teraz.

– Jesteś w błędzie. To wszystko nieprawda.

– Co chcesz przez to powiedzieć? – Odrażający, mdlący strach znalazł wejście do umysłu Meneditha. – Czyli Wielkie Opętanie w ogóle nie miało miejsca?

Wtedy brat Pacatos zakrztusił się śmiechem. Meredith podniósł rękę do głowy. Swędzenie narosło do tępego bólu. Nagle był pewien, że coś rusza się pod skórą na jego skroni.

– Aj, mój biedny mały Saker – sapnął Pacatos. – Tajemnice magów... drążą cię od środka, ale ty nie wiesz nawet... co to za tajemnice.

Jego głos ociekał szyderstwem. Meredith nie mógł już tego znieść. Zerwał się z miejsca i wpił pięść w szatę umierającego mnicha.

– Po prostu mi powiedz! – krzyknął, a potem odskoczył od Pacatosa, gdy ból się zaostrzył.

– Przecież znasz już prawdę – wysapał mnich, gdy Meredith złapał się za głowę. – Czytałeś o tym sto razy.

– Kłamiesz – dyszał Meredith. – Nigdy...

Nie mógł skończyć zdania. Ból głowy uniemożliwiał mu koncentrację, wnętrzności przewalały się, a na umysł naparła fala plugastwa. Coś ohydnego wdarło się do jego ciała i zatruło mu krew. Teraz był już pewien, że coś pełza pod jego skórą. Paznokcie jego prawej ręki wpiły się w skroń, po policzku ściekła krew.

– Patrzysz, ale nie widzisz – rzekł Pacatos, gdy Meredith zachwiał się i opadł na kolano. – Czytając, przewracałeś tylko strony... Słowa z przeszłości zmarnowały się na tobie. Oślepiło cię matactwo brata Seruliana.

Grzesznik stał nad grobem, lecz nawet teraz okazał się dla Mereditha zbyt silny. Młody mag padł na ziemię i zaczął czołgać się w kierunku drzwi, gdy sekwencja obrazów przepływała przez jego umysł. Widział samego siebie, pochylonego nad stołem w archiwach magów, wodzącego palcem po linijkach tekstu w starym manuskrypcie. Ale słowa zamazywały mu się przed oczami, zlewały jedne z drugimi, przez co nie mógł przyswoić czytanego tekstu. Nie pamiętał nawet, że w ogóle go czytał.

„Oślepiło cię matactwo brata Seruliana". Czy to może być prawda? Czy rzeczywiście wyczytał w księgach prawdę, nie uświadamiając sobie tego?

Odpowiedzią było dźwięczne „tak", ale sam Meredith wcale nie miał pewności. Niepochłonięta przez Pacatosa część jego umysłu mogła myśleć tylko o tym, by uciec jak najdalej. Meredith usiłował wydrapać spod własnej skóry zagłębiające się w jego czaszce stwory. Za jego plecami grzmiał jadowity śmiech Grzesznika, pogarda i szyderstwo kipiały w jego gardle, gdy gnijące membrany jego płuc wyrzucały przez rozdziawione usta cuchnącą, czarną krew, która ściekała mu na pierś. Umierał, ale ten strzęp człowieka, to człekopodobne naczynie wypełnione złem postanowiło zabrać ze sobą do piekła jeszcze jedną ludzką duszę.

– Zawiodłeś, Saker – wykaszlał. – Tak jak zawiedzie Sokół. Przywoła ciemność. I zabije ciemność. A hańba mordu stanie się przekleństwem jego duszy!

Ślepy i bezbronny Meredith pełzł po podłodze. Jego paznokcie drapały o mokre kości czaszki, zdzierał ciało z własnej twarzy. Dotarł do drzwi jedynie dzięki wysiłkowi woli. Wtedy przełamał nałożoną przez siebie pieczęć.

Czterej strażnicy zareagowali natychmiast. Pognali korytarzem, ignorując młodego maga, który wyczołgał się z pokoju. Magiczna energia skupiona wokół Mereditha wybuchła, gdy wartownicy spletli zaklęcia mające obłaskawić Pacatosa, lecz nie było już potrzeby używać mocy. Po czterystu latach nienawistnego bicia serce Grzesznika wreszcie pękło. Człowiek znany jako brat Pacatos, ostatni żyjący świadek Wielkiego Opętania, zległ martwy w zakrwawionej pościeli.

Meredith poczuł, że obrazy grozy uleciały z jego umysłu. Bok jego głowy palił nieznośnym bólem, ale jakimś cudem Meredith wstał. Jego prawa ręka ociekała krwią, ale wytarł ją o szatę, zanim znowu podniósł do skroni, chcąc zatamować krew spływającą strumieniem na policzek i szyję. Wciąż oszołomiony i zdezorientowany, dotarł jakoś do końca korytarza i ruszył schodami w dół.

Na półpiętrze pojawił się jakiś nowicjusz z tacą z jedzeniem i napitkiem dla strażników, ale na widok zakrwawionej postaci wypuścił ją z rąk i skulił się pod ścianą.

Meredith zignorował go.

W jego głowie kołatała jedna jedyna myśl: zejść do archiwów i znaleźć ukryty przed nim manuskrypt. Minął po drodze jeszcze kilku magów. Niektórzy zaoferowali pomoc, ale Meredith przepchnął się między nimi, chwiejąc się na schodach, gdy oni gapili się na niego z otwartymi ustami. Wreszcie dotarł do archiwów. Jeden z bibliotekarzy stanął w drzwiach, nie chcąc go wpuścić.

– Co to ma znaczyć? – powiedział. – Nie możesz wejść w tym stanie!

Ale Meredith popchnął go na ścianę, zostawiając na jego szacie krwawy odcisk dłoni. Przeciął podłogę i stanął tam, gdzie siedział na krześle brat Serulian, wciąż wpatrzony ślepo w przestrzeń, jakby przez cały ten czas ani na moment nie ruszył się z miejsca. Jak zwykle nie zareagował w żaden sposób na pojawienie się Mereditha, ale jego to nie obchodziło. Podniósł rękę, by rzucić ogłuszający czar, którego nauczył się od strażników Thralla, a brat Serulian zgiął się wpół i spadł z krzesła, po czym rozciągnął się jak długi na podłodze.

Meredith z trudem nabierał tchu i kręciło mu się w głowie. Stał chwilę wpatrzony w kamienny stół, jakby widział go po raz pierwszy. Mrużąc oczy z bólu, który szarpał mu skroń, zaczął przeszukiwać regały z księgami historycznymi. Natychmiast znalazł kilka manuskryptów, których wcześniej nie zauważył. Nie zważając na krew na rękach, porwał księgi z regałów i wsunął pod pachę, a potem poszedł do piątej komnaty, gdzie przechowywano teksty z dziedziny smokoznawstwa. Tutaj znowu dostrzegł na półkach prace, które wcześniej przeoczył, lecz gdy wziął je do ręki, w jego umyśle zajaśniały mgliste wspomnienia. On miał już w rękach te księgi. Czytał je.

Dźwigając naręcze manuskryptów, cofnął się do stołu i rzucił je na blat. Wtedy znowu pojawił się bibliotekarz, a wraz z nim starszy archiwista, ale jedno mordercze spojrzenie Mereditha wystarczyło, by obaj umknęli jak niepyszni.

Skupił całą swoją uwagę na pismach.

Magiczny woal uniósł się z jego umysłu i Meredith zaczął rozpoznawać wertowane księgi i rozwijane zwoje. Krew kapała mu z twarzy, dłonie znaczyły manuskrypty krwawymi smugami, gdy odkrywał na nowo akapity, o których wiedział, że się tam znajdują, z szaloną prędkością pochłaniając wzrokiem kolejne linijki.

W trakcie czytania jego umysł zaczął przypominać sobie inne księgi i inne wątki dyskursu: rosnąca niechęć czarodziejów do magów bitewnych i posiadane przez nich wpływy w kręgach władzy. Znalazł fragment mówiący o jakiejś „okazji", która nadarzała się „teraz, gdy Opętani nie są już zagrożeniem". Przypomniał sobie ostrożne i zwodnicze nuty w słyszanych w przeszłości głosach. Dyskurs toczył się, miały miejsce rozmaite spory, ale wszelkie wątpliwości i animozje zostały zepchnięte na boczny tor przez płomienną wizję profety Syballiana, ówczesnego wielkiego veneratu.

Meredith połykał księgę za księgą, a w jego piersi szalał dziki gniew. Znalazł zapisy magicznej korespondencji między różnymi wieżami magów. Odszukał tezę o „szaleństwie i pamięci smoków". Oraz nowsze odniesienia do ludzi, których Meredith znał. Jego dłonie drżały, gdy wodził wzrokiem po tekście, przeskakując od jednej księgi do drugiej. Ale w miarę czytania jego powieki zwężały się coraz bardziej, a brwi zbiegały w ciasnym grymasie. Wreszcie skończyła się jego cierpliwość i stronice pod jego palcami zaczęły ciemnieć i dymić, nadpalone niemożliwą do ogarnięcia furią. Roztrzęsiony Meredith zacisnął powieki, gdy prawda wczepiła lodowate szpony w jego serce. I wtedy wróciły do niego ostatnie słowa brata Pacatosa.

„Przywoła ciemność. I zabije ciemność. A hańba mordu stanie się przekleństwem jego duszy".

Rozrzucając po pokoju nadpalone karty, Meredith zerwał się zza stołu i pobiegł do stajni. Cierpiał, prawa strona jego twarzy była masą poszarpanego ciała i zakrzepłej krwi, ale umysł miał zadziwiająco jasny.

Przywołanie trzeba natychmiast odwołać. Za wszelką cenę musi powstrzymać Falka.

Falko i Aurelian dwie godziny jechali do miejsca, gdzie kręta dróżka robiła się zbyt niebezpieczna dla koni. Zwierzęta dyszały ciężko, zmęczone wspinaczką. Znajdowali się na znacznej wysokości i przed dwoma magami bitewnymi rozciągała się imponująca panorama płaskowyżu i stolicy. Wieczór był pogodny, a niebo czyste, lecz chłód kąsał dotkliwie, gdy owiewał ich mroźny wiatr, który świszczał w zetknięciu z ostrymi elementami zbroi Falka.

W ścianie klifu oddzielonego od drogi spłachetkiem skalistej ziemi wisiał na nitach pordzewiały łańcuch, przy którym stało przywiązanych dwanaście koni. Poruszyły się, zaalarmowane, gdy Falko i Aurelian zsiedli ze swoich wierzchowców i przywiązali je obok.

Mag bitewny zdjął tarczę i hełm z siodła, a Aurelian wskazał ruchem głowy wiodącą naprzód ścieżkę. Młodzieniec spojrzał i zobaczył dwóch magów, strażników rozstawionych po obu stronach szlaku.

– Wielki veneratu was oczekuje – rzekł jeden z nich.

Falko omiótł ich ostrożnym spojrzeniem, nałożył tarczę i wsunął barbutę pod pachę, po czym ruszył naprzód wraz z Aurelianem. Wspinali się kolejne dwadzieścia minut, lawirując między głazami i stertami potrzaskanej skały. Wreszcie stanęli nad krawędzią, skąd rozciągał się widok na rozległy obszar, który wyglądał tak, jakby armia rzeźbiarzy wydobyła go z nagiej skały zbocza.

Miejsce przypominało Wichrową Twierdzę w górach nad Caer Dour. Znajdujący się w środku pustej przestrzeni Smoczy Kamień z trzech stron otaczały klify, a czwarta otwierała się w kierunku morza. Byli w górach, kilka ładnych mil od wybrzeża, ale znajdowali się tak wysoko nad stromą, niemal pionową przepaścią, że wydawało się, iż ocean znajduje się wprost pod nimi.

Zachodzące słońce wypełniało miejsce ciepłym blaskiem. Widok zapierał dech. W innych okolicznościach zbudziłby w Falku tęsknotę za domem, lecz teraz niespokojne serce rwało się w jego piersi. Zakręciło mu się w głowie, gdy przed oczami stanęło mu okropne wspomnienie przywołania smoka przez Dariusa. Nieomal cofnął się od krawędzi, wiedziony instynktowną obawą, lecz wówczas zebrał się w sobie i zdusił niepewność.

Przybył tu, by przywołać smoka. Wiedział, że całe życie wiodło go do tej właśnie chwili, że choroba i wywołana przez nią słabość były tylko przeszkodami na prostej drodze, które dawno już zostawił za sobą. Nie miał wpływu na to, jaka istota odpowie na jego wezwanie, i istniała też możliwość, że tak jak w przypadku Symeona przywołanie nie spotka się z odpowiedzią. Ale Falko nie cofnie się przed swoim przeznaczeniem.

Uspokoił oddech, wziął się w garść i z Aurelianem u boku zszedł schodami do miejsca, gdzie tkwił w ziemi Smoczy Kamień. Po drodze zdał sobie sprawę z obecności magów.

– Widzisz ich? – spytał Aurelian, a Falko pokiwał głową.

Trzynastu, wszyscy rozstawieni w równych odstępach na tej samej kamiennej trybunie, jednej z wielu rozchodzących się koncentrycznie ku górze. Dwaj byli magami wojownikami i mieli na sobie zbroje, a na podorędziu mordercze zaklęcia bojowe. Wszyscy byli ukryci za magiczną zasłoną, która czyniła ich niewidzialnymi dla smoka, ale dwaj magowie bitewni widzieli ich jak na dłoni.

Gdy Falko dobrze się przyjrzał, zauważył, że rozsiane po amfiteatrze kolumny uformowane były z fortysytu. Jeśli przywołanie wymknie się spod kontroli, magowie będą mogli się za nimi schronić. Gdy dotarli do płaskiego kamienia, Galen Thrall wyszedł zza wysokiego na osiem stóp filaru przy Smoczym Kamieniu.

– Witajcie, panowie – rzekł. – Podziwu godna punktualność.

Spojrzał w stronę horyzontu, za który miało się niebawem schować pomarańczowe słońce.

Aurelian potoczył wzrokiem po wielobarwnych chmurach na niebie, ale Falko skupił wzrok na Thrallu. Powietrze wokół wielkiego veneratu wibrowało od nagromadzonej magicznej energii, a jego wodniste oczy wypełniała pogarda. Próbował uniemożliwić Falkowi rozpoczęcie szkolenia i zrobił, co mógł, by nie udał mu się rytuał Assay, ale nawet on nie mógł zamaskować ciekawości. Z ekscytacją oczekiwał rezultatu przywołania.

– Przygotowaliśmy miejsce dla asystenta przywoływacza – oznajmił Thrall, wskazując pusty odcinek półki.

– A co z czarem maskującym? – spytał Aurelian, a mistrz się uśmiechnął.

Mag bitewny miał wiele talentów, ale subtelność magii maskującej była dostępna tylko czarodziejom, którzy poświęcali wiele czasu i starań na jej doskonalenie.

– Nie obawiaj się – rzekł Thrall. – Ukryjemy cię przed spojrzeniem ptero draconis.

Wyraz twarzy Aureliana mówił otwarcie, że nie ufa mu ani trochę, ale wiedział, że nie bardzo ma wybór. Zwrócił się do Falka i położył mu dłoń na ramieniu.

– Sercem, Falko – przypomniał, a uczeń kiwnął głową.

Stary mag bitewny wdrapał się na skałę, by zająć wskazane miejsce nad Smoczym Kamieniem, gdy tymczasem Thrall ogarnął wzrokiem klify wokoło. Magowie po kolei potwierdzali gotowość do rytuału. Wreszcie zatrzymał wzrok na Falku.

– Jesteśmy gotowi, panie Danté.

Falko skłonił się oszczędnie i ostatni raz zerknąwszy na Aureliana, podszedł do krawędzi Smoczego Kamienia. Hełm wciąż trzymał pod pachą i patrzył na rozpościerający się w dole widok. Klif opadał w dół z wysokości tysiąca stóp, nim niższa część zbocza zaczęła się wyrównywać, schodząc łagodniej ku morzu. Słońce zakryły wiszące nad horyzontem chmury, ale niebo nad ich głowami było czyste. Falko przez moment oddychał zimnym górskim powietrzem, gdy wiatr burzył jego długie, ciemne włosy. Czuł się pokrzepiony, mając na sobie zbroję i u pasa miecz.

Nazywał się Falko Danté, był synem Aquili Dantégo i Eleanory Danté. Był magiem bitewnym i przybył po to, by przywołać smoka. Falko ledwie ogarniał umysłem doniosłość tej chwili, wiedział, jak wiele zależy od tego, czy mu się uda, a mimo to czuł spokój.

Odgarnął włosy z twarzy, nałożył hełm i ruszył na środek areny. Potem uklęknął i przyłożył pancerną pięść do kamienia. Zebrawszy całą swoją moc, zamknął oczy i wtedy magia zamrowiła w jego ciele. Trzymał ją mocno, ale tylko przez chwilę. Wypuścił.

Bum!

Cała góra zatrzęsła się od wielkiej kompresji powietrza, gdy cichy głos pomknął w szeroki świat.

Bum!

Kolejny impuls energii, który oszołomił swoją siłą przyglądających się Falkowi magów.

Bum!

Jakby ponad górami przetoczył się cichy grom, echo trzeciego wybuchu odbiło się od ścian klifu.

Falko powoli dźwignął się na nogi. Eteryczny dzwon jego duszy trzykrotnie zbudził się do życia. Czas już wkrótce pokaże, czy Falko spełnił marzenie swego serca, czy też okrutny los pokrzyżował mu plany.

Ale przywołanie się dokonało. Na dobre lub na złe.

Smok został wezwany i teraz mogli już tylko czekać.

Meredith ignorował ból, jadąc wąską górską ścieżką. Koń rżał, gdy jego kopyta ślizgały się na drodze, ale Meredith szarpał za wodze i gnał naprzód. Chrapy zwierzęcia rozdymały się, chciwie zasysając powietrze, i zwierzę wywracało oczami, usiłując wypełnić polecenia tego okrutnego pana, który cuchnął krwią.

Dotarłszy do łańcucha, Meredith zeskoczył z siodła, lecz gdy chciał pobiec dróżką, drogę zagrodzili mu dwaj magowie.

– Przywołanie już się rozpoczęło – rzekł ten po prawej.

– Nie możemy cię przepuścić – dodał ten po lewej.

Nie zwalniając kroku, Meredith ogłuszył jednego, a drugi złożył się wpół pod wpływem ciosu energetycznego w sam żołądek i jęcząc, osunął się na ziemię. Nie poświęcając strażnikom ani jednego spojrzenia, Maredith przemknął między nimi i rozpoczął ostatni etap wspinaczki, choć wiedział, że przybędzie za późno.

Po drugiej stronie szlaku Falko stał już twarzą do morza, gdzie nad horyzontem majaczył odznaczający się na tle jasnego nieba ciemny kształt. Zbyt wielki, by pomylić go z ptakiem. Ów kształt rósł, potężniał i z każdą sekundą stawał się bardziej widoczny. Nie było wątpliwości.

Smok odpowiedział na wezwanie Falka.

79

ZMIERZCH

Natężenie magii wokół Smoczego Kamienia wypełniało powietrze migotliwymi iskierkami. Niecierpliwe wyczekiwanie było niemalże fizyczną, namacalną siłą, odciskającą się w rozbieganych sercach uczestników rytuału. Aurelian wlepił wzrok w wieczorne niebo, rozpaczliwie szukając śladu koloru w niewyraźnej jeszcze sylwetce zbliżającego się prędko smoka.

– Błagam... – wydyszał. – Błagam...

Wiedział, że magowie są przygotowani na najgorsze, ale nie mógł znieść myśli o tym, że Falko miałby zostać zmuszony do zabicia smoka. Coś mignęło na niebie i dał się słyszeć krzyk jednego z czarodziejów:

– Żółty! Błysnęła żółć!

Serce porwało się w duszy Aureliana, lecz gdy spojrzał w dół na Falka, cała jego nadzieja uleciała jak pył niesiony wiatrem. Chłopak stał w pozycji bojowej. Cofnął się na skraj Smoczego Kamienia, uniósł obnażony miecz i podniósł go pod umówionym wcześniej kątem. Był to sygnał dla Aureliana, by wypełnić ostrze energią.

Starego maga bitewnego ogarnęło uczucie, jakby został na świecie zupełnie sam. Otworzył umysł i nasycił ostrze swoją mocą.

Na wszystko, co święte, myślał. Co ja powiem Dwim?

Jeszcze przed zwodniczym błyskiem, który rozpalił w magach fałszywą nadzieję, Falko wiedział, że smok jest czarny. Tak jak wiedział to, zanim dało się dostrzec kolor łusek smoka, który stawił się w Wichrowej Twierdzy na wezwanie Dariusa. Czuł to w swojej duszy i sercu, a wraz z tą wiedzą naparła na niego niszczycielska fala żalu. Stworzenie lecące w jego kierunku powinno być jego towarzyszem życia, towarzyszem broni, lecz przywołany smok był czarny, tak jak czarne było bijące pod pancerzem łusek mordercze serce, i nic nie mogło tego zmienić. Monstrum było coraz bliżej i tak jak poprzednio Falko wyłapał umysłem kłębiące się w nim uczucia.

Zmieszanie... podejrzliwość... nienawiść...

Po co przybył do tego wypranego z wszelkiej nadziei miejsca?

Gdzie jest towarzysz, który go wezwał?

Spojrzawszy w dół na kamień przywołania, smok zawisł w powietrzu, utrzymywany w miejscu uderzeniami potężnych skrzydeł. Był niepewny i ostrożny, ale nie wystraszony. Lecąc wzdłuż linii wybrzeża, widział w dole tysiące ludzi, rojących się jak mrówki pomiędzy kamiennymi murami miasta, lecz tutaj nie było nikogo, tylko wiatr hulał wśród skał rozrzuconych po szerokim pustkowiu.

Więc co on tu robił?

Powoli smok obniżył lot, aż z gracją, panując kompletnie nad swoim wężowym ciałem, osiadł na kamiennym podłożu. Za jego plecami ziała przepaść, a przed nim trzynastu ukrytych przed jego oczami czarodziejów splatało delikatną pajęczynę czarów. Smok niczego się nie spodziewał.

Skryty za magiczną zasłoną Falko patrzył, oniemiały, na cudowne stworzenie, które mu się objawiło: twarde jak stal, połyskujące łuski okrywające muskularne ciało z krwi i kości, rogata głowa i mordercze szczęki, płonące inteligencją ślepia uczynione z ognia i płynnego złota. Ucieleśnienie obsydianowej potęgi.

Prawie nie śmiąc oddychać, Falko zamrugał, gdy zamazała się granica między jego myślami a myślami smoka. Raz jeszcze ogarnęło go współczucie, ale zdławił je. Zebrał się w sobie, otoczył serce twardym pancerzem i zamknął swój umysł na podobne myśli. To właśnie ta słabość doprowadziła do śmierci Dariusa i zniszczenia jego rodzinnej wioski. To właśnie ta słabość złamała wielkiego wojownika Nicolasa Dusaule'a.

Falko wiedział, że jeśli da mu szansę, smok zniszczy ich wszystkich. Gdy poprzednio stanął twarzą w twarz z bestią taką jak ta, był bezradny i nie mógł zapobiec śmierci Dariusa, lecz teraz był magiem bitewnym i nie pozwoli, by historia zatoczyła koło.

Utrzymując pozycję bojową, ściskając w ręku miecz wibrujący od magii Aureliana, czekał, aż smok się zbliży. Jeszcze tylko kilka sekund i będzie po wszystkim. Czuł, jak zaciska się rozpięta przez magów sieć. Wkrótce smok też ją wyczuje i gdy spróbuje się uwolnić, zginie.

Galen Thrall wpatrywał się z niezdrową fascynacją we wspaniałe zwierzę, które wylądowało na Smoczym Kamieniu. Uczestniczył w czterech przywołaniach, ale pierwszy raz w takim, w którym na wezwanie stawił się smok o czarnych łuskach. Wiedział już, że wszystkie opowieści mówiły prawdę.

Było to piękne, potężne stworzenie, najstarsze i najsilniejsze z całego smoczego rodu. Nie było zbyt duże, ale jego postawa dawała pojęcie o tym, jak śmiertelnie groźną jest istotą. Stwór budził jednocześnie przerażenie i podziw. Gdy smok zrobił kolejny krok naprzód, Thrall poczuł, jak czarodzieje z wolna zaciskają swoją energetyczną sieć, gotowi przytrzymać zwierzę, by Danté i magowie wojownicy mogli je wyeliminować. Lecz smok wyczuł, że coś jest nie tak. Wessał powietrze potężnymi chrapami, a zakończony grotem ogon zaczął zagarniać skalne podłoże. Bestia zmieniła pozycję i zastygła w obliczu niewidzialnego niebezpieczeństwa, lecz było już za późno. Sieć była gotowa.

Wspólnymi siłami jedenastu magów zarzuciło ją na smoka, gdy tymczasem Falko ruszył naprzód, unosząc miecz. Thrall uśmiechnął się, gdy jasnoczerwona krew zbroczyła Smoczy Kamień.

Falko nie posiadał się ze zdumienia, widząc szybkość reakcji smoka. Pomimo zwojów pola siłowego, które miało przytrzymać go w miejscu, smok odskoczył, a miecz Falka zostawił na jego szyi jedynie płytkie nacięcie. Bestia zatoczyła się, jakby na jej barkach wylądował olbrzymi ciężar, jej skrzydła naparły na magiczną sieć, ale nie mogły się w pełni rozwinąć. Ogon pozostał jednak wolny i Falko musiał zablokować tarczą mordercze uderzenie ostrego grotu.

Stojący po lewej ręce Falka mag wojownik posłał w stronę smoka grom energii, który naznaczył jego żebra głęboką raną. Smok zwinął się gwałtownie, przez co atak drugiego maga wojownika chybił celu i zostawił po sobie jedynie krater w Smoczym Kamieniu. Smok buchnął ogniem – spaliłby jednego z magów wojowników, który zbyt wolno obłożył się czarem obronnym. Na szczęście Falko mógł teraz rzucać takie zaklęcia samą myślą i mężczyzna nawet się nie wzdrygnął, gdy kolumna ognia rozprysła się o kulę energii, którą otoczył go mag bitewny.

Smok usilnie próbował utrzymać się na nogach, ale magiczna zasłona opadła i widział teraz swoich ciemiężycieli. Chwiejąc się, trafił w skałę skoncentrowanym strumieniem ognia i dwaj magowie musieli skryć się za fortysytowymi filarami.

Utracili koncentrację, ale dziewięciu pozostałych magów to więcej niż dosyć, by poradzić sobie ze smokiem. Thrall miał zamiar zminimalizować ryzyko wiążące się z przywołaniem Falka Dantégo. Pomimo determinacji młodego maga bitewnego wielki veneratu sam przygotował zabójcze zaklęcie ofensywne. Tak wielkie, że jego umysł płonął z wysiłku – tyle kosztowało go trzymanie czaru w gotowości. Obserwując przygniecionego do ziemi smoka, uświadomił sobie, że może nie będzie potrzeby z niego korzystać, lecz nie uwolni zaklęcia, dopóki nie upewni się, że smok nie żyje.

Patrzył, jak Falko odbija kolejne uderzenie ogona i przedziera się przez gorejącą nawałnicę smoczego oddechu, by wrazić ostrze w podstawę szyi. Potężny stwór nie był już w stanie podnieść głowy, ale wciąż ryczał i wył, usiłując się podnieść.

Thrall drżał z niecierpliwości, jego źrenice stały się dwoma punkcikami, drobnymi jak ziarnka piasku. Wątpił, by Falko miał dość siły, by zwalczyć smoka, ale młody mag bitewny zaskoczył go po raz kolejny. Na usta Thralla wystąpił uśmiech, gdy młody Danté odbił w niebo zabójczy atak maga wojownika. Najwidoczniej ten wypłosz w końcu poczuł się do odpowiedzialności. Chciał sam zakończyć nieudane przywołanie.

Aurelian nie mógł patrzeć, jak Falko podchodzi do poskromionego stworzenia. Stary mag bitewny nie krył łez i po raz pierwszy dogłębnie zrozumiał, z jak wielkim ciężarem duszy wiąże się ten czyn, który ograbił Dusaule'a z wiary.

Wszystkie opowieści okazały się prawdziwe.

Choć nie odczytał tego tak dokładnie jak Falko, on również wyczuł, co dzieje się w smoczym umyśle. Smok chciał ich pozabijać, więc nie mieli innego wyjścia, jak tylko zabić go pierwsi, nawet jeśli ten czyn miał złamać im serca.

Spoglądając z wysokości na wspaniałego smoka, mógł tylko patrzeć, jak Falko unosi miecz i wzmacnia magią swoje ramię, by wyprowadzić coup de grâce.

Wątpliwości wrzeszczały w umyśle Falka. Ból szalał w jego duszy i bezowocnie łomotał pięściami w stalowe ściany, którymi Falko odgrodził swoje serce.

Nie wolno! – słyszał wrzask. Nie tak powinno być!

Ale Falko nie miał zamiaru go słuchać. Kiedyś już pozwolił się zwieść fałszywemu współczuciu, a za jego słabość zapłaciło wielu niewinnych ludzi. Falko nie był już słaby, nie padnie już ofiarą głupiej, młodzieńczej naiwności.

Spojrzał na potwora przez szparę hełmu. Smok nadal zmagał się z oplatającymi go magicznymi włóknami. Falko zajrzał w złote oczy, które wciąż jaśniały furią. Nie dopatrzył się w nich uczucia porażki lub błagania o łaskę. Smok patrzył na niego z pogardą i wściekłością, której nie ugasiłby nawet ocean.

Mag wojownik po jego prawej stronie wypuścił z rąk magiczny pocisk, który zabiłby smoka, gdyby Falko pogardliwie nie odbił go mocą umysłu.

To on sprowadził tu czarnego smoka. Więc to on go stąd odeśle.

Miecz śpiewał mocą Aureliana, gdy Falko uniósł go w powietrze.

Czarne smoki to wrogowie rodzaju ludzkiego. Czarne smoki są obłąkane!

– Falko! Nie!

Inny głos nigdy nie zatrzymałby ręki Falka, ale krzyk Mereditha rozbrzmiał w jego głowie jak grom. Zadrżał, porażony jego mocą, zachwiał się, o mało nie upadając. Ale gdy poderwał wzrok na Mereditha, który wpatrywał się z wysoka w Smoczy Kamień, oczy Falka zapłonęły furią.

Przezwyciężenie instynktu, który nie chciał pozwolić mu zabić smoka, kosztowało go wiele trudu. Nigdy nie wybaczy Meredithowi tego, że zmusił go do ponownego dźwignięcia tak wielkiego ciężaru.

– Nie rób tego! – krzyczał Meredith zwykłym głosem, zbiegając po schodach. Był spocony, blady i zbroczony krwią, ale jego słowa dźwięczały wyraźnie wśród skalnych ścian. – Okłamali nas – powiedział, ogarnąwszy wzrokiem magów na skalnych półkach.

– Cisza! – ryknął Thrall, a Meredith zatoczył się, gdy puls mentalnej energii wielkiego veneratu uderzył w jego umysł. – Trwa przywołanie! Nikomu nie wolno dotknąć Smoczego Kamienia!

Falko wbił wzrok w Mereditha. Za nic nie chciał poddać się wątpliwościom, które osłabiały jego postanowienie, ale nie mógł zignorować rozpaczliwej nuty prawdy w głosie młodego maga. Raz jeszcze spojrzał na smoka i opuściło go całe zdecydowanie.

– Pozwól mu mówić! – ryknął Aurelian, a Meredith dalej schodził po schodach, aż stanął na równi ze Smoczym Kamieniem.

Łypnął na rozciągniętego na nim smoka, usiłując ignorować palący żar lejący się z oczu Thralla. Wszystkie jego myśli skierowane były na Falka.

– Wielkie Opętanie to kłamstwo – powiedział. – To wszystko nieprawda. – Falka zamurowało. A Meredith wwiercił się wzrokiem w Galena Thralla. – To nie smoki uległy opętaniu. Tylko magowie.

W drążących Mereditha oczach wielkiego veneratu zajaśniała obietnica zemsty. Pomyśleć, że to jeden z braci zdradził czarodziejów przed otępiałymi głupcami, którzy przyrzekli wierność tronom tego świata. Młodego Sakera zaledwie tygodnie dzieliły od zakończenia nauki i złożenia ślubów całkowitej lojalności wobec magów. Lecz do tego czasu nic nie mogło powstrzymać go od mielenia zdradzieckim jęzorem.

Thrall telepatycznie wydał nowe rozkazy magom obstawiającym Smoczy Kamień. A gdy Meredith zdradzał ich tajemnice, pozwolił morderczemu zaklęciu, które trzymał w pogotowiu, wypłynąć na powierzchnię jego umysłu.

Falko gapił się na Mereditha, jakby nie rozumiał słów, które ten właśnie wypowiadał.

– Smoki, Falko – przekonywał Meredith, chcąc przebić się przez mur zimnej obojętności, którym Falko otoczył swoje serce. – To smoki znają prawdę. – Dotarłszy do Smoczego Kamienia, opłynął wzrokiem wspaniałe stworzenie, które wciąż mocowało się z magiczną siecią. – Nie uczą się nawzajem historii, jak my to robimy – ciągnął. – One jej doświadczają. W miarę jak się starzeją, coraz dalej sięgają pamięcią w przeszłość. I dopiero gdy stają się czarne ze starości, przypominają sobie Wielkie Opętanie. – Oczy Mereditha zaszły łzami. – Czarne smoki nie nienawidzą nas dlatego, że są obłąkane. Tylko dlatego, że pamiętają, że to my zwróciliśmy się przeciwko nim. – Falko zamrugał i pokręcił głową, gdy fragmenty układanki zaczęły składać się w klarowny obraz. – Magowie je zabili. Zabili je wszystkie.

Falko sięgnął do czoła ręką, do której wciąż miał przytroczoną tarczę.

Nagle jego umysł ogarnął nieopisany, płomienny gniew.

Widział miejsce w górach, wielką misę wyrzeźbioną w skale. Ciemne chmury kotłowały się wysoko na niebie, a wiatr wył, gdy na okolicznych skałach pojawiły się setki magów. Ziemia usiana była trupami. Dziewiętnastu wojowników w zbrojach. Dziewiętnastu magów bitewnych. Martwych. Ich ciała nie nosiły śladów mordu, jeśli nie liczyć ciemnego koloru warg.

Falko wzdrygnął się przed napływem wspomnień, które nie należały do niego.

Ogień i błyskawice wybuchły wokół niego, gdy magiczna siła zajaśniała w powietrzu, a wiatr poniósł ze sobą fetor śmierci. Smoki, jego bracia, podjęły walkę, choć oszołomił ich żal i zdumienie. Walczyły i zabijały dziesiątkami, ale magów było zbyt wielu i byli zbyt dobrze przygotowani, zanadto ogarnięci niezachwianym przekonaniem, jakie cechuje wszystkie opętane umysły, umysły pchnięte do zabijania przez trucicielskie oszustwo profety Syballiana.

Falko nieomal ugiął się pod ciężarem tej gwałtownej nienawiści, gdy wśród skał poniosło się echo głosu Thralla, wypełnionego zajadłą pogardą.

– Co się stało, to się stało! – wrzeszczał. – Jakie to ma teraz znaczenie? Ich nienawiść do nas nigdy nie ustanie. – Jego rozogniony wzrok spoczął na bezradnym smoku. – Zabiją nas wszystkich, chyba że my zabijemy je pierwsi.

Głos veneratu był podszyty szaleństwem zdolnym przyćmić chaos w umyśle czarnego smoka. Falko starał się ogarnąć ogrom prawdy wygłoszonej właśnie przez Mereditha. Nieopisany akt masowego morderstwa, uknutego w sekrecie i przykrytego kłamstwami spiętrzonymi na przestrzeni czterystu lat.

Wolno schował miecz do pochwy.

Te kłamstwa sprzedawano królom i królowym, a ceną była utrata połowy świata, ale Falko nie mógł teraz myśleć o niczym innym, jak tylko o własnym bólu. Niemalże bezgłośnie zadał pytanie, które przejmowało Mereditha trwogą.

– A mój ojciec?

Serce młodego Sakera pękło ze wstydu, wiedział już bowiem, że jego rodzony ojciec odegrał rolę w zabiciu Aquili Dantégo.

– Zanadto zbliżył się ze swoim smokiem – odpowiedział Meredith. – Zbyt wiele się dowiedział. – Meredith zdawał sobie sprawę, ile cierpienia jego słowa przysporzą Dantému, ale Falko musiał usłyszeć od niego jeszcze tylko jedno. – Symeon o tym nie wiedział – zakończył, mając tylko nadzieję, że Falko wciąż go słyszy.

Symeon nie wiedział.

Słowa odbiły się echem w głowie Falka niczym klątwa nieżyjących od dawna duchów.

Symeon nie wiedział.

Symeon le Roy, człowiek, który go wychował, zmuszony do zabicia swojego najlepszego przyjaciela. Przez kłamstwa magów. Próżnia wyjałowionej duszy Falka wypełniła się nagle pamięcią o długich latach cierpienia i pogardy, fala naparła na niego, by go pochłonąć, rozedrzeć na strzępy jego umysł i serce.

Przez całe życie przerażała go myśl, że stanie się swoim ojcem: szaleńcem i mordercą. Ale nie było w tym słowa prawdy.

Symeon nie wiedział.

Stojący na Smoczym Kamieniu mag bitewny Falko Danté zacisnął pięści. Zacisnął je, a wibrujące uczucie mocy przepłynęło przez całe jego ciało. Zacisnął je mocno, a wibracje przeszły w złowróżbny pomruk. Pomruk przeistoczył się w jęk, a sieć pętająca smoka zaczęła się rozpuszczać, gdy nienawiść Falka wyciekła z niego i skaziła świat.

– Co ty robisz! – krzyknął Thrall, gdy gniew maga bitewnego rozproszył pętające smoka zaklęcie.

Falko zacisnął pięści, a smok zaczął podnosić się z ziemi.

– Ty głupcze! – wołał Thrall. – Zabijesz nas wszystkich!

Ale Falko nie dbał już o tak przyziemne sprawy. Malstrom zdrady, śmierci i straty szalał w jego umyśle. Jeśli czekała na niego śmierć, niech się nie krępuje. Zasługiwał na nią.

Falko zacisnął pięści i smok był wolny.

– Zabić go! – krzyczał Thrall. – Zabić go, natychmiast!

Trzynastu magów rzuciło trzynaście morderczych zaklęć.

Ale Falko już powziął postanowienie. Smok nie zostanie zabity. Odbił i zablokował zaklęcia mocą umysłu. Lecz nawet jego umiejętności obronne okazały się niedostateczne, by poradzić sobie ze wszystkimi pociskami. Smok ryknął, gdy kilka gromów magicznej energii zerwało mu łuski z ciała.

Chłopak sięgnął umysłem i pochwycił jednego z magów wojowników, a potem szarpnął nim i uderzył jego głową o fortysytową kolumnę. Okręcił się w miejscu i otoczył drugiego sferą energii w tym samym momencie, w którym mężczyzna rzucał kolejne zaklęcie. Mag wojownik wrzasnął, gdy jego własny ogień wybuchł mu w twarz.

Reszta magów nie przerywała ostrzału, ale nie byli tak silni jak dwaj powaleni magowie wojownicy, a uwolniony smok sam potrafił się bronić. Skoczył w powietrze i zalał obszar skały strumieniem ognia. Dwaj mężczyźni z pewnością by umarli, gdyby nie rozpięły się nad nimi kopuły magicznej energii. Smocza głowa zwróciła się w kierunku nowego gracza, który włączył się do bitwy, a jego ślepia znalazły jednoręką postać Aureliana Cruza.

Czerwone od łez oczy Aureliana zajrzały głęboko w ślepia smoka, który sposobił się, by go zabić. Stary mag bitewny nie miał siły się bronić po wszystkim, co usłyszał.

Falko poderwał wzrok na smoka lecącego w stronę Aureliana. Ujrzał, że nabiera tchu.

– Nie! – zawołał i wielkim wysiłkiem woli zestrzelił smoka na ziemię.

Smoczy Kamień zadrżał w posadach, gdy zwaliło się na niego potężne cielsko. Z szybkością wielkiego kota potwór stanął na nogach, okręcił się i uderzył w Falka burzą płomienia, która rzuciła go na kolana. Drugie uderzenie posłało go w powietrze, a cios ogona upuścił mu krwi, gdy grot na jego końcu natrafił na lukę w pancerzu. Dwa nieudane ataki magów rozproszyły uwagę bestii, ale buchnięcie płomieni kazało im schronić się za filarami z fortysytu.

Oszołomiony atakami Falko zerwał się na nogi, gdy smok ponownie wziął go na cel. Nie miał zamiaru dobywać miecza, nie chciał zasłaniać się tarczą ani defensywnymi czarami.

Oni zabili smoki, ich największych sprzymierzeńców, ich bratnie dusze.

Falko może i był tylko jednym człowiekiem, którego poniosły skłębione fale rozpaczy. Ale był człowiekiem. I gdyby teraz przystąpił do walki, stałby się współwinnym zbrodni, która zerwała więź między dwiema wielkimi rasami.

Gdy smok cofnął się o krok, Falko opuścił ramiona i uniósł głowę. W pozbawionym wyrazu pustym spojrzeniu nie dało się znaleźć wymówki lub błagania o łaskę. Jaśniał w nim tylko wstyd i smutek, i niemożliwy do ugaszenia płomień żałości.

Smok zamarł.

Wrogość wobec rodzaju ludzkiego była uczuciem tak silnym, że żadne inne nie mogło się z nim równać. Smok nigdy nie podawał go w wątpliwość, nie powściągał własnej nienawiści, nie znajdował powodów do jej odrzucenia. A mimo to znieruchomiał. Do jego własnego umysłu napłynęły obrazy, których nigdy wcześniej nie widział. Przedstawiały smoka, który mógł kiedyś być czerwony, oraz duszę, która walczyła u jego boku. Ujrzał człowieka, który jest wściekły na krzywdę, jaką wyrządzono nie tylko smokom, ale też Wielkim Duszom w ludzkich ciałach. Zobaczył, jak smok oraz człowiek ruszają razem do bitwy, by pogodzić teraźniejszość z przeszłością. Bitwa została przegrana, ale gdy smoka i człowieka spowiła ciemność, pojawił się obraz małego chłopca stojącego pośród płonących ruin swojego domu.

Smok zastygł z rozpostartymi skrzydłami i obnażonymi pazurami, zaglądając w zwierciadło własnej duszy.

Na skalnej półce ponad Smoczym Kamieniem skryty za fortysytową kolumną Galen Thrall mruczał słowa niszczycielskiego zaklęcia, zawierając w nim całą swoją moc i całą nienawiść. A potem zamknął woskowozielone oczy, wziął głęboki wdech i przygotował się do uderzenia.

Zagubiony we własnym cierpieniu Falko utkwił wzrok w złotych oczach smoka. Był gotowy na ostateczny cios bestii, ale ten nie nadchodził. Wspomnienia ojca kłębiły się w jego umyśle, zmieszały z tymi o jego smoku, zespoliły się razem tak bardzo, że nie sposób było oddzielić ich od siebie. Przez moment płonęła w nim iskierka nadziei, niczym wątły, zawieszony w przestrzeni most, którym mogliby cofnąć się znad krawędzi zguby. A potem poczuł falę woli Galena Thralla i splatające się mordercze zaklęcie.

Z rykiem pierwotnej furii Falko okręcił się i wyrzucił ręce w przód, a wielki jak całe ludzkie życie pocisk energii wystrzelił z jego dłoni i zalał arenę oślepiającym blaskiem. Ognisty grom rozdarł powietrze i strzaskał fortysytową kolumnę, za którą Galen Thrall kończył tkać zaklęcie. Ale wielki veneratu nie zdążył wymówić ostatniego słowa, które posłałoby je w kierunku smoka. Gilotyna światła grzmotnęła go w pierś, przedarła się przez żebra, płuca i kręgosłup. Jego martwe ciało wytoczyło się z ukrycia, znieruchomiały źrenice jego wodnistych, zielonych oczu.

Część kolumny powyżej wyrwy wciąż stała pionowo. Jedyna substancja zdolna oprzeć się magicznej energii została przecięta mocą wściekłości osieroconego dziecka.

Na Smoczym Kamieniu zaległa cisza, gdy do tych, którzy przeżyli starcie, dotarło, co się przed chwilą wydarzyło.

Najczcigodniejszy mistrz magów legł martwy.

Wszystkie oczy zwróciły się na Falka, lecz tylko smok ujrzał go naprawdę.

Stworzenie spoglądało w oczyszczający się umysł młodzieńca, który powoli zaczynał rozumieć, co właśnie uczynił. Strach przed przemianą we własnego ojca pieczętował prawdziwą moc Falka. Całe jego życie było naznaczone stygmatem szaleństwa i zbrodni, lecz teraz wiedział już, że jego rozumienie tych spraw nie miało nic wspólnego z prawdą. Jego ojciec wcale nie był mordercą, zabijał jedynie w obronie własnej.

Ale co z nim?

Czy mógł tylko zablokować czar wielkiego veneratu? Czy stracił nad sobą panowanie w gniewie?

Czy zabił w złości?

Czymże to było, jeśli nie morderstwem?

Wszystkie oczy zwrócone były na Falka, lecz tylko smok zaglądał w jego duszę. Smok widział, jak zrozumienie formuje się w umyśle tego człowieka, jak kwitnie w nim skrucha, jak zatruwają go wyrzuty sumienia. Po tylu latach strachu i hamowania się Falko wreszcie odblokował swoją moc tylko po to, by stać się tym, kim nigdy nie był jego ojciec. I nie mógł tego znieść.

– Falko! Nie!

Meredith krzyczał, a Aurelian zaczął formować czar, który zdołałby go powstrzymać, lecz obaj się spóźnili. Z przekonaniem dorównującym bezmyślnej furii Opętanych Falko puścił się biegiem przez Smoczy Kamień i skoczył w gościnne ramiona śmierci.

· CZĘŚĆ IV ·

ODKUPIENIE

80

WIELKI WÓDZ

Nie! – zawołał Aurelian, gdy Falko rzucił się w przepaść.

Ale gdy tylko chłopak zniknął za krawędzią, w ślad za nim pomknął skrzydlaty cień.

Bo podczas gdy wszyscy jedynie patrzyli na Falka, smok wejrzał w jego duszę. Widział, jak burza uczuć rozdziera jego umysł, aż we wnętrzu nie ostało się nic poza ślepą, niemożliwą do zniesienia żałością. To surowe, nagie uczucie wstrzymało łapę smoka, przedarło się przez jego własne szaleństwo i rozwiało mgłę nienawiści. Było podobne do tego, które ocaliło smokowi życie. Zaś naczynie mieszczące to uczucie pomknęło właśnie na spotkanie śmierci.

Gdy Falko zerwał się do biegu, smok już unosił skrzydła. Wciąż był zdezorientowany i w dalszym ciągu płonął gniewem, lecz w końcu rozpoznał brata, który go przywołał, który ocalił go z sieci czarodziejów i zabił mistrza, który z pewnością pozbawiłby go życia.

Gdy Falko skoczył ze Smoczego Kamienia, smok rzucił się za nim. Obracając się w powietrzu, trzepnął potężnie skrzydłami i zwiększył prędkość, mknąc ku człowiekowi spadającemu w kierunku osypiska rozproszonego u stóp skały. Smok nie miał już czasu, by machnąć skrzydłami po raz drugi. Zwinął je więc, zacisnął łuski i zapikował z szybkością polującego jastrzębia. Wiatr świszczał, opływając krzywiznę jego ciała, gdy grunt z oszałamiającą szybkością pędził mu na spotkanie.

Sto stóp nad potrzaskanymi skałami smok złamał lot i złapał w powietrzu opancerzone ciało. Nie było czasu na delikatność. Chwycił człowieka za ramiona, wpasowując szpony w szczeliny pancerza, a potem rozłożył skrzydła, by wyhamować. Ale był zbyt nisko i nie udało mu się całkiem uniknąć zetknięcia ze skałą i trawiastym wybrzuszeniem ziemi.

Wzbijając chmurę skalnych drobin i pyłu, ciało Falka musnęło grunt, gdy smok z wysiłkiem szukał oparcia w powietrzu. Skręcił ostro w prawo, by nie uderzyć Falkiem o skały, ale przez to nie miał dość miejsca na manewrowanie drugim skrzydłem i mógł tylko bezwładnie mknąć w kierunku zbliżającego się groźnie zbocza. Wiedząc, że nie zdoła zwiększyć wysokości, obrócił się w powietrzu grzbietem do ziemi i przygarnął bezwładne ciało Falka do piersi.

Potężna bestia uderzyła o zasypane skalnym drobiazgiem zbocze i zjechała po nim na równy grunt, by zatrzymać się w kraterze w chmurze kamiennego pyłu.

Aurelian i Meredith spojrzeli z przerażeniem w dół i zobaczyli, jak czarny smok okręca się w powietrzu, zwija w kulę lśniących łusek i uderza w pochyłe zbocze góry. Siła tego zderzenia posłała w niebo szarą chmurę pyłu, która zasłoniła im widok. Ze zmrożonymi w piersiach sercami czekali, aż wiatr rozpędzi tę mgłę.

Tysiąc stóp pod nimi wicher szarpnął szarym całunem i przegnał go przez dolinę. I wówczas ujrzeli, jak czarny smok podnosi się z ziemi. Przez chwilę patrzył na coś leżącego na skalnym podłożu, a potem pochylił głowę i otoczył to coś skrzydłami, jak orzeł, który broni upolowanej przez siebie zwierzyny. Następnie zmienił pozycję i poderwał na nich wzrok. Jakiś czas spoglądał na dwóch ludzi, jakby chciał zapamiętać ich twarze; ślizgał się po nich bystrym, jastrzębim spojrzeniem. A potem rozwinął skrzydła i wzbił się w niebo.

Wciąż był zbyt daleko, by Aurelian i Meredith mogli dostrzec coś poza jego zarysem, ale gdy bestia wzbijała się coraz bliżej, zobaczyli, że łapami tuli coś do łuskowatej piersi. Wzniósłszy się na odpowiedni pułap, smok odleciał na północ. Stali, wczepieni w niego wzrokiem, dopóki nie zniknął za rogiem góry, zostawiając po sobie pusty przestwór nieba.

Zanim zdążyli porozmawiać czy choćby ogarnąć wszystko, co się wydarzyło, usłyszeli za sobą kroki. Na Smoczym Kamieniu stali magowie. Zaszokowani, wystraszeni i niebezpieczni.

– Wielki veneratu nie żyje – powiedział jeden z nich.

– Zabił go Danté – dodał kolejny.

– A ty jesteś zdrajcą – rzucił trzeci, wwiercając się wzrokiem w Mereditha.

Na kamiennych półkach dźwigał się na nogi mag wojownik. Jego ubranie było czarne, a ciało poparzone ogniem jego własnego zaklęcia. Potrzebował lekarza, ale magowie nie potrafili teraz myśleć o niczym innym poza śmiercią Thralla i rewelacjami Mereditha.

– Nie wolno ci nikomu o tym powiedzieć – powiedział drugi mag wojownik. – Naraziłbyś swoich braci na niebezpieczeństwo.

– Magowie nie są moimi braćmi – wycedził Meredith.

Atmosfera na arenie zmroczniała i nie miało to nic wspólnego z zapadającą nocą. Magowie uformowali przed nimi szyk, zdrowy mag wojownik dobył miecza.

– Dość! – ryknął Aurelian, a w jego dłoni urosła momentalnie kula płomienia.

Twarz miał umazaną łzami, a głos napięty przez wszystko, co się tu wydarzyło, i wszystko, czego się dowiedział.

– Pójdziemy sobie teraz – wyrzęził. – Ktokolwiek spróbuje nas powstrzymać, popełni wielki błąd.

Magowie cofnęli się, widząc gniew malujący się na twarzy Aureliana. Mag bitewny ruchem kikuta popędził Mereditha naprzód. W drugiej ręce wciąż trzymał ognistą kulę. Gdy doszli do schodów wiodących ze Smoczego Kamienia, Meredith potknął się – wreszcie dopędziło go zmęczenie z całego dnia.

– Co ja zrobiłem? – spytał, gdy adrenalina wysączyła się z jego krwiobiegu i zaczęły mu świtać w głowie możliwe konsekwencje własnych czynów.

– Odkryłeś prawdę i uratowałeś życie dwóm Wielkim Duszom – rzekł Aurelian, zawieszając sobie Mereditha na ramieniu, gdy ten znowu się potknął.

– Ale Thrall...

– Wielki veneratu przepadł już dawno temu – rzekł Aurelian, myśląc o tym, jak dogłębnie zepsuci byli magowie. Moc Opętania nie umarła wraz z profetą Syballianem. Tamtego dnia zaległa cieniem w umysłach czarodziejów. To wyjaśniało ich odwieczną niechęć do magów bitewnych i smoków, które ich nosiły. Wyjaśniało ich opory przed wspieraniem władców w wojnie przeciw Opętanym. I tłumaczyło instynktowną nieufność ludzi do magów. Przy całej swojej przenikliwości magowie bitewni nie docenili przeczucia prostego człowieka.

– Ale dokąd pójdziemy? – wymamrotał Meredith, jakby dopiero sobie to uprzytomnił. – Nie mogę przecież wrócić do wieży... Co ja powiem ojcu?

– Nie martw się – rzekł Aurelian, gdy zobaczyli przed sobą przywiązane do łańcucha konie. – Wiem, dokąd możemy się udać.

– Dokąd? – krzyknął Meredith głosem podszytym histerią. – Jak niby umkniemy przed nimi?

– Pójdziemy do królowej – powiedział Aurelian. – Ona będzie wiedziała, co zrobić.

I niech jej niebiosa strzegą, dodał w myślach Aurelian, pomagając magowi dosiąść konia. Królowa nosiła na plecach troski całego świata, a on miał zamiar przyprowadzić chaos pod jej drzwi.

Królowa spojrzała na młodego mężczyznę, śpiącego w jej łożu na splamionej krwią perłowobiałej poduszce.

– Czy wróci do zdrowia? – spytała, gdy Aurelian odsunął się od leżącego.

– Trudno powiedzieć. Wiele wycierpiał, a teraz odciął się od wszystkiego, co wiedział.

– Mam nadzieję, że jednak nie od wszystkiego – powiedziała królowa, a Aurelian przekrzywił głowę.

Przypomniał sobie niezręczne początki przyjaźni Mereditha z Falkiem, Malakim i Bryną. Wiedział, że Dwimervane zawsze lubiła młodego maga. Meredith rozluźnił stosunki z ojcem i czarodziejami, ale bynajmniej nie był na świecie sam.

Patrzyli oboje na jego bladą twarz, potwornie okaleczoną własnymi rękami pod wpływem brata Pacatosa. Nadworny lekarz zrobił, co mógł, by przyszyć z powrotem oderwany płat skóry, ale Meredith do końca swoich dni będzie nosił brzydką bliznę.

Milczeli chwilę, a potem królowa powiedziała:

– I twierdzisz, że Falko żyje?

Aurelian zamyślił się i pokiwał głową.

– Tak uważam. Smok wyraźnie próbował go ratować.

– Ale dokąd go zabrał?

– W bezpieczne miejsce – rzekł Aurelian, wróciwszy myślami do chwil, gdy Dwimervane w podobny sposób ratowała jego przed niebezpieczeństwem.

– A co z tobą? Czy na pewno będziesz bezpieczny w swojej chacie?

– Magowie mają większe zmartwienia niż jeden stary mag bitewny – powiedział Aurelian. – Na przykład jak usprawiedliwić swoje oszustwo.

– A co z Nicolasem?

Aurelian pokręcił głową, myśląc o tym, jak powiedzieć o wszystkim Dusaule'owi. Jak wytłumaczyć człowiekowi, że niepotrzebnie dokonał czynu, który złamał mu serce.

– Lepiej już pójdę – rzekł głosem zaprawionym zmęczeniem. – Przyjaciele Falka pewnie zastanawiają się, dlaczego nie wraca.

Skłoniwszy się, opuścił komnatę, a królowa utkwiła wzrok w zamkniętych drzwiach. Po chwili do środka wszedł nimi Cyrano. Doradca przeżył szok, gdy królowa kazała umieścić rannego mężczyznę w swoich prywatnych komnatach, lecz gdy dowiedział się prawdy, musiał przyznać, że trudno o bezpieczniejsze miejsce. Wciąż zmagając się z odkrytą przez Mereditha prawdą, podszedł i stanął przy królowej.

– Co teraz zrobisz, pani? – spytał.

– Nie wiem – odparła, a Cyrano spojrzał na nią z ukosa.

Był pod wrażeniem, gdy ze spokojem wysłuchała opowieści Mereditha, choć wiedział przecież, że płonie gniewem. Teraz musiała znaleźć jakąś odpowiedź na pytanie, co robić dalej.

– Chciałabym, żeby był tu Chevalier – zwierzyła się królowa. – On wiedziałby, jak postąpić.

Głos królowej tchnął samotnością, co nie uszło uwadze Cyrana.

– Kto wie, może lepiej, że go nie ma – odparł ku jej zdumieniu. – Bo pewnie teraz zbieralibyśmy trupy magów ze Smoczego Kamienia.

Odetchnął, gdy królowa zareagowała śmiechem.

– Może masz rację.

– Wciąż uważasz, że powinniśmy powiedzieć ludziom?

Władczyni potwierdziła skinieniem.

– Mają prawo znać prawdę.

– Będą kłopoty.

– Doprawdy? – sarknęła królowa. – Większe niż czterysta lat zajadłej opozycji, zabijania niewinnych smoków i magów bitewnych, którzy mogli nas uratować?

Cyrano pochylił głowę. Podobnie jak ona, sam nie potrafił objąć rozumem skali tego odwiecznego oszustwa, ale nie sądził, by plądrowanie wież i lincze na setkach czarodziejów pomogły w wojnie z Opętanymi. Gniew królowej był wypisany na jej twarzy grubymi liniami. Ale Cyrano wiedział, że ukryty za nią umysł pracuje już nad rozwiązaniem. Miał pewność, że władczyni nie zrobi nic pochopnie, ale chciał też wiedzieć, co dokładnie zamierza i czy on sam ma kazać posłać na ulice więcej strażników.

– A więc powiesz im? – indagował.

– Nie – odparła królowa i spojrzała na Mereditha. – Nie ja. On.

– Mówisz poważnie? – zdumiał się Cyrano, ale dostrzegł błysk w oku królowej. Nic nie wskazywało na to, by żartowała.

– Wiesz, co znaczy jego imię? – spytała, a doradca tylko na nią patrzył. – Meredith. To w starym valenckim „wielki wódz".

Cyrano zsunął się wzrokiem na pogrążonego we śnie mężczyznę.

– Jeśli magowie mają przetrwać, potrzebny im będzie nowy przywódca – podjęła władczyni, gdy plan powoli układał się w jej głowie. – Ktoś, kto zaskarbi sobie zaufanie ludzi. Nie znam lepszego kandydata na to stanowisko niż czarodziej, który miał dość odwagi, by obnażyć ich kłamstwa.

Cyrana zaskoczył ten pomysł, ale zaraz przypomniał sobie, co królowa mówiła przed chwilą o Chevalierze. Potrząsnął głową, zrozpaczony.

Tak jest, pomyślał. Dokładnie takie rozwiązanie zasugerowałby Chevalier.

81

POJEDNANIE

Do świadomości Falka przebił się ból prawego barku i lewej ręki. Barbuta krzywo leżała mu na głowie, ale mięśnie szyi zaprotestowały, gdy ruszył nią, by poprawić hełm. Zamrugał oczami, chcąc pozbyć się mgły, która zasnuwała jego pole widzenia, i zorientować się, gdzie właściwie jest. Była noc. Leżał na nagiej skale, połyskującej w łagodnym świetle księżyca. Próbował się poruszyć, ale bolało go całe ciało. Czuł się tak, jakby ktoś spuścił mu lanie. Miał niejasne wrażenie, że stracił przytomność. Jego myśli i wspomnienia były zamazane. Ostatnią rzeczą, którą pamiętał, była wyprawa w góry z Aurelianem.

Odważył się poruszyć delikatnie głową, by spojrzeć na swoją lewą rękę. Okazało się, że zaplątała się w rzemienie tarczy i leży wygięta pod nienaturalnym kątem. Zassał powietrze z bólu, gdy poprawił się na skale, i wreszcie ją wyswobodził. Zdjąwszy rękawicę, spróbował poruszyć palcami. Były sztywne i odrętwiałe, ale dłoń zamykała się i otwierała, więc chyba nic sobie nie złamał.

Syknął, czując ból w prawym ramieniu. Wsunął dłoń pod zbroję i wyczuł lepką wilgoć. Krew.

Zrzucił drugą rękawicę, sięgnął do szyi i mozolił się chwilę z zapięciem hełmu. Wysunął pasek ze sprzączki i zdjął barbutę z głowy, a zimne nocne powietrze schłodziło mu spoconą twarz i mokre włosy. Lewa strona jego twarzy bolała, jakby ktoś go uderzył. Ostrożnie dotknął kości policzkowej i nosa. Znów miał szczęście, żadnych złamań. Ale wymacał więcej krwi wokół nosa i ust. Oddychając miarowo i zmagając się z zawrotami głowy, odsunął włosy z twarzy i potoczył wzrokiem po dalekim górskim krajobrazie. Był wysoko w górach, bardzo wysoko. Odepchnął się od ziemi i podniósł na kolana. A potem zamarł.

Nie był sam.

Czując przypływ adrenaliny, zerwał się na nogi i dobył miecza, nie zważając na ból, który zapalił się na nowo w prawym ramieniu. Czarny smok. Niespełna dziesięć stóp od niego. Spoglądał na niego oczami koloru roztopionego złota, wcielenie boga ciemności.

Dopiero teraz przypomniał sobie wszystko.

Nieznośna nadzieja i rozpaczliwy strach przed finałem przywołania. Mocne postanowienie, by posłać za morze czyste, uczciwe wołanie, a potem niecierpliwe oczekiwanie i niepewność, czy ktoś w ogóle na nie odpowie. Szalone rozczarowanie, które poraziło go, gdy wyczuł w dali czarnego smoka. Oszustwo, przemoc, a potem prawda, która trafiła go w samo serce.

Smutek, rozpacz.

Nieznośny, domagający się ujścia gniew, który popchnął go do morderstwa.

Krzyknął z boleścią, a miecz wysunął się z jego palców. Pamiętał, że usiłował uśmierzyć ból, ale mu się nie udało. Falko padł na kolana, przycisnął czoło do skały i zapłakał. Opłakiwał los smoków i swojego ojca, Dariusa i Symeona, wszystkich tych, którzy zapłacili najwyższą cenę za kłamstwa magów.

Wreszcie płakał nad samym sobą. Pragnął z całego serca, by smok po prostu go zabił. Lecz wówczas wyczuł jakiś ruch i poczuł dotyk na głowie.

Nie tylko on ronił łzy.

Falko poczuł obezwładniającą falę uczuć, gdy rogata głowa smoka dotknęła jego własnej. Wszystkie emocje rwące mu duszę na strzępy przeglądały się w umyśle stworzenia jak w zwierciadle. Nie umiał odróżnić jednych od drugich. Zamęt i zgiełk ustały, aż został tylko smutek. Ledwie kilka godzin temu próbowali się pozabijać, powodowani nienawiścią w swoich sercach. Lecz ich losy splotły się ze sobą na długo przed tym, jak się spotkali, a teraz, wysoko w górach na północy Clemoncé, dwie Wielkie Dusze pojednały się ze sobą.

Smok powoli odciągnął głowę. Uniósł ją i zamknął oczy, a Falko wzdrygnął się, gdy sprężyło się powietrze i cichy grom przetoczył się po jego umyśle. I wówczas zrozumiał, że przywołanie smoka nie jest jedynie uderzeniem w jakiś eteryczny dzwon, lecz powinnością.

Moje życie,
moją siłę,
moją duszę dzielę z tobą.

Falko wysłał wiadomość w świat, a teraz odpowiedział na nią smok.

Bum!

Dziki człowiek skrył się w swojej nawiedzonej, mrocznej jaskini wysoko w illycyjskich górach.

Zdyszany i spocony uzdrowiciel zbudził się z niespokojnego snu w oliwnym gaju w Thraecji.

A stary rybak stojący na surowym wybrzeżu Beltane spojrzał hen, w morze, gdy bezlitosne fale przeszłości naparły na jego duszę.

W dalekim kraju, który leżał za Nieskończonym Morzem, również dało się słyszeć odpowiedź smoka.

I odpowiedź trzech innych smoków, które dotychczas jej nie udzieliły.

82

SYDIAN

Bezchmurna noc ustąpiła przed wilgotnym porankiem i miasto Furia parowało w smugach słonecznego światła, przesączającego się przez rzednące chmury. Cyrano stał wraz z królową na wychodzącym na wschód balkonie, przylegającym do jej prywatnych komnat. Wrócił właśnie od nadwornego gołębiarza, który odebrał wiadomość z Valencji. Zawierała ona ważne wieści, ale na razie królewski doradca ukrywał ją w zaciśniętej dłoni. To nie był dobry moment, by podzielić się nimi z królową. Obrzucił ją zmęczonym spojrzeniem. Monarchini stała nieruchomo, oparta o balustradę, ze zmrużonymi oczami i zaciśniętymi zębami, włosami wciąż wilgotnymi po porannym deszczu. Spoglądała na miasto spowite dymem.

Nikt nie wiedział, z jakiego powodu wszczęto zamieszki. Niektórzy twierdzili, że w nocy pojawili się w mieście magowie, którzy zaczęli rozsiewać plotki o zamordowaniu wielkiego veneratu. Inni utrzymywali, że do miasta przyszedł szalony starzec, nagi i umazany popiołami, który zaczął krzyczeć coś o zdradzie i kłamstwach. Ludzie twierdzili, że magowie zjawili się, by go usunąć, ale ranili dwie kobiety, które usiłowały interweniować. Niezależnie od tego, jak to się zaczęło, przed dziewiątym dzwonem poranka liczba ofiar sięgnęła dwunastu i płonęło wiele budynków, wypełniając niebo nad stolicą ciemnymi chmurami dymu.

– Czy zamieszki się rozprzestrzeniają? – chciała wiedzieć królowa.

– Nie – odrzekł Cyrano. – Udało się ograniczyć je do wschodniej dzielnicy, ale straż miejska została postawiona w stan gotowości.

– Nie wysyłaj jej na ulicę, póki nie powiem – rzekła królowa, a Cyrano zorientował się po brzmieniu jej głosu, że próbuje opanować złość.

Nie dziwił go już chłodny spokój, z jakim radziła sobie z podobnymi sprawami. Bardziej nerwowy władca już dawno kazałby straży stłumić rozruchy, ale obydwoje pamiętali rady starego króla, który powtarzał, że w takich sytuacjach najważniejsze to nie dolewać oliwy do ognia.

Na razie gniew tłumu zwrócony był przeciw magom oraz pracującym dla nich rzemieślnikom i usługodawcom ze wschodniej dzielnicy: aptekarzom, alchemikom, krawcom, skrybom i introligatorom. Gdyby wmieszali się żołnierze, tłum prędko obdzieliłby gniewem także urzędników miejskich i wszystkich, których uznałby w jakiejś części za odpowiedzialnych za trudy zwykłego obywatela.

– Czy znają prawdę? – spytała królowa.

– Po mieście krążą różne jej wersje zaprawione plotkami – odrzekł Cyrano. – Ale rozumieją, że zostali zdradzeni.

– To wszystko moja wina. – Obrócili się, gdy na balkon wyszedł Meredith. Jego szaty wyprano i wysuszono. Przywdział je, nim wyszedł na dwór i stanął przy balustradzie. Był blady i zdenerwowany, wodził po dachach pustym spojrzeniem. Krew przesączała się przez opatrunek na twarzy. – Co ja narobiłem...

– Zrobiłeś, co trzeba było zrobić – odparła królowa.

Rozległo się pukanie do drzwi. W szparze pojawił się kapitan gwardii pałacowej. Czekał, aż podszedł do niego Cyrano.

– Co się dzieje? – spytała królowa, ledwo wrócił na balkon.

– Ludność przestała demolować miasto. Ale gromadzi się za wschodnią bramą. Idą na wieżę.

Królowa utkwiła wzrok w drodze wiodącej z miasta na płaskowyż. Nie mogła dostrzec pasa ziemi przylegającego do murów, ale oczami wyobraźni widziała rozzłoszczony tłum, który zbiera się na odwagę, by zaatakować siedzibę magów.

Powziąwszy postanowienie, ruszyła z powrotem do komnaty.

– Konia – rzuciła do Cyrana. – Louiso – zwróciła się do damy dworu, która wyłoniła się ze służbówki wraz z dwiema służącymi – bryczesy, koszula i kamizelka. – Pobladła Louisa kiwnęła głową i gestem popędziła dwie kobiety do królewskiej garderoby, tymczasem monarchini osadziła wzrok na kapitanie gwardii. – Wybierz dziesięciu ludzi, mają czekać na mnie na dziedzińcu – rozkazała.

– Ależ, królowo, nie wolno ci tam pójść! – zaprotestował Cyrano.

– Nie możemy posłać tam armii – zaripostowała królowa. – Wiesz, co się wtedy stanie.

Troska wyryła się w twarzy Cyrana, choć dobrze pamiętał klęskę głodu sprzed dwudziestu lat i moment, w którym usiłowali powstrzymać tłum przed złupieniem spichrzy.

– Idę z tobą – powiedział Meredith.

– Nie! – odpowiedzieli Cyrano i kapitan jednocześnie, ale czarodziej nie dał się przekonać.

– To moja wina – rzekł. – Musicie pozwolić mi przynajmniej spróbować jakoś to naprawić.

Królowa mierzyła go wzrokiem.

– Niech tak będzie – zadecydowała i ruszyła w swoją stronę. – Konia dla lorda Sakera.

– Ależ, Wasza Wysokość! – krzyknął Cyrano.

– Zrzucą go z siodła – powiedział kapitan.

– Nie ośmielą się, gdy będzie pod moją opieką! – wrzasnęła królowa, aż wzdrygnęli się obaj. Jej oczy płonęły gniewem, ale zaraz przygasły, gdy wzięła głęboki wdech i podjęła spokojniej: – Rozmawialiśmy o tym, że zmiana powinna dokonać się za jego przewodem, czyż nie?

– To prawda – przystał Cyrano. – Ale jako przewodniczącego komisji lub głównego inspektora. Nie jako maga mającego wystąpić przed wściekłym tłumem, który najchętniej posłałby całą ich kastę do grobu!

– Nie zawsze możemy wybierać czas i miejsce naszych bitew – rzekła królowa, a Cyrano mocniej poczuł rogi wcinającego się w jego dłoń listu. – A teraz poproszę o te konie. Byle szybko! – Z tymi słowami zamknęła drzwi garderoby.

W ciągu minut dziesięciu uzbrojonych strażników stanęło w szyku na dziedzińcu, a na królową czekał już jej własny wierzchowiec, piękny kary rumak imieniem Souverain. Obok niego stał jeszcze jeden koń, dla Mereditha. Kapitan narzucił Sakerowi na ramiona błękitny płaszcz gwardii pałacowej, by schować pod nim szaty maga.

– Tym sposobem może uda mu się przejechać bezpiecznie przez miasto – rzekł, a królowa skinęła głową, zanim z gracją dosiadła Souveraina.

Przebrała się w buty do jazdy, skórzane bryczesy, białą bluzkę i kamizelkę z ciemnej skóry, przewiązaną w talii podarowanym przez emisariusza pasem, z którego zwisał miecz. Z jej ramion spływał turkusowy płaszcz ozdobiony insygniami – białą końską głową. Nie był to najelegantszy z jej strojów, ale nikt, kto na nią spojrzał, nie miał wątpliwości, że to królowa Furii.

Wrota pałacowe otworzyły się na oścież. Gwardziści z wojskową precyzją dostroili się do tempa władczyni i marszowym krokiem ruszyli przed siebie główną arterią stolicy. Na ulicach tłoczyli się ludzie. Na ich twarzach odbijał się ten sam strapiony wyraz. Gwardziści trzymali równy szyk, eskortując królową do wschodniej bramy i drogi, która wiodła na płaskowyż. Ale gdy minęli podwójny mur, okazało się, że przybyli zbyt późno. Większość tłumu wspinała się już ku wieży. Nie ulegało wątpliwości, że dotrą tam przed królową.

Pochód tłumu śledził z wysokiego balkonu Morgan Saker w otoczeniu najstarszych czarodziejów. Brama prowadząca do wieży była mocna, ale nie budowano jej z myślą o oblężeniu.

– Ilu wojowników mamy na podorędziu? – spytał któryś z magów.

– Wystarczająco dużo, by rozpędzić ten motłoch – rzucił inny.

Ci wciąż przemawiali ze swoją zwyczajową arogancją, ale większość czarodziejów wyzbyła się jej na widok sunącego na wieżę tłumu. Większość seniorów wydawała się roztrzęsiona i nękana wątpliwościami. Wieści o śmierci wielkiego veneratu uderzyły w nich z wielką mocą, zostawiając po sobie wyrwę w pancerzu, za którym bezpiecznie się dotychczas kryli.

Skrywali tę tajemnicę przez czterysta lat, a teraz wypłynęła na światło dzienne i mieli wrażenie, jakby woal uniósł się z ich umysłów. Po raz pierwszy poczuli, że są współwinni straszliwej zbrodni, mało tego – że pogłębili swoje winy, trzymając ją w tajemnicy. Usprawiedliwienie dla tego czynu raptem wydało im się puste i pozbawione znaczenia. Wielu magów otwarcie biło się w piersi, zbierało się w szepczących nerwowo grupkach, podczas gdy inni układali plany obrony wieży przed karą, która na pewno niebawem spadnie na ich głowy.

Morgan Saker ogarnął wzrokiem potężniejący tłum. Wiedział, że ta kara właśnie nadchodzi.

Stojący przed chatą Aurelian powiódł wzrokiem po masie ludzi wspinającej się na płaskowyż.

– Chcą wziąć wieżę szturmem – powiedział do stojącej obok Dwimervane.

Opowiedzenie jej i Dusaule'owi o donośnych wydarzeniach minionej nocy rozdarło mu serce na strzępy. Dwimervane była nieswoja, ale Aurelian bardziej martwił się o Dusaule'a. Stary mag bitewny wybiegł z chaty i przepadł gdzieś w ciemności. Aurelian odchodził od zmysłów, teraz jednak całą uwagę poświęcił kolumnie gwardzistów, która wjeżdżała na płaskowyż w ślad za ludźmi.

– To przecież królowa! – sapnął, nie dowierzając. – Będzie próbowała interweniować. Chyba zdaje sobie sprawę, jak niebezpieczne są takie sytuacje? Chodź – powiedział do smoczycy i pobiegł stokiem na skróty. – Może przyda jej się pomoc.

Dwimervane wahała się tylko pół chwili, nim ruszyła za nim. Może i w nadchodzących latach popadnie w nienawiść i szaleństwo, lecz teraz instynkt kazał jej za wszelką cenę bronić rodzaju ludzkiego, nawet przed nim samym.

Na obrzeżach obozu Nieregularnych przyjaciele Falka patrzyli na powiększającą się rzeszę ludzi, która szła na wieżę magów niczym nacierająca armia.

– A więc ludzie odkryli prawdę? – rzekł Alex, a Malaki pokiwał głową.

Aurelian przybył do nich minionej nocy, a oni wciąż usiłowali objąć umysłem to, co im powiedział. Ale bardziej od zdradzieckich magów interesował ich teraz los Falka.

– Na pewno żyje – tyle tylko powiedział im Aurelian.

Bryna zrobiła krok naprzód, gdy na płaskowyżu pojawili się gwardziści.

– Czy to nie królowa? – zapytała, dostrzegłszy końską głowę na płaszczu jednego z jeźdźców.

– Chyba przyda im się wsparcie – rzekł Quirren.

Malaki pokiwał ponuro głową i zwrócił się do Bryny i Alexa.

– Pilnujcie Nieregularnych – polecił, idąc już do miejsca, gdzie przywiązane były konie. – Tylko tego brakuje, żeby wmieszali się w jakieś kłopoty.

Odwiązując konia, przywołał do siebie Huthgarla i pięciu innych kadetów. Pognali w kierunku królowej, która usiłowała przedrzeć się przez skotłowaną ciżbę.

– Nigdy ich nie przegoni – powiedział Quirren, gdy stało się jasne, że ludzie dotrą pod wieżę pierwsi.

– Na wszelki wypadek bądź gotowy – powiedział Malaki.

Falko obudził się długo po wschodzie słońca, ale niebo nad nim było czarne. Mimo chłodu w powietrzu czuł ciepło, jakby spał przy ognisku. Podniósł się z ziemi i jęknął, gdy poczuł, jak bardzo jest odrętwiały, a potem zamrugał, gdy czarne niebo nad nim poruszyło się i odsłoniło chmury. Dotarło do niego, co właściwie widział, gdy smok złożył skrzydła i cofnął się, by siąść na skale i wpatrzyć się w niego intensywnym wzrokiem.

Falko poruszył się i usiadł na sięgającej kolan skalnej sztabie. Nie wiedział, jak długo spał, ale słońce stało już wysoko na niebie. Zebrawszy myśli, przypomniał sobie senne obrazy z minionej nocy. Pamiętał przywołanie, skok w nicość, a potem przebudzenie i czarnego smoka.

Przypomniał sobie jego potężny odzew, który brzmiał jak echo jego własnego wołania, a potem powolne odkrywanie się nawzajem, w miarę jak oswajali się ze swoją obecnością. Ale gdy emocje wreszcie opadły, Falka ogarnęło głębokie zmęczenie i nieodparta potrzeba snu.

Wsparł głowę na tarczy jak na poduszce i skulił się na nagiej skale, parę stóp od smoka. Jeszcze parę godzin wcześniej walczyli na śmierć i życie, ale gdy Falko zamknął oczy, nie wątpił ani przez moment, że jest całkowicie bezpieczny.

Smok po prostu obserwował go, jakby usiłował zgłębić i zrozumieć kontrast między potęgą i słabością. W ciągu całego życia nie znalazł tak wielkiej siły w kimś tak młodym. On sam był jednym z najsilniejszych przedstawicieli swojego gatunku, a jednak nie czuł różnicy w mocy pomiędzy sobą a tą ludzką duszą, z którą splotła się jego własna.

Gdy nad ranem zaczęło padać, smok ułożył się przy Falku i osłonił go przed deszczem wielkim czarnym skrzydłem. Wściekłość nie odeszła go jeszcze zupełnie, ale szał minął i smok zrozumiał, że rozpoczął się nowy rozdział legendy jego życia. Wiedział już, że przybył do tej krainy, by walczyć z odwiecznym wrogiem, i czuł zadowolenie, że jego towarzyszem broni będzie ten człowiek.

Siedzieli teraz razem na skalistym zboczu i gdy Falko rozbudził się zupełnie, osadził wzrok na smoku. Mierzyć się z nim w chaosie bitwy to jedno, ale patrzeć na niego w świetle poranka to zupełnie co innego. Smok przyglądał mu się nieruchomym spojrzeniem niczym rzeźba z czarnej, wulkanicznej skały. Jego głowa poruszała się lekko, a onieśmielające złote oczy mrugały niespiesznie. Pierś unosiła się i opadała, oddech uchodził z jego nozdrzy białymi chmurkami.

Falko ogarnął wzrokiem czarne łuski i płyty pancerza, gładkie skórzaste skrzydła i ostre szpony, spoczywające na skale. Powiódł wzrokiem po długim, zakończonym grotem ogonie i po potężnej sylwetce. Zauważył łaty odkrytego ciała w miejscu, gdzie łuski zostały uszkodzone przez magów wojowników. A potem przeniósł wzrok na ranę na szyi, którą pozostawiło jego własne ostrze.

Wolno podniósł się na nogi, a smok spiął się, gdy Falko zbliżył się do niego.

– Nie bój się – rzekł uspokajająco, sycząc z bólu, gdy odezwało się ranne ramię.

Smok zachowywał ostrożność, ale też nie cofał się przed magiem bitewnym.

Falka ogarnęły wyrzuty sumienia, gdy przypomniał sobie, jak zadał ten cios. Smok cofnął się przed jego wyciągniętą ręką, ale Falko ściągnął na siebie jego wzrok i zajrzał głęboko w złote oczy.

– Nie bój się, chcę ci pomóc – powiedział, a smok rozluźnił się nieco.

Falko przesunął dłonią po płytkiej ranie, wzbudzając w smoczym gardle niski pomruk bólu. Następnie nasycił ją uzdrawiającą energią. Smok wywinął wargę i Falko ujrzał jego twarde jak stal zęby, ale istota nie protestowała, a gdy proces leczenia dobiegł końca, mag bitewny poczuł, jak magiczne wibracje opuszczają ciało smoka. Z czasem oderwane łuski odrosną, a rana była już zasklepiona, jakby goiła się od kilku dni.

Falko obszedł smoka i zajął się ranami, które zostawili po sobie magowie, a potem cofnął się i usiadł na skale. Jego własne ciało także wibrowało bólem. Zaczął z mozołem zdejmować naramienniki i napierśnik, by poradzić sobie również ze swoimi obrażeniami. Wiedział już, że nic sobie nie złamał, ale na ręce miał dość głęboką ranę, a z przodu, w miejscu, gdzie pierś łączy się z ramieniem, drugą. Nie pamiętał, kto i kiedy je zadał, ale na szczęście nie były zbyt poważne.

Kolejno położył rękę na każdej z nich i zacisnął zęby, traktując je leczniczą energią. To bardzo pomogło i gdy wrażenie gorącego świerzbienia ustało, ból nie doskwierał mu już tak bardzo, choć, tak jak w przypadku smoka, będzie musiało minąć trochę czasu, nim rany zagoją się całkowicie.

Falko wypełnił płuca powietrzem i dał sobie chwilę, by dokładniej przyjrzeć się okolicy. Deszcz ustał, chmury rozpraszały się z wolna. Dookoła niezmiennie rozciągał się surowy, górski krajobraz. Smok musiał złapać go w locie i przenieść tutaj.

Spojrzał raz jeszcze na wspaniałą istotę i wstał, by podejść do wgłębienia w skale, gdzie zebrała się woda. Umył ręce i spryskał twarz. Zassał głośno powietrze, ponownie wdziewając zbroję. Na skale niedaleko leżały jego tarcza, rękawice, hełm i miecz. Założył wszystko po kolei, a smok nie odejmował od niego wzroku.

Następnie bestia wstała na nogi i podeszła do niego, przyglądając się z zaciekawieniem, jak Falko zapina pasek pod hełmem. Smok stanął nad nim, a potem pochylił głowę, by dokładniej przyjrzeć się Falkowi. Powęszył w okolicach hełmu, wciągnął do potężnych płuc zapach kutej stali.

– Tak – powiedział Falko, czując się osobliwie przytomny, jakby bardziej wyczulony na bodźce. – My możemy zdejmować i zakładać nasze łuski.

Zachwiał się, gdy smok rogiem sprawdził twardość jego napierśnika. Dźwięk przypominał bardziej szczęk metalu o metal niż odgłos kontaktu stali z czymś organicznym. Raz jeszcze położył rękę na kruczoczarnych łuskach.

Jak obsydian, pomyślał, a smok zwrócił ku niemu głowę.

Falkowi mignęły przed oczami obrazy czarnej, wulkanicznej skały. Poczuł bijącą od smoka ciekawość, gdy coś na kształt imienia zaczęło formować się w jego głowie. Raptem uświadomił sobie, że smoki nie nadają sobie imion. To typowo ludzka potrzeba.

– Tacy już jesteśmy – rzekł Falko, zdumiony tym, jak łatwo mu przychodzi porozumiewanie się ze smokiem. – Będę musiał jakoś się do ciebie zwracać – myślał na głos, a smok patrzył na niego, jakby rozumiał, co próbuje mu przekazać. – Zastanawiam się, jak ty byś nazwał mnie? – spytał.

Smok, ma się rozumieć, nie odpowiedział ludzką mową. Zamiast tego umysł Falka zalał wartki potok emocji i obrazów. Odczucie było tak silne, że się zatoczył. Nie sposób było wyrazić tego dokładnie słowami, ale gdyby Falko miał przełożyć to jakoś na język ludzi, powiedziałby, że imieniem nadanym mu przez smoka było Ten Który Płonie Smutkiem.

Mag bitewny skłonił pokornie głowę.

– Dla nas imiona obrastają w siłę i znaczenie w miarę poznawania danej osoby – rzekł, a smok spojrzał na niego z mieszanką dumy i ostrożności.

Falko zapatrzył się na lśniące, czarne łuski i obsydianowe lśnienie rogów, które wyrastały z głowy smoka.

– Sydian – powiedział cicho, jakby chciał przekonać się, jak brzmi to słowo wypowiedziane na głos. – Tak. Nada się dla ciebie – dodał, a smok przekrzywił głowę. Butny wyraz jego twarzy trochę złagodniał, gdy raczył przyjąć tę dziwną, nieporęczną i niezbyt potrzebną rzecz: imię.

Falko uśmiechnął się, gdy w końcu przedstawili się sobie jak należy, lecz wtedy smok stężał i obrócił głowę. Rozdął chrapy, gdy pochwycił w powietrzu jakiś zapach. Falko zwrócił spojrzenie tam, gdzie utkwił je smok. Góry spowijała mgła i nisko zwieszające się z nieba chmury, ale w punktach, gdzie biały całun był tkany cieniej, widniała w oddali Furia.

Przez chwilę Falko nie widział, by coś było nie tak, ale wtedy zauważył pióropusze dymu podnoszące się ze wschodniej dzielnicy.

Nie mógł wiedzieć na pewno, ale instynkt powiedział mu, że pożar ma coś wspólnego z magami i skrywanym przez nich sekretem. Coś złego działo się w stolicy i nadszedł czas, by Falko wrócił do miasta.

Sięgnął wzrokiem ponad nieprzebytą dziczą gór i zaczął się zastanawiać, jak, u licha, zejdzie. A potem obrócił się wolno i spojrzał na smoka u swojego boku. Raptem opadło go podniecenie, gdy zaświtała mu w głowie myśl, że bardzo chciałby sprawdzić, czy czarny smok potrafi latać tak szybko jak młodsza smoczyca Ciel.

Sydian obrzucił go urażonym spojrzeniem, gdy przez jego głowę przepłynęły obrazy bursztynowej smoczycy na tle nieba zabarwionego zachodzącym słońcem. Pochylił się, opuścił skrzydło i spojrzał na Falka z wyczekiwaniem.

Mag bitewny przełknął ślinę. Serce rozszalało się w jego piersi. Przełamując odrętwienie, złapał za dłuższy pasek tarczy i zawiesił ją sobie na plecach, a potem, wsparłszy nogę na kamieniu, wspiął się na smoczy grzbiet.

Czarny smok był nieco większy od Ciel, ale i tak pod względem rozmiaru przypominał smukłego konia. Falko wsunął kolana pod błonę rozpiętą na skrzydłach i poczuł rytmiczny ruch umięśnionych łap, gdy smok podchodził do krawędzi przepaści. Przez moment patrzył na strome zbocza pod nimi, a potem Sydian rozpostarł skrzydła i obrócił głowę, by zerknąć na Falka. Mag bitewny pochylił się, ścisnął smoka kolanami i złapał się krawędzi pancerza na smoczym karku. Łuski poruszyły się pod Falkiem, dostosowując się do kształtu jego ciała.

Gdy już mieli ruszać, Falko poczuł, że smok się waha. Jego ciało było napięte, pazury wpijały się w skałę. Nagle zrozumiał. Mieli polecieć do miasta pełnego ludzi.

– Nie ma się czego obawiać – powiedział Falko. – Nie wszyscy są tacy jak magowie. I nie wszyscy magowie są tacy jak Galen Thrall.

Nieżyjący veneratu pojawił się w jego umyśle, wywołując gorący błysk gniewu, ale sens słów Falka musiał dotrzeć do smoczego umysłu i teraz to Falko napiął wszystkie mięśnie, gdy Sydian ugiął łapy. Z siłą, która sprawiła, że żołądek podskoczył Falkowi do gardła, smok wybił się w powietrze i spadł jak kamień w ziejącą przepaść, a następnie rozłożył skrzydła i pomknął w górę ponad skalistymi klifami. Sfrunęli do płytkiej skalnej niecki o stromych zboczach i przemknęli nad turkusowym górskim stawem, a potem grunt obniżył się serią niezdobytych klifów i spadających z nich wodogrzmotów.

Wiatr wył Falkowi w uszach, nieznacznie tylko stłumiony przez hełm. Pęd wycisnął mu łzy z oczu, a oddech uwiązł w gardle, ale powoli zaczynał się przyzwyczajać do nieprawdopodobnej prędkości. Daleko w dole ostre skały i wzgórza przesuwały się szybko pod nimi, gdy lecieli gładko w kierunku miasta.

W miarę zbliżania się do Furii Falko widział coraz wyraźniej tłum, który zebrał się wokół wieży magów. Na jego oczach na wiodących do niej schodach pojawiły się drobne postacie ludzi. Kilka sekund później jasna kula płomieni pomknęła w kierunku posuwającej się fali tłumu, ale nie osiągnęła zamierzonego efektu i tylko zagrzała ludzi do walki. Było przeraźliwie jasne, co się zaraz wydarzy, i Falko wiedział, że gdy już dojdzie do pierwszego aktu przemocy, kolejne posypią się lawinowo.

Szybciej, pomyślał i w dwa uderzenia skrzydeł Sydian rozwinął taką prędkość, że krew odpłynęła Falkowi z twarzy.

Wiodąc kadetów na wyższy poziom płaskowyżu, Malaki patrzył, jak czarne wrota wieży magów otwierają się, a na stopniach pojawia się oddział magów wojowników. Wątpił, by mieli zaatakować ludzi, ale wiedział, że okoliczności takie jak te nierzadko prowadzą do rozlewu krwi. A potem, gdy próbował przekonać sam siebie, że nie posuną się do podobnej głupoty, jeden z magów wojowników cisnął w stronę tłumu ognistym pociskiem. Kula uderzyła o ziemię kilka jardów przed ławą mieszczan i wybuchła. Najwyraźniej miała ostudzić zapał ludzi, ale efekt był zgoła przeciwny. Z ciżby podniósł się wściekły wrzask i tłum ruszył naprzód. Dwie kolejne kule ognia przecięły powietrze i tym razem eksplozje rozrzuciły po ziemi kilka osób.

Tymczasem reszta ominęła kratery i pierwsza linia rzuciła się w kierunku czarodziejów, Malaki zaś raptem uświadomił sobie, że ludzie zaraz wedrą się do wieży. Kolejni magowie wojownicy wysypali się z otwartej bramy i stało się jasne, że zaraz ludzie zaczną ginąć setkami. Wtedy po tłuszczy przebiegł strach, z gardeł dobył się okrzyk przerażenia i uniosły się palce wskazujące gdzieś w górę.

Malaki poczuł, że podnoszą mu się włoski na karku, gdy po niebie przemknął cień. Poderwał wzrok i serce utknęło mu w gardle na widok czarnego kształtu, który wylądował na ziemi między wieżą a zdziczałym tłumem. Pierwsze szeregi zatrzymały się, przerażone do żywego pojawieniem się wielkiego smoka. Bestia cofnęła się o dwa kroki i rozłożyła skrzydła, omywając ich niesamowitym, władczym spojrzeniem. A na jej grzbiecie siedział jeździec w niemożliwym do pomylenia z żadnym innym pancerzu Antonia Missagliasa.

83

LE CŒUR NOIR

Falko patrzył przez szczelinę hełmu. Dostrzegł strach na twarzach mieszczan, którzy chłonęli wzrokiem potężnego czarnego smoka. Jego własne serce jeszcze biło jak oszalałe po niesamowitym locie ponad górami i czuł napięcie w ciele Sydiana, ten bowiem nagle znalazł się w otoczeniu wielu istot, których tak długo nienawidził. Zmuszając się do zachowania spokoju, Falko wyrównał oddech. Myślami zapewnił smoka, że nie ma się czego obawiać, że ci ludzie nie wyrządzą mu krzywdy.

Nie sposób było za to przewidzieć, co zrobią ci za jego plecami. Falko obrócił się na smoczym grzbiecie, by przesunąć wzrokiem po zastępie magów wojowników zgromadzonych na schodach. Miał pojęcie o ich strachu i czuł spowijającą ich energię gotowych do utkania czarów. Miał teraz o wiele dokładniejszą kontrolę nad własną mocą, pozwolił więc magii wezbrać w swojej piersi, a jej mroczny blask wywarł tak wielkie wrażenie na magach wojownikach, że dosłownie cofnęli się jak na komendę o dwa kroki.

Falko przebiegł wzrokiem po czarodziejach zebranych przy oknach i na balkonach. Zauważył pobielałe ze zdumienia twarze. Ci ludzie mogli medytować całymi dniami, a i tak nie przywołaliby mocy większej od tej, którą Falko mógłby wzbudzić w ułamku sekundy. Wśród najwcześniejszych wspomnień Falka zapisał się instynktowny strach przed magami, teraz jednak był już dorosłym mężczyzną i wiedział, że nie ma absolutnie żadnego powodu, dla którego miałby się lękać tych szczurów w purpurowych szatach.

Coś przykuło jego uwagę i oczy Falka pojaśniały, gdy znalazły znajomą twarz Morgana Sakera. Oczy veneratu były czarne i nieubłagane jak zwykle, ale zniknął z nich zatwardziały wyraz. W kryształowym spojrzeniu pojawiła się rysa i Falko wiedział, że do końca swoich dni mężczyzna będzie nosił w sercu zwątpienie i niezbywalne poczucie winy.

– To on! – krzyknął mag po prawej ręce Sakera, łysy człowiek z twarzą pokrytą tatuażami run. Wychylił się zza balustrady i wskazał Falka oskarżycielskim palcem. – To on zabił wielkiego veneratu! Nic dziwnego, że czarny smok stawił się na wezwanie jego czarnego serca!

– Czarne serce! – powiedział inny mag.

– Morderca! – wrzasnął inny.

– Hańba! – wywrzeszczał czwarty i kilku czarodziejów podchwyciło okrzyki, lecz wówczas inny głos odbił się od ścian wieży.

– Hańba? – ryknął Meredith, gdy królowa wraz ze świtą wreszcie przepchnęła się na przód. – Śmiecie mówić o hańbie?

Z wysokości swojego karego rumaka królowa patrzyła, jak Meredith zsunął się z konia i zwrócił twarzą do wieży. Niecierpliwym gestem zdarł ze swoich ramion płaszcz gwardzisty i rzucił go na ziemię. Pomruk niepokoju przetoczył się po tłumie na widok maga, który znalazł się w jego bezpośrednim zasięgu, lecz teraz wszyscy zorientowali się już, że przybył on na miejsce wraz z królową. Dla wielu z tych prostych ludzi był to widok dotychczas niespotykany; większość widziała monarchinię z bliska po raz pierwszy. Rozległy się szepty, które wkrótce zastąpiła pełna wyczekiwania cisza.

Twarz Mereditha była tak blada jak owijające ją bandaże. Chwiał się lekko, idąc naprzód, ale jego głos był równy i dźwięczny, gdy przemawiał, patrząc na wykrzywione twarze magów.

– Zdrajca! – krzyknął któryś, wychylając się z okna, a Meredith popatrzył na niego.

– Masz czelność nazywać mnie zdrajcą? – powiedział. – Czy naprawdę jesteście ślepi na zło, które wyrządziliście?

– Zabić ich! – krzyknął ktoś z tłumu, a Meredith poczuł falę gniewu, która narastała w tłumie.

– Nie zasługują, by żyć! – dobył się inny głos.

– Zdradzili nas wszystkich!

– Zasługują na śmierć!

– Zabić ich!

Głosy opowiadające się za zemstą mnożyły się z zatrważającą prędkością.

– Nie macie prawa nas osądzać! – padł z drugiej strony krzyk.

– Doprawdy? – spytał Meredith, a za jego plecami królowa uciszyła tłum uniesieniem ręki. – A co z tysiącami ludzi koczujących pod miastem? – Meredith nie pozwolił sobie przerwać. – Z rodzinami wypędzonymi ze swoich domów przez to, że nie mamy dość sił, by zatrzymać Opętanych?

Usta krzykliwego maga na balkonie zacisnęły się w poziomą kreskę, jego podbródek wcisnął się w obwisłe podgardle, gdy gromił Mereditha zawziętym, aroganckim do ostatka spojrzeniem zupełnie wypranym ze skruchy.

– A co z magami bitewnymi, których smoki zabiliście? Wielkimi Duszami zdradzonymi i złamanymi w imię waszych kłamstw? Co powiecie o nich? Czy one również nie mają prawa was osądzać?

– Zabić ich! – zabrzmiał po raz kolejny znajomy refren. – Wywlec ich stamtąd! Spalić wieżę! Powiesić wszystkich!

Tłum znów zaczynał płynąć z prądem prymitywnych instynktów. Kilku magów umknęło z okien, gdy poleciały w ich stronę kamienie, które trzaskały i stukały o ciemne ściany wieży.

– Nie – powiedział cicho Meredith. – Śmierć i zemsta będą wodą na młyn nieprzyjaciela.

– Nie możemy pozwolić im tu zostać – powiedział starzec w pierwszym rzędzie. – Nie możemy im ufać.

– A więc zwiążemy ich przysięgą – ogłosił Meredith bezlitosnym tonem kata. – Magowie są związani mocą przedwiecznych przysiąg, ślubów całkowitej lojalności. – Jego oczy lśniły mrocznym światłem, na którego widok nawet jego ojciec otworzył usta. – Stworzymy nową przysięgę. Przysięgę wierności nie magom i osobie wielkiego veneratu, ale ludowi Furii. Położymy w niej zdecydowany nacisk na jego dobro i jego bezpieczeństwo.

– A jeśli odmówimy złożenia takiej przysięgi? – spytał łysy czarodziej o wytatuowanej twarzy. Słowa skierował do Mereditha, ale odpowiedzi udzieliła królowa.

– Wówczas zostaniecie wygnani na Utracone Ziemie, na pastwę Opętanych, którym służycie od czterystu lat.

– Nigdy nie służylibyśmy Opętanym – powiedział inny mag, starzec o białych włosach i przyjaznej twarzy.

– A jednak to właśnie robiliście – rzekła królowa.

Jeśli jeszcze nie wierzyli nasyconym przekonaniem słowom Mereditha, to jej zimny, obojętny ton nie pozostawiał żadnych wątpliwości. Królowa wydawała już wyroki śmierci. Jeśli magowie złamią przysięgę daną ludowi Furii, zrobi dokładnie to, co właśnie zapowiedziała.

– A co z nim? – spytał człowiek z runami na twarzy. – Co z diabłem o czarnym sercu, który zabił wielkiego veneratu? Jaką karę wymierzy mu tron Furii?

Królowa westchnęła i spojrzała na Falka siedzącego na grzbiecie wielkiego czarnego smoka. Płaskowyż spowiła cisza. Wszyscy czekali na to, co powie władczyni.

– Z tego, co wiem – zaczęła – wielki veneratu sam miał właśnie dopuścić się morderstwa, gdy został zabity. Mag bitewny Danté działał w obronie swojego smoka.

– A co z tą piekielną bestią? Przecież nie wolno pozwolić, by swobodnie przemierzała świat! To zbyt niebezpieczne... Coś trzeba zrobić!

– Owszem, trzeba – rzekła królowa i odwróciwszy się plecami do wieży, podjechała do smoka.

Souverain zaczął prychać i drobić nogami, a ludzie patrzyli, jak królowa schodzi z siodła i ostatnie jardy pokonuje pieszo. Nigdy nie była tak blisko smoka. Jej serce biło jak szalone. Całe pole jej widzenia wypełniało mordercze piękno stojącej przed nią istoty. Wszystko, co kiedykolwiek słyszała o czarnych smokach, składało się w jedną straszną opowieść o przemocy, nienawiści i śmierci, i niełatwo jej było pokonać własne uprzedzenia, ale była królową Furii, a magowie mieli rację... Coś należało zrobić.

Spojrzała w przeraźliwe złote oczy. Podeszła tak blisko, że gdyby chciał, potwór mógłby odgryźć jej głowę jednym kłapnięciem. Przez chwilę tylko stała, przytłoczona samą obecnością bestii. Na myśl przyszły jej wszystkie czarne smoki, które zostały zabite przy wydatnej pomocy magów. Zbrodnia tak wielka, że nie potrafiła ogarnąć jej umysłem.

Sydian kierował na nią spojrzenie srogie i jednocześnie zagadkowe, jakby usiłował pogodzić kruche ludzkie ciało z siłą woli, jaką w nim odnajdywał.

Królowa wytrzymała wzrok smoka, a jej niebieskie oczy zaszły łzami.

– Wybacz nam – wydyszała, odgarnęła płaszcz i uklękła na jedno kolano, skłaniając z czcią głowę.

Falko patrzył na klęczącą królową. Czuł pod sobą bijące gwałtownie serce Sydiana. Czekał na jego reakcję. Przez chwilę myślał, że smok może zerwać się do lotu, uciec z tej obcej dla siebie sceny, gdzie najwyraźniej grał główną rolę, lecz wtedy stojący w pierwszej linii starzec, ten, który wcześniej przemówił, poszedł za przykładem królowej i również opadł na kolano. I to wystarczyło.

Niczym pole pszenicy przygięte do ziemi podmuchem wiatru, dwa tysiące ludzi uklękło i ofiarowało przeprosiny za zbrodnię, jaką rodzaj ludzki wyrządził smoczemu.

Serce Falka nabiegło emocjami i czuł, jak wielkie wrażenie ten zbiorowy akt skruchy zrobił na Sydianie. Dostrzegłszy jakiś ruch przy wieży, zwrócił spojrzenie w tamtym kierunku i zobaczył, jak kilku spośród magów wojowników także opada na kolana. Kolejni szli w ich ślady, aż zostało tylko dwóch, a wielu magów stojących w oknach i na balkonach zamknęło oczy i pochyliło głowy, gdy wreszcie dotarło do nich, co tak naprawdę zrobili.

Dźwięki dobiegające do uszu królowej brzmiały jak echo samych siebie, gdy czekała na to, co smok zrobi z ich przeprosinami. Nie sądziła, by ją zaatakował, ale nie mogła mieć pewności. Nagle wyczuła jakiś ruch i usłyszała cichy szelest pocierających o siebie łusek. Cień wisiał nad nią, a ona stężała, lecz gdy wstrzymała oddech i zastygła w bezruchu, smok delikatnie dotknął czołem jej czoła.

Catherine de Sage zamknęła oczy i poczuła całym ciałem przejmujące ciepło, które przenikało przez pokrywające smoczą głowę łuski. Czuła oddech smoka na twarzy, czuła woń ziemi i gorącego metalu. Jako królowa spotykała królów i książęta, sławnych wojowników i szlachciców o rozległych wpływach, lecz nigdy jeszcze nie doświadczyła niczego, co choć w niewielkiej części byłoby tak doniosłe jak obecność smoka. Pochodziła ze starożytnego królewskiego rodu, ale nigdy jeszcze nie czuła się tak mała.

Gdy smok odjął głowę, podniosła na niego wzrok. Więc tak to jest – spotkać smoka.

Falko patrzył, jak Sydian wolno uniósł głowę, nie odrywając wzroku od klęczącej przed nim kobiety. Wiedział dokładnie, co czuje każde z nich, i niemal się uśmiechnął, widząc, jak podobne są ich reakcje. Pancerne łuski czy miękkie, blade ciało – liczyła się tylko skryta za nimi dusza.

Wraz z Sydianem popatrzyli na klęczący przed nimi tłum.

Po prawej stronie, na stokach wiodących do gospodarstwa zagrodników, widział Aureliana i Dwimervane. Wzrok Sydiana zatrzymał się na chwilę na kalekim niebieskim smoku. Spojrzawszy w lewo, Falko ujrzał nadjeżdżające od strony akademii znajome postacie Malakiego, Quirrena oraz Huthgarla i kilku innych kadetów.

Falko skinął przyjacielowi głową, a Malaki odpowiedział tym samym. A potem mag bitewny dotknął szyi Sydiana i ścisnął go nogami. Czas ruszać.

Królowa wstała i utkwiła wzrok w Falku, gdy smok zaczął się wolno cofać. Falko pochwycił spojrzenie jej niebieskich oczu, które wzięły go we władanie, jak robiły to zawsze, a potem zasalutował monarchini, przykładając prawą rękę do piersi. Gest oznaczający szacunek i wierność, który królowa odwzajemniła.

Znalazłszy się na pustej przestrzeni, smok rozłożył skrzydła. Ugiął nogi, wybił się potężnie w górę i zamachał z mocą skrzydłami.

Królowa zachwiała się, gdy uderzył w nią potężny podmuch. Zamrugała i zmrużyła oczy, patrząc pod słońce na wzbijającego się w powietrze smoka, pokonującego z każdym ruchem skrzydeł wysokość dwudziestu stóp. Ludzie za nią też zaczęli podnosić się na nogi. Ich zduszone okrzyki przeszły w głosy zdumienia i podziwu, a starzec z pierwszego rzędu wyszeptał coś, bardziej do siebie, niż do kogokolwiek innego.

– Cœur noir – powtórzył szydercze słowa jednego z magów skierowane do Falka. Lecz teraz, gdy ludzie chłonęli wzrokiem widok czarnego smoka oraz jego czarnego jeźdźca, te wyrazy wydały im się głęboko prawdziwe. Mężczyzna powiedział je sam do siebie, ale nie tak cicho, by nie usłyszeli ich ludzie wokoło. Stojąca obok kobieta powtórzyła je:

– Le Cœur Noir.

A one rozprzestrzeniły się po tłumie jak mantra.

– Le Cœur Noir – mówiły kolejne głosy.

Czarne Serce.

Na stoku spływającym ku gospodarstwu zagrodników Aurelian i Dwimervane patrzyli, jak Falko znika w chmurach na grzbiecie czarnego smoka. Poczuli ukłucie w sercu, gdy ludzie uklękli jednocześnie, by wyrazić swój żal. Tymczasem kawałek dalej, na zboczu, do Malakiego i kadetów dołączył mężczyzna, w którym rozpoznali królewskiego doradcę.

– Cóż – rzekł Cyrano, zatrzymując konia. – Wygląda na to, że jednak nie będziemy potrzebni.

Malaki spojrzał na popatrujących po sobie z niepokojem strażników, setkę konnych, którzy nie byli pewni, czy nie otrzymają zaraz rozkazu rozpędzenia tłumu. Cyrano kazał im zatrzymać się poniżej progu wzniesienia, a teraz dał rozkaz powrotu do zamku, wzbudzając westchnienia ulgi. Uszanował ryzykowną decyzję królowej, która po swojemu poradziła sobie z sytuacją, ale zaniedbałby swoje obowiązki, gdyby nie zabezpieczył władczyni przed nieco bardziej nieszczęśliwym obrotem spraw. Skłonił się i odjechał, a Malaki i inni wrócili wzrokiem do Falka, który właśnie rozpływał się na błękitnym niebie.

– Pamiętam noc, kiedy pierwszy raz pojawiliście się w barakach – powiedział Huthgarl ze swoim silnym beltańskim akcentem. – Nie mogłem się doczekać, aż się z tobą zmierzę. Ale jego obecność uważałem za obrazę. Myślałem, że to się nie godzi, byśmy dzielili pokój z takim słabeuszem. – Prychnął śmiechem, kpiąc z własnej głupoty.

– Pomyślałbyś, kim się stanie? – spytał Quirren.

– Nie i tak – odparł Malaki. – Długo myślałem, że nie dożyje dwudziestych pierwszych urodzin. – Umilkł, wspominając chorobę, która zatruła Falkowi większość życia. – Ale od zawsze wiedziałem, że jest kimś wyjątkowym.

– Aldrei vanmeta a Valentian – skomentował Huthgarl w swoim rodzinnym języku. Malaki spojrzał na niego, nie rozumiejąc, ale Quirren tylko się zaśmiał.

– Myli się ten, kto nie docenia Valencjanina – przetłumaczył. – Mamy podobne powiedzenie w Illicji. Choć mnie się wydaje, że tak naprawdę porzekadło brzmi inaczej: myli się ten, kto nie docenia głupoty Valencjanina – dodał, a reszta opromieniła Malakiego uśmiechem.

– Przekażę Brynie, że to powiedziałeś – odparł Malaki, ale Quirren zbył pogróżkę wzruszeniem ramion.

– Powiem jej, że usłyszałem to od Alexa.

– A ona ci uwierzy – zaśmiał się Malaki i kadeci ruszyli w drogę powrotną.

Później tego popołudnia królowa wyszła na balkon, by popatrzeć, jak wiatr rozpędza resztki dymu nad stolicą. Pożary ugaszono, zamieszki ustały.

– Sytuacja się uspokoiła – rzekł Cyrano, gdy ostatni urzędnik opuścił komnatę audiencyjną i pokoje władczyni znów należały tylko do niej.

Królowa milczała, zerknęła jedynie z ukosa na doradcę i podniosła rękę do zaschniętego, obolałego gardła. Ostatnie kilka godzin spędziła, usiłując zminimalizować skutki zamieszek i myśląc nad tym, jak powstrzymać innych przed wykorzystaniem niepokojów. Potwierdzono już zgony szesnastu osób, a pomimo chwiejnej równowagi, którą udało się przywrócić, gniew i pragnienie odwetu wciąż pobrzmiewały w niespokojnej materii miasta, które przeczuwało nadchodzącą wojnę.

Cyrano przeszedł do bocznego stolika i z karafki o srebrnych krawędziach nalał królowej szklankę wody z cytryną i miodem. Stanął przy niej na balkonie, a ona przyjęła napój i skłoniła się z gracją. Utkwiła wzrok w poszarpanym konturze gór, nad którymi zniknęli Falko i jego smok.

– I pomyśleć, że o mało nie odrzuciłam prośby emisariusza, by zezwolić na jego szkolenie. – Zamyśliła się, sącząc wodę.

– Może lepiej by było, gdyby tak się stało – powiedział Cyrano i królowa obróciła się ku niemu do połowy, wyginając brew w zdziwiony łuk. – Wieści rozejdą się zaraz po całym królestwie i nie wszystkie wieże będą zadowolone. Nie dość, że Opętani pukają do naszych bram, to na dodatek ten przewrót osłabi nasze miasta od środka.

– Magowie komunikują się szybciej, niż mogłaby rozprzestrzenić się najpopularniejsza plotka – powiedziała królowa. – Będą mieli dość czasu, by przygotować się na reperkusje. A lord Saker zaczął już pracować nad wiążącą magiczną przysięgą.

– Tak czy inaczej – nie ustępował Cyrano – będą kłopoty i ktoś na pewno zginie, a tobie, pani, nie zawsze uda się temu zapobiec.

– Wiem – powiedziała królowa zmęczonym głosem.

Cyrano kiwnął głową i przez chwilę stali w ciszy.

– No? – powiedziała królowa, gdy doradca już miał wrócić do środka. – Pokażesz mi w końcu tę wiadomość, która wypala ci dziurę w kieszeni?

Cyrano wsunął tam rękę i wyłowił krótki list z Valencji, choć wolałby, żeby królowa dobrze się wyspała przed jego przeczytaniem. Wręczył go jej i cofnął się dwa kroki, by zapewnić jej minimum prywatności, gdy rozwinęła kartkę i zaczęła czytać. Przez chwilę tylko trzymała go w szczupłych palcach. Rogi arkusza poruszały się, nie wiedzieć, czy z powodu wiatru, czy przez drżenie jej rąk. Gdy skończyła czytać, zgniotła wiadomość w pięści. Cyrano bardzo jej współczuł. Nieregularni byli bardzo potrzebni na froncie, i to w jak największej liczbie, by wesprzeć armie marszałka Bretona i emisariusza. Mógł tylko wyobrażać sobie, jak musi się czuć władczyni, wiedząc, że nie może już wysłać ich na pomoc Chevalierowi.

Wreszcie królowa przemówiła, a Cyrano nigdy jeszcze nie słyszał w jej głosie tak zimnej determinacji.

– Nie powiesz nikomu o tej wiadomości, dopóki Nieregularni nie opuszczą miasta.

– Ależ, Wasza Wysokość!

– Przysięgnij mi na swój honor, Cyrano! – Lodowate spojrzenie królowej przeniosło się na doradcę. – Ani słowa, dopóki nie wyruszą.

Cyrano chciał protestować, ale poznał po jej minie, że to bezcelowe.

– Jak każesz, pani – wymówił po chwili ciszy, choć wszystkie instynkty mówiły mu, że królowa popełnia błąd.

Rozdarty między posłuszeństwem a przekonaniem, czekał, aż pozwoli mu odejść. Wystarczyło, że lekko uniosła głowę, a Cyrano skłonił się i ruszył do drzwi. Na korytarzu stali na baczność dwaj strażnicy, ale Cyrano minął ich, nie poświęcając im nawet spojrzenia. W pamięci odczytał po raz kolejny list, który dostarczono dziś rano. Jego treść wypełniła jego serce trwogą.

Valencja wycofała swoje wojska.
Armie demonów wkroczyły do przesmyku Amaethon.
Navaria padnie w ciągu miesiąca.
Południowa granica zagrożona.
Sugeruję jak najszybciej wzmocnić Ruaen.

Ten, kto napisał tę wiadomość, nie wiedział najwyraźniej, że nie ma już żadnych wojsk, którymi można by obsadzić mury Ruaen. Zostali wyłącznie Nieregularni, a oni w ciągu kilku dni wyruszą na wschód. Jedyną jednostką o poważnej liczebności był już tylko Legion Tronowy, którego dowódcą był nie kto inny jak sama królowa.

Cyrano przystanął na schodach. Królowa nienawidziła wysyłać innych, by toczyli za nią wojny, a teraz miała dobrą wymówkę, by osobiście poprowadzić kampanię. Cyrano przypomniał sobie przysięgę, którą złożył jej ojcu... że zadba o jej bezpieczeństwo. Przez prawie dwadzieścia lat wywiązywał się z tego zobowiązania, lecz teraz zaczął obawiać się porażki.

Jak mógł ocalić najpotężniejszą kobietę na świecie przed nią samą?

84

NIEBEZPIECZEŃSTWO

Po wyruszeniu Nieregularnych królowa odczekała tylko cztery dni, zanim zwołała nadzwyczajne zebranie czołowych przedstawicieli stołecznej szlachty. Komnata Rady nie była pełna, ale i tak znalazła się w niej ponad setka ludzi. Siedzieli na tarasowatych schodach, każdy otoczony niewielką świtą. Magowie popadli w niełaskę, co mocno osłabiło pozycję tych, którzy byli w opozycji do królowej, lecz władczyni mogła się założyć, że nie pozwolą, by decyzja o pozostawieniu stolicy bez obrony przeszła jednogłośnie.

– Legion Tronowy został powołany do życia w jednym tylko celu: by bronić stolicy Clemoncé, a nie stolicy Navarii – rzekł lord Brosse, siwy mężczyzna w średnim wieku, dotknięty wrodzoną deformacją stopy, która była przyczyną jego charakterystycznego chodu.

Jego komentarz spotkał się z chóralną aprobatą. Królowa odczekała, aż hałas ucichnie.

– A co, jeśli najlepszym sposobem na obronę stolicy jest ruszenie na pomoc Navarii? – spytała.

– Jak Wasza Wysokość może sugerować coś podobnego? – odpowiedział sędziwy hrabia, którego ekstrawaganckie szaty odzwierciedlały bajeczne bogactwo. Dźwignął się na nogi, wspierając się na lasce o złotej główce. – Przez prowadzoną przez Waszą Wysokość politykę interwencji wszystkie nasze armie znajdują się teraz poza granicami Clemoncé. I cóż nam z tego przyszło? Otóż nic – dodał, gdy nikt nie poczuwał się do odpowiedzi. – Poświęciliśmy naszych żołnierzy, by bronili innych krajów, a wróg jest coraz bliżej. Krążą plotki, że Hoffen i Le Matres są następne w kolejce. Pytam, co później? Voisier? Ville de Pierre? Toulwar?

– Nie – przerwała wyliczankę królowa. – Jeśli nie wkroczymy do akcji, następnym miastem Clemoncé, które padnie, będzie Ruaen.

Za jej plecami stali oficerowie Legionu Tronowego z nieruchomymi, poważnymi minami. Królowa wiedziała, że to dla nich nie do pomyślenia, by siedzieć bezpiecznie w stolicy, podczas gdy jedno z miast Clemoncé pada ofiarą Opętanych. Ale szlachcic we frymuśnych szatach ani myślał dać się przekonać.

– Nonsens – powiedział. – Sama Wasza Wysokość powiedziała, że armie demonów w przesmyku Amaethon nie są liczne.

Królowa westchnęła. Czy oni naprawdę są aż tak naiwni?

Nie odwracając się, odezwała się do jednego z żołnierzy za swoimi plecami:

– Pułkowniku Laville. Czy będzie pan tak miły i wytłumaczy hrabiemu du Savere, jakimi ścieżkami podążają myśli nieprzyjaciela?

Pułkownik skłonił się sztywno i zrobił krok naprzód. Był twardo stąpającym po ziemi człowiekiem w średnim wieku. Włosy miał przeplecione siwizną, ale gęste brwi i zadbane wąsy wciąż były czarne jak noc. Nie zawracał sobie głowy, by kryć się z pogardą, jaką żywił dla szlachty. Utkwił bystre spojrzenie czarnych oczu w hrabim.

– Dwie armie demonów znajdujące się obecnie w przesmyku Amaethon rzeczywiście są relatywnie małe. Łącznie liczą około czternastu tysięcy żołnierzy. Lecz musimy pamiętać, że Navaria nie ma własnej armii. Połowa populacji tego kraju mieszka w mieście stołecznym, Sophii, która dysponuje garnizonem liczącym zaledwie tysiąc żołnierzy. Gdy zostaną pokonani, większość z nich odrodzi się jako Opętani.

Hrabia du Savere wydął usta. Dodatkowe sześć setek Opętanych nie brzmiało jak poważne zagrożenie, ale pułkownik Laville jeszcze nie skończył.

– Podczas gdy garnizon rzeczywiście jest niewielki, miasto Sophia liczy prawie sześćdziesiąt tysięcy mieszkańców. Jeśli Navaria upadnie, a upaść musi, wielu jej obywateli również zasili szeregi wroga. Szacujemy, że armia, która przekroczy naszą granicę, będzie liczyć około czterdziestu tysięcy żołnierzy.

Szlachcice patrzyli na niego, jakby nie mogli uwierzyć w jego słowa.

– Armia Ruaen nie będzie w stanie im się oprzeć, a armia demona, która idzie na północ, zwiększy swoją liczebność o kolejne dwadzieścia tysięcy opętanych dusz.

Królowa potoczyła wzrokiem po komnacie i niewielu szlachciców uciekło przed jej granitowym spojrzeniem.

– W dalszej kolejności upadną Dumonté i Porte du Château. A wraz z nimi tysiąc farm i winnic zostanie zrównanych z ziemią, zaś nasz ukochany kraj stanie się częścią Utraconych Ziem.

Wreszcie nabrała tchu i do jej oczu napłynęła ponura determinacja.

– Prawda przedstawia się w sposób następujący – dodała po pauzie. – Jeśli zadaniem Legionu Tronowego jest obrona stolicy, to musi wyruszyć szybko. Jeśli będziemy siedzieć i czekać na Opętanych, to już po nas.

– Ale niebezpieczeństwo może nadejść z innej strony – rzekł, bezbłędnie akcentując słowa, szlachcic zasiadający po prawej stronie sali.

– Tak, to możliwe – przystała królowa. – Ale inne armie walczą, by do tego nie dopuścić. Nie możemy chować się za murami i czekać, aż w nadchodzących latach zagrożenie znajdzie się na naszym progu. Musimy uporać się z nim teraz.

– Powinniśmy wycofać nasze wojska z Illicji i Beltane – włączył się do dyskusji ciemnowłosy mężczyzna z książęcym herbem zwisającym ze złotego łańcucha na jego szyi. – Armia Nieregularnych wyruszyła w drogę zaledwie kilka dni temu. Dlaczego na wschód, skoro wiemy, że zagrożenie nadchodzi z południa?

W tonie księcia czaiło się oskarżenie. Spojrzał w lewo, szukając poparcia u księcia Ludovica. Ale książę pozostał niewzruszony. Usiadł z przodu, wsparł jedną rękę na udzie, a palcami drugiej pocierał w namyśle podbródek.

Książę z medalionem na szyi dał się zbić z pantałyku, gdy zobaczył, że Ludovico nie ma zamiaru poprzeć wyjścia, które on sam uznał za jedyne słuszne. Królowa ograniczyła się do znużonego westchnienia.

Ci ludzie nie zdawali sobie sprawy z siły przeciwnika. Nie mieli pojęcia o koszmarze, który od dziesięcioleci wrze na linii frontu.

– A co z demonami? – nie ustępował książę. – Jeśli się nie mylę, ostatni mag bitewny wyruszył wraz z Nieregularnymi. Czy Wasza Wysokość zechciałaby wyjaśnić, jak zamierza walczyć z demonami bez maga bitewnego?

– Ma maga bitewnego, a nawet dwóch! – dobył się z najwyższego rzędu chrapliwy, rozeźlony głos.

Wszyscy obejrzeli się na wstających z miejsc Aureliana i Dusaule'a. Tego dnia, gdy Nieregularni wyruszyli w drogę, królowa pod osłoną mroku osobiście udała się do gospodarstwa, by się z nimi rozmówić. Dusaule dopiero co wrócił ze swojej samotnej wędrówki, a Aurelian martwił się, czy prośba królowej nie wyśle go na kolejną. Ale milczący zagrodnik słuchał uważnie, gdy władczyni wykładała im swoje plany uratowania stolicy Navarii.

Aurelian nie potrzebował dodatkowej zachęty, lecz Dusaule wyraźnie się wahał.

– Nie mam zamiaru posyłać cię do walki – powiedziała królowa, świadoma złożonej przez niego przysięgi. – Ale gdybym mogła liczyć na twoją ochronę i ogień Aureliana...

Królowa zawiesiła głos. Nie chciała przysparzać Dusaule'owi cierpienia. A jednak po kilku chwilach namysłu milczący mężczyzna skinieniem dał znak, że zgadza się jej pomóc. Obaj stanęli teraz przed zdumionymi szlachcicami.

– Co takiego? – Siedzący w środku sali mężczyzna o włosach pokrytych brylantyną i błyszczącej skórze wyglądał, jakby wypił sok z cytryny. – Czy mamy powierzyć bezpieczeństwo legionu kalece i niemowie?

Aurelian obrzucił go takim spojrzeniem, jakie mógłby posłać natrętnemu pijakowi, który właśnie nasikał mu na buty. Pokaz siły nie był potrzebny, wystarczyła siła jego pogardy.

– Magowie bitewni Cruz i Dusaule zgodzili się nam pomóc, my zaś jesteśmy im niewymownie wdzięczni – rzekła królowa. – Wedle najświeższych wieści dwie armie Opętanych podróżują osobno. Gdyby udało się je zaatakować jedną po drugiej...

– Dość! – wypluł książę z medalionem na szyi. – To jakieś szaleństwo! O czym my w ogóle rozmawiamy? Musimy jak najszybciej ściągnąć nasze armie z powrotem do kraju, by go broniły. – Zrobił pauzę. – Nie – podjął i w tym momencie ośmielił się pogrozić królowej palcem. – Nie możemy pozwolić na posłanie legionu na wojnę, gdy mamy jeszcze inne możliwości.

– Nie zrozumiałeś mnie, panie – rzekła królowa, a za jej plecami Cyrano stężał, bo znał ten ton, zimny jak zmrożona stal. – Nie zwołałam tego spotkania, by pytać was o pozwolenie. – Królowa odrzuciła płaszcz na ramiona, by pokazać napierśnik, który nosiła pod spodem. Jej ręką pomknęła do rękojeści miecza, gdy zwróciła się ku mężczyźnie, któremu ubzdurało się, że może rozkazywać królowej Furii. – Zwołałam je, by was poinformować, że zabieram legion na południe, i by poprosić księcia Ludovica, by uczynił mi zaszczyt i zarządzał miastem pod moją nieobecność.

Z gardeł zgromadzonych wydobył się chóralny okrzyk zdumienia, a książę Ludovico wyprostował się na krześle. Na jego twarzy zdumienie mieszało się z dezorientacją. Zmrużył oczy i spuścił wzrok, gdy królowa zwróciła się do niego.

– Lecz moja prośba nie jest równoznaczna z zaręczynami – dodała, gdy spojrzenie księcia zsunęło się na czarny pas w jej talii. – Na pewno zdajesz już sobie sprawę, książę, że nasze domy nigdy się nie połączą.

Ludovico wysunął żuchwę. Oblał się rumieńcem, a po komnacie przebiegły wyrazy dezaprobaty, gdy królowa publicznie odrzuciła awanse drugiej najpotężniejszej osoby w królestwie.

– Wybacz – ciągnęła królowa. – Lecz moje serce już jest rozszczepione między ludem Furii w pierwszej kolejności a Chevalierem w drugiej, gdyż nie mogę dłużej wzbraniać się przed żywioną do niego miłością.

Ciemne oczy księcia płonęły udręką i przez chwilę wydawało się, że z pewnością odmówi, lecz królowa nie wypuszczała go z kleszczy swojego spojrzenia.

– Jak więc będzie, książę? – ponowiła pytanie. – Czy przyjmiesz na siebie funkcję namiestnika tego miasta? Czy będziesz troszczył się o mój lud podczas mojej nieobecności? Wiem, że ty też go miłujesz.

Książę długo patrzył na królową, a potem wymówił cicho:

– Zgadzam się.

Królowa wydała z siebie olbrzymie westchnienie, po części ulgi, a po części wdzięczności, lecz był w nim też strach przed obraną ścieżką. Przez moment nie mogła dobyć głosu, a potem obwiodła komnatę wyciągniętym ramieniem.

– Niech żyje książę Furii – powiedziała, a szlachcice podchwycili jej słowa, jakby znaleźli się w mocy jej czaru.

– Niech żyje!

Z brwiami wciąż ściągniętymi przez nagromadzenie emocji książę Ludovico wstał i ukłonił się królowej, która z szacunkiem odwzajemniła gest.

– Pan Cyrano będzie nadzorował twoje zarządzanie sprawami Furii, książę – powiedziała i doradca wyszedł naprzód.

Idealnie panował nad swoimi uczuciami i nikt nie domyślił się, jak wielka udręka szaleje w jego sercu. Gdyby mógł, zamknąłby królową w zamku, a na czele armii postawił całą tę niewydarzoną szlachtę. Ale legion podlegał bezpośrednio tronowi Furii, a jego ucieleśnieniem była królowa.

– Pułkowniku Laville – zwróciła się do drugiego oficera w łańcuchu dowódczym – o świcie legion będzie gotowy do wymarszu.

– Tak jest, Wasza Wysokość – odrzekł weteran.

Królowa wyszła z komnaty korytarzem prowadzącym na parter. Aurelian wyprowadził Dusaule'a klatką schodową. Właściwie podzielał zdanie możnych – plan królowej był szaleńczy, ale niestety, nie było innego wyjścia. Falko i Nieregularni byli potrzebni na froncie. Poza tym on sam, tak jak królowa, uważał za plamę na swoim honorze to, że inni maszerują ku niebezpieczeństwu, gdy on sam siedzi bezpieczny w swojej chacie. Nawet Dwimervane, zniedołężniała smocza staruszka, mruknęła groźnie, nie mogąc doczekać się, aż znowu stanie na polu bitwy.

Gdy tylko słońce wyjrzy zza horyzontu, Legion Tronowy ruszy na wojnę, a zagrodnicy oraz ich smok ruszą wraz z nim.

Ponad dwieście mil dalej na wschód emisariusz szukał na niebie szpiegów przeciwnika. Od opuszczenia Hoffen spowalniały ich regularne potyczki z niewielkimi oddziałami Opętanych, którzy wyskakiwali znikąd na niespodziewających się niczego żołnierzy. Każda armia, która zapuściła się na Utracone Ziemie, powinna liczyć się z możliwością nagłej napaści, ale te zagęszczały się ponad miarę, gdy śledził ich mroczny anioł. Parli więc naprzód, co rusz spoglądając w górę i szukając charakterystycznych skrzydlatych sylwetek, które mogły zwiastować kolejny atak.

Teraz niebo było czyste i emisariusz spuścił wzrok na Czwartą Armię, która meandrowała wśród skalistych wrzosowisk Illicji. Znajdowali się obecnie dziesięć dni marszu od Hoffen i emisariusz zastanawiał się, co zastaną w leżącym po drodze mieście Amboss. Obszar wokół Amboss cierpiał nieustanne ataki i pojawiały się nawet raporty o małych oddziałach i pomniejszych demonach, które przemykały się przez fortyfikacje, okopy i barykady, by przeć dalej w kierunku granicy z Clemoncé.

Jak dotąd były to sporadyczne przypadki, ale stanowiły dostateczny powód, by marszałek Breton ściągnął Czwartą na południe, żeby zwiększyła obronność miasta, póki wciąż mogła. Po dokonaniu tego emisariusz planował ruszyć na południowy wschód, by utrzymać szlaki zaopatrzeniowe do Beltane i uniemożliwić Opętanym okrążenie północnego brzegu jeziora Viegal.

Wszystkie raporty były zgodne co do tego, że pozostałe beltańskie twierdze wciąż dają odpór najeźdźcy, w dużej mierze dzięki staraniom Vercincallidusa. Jego taktyka napad-wypad skutkowała nadwyrężeniem sił Opętanych. Emisariusz również stosował teraz podobną taktykę. Największym problemem była nieobecność magów bitewnych. Myśli Chevaliera coraz częściej zdążały do Falka. Jak poradził sobie po powrocie do Furii? Czy przeszedł rytuał Assay? Czy przywołał smoka?

Nieregularni powinni już być w drodze do Amboss, ale emisariusz nie dopuszczał do siebie fałszywej nadziei, że Falko idzie wraz z nimi. To chyba zbyt wiele spodziewać się, że ukończył szkolenie w tych kilka tygodni. Nie. Musi grać tymi kartami, które ma na ręce. Jedynym pocieszeniem było to, że Hoffen i Le Matres wciąż stały na straży północnych szlaków do Clemoncé. Opętani nie uderzą na stolicę, dopóki strzegą jej te dwie warowne twierdze. Królowa jest więc bezpieczna, a przynajmniej na razie.

Emisariusz zadumał się, gdy mijały go szeregi włóczników i mieczowników. Miał bolesną świadomość tego, że w chwili obecnej wszystkie armie Clemoncé znajdują się poza granicami kraju. Dobrze, że te na razie nie były narażone na atak, bo bał się myśleć, co zrobiłaby królowa, gdyby jej ukochane królestwo znalazło się w stanie zagrożenia.

Zadrżał, gdy chmura przysłoniła słońce, a potem pognał Tapfera naprzód, bacznie rozglądając się wokoło i co chwila zerkając w niebo. Zwiadowcy twierdzili, że w tej okolicy nie ma Opętanych, ale emisariusz wiedział, że nikt nie może pozwolić sobie w tych czasach na złudne poczucie bezpieczeństwa. Musieli mieć oczy dookoła głowy, by szybko reagować na zagrożenie, nieważne, jak niespodziewane i z której strony miałoby nadejść.

85

BÓL, BÓL I WIECZNY BÓL

Stojący na niskiej grani Vercincallidus patrzył na wchodzącego w pole widzenia wroga. Było późne popołudnie, wiał chłodny wiatr, ale powietrze nad Opętanymi drgało i gotowało się, jakby prażyło letnie słońce. Zastęp czarnych wojowników wpłynął do doliny, a generał wiedział, że podobnie liczebna armia zachodzi ich właśnie od tyłu. Po latach wymykania się wrogowi z rąk został wreszcie zapędzony w kozi róg, lecz nawet teraz szukał drogi ucieczki.

Nie miał zamiaru dać się wziąć w kleszcze. Raczej spróbuje przebić się przez armię przed sobą, zanim zaatakuje go ta z tyłu. Była to taktyka, którą stosował wielokrotnie, sęk w tym, że tym razem obiema armiami dowodziły demony. Zwykle za wszelką cenę unikał armii dowodzonych przez piekielników, ale dziś synowie Elduru nie byli sami.

Vercincallidus powędrował wzrokiem do mężczyzny dosiadającego smoka koloru głębokiego karmazynu. Jego zbroja płytowa wykuta była z beltańskiego stopu i miała szlachetny połysk starego brązu. Hełm o klasycznym kroju osłaniał nos i policzki, a szczeliny na oczy były wzmocnione dodatkową warstwą stali. Miecz także wykuto na plemienną modłę, tarczę zaś ozdobiono niedźwiedziem rodu Gullinbursti.

Vercincallidus nie chciał w swoich szeregach maga bitewnego, wiedział bowiem, jak bardzo są potrzebni gdzie indziej, lecz jeśli jego armia miała przeżyć ten dzień, będą potrzebowali ochrony, jaką może nad nimi roztoczyć tylko Wielka Dusza. Przez lata patrzył, jak demony giną z ręki tego człowieka, lecz dzisiaj sytuacja przedstawiała się inaczej. To, co gnało Opętanych w jego kierunku, nie przypominało niczego, z czym mieli dotąd do czynienia.

Usiłując ignorować nasilającą się niepewność, Vercincallidus wrócił myślami do nadchodzącej bitwy. Przearanżował układ sił w jak najbardziej agresywną formację. Cała nadzieja w tym, że uda się zabić demona, przebić przez wrogie szeregi i uciec, nim druga armia zamknie kleszcze i zaatakuje ich od tyłu.

Popatrzył na swoją armię, na dziewięć tysięcy najlepszych żołnierzy w Beltane. Na przestrzeni lat wielokrotnie stawali do walki z Opętanymi, lecz teraz ich generała dręczyły wątpliwości, oni zaś czuli, jak garota przerażenia zaciska się na ich gardłach. Vercincallidus obnażył zęby i warknął, kpiąc z własnej słabości, nagle jednak poczuł, jak jego wnętrzności wypełniają się lodem, gdy ze żlebu wyłonił się i stanął na niskich klifach demon.

Okuty w czarny pancerz piekielnik był mniejszy niż większość napotkanych przez Vercincallidusa demonów i chodził jak człowiek, na dwóch ludzkich nogach, ale generał nigdy jeszcze nie widział piekielnika, który emanowałby tak potworną mocą. Widywał zwaliste, olbrzymie behemoty, zdolne jednym ciosem pięści pogruchotać żebra koniowi, i inne, które kłapnięciem szczęk przegryzały na pół zakutych w stalowe zbroje rycerzy. Ale jeszcze nigdy nie zetknął się z demonem o tak wielkiej i tak obezwładniającej wewnętrznej sile. Jej fala uderzyła w armię generała, przemknęła po żołnierzach, a on myślał przez chwilę, że poddadzą się tej aurze, lecz wtedy wyczuł siłę woli mężczyzny u swego boku. Była niczym stalowa tarcza, którą osłonił kruche naczynie swej duszy, i Vercincallidus odetchnął z ulgą, gdy mag bitewny roztoczył płaszcz ochronny nad całą armią.

Teraz mogli mu się oprzeć. Teraz mogli walczyć.

Mag dobył miecza, a smok przybrał pozycję bojową, gotując się do walki. Generał spojrzał w dół i zobaczył, jak demon staje i krzyżuje spojrzenie z człowiekiem, który ośmielił się rzucić mu wyzwanie. Karmazynowy smok poruszył się niespokojnie i cofnął o krok, ale mag bitewny opanował go i Vercincallidus wiedział, że usiłuje zorientować się w sile wroga, sondując jego słabe punkty.

Generał wrócił spojrzeniem do przeciwnika i ku swojemu przerażeniu przekonał się, że piekielnik skupił teraz całą swoją uwagę na nim. Siła jego badawczego spojrzenia chłostała go jak nasączony trucizną bicz, a jednak nie mógł odwrócić wzroku. Świat przed jego oczami wycofał się na dalszy plan, gdy generałem zawładnęło piekielne spojrzenie demona, a potem gdzieś na granicy słyszalności Vercincallidusa rozbrzmiał jakiś dźwięk, odległa kakofonia wrzasków. Dźwięk nasilił się, aż całkowicie wziął we władanie jego umysł, a potem raptownie zniknął, zastąpiony przez złowieszczą ciszę. A w tę wdarł się głęboki głos, który przemówił do niego w języku wolnych plemion.

„Verkir, verkir og eilíft verkir" – powiedział głos, a strach raz jeszcze zacisnął lodowate szpony na wnętrznościach generała.

– Nie słuchaj go – polecił mężczyzna u jego boku, a Vercincallidus wrócił na ziemię. – Żadne przeznaczenie nie ryje się w kamieniu – rzekł mag bitewny, gdy smok zrobił dwa kroki w tył. – Wróg próbuje osłabić nas swoimi kłamstwami. Ale my zamkniemy na nie uszy.

Mag bitewny pochylił się, złapał za paski uprzęży i poprawił tarczę na ręce. Spojrzał w dół na Vercincallidusa, a jego oczy jaśniały w cieniu hełmu.

– Za Jedno Plemię – rzekł, przywołując nazwę mitycznego klanu, który zjednoczył wszystkie ludy Beltane.

– Za Jedno Plemię – powtórzył Vercincallidus, a wielki smok rzucił się naprzód i sfrunął z krawędzi urwiska.

Na oczach generała zapikował w kierunku doliny z magiem bitewnym wczepionym w jego grzbiet. Zaatakowali jak jeden organizm i Vercincallidus był pewien, że nic nie zdoła oprzeć się tak druzgocącemu natarciu, lecz wówczas przypomniał sobie słowa, które rozbrzmiały w jego głowie, i nagle wiedział ponad wszelką wątpliwość, jak brzmi imię demona, który rzucił im wyzwanie.

Illicjanie nazywali go Marchio Dolor, słowa pochodziły ze starożytnego języka Protégii. Stał przed nimi głównodowodzący Opętanych.

Marchio Dolor. Markiz Cierpienia.

Marchio Dolor patrzył z szyderczym rozbawieniem, jak wyrm zeskakuje ze skał i mknie w jego stronę, niosąc pochylonego w siodle Przeciwnika. Czuł promieniującą od nich siłę oraz gromadzącą się w nich energię, ale się nie poruszył. Zamiast tego dobył miecza i przybrał pozycję bojową. Zasłonił się ramieniem, okrytym tarczowym karwaszem, i przygotował do zadania ciosu masywnym mieczem, który ściskał w prawej ręce.

Broń przypominała ferocką machairę, oręż o jednosiecznym, zakrzywionym ku dołowi ostrzu. Podobnie jak jego zbroję, miecz wykuto z ciemnej stali pokrytej filigranową siatką żyłek, które zajaśniały, gdy Marchio zacisnął pancerną pięść.

Już dawno nie zabił żadnego Przeciwnika. Będzie smakował ten moment.

Gdy smok wzbił się do lotu, Vercincallidus dał rozkaz do ataku i dziewięć tysięcy wojowników ruszyło na Opętanych. Dolina drżała od huku kopyt i jazgotu trąb. Burza strzał pędziła ku skłębionej masie skirytów, ale pierwsze uderzenie należało w tej bitwie do maga bitewnego i jego smoka.

Marchio Dolor rozstawił szerzej nogi i pochylił się naprzód, gdy z miecza maga bitewnego strzeliła lanca błękitnego światła. Odbił zabójczy magiczny grom opancerzonym ramieniem. Cios zostawił po sobie głębokie wgniecenie, ale nie był w stanie przebić zaklętej stali.

Zanim zdołał wyprowadzić własny atak, Marchio Dolor stanął w płomieniach, gdy poraził go ognisty strumień dobywający się z paszczy smoka. Marchio odczuł jego gorąco, ale chronił go potężniejący od tysięcy lat pancerz wiary. Gdy rozwiały się spowijające go płomienie, mag bitewny dostrzegł roziskrzone furią ślepia demona.

Smok rzucił się na niego z rozdziawioną paszczą i wyciągniętymi szponami, ale na moment przed lądowaniem Marchio skoczył naprzód, zamachnął się mieczem i głęboko ciął go przez pierś. Mimo to jeden ze szponów natrafił na łatę odsłoniętej skóry i otworzył wyrwę w szyi piekielnika. Marchio prawie nie poczuł rany, tymczasem śmiertelnie ranny smok zwalił się na ziemię.

Nim jej dotknął, mag bitewny zeskoczył z jego grzbietu. Marchio okręcił się, gdy mężczyzna przetoczył się po ziemi i prędko dźwignął na nogi. Nie wahając się ani chwili, człowiek naparł naprzód, bijąc w demona kulą ognistą, ale Marchio odbił ją wierzchem pancernej pięści i wyprowadził cięcie od góry, chcąc rozpłatać maga na dwoje. Mężczyzna pomknął przy samej ziemi, unikając morderczego ciosu, a potem szybkim ruchem posłał w przód impuls energii, którym wytrącił miecz z dłoni demona.

Czując nadchodzące nieuchronnie zwycięstwo, mag rzucił się, by zadać ostateczny cios, lecz piekielnik znów okazał się za szybki. Sparował uderzenie tarczowym karwaszem, podczas gdy drugie wystrzeliło w przód. Szpony zacisnęły się na gardle maga. Demon szarpnięciem podniósł go i rzucił na plecy. Mag bitewny upuścił miecz, a demon zaczerpnął z własnej piekielnej mocy. Ogień wieczny spłynął po jego ramieniu i ogarnął głowę i ramiona przeciwnika. Mężczyzna próbował wzmocnić ciało magią, ale moc Marchia była zbyt wielka. Plemienny hełm rozgrzał się do czerwoności, a ciało maga bitewnego zaczęło się topić. Demon z rozpędu uderzył nim o kamienną ścianę. Żar jego nienawiści i siła uderzenia sprawiły, że skała zaczęła pękać i się rozpuszczać. Wciąż warcząc ze złości, Marchio począł się modlić, wciskając maga bitewnego głębiej w niszczejącą kamienną ścianę.

Zbyt poważnie ranny, by móc dobyć słowa, mag bitewny bił pięściami trzymającą go rękę, zasypując Marchia łukami błękitnej energii i usiłując zgromadzić więcej mocy na przekór wstrząsającej nim agonii. Ale nie udało mu się. Modlitwa demona była zbyt potężna, jego siła zbyt wielka. Skalna ściana jaśniała czerwonym światłem, gdy Marchio Dolor wciskał maga bitewnego w jej roztopione wnętrze. Mężczyzna wciąż stawiał opór, ale nic nie mógł już zrobić i wkrótce magma pochłonęła go, aż tylko jego ramiona i nogi wystawały poza obręb skały, drżąc i wyciągając się w spazmach nieopisanego bólu.

Wreszcie Marchio puścił go i wyciągnął rękę ociekającą roztopioną skałą. Może i nie zdoła zagarnąć duszy tego Przeciwnika, ale przynajmniej upewni się, że będzie cierpiał. Bluźniercza moc demona utrzyma go przy życiu, a tymczasem skała wokół niego zastygnie. Mag bitewny będzie cierpiał tortury, jednocześnie dusząc się i płonąc żywcem, a dodatkowej udręki przysporzy mu świadomość porażki.

Ręka Marchia wciąż jaśniała żarem, gdy podniósł z ziemi swój miecz i ruszył w kierunku rannego wyrma. Ostrze demona wniknęło głęboko w jego ciało i z ziejącej rany polała się krew, lecz mimo to smok gotował się do walki. Oczy płonęły mu nieustępliwością, choć wiedział, że zwycięstwo jest niemożliwe. Demon był po prostu zbyt silny.

Gdy mag bitewny został pokonany, jadowita nienawiść piekielnika wypełniła całą dolinę i Vercincallidus mógł tylko patrzeć, jak jego armia się kruszy. Przerażenie napierało na nich jak fala przypływu i generał wiedział, że on sam nie zdoła się jej długo opierać. Ale dopóki został mu choć strzęp silnej woli, będzie walczył. Sięgnąwszy do ostatnich rezerw swojej odwagi, dobył miecza i przywołał do siebie swoją gwardię honorową, złożoną z jeźdźców Pancernej Konnej.

Mogli już tylko umrzeć, zanim strach pochłonie ich bez reszty. Jedynie śmierć wojownika ocali ich przed Opętaniem i pozwoli wstąpić do Domu Walecznych. Wojownicy dookoła niego wiedzieli o tym doskonale, mimo to widział już strach w ich oczach.

– Jedno Plemię! – zawołał, a gdy odpowiedział mu ich gromki okrzyk, poprowadził swoich ludzi do ostatniej szarży.

Pomknęli w dół skalnym zboczem. Zaatakowali najgęściej obsadzone miejsce w szyku, szukając szybkiej śmierci, lecz demon przejrzał ich zamysł i mocą umysłu nakazał swoim podkomendnym, by wzięli ich żywcem. Nie pozwoli, by Serthiański Wilk uciekł przed nim w śmierć.

Synowie Elduru walczyli przez jakiś czas, lecz nawet ci zaprawieni w bojach weterani nie mogli wiecznie opierać się strachowi i wkrótce dolina wypełniła się ich krzykami rozpaczy. Gdy walka ustała, zgromadzono ich w grupie na dnie doliny: żywych, martwych i umierających, żałosną zbieraninę przerażonych ludzi. Otoczeni przez wojowników Opętanych, patrzyli trwożliwie, jak Marchio Dolor wychodzi naprzód. Skłonił swoją rogatą głowę i rozłożył ramiona, jakby chciał ich objąć. Ale w tym geście nie było życzliwości. Demon zanosił mroczne modły o ich zniewolenie.

Jęk strachu wydobył się z ludzkich gardeł, gdy pozostałości armii otoczyła ściana ognia wiecznego. Pojmani krzyczeli, płakali, tratowali się i wspinali po sobie nawzajem, gdy płomienie pełzły w ich kierunku, aż w końcu wszyscy zostali przez nie pochłonięci.

Ściągnięty z konia, pobity, związany i bezradny Vercincallidus zapłakał, gdy jego dzielni wojownicy zostali ochrzczeni piekielnym płomieniem. Wrzaski i wycie odbijały się echem od ścian doliny i wydawały się nie mieć końca, aż wreszcie płomienie zgasły i beltańscy wojownicy się odrodzili. Nie został najmniejszy ślad po ich człowieczeństwie. Nawet ich zbroje zostały przekute na ferocką modłę.

Wierność nowo powstających Opętanych zahartowała się w szaleńczym cierpieniu, a żar bijący z odmienionych pancerzy będzie odtąd przypominać o karze, jaka czeka przegranych. Taki los spotkał synów Elduru, i taki los miał zaraz spotkać ich generała.

Vercincallidus patrzył, chory z przerażenia, jak Marchio Dolor zwraca się w jego stronę. Wiedział, że jest zgubiony, ale był wojownikiem z plemienia Vísunduri i nie miał zamiaru tanio sprzedać skóry. Marchio Dolor wyczuł jego postanowienie i coś na kształt groteskowego rozbawienia pojawiło się w jego płonącym spojrzeniu. Ostatni przemienieni Beltańczycy wynurzali się ze świętych płomieni. Czas, by dołączył do nich ich generał.

Klęczący przed demonem Vercincallidus wzdrygnął się, gdy Marchio Dolor położył masywne dłonie na obu bokach hełmu. Jego oddech zaczął się rwać, zmienił się w nierytmiczną sekwencję chrapnięć i wizgów, kropelki śliny pryskały przez zaciśnięte zęby, gdy zbierał się na odwagę, aby każdym włóknem ciała sprzeciwić się demonowi w tej ostatniej godzinie.

Gdy Marchio Dolor wymówił pierwsze słowa modlitwy, głowę generała objął ogień wieczny.

Choć Vercincallidusowi ból nie był obcy, jego opór stopniał jeszcze przed pierwszym uderzeniem serca, nim bezwarunkowo oddał się ciemności. Nie wyobrażał sobie podobnego cierpienia w najgorszych koszmarach, ostatecznie jednak jego krzyki ustąpiły miejsca gardłowemu charkotowi, a oczy zarosły bielmem Opętanych.

Marchio spojrzał na swojego nowego generała i zmrużył oczy, zadowolony z dzieła. Nie przemienił jego wilczej zbroi w ferocką. Zostawił ją w pierwotnym, plemiennym kształcie, by Beltańczycy od razu rozpoznali tego, kto wiedzie na nich legiony Opętanych. Cóż za cudowna ironia – królestwo Ozrika zostanie zniszczone ręką tego samego człowieka, który usiłował je ratować.

Wciąż rozedrgany po agonii objawienia, Vercincallidus podniósł się na nogi. Był późny wieczór, słońce zachodziło za pofałdowaną linią wzgórz, ale z nastaniem poranka on znowu stanie na czele armii. Ledwie parę minut wcześniej z chęcią oddałby życie za swoich ludzi. Teraz nie mógł się doczekać cierpienia, jakie na nich sprowadzi. W najgłębszych zakamarkach jego duszy to, co było kiedyś człowiekiem, roniło łzy, które nigdy nie popłyną z oczu Opętanego. Serthiański Wilk miał zamiar wydrzeć gardło królestwu, które kochał, i pokazać Beltańczykom, jaka jest kara za opór.

„Verkir, verkir og eilíft verkir".

Ból, ból i wieczny ból.

Tak brzmi obietnica składana przez Opętanych.

Gdy Vercincallidus został wcielony do armii Opętanych, przywołany przez Marchia zabójca przygotowywał się już do ponownego pojawienia się na świecie.

Daleko na północy, nieopodal illicyjskiego miasta Hoffen, zielona kraina w sercu kraju przemieniła się w pokryte białym popiołem pustkowia. Gdy słońce zatonęło za horyzontem, czarna skała zaczęła pękać i żarzyć się czerwonym światłem, aż w końcu wyłonił się spod niej demon. Długo wędrował, by dopełnić pokuty, lecz ta miała się już ku końcowi. Pogromca wkrótce się odrodzi.

86

ZŁE PRZECZUCIA

Falko miewał ostatnio niespokojne sny. Nieregularni opuścili Furię ponad dwa tygodnie temu. Przedzierali się teraz przez kaniony wyżłobione przez trzy wartkie rzeki. Wkrótce głębokie doliny otworzą się na skalistą równinę, gdzie rzeki zbiegały się, by przelać się przez skarpę wodospadem zwanym La Grande Cascade. Linia stoku wyznaczała tam granicę z Illicją, a w odległości trzydziestu mil od niej leżało miasto Amboss, gdzie Nieregularni dołączą do zjednoczonych sił, którymi dowodził marszałek Breton.

Za niespełna sześć dni marszałek zwoła comiesięczną naradę strategiczną i Nieregularni chcieli dotrzeć do miasta na czas, by również wziąć w niej udział. Wciąż mieli szmat drogi przed sobą, ale i całkiem niezłe tempo. Jeśli je utrzymają, dotrą do Illicji i zostanie im jeszcze kilka dni w zapasie.

Tej nocy rozbili obóz wzdłuż brzegu Tonnerre, tej spośród trzech rzek, która sięgała najdalej na północ. Szum wody odbijał się echem od białych klifów, brzmiąc jak odległy grom. Zmierzchało już i setki ognisk rozkwitały nad brzegiem rzeki, gdy armia rozbijała obóz. W pobliżu jednego z tych ognisk jaśniało inne źródło światła.

Falko wpatrywał się w eteryczny płomień otaczający jego prawą rękę. Rozluźnił napięcie w umyśle i ogień zgasł, w żaden sposób nie naruszywszy stalowej rękawicy. Coraz lepiej kontrolował ogień. Pozwolił wibrującej mocy spłynąć wzdłuż ramienia i ogień znów zajaśniał wokół jego dłoni, tak jak płomyk świecy, który w rzeczywistości nie dotyka knota.

– Czy to boli? – spytał Malaki, kładąc obok niego miskę z dziczyzną.

– Nie – odparł rozkojarzony Falko. Wciąż fascynowały go jego nowo rozbudzone moce. Czasem zapominał się, tak jak teraz, i ludzie wokoło zaczynali się gapić. – O, przepraszam – rzekł z zawstydzonym uśmiechem i zgasił płomień.

– Nie przepraszaj – powiedział Alex. – Rozpalanie ogniska nigdy jeszcze nie było tak łatwe.

Przyjaciele śmiali się, lecz właściwie ich również dotykał niepokój, gdy Falko swoimi tajemniczymi mocami rozpalał nawet wilgotne drewno. Wszyscy pamiętali tamtą noc, gdy spróbował zrobić to po raz pierwszy. Wówczas ułożone ostrożnie, przykryte chrustem serce ogniska rozprysło się na wszystkie strony, a oni odbiegli w popłochu, chowając się gdzie popadnie, gdy na polanę spadł deszcz płonących patyków. Lecz teraz Falko lepiej kontrolował swój płomień. Potrafił nie tylko utworzyć kulę ognia, której nie powstydziłby się sam Aurelian, ale też kształtować swoją moc i dostrajać ją do różnych poziomów intensywności. Było tak, jakby Falko uczył się walczyć nową bronią lub grać na nowym instrumencie. Próbował pamiętać o tym, co powiedział mu Aurelian, zanim wyruszyli z Nieregularnymi.

Nie myśl zbyt wiele. Po prostu zaufaj instynktom, a ogień pójdzie ich śladem.

Falkowi brakowało pokrzepiającej obecności zgryźliwego przyjaciela. Pamiętał noc, gdy przyleciał na Sydianie do Moździerza, by przedstawić go Aurelianowi i Dwimervane. Aurelian był zdumiony i rozemocjonowany, ale Dwimervane robiła wrażenie spiętej i zmieszanej. Wiedziała o wszystkim, czego dowiedzieli się w czasie przywołania, ale usłyszeć o zbrodni to jedno, a doświadczyć jej to zupełnie co innego. Jej pamięć rasowa nie sięgnęła jeszcze wystarczająco daleko wstecz, by sama mogła ujrzeć zdradę magów.

Z pomocą Falka Sydian zdołał opanować swoje uczucia, lecz wkrótce Dwimervane również miała zacząć czernieć i nikt nie potrafił przewidzieć, jak zniesie rozpacz, nienawiść i szał. Niebieska smoczyca wciąż była nieco przytłumiona, gdy Falko przyszedł się pożegnać. Zetknął się z nią czołem, próbując poprawić jej nastrój.

– Nie martw się – powiedział mu Aurelian. – Nasza stara klaczka jest z wiekiem coraz wrażliwsza, ale wciąż ma serce ze stali.

Falko był zaskoczony tym, z jakim trudem przychodzi mu pożegnanie. Zapamiętał sobie ostatnią radę, którą dał mu Aurelian:

– Wiele przeszedłeś w ciągu ostatnich miesięcy. Daj sobie trochę czasu na odpoczynek. Trzymaj się armii, oprzyj się pokusie, by lecieć przodem.

Falko pokiwał głową na znak, że rozumie.

– Naucz się panować nad swoją mocą – mówił dalej Aurelian. – Ufaj Sydianowi. I nie trać wiary. Cokolwiek by się działo... nie trać wiary.

Falko pamiętał, że Symeon także wypowiedział dokładnie te słowa. Dawno temu, w innym życiu. Raptem tęsknota zawładnęła jego sercem. Był wdzięczny losowi za to, że nie posyła go na front samego, lecz w towarzystwie przyjaciół. Przez obowiązki związane z dowodzeniem różnymi jednostkami rzadko jadali razem, a wieczory takie jak ten były rzadkością, więc robili, co w ich mocy, by należycie się nimi nacieszyć. Falko wziął do ręki miskę z potrawką i zaczął po prostu słuchać, jak przyjaciele wymieniają zaczepki i banalne komentarze, które jakimś sposobem tak zbliżały ich do siebie.

Siedzący z boku Alex podskoczył, gdy coś wpadło z pluskiem do jego miski i spryskało mu twarz gorącym sosem.

– Co to ma...! – wykrztusił, a potem wyłowił z miski małą szyszkę. Podniósł wzrok, by zobaczyć, skąd nadleciała.

Po drugiej stronie ogniska Huthgarl robił, co mógł, by nie wzbudzać podejrzeń. Szło mu nieźle do chwili, gdy Quirren nie wytrzymał i ryknął śmiechem, a wtedy sam wielki Beltańczyk zaczął chichotać jak mały chłopiec.

– Masz cela, trzeba przyznać – powiedział Quirren, a Huthgarl wzruszył skromnie ramionami.

Dziecinne zachowanie, ale Falko nie mógł się nie uśmiechnąć. Obrażona mina Alexa tylko dolała oliwy do ognia.

– Bardzo śmieszne! A jakie dojrzałe! – wygłosił, a ponieważ był to Alex, zabrzmiało to jeszcze śmieszniej.

Malaki i Bryna dołączyli do chóralnego śmiechu. Falko też nie zdołał się powstrzymać. Dobrze było siedzieć tu z nimi. Odwrócił się od ognia i spojrzał między drzewa, gdzie na skalnym występie leżał Sydian.

Gdy wyruszyli z Furii, Falko starał się trzymać smoka z dala od armii, a Sydian zdawał się rozumieć, że mag bitewny potrzebuje towarzystwa przyjaciół, zwykle więc sam rozkładał się gdzieś na skraju obozu, by Falko mógł spędzić nieco czasu z Malakim, Bryną i innymi. Smok wciąż wystrzegał się innych ludzi, ale też był nimi wyraźnie zaciekawiony. A nawet zafascynowany ich różnorodnością. Często przyglądał się wnikliwie tym, którzy mieli dość odwagi, by się do niego zbliżyć. Zainteresowanie było obopólne.

Ale Sydian nie był jedynym interesującym zjawiskiem w okolicy. Żołnierze wodzili wzrokiem również za Rycerzem Karmazynowego Hełmu, przyglądając się czerwonemu znamieniu na jego twarzy. Nie kpili z niego, nie dokuczali mu. Zawsze patrzyli z szacunkiem i podziwem.

– Patrz, to on – słyszało się czasem nieudolnie skrywane szepty. – To ten, co zabił demona.

Najwyraźniej nikt nie przejmował się tym, że ostateczny cios zadał lord Cabal, a nie Malaki. Ale gapiom wystarczył najwidoczniej widok jego charakterystycznej twarzy, jakby widząc Malakiego tak blisko siebie, czuli, że jego chwała i odwaga spływa również na nich.

A Malaki czuł się po prostu zażenowany całą tą uwagą, ale nie mogło być inaczej, skoro nieustannie zdradzało go znamię i czerwony znak, który widniał teraz również na jego hełmie.

Gdy pewnego dnia musztrował Nieregularnych w akademii, jego hełm w tajemniczych okolicznościach zniknął. Choć wywrócono baraki do góry nogami, nikomu nie udało się go odszukać. Dopiero następnego dnia pojawił się sam z siebie na kufrze przy łóżku Malakiego. Tylko że teraz jego lewa strona była pokryta lśniącą warstwą karmazynowej emalii. Przy hełmie leżała złożona kartka ze słowami:

Na rozkaz Jej Wysokości, by przypominał Jej poddanym, że nie ma rzeczy niemożliwych, gdy człowiek nosi w sercu siłę, honor i wiarę.

A. Missaglias

Malaki nie miał więc innego wyjścia, jak tylko z pokorą nosić ciężar sławy. Nie było w końcu złą rzeczą, że Nieregularnym w drodze na front towarzyszyli bohater oraz mag bitewny ze swoim smokiem.

Z każdym dniem nasilało się uczucie zagrożenia, a mijające ich kolumny uchodźców przynosiły nowe opowieści o rozpaczy i śmierci. Niektórzy wspominali nawet o dziwnym demonie, który przedarł się przez szeregi sprzymierzonych armii pod Amboss. Na szczęście Nieregularni zetknęli się tylko z niewielkimi oddziałami Opętanych i zaledwie kilkoma bestiarumami, które wyłoniły się z zacienionych wyrw w materii świata. Falko za każdym razem przewidywał nadciągające niebezpieczeństwo, dzięki czemu zawsze udawało się zminimalizować straty, ale już sama świadomość czyhającego nieustannie zagrożenia sprawiła, że żołnierze siedzieli jak na szpilkach i rozglądali się nerwowo za każdym razem, gdy zatrzymywali się na odpoczynek.

– Zastanawiam się, ilu żołnierzy stracimy do rana – rzekł Quirren, gdy przygasły nastroje zebranych przy ognisku towarzyszy.

– Nie wiem – odpowiedział Malaki. – Ale nie dziwi mnie, że ich tracimy. Niektórzy z nich to jeszcze dzieci.

– Powiedział weteran niezliczonych wojen – rzuciła Bryna i trąciła go ramieniem, gdy siedzieli razem na skrzyni z zapasami.

– Oj, wiesz przecież, co mam na myśli – odrzekł, strzepując z dłoni miód zmieszany z ale, który małżonka niechcący wychlapała mu z kufla. – Wczoraj widziałem dwóch chłopców, najwyżej piętnastoletnich.

Wszyscy pokiwali głowami, otrzeźwieni myślą o tym, że takie dzieci muszą mierzyć się z koszmarem wojny.

– Tylko że to nie młodzi dezerterują – zauważył Alex – a starzy, którzy mają już pewne pojęcie o tym, ku czemu maszerujemy.

To również była prawda. Co noc kilku żołnierzy uciekało przez stale narastające poczucie przerażenia. Rozpływali się w ciemności, by przed wschodem słońca wmieszać się w sunący drogami w przeciwnym kierunku nieprzerwany strumień uchodźców.

– Nie uciekł jeszcze ani jeden Urwipołeć – pochwaliła swoich łuczników Bryna. – Właściwie to ich liczba stale się zwiększa. Nie ma dnia, by nie wstępowali do nas nowi strzelcy.

Jakimś sposobem sława Urwipołciów sięgnęła do najdalszych zakątków królestwa i wielu błądzących po dziczy łowców, czyli kłusowników, chętnie porzucało swój niepewny i niezbyt legalny fach, by dołączyć do słynnej królewskiej Piątej Kompanii Łuczników.

– Wedle jakich kryteriów oceniasz, czy ci nowi się nadają? – zaciekawił się Quirren.

– Nie oceniam – odparła Bryna. – Pytam, czy mogę im ufać, a weryfikację pozostawiam Paddy'emu. Jeśli umieją nałożyć strzałę na cięciwę, już Paddy zrobi z nich łuczników, a jeśli nie umieją, idą pracować do kuchni polowej.

– I trzeba przyznać, że odwalają tam dobrą robotę – powiedział Alex, zbierając chlebem resztę potrawki. – Nawet jeśli to banda złodziei i kłusowników! – dodał, specjalnie podnosząc głos, by usłyszało ich kilku Urwipołciów, którzy przy sąsiednim ognisku przygotowywali gęsie pióra na pierzyska.

Bryna poderwała wzrok, czekając na ripostę.

Alex był już całkiem znaną postacią w armii, a droczenie się z Urwipołciami było jego ulubionym zajęciem, któremu oddawał się w wolnych chwilach.

– Fred, lepiej sprawdź wnyki – odrzekł jeden z łuczników, nie odwracając głowy. – Chyba królik się złapał, bo słyszę jakieś pipczenie.

– Gdzie tam – żachnął się jego kamrat. – To jeden z tych wykwintnisiów po dobrej szkole.

– A tak! Ten o liczku gładkim jak u dziewczęcia.

– I takim samym tyłku, jak wieść niesie.

– Wal się, głąbie! – rzucili na koniec i rechocząc, zwycięsko wrócili do piór.

Kadeci zaśmiali się, a najserdeczniej Alex, uradowany docinkami.

– Nie wszyscy są przestępcami – śmiała się Bryna. – Niektórzy chcą tylko walczyć za królową.

Wesołość zgasła, jakby ktoś ścisnął palcami płomyk świecy. Wspomnienie o królowej przypomniało towarzyszom o kolejnej niełatwej sprawie, która ciążyła im na sercach.

– Musi już być na granicy z Navarią – przerwał ciszę Malaki, gdy pochylili głowy w zamyśleniu.

Byli daleko od stolicy, kiedy dotarły do nich wieści o ekspedycji królowej. Kadeci chcieli natychmiast zawracać, ale starsi dowódcy się na to nie zgodzili.

– Nie ma mowy – rzekł lanista Magnus. – Istnieje powód, dla którego nie powiadomiła nas o swojej decyzji, dopóki nie opuściliśmy miasta. I kolejny, dla którego wieści docierały do nas tak długo.

– Chciała mieć pewność, że nie zawrócimy – powiedziała Bryna.

– Dokładnie. – Lanista Magnus kiwnął głową. – Wiedziała, że potrzeba, by ją wesprzeć, byłaby zbyt wielka, a w rezultacie marszałek Breton zostałby pozbawiony posiłków.

– Ale żeby osobiście dowodziła armią... – urwał Alex.

– Jest głównodowodzącą – przypomniał mu lanista Magnus. – Wynika to nie tylko z jej stopnia, ale i walecznego serca.

– Wystawia się na niebezpieczeństwo – dodał Malaki.

– Ma za plecami swój legion oraz Aureliana Cruza – wyliczył na palcach dowódca. – A jest to człowiek, któremu osobiście wolałbym się nie narażać, zwłaszcza w złości.

Kadeci odpowiedzieli nerwowym śmiechem, łypiąc na Falka, który znał Aureliana najlepiej. Zgodził się, że Aurelian, choć już nie pierwszej młodości i pozbawiony ręki, wciąż był przeciwnikiem, z którym należało się liczyć.

Falko także czuł palącą potrzebę, by ruszyć królowej z pomocą. Na pewno z grzbietu smoka dostrzegłby ją szybciej niż armia, ale wiedział, że lanista Magnus ma rację. Królowa chciała, by ruszyli na front, a poza tym Falko czuł w kościach, że pomyłką byłoby zawrócić. Nie potrafił tego wytłumaczyć, ale dręczyło go narastające poczucie zbliżającego się zagrożenia, na które musiał się przygotować.

Niezręczna cisza, która zaległa przy ognisku, wyraźniej od słów świadczyła o ich bezradności. Głowili się nad tym, co też może się teraz dziać na południu.

– A ty jak myślisz? Czy królowa przekroczy navarską granicę bez pozwolenia? – spytał Quirren.

– To byłoby równoznaczne z wypowiedzeniem wojny – zauważył Huthgarl. Traktat łączący Clemoncé z Acheronem stanowił, iż żadne z królestw nie może wysłać wojsk do Navarii bez wyraźnej zgody drugiego. – Cokolwiek by się wydarzyło, minie sporo czasu, nim wieści do nas dotrą.

– To prawda – potwierdził Alex. – Nie ma sensu martwić się sprawami, na które nie mamy wpływu. – Zaskoczył towarzyszy tak filozoficznym podejściem. – Dobra, lepiej zobaczę, jak się mają Wygnańcy – rzekł, wstając, by obmyć miskę w beczce na deszczówkę. – Dziś w nocy mamy wartę nad rzeką. – Pożegnał się i ruszył ścieżką przez obóz.

– A ja muszę omówić kilka spraw z Urwipołciami – rzekła Bryna.

Malaki także chciał wstać, ale Quirren powstrzymał go gestem.

– Sprawdzimy konie z Huthgarlem. Pij spokojnie.

Malaki podziękował mu machnięciem dłoni i łyknął miodowego ale. Gdy poszli, przysiadł się bliżej do Falka. Niebo nad ich głowami wciąż było niebieskie, ale w dolinie już kładły się pierwsze cienie, z którymi zlewał się Sydian, leżący pod drzewami nieopodal.

– Myślisz, że królowa przekroczy navarską granicę? – spytał.

– Oczywiście, że tak. Na pewno nie będzie siedzieć i czekać, aż Navaria upadnie.

Malaki zgodził się skinieniem.

– A ty? Wciąż uważasz, że trzeba ją odszukać?

– Sam już nie wiem. Mam wrażenie, że dwie siły ciągną mnie w dwie różne strony.

– Aurelian radził ci nieco odpocząć. Dodam, że dobrze by było, byś z nami został. Te partyzanckie napaści Opętanych zebrałyby większe żniwo, gdyby cię tu nie było.

Falko wzruszył ramionami.

– A poza tym – ciągnął Malaki – wkrótce będziemy na froncie i jestem pewien, że czeka tam już na ciebie przygotowana przez marszałka lista demonów do pokonania. – Falko prychnął ponurym śmiechem, ale troska nie odeszła z jego twarzy. – Sypiasz lepiej?

– Ty mi powiedz – odpowiedział Falko, a Malaki uśmiechnął się, słysząc zawstydzenie w jego słowach. Wszyscy kadeci wiedzieli o conocnych zmaganiach Falka. Im bliżej frontu się przesuwali, tym koszmary się nasilały.

– Zeszłej nocy coś tam mamrotałeś pod nosem. – Malaki nie chciał, by Falko czuł się winny.

– Słyszałeś, co dokładnie mówiłem?

– Bez ładu i składu, obawiam się – odparł Malaki, przypominając sobie, jak obserwowali go w nocy z Bryną.

– Ale rozróżniłeś słowa? – indagował Falko, rażony złymi przeczuciami.

Malaki pokręcił głową, ewidentnie unikając odpowiedzi, ale Falko nie miał zamiaru odpuścić.

– To, co zwykle. „Nadchodzi ciemność. Ciemność na ziemi, ciemność w głębi, ciemność na wzgórzach".

Mag bitewny czuł, jak niepokój wspina mu się po kręgosłupie.

– Na wzgórzach? – powtórzył. – Jesteś pewien, że mówiłem o ciemności na wzgórzach?

– Pewien nie jestem, ale tak mi się wydaje.

Falko pochylił głowę, namyślając się.

– Co to może znaczyć? – spytał Malaki.

– Nie wiem. Ale Symeon i Fossetta mówili, że gdy byłem młodszy, mówiłem przez sen o trzech wzgórzach.

– To dobrze czy źle?

Falko pokręcił głową i wzruszył ramionami. Czasami pamiętał niektóre swoje sny z przerażającą dokładnością, inne zaś były przeplecione cieniem. Na pewno wiedział tylko tyle, że w rzeczy samej nadchodzi ciemność.

– Sam już nie wiem – rzekł w końcu. – Może sprawa się wyjaśni, gdy dotrzemy na front.

Od przywołania Falko doświadczał narastającego wrażenia lęku. Z początku myślał, że to naturalna konsekwencja zbliżania się do wroga, ale teraz wiedział już, że to nie do końca to. Wyczuwał armie Opętanych daleko na wschodzie, widział je oczyma duszy tak wyraźnie jak czarne chmury na horyzoncie. Ale czuł też wokół siebie inne ogniska strachu i rozpaczy. Jedno ciemniało na północy, w niedostępnych górach Illicji. Kolejne na południowym wschodzie, na odległym wybrzeżu Beltane. I trzecie – tak daleko na południu, że musiało znajdować się w Thraecji.

Opętani nie dotarli jeszcze w tamte strony, ale jedno było pewne – ciemność wisiała nad światem ludzi, a ci, którzy żyli w jej cieniu, kulili się ze strachu, przerażeni czymś o wiele gorszym niż sama śmierć.

Falko nie umiał dojść do ładu z wrażeniami i przeświadczeniami będącymi treścią jego koszmarów, a Malaki patrzył z troską, jak przyjaciel zmagał się z wątpliwościami i niepewnością. Wyszkolić człowieka w sztuce wojennej i magicznej to jedno, ale jak nauczyć go rozumienia skłębionych cieni i przewrotnego umysłu wroga?

Malaki przysunął się i ścisnął silną ręką kark przyjaciela.

– Nie obwiniaj się tak – rzekł. – Pomyśl o tym, czego już udało ci się dokonać. Jestem pewien, że twój ojciec byłby...

Malaki nie umiał skończyć zdania, a Falko raptem się wyprostował. Wszelka niepewność zniknęła. Jego zielone oczy płonęły, gdy zwrócił je na wschód, gdzie rzeka toczyła swe wody ku Illicji.

– Co jest? – spytał Malaki, gdy obaj zerwali się na nogi. – Opętani? Bestiarum?

– Nie – odrzekł Falko. – Coś innego.

Wpatrując się pomiędzy drzewa, usłyszeli tętent koni. Z ciemności wychynęli dwaj jeźdźcy: jeden z patrolu obozowego, drugi zaś był jednym ze zwiadowców, którzy badali drogę przed armią.

– Co się dzieje? – spytał Malaki, gdy jeźdźcy zatrzymali konie na polanie.

– Mroczny anioł – wydyszał zalękniony zwiadowca.

– Gdzie?

Mężczyzna obrócił się w siodle i wskazał kierunek, z którego przyjechał.

– W dole rzeki. Pięć mil.

Jeśli mroczny anioł doniesie wrogowi o ich położeniu, ataki Opętanych znacznie się nasilą. Te skrzydlate kreatury były oczami i uszami nieprzyjaciela, a większość armii w żaden sposób nie mogła się przed nimi ustrzec. Tym razem jednak Nieregularnym towarzyszył ktoś, kto mógł przechwycić stworzenie w powietrzu i nie pozwolić mu na pomieszanie im szyków.

Malaki skinął głową i zwrócił się do przyjaciela, ale Falko już pędził.

87

CIEMNOŚĆ ODRODZONA

Falko biegł między drzewami równolegle z Sydianem. Nałożył w biegu hełm, zanim wypadli jednocześnie na polanę. Falko wybił się z porośniętego mchem kamienia i wskoczył na smoczy grzbiet. Sydian zrobił jeden krok, drugi, a potem wystrzelił w powietrze, łamiąc gałązki rosnących na skraju przejaśnienia drzew.

Gdy znaleźli się ponad poszyciem lasu, Falko sięgnął w dal myślą, ale nie mógł jeszcze wyłapać charakterystycznej aury stwora. Mroczny anioł był pomniejszym demonem, nie wydzielał więc takiej samej mocy jak jego potężniejsi pobratymcy, lecz Falko zdoła go wyczuć, gdy tylko się zbliży.

Wznieśli się w mroczniejące niebo i poszybowali na wschód, wzdłuż turkusowej rzeki. Ściany kanionu rozmazywały się w pędzie, po lewej i prawej stronie przemykały niewyraźne plamy białej skały, zielonych paproci i karłowatych górskich sosen. Powietrze było zimne i przejrzyste, widok z rzadka tylko przysłaniały przeźroczyste całuny wieczornej mgły.

Wiatr świszczał, rozdzierany ostrymi kątami pancerza Falka; syczał, prześlizgując się po łuskach Sydiana. Przez szczelinę hełmu Falko skanował niebo wzrokiem, szukając skrzydlatej sylwetki potwora o nietoperzych skrzydłach i demonicznym ciele wyniszczonego człowieka. Przez dwie pierwsze mile nie widział nic, a potem nagle wyczuł wiszący w powietrzu cień. Kilka mil dalej i o wiele wyżej – kilkaset stóp ponad wierzchołkami drzew porastających kanion.

Wiedząc, że wieczorne światło może zdradzić wrogowi ich położenie, Falko kazał Sydianowi obniżyć lot i skryć się w cieniu kanionu. Lecieli dalej. Falko czuł przeraźliwą intensywność spojrzenia Sydiana, badał je zmysłami, aż wreszcie zespolił się z nim i spojrzał na świat oczami smoka. Dziwnie się czuł, widząc rzeczy, które znajdowały się daleko poza zasięgiem jego ludzkiego wzroku. Gdy poczuł, że kręci mu się w głowie, potrząsnął nią, ale zaczynał się już powoli przyzwyczajać do patrzenia smoczymi oczami. Gdy Sydian spostrzegł skrzydlatego potwora, Falko wycofał się i odszukał go własnym wzrokiem.

Mroczny anioł znajdował się w odległości pięciuset jardów, gdy Sydian wyskoczył z kryjówki i pomknął mu na spotkanie. Potwór spostrzegł smoka niemal natychmiast i zaraz rzucił się do ucieczki. Machnął skrzydłami i momentalnie rozwinął zatrważającą prędkość, ale ścigało go stworzenie o wiele większe i nieporównanie potężniejsze. W powietrzu nie miał najmniejszych szans na ucieczkę. Mógł żywić nadzieję na przetrwanie, gdyby opadł ku ziemi i usiłował zgubić pogoń w labiryncie mniejszych żlebów i rozpadlin, które łączyły główne, wyrzeźbione przez rzekę kaniony.

Na ich oczach mroczny anioł zwinął skrzydła i dał nura w jeden z takich żlebów. Falko był pewien, że dopadną go, zanim wleci w wąską szczelinę, lecz wówczas anioł skręcił ostro w prawo, skrzecząc przeszywająco. Z początku Falko pomyślał, że potwór daje w ten sposób upust nienawiści, lecz wtedy strzelił wzrokiem jeszcze bardziej na prawo i tam dostrzegł w półmroku jakiś ruch. W powietrzu wisiała druga skrzydlata postać.

Drugi mroczny anioł.

Sydian wciąż leciał naprzód, ale jeśli puszczą się w pogoń za jednym, mogą zgubić drugiego. Falko automatycznie wyrzucił przed siebie obie ręce i nad głową Sydiana przemknęła ognista kula. Magiczny pocisk przeciął powietrze i rósł, aż pochłonął pierwszego anioła jakieś sześćdziesiąt jardów przed nimi. W tym samym momencie Sydian odbił w prawo, gdy ich połączone umysły skupiły całą uwagę na drugim przeciwniku.

Dziki, nieziemski wrzask umierającego mrocznego anioła dobiegł już zza ich pleców. Membrany jego skrzydeł spłonęły, a on sam pomknął w dół. Potępieńcze wycie ucięło się w momencie, gdy stwór przebił się przez drzewa i plasnął o znajdujące się pod spodem skały.

Falko i Sydian całą uwagę poświęcili drugiemu aniołowi, który najwidoczniej za nic nie chciał podzielić losu pobratymca. On także leciał ku mniejszemu żlebowi w rozsypanej ścianie kanionu, lecz Falko wypuścił z rąk kolejną kulę płomieni. Stwór szarpnął się w bok, unikając kłębowiska ognia, które poleciało naprzód i zetknąwszy się ze ścianą wąwozu, spowodowało niewielką lawinę.

Sydian skorygował kurs, by lecieć w prostej linii za demonicznym zwiadowcą, który mknął przed siebie zygzakiem, spodziewając się kolejnych pocisków. Nie pomylił się. By zmniejszyć opór powietrza i zwiększyć jego szybkość, Falko uformował zbity, wydłużony grom magicznej energii. Przez chwilę wyglądało na to, że trafi nim mrocznego anioła, ale ten w ostatniej chwili odskoczył w lewo i pocisk tylko naznaczył błonę jego skrzydeł dziurą wielkości pięści.

Okaleczony stwór niemal dotarł do wlotu żlebu, ale Sydian już siedział mu na karku. Falko zebrał się do kolejnego ataku, lecz raptem chwycił się siodła, gdy smok wystrzelił naprzód, niespodziewanie zwiększając prędkość. Mroczny anioł usiłował zapikować, czując, że prawie znalazł się w zasięgu wroga, ale Sydian sięgnął naprzód prawą łapą i pochwycił stwora w szpony. Anioł zaskrzeczał sykliwie, ale zaraz umilkł, gdy Sydian złamał mu kark ściśnięciem łapy i odrzucił precz jego zwiotczałe ciało.

Falko odczuł ulgę, zakończywszy starcie, lecz radość pierzchła, gdy uprzytomnił sobie, że zaraz rozbiją się o skały. Sydian leciał zbyt szybko, a białe ściany wąwozu były zbyt blisko. Falko zamknął oczy i przygotował się na kolizję, lecz wtedy nagłe szarpnięcie Sydiana wydusiło mu powietrze z płuc, a impet wgniótł go w grzbiet smoka, gdy ten rozłożył skrzydła na pełną szerokość.

Smok wyhamował tak raptownie, że Falko nieomal zemdlał, a jednak trzymał się mocno, gdy smok uderzył o pionową skałę. Smocze pazury wbiły się w kruchą ścianę wąwozu i Falko był pewien, że obaj zaraz spadną, ale smok momentalnie odepchnął się od skały i raptem znowu znaleźli się w powietrzu.

Falko z ulgą powitał na swojej twarzy zimny wiatr. Skórę miał pokrytą warstwą potu.

Zaczerpnął głęboko tchu, gdy jego umysł walczył o odzyskanie równowagi. Adrenalina, która napłynęła do krwi w czasie pościgu i w reakcji na zbliżającą się śmierć, sprawiła, że drżał na całym ciele. Z umysłu Sydiana napłynęła troska, więc Falko uspokoił smoka, dotykając dłonią jego szyi.

– Nic mi nie jest – rzekł i myśl odpłynęła. A w jej miejsce pojawiła się taktowna kpina. W wymianie treści nie pośredniczył język, lecz myśli Sydiana były dla Falka jasne. – Tak – odrzekł. – Chyba jestem tylko małym człowieczkiem.

Gdy myśli przewietrzyły się w jego głowie, sięgnął nimi w dal, by sprawdzić, czy nie kręcą się w okolicy jeszcze inni słudzy nieprzyjaciela. Aniołów nie było, ale skrzywił się, gdy wyczuł odległy cień na południowym wschodzie. Był zbiorem drobnych skupisk czarnej energii, jak zwykle w przypadku dużej liczby Opętanych, lecz nie ulegało wątpliwości, że na czele tej armii stoi jakiś demon. Czy to ten odmieniec, o którym nasłuchali się od uchodźców?

Będzie musiał bliżej przyjrzeć się tej sprawie. Sydian już zaczął skręcać w kierunku cienia, gdy raptem Falko wyczuł, że ktoś obserwuje go z dołu.

Smok zahamował ostro i zawisł w powietrzu, gdy wspólnie patrzyli w cień zalegający pod drzewami. Ciemność w głębi kanionu była smoliście czarna i nieprzenikniona, lecz definitywnie ktoś tam był. Powoli smok zaczął opadać, a gdy to robił, obawy Falka pierzchły. Ktokolwiek się im przyglądał, z całą pewnością był człowiekiem.

Opuszczali się coraz niżej, aż Sydian zahaczył skrzydłami o liście i gałązki, po czym wylądowali na dnie kanionu.

– Nie bój się – uspokoił owego kogoś Falko, gdy Sydian złożył skrzydła.

W cieniu poskręcanego dębu krył się kolejny zwiadowca. Po barwie jego nakrapianego płaszcza poznali, że nie jest z Nieregularnych. Wierzchowiec mężczyzny drżał ze strachu, ale nie wydawał dźwięku, tak jak go wytresowano. Człowiek usiłował go uspokoić, przyciskając głowę zwierzęcia do swojego ramienia.

– Już dobrze – powtórzył Falko, zeskakując z grzbietu Sydiana. – Jestem z królewskimi Nieregularnymi, idziemy do Amboss.

Strach nie chciał opuścić spojrzenia mężczyzny. Patrzył ponad ramieniem Falka na czarnego smoka. Mag bitewny obejrzał się za siebie.

– Nie martw się. To przyjaciel. Możesz ufać mu tak jak innym smokom.

Mężczyzna nie wydawał się szczególnie pokrzepiony, ale gdy Falko zdjął hełm, odetchnął z ulgą. W pancerzu Falko budził respekt i mężczyzna wyraźnie uspokoił się, widząc, że pod czarną stalą kryje się młody mężczyzna. Ogarnął wzrokiem ostre rysy jego twarzy, zielone oczy i długie ciemne włosy, a potem znów wczepił się spojrzeniem w Sydiana.

– Draconis noir – wymówił, a Falko uśmiechnął się, słysząc niedowierzanie w jego tonie.

Obcy pokiwał głową i wreszcie chyba dał się przekonać, że ten straszliwy wojownik i jego bestia nie przybyli tu, by go zabić. Wyrzucił powietrze z płuc, jakby pierwszy raz od wielu dni mógł wreszcie opuścić gardę.

– Soren Forestier – przedstawił się. – Zwiadowca z Ville de Pierre.

– Falko Danté z... – Pauza. – Z Furii.

– Valencjanin?

– Tak.

Zwiadowca spojrzał bojaźliwie w niebo.

– Zabiłeś mroczne anioły?

Falko kiwnął głową. Nigdy nie słyszał jeszcze tak silnego akcentu z Clemoncé. Domyślił się, że mężczyzna nie przywykł do mówienia we wspólnym języku Furii.

– A ty co tu robisz?

– Czekałem, żeby sobie poleciały – wyjaśnił Soren. – Muszę donieść dowódcy, że na południu jest Geôlier.

– Geôlier? – nie zrozumiał Falko.

– Znaczy... niewoliciel – wyklarował mężczyzna, tłumacząc słowo na wspólny język. – Pomniejszy książę wyposażony w łańcuchowy pas.

Falko pokiwał głową, gdy mężczyzna potwierdził jego własne domysły, choć skrzywił się, słysząc ten dziwny opis. Pierwszy raz słyszał o jakimś demonie z pasem łańcuchowym.

– Czy on podróżuje z wojskiem...? Czy dowodzi jakimiś oddziałami?

– Tak – rzekł Soren. – Ma na swoje usługi niewielką armię. Wszystkiego czterystu żołnierzy. Ale idą przez inną dolinę. Ich szlak wytycza Argenté Fleuve, Srebrna Rzeka. – Pokazał ruchem dłoni, że płynie ona równolegle do Tonnerre.

Falko zamyślił się. Raptem czterystu Opętanych, niezbyt wielki oddział, ale za to dowodzony przez demona, nawet jeśli jakiegoś nieznanego gatunku. Falko i Nieregularni z pewnością sobie z nim poradzą, ale to opóźni ich przybycie na front. Zresztą kto wie czy w ogóle jest jakaś droga łącząca obydwa kaniony. Omówi tę sprawę z lanistą Magnusem i innymi dowódcami. Zwrócił się do zwiadowcy.

– Nieregularni obozują kilka mil w górę rzeki – poinformował go. – Powiesz nam, jak dotrzeć do tego niewoliciela?

– Oczywiście, panie – odparł Soren.

Falko chciał coś odpowiedzieć, lecz raptem słowa ugrzęzły mu w ustach. Cień czarny jak noc przemknął przez jego duszę.

– Czy wszystko w porządku? – zaniepokoił się zwiadowca, widząc rozwarte szeroko oczy rozmówcy.

– Tak – odrzekł mag bitewny, nie chcąc zdradzić się z przerażeniem. Uczucie zagrożenia zapłonęło niespodziewanie w jego umyśle, niczym dobiegające z daleka echo gromu, zwiastujące nadejście burzy. Odwróciwszy się od mężczyzny, nałożył hełm i wrócił do Sydiana. – Wrócę do obozu. Uprzedzę Nieregularnych o twoim przybyciu – powiedział, dosiadając smoka. – Idź wzdłuż rzeki, a na pewno nas znajdziesz.

Soren pokiwał głową i złapał za wodze, gdy Sydian wzbił się w powietrze.

Wzlecieli wysoko nad dolinę, a Falko wypuścił myśli z głowy i rozesłał je we wszystkich kierunkach. Niebo przybrało barwę głębokiego granatu, gdy noc zagarnęła dla siebie wschodni masyw, a dno głębokich kanionów niknęło w nieprzejrzanej ciemności. Robiło się coraz zimniej i oczy Falka łzawiły, gdy szukał usilnie źródła swojego niepokoju.

– Nie jestem pewien... – odpowiedział na pytające myśli towarzysza. – Ale tak... Gdzieś daleko na północy.

Poprawił uścisk kolan i skierował Sydiana w kierunku obozu Nieregularnych.

Dwadzieścia mil na południowy zachód od Hoffen obszar spękanej skały poruszył się niczym tafla wulkanicznego stawu wypełnionego lawą. Powierzchnia wybrzuszyła się, gdy coś wynurzyło się z głębi: mroczny kształt budzący skojarzenie z piekielnym golemem. Gdy wzrósł na pełną wysokość, wyszedł ze stawu, a cień spowijał jego wygięte nogi o wielkich, jaśniejących od gorąca kopytach.

Demon przeciągnął się, a lawa spłynęła z jego ciała zakutego w ciemny pancerz, wyposażonego w masywne, obleczone skórą czarną jak węgiel ramiona, w których dzierżył dwa zakrzywione miecze.

Gdy skała pod jego kopytami zaczęła stygnąć, demon otworzył usta, a z jego gardła dobył się przeszywający syk. Piekielny żar wyparował z jego ciała i demon raz jeszcze stanął w świecie ludzi. Otworzył krwistoczerwone ślepia i utkwił je w kierunku zachodnim. Tam, za murami ludzkiego miasta, odnalazł Przeciwnika oraz jego wyrma. Otaczali ich żołnierze, a mury były grube, lecz nic z tego nie miało znaczenia. Demon zrówna miasto z ziemią, zabije tysiące ludzi, byle ich dopaść. Będzie się modlił przez całą noc, a ze wschodem słońca zginą.

Rozprostował ramiona, uniósł zakrzywione miecze i odchylił głowę, by posłać w noc mrożący krew w żyłach ryk, w którym brzmiało wyzwanie.

Siła demona uderzyła w umysł Falka z taką mocą, że nieomal spadł z grzbietu Sydiana. Zsunął się nieco w kierunku ogona, ale smok uniósł tył ciała i poruszył się, nie pozwalając mu wypaść z siodła. Rezonans piekielnego krzyku z wolna cichł, a gdy już opuścił myśli Falka, mag bitewny z bolesną jasnością zdał sobie z czegoś sprawę.

Pogromca wrócił.

Był tam, na północy. Falko czuł to w kościach. I czuł coś jeszcze – dotarł do niego posmak jego pragnień i intencji. Pogromca wybrał już cel, a apetyt na śmierć nie zmalał w czasie jego nieobecności. Piekielnik chciał zabić maga bitewnego i smoka, a oni nie mogli zrobić nic, by temu zapobiec.

Nagle zerwały się wszystkie włókna odpowiedzialności, które ciągnęły Falka w przeciwne strony – tarapaty, w jakich mogła znaleźć się królowa, armie na froncie, nawet zobowiązania wobec przyjaciół i Nieregularnych. Wszystko to zeszło na dalszy plan w obliczu silnej potrzeby powstrzymania Pogromcy. Gdy ostatnim razem demon kroczył po świecie, zabił dwóch magów bitewnych i smoka. Wciąż płacili i jeszcze długo będą płacić wysoką cenę za tak dotkliwą stratę. Nie mogli pozwolić sobie na to, by miecze piekielnika pozbawiły życia jeszcze jedną Wielką Duszę.

Ślepy na wszystko poza tą jedną rzeczą, Falko zwrócił Sydiana na północ. Demon był już blisko celu. Falko czuł jego rozjątrzoną niecierpliwość. Musieli lecieć daleko i jak najszybciej, a nawet wtedy mogli tylko żywić nadzieję, że dotrą na czas. Ani przez chwilę nie pomyślał o tym, że Malaki i reszta będą odchodzić od zmysłów, czekając na jego powrót. Wiedział tylko, że Pogromcę należy powstrzymać.

88

TRUDNA RADA

O północy dowódcy Nieregularnych uznali, że nie mogą czekać na Falka ani chwili dłużej. Minęły godziny, odkąd zwiadowca z Ville de Pierre odnalazł obóz i zwołano naprędce nadzwyczajną naradę. Mężczyzna powiedział dowódcom, że Falko pozabijał mroczne anioły. Powiedział im także o niewolicielu i niewielkim oddziale Opętanych, idących równoległym kanionem. Nieregularnym nie groziło ze strony tego demona żadne niebezpieczeństwo, ale zwiadowcy donieśli o grupie uchodźców, którzy także wędrowali tamtym szlakiem i których wkrótce dopadną Opętani.

– Musimy coś zrobić, pomóc im jakoś – powiedział Alex, ale lanista Magnus pokręcił głową.

– Bez Falka nie możemy rzucić wyzwania demonowi.

– Coś musiało się stać – rzekł Malaki. – Nie zniknąłby ot tak, nie mając dobrego powodu.

– Może poleciał obejrzeć tych Opętanych – podsunęła Bryna.

– Ale Soren mówi, że kierował się z powrotem do obozu – odparł Magnus.

– Może jest ranny? – zmartwił się jeden z dowódców, który dowodził armią kadetów w czasie kampanii treningowej.

– Nie sądzę, żeby coś mu się stało! – prychnął Alex. – Widzieliście konia, na którym ostatnio jeździ?

Wielu się uśmiechnęło, ale nikt nie mógł zaprzeczyć, że bardzo ich martwi to nagłe zniknięcie Falka.

– Musimy założyć, że przynajmniej przez jakiś czas nie będzie mógł wrócić – sprowadził wszystkich na ziemię lanista Magnus. – A to oznacza, że sami musimy zdecydować, co zrobić z tym niewolicielem i uchodźcami na jego trasie.

Zwiadowca z Ville de Pierre zaznaczył położenie demona na mapie, widzieli więc, że jest już niebezpiecznie blisko kolumny uciekinierów. To byli Illicjanie – i illicyjscy kadeci rwali się do pomocy.

– Pójdą tędy – rzekł Quirren, wskazując dolinę utworzoną przez Les Argenté Fleuve, biegnącą równolegle do Tonnerre. – Rzeka nie rozwidla się ani nie skręca. Uchodźcy też nie mogą nigdzie skręcić, więc to tylko kwestia czasu, gdy demon ich dogoni.

– Nie możemy ryzykować spotkania z niewolicielem – powtórzył dobitniej lanista Magnus. – Nie bez Falka lub innego maga bitewnego.

Jak się okazało, starsi dowódcy słyszeli o demonach tego szczególnego gatunku. Przemierzały one Utracone Ziemie, szukając ofiar, które były szczególnie silne lub którymi władały szczególnie głębokie uczucia: potężnych wojowników, rodziców i dzieci, kochanków – każdego, kogo można by poddać doświadczeniu głębszego cierpienia. Nie zabijały i nie pętały ich, tylko brały żywcem i zamykały ich umęczone ciała w siatkach ze splecionych łańcuchów, które zawieszały sobie na pasie. A potem ciągnęły je za sobą niczym żywe rezerwuary mocy, za pomocą której mogły odnowić siły większego demona lub wykorzystać je do jakiegoś innego bluźnierczego celu Opętanych.

Myśl o pozostawieniu uciekinierów na pastwę takiego piekielnika była zbyt straszna, by dopuścić ją do głosu, ale nie mogli narażać na niebezpieczeństwo całej armii, by ocalić setkę cywilów.

– Zresztą o czym my mówimy? – włączył się lanista Deloix. – Aby znaleźć drogę łączącą dwie doliny, musielibyśmy cofnąć się trzydzieści mil.

– Są mniejsze dróżki – powiedział jeden ze zwiadowców Nieregularnych, a mężczyzna z Ville de Pierre pokiwał twierdząco głową. – Wąskie żleby. Trudno je znaleźć i schodzą tamtędy lawiny, ale gdy jest się ostrożnym, można nimi przejść. Jedna taka droga znajduje się zaledwie kilka mil w dół rzeki.

Magnus potoczył wzrokiem po pełnych nadziei twarzach kadetów. Wprawdzie dzielili z nim odpowiedzialność za dowodzenie armią, ale byli jeszcze zbyt młodzi, by zdawać sobie sprawę, ilu żołnierzy zginęło przez dobre chęci. Zerknął na lanistę Deloix, nim Malaki skierował pytanie do zwiadowców.

– Mówicie, że skalne ściany na tej drodze się osuwają, tak?

– Tak, panie.

– A więc można zawalić je specjalnie, jeśli się tylko postarać?

– Tak sądzę.

Malaki pokiwał głową, a Quirren uśmiechnął się, gdy odgadł, co chodziło mu po głowie.

– Moglibyśmy wysłać niewielki oddział ze zwiadowcą w charakterze przewodnika – powiedział Malaki. – Jeśli będzie to możliwe, moglibyśmy skierować uchodźców na bezpieczniejszy szlak i zawaliskiem oddzielić ich od pogoni.

– Nie możemy zaryzykować, że demon zbliży się zanadto do naszej armii – odezwał się jeden ze starszych dowódców.

– Nic nie ryzykujemy – powiedział Malaki i choć sam był jeszcze młodzieńcem, nikt nie zwątpił w siłę jego twierdzenia. – Jeśli uchodźców nie da się uratować, zawalimy żleb i wrócimy.

Nie umknęło im, że Malaki powiedział „my".

– Wygnańcy pomogą – rzekł Alex. – Wśród uciekinierów mogą być ludzie, których znają.

Malaki pokiwał głową.

– A Urwipołcie będą strzec wlotu żlebu – dodała Bryna. – Na wypadek gdyby jednak jakiś Opętany się przedarł.

Namiot dowódczy wypełniły szepty aprobaty. Należało jeszcze dopracować szczegóły, ale zarys planu był klarowny. Wyślą zwiadowców, by wyszli naprzeciw uchodźcom i zaprowadzili ich do żlebu, który łączył ze sobą dwa kaniony. Tam będzie na nich czekała pewna grupa żołnierzy, która przeprowadzi ich bezpiecznie z jednego do drugiego. Nie dość duża, by walczyć z Opętanymi, ale dostatecznie liczna, by spowolnić awangardę wroga. Wreszcie Malaki skupił uwagę na jednym z adiutantów.

– Znajdź dowódcę inżynierów – polecił mu. – Każ mu znaleźć dwudziestu ludzi z doświadczeniem w kopalni lub kamieniołomie. Niech przyniosą młoty, kilofy i łomy. Niech stawią się za godzinę na wschodnim skraju obozu.

Młody chłopak skinął z zapałem głową i popędził wykonać polecenie, a dowódcy z wolna zaczęli się rozchodzić. Gdy Malaki zbierał się do wyjścia z namiotu, lanista Magnus złapał go za ramię.

– To ryzykowne zagranie – powiedział. – Czasem więcej siły wymaga rezygnacja z walki niż jej podjęcie.

– Nie możemy ich zostawić tylko dlatego, że nie ma z nami Falka – odparł Malaki. – Musimy spróbować.

– Tak – odrzekł lanista z ponurym wyrazem pooranej bliznami twarzy. – Tak trzeba.

Falko leciał na północ całą noc, zatrzymując się tylko po to, by pozwolić odpocząć Sydianowi lub by upewnić się co do kierunku. Czuł wyraźnie położenie demona jeszcze jakiś czas po rzuceniu wyzwania, lecz teraz ślad zanikł i Falko musiał mocno się skoncentrować, by orzec, w którym miejscu na świecie Pogromca się pojawił. Ale w miarę posuwania się dalej na północ nabierał coraz większego przekonania, że demon wrócił dokładnie tam, gdzie Falko wraz z Nathalie i Ciel wypędził go z tego świata.

Odbili nieco na wschód i mknęli teraz prosto na illicyjskie miasto Hoffen. Falko zastanawiał się, czy może Nathalie wciąż tam jest i czy ona również wie o powrocie demona. A może sama przygotowuje się już na ponowne starcie z Pogromcą?

Falko nie sądził, by piekielnik osłabł w trakcie swojej nieobecności. Czy on sam jest dość silny, by go pokonać? Wiedział tylko tyle, że żaden mag bitewny, który będzie miał nieszczęście stanąć mu na drodze, nie powinien walczyć z nim w pojedynkę.

Gdy niebo na wschodzie zaczęło szarzeć, przywarł do grzbietu Sydiana i leciał dalej.

W mieście Hoffen ranny mag bitewny dźwignął się z łóżka i wyszedł, powłócząc nogą, na blankowane mury otaczające cytadelę. Za zasłoną chmur wstawało słońce. Zmrużył oczy, przysłaniając je obandażowaną dłonią. Lewą rękę wciąż miał na temblaku i z trudem podszedł do krawędzi muru, gdy z wieży za jego plecami wyłonił się uzdrowiciel.

– Panie! – wykrzyknął. – Główny lekarz zabronił ci obciążać nogę. A ja obiecałem, że dopilnuję, byś nie wstawał z łóżka.

Uzdrowiciel mówił prawdę, ale mag bitewny odpędził go gestem. Młody mężczyzna z miną naznaczoną troską udał się na poszukiwania kogoś, kto może zdoła przemówić krnąbrnemu pacjentowi do rozsądku, ale mag bitewny prawie nie usłyszał trzaśnięcia drzwiami. Pomimo leczniczej mikstury, którą go pojono, dręczyły go koszmarne sny. Teraz zaś, gdy wyszedł na blanki, uprzytomnił sobie, że te cienie pośród nocy, które w nich widział, to coś więcej niż tylko sen. Tam, w dziczy, rzeczywiście coś było.

Światło przesączyło się przez lukę w chmurach i opromieniło bladą twarz mężczyzny. Znowu przysłonił oczy dłonią, krzywiąc się z bólu, który raptem odezwał się w skroniach. Może uzdrowiciel słusznie suszył mu głowę? Może za wcześnie zerwał się z łóżka. Oparł się o ścianę i wydał z siebie przeciągłe westchnienie, a gdy ból ustąpił, mag bitewny mógł zerknąć w bok, gdzie smok o prążkowanych tygrysich łuskach wyszedł właśnie z namiotu, przygotowanego specjalnie dla niego przez uzdrowicieli. Lewą przednią nogę stworzenie miało przywiązaną do ciała, musiało więc kuśtykać niezgrabnie, by wyjść na dziedziniec. Gdy podszedł bliżej, w jego spojrzeniu mag bitewny dostrzegł troskę.

– Sam nie wyglądasz lepiej – zaripostował, obejmując wzrokiem liczne rany na ciele towarzysza.

Podobnie jak on sam, smok wzbogacił się ostatnio o kilka nowych, łącznie z tą na lewej nodze, która uniemożliwiała mu normalne chodzenie. Jego skrzydła naznaczone były plamami oparzelin, a na piersi, w miejscu, gdzie znajdowały się mięśnie poruszające skrzydłami, widniało głębokie rozcięcie. Smok błysnął zębami i prychnął lekceważąco.

Na usta maga wypłynął ponury uśmiech. Sięgnął wzrokiem ponad mglistymi wrzosowiskami, starając się dostrzec to, co spędziło mu sen z powiek. Pokryte łuskami brwi zsunęły się na jaskrawopomarańczowe oczy, a z gardła smoka wydobył się basowy pomruk.

– Tak. Coś tam siedzi.

Mag bitewny nazywał się Lysander Müller i był trzydziestoczteroletnim mężczyzną z małego miasteczka w sercu Illicji. Minęło jedenaście lat, odkąd jego rodzinne strony zagarnęli Opętani. Jedenaście lat, odkąd jego rodzice i siostra zginęli w rozpaczy, podczas gdy on kończył szkolenie w wieży magów w Vaidas.

Ból spowodowany tą stratą wciąż płonął w jego sercu, ale mag bitewny zawsze szukał pociechy, myśląc o wszystkich ludziach, których zdołał w tym czasie uratować. W zeszłym tygodniu, żeby daleko nie szukać, on i Feurig ukryli za bezpiecznymi murami Hoffen ośmiuset ludzi. Jak wiele innych prowincjonalnych miast i miasteczek, zostali odcięci od świata przez przemieszczające się szybko oddziały Opętanych.

Potrzebował dwunastu dni wypełnionych ciężkimi walkami, by wyprowadzić ich z Utraconych Ziem, ale wreszcie mu się udało. Jednakże walki odcisnęły na nim swoje piętno i potrzebował jeszcze nieco czasu, nim będzie mógł wrócić na front. Lysander martwił się o szkody, jakie zostaną wyrządzone w tym czasie w jego rejonie, ale Nathalie Saigal obiecała mu, że ona i Ciel będą go strzec, on zaś ma teraz odpoczywać i wracać do zdrowia. One również odniosły rany w wyniku ostatniej konfrontacji, ale doszły już do siebie i gdy smoczyca wylatywała z miasta, prawie nie dało się zauważyć uszkodzenia skrzydła.

To było cztery dni temu. Lysander wiedział, że Nathalie i Ciel ruszają w samo serce wojny i że będą skakać od bitwy do bitwy, powoli tracąc całą nagromadzoną w czasie rekonwalescencji siłę. Teraz to on musiał się podkurować, a to wymaga czasu. Frustracja była gorsza od bólu.

Dopóki nie dotarł do miasta, nie uświadamiał sobie, jak bliski był śmierci. Szpony demona otworzyły jego udo od kolana do krocza, a jego nadwątlone siły uniemożliwiły mu zatamowanie krwawienia magią. Gdy wtoczył się do Hoffen na czele kolumny na wpół oszalałych ze strachu uciekinierów, tylko natychmiastowa pierwsza pomoc Nathalie oraz szybka interwencja uzdrowiciela pozwoliły mu utrzymać się przy życiu.

Teraz z lewą ręką było już o wiele lepiej, a rana na udzie pokryła się lśniącą tkanką. Również uszkodzona noga i poparzona pierś Feuriga zaczynały się zaleczać, choć Lysander nie miał wątpliwości, że minie jeszcze kilka tygodni, nim obaj będą mogli wrócić na front. Lecz teraz, gdy spoglądał ponad wrzosowiskiem, naszło go okropne wrażenie, że nim ten czas upłynie, wróg pofatyguje się do nich. Stojący u jego boku Feurig warknął.

– Nie wiem – odparł Lysander, gdy smok posłał mu pytające spojrzenie. – Nigdy się tak jeszcze nie czułem.

Wiedzieli, że gdzieś tam, wśród kłębów porannej mgły, siedzi demon. Zwykle sługusy wroga unikały konfrontacji z magiem bitewnym, ale ten zdawał się podchodzić coraz bliżej. Lysander przymknął powieki, gdy przypomniał sobie zabójcę, o którym opowiadała Nathalie.

Z zamyślenia wyrwało go skrzypienie drzwi. Obrócił się i zobaczył, że na mury wychodzi dziarskim krokiem stary lekarz. Młody uzdrowiciel został w holu.

– Czy ja mówię niewyraźnie? – rzucił od wejścia siwy mężczyzna o surowej twarzy i bystrym spojrzeniu. – Jak ta noga ma się zagoić, jeśli...

Lekarz był rozeźlony, ale jego przemowa urwała się, gdy na zewnątrz rozbrzmiał potężny ryk.

Lysander wrócił spojrzeniem na wrzosowisko za murami. Nie potrzebował smoczego wzroku, by dostrzec mroczny kształt wynurzający się z mgły niespełna pół mili od bramy. Ściągnął brwi i westchnął ciężko, gdy rozpoznał w nim piekielnika z opowieści Nathalie.

– Moja zbroja. Szybko.

– Co takiego? – zawołał lekarz. – Twoja zbroja jest jeszcze w naprawie, a twoje rany ledwo się zamknęły. Nie możesz walczyć w tym stanie!

Przerażenie zmieniło głos ordynatora w drżący pisk. Lysander widział, jak młodzieniec na korytarzu cofnął się pod przeciwległą ścianę. Gdy poranna mgła podniosła się z ziemi, na miasto spadł obezwładniający strach. Rozdzwoniły się dzwony we wszystkich strażnicach. Ich zadaniem było postawić obywateli w stan gotowości bojowej, ale Lysander Müller czuł potęgę demona i w jego uszach brzmiały one jak zwiastowanie zguby.

Pogromca wziął głęboki wdech, gdy jego wyzwanie przetoczyło się ponad miastem. Był już tak blisko, że widział Przeciwnika i wyrma stojących na murach. Pogromca dostrzegł, że są ciężko ranni, i poczuł rozczarowanie na myśl, że ich niedyspozycja zmniejszy satysfakcję ze zwycięstwa. Lecz wówczas jego uszu dobiegły miejskie dzwony, a potem usłyszał wrzaski paniki i przerażenia. Walka z Przeciwnikiem i wyrmem nie zaspokoi jego żądzy, ale Pogromca znajdzie pocieszenie w dwunastu tysiącach dusz, które czekały na niego za murami. Już pierwszego dnia po powrocie do tego niewydarzonego świata czeka go z dawna wyczekiwana nagroda.

Sydian sunął nisko ponad mglistymi wrzosowiskami. W oddali Falko widział już zarys miasta. Zarówno mag bitewny, jak i smok byli wykończeni po długiej podróży, ale ani myśleli teraz odpoczywać. Czuli rosnące gdzieś przed nimi napięcie, strach ogarniający miasto i sadystyczne zniecierpliwienie Pogromcy. Nagle poranną ciszę rozdarł odległy ryk, który zdawał się wieszczyć upadek Hoffen i śmierć dwóch Wielkich Dusz.

89

MINA

Malaki wraz z członkami ekspedycji ratunkowej nie zaznali snu tej nocy. Odłączyli się od armii wkrótce po naradzie i wędrowali w ciemności, okutani w koce. O wschodzie słońca zajęli ustalone pozycje. Pokonanie wąskiego żlebu zajęło im kilka godzin. Dwóch kolejnych potrzebowali kamieniarze i górnicy, by ukruszyć skały klifów i przygotować się do wywołania kontrolowanej lawiny. Zwiadowcy nie kłamali, gdy mówili, że ściany kanionu są niestabilne. Robotnicy kilka razy musieli przerwać pracę, by skryć się przed obluzowanymi skałami i ziemią, które sypały się w głąb żlebu.

– Jak oni znaleźli tę ścieżkę? – wyszeptał Alex.

– Przecież to zwiadowcy – odparła Bryna. – Im więcej ścieżek znają, tym lepiej dla nich.

W dwa zdania ustalono, że zamiast czekać na wroga przy wlocie do żlebu, Bryna wprowadzi swój mały oddział do środka. Inny zwiadowca powiadomił dowódców, że zna dróżki wiodące na klif, skąd łucznicy mogliby prowadzić swobodny ostrzał, nie narażając się jednocześnie na kontratak przeciwnika. Tak więc Bryna i Urwipołcie wspięli się wysoko na skały, by stamtąd osłaniać odwrót uciekinierów.

Brygada ratunkowa liczyła niespełna setkę żołnierzy. Malaki, Quirren i Huthgarl dowodzili dwudziestoma piechocińcami w ciężkich zbrojach. Alex stał na czele niewielkiej kompanii Wygnańców, a Bryna miała swoich Urwipołciów. Resztę grupy stanowili krępi mężczyźni o zrogowaciałych dłoniach, dźwigający liny, czekany i inne narzędzia. Wydawali się zdenerwowani, ale i zdecydowani, wiedzieli bowiem, że od ich umiejętności zależy ludzkie życie.

I teraz, gdy niebo nad kanionem zaczęło się rozjaśniać, stali już na swoich stanowiskach, gotowi wkroczyć do akcji.

Żleb łączył się z głównym kanionem w szerszym jego punkcie, przeciętym po przekątnej płytkim dopływem, który meandrował przez porośnięty krzakami las poznaczony gołymi skalnymi występami. Obie strony kanionu gęsto porastały wrzosy, paprocie i brzozy, za nimi zaś kryło się wejście do żlebu. Musieli tylko wprowadzić do niego uchodźców i umknąć przed przybyciem Opętanych. Jeśli dopisze im szczęście, wróg przeoczy skalny korytarz, ale w razie potrzeby robotnicy byli gotowi zablokować go lawiną.

Malaki zerknął tam, gdzie Wygnańcy Alexa kryli się za skałami. Ich czarne opończe zlewały się z głębokim cieniem, a ponura gromada wojaków była milcząca z natury.

Następnie poderwał wzrok i skupił go na poszarpanej linii klifu. Nie widział Urwipołciów, ale wiedział, że są na pozycji. Cieszył się, że przynajmniej oni są względnie bezpieczni, choć nie zazdrościł im kilkugodzinnego trawersowania tych przerośniętych skał, które roiły się od pęknięć i szczelin.

– Sza!

Jego uwagę przykuł cichy dźwięk. Łypnął na Quirrena, który pokazał palcem otwartą przestrzeń, gdzie płytką rzeką jechał w ich kierunku zwiadowca.

– Co on taki spięty? – spytał Quirren, a Malaki wzruszył ramionami.

Mężczyzna nieustannie obracał się w siodle, by rzucić okiem przez ramię. Gdy się zbliżył, Malaki wyłonił się z kryjówki i gwizdnął krótko. Zwiadowca natychmiast go zauważył i popędził konia.

– Jakie wieści?

– Uciekinierzy są już niedaleko, panie. Ale wróg zaraz za nimi.

– Czy zostali zauważeni? Czy Opętani ich gonią?

– Nie gonią. Ale nie minie wiele czasu, nim ich zauważą.

– Czy zdołają dotrzeć tu przed nieprzyjacielem?

– Tak sądzę. Spieszą się, ale są z nimi dzieci, które ledwo nadążają.

Malaki zagryzł wargę.

– Wracaj do nich – polecił. – Jak najszybciej przyprowadź ich tutaj, a może uda się uciec przed przybyciem Opętanych.

Zwiadowca skinął poważnie głową i pognał konia z powrotem do wąwozu.

– Na dwoje babka wróżyła – mruknął Huthgarl, odprowadziwszy go wzrokiem.

Malaki pokiwał głową z namysłem. Zwróciwszy się ku żlebowi, skonstatował z ulgą, że wlot jest prawie niewidoczny, dobrze ukryty przez zarośla i załomek skał. Jeśli nie zostawią po sobie śladów, powinno im się udać.

Minuty ciągnęły się jak godziny, a napięcie sięgało zenitu. Aż wreszcie usłyszeli odgłos nadchodzących ludzi. Kroki, płacz dziecka, kasłanie, które niosły się echem między skałami.

– Idą – powiedział Quirren, gdy pierwsi uciekinierzy wychynęli zza rogu kanionu.

Odrzucili ostrożność i wyszli z ukrycia, by gestem przywołać do siebie ludzi.

– Chodźcie! – syknął Malaki. – Tędy!

Tamci spostrzegli ich i rzucili się naprzód, w kierunku żlebu, który obiecywał bezpieczeństwo.

– Ilu ich jest... – sapnął Alex, który stanął obok przyjaciół.

– Gdzie ten zwiadowca? – zaniepokoił się Huthgarl.

– Pewnie ma oko na Opętanych – odrzekł Malaki.

– Gwiazdy na niebie, mają ikrę ci zwiadowcy – powiedział Quirren, a reszta pokiwała z uznaniem głowami.

Stanąć przeciw Opętanym u boku innych żołnierzy to zupełnie co innego, niż samotnie przemierzać dzicz, śledzić wroga i zbierać informacje, jednocześnie unikając odkrycia i schwytania.

– Alex – odezwał się Malaki, gdy zbliżała się do nich pierwsza uciekinierka – każ Wygnańcom przeprowadzać ich przez żleb małymi grupami. – Alex kiwnął głową i ruszył wykonać polecenie. – Uspokój ich, ale każ przyspieszyć kroku.

– Gorąca zupa i ciepłe koce. – Alex się uśmiechnął.

– Dokładnie.

Quirren spojrzał na brata z tkliwością, gdy ten podszedł do nadbiegającej kobiety.

– Grüße madam – przywitał się Alex. – Dies weise für die heiße suppe und warme decken.

Emocje odznaczyły się na jej twarzy, gdy dotarły do niej słowa powitania w ojczystym języku. Ujęła rękę młodego dowódcy i ucałowała ją serdecznie, poganiając gromadkę dzieci i każąc im biec za tym żołnierzem w lśniącej zbroi i czarnej opończy. Alex dał znak i Wygnańcy wyszli z ukrycia, by zaprowadzić swoich rodaków do skalnego korytarza. Przemawiali do nich spokojnym tonem, opierając się potrzebie wypytania przybyszów o to, skąd dokładnie przyszli i kogo znają. Na to przyjdzie czas, gdy zagrożenie zostanie zażegnane.

Ludzie napływali, ale Malaki zauważył, że kolumna jest nadmiernie rozciągnięta i że najstarsi i najmłodsi wiekiem zamykają pochód. Gdy widać już było koniec strumienia uciekinierów, w kanionie rozbrzmiał tętent i nagle zza załomu wypadł szybko zwiadowca. Nie krzyczał, w ogóle nic nie powiedział, ale wiadomość łatwo było wyczytać z jego napiętej miny i nerwowego machania rękami.

Nadchodzili Opętani.

Pojawienie się zwiadowcy wzbudziło panikę wśród uchodźców, niektórzy natychmiast zaczęli szukać kryjówek.

– Nie! – wysyczał Malaki. – Tutaj, tędy! Prędko!

Nie zważając na rozpętujący się chaos, pozostali Wygnańcy wpadli do kanionu po ostatnich uciekinierów. Nie było już czasu na uprzejmość, mężczyźni prośbą i groźbą zaczęli gnać ludzi naprzód, wlec ich za sobą i popychać, byle szybciej, byle zagnać jak najwięcej osób do żlebu.

Malaki zaklął, gdy z tłumu podniosły się okrzyki przerażenia. Złapał za uzdę konia zwiadowcy, gdy ten wyhamował ze wślizgiem.

– Daleko?

– Już tu są! – odrzekł mężczyzna. Malaki sam czuł odkładający się ciężarem na duszy strach, którego źródłem mógł być tylko zbliżający się demon.

Miał świadomość, że jego umysł spowija chmura przerażenia, lecz nie po raz pierwszy napotkał na swojej drodze demona i zaczerpnął nieco odwagi z doświadczenia. Miał misję do wykonania. Widział, że Wygnańcy myśleli podobnie. Tylko ich spokój pozwolił im jakoś opanować sytuację.

Gdy wreszcie ostatni uchodźcy ruszyli ścieżką przez żleb, Malaki usłyszał, jak Wygnańcy uciszają tłum. Inni zamiatali ziemię gałęziami, usiłując zamazać ślady stóp i kopyt.

Zgiełk umilkł i zaległa cisza, w której słychać było tylko cichy szmer strumienia. Malaki i Quirren jako ostatni zaczęli szukać schronienia. Stali jeszcze na otwartym terenie, gdy z kanionu poniosło się w ich kierunku dzwonienie pancerza i kroki.

– Czas na nas – zarządził Quirren, a Malaki przystał skwapliwie.

Przerzucili tarcze przez plecy i pomknęli w kierunku wlotu. Lada moment Opętani wychyną zza załomku skały, niespełna dwieście jardów w dół rzeki. Gdy dotarli do drzew, ciszę rozdarł rozpaczliwy krzyk:

– Mina!

Ze żlebu wyszła kobieta, a wraz z nią próbujący ją powstrzymać jeden z Wygnańców.

– Mina! – krzyknęła ponownie.

– Cicho, siostro! – syknął mężczyzna z jednostki Alexa. – Wszyscy już przeszli. Znajdziemy ją w żlebie.

Ale kobieta nie dała się uspokoić. Strąciła z siebie jego rękę i pobiegła w stronę otwartego kanionu, gdzie zatrzymał ją Malaki.

– Moja córka! – płakała. – Była z innymi dziećmi. Myślałam, że szły przed nami, ale nie ma ich na czele!

Malakiego zmroziło, gdy dotarło do niego, że dzieci musiały zostać w kanionie. Odgłos nadchodzących Opętanych stale narastał, nie było więc czasu, by ich szukać. Razem z Quirrenem rozejrzeli się naokoło, starając się przeniknąć wzrokiem cień pod drzewami po drugiej stronie. Na chwilę wszystko zastygło w bezruchu, a potem...

– Tam! – wskazał Quirren i rzeczywiście spomiędzy drzew patrzyły na nich skryte w półcieniu twarzyczki.

– Mina! – zawołała kobieta, wyrywając się Malakiemu.

Opętani musieli być już bardzo blisko, bo klekot zbroi i nieregularny rytm kroków wypełniały hałasem cały kanion, a demoniczne przerażenie za nic nie dało się ignorować. Nie było czasu na nic poza ucieczką.

– Quirren! Nie!

Gdy Malaki ciągnął kobietę z powrotem do żlebu, Quirren puścił się biegiem w przeciwnym kierunku. Choć miał na sobie zbroję, błyskawicznie przeciął dno kanionu i wpadł między drzewa po drugiej stronie w tym samym momencie, gdy pierwsi Opętani pojawili się za zakolem rzeki.

Kryjąc się w krzakach u wlotu do żlebu, Malaki unieruchomił szamoczącą się kobietę. Widział, jak Quirren zagania dzieci głębiej w cień u podstawy klifu. Gdy hałas nadciągającej armii rozlał się po kanionie, Malaki wycofał się do żlebu. Twarze otaczających go Wygnańców i uchodźców były białe z przerażenia. Huthgarl nałożył hełm i dobył miecza.

– Trzeba ich ratować!

– Nie możemy! – wysyczał Malaki.

Przez moment wielki Beltańczyk po prostu stał jak wryty, patrząc na Malakiego, jakby to on był wrogiem. Ludzie skakali wzrokiem między nimi. Rozpaczliwie pragnęli pomóc dzieciom, lecz szok krępował ich ruchy, podobnie jak zaciskające się na ich sercach szpony przerażenia. Nagle ze skalnego korytarza wypadł Alex, rozpychając stłoczonych na szlaku uciekinierów. Jego twarz była maską z kamienia. Chwycił za miecz i zrobił krok naprzód, ale Huthgarl oplótł go ramionami i osadził w miejscu.

– Przepraszam. – Głos Huthgarla łamał się. – Malaki ma rację. Nic nie możemy zrobić.

– Przecież to Quirren! – warczał Alex. Szarpał się i wił w uścisku potężnych ramion, ale nigdy nie zdołałby się z nich wyplątać. Oklapł, wsparty na Huthgarlu, z twarzą wciśniętą w zimną stal jego pancerza.

– Idźcie! – rozkazał Malaki i tłum powoli ruszył.

Prawda o tym, co się stało, oświeciła ich jak okrutne słońce, gdy z sercami wypełnionymi rozpaczą zaczęli iść wąskim żlebem. Alex potykał się na drodze przed Huthgarlem. Jego twarz była biała i wykrzywiona grymasem niedowierzania. Kobieta w ramionach Malakiego zwiotczała i wstrząsał nią niepowstrzymany szloch. Malaki czuł się jak największy okrutnik na świecie, gdy wlókł ją za sobą w obłokach kurzu.

– Przepraszam – powtarzał w kółko. – Przepraszam.

Za plecami słyszeli, że Opętani zbliżają się do wejścia do żlebu. Hałas cichł jednak z każdym zakrętem i zakolem, wyglądało więc na to, że wróg przeoczył boczny korytarz. Lecz wówczas za plecami Malakiego pojawiła się jakaś postać. Przez krótką chwilę wojownik myślał, że to może być Quirren. Ale nie. Do korytarza wszedł obdarty do połowy z ciała żywy trup w pancerzu skiryty.

– Huthgarl! – krzyknął Malaki, gdy Opętany rzucił się w ich stronę.

Malaki pchnął przed siebie kobietę i sięgnął po miecz, jednocześnie zrzucając tarczę z pleców, lecz wtedy potknął się o stos luźnych kamieni i stracił grunt pod nogami. Opętani obleźli go jak muchy, jak jeden mąż zamachnęli się ostrymi kopisami. Malaki zasłonił się ręką, ale zaraz przyskoczył do niego Huthgarl. Ramieniem odepchnął jednego z napastników, który uderzył mocno o skałę, a potem zginął, gdy miecz rycerza rozłupał jego napierśnik.

Opętani wbiegali do żlebu. Oszczepy o stalowych grotach odbijały się od skał, gdy w tłumie nacierających błysnęli peltaści. Lekkozbrojnych żołnierzy charakteryzowała szybkość; za nimi sunęła już ławą zbita gromada skirytów.

Malaki zerwał się na nogi, gdy obok niego przebiegło kilku Wygnańców. Żleb rozszerzał się i zwężał. Czasem pięciu ludzi mogło iść ramię w ramię, innym razem sam Huthgarl korkował drogę. W miejscach takich jak to walczyło się w zwarciu, Wygnańcy obrócili się więc, zagrodzili przejście murem tarcz nakładających się na siebie na podobieństwo łusek i zza niego razili Opętanych ciosami mieczy. Wróg spychał ich głębiej w skalny korytarz, ale Wygnańcy cofali się wolno, kupując cenne minuty umykającym uchodźcom oraz pozostałym żołnierzom.

W żlebie roiło się już od Opętanych, ale w takim ścisku nie byli w stanie wykorzystać swojej przewagi liczebnej. Przez jakiś czas wydawało się, że nie zdołają się przedrzeć, lecz wtedy plugawy strach zżerający umysły wojowników przybrał na sile i Malaki uprzytomnił sobie, że w przesmyku znalazł się również demon. Wygnańcy zaczęli spoglądać w kierunku wlotu, gdy strach uderzył w nich potężną falą. Bezwiednie poszukiwali możliwości ucieczki, a gdy przerażenie zaburzyło ich skupienie, załamali się pod ciosami Opętanych. Sztychy mieczy i groty oszczepów zaczęły odnajdywać luki między tarczami. Malaki zobaczył, jak jeden z Wygnańców odpada od muru z włócznią wrażoną w podstawę szyi. Ale nie umarł jeszcze i krzyczał, upadając na ziemię, a potem zadeptali go Opętani, którzy bez ustanku napierali na tarcze, spychając je głębiej w gardziel żlebu.

– Mur się sypie! – zawołał Huthgarl, przekrzykując zgiełk bitwy, a Malaki wiedział, że mówi prawdę.

Zasłona tarcz rozpadnie się jak domek z kart, gdy przyjdzie demon, a wówczas żlebem popłynie rzeka krwi. Malaki poderwał wzrok na poszarpaną linię klifu i zobaczył Urwipołciów gromiących wroga strzałami. Wykonywali swoją część roboty, ale wkrótce również i oni załamią się pod wpływem piekielnej trwogi. Na oczach Malakiego z tłumu Opętanych bliżej wlotu wystrzeliły kule czarnego ognia. Strumień połyskliwych szrapneli ukruszył skałę i dwa ciała spadły na ziemię w chmurze kamieni, ziemi i kęp trawy.

– Malaki! – ryknął Huthgarl.

– Jeszcze kawałek! – odkrzyknął rycerz.

Prawie już dotarli do punktu, gdzie czekali kamieniarze z lawiną. Jeśli wywołają ją za szybko, wszyscy zostaną przywaleni hałdą skały i ziemi lub odcięci od wyjścia ze żlebu i uwięzieni po niewłaściwej stronie zawaliska.

Wybrali punkt, gdzie nagie ściany nachylały się ku sobie. Oznaczyli go grubymi liniami, wyrysowanymi kredą i sadzą, ale w ogniu walki Malaki rozkojarzył się i ogarnęła go dezorientacja. Strach piętrzył się i wojownik z coraz większym trudem zbierał myśli.

– Malaki! – ryk Huthgarla przedarł się przez wrzawę, a Malaki usłyszał zmęczenie w jego głosie.

Za jego plecami uchodźcy biegli już na drugą stronę. Niektórzy spośród Wygnańców wmieszali się między nich i sami zaczęli uciekać. Jeśli wkrótce nie zatrzymają Opętanych, ci przetoczą się po nich, lecz Malaki nie widział nigdzie wyrysowanych na skale linii. Panika wrzeszczała w jego głowie, gdy rozglądał się dziko po skałach, próbując znaleźć jakieś znaki szczególne w miejscu wyznaczonym do zasypania. Opętani zwietrzyli ich narastającą panikę, tak jak dzikie zwierzę wyczuwa krwawiącą ofiarę. Naparli mocniej, bardziej nieustępliwie, a w tym samym momencie Malaki zauważył po swojej prawej ręce stos kamieni w kształcie kowadła.

Minęli już punkt zrzucenia lawiny. W nagłym przypływie trwogi Malaki zadał sobie pytanie, czy kamieniarze wciąż są na pozycjach, czy nie ugięli się pod naporem lęku i nie opuścili stanowisk.

– Teraz! – zawołał. – Teraz!

Przez kilka sekund nic się nie działo i serce Malakiego na moment przestało bić, gdyż naszła go pewność, że już po wszystkim, że plan się nie powiódł. I wtedy wybrzmiał ogłuszający trzask. A potem świat zniknął w burzy duszącego pyłu i nieopisany huk zagłuszył tumult bitwy. Ziemia zatrzęsła się i wszędzie wokoło zaczęły spadać kamienie, odbijając się od zbroi i hełmów. Gdyby Wygnańcy nie mieli na sobie pancerzy, z pewnością wielu z nich by zginęło, ale skalna drobnica nie mogła przebić się przez zbroje. Żołnierze chwiali się i potykali, oszołomieni hukiem, kaszleli i mrugali zaklejonymi pyłem oczami, gdy w ich twarze i do gardeł buchnęła chmura ziemi.

Z kłębiących się obłoków kurzu wynurzyli się Opętani, poobijani i ranni, ale wciąż złaknieni krwi. Oszołomieni i na poły oślepieni przez lawinę Wygnańcy bronili się jak umieli, ale nie byli w stanie walczyć z pełną skutecznością. Cudem odbili pierwszą szarżę skirytów. Lecz druga już nie nadeszła. Kolejni Ferocjanie nie wypadli z brązowej mgły, a gdy pył zaczął opadać, wyraźnie dało się zobaczyć, że żleb został zawalony. Wciąż czuli jątrzącą trwogę demona, ale jej efekty złagodziło dwadzieścia tysięcy ton skały.

W oszałamiającej ciszy, w której wciąż dźwięczały echa szczęku stali i krzyków, toczyły się i spadały ostatnie kamienie, a Malaki stał nieruchomo jak marmurowy posąg. Miał splątane, skołtunione włosy, jego oblicze tchnęło chorobliwą bladością, a przez osiadły na policzkach pył przedzierały się strumienie łez, nakrywając twarz śmiertelną maską.

Od męki i śmierci udało się ocalić ponad dwa tysiące uchodźców, oni sami stracili tylko garstkę żołnierzy. Balans zysków i strat przemawiał na ich korzyść, ale serce Malakiego było złamane. Nie potrafił teraz myśleć o ocalonych ludziach. Myślał tylko o tych, których porzucił na śmierć.

Gdy Opętani wychynęli zza załomu kanionu, Quirren gestem kazał dzieciom przywrzeć do ściany. Serce miotało się w jego piersi. Ręce drżały, gdy przyłożył palec do ust i nakazał ciszę.

– Czy nas znajdą?

Spojrzał na dziewczynkę, która nie mogła mieć więcej niż trzynaście lat. W głębokim cieniu drzew i krzewów ledwie widział pozostałą czwórkę, którą miał nadzieję ocalić. Tylko ich oczy błyszczały w mroku, niczym ślepia ukrytych przed drapieżnikami kociąt.

– Nie znajdą – zapewnił ją. – Nie znajdą nas.

Dziewczynka jedynie na niego patrzyła, a on wiedział, że mu nie wierzy. Nie tylko słyszeli przerażające odgłosy Opętanych, ale też czuli przytłaczający strach zbliżającego się demona. Jeden z młodszych chłopców był wyraźnie sparaliżowany lękiem. Stał, zesztywniały i drżący, gdy przerażenie wzmagało się i potężniało, lecz później zaczęło się rozmywać, gdy demon skupił uwagę gdzie indziej.

Quirren zrobił krok naprzód, by przyjrzeć się sytuacji przez lukę w krzakach. Ujrzał potężną postać, mierzącą co najmniej dziewięć stóp wzrostu, o długich, muskularnych ramionach i popielatobiałej skórze. Przypominała człowieka, lecz była o wiele większa i okropniejsza niż ktokolwiek chodzący po świecie. Każdy jej paznokieć przypominał ostrze dłuta, a głowa budziła skojarzenie z łbami trolli o ciężkich brwiach, które Quirren pamiętał z mitów i baśni opowiadanych mu w dzieciństwie. Czarne oczy były jak bezdenne doliny, w których zalegała wieczna noc, a do zapiętego na biodrach pasa przykuto długie, ciągnące się łańcuchy.

Quirren nie widział, co było do nich przytwierdzone, ale słyszał zduszony płacz cierpiących ludzi oraz szuranie jakichś ciężkich przedmiotów, które obijały się o nierówności terenu, gdy demon ciągnął je za sobą.

Był niewymownie wdzięczny losowi, że demon nie patrzył w jego kierunku. Jego wielka głowa zwrócona była bowiem w stronę żlebu i tam właśnie ruszył w ślad za Malakim i pozostałymi. Opętani również zdawali się zainteresowani wyłącznie przeciwległą ścianą kanionu i po raz pierwszy Quirren uwierzył, że może rzeczywiście nieprzyjaciel zostawi ich w spokoju.

Przez kilka minut wszyscy Opętani koncentrowali się na skalnym korytarzu i Quirren słyszał tylko odgłosy bitwy. Zgiełk z wolna oddalał się i rycerz zaczął się zastanawiać, czy brygada ratunkowa nie została rozgromiona, lecz po jakimś czasie kanionem wstrząsnął huk i z wylotu żlebu buchnęła gęsta chmura pyłu.

Quirren zacisnął zęby z radości, gdy uświadomił sobie, że przyjaciele zwalili wrogom na głowy lawinę, a żleb na pewno został zablokowany. Jednakże uczucie tryumfu szybko zastąpione zostało przez strach, bo to oznaczało przecież, że Quirren oraz dzieci również zostali odcięci od towarzyszy. Przez kilka uderzeń serca żywił nadzieję, że demona przygniotła lawina. Kto wie, może udało się przysypać go tonami skały? Lecz wtedy poczuł, że plugastwo przemieszcza się w ich stronę, ponownie napełniając im serca lękiem.

Gdy strach zaczął narastać, kilkoro dzieci rozpłakało się. Wciąż istniała szansa, że nie zostaną odkryci, lecz Quirren zmienił pozycję i dojrzał przez gałązki krzewów, że odziany na czarno toksyta zwraca się w ich kierunku.

Łucznik z opaską na oczach patrzył prosto na nich. Przekrzywił głowę na jedną stronę, jakby nie był pewny, co wyczuwa, a potem wypuścił z ust sykliwe warknięcie i nałożył na cięciwę strzałę o czarnym pierzysku.

Powoli wszyscy żołnierze Opętanych skierowali spojrzenia na ich kryjówkę i wtedy Quirren wiedział już, że są zgubieni. Obok niego stała dziewczynka, która wcześniej zadała mu pytanie. Quirren osadził na niej spojrzenie, rozpaczliwie próbując wypędzić z głowy obrazy tego, co miało się zaraz wydarzyć. Poczuł, że rośnie w nim panika, że narasta wraz z miażdżącym poczuciem beznadziei, lecz wtedy dziewczynka spuściła wzrok na sztylet u jego pasa.

– Uratujesz nas? – spytała, a Quirren mógł tylko zapłakać, widząc, jak jest odważna.

Ściśnięte gardło nie pozwoliło mu dobyć słowa, ale skinął głową, a dziewczynka odwróciła się, po czym cicho ustawiła dzieci w szeregu twarzą do klifu.

– Już dobrze – powiedziała do najmłodszego. – Rycerz Czarnego Orła nas uratuje.

Gdy dobył sztyletu, dziewczynka stanęła przed nim, a pod Quirrenem nieomal ugięły się kolana, gdy ujrzał dziecinną ufność w jej wielkich oczach.

– Jak ci na imię, siostrzyczko?

– Jestem Mina – odparła dziewczynka.

Quirren stanął przy niej i ucałował czubek jej głowy, a potem poczuł, jak jej ciałem wstrząsa trwożliwy szloch. Słyszał za sobą kroki zmierzających ku nim Opętanych i wiedział, po prostu wiedział, że nie wolno mu zawieść tych dzieci.

Serce Quirrena Klingemanna wyło z bólu, a z oczu lały się łzy, gdy jedno po drugim wysyłał dzieci do miejsca, gdzie Opętani nigdy ich nie znajdą. A potem dobył miecza, chwycił za tarczę i ruszył do walki.

90

HOFFEN

Okazało się, że nie było czasu, by przynieść Lysandrowi zbroję. Ledwie zdążył włożyć parę skórzanych spodni i wcisnąć stopy w opancerzone buty. Złapał za leżący na stole miecz po drugiej stronie pomieszczenia i utykając, opuścił komnatę, by jak najszybciej udać się na fortyfikacje wyglądające za główną bramę Hoffen. Tam spotkał się z majorem Dahlerem ze straży miejskiej, który zmrużył oczy na widok wielkiego Lysandra Müllera w nocnej koszuli.

Mag bitewny nie zważał na stan swojej garderoby i przyjął od jednego ze strażników trójkątną tarczę. Wsuwając ramię w paski, rzucił okiem na otwarty dziedziniec za bramą, gdzie czekał już na niego Feurig. Za nim kłębili się cywile, którzy nie wiedząc, co mają robić, popatrywali niepewnie na smoka o tygrysich łuskach, stojącego niczym strażnik przed wzmocnioną bramą.

– Trzeba zabrać stamtąd ludzi – powiedział Lysander, gdy coraz więcej żołnierzy obsadzało mury.

Major Dahler skłonił się krótko. Dwustu strzelców już stało w rzędzie na blankach z łukami w rękach i tłoczyło się na basztach po obu stronach bramy. Jednocześnie podobna liczba włóczników i piechurów zgromadziła się na dziedzińcu, oddzielając bramę od skupionych za ich plecami ludzi. I żołnierze, i cywile wciąż wpatrywali się w wielkiego smoka, ale na rozkaz majora Dahlera ci pierwsi zaczęli usuwać z placu tych drugich. Raptem zagrzmiał róg, obwieszczając, że wróg sposobi się do ataku.

Lysander był osłabiony i kręciło mu się w głowie. Zagryzł zęby i spojrzał w dół z wysokości murów.

Za bramą brukowana droga schodziła po łagodnej pochyłości i odbijała zakrętem, niknąc w mgle, która zalegała na wrzosowiskach. W miejscu, gdzie kryła się w mlecznym całunie równiny, kroczył ku Hoffen demon, którego Nathalie nazwała Pogromcą.

Lysander oszacował, że musi mieć około ośmiu stóp wzrostu, był więc nieco mniejszy, niż mag bitewny przewidywał. Ale w żaden sposób nie umniejszało to aury zagrożenia, która biła od niego, gdy szedł miarowym, zdecydowanym krokiem. Jego wygięte w tył nogi wyglądały, jakby wydzielał się z nich dym, a muskularne ciało okryte było pancerzem. W każdej ręce niósł wielki zakrzywiony miecz, a w płonących piekielnym światłem ślepiach jaśniało niezachwiane postanowienie. Potwór wiedział, że w mieście Hoffen nie ma nikogo, kto stanowiłby dla niego wyzwanie.

Pomimo ran i wycieńczenia Lysandra jego umysł zapalił się, gdy dotarło do niego, że demon lekce sobie waży jego i Feuriga. Mag bitewny i smok prawdopodobnie nie zdołaliby go pokonać, nawet będąc u szczytu sił, lecz zrobią, co w ich mocy, by nauczyć go pokory. Twarz Lysandra wyrażała determinację. Mag dobył miecza i rozćwiczył odrętwiały umysł, by zaraz roztoczyć nad żołnierzami barierę wiary, która obroni ich przed wzbudzanym przez demona lękiem. Stojący wokoło łucznicy majora Dahlera naciągnęli łuki, a mag bitewny nasycił każdy grot ładunkiem energetycznym.

Gdy demon podszedł bliżej, Dahler dał rozkaz do strzału i piekielnik pochylił się, gdy grad pocisków spadł na jego cielesną powłokę. Drzewca łamały się, ostre groty odbijały się od płyt zbroi, ale kilka nasyconych magią pocisków przebiło się przez nadwęgloną skórę demona. Ciemna krew zabulgotała i wylała się z sykiem z kilkunastu płytkich ran, a Lysander z satysfakcją spoglądał na skulonego przeciwnika.

Pierwszej krwi w tym starciu upuścili wojownicy Hoffen.

Pogromca wyczuł płynącą z murów falę zadowolenia. Jego ślepia zwęziły się wściekle, gdy wznowił marsz. Szedł coraz szybciej, nie zważając na ponownie uniesione do strzału łuki. Nie pozwolił im na drugą salwę. Machnął szeroko mieczem i chlusnął w ich kierunku płonącą siarką. Piekielny atak przemknął przez osłonę blanek i zabił kilkunastu obrońców. Reszta łuczników skryła się za murem, a tymczasem demon pobiegł naprzód, kilkoma długimi susami pokonując skarpę, i skierował się do zakrytego bramą tunelu prowadzącego na drugą stronę murów.

– Uwaga! – krzyknął Lysander, ale ledwie wybrzmiała ostatnia sylaba, fortyfikacje zadrżały od uderzenia Pogromcy.

Wrota Hoffen miały ponad stopę grubości i były porządnie okute żelazem. Demon wbił się w nie z impetem, wgniatając grube drewniane belki, które pokryły się siatką pęknięć, ale wrota wytrzymały pierwsze uderzenie.

Przerażający ryk odbił się echem od okolicznych budynków, gdy Pogromca, spodziewający się najwyraźniej, że wedrze się do miasta pierwszym rzutem, dał wyraz swojej wściekłości. A potem rozpoczęła się właściwa część natarcia. Zwiększył temperaturę ciała i drewno pod jego dotykiem zaczęło dymić, zaś metalowe okucia rozgrzały się do czerwoności. Mieczami rąbał i siekł wrota, a wielkie drewniane fragmenty odrywały się i padały na bruk w chmurze drzazg. Zakrzywione miecze nic sobie nie robiły z metalowych, ćwiekowanych umocnień, które, zmiękczone piekielnym żarem, łatwo poddawały się rozszalałym klingom. Jego kopniaki miały ten sam efekt co uderzenia tarana. Demon z porażającą brutalnością dosłownie rozniósł wrota Hoffen na strzępy.

Ostatniemu uderzeniu towarzyszył wybuch piekielnej energii i żołnierze na dziedzińcu przypadli skuleni do ziemi, gdy resztki wrót zwisły bezradnie na zmasakrowanych zawiasach, otwierając Pogromcy drogę do miasta. Drzazgi i fragmenty rozgrzanego żelaza rozbryznęły się po dziedzińcu, trafiając niektórych żołnierzy, którzy zwalili się na bruk, podczas gdy inni zdołali w porę zasłonić się tarczami. Nie mogli się mierzyć z takim przeciwnikiem.

W tej burzy drewna i żelaza stał Feurig. Gdy resztki bramy opadły ze stukotem na bruk, smok uniósł głowę i wbił wzrok w Pogromcę. Demon stał w tunelu ciemności niczym morderczy cień sposobiący się do ataku. Sam jego zarys na tle jasnego wylotu bramy emanował czymś zabójczym i nieokiełznanym. Błysnął ślepiami w ciemności, a potem rzucił się naprzód.

Stojący nad bramą Lysander patrzył, jak Pogromca wypada z tunelu, wymachując ostrzami w zabójczej furii. Feurig zionął jasnym strumieniem płomieni, ale demona chronił, poza zbroją, pancerz jego odrodzonej wiary. Przedzierając się przez burzę płomieni, zamachnął się mieczami na smoka i kto wie czy Feurig nie padłby trupem, gdyby z góry nie uderzył mag bitewny.

Grom błękitnej energii wbił się w ramię demona, który okręcił się, niesiony mocą uderzenia, gdy Lysander wyszedł chwiejnie na dziedziniec. Pogromca zorientował się, że czeka go teraz walka na dwa fronty, lecz zdawał sobie również sprawę z tego, że obaj wrogowie są ranni. Zaraz umrą.

Lysander i Feurig przetrwali pierwszą sekwencję uderzeń wyłącznie dlatego, że pilnowali się nawzajem. Gdy tylko demon skracał dystans, przyskakując do jednego z nich, drugi atakował od tyłu, ale zarówno smok, jak i mag bitewny słabli w oczach po każdej wymianie ciosów i było jasne, że prędzej czy później klingi Pogromcy przedrą się przez więdnącą gardę któregoś z nich.

Rozpacz wcisnęła się do rysów Lysandra, gdy cofał się krok za krokiem pod uderzeniami piekielnika. Za jego plecami Feurig złożył się do skoku i dał susa, chcąc przygwoździć Pogromcę do ziemi, lecz ten odgadł jego intencje i momentalnie okręcił się, by wyprowadzić kontratak. Smok usiłował cofnąć się przed mknącą po łuku głownią, ale ranna noga ugięła się pod nim, i Feurig wystawił na atak odkrytą gardziel. Natychmiast zwinął się i przypadł do ziemi, cudem unikając miecza, lecz wówczas Pogromca wykonał zwód i z mocą trafił go w skroń głowicą. Obuch huknął głucho w zetknięciu z czaszką i smok padł oszołomiony na bruk. Zginąłby z głową zmiażdżoną czarnym kopytem, gdyby wtedy nie ruszył na demona Lysander.

Mag bitewny cisnął w Pogromcę energetycznym pociskiem, ale piekielnik zanurkował pod nim i wyprowadził szerokie cięcie od boku, które bez trudu zmiotłoby głowę z ramion Lysandra. Mag uchylił się i wypatrzył lukę w pancerzu demona. Postanowił tam właśnie wrazić miecz, jednak gdy wyprowadzał cios, ranna noga nie uniosła jego ciężaru. Zachwiał się i o mało nie upadł, ale zanim dotknął ziemi, Pogromca kopniakiem posłał go w tył. Magiczna tarcza nie pozwoliła, by uderzenie zmieniło twarz maga bitewnego w krwawą miazgę, lecz nawet mimo tego Lysander upadł ciężko na plecy, plując krwią i czując, że pole jego widzenia zasnuwa ciemność. Otumaniony i ledwie trzymający się przytomności, poderwał wzrok na stojącego nad nim demona.

Pogromca rozprostował potężne ramiona. Poruszył głową, strzelając kręgami; nie spieszył się teraz, gdy obaj wrogowie leżeli bezbronni na ziemi. Kopniak wydusił z Przeciwnika resztki sił, a tarcza, którą ten osłonił swoich pobratymców przed piekielnym strachem, zaczęła gasnąć. Teraz major Dahler i jego żołnierze byli wystawieni na jego działanie. Siła woli ich opuściła, odwaga skurczyła się jak serce wyrwane z piersi i wrzucone w płomienie. Już byli zgubieni i wkrótce Pogromca ich zniewoli, lecz najpierw rozprawi się z dwiema Wielkimi Duszami, które przed chwilą pokonał. Z poczuciem nieuchronnego spełnienia zbliżył się do Przeciwnika, który leżał oszołomiony i bezbronny na ziemi.

Lysander Müller spojrzał w płonące oczy Pogromcy i zobaczył unoszącą się wielką gilotynę jego miecza. Nie dbając o to, że klinga zaczęła opadać, splunął wiązką przekornej energii prosto do umysłu Pogromcy. Jakby z wielkiej odległości dobiegł go jęk miecza przecinającego powietrze, lecz zamiast bólu i śmierci usłyszał tylko wibrujący trzask stali uderzającej o magiczną osłonę.

Walczący o zachowanie świadomości Lysander ujrzał spadający z nieba wielki czarny kształt. Wiedział, że może to być tylko cień śmierci, a jednak opadło go przemożne wrażenie, że jakaś litościwa ręka obroniła go przed pewną zgubą.

Oczami Sydiana Falko dostrzegł demona mknącego ku bramie Hoffen, ostrzeliwanego z murów przez hordę łuczników. Widział, jak bluznął siarką, zabijając obrońców na basztach, a potem ujrzał, jak piekielnik znika w tunelu biegnącym przez gruby mur obronny. Do miasta brakowało Falkowi około mili, a mimo to usłyszał trzask i chrzęst, z którym demon wdarł się do środka. Gdy spojrzał w dół własnymi oczami, zobaczył za zrujnowanymi wrotami błyski ognia.

Pogromca siał już spustoszenie za murami.

Okropna wizja przegranej wypędziła z umysłu Falka wszystkie myśli. Na dziedzińcu Hoffen dwie Wielkie Dusze zmagały się z wcieleniem mroku. Falko i Sydian lecieli bez wytchnienia całą noc. Mag bitewny ani myślał przyjąć do wiadomości, że przybyli za późno. Nie musiał wspominać o swoich obawach Sydianowi. Wiedział, że smok je podziela oraz że zdaje sobie sprawę, iż przedstawiciel jego własnego rodzaju zmaga się za murami z nieprzyjacielem, walcząc ramię w ramię z lustrzanym odbiciem swojej duszy.

Ignorując ból w nadwyrężonych mięśniach, Sydian zdobył się na ostatni karkołomny zryw i ruszył szybciej, pokonując uporczywy opór powietrza. Zbliżywszy się do miasta, zwiększył wysokość, by mogli ostrzej zapikować, tam gdzie ich bracia byli o włos od śmierci.

Czas rozciągnął się w długą, zniekształconą chwilę wypełnioną oczekiwaniem. Pogromca zaniósł do ciemnych sił ofiarną modlitwę i wzniósł wysoko nad głowę olbrzymie ostrze. Lecz Przeciwnik nawet teraz mierzył go hardym spojrzeniem, nawet gdy ogień w jego oczach już gasł. Wewnętrzna siła tego człowieka doprowadzała Pogromcę do furii. Włożył w ostateczny cios jeszcze więcej siły. Miecz pomknął w dół ze świstem, a Pogromca życzył sobie, by chwila jego zwycięstwa mogła trwać wiecznie. A potem zdumiał się, gdy klinga odbiła się od niewidocznej bariery. Jego ramię zatrzęsło się od siły uderzenia i Pogromca ryknął z bólu, gdy ścięgna jego śmiertelnego ciała o mało się nie zerwały. Ale jak to? Przeciwnik był zbyt słaby, by schronić się za tak silną tarczą.

Zamęt w jego głowie trwał tylko chwilę, nim Pogromca wyczuł nadlatujące z nieba skupisko energii. Podniósł wzrok i dostrzegł czarnego wyrma spadającego mu na spotkanie, a na jego plecach przeklętą jasność, której jądrem był kolejny Przeciwnik. Z paszczy wyrma buchnęła kolumna ognia, a Pogromca nigdy jeszcze nie czuł na swojej skórze równie gorącego smoczego płomienia. Przeraźliwy żar go oślepił. Sieknął dziko mieczem, a potem poczuł, jak szpony wyrma zaciskają się na jego ramieniu.

Smok obrócił się w powietrzu, zrzucając jeźdźca z grzbietu i ciskając demonem przez dziedziniec. Pogromca wyrżnął z mocą o budynek stajni, łamiąc przy tym belki oraz demolując kamienne ściany. Smok opadł na ziemię, ale jeździec nie był w stanie kontrolować upadku po tak szaleńczym locie.

Mieczownicy i włócznicy stali rozproszeni, a Lysander wpatrywał się oszołomiony w maga bitewnego, który przybył mu na ratunek.

Falko wylądował ciężko na bruku. Nie mieli czasu, by zaplanować atak, by myśleć o czymkolwiek poza odbiciem miecza Pogromcy. Sięgnąwszy umysłem, Falko zablokował cios magiczną tarczą, a Sydian uderzył w demona płomieniem. Wielki czarny smok ucapił Pogromcę i wykorzystał pęd, by cisnąć nim w stojący dalej budynek. W tej samej chwili smok i mag bitewny zetknęli się z ziemią. A w następnej – zerwali się na nogi.

Pogromca zepchnął z siebie hałdę gruzu i potrzaskane belki, nie wypuszczając mieczy z rąk. Potrząsnąwszy wielką głową, wylazł z rumowiska. W przeciwnym kącie dziedzińca Sydian dźwignął się na nogi, zmieniwszy wóz z sianem w stos rozpałki, jednocześnie po drugiej stronie Falko uderzył mocno o ścianę innego budynku. Takie zderzenie pogruchotałoby mu kości, gdyby nie nasączył ciała ochronną energią. Czuł się teraz nieco zesztywniały i na pewno zarobił kilka siniaków, lecz zaraz poderwał się, gotowy stawić czoła Pogromcy.

Demon skierował płomienisty wzrok na nowych wojowników. Wielka siła wyrma była oczywista, ale mocy Przeciwnika nie potrafił oszacować. Pogromca zawahał się...

Czy spotkali się już kiedyś?

Piekielnik miał wrażenie, że owszem. Powoli zaczął sobie przypominać. Czy to możliwe? Czy to było to dziecko, które walczyło z nim, zanim Przeciwniczka zmusiła go do powrotu do podziemnego świata?

Pogromca zmierzył wzrokiem opancerzoną postać. Wygląd się zmienił, lecz aura cuchnęła tak samo. Ale nie do końca identycznie. Gdy mierzyli się ostatnim razem, ten Przeciwnik emanował surowymi emocjami i niepełnym potencjałem. Teraz biła od niego nieporównanie większa siła, której Pogromca nigdy nie spodziewał się napotkać w tym niewydarzonym świecie. Oto dusza, która przeszła przez ogień rozpaczy i zwątpienia, i żałości. Demon próbował jakoś pogodzić niedorostka, którego prawie zabił, z mężczyzną, który stał przed nim teraz. Zmiany, która się w nim dokonała, nie dałoby się wytłumaczyć choćby i tysiącem lat doświadczenia.

Pogromca zmrużył oczy, zadowolony. Na tych dwóch Przeciwnikach wypróbuje zahartowane w piekielnym ogniu klingi. Rozkoszował się myślą o tej walce, pokładał wiarę we własnych siłach. Nie miał cienia wątpliwości, że zwycięży.

Dopóki Przeciwnik nie dobył miecza.

Falko odczuł pełną siłę jego spojrzenia, gdy Pogromca wyszedł z ruin stajni. Demon poruszał się z pewnością siebie wynikającą z wielkiej mocy, a jego zdecydowanie poraziło Falka. Wystraszony, zsunął tarczę z pleców i nałożył ją na przedramię. Czuł się przytłoczony i słaby. Był przekonany, że nie stanowi wyzwania dla demona.

Dopóki nie dobył miecza.

Broń Pogromcy wykuta została przez Oświeconych i zahartowana w ogniu piekielnym, ale miecz Falka brzmiał cichą nutą przyjaźni, utraty i miłości.

Uprzytomniwszy sobie wreszcie prawdziwe niebezpieczeństwo, które groziło mu ze strony adwersarza, Pogromca opuścił zakrzywione ostrza i rzucił się do ataku.

Choć Falko był na to gotowy, zaskoczyła go szybkość nieprzyjaciela i błyskawiczna sekwencja morderczych ciosów wymierzonych w głowę, korpus, szyję i brzuch. Nawet jego szkolenie w akademii nie przygotowało go na tak dzikie natarcie i jedynie dzięki wyczulonym instynktom zdołał zablokować rozpędzone ostrze. Demon napierał, a Falko oddawał mu koleje jardy dziedzińca, cofając się o wiele szybciej, niżby sobie tego życzył, aż w końcu dotknął plecami ściany.

Pole manewru było teraz mocno ograniczone, Pogromca podwoił więc wysiłki, chcąc wykorzystać zdobytą przewagę, lecz Falko zdołał wymknąć mu się spod klingi, przyjmując jedno uderzenie na tarczę i uskakując przed drugim, które wbiło się głęboko w kamienną ścianę za jego plecami. Wykorzystał okazję i odskoczył od demona, lecz

Pogromca natychmiast wyrwał miecz i okręcił się, znów stając twarzą do wroga.

Żołnierze na dziedzińcu otrząsnęli się z zaskoczenia i zaczęli ściągać swoich towarzyszy z pola walki. Zabrali powalonego Lysandra, a Sydian zatroszczył się o wciąż oszołomionego Feuriga.

W tym czasie Falko tańczył i wił się pod ciosami Pogromcy. W ciągu ostatniego roku udało mu się osiągnąć pełnię swojego potencjału, lecz nawet to nie wystarczyło, by zdołał uniknąć wszystkich ciosów, i już kilka razy tylko magiczne wzmocnienie i pancerz uchroniły go przed utratą ręki czy nogi. Gdy zalały go wspomnienia poprzedniego starcia, raptem uświadomił sobie, że nie zdoła wygrać tej walki. A przynajmniej nie sam.

Pogromca wyprowadził kolejną serię zabójczych ciosów, a potem zachwiał się, gdy coś uderzyło go od tyłu. Upewniwszy się, że nic nie grozi Feurigowi, Sydian dołączył do walki. Pazury jego prawej łapy naznaczyły nogę demona trzema równoległymi nacięciami, lecz wtedy smok musiał odskoczyć do tyłu, machając skrzydłami, bo Pogromca okręcił się i od razu zamachnął mieczem, celując w smoczą pierś.

Usiłując ugrać jak najwięcej na kilku zdobytych przez Sydiana sekundach, Falko dał nura naprzód, by zaatakować, ale zaraz znów musiał uskoczyć przed mknącą w jego stronę klingą, gdy demon ponownie obrócił się przodem do niego. Wydawało się niemożliwością znaleźć lukę w gardzie potwora. Falko wiedział, że jeśli tak dalej pójdzie, w końcu wielkie zakrzywione ostrze spotka się z jego ciałem.

Sydian zaatakował ponownie. Jego szpony zazgrzytały przeszywająco o zbroję piekielnika. Pogromca kopnął Falka w udo i natychmiast obrócił się do Sydiana, który ryknął, gdy ostrze demona prześlizgnęło się po jego przedniej nodze. Odłamki smoczych łusek rozsypały się po dziedzińcu i krew barwy głębokiej czerwieni bryznęła na bruk. Pogromca znów wziął na cel swojego ludzkiego przeciwnika. Ale tym razem Falko wpuścił do miecza iskrzącą magię, a potem strzelił nią w demona.

Pogromca nie mógł zablokować łuku połyskliwego światła i magia zostawiła po sobie długą, świecącą ranę, wyzierającą spod rozciętego pancerza.

Demon wpadł w szał i momentalnie znowu zepchnął Falka do defensywy. Sydian dalej próbował atakować go od tyłu, ale Pogromca zdawał się spodziewać każdego jego ruchu i z oślepiającą prędkością zwracał ataki smoka przeciw niemu samemu. Mimo iż mierzył się z dwoma przeciwnikami naraz, to Pogromca miał przewagę i Falko zakosztował własnej krwi, gdy jedno z rozmazanych w pędzie ostrzy grzmotnęło go w bok hełmu. Magia wzmacniająca znów uchroniła go przed krytyczną raną, ale uderzenie na moment wytrąciło go z rytmu. Gdyby demon poszedł za ciosem, może dopełniłby dzieła, uniemożliwił mu to jednak Sydian, który zacisnął zęby na jego uniesionym do uderzenia ramieniu.

Ogień trysnął ze smoczej paszczy i Pogromca wył, gdy jego ramię płonęło, wciąż uwięzione w szczękach smoka. Szarpiąc się, przyciągnął ramię do siebie, by sięgnąć smoczego gardła drugim mieczem. Sydian, widząc, co się święci, musiał wypuścić ramię potwora z potężnych szczęk. Chciał odskoczyć, ale Pogromca zamachnął się wyswobodzonym mieczem. Sydian uniknął drugiego ataku i uchylił się przed kolejnym, ale następny już mknął w stronę jego głowy i smok okazał się nie dość szybki. Zdołał tylko odwrócić głowę, ale klinga Pogromcy przeorała mu twarz.

Sydian zamrugał, chcąc pozbyć się krwi z oka, a tymczasem Pogromca już składał się do kolejnego uderzenia. Wtedy potężna kula energii trafiła go w odsłonięte plecy. Ale pancerz Oświeconych wytrzymał i Pogromca zamierzył się oboma mieczami, by raz na zawsze zakończyć walkę z Przeciwnikiem. I tym razem jego zamiary spełzły na niczym, bo Falko natychmiast cisnął kulą ognia prosto w rogatą głowę. Demon ryknął i odwinął się, ale Falko i Sydian załapali już chyba, jak współdziałać w walce.

Gdy Falko uniósł tarczę i sparował cios, Sydian zaatakował z drugiej strony. Chlasnął piekielnika szponami po nogach, by zaraz uskoczyć przed kontratakiem, który miał rozciąć mu pierś.

Falko zaczynał opadać z sił. Wysiłek zapalił ogień w jego unoszącej się i opadającej w dzikim tempie piersi. Wiedząc, że dłużej nie da rady w ten sposób, zaczął wlewać energię w zimną stal swojego miecza.

Gdy Pogromca odwrócił się twarzą do niego, Falko przyspieszył proces i włożył w miecz tyle magii, ile się tylko zmieściło. Blokował ciosy demona tarczą i unikał ich, wiedział bowiem, że skoro wsączył tak wiele energii w miecz, jego czary wzmacniające będą poważnie osłabione. Zwykła broń nie pomieściłaby tyle mocy. Nie dokonałby tego nawet inny miecz maga bitewnego, ale miecz Falka wykuto przy użyciu ognia nie jednego, lecz dwóch magów bitewnych, był więc jedynym ostrzem zdolnym wytrzymać takie natężenie magicznej energii.

Po drugiej stronie dziedzińca Lysander Müller zmarszczył brwi, próbując dojść do siebie po wstrząsie. Jeszcze zanim przejaśniło mu się przed oczami, wyczuł ogromną energię wzbierającą w mieczu młodego wojownika. Nigdy jeszcze nie słyszał, by broń maga bitewnego brzmiała tak osobliwą nutą. Była w równej mierze piękna, co przerażająca i Lysander nie mógł nie myśleć o tym, jakaż to dusza jest w stanie wyczarować tak wielką koncentrację magicznej energii.

Patrzył na rozmazane przed jego oczami zarysy zwartych w boju sylwetek jak na tytaniczną bitwę toczoną przez postacie z legend. Widział czarnego smoka, jakieś demoniczne tornado i mrocznego wojownika, którego musiała pchnąć do nierównej walki młodzieńcza naiwność. Ale gdy walka potoczyła się naprzód, Lysander uprzytomnił sobie, że ten młody człowiek wcale nie jest tak słaby, jak początkowo myślał. Jedynie niedoświadczony. Im wyraźniej widział wojowników, tym bardziej docierało do niego, że te dwie Wielkie Dusze walczą razem po raz pierwszy. Nie mieli jeszcze dość wyczucia i koordynacji, by zadawać ciosy w odpowiednim rytmie, ale za to szybko się uczyli.

Jak dotąd kombinacja szczęścia i wrodzonych predyspozycji wystarczyła, by uchronić się przed klingami Pogromcy, lecz zaczynali się męczyć i katastrofa była tylko kwestią czasu. Lecz teraz młody mag bitewny znacznie zwiększył stawkę, o którą toczyła się gra. Skupiwszy tak wielką energię w swoim mieczu, zredukował moc czarów wzmacniających i już kilka razy ocalał tylko dzięki wytrzymałości pancerza. Nagle Lysander zauważył, że nuta wyśpiewywana przez magiczną klingę zaczęła cichnąć, aż w końcu umilkła zupełnie. I wtedy, dokładnie w tej właśnie chwili, młody wojownik zupełnie opuścił gardę. Może pomylił się w ocenie sytuacji, może otępiło go zmęczenie, ale tak czy inaczej, popełnił katastrofalny błąd i nie musiał długo czekać, by Pogromca postanowił go wykorzystać.

Z przerażającą prędkością zakrzywiona klinga demona pomknęła ku gardłu maga bitewnego.

Falko nie potrafił ocenić, czy zdoła utrzymać strumień energii wnikającej do miecza. Nigdy jeszcze nie czuł się tak zmęczony, zarówno na ciele, jak i na umyśle, ale nie miał zamiaru się poddać. Jeśli mieli pokonać Pogromcę, musiał zaprząc do pracy całą swoją siłę, inaczej wszystko na nic. Wlał więc swoją duszę w wykutą przez Malakiego głownię, żywiąc nadzieję, że okaże się dość silna, by to znieść. Wreszcie śpiew stali przeistoczył się w ciszę, dokładnie w momencie, gdy Pogromca zwrócił twarz w jego kierunku. Falko bez wahania opuścił gardę.

A Pogromca natychmiast zamierzył się na jego gardło.

Malaki ani Quirren nigdy nie daliby się złapać na tak oczywistą przynętę, ale Pogromca nie szkolił się w Akademii Sztuki Wojennej, nie rozpoznał więc zagrożenia, dopóki nie było już za późno. W ostatnim momencie Falko zszedł potworowi z drogi i zamachnął się szerokim łukiem, tak by strzaskać miecz Pogromcy przy samej rękojeści. Klinga pofrunęła, koziołkując w powietrzu. Demon ryknął wściekle i wtedy drugi miecz pomknął z sykiem ku głowie Falka, który nie miał siły, by wzmocnić swój hełm przed uderzeniem. Cios niechybnie by go zabił, gdyby w tym właśnie momencie Sydian nie trafił Pogromcy w kark druzgocącym ciosem.

Siła smoka odrzuciła demona na bok, a ten, zamiast wgnieść hełm maga bitewnego, naznaczył tylko rysą grawerowaną stal. Wyjąc, Pogromca kopnął Falka między nogi, a ten zwalił się u jego stóp. Drugi kopniak złamał mu obojczyk i Falko obrócił się na plecy, wystawiając na pastwę miecza odsłonięte gardło. Zakrzywiona klinga zaczęła spadać, a wtedy Sydian złapał potwora od tyłu, rozpaczliwie usiłując do tego nie dopuścić.

Pogromca z siłą atakującej kobry wyślizgnął się ze smoczych łap i pchnął mieczem. Ostry sztych przemknął się między płytami na smoczej piersi i Sydian zasyczał boleśnie. Złapał Pogromcę za rękę, nie chcąc dopuścić, by zanurzona w ciele klinga sięgnęła serca.

Śmiejąc się szyderczo przez zaciśnięte zęby, potwór zacisnął wielką rękę na smoczym karku i mocą piekielnych płomieni rozgrzał miecz do czerwoności. A potem, warcząc z wycieńczenia, naparł, by wbić go mocniej w pierś Sydiana. Smok był silny, ale jego muskuły nie mogły się równać z potężnymi węzłami mięśni, które grały pod czarną skórą piekielnika. Zdesperowany, rozwarł paszczę i zionął płomieniem prosto w jego twarz.

Pogromca nie zaznał jeszcze takiego bólu, nawet w trakcie swojej pokuty. Czarne mięso zaczęło odpadać od jego twarzy, ale demon ani na chwilę nie zwolnił nacisku. Gdy ogień się cofnął, Sydian poczuł, że cal po calu klinga wdziera się głębiej w jego pierś, jakby żyła i sama szukała bijącego tam serca. Smok wiedział, że jest bliski śmierci, lecz nagle demon wyprężył się i zesztywniał, a cała siła opuściła jego ramiona.

Wciąż zataczając się od potężnych kopniaków, Falko podniósł się na kolana. Przed nim Sydian siłował się z Pogromcą i Falko widział, że demon zaraz zabije smoka. Wzdrygnął się, gdy płomienie buchnęły z paszczy Sydiana, ale Pogromca ani myślał się poddać. Utykając z powodu potwornego bólu w podbrzuszu, Falko zachwiał się w przód i gdy płomienie rozwiały się niczym czerwona chmura – uderzył.

Ostatnim wysiłkiem woli dopełnił miecz magiczną energią i wraził go po sam jelec w opancerzony grzbiet demona. Zbroja Oświeconych była twarda, ale ustąpiła pod mieczem Falka. Zaciśnięte na broni oraz szyi Sydiana ręce Pogromcy opadły wzdłuż ciała. Wciąż plując gorącą żółcią prosto w twarz smoka, demon osunął się na kolana, a Sydian cofnął się, pozwalając ostrzu wysunąć się ze swojej piersi.

Ślepia Pogromcy błysnęły wściekle, ale Falko posłał do miecza ostatni impuls energii i wreszcie jadowita nienawiść w spojrzeniu demona zgasła. Muskularne ciało oklapło i ostatni poszarpany dech wydostał się z najeżonej ostrymi kłami paszczy. Sydian cofnął się jeszcze, lądując na czterech nogach, a opancerzone cielsko runęło na bruk dziedzińca.

Gdy stwór zsunął się z klingi Falka, młody mag bitewny opadł na kolana. On i Sydian byli doszczętnie wycieńczeni i mogli tylko wpatrywać się niedowierzającymi spojrzeniami w stygnące truchło Pogromcy.

Daleko na południu, na Utraconych Ziemiach, które należały niegdyś do Beltane, Marchio Dolor stanął jak wryty i zwrócił płonące spojrzenie na północ. Ktoś dokonał niemożliwego. Ktoś rozgromił Pogromcę. Fala niepokoju przemknęła po Opętanych skupionych wokół dowódcy, gdy wyczuli jego rosnącą furię. Cała armia zatrzymała się w dwa kroki, podczas gdy uwaga Marchia Dolora skupiona była na północy.

Przeciwnik i jego wyrm pokonali jego zabójcę, a hańba tej porażki odbiła się echem w wyższych krainach piekielnych. Z tak wielkiej odległości Marchio nie był w stanie dowiedzieć się więcej o tym tajemniczym Przeciwniku, a jednak naszło go wrażenie, że ta dusza przysporzyła mu już wcześniej kłopotów. Jej pochodzenie było tajemnicą, niewyraźnym zarysem nieznanych demonowi wydarzeń, a jednak czepiał się jej wyraźny odór Clemoncé, tego przeklętego królestwa władanego przez tę przeklętą królową. Nawet teraz, gdy zwycięstwo było już na wyciągnięcie ręki, królowa suka zdołała pomieszać mu szyki.

Wciąż patrzący na północ Marchio Dolor powoli obrócił resztę ciała w kierunku, w którym zwrócone było jego spojrzenie. Ledwie dwa dni dzieliły go od zmiażdżenia króla Ozrika w jego potężnej warowni w Aengus, ale nie... Upokorzenie beltańskiego króla powierzy swojemu nowemu generałowi. Vercincallidus zrówna Aengus z ziemią i rzuci duszę Ozrika Goudikki w ciemność.

Marchio ruszy na północ, by osobiście rozprawić się z Clemoncé. Ta kwiląca maciora i jej przymilni Przeciwnicy już dostatecznie długo krzyżowali plany Wiernych. Najwyższy czas raz na zawsze zmiażdżyć ich opór.

Marchio Dolor opadł na jedno kolano i wbił pięści w ziemię, a potem zaczął się modlić. I modlił się, aż cały podziemny świat zawibrował od jego nienawiści, aż skupił na sobie uwagę wszystkich demonów przemierzających część Utraconych Ziem, która nosiła kiedyś miano Illicji. A potem wydał rozkazy.

„Ruszajcie na zachód. Porzućcie rozproszonych wrogów i przestańcie raczyć się cierpieniem. Całą uwagę poświęćcie Clemoncé, zwróćcie legiony na zachód".

Demonom na północy Beltane, wszystkim niewolicielom i żniwiarzom gromadzącym dusze wzdłuż granic kazał porzucić dotychczasowe obowiązki i spotkać się z nim na zachodnim brzegu wielkiego jeziora. Tam zbierze armię, która przetoczy się przez znienawidzone Clemoncé jak plaga. Wedrze się klinem w samo serce Furii, gdzie własnymi rękami zmiażdży królową Catherine i pozyska dla siebie jej duszę.

A ludowi Clemoncé wysłał specjalną wiadomość.

„Wasz czas dobiega końca. Nadciągam".

91

CENA OPORU

Malaki nie umiał powiedzieć, co oszołomiło go bardziej. Lawina czy porzucenie Quirrena i dzieci na pastwę Opętanych. Z mozołem usiłował objąć umysłem to, co się wydarzyło w kanionie. Gdy potykając się, szli ścieżką wiodącą przez żleb, zaobserwował, że weterani z oddziału Wygnańców najlepiej radzą sobie z przeżytą traumą. Jakimś sposobem potrafili funkcjonować pomimo nieustannych szlochów i jęków uchodźców, podczas gdy Malaki i Huthgarl wlekli się w ogonie, otępiali i wyjałowieni.

Nie uszli stu jardów, gdy Urwipołcie zaczęli zsuwać się po zboczach, by do nich dołączyć. Po zejściu lawiny porzucili swoje pozycje na szczycie klifu i teraz wmieszali się w sunący żlebem pochód.

– Co się stało? – spytała Bryna, dostrzegłszy minę Malakiego.

Rycerz nie znalazł słów, by jej powiedzieć. Nie potrafił nawet podnieść rąk, by uściskać żonę.

– Nie widziałaś? – spytał Huthgarl, a Bryna pokręciła głową.

– Wycofaliśmy się, gdy strach nasilił się do tego stopnia, że stał się zagrożeniem.

Bryna skakała wzrokiem po żołnierzach i uchodźcach, chcąc zobaczyć, kogo brakuje. Skręciło ją w żołądku, gdy wyłuskała z tłumu Alexa i dostrzegła wyraz malujący się na jego twarzy.

– Quirren? – wydyszała, a Huthgarl potwierdził skinieniem.

Bryna zakryła usta dłonią. Alex zszedł ze szlaku i ruszył w kierunku ścieżki prowadzącej na klify.

– Tam nie jest bezpiecznie – napomniał go Patrick Feckler. Wyciągnął rękę, lecz Alex przepchnął się obok niego i poszedł dróżką.

Oczy Bryny nabiegły łzami, gdy patrzyła, jak Alex wspina się zboczem, z którego przed chwilą zsunęli się Urwipołcie. Zaczęła go wołać. W tej chwili Malaki minął ją i poszedł za nim.

– Malaki, czekaj! – zwróciła się do niego. – Tam nie jest bezpiecznie!

Ale Malaki nie słuchał, a zaraz dołączył do niego Huthgarl.

– Musimy zobaczyć, co się z nim stało – wyjaśnił wielki Beltańczyk.

– Przecież nic już nie możemy zrobić! – krzyknęła. – Tam nie ma drogi do kotliny.

Wpiła się w Paddy'ego błagalnym wzrokiem, ale mężczyzna tylko wzruszył ramionami.

– Muszą – powiedział po prostu.

Bryna westchnęła płaczliwie i wraz z Paddym ruszyła ścieżką za towarzyszami.

Ramiona Quirrena drżały z wysiłku, a ziemia wokoło usiana była trupami skirytów. Wypadłszy z krzaków, zabił toksytów, którzy znaleźli ich kryjówkę, a potem stanął w nurcie płytkiej rzeki, czekając na atak kolejnych Ferocjan. Ci, którzy rzucili się do walki z nim, zginęli.

Quirren był wysokim, potężnym mężczyzną, Illicjaninem w każdym calu. Świetnie walczył już w chwili przybycia do Furii, a szkolenie w akademii uczyniło go twardym jak skała i silnym jak tur. Pokaże Opętanym, co potrafi.

Skiryci atakowali dwójkami i trójkami i Quirren zabijał ich z łatwością, ale gdy chmury kurzu zaczęły opadać, dostrzegł, jak ze żlebu wynurza się biały demon.

Ogarnęło go poczucie głębokiej ulgi. Uchronił dzieci przed strasznym losem. Teraz jednak przerażenie wspinało mu się po kręgosłupie, wciskało do głowy i zaczynało panoszyć się w jego umyśle. Jedyną nadzieją była szybka śmierć, wybrał więc grupę ciężkozbrojnych kardaków i rzucił się na nich z okrzykiem na ustach. Jeśli będzie miał szczęście, zabiją go, zanim demon skradnie mu duszę.

Może powinien opuścić gardę i wystawić się na ich ciosy... Nie. Quirren miał serce wojownika i poddanie się nie leżało w jego naturze. Otoczony przez trzech mrocznych wojowników, walczył jak heros z legend, rąbiąc i siekąc kardaków, jakby byli manekinami na poligonie akademii. Ale gdy padli pierwsi trzej, w ich miejscu pojawili się kolejni, którzy wiedzieli już, czego spodziewać się po przeciwniku.

Zaatakowali z furią i Quirren wiedział, że to tylko kwestia czasu, nim go powalą. Zabił jednego, nim drugi trafił go w kolano. Gdyby nie zbroja, cios pozbawiłby go nogi, ale ohydne chrupnięcie świadczyło o tym, że Quirren nie będzie miał z niej pożytku. Drugi cios ześlizgnął się po naramienniku i dosięgnął głowy, ale rycerz wciąż walczył. Wówczas od ścian kanionu odbił się wykrzyczany gardłowym głosem rozkaz i mroczni wojownicy odstąpili od Quirrena, który stał pośród powalonych przeciwników, walcząc o utrzymanie się na nogach.

Ogarnięty rozpaczą, poderwał wzrok na idącego w jego kierunku białoskórego demona. Stwór sunął naprzód, wysoki i potężny, wlokąc za sobą po skale i przez zimną wodę łańcuchowe siatki. Jego twarz, odlegle tylko kojarząca się z ludzką, była zniekształcona, a osadzone w niej czarne oczy spoglądały na Quirrena z niepokojącym zainteresowaniem.

Niewoliciel widział, jak walczy ten młody wojownik. Zbyt dobra dusza, by ją zmarnować. Ale jego siatki były już pełne. Z żelaznego pasa zwisało dwanaście łańcuchów. Na końcu każdego znajdowali się umęczeni katorżnicy, utrzymywani przez plugawą moc Opętanych w stanie permanentnej agonii, stanowiący rezerwuar wiary, zapas cierpienia, z którego mogli skorzystać Wierni.

Niewoliciel warknął i wydał kardakom rozkaz. Ruszyli naprzód, ale Quirren nie miał już sił, by walczyć. Szybko go rozbrojono i odarto z pancerza, aż stanął przed demonem nagi, bezbronny i sparaliżowany strachem.

Piekielnik wolno zwinął jeden z łańcuchów. Ciało na jego końcu było nierozpoznawalną masą mięsa i ciemnej, zaschniętej krwi. To pierwsza dusza, zniewolona przez demona na samym początku tej wyprawy. Nieszczęśnik był tak zmasakrowany, że ledwo udawało się utrzymać go przy życiu. Doprowadzony do szaleństwa przez nieustający ból, przestał już być użyteczny. Jego cierpienie mógł odnowić jedynie ogień piekielny. Niewoliciel podniósł więźnia, a mięśnie jego ramion napięły się, gdy puścił po łańcuchu strumień plugawej energii.

Spleciona siatka zaczęła płonąć, a wraz z nią udręczone ciało. Ogień trawił je, aż został po nim tylko biały popiół i maź, która lepiła się do łańcuchów jak smoła. Człowiek w siatce zniknął.

Quirren nie był pewien, czy rzeczywiście słyszał, czy tylko wyobraził sobie niknący w oddali jęk rozpaczy, gdy torturowana dusza trafiła do piekieł. Siatka była teraz pusta, a Quirren zaczął trząść się ze strachu. Nie był zdolny do wykonania żadnego ruchu, więc zamknął oczy, gdy przystąpili do niego Opętani, nie wojownicy, lecz na wpół odarci z ubrań ludzie o bladej skórze i mlecznobiałych oczach. Niektórzy dźwigali ciężkie stalowe młoty, inni dłuta i szczypce, jakie widziało się w kuźniach. Quirren miał ponad sześć stóp wzrostu, był więc za duży, by zmieścić się w łańcuchowej siatce. Będą musieli go połamać, nim wcisną go do środka.

Gdy pierwszy z łamaczy uniósł młot, pierś Quirrena przeszyła strzała. Grot przebiłby serce, zabijając go na miejscu, gdyby nie demon, który sięgnął do Quirrena sękatą dłonią i go podniósł. Moc demona nie pozwoli ciału umrzeć. Nadzieja Quirrena na szybką śmierć została brutalnie zgaszona.

Był teraz we władzy niewoliciela, kołysał się w powietrzu jak marionetka, jęcząc przez zaciśnięte zęby, a strzała sterczała z jego piersi. Demon spojrzał tam, skąd nadleciała. Nie widział ludzi, ale ich czuł. Kryli się w krzakach porastających szczyt klifu. Uznał, że nie warto gonić uciekinierów przez zawalisko, teraz jednak czuł kolejne smakowite dusze skupione na skałach poza zasięgiem jego ludzi. Kto wie, może jednak zdecyduje się na pogoń. Ozdobi swój pas kolejnymi trofeami, które spodobają się Marchiowi Dolorowi.

Prychnął z pogardą i dał znak młociarzom, by brali się do pracy.

Skryci na klifie przyjaciele Quirrena patrzyli zrozpaczeni, jak Opętani zdejmują z niego pancerz. Byli świadkami ostatnich minut walki Quirrena z kardakami, lecz teraz docierało do nich, że sprawa jest beznadziejna. Ostatecznie ciszę przerwał Malaki.

– Musisz go zabić – powiedział do Bryny.

Obrzuciła go niedowierzającym spojrzeniem, choć wiedziała, że tak musi być. Z oczami pełnymi łez złapała strzałę, nałożyła ją na cięciwę, napięła łuk i wycelowała. Ale to nie jej strzała, lecz Paddy'ego wbiła się w pierś Quirrena. Ręce Bryny nazbyt się trzęsły i jej pocisk trafił w kamieniste dno rzeki dwie stopy od celu, podczas gdy strzała Patricka Fecklera trafiła bez pudła. Choć było to straszne, odczuli ulgę, gdy rażony strzałą Quirren zachwiał się. Wtedy jednak zainterweniował demon, odbierając ich przyjacielowi nadzieję na czystą śmierć.

Mogli tylko patrzeć ze ściągniętymi twarzami, jak Opętani młotami gruchoczą Quirrenowi kości. Huthgarl i Bryna nie mogli znieść tego widoku. Oderwali wzrok od potwornej sceny i zwymiotowali w krzakach, a Malaki i Paddy trzymali Alexa, który chciał zeskoczyć z klifu.

– Ale on żyje! – płakał młodszy brat. – On wciąż żyje!

Łzy rozpaczy lały się im z oczu, gdy odciągnęli go głębiej w zarośla. Malaki sądził, że nikt ich nie zauważył, lecz wtedy uwaga demona przeniosła się na nich i wiedział już, że zostali odkryci. Gdy Paddy wlókł Alexa po ścieżce, Malaki po raz ostatni spojrzał w dół. Opętani wciskali potrzaskane ciało rycerza do łańcuchowej siatki. Malaki zadrżał, gdy z uczuciem panicznego przerażenia wyobraził sobie, co musi teraz czuć Quirren.

Wreszcie półnadzy Opętani zamknęli siatkę rozgrzanymi piekielnym ogniem nitami i ich praca dobiegła końca.

Zadowolony z nowej ofiary niewoliciel ruszył naprzód, aż łańcuch Quirrena naciągnął się i powlókł za nim równolegle z pozostałymi.

Malaki już miał odwrócić wzrok, gdy demon podniósł spojrzenie i skupił je na nim. W tej samej chwili pojawił się u jego boku Huthgarl.

– Idziemy – powiedział wielki Beltańczyk.

Ale Malaki czuł się tak, jakby drugi raz porzucał Quirrena.

– Musimy go śledzić – wymówił. Jego głos był pusty i zdawał się dobiegać z daleka. – Musimy go śledzić, dopóki nie wróci Falko.

– Nie ma takiej potrzeby – odparł Huthgarl. – Patrz! On idzie po nas.

Malakiego opadła trwoga, gdy uświadomił sobie, że Huthgarl ma rację. Demon zmierzał w kierunku żlebu. Przedrze się przez osuwisko i będzie ich szukał.

– Chodź, idziemy! – ponaglił go Huthgarl, a Malaki słyszał narastającą w jego głosie panikę.

Fala strachu omyła ich jak gorący wiatr, ale w chwili gdy już mieli odwrócić się i ruszyć ścieżką, demon się zatrzymał. Stanął w połowie płytkiej rzeki z przechyloną głową. Jakby nasłuchiwał.

W tej właśnie chwili daleko na północy Falko zabił Pogromcę, a przebywający wówczas na południu Marchio Dolor natychmiast dowiedział się o tym i zapałał furią. Wbił ręce w ziemię i wydał rozkazy, a część z nich dotyczyła demona stojącego teraz w kanionie. Wszyscy niewoliciele i żniwiarze zbierający dusze mają porzucić wykonywane zadania i zgromadzić się na brzegu wielkiego jeziora.

Zignorowanie takiego rozkazu było nie do pomyślenia, a więc niewoliciel odwrócił się plecami do jaśniejących na klifie dusz. Gdyby zamierzał podróżować pieszo, obrałby tę samą drogę, którą tu przybył, ale naglący ton Marchia nakazywał pośpiech, a więc zrobił wyrwę w tkaninie rzeczywistości i wszedł w nią, wybierając skróty podziemnego świata.

Malaki i Huthgarl zobaczyli, że w powietrzu pojawiła się czarna szczelina, a demon po prostu wszedł do niej i zniknął. W jednej chwili stał w kotlinie, a w drugiej nie było po nim śladu. Przez moment Opętani kręcili się w kółko, wyraźnie zdezorientowani tym nagłym zniknięciem przywódcy, lecz już po chwili, pozbawieni kierującego nimi umysłu, zwrócili się na zachód i ruszyli kanionem ku skupisku jaśniejących punkcików dusz w sercu Clemoncé.

Ulga niemal zwaliła Malakiego z nóg, gdy wraz z demonem zniknęła aura piekielnego strachu. Lecz zaraz jej miejsce zajęła żałość. Niewoliciel odszedł i zabrał ze sobą Quirrena. Teraz nie mieli jak go śledzić, a więc nie mogli również uwolnić przyjaciela od cierpienia. Ta myśl przelała czarę goryczy i Malaki padł na kolana, zaszokowany i otępiony. To był jego pomysł, by ratować uciekinierów. To on kazał przyjaciołom zbliżyć się do demona, choć przecież wiedział, jakie to niebezpieczne. Tak wielkie poczucie winy wystarczyło, by doprowadzić człowieka do szaleństwa. Malaki wszystkimi siłami wzbraniał się przed falą rozpaczy, która chciała go pochłonąć.

Oniemiały i otępiały ze smutku zszedł ścieżką do miejsca, gdzie czekali na nich Wygnańcy.

Wreszcie dogonili Nieregularnych, ale Malaki i inni byli głusi na okrzyki radości i ulgi, gdy żołnierze rozpoznawali wśród uciekinierów znajome twarze. Pragnęli tylko gdzieś się schować, zaszyć z dala od ludzi i świata. Ale starsi dowódcy chcieli koniecznie usłyszeć raport. Słuchali więc z ponurymi twarzami relacji z przebiegu ekspedycji, a potem przymknęli powieki w niedowierzaniu, gdy Patrick Feckler opowiedział kilkoma zdaniami o losie Quirrena. Ze wszystkich, którzy byli jego świadkami, tylko Paddy zdołał to zrobić.

Uratowali wprawdzie wielu ludzi, a jednak nie mogli pogodzić się z tym, że dowództwo uznało akcję za sukces. Po spotkaniu lanista Magnus wziął Malakiego na stronę. Położył rękę na szerokich plecach młodszego mężczyzny.

– Zawsze wiedzieliśmy, że będziemy w tej wojnie tracić ludzi – powiedział.

Malaki milczał. Jedyną reakcją było spuszczenie głowy jeszcze niżej, lecz wtedy zimny głos kazał mu poderwać wzrok.

– To by się nie stało, gdyby był tu Falko.

Skupili spojrzenie na stojącym obok nich Alexie. Jego twarz była wyniszczona rozpaczą, oczy zaczerwienione i wilgotne. Nie było śladu po niefrasobliwym żartownisiu, a jego głos niósł ciężkie brzemię oskarżenia. Wciąż nikt nie wiedział, dlaczego Falko zniknął, ale było jasne, że Alex obwinia go o to, co się stało. Malaki nie pozwolił tej myśli zagnieździć się w swoim umyśle. Choć przecież była to prawda. Gdyby Falko był z nimi, mogliby walczyć z demonem, a Quirren stałby teraz obok.

W nocy Malaki i Bryna leżeli w swoich ramionach.

– Nie możemy pozwolić, by nas to zniszczyło – powiedziała żona do męża cichym głosem, w którym brzmiały jeszcze ostatnie nuty płaczu.

– Ale to był mój pomysł.

Bryna uniosła mu twarz i zagłębiła spojrzenie w jego ciemnobrązowych oczach.

– Dość! – powiedziała, a Malakiego zaskoczyła obcesowość jej tonu. – Poczucie winy to jedna z broni przeciwnika. Czy nie tego uczyli nas w akademii? – Zrobiła pauzę. Jej oczy migotały w ciemności. – Nigdy w życiu nie widziałam jeszcze, byś bał się broni przeciwnika.

– To co innego...

– Nie. Wcale nie co innego. – Sięgnęła dłonią i otarła łzy z oczu Malakiego. – Wyrzuty sumienia i rozpacz to broń, którą wróg cię atakuje. Musimy okazać się dość silni, by parować ciosy zadawane również i tą bronią.

Wreszcie jego zbolałą twarz rozjaśnił przebłysk widniejącej tam zwykle determinacji i Malaki ledwie dostrzegalnie skinął głową.

Długo po prostu leżeli wtuleni w siebie nawzajem. Po chwili ciszy znowu odezwał się Malaki:

– Gdzie podziewa się Falko?

– Nie wiem. Ale będzie cię potrzebował, gdy wróci.

Malaki skrzywił się, nie rozumiejąc.

– On jeden mógł zapobiec temu, co się dzisiaj wydarzyło. Wyobraź sobie, jak się poczuje, gdy dowie się, że demon zabrał Quirrena, bo go tu nie było.

Malaki zamknął oczy, by zdusić tę straszną myśl. Bardzo chciał się dowiedzieć, co się stało z Falkiem, a jeszcze niecierpliwiej oczekiwał jego powrotu, lecz teraz zdjął go strach, gdy uświadomił sobie, że będzie musiał powiedzieć mu o pojmanym przyjacielu. Usiłując przypomnieć sobie, jak to było być silnym, przygarnął Brynę do siebie, próbując nie myśleć o tym, co się stało. O tym, że zawiódł i przegrał. W końcu zasnął, a w jego snach trzeszczały łamane kości i brzmiały jęki duszy, która pragnęła umrzeć.

W tym samym czasie w mieście Hoffen Falko bezskutecznie starał się zasnąć. Wyczerpany i zesztywniały z bólu, leżał na prowizorycznym posłaniu w kącie pokoju Lysandra, podczas gdy Sydian odpoczywał na tarasie. Starszy mag bitewny pomógł uzdrowicielom zasklepić rany Falka, który westchnął z ulgą, gdy przynieśli mu lód, by mógł obłożyć nim obolałe krocze.

Był wdzięczny za pomoc i opiekę, ale jednocześnie palił się już do powrotu na południe.

– Muszę wracać do przyjaciół.

– Rozumiem – odrzekł Lysander. – Marszałek Breton spodziewa się ciebie w Amboss.

Mężczyzna był zafascynowany Falkiem i najchętniej od razu zasypałby go pytaniami, ale zdawał sobie sprawę, że to nie jest dobra chwila. Słyszał plotki o czarnym smoku wzbudzającym zamieszanie w Furii, ale mimo to nie czuł się przygotowany na rewelacje, które wraz z Feurigiem starali się teraz objąć rozumem.

– Zostań choć na kilka dni – przekonywał. – Choćby tylko po to, byś odzyskał siły.

Falko zgodził się niechętnie. Choć właściwie nie bardzo miał wybór. Zarówno on, jak i Sydian byli zbyt wycieńczeni, by latać. Smok również musiał się nieco podkurować. Rana w piersi o mały włos nie okazała się śmiertelna i Sydian ryczał z bólu, gdy Falko kauteryzował głęboką wyrwę przeraźliwie silnym strumieniem leczniczej energii. Rozcięcie na twarzy smoka wymagało założenia kilku srebrnych szwów i blizna stanowiła teraz odbicie głębokiego wgniecenia w hełmie Falka. Obydwaj mieli szczęście, że przeżyli.

Pokonali jednego z najpotężniejszych dowódców nieprzyjaciela. Falko spodziewał się uczucia satysfakcji, jakiegoś zadowolenia – ale nie czuł nic podobnego. Wzmogło się jedynie wrażenie nadchodzącej zguby. I było coś jeszcze. Dosłownie chwilę po śmierci Pogromcy Falko odczuł falę wściekłości, która wprawiła w drżenie ziemię pod jego stopami.

– Poczułeś to? – spytał Lysandra, gdy uzdrowiciele wreszcie wyszli.

– Tak. To nic nadzwyczajnego odczuć coś takiego po zabiciu demona. Nadzwyczajna była tylko siła tego wybuchu wściekłości. Zadaliśmy wrogowi druzgoczący cios, ale też ściągnęliśmy na siebie jego uwagę.

– A czy czujesz też cienie strachu? – indagował Falko. Miał nadzieję, że mężczyzna zdoła wytłumaczyć niepokój, który rósł w jego głowie, ale Lysander tylko skrzywił się, zmieszany.

– Cienie strachu? – powtórzył, kręcąc głową. – Czuję strach ludzi, ale ty mówisz o czymś innym...

Falko pokiwał głową, raptem poczuł się nieswojo.

– Ciemność na ziemi? – podsunął, ale grymas Lysandra tylko się pogłębił. – Ciemność w głębi... – dodał Falko, rozpaczliwie szukając na jego twarzy śladów zrozumienia. – Ciemność na wzgórzach?

Lysander poczuł, jak niepokój wspina mu się po kręgosłupie, ale mężczyzna nie miał pojęcia, o co chodzi Falkowi. Wychwycił intensywność jego wizji, ale nie wiedział, jakie może być jej źródło.

Zawiedziony Falko spuścił wzrok. Dla niego to wrażenie nadciągającej ciemności było wszechogarniające, przytłaczające. Żywił nadzieję, że dowie się czegoś na ten temat od innego maga bitewnego, ale przekonał się, że Lysander nie doświadczył nic z tego, o czym Falko mówił.

– Spróbuj się przespać – polecił Lysander. – Jeśli zobaczę Nathalie lub kogoś innego, zapytam o tę ciemność.

Falko kiwnął głową, choć wątpił, by mężczyzna czegoś się dowiedział. Poprawił się na posłaniu przygotowanym przez uzdrowicieli. Było wygodne, ale...

– Uzdrowiciele mogą przenieść je na taras, jeśli chcesz spać u boku Sydiana.

Lysander chyba czytał w jego myślach.

– Po prostu przy nim śpi mi się lepiej – odpowiedział Falko, a starszy mag bitewny uśmiechnął się współczująco.

– Obecność smoka łagodzi koszmary, prawda?

Falko mógł tylko potwierdzić skinieniem. Przez całe życie dręczyły go koszmary i nigdy nie zaznał takiego spokoju jak teraz, kiedy spał u boku czarnego smoka, który odpowiedział na jego wezwanie.

Sydian podniósł głowę, gdy uzdrowiciele pomogli Falkowi przenieść się na taras. Obserwował, jak rozkładają posłanie, a potem, skłoniwszy się, odchodzą. Falko podziękował i jęknął z bólu, kładąc się ostrożnie u boku smoka.

– Tak – odpowiedział na myśl Sydiana. – Wolę zimny taras i twoje dyszenie od trzaskającego w kominku ognia.

Smok uniósł brew, słysząc sarkazm, a Falko syknął, próbując nakryć się ocieplonym kocem.

– Zostaniemy tu kilka dni – powiedział, kładąc głowę na poduszkę. – A potem wracamy na południe.

Sydian zamyślił się, odczytując z głowy Falka myśl o długim locie na południe. Wychwycił obrazy oglądanych przez niego map, a potem ujrzał twarze Malakiego, Bryny i innych ludzi z armii, którą zostawili. Wydał z siebie basowy pomruk aprobaty i złożył głowę na bruku tarasu.

Falko nie musiał się dopytywać – wiedział doskonale, że Sydian rozumie jego słowa i myśli. Całkowicie oswoił się już z tą wymianą wrażeń i obrazów.

Nie mógł się doczekać, aż znowu zobaczy przyjaciół, ale myśl o Amboss ostudziła jego zapał. Całkiem prawdopodobne, że Nieregularni oraz Falko zostaną rozdzieleni, by obsadzić różne odcinki frontu. Lecz nawet mimo to cieszył się na myśl o ponownym spotkaniu. Kto wie, może nawet spotka się z emisariuszem. On pewnie dotarł już do Amboss. Na ustach Falka zajaśniał uśmiech, gdy pomyślał o Chevalierze, ale on przywiódł mu na myśl królową. Królową, która dowodziła teraz ekspedycją w Navarii. Niepokój znów odnalazł drogę do jego serca. Nie mógł znieść myśli o tym, że miałaby wziąć udział w bitwie.

Przynajmniej są z nią Aurelian i Dusaule, pomyślał, a Sydian uchylił powiekę swojego złotego oka.

– Tak, Dwimervane też – dodał na głos, gdy w jego głowie zaświtał obraz niebieskiej smoczycy.

Uśmiechnął się, a Sydian zamknął oko. Falko z niejakim wysiłkiem uciął myśli o Aurelianie i królowej. Już za kilka dni będzie wśród przyjaciół. Pokrzepiony, zapadł wreszcie w sen, nieświadomy, że jeden z nich został pochwycony przez nieprzyjaciela.

Podczas gdy on leżał na posłaniu, Quirren cierpiał męki. I będzie cierpiał, dopóki ktoś nie zabije demona, który go schwytał. Ale Falko o tym nie wiedział.

92

PYCHA KROCZY PRZED UPADKIEM

Krajobraz południowego Clemoncé obfitował w zielone lasy i wzgórza. Prowincjonalne drogi nie nadawały się do marszu, ale mimo to Legion Tronowy posuwał się dość szybko. Ostatnią noc żołnierze spędzili w rozległej dolinie, gdzie srebrzyste liście topoli szemrały cicho na wietrze. Noc była spokojna, ale o świcie, jak co rano, legioniści natychmiast zwinęli obóz i ruszyli w drogę. Dwie godziny później dotarli nad północny brzeg rzeki Castanea, gdzie królowa zarządziła postój.

Nurt był płytki i niezbyt szeroki, ale na każdej mapie znaczył południową granicę jej królestwa. Za wodą leżało już wolne państwo Navarii. Jego obszar był strefą zdemilitaryzowaną i wprowadzenie wojska na te ziemie było równoznaczne z wypowiedzeniem wojny. Z tego właśnie powodu królowa wysłała do króla Tyramimusa dyplomatów, którzy mieli za zadanie poinformować go o marszu armii Opętanych i poprosić o udzielenie Clemoncé pozwolenia na przekroczenie granicy.

Pierwszy posłaniec wrócił z pustymi rękami. Drugi doniósł, że wciąż nie otrzymano żadnych wieści od wysokiego lorda protektora. Wyglądało na to, że król „znalazł się poza zasięgiem oficjalnych kanałów komunikacyjnych", a więc nie ma z nim kontaktu. Królowa podejrzewała, że to jakiś strategiczny wybieg, który ma na celu zmusić ją do przekroczenia granicy na własną rękę, by później wykorzystać to przeciwko niej. Tylko że królowa nie miała czasu na polityczne gierki. Wypuszczeni w teren zwiadowcy poinformowali ją, że pierwsza armia dowodzona przez demona znajduje się dzień drogi od Sophii, a druga wkrótce nadejdzie od południa.

– Przeklęty osioł! – rozzłościła się, usłyszawszy raport zwiadowcy.

– Zawsze możemy odciągnąć demoniczne armie na południe – zauważył Aurelian, jadący u jej boku. – Zwabić je do Acheronu... Może to zwróci jego uwagę?

Królowa nie odpowiedziała na ten ponury żart. W rzeczywistości nie spodziewała się niczego innego po człowieku tak aroganckim i upartym jak Tyramimus.

Aurelian zerknął na Dusaule'a, ale jego milczący przyjaciel nie wydawał się zaniepokojony sytuacją. Od przywołania Falka był jeszcze bardziej odseparowany od świata, jakby zapuścił się tak daleko w głąb siebie, że sprawy ludzi już go nie dotyczyły. Odwzajemnił spojrzenie Aureliana, a potem utkwił wzrok w jakimś punkcie za rzeką. Albo pojadą dalej, albo nie. Co to za różnica?

Dla królowej Catherine decyzja okazała się zaskakująco prosta. Była monarchinią Clemoncé, ale nigdy nie postrzegała innych narodów jako „obcych" tylko dlatego, że żyły na ziemiach po drugiej stronie kreski na mapie. Dla niej wszyscy byli jednym ludem – ludem Furii.

A więc bez wahania uniosła rękę i przeprowadziła swoje wojsko przez rzekę. Mieli jeden dzień, by dotrzeć do Sophii, zanim ta zostanie zagarnięta przez wroga. Jeśli jej czyn urazi wielkiego Tyramimusa – trudno. Niech wypowie jej wojnę. Jeśli nie powstrzymają Opętanych, i tak wszyscy będą zgubieni.

Gdy królowa przeprowadzała sześć tysięcy żołnierzy przez rzekę, Aurelian spojrzał w prawo, gdzie niestrudzenie ciągnęła za armią Dwimervane, utrzymując niejaki dystans, by nie wystraszyć koni.

Podróż nie była łatwa dla kalekiej smoczycy, ale dzielnie ignorowała ból i dotrzymywała tempa maszerującej armii. I tak jak Aurelian, wyczuwała mroczny cień wroga i rwała się do walki. Aurelian wiedział, że jej zniecierpliwienie dorównuje jego własnemu. Choć lata już nie te, w ich piersiach wciąż biły serca wojowników. Nieważne, jakie wyzwania na nich czekają – stawią im czoła razem.

Przy przeciwnej granicy państwa Navaria król Tyramimus stanął na rozległym wzgórzu i spojrzał w dal, czekając na pojawienie się wroga. Zakuty w tradycyjną, wyprofilowaną i upodobnioną do muskularnego ciała zbroję, był ucieleśnieniem królewskiej potęgi. Jego opalona skóra lśniła młodzieńczym wigorem, a czarna broda przydawała bieli błyskającym w uśmiechu zębom. Siedząc na swoim siwym rumaku bojowym, zadarł nos i prychnął szyderczo, gdy kolejny jeździec dostarczył wiadomość dyplomatyczną od królowej Catherine z Clemoncé.

Tyramimus pokręcił głową nad głupiutką Catherine. Córeczka była tak samo nieznośnie uprzejma jak jej tatuś. Demon zagrażał jej południowym granicom, a ona „zwraca się z uprzejmym zapytaniem", czy może przekroczyć granicę z Navarią. On nie zawracał sobie głowy takimi błahostkami, gdy sam parł ze swoją armią na północ. Przekroczył granicę neutralnego państwa, a teraz rozprawi się z najeźdźcami, aż kłaki będą fruwać. Z całą pewnością nie poprosi o pozwolenie władcy, którego królestwo jest o krok od zguby.

– Tam, panie!

Strumień myśli króla zatamował jego mag bitewny, wskazując palcem na przeciwległy zrąb doliny, gdzie łopotała na wietrze czarna flaga, odznaczająca się kontrastem na tle wczesnoporannego nieba.

Nadciągają Opętani.

Usiłując zapanować nad biciem serca, Tyramimus popędził wierzchowca naprzód. Pierwsze raporty mówiły o czternastu tysiącach Opętanych podzielonych na dwie armie, jedną większą i drugą mniejszą, i o dowodzących nimi dwóch demonach. Jedna z nich obrała drogę prosto na Sophię, podczas gdy druga skręciła na południe. Tyramimus wysłał zwiadowców, by oszacowali liczebność wroga, tak aby na tej podstawie podjąć decyzję o tym, którą z sił zaatakować najpierw.

Zwiadowcy z Sophii jeszcze nie wrócili, ale to nieważne. Wojsko przed nimi liczyło ponad osiem tysięcy żołnierzy i to właśnie ich zaatakuje Tyramimus. Mniejszą armię pozostawi królowej Catherine, gdyż nie miał wątpliwości, że monarchini Furii wjedzie do Navarii z jego pozwoleniem lub bez.

Zadowolony z własnej wspaniałomyślności, wyprostował się w siodle, gdy niepokój przemknął po jego żołnierzach jak krąg rozchodzący się po tafli jeziora. Czuli, że coś się zbliża. Nawet król Tyramimus zacisnął szczęki, gdy zwątpienie narosło w jego sercu. W odległości pół mili od doliny mgła się rozrzedzała i ich oczom ukazała się czarna gromada żołnierzy. Tyramimus po raz pierwszy ujrzał Opętanych i widok przejął go obrzydzeniem.

Ferocki pancerz, choć ciemny i niezbyt elegancki, przypominał trochę zbroje jego własnych żołnierzy. Tysiące skirytów w hoplickich hełmach, płytowych napierśnikach i z okrągłymi tarczami, czarne bloki ciężkozbrojnych kardaków – wszyscy nosili broń, która nie wyróżniałaby się pośród tej na wyposażeniu wojsk Acheronu i Thraecji. Ale to nie widok żołnierzy zmroził królowi krew w żyłach, tylko potężna istota, która kroczyła przed nimi, postać z koszmaru i legend – demon.

Tyramimus wstydził się strachu, który zalał jego umysł. Przez chwilę bał się, że jego żołnierze zauważą tę oznakę słabości. Na szczęście był tu ktoś, kto potrafił ocalić dumę wielkiego króla. Mag bitewny jawił mu się jako bastion nieugiętej woli górujący nad postępującymi żołnierzami wroga. Otoczył szeregi Tyramimusa nieprzeniknioną tarczą, chroniąc je przed piekielną trwogą. Król nie był tchórzem, lecz fala strachu, która przetoczyła się przez dolinę, była ponad siły zwykłego człowieka. Wierzchem dłoni otarł pot z czoła i dobył kopis o rękojeści z kości słoniowej.

– Zaczekamy, aż dojdą do przejścia – powiedział. Chciał zaatakować Ferocjan, gdy odsłonią flankę.

– To nie będzie możliwe, panie – rzekł mag bitewny, gdy demon zatrzymał się i podniósł głowę, by spojrzeć prosto na nich. – Skoro ja wyczuwam jego obecność, to on wyczuwa moją.

Tyramimus zadrżał na myśl o tak intymnej więzi, jaka może łączyć człowieka z krwi i kości z tym potworem z piekła.

– My zajmiemy się demonem i bestiarumami – rzekł mag bitewny, mówiąc o sobie i o smoku barwy burzowego nieba. – Jeśli Wasza Wysokość zadba o to, by nie otoczyli nas regularni żołnierze...

Mięśnie na żuchwie króla drgnęły.

– Nie zostaniecie otoczeni – powiedział, całkiem dumny z determinacji, jaką zawarł w swoim głosie.

Odnalazłszy jakąś namiastkę opanowania, porwał za miecz, a przenikliwy jazgot wojennych trąb wezwał żołnierzy do étoimoi. „Baczność!”

Obok króla wielki smok poruszył się, nie mogąc doczekać się walki, tymczasem wróg parł naprzód.

Poczekają, aż Opętani znajdą się u stóp wzgórza, a potem armia króla Tyramimusa ruszy do ataku.

Królowa zatrzymała konia na wąskiej dróżce poganiaczy bydła, gdy otrzymała najświeższy raport o pozycji króla Tyramimusa. Zmarszczyła brwi, dowiedziawszy się, że ten acheroński pyszałek nie kryje się w jakimś pałacu na końcu świata, ale wiedzie własną armię do walki z Opętanymi w Navarii. Jednakże zdecydował się zaatakować wojsko, które zbliżyło się do granicy jego kraju, tymczasem jej zwiadowcy donieśli, że druga armia zbliża się do Sophii o wiele szybciej, niż królowa początkowo sądziła.

– Jak daleko musimy jechać? – spytała zwiadowcy.

– Osiemnaście mil. Ale droga nie jest łatwa.

Królowa zwróciła się do pułkownika Laville'a.

– Czy to wykonalne? Czy zdołamy znaleźć się w Sophii przed Opętanymi?

Oficer zmrużył oczy. Kolejny osiemnastomilowy odcinek po drodze takiej jak ta? Ze świadomością, że na końcu czeka na nich bitwa? Nie będzie to łatwe, ale jest wykonalne. W końcu legion szkolono właśnie pod kątem podobnych wyzwań. Pułkownik Laville uniósł wzrok i zdecydowanie kiwnął głową.

– A więc do dzieła – zaordynowała królowa.

Z tymi słowami pognała konia naprzód, a piętnastu rycerzy tworzących jej osobistą gwardię pomknęło za nią.

Zignorowała penetrujące spojrzenie Aureliana Cruza, który zaczynał podejrzewać, że władczyni osobiście chce poprowadzić swoich ludzi do bitwy.

– Cóż za absurd – powiedziała Aurelianowi, gdy zdradził się z podejrzeniami, ale stary mag bitewny wcale nie był przekonany.

Od kiedy młody Chevalier objął stanowisko doradcy wojennego, królowa podchodziła do zajęć ze śmiertelną powagą. Potrafiła jeździć konno nie gorzej od mężczyzn, umiała walczyć lancą, mieczem i łukiem. Może i nie posiadała brutalnej siły wytrenowanego żołnierza, ale miała serce rycerki. Jej zbroja nosiła wszelkie charakterystyczne cechy warsztatu mistrza Missagliasa, a Aurelian nie mógł oprzeć się wrażeniu, że władczyni bardzo chce poddać ją sprawdzianowi.

Serce Tyramimusa wciąż biło jak oszalałe, ale na jego twarzy jaśniała upojna radość zwycięzcy. Nie czuł bólu, gdy królewski chirurg zszywał mu ranę na czole. Odnieśli zwycięstwo.

Przeciąwszy katgut nożykiem, chirurg przycisnął opatrunek do głowy i obwiązał ją bandażem, a następnie zacisnął ekspercki, wyćwiczony węzeł. Król podziękował mu skinieniem i wstał, by uspokoić konia, który stał na skraju pola bitwy, roztrzęsiony przez cisnący się do nozdrzy odór świeżej krwi. Nogi zwierzęcia były naznaczone wieloma rozcięciami, a z prawej łopatki wisiał płat skóry, lecz mimo to prychnął królowi na powitanie, gdy ten przyłożył rękę do jego mokrej od potu szyi. Bitwa zakończyła się zwycięstwem, ale ranne zwierzę stanowiło wyraźny dowód, że było to zwycięstwo drogo okupione.

Tyramimus walczył w kilku bitwach, lecz nigdy jeszcze nie starł się z Opętanymi. Zaszokowała go ich bezmyślna dzikość. Acherońscy żołnierze byli przyzwyczajeni do walki z wojskiem, które stosowało formacje, z takim, którego morale można było złamać – ale nie z Opętanymi. Rany tylko ich rozjuszały i wielu mężów Acheronu zginęło, ponieważ nie spodziewało się, ile trudu będzie wymagało zabicie choćby jednego z Opętanych.

Nawet smok maga bitewnego odniósł rany i potrzebował kilkugodzinnego leczenia przed kolejnym wzbiciem się w powietrze. Na szczęście było już po wszystkim. Niedobitki Opętanych właśnie dobijano, a ciało demona płonęło na stosie, by, jak mówili niektórzy, uniemożliwić jego nienawistnemu duchowi powrót do świata ludzi.

Serce rosło królowi w piersi, ale w miarę jak bitewny rausz mijał, Tyramimus zaczął rozważać, ile go kosztowało to zwycięstwo. Jego armia miała nad Opętanymi przewagę liczebną, a mimo to musiała włożyć w bitwę wszystkie siły. Po raz pierwszy król Acheronu miał okazję zrozumieć, przez co przechodziły inne królestwa – i ta świadomość podziałała na niego jak kubeł zimnej wody. Nazywał ich słabeuszami ze względu na wielkie połacie ziemi, jakie oddali Opętanym, lecz przecież oni toczyli z nimi wojnę od dziesięcioleci. Król był teraz pełen podziwu, że w ogóle zostało coś jeszcze z Illicji i Beltane.

Zanim zdołał zgłębić ten temat, jeden z oficerów ściągnął na siebie jego uwagę.

– Mój panie – rzekł mężczyzna, wskazując północno-zachodni stok doliny – wrócił zwiadowca z Sophii.

Ścierając krew z lewej powieki, Tyramimus wyszedł mu na spotkanie. Twarz jeźdźca pobladła, gdy zobaczył, w jakim stanie jest królewska armia.

– Jakie wieści z Sophii? – spytał Tyramimus, rozgniewany tym, że mężczyzna zwlekał z odpowiedzią. – Czy królowa dotarła do miasta?

Zwiadowca oderwał wzrok od pola bitwy i pokręcił przecząco głową.

– Nie, panie. Ostatnie raporty mówiły, że od Sophii dzieli ją najwyżej dzień drogi.

– Ale dotrze tam chyba przed Opętanymi? – indagował Tyramimus.

– Jeśli dokona tego przed zachodem słońca, tak – odparł zwiadowca. – Ale przybędzie na próżno.

– Co ty gadasz, człowieku? – rozzłościł się Tyramimus. – Wiedzie do walki Legion Tronowy. A żołnierze z Sophii z pewnością ją wspomogą.

– Ale... Opętani, królu...

– No, cóż z nimi? – warknął monarcha. – Właśnie rozgromiliśmy większą z dwóch armii. Królowa dowodzi sześciotysięcznym elitarnym oddziałem. Z pewnością poradzi sobie z mniejszą armią.

Twarz mężczyzny zrobiła się biała jak ściana, a Tyramimusa ogarnęło bardzo złe przeczucie.

– Mój panie – zaczął mężczyzna i zwilżył usta – armie Opętanych musiały zwiększyć liczebność, przechodząc przez Valencję. Pokonana przez ciebie armia była tą mniejszą.

Tyramimus poczuł, że ziemia porusza się pod jego stopami, gdy zwrócił głowę na północny zachód. Dwadzieścia mil w tamtym kierunku leżała stolica Navarii, Sophia, miasto, które mimo niepodległości od zawsze uważał za swoje. Myślał, że będzie bezpieczne, że groźniejsza okaże się ta z dwóch armii, która prze na południe. A teraz okazało się, że był w błędzie.

Wstyd przebił mu serce włócznią. Jakże żałował swojej pychy. Myśli kłębiły mu się w głowie, gdy odwrócił się i potoczył wzrokiem po swoich żołnierzach, którzy odpoczywali na stokach doliny. Niektórzy szukali niedobitków wśród trupów na polu bitwy, podczas gdy oficerowie nadzorowali ludzi przydzielonych do grzebania zabitych.

Tyramimus spojrzał w niebo, a potem zwrócił spojrzenie na północny zachód. Jego ludzie byli wykończeni, ale pora była wczesna. Od południa dzieliła ich niespełna godzina.

Dwadzieścia mil, pomyślał.

„Jeśli dokona tego przed zachodem słońca" – powiedział zwiadowca.

Król zacisnął zęby, powziąwszy postanowienie. Spojrzał na pierwszego z brzegu oficera.

– Daj sygnał armii, by przygotowała się do wymarszu.

– Ale ludzie są wyczerpani, królu. Potrzebują odpoczynku.

– Są żołnierzami Acheronu! – ryknął Tyramimus. – Otrzymują rozkazy i wypełniają je! A ich król rozkazuje wymarsz.

– Dokąd, panie?

– Do Sophii. Na odsiecz królowej Catherine z Furii.

Królowa ogarnęła wzrokiem piękne miasto, a jej serce niemal zakwiliło z rozpaczy. Otoczona murami Sophia stała w szerokiej dolinie; ulice biegły po rozchodzących się koncentrycznie terasach, wznosząc się stromymi zboczami ku wspaniałemu Gwiezdnemu Pawilonowi oraz strzelistym wieżom pałacu ambasadora. Zachodziło słońce. Rozlane po niebie ciepłe światło kontrastowało z czarnymi burzowymi chmurami, które ciągnęły z zachodu, powoli zagarniając niebo. Miasto otoczone było aureolą złotego światła, jaśniejącą dogasającym blaskiem w cieniu burzowego nieba. Awangardę Opętanych dzieliła od murów niespełna mila.

Nie licząc dzwonienia uzd i okazjonalnego rżenia niespokojnych koni, armia królowej stała w ciszy, aż pułkownik Laville dał wyraz typowo wojskowemu pragmatyzmowi.

– Zwiększyli liczebność.

Królowa nie odpowiedziała. Usiłowała uspokoić drżący oddech, który nagle zrobił się zbyt płytki i zbyt raptowny. Opętanych rzeczywiście było o wiele więcej, niż się spodziewali, i nagle potężny Legion Tronowy wydał jej się mały i słaby.

Pomijając przypadki łapanych niekiedy wojowników, królowa po raz pierwszy ujrzała wojsko Opętanych na własne oczy – i ten widok przejął ją lękiem. Szli naprzód z okropnym, niezłomnym zdecydowaniem, pewni, że nic nie może stanąć między nimi a nagrodą w postaci sześćdziesięciu tysięcy dusz.

– Nie jest jeszcze za późno na odwrót.

Do obowiązków pułkownika Laville'a należało podsuwanie władczyni strategicznych możliwości, ale królowa słyszała niechęć w jego głosie. Nawet w obliczu przeważającego liczebnie wroga dowódca legionu był gotów do walki. Jego odwaga zawstydziła królową Furii.

– Moglibyśmy uciec do Ruaen – powiedział inny oficer. – Zaczekać na posiłki, okopać się.

Perspektywa odwrotu nęciła przytłaczającym uczuciem ulgi, obiecywała ratunek, i królowa prawie już wydała rozkaz. Lecz wtedy przyszli jej na myśl mieszkańcy Sophii. Matki i córki, ojcowie i synowie, żołnierze i urzędnicy, którzy wiedzieli, że nie mogą zrobić nic, by ocalić swoje miasto. Garnizon miejski liczył wszystkiego tysiąc żołnierzy, a na stolicę sunęło ponad dziesięć tysięcy Ferocjan.

Mogła uciec, przegrupować się, zgromadzić posiłki i czekać w Ruaen na dogodniejsze warunki do bitwy. Może tak byłoby mądrzej. Pokusa była nieznośna, niemal jak fizyczna siła. Jakże łatwo byłoby się poddać. Lecz królowa Catherine była córką króla Philipa Plebejusza. I nie mogła porzucić mieszkańców Sophii, tak jak matka nie może porzucić dziecka.

Jakby we śnie, wyjechała na Souverainie naprzód, a każdy żołnierz legionu odczuł w swym sercu straszny konflikt, rozziew pomiędzy potrzebą podążenia za królową do bitwy a chęcią bronienia jej przed niebezpieczeństwem. Była kobietą jak ich siostry i żony, lecz także głównodowodzącą.

Królowa dobyła miecza, a powietrze wypełniła rozdzwoniona symfonia stali, gdy sześć tysięcy żołnierzy porwało za broń. Tresowane do walki konie zaczęły orać ziemię kopytami i prychać, przygotowane na to, że zaraz jeźdźcy pognają je do szarży.

Serce królowej wypełnił okropny strach i nie mogła pozbyć się wrażenia, że staje do walki z wrogiem całkowicie sama. Opętani byli tak blisko, że widziała kroczącego wśród nich demona. Strach uderzył w nią z taką mocą, że z trudem zdławiła narastający w gardle płacz, lecz wtedy poczuła obok siebie czyjąś aurę. Znała tego człowieka od lat, ale prawdziwie doceniła jego obecność dopiero teraz.

– On wie, że tu jestem – zwierzyła się, spoglądając zatrwożonym wzrokiem przez szczelinę hełmu.

– To tylko wrażenie – odparł mag bitewny. – Wie, że jesteśmy najsłabsi, gdy myślimy tylko o sobie.

Królowa niedostrzegalnie skinęła głową. Skoro tak, to miała do pomocy cały naród dusz. Będzie myślała o wszystkich, których kocha, a w szczególności o jednym mężczyźnie, który wiele razy mierzył się z takim strachem. Dłonią w skórzanej rękawicy dotknęła klamry z końską głową, którą miała na pasie. Będzie myślała o swoim Chevalierze. Spróbuje dorównać mu odwagą, choć nie będzie to łatwe.

– Demona zostawcie mnie i Dwimervane – rzekł Aurelian, a królowa zadrżała na samą myśl o stawieniu czoła takiemu przeciwnikowi.

– Musimy uderzyć mocno – powiedział pułkownik Laville. – Maksymalnie wykorzystać naszą ciężką konnicę.

Królowa zgodziła się skinieniem.

– Jeśli będziemy szybcy, może uda się zmusić ich do walki na terasie zalewowej.

– A wtedy my utworzymy linię obronną wzdłuż krawędzi kolejnej terasy nad nią – powiedział Aurelian, wskazując schodkowe wzniesienie terenu za zakrzywionym skrajem najniżej położonego obszaru gruntu.

– Dzięki temu nie damy się okrążyć, choć to nie powstrzyma awangardy przed dotarciem do miasta – zauważył pułkownik Laville.

– Przednią straż zostawcie mnie – powiedziała królowa.

Pułkownik już chciał się sprzeciwić, ale królowa weszła mu w słowo.

– Kapitanie Ney, kapitanie Geraldi – zawołała. – Pojedziecie ze mną, by bronić bram miasta.

Dwaj kapitanowie skłonili się. Każdy z nich dowodził szwadronem stu rycerzy. Nawet jeśli dodać do tego królewską gwardię honorową, wróg i tak miał miał przewagę liczebną przekraczającą cztery do jednego, lecz władczyni wiedziała, że nie może prosić o więcej. Lavillc będzie potrzebował każdej włóczni i każdego miecza, jeśli ma zatrzymać trzon armii Opętanych.

Nie ryzykując spojrzenia w kierunku Aureliana, zwróciła się raz jeszcze do pułkownika Laville'a.

– Niech światłość lśni w twojej klindze.

– I w twojej – odparł pułkownik przez ściśnięte gardło.

Gdy królowa zwróciła konia w kierunku miasta, Aurelian zerknął na Dusaule'a.

Jedź za nią, powiedział skinieniem.

Oczy Dusaule'a były ciemne i nieodgadnione, ale skinął na tak. Od kiedy Falko przywołał smoka, stary mag bitewny unikał Dwimervane, lecz teraz zwrócił się do smoczycy. Aurelian wiedział, że ona nie obwinia milczącego zagrodnika o to, co zrobił, lecz Dusaule był nazbyt pochłonięty poczuciem winy i żalem, by to zobaczyć. Z ledwie dostrzegalnym skinieniem spuścił wzrok i okręcił konia, by ruszyć w ślad za królową.

Aurelian patrzył, jak zaczęli zjeżdżać po pochyłości ku miastu, podczas gdy pułkownik Laville poprowadził resztę armii ku głównym siłom Opętanych.

Ciężka kawaleria wysunęła się na prowadzenie. Jeśli dobrze zgrają się w czasie, zadadzą wrogowi druzgocący cios, jeszcze zanim demon wybiegnie na czoło. A gdy to się stanie, Aurelian i Dwimervane wezmą go na siebie.

Stary mag bitewny poczuł znajomy ciężar odpowiedzialności, ale był gotów go udźwignąć. Zbyt długo lenił się w wygodnym gospodarstwie w Furii. Jedna ręka czy dwie, to bez znaczenia, bo właśnie tutaj było jego miejsce, przodem do wroga na wszystkich polach bitew, jakie istniały na tym świecie.

Bijąca od towarzysza determinacja dotarła do Dwimervane i smoczyca warknęła z aprobatą, gdy tymczasem legion rzucił się do ataku. Aurelian nie mógł teraz myśleć o królowej. Miał przed sobą trzon ferockiej armii, mknący prosto na nich, oraz demona, przed którym uginała się nawet odwaga legionistów. Lecz stary mag bitewny spędził zbyt wiele lat, osłaniając żołnierzy przed takim właśnie strachem, i choć jego ciało było okaleczone, jego wiara nie straciła nic z dawnej siły.

Otoczywszy legion ochronną barierą, pomknął wraz z armią do walki z Opętanymi.

Zjeżdżając po skarpie, królowa schroniła się w tym miejscu w swoim umyśle, do którego musieli uciekać wszyscy żołnierze szykujący się do spotkania z koszmarnym widmem śmierci. Gdy przednia straż Opętanych zbliżyła się do miasta, monarchini uniosła miecz. Nie dysponowała tubalnym głosem musztrowego sierżanta, lecz jej słowa i tak przebiły się przez huk kopyt, gdy pogoniła wierzchowca do cwału.

– Za Navarię! – zawołała, lecz rycerze Furii mieli swój własny okrzyk.

– Za królową! – ryknęli.

Choć królowa nigdy jeszcze nie była tak przerażona, jej serce zaszamotało się w piersi jak wypuszczony z klatki ptak, gdy powiodła swych braci do bitwy.

Zgromadzeni na murach mieszkańcy Sophii patrzyli i nie wierzyli własnym oczom, gdy armia królowej Furii pojawiła się na zboczu. Dotąd sądzili, że są zgubieni, że nie ma ucieczki przed czarną armią nadciągającą ze wschodu. Teraz ronili łzy, chłonąc wzrokiem władczynię z Clemoncé, która przybyła im z pomocą. I tylko najstarsi żołnierze w stolicy wiedzieli, że nawet serce tak wielkie jak jej może okazać się niewystarczające, by ich ocalić.

93

BITWA O NAVARIĘ

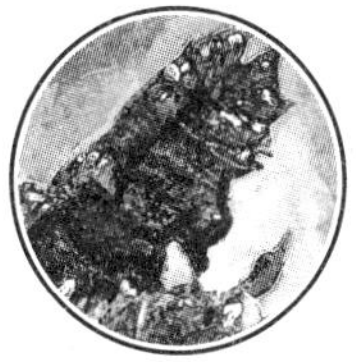

Królowa Furii wjechała do doliny, w której leżała Sophia, na czele ławy rycerzy, rozpostartej niczym ściana z lśniącej stali. Na krótką chwilę wszystkie jej myśli zdławił ogłuszający huk kopyt. Podniosła się w strzemionach i pochyliła do grzbietu Souveraina, klingą miecza wskazując ziemię, a drugą ręką jednocześnie ściskając wodze i kulę siodła, by utrzymać równowagę.

Choć tylko dwieście jardów dzieliło ich od Opętanych, nie jechali jeszcze z maksymalną prędkością. Dowódczyni odczeka z przyspieszeniem do ostatniej chwili. Ziemia pod kopytami jej konia już rozmazywała się w pędzie i królowa miała wrażenie, że nie jedzie konno, ale leci jak na skrzydłach. Wiatr wciskał się w szczeliny jej hełmu, schładzając twarz pokrytą warstewką potu. Oddech wpływał i wypływał z płuc jak w zwolnionym tempie, rytm kopyt Souveraina brzmiał w jej uszach jak jednostajny huk bitewnych bębnów. Świat wstrzymał oddech przed skokiem w rozwartą paszczę chaosu.

Po jej prawej stronie potężniał zarys miasta ukoronowanego lśniącymi w wieczornym świetle iglicami. Daleko po lewej kładł się czarny cień, trzon ferockiej armii. A na wprost przed sobą widziała mknącą jej na spotkanie awangardę Opętanych, skłębioną masę skirytów i kardaków, która sposobiła się do zajęcia miasta. Byli już prawie przy murach, a pierwsze bestiarumy biegły ku bramie. Podobna do tura bestia na pewno przebije się do wewnątrz i wpuści do miasta czarną falę

Opętanych. Rycerze mieli tylko kilka chwil na wyprowadzenie uderzenia, potem będzie za późno.

– EN VÉRITÉ! – zakrzyknęła królowa i dwieście pięćdziesiąt rumaków bojowych rzuciło się naprzód, osiągając pełną prędkość.

Opętani zauważyli ich dopiero teraz. Z niepokojącą jednomyślnością, niczym wielki rój czarnych szerszeni, zwrócili się w stronę zjeżdżających ze stoku legionistów. Wielu Opętanych puściło się biegiem ku nowemu zagrożeniu, ale większość skupiła się w ciasnych szeregach, przygotowując się na uderzenie rozpędzonej szarży. Było jasne, że zdają sobie sprawę ze spustoszenia, jakie może zasiać w szeregach piechoty ciężka konnica.

Drugi bestiarum także spostrzegł oddział królowej. Drapnął ziemię pazurami, wyrzucając w powietrze kępy trawy, i zmienił kurs, biorąc na cel biegnące konie. Ale pierwsza bestia wciąż była skupiona na wrotach.

Królowa zaklęła pod nosem.

Hełm ograniczał jej pole widzenia, złapała więc wzrokiem tylko rozmazany czarny kształt taranujący bramę. Z murów miasta spadł na potwora grad strzał, ale obrońcom brakło koordynacji i ich atak okazał się daremny – bestia grzmotnęła o wrota, aż echo poniosło się po równinie.

Nawet skupiona na szarży królowa wzdrygnęła się na ten huk, lecz nie miała już czasu, by spojrzeć, czy brama wytrzymała. Odległość do pierwszej linii Opętanych kurczyła się z zatrważającą prędkością. Królowa zacisnęła zęby i przygotowała się na zderzenie.

Ponad setka skirytów pędziła w ich stronę, ale rycerze Furii po prostu ich staranowali i żołnierze zniknęli pod kopytami. Królowa zobaczyła, jak jeden z Opętanych unosi na nią miecz. Szarpnęła za cugle i Souverain wpadł na napastnika, uderzając go swoim napierśnikiem i odrzucając w tył. Czarna krew zbryzgała zbroję królowej, ale obrzydzenie stało się dla niej abstrakcją, odpryskiem jakiegoś poprzedniego życia, gdy jej legion w pełnym pędzie wbił się w awangardę Ferocjan.

Przez ułamek sekundy widziała przed sobą linię najeżoną włóczniami, a potem świat wybuchł chrzęstem miażdżonej stali i mlaskiem tratowanego mięsa. Ich szarża była jak dzika fala śmierci i rycerze Furii wdarli się głęboko w tłum Opętanych. Rozległ się wizg i rżenie koni, dookoła trzaskały włócznie, ale fala parła naprzód, a królowa wraz z nią.

Jej nogi były poobijane i posiniaczone od odbijających się od płyt pancerza ciosów i zderzeń z tratowanymi skirytami. Trzy razy nieomal zrzucono ją z siodła, jednak jakimś sposobem utrzymała się na końskim grzbiecie, a potem szarża w końcu wyhamowała, królowa zaś potoczyła wokoło rozbieganym wzrokiem, usiłując zorientować się w szalejącym dookoła wirze stali.

Pierwszy raz znalazła się w sercu bitwy i spadła na nią lawina doznań, pod którą nieomal się ugięła. Ogłuszył ją nieopisany hałas, wszędzie dookoła szalała przemoc, spadały ciosy i gięła się stal. Wiedziała, że jeśli się nie opanuje, jeśli nie przełamie odrętwienia, wir ją pochłonie. Raptem zorientowała się, że rycerze wokoło osłaniają ją przed wrogiem. Jej bezczynność narażała ich na ryzyko. Z ukłuciem wstydu przypomniała sobie jedną z lekcji o walce z końskiego grzbietu, której udzielił jej emisariusz.

– Dynamika i agresja! To nie konkurs jeździecki! – ryknął wtedy, doprowadzony do rozpaczy oporem materii, zapominając, że mówi do suwerena, a nie do kadeta na poligonie.

Przypomniawszy sobie wstyd, jaki ją wówczas ogarnął, królowa porwała za cugle i wpuściła Souveraina w grupę skirytów, która otoczyła jednego z rycerzy. Wreszcie doszła do siebie i poczuła w dłoni pokrzepiający ciężar miecza.

Agresja? – pomyślała. Ja mu pokażę agresję. Zaczęła okładać Opętanych; nie klepać delikatnie, jak mogłaby to zrobić kobieta nosząca na dworze najpiękniejsze suknie, lecz rąbać i siec, jak mogłaby to robić matka broniąca dziecka przed zakusami mordercy. Szaleńcze ciosy wgniatały zbroje i wcinały się głęboko w gnijące mięśnie.

Królowa natychmiast poczuła jedność z otaczającymi ją wojownikami, stała się jedną z głów morderczej hydry zwartej w boju ze śmiertelnym wrogiem. Opętani wciąż mieli przewagę liczebną, ale legioniści zadali awangardzie potężny cios i królowa zaczynała wierzyć, że mogą wygrać. Wtedy, ledwie trzydzieści jardów od niej, jakaś siła wyrzuciła konia w powietrze, a jego jeździec zwalił się z siodła i zaraz pochłonęła go masa skirytów. Ta sama siła odrzuciła w bok drugiego rycerza, a wraz z nim kilku Opętanych, którzy się przypadkiem napatoczyli, i w wyrwie po nich ukazał się bestiarum.

Wysoki jak koń pociągowy i o wiele bardziej muskularny stwór utorował sobie drogę do królowej wprost przez zatłoczone pole bitwy, jakby z daleka wyczuł jej błękitną krew. Dwaj rycerze zagrodzili mu drogę, ale bestia nawet nie zwolniła, obalając ich razem z końmi.

A potem rzuciła się na nią.

Bezbronna i sparaliżowana strachem, królowa nieomal wrzasnęła, gdy Souverain wspiął się na zadnie nogi. Potężna kreatura zdawała się wypełniać całe jej pole widzenia, gdy pędziła w jej stronę z mordem w oczach. Wtedy nagle zatrzymała się, jakby napotkała na swojej drodze niewidzialną ścianę. Jeden z jej rogów się ułamał, a na wykrzywioną twarz wypłynął grymas zdumienia, gdy Nicolas Dusaule odgrodził ją od królowej magiczną barierą. Uderzenie nastąpiło tak blisko władczyni, że ta poczuła na twarzy podmuch powietrza. Olbrzymie monstrum padło na ziemię, gdzie dobito je tuzinem lanc.

Z walącym jak szalone sercem królowa zwróciła się do Dusaule'a, który po prostu patrzył na powalonego potwora z tym samym beznamiętnym wyrazem twarzy, jaki utrzymywał przez całą podróż na południe. Podniósł spojrzenie na królową, a ona ujrzała krew cieknącą z jego nosa – jedyną oznakę tytanicznego wysiłku umysłu, którego wymagało zatrzymanie rozjuszonego bestiaruma.

Po tej błyskawicznej wymianie spojrzeń Dusaule i królowa wrócili do bitwy, by znowu walczyć o życie i siać śmierć. Pęd szarży dawno się już wytracił i teraz doszła do głosu liczebność Opętanych. Rycerze Furii walczyli jak czempioni, lecz przeciwników było zbyt wielu.

Souverain obracał się, rozsiewając wokoło potężne kopniaki, a królowa zabiła kolejnych dwóch Opętanych, gdy nagle poczuła przeraźliwy ból w kolanie. Spojrzawszy w tę stronę, zobaczyła skirytę składającego się do drugiego uderzenia. Zabiła go pchnięciem w szczelinę hełmu, a potem skupiła się na tym, żeby nie zemdleć, gdy czuła krew ściekającą po nodze. Z narastającą paniką ogarnęła spojrzeniem pole bitwy. Choć walczyli ze wszystkich sił, wróg zaczynał zdobywać przewagę. Ból w nodze sprawił, że kręciło jej się w głowie i była pewna, że zaraz spadnie z konia, ale wtedy usłyszała od strony miasta dźwięk rogu.

Podniosła wzrok i zobaczyła kolumnę żołnierzy wychodzącą z bramy.

Garnizon Sophii przybywał z odsieczą.

Wrota wytrzymały druzgoczącą szarżę pierwszego bestiaruma. Popękały i wgięły się do środka, ale przybycie królowej zapobiegło wdarciu się Opętanych do stolicy. Navarscy obrońcy wreszcie zabili bestię i teraz to oni jechali wspomóc królową. Łucznicy na murach chłostali Opętanych kolejnymi salwami, a teraz od strony miasta pędziła w ich stronę lekka konnica. Nie była tak silna i tak dobrze wyszkolona jak rycerze Furii, ale przechyliła szalę na ich korzyść.

Rycerze królowej z odnowionym zapałem wznowili walkę, by wyrwać się z ciżby Opętanych i przegrupować na zboczu. Z wojskową dyscypliną uformowali szyk i już mieli rzucić się z powrotem w bitewną gęstwinę, gdy kapitan Geraldi zauważył krwawiącą ranę na nodze królowej.

– Jesteś ranna, pani!

– Drobnostka – odrzekła, choć przeczył temu nieznośny ból w kolanie.

– Wasza Wysokość zrobiła już, czego wymagał honor – spierał się Geraldi, ale królowa nie miała zamiaru go słuchać.

– Walka nie toczy się o honor, kapitanie! – warknęła. – A teraz rozdaj swoim ludziom lance i przygotuj się do natarcia!

Kapitan powinien się dobrze zastanowić, zanim potraktował swoją dowódczynię z góry, lecz jego intencje były dobre, a więc królowa podjęła łagodniejszym tonem:

– Żołnierze z Sophii rozprawią się z niedobitkami awangardy. A my musimy teraz zrobić wszystko, co w naszej mocy, by pomóc pułkownikowi Laville'owi.

Kapitan skinął poważnie głową, gdy bladzi, lecz zdeterminowani giermkowie zaczęli wydawać rycerzom broń. Nie minęło pół chwili, a wojownicy byli gotowi do walki. W boju poległo sześćdziesięciu ich towarzyszy, łącznie z kapitanem Neyem, a kolejnych dwunastu odniosło rany wykluczające ich z dalszej walki, ale oddział wciąż liczył prawie stu osiemdziesięciu żołnierzy i był siłą, z którą należało się liczyć.

Rycerze zjechali do doliny, gdzie Legion Tronowy usiłował dać odpór głównym siłom armii Opętanych.

– Wciąż bronią się na wysokiej pozycji – poinformował królową kapitan Geraldi, gdy spojrzeli w dół stoku. – Choć wydaje się, że Opętani zaczynają przedzierać się przez lewą flankę.

– A więc to tam uderzymy – postanowiła królowa.

Kapitan nie ośmielił się odezwać, gdy uniosła miecz i powiodła swoich rycerzy do bitwy.

Walczący w pierwszej linii Aurelian zablokował zdradziecki atak skiryty od dołu i kopnął napastnika w bok głowy, gdy ten próbował wdrapać się ku niemu po zboczu. Obracając się w lewo, posłał skoncentrowany impuls energetyczny w kierunku kardaka, który prawie już zabił zmagającego się z nim rycerza. W tym samym czasie po jego prawej stronie Dwimervane raz po raz raziła ciosami każdego skirytę, który okazał się na tyle głupi, by znaleźć się w zasięgu jej łap.

Na całej długości skarpy żołnierze legionu walczyli, by uniemożliwić liczniejszej części armii Opętanych dotarcie do miasta, ale wróg atakował z taką zaciekłością, że rozkaz do odwrotu wisiał w powietrzu.

Wciąż osłaniający armię królowej płaszczem wiary Aurelian zaklął pod nosem, gdy zobaczył po swojej lewej oddział Opętanych przeprawiający się przez rzekę. Jeśli wróg obejdzie ich flankę, legion bezpowrotnie utraci przewagę.

Nieco bliżej formacja dwudziestu toksytów, z oczami zasłoniętymi czarnymi, skrwawionymi szmatami, przesuwała się na czoło skłębionej hordy. Mówiło się, że ci oślepieni łucznicy celowali do ludzkich dusz, a oczy wyłupiono im, by nie rozpraszał ich widok rzeczy materialnych. Tak czy siak, ich nieludzka celność potrafiła zmrozić krew w żyłach.

Aurelian widział, jak setki czarnych strzał przetrzebiły zastępy obrońców. W konsekwencji szyk się załamał, a Opętani poszli za ciosem, by wypełnić lukę. Setki skirytów pomknęły po stoku, przełażąc przez sterty trupów, które tworzyły barykadę wzdłuż linii skarpy. Ich atak z pewnością okazałby się skuteczny, gdyby Aurelian nie posłał w ich stronę ryczącej kuli płomieni. Nie przypominała ona małych ognistych kul, którymi posługiwał się w czasie szkolenia Falka. To była rozszalała burza żywiołu, który zostawił po sobie wielką wyrwę w czarnych szeregach. Trupy pofrunęły się we wszystkie strony i natarcie wyhamowało. Drugim pociskiem Aurelian puścił w rozsypkę szeregi toksytów, dając żołnierzom legionu dość czasu, by załatali podziurawiony szyk.

Wystrzeliwszy dwa potężne pociski, Aurelian potrzebował chwili, by dojść do siebie. Wysiłek sprawił, że mroczki zatańczyły mu przed oczami. Zapomniał już, ile energii potrzeba do odpalenia prawdziwie druzgocącego ataku. A jednak czuł się świetnie, po tylu latach znów zaprzęgając do pracy swoją prawdziwą moc. Czuł, jak jego siły momentalnie się regenerują, gdy znów robił to, po co przyszedł na świat. Naokoło ryczała bitwa, a on wrócił wzrokiem do gromady Opętanych i skrzyżował spojrzenie z demonem.

Gdy legion znalazł się na pozycji, wrogowie puścili się naprzód, ale demon się zatrzymał. Czarni żołnierze opływali go niczym fala. Stwarzał pozory ostrożności, ale Aurelian nigdy jeszcze nie widział wahającego się demona. Zwykle były one esencją wszelkiej arogancji. Ostrożność była nietypowa i budziła niepokój. Aurelianowi przyszło na myśl, że może piekielnik usiłuje przywołać drugiego demona, lecz potężna postać nagle rzuciła się do ataku, a u jej boku mknął ku bitwie olbrzymi bestiarum.

Dwimervane zabiła już jednego z tych odrażających potworów. Bestia przeorała szeregi Opętanych, nim rzuciła się na żołnierzy broniących skarpy. Piechotę uczono, że walkę z bestiarumami należy rozpocząć od wycofania się, by następnie otoczyć je ze wszystkich stron i zakłuć z bezpiecznej odległości bronią drzewcową. Jednakże w tej sytuacji wycofanie się nie wchodziło w rachubę, bo wyłom natychmiast wykorzystaliby Opętani. Żołnierze musieli więc utrzymać pozycję. Ośmiu zginęło, nim dotarła do nich Dwimervane.

Rany niebieskiej smoczycy utrudniały jej poruszanie się, lecz mimo to uderzyła z siłą, o jakiej nie mógł marzyć żaden człowiek. Gdy spadła na bestiaruma, ten miażdżył w paszczy jednego z wojowników. Dwimervane trafiła bestię w ramię, naznaczając poczerniałą skórę czterema głębokimi ranami.

Stwór wypuścił ofiarę i okręcił się, by podjąć walkę. Uderzył rogatym łbem, celując w smoczą pierś. Dwimervane skoczyła w tył, ale źle zrośnięta skóra krępowała jej ruchy i czubek rogu trafił ją w ramię.

Rycząc z bólu, złapała łapą za drugi róg i poderwała głowę stwora do góry, jednocześnie chłoszcząc go ogonem po żebrach. Bestia cofnęła się, chcąc złapać smoczycę za ogon, lecz wtedy Dwimervane szarpnięciem obaliła ją na grzbiet i wbiła własne rogi w jej pysk. Z gardzieli stwora dobył się okropny charkot, monstrum usiłowało wstać, a wtedy smoczyca rozwarła paszczę i dobiła je ognistym atakiem, który zerwał mu mięso z czaszki.

Ciało bestiaruma zwiotczało, osunął się na spaloną ziemię, a z jego drżącego truchła poniósł się w niebo cuchnący dym. Wtedy Dwimervane przerzuciła go przez krawędź i wycofała się, pozwalając żołnierzom zamknąć lukę w szeregu. Zrobili to z trwożliwym szacunkiem. Wcześniej wszyscy popatrywali na utykającą Dwimervane w drodze na południe, ale pierwszy raz widzieli smoczycę w akcji i widok ten wyraźnie nimi wstrząsnął.

Dwimervane wróciła do Aureliana i znów walczyli ramię w ramię, plasując się w środku szyku, stając się jego nienaruszalnym fundamentem. Lecz teraz demon kroczył w ich kierunku, a idący przy jego nodze bestiarum był znacznie większy od tego, z którym właśnie poradziła sobie Dwimervane. Bitewny zgiełk zdawał się dobiegać z bardzo daleka, gdy Aurelian patrzył na dwie zwaliste sylwetki. Jeśli dostrzegł wcześniej w demonie jakieś wątpliwości, nie było już po nich śladu.

– Wiem – rzucił do powarkującej przy jego boku Dwimervane. – Zabijemy drani razem.

Demon wwiercał się wzrokiem w Przeciwnika stojącego z wyrmem na krawędzi wzgórza. Znalazł drugą Wielką Duszę bliżej miasta, ale ona nie przedstawiała zagrożenia. Jej umysł dawno temu wyjałowiał przez rozjątrzone poczucie winy i rozpacz.

Nie spodziewał się nadejścia posiłków. Zaskoczenie zmusiło go do ponownego rozważenia dalszych działań, wyczuł bowiem przed sobą wyrma i nie jednego, lecz dwóch Przeciwników. Wierni mijali go, gdy szacował siłę wrogów. Jeden z nich był kaleki na ciele, drugi na umyśle. Nawet smoczyca była jedynie cieniem wojowniczki, którą musiała być za młodu.

Wciąż jednak byli groźni, demon postanowił więc poczekać z atakiem, sięgnąć umysłem do piekielnego wymiaru i sprowadzić pomoc. Nie miał dość siły, by przywołać drugiego demona, ale miał dość wiary, by ściągnąć do niewydarzonego świata kolejnego bestiaruma, nasrożone i potężne monstrum, przewyższające wszystkie inne bestie, które znalazły się dotąd w krainie ludzi. Demon już czuł, jak bestiarum unosi się z głębin ziemi ku powierzchni. Aby dopełnić przywołania, musiał zanieść do piekieł ostatnią modlitwę. Poczeka cierpliwie na odpowiedni moment, by spuścić piekielnego ogara z magicznej smyczy.

Wiedząc, że ma teraz więcej siły, niż trzeba, by pokonać wszystkich wrogów, demon ruszył do walki.

Pułkownik Laville zmełł przekleństwo, gdy lewa flanka zaczęła się sypać. Opętanych było zbyt wielu, a on nie mógł zabrać ze środka ani jednego żołnierza więcej, nie ryzykując przełamania szyku. Zdążył już zużyć rezerwę do wsparcia prawej flanki, a teraz patrzył, jak demon rusza naprzód. Wróg zaczynał przełamywać defensywę legionistów, a jemu brakowało ludzi, by przejść do ofensywy.

Gdyby wiedział, że armia króla Tyramimusa znajduje się teraz niespełna cztery mile stąd, popędziłby w kierunku miasta i przywarł plecami do jego murów.

Lecz nie wiedział.

Opętani okrążali jego lewą flankę i wyglądało na to, że nic już nie może temu zapobiec, lecz wtedy zauważył obwieszone proporcami lance oraz zjeżdżających po zboczu rycerzy. Przez chwilę myślał, że to przegrupowuje się jedna z jego własnych jednostek kawaleryjskich, ale dostrzegł łopoczący wśród nich królewski sztandar i jego serce porwało się do lotu.

Nie wiedział jak, ale najwidoczniej królowej udało się rozbić przednią straż Opętanych i teraz wracała do doliny im na odsiecz. Nawet z miejsca, w którym się znajdował, mógł dostrzec, jak bardzo przetrzebione są jej szeregi, ale może wystarczą, by podbudować lewą flankę i zepchnąć Opętanych z powrotem za rzekę. A nawet jeśli celu nie uda się osiągnąć, może choć zyskają nieco czasu.

Owładnięty emocjami, skupił uwagę na bitwie i poprowadził swoją konnicę na prawo, gdzie ponad setka skirytów wdarła się na szczyt skarpy. Jego rycerze wpadli w Opętanych i zaczęli ich siec, zanim tamci zdołali wyrządzić zbyt wiele szkód. A potem nagle zmierzch został rozdarty przez wielki czarny płomień, który wypalił dziurę w środku jego szyku.

Wrzaski poniosły się w powietrze, a gryzący swąd płonącego ciała wdarł się do nozdrzy pułkownika Laville'a. Patrzył, jak jego ludzie cofają się z miejsca, gdzie wżarł się w ich szeregi ognisty pocisk, który demon wycelował w Aureliana Cruza i niebieską smoczycę imieniem Dwimervane.

Chyba nic nie mogło przeżyć takiej eksplozji piekielnego ognia.

Aurelianowi starczyło sił, by osłonić tarczą Dwimervane oraz trzech żołnierzy walczących najbliżej niego. Resztę pochłonął ogień wieczny. Ludzie wyli i krzyczeli, ale Aurelian skupił całą uwagę na tym, by zwalczyć płomienie usiłujące pożreć ich dusze. Nawet w roztoczonej przez niego sferze ochronnej gorąco było niemal nieznośne, a rozgrzane powietrze parzyło płuca z każdym oddechem. Gdy mroczny ogień przygasł, Aurelian wyprowadził kontratak. Piekła go skóra i pot ściekał mu po twarzy, jego siwe włosy były nadpalone i unosiły się z nich smugi dymu, ale spojrzenie miał złowieszcze, gdy wyprostował się i zebrał moc, by machnięciem miecza posłać w stronę demona świetlisty pocisk w kształcie ostrza. Magiczne uderzenie zmiotło kilku Opętanych, ale demon miał dość czasu, by zasłonić się tarczą cienia. Atak Aureliana okazał się tak silny, że wbił się w ciemność i wypalił ranę w ciele demona, sięgającą od prawego uda do lewego ramienia, uszkadzając po drodze wyciągniętą dłoń. Kreatura zaryczała z wściekłości, a potem pochyliła rogaty łeb i przypuściła szarżę. Bestiarum u jej boku także rzucił się do biegu i dwa zwaliste monstra pomknęły w kierunku skarpy.

Twarz Aureliana była kamienną maską, gdy mierzył ich wzrokiem. Złapał za miecz i naszło go wrażenie, że napinają się mięśnie jego lewego ramienia, jakby wciąż było ono na miejscu i dźwigało ciężar tarczy. Stojąca obok Dwimervane także szykowała się do starcia. Oboje przypomnieli sobie swoją ostatnią walkę. Wówczas mierzyli się z dwoma potężnymi książętami i ledwie uszli z życiem. Teraz byli starsi i mniej sprawni, ale gra szła o najwyższą stawkę.

Rozpychając się i tratując własnych wojowników, dwa monstra mknęły już po pochyłości ku Aurelianowi i smoczycy. Bestiarum przesadził całe zbocze jednym susem, by spaść na Dwimervane. Obaj piekielnicy budzili przestrach i wyglądali, jakby nie mieli żadnych słabych punktów, lecz Aurelian Cruz i Dwimervane nie pierwszy raz stawiali czoła takim potworom. Zespoleni myślą człowiek i smoczyca bez wahania przystąpili do walki.

Szarża królowej wystarczyła, by zabezpieczyć lewą flankę legionu, a gdy Opętani zostali zepchnięci z powrotem do rzeki, władczyni zgodziła się wreszcie wycofać z pierwszej linii.

– Jeśli uznam, że potrzebna jest druga szarża, nie zawaham się – oznajmiła kapitanowi Geraldiemu.

– Tak jest, Wasza Wysokość – odparł oficer, a królowa wraz z Dusaule'em schroniła się w środku formacji w obstawie dziesięciu rycerzy z gwardii honorowej.

Znaleźli się na wyżej położonym fragmencie terenu, gdzie kawaleria próbowała otaczać rozdrobnione gromady Opętanych, którzy zdołali przeleźć za krawędź skarpy. Legion był już mocno rozwleczony wzdłuż linii zbocza, ale wciąż się rozciągał i było jasne, że prędzej czy później wróg się przebije.

Gdy stanęli, królowa raptem zakołysała się w siodle. Ogarnęła ją fala bólu i dobitniej odczuła zmęczenie. Nie uszło to uwadze Dusaule'a, który zszedł z konia, by zobaczyć, czy da się jakoś pomóc władczyni. Zanim jednak zdołał zaprząc do pracy leczniczą magię, wzrok obojga przyciągnął środek pola bitwy, gdzie Aurelian i Dwimervane toczyli bój z demonem i ostatnim bestiarumem.

Ponad połyskliwymi szeregami legionistów widzieli błyski światła i wybuchy ognia. Magiczna siła miotała ciałami zabitych żołnierzy i reszta pola bitwy wydawała się spokojna w porównaniu ze zgiełkiem i hukiem w epicentrum walki.

– Podchodzą coraz bliżej – wydyszała królowa i rzeczywiście była to prawda.

Aurelian i Dwimervane wciąż walczyli, ale wróg spychał ich z pola. A gdy oni się cofali, Opętani coraz tłumniej wbijali się klinem w serce armii królowej, dzieląc oddział legionistów na dwoje.

Raptem miejsce, w którym znalazła się królowa, przestało być bezpieczne. Jeden z rycerzy nalegał, by pozwoliła się odeskortować do miasta, ale ona nie chciała o tym słyszeć. Wraz z Dusaule'em przyglądali się zbliżającemu się ku nim masywowi przemocy. Wróg był już tak blisko, że dało się dostrzec Opętanych między przerzedzonymi legionistami. Oboje widzieli ich fizyczne postacie, ale tylko Dusaule mógł wyczuć ich umysły.

Bestiarum – nic poza brutalną, zwierzęcą siłą.

Demon – wcielenie nienawiści, rozzłoszczony oporem ze strony Przeciwnika i wyrma.

Dwimervane – potęga i szlachetność, serce jak letnia nawałnica.

I Aurelian – płonący światłem, które jaśniało w jego kalekim ciele i niewyparzonym języku.

Ale było tam coś więcej, coś ukrytego.

Zdjęty trwogą Dusaule zorientował się, że demon ma jeszcze asa w rękawie.

Robiąc krok naprzód, Dusaule uniósł tarczę i dobył miecza. A potem, z pogłębiającym się na twarzy grymasem, przepchnął się przez luźny szyk żołnierzy. Walczący tytani byli już bardzo blisko i rycerze królowej uformowali przed nią obronny szyk.

Dusaule zamknął się na wszystkie bodźce i całkowicie skupił na demonie, lecz choć bardzo się starał, nie mógł odgadnąć natury ataku, który tamten szykował. Aurelian starał się jak mógł, by powstrzymać napór piekielnika. Dusaule widział, jak uchylił się przed szerokim ciosem i wypuścił prędko ognistą kulę, lecz przeciwnik, odnalazłszy lukę w gardzie, uderzył go z mocą w pierś, oszałamiając i unieszkodliwiając na krótką chwilę.

Demon odciągnął rękę, składając się do ciosu, a Aurelian zginąłby na miejscu, gdyby Dwimervane nie dała nura naprzód i nie zacisnęła kłów na ramieniu atakującego. Jednak instynkt każący jej bronić Aureliana zmusił ją do odsłonięcia się i smoczyca warknęła z bólu, gdy bestiarum wbił róg w jej brzuch.

Dwimervane runęła na ziemię i ryknęła okropnie, kiedy róg wysunął się z jej ciała. Usiłowała wstać, nie zważając na wypływającą z boku krew, ale bestiarum ponowił atak i wbił się głęboko w smoczą pierś.

Umysł Dusaule'a krzyknął na widok pięknego niebieskiego smoka padającego na ziemię. Przez ten wybuch emocji demon zwrócił na niego uwagę. Uprzytomnił sobie, że stoi teraz przed dwoma Przeciwnikami, i zaczął się modlić. Dusaule naparł naprzód, ale przepchnąwszy się między pierwszymi żołnierzami w linii, zrozumiał, że jest już za późno.

Coś wydobywało się spod ziemi na powierzchnię.

Aurelian poczuł, że jego żebra pękają, gdy demon trafił go w pierś. Przez łzy dostrzegł, jak Dwimervane kąsa demona w ramię i pada pod ciosem bestiaruma. Próbował jakoś jej pomóc, lecz piekielnik zagrodził mu drogę, i mógł tylko patrzeć, jak bestia zanurza ostry róg w piersi smoczycy.

– Nie! – wrzasnął Aurelian, wyczuwając, że rana jest śmiertelna.

Płonąc furią, uderzył w demona gromem pierwotnej siły, która rzuciła zwalistego piekielnika na kolana, a potem, nie zważając na ból w piersi, skoczył naprzód. Demon sięgnął do niego ręką, ale Aurelian przemknął pod nią i wbił miecz w miejsce u podstawy szyi. Światło zajaśniało wokół klingi i pęknięcia rozpełzły się po czarnej, podobnej do zaschniętej magmy skórze demona. Z agonalnym rykiem na ustach piekielnik zacisnął masywne dłonie na ramionach Aureliana. Ogień wieczny spłynął po jego ramionach, gdy usiłował odepchnąć od siebie maga bitewnego, ale Aurelian ani myślał ustąpić. Wypełnił swoje ciało wzmacniającą energią i wszystkie pozostałe siły umieścił w klindze swojego miecza.

Dusaule przybył za późno, by zapobiec śmiertelnemu atakowi na Dwimervane, ale gdy bestiarum cofnął się przed nim, mag bitewny uderzył go w bok. Jego miecz nie był wypełniony energią, ale coś z jego uczuć musiało przesiąknąć do ostrza, bo zostawiło ono po sobie głęboką ranę w lewym ramieniu potwora.

Z przeraźliwym rykiem stwór zwrócił się teraz ku Dusaule'owi, ale milczący zagrodnik już mknął naprzód. Zablokował cios łapy tarczą i naznaczył jego pierś dwoma błyskawicznymi cięciami. Bestiarum zachwiał się, gdy mięśnie i ścięgna zostały przecięte. Wykorzystując siłę potężnych zadnich nóg, rzucił się naprzód, ale Dusaule odskoczył w bok i trafił bestię mieczem prosto w pysk. Złamana żuchwa potwora obwisła w niemym grymasie zdziwienia, a wtedy Dusaule pchnął go mieczem w pierś.

Zwierzę zaryło o ziemię, a Dusaule okręcił się i zobaczył, że całą postać Aureliana spowija drgająca masa ognia wiecznego. Demon był na kolanach i ściskał maga bitewnego rękami. Dwaj wrogowie wwiercali się w siebie nienawistnym wzrokiem. Usiłując oprzeć się plugawym płomieniom, Aurelian naparł na swój miecz, ale siły zaczynały go zawodzić i ogień piekielny już czepiał się jego włosów i ubrania.

Idący ku nim Dusaule użył całej swojej mocy, by ochronić przyjaciela przed ogniem.

Aurelian pokonał demona. Piekielnik umierał. Lecz wyglądało na to, że jednoręki mag bitewny umrze wraz z nim. Wir ognia wiecznego pochłaniał ich obu i Dusaule sam czuł na twarzy morderczy żar. Moc Aureliana prawie już się dopaliła i jedyną rzeczą, która chroniła go przed pochłonięciem przez czarny ogień, była potęga miłości jego przyjaciela.

Ogarnięty huczącym płomieniem Aurelian zaczynał słabnąć. Dwimervane nie żyła, a teraz nadszedł czas, by on do niej dołączył.

Lecz nawet gdy Aurelian odpływał w zapomnienie, Dusaule wdarł się w płomienie, by dobić demona ciosem w plecy. Jego klinga wżarła się w kark potwora, a ogień wieczny zapłonął żywiej, gdy ugodzony wygiął się w łuk, rycząc z bólu. Dusaule całą swoją energię skupił na bronieniu Aureliana. Nie miał więc już nic, by obronić siebie. Choć demon umarł, czarne płomienie paliły ubranie Dusaule'a i zmieniały jego twarz w połyskliwą krwawą maskę. Ogień odsłonił mięśnie i ścięgna ręki, w której stary mag bitewny trzymał miecz. Stał, drżąc i cierpiąc niewypowiedziany ból. Ale nie sprzeciwiał mu się.

Wreszcie przyszła na niego pokuta dorównująca wewnętrznemu cierpieniu, którego doświadczał od tak dawna. Ogarnięty agonią, chwiejąc się na nogach, Dusaule czekał, aż zabierze go śmierć, gdy nagle ziemia zadrżała pod jego stopami, a potem pękła. Na śmiertelne modły umierającego piekielnika odpowiedział wyłaniający się z głębi kolejny potężny bestiarum.

Choć agonalna mgła zasnuła mu wzrok, Dusaule widział, jak bestia wynurza się z ziemi. Podobna do potwornego ogara, obciągniętego skórą czarną jak smoła, i porośnięta gęstą grzywą szorstkich włosów, poszukała wzrokiem swojej pierwszej ofiary. Jej płonące ślepia zatrzymały się na królowej.

Żołnierze rozproszyli się i jedynie rycerze z królewskiej gwardii honorowej stali na drodze bestii. Dwóch zaatakowało, ale sunąca prosto na władczynię kreatura zabiła ich obu. Inni rzucili się do walki, próbując odpędzić potwora, ale nie oparli się mu, a do znękanego umysłu Dusaule'a dotarło, że jeszcze nie może pozwolić sobie umrzeć.

Ruszył, potykając się, w stronę królowej, lecz jego poparzone nogi nie chciały go nieść dość szybko. Świat chwiał mu się przed oczami. Miecz wysunął się ze spalonej dłoni. Dusaule wiedział, że nie dojdzie na czas. Bestia przeorała zastęp rycerzy, jakby byli dziećmi na kucykach, a potem dotarła do królowej.

Na oczach Dusaule'a Souverain wspiął się na zadnie nogi i zaczął okładać pysk bestiaruma kopytami, ale stwór ledwie odczuł potężne kopnięcia. Powalił rumaka ciosem pazurzastej łapy, a miecz królowej chwycił w miażdżące szczęki.

Dusaule przyjął na siebie ból, który szalał w jego ciele. Przyjął na siebie rozjątrzony ból serca. Zabił najpiękniejszą ze wszystkich istot i nie zasługiwał na to, by żyć. Tej nocy, gdy popełnił tę zbrodnię, przysiągł, że już nigdy nie użyje ofensywnej magii i nawet teraz nie użyłby jej, by uratować własną duszę. Ale zrobi to, by uratować królową.

Sięgnął głęboko do swojego wnętrza, by znaleźć przygasłą iskrę, która, miał nadzieję, wciąż się w nim jeszcze tliła. Przez chwilę myślał, że już jej nie ma, że dawno zgasła, zadeptana druzgocącym poczuciem winy. Lecz wówczas znalazł ją w pustym przestworze swojej duszy.

Zawołał do niej.

A ona odpowiedziała.

Królowa patrzyła, przerażona, jak nowy bestiarum wynurza się z ziemi. Żołnierze rozsypali się dookoła jak domek z kart, nawet jej rycerzy odepchnęła potężna fala uderzeniowa. Tym razem żadna ściana magicznej energii nie obroni jej przed potworem. Widziała przecież na własne oczy, jak zarówno Aurelian, jak i Dusaule znikają w eksplozji piekielnego płomienia.

Souverain stanął dęba, gdy bestia rzuciła się w jej kierunku. Śmiały atak rumaka nie odniósł skutku, wierzchowiec wizgnął, gdy szpony zagłębiły się w jego ciele. Souverain padał już na ziemię, gdy królowa zamierzała się mieczem na potwora, ale nim przypuściła atak, potężne szczęki zacisnęły się na jej ramieniu, krusząc zbroję Antonia Missagliasa, i bestiarum ściągnął ją z siodła. Zwaliła się na ziemię, a bestia zamajaczyła ponad nią, wciąż ściskając w zębach jej ramię. Potem potrząsnęła łbem i oderwała je od ciała.

Królową wstrząsnęło konwulsyjne drżenie. W miejscu, gdzie jeszcze przed chwilą było ramię, widniała teraz ułamana kość i czerwone strzępy mięsa. Czarne kształty pływały jej przed oczami i świat rozbrzmiewał dziwnym echem, gdy krew wypływała z jej ciała. Ale bestii wciąż było mało. Drapała pazurami jej zbroję, odrywając stalową płytę z prawej nogi i zrywając z talii pas z końską głową. Gorąca ślina kapała z otwartej paszczy potwora, gdy sięgnął do twarzy królowej. A potem nagle zniknął w błysku oślepiającego światła.

Uderzenie mocy Dusaule'a było tak silne, że odrzuciło bestiaruma daleko od królowej. Ogromny potwór okręcił się w powietrzu, ukazując wielką, dymiącą wyrwę ziejącą między jego żebrami. Zwrócił nienawistne spojrzenie na nowego napastnika, po czym ruszył na niego.

Milczący zagrodnik mierzył go wzrokiem, a jego umysł płonął magią. Z przerażającą prędkością bestiarum skoczył na niego, błyskając zębami zza odciągniętych warg.

Dwadzieścia jardów...

Dziesięć...

Dusaule uniósł rękę i uderzył go w pierś strumieniem przeraźliwego światła. Potwór zawisł w powietrzu, a ogień wypełnił go od środka, tak że kości prześwitywały czarną siatką cieni przez porwaną membranę skóry. A potem jego szczątki znieruchomiały u stóp Dusaule'a, tworząc zaledwie kupkę nadpalonych kości i dymiącego mięsa.

Mag bitewny nawet na niego nie spojrzał. Wszystkie jego myśli skupione były na królowej, z której czerwonym strumieniem wyciekało życie. Zaczął posuwać się naprzód na poranionych nogach, rozpaczliwie pragnąc jej dosięgnąć, zanim zapadnie w ciemność. Krew jednak płynęła zbyt szybko, wyciekała z niej w rytmie ostatnich uderzeń serca.

Milczący zagrodnik parł naprzód, ale jego ciało zużyło już resztkę sił. Potknął się na nierównym podłożu, jego twarz zetknęła się z ziemią i oddech uchodził z niego bolesnymi, chrapliwymi zrywami. Ciało nie mogło już iść, sięgnął więc dalej mocą umysłu, skupiając wszystkie wysiłki na tym, by zatrzymać królową na tym świecie.

Królowa czuła, jak uchodzi z niej życie. Miała wrażenie, że unosi się nad wielkim morzem ciemności, ogarnięta nieodpartą chęcią zapadnięcia w sen. Słyszała kiedyś, jak marynarze mówili o śmiertelnym letargu, który ogarnia tonącego człowieka. Wiedziała, że jeśli teraz się podda, znajdzie się pod powierzchnią mrocznych wód i nigdy już nie wynurzy się na powierzchnię. Czuła, jak spowalnia rytm jej serca, i jej umysł wreszcie wypełnił się paniką.

– Nie! – błagała echem głosu w wyśnionym świecie własnego umysłu. – Nic mogę odejść. Nie mogę...

Lecz to nie strach przed śmiercią doprowadzał ją do łez, ale strach przed rozpaczą emisariusza. Jak miał walczyć z wrogiem, wiedząc, że ona przestała istnieć? To go zniszczy, tak jak ją zniszczyłaby utrata jego.

– Proszę... – szlochała, ale moc wzywająca ją do snu była zbyt potężna.

Usiłowała przywołać w pamięci twarz Chevaliera, chciała przypomnieć sobie ostatnią chwilę, którą spędzili na wysokim tarasie pałacu. Ale wspomnienie przeciekało jej przez palce. Nie czuła już dotyku jego rąk, ust, porośniętego chropowatym zarostem podbródka na swoim policzku. Rozwiewał się na wietrze i nawet szara stal jego spojrzenia wydawała się rozpływać w widmowym morzu śmierci.

– Wybacz mi, umiłowany – wydyszała królowa. – Tak bardzo mi przykro...

Jakby z wielkiej odległości dobiegał ją bitewny zgiełk; wciąż brzmiał naokoło, lecz teraz ustępował przed ciszą. Przez moment myślała, że słyszy jazgot acherońskich trąb wojennych, ale to musiała być jakaś iluzja, okrutna sztuczka, jaką spłatał jej gasnący umysł.

Łzy żalu spłynęły jej po twarzy.

Potem jej serce zabiło raz.

A potem drugi.

Aż...

94

DOWÓD MIŁOŚCI I ŚMIERCI

Opętani zostali rozbici, gdy przybyły wojska Acheronu. Po ustaniu walk upiorna cisza roztoczyła się nad doliną. Wieści o śmierci królowej dotarły już do Sophii. Nad miastem snuł się dźwięczny ton jedynego dzwonu, powolny, żałobny rytm płynący z którejś z wysokich dzwonnic. Burzowe chmury wciąż wiszące na niebie zaczęły się z wolna rozpraszać, gdy dzień ustępował miejsca nocy.

Na polu bitwy rozbito dla poległych osobistości osobny namiot. Leżeli w nim Aurelian i Dusaule. Obydwaj jeszcze żyli, ale ich los był niepewny. W wydzielonej drugiej jego części złożono skuloną Dwimervane o złożonych jak do snu skrzydłach. A obok smoczycy leżała na posłaniu królowa. Jej smukłe ciało nakryte było czystym, białym prześcieradłem. Przed każdą przegrodą stali dwaj rycerze, trzymając wartę nad nieprzytomnymi, umierającymi i martwymi. Wartownicy stanęli na baczność, gdy do namiotu wkroczył pułkownik Laville z królem Tyramimusem.

Pułkownik przepuścił króla przodem, odsłaniając dla niego wejście do części, w której spoczywała królowa. Następnie odsłonił jej twarz, by Tyramimus mógł na nią spojrzeć.

Wielki król poczuł ścisk w żołądku na widok kredowobiałej maski. Minęło prawie dwadzieścia lat, odkąd ostatnim razem jego wzrok spoczął na królowej, ale w rysach pięknej kobiety wciąż widział twarzyczkę energicznej małej dziewczynki. Jego sercem wstrząsała rozpacz, łzy wstydu spłynęły mu po policzkach i wniknęły w czarną gęstwinę brody. Z delikatnością, o którą nikt go nie posądzał, dotknął chłodnej twarzy królowej.

– Wybacz mi – westchnął, zawstydzony odwagą tej dzielnej kobiety oraz ogromem miłości, jaką darzył ją jej lud. Przysunął do niej głowę, jego głos zmienił się w straszny, mściwy szept. – Spoczywaj w pokoju, moja królowo. Wiedz, że Wielki Byk wreszcie posłyszał twe wołanie. Obiecuję ci, że Clemoncé nie upadnie. To nie nastąpi, dopóki trwa przy życiu choć jeden żołnierz Acheronu. Czas unieść dłoń, zacisnąć pięść i opuścić młot.

Łzy króla były gorące i gorzkie, gdy składał pocałunek na czole królowej Catherine.

– Jak do tego doszło? – spytał, wyprostowawszy się i odjąwszy rękę.

– Bestiarum – odparł pułkownik Laville. – Choć demon już wówczas nie żył. – W jego głosie brzmiała rozpacz. Drżącymi rękami zasłonił królowej twarz, a Tyramimus przeszedł na drugą stronę namiotu, gdzie na stole wyłożono zbroję i miecz władczyni.

Król przebiegł palcem po jej skrwawionym, poobijanym pancerzu i doszedł do czarnego pasa o srebrnej klamrze w kształcie końskiego łba. Skórzane rzemienie były porwane i poszarpane, lecz król mimo to podniósł je z wielką ostrożnością, a w jego sercu zrodził się nowy smutek. Słyszał o drobiazgach, które królowa nosiła w charakterze amuletów, mających ostudzić awanse księcia Ludovica. Drobiazgach, którymi obdarowywał ją człowiek zwany Chevalierem. Tyramimus od zawsze uważał takie gesty za przejaw naiwnego sentymentalizmu, ale sława Chevaliera dotarła nawet do Acheronu i król nie mógł znieść myśli, że taki szlachetny człowiek miałby dowiedzieć się o śmierci królowej z pogłosek krążących wśród żołnierzy.

Wciąż trzymając pas, odwrócił się, gdy do namiotu wszedł Anaximander. Mag bitewny robił co mógł, by pomóc Aurelianowi i Dusaule'owi.

– Czy jest jakaś poprawa? – spytał Tyramimus.

– Pan Cruz wiele przeszedł, ale jego umysł jest silny. W końcu się obudzi – odpowiedział Anaximander z ciężkim acherońskim akcentem. – Ale pan Dusaule... Nie wiem, jakim cudem wciąż żyje.

Tyramimus pokiwał ponuro głową. Jego także zaszokowała rozległość oparzeń Dusaule'a.

– Czy nie byłoby mu wygodniej w mieście? – spytał.

– Zapewne – odrzekł pułkownik Laville. – Ale ilekroć próbujemy go przenieść, on krzywi się i porusza, jakby chciał się sprzeciwić.

– Coś wiąże go z tym światem – rzekł Anaximander. – Lecz cokolwiek to jest, nie będzie cierpiał długo.

Nie skończył mówić, gdy zza płachty dobiegł zduszony odgłos. Trzej mężczyźni przeszli tam i Anaximander ruszył prosto do umierającego Dusaule'a, którym wstrząsały konwulsje.

– Nawet teraz walczy o coś – powiedział mag bitewny, usiłując magią ulżyć Dusaule'owi. Lecz życie powoli uchodziło z ciała milczącego zagrodnika, który po ostatnim spazmie opadł bezwładnie na przesiąknięte krwią łóżko. Z jego pokrytych pęcherzami ust wydostał się ostatni dech. A potem umarł.

– Gwiazdom niech będą dzięki – powiedział pułkownik Laville głosem ciężkim od smutku, ale i ulgi. – Przez wiele lat znosił życie Odrzuconego. Wreszcie odnalazł spokój.

Anaximander zmarszczył brwi, odchodząc od Dusaule'a. A więc ten mag bitewny został zmuszony do zabicia smoka, który odpowiedział na jego przywołanie. Anaximander nie mógł wyobrazić sobie, jak ogromnej siły wymagało życie z takim ciężarem. To tłumaczyło udręczenie, które wyczuł w umyśle Dusaule'a.

Trzej mężczyźni nie mieli już w namiocie nic do roboty, ruszyli więc do wyjścia. Tyramimus wciąż trzymał w palcach pas z klamrą. Pochylił głowę i patrzył na niego, gdy owiewało ich chłodne nocne powietrze.

– Należy powiedzieć Chevalierowi. Zasługuje na to, by wiedzieć – rzekł.

– Te wieści go złamią – odparł pułkownik Laville.

– Lecz mimo to ma prawo wiedzieć.

Pomimo niechęci pułkownik Laville pokiwał wolno głową, a Tyramimus zwrócił się do Anaximandra.

– Weź to – rzekł, wkładając mu do ręki zerwany pas. – Znajdź człowieka, którego zwą Chevalierem, i powiedz mu, że lud Acheronu dzieli jego smutek.

– Gdzie go szukać?

– Był niedawno w Hoffen – rzekł Laville.

Mag bitewny skinął głową i wsunął pas do skórzanej sakwy przy pasie.

– Za pozwoleniem Waszej Wysokości – powiedział i skłoniwszy się, ruszył ku swojemu smokowi, który stał nieopodal w cieniu.

Król Tyramimus i pułkownik Laville patrzyli, jak mag bitewny wspina się na smoczy grzbiet, a potem zwraca się na północny wschód. Smok zrobił trzy szybkie kroki i wzbił się w powietrze. W kilka sekund zniknął w ciemności nocy, niosąc na swoim grzbiecie dowód miłości i śmierci, który miał złamać emisariuszowi serce.

– Oby znalazł dość siły... – powiedział król.

– I my wszyscy – dodał pułkownik Laville, który musiał teraz wykonać to, co niewykonalne: wrócić do Furii z wieściami o śmierci władczyni.

Dwudziestoczteroletni Jeran de Foix był najmłodszym rycerzem w osobistej gwardii królowej. Nie spotkał go w życiu większy honor niż wówczas, gdy jechał do bitwy u jej boku. A pełnienie straży przy jej martwym ciele było najsmutniejszym i najtrudniejszym obowiązkiem, jaki na niego nałożono.

Stał w ciszy, gdy pułkownik Laville wszedł z królem Tyramimusem do namiotu. Do głębi poruszyła go siła przysięgi, jaką złożył król Acheronu. Stał na baczność, kompletnie nieruchomy, gdy mężczyźni podeszli do posłania Dusaule'a, kiedy ten dokonywał żywota. Jeran pamiętał trwogę, jakiej doznał na widok jego ran, i cieszył się, że cierpienia tego biednego człowieka dobiegły końca.

Lecz gdy milczący zagrodnik zmarł, Jeran mógłby przysiąc, że całun królowej uniósł się i opadł w migotliwym świetle lampy. Spojrzał raz jeszcze, choć wiedział, że nie wypada mu tak patrzeć na jej ciało.

Nic. Gdzieś głęboko w trzewiach Jerana odezwał się instynktowny lęk. Jakby zza kotary oddzielającej świat żywych od świata zmarłych królowa kiwnęła na niego ręką. Biorąc w karby swoją wyobraźnię, odwrócił spojrzenie, ale zdążył jeszcze kątem oka dostrzec czerwony wykwit na białym całunie, plamę szkarłatu w miejscu, gdzie znajdował się kikut po odgryzionej przez bestiaruma ręce. Na jego oczach plama zdawała się rosnąć, zupełnie jakby z rany polała się świeża krew.

Przez chwilę Jeran po prostu patrzył na powiększający się na jego oczach cień, a potem przypomniał sobie coś, czego nauczył się w trakcie szkolenia dotyczącego oceny stanu zdrowia rannych.

Zwłoki nie krwawią.

95

ZŁĄCZENI, ROZDZIELENI

Falko został w Hoffen tylko dwa dni. Trzeciego dnia polecieli z Sydianem na południe, lecz jeszcze zanim wyruszyli, wiedzieli już, że coś jest nie tak. Zaczęły dobiegać ich wieści o zmianie w posunięciach wroga. Było jeszcze zbyt wcześnie, by sformułować jakieś miarodajne konkluzje, ale Falko był pewien, że to zaburzenie miało coś wspólnego ze śmiercią Pogromcy.

Tak jak powiedział Lysander, zadali wrogowi druzgoczący cios, który ściągnął na nich jego uwagę.

W każdym razie Falko nie zamierzał zwlekać. Opuścił przyjaciół bez słowa, a teraz bardzo chciał już do nich powrócić. I wciąż miał nadzieję, że zdąży na naradę strategiczną w Amboss. Pożegnawszy się więc z Lysandrem i Feurigiem, poleciał prędko na południe. Przedtem, na północ, gnała go desperacja i dzika prędkość wycisnęła z Sydiana siódme poty. Teraz lecieli w zwykłym tempie, lecz mimo to Falko czuł, że Sydian tężeje z bólu za każdym razem, gdy odpowiada na nagłą zmianę kierunku wiatru.

– Jak twoja rana? – spytał smoka, gdy przetaczały się pod nimi wzgórza Illicji.

Duma Sydiana nie pozwoliła mu wspomnieć o bólu, ale nie zdołał zdusić szybkiego wspomnienia o Falku usiłującym magią wypalić ranę, którą zadał smokowi Pogromca.

– Musiałem się upewnić, że leczenie sięgnie samego dna rany – rzekł Falko.

Wciąż się zasklepiała, a więc odpoczywali często. Pierwszą noc spędzili na obrzeżach illicyjskiego miasteczka dwadzieścia mil na północny wschód od Ville de Pierre, lecz nawet tutaj dotarły do nich te same wieści: armie wroga porzucają dotychczasowe szlaki i wszystkie kierują się na zachód, ku Clemoncé. Te niepokojące okoliczności nie pomagały Falkowi otrząsnąć się z poczucia zagrożenia, które zagnieździło się w jego umyśle. Wiedział, że zbliża się coś mrocznego, nie wiedział tylko co.

Sydian spojrzał na niego, jakby chciał powiedzieć: nie ma się czego bać. Ale Falko nie był przekonany.

Wiedział jedynie, że jego sny wypełniały mroczne groty, ukryte sekrety i miażdżące poczucie winy.

Przed południem dnia następnego dotarli do rzeki Türkis, jedynej, która brała swój początek z La Grande Cascade. Rzeka wiodła ich do Amboss i nie minęło wiele czasu, nim ujrzeli przed sobą warowne miasto. Amboss wzniesiono na płaskim skalistym wzgórzu w kształcie kowadła, wokół którego roztaczały się mury obronne.

Rozmiarami miasto dorównywało Furii. Teraz roiło się wokół niego od żołnierzy i ich namiotów rozbitych w równych rzędach i blokach. Gdy Sydian przebił się przez wiszące nisko na niebie chmury, Falko dostrzegł, że w obozach wre jak w ulu. Prędko zauważono ich na niebie i ludzie zaczynali wskazywać palcami w górę, podczas gdy inni wyłaniali się z namiotów, by patrzeć na opadającego w ich stronę czarnego smoka.

Jeszcze obniżając lot, Falko zaczął rozróżniać rozmaite sztandary i flagi, a wśród nich wypatrzył znajomy błękit i turkus Clemoncé. Uśmiechnął się z satysfakcją, rozpoznawszy flagę Nieregularnych.

Sydian zatoczył koło i osiadł na niskim wypiętrzeniu skały na skraju obozu. Oswojeni ze smokiem Nieregularni wyszli mu na spotkanie, ale żołnierze z sąsiednich obozów woleli zachować dystans. Znali historię o czarnej bestii, która została przywołana do Furii, lecz nasłuchawszy się mrożących krew w żyłach opowieści o czarnych smokach, nie byli jeszcze gotowi zanadto się spoufalać.

Falko, zesztywniały po długich godzinach lotu, zdjął hełm i przytroczył go do siodła, a potem zeskoczył z grzbietu Sydiana. Schylił się, gdy czarny smok złożył skrzydła, a potem uśmiechnął się na widok Malakiego, Bryny i Huthgarla, którzy przedzierali się w jego stronę przez tłum Nieregularnych. Lecz zanim się jeszcze zbliżyli, uśmiech spełzł z jego warg. Coś się wydarzyło pod jego nieobecność.

– Co jest? – spytał, gdy Bryna objęła go, a Malaki podał mu rękę.

Jego serce wypełnił lęk. Przyjaciel zerknął w kierunku Nieregularnych, gdzie stało kilku Wygnańców. Falkowi zdało się, że w tłumie żołnierzy zobaczył Alexa, który z pochyloną głową znika za białą płachtą namiotu; był przygarbiony, jakby przygniatał go do ziemi jakiś ciężar.

– A gdzie Quirren? – spytał.

Malaki i Bryna wymienili spojrzenia. Na Falka padł blady strach.

– Chodź, porozmawiamy gdzieś – rzekł Malaki.

– Nie. Powiedzcie mi teraz. Gdzie jest Quirren?

– Pojmał go demon – wyszeptał Malaki. Nieregularni odbiegli od nich spojrzeniem, niektórzy się odwrócili. Wieści o losie Quirrena szybko rozeszły się po obozie.

– Kiedy? – spytał Falko, a Malaki strzelił do Huthgarla zmartwionym spojrzeniem, nim odpowiedział.

– Dzień po twoim zniknięciu – wyjawił, a Falko poczuł, że ziemia poruszyła się pod jego stopami. Pamiętał demona, którego wyczuł po tym, jak wraz z Sydianem zabili dwa mroczne anioły. Jak nazwał go zwiadowca z Clemoncé? Geôlier? Ale przecież ten demon był o całe mile dalej, w innym kanionie.

– Jak to się stało?

Malaki miał nadzieję rozmówić się z Falkiem w odosobnieniu, ale wiedział już, że przyjaciel nie ruszy się z miejsca, dopóki nie usłyszy historii od początku do końca. Zaprowadził go więc ku wystającej z ziemi skale, gdzie usiedli, by porozmawiać.

Falko milczał, chłonąc każde słowo z relacji Malakiego. Głos przyjaciela załamał się kilkukrotnie, gdy opowiadał o ostatnich chwilach pojmania.

Falko nie mógł ruszyć palcem.

Połamali jego ciało i zamknęli go w siatce z łańcuchów.

Wciąż żył.

Demon zniknął.

Wszedł w ciemność i rozpłynął się w powietrzu.

Wciąż żył.

Umysł Falka płonął.

– Falko! – powiedziała Bryna, ale on nie słyszał jej głosu. Stał teraz przed nimi z zamkniętymi oczami. Jego zaciśnięte pięści drżały. – Falko! Przestań! – zawołała, a on otworzył oczy i zobaczył, że jego pięści otacza jasny, błękitny ogień, który skrzy się i tańczy po jego opancerzonych ramionach. Wszyscy czuli bijący od niego żar, ledwie wstrzymywaną furię maga bitewnego.

Falko pozwolił mocy spłynąć z ciała. Przyjaciele wpatrywali się w niego szeroko otwartymi oczami.

– Wciąż by tu był, gdybyś nas nie porzucił – poniósł się głos od strony tłumu i wszyscy zwrócili się w kierunku stojącego kilka jardów dalej Alexa. Jego oczy były zaczerwienione i puste.

Falko milczał. „Przepraszam" wydało mu się nagle pozbawioną znaczenia wydmuszką słowa.

– Nie powinieneś był nas zostawiać.

– Nie wiedzia... – zaczął Falko, lecz Alex uniósł tylko dłoń w czarnej rękawicy.

– Nie powinieneś był nas zostawiać – powtórzył, odwrócił się i odszedł.

Falko stał nieruchomo, a poczucie winy przelewało się w jego piersi. W uszach brzmiał dźwięk przypominający bzyczenie rozwścieczonych pszczół, który pulsował w rytm serca. Darius... Balthazak... Sir Gerallt... Merryweather... Symeon... Wszyscy zginęli, a teraz Quirren został pojmany przez niewoliciela. I nie dlatego, że Falko nie miał dość siły, by temu zapobiec, lecz ponieważ po prostu go tam nie było.

Wściekły szum w umyśle Falka nasilał się, aż zaczął rezonować z upiorną mantrą z jego koszmarów. A głęboko w tym niepokojącym pomruku kryły się słowa.

„Nigdy byś się nie odważył. Nigdy nie znalazłbyś w sobie wiary".

Falko mocniej zacisnął pięści. Zawarł powieki i raptem szum i demoniczne warczenie ucichły. Odwrócił się na pięcie i ruszył w stronę

Sydiana, który przypatrywał się wymianie zdań z wyrazem troski na pokrytym łuskami czole.

– Dokąd lecisz? – spytał Malaki, choć dokładnie wiedział, jaki cel przyświeca Falkowi. – Nie, nie możesz! – zawołał, gdy przyjaciel sunął w stronę smoka. – Nigdy go nie znajdziesz.

Ale Falko był głuchy na jego argumenty i strącił rękę, którą Malaki położył mu na ramieniu.

Przystanął dopiero wtedy, gdy smok cofnął się przed nim. Falko zbliżył się do Sydiana, ale ten okręcił się, by nie pozwolić Falkowi złapać za paski siodła.

– Co ty robisz? – wysyczał mag bitewny, ale smok tylko na niego patrzył. Złote oczy zwęziły się, a postawa wyrażała nieugiętość. – Ale on wciąż żyje – podjął Falko i Sydian wzdrygnął się, gdy wspomnienie twarzy Quirrena zajaśniało w jego umyśle. – Cierpi – dodał szeptem, a jego głos się załamał. Już nie próbował dosiąść Sydiana. Dwaj towarzysze mierzyli się wzrokiem, zaś Malaki, Bryna i Huthgarl patrzyli na nich w ciszy.

Spojrzenie Sydiana ani drgnęło, ale przechylił głowę w geście znamionującym zrozumienie. Umysł Falka zalały obrazy przesuwających się w dole wzgórz i dzikiego bezludzia, przemykających niezliczonych mil niezbadanej krainy, na której nie było nic, co przypominałoby opis niewoliciela. Przypomniał sobie wątły ślad jego obecności, który wyłapał umysłem przed wyruszeniem do walki z Pogromcą. Zrozumiał, że Sydian próbuje powiedzieć mu, że nie uda im się znaleźć tego konkretnego demona na rozległych Utraconych Ziemiach.

– Muszę spróbować – powiedział Falko.

Sydian przymknął lekko powieki, a myśli Falka podążyły do Nieregularnych, których wraz ze smokiem wielokrotnie ratowali przed niespodziewaną napaścią Opętanych. Następnie w umyśle maga bitewnego pojawiły się obrazy przedstawiające mękę Quirrena, lecz również Malakiego i Bryny, torturowanych i łamanych przed włożeniem do łańcuchowych siatek.

Przekaz był dla Falka jasny: ile osób spotka cierpienie i śmierć, gdy my będziemy uganiać się za demonem, którego możemy nigdy nie odnaleźć?

– Ale to stało się przeze mnie – powiedział Falko, a wówczas Sydian wyprostował się ponad nim, zgromił go gniewnym wzrokiem, po czym obnażył kły i zawarczał. Zaskrobał o skałę czarnymi pazurami i uderzył w umysł Falka wizjami Opętanych, bestiarumów, Pogromcy, a nawet maniakalnych ogników w oczach Galena Thralla. To była ich wina, a nie Falka, a smok nie miał zamiaru znosić jego użalania się nad sobą.

Wreszcie Falko nabrał tchu i poderwał wzrok. Sydian miał rację. To demony i ich sługusy były odpowiedzialne za całe to zło, a nie ci, którzy usiłowali z nimi walczyć. Nie sposób zaprzeczyć, że nie było go, gdy Quirren potrzebował go najbardziej, nie mógł więc całkowicie oczyścić się z wyrzutów sumienia. Ale musi być silniejszy od nich, bo inaczej wróg obróci je przeciwko niemu.

Wreszcie poczuł napływającą od Sydiana falę aprobaty. Smok przechylił głowę w czymś na kształt ukłonu. Przez chwilę patrzyli sobie w oczy, a potem jednocześnie zwrócili głowy w kierunku, z którego dało się słyszeć czyjeś kroki. Był to lanista Magnus.

– Czy dogadaliście się już?

Falko potwierdził milczeniem.

– Chodźmy więc. Dowódcy Nieregularnych chcą wiedzieć, co skłoniło cię do takiego pośpiechu.

Łypnąwszy na Sydiana, Falko pozwolił zaprowadzić się do namiotu. Wymienił zdawkowe spojrzenia z przyjaciółmi, którzy wyraźnie odczuli ulgę, widząc, że wrócił do zmysłów. Zaakceptował to, że szaleńcza pogoń za demonem, którego mógłby nigdy nie odnaleźć, byłaby lekkomyślna, lecz zarazem coś sobie obiecał. Jeśli wyczuje niewoliciela, nikt nie powstrzyma go przed jego odszukaniem.

Dowódcy Nieregularnych słuchali w ciszy relacji Falka z pogoni za dwoma mrocznymi aniołami i walki z Pogromcą.

– I jesteś pewien, że to był ten sam demon, który pokonał Nathalie? – dopytywał się jeden z dowódców, który brał udział w kampanii treningowej kadetów. – Ten sam, który zabił Jürgena i Wildegrafa?

Falko kiwnął głową.

– A więc oddałeś nam wielką przysługę. Wielkie Dusze na północy i tak już są rozciągnięte na bardzo dużym obszarze. Utrata kolejnych byłaby katastrofą.

Pozostali dowódcy potwierdzili, kiwając głowami. Wielu z nich pamiętało czarnego zabójcę, który o mało nie zabił Nathalie. Wyjaśnienia Falka usatysfakcjonowały ich i zaczęli się z wolna rozchodzić.

– Czy weźmiesz dziś udział w naradzie strategicznej?

Falko podniósł wzrok na stojącego obok niego lanistę Magnusa. Czuł się dokumentnie wycieńczony, ale skinął głową.

– Świetnie – ucieszył się Magnus. – Sir William miał nadzieję, że ci się uda.

Falko zamrugał na wzmiankę o emisariuszu.

– Czekał tu na nas list – wyjaśnił instruktor. – Najwidoczniej marszałek Breton kazał mu przeszukać obszar na wschód stąd. Ale coś mi się widzi, że to tylko wymówka, by emisariusz nie mógł się zjawić na naradzie. – Wiadomo było powszechnie, że Breton uważał, iż obecność emisariusza podważa jego zwierzchność w łańcuchu dowódczym. – Miał nadzieję, że sam weźmie w niej udział, więc na pewno odczuje ulgę, dowiedziawszy się, że choć jego nie będzie, zjawisz się ty.

Nowiny rozczarowały Falka. Wiedział, że szansa była niewielka, a mimo to miał nadzieję zobaczyć się z emisariuszem. Magnus chyba odczytał jego myśli, bo posłał mu pokrzepiający uśmiech.

– Witamy z powrotem, panie Danté – powiedział, a potem odnalazł wzrokiem Malakiego i Brynę. Skrzywił się ponuro, nim opuścił namiot.

– Chodź – powiedział Malaki. – Znajdźmy ci coś do jedzenia. A potem odświeżysz się przed wieczorną naradą.

Jedzenie było ostatnią rzeczą, o której myślał teraz Falko, ale i tak wstał, by ruszyć za przyjacielem. Zatrzymał się, gdy pojawił się przy nim Huthgarl.

– Wiesz, że uratował dzieci – powiedział wielki Beltańczyk, a Falka zapiekło gardło, gdy usłyszał żałość w jego głosie. – Padł ofiarą Opętanych, ale najpierw uratował dzieci.

Wszyscy rozumieli powody, dla których Falko opuścił ich w takim pośpiechu, lecz to nie mogło przecież zmienić tego, co się wydarzyło. Gdzieś daleko ich przyjaciel znosił właśnie potworny ból i ta myśl była prawie niemożliwa do zniesienia.

– Znajdziemy go – rzekł Falko, a nadzieja, którą dostrzegł w oczach Huthgarla, przeszyła mu serce na wylot.

Towarzysz kiwnął głową z opanowaniem, a Malaki i Bryna zrobili to samo. Prosty gest, ale teraz nabrał mocy paktu. Raz jeszcze spojrzeli po sobie, nie wypowiadając na głos łączącej ich milczącej przysięgi, a potem Malaki pierwszy wyszedł z namiotu. Reszta podążyła za nim, lecz Falko nagle się zatrzymał.

Wyczuł zza cienkiego płótna namiotu umęczoną obecność Alexa Klingemanna, który odchodził smętnie w swoją stronę. Falko nie wiedział, czy lecznicze moce maga bitewnego zasklepią rany duszy, ale przywołał całą swoją wiarę w nadziei, że Alex choć trochę ogrzeje się przy jej płomieniu.

96

SYN AQUILI DANTÉGO

Sala narad w Amboss była właściwie wielkim pomieszczeniem przeznaczonym do publicznych debat, przestronnym prostokątnym budynkiem o sklepionym łukowo suficie i z dwoma zwróconymi przodem ku sobie, wznoszącymi się warstwowo trybunami przedzielonymi rozległą, wyłożoną płytkami podłogą. Przestrzeń między witrażowymi oknami wypełniono wielkimi gobelinami przedstawiającymi sceny z niełatwej historii miasta. Pomieszczenie oświetlały osadzone na ścianach oraz zwisające z belek stropowych mosiężniki. Sali używano z okazji rozmaitych publicznych spotkań, lecz dzisiaj odbywała się w niej narada wojenna i gwar ludzkich głosów wzbogacony był o brzęk i szczęk pancerzy.

– To jak dzień targowy w Furii, tylko że z mieczami – skomentował Malaki, gdy on, Falko, Bryna i Huthgarl weszli do środka.

W sali roiło się już od dowódców wojskowych z Illicji i Clemoncé, ich asystentów, posłańców i skrybów. Jako ci, którzy spędzili na froncie najmniej czasu, mieli nadzieję wejść do sali niepostrzeżenie, uznali bowiem, że ich obecność nie obejdzie bardziej doświadczonych dowódców. Jednakże gdy tylko znaleźli się w środku, spojrzenia wszystkich skierowały się na nich.

Falko przypomniał sobie tamtą noc, gdy jako ostatni weszli do baraków w Akademii Sztuki Wojennej. Teraz jednak nie chodziło o słabeusza, kobietę i prowincjonalnego kowala, ale o maga bitewnego, który przywołał czarnego smoka, o słynnego Rycerza Karmazynowego Hełmu i o łuczniczkę, którą, choć nie zdawała sobie z tego sprawy, zwano Królową Zbójców. Oraz o pewnego Beltańczyka, który pomimo młodego wieku był największym mężczyzną w pomieszczeniu.

Taka grupa musiała ściągnąć na siebie uwagę.

Falko spoglądał w zaciekawione oczy z obojętnością, dopóki nie wyłowił z tłumu poważnego oblicza marszałka Bretona. Odczuł niepokój, gdy głównodowodzący zmierzył go kamiennym spojrzeniem. Podczas ich ostatniego spotkania Falko zawstydził najszlachetniejszego ze wszystkich dowódców Clemoncé. Wiedział już, że Breton bynajmniej o tym nie zapomniał. Wzrok marszałka przez chwilę wisiał na Falku, a potem powrócił do innych zebranych mężczyzn, wśród których młodzieniec rozpoznał Dominica Ginolę, maga bitewnego, który uratował uciekinierów z Caer Dour w górach. W odróżnieniu od Bretona Ginola nie patrzył na Falka z wrogością, lecz z sympatią i odwzajemnił jego skinienie. Choć próbował to ukryć, wyraźnie zapałał podziwem na widok zmian, jakie zaszły w Falku od ich ostatniego spotkania. Chłopak zorientował się także, że Ginola wciąż nie otrząsnął się ze zdumienia wywołanego przez rewelacje, które ujrzały światło dnia podczas przywołania. Ale mieli teraz pilniejsze sprawy na głowie i starszy mag zwrócił się ponownie ku marszałkowi, zaś pozostali uczestnicy narady kontynuowali przerwane rozmowy.

Czworo nowo przybyłych ruszyło do miejsca przy lewej ścianie, gdzie lanista Magnus i inni dowódcy Nieregularnych siedzieli na trybunach. Tłum zaczął rzednąć, gdy ludzie zajmowali miejsca, i wreszcie w sali zapanowała cisza. Jedyną stojącą osobą w pomieszczeniu był marszałek Breton. Przyjął drewniany wskaźnik od jednego z asystentów i podszedł do stołów ustawionych w rzędzie między trybunami.

Falko przyjrzał się mapom. Przedstawiały całą linię frontu od Zatoki Barinthusa na południu po odległe góry na północ od Hoffen. Te mapy były o wiele dokładniejsze niż wielka mapa w Furii, ale przez to również trudniejsze do odczytania. Falko bardzo chciał podejść do nich i uważniej je obejrzeć.

– Sytuacja na froncie uległa zmianie – zaczął marszałek Breton, przemawiając wspólnym językiem Furii naznaczonym wyraźnym akcentem z Clemoncé. – Wojna na wyczerpanie, która była dla nas prawdziwym sprawdzianem sił, dobiegła końca. Wróg niespodziewanie natarł na Clemoncé. Kilka miast zostało już odciętych w wyniku tego błyskawicznego marszu. – Wskazał położenie części z nich oraz oddziały wroga, które znalazły się już za ich linią. – Nasi zwiadowcy donoszą o gwałtownym zwiększeniu ruchliwości wrażych oddziałów głęboko na Utraconych Ziemiach. Dowiedzieliśmy się też, że poległ wielki generał Vercincallidus.

Na te wieści po sali poniosły się zdumione okrzyki. Huthgarl zamarł na swoim miejscu. Jego twarz pobladła z niedowierzania.

Wśród Beltańczyków Vercincallidus był żywą legendą, pierwszym i najważniejszym obrońcą Beltane. Jego śmierć była druzgoczącym ciosem. Ale marszałek jeszcze nie skończył.

– Utrata tak wybitnego dowódcy to wielka tragedia. Ponadto nasi sojusznicy z Beltane potwierdzili, że spełniły się nasze najgorsze obawy. Idzie na nas sam Marchio Dolor.

W sali narad wybuchły przerażenie i konsternacja. Breton uniósł ręce i wśród zgromadzonych powoli zapanowało coś na kształt ciszy.

– Nie mamy już żadnych wątpliwości – wyrzekł. – Wielka armia Opętanych przekroczyła rzekę na zachodnim brzegu jeziora Viegal. Marchio Dolor prze na północ.

– A co z księciem Ernestem? – spytał jeden z illicyjskich oficerów. – Czy stolica jest w niebezpieczeństwie?

– Nie wiemy jeszcze, dokąd dokładnie ruszy Marchio Dolor. Może zwróci się na wschód i ruszy na Seeburg, może pójdzie na północ i zaatakuje Hertzheim. A może podąży z biegiem rzeki Türkis z zamiarem oblegania Amboss, gdzie się teraz znajdujemy. Albo… – marszałek potoczył wzrokiem po dowódcach z Clemoncé – weźmie na cel leśne miasto Toulwar.

– W Toulwarze jest Fossetta – wyszeptała Bryna.

Falko zmrużył oczy i odpowiedział ponurym skinieniem. Marchio Dolor przekroczył ich główną linię obrony. Spustoszenie, jakie mógł za nią siać, było nie do wyobrażenia.

Cisza, która zaległa w sali, była absolutna. Do zebranych zaczął docierać sens słów marszałka Bretona. Po raz pierwszy w historii tej wojny siły Opętanych mogły przedrzeć się przez granice Clemoncé. I to nie jakaś armia, jedna z wielu, dowodzona przez bliżej nieznanego demona, lecz sam Marchio Dolor na czele swych doborowych oddziałów.

– Czy zdołamy stawić mu czoła? – rozległ się głos jednego z illicyjskich dowódców.

– Wedle raportów jego armia liczy prawie sto tysięcy żołnierzy, w dodatku ma na swoich usługach wiele bestiarumów, a wraz z jego hordą maszeruje kilka demonów. – Marszałek wydał z siebie ciężkie, zmęczone westchnienie. – Nawet gdybyśmy zgromadzili przeciw niemu wszystkie nasze siły, ledwie dorównalibyśmy mu liczebnością, a przecież nie wolno nam rozbijać armii królowej, zanim jeszcze wróg dosięgnie granicy jej królestwa.

Po sali poniosły się głosy zdumienia. Nikt jeszcze nie widział armii demonicznej, która byłaby tak niewyobrażalnie potężna.

– A więc musimy zarządzić odwrót – podsunął jeden z oficerów z Clemoncé, gdy w powietrzu zaczęło skrzyć od napięcia. – Latami broniliśmy królestwa Illicji. Może nadszedł czas, by pomyśleć o naszym własnym.

Illicjanie zachowali milczenie. Sama myśl o porzuceniu swoich miast była nie do przyjęcia, ale nie dało się zaprzeczyć, że jedynym powodem, dla którego Illicja jeszcze istniała, było to, że u boku jej mieszkańców walczyli i ginęli żołnierze z Clemoncé.

– Zgadzam się – rzekł marszałek Breton. – Uważam, że powinniśmy ustanowić nową linię frontu, lecz nasza najsilniejsza twierdza to właśnie Amboss. Popełnilibyśmy błąd, porzucając ją od razu.

– A co z Seeburgiem i Hertzheim? – spytał jeden z illicyjskich dowódców.

– Seeburg jest narażony na szwank – odrzekł Breton ciężkim, ale pewnym tonem. – Linie zaopatrzeniowe prowadzące do miasta wkrótce zostaną przecięte. Nie zdołamy go utrzymać.

– A Hertzheim? Czy nasza stolica ma podzielić ten sam los?

– Hertzheim wkrótce zostanie otoczone z trzech stron – odparł marszałek. – Jeśli szybko wkroczymy do akcji, zdołamy ewakuować miasto, zanim ono również zostanie odcięte.

– Czy tak doradzają ci, panie, Wielkie Dusze? – indagował mężczyzna. – Opuścić miasta? Umknąć przed Opętanymi?

Dominic był starszym z dwóch magów bitewnych, naturalnie zwrócili się więc ku niemu. I dobrze, Falko znalazł się bowiem w czymś na kształt transu. Odmalowywał w swojej głowie obraz sytuacji... Płonący cień Opętanych, pełznący przed siebie niczym czarny ogień, pochłaniający pogrążony w cierpieniu świat. Demony jaśniejące w ciemności jak rozżarzone węgle, a wśród nich Marchio Dolor, ciasny węzeł zła, składający się do ciosu w samo serce sprzymierzonych królestw. Było to niczym scena z jego koszmarów. Lecz gdy odezwał się Dominic, rozwiała się jak sen.

– Mag bitewny nigdy nie porzuci miasta na pastwę demona, jeśli jest cień szansy na jego uratowanie. Ale czasem lepiej jest uciec, niż zaspokoić głód wroga i powiększyć jego zastępy o dodatkowych żołnierzy.

– Słyszeliście sami – rzekł marszałek Breton, jakby Dominic go poparł. – Jak najszybciej ewakuujemy Seeburg i Hertzheim. Następnie wytyczymy nową linię frontu wzdłuż granicy Clemoncé, z Amboss w charakterze głównego strategicznego punktu zaczepienia.

– A jeśli Marchio Dolor dotrze do Amboss?

– Wówczas słono zapłaci za swoje ambicje – wygłosił marszałek Breton. – Mury obronne będą nam nieocenioną pomocą.

Zaległa cisza. Wszystkich otrzeźwiła wiadomość o tym, że nie mają innego wyboru, jak tylko się wycofać. Zwykle takie strategiczne decyzje podejmował najwyższy stopniem dowódca, jednak w połączonych sojuszem Illicji i Clemoncé decydowało głosowanie przez podniesienie ręki.

– Będziemy więc głosować – zarządził marszałek Breton. – Przedmiotem głosowania jest wycofanie wojsk do granicy Clemoncé i uczynienie Amboss centralnym punktem kampanii. Wszyscy za, proszę o podniesienie ręki...

Nie było zaskoczenia – pierwsi zrobili to dowódcy z Clemoncé, lecz nawet oni z niejakim ociąganiem. Powoli wędrowały w górę kolejne dłonie i nawet illicyjscy oficerowie zdawali się godzić z tym, że zbliża się koniec ich królestwa.

Marszałek Breton odetchnął z ulgą, gdy mnóstwo rąk pomknęło w górę. Tylko kilku illicyjskich oficerów wstrzymało się od głosu.

– Nie ma potrzeby liczyć – orzekł Breton. – Decyzja o wycofaniu się przeszła...

– Chwileczkę!

Władczy głos dobiegł gdzieś od strony wejścia do sali. Gdy Falko się obejrzał, ujrzał emisariusza. Brudny i pokryty kurzem, który nie opadł z niego jeszcze po ostatniej kampanii, wkroczył do sali, lecz Falko nie patrzył na niego, tylko na zacienione wejście za jego plecami. Stał tam w ukryciu ktoś inny, ktoś, kto nie potrzebował cieni, by schować się przed ludzkim wzrokiem. Falko zmrużył oczy. Rozpoznał tę tajemniczą postać, ale jej tożsamość zachował dla siebie.

Ponury nastrój w sali uleciał na widok Chevaliera. Wszyscy ucieszyli się na jego widok. Wszyscy poza marszałkiem Bretonem, który patrzył spode łba na zbliżającego się rycerza. Jego spojrzenie było chłodne i tchnęło niechęcią. To, że potrafił docenić wiele cech emisariusza, tylko wzmagało jego niepokój i irytację.

– Za pozwoleniem, panie – zaczął Chevalier. – Zanim podjęta zostanie decyzja, chciałbym usłyszeć, co ma na ten temat do powiedzenia pan Danté.

Marszałek prychnął szyderczo.

– Pan Danté jest chyba jeszcze zbyt młody, by doradzać w takich sprawach? – odparł. – Nie minął nawet miesiąc od jego rytuału Assay. Może lepiej zawierzyć bardziej doświadczonemu magowi bitewnemu? – Jego oczy znalazły Dominica, lecz jeśli spodziewał się od rodaka poparcia, to się rozczarował.

– Widziałem, jak pan Danté walczył z demonem, zanim jeszcze rozpoczął szkolenie – wstawił się za Falkiem Dominic. – Od tamtej chwili stawił czoła wielu niebezpieczeństwom. Może i jest młody, lecz nie myśl, panie, że brakuje mu doświadczenia.

Marszałek zrobił minę, jakby zjadł zgniły owoc.

– Dobrze więc. Posłuchajmy, co ma do powiedzenia nasz młody mag bitewny. Co jego zdaniem powinniśmy zrobić.

Wzrok Falka zawisł na chwilę na Dominicu, a potem zwrócił się ku emisariuszowi.

Przez chwilę obaj patrzyli na siebie wzrokiem przepełnionym napięciem, ale i zaufaniem. Emisariusz skinął mu głową.

Powiedz, co myślisz, zdawał się mówić w ten sposób. Falko skupił spojrzenie na marszałku.

– Musimy zaatakować Marchia Dolora.

Breton gapił się na niego, a po sali przemknęły okrzyki zdumienia.

– Czyżby nasz młody mag bitewny nie uważał? – odezwał się wąsaty dowódca zasiadający po drugiej stronie sali. – Armia wroga liczy sto tysięcy żołnierzy, do tego są w niej demony i bestiarumy. Stawienie jej czoła w otwartym polu nie byłoby mądre. Niech rozbiją się o mury Toulwaru lub Amboss.

Falko przeniósł wzrok na mężczyznę, ale ten nie przestawał mierzyć go niezachwianym spojrzeniem.

– Ten demon wzmacnia pozostałe – odrzekł Falko. – Musimy jak najszybciej go zaatakować.

Dało się słyszeć powątpiewające szepty i nawet illicyjscy oficerowie wzdrygnęli się na myśl, by przypuścić frontalny atak na Marchia Dolora.

– Szaleństwo! – powiedział Breton. – Samobójstwo!

Nawet Dominic wydawał się nieprzekonany do tej strategii, lecz emisariusz nauczył się już ufać instynktom Falka.

– Czy zdołalibyśmy tego dokonać? – spytał Dominica. – Gdybyśmy zebrali wszystkie nasze armie, dorównalibyśmy mu liczebnie. Ale czy zbierzemy dość magów bitewnych, by mu się przeciwstawić?

Dominic długo milczał. Zamiast odpowiedzieć, wpatrywał się w Falka, jakby usiłował dociec, dlaczego ten z tak wielką pewnością odnosi się do tak ryzykownego pomysłu.

– Nie byłoby to łatwe – odpowiedział wreszcie. – Każdy z naszych magów bitewnych odpowiada za określone terytorium. Nie mogą ot tak ich porzucić.

– Ale moglibyśmy wysyłać wiadomość, jeśliby któreś z miast znalazło się w niebezpieczeństwie – rzekł jeden z illicyjskich dowódców, ale Dominic pokręcił głową.

– Mogą upłynąć dni, nim wiadomość do nas dotrze. Jeśli nasi magowie bitewni zgromadzą się tak daleko na południu, najprawdopodobniej nie zdążą dotrzeć do miasta, które poprosiło o pomoc.

– A gdyby przesyłać wiadomości szybciej? – rozległ się od wejścia inny głos.

Raz jeszcze zgromadzeni zwrócili się w tamtym kierunku. I ujrzeli mężczyznę, który nie był ani dowódcą, ani magiem bitewnym, lecz nosił purpurowe szaty czarodzieja.

Falko spojrzał na twarz Mereditha Sakera. Tak jak on sam, mag zmienił się nie do poznania. W jego ciemnych oczach wciąż próżno było szukać chłodu, który dało się zaobserwować w spojrzeniu Sakera seniora, ale zniknęła z nich też wszelka delikatność, zaś skórę jego twarzy szpeciła brzydka blizna, która zakręcała od kącika prawego oka do linii żuchwy.

Każdy w sali usłyszał już historię o zdradzie, jakiej dopuścili się magowie, więc atmosfera zaczynała się zagęszczać. Meredith ignorował jednak pałające wrogością twarze, gdy wychodził na środek komnaty.

– A gdybyśmy zadbali o to, byście zdołali na czas odpowiedzieć na wezwanie w przypadku nagłego zagrożenia? – podjął niezrażony.

– A jak mielibyście tego dokonać? – spytał marszałek Breton. – Wysłanie wiadomości z jednej wieży do drugiej zajmuje magom wiele godzin. Nie wiem, czy zwróciłeś, panie, uwagę na to, że w illicyjskiej dziczy nie ma zbyt wielu wież magów.

Meredith nie wzdrygnął się na kpinę w jego głosie.

– Toulwar, Ville de Pierre, Voisier i Hoffen – odpowiedział. – Mogę wysłać wiadomość do każdego z tych miejsc i w ciągu minut uzyskać odpowiedź.

– Bzdura – prychnął Breton raczej odruchowo, nie wyznawał się bowiem na sprawach magów.

– Mówisz prawdę? – zainteresował się Dominic, który nigdy nie słyszał o niczym podobnym.

– Owszem – potwierdził Meredith. – W każdym z tych miast jest mag wyszkolony w sztuce natychmiastowego przesyłu informacji.

– Lecz przecież magowie bitewni bronią nie tylko miast. Co, jeśli zagrożenie dotknie obszarów położonych dalej od utartych szlaków?

– Wówczas będziemy mogli wysłać wiadomość do najbliższego miasta – wyjaśnił Meredith. – A któryś z moich braci czarodziejów przekaże ją bezpośrednio nam.

– Czy to ma szanse powodzenia? – spytał emisariusz.

Dominic wydął usta, zamyślony.

– Jeśli magowie bitewni rzeczywiście będą mogli błyskawicznie wycofać się do miejsc, w których będą potrzebni – odparł – to zdołamy zebrać na bitwę co najmniej kilku.

Emisariusz zwrócił się do marszałka Bretona.

– Widzisz więc, panie. Jeśli zjednoczymy armie na południe od Amboss, zdołamy dorównać Marchiowi Dolorowi pod względem liczebności i stawić czoła jego demonom przy wsparciu magów bitewnych.

Nastrój w sali ponownie uległ zmianie, gdy na nowo zajaśniała nadzieja.

– Czyli mamy postawić wszystko na jedną kartę, bo tak nam radzi jeden młodzieniec? – odrzekł marszałek, a emisariusz potwierdził skinieniem głowy. – Dlaczego, panie, darzysz go tak wielkim zaufaniem?

– Nie wiem do końca – odrzekł Chevalier, jakby sam zadawał sobie to pytanie. – Lecz zanim powtórzymy głosowanie, chcę zapytać o coś zebranych. Czy pamiętacie maga bitewnego zwanego Aquila Danté?

Nietrudno było dostrzec, że to imię było znane wielu starszym oficerom zgromadzonym na trybunach.

– Ja go pamiętam – odpowiedział mężczyzna o długich, rycerskich wąsiskach. – Pokonał dwa demony i uratował miasteczko na wschód od Reiherstadt.

– Ja też go pamiętam – rzekł kolejny. – Byłem świeżo upieczonym oficerem, gdy nasze oddziały zostały odcięte po tym, jak zapuściliśmy się głęboko na Utracone Ziemie. Walczył przez tydzień, by pomóc nam wrócić za linię frontu.

– Ja też go znałem – rzekł trzeci. – Odniósł rany, broniąc naszego miasta. Jego smok nigdy nie odstąpił go choćby na krok. Był tak straszny, że nasi uzdrowiciele bali się do niego podejść.

– Był czerwony – odezwał się jeden z młodszych dowódców. – Nie znałem go osobiście, lecz ojciec opowiadał mi o Aquili Dantém. Mówił, że jego smok był czerwony. Że miał barwę krwi.

Emisariusz uniósł dłoń, by uciszyć żołnierzy. Wrócił wzrokiem do Falka, który siedział teraz pochylony na krześle, z szacunkiem przyjmując pochwalne słowa o swoim ojcu.

– Możecie nie znać młodzieńca, który siedzi tu teraz przed wami – wygłosił emisariusz. – Lecz znaliście jego ojca.

Pomimo zbroi przygarbiona postać Falka wydawała się teraz jeszcze młodsza. Lecz zaraz podniósł głowę i poderwał wzrok, i wówczas ciężar przeżytych lat odznaczył się w jego spojrzeniu, tak że nie sposób było odgadnąć, jak długo chodzi już po świecie.

– Oto Falko Danté, syn Aquili Dantégo. I jeśli on twierdzi, że powinniśmy zaatakować Marchia Dolora, to i ja wierzę, że powinniśmy.

Przekonanie emisariusza ostatecznie przeważyło szalę. Falko patrzył na dowódców, którzy godzili się na zaproponowane przez niego działanie. Gdy opuścili ręce, znów poczuł na sobie żar spojrzenia marszałka Bretona. W jego oskarżycielskim wzroku wyczytał gniew i niechęć, lecz było w nim również współczucie.

Falko przez parę sekund odwzajemniał spojrzenie marszałka. Nie czuł dumy ani satysfakcji, jedynie porażający ciężar odpowiedzialności za to, co może się wydarzyć, jeśli się pomylił.

97

CIEMNOŚĆ, GŁĘBIA I GRÓB

Falko czuł na sobie spojrzenia całej armii. Żołnierze wiedzieli, że to za jego sprawą maszerują teraz na południe, by walczyć z najpotężniejszą demoniczną armią, jaka kiedykolwiek zgromadziła się w tej wojnie. Oddzielili się już od Amboss trzema dniami drogi. Napięcie narastało, w miarę jak docierały kolejne raporty potwierdzające zbliżanie się armii wroga, lecz mimo to morale wydawało się rosnąć.

Gdy opuszczali Amboss, liczyli wszystkiego sześćdziesiąt tysięcy żołnierzy. Byłoby ich więcej, lecz marszałek Breton nie zgodził się zostawić miasta bez obrony. Liczebność zwiększyła się do dziewięćdziesięciu tysięcy następnego dnia, gdy dołączyły do nich dwie armie z południowych lig Illicji. Dziś dowiedzieli się, że niebawem dołączy również książę Ernest z wojskiem, które stacjonowało w Hertzheim. Książę wiedział, że jedynym sposobem na ocalenie jego stolicy jest pokonanie Marchia Dolora, parł więc naprzód z czterdziestoma tysiącami żołnierzy i dwoma magami bitewnymi.

Dzięki opracowanej przez Mereditha nowej metodzie komunikacji trzej kolejni magowie bitewni również zgodzili się do nich dołączyć. Dwaj byli już na miejscu, trzeci miał się pojawić niebawem. Z Dominikiem i Falkiem było ich więc pięciu, nie licząc dwóch kolejnych, którzy mieli przybyć z księciem Ernestem. Siedmiu magów bitewnych i sto trzydzieści tysięcy żołnierzy. Tak potężna armia z pewnością zdoła oprzeć się Marchiowi Dolorowi. Tak twierdzili dowódcy i nawet marszałek Breton z coraz większym przekonaniem mówił o zwycięstwie.

Ale Falka dręczyły wątpliwości.

Był późny wieczór, gdy armia rozłożyła się na noc na górzystym obszarze. Falko i Sydian stali na skalistym wzniesieniu na południowym skraju obozu. Spędzili cały dzień, starając się oczyścić niebo z mrocznych aniołów. Zwiadowcy wroga śledzili ich od opuszczenia Amboss. Ta nieustanna inwigilacja niepokoiła Falka. Marchio Dolor znał potęgę ich armii, a mimo to wciąż szedł w ich stronę.

Falko czuł daleko na południu wojsko Marchia, przybierało ono w jego myślach formę wielkiej, zbierającej się na horyzoncie burzy. Ale nie tylko demoniczna armia kładła się cieniem na duszy Falka i odczucie tego drugiego cienia przepełniało młodzieńca trwogą. Stojący obok Sydian mruknął pocieszająco, były jednak takie strachy, z którymi Falko musiał mierzyć się samotnie. Nadchodziło coś jeszcze czarniejszego niż Markiz Cierpienia i Falko nie potrafił dostrzec, czym owo coś jest. Nie byli to Opętani, ale ten tajemniczy strach jątrzył się w jego duszy i Falko nie wiedział, czy zdoła to wytrzymać. Chciał go uciszyć, oddzielić się od niego, lecz miał wrażenie, że gdyby to zrobił, dopuściłby się jakiejś nieokreślonej zdrady, nie miał więc innego wyjścia, jak tylko go znosić.

Nawet teraz bezwiednie zaciskał pięści z nerwów. Raptem Sydian ściągnął go na ziemię, zwróciwszy spojrzenie na północ. Falko obrócił się wraz z nim i po chwili ujrzał opadający ku obozowi niemożliwy do pomylenia z niczym innym zarys lecącego smoka. Przybył ostatni mag bitewny. W sam raz na wieczorną naradę wojenną zarządzoną przez marszałka Bretona.

– Chodźmy – rzekł Falko. – Lepiej do nich dołączmy.

Wspiąwszy się na Sydiana, chłopak złapał się uprzęży i razem sfrunęli ku kamienistemu pagórkowi wznoszącemu się ponad namiotem dowódczym, gdzie czekały już cztery inne smoki. Powitały Sydiana z jakąś wyczuwalną czcią, a Falko skłonił im się z szacunkiem, następnie zaś zwrócił się w kierunku samego namiotu, wokół którego zgromadzili się już pozostali magowie bitewni.

Gdy Falko się zbliżał, Dominic przedstawiał właśnie ostatniego z magów, Illicjanina imieniem Armand Dietrich. Nie licząc Symeona, był to najstarszy mag bitewny, jakiego Falko widział w życiu. Jego jastrzębią twarz kreśliły blizny, a siwe włosy kontrastowały wyraziście z zaskakująco czarnymi brwiami i wąsami.

– Więc to ty jesteś synem Aquili – rzekł z wyraźnym illicyjskim akcentem. Otaksował młodzieńca, a potem skrzywił usta w uśmiechu. – On był jedynym magiem bitewnym na tyle odważnym, by się ożenić – dodał. – Twoja matka musiała być wyjątkową kobietą.

Zaskoczony i poruszony do głębi Falko mógł tylko wpatrywać się w niego, gdy starzec ujął jego dłoń, a potem zwrócił się do pozostałych magów, wchodzących właśnie do namiotu. Była wśród nich trzydziestoletnia na oko kobieta o jaśniejących przeraźliwym światłem kasztanowych oczach. Ciemne włosy nosiła ścięte na krótko, a styl, w jakim wykonano jej zbroję, wskazywał na jej illicyjskie pochodzenie. Nazywała się Blas Schneider.

Obok niej stał Valencjanin o głęboko niebieskich oczach i twarzy przedzielonej blizną, która biegła od linii włosów do żuchwy, przekreślając oko. Zwał się Lucas Vale i Falko odczuł dumę, wiedząc, że również inni magowie bitewni z Valencji biorą udział w wojnie z Opętanymi.

Wraz z Dominikiem i Falkiem było ich łącznie pięciu i młodzieniec nigdy jeszcze nie doświadczył takiej koncentracji magicznej aury. Potęga ich połączonych aur dawała mu niesamowite poczucie bezpieczeństwa, ale nie odpędzała wrażenia strachu, które tak bardzo przybrało na sile, że Falko z trudem zbierał myśli.

Gdy wszedł do namiotu, z ulgą znalazł w nim znajome twarze Malakiego, Bryny i Huthgarla. Po drodze widział też Alexa stojącego przy Jaregu Snidessonie. Młody szlachcic skinął mu na przywitanie, ale Alex wyraźnie pilnował się, by jego spojrzenie nie zawędrowało w okolice Falka. Doznanie dzielącego ich dystansu uderzyło nową falą poczucia winy i Falko zastanawiał się, czy kiedykolwiek odbudują przyjaźń.

– Trochę to przytłaczające, co?

Falko obejrzał się na stojącego przy nim emisariusza.

– Nieczęsto widzi się tylu magów bitewnych w jednym miejscu.

Emisariusz wskazał ich gestem. Zgromadzili się wokół marszałka Bretona, lecz od czasu do czasu zerkali na chłopaka, jakby intrygowało ich to niecodzienne połączenie młodości i potęgi.

– Mam wrażenie, że niepokoi ich twoja obecność – rzekł emisariusz i uśmiechnął się, widząc zmarszczone brwi Falka. – To prawda – pociągnął. – Sekrety, które wyjawiłeś. Rzeczy, których dokonałeś.

Falko milczał. Uważał, że wszystkie osiągnięcia miały swoją cenę i jeśli ktokolwiek zasługiwał na wdzięczność za ujawnienie sekretów, to był nim Meredith. Falko odnalazł maga wzrokiem po drugiej stronie namiotu.

– Myślałem, że zostaniesz w Furii – rzekł do niego Falko jeszcze w Amboss, gdy wreszcie nadarzyła się sposobność do rozmowy. – Sądziłem, że królowa poprosiła cię o pomoc w reformowaniu magów.

– Nadzorowałem pisanie nowej przysięgi i przygotowywanie czarów, którymi zostanie nasycona – wyjaśnił Meredith – ale w końcu spędziłem większość życia zamknięty w magicznej wieży. Jeśli czegoś się w tym czasie nauczyłem, to chciałbym skorzystać z tej wiedzy, by ulepszyć świat poza nią.

Falko aprobował decyzję przewodnika w całej rozciągłości. Ponownie zdumiał się, widząc głębokie zmiany, jakie zaszły w Meredicie. Wrócił myślami do nowicjusza o pogardliwym spojrzeniu, którego poznał w Caer Dour, uzdolnionego, choć zgorzkniałego młodzieńca, który próbował odnaleźć się w cieniu swego ojca. Ten nowicjusz oferował teraz swoje usługi generałom i trenował starszych magów, by korzystali z zaklęć, które sam opracował. Falka ściągnęła na ziemię dłoń emisariusza, który pchnął go lekko naprzód.

– Chodźmy – ponaglił go. – Wróg się zbliża. Musimy obmyślić strategię.

Razem przeszli na środek namiotu, gdzie nad mapą kampanii pochylał się marszałek Breton.

– Wróg jest teraz gdzieś tutaj – powiedział, wskazując obszar na południowym wschodzie. – Zna siłę naszej armii, a mimo to idzie prosto na nas. Czyżby nie wiedział o wojsku przybywającym z Hertzheim?

Na ustach illicyjskich dowódców zajaśniał ponury uśmiech wyraźnie nacechowany dumą.

– Za dwa dni spotkamy się z koronowanym księciem, o tutaj. – Marszałek pokazał miejsce, gdzie szlak z Hertzheim łączył się z drogą, którą zmierzała armia.

– Ile będziemy mieć wtedy czasu do przybycia Marchia? – spytał generał Renucci.

– Zjawi się niedługo potem – odparł marszałek. – Jeśli utrzymamy tempo, powinniśmy spotkać księcia Ernesta wcześnie rano, a wówczas będziemy mieć parę godzin, by wybrać pole bitwy.

– Ten obszar kawałek na południe od zbiegu szlaków wygląda nieźle – rzekł emisariusz, przyglądając się uważnie mapie.

– Tak – przystał Breton. – Grunt jest równy, a uformowanie terenu po obu jego stronach będzie chronić nasze flanki.

Pozostali dowódcy potwierdzili, kiwając głowami.

Namiot wypełniły podekscytowane głosy, gdy oficerowie zaczęli omawiać plan bitwy. Wzbogaceni o wojsko księcia Ernesta, będą liczebniejsi od armii Marchia. Ich serca biły nadzieją, lecz dla Falka światło w namiocie raptem przygasło. Gdy spojrzał na mapę, jego oczy zatrzymały się na skrawku ziemi pomiędzy ich aktualną pozycją a drogą do Hertzheim, na wysoko położonej dolinie otoczonej trzema wyraźnie zarysowanymi wzgórzami. Gdy Falko wpatrywał się w nią, poczuł się tak, jakby jakaś siła powoli wciągała go do mapy.

„Nadchodzi ciemność... Ciemność na ziemi, ciemność w głębi, ciemność na wzgórzach".

Powietrze drżało, rezonując jego koszmary.

„Nigdy byś się nie odważył. Nigdy nie znalazłbyś w sobie wiary".

Warkliwe głosy Opętanych były tak głośne, że dziwił się, iż pozostali magowie bitewni ich nie słyszą. Wszyscy wsłuchiwali się w słowa marszałka Bretona. Tylko emisariusz zauważył stojącego jak słup soli Falka.

– Co się dzieje, chłopcze?

Głos emisariusza wyrażał troskę, ale dla Falka chwila już przeminęła. Światło w namiocie wróciło do normalnego natężenia, a demoniczny rezonans zniknął.

– Nic ci nie jest? – zaniepokoił się Malaki. Wraz z Bryną i Huthgarlem pojawili się u jego boku.

Młodzieniec machnięciem ręki zbył ich niepokój i podszedł bliżej do stołu.

– Jak zwą to miejsce? – spytał, pokazując dolinę z trzema wzgórzami.

– Nazywają ją Tal Der Drei Brüder – powiedział jeden z illicyjskich dowódców. – Doliną Trzech Braci.

A więc to będą wzgórza, pomyślał Falko. To od zawsze miały być wzgórza.

– Tutaj – powiedział na głos. – Tutaj spotkamy się z Markizem Cierpienia.

– Nonsens – odparł marszałek Breton. – Za daleko, a poza tym wróg nie będzie miał żadnego powodu, by przeciąć ten obszar. Nie. Zatrzymamy Marchia tutaj, kawałek na południe od drogi do Hertzheim.

Pozostali oficerowie przystali na tę propozycję, lecz emisariusz stał już u boku Falka.

– Dlaczego? – spytał. – Dlaczego musimy spotkać się z nim tu?

– Nie jestem pewien. – Młodzieniec wzruszył ramionami. – Nie umiem tego wytłumaczyć. Po prostu wiem, że to musi być tutaj.

Falko przyłożył rękę do czoła, jakby naszły go zawroty głowy.

– Na pewno dobrze się czujesz? – spytał emisariusz.

Wrażenie strachu w umyśle Falka niespodziewanie się nasiliło, wzbijając się na nieosiągnięte wcześniej szczyty. Chłopak czuł się zmieszany, zdezorientowany. Zanim zdołał odpowiedzieć, powietrze w namiocie zaczęło wibrować, jakby gdzieś daleko łomotał grom. Przez krótką chwilę emisariusz marszczył brwi, lecz potem uśmiech czystej radości rozpromienił jego oblicze. Wybiegł na dwór, a ludzie szybko poszli za nim.

Gdy opuścili namiot, Falko uprzytomnił sobie, że tym nasilającym się dźwiękiem był tętent zbliżającej się konnicy. Emisariusz podbiegł kawałek, by spojrzeć w dal ze szczytu niskiego wzgórza. Sam z siebie wysoki i barczysty, przybrał niemal rozmiary posągu, gdy stał na wierzchołku i patrzył na mknącą w jego kierunku masę.

Doszedłszy do niego, Falko zrozumiał, co go tak uradowało. Szeroką kolumną sunęły naprzód dwa szwadrony rycerskie. A na czele każdego z nich łopotała chorągiew. Pierwsza przedstawiała trzy stylizowane góry w czarnym polu, znak Nieugiętych. Druga – czarny koński łeb w polu srebrzystobiałym, znak Zakonu Rycerzy Furii.

Po stoku wspinało się na wzgórze ośmiuset rycerzy. Oczy emisariusza lśniły, gdy dowódcy każdej z kolumn wyszli mu na spotkanie. Zgodnie z wojskowym protokołem najpierw podeszli do marszałka

Bretona, lecz żaden nie zdołał zdusić odruchu oddania pierwszych honorów Chevalierowi. Emisariusz uśmiechnął się, gdy dwaj rycerze wyraźnie i z przekonaniem skinęli mu głowami.

– Patrzcie! – zawołała Bryna.

– Wiem. To lord Cabal – powiedział Malaki, rozpoznawszy przywódcę swojego zakonu.

– Tak! – pociągnęła Bryna. – Ale popatrzcie na ich hełmy!

Poczuła, jak stojący obok Malaki tężeje. Niemal fizycznie wyczuwała żar bijący od jego rumieniącej się twarzy. Rycerze Furii byli ubrani w pełne pancerze bitewne, a lewy policzek każdego hełmu naznaczony był plamą karmazynowej emalii, która lśniła jak mokra krew w ciepłym świetle wieczoru.

– Ostrza i obuchy...! – jęknął Malaki, gdy Bryna wyszczerzyła się od ucha do ucha, a Huthgarl trzepnął go w plecy.

Dwaj oficerowie zamienili kilka słów z marszałkiem Bretonem, a potem dowódca Nieugiętych podszedł do emisariusza. Mężczyźni byli w podobnym wieku i mieli podobne, naznaczone twardym życiem twarze. Uściskali się jak starzy przyjaciele, a potem emisariusz zwrócił się do Falka i pozostałych.

– Przedstawiam wam sir Konrada Osternę – powiedział. – Lorda dowódcę Zakonu Rycerzy Nieugiętych.

Spojrzenie sir Konrada było ostre jak klinga miecza. Otaksował nim wszystkich po kolei.

– To dla mnie zaszczyt – powiedział z ukłonem.

Przyjaciele skłonili się w odpowiedzi, ale Falko był coraz bardziej rozkojarzony z powodu piętrzącego się w jego umyśle strachu.

– Ale skąd się tu wzięliście? – spytał emisariusz.

– Wracaliśmy do Hertzheim, gdy dowiedzieliśmy się, że książę Ernest opuścił stolicę, by spotkać się z wami tutaj.

– A rycerze Furii?

– Przyjechaliśmy, by służyć pomocą, w razie gdyby nasi bracia z Illicji zapomnieli, jak się trzyma lancę.

Obrócili się, by spojrzeć na imponującą postać stojącego za nimi lorda Cabala. Emisariusz pierwszy raz słyszał, jak lord dowódca pozwala sobie na dowcip. Zdumienie odmalowało się jaskrawymi barwami na jego twarzy. Przez chwilę nikt nic nie mówił, a potem lord Cabal powiódł wzrokiem po towarzyszach Chevaliera.

– Wychodzi na to, że twoja reputacja człowieka, który potrafi oddzielić ziarno od plew, ma mocne poparcie w prawdzie.

Emisariusz się uśmiechnął.

– Łatwo rozpoznać wielkość, gdy stoi wprost przed tobą – odpowiedział.

Lord Cabal przyjął tę łaskawą odpowiedź i dwaj mężczyźni uścisnęli sobie przedramiona.

– Jedziemy w piekielną nawałnicę – rzekł Cabal.

– Ale jedziemy razem – odparł emisariusz.

Wzrok obu rycerzy stwardniał na myśl o tym, co ich czeka. Raz jeszcze obdarzyli się spojrzeniem, które wyrażało wzajemny szacunek, a potem rozpletli ręce.

Dwaj lordowie dowódcy zostali na wzgórzu, podczas gdy pozostali rycerze zjechali do doliny, by konie pożywiły się rosnącą tam trawą. Następnie przeszli do namiotu, gdzie wznowiono naradę.

Nikt nie był zdziwiony tym, że marszałek Breton odrzucił sugestię Falka i wybrał na miejsce bitwy poprzednio upatrzoną dolinę. Nawet emisariusz uznał ją za miejsce o wiele lepsze pod względem strategicznym. Falko rozumiał ich punkt widzenia, ale nie mógł wyrzucić z głowy wizji Trzech Braci. Czuł się tak, jakby od zawsze wiedział, że wszystko zakończy się właśnie tam.

Ale marszałek Breton podjął już decyzję. Za dwa dni połączą się z armią księcia Ernesta i razem powstrzymają Marchia Dolora. Na Utraconych Ziemiach wciąż roiło się od demonów i Opętanych, ale jeśli tylko uda im się rozbić to wojsko i zabić głównodowodzącego, może się to okazać punktem zwrotnym i początkiem końca tej wojny.

Przybycie rycerzy podniosło morale całej armii, ale zwiększyło tylko niepokój Falka. Uczucie narosło tak bardzo, że chłopak z trudem je kontrolował. Potrafił znieść strach przed demonem, ale nie to.

– Martwię się o ciebie – powiedział do niego emisariusz, gdy szli w kierunku obozu Nieregularnych.

Powoli Falko zaczynał zauważać, że ludzie gapią się na niego, lecz on nie rozpoznaje ich twarzy. Raptem naszła go potrzeba, by uciec gdzieś i schować się przed tymi spojrzeniami. Oddychał prędko, a jego twarz pokryła się potem.

– Masz gorączkę? – spytała Bryna.

Gdy próbowała przytknąć rękę do jego czoła, Falko uchylił się przed nią i błysnął panicznie zielonymi oczami. Malaki zmarszczył brwi na to niecodzienne zachowanie przyjaciela, którego nie widział w takim stanie nawet wtedy, gdy ten majaczył, dręczony gorączką.

Emisariusz obserwował go bacznym spojrzeniem. Widział, że to nie jest zwykła choroba.

– Powinniśmy porozmawiać z Dominikiem i innymi magami bitewnymi – powiedział.

Wyciągnął rękę, by ująć go za łokieć, ale Falko zachwiał się i palce emisariusza złapały powietrze. Młodzieniec potrząsnął głową, jakby chciał, by przejaśniło mu się przed oczami, uniósł ręce, by odpędzić od siebie coś, co tylko on widział.

– Falko – zwrócił się do niego emisariusz uspokajającym tonem – już dobrze. Jesteś bezpieczny. Jesteś wśród przyjaciół.

Ale Falko ledwie go słyszał. Głos Chevaliera dochodził jakby z wielkiej odległości, a świat wokół młodzieńca wypełnił się złowieszczymi cieniami. Słyszał jakiś hałas, który wstrząsał rześkim nocnym powietrzem, lecz czy był to podmuch wiatru szeleszczący liśćmi oliwnego gaju, wicher wiejący wśród górskich szczytów, czy może fale rozbijające się o skały wybrzeża – nie umiał orzec. Wiedział tylko to, że nie może go już znieść, że musi przed nim uciec.

Zobaczył, że zbliża się do niego jakiś kształt, i nagle jego prawą rękę otoczył płomień, a po zaciśniętej pięści przepełzły wyładowania magicznej energii.

Myśląc, że Falko zaraz upadnie, Huthgarl rzucił się, by go złapać, lecz zaraz odskoczył w tył, gdy moce maga bitewnego zbudziły się do życia. Wszyscy zastanawiali się gorączkowo, co mogą zrobić, by mu pomóc, lecz Falko nagle odwrócił się i poszedł chwiejnym krokiem przed siebie. Malaki poruszył się, by go złapać, ale emisariusz zagrodził mu drogę ramieniem.

– Nie próbuj go zatrzymać – polecił. – Idź tylko za nim. Pilnuj, by nic mu się nie stało. Ja sprowadzę Dominica i pozostałych.

Malaki pokiwał głową i ruszył za przyjacielem. Falko zmierzał ku skalnemu wypiętrzeniu. Nie zdając sobie sprawy z obecności Malakiego, zagubił się w nawałnicy strachu oraz wyrzutów sumienia i istniała tylko jedna istota na tyle silna, by zadbać o jego bezpieczeństwo. Na wpół oślepiony, słaniając się na nogach i potykając, Falko ciągnął w kierunku Sydiana.

Smok wciąż powinien na niego czekać, ale Falko miał wrażenie, że nie zdoła się przedrzeć przez potężniejący koszmar. Nie poznawał świata wokoło i nie pamiętał już, gdzie ma szukać swojego smoka. Próbował sięgać do niego myślami, ale ich treścią była dezorientacja i poczucie winy. Ogarnęła go panika; czuł się zagubiony i opuszczony, lecz wtem z nieba zstąpił czarny cień i Sydian wylądował u jego boku.

Falko nie odczuł jednak ulgi. Padł na kolana, przerażony jak małe dziecko. Wówczas Sydian wziął go w ramiona, a przyjaciele mogli tylko odprowadzić go wzrokiem, gdy stworzenie wzbiło się w powietrze, unosząc ze sobą Falka.

– Co mu się stało? – zapytał Huthgarl, gdy stali razem, starając się przeniknąć wzrokiem mrok nocy.

– Nie mam pojęcia – odrzekł Malaki.

Nie mogli już nic zrobić dla Falka, więc udali się na poszukiwanie emisariusza.

Chevalier odczuł ulgę, widząc wszystkich magów bitewnych w namiocie dowódczym, lecz gdy tylko ujrzał ich twarze, domyślił się, że coś jest nie tak. Marszałek Breton też tam był, a wraz z nim Meredith. Mag był jeszcze bledszy niż zwykle.

– Co się stało? – spytał.

– Opętani rzucili się do ataku na całej linii frontu.

– To już przecież wiemy – odrzekł emisariusz. – Prą na Clemoncé.

Chevalier nie rozumiał, w czym rzecz. Jeśli atakują na całej linii frontu, muszą to robić mniej licznymi jednostkami, a więc ich marsz na Clemoncé się rozdrobnił. Może uda się to wykorzystać, myślał, lecz wtedy zobaczył, że Blas Schneider zbiera się do wyjścia.

– Wzięli na cel miasta w pobliżu frontu – rzekł Meredith i emisariusz zrozumiał, co się święci. Jeśli magowie bitewni będą dalej szli na południe, miasta pod ich opieką wpadną w łapy Opętanych, lecz jeśli do nich wrócą, marszałek Breton nie będzie miał pod swoją komendą dość magów bitewnych, by oprzeć się Marchiowi Dolorowi.

– Czy wiadomo, które miasta są zagrożone?

– Na razie tylko to, nad którym trzyma pieczę Blas – rzekł Meredith, a marszałek Breton pokiwał głową z widoczną ulgą.

– Czyli wciąż mamy czterech magów bitewnych – podjął. – Oraz tych, którzy przyjadą z księciem Ernestem. – Marszałek usiłował sam sobie dodać odwagi.

Gdy emisariusz skrzyżował spojrzenia z Meredithem, wiedział, że myślą o tym samym.

Noc wciąż była jeszcze młoda.

Pięćdziesiąt mil dalej Marchio Dolor zmrużył oczy i wydął usta w zadowoleniu. Oczami swoich mrocznych aniołów śledził armię marszałka Bretona, gdy ta wyruszyła na południe z Amboss. Z początku szydził w duchu z jej mikrych rozmiarów, lecz z czasem wojska ludzi zwiększyły swoją liczebność i dołączyli do nich kolejni Przeciwnicy. A potem dowiedział się, że książę Ernest, ten młokos z Illicji, ruszył wesprzeć ich własną armią i dwoma dodatkowymi Przeciwnikami oraz ich smokami.

Głupcy, prychnął Marchio Dolor. Czy naprawdę sądzili, że pozwoli im dyktować warunki bitwy? Że pozwoli im zyskać przewagę liczebną?

Myśleli, że zgromadzą przeciw niemu wszystkie swoje siły, lecz on pokaże im, jak kończą ci, którzy sprzeciwiają się Marchiowi Dolorowi. Wziąwszy w ręce dwóch pokutników, zanurzył ich w podziemnym świecie i zaczął się modlić.

„Zapomnijcie na razie o zgubionym Clemoncé" – rozbrzmiał jego głos w umysłach demonów na froncie. „Teraz zaatakujcie miasta. Zrównajcie je z ziemią i rzućcie wszystkich mieszkańców w głębie piekła".

Wkrótce ich siedziby przemienią się w dymiące ruiny rozpaczy. Chyba że Przeciwnicy wycofają się, by ich bronić. Marchio Dolor uśmiechnął się. Wiedział, że Wielkie Dusze nigdy nie porzucą niewinnych na pastwę śmierci i potępienia. Była to jedna z wielu ich słabości.

Zapadła noc, lecz dla Opętanych nie był to powód do przerwania marszu. Z północnego wschodu zbliżał się coraz bardziej „młokos z Illicji".

Demon domyślił się, że marszałek Breton chce jak najszybciej połączyć dwie armie. Szkoda by było go rozczarować. Z niecierpliwością wyglądając w przyszłość, wydał swoim żołnierzom rozkaz. Naprzód.

Sydian zabrał Falka na szczyt wysokiego wzgórza i ułożył go na skrawku równej ziemi. Smok nie niepokoił się tak od tamtej nocy przy Smoczym Kamieniu. Podobnie jak Falko, czuł nasilającą się obecność demonicznej armii, która szła na nich od południa, lecz nie wychwytywał nic z otumaniającego strachu, który szalał teraz w umyśle towarzysza. Wiedział tylko tyle, że musi strzec jego duszy, ułożył się więc obok niego i osłonił go skrzydłem.

Leżący obok smoka Falko zagryzł zęby i zassał głośno powietrze, usiłując oprzeć się poczuciu winy, strachowi i wstydowi. Chciał rzucić się z góry, utopić w morzu i zakopać w ziemi. Cokolwiek, byle tylko uciec przed skrzydłami zemsty, która mknęła w jego kierunku. Walczył ze strachem przez całą najbliższą godzinę, aż wreszcie nie mógł już tego znieść. Ostatnim wysiłkiem Falko wyrzucił go ze swojego umysłu. Przez chwilę opadło go takie uczucie, jakby porzucił ukochanego przyjaciela, ale był zbyt zmęczony, by się tym przejąć. Zamknął przed strachem drzwi swojego umysłu i wtedy wreszcie zapadł w sen.

Sydian również się uspokoił, widząc, że Falko zasnął. Ostrożnie, by go nie obudzić, przysunął się bliżej, by ogrzać go własnym wewnętrznym ciepłem. Wciąż nie wiedział, co tak rozstroiło towarzysza. Miał tylko świadomość, że wielka armia demona zbliża się do nich od południa i że jeśli mają stawić jej czoła, Ten Który Płonie Smutkiem będzie musiał zebrać wszystkie swoje siły.

Jego wielka rogata głowa spoczęła na ziemi, a smok zamknął oczy i wsłuchał się w rytm oddechu Falka.

W górach Illicji.

I w gaju oliwnym w Thraecji.

I na dzikim wybrzeżu Beltane.

Trzej udręczeni mężczyźni zapatrzyli się, przerażeni, w ciemność nocy. Od tygodni czuli zbliżającą się ciemność i jedynie obecność dziecka chroniła ich przed popadnięciem w szaleństwo lub odebraniem sobie życia w ramach zadośćuczynienia za swe zbrodnie.

Lecz teraz nadszedł czas. Dziecko oddało już wszystko. Teraz oni sami musieli poddać się ostatniemu osądowi. Zbyt długo kryli się na krańcu świata, myśląc, że zdołają wymknąć się ze szponów wyrzutów sumienia, żalu i bólu. Nie uda im się to.

Każdy czuł, że poprzez ciemniejące niebo zbliża się nieubłagana sprawiedliwość, a więc Odrzuceni ruszyli na spotkanie przeznaczenia.

Pustelnik opuścił swoją jaskinię i wszedł na szczyt wielkiego klifu, który tak bardzo przypominał mu tamto miejsce, gdzie popełnił swoją zbrodnię.

Uzdrowiciel nie zdążył dojść do cmentarza. Dotarł tylko do kamienistego wzgórza, gdzie w słońcu lubiły igrać jego kozy.

Co się zaś tyczy rybaka, ten nie miał daleko do celu wędrówki. Po prostu wyszedł ze swojej chaty i poszedł na cypel, który wcinał się w morze.

Trzej złamani ludzie, wreszcie zdecydowani, by poddać się losowi. Wpatrywali się w niebo, gdzie gołym okiem można już było dostrzec smoki. Sfrunęły bliżej jak skrzydlate widma śmierci i żaden z mężczyzn nie zdziwił się, widząc, że są czarne. Czy to duchy zamordowanych? A może tylko mściciele, którzy wreszcie przybyli wymierzyć zasłużoną sprawiedliwość?

W ostatnich dniach poczucie winy i wstydu stało się nieznośne, jednak teraz odeszło. W końcu bowiem miała opaść kurtyna ich życia.

Pustelnik, uzdrowiciel i rybak uklękli. Gdy sfrunęli ku nim aniołowie śmierci, straceńcy pochylili głowy i w ostatecznym akcie skruchy złożyli w ofierze swoje życie. Może w śmierci odnajdą jakiś skrawek spokoju.

Ich serca biły jak oszalałe, ale myśli były czyste, gdy wiatr wzbijany potężnymi uderzeniami skrzydeł zburzył im włosy i sprawił, że zakołysali się na kolanach. Zbyt zawstydzeni, by podnieść wzrok, gdy wylądowały przed nimi smoki, słyszeli ich donośne oddechy, skrobanie o skałę twardych jak stal szponów i świst porośniętych kolcami ogonów. Czuli gorąco ich wewnętrznego ognia i ciężar spojrzenia straszliwych złotych ślepi. Potęga i piękno. Zamordowane ich własnymi rękami.

Teraz łzy zmyły cały ich strach.

– Wybaczcie nam – wydyszeli.

Przez moment panowała cisza i bezruch, a potem Odrzuceni poczuli dotyk na swoich czołach. Stężeli, jakby to śmierć składała na nich pocałunek, lecz zaraz uprzytomnili sobie, że to nie akt zemsty. To przebaczenie.

W zdumieniu unieśli głowy i wpatrzyli się w zwierciadła swych dusz. Z niedowierzaniem wstali i spojrzeli w złote oczy smoków, przybyłych w miejsce tych, które zabili. Z pokorą otworzyli przed nimi serca i złożyli nową przysięgę.

Moje życie,

moją siłę,

moją duszę dzielę z tobą.

Jej echo zalśniło w smoczych oczach, a oni poczuli, że ich myśli splatają się ze smoczymi myślami. A gdy wina i strach odpłynęły z ich umysłów, wyczuli rozpaczliwe wołanie dziecka o pomoc oraz wciąż toczącą się walkę, przed którą tak długo uciekali. W swoich umysłach ujrzeli wysoko położoną dolinę otoczoną trzema wzgórzami.

Tal Der Drei Brüder, pomyślał pustelnik i nagle wszyscy Odrzuceni rzucili się do biegu.

Pustelnik ruszył do swojego górskiego domu i wszedł do najgłębszej niszy w swojej jaskini. Uzdrowiciel pobiegł na cmentarz i zaczął rozkopywać nieopisany grób. Rybak odwrócił się od smoka i zeskoczył do morza. Spadał, aż przebił taflę wody zaledwie dwadzieścia jardów od boi, która nigdy nie oznaczała pułapki na kraby czy homary. Zanurkował, płynął w głębinę, aż płuca zaczęły go palić. Nie widząc nic w ciemności, wymacał ręką zalegający na dnie tłumok zawinięty w gnijący materiał. To samo uczynili uzdrowiciel i pustelnik: odnaleźli pakunki zawierające skórę i metal, zakonserwowane wypełniającą je magią.

I znaleźli coś jeszcze.

W ciemności, w głębi, w grobie.

Miecz.

98

CHEVALIER

W południe następnego dnia armia stanęła na rozległej łące, której granicę zakreślał łuk rzeki. Było to doskonałe miejsce na odpoczynek dla tak wielkiej liczby żołnierzy, ale marszałek Breton nie był zadowolony. Tu właśnie główna droga łączyła się z szeroką, piaszczystą ścieżką wiodącą na wzgórza, w stronę Doliny Trzech Braci. Zwiadowcy korzystali z niej, by śledzić postępy armii księcia Ernesta, ale jeden z nich się spóźniał, więc postanowiono chwilę odpocząć, czekając na jego powrót.

Falko dosiadał Sydiana, który przycupnął na krawędzi przepaści, skąd widać było całą armię. Obserwował, jak głównodowodzący chodzi w kółko, otoczony przez starszych oficerów głównego ciała dowódczego. Napięcie w armii już było całkiem duże. Marszałek najchętniej od razu ruszyłby w drogę. Jutro o tej porze będzie z nimi książę Ernest, a potem ruszą do walki z Marchiem Dolorem. To znaczy jeśli będą mieli wystarczająco wielu magów bitewnych.

Wcześnie rano Armand Dietrich został wezwany do obrony jednego z zagrożonych atakiem miast. To oznaczało, że mieli w swoich szeregach Lucasa, Dominica i Falka. Liczyli również na dwóch kolejnych, którzy mieli przybyć wraz z księciem. Taką liczbę wciąż uznawano za wystarczającą, ale odejście Armanda nie polepszyło nastroju Bretona. Ani jego opinii o szansach powodzenia wykonywanej obecnie misji. Armia zdawała się odzwierciedlać samopoczucie dowódcy. Nie tylko opuściły ich dwie Wielkie Dusze, ale na dodatek wśród żołnierzy rozeszły się wieści o dziwnej przypadłości najmłodszego maga bitewnego.

Falko czuł się otępiały i wycieńczony. Niewiele pamiętał z tego, co się wydarzyło minionego dnia, i nie potrafił odpowiedzieć na zadane przez Malakiego oraz emisariusza pytania o to, co mu się stało.

Wiedział tylko tyle, że coś stracił.

Nieodgadnione przerażenie opuściło go, a wraz z nim coś, czego nigdy dotąd należycie nie docenił. Obecność, która była przy nim, odkąd sięgał pamięcią. Nigdy nie wiedział, czy te uczucia były prawdziwe, czy stanowiły tylko wytwór jego wyobraźni, ale czymkolwiek były, podnosiły go na duchu.

Aż do samego spotkania w Amboss nigdy nie słyszał o Dolinie Trzech Braci, lecz teraz czuł się zdezorientowany. Wciąż miał wrażenie, jakby to właśnie w tę stronę pchało go przeznaczenie, lecz zaraz miną ścieżkę prowadzącą do tego odległego i wietrznego miejsca.

Nie potrafił doszukać się znaczenia w tych dziwnych odczuciach. Tok jego myśli przerwało wołanie jednego z magów. Marszałek Breton podszedł prędko, by sprawdzić, co było powodem wszczęcia alarmu. Meredith wyszedł z krytego wozu, w którym spał. Emisariusz także zbliżył się do czarodzieja, który utrzymywał magiczny kontakt z innymi miastami na froncie.

Falko i Sydian sfrunęli ze wzgórza, mag bitewny zeskoczył z grzbietu smoka i przepchnął się przez tłum ludzi zgromadzonych wokół magów.

– Co jest? – spytał.

– Maidstein – rzekł emisariusz. – Miasto o trzydzieści mil na wschód od Ville de Pierre. Armię demona dzieli od murów najwyżej sześć godzin drogi.

– To moje terytorium – powiedział Lucas Vale. – Tamtejszy garnizon jest silny, ale nie oprze się mocy demona.

Spojrzenia wszystkich spoczęły na marszałku.

– Leć – powiedział, a Lucas się skłonił.

– Przykro mi – rzekł, a potem pobiegł do swojego smoka.

Za chwilę potężne stworzenie zniknęło w chmurach.

Zapanowała cisza. Marszałek Breton spochmurniał, wyraźnie zmartwiony. Z dwoma magami bitewnymi od księcia Ernesta zostało im tylko czterech na bitwę z Marchiem Dolorem i jego demonami.

– Zawracamy? – spytał generał Renucci.

– Jeśli to zrobimy, odwleczemy tylko bitwę o kilka dni – rzekł Dominic.

– Zgadzam się – powiedział lord Cabal.

– Ja także – dodał sir Konrad.

Wielu dowódców pokiwało głowami, lecz zwrócili się ku Chevalierowi, by usłyszeć, co on ma do powiedzenia.

Emisariusz się zamyślił. Już miał coś powiedzieć, gdy po armii przebiegły szepty i ludzie zaczęli wskazywać palcami niebo na północy. W ich kierunku leciał smok. Z początku myśleli, że to wraca do nich Lucas Vale, ale w miarę zbliżania się stworzenia zaczynali dostrzegać granatową barwę jego łusek. A potem zauważyli, że mag bitewny na jego grzbiecie ma na sobie brązowy pancerz Acheronu.

Żołnierze zrobili mu miejsce do lądowania, a smok sfrunął na ziemię, wzbijając skrzydłami chmurę trawy i kurzu. Mężczyzna był typowym Acherończykiem – wysokim i postawnym, o ciemnej, lśniącej w słońcu skórze. Zdjął swój hoplicki hełm i przytroczył go do siodła. Zatoczył koło potężnymi ramionami, zesztywniałymi po długim locie, a potem podszedł do grupy mężczyzn, w których rozpoznał dowódców tej imponującej armii.

Żołnierze rozstąpili się przed nim, ale tłum wokół mężczyzny gęstniał od gapiów. Niewielu z nich widziało kiedykolwiek na oczy acherońskiego wojownika, a co dopiero maga bitewnego z tego kraju.

Marszałek Breton wyszedł mu na spotkanie. Uniósł rękę w geście powitania, ale Acherończyk nie odpowiedział. Jego ciemna twarz przybrała ponury wyraz. Było jasne, że nie przynosi dobrych wieści. Rozejrzał się po zgromadzonych, a potem zatrzymał wzrok na końskiej głowie na piersi marszałka Bretona. Zgarbił się lekko, a Falka naszły bardzo złe przeczucia.

– Szukam królewskiego emisariusza. Tego, którego zwą Chevalierem. – Miał głęboki głos i mówił z wyraźnym akcentem, ale słychać było, że stara się poprawnie posługiwać wspólną mową.

– To ja – odpowiedział emisariusz, a ludzie pozwolili mu podejść do maga bitewnego.

Chevalier stanął obok Bretona, badając wzrokiem twarz Acherończyka. Mężczyzna przez chwilę tylko na niego patrzył, jakby porównywał krążące o emisariuszu opowieści z człowiekiem z krwi i kości, który stał teraz przed nim. Ledwie dostrzegalnie skinął głową, zadowolony z tego, co zobaczył, lecz zaraz wstrząsnęło nim ciężkie westchnienie.

– Przynoszę wieści z Navarii – podjął i wszyscy w zasięgu słuchu uczepili się jego słów, chcąc dowiedzieć się, czy misja królowej się powiodła. – Królowa Catherine ocaliła Sophię. Legion Tronowy zmógł o wiele liczniejszą armię Opętanych. – Marszałek Breton i oficerowie z Clemoncé odetchnęli z ulgą, ale Falko i emisariusz czekali na słowa, które ugrzęzły w gardle maga bitewnego. – Zaiste była prawdziwą królową Furii – dokończył i nagle cała ulga uleciała ze spojrzenia marszałka Bretona.

Stojący obok niego emisariusz znieruchomiał jak kamienny posąg. Raptem poczuł się pusty, wydrążony, a własny oddech odbijał się echem w jego głowie.

Mag bitewny powoli otworzył skórzaną sakwę i wyjął z niej pas spleciony z czarnych rzemieni. Ale pas był zerwany, a skórzane włókna pokryte zakrzepłą krwią. Z uroczystą powagą mag bitewny zrobił krok naprzód i złożył pas w dłoni emisariusza.

– Tak mi przykro – rzekł. – Choć zwyciężyła, sama poległa.

Emisariusz gapił się jak otępiały na pas, który ściskał w ręce. Otworzył dłoń i zobaczył złamaną klamrę w kształcie końskiej głowy. Lśniące srebro było poobijane i podrapane, a w puklach końskiej grzywy zaległa zaschnięta krew.

– Nie żyje? – wydyszał marszałek, ale emisariusz go nie słyszał.

– Królowa nie żyje – poniosły się trwożliwe głosy, ale emisariusz ich nie słyszał.

Wieści rozprzestrzeniły się po równinie. Dziewięćdziesiąt tysięcy żołnierzy stanęło nieruchomo jak kamienne posągi.

– Królowa Catherine nie żyje.

– Zginęła królowa Furii.

Oczy Falka zaszły łzami. Jego umysł nie był w stanie wycisnąć z siebie ani jednej myśli, a sercem wstrząsnęło niedowierzanie.

To niemożliwe, pomyślał. Jest wszystkim, co mamy. Wszystkim, co trzyma świat w jednym kawałku. To po prostu niemożliwe.

– Król Tyramimus i cały Acheron łączą się z wami w żalu – wygłosił acheroński mag bitewny. – Król wysłał już do was swoje legiony.

Jego wyraz twarzy i słowa były szczere, ale marszałek Breton patrzył na niego, jakby ten oszalał.

– Rychło w czas! – ryknął, a mag bitewny zmrużył oczy, gdy uderzył w niego oskarżycielski ton marszałka. – Świat wykrwawił się na śmierć, gdy wy uskuteczniališcie pogardliwe zarozumialstwo. Przybywacie z odsieczą za późno.

Twarz mężczyzny nie wyrażała niczego. Bez słowa przyjął na siebie gniew Bretona. On sam od lat walczył w Beltane, lecz dowódca z Clemoncé miał rację. Król Tyramimus popełnił błąd, nie przyłączając się do walki.

Rozbrzmiały rozpaczliwe szepty. Żołnierze zastanawiali się nad tym, co to oznacza dla ich królestwa i jak wpłynie na przebieg wojny. Ale wszystkie myśli Falka koncentrowały się wokół tylko jednej osoby.

Patrzył, jak emisariusz odchodzi gdzieś bez wyraźnego celu, wciąż spoglądając na zerwany pas w swojej dłoni. Żołnierze cofali się przed nim, aż otoczyli go murem rozżalonych twarzy.

Emisariusz oderwał w końcu wzrok od klamry, a jego zmieniona twarz wbiła się w Falka jak ostrze miecza. Każdy wiedział o miłości, która łączyła królową Catherine de Sage i sir Williama z Eltz. Była to opowieść o uczuciu i smutku, opowieść zrównująca emisariusza z tymi zwykłymi żołnierzami, zbierającymi się nocami przy ogniskach i tęskniącymi za tymi, których kochali. W momencie gdy przyjął stanowisko królewskiego doradcy, emisariusz zaakceptował fakt, że nigdy nie będą razem. Ale teraz...

Teraz...

Jego szare oczy były jak okna grobowca.

– Mój świat – wymamrotał, gdy ugięły się pod nim nogi. – Mój cały świat.

Upadł na ziemię.

Wszędzie wokoło wisiały pochylone głowy, ludzie odwracali zawstydzony wzrok. Nie mogli znieść widoku tego człowieka na kolanach; tego, który był dla nich symbolem niezłomności i siły.

Falko przypadł do niego, usiłował pomóc mu wstać na nogi, ale emisariusz go odepchnął. W jednej ręce trzymał pas, który sam splótł. Drugą sięgnął do bliźniaczego wisiorka na swojej szyi. Nie będzie już dowódcą królewskiej Czwartej Armii. Czas, by walczył i umarł, tak jak zrobiła to ona.

Pomimo ogromu swej mocy Falko czuł się bezsilny. Chciał jakoś pomóc emisariuszowi, lecz wtedy ktoś przemknął obok niego. Zobaczył sir Konrada i dwóch jego rycerzy, którzy dźwignęli Chevaliera na nogi.

– Zajmiemy się nim – rzucił sir Konrad i Nieugięci zabrali jednego ze swoich.

Młodzieniec z bólem serca patrzył, jak emisariusz znika wśród swoich braci rycerzy. Chciał pójść odnaleźć Malakiego i Brynę, chciał znaleźć Sydiana i polecieć tak wysoko, by opuścić ten świat i zostawić za sobą toczące go nieszczęścia. Lecz wtedy rozbrzmiało larum i ludzie zaczęli wskazywać szeroki trakt wiodący do Doliny Trzech Braci.

Pędził nim zwiadowca, na którego czekali. Gnał, aż jego koń dotarł do ściany żołnierzy skupionych wokół marszałka Bretona, i wtedy musiał zwolnić.

– Marchio Dolor zaatakował armię księcia minionej nocy – wycharczał, zsuwając się z siodła i przepychając do dowódcy. – Została rozbita, wycofuje się drogą przez wzgórza.

Marszałek tylko wwiercał się w niego wzrokiem.

– A jego magowie bitewni?

– Jeden umarł, drugi umiera. – Twarz zwiadowcy była blada. Łykał haustami powietrze, jakby całą drogę biegł, a nie jechał.

– Marszałku! – dobiegł inny krzyk.

Breton obrócił się i ujrzał zmierzającego ku niemu Mereditha.

– Nowa wiadomość.

– Skąd? – zapytał Dominic. Nawet w jego głosie brzmiało napięcie.

– Z Amboss – rzekł Meredith. – Na miasto idzie nie jeden, ale trzy demony.

Marszałek okręcił się na pięcie i stanął twarzą do Falka. Chciał chyba wskazać go palcem, lecz zrezygnował, zamiast tego zacisnął pięść i zamknął oczy, krzywiąc się na własną głupotę. Jak mógł pójść za radą tego młokosa?

– Kiedy? – wycedził do Mereditha.

– Za pięć... może sześć godzin.

Marszałek przekrzywił głowę w kierunku Dominica.

– Zdążysz wrócić na czas? – spytał.

– Tak – potwierdził Dominic. – Ale nie obronię miasta przed trzema demonami. Nie, jeśli zaatakują jednocześnie.

– Pójdę z tobą – zaoferował się acheroński mag bitewny. – To będzie zaszczyt walczyć u twego boku.

– Idźcie więc – rzekł Breton. – Dołączymy do was, gdy tylko będzie to możliwe.

Skłoniwszy się prędko, Dominic i Acherończyk wskoczyli na smoki, a Breton wziął na cel Falka.

– A ty na co czekasz? – wypluł, nie kryjąc się ze złością. – Idź z lepszymi od siebie i spróbuj naprawić, coś zepsuł.

Falko milczał. Szedł do Sydiana, gdy Breton zaczął wydawać rozkazy swoim podkomendnym.

– W tył zwrot! – zawołał, kręcąc ręką w powietrzu. – Wracamy do Amboss, i to jak najszybciej.

Oszołomiona sekwencją złych wieści, armia potrzebowała chwili, by zabrać się do wykonania rozkazów. Nie minęło jednak wiele czasu, a na polanie zagotowało się, gdy żołnierze uformowali szyk i zaczęli maszerować w kierunku Amboss.

Stojący na uboczu Malaki, Bryna i Huthgarl patrzyli na Falka, który wyszedł z ciżby rycerzy i dowódców skupionych wokół Bretona i ruszył w kierunku Sydiana. Dominic i Acherończyk byli już tylko ciemnymi punkcikami niknącymi w chmurach.

Tymczasem Falko wydawał się wahać. Szedł, jakby brodził po kolana w wodzie. Wspiął się na grzbiet Sydiana i razem unieśli się w niebo, lecz zamiast obrać kurs na północ, ku Amboss, polecieli wzdłuż szerokiej drogi wiodącej na wzgórza.

Z początku nikt tego nie zauważył, lecz później dowódcy wokół marszałka wskazali palcem miejsce, gdzie wylądował Falko. Breton ściągnął brwi, rozsierdzony, i oblał się rumieńcem, torując sobie drogę przez tłum żołnierzy.

– Dokąd ty lecisz? – zawołał. – Czy do tego stopnia owładnęło tobą szaleństwo i arogancja, iż sądzisz, że pokonasz Marchia Dolora w pojedynkę?

Falko nie odpowiedział, ale i nie poruszył się. Patrzył na marszałka Bretona przez szczelinę hełmu. Jego serce krwawiło na myśl o śmierci królowej, lecz wiedział, że to nie jest dobry moment na rozpacz. Nie potrafił wytłumaczyć, skąd w nim tak silne przeświadczenie. Wiedział tylko, że Marchia Dolora trzeba powstrzymać.

Cała armia zamarła ze wzrokiem wlepionym w maga bitewnego i czarnego smoka, stojących samotnie na ścieżce. Sprawiali wrażenie, jakby zmogło ich jakieś szaleństwo, lecz wtedy z szeregów Nieugiętych wyjechała konno jakaś postać.

Nie nosiła już królewskich barw ani niebieskiej opończy ozdobionej końską głową. Sir William Chevalier miał teraz na sobie czerń i srebrzystą biel Nieugiętych. Nie zwracając uwagi na marszałka, podjechał do Falka i zatrzymał się u jego boku.

Mijały sekundy. Breton wpatrywał się w tę absurdalną scenę. I nagle cały szwadron Nieugiętych ruszył za swoim kapitanem. Nie przebyli nawet połowy odległości, gdy dołączyli do nich Malaki, Bryna i Huthgarl, a za nimi Urwipołcie i cały oddział Nieregularnych, który błyskawicznie okręcił się przodem do kierunku, w jakim miał ich zaraz poprowadzić Falko. Za nimi ustawili się Wygnańcy, na których czele stał Alex Klingemann.

– Co to za szaleństwo? – ryknął marszałek Breton, gdy generał Renucci rozkazał żołnierzom Czwartej Armii zrobić to samo. – Musimy wrócić do Amboss! – wołał. – Dalsza podróż to samobójstwo.

Lecz teraz również illicyjscy dowódcy zaczęli prowadzić swoich ludzi ku Falkowi. Pójdą tam, dokąd zaprowadzą ich Nieugięci, zwłaszcza jeśli istnieje choć cień szansy, że książę Ernest i bodaj garstka jego żołnierzy wciąż żyją.

Marszałek szukał wsparcia wśród ludzi z Clemoncé, lecz wówczas padł na niego cień rycerza dosiadającego wierzchowca i Breton podniósł spojrzenie na lorda Cabala.

– Już raz zostałem zawstydzony przez ludzi odważniejszych ode mnie – powiedział lord dowódca, patrząc na Malakiego. – Więcej nie dam się zawstydzić.

Z tymi słowy nałożył ozdobiony czerwoną plamą hełm i poprowadził Zakon Rycerzy Furii ku swoim braciom Illicjanom.

Marszałek Breton przez długą chwilę pałał gniewem, postawiony w obliczu tej masowej insurekcji, lecz wówczas powróciły do niego wieści dostarczone przez acherońskiego maga bitewnego i cały jego gniew pierzchł pod naporem przytłaczającej rozpaczy.

Królowa nie żyje.

Przez całą linię frontu przelewali się Opętani. Breton przez ponad dziesięć lat dawał odpór wrogowi, ale jego wysiłki nie zdały się na nic. Ile jeszcze armii i miast upadnie, gdy dowiedzą się o śmierci królowej? Usłyszał, jak zgromadzona za jego plecami Piąta Armia również sposobi się do drogi, a on nie miał już serca się im sprzeciwiać.

Cały świat diabli brali, a marszałek Breton nie wierzył już, że da się go uratować, zrobił więc to, co zawsze robili prości żołnierze, odkąd demony Opętanych pierwszy raz odarły ich z wiary. Położył ufność w magu bitewnym.

Ta demonstracja poparcia może i wywołałaby w Falku jakieś uczucia, gdyby nie oddalił się w duchu poza zasięg wszelkich emocji. Myśl o wszystkich ludziach, których stracił, była zbyt wielkim ciężarem do udźwignięcia. Jego umysł wypełniał obraz królowej z tamtego dnia, gdy pierwszy raz zobaczyli ją w ogrodach Furii – dzikiej, ciemnowłosej kobiety, spoconej i zdyszanej, doskonalącej się w walce mieczem i tarczą – która później na zachodnim tarasie pałacowym zmieniła się w ideał królewskiego piękna.

„A w jakim celu ty przybyłeś do Furii, Falko Danté?"

Falko zapłakał, skryty za stalową ścianą hełmu. Spojrzał przez łzy na zastępy gotowe ruszyć za nim i przez chwilę zastanawiał się, czy rzeczywiście ma dość odwagi, by poprowadzić ich na spotkanie przeznaczenia. Lecz wtedy obok niego poruszył się w siodle emisariusz i skierował swojego siwego perszerona drogą wiodącą w górę stoku. Kto wie, może Falkowi brakuje odwagi, by poprowadzić ludzi na śmierć, lecz emisariusz stracił jedyną osobę, dla której prawdziwie żył, jemu więc odwagi nie zabraknie.

99

TAL DER DREI BRÜDER

Drogę na wzgórza Falko odbył jak we śnie. Dzień ciągnął się i ziemia okryła się gęstą pierzyną mgły, ale armia parła naprzód, aż znalazła się na przełęczy, a droga przed nimi się wyrównała. Gdy zapadła noc, otoczyła ich tak nieprzenikniona ciemność, że nie były w stanie przeniknąć jej wzrokiem nawet mroczne anioły, ale mimo to dręczyły armię swoją przytłaczającą obecnością i skrzekliwym wyciem. Falko zmagał się z nimi aż do rana, a mrok rozświetlały płomienie Sydiana. Lecz teraz słońce wynurzało się już zza horyzontu i ciemność ustąpiła przed szarzyzną świtu.

Maszerowali jeszcze przez dwie godziny, ale mgła przywarła do ziemi jak całun i odgłosy przemarszu niosły się dziwnie po okolicy, pozornie wymarłej pustce. Gdy zbita mgła zaczęła się wreszcie rozwiewać, dotarli do miejsca, gdzie droga rozwidlała się, ustępując miejsca rozległej dolinie, porośniętej brązową trawą i karłowatymi krzewami.

Falko jechał konno u boku marszałka Bretona. Sydian trzymał się w pobliżu. Nisko sunące po niebie chmury były zbyt gęste, by udać się na powietrzny zwiad, a poza tym strach wisiał w powietrzu i Falko nie chciał zostawiać armii na jego pastwę. Kilka jardów przed nimi jechali dwaj zwiadowcy, którzy znali tę trasę. Pokonali jeszcze milę, nim wreszcie stanęli.

– To tutaj – powiedział jeden ze zwiadowców, gdy Falko i Breton zrównali się z nimi. – Oto Dolina Trzech Braci.

– Jesteście pewni? – nie dowierzał marszałek, ale nim skończył mówić, mgła rozwiała się na tyle, że mogli ujrzeć trzy osamotnione wzgórza: jedno za ich plecami po prawej, drugie po lewej, a trzecie na wprost przed nimi.

Dolina przypominała właściwie wypiętrzony płaskowyż otoczony z trzech stron wzgórzami i marszałek Breton po raz pierwszy miał okazję jej się przyjrzeć. Przy samej ziemi mgła wciąż była gęsta, ale zwiadowcy zarzekali się, że teren między wzgórzami jest równy i wolny od przeszkód. Wroga nie było, lecz Falko zapewnił Bretona, że to właśnie tutaj dojdzie do bitwy.

Nie wiedząc, dlaczego właściwie pozwolił się tu przyprowadzić, marszałek uniósł rękę i opuścił ją po lewej, a potem po prawej stronie, a sygnaliści dali znak armii, by podzieliła się na trzy duże dywizje, tak jak ustalono w czasie narady.

Generał Renucci stanie na czele oddziałów skupionych na prawej flance – Czwartej Armii oraz jednej z illicyjskich lig, podczas gdy Nieregularni obstawią lewą flankę wraz z dwoma większymi illicyjskimi oddziałami. Jego własna Piąta Armia zajmie pozycję na środku wraz z pozostałymi Illicjanami, wspartymi przez Nieugiętych i Rycerzy Furii.

Nie znając dokładnego składu armii Opętanych, marszałek Breton nie mógł ryzykować osłabienia środkowego odcinka szyku. Postanowił więc postawić na formację debilis centrum, czyli słabego środka, który w tej konkretnej sytuacji okaże się właściwie najsilniejszym punktem linii. Przy odrobinie szczęścia uda mu się utrzymać centralny odcinek szyku na tyle długo, by otoczyć wroga flankami, a potem wbić się w niego zmasowanym atakiem włóczników.

Gdy trzy dywizje zajęły swoje pozycje, marszałek podjechał do Falka, który zsiadł z konia i stał teraz przy Sydianie, usiłując przeniknąć wzrokiem zasłonę mgły.

– Co jest? – spytał. – Czy pojawił się wróg?

– Nie – odparł Falko. – To coś innego.

Nagle ktoś wszczął alarm. A potem z mgły wyłoniły się postacie – żołnierze chwiejący się na nogach, skorupy złamanych ludzi.

– To armia z Hertzheim – powiedział marszałek głosem ściśniętym niedowierzaniem.

Rozległy się okrzyki troski i strachu, gdy żołnierze zobaczyli, w jakim stanie są ci, którzy przeżyli atak Marchia Dolora. Niemal wszyscy byli ranni, ale nawet ci, którzy nie nosili na ciele śladów bitwy, wodzili wokoło szeroko rozwartymi oczami i mamrotali pod nosem, udręczeni okropieństwem bitwy z demoniczną armią. Te ludzkie wraki prawie nie zauważyły przed sobą sojuszniczego wojska. Przeniknęli przez zastępy armii marszałka Bretona, odpychając tych, którzy usiłowali ich zatrzymać.

– Tak niewielu... – powiedział Breton, gdy rozproszona gromada niedobitków zaczęła rzednąć.

Nie sposób było orzec przez mgłę, ale oszacował, że z czterdziestotysięcznej armii ocalało niespełna tysiąc żołnierzy.

– Niech zlitują się nad nimi boginie losu – wydyszał głównodowodzący.

Falko zastanawiał się nad tym, jak to możliwe, że w ogóle zachowali dość sił, by ratować się ucieczką.

A potem zobaczył wóz zaprzężony nie w muły, ale w dwa najwspanialsze rumaki bojowe, jakie widział w życiu. Jego uwagę zwróciły jednak nie piękne zwierzęta, ale dusze tych, którzy znajdowali się na wozie.

Zostawił Sydiana i ruszył w ich kierunku. I choć wiedział, co tam znajdzie, doznał szoku, gdy to zobaczył.

Z przodu siedział rycerz tulący w ramionach głowę nieprzytomnego mężczyzny w drogich szatach i wymyślnej zbroi, a za nimi leżeli okaleczony smok i mag bitewny. Nie wahając się ani chwili, Falko popędził na tył wozu i wspiął się na niego. Smok był poparzony i ranny, ostatkiem sił trzymał się życia, podobnie jak mag bitewny, który otworzył oczy, gdy poczuł na czole dotyk dłoni.

– Leż spokojnie – powiedział Falko. – Spróbuję pomóc.

Mężczyzna nie znał go, ale rozpoznał w nim Wielką Duszę i drżącą dłonią strącił z czoła jego rękę.

– Ratuj księcia – rzekł i wskazał oczami nieprzytomnego mężczyznę na koźle.

Falko odgadł, że był nim Ernest, koronowany książę Illicji. Serce targnęło się w nim, gdy mag bitewny wydał z siebie ostatnie tchnienie.

Jego ciało zwiotczało, a chwilę później zatrzymało się serce smoka, jakby tylko razem mieli dość sił, by żyć.

Nie mogąc już nic dla nich zrobić, Falko przeszedł na przód wozu i dotknął dłońmi czoła księcia Ernesta. Zamknął oczy i skrzywił się na to, co wówczas wyczuł. Przesunął dłoń na pierś mężczyzny i nasączył jego ciało dawką uzdrawiającej energii.

Gdy wóz zbliżył się do armii, wyjechała ku niemu grupa Nieugiętych. Twarze Illicjan wyrażały troskę. Żołnierze rozpoznali w nieprzytomnej postaci swojego suwerena. Koronowany książę doznał ran na ciele i umyśle i Falko nie wiedział, czy przeżyje, ale uznał, że lepiej nie mówić o tym zaniepokojonym żołnierzom.

– Żyje – rzekł, zeskakując z wozu, a wieści szybko rozeszły się po całej armii.

– Koronowany książę żyje – rozbrzmiały pełne ulgi szepty. – Książę Ernest żyje.

Falko pozwolił im na ten ulotny moment radości. Czuł już zbliżające się siły wroga, tak jak wyczuwa się nadchodzący burzowy front. W krajobrazie jego umysłu armia Opętanych przybrała formę mrocznego świtu, czarnego słońca, które nie przynosiło ciepła ani światła, lecz strach i rozpacz. A w tej posuwającej się naprzód ciemności znalazł jeszcze głębszy cień demonów. Sam Marchio jeszcze nie wynurzył się zza horyzontu, lecz mimo to Falko wyczuwał jego obecność. On był mrocznym okiem cyklonu, który mknął im na spotkanie, i mag bitewny starał się nie myśleć o tym, co się stanie, gdy wreszcie do tego spotkania dojdzie. Nie umiał oszacować, ile demonów kroczy wraz z nim, ale wiedział, gdzie uderzy pierwszy.

Prędko dosiadł Sydiana.

– Niech Nieregularni stoją w gotowości – zawołał do marszałka Bretona. – Pierwszy demon uderzy na nas tutaj.

– Czy to będzie on? – strwożył się Breton. – Marchio Dolor?

– Nie. Pierwszy będzie jednym z wielu. Marchio Dolor to zupełnie co innego.

Marszałek zbladł. Pomimo lat doświadczenia wystawienie na obecność demona zawsze nadwątlało jego odwagę. Nie wiedział, jak ktokolwiek może znieść taki strach, a co dopiero jeszcze większy.

– Pamiętaj – rzekł Falko, ściągając na siebie uwagę marszałka. – Jeśli będziesz mnie potrzebował, każ trzykrotnie zadąć w róg. Nawet jeśli nie usłyszę, usłyszy Sydian i jeśli tylko będę mógł, zjawię się.

Marszałek Breton pokiwał głową, łypiąc niespokojnie na swoich sygnalistów, a potem wrócił wzrokiem do maga bitewnego.

– Niech światłość opromieni twoje ostrze – powiedział, a Falko zdumiał się, słysząc szczerość i przekonanie w jego głosie.

– I twoje – odparł z niekłamanym szacunkiem.

Pierwszy demon sunął na ich lewe skrzydło i Falko musiał zająć pozycję, by stawić mu czoła, lecz zanim to zrobił, odnalazł wzrokiem rycerza siedzącego na siwym perszeronie w pierwszej linii Nieugiętych. Wielu rycerzy patrzyło na Falka, ale emisariusz zawiesił wzrok w przestrzeni. Mag bitewny sięgnął do niego myślą i emisariusz popatrzył wprost na niego, ale jego umysł był wyprany z emocji.

Nie trać wiary, chciał mu powiedzieć Falko, ale mężczyzna odwrócił wzrok, a młodzieńca naszło druzgoczące wrażenie, że coś bezpowrotnie utracił.

Od pierwszego dnia szkolenia pokładał niezachwianą wiarę w sile i niezłomności emisariusza. Nawet gdy dzieliły ich setki mil, wiedział, że Chevalier gdzieś tam jest, że walczy i dzieli się siłą z tymi, którzy jej potrzebują. Lecz teraz ten człowiek przepadł i Falko czuł się boleśnie osamotniony. Ale nie mógł pozwolić na to, by osłabiły go żal i rozpacz. Wiedział, że wróg posłuży się nimi, by rozedrzeć jego duszę na strzępy.

Westchnął, odwrócił się i popędził Sydiana ku linii niespokojnych żołnierzy. Przeszli wzdłuż szeregu włóczników upakowanych w ciasnej formacji, koniecznej do odparcia frontalnego ataku, minęli równe bloki mieczy i tarcz oraz szwadrony konnicy. A potem, zanim oddział marszałka Bretona ustąpił miejsca Nieregularnym, zrównał się z rycerzami Furii.

Stojący na czele szwadronu lord Cabal zasalutował mu lancą, a Falko skłonił głowę, lecz zaraz jego spojrzenie pomknęło do dwóch rycerzy, którzy jeszcze nie mieli na głowach hełmów.

Mag bitewny odwzajemnił ukłon Huthgarla, a potem zatrzymał wzrok na Malakim. Odległość była zbyt wielka, by zdołali zamienić słowo, ale wymienione przez nich spojrzenia niosły znaczenie, którego nie dało się w nich zamknąć. Jakaś cząstka Falka wciąż głowiła się nad tym, czy Malaki kiedykolwiek obwiniał go o wszystko, co się stało: o zniszczenie ich miasteczka, śmierć ojca, o Quirrena, a teraz o poprowadzenie ich do tego miejsca, z którego żaden z nich nie spodziewał się wrócić.

Ale spojrzenie Malakiego rozwiało jego obawy.

Wzrok przyjaciela był twardy i skupiony, lecz Falko wyczytał z niego treść, którą już raz tam znalazł. Wówczas martwił się, jaki wpływ na ich przyjaźń będą miały rewelacje o jego szlachetnym urodzeniu, lecz nawet po wszystkim, co przeszli, oczy Malakiego mówiły to, co zawsze.

Jestem twoim przyjacielem, Falko Danté. Czy jesteś sługą, czy szlachcicem, czy magiem bitewnym. I zawsze nim będę.

Łzy zakłuły Falka w oczy. Nie wiedział, czy zdołałby stawić czoła piekielnym pomiotom, gdyby nie otaczali go przyjaciele tacy jak Malaki de Vane.

Skinął mu głową, a potem, posławszy mu ostatnie spojrzenie, podjechał tak, aby Sydian znalazł się w środku linii Nieregularnych. Obrócił się i ujrzał zwartą linię mieczy, tarcz i włóczni, oflankowaną przez oddziały kawalerii i wspartą przez zastępy łuczników. Wyczuł Brynę i Urwipołciów, Alexa i Wygnańców. Bardzo chciałby pogodzić się z Alexem i móc walczyć wraz z Malakim u boku Bryny, lecz i bez tego wiedział, że nie jest sama. Miała przy sobie Patricka Fecklera i trzystu zbirów, którzy daliby się pokroić za Królową Zbójców. Gdzieś tam, pośród żołnierzy, byli też laniści Magnus i Deloix.

Wszyscy byli tutaj. Razem z nim. I jedyne, co mogli zrobić, to walczyć.

Odwróciwszy się plecami do Nieregularnych, Falko ogarnął wzrokiem dolinę. Mgła wciąż odrywała się od ziemi. Nagle poczuł, że Sydian tężeje, a potem to usłyszał – huk i szum, który nadchodził z oddali jak fala przypływu. Charakterystyczna kakofonia maszerującej armii i wplecione weń nieludzkie warczenie i syk Opętanych.

Choć odbyło się to na oczach setek rycerzy, Malaki był wdzięczny, że los zezwolił mu i Falkowi na ten ostatni moment, na mówiące wszystko spojrzenie i pokrzepienie. Odprowadził wzrokiem przyjaciela, gdy ten zajmował pozycję i patrzył na szeregi Nieregularnych. Wiedział, że Falko szukał Bryny. I wiedział, że Bryna była sercem z przyjacielem.

Myśl o żonie przejęła Malakiego strachem. Usiłował nie zastanawiać się nad tym, co może się stać. Zamiast tego wypełnił umysł słowami przysięgi, którą złożyli sobie owego wiosennego wieczoru, i jego ręka pomknęła do pochwy wiszącej u pasa – podarunku ślubnego od Bryny.

Jego myśli urwały się, gdy Falko skierował wzrok ku wypełnionej mgłą dolinie. I wówczas usłyszeli dźwięk, który mógł być tylko odgłosem maszerującej armii Opętanych.

Poświęciwszy jeszcze jedną myśl ukochanej, sir Malaki nałożył swój naznaczony czerwoną plamą hełm, poprawił tarczę i złapał za lancę. Fidelis poruszył się pod nim i zatupał kopytami, gotując się do walki.

Patrząca przez las włóczni Bryna odnalazła wzrokiem Falka, gdy ten jechał wzdłuż pierwszej linii Nieregularnych. Widziała, jak taksował wzrokiem ich szeregi, i desperacko usiłowała pochwycić jego spojrzenie.

– Nie frasuj się tak, dziecinko – rzekł stojący obok Feckler. – On wie, że tu jesteś.

Żywiąc nadzieję, że to prawda, Bryna odetchnęła głęboko. Myślała o wszystkim, przez co wspólnie przeszli, i marzyła całym sercem o powrocie do Caer Dour sprzed ataku Opętanych, który rzucił cień na całe ich życie. Lecz zaraz przyszło jej na myśl, że może gdyby to nie nastąpiło, nieśmiały kowal nigdy nie znalazłby odwagi, by się do niej odezwać, a ona nie zaznałaby głębokiej radości, jaką dawały jej jego objęcia.

Jej dłoń powędrowała do kołczana na plecach i Bryna cofnęła się myślami do wiosennego wieczoru, gdy w kręgu kwiatów złożyli sobie przysięgę. Obróciła srebrny pierścień na palcu i uniosła dłoń, by otrzeć łzę.

– Miękka jak psia kupa w słońcu! – warknął Paddy, który reagował alergicznie na wszelkie przejawy sentymentalizmu.

Bryna strzeliła do niego spojrzeniem i choć czuła irytację, cieszyła się, że ma przy boku tego starego łotra. Zerknęła na innych stojących wokoło łuczników. Byli to najwięksi i najsilniejsi ze wszystkich Urwipołciów. Wiedziała, że to nie przypadek, iż akurat oni obstawili swoją dowódczynię.

– Pilnujcie jej albo usmażę wasze jaja nad ogniskiem – obiecał Paddy.

Jej spojrzenie zelżało. Może i był szorstki jak dupa jeża, ale choć zarzekał się jak mógł, Paddy nie był całkiem wyprany z uczuć.

Bezpieczna na łonie swej przybranej rodziny, Bryna wróciła wzrokiem do Falka, który stał teraz twarzą do doliny.

I wówczas usłyszeli dźwięk, który mógł być tylko odgłosem maszerującej armii Opętanych.

– Idą, skurwiele! – ogłosił Dedric Sayer, a kapitan Urwipołciów, poświęciwszy ostatnią myśl ludziom, których kochała, rozkazała królewskiej Piątej Kompanii Łuczników przygotować się do walki.

Falko patrzył wprost przed siebie, gdy zgiełk nadciągającej armii nasilił się, a powietrze przesyciły gorąco i fetor gnijącego ciała. I wtedy, niczym koszmar wyłaniający się zza rzednącego całunu śmierci, pojawili się oni – połyskliwa ściana stali i ciemności rozciągnięta w poprzek doliny. Mgła w końcu rozwiała się zupełnie, wypalona nie promieniami słońca, tylko piekielnym żarem Opętanych, a powietrze raptem zyskało tak krystaliczną przejrzystość, że dało się w tym wyczuć jakieś okrucieństwo.

Wraża armia zdawała się ciągnąć po horyzont i nawet z odległości pół mili Falko był w stanie dostrzec elementy czarnego pancerza, okrągłe tarcze skirytów oraz większe, masywne kształty ciężkozbrojnych kardaków. Na czele trzonu armii kroczył sześciotysięczny oddział władających włóczniami peltastów i ślepych łuczników – toksytów. Oddziały harcowników zrodziły się w myśli wojskowej Acheronu, Thraecji i Ferocji, lecz Opętanym brakowało rozsądku i dyscypliny koniecznej przy wykonywaniu manewrów. Napędzani bezmyślną nienawiścią, szli zbyt szybko i marszałek Breton uznał, że zdąży rozprawić się z nimi, zanim przyjdzie mu zmierzyć się z głównymi siłami wroga.

Ta myśl niosła ze sobą cień nadziei, lecz wtedy Falko poczuł kiełkującą w oddali obecność demona – nie mniejszego sługusa piekieł, podobnego do krążących po niebie dziesiątek mrocznych aniołów czy do zwalistych bestiarumów, torujących sobie drogę przez maszerującą hordę, lecz prawdziwego demona, chodzącego naczynia wypełnionego nienawiścią wroga.

Falko poczuł, jak stojąca za jego plecami armia wzdryga się ze zdumienia, on zaś dosłownie zwiotczał pod naporem tej masy strachu, zaraz jednak wyprostował się i przyjął go na siebie.

Po jego lewej ręce pojawiła się w oddali olbrzymia postać, niemal dwukrotnie przewyższająca żołnierzy wokoło. W świetle porannego słońca wydawała się jeszcze bardziej obrzydliwa, budziła myśl o tym, że coś tak ohydnego powinno kryć się przed spojrzeniami ludzi w otchłani mroku, a jednak z jakiegoś powodu ośmieliło się stanąć w świetle dnia. Potwory piekieł nie lękają się słońca. Są nocnymi strachami, które przyoblekły się w ciało, okropieństwami, które zerwały się z łańcuchów koszmaru, by polować na ludzi na powierzchni.

Patrzył na demona, jednocześnie ogarniając wzrokiem rozmiary sunącej na nich armii. Niemal dorównywała ich połączonym siłom, lecz wiedział, że to tylko pierwsza z wielu fal. Armia Marchia Dolora urosła w drodze na północ, a potem połknęła jeszcze trzydzieści tysięcy wojowników księcia Ernesta. Falka przeraziłaby liczebność tego wojska, gdyby jego myśli nie były skupione na kierującym się do niego demonie.

Był olbrzymi i rogaty, jego czarną skórę pokrywała siatka pęknięć, spod której wyzierało pulsujące światło piekielnego ognia. Ciężka głowa miała niemal kształt klina, podbródek wystawał naprzód jak dziób thraeckiej galery. Szedł na wygiętych w tył nogach, pochylony naprzód, zdawałoby się, przygięty ku ziemi samym ciężarem masywnych ramion. Był jeszcze zbyt daleko, by Falko ujrzał błyszczące węgle jego oczu, lecz wiedział, że są skupione na nim.

I dobrze. Chciał, by demon właśnie jego wziął na cel.

Pomiędzy dwiema gęstymi armiami mknął naprzód rozproszony rój peltastów i toksytów, który prawie znalazł się już w zasięgu. Wtedy Falko usłyszał sygnał do impetus equitum i sześciotysięczna kawaleria porwała się z miejsc, by równą ławą zmieść z powierzchni ziemi nieregularną gromadę harcowników.

Bitwa w Dolinie Trzech Braci została rozpoczęta.

Emisariusz tkwił osamotniony na jałowym ugorze własnej duszy. Docierała do niego niejasna świadomość, że jego ramię machinalnie siecze i rąbie kłębiących się wokół niego przeciwników, a do uszu wdzierało się dudnienie kopyt i chrzęst miażdżonych pancerzy. Lekkozbrojni harcownicy nie byli wyzwaniem dla ruchomej ściany stali, która niczym walec wbiła ich w glebę. Nieugięci prawie nie zwolnili tempa aż do końca posuwistego, miażdżącego manewru, po czym błyskawicznie wrócili za sojusznicze linie.

Emisariusz przez moment czuł palącą potrzebę, by oddzielić się od masy towarzyszy i przypuścić samotny szturm w samo serce opętanej armii. Nie dbał o to, że ich są tysiące, a on sam jeden. Liczyło się tylko to, by spotkać się wreszcie ze śmiercią. Jego palce już zacisnęły się mocniej na uchwycie tarczy, lecz nagle odczuł w sercu ukłucie wstydu. Catherine nie pochwaliłaby tak pustego aktu rozpaczy. Dojmująca słabość wzbudziłaby tylko jej pogardę.

Nie.

Zadowoli się więc myślą, że i tak dziś umrze. Lecz zrobi to w taki sposób, by była z niego dumna.

Konnica szybko rozprawiła się z harcownikami. Dobrze. Falko na powrót utkwił spojrzenie w demonie. Choć drżał z lęku, wiedział na pewno, że wraz z Sydianem są w stanie go pokonać. Jeśli dopisze im szczęście, sojusznicza armia zdoła wyrządzić wielkie szkody Opętanym, zanim na scenie pojawi się Marchio Dolor. Jego myśli ucięło pojawienie się w zasięgu jego umysłu kolejnej aury. Szedł na nich drugi demon, który wkrótce zagrozi prawej flance pod wodzą generała Renucciego.

Nagle wątpliwości wdarły się do serca Falka. Jakimś sposobem musi z Sydianem zatrzymać oba demony. Skacząc wzrokiem między nimi, wiedział, że nie ma czasu do stracenia. Rycerze oczyścili obszar pomiędzy dwiema armiami, ale gęsta gromada Opętanych zbliżała się szybko. Jeszcze chwila i znajdzie się w zasięgu łuków, co oznaczało, że lada moment słońce przysłonią strzały. Lecz Falko nie mógł dłużej czekać.

Słysząc skierowaną do łuczników komendę przygotowania się do strzału, popędził Sydiana naprzód. Dwa potężne susy – i wzbili się w powietrze. Jeśli chcą liczyć na szybkie zabicie drugiego demona, muszą prędko uwinąć się z pierwszym.

Marszałek Breton patrzył, jak kawaleria kończy manewr i chowa się za szeregami żołnierzy. Jego rycerze przetoczyli się po harcownikach – ci, którzy przetrwali miażdżące uderzenie, zostali natychmiast dobici włóczniami oraz mieczami lżejszej kawalerii, która dopełniła dzieła zniszczenia. Był to śmiały gambit, ale opłacił się. Właściwa bitwa jeszcze się nie zaczęła, a pole już było usiane trupami tysięcy Opętanych.

Marszałek pozwolił sobie na ponury uśmiech. Rozkazał strzelcom unieść łuki. Wróg znalazł się już w polu rażenia, lecz gdy łucznicy przygotowywali się do salwy, Breton ujrzał, że Falko i Sydian unoszą się w powietrze. Dlaczego mieliby atakować teraz, narażając się na pokiereszowanie pociskami? Zrozumiał, gdy opuścił wzrok i ujrzał drugiego demona, który parł na prawą flankę. Pan Danté musiał teraz stawić czoła dwóm adwersarzom, a jeśli szybko nie zabije pierwszego demona, drugi rozgromi dywizję generała Renucciego.

Lecz mimo to nie mogli zmarnować takiej okazji do osłabienia przeciwnika. Ufając, że łucznicy nie naszpikują maga bitewnego strzałami, dowódca kazał strzelać.

Falko i Sydian byli już wysoko nad ziemią, gdy usłyszeli brzęk zwalnianych cięciw i chmura strzał pofrunęła w niebo. Nagle znaleźli się pośród szkwału pocisków. Opierzone drzewca śmigały wokoło, by spaść na postępującą gromadę skirytów jak stalowy grad. Te zmasowane salwy potrafiły siać w szeregach wroga prawdziwe zniszczenie, lecz Falko zdawał sobie sprawę, że Opętanych nie obchodzą poniesione straty. Znów zapragnął znaleźć się w pierwszej linii, w samym kotle bitwy, broniąc tych, których kochał, lecz kilkutysięczna masa wrogów nie była jego celem. Były nim dwa potężne demony, kontrolujące hordy piekielnych wojowników. Pierwszy patrzył właśnie na niego czerwonymi ślepiami, w których płonęła furia podziemnego świata.

Sydian podleciał tak blisko niego, że Falko czuł na sobie żar demonicznego spojrzenia. Kolejna salwa przemknęła obok nich, lecz Falko myślał już wyłącznie o demonie. Musieli go zabić i musieli zrobić to szybko, lecz gdy się zbliżyli, diabli pomiot strzelił w niebo płonącym łukiem ognia wiecznego i Falko uświadomił sobie, że wykonanie zadania nie przyjdzie mu łatwo. Zasłonił się ochronną tarczą, lecz część piekielnego płomienia przedarła się przez nią i wypaliła dziurę w prawym skrzydle smoka. Sydian zawarczał z bólu, a Falko poczuł bardziej, niż ujrzał mordercze spojrzenie złocistych oczu, którymi smok wwiercił się w demona. Złożył skrzydła i ostro zapikował.

Cała armia patrzyła w zdumieniu, jak z niesamowitą szybkością opadają na pierwszego z piekielników. Dla zwykłych ludzi demony Opętanych były nie do pokonania, ale ci zwykli ludzie mieli swojego obrońcę. Razem Falko i Sydian byli znani jako Le Cœur Noir – i Czarne Serce właśnie włączyło się do bitwy.

Stojący wśród czarno odzianych Wygnańców Alex Klingemann niemal nie mógł patrzeć na Falka, który zanurkował właśnie w stronę pierwszego demona. Oślepiony żalem nie wiedział, jak zebrać się do rozmowy z magiem bitewnym, jak powiedzieć mu, że tak naprawdę nie wini go za to, co spotkało Quirrena. Lecz teraz było już za późno. Podobnie jak reszta armii, podążył za Falkiem w tym szalonym akcie buntu.

W odróżnieniu od wielu nie zrobił tego wiedziony nadzieją. Nie wierzył, że ujrzą dziś zachód słońca, ale przynajmniej mógł liczyć na śmierć. Inaczej niż jego brat, który spędzi wieczność w cierpieniu.

Alex nie mógł tego wytrzymać. Gdy Falko i Sydian zaszarżowali na demona, ujrzał, jak z łapy piekielnika strzela w niebo łuk mrocznego ognia. Jego przyjaciel mógł zginąć w każdej chwili. Jeśli to nastąpi, nigdy już nie powie mu, że to nie była jego wina. Kapitan Wygnańców nie widział chwili, gdy Falko uderzył na przeciwnika. Jego oczy były zaciśnięte, zapieczętowane potokiem łez.

100

W OGNIU WALKI

Opętani mknęli na spotkanie wroga, a Falko i Sydian pikowali w kierunku demona. Falko stanął w strzemionach, gotowy, by zeskoczyć z siodła, ale gdy już miał dać susa, demon posłał w ich stronę kolejny strumień płomieni. Smok przekręcił się ostro w bok, unikając pocisków, lecz Falkowi uchwyt uprzęży wymknął się z dłoni i mag bitewny spadł z wysokości trzydziestu stóp. Choć szczęśliwie udało mu się wzmocnić swoje ciało magią, upadek i tak wydusił mu powietrze z płuc. Nagle znalazł się w samym środku roju rozwścieczonych skirytów.

Nie chcąc tracić rozpędu, Sydian zaatakował mimo wszystko i zamachnął się szponami, gdy demon złapał jednego z kardaków i cisnął nim w smoka. Ciemna zbroja rozbiła się o czarne łuski i podobnie jak przed chwilą Falko, Sydian wpadł w tłum skirytów. Pędzący Opętani natychmiast postanowili wykorzystać przewagę nad powalonym przeciwnikiem, lecz ani smok, ani mag bitewny nie mieli zamiaru dać się tak łatwo pokonać.

Całe ciało Falka zesztywniało od bolesnego lądowania, lecz to nie był dobry czas, by wylegiwać się na ziemi. Opętani zaciskali krąg wkoło niego. Musiał działać. Z trudem wypełniając płuca powietrzem, przekręcił się i przetoczył po gruncie, a kilkanaście kopisów wbiło się w ziemię tam, gdzie leżał dosłownie przed chwilą.

Podciął nogą napastliwego skirytę, znowu odtoczył się poza zasięg mieczy i uniósł się na jedno kolano, ale tarcza przekręciła mu się na ręce, a broń wciąż tkwiła w pochwie. Uznawszy, że jest bezbronny, skiryci naparli na niego raz jeszcze, ale Falko przywołał swoją moc i wrogowie mieli najwyżej ułamek sekundy, by zrozumieć swój błąd.

Fala uderzeniowa błękitnej energii buchnęła we wszystkie strony, wysadzając w powietrze kilkunastu skirytów. Trudno o bardziej przekonującą demonstrację mocy maga bitewnego, lecz jaśniejący płomień Wielkiej Duszy jest dla Opętanych wstrętny, a bliskość demona ośmieliła ich ponad miarę. Rzucili się na niego ze wszystkich stron, lecz Falko zdążył już dobyć miecza i jego klinga zabrzmiała złowieszczym tonem.

Pierwszy skiryta, który na niego skoczył, nie zdążył nawet wylądować, gdy Falko przerąbał go w pasie na pół. Ukośnym cięciem na odlew rozorał napierśnik drugiego. Trzeciemu przyłożył w twarz tarczą, a cios czwartego przyjął na hełm, by zaraz wyprowadzić niskie cięcie przy ziemi i odrąbać napastnikowi nogę w kolanie. Ten warknął i upadł naprzód, a wtedy Falko uciszył go celnym kopniakiem okutego buta. Następnego zabił ciosem w bok szyi. Gorąca krew zbryzgała mu twarz. Zabijał, mordował, ale wróg mnożył mu się przed oczami. Przed sobą widział potężne postacie Sydiana i demona zwarte w śmiertelnym boju.

Przez chwilę wydawało mu się, że smok walczy z demonem jak równy z równym, lecz Sydian musiał równocześnie bronić się przed skirytami, którzy napierali na niego ze wszystkich stron, i Falko wiedział, że to tylko kwestia czasu, nim jakaś klinga znajdzie lukę w jego gardzie. Przerzynając się przez hordę Opętanych, zaczął zbliżać się do smoka.

Prawie już do niego dotarł, gdy Sydian uniknął ciosu morderczymi szponami i złapał w zęby ramię demona. Używając całej swojej zatrważającej siły, zaburzył równowagę potwora i już miał uderzyć w jego gardło, gdy nagle grzmotnął go w żebra bestiarum wielki jak byk. Sydian wypuścił rękę przeciwnika i odskoczył poza zasięg ostrych kłów atakującej bestii, lecz wtedy demon zdołał opleść jego szyję rannym ramieniem i Sydian padłby, gdyby w tym momencie nie doskoczył do niego Falko, który znalazł się dostatecznie blisko, by wyprowadzić magiczny atak.

Z dziesięciu stóp posłał w bok demona energetyczny pocisk, dzięki któremu Sydian zdołał wyplątać się z uścisku. Gdy Falko przebył dzielący go od kreatury dystans, bestiarum wziął go na cel. Rzucił się do ataku, momentalnie osiągając potworną prędkość. Falko uskoczył z linii natarcia i z mocą sprowadził w dół miecz, przerzynając się przez kręgosłup bestiaruma, który poleciał naprzód, niesiony mocą rozpędu.

Wróciwszy spojrzeniem do głównego przeciwnika, Falko miał akurat dość czasu, by osłonić się energetyczną tarczą przed kolejnym potokiem ognia wiecznego. Nawet osłonięty magiczną kopułą, czuł na twarzy piekielny żar. Zacisnął zęby, zmagając się z jego niszczycielską mocą. Otaczający go skiryci zaskrzeczeli rozdzierająco, gdy ich ciała ogarnęły mroczne płomienie, i nie przestali nawet wtedy, gdy ogień zgasł. Gdy tylko to nastąpiło, Falko ponownie rzucił się do ataku.

Sydian, który również cofnął się przed ogniem na bezpieczną odległość, teraz wznowił natarcie. Gdy po raz wtóry zwarł się z demonem, Falko słyszał już za plecami odgłos rozpętującej się bitwy. Opętani dotarli do pierwszych szeregów sojuszniczej armii i Falko wiedział, że lada moment drugi demon przypuści szturm na oddziały generała Renucciego. Dopadła go rozpacz, ale zaraz się opanował i za wszelką cenę postarał skupić. Ten demon był pierwszym spośród wielu. Musi zabić go jak najszybciej. Nie ma czasu do stracenia.

Marszałek Breton potoczył wzrokiem po pierwszym szeregu. Wrogowie zajadle napierali na ich linię obrony. W odróżnieniu od ludzkiej armii Opętani nie bali się śmierci i nie reagowali na rany. W bezmyślnej furii rzucali się na włócznie i próbowali wleźć na mur tarcz, ale szyk jakimś cudem nie został przerwany.

W przypływie ulgi dowódca poderwał wzrok. Trzysta jardów za pierwszą linią, w miejscu, gdzie Falko i Sydian walczyli z pierwszym demonem Marchia Dolora, kłębili się Opętani. Wypatrzył górujące nad falującą ciżbą sylwetki smoka i demona, a gdzieś obok nich błękitne rozbłyski magicznego światła – energetyczne pociski Falka.

Rzucił okiem na prawe skrzydło i zobaczył, że drugi demon jest już niebezpiecznie blisko szyku generała Renucciego. Ogarnęła go frustracja i zniecierpliwienie; chciał, by Falko pospieszył się i jak najszybciej zabił pierwszego wroga. Zaraz odpędził od siebie te uczucia, oderwał spojrzenie od demonów i skupił się na bitwie. Rozbłyski światła świadczyły o tym, że Falko wciąż żyje, a myślenie o tym, co się stanie, jeśli zawiedzie, w niczym mu teraz nie pomoże.

Jego żołnierze wciąż utrzymywali formację, lecz widział, że w kilku miejscach linia wygięła się, gdy wyjąca hałastra odepchnęła obrońców w tył. Styk dwóch armii szybko zmienił się w bagno krwi, przez które biegł potworny szaniec okaleczonych trupów. Obrońcy cofali się przed Opętanymi, którzy wdrapywali się na niego i z wysokości skakali żołnierzom na głowy.

Marszałek pamiętał, że na razie mierzą się dopiero z pierwszą falą żołnierzy Marchia Dolora, lecz mimo to czuł satysfakcję, widząc, jak dzielnie jego wojownicy stawiają czoła zajadłości wrogów. W tym momencie jeden z pomocników zawołał do niego i jego optymizm został zduszony w zarodku.

– Panie marszałku! Drugi demon przy prawej flance!

Breton strzelił wzrokiem do wskazanego miejsca i ujrzał zwalistą postać demona górującą nad gromadą wojowników pod wodzą generała Renucciego. W odróżnieniu od pierwszego, którego skóra przypominała nadpaloną sosnową korę, ciemne ciało tego potwora było okryte pancerzem. W każdej ręce trzymał broń przypominającą olbrzymie kiścienie, których łbami były sześcienne bloki czarnego żelaza przytwierdzone do trzonka ciężkimi, czterostopowymi łańcuchami.

Przez wszystkie lata spędzone na polach bitew marszałek nie widział jeszcze tak olbrzymiego demona i nawet pomimo odległości czuł jego potworną siłę, która mogłaby zdruzgotać mury obronne warownego miasta. Ponad harmider bitwy wzniósł się dźwięk rogu wygrywającego wezwanie do manewru equitatus. Marszałek widział, jak kawaleria ustawia się na pozycjach. Generał Renucci miał zamiar powstrzymać demona szarżą konnicy.

Wiedząc, że kończy im się czas, Falko i Sydian wzmogli wysiłki i po raz pierwszy, odkąd odrodził się w niewydarzonym świecie, demon dowiedział się, co to znaczy wątpić. Rzucił się naprzód i ucapił

Sydiana szponiastymi łapami, usiłując wbić rogi w smoczą szyję, ale Falko wraził mu miecz w tylną część uda i Sydian wyrwał się z uścisku.

Obracając się prędko, demon machnął łapą, celując w głowę Falka. Jego szpony przypominały rzezaki, jakie widziało się u chłopskich pługów. Skrzesały iskry na hełmie Falka, lecz wtedy Sydian zaatakował ponownie i demon ryknął z bólu, gdy smocze pazury naznaczyły jego grzbiet czterema głębokimi ranami. Rozwścieczony, odwinął się i zadał cios na ślepo. Falko zablokował go mieczem, potem kolejny przyjął na tarczę. Demon postanowił wyprowadzić trzeci, lecz raptem klinga maga bitewnego zapłonęła energią i odcięła demonowi dwa palce, a potem rozorała udo. Olbrzymia postać opadła na kolano, a wtedy Falko wbił jej miecz w pierś, przebijając serce.

Niedowierzanie wybuchło w umyśle demona, zmagając się z uczuciem wstydu, które przyniosła ze sobą świadomość porażki. Rycząc ze złości, okładał Falka pięściami. Pazury dzwoniły o pancerz, dopóki Sydian nie uderzył łapą z tak zatrważającą mocą, że ułamał się prawy róg demona.

Ze ślepi potwora buchnął żar i demon osunął się bezwładnie na ziemię.

Falko wydobył miecz z jego piersi. Drżał od nadmiaru adrenaliny, jego ciało było obolałe od ciosów. Bitwa dopiero się zaczęła, a on już czuł się wykończony, lecz nie miał czasu na odpoczynek. Sydian siał śmierć wśród skirytów, którzy ponownie przystąpili do ataku.

Falko ogarnął wzrokiem leżącego przed nim demona. Ciemna krew wyciekała z wielu ran, a palce, które mu jeszcze zostały, zagłębiły się w ziemi. Usiłował trzymać się życia, ale umierał. Falko uniósł miecz, by go dobić, lecz nagle opadli go dwaj kardakowie i musiał się bronić. Pierwszego zabił natychmiast. Zanim rozgromił drugiego, oberwał w udo, aż zdrętwiała mu noga. Wielu ciężkozbrojnych kardaków zbliżało się do ich pozycji i Falko uświadomił sobie, że jeśli zaraz stąd nie uciekną, zostaną otoczeni.

– Sydian! – zawołał. – Zabierz nas stąd!

Stając plecami do Falka, smok wziął głęboki wdech, a potem rozwarł paszczę i zionął ogniem po łuku, oczyszczając połać gruntu z przeciwników. Umykając przed ferockimi ostrzami, tnącymi powietrze za jego plecami, Falko wskoczył na Sydiana, a smok naparł naprzód i wzbił się w powietrze.

Wrzeszczący szaleńczo Opętani usiłowali dosięgnąć smoczych nóg mieczami, ale Sydian zaraz zwiększył wysokość i wreszcie znaleźli się poza ich zasięgiem. Po chwili wahania Falko obrócił Sydiana w prawo, gdzie drugi demon zbliżał się już do dywizji generała.

Renucci był chory z przerażenia, gdy patrzył na kroczącego w jego stronę demona. Zwalista kreatura, nawet pochylona, miała ponad dwanaście stóp wysokości, a całe jej ciało pokrywał poobijany do granic możliwości pancerz. Hełm ozdobiony był biegnącym przez środek czubem i przypominał maskę kata. Płonęły widoczne w szczelinach oczy, upodabniając opancerzoną głowę do rozpalonego pieca. Ze znajdującej się pod maską paszczy, przystosowanej do kąsania i rozrywania, wydobywał się ryk, który przejmował generała drżeniem.

Jeśli nie pokonają tej kreatury, ona przedrze się przez ich szeregi, a Opętani wleją się za linię jak woda przez pękniętą tamę. Jedyną nadzieją generała było zabicie demona, zanim dotrze do ściany tarcz, lecz choć jego głos ani drgnął, gdy wydawał rozkaz do ataku, generał Renucci wiedział, że są już zgubieni.

Falko patrzył, jak żołnierze generała nacierają na opancerzonego piekielnika. Prawie nie zwolnili, tratując kolejne szeregi skirytów, ale Falko wiedział, że impet tej szarży nie wystarczy, by powalić demona. Gdy wraz z Sydianem frunęli ponad wrzącą w kotlinie bitwą, spostrzegli rycerzy w pierwszej linii, opuszczających swoje lance i pochylających się w siodłach. Od celu dzieliły ich dwie długości, gdy demon machnął swoimi kiścieniami.

Potężne bryły metalu przecięły powietrze i kilku rycerzy z pierwszego szeregu zostało po prostu zmiecionych z siodeł. Ich zmasakrowane ciała zaległy na ziemi, zagradzając drogę rycerzom za nimi. Odrąbane członki i połamane lance pofrunęły w powietrze.

Kilku spośród jadących w drugim szeregu rycerzy zdołało utrzymać prędkość i wyprowadziło sekwencję celnych ciosów. Cztery lance odnalazły luki w ciężkiej zbroi. Trzy z nich złamały się, zostawiając po sobie zaledwie ślad, ale czwarta przebiła grubą skórę demona. Jeździec przemknął pod jego masywnym ramieniem i doznał chwilowej satysfakcji, nim demon okręcił się z zaskakującą szybkością i trafił jego wierzchowca w muskularny zad. Koń zakwiczał z bólu, gdy potężny cios zmiażdżył jego miednicę, a rycerz wpadł w masę skirytów, która oblazła go jak robactwo, i już się nie podniósł.

Szarżę przypuściło dwudziestu rycerzy, lecz teraz tylko pięciu trzymało się jeszcze w siodłach. Niechybnie i oni by zginęli, gdyby z nieba nie spadł na demona rozmazany czarny kształt. Potwór nie zdążył opuścić uniesionych kiścieni, by zmiażdżyć pozostałych wojowników, gdy Sydian wczepił się pazurami w jego grzbiet. Siła uderzenia sprawiła, że stwór stracił równowagę i zatoczył się naprzód. Falko zeskoczył z siodła, okręcił się w powietrzu, a potem przetoczył po ziemi, by wytracić impet, i znalazł się przy umierającym koniu. Prędko wyłapał umysłem chaos szalejący w głowie konającego zwierzęcia, a potem podniósł się na nogi i obrócił twarzą do przeciwnika. Nie widział dotąd większego demona. Nawet potężny atak Sydiana nie wyrządził mu krzywdy. Smok drapał go po głowie i ramionach, lecz jakimś cudem potwór trzymał się na nogach ze smokiem na plecach.

Sydian wsunął pazury pod krawędzie pancerza, otworzył paszczę i chlusnął płomieniem. Demon zawył, gdy ogień owionął jego okrytą hełmem głowę. Idąc w ślady towarzysza, Falko posłał w kierunku potwora własną kulę płomieni, która rozbryznęła się o jego udo. Stwór ponownie zachwiał się na nogach, a potem zamachnął się kiścieniem. Falko syknął przez zaciśnięte zęby, gdy żelazne bloki trafiły Sydiana między skrzydła.

Strumień smoczego ognia ustał jak ucięty nożem. Smok ryknął i spadł z pleców demona. Pancerne kolce biegnące wzdłuż grzbietu osłoniły kręgosłup i uchroniły Sydiana przed poważnymi obrażeniami, ale Falko wyczuł sztywność w jego ciele, gdy smok cofnął się przed kolejnym atakiem, który z pewnością zmiażdżyłby mu czaszkę.

Trzeci cios z pewnością by jej dosięgnął, gdyby Falko nie rzucił się naprzód i nie włożył całej swojej siły w cios mieczem wymierzony w lewą nogę stwora. Miał wrażenie, że trafił w żelazną kolumnę. Nawet klinga wykonana przez Malakiego z trudem przebiła się przez pancerz

wykuty w piekielnej kuźni. A jednak wraził ją na tyle głęboko, by zostawiła po sobie głęboką ranę. Demon wzdrygnął się, czując eksplozję palącego bólu, obrócił i skupił całą uwagę na człowieku, który sięgał mu ledwie do pasa. Pchany do działania przez płonącą w jego sercu wieczystą nienawiść, wymierzył Falkowi kopnięcie okutym kopytem, ale mag bitewny zręcznie uskoczył w bok. Stwór poszedł za ciosem i wyprowadził mordercze uderzenie kiścieniem, lecz Falko był dla niego za szybki i żelazny blok wbił się w ziemię.

Uwagę demona zwrócił kłujący ból u podstawy kręgosłupa. Okręciwszy się, złapał kątem oka rozmazany w pędzie smoczy ogon – grot na jego końcu zagłębił się w ciało potwora na tyle, by upuścić mu krwi, ale rana nie była wystarczająco poważna, by go zatrzymać. Demon zawył przeszywająco, gdy jego wściekłość sięgnęła zenitu. Zacisnął pięści i z jego ramion spłynęła fala czarnego ognia. Skupiła się wokół łbów kiścieni, które buchnęły płomieniem, a potem demon przystąpił do jeszcze zajadlejszego ataku. Falko przypadł do gruntu, gdy potwór błyskawicznie zakręcił młynka bronią i uderzył szerokim łukiem równolegle do ziemi. Sydian dwukrotnie usiłował się zbliżyć, lecz demon machał bronią raz po raz, oddzielając się od napastnika sekwencją ciosów, i smok musiał zachować dystans. Atakując demona z dwóch stron, bezskutecznie szukali luki w gardzie, prześwitu w nawałnicy obszernych ciosów. Demon zbliżał się coraz bardziej do żołnierzy generała Renucciego.

Opętani skupili się wokół swojego dowódcy, jakby wiedzieli, że wkrótce przełamie dla nich szyk obrońców. Oni również rzucili się do ataku. Falko zachwiał się, gdy ferocka klinga wyszczerbiła się na jego hełmie. Obrócił się i zabił skirytę. Choć utracił koncentrację dosłownie na moment, to wystarczyło, by rozpędzony łeb kiścienia zerwał mu naramiennik. Cios był powierzchowny, ale i tak oszołomił go i nieomal zwalił z nóg.

On i Sydian znaleźli się w kłopotliwym położeniu; musieli nie tylko kierować swoje ataki do środka, gdzie szalał demon, ale też na zewnątrz, skąd nacierali na nich Opętani. Nie zdołają długo walczyć na dwa fronty. Na szczęście był na polu bitwy jeden człowiek, który to zrozumiał. Falko ujrzał kątem oka, jak emisariusz wydaje rozkaz Nieugiętym, by pośpieszyli im z odsieczą.

Rycerze wbili się klinem głęboko w gromadę skirytów, lecz nawet to nie wystarczyło, by przerwać pierścień gromadzących się wokół demona żołnierzy. Czarna masa wchłonęłaby ich, gdyby generał Renucci nie zrobił tego, czego nikt nie miał prawa się spodziewać. Idąc w ślady emisariusza, kazał swoim ludziom ruszyć naprzód i objąć Falka, Sydiana i demona flankami swojej dywizji.

Z początku manewr wydawał się szaleńczy, ale gdy mieczownicy Czwartej Armii odepchnęli Opętanych, Falko odkrył, że może teraz z Sydianem skupić wszystkie wysiłki na ataku do środka. Smok zionął ogniem, a Falko poświęcał nieco więcej czasu na wytworzenie silniejszych magicznych pocisków, którymi obsypywał cielsko demona. Wreszcie ataki zaczęły przynosić skutek i potwór zaczął opadać z sił.

Falko wyłapywał umysłem cieniste przebłyski myśli demona. Pod nienawiścią i narastającą frustracją nasilało się uczucie podobne do strachu. Demon wiedział, że nieuchronnie zbliża się jego klęska. Gdy zaczął słabnąć, osłabł też rdzeń jego śmiertelnego istnienia. Ciemne ciało zaczęło pokrywać się pęcherzami, oblazły je płomienie, którymi bił w niego Falko, a ciężki pancerz nie wydawał się już nieprzepuszczalny. Z każdym atakiem gromy magicznej energii sięgały odrobinę głębiej, lecz teraz Falko wyczuł kolejny cień torujący sobie drogę do doliny. Należał do jeszcze potężniejszej armii Opętanych, a wraz z nim w zasięgu jego umysłu pojawił się demon, którego moc przyćmiewała wszystkie inne.

Nadchodził Marchio Dolor. Czas więc zabić demona i przygotować się na starcie z władcą wszystkich diabelskich pomiotów.

Falko schował miecz do pochwy i wypełnił energią swoją zaciśniętą pięść. Skupił moc w małej, ciasnej kuli, przemknął pod kolejnym dzikim uderzeniem i wypalił w pierś demona. Gęsta ognista kula nie wybuchła w kontakcie z wrogiem, ale raczej wbiła się w ciężki pancerz i zaczęła wwiercać się w głąb ciała, prosto ku sercu bestii.

Falko musiał bardzo się skupić, by utrzymać magiczną energię w miejscu, a potem by wepchnąć ją głębiej, cały czas uskakując przed niekończącymi się atakami demona. Sydian również nie przestawał atakować, smagał potwora ogonem i zionął ogniem. Falko zacisnął zęby, czując, że pot perli mu się na czole. Ale wiedział, że ta walka dobiega już końca. Jeszcze chwila i kula ognia wybuchnie w ciele demona.

Marchio Dolor był zdezorientowany.

Jego mroczne anioły doniosły mu, że w armii z Amboss był tylko jeden Przeciwnik, a mimo to pokonani zostali już dwaj Wierni. Jeden leżał śmiertelnie ranny na polu bitwy, a drugi okazał godną pożałowania słabość, stając twarzą w twarz z porażką.

Marchio nie mógł już nic zrobić dla kolosa z dwoma kiścieniami, ale drugiego demona mógł jeszcze uratować. By tego dokonać, będzie potrzebował kilku dusz z pasa niewoliciela, ale owszem, tego demona można jeszcze przywrócić do pełni sił. Zamknąwszy oczy, Marchio zaniósł swoją intencję do podziemnego świata i przywołał jednego ze służących mu niewolicieli. Ten miał przy pasie kilka silnych dusz. Więcej niż dość, by uzdrowić rannego demona.

Nie zwalniając kroku, gdy schodził do doliny pomiędzy trzema wzgórzami, Marchio otworzył przejście dla niewoliciela. Odczekał, aż oko jego umysłu ujrzy pojawienie się białego demona na polu bitwy, a potem ponownie skupił myśli na Przeciwniku, który stał na jego drodze. Przeciwniku z czarnym wyrmem u boku. Nigdy jeszcze nie zabił czarnego wyrma. Uradował się na myśl o tym, że zaraz rozgromi najsilniejszego przedstawiciela tej rasy.

Co się zaś tyczy Przeciwnika...

Wierze tego człowieka dorównywała tylko miłość, jaką darzył on ludzi walczących razem z nim. Marchio znajdzie satysfakcję w zamordowaniu go, ale zastanawiał się, czy uda się pozyskać jego duszę.

Umysł Marchia Dolora płonął niecierpliwością, gdy wprowadził swoją armię do Doliny Trzech Braci.

Bitwa nie trwała długo, lecz Alex Klingemann miał wrażenie, jakby ciągnęła się od wielu godzin. Żar bijący od Opętanych budził przerażenie, a fetor ich gnijących ciał przyprawiał go o mdłości, lecz mimo to usiłował skupić całą uwagę na bitwie, na Wygnańcach walczących o utrzymanie szyku. Walka toczyła się na całej linii, ale intensywność pierwszego natarcia osłabła i Alexowi wydawało się, że szale przechylają się z wolna na ich korzyść. Usłyszał krzyk dobiegający gdzieś zza jego pleców i przy pierwszej okazji odstąpił na bok, pozwalając żołnierzowi za sobą zastąpić się na pozycji. Przy takim natężeniu walki należało pamiętać o rotacji wojowników na pierwszej linii, a ten niełatwy manewr Wygnańcy opanowali do perfekcji.

Wdzięczny za chwilę wytchnienia, Alex skorzystał z okazji, by ogarnąć wzrokiem pole bitwy.

Ujrzał, jak chmara strzał unosi się skądś blisko i wrzyna się w czarną masę Opętanych. Urwipołcie robili co w ich mocy, by wspomóc wojowników na pierwszej linii. To niebezpieczne podprowadzać łuczników tak blisko do ognia bitwy, ale Bryna znalazła skrawek wypiętrzonego gruntu i wykorzystywała przewagę wysokości, by razić Opętanych metodycznym ostrzałem.

Wciąż mieli przed sobą tysiące i tysiące skirytów, ale szeregi wroga wyraźnie się już przerzedzały i Alex doznał przejmującego uczucia ulgi na myśl, że zwycięstwo może być w zasięgu ręki. A potem utkwił wzrok w przeciwnym kącie doliny, gdzie na horyzoncie rozciągała się nowa smuga cienia. Dali odpór pierwszej fali ciemności, lecz oto gromadziła się nad nimi jeszcze zajadlejsza nawałnica.

Widok zdusił ulgę w sercu Alexa, który już sposobił się do powrotu do bitwy, gdy nagle coś zwróciło jego uwagę. Połyskliwa wyrwa w przestrzeni, niczym złożony cień unoszący się w powietrzu w połowie drogi między pierwszą linią a ciałem pierwszego pokonanego przez Falka demona. Z niej na oczach Alexa wyłonił się nowy demon, który potoczył pogardliwym spojrzeniem po ludziach bijących się z Opętanymi.

Przez chwilę tylko stał, lecz zamiast zaatakować, zwrócił się ku demonowi leżącemu na polu bitwy, pokonanemu i bliskiemu śmierci. Za tym nowo przywołanym piekielnikiem wlokły się krwawe siatki splecione z łańcuchów przytroczonych do jego pasa. Okropne metalowe tłumoki rozkładały się wokół jego nóg jak długa, włócząca się po ziemi spódnica. Toczyły się, podskakując na nierównościach gruntu, i obijały o kamienie, zostawiając na ziemi smugi krwi.

Alex prawie nie zwrócił uwagi na nagłą falę przerażenia, która naparła na niego od strony demona. Raptem tocząca się wokół niego walka została zepchnięta na tył jego umysłu, gdy uświadomił sobie, że ten demon jest biały.

Alex Klingemann bezwiednie przepchnął się na czoło Wygnańców. Istniał manewr, który wykonywała piechota, gdy zachodziła potrzeba przedarcia się naprzód. Zwał się „cała naprzód", lecz Alex wydał rozkaz w języku Illicji.

– Volle Macht! – zawołał.

Wygnańcy bez wahania naparli naprzód.

– Volle Macht! – powtórzył.

Jego wojownicy wysunęli się z pierwszej linii. Nie wiedzieli, dlaczego ich młody dowódca kazał im wyjść poza strefę bezpieczeństwa, ale wykonali polecenie i wkrótce zaczęli przedzierać się przez hordę skirytów, mężnie znosząc atak ze wszystkich stron. Utworzyli defensywny kwadrat i ruszyli przed siebie. Alex wiódł ich prosto na wycofującego się demona.

Po obu ich stronach jednostki tarczowników i włóczników także ruszyły przed siebie, dostosowując się do manewru Wygnańców, i raptem na całej długości linii zapanował chaos.

Lanista Magnus mógł tylko otworzyć szeroko usta, widząc, jak jednostka Alexa ni z tego, ni z owego wyłamuje się z linii.

– Co on robi, do diaska? – warknął stary instruktor.

– Rozwali nam całą linię! – krzyknął jeden z oficerów.

I miał rację. Kiedy już myśleli, że wygrają tę bitwę, jeden popędliwy dowódca rozpętał chaos we własnych szeregach.

– Dajcie rozkaz utrzymania pozycji i skonsolidowania szyku – syknął dowódca, a sygnaliści za jego plecami zadęli w trąby.

W ogólnym bezładzie mieczownicy i włócznicy starali się odtworzyć linię. Jednakże Opętani nie przestali w tym czasie nacierać i wkrótce Wygnańcy wydzielili się z masy armii, odcięci od pozostałych jednostek. Przez chwilę wydawało się, że zaraz zostaną otoczeni ze wszystkich stron, lecz wtedy inna jednostka wyskoczyła z linii po prawej stronie, by przyjść im z pomocą.

– Przekleństwo! – warknął dowódca. – Teraz Urwipołcie wyłamali się z szyku!

Przez chwilę lanista Magnus tylko marszczył brwi, starając się dociec, kogo winić za ten pokaz strategicznej głupoty. A potem jego wzrok powędrował do nowego demona, który dopiero co pojawił się na polu bitwy. I przypomniał sobie, co powiedział Malaki po uratowaniu uchodźców w wąwozie. Demon, który pojmał Quirrena, był biały.

Z początku, gdy zobaczyła, jak Alex wypycha Wygnańców z pierwszej linii, Bryna pomyślała, że przyjaciel stracił rozum, ale po chwili sama spostrzegła, jaką barwę miała skóra demona, który wyskoczył jak spod ziemi i górował teraz nad armią Opętanych. I zauważyła żałosne strzępy ludzi uwięzionych w łańcuchowych siatkach, które wlokły się za nim.

– Miecz w dłoń! – zawołała do Paddy'ego, który zmarszczył brwi, jak gdyby zaczęła gadać od rzeczy, ale ona złapała go za ramię i obróciła twarzą do demona. – To ten! – krzyknęła. – To ten, co zabrał Quirrena!

Cień strachu przemknął przez twarz Paddy'ego, gdy pomyślał o zbliżeniu się do potwora, ale zaraz w jego głęboko osadzonych oczach zalśniło przenikliwe światło. Milczał przez chwilę, a potem...

– Tarcze, hełmy i miecze, wy cuchnące ścierwa! – zaryczał, a Urwipołcie przerzucili łuki przez ramiona i chwycili za broń ręczną.

A potem Bryna wyprowadziła ich z szyku, by wesprzeć Wygnańców, którzy byli już pięćdziesiąt kroków przed nimi.

Tylko dzięki temu, że szeregi Opętanych były już nieźle przetrzebione, zdołali posunąć się naprzód, lecz i tak przestrzeń między Urwipołciami a sojuszniczą armią natychmiast wypełniła się setkami skirytów.

Znajdujący się kilkaset jardów na prawo Malaki patrzył przerażony, jak czarno odziani Wygnańcy opuścili swoją pozycję w szyku, a Urwipołcie zaraz ruszyli za nimi. Był zbyt daleko, by dostrzec niewoliciela, i nie potrafił zrozumieć, co powodowało Alexem i Bryną.

Rycerze Furii właśnie rozbili blok czterystu kardaków, któremu o mało nie udało się przełamać szyku marszałka Bretona. Malaki mruganiem usiłował pozbyć się potu z oczu, starając się jednocześnie nie stracić z pola widzenia jednostki swojej żony.

– Co oni wyprawiają? – spytał walczący u jego boku Huthgarl.

– Pojęcia nie mam – mruknął Malaki.

Gdy rycerze Furii wrócili na swoją pozycję na lewej flance dywizji marszałka Bretona, serce sir Malakiego de Vane wypełnił strach.

Falko dygotał z wysiłku. Robił, co mógł, by utrzymać kulę ognistą w miejscu, wiedział bowiem, że starcie zaraz dobiegnie końca. Jeszcze kilka sekund i demon zginie. Ale musiał zachować ostrożność. Kiście-nie potwora śmigały mu przed oczami, zakreślając w powietrzu szerokie łuki, a każdy cios mógł dobiec celu i okazać się śmiertelny. Patrzył, jak łby kiścienia unoszą się w powietrze, i wiedział, że zaraz pomkną mu na spotkanie, ale wiedział też to, że wygrał tę walkę.

Ostatnim mentalnym zrywem pozwolił kuli wybuchnąć w piersi demona. Potężny stwór zadrżał, gdy jego ciało zaczęły pożerać płomienie, a spomiędzy płyt pancerza buchnęło światło.

Moment wypuszczenia energii sprawił, że Falkowi zakręciło się w głowie. Już miał przemknąć pod rozpędzonym żelaznym obuchem, gdy nagle w jego świadomość wdarła się nowa aura. Falko natychmiast rozpoznał niewoliciela i w tej chwili przystanął na moment. A rozpędzona masa żelaza trafiła go w hełm. Ostatnią myślą, jaka przemknęła przez jego umysł, było imię przyjaciela.

Quirren.

101

ŁASKA PATRICKA FECKLERA

Fala rozpaczy ogarnęła sprzymierzone siły, gdy roztaczana przez Falka ochronna tarcza raptem opadła. Marszałek Breton nagle poczuł nieznośną suchość w gardle. Przypływ paniki sprawił, że serce zadrżało mu w piersi.

Byli zgubieni.

Falko poległ, a ich wszystkich czeka zguba.

Przez chwilę niczego tak nie pragnął, jak obrócić konia i rzucić się do ucieczki. Ale nie zrobił tego. Był marszałkiem armii Clemoncé i nie mógł porzucić żołnierzy, których przywiódł na tę bitwę.

Okrutna ironia polegała na tym, że dopiero co zaczęli wygrywać. Przetrwali pierwszą falę ataku Opętanych i szala zaczynała przechylać się na ich korzyść. Marszałek Breton rozważał nawet danie sygnału do ruszenia naprzód, lecz dobry ku temu moment już przeminął i teraz było to niemożliwe. Demon, który przed chwilą pojawił się na polu bitwy, nie był tak potężny jak te, które pozabijał dotąd Falko, lecz strach emanujący z jego popielatobiałego ciała blokował wszystkie myśli. A teraz na dalekim skraju doliny zaczął rosnąć cień i nowa fala strachu, która rozciągała się nad polem bitwy wraz z nim, była czymś nieporównanie potężniejszym.

Przybył Marchio Dolor i marszałek Breton wiedział, że nie zdołają mu się oprzeć. Obezwładniająca trwoga uświadomiła mu, jaki straszny błąd popełnili, przychodząc tutaj. Zaufał dwukrotnie młodszemu od siebie chłystkowi, a teraz wszyscy słono za to zapłacą. Ich linia obrony była w stanie rozkładu, a odwrót mógł się skończyć tylko doszczętnym rozbiciem sojuszniczej armii. Marszałek Breton miał zaraz stracić największą armię w historii Siedmiu Królestw.

Hańba i zgroza.

Oszołomiony poczuciem winy marszałek Breton mógł tylko patrzeć, jak sunie na nich druga fala Opętanych.

Wygnańcy również odczuli moment, w którym padł Falko, ale oni dawno już porzucili nadzieję, więc nie było to dla nich tak druzgocące doświadczenie jak dla innych. Z ponurą determinacją wyrzynali sobie drogę naprzód, prowadzeni przez młodego dowódcę, którym owładnął jakiś mściwy duch.

Alex Klingemann zaatakował skirytów z dzikością, która nijak nie zgadzała się z jego niefrasobliwą naturą. Zbryzgany czarną krwią, ciągnął Wygnańców naprzód, na demona, który szedł odwrócony do nich plecami, kierując swoją uwagę ku innym celom. Nawet stojąc tyłem do nich, niewoliciel roztaczał aurę piekielnego strachu, która biła w ściany umysłu jak gorący wiatr, ale Alex zaciął zęby i ściągnął brwi w grymasie niezłomnej determinacji. Dotrze do demona i ocali brata lub umrze.

Za jego plecami trzon sojuszniczej armii popadał w coraz większy nieład. Z początku usiłowali wspomóc Wygnańców, ale ich dyscyplina poszła w drzazgi, gdy rozbiła się tarcza roztaczana przez Falka. Gdy linia się złamała, momentalnie wycofali się, by ją odtworzyć, zostawiając Wygnańców i Urwipołciów jak dwie wyspy w morzu Opętanych. Obie jednostki były coraz bardziej odizolowane od trzonu armii, który pozostał na jego brzegu. Lecz Alex nie miał w głowie wolnej myśli, którą mógłby poświęcić tym sprawom. Był całkowicie skupiony na niewolicielu i na jednej szczególnej łańcuchowej siatce przymocowanej do jego pasa.

Wśród masy krwawego mięsa dostrzegł kępę czarnych włosów i strzęp karmazynowego materiału, tego samego, który nosili rycerze Zakonu Czarnego Orła. Ta plątanina łańcuchów i brudnego od ziemi mięsa była jego bratem. Zabijając kolejnego skirytę, naparł naprzód, jeszcze agresywniej, jeszcze silniej. Wciąż dzieliło ich wielu Opętanych, lecz teraz niewoliciel się zatrzymał. Alex zobaczył, jak patrzy na pierwszego demona, którego powalił Falko, i wówczas uprzytomnił sobie, że ta piekielna kreatura jeszcze żyje.

A niewoliciel odpiął z pasa jeden z łańcuchów. Uniósł w powietrze siatkę z umęczonym ciałem i spojrzał na demona leżącego u jego stóp. Mroczny ogień oplótł jego wyciągnięte ramię i nagle zawartość siatki spłonęła, a mieszkająca w niej umęczona dusza została zesłana w piekielne głębiny. W tej samej chwili z drugiej ręki niewoliciela trysnęła czarna energia i wniknęła w ciało rannego demona. A ten się poruszył.

Nadal świecąca piekielnym żarem pusta siatka wciąż była umazana nadpaloną krwią, a między ogniwami widniały strzępy zwęglonego mięsa, ale więziony w niej człowiek zniknął. Nie poświęcając ani myśli wykorzystanemu nieszczęśnikowi, niewoliciel pozwolił łańcuchom opaść i sięgnął po drugą siatkę.

Z krzykiem rozpaczy na ustach Alex uświadomił sobie, co się dzieje. Potwór używał uwięzionych dusz, by przywrócić siły umierającemu demonowi. Nie wiedział, ile dusz zużyje w ten sposób, ale prędzej czy później sięgnie po łańcuch z Quirrenem i wtedy dusza jego brata przepadnie na zawsze.

Po lewej stronie Wygnańców przemknął z dudnieniem wielki bestiarum, ale żołnierze nie zwrócili na niego uwagi. Wszystkie siły pożytkowali na mozolny marsz ku niewolicielowi, nie zauważyli więc kolejnego potwora, który szarżował prosto na nich od prawej strony. Stwór był wielki, nawet jak na bestiaruma. Biegł na Wygnańców z mordem w ślepiach, gotowy rozedrzeć oddział na strzępy.

Bryna zapłakała, gdy zniknęła znajoma tarcza roztaczana przez Falka. Płakała nad nim i płakała przez strach, który wdarł się do jej umysłu. Jedyną rzeczą, która pozwalała jej zachować skupienie, była potrzeba zatroszczenia się o Wygnańców.

Nawet gdyby nie dręczył jej demoniczny strach, czułaby się bezbronna i wystawiona na atak. Łucznicy nie byli przyzwyczajeni do walki w zwarciu, ale Urwipołcie świetnie sobie radzili. Walczyli z zajadłością ulicznych zbirów, lecz i tak Bryna była wdzięczna losowi za to, że to nie na nich skupiają się Opętani.

Pięćdziesiąt kroków dalej Wygnańcy zbliżali się już do niewoliciela, a on, na szczęście, nie zdawał sobie jeszcze sprawy z ich obecności. Bryna nie wiedziała, co Alex zamierza zrobić, gdy już go dosięgnie... Raptem uprzytomniła sobie to, co oczywiste, i zrozumiała, jaki sens krył się za jego porywczym zachowaniem. Za Urwipołciami wrzała czarna kipiel skirytów, odcinająca ich coraz bardziej od trzonu armii, i Bryna widziała teraz, jak sunie ku nim nowy oddział żołnierzy.

Zginą tutaj. Była tego pewna.

Oplótł ją jakiś paraliż i choć Urwipołcie dalej walczyli, zaczęła rozglądać się za okazją do ucieczki.

– Pani kapitan!

Słyszała słowa, ale nie rozumiała ich znaczenia. Rozkojarzyły ją tylko na moment, nim ponownie owładnął nią instynkt każący uciekać byle dalej, byle szybciej.

– BRYNA!

Desperacja w głosie Paddy'ego wreszcie przebiła się przez całun paniki i kobieta skupiła spojrzenie na jego twarzy.

– Musimy się wycofać! – zawołał Feck. – Za głęboko się zapuściliśmy w tłum tych cholerników. Musimy wrócić do szyku.

Przez chwilę Bryna tylko na niego patrzyła. Widziała dzikie napięcie w jego oczach, wiedziała, że jego samego dzielą tylko chwile od utraty rozsądku. Rozejrzała się dookoła i znalazła wzrokiem sprzymierzoną armię, lecz teraz Urwipołciów dzieliły od niej tysiące skirytów. Zwróciła się naprzód, tam gdzie Wygnańcy prawie już dotarli do niewoliciela, a potem zauważyła wielkiego bestiaruma nacierającego od prawej. Olbrzymia bestia rozrzucała skirytów po polu bitwy jak szmaciane zabawki i gnała prosto na Wygnańców.

Ignorując Paddy'ego, Bryna złapała za łuk i podbiegła do czoła oddziału. Nałożyła strzałę i naciągnęła cięciwę.

– Suivez dix! – krzyknęła.

Osiem pocisków pomknęło za jej własnym i wbiło się w bok potwora. Nawet nie zwolnił.

Łomot uderzających o ziemię łap szybko narastał, zaledwie sekundy dzieliły monstrum od Wygnańców i nie istniał sposób, by powalić go za pomocą strzał.

Bryna nałożyła kolejną strzałę, a potem ile sił w płucach wrzasnęła:

– Urwipołcie! Suivez moi!

Wypuściła strzałę, a powietrze zatrzęsło się od zbiorowego brzęku zwalnianych cięciw, gdy sto pocisków pomknęło w ślad za nią. Gęsta chmura strzał wbiła się w bok bestiaruma i stwór wrył się w ziemię klatką piersiową. Pęd poniósł naprzód zabitą bestię, która zwaliła jeszcze z nóg kilku żołnierzy Alexa, ale formacja wytrzymała, zamykając ostatni odcinek dzielący ją od niewoliciela.

Zabicie bestiaruma pomogło Brynie otrzeźwieć. Poświęciła chwilę, by rozeznać się w sytuacji wokoło. Urwipołcie utknęli na ziemi niczyjej pomiędzy pierwszą falą Opętanych a armią, która nadciągała z Marchiem Dolorem. Widziała, że nie zdołają się wydostać. Zbliżała się do nich masa pancernych kardaków.

– Przesrane! – powiedział stojący obok niej Paddy, a Bryna mogła tylko kiwnąć głową.

– Odbijemy na prawo – powiedziała zadziwiająco spokojnym głosem. – Spróbujemy odciągnąć kardaków od Alexa.

Paddy spojrzał na nią, jakby nie rozumiał, jak może teraz myśleć o innych, skoro wszyscy zaraz odrodzą się jako Opętani.

– No dalej, Feckler – rzuciła do niego, gdy się zawahał. – Zabijemy jeszcze kilku, zanim to się skończy.

Paddy Feck skrzywił się. Zawsze myślał, że ci „kulturalni ludzie" to słabeusze i głupcy, na których mają prawo żerować silni i cwani, lecz odkąd poznał Brynę Godwin, co rusz docierało do niego, że był w błędzie. Idąc za jej przykładem, zaczął rozkazywać przerażonym Urwipołciom. Kilku skirytów podbiegło, wrzeszcząc i machając mieczami, ale w tym przejściowym oknie spokoju nie stanowili zagrożenia. Gdy łucznicy zajęli nowe pozycje po prawej stronie, Paddy popatrzył na ścianę czarnej ciężkozbrojnej piechoty, która kroczyła w ich kierunku.

– Słyszałaś kiedyś, by łucznicy pokonali oddział tysiąca kardaków? – spytał.

Brynie zanadto zaschło w ustach, by mogła się odezwać, ale oboje wiedzieli, że odpowiedź na to pytanie brzmi: nie.

Stojąc bokiem do wroga, Bryna przygotowała się, by dać Urwipołciom rozkaz do strzału. Niemal bezwiednie jej wolna ręka objęła kołczan. Ktoś mógłby powiedzieć, że sprawdzała jego wagę, by ocenić, ile jeszcze zostało jej strzał, ale Paddy wiedział, że myślała o mężczyźnie, który podarował jej ten kołczan, i nagle niesprawiedliwość życia wzbudziła w nim gniew.

Ci młodzi ludzie powinni robić bachory na sianie w jakiejś cholernej stodole, szczęśliwi i bez pojęcia o tym, jak okrutne potrafi być życie. Nie powinni umierać na polu bitwy, gdzie ich trupy nigdy nie zaznają spokoju.

Paddy nie dowiedział się nigdy, co to znaczy kochać kogoś, nie rozpoznał więc emocji, od której drgnęło jego serce. Wiedział tylko tyle, że jeśli Bryna umrze przerażona, jej dusza zostanie zagarnięta przez Opętanych, lecz jeśli będzie wówczas myśleć o tym swoim rycerzyku, co miał ikry za stu, to jej dusza na zawsze znajdzie się poza ich zasięgiem.

Niemal bez udziału myśli Patrick Feckler wyjął zza pasa naostrzony nóż i gdy reszta Urwipołciów przygotowywała się do ostrzału nadchodzących kardaków, jego wzrok spoczął na bladej szyi Bryny.

102

URATOWAĆ TYCH, KTÓRYCH KOCHAMY

Ciemności wciąż nie dało się przeniknąć wzrokiem, ale w ciszę zaczął się wdzierać odległy ryk morza. Falko pamiętał, gdy pierwszy raz je ujrzał, stojąc na skalistym wybrzeżu Clemoncé. Rozległa przestrzeń błękitu i szarości wydawała się ciągnąć w nieskończoność. Nigdy nie było spokojne, ulegało ciągłym przemianom, fale zagarniały ląd tylko po to, by zaraz się wycofać, jakby to świat nabierał i wypuszczał powietrze.

Tylko że coś było nie tak.

Ocean szumiał nie do rytmu. Wydawał jednostajny dźwięk, który ciągnął się i ciągnął. I od kiedy fale krzyczą z bólu? Od kiedy w ich szumie pobrzmiewa szczęk stali?

Nie.

To nie był odległy ryk oceanu, tylko jazgot bitwy. Wyczołgując się z jakiejś bezmiernej, niematerialnej głębi, Falko wywalczył dla siebie drogę do świata rzeczywistego. Gdy jego umysł ponownie złączył się z ciałem, powróciły ból i wycieńczenie. Całe jego ciało przenikało drżenie, niczym żelazny pręt, którym ktoś uderzył o kowadło.

Leżał na plecach, a świat wokół niego rozmazywał się w ruchu. Przetoczywszy się na bok, wypluł krew i z trudem dźwignął się na jedno kolano. Skrzywił się, gdy poczuł sztywność w karku, i dotarło do niego, jak bardzo boli go głowa.

Powoli otworzył oczy.

Wokoło szalała bitwa. Zobaczył Sydiana walczącego ramię w ramię z żołnierzami Czwartej Armii. Ale choć wojownicy nie dawali za wygraną, dręczył ich przeraźliwy strach i Falko czuł, że ten niebawem ich pochłonie. Wiedział, że musi ich chronić, ale wciąż kręciło mu się w głowie od ostatniego ciosu demona. Żył tylko dzięki hełmowi i instynktownie wygenerowanemu czarowi wzmacniającemu, lecz otarł się o śmierć i potrzebował chwili, by dojść do siebie.

Jego miecz wciąż był w pochwie. Falko sięgnął po skosie, aż jego palce zacisnęły się na rękojeści. W klindze odezwała się głęboka nuta, która jakimś sposobem dodała mu sił. Łapiąc mocniej rękojeść, zamknął oczy i poczuł, jak jego ciało wypełnia się wibrującą mocą. To drżenie wzbudziło się gdzieś za jego oczami, spłynęło po twarzy i podniosło mu włoski na przedramionach. Niosło ze sobą głębokie, lecznicze ciepło i gdy wróciły mu siły, Falko raz jeszcze otoczył armię nieprzepuszczalnym magicznym płaszczem odwagi.

Powoli wstał. Wziął głęboki wdech, by przewietrzyć zastałą głowę, a gdy odzyskał władzę nad własnymi myślami, przypomniał sobie imię, które przemknęło przez jego umysł, zanim oberwał kiścieniem.

Quirren!

Strzelił wzrokiem ku przeciwnej stronie pola bitwy, gdzie wciąż wyczuwał obecność demona, który pojmał jego przyjaciela. Jego myśli wyostrzyły się nagle i Falko zaczął się poruszać, z początku sztywno i niemrawo, lecz z każdym krokiem coraz sprawniej, coraz bardziej zdecydowanie.

– Sydian! – zawołał, choć nie było potrzeby wołać.

Ze wszystkich walczących na polu tylko smok wiedział, że Falko nie umarł, i czekał, aż jego brat dojdzie do siebie. Zabił potężnym smagnięciem ogona dwóch skirytów, odskoczył od pozostałych napastników i pobiegł w kierunku maga bitewnego.

Falko poprawił tarczę i skupił wzrok na zbliżającym się towarzyszu. Sydian zrównał się z nim i uchylił skrzydło, a chłopak, wyzbywszy się już niemal sztywności w rozgrzanych członkach, wskoczył mu na grzbiet, nie zwalniając biegu. Smok dał mu tylko chwilę, by usiadł w siodle i złapał się pasków, a potem rozpostarł skrzydła i wzbił się w powietrze. Pomknęli w górę, a duch całej armii podniósł się wraz z nimi.

Patrząc jednymi oczami, dostrzegli piechotę skupioną za niewolicielem. Nawet nie widząc jeszcze barw jednostki, Falko wiedział, że to Wygnańcy. Nie atakowali demona, ale na czele przetrzebionego oddziału błyskały iskry. Z jakiegoś powodu niewoliciel zachowywał się tak, jakby umyślnie ignorował ich oddział, ale Falko wiedział, że to się niebawem zmieni. Wkrótce skupi na nich swoją uwagę i wtedy Wygnańcy zostaną zniszczeni.

Nie musiał popędzać Sydiana do działania; smok doskonale wiedział, że nie ma czasu do stracenia. Mknął nad polem bitwy, tuląc do siebie kończyny, by zminimalizować opór powietrza. Kątem oka Falko dostrzegł rozległy cień drugiej armii Opętanych rozlewający się u zrębu doliny. Wyczuwał wzmagającą z każdą chwilą obecność nadchodzących demonów, a wśród nich wyróżniał się potężny Marchio Dolor. Markiz Cierpienia wiedział, że Falko tu jest – i mag bitewny poczuł się nagle nagi i bezbronny. Głównodowodzący wrażej armii usiłował zrozumieć człowieka, który stanął mu na drodze, a Falko miał wrażenie, jakby natarczywe myśli demona wydzierały mu z serca i obnażały wszystkie jego tajemnice.

„Nigdy byś się nie odważył. Nigdy nie znalazłbyś w sobie wiary".

Próbując dać odpór myślom demona, skupił całą swoją uwagę na niewolicielu i na wątłej nadziei wyswobodzenia Quirrena.

Wcisnąwszy kolana mocniej pod skrzydła Sydiana, Falko złapał się krawędzi pancerza osłaniającego kark smoka. Szybko pokonali odległość pół mili, lecz gdy Sydian złożył się do ataku, niewoliciel obrócił się w ich stronę. Wygnańcy rozpierzchli się, gdy demon za pomocą jednego z ciał w łańcuchach rozbił pierwszy szereg jednostki. Mała grupa Wygnańców podała tyły, podczas gdy pozostali usiłowali formować mur tarcz, jednak nie mieli z demonem najmniejszych szans.

Trysnęły iskry, gdy Alex uderzył mieczem w łańcuch przy pasie niewoliciela, na którego końcu tkwił w siatce Quirren. Stojąc tak blisko demona, nie umiał odróżnić przerażenia od potwornego żaru, który emanował z jego ciała. Rękojeść miecza zdawała się śliska w mokrej od potu skórzanej rękawicy, lecz wtedy uderzony po raz kolejny łańcuch wydał inny dźwięk i ogniwa zaczęły pękać. Kolejny cios, jeszcze jeden, a potem łańcuch zerwał się z jękliwym brzękiem.

Serce urosło Alexowi w piersi, ale zadowolenie pierzchło w tej samej chwili, w której demon zwrócił ku niemu twarz.

Ktoś splugawił jego narzędzie tortur. Ktoś ukradł jedną z jego dusz. I ktoś za to zapłaci.

Wygnańcy wzdrygnęli się w przerażeniu, gdy demon ogarnął ich wzrokiem. Alex sięgnął w dół po łańcuch Quirrena i syknął z bólu, gdy rozgrzany metal zmienił w parę pot w jego rękawicach. Ludzie wokół niego próbowali mu pomóc i wspólnymi siłami odciągnęli jego brata, gdy tymczasem pozostali Wygnańcy robili, co w ich mocy, by osłonić ich odwrót. Uformowali szyk obronny, lecz w tym momencie demon złapał za inny łańcuch i wziął zamach spętanym nieszczęśnikiem, jakby władał olbrzymią maczugą.

Ciągnący Quirrena po ziemi Alex podniósł wzrok i zobaczył, jak siła uderzenia rozrzuca pozostałych przy życiu Wygnańców po polu bitwy. Nie mogli powstrzymać białoskórego demona, za którym rósł teraz inny, czarny kształt. Pierwszy powalony przez Falka piekielnik dźwigał się właśnie na nogi. Dusze zaprzęgnięte do pracy przez plugawą moc piekła spełniły swoje zadanie i strach w powietrzu wzmógł się, gdy ranny demon wrócił do sił.

Alex wiedział, że już po nich, lecz zanim pochłoną go Opętani, może zrobić jeszcze jedną rzecz. Mógł uwolnić swojego brata od niewyobrażalnego cierpienia.

Spojrzał w dół na bezkształtną masę mięsa i uniósł miecz. Za maską zakrzepłej krwi i ziemi widział kształt twarzy Quirrena. Na krótką chwilę opuściła go odwaga, lecz wtedy obrócił miecz ostrzem w dół i mocno złapał go oburącz.

Gdy niewoliciel ruszył w jego stronę, Alex Klingemann uzbroił swoje serce.

– Wybacz mi – wydyszał, a potem zatopił miecz w piersi brata.

Klinga sięgnęła głęboko i Quirren rozchylił usta, zasysając powietrze z bólu, ale ku przerażeniu Alexa wcale nie umarł. Łańcuch został przerwany, lecz dusza Quirrena wciąż była we władaniu demona. Wstrząsany rozpaczliwym szlochem, Alex wypuścił miecz i padł na kolana. Łzy spłynęły mu po policzkach, gdy zgasł w nim ostatni płomyk nadziei i zamajaczył nad nim niewoliciel.

Demon patrzył na niego. Zmrużył oczy zacienione masywnymi brwiami, jakby nagle zrozumiał, co łączy tego człowieka z duszą, którą usiłował uratować. Coś na kształt rozbawienia zakradło się do jego spojrzenia, a potem uniósł jedną ze świeżo opróżnionych siatek. Spełniła swoje zadanie, gdy niewoliciel uleczył pokonanego demona. Czas wypełnić ją nową duszą. Wkrótce dwóch braci będzie zwisać z jego pasa.

Alex znieruchomiał, gdy niewoliciel wyciągnął rękę w jego kierunku. Mignął mu przed oczami obraz czekającej na niego agonii, lecz wtedy poczuł na twarzy tchnienie wiatru i niewoliciel zachwiał się, gdy coś znalazło się między nimi. W tym samym momencie Alex zobaczył, jak czarny smok spada z nieba na ciemnoskórego demona, który dopiero co dźwignął się na nogi. Czarny piekielnik zniknął Alexowi z oczu, a niewoliciel gapił się, zmieszany, na głęboką ranę w swojej piersi.

Alex zerknął w prawo i ujrzał wstającą z ziemi postać. Ciemna zbroja, barbuta, okrągła tarcza, miecz. Nie mógł dostrzec wyrazu twarzy przyjaciela, ale jakimś sposobem furia bijąca od Falka była jeszcze bardziej przerażająca niż wszystkie demony piekieł.

Niewoliciel był albo zbyt głupi, albo zbyt arogancki, by rozpoznać tego, kto przywiedzie go do zguby, lecz Alex wiedział ponad wszelką wątpliwość, że potwór, który pojmał jego brata, wkrótce rozstanie się z życiem.

Marszałek Breton nie ośmielił się uwierzyć w przyczynę rozpierzchnięcia się aury przerażenia. Sojusznicze wojska zaczęły już uginać się pod naporem wroga, ale teraz stanęły pewniej i ich morale się podniosło, kiedy tylko poczuli pokrzepiającą obecność maga bitewnego.

– On żyje – powiedział marszałek, zwracając się do lorda Cabala, który siedział na koniu obok niego.

– Wiem – odparł lord dowódca. – Ale chyba nie uda się nam już uratować lewego skrzydła.

Marszałek Breton spojrzał w lewo, gdzie strzępił się coraz bardziej odcinek linii obrony obsadzony przez Nieregularnych. Wróg zmusił ich do uformowania czworoboków, dzięki czemu mógł napierać teraz na rozczłonkowane oddziały ze wszystkich stron.

– Nie zdołamy oprzeć się drugiej fali, jeśli nie odbudujemy linii – orzekł lord Cabal, a marszałek mógł tylko przytaknąć.

– Jedź – powiedział, a lord dowódca skinął głową i okręcił konia.

Machnięciem ręki rozkazał rycerzom Furii uformować szyk. Ich zadaniem było, tak jak uprzednio, oczyścić z Opętanych obszar przed Nieregularnymi, by ci mogli spokojnie stworzyć nową linię obrony. Lord Cabal zaciął zęby w grymasie determinacji. Czterystu rycerzy to więcej niż dosyć, by wykonać to zadanie. Już miał dać sygnał do szarży, gdy u jego boku pojawił się Malaki.

– Panie, dwie jednostki wyłamały się z szyku – powiedział młody rycerz, nie chcąc, by rozpacz uwidoczniła się w jego głosie. – Urwipołcie i Wygnańcy. Wróg zdołał oddzielić ich od reszty armii.

Lord Cabal obejrzał się, by spojrzeć na dwa sprzymierzone oddziały, ledwo widoczne zza stłoczonej bliżej masy skirytów. Wygnańcy byli tak blisko niewoliciela, że nie istniał już sposób na to, by im pomóc. Z kolei Urwipołcie tkwili uwięzieni w relatywnie spokojnym obszarze pola bitwy, lecz teraz sunął już na nich czworobok kardaków w liczbie tysiąca. Łucznicy za nic sobie z nimi nie poradzą.

– Nie dotrzesz tam na czas – rzekł lord Cabal, odgadłszy, o czym myśli Malaki.

– Ale jeśli nie spróbuję... – urwał młodzieniec, a lord Cabal zmrużył oczy, gdy wychwycił wyzwanie w prostych czterech słowach.

Przez moment był bliski odmowy, lecz w tym młodym rycerzu z czerwonym znamieniem była jakaś naiwna, niezbywalna dzielność.

Gestem lord Cabal podzielił swój szwadron na dwie części. Sam poprowadzi połowę, która spróbuje pomóc Nieregularnym, podczas gdy druga ruszy za Rycerzem Karmazynowego Hełmu.

Malaki skłonił się dowódcy i nie marnując czasu, odjechał, by ustawić swój oddział przy samej linii. Przed nimi jednostka włóczników przygotowywała się już, by otworzyć dla nich drogę.

– Malaki! – krzyknął Huthgarl. – W życiu nie zdążymy. Jest między nami zbyt wielu Opętanych.

Malaki wiedział, że przyjaciel ma rację. Będą potrzebowali czasu, by przedrzeć się przez skirytów, a do tego czasu kardakowie rozerwą

Urwipołciów na strzępy. Istniał tylko jeden sposób na powodzenie misji.

Malaki mógł tylko żywić nadzieję, że Bryna odgadnie, co on zamierza. Odwracając się od Huthgarla, dał znak, by sygnalista odtrąbił sygnał do manewru equitatus.

– Byle głośno! – nakazał.

Rogi dały znak kawalerii i przez kilka pełnych napięcia sekund Malaki czekał, by zobaczyć, czy będzie jakaś reakcja. Może Urwipołcie byli za daleko, by posłyszeć sygnał? Lecz wtedy zobaczył w oddziale nagłą aktywność i twarze obracające się w jego kierunku.

– Przejście! – zawołał i włócznicy rozstąpili się, by rycerze Furii mogli włączyć się do walki.

Patrick Feckler mocno trzymał nóż. Wiedział, że postępuje słusznie. Kardakowie byli coraz bliżej. Wkrótce nie będzie już czasu, by zrobić to, co zrobić trzeba. Sięgał do szyi Bryny, gdy ta odwróciła się. Od strony armii dobiegł ją dźwięk rogów.

Paddy znieruchomiał. Choć był człowiekiem bezwzględnym, nie potrafił poderżnąć Brynie gardła, patrząc jej w oczy.

– Dali sygnał do manewru equitatus – powiedziała kapitan. Potoczyła wzrokiem po polu bitwy i zamarła. – Malaki, nie! – wydyszała, gdy zobaczyła utworzoną przez włóczników drogę, którą pomknął szwadron dwustu rycerzy.

– Dureń zatracony! – syknął Paddy, gdy dotarło do niego, co planują Malaki i rycerze Furii. – W życiu nie dojadą tu na czas.

Na twarzy Bryny odmalowała się panika, lecz wtedy przyszła jej do głowy myśl. Zerknęła na zbliżających się kardaków, a potem wróciła wzrokiem do masy skirytów oddzielających ją od rycerzy Furii. Ich strzały nie wyrządzą wielkiej szkody ciężkozbrojnym kardakom, ale wciąż mogły solidnie przetrzebić lekkozbrojnych żołnierzy.

Nie zważając na zagrożenie, Bryna dała znak Urwipołciom, by odwrócili się od postępujących oddziałów.

– Ostrzał naprzemienny, redukcja dystansu! – zawołała.

Paddy o mało nie wyskoczył z butów, słysząc, co zamierza Bryna, ale mimo to powtórzył rozkaz.

– Cel, trzysta kroków! – ryknął. – I nie strzelać mi do koni, bo łby pourywam! – dodał, a w tym samym momencie rycerze Furii porwali się do karkołomnej szarży.

– Strzelać! – krzyknęła Bryna i Urwipołcie jak jeden mąż posłali strzały po półkolu prościutko w masę skirytów między nimi a rycerzami Furii.

Nie wszystkie strzały trafiły, gdzie trzeba, ale salwa dostatecznie mocno przeorała skirytów, by ułatwić drogę Malakiemu i jego rycerzom. Z każdą kolejną Urwipołcie skracali dystans, usiłując odzwierciedlić tempo zbliżania się rozpędzonych jeźdźców. Rycerze pędzili twardo przed siebie, ale zza pleców Urwipołciów dochodziło już coraz wyraźniejsze tupanie kardaków. Oczami wyobraźni Bryna widziała sunącą na nich ścianę czarnej stali. Nie odważyła się odwrócić. Wiedziała, że jeśli to zrobi, nie zdoła się powstrzymać przed zwróceniem swoich strzał przeciw ciężkozbrojnym Opętanym, choć przecież zdawała sobie sprawę z tego, że tylko konni rycerze wskórają coś przeciw nim. Jeśli tylko przybędą na czas.

Huk wzniecany przez gromadę nadciągających wrogów stał się tak głośny, że Bryna ledwie mogła zebrać myśli, ale Urwipołcie nie mogli się teraz zatrzymać, bo rycerze Furii prawie już przedarli się przez skirytów.

Dopiero gdy przebili się przez ostatni szereg, Paddy zrozumiał, że popełnili błąd. Ścieżka, którą otworzyli dla konnych łucznicy, prowadziła prosto na Urwipołciów. Rycerze nigdy nie zdołają ich wyminąć i uderzyć na kardaków, a oni zaraz zostaną stratowani przez własną kawalerię... Nagle zauważył, że Bryna wychodzi naprzód, i wtedy z rosnącym przerażeniem zrozumiał, co ona zamierza zrobić.

– Urwipołcie! – wrzasnęła Bryna. – Traverser, sur moi!

Trawersowanie przy tej szybkości było pomysłem postrzeleńca, ale nie mieli innego wyjścia. Za kilkanaście sekund kardakowie zaczną przerzynać się przez łuczników.

Balansując na krawędzi paniki, Urwipołcie zwrócili się w kierunku swojej obłąkanej dowódczyni i ustawili w rozstrzelone regularnie kolumny. Widzieli przed sobą łomoczące kopytami o ziemię konie, a za sobą słyszeli zbliżające się szybko ucieleśnienie mordu, gęsty czworobok ciężkozbrojnych kardaków.

Od dnia, kiedy na poligonie zginął podczas trawersowania młody Daniel, Bryna wzdrygała się na dźwięk końskiego tętentu. Nawet muśnięcie okutym kopytem potrafiło rozwalić czaszkę dorosłemu mężczyźnie, a teraz dwustu zakutych w stal rycerzy cwałowało prosto na nich. Niech tylko ktoś się ruszy, niech wyjdzie z linii na pół kroku, a manewr skończy się katastrofą.

– Na dół i blisko! – ryknął Paddy, a Bryna usłyszała szum i szelest, gdy Urwipołcie pochylili się i przyłożyli głowy do pleców towarzyszy stojących z przodu, chcąc jak najbardziej się zmniejszyć, by ułatwić przejazd konnicy. Zrobili to wszyscy poza Bryną. Była sparaliżowana i oczarowana niesamowitym widokiem pędzących jeźdźców. Za plecami słyszała już krzyki pierwszych Urwipołciów, których dosięgnęły miecze kardaków, ale Bryna stała wyprostowana, gdy rycerze Furii gnali prosto na nią.

– Prosto do celu, ukochany – odetchnęła i zamknęła oczy.

Serce urosło Malakiemu w piersi, gdy przedarli się przez ostatnich skirytów. Uda im się. Za Urwipołciami widzieli zbitą masę kardaków, którzy niemal już dopadli łuczników, lecz teraz rycerze Furii mknęli ku nim w pełnym pędzie.

– Teraz, Bryno... Teraz! – wyszeptał, a z jego gardła wydobyło się westchnienie ulgi, gdy ujrzał łuczników ustawiających się w kolumny i pochylających się ku ziemi. To znaczy wszystkich poza jedną łuczniczką.

Na czele oddziału ujrzał szczupłą postać swojej żony. Jej rude loki burzył wiatr. Przy tej szybkości odstępy między Urwipołciami wydawały się żałośnie małe, ale wiodły prosto do kardaków i była to jedyna droga, którą rycerze mogli obrać.

Jedźcie prosto jak po sznurku, bracia, pomyślał Malaki i opuszczając lancę, zerknął na żonę. Stała z twarzą zwróconą do niego i nawet mknąc na złamanie karku, dostrzegł, że miała zamknięte oczy.

– W ciszy nocy – odetchnął.

– I w huku bitwy – odpowiedziała Bryna.

– Będę cię kochać – wyrzekli jednym głosem.

A świat eksplodował ogłuszającym chrzęstem miażdżonej stali.

Alex nie widział, jak rycerze Furii przejeżdżają między Urwipołciami i wbijają się z impetem w czarną masę kardaków. On sam obserwował pojedynek o wiele bardziej intymny i przerażający. Otępiały i zmartwiały, wwiercał się wzrokiem w Falka, który sposobił się do ataku. Gdy pomknął na niewoliciela, demon puścił łańcuch i wyrzucił przed siebie obie ręce. Burza płonącej skały uderzyła w Falka, ale on nie próbował nawet przed nią uskoczyć. Przywołał klin połyskliwej energii i puścił się naprzód. Pochylił się i ściskając w rękach tarczę i miecz, rzucił się prosto w płonący grad.

Niewoliciel ledwie zdążył zareagować, gdy Falko znalazł się dwa kroki od niego. Mierzący dziewięć stóp demon wydawał się zaskoczony tym frontalnym natarciem. Rozproszył ognisty atak i zamachnął się ręką, by ciosem od góry wbić Falka w ziemię, ale był o wiele za wolny, by zatrzymać kogoś, kto uczył się w Akademii Sztuki Wojennej. Zakołysał się na nogach, gdy Falko mieczem przeorał mu nogę od kolana do biodra, a zaraz potem zwinął się i błyskawicznie ciął go szeroko w bok. Demon jęknął z bólu. Wyprowadził kontratak, chcąc drapnąć Falka szponami przypominającymi stępione dłuta, ale ten odbił pierwsze uderzenie tarczą, a gdy padło drugie, ciosem od góry trafił niewoliciela w nadgarstek i odciął mu rękę.

Demon ryknął, gdy z rany trysnęła czarna krew, ale Falko dopiero się rozgrzewał. Poruszając się z zabójczą skutecznością, ciął stwora głęboko po wewnętrznej stronie kolana, a gdy ten zatoczył się, rąbnął mieczem na wysokości talii. Pas niewoliciela grzmotnął o ziemię. Przeklęta stal nie stanowiła wyzwania dla miecza maga bitewnego i demon wrzasnął ze złości, pozbawiony swojej dumy i chluby. Raz jeszcze sięgnął do Falka, ale ten z łatwością uskoczył przed jego ręką i rzucił się w bok, chlasnął potwora przez łokieć, a potem zagłębił miecz między jego żebrami. Piekielnik osunął się na kolana, a wtedy Falko wydobył miecz z jego ciała, okręcił się błyskawicznie i ciosem na odlew urżnął niewolicielowi głowę.

Masa kości i popielatobiałej skóry zwaliła się na ziemię z głuchym łoskotem. Czarne oczy niewoliciela utkwiły wzrok w przestrzeni, gdy jego głowa potoczyła się i zaległa nieruchomo na ziemi. Na jego twarzy malowało się niedowierzanie.

Falko wyprostował się i opuścił miecz. Całe jego ciało przenikało łaknienie zemsty, jednak jego uwagę zwrócił rozbłysk ognia. Poderwał wzrok i spojrzał kawałek dalej, gdzie Sydian bił się z demonem, którego nie dobili po pierwszym starciu.

Grad ciosów wbił potwora w ziemię. Próbował się podnieść, wypełniony nową energią, ale Sydian nie miał zamiaru drugi raz popełnić tego samego błędu. Wykorzystując cały swój ciężar, wtłoczył czarny łeb wroga głębiej w ziemię. Masywną łapą złapał stwora za ramię, a drugą ucapił jego lewy róg, po czym otworzył paszczę i chlusnął płomieniem w miejsce, w którym głowa łączyła się z szyją. Demon zawył, zaszamotał się, ale Sydian ani myślał puścić czy osłabić strumienia ognia.

Żar był tak silny, że szpony Sydiana zaświeciły jak rozgrzana stal, gdy ciało demona zaczęło odłazić od kości. Ciemne gnaty odsłoniętego kręgosłupa zachrzęściły, gdy Sydian skręcił potworowi kark. Dopiero wtedy smok przestał ziać ogniem, a jego głowa zwróciła się w kierunku Falka.

Bliźniacze dusze skrzyżowały spojrzenia. Patrzyli na siebie z ponurą satysfakcją, rozumiejąc już, jak dzikiej siły potrzeba, by pokonać demony Opętanych. Oto ogromna moc Wielkich Dusz, które stały na straży ludzkości. Lecz nie cała moc maga bitewnego była niszczycielska; napełniony nową determinacją Falko spojrzał na Alexa Klingemanna, który wciąż klęczał nad ciałem brata w łańcuchowej siatce.

Otrzeźwiał z bitewnego szału i ruszył do nich, a jego aura była tak silna, że Alex aż się wzdrygnął. Lecz wtedy Falko zdjął hełm i klęknął na jednym kolanie przy udręczonym ciele Quirrena. Nagle Alex zobaczył młodego chłopaka, którego poznał w Furii, młodzieńca, który stał się jego przyjacielem.

Patrząc na potrzaskane ciało Quirrena, Falko nie mógł uwierzyć w to, co mu zrobiono, i łzy współczucia i żalu zebrały się w jego oczach.

– On nie może umrzeć... – powiedział Alex głosem ochrypłym od rozpaczy.

Falko zauważył świeżą ranę w piersi przyjaciela i przez chwilę nie wiedział, co ma robić. Demon, który pojmał Quirrena, nie żył. Jego dusza powinna więc znaleźć się poza zasięgiem Opętanych. I wtedy Falko zrozumiał. Niewoliciel zbierał dusze, lecz nie dla siebie, ale dla innego demona. Tego, który schodził teraz do doliny. Ale mag bitewny nie dbał o to.

Quirren tkwił uwięziony w mrocznym świecie cierpienia, a on nie pozwoli mu cierpieć ani chwili dłużej. Odłożywszy miecz, Falko położył rękę na jego zmasakrowanym ciele. Mógłby zabić go swoją mocą, ale nie potrafił znieść myśli o tym, że przyjaciel miałby umierać w bólu, a więc sięgnął do umysłu Quirrena i wziął całe to cierpienie na siebie.

Alex zaszlochał, nie dowierzając, gdy zobaczył, jak wykręcona twarz brata wygładza się w czymś na kształt ulgi. Westchnienie uciekło spomiędzy jego spękanych ust, gdy niewyobrażalna udręka uleciała z jego umysłu. Stanu, w którym znalazł się Quirren, nie można było nazwać spokojem, lecz Alex uwierzył, że przestał cierpieć.

Ale dla Falka agonalny ból był tak przytłaczający, że prawie stracił nad sobą kontrolę. Drżącą ręką sięgnął do łańcucha, który wlókł się za siatką pętającą przyjaciela. Z niebywałym wysiłkiem dźwignął się na nogi, złapał łańcuch i pozwolił mocy zgromadzić się w swej piersi.

– Cofnij się – wyjęczał przez zaciśnięte zęby, a Alex usłuchał.

Falko gromadził energię, aż ta zapłonęła białym światłem, a potem posłał ją do łańcuchów pętających nieszczęśnika. Ciężki metal zaczął świecić, a moc spłynęła i otoczyła Quirrena. Falko nie mógł uwierzyć w ogrom woli, która więziła przyjaciela w tej otchłani cierpienia, ale nie miał zamiaru się poddać. Włożył w Quirrena jeszcze więcej mocy, a rozbłysk był tak potężny, że Alex musiał osłonić oczy dłonią. Ciało jego brata zmieniło się w masę złotego światła. Natężenie energii było tak wielkie, że Falko nie mógł już tego znieść.

Zmagając się z niewyobrażalnym ciężarem, odrzucił głowę i wrzasnął. Światło buchnęło raz jeszcze, a potem zarówno Quirren, jak i łańcuchy zniknęły – przemieniły się w mgłę srebrzystych drobinek, które opadły wolno na ziemię.

Falko osunął się na kolana, a Alex zachłysnął się powietrzem, gdy całe cierpienie jego brata stało się chmurą połyskliwego kurzu. Ulga zalała jego umysł, lecz zauważył, że Falko pada na ziemię, pospieszył mu więc z pomocą.

– Dziękuję – powiedział, gdy mag bitewny uniósł głowę.

Falko powoli zaczął wracać do siebie. Położył rękę na ramieniu Alexa.

– Chodźmy – rzekł. – Walka jeszcze się nie skończyła.

Klingemann pokiwał głową, gdy odgłosy bitwy ponownie napłynęły do jego uszu. Wstając, ujrzał, jak daleko zapuścili się Wygnańcy, na których szła teraz jeszcze większa armia Opętanych. Ci, którzy pozostali przy życiu, utworzyli wokół niego formację obronną, gotowi mierzyć się z nowymi hordami skirytów. Po prawej widział Urwipołciów i dwustu rycerzy bijących się z pokaźną czworoboczną formacją kardaków.

– Przesuń swoich ludzi w kierunku Urwipołciów – powiedział Falko, nakładając barbutę. – Musimy wrócić do swoich.

Alex znowu kiwnął głową, a Falko już sięgał po miecz, gdy jakaś niewidzialna siła porwała go z ziemi. Miecz wypadł mu z ręki i zadzwonił o skały, a Alex mógł tylko patrzeć, jak Falko upada ciężko na ziemię czterdzieści jardów dalej. Ujrzał, jak jego przyjaciel wstaje z ziemi, widocznie zdezorientowany. Nie wiedział, co go złapało. Zanim Alex zdołał zrobić cokolwiek, owa tajemnicza siła znowu poderwała Falka z ziemi i cisnęła nim z mocą w masę kardaków.

Falko był oszołomiony i zmieszany, ale mimo to zdołał przywołać dość energii, by odepchnąć od siebie ciężkozbrojnych Opętanych. Zerknął w niebo i zobaczył, że Sydian leci już ku niemu. Ulga spłynęła na niego, lecz smok nagle wyhamował ostro lot i zwrócił się ku ziemi, uderzony tą samą mocą, która przed chwilą miotała Falkiem po polu bitwy. Strach i troska zacisnęły żelazne pęta na jego sercu, gdy Sydian zniknął mu z oczu. Smok się nie pojawiał i Falko rzucił się w jego stronę, ale w tym samym momencie coś znowu zmiotło go z nóg.

Jakaś siła powlokła go po kamienistej ziemi przez postępujący oddział kardaków, którzy mijając go, okładali go bronią i kopali. Gdy owo coś wreszcie go zatrzymało, Falko z trudem zachowywał przytomność. Był oszołomiony, rozbrojony i zdezorientowany, ale mimo to gotowy do walki. Skupił moc w pustej prawej ręce, ale gdy stanął na nogach zobaczył, że kardakowie cofają się przed nim.

Gdy przejaśniło mu się w głowie, uprzytomnił sobie, że coś się zmieniło. Tumult bitwy zniknął, zastąpiła go upiorna cisza, kontrapunktowana jedynie przez krzyki rannych i odgłosy poruszania się tysięcy żołnierzy. Rżały konie, gdzieś wykrzykiwano rozkazy, wiatr wzdychał nad dwiema armiami, które stanęły przeciw sobie w Dolinie Trzech Braci. Tylko że walka ustała.

Jakby na jakiś cichy sygnał Opętani przestali atakować i odsunęli się od zjednoczonych sił Siedmiu Królestw. Cofnęli się o kilka kroków, niczym fala śmierci, którą nagle unieruchomiło uderzenie mrozu. Było jasne, że nie stało się tak z woli samych Opętanych. Warczeli i szarpali się w miejscu jak wściekłe psy na smyczy, ale na uwięzi trzymała ich wola nieporównanie potężniejszego umysłu. Umysł ten chciał w spokoju przyjrzeć się Wielkiej Duszy, która ośmieliła się rzucić mu wyzwanie.

Falko patrzył, jak kardakowie formują wokół niego zakrzywioną ścianę. A potem zauważył jakiś ruch, gdy rozstąpili się, by kogoś przepuścić.

Umysł Marchia Dolora płonął żywym ogniem furii. Ten Przeciwnik i jego wyrm nie tylko zabili trzech kolejnych Wiernych, ale w dodatku udało im się uwolnić duszę z jego królestwa. Takie bluźnierstwo domagało się kary.

Markiz Cierpienia dostatecznie długo to znosił.

Zaczepił palcem o tkankę rzeczywistości i machnął ręką. Przeciwnik pofrunął w powietrze i uderzył o ziemię. Człowiek natychmiast spróbował się podnieść, ale Marchio złapał go znowu i zawlókł pomiędzy kardaków, którzy pobili go prawie do nieprzytomności. Wyrm Przeciwnika usiłował mu pomóc, ale Marchio strącił go z nieba i w tej właśnie chwili szło już po niego dwóch Wiernych.

Hałas bitwy raptem zaczął nieprzyjemnie wdzierać mu się do głowy, więc Marchio rozkazał swoim żołnierzom zaprzestać walki. Wojsko, które przybyło tu wraz z nim, stanęło w miejscu, a żołnierze pogrążeni w walce opuścili broń. Uskarżali się, ale nie mogli złamać jego rozkazu.

Wreszcie Marchio nakazał kardakom jeszcze się cofnąć, by mógł w spokoju przyjrzeć się temu uciążliwemu Przeciwnikowi. Po jego prawej ręce wciąż tkwił przygnieciony do ziemi mocą demona wyrm. Marchio nie spodziewał się, że unieruchomienie go będzie wymagało tyle wysiłku. Lecz teraz Wierni przybyli już na miejsce i Marchio przekazał im wyrma, pewny, że ten nie wyrwie się z ich uścisku.

Opętani rozstąpili się przed nim, gdy zbliżył się do tej ludzkiej istoty, która przysporzyła mu tyle kłopotu. Kardakowie zakreślili wokół niego szeroki łuk stali. U stóp Marchia Dolora stał jeden człowiek. Miał na sobie pancerz, na lewej ręce wisiała przekręcona tarcza. Słaniał się na nogach. Nawet teraz Marchio czuł jego opór, ale choć tak wiele spodziewał się ujrzeć, był to w końcu tylko człowiek.

Marchio Dolor niemalże czuł rozczarowanie.

Dobył miecza i zacisnął pięść skrytą pod tarczą na lewej ręce. Cząstka Marchia Dolora chciała zabić go szybko, dla przykładu, lecz jego umysł raz jeszcze nawiedziły myśli o tym, jak wielką satysfakcję przyniesie mu złamanie jego ducha i pozyskanie duszy. W całej historii tej wojny Wierny nie zniewolił jeszcze duszy Przeciwnika, lecz miłość, jaką ten człowiek czuł do ludzi na polu bitwy, może okazać się wystarczająca, by go złamać.

Czując dreszcz podniecenia, Marchio ruszył naprzód. Czas sprawdzić, gdzie leżą granice wiary tego Przeciwnika.

103

CIEMNOŚĆ

Armia Marchia Dolora wypełniała dolinę niczym mroczne śródlądowe morze. Obrońcom udało się oprzeć pierwszej armii, która na nich ruszyła, lecz teraz byli w potrzasku. Ale to nie liczebność ograbiła sprzymierzone wojska z nadziei, tylko olbrzymy kroczące wśród hordy Opętanych. W dolinie było teraz co najmniej sześć demonów. Szły wyprostowane, na wygiętych do tyłu nogach, a ich korpusy z grubsza przypominały ludzkie. Ich ciała różniły się od siebie, ale było oczywiste, że wszystkie pochodzą z tej samej piekielnej krainy.

Był wśród nich uskrzydlony diabeł o skórze, która świeciła jak rozżarzone węgle. Dwa kolejne uzbrojone były w miecze i zakute w pancerze. Czwarty przypominał zjawę, której czarne ciało spowijał dym. Dwa ostatnie były podobne do byków, niczym mityczne minotaury. Ich skóra miała barwę węgla, a masywne szpony wbijały się w łuski Sydiana, gdy trzymały go w unieruchamiającym uścisku.

A poza tymi sześcioma był jeszcze jeden. Ten nie górował nad Opętanymi, lecz był zaledwie o głowę wyższy od kardaków, wśród których kroczył. Niewysoki w porównaniu do innych demonów, jednak żaden z piekielników nie był w stanie przyćmić aury jego obecności, gdy szedł w kierunku Falka.

Pobity i oszołomiony mag bitewny patrzył, jak Marchio Dolor idzie w jego stronę, a wraz z nim w równym tempie dwa przerażające bestiarumy, niczym lojalne ogary przy nogach pana. Jeden był karmazynowy, drugi czarny jak smoła. W miejscu oczu widniały dwa puste i ciemne otwory, a ostre rogi zakrzywiały się w przód i zwisały aż do pysków wypełnionych zębami. Drapały ziemię pazurami, chcąc rzucić się na Falka, ale nawet one nie mogły uczynić nic wbrew woli Marchia Dolora.

Wyprostowany na pełne siedem stóp wzrostu Markiz Cierpienia wydawał się prawie ludzki ze swoją skórą koloru zaśniedziałego srebra. Większość jego ciała pokryta była pancerzem, który wydawał się drgać wraz z falami gorąca. Demon nie miał przy sobie tarczy, ale pancerz na jego lewym ramieniu rozszerzał się w obie strony na jej podobieństwo i wyginał naprzód, przybierając formę dwóch kling. Przy pasie miał miecz, który pulsował i drgał, emanując złowieszczym światłem. Rogi demona wyrastały z obu stron ferockiego hełmu, a oczy lśniły jak dwie kule stopionego brązu.

Marchio Dolor zatrzymał się jakieś trzydzieści kroków przed Falkiem, jakby teraz on przyglądał się stojącemu przed nim człowiekowi. Aura potęgi i władzy biła od niego jak od żadnego innego stworzenia na świecie. Mag bitewny poczuł, że jakaś siła wprawiła w drżenie fundamenty jego wiary. Myśl o walce z tą istotą wydała się absurdalna, ale mimo to sięgnął po miecz.

Nic...

Nie było go w pochwie. Odłożył go na bok, by uwolnić Quirrena, a potem upuścił, gdy niewidzialna siła wyrzuciła go w powietrze.

Panika wezbrała w jego piersi. Wtem złapał wzrokiem jakiś ruch. Dwa minotaury wnosiły Sydiana na arenę zakreśloną szeregami kardaków. Przycisnęły go do gruntu i spętały wydobywającymi się z ziemi łańcuchami, aż obezwładniony smok zaległ nieruchomo.

Upewniwszy się, że Sydian się nie wyrwie, minotaury cofnęły się od niego i stanęły nieruchomo. Łańcuchy parzyły smoka jak rozżarzone żelazo, ale gdy spojrzał na Falka, mag bitewny nie znalazł w jego spojrzeniu najmniejszej oznaki poddaństwa. Smocza odwaga wzbudziła w sercu Falka ukłucie dumy, lecz teraz widział wokoło siedem demonów i wiedział, że zwycięstwo jest niemożliwe.

„Tak, jest niemożliwe".

Słowa odbiły się echem w grocie jego umysłu i w umysłach wszystkich ludzi zgromadzonych na polu bitwy. Wiedział, że mówiły prawdę. I że to bez znaczenia.

Może nie zdołają zwyciężyć. Ale walczyć nie przestaną.

Marchio Dolor skrzywił się, ujrzawszy płomień, który rozpalił się w umyśle młodego Przeciwnika. Z zaskakującą prędkością Falko wypuścił w stronę demona tnący pocisk energii. Marchio ledwie zdążył zasłonić się tarczowym karwaszem na lewej ręce. Magiczny grom wbił się głęboko w zaczarowaną stal. Zaskoczony demon musiał uskoczyć przed drugim pociskiem, zakrzywionym łukiem energii, który wystrzelił z krawędzi tarczy Falka.

Demon wyrzucił przed siebie ramię, chcąc przyciągnąć do siebie Przeciwnika, lecz tym razem ten był przygotowany na niewidzialny atak i ramię demona zadrżało z wysiłku, gdy Falko wbił nogi w ziemię.

Marchio Dolor nigdy jeszcze nie napotkał takiego oporu wobec swojej woli. Raptem zrozumiał, jak ten dzieciak zdołał pokonać Pogromcę. Choć był młody, płonął w nim wieczysty płomień, siła nieograniczona barierami ludzkiego ciała. A Marchio Dolor nienawidził jej.

Skinieniem, które dokonało się tylko w jego umyśle, spuścił z mentalnej smyczy dwa piekielne ogary, które natychmiast rzuciły się naprzód tylko po to, by znowu zostać zatrzymane przez postawioną w okamgnieniu przez Falka ścianę energii. Bestie warczały i pieklily się, a spomiędzy ich zgrzytających kłów kapała na ziemię srebrzysta ślina. Ich władca pragnął zagarnąć duszę tego Przeciwnika, a one otrzymają w nagrodę jego ścierwo. Rozedrą je na strzępy. Zedrą skórę z udręczonych członków.

Ramię Falka drżało z wysiłku, gdy próbował bronić się przed zdziczałymi bestiami. Dzieliło je od niego już tylko dwadzieścia stóp. Gdy ściana padnie, dorwą go natychmiast. Przez chwilę rozważał przejście z defensywy do ofensywy, lecz wtedy znowu musiał się bronić, gdyż z lewej strony pomknęła w jego stronę lawina płonących szrapneli.

Kilka innych demonów dołączyło się do ataku i Falko zachwiał się na nogach, gdy kolejne uderzenie niemal zerwało mu tarczę z ramienia. Wciąż zmagając się z nacierającymi ogarami, uformował kulę magicznej energii i z wysiłkiem osadził ją w miejscu, by rozbijały się o nią strumienie ognia i płonącej siarki. Wtedy grunt pod Falkiem rozpęknął się, gdy Marchio Dolor nasycił ziemię swoją mocą. U stóp wojownika zajaśniał czarny blask ognia wiecznego.

Połączona siła demonów była czymś, z czym nie mógł się mierzyć. Energetyczna tarcza zaczynała słabnąć. Piekielne ogary postąpiły o krok naprzód.

„Przegrałeś, dziecko" – powiedział w umyśle Falka demoniczny głos. „Czy nie słyszysz swojej porażki w krzykach przerażenia dobywających się z gardeł tych, których chciałeś uratować?"

Powoli do świadomości Falka przedarł się narastający na polu bitwy tumult. Walki nie podjęto, ale powietrze przenikał zbiorowy jęk i lament przerażenia, odkąd opadł ochronny płaszcz maga bitewnego. Falko nie miał dość siły, by obronić samego siebie i żołnierzy, którzy stali teraz bezradni w obliczu panicznego lęku. Słyszał wizgi i prychanie koni, doprowadzonych do szaleństwa przez strach.

Panika wirowała w powietrzu jak trujący wyziew, odwaga żołnierzy topniała z każdą chwilą. Zbyt przerażeni, by ratować się ucieczką, stali, sparaliżowani strachem, czekając, aż Opętani zabiją ich i zawładną ich duszami. Falko czuł to przerażenie, ale nie mógł teraz zrobić nic, by ich przed nim osłonić.

Wokół niego potężniały ogniste języki ognia wiecznego, paląc ziemię i liżąc chciwie sferę ochronnej energii. Czuł obecność Sydiana, lecz nawet smocza moc zaczynała karleć w obliczu zła, które wypełniło dolinę. Byli zgubieni. I to przez niego. To on ich tu przywiódł. On sprowadził na nich ten los.

Sfera energii drgnęła. Ogary pokonały jeszcze kilka kroków, a płomienie strzeliły w górę, karmiąc się jego zwątpieniem. Myśli Falka wypełniły się przerażającymi obrazami tego, co stanie się z żołnierzami Illicji i Clemoncé, z jego przyjaciółmi.

„Tak" – powiedział głos w jego głowie. „Wiesz, co spotyka tych, którzy się nam przeciwstawiają".

Łzy trysnęły z oczu Falka, gdy na horyzoncie jego umysłu zebrały się pierwsze chmury rozpaczy.

„Ale mógłbyś ich ocalić" – podjął głos.

Wbrew sobie Falko uczepił się strzępu nadziei, którą zawierały w sobie słowa Marchia.

– Jak? – wydyszał, a piekielne ogary pokonały kolejny jard.

„Poddaj się mnie" – rzekł głos. „Oddaj mi swoją duszę, a ja dam im wszystkim szybką śmierć".

Falko nieomal parsknął. Wwiercił się wzrokiem w Marchia Dolora, szukając fałszu w jego spojrzeniu. Wiedział, że musi tam być. Ale nie znalazł go. Zmarszczył brwi w grymasie zmieszania. Jakimś sposobem wiedział, że Marchio Dolor mówi prawdę.

Jego dusza w zamian za dziewięćdziesiąt tysięcy dusz.

„Nigdy byś się nie odważył. Nigdy nie znalazłbyś w sobie wiary".

Nagle słowa powtarzające się jak refren w snach Falka nabrały sensu. To o tym mówiły. To było pytanie, które dręczyło go przez całe życie. Czy miał dość odwagi, by oddać swoją duszę i ocalić ludzi, których kochał?

Falko zaczął łkać.

Przerażenie zatopiło szpony w jego umyśle. Drwiło z niego. Kpiło.

„Nigdy byś się nie odważył. Nigdy nie znalazłbyś w sobie wiary".

Obok Falka przebiegł koń. Zwierzę ominęło otaczające go ciemne płomienie i zniknęło w szeregach kardaków, ale Falko ledwie je zauważył. Stał przed niemożliwą do podjęcia decyzją: skazać na wieczne cierpienie dziewięćdziesiąt tysięcy dusz czy swoją własną?

Pot spływał mu po twarzy, zapiekło go w gardle, gdy ogień musnął jego ciało. Pierwszy dotyk płomienia, który wkrótce pochłonie albo jego, albo tych, których kocha.

Ogary były coraz bliżej. Marchio roześmiał się, widząc, jak Falko głowi się nad decyzją.

„Czas dokonać wyboru" – rzekł, a Falko wiedział, że to prawda.

Ogary mogły dorwać go w każdej chwili i rozszarpać, zaprzepaścić szansę na układ z Marchiem Dolorem i skazać jego przyjaciół na wieczne cierpienie. Istniał tylko jeden sposób na to, by ich uratować. Myśl formowała się w jego głowie, gdy tymczasem zza jego pleców dobiegł tętent.

W całej dolinie rycerze i kawalerzyści walczyli o odzyskanie władzy nad swoimi wierzchowcami. Wszyscy poza jednym. Ze wszystkich koni na polu bitwy tylko jeden zachowywał się jak rumak bojowy, szkolony do wojny. I to właśnie on zdołał zachować zmysły w nawałnicy przerażenia, ponieważ nadzwyczajna więź łączyła go z jego panem. Jeźdźcem był kapitan Nieugiętych, a koniem pędzącym na Falka był siwy perszeron.

Strach rozdrapywał pazurami tarczę jego odwagi, ale emisariusz parł naprzód. Widział kiedyś, jak Falko stawił czoła złu, by stanąć u boku człowieka, którego darzył miłością. Teraz William Chevalier zrobi to samo dla tego chłopca, który dał mu kiedyś nadzieję. Spośród wszystkich spotkanych przez niego w życiu magów bitewnych tylko ten chłopak był w stanie sprawić, że emisariusz uwierzył w zwycięstwo.

A czymże jest wiara, jeśli nie właśnie tym?

Zawierzeniem nadziei, gdy ta umiera?

Falko stał teraz otoczony przez siedem demonów Opętanych, a emisariusz nie mógł znieść myśli, że miałby mierzyć się z tym wszystkim samotnie. Nie myśląc, wyrwał lancę z piersi zabitego skiryty i wbił pięty w boki Tapfera. Przeskakując nad ciałami i wymijając inne spanikowane konie, rycerz na siwym perszeronie natarł na wroga. Ujrzał, że połyskliwa kula światła wokół Falka zaczyna się załamywać. Potem zobaczył dwa monstrualne ogary pełznące w jego kierunku.

Ostatnim szaleńczym zrywem przemknął obok Falka i wraził lancę w pysk karmazynowego bestiaruma. Stwór zdechł na miejscu, gdy stalowy grot wbił się w jego pusty oczodół i zagłębił w mózg. Siła uderzenia wyrwała Chevalierowi lancę z ręki. Rycerz dobył miecza, gdy druga bestia koloru smoły rzuciła się na niego. Przylgnął do końskiej szyi, kiedy rumak cofnął się przed potworem, ale atak okazał się zbyt potężny i emisariusz spadł z siodła, gdy perszeron zwalił się ciężko na bok.

Smolisty potwór momentalnie przypadł do konia i rozerwał mu gardło ostrymi kłami.

Emisariusz odtoczył się na bok, unikając zmiażdżenia. Udało mu się nie wypuścić miecza z ręki. Natychmiast podniósł się na nogi i niemal w tym samym momencie skoczył na niego czarny bestiarum, z pyskiem wciąż umazanym krwią Tapfera.

Sir William odskoczył na bok i bestia przemknęła obok niego, ale nim wylądowała na ziemi, drapnęła łapą, zdzierając mu naramiennik.

Krew spłynęła po ramieniu, emisariusz jednak prawie tego nie zauważył. Stwór znowu rzucił się na niego, ale rycerz wbił mu tarczę w pysk, mieczem sparował uderzenie łapą i zanurzył ostrze w muskularnym ramieniu potwora. Klinga sięgnęła głęboko i stwór zawarczał srogo, okręcając się do niego przodem.

Spróbował uderzyć ponownie, ale czarna bestia dała nura naprzód i uderzyła rogiem w płytę pancerza chroniącą udo emisariusza. Wrzasnął z bólu, gdy ostry róg drasnął miednicę i ugrząizł w biodrze, ale natychmiast uderzył mieczem w szyję bestii. Stwór usiłował się wycofać, ale emisariusz prał go mieczem po karku, aż w końcu przerąbał mu kręgosłup, oddzielając głowę od ciała. Zdekapitowane truchło zwaliło się na ziemię, a róg wysunął się z ciała emisariusza za sprawą ciężaru wielkiego łba.

Zdyszany, niemal oszalały z bólu emisariusz zostawił za sobą pokonanych wrogów i powłócząc nogą, podszedł do Falka, stojącego przed obliczem demona.

Cała siła opuściła jego ciało i świat kołysał mu się pod nogami, gdy upuścił miecz i pozwolił tarczy zsunąć się z ramienia. Obiema rękami zdjął z głowy wielki hełm i podniósł wzrok na Markiza Cierpienia. Jego szare oczy zaszły łzami, ale nie sposób było błędnie odczytać intencji w jego spojrzeniu.

Emisariusz oferował swoją duszę w zamian za duszę Falka.

Marchio rozumiał sens tego gestu. Rozumiał, że w świecie ludzi mógł on uchodzić za szlachetny, lecz dla demona Opętanych oferta była całkowicie pozbawiona znaczenia. Mógł mieć duszę tego człowieka niezależnie od jego woli, ale sprawa przedstawiała się inaczej, jeśli chodzi o dusze Przeciwników.

Z jakiegoś powodu ci, których zwano magami bitewnymi, potrafili oprzeć się przerażeniu i beznadziei, przez co ich dusze były dla demonów nieosiągalne. Nie. Dusza Falka nie była wcale więcej warta od żadnej innej, ale fakt, że Opętany nie mógł jej zdobyć, przydawał jej szaleńczą wartość.

Zniecierpliwiony demon podszedł do emisariusza. Jego dusza będzie pierwszą, którą dziś opęta. Złamany strachem Chevalier upadł na jedno kolano, gdy Marchio stanął nad nim. Demon wyciągnął ręce i ścisnął nimi głowę rycerza, tak jak zrobił to wcześniej z Vercincallidusem. Emisariusz poczuł palący dotyk demonicznych rąk. Wiedział, że wisi teraz nad otchłanią, lecz nawet w tych ostatnich chwilach snuły się w jego głowie myśli o królowej.

Czy wiła się z bólu, gdy jej umysł popadał w pustkę? Czy jej życie dobiegło takiego właśnie końca?

„Tak" – odpowiedział głos w jego głowie, a emisariuszem wstrząsnął szloch.

Zadowolony z rozpiętości cierpienia tego człowieka, Marchio skrzywił wargi w uśmiechu. Pozwolił ogniowi wiecznemu spłynąć po swoich ramionach, ale zatrzymał go, nim ten musnął głowę rycerza. I podniósł wzrok na Falka.

„Teraz przekonamy się, co jest większe" – powiedział w umyśle Falka. „Twoja miłość i współczucie czy twój strach przed piekłem. Twoja dusza za dusze dziewięćdziesięciu tysięcy twoich pobratymców. Jak brzmi twoja odpowiedź? Tak czy nie?"

Falko dosłownie drżał z wysiłku, jakiego wymagało od niego dobycie głosu. Wiedział, że gdy wypowie jedno z dwóch słów, nie będzie już mógł go cofnąć. Los jego i całej armii zostanie przesądzony w tej jednej chwili. Jego umysł wypełniała przeraźliwa świadomość cierpienia, które może być konsekwencją jego decyzji, a zadowolenie, jakie widział w oczach demona, było niemal niemożliwe do wytrzymania. Ale nie mógł dłużej odwlekać decyzji. Przepełniony pogardą dla samego siebie, wymówił:

– Nie.

Marchio Dolor zmarszczył brwi, ale spojrzenie Falka nie osłabło. Nigdy nie wybaczy sobie tego, co zrobił, nawet jeśli wiedział, że nieprzyjaciel usiłował go oszukać. Przez całe życie wierzył, że był to wybór pomiędzy samym sobą a tymi, których kochał. Wybór pomiędzy odwagą a tchórzostwem. Lecz to nie była kwestia odwagi, ale wiary. Czy miał dość siły, by zachować wiarę, nawet jeśli ta wiara skazywała jego przyjaciół na wieczne potępienie?

Nawet jeśli skazywała na potępienie cały świat?

– Nie – powtórzył, a jego cichy głos odbił się echem w myślach tysięcy ludzi na polu bitwy. A potem, z wielkim mozołem, dodał: – Sprzeciwiam... się... tobie.

Żołnierze zaczęli krzyczeć i lamentować, gdy zrozumieli, że czeka ich potępienie. Marchio wpadł w gniew.

„Będziesz płonął"– powiedział w umyśle Falka. „Może i nie uda nam się zawładnąć twoją duszą, lecz dopilnuję, byś żył setki lat, a każda godzina agonii będzie gorsza od poprzedniej. Otworzę ci uszy, byś nie mógł zamknąć ich na krzyki tych, których skazałeś na potępienie. Będziesz czuł, że to trwa całą wieczność, a ostatnie, o czym pomyślisz, to to, że cierpienie tych, których ukochałeś, nigdy się nie skończy".

Wciąż ściskając w rękach głowę emisariusza, Markiz Cierpienia zwolnił płynący po ramionach ogień, lecz ten nie dosięgnął Chevaliera. Falko napełnił jego ciało energią, która sprzeciwiała się nienawistnym płomieniom. Wiedział, że to tylko tymczasowe odroczenie wyroku, ale postanowił bronić tych, których kochał, tak długo, jak będzie mógł.

Warczący ze złości demon odrzucił emisariusza na bok i uderzył w Falka całą siłą swego jestestwa. Surowa potęga tego ciosu rzuciła Falka na kolana. Huk nienawistnego wrzasku wgniatał go w ziemię. Próbował wstać, ale jego siły były nadwątlone świadomością tego, co zrobił. Czuł zawiedzione nadzieje wszystkich dusz w dolinie. Ciężar tego zawodu wznosił się nad nim jak góra i moc Falka zaczęła kruszyć się pod naporem zmasowanego ataku wszystkich demonów i zapiekłej pogardy Marchia.

Do głowy Falka raptem napłynęły obrazy wszystkich ludzi, o których się troszczył. Zobaczył Fossettę i Symeona, Malakiego i Brynę, emisariusza i królową. Ujrzał mężczyznę o twarzy porośniętej kilkudniowym zarostem, który patrzył na niego głęboko brązowymi oczami. Wreszcie kobietę o zielonych oczach oraz długich, ciemnych włosach. Kobietę, której nigdy nie poznał, ale którą zawsze kochał.

– Przepraszam – wydyszał, a ten szept odbił się echem w mrocznej grocie jego umysłu, lecz ludzie, których miał przed oczami, nie słyszeli go. Dla nich był martwy.

Fizyczny ból powodowany przez demoniczne ataki był straszliwy, ale mentalny ból, który cierpiał jako zdrajca, był nie do zniesienia. Może i sam umknął przed piekłem, ale mimo to czuł się tak, jakby osuwał się w bezdenną czeluść rozpaczy. Wtedy poczuł, jak inna ciemność wlewa się do tego miejsca poza czasem i przestrzenią, a wraz z nią przybyły mary z jego snów.

Z początku ich nie rozpoznał, bo nigdy nie doświadczył ich obecności w świetle rozbudzonego umysłu, a jednak znał je przecież od dawna. W snach pomagał im znieść ich własne poczucie winy i wstyd, zaś one w zamian wspierały go w chorobie, żalu i koszmarze. A teraz przybyły ponownie, by uratować go w godzinie największej potrzeby.

Falko z początku nie ośmielił się uwierzyć w to, co czuje, gdy iskierka nadziei zamigotała w jego piersi. Siła demonicznej nienawiści chciała go złamać, lecz teraz znalazł nowe pokłady sił, by się jej oprzeć, i nagle przypomniał sobie słowa, które tak często wymawiał przez sen.

Nadchodzi ciemność, dyszał, gdy Fossetta ocierała mu z czoła pot gorączki.

Ciemność na ziemi. Ciemność w głębi. Ciemność na wzgórzach.

I ciemność rzeczywiście nadchodziła, ciemność na skrzydłach nocy, ciemność doprowadzona do szaleństwa zdradą i odkupiona przez łaskę.

Choć nienawistne natarcie demonów groziło Falkowi unicestwieniem, zebrał się w sobie i oparł o grunt rękami. Marchio Dolor skrzywił się na ten widok. Żaden śmiertelnik nie był w stanie oprzeć się sile zła, którą Markiz wraz z innymi demonami wtłoczył do umysłu tego Przeciwnika, a jednak on uparcie odmawiał poddania się niszczycielskiej mocy. Wiedział już wcześniej, że ten Przeciwnik jest niebezpieczny. Czas, by Wierni wzięli się do pracy i w końcu go zniszczyli.

Dobywając miecza, demon porwał się naprzód, lecz wówczas jakiś ruch w powietrzu przyciągnął jego uwagę i Marchio Dolor się zatrzymał. Nagle dopadły go wątpliwości, a potem pojawili się oni – trzy czarne kształty lecące w kierunku trzech nieporośniętych drzewami wzgórz. Trzy czarne smoki, a między skrzydłami każdego z nich – człowiek.

Pustelnik.

Uzdrowiciel.

Rybak.

Trzej mężczyźni zagubieni w odmętach wstydu i żalu, ocaleni przez narodziny dziecka, którego nigdy nie poznali, dziecka, które jakimś sposobem przydało im nadziei. To dziecko przemieniło się już w mężczyznę, a ten mężczyzna klęczał teraz na ziemi, otoczony przez demony usiłujące zmiażdżyć jego ducha. Dziecko niemal dało się złamać, niemal samo przepadło w otchłani – ale walczyło.

Sięgając umysłami, Odrzuceni wzięli to dziecko w objęcia, a Falko uniósł głowę.

Za każdą śmierć i złupioną duszę.

Za każdego zabitego smoka i każdego osamotnionego maga bitewnego.

Za każde serce uczepione nadziei i za każdą duszę strąconą do piekieł.

Falko poderwał głowę. I nawet najstraszliwsze płomienie Hadesu nie mogły dorównać ogniowi, który płonął w jego zielonych oczach.

Kilka jardów na lewo czarny kształt zaszamotał się w łańcuchach. Sydian podjął walkę ze swoimi okowami. Żaden wyrm nie potrafiłby zerwać łańcuchów, które przykuwały go do ziemi, lecz Sydian nie był wyrmem, a smokiem zza Nieskończonego Morza. Dało się słyszeć trzask i brzęk – i stworzenie zerwało się na nogi.

Czas zwolnił bieg. Dolina Trzech Braci zawisła między bezruchem a walką, armia wobec armii, demony przeciw magom bitewnym. I wtedy Markiz Cierpienia ogłuszającym rykiem wydał rozkaz.

Zabić wszystkich, strącić ich dusze do piekieł!

Jego demony zgromadziły moc pod postacią mrocznych, wirujących chmur i Opętani raz jeszcze rzucili się do ataku. Klinga miecza Marchia Dolora zabłysła szaleńczym światłem, a jego oczy zapłonęły nienawiścią, gdy skoczył na Falka.

Wciąż klęczący na ziemi chłopak nie poruszył się, by go powstrzymać. Przyciskał brzeg tarczy do ziemi, a jego prawa ręka pozostawała pusta. Nie mógł liczyć na przetrwanie natarcia Marchia Dolora, nie składając się do obrony, a jednak ani drgnął. Nasłuchiwał. Wsłuchał się w wątły dźwięk na granicy słyszalności. Odległe dzwonienie stali. Usłyszał je pomimo nasilającego się zgiełku bitwy i sięgnąwszy w tył wolną ręką, zebrał wszystkie swoje siły.

Dwieście jardów dalej Alex Klingemann usłyszał gdzieś u swoich stóp metaliczne brzęczenie. Spojrzał w dół na miecz Falka. Broń wciąż leżała tam, gdzie upuścił ją mag bitewny. Alex wyraźnie słyszał, jak miecz zaczyna z czymś rezonować, wydając z siebie złowróżbny ton.

Ten ton spotężniał nagle i zabrzmiał jak wrzask, a potem przeistoczył się w ciszę. Na oczach zafascynowanego Alexa miecz uniósł się kilka cali nad powierzchnię ziemi, a potem, niczym strzała, pomknął w kierunku Falka.

Marchio prawie już go dosięgnął, ale Falko wciąż trwał w bezruchu. Demon uniósł swój miecz i piekielna klinga na ułamek chwili zawisła w powietrzu, by zaraz opaść, i w tym właśnie momencie Falko poczuł, jak coś wsuwa się w jego dłoń, coś, co może oprzeć się mieczowi wykutemu w piekle. Gdy ostrze Marchia pomknęło w dół, Falko odbił jego uderzenie własnym.

Marchio Dolor aż zachwiał się od siły uderzenia, a Falko podniósł się na nogi. Sydian zaryczał i rzucił się na jednego z minotaurów, podczas gdy jego pobratymcy poderwali się z wierzchołków trzech wzgórz i ostro zapikowali, niosąc na swoich grzbietach magów bitewnych z Illicji, Beltane i Thraecji.

W całej dolinie żołnierze wydźwignęli się z obezwładniającej desperacji i zaczęli z mozołem przegrupowywać się w swoich jednostkach. Demoniczny strach wciąż utrzymywał się w wielkiej sile, lecz teraz żołnierzy osłaniała moc nie jednego, ale trzech magów bitewnych. Czwarty pozbawił ich obrony, bo sam potrzebował wszystkich swoich sił, żeby podjąć walkę z demonem, który atakował teraz z nieokiełznaną furią, jakiej świat nie widział jeszcze u demona Opętanych.

Ziemia drżała, powietrze paliło, a miecz Marchia zachowywał się w jego ręku jak żywy organizm. Falko uskoczył przed rozpłomienioną klingą, która zostawiła rozmazaną smugę światła w powietrzu dwa cale nad jego głową. Mag bitewny wzmocnił swoje ramię magiczną energią, by móc przyjąć uderzenie na tarczę, lecz nawet przez stal Missagliasa czuł żar piekielnej klingi. Demon atakował z zatrważającą siłą, ale Falko nie ugiął się pod nawałnicą ciosów. Podjął wyzwanie rzucone mu przez koszmary i jego wiara pozostała nieskalana.

Demon raz po raz przywoływał ogień wieczny i rzucał na Falka jego wielkie, żarłoczne strumienie, ale te rozbijały się o jego tarczę i magiczne bariery jak sztormowe fale. Potęga jego magii defensywnej wymogła na Marchiu jeszcze zajadlejsze natarcie i podsyciła jego wściekłość ponad wyobrażenie. Demon nasycił miecz po krawędzie swoją plugawą mocą, aż powietrze wokół głowni zaczęło się palić.

Falko wyczuwał nienawistną potęgę tego miecza i wiedział, że dotknięcie go oznacza śmierć. Nawet natchniony wiarą wiedział, że jego własna moc ma swoje granice i że nie zdoła długo opierać się potędze demona.

Jeśli ma przeżyć ten pojedynek, musi zakończyć go szybko.

Poruszając się z prędkością, która przeczyła jego zmęczeniu, Falko sparował dwa płomieniste cięcia, a potem uderzył – raz w ramię, raz w udo Marchia. Srebrzysta krew skropiła ziemię, ale demon nie przerywał natarcia; ruszył twardo naprzód, rąbiąc i siekąc, a Falko znów musiał odeprzeć lawinę brutalnych ciosów. Marchio posłał w jego stronę strumień ognia, celując w klatkę piersiową, ale Falko zawirował i z impetem wyrżnął demona mieczem w bok hełmu. Jego głownia odrąbała prawy róg i wyrysowała na magicznej stali głęboką szczelinę.

Spazm przetoczył się przez ciało Marchia i demon opuścił miecz, gdy z rany na jego głowie polała się oleista ciecz. Próbował złapać Falka, ale ten odskoczył w tył, wyprowadzając szaleńcze ukośne cięcie od lewego ramienia do prawego biodra. Fala energii wyzwalająca się z głowni przy każdym ciosie była tak wielka, że miecz przebił nasycony magią pancerz demona. Marchio wbijał się w Falka wzrokiem, który palił jak żywy ogień, ale mag bitewny nie ugiął się pod tym spojrzeniem, tylko wziął zamach i z mocą wraził miecz w pierś demona. Ciemna krew bryznęła z ust Marchia, gdy stal wbiła się w jego śmiertelne serce, lecz ostatkiem sił demon wyrzucił ramiona przed siebie, złapał Falka i zamknął go w śmiertelnym uścisku, a jego ciało wybuchło ogniem wiecznym.

Jeśli ma umrzeć, Markiz Cierpienia zabierze Przeciwnika ze sobą.

Falko zaciął zęby w agonalnym bólu, gdy otoczył go czarny ogień. Próbował bronić się przed tym okropnym żarem, ale nie miał siły, by jednocześnie dobić demona i walczyć z płomieniami. Ścięgna na jego szyi były napięte i Falko wrzasnął, wlewając całą swoją moc w hartowaną głownię miecza.

Tkwiąca głęboko w piersi demona klinga buchnęła mocą wiary, a potem umysł Falka zatrzymał się, gdy obaj, mag bitewny i demon, eksplodowali płomieniem w oślepiającym rozbłysku.

Wkrótce kataklizm rozwiał się, a jego miejsce zajęła ciemność.

104

LECZENIE, ŻAŁOBA I NADZIEJA

Falko obudził się, słysząc pomruk wielu głosów i jęki bólu. Otworzył oczy. Niebo nad jego głową było białe. Potrzebował chwili, by uświadomić sobie, że to blade płótno namiotu. Powietrze przesycone było ostrą wonią maści i ziół, lecz także swądem dymu i płonącego mięsa. Zorientował się, że wokół niego poruszają się ludzie. Powoli obrócił głowę. Wzrok miał zamazany, ale dostrzegł osoby leżące na prowizorycznych posłaniach i innych, kręcących się wokół nich. Był w lazarecie.

– Obudził się! – powiedział jakiś głos. Falko spojrzał na Brynę siedzącą przy jego łóżku.

– Czas najwyższy! – powiedział inny głos i w polu widzenia pojawił się Alex. Kpiarski uśmiech na twarzy młodego Illicjanina był taki jak zawsze, ale jego spojrzenie naznaczał cień smutku.

Kolejna postać pojawiła się przy Brynie. Łzy pociekły po policzkach Falka.

– Witamy z powrotem, chłopczyku od ciepłych bułeczek – powiedział Malaki, a Falko był pewien, że jego serce zaraz pęknie ze szczęścia.

Chciał się podnieść, ale zakręciło mu się w głowie i opadł na posłanie. Bolało go całe ciało, a skóra była naprężona, jakby miała pęknąć przy nagłym ruchu. Zamknął oczy, gdy nagle poczuł ból, ale potem na jego piersi spoczęła życzliwa dłoń i ból zniknął, a w jego miejsce rozlały się po ciele znajome, ciepłe wibracje.

Falko otworzył oczy i zobaczył nad sobą starszego mężczyznę. Ciemnobrązowa skóra i ciemne, niemal czarne oczy zdradzały jego thraeckie pochodzenie i Falko od razu rozpoznał maga bitewnego. Mężczyzna musiał być za młodu niezwykle przystojny, ale jego twarz nosiła piętno niewypowiedzianego smutku. Falko miał mętne wrażenie, że go zna.

Mężczyzna milczał chwilę, ale zaraz jego usta rozszerzyły się w uśmiechu, gdy ujrzał zmieszanie w spojrzeniu pacjenta.

– Powiem reszcie, że się ocknąłeś – powiedział z niespodziewanie miękkim akcentem jak na kogoś, kto żył tak daleko na południu.

Falko obserwował uzdrowiciela, gdy odchodził.

– Był wprost niesamowity – powiedziała Bryna, siadając przy jego łóżku. – Nie widziałam dotąd tak wprawnego uzdrowiciela.

– To on uleczył cię po bitwie – powiedział Malaki. – Zajął się twoimi oparzeniami.

– Blizn prawie już nie widać – rzekł Alex.

Falko spojrzał na swoje obnażone ramiona i przekonał się, że pokrywające je włoski spłonęły, a sama skóra pokryta jest ledwie widocznymi srebrnymi plamami przypominającymi języki ognia. Wtedy wróciły do niego ostatnie chwile bitwy.

– Opętani? – spytał nagle.

– Zniszczeni – odpowiedział Malaki.

– A demony?

– Martwe.

– Wszystkie? – nie dowierzał Falko, a Malaki usłyszał zdenerwowanie głosie przyjaciela. Wiedział, że Falko pyta w szczególności o jednego.

– Tak – potwierdził. – Wszystkie.

Rysy Falka wygładziły się, gdy ogarnęło go uczucie ulgi. Na krótką chwilę skierował myśli do wewnątrz i nasłuchiwał drwiących głosów ze swoich snów, które zawsze czuł z tyłu głowy. Ale odpowiedziała mu tylko cisza. Wreszcie otworzył oczy.

– A co z armią?

– Niedobrze – odrzekł Malaki i Falko przygotował się na najgorsze. – Straciliśmy prawie czterdzieści tysięcy ludzi. Pewna liczba żołnierzy nie odniosła ran, ale wszystkich dotknął strach.

Falko zmarszczył brwi ze zrozumieniem. Ci dotknięci przerażeniem mogą z czasem wrócić do sił... ale czterdzieści tysięcy poległych! Ledwie umiał sobie wyobrazić tak wielką liczbę. A potem zadał jeszcze trudniejsze pytanie:

– A z tych, których znamy? Emisariusz...?

– Żyje – powiedział Malaki i ciało Falka zwiotczało z ulgi. – Ale nigdy nie będzie już normalnie chodził.

Ale żyje, pomyślał Falko, przygotowując się na litanię imion tych spośród przyjaciół, którzy nie mieli tyle szczęścia.

Wśród nich znalazł się Dedric Sayer, sypiący przekleństwami drań z Urwipołciów. Oraz Allyster Mollé, młody łucznik, który w czasie prób zdobył tyle samo punktów co Bryna. Malaki wspomniał o Alcaeusie, acherońskim kadecie, którego próbował dogonić Falko podczas pierwszego biegu do Palca, i o laniście Deloix, milczącym instruktorze, który zawsze poruszał się z zabójczą, kocią gracją.

Falko skrzywił się, słysząc nazwisko generała Renucciego. Doznał osobliwego uczucia smutku, gdy dowiedział się, że w bitwie poległ też Jareg Snidesson. Młody szlachcic był jego zmorą przez wiele lat życia, ale w ostatnich miesiącach zapałali do siebie wzajemnym szacunkiem.

Ale głos zawiódł Malakiego przy ostatnim imieniu.

– Huthgarl też – powiedział za niego Alex, a Bryna osuszyła oczy rękawem.

Falko przez długą chwilę nie mógł w to uwierzyć. Nie umiał ogarnąć rozumem, że taki mocarz mógł ot tak przestać istnieć.

– Uratował nas – wznowił Malaki głosem nabrzmiałym od emocji. – Gdy bitwa rozgorzała na nowo, otoczyli nas kardakowie. Zostaliśmy odcięci od wsparcia. – Malaki zawiesił wzrok w przestrzeni, odtwarzając w pamięci ostatnie chwile przyjaciela. – Ale Huthgarl natarł na nich. Przebił się przez nich, otworzył dla nas drogę ucieczki.

Bryna ścisnęła jego palce i we czworo poświęcili swoje myśli wszystkim, których zabrała bitwa. Niedługo potem wyszli, chcąc pozwolić Falkowi wypocząć, ale on nie czuł się już zmęczony. Wiedział, że przy namiocie czeka na niego Sydian. Obecność smoka dodała mu sił. Nie mógł się doczekać, aż wydobrzeje na tyle, by znów móc na nim latać.

Wszystko w swoim czasie, powiedział mu smok myślami. Na razie wypoczywaj.

Falko uśmiechnął się, gdy jego umysł wypełniły obrazy jego samego, pogrążonego we śnie. Ile razy smok doglądał go, gdy spał? Troskliwy strażnik, niestrudzony towarzysz.

Gdy popołudnie przerodziło się w wieczór, Falko nabrał dość siły, by wstać z łóżka i pomóc leczyć rannych. Próbował złagodzić ból mężczyzny po amputacji nogi, gdy dopadła go fala zmęczenia.

– Nie przesadź – powiedział znajomy głos i Falko odwrócił się do Mereditha, który położył mu rękę na ramieniu.

Młody mag pomógł mu wrócić na posłanie i nalał mu szklankę wody. Zawroty głowy minęły i Falko spytał czarodzieja, czy są jakieś wieści z miast, które zostały zaatakowane przed bitwą, ale Meredith tylko pokręcił głową. Podczas starcia z Opętanymi Meredith wraz z innymi magami stracili koncentrację i połączenie z innymi miastami zostało zerwane.

– Wyłapujemy obrazy lub fragmenty zdań, ale za mało tego, by wyciągnąć jakiś sens – wyjaśnił. – Wiemy na pewno tylko jedno: Amboss udało się ocalić.

Po wyjściu Mereditha Falko z niejakim zdumieniem odkrył, że ma ochotę coś przekąsić, ale przyjemność jedzenia psuł fetor śmierci unoszący się ze stosów usypanych po przeciwległej stronie doliny, na których palono trupy Opętanych. Próbował odpoczywać, ale nie mógł zmrużyć oka.

Koło północy wyczuł obecność trzech mężczyzn kierujących się w jego stronę. Na dobre rozstając się z marzeniem o śnie, Falko wstał z posłania i wyszedł im na spotkanie. Uzdrowiciela już poznał. Obok niego stał wysoki mężczyzna o ogorzałej twarzy, w której świeciły niebieskie oczy, a nad nimi unosiła się strzecha siwych włosów. Trzeci miał długie brązowe włosy przetykane pasmami siwizny i pobrużdżoną twarz o surowym wejrzeniu, ale w jego ciemnych oczach Falko doszukał się jakiegoś przygaszonego ciepła, gdy mężczyzna taksował go wzrokiem.

Nie zamienili ani słowa, stali tylko razem, a cisza między nimi mówiła o rzeczach, których nie sposób wyrazić słowami. W całym swoim życiu Falko nie czuł się jeszcze taki bezpieczny jak teraz, w tej właśnie chwili, gdy stał w Dolinie Trzech Braci razem z pustelnikiem, uzdrowicielem i rybakiem.

Nie potrafili wytłumaczyć więzi, jaka zaistniała między nimi, lecz żaden z nich nie czuł potrzeby, by próbować. Wiedzieli tylko tyle, że minęło około dwudziestu lat od chwili, gdy ich wiara została złamana, i że Falko jest dwudziestoletnim młodzieńcem. W jakiś sposób jego narodziny odezwały się echem w ich jestestwach, a to zrodziło w ich wygaszonych sercach nową nadzieję. Czy boginie losu przewidziały, że pewnego dnia Falko zepnie mostem wyrwę między ludźmi a smokami i da im szansę na odkupienie win?

Może... Ale któż mógł wiedzieć na pewno?

Można było powiedzieć tylko tyle, że oni nie zwalczyliby wyrzutów sumienia bez jego pomocy, a on bez nich nie uwolniłby się od koszmarów.

Siła ich aury wisiała w powietrzu jeszcze długo po ich odejściu, ale Falko, wróciwszy do namiotu, nie mógł sobie znaleźć miejsca. W końcu ponownie wyszedł na dwór, by zaczerpnąć świeżego powietrza. Noc rozświetlał jasny, blednący księżyc. Falko powiódł wzrokiem po obozie, spokojnym i pogrążonym w bezruchu po bitwie. A potem zwrócił uwagę na miejsce po drugiej stronie kotliny, gdzie setki ludzi wciąż pracowały mimo późnej godziny. W zimnym świetle księżyca zobaczył długie rzędy podłużnych kształtów ułożonych na ziemi. Potrzebował kilku chwil, by uświadomić sobie, że to trupy. Ciała zmarłych czekających, aż żywi złożą ich w grobach.

Widok wstrząsnął Falkiem do głębi. Nie mógł się poruszyć. Nagle wykrył czyjąś obecność i ujrzał stojącego obok człowieka. Mężczyzna chwiał się lekko na kulach, którymi się podpierał.

– Zawsze miało być na świecie cierpienie – powiedział emisariusz. – I zawsze miała być na nim śmierć. – Skierował spojrzenie na młodzieńca u swego boku. – Ale nie zawsze miało na nim być zwycięstwo, Falko. Ani nadzieja.

Przy tylu poległych Falko nie czuł się zwycięzcą, ale nie mógł zaprzeczyć prawdzie obecnej w słowach emisariusza. Odkąd poznali się tamtego dnia w Caer Dour, ich dusze były połączone i teraz znajdowali wielkie pocieszenie w swoim towarzystwie. Przez jakiś czas patrzyli na robotników, a gdy później Falko wrócił do łóżka, wreszcie zdołał zasnąć.

Następnego dnia czuł się o wiele lepiej. Poranek spędził, pomagając rannym w lazarecie, a po południu poszedł na przechadzkę z emisariuszem.

– Uzdrowiciele mówią, że muszę się ruszać – wyjaśnił Chevalier, gdy zmierzali ku skrajowi obozu, gdzie ze zbocza wzgórza przyglądały im się cztery smoki. Szli wolno, a emisariusz syczał z bólu za każdym razem, gdy zawadził nogą o wystający kamień lub kępę trawy. Akurat postanowili zawrócić, gdy wzrok Falka zatrzymał się na namiocie dowódczym. Właśnie wyłonili się z niego marszałek Breton i kilku innych dowódców, którzy przeżyli bitwę.

– Coś się stało – powiedział Falko, gdy oficerowie ruszyli w ich stronę. Byli z nimi lanista Magnus i Meredith Saker oraz dwaj magowie bitewni, z którymi spotkał się nocą Falko.

Kuśtykający o kulach emisariusz stanął obok Falka.

– Coś nie tak? – zapytał, gdy podeszli do nich dowódcy, ale nikt nie kwapił się z odpowiedzią.

– Dostaliśmy wiadomość z Amboss – wykrztusił wreszcie Breton.

– A przynajmniej tak nam się wydaje – doprecyzował Meredith.

– Właściwie dwie wiadomości – pociągnął marszałek.

– Ale sprzeczne – dodał Meredith.

Emisariusz westchnął z niecierpliwością, zirytowany tym przydługim wstępem.

– I cóż było w tej wiadomości?

– Jedna wspominała o śmierci królowej i o tym, że na tronie zasiadł książę Ludovico – wyjawił marszałek, wiedząc doskonale, jaką reakcję mogą wywołać jego słowa.

– A ta druga? – spytał emisariusz lodowatym tonem. Miał swoje zdanie o tym, że książę połakomił się na tron, zanim jeszcze ostygło ciało królowej.

– Druga wiadomość była bardzo słaba i poszatkowana – przejął Meredith. – Choć mag, który ją wychwycił, twierdzi, że wyczytał z niej dwa słowa.

– Jakie to były słowa? – warknął Chevalier, zmęczony całą tą szaradą.

– Pierwsze to „królowa" – rzekł Meredith i przełknął ślinę, nim podjął – i myślimy, że drugie to „żyje".

Emisariusz wbił w niego wzrok ostry jak dwa stalowe miecze. Kim byli ci głupcy, którzy ośmielili się rozdrapywać jego rany?

– Gdybyśmy mieli do dyspozycji kwintet magów, moglibyśmy dowiedzieć się więcej – powiedział Meredith. – Ale jest nas tylko trzech. Mieliśmy szczęście, że w ogóle udało nam się coś złapać.

Grymas emisariusza sugerował, że lepiej by było, gdyby mieli pecha i nie złapali ani słowa.

– Możemy wysłać jeźdźca do Amboss – podsunął marszałek Breton.

– Albo na koniu, albo na smoku – dodał Magnus. – Jeśli do Amboss dotarły jakieś wieści zc stolicy, poznamy je za dzień lub dwa.

– Ale czy można im wierzyć, skoro są sprzeczne? – zastanawiał się Falko. – Tak, moglibyśmy wysłać jeźdźca, ale przyniesione przez niego wieści wcale nie uczynią nas mądrzejszymi. – Przeniósł wzrok na emisariusza. – Mógłbym wrócić do Furii w kilka dni. Wtedy będziemy wiedzieć na pewno.

Emisariusz gapił się na niego, a w jego oczach pełgał nowy strach. Obawa przed dopuszczeniem do siebie nadziei. Wreszcie jego spojrzenie stwardniało.

– Ona nie żyje – rzekł, jakby nie mógł znieść myśli o tym, że miałby ją ponownie utracić.

– Nie będziemy wiedzieć na pewno, dopóki nie dotrzemy do stolicy – powiedział Falko, a dostrzegłszy rozpaczliwy błysk w oku emisariusza, poczuł się jak okrutnik.

– Podążę za tobą konno – rzekł Chevalier, ale Falko pokręcił głową.

– Dziesięć dni podskakiwania w siodle chybaby cię zabiło.

– Ale wytrzyma trzy dni lotu na smoczym grzbiecie – rzekł mag bitewny z Illicji. – Erlösung na pewno chętnie cię zaniesie – dodał, a jeden ze smoków na zboczu wzgórza wystąpił naprzód.

Ludzie mierzyli maga bitewnego takim wzrokiem, jakby uznali go za szaleńca, ale w oczach emisariusza zapłonęło przeraźliwe światło.

– Nie lecielibyśmy na złamanie karku – powiedział Falko. – I mógłbym leczyć cię po drodze.

– Musimy lecieć prosto do Furii – rzekł emisariusz. – Bez postojów w miastach i miasteczkach. Nie zniósłbym kolejnych plotek i spekulacji. – Falko zgodził się skinieniem. – Prosto do stolicy. Tylko wtedy poznamy prawdę. Jeśli książę Ludovico będzie zasiadał na tronie, będziemy wiedzieć na pewno, że królowa rzeczywiście nie żyje.

– Lecimy razem – postanowił Falko.

– Wyruszamy niezwłocznie – orzekł emisariusz.

105

WSZYSTKIE HORDY PIEKIELNE

Opuścili dolinę i ruszyli ponad wzgórzami ku lesistemu królestwu Clemoncé. Smok sunął po niebie gładkim, wolnym od perturbacji lotem, ale Falko wiedział, że emisariusz cierpi ból. Często się zatrzymywali i mag bitewny pomagał towarzyszowi, jak mógł, ale on nigdy nie pozwalał na dłuższy odpoczynek. Lecieli do Furii, żeby poznać ostateczną prawdę o losie królowej Catherine.

Trzeciego dnia rano ujrzeli na horyzoncie niewyraźny zarys stolicy i po chwili serce zapadło się w piersi Falka. Turkusowo-błękitne flagi opuszczono do połowy masztu. Mag bitewny mógł tylko zgadywać, co musi czuć emisariusz, lecz nawet teraz nie dostrzegł w nim śladu wahania. Czas, by dowiedzieli się prawdy. Jakakolwiek by ona była.

Przez długą chwilę mieli wrażenie, że ani trochę nie zbliżają się do miasta, ale ono zaraz urosło i rozprzestrzeniło się pod nimi na wszystkie strony. Falko zasugerował, by wylądowali na płaskowyżu, żeby nie przerazić mieszkańców, ale emisariusz nie chciał o tym słyszeć.

To się nazywa efektowne wejście, pomyślał Falko, gdy po spirali obniżali lot w stronę tarasu, skąd było już bardzo blisko do apartamentów królowej.

Pałacowi strażnicy oniemieli na widok dwóch czarnych smoków lądujących na kamiennych płytach. Wartownicy mieli za zadanie nie wpuszczać do pałacu ludzi korzystających ze zwykłych dróg. Nie mieli powodu spodziewać się, że ktoś mógłby dostać się do pałacu drogą powietrzną. Popędzili do miejsca, gdzie Falko i emisariusz zeskakiwali ze smoków. Nie sposób było nie zauważyć, że rycerz cierpi, lecz mimo to niezwłocznie ruszył, utykając, do drzwi na skraju tarasu.

Falkowi rzucił się w oczy ubiór strażników – nie turkusowo-błękitne liberie królowej Catherine, lecz zielono-srebrzyste księcia Ludovica. Twarz emisariusza, pomimo bólu, który nieustannie szarpał jego ranne biodro, była kamienną maską gniewu, gdy z rozmachem otworzył drzwi do komnat królowej.

Korytarz doprowadził go do długiego pokoju, od którego prowadziły do bocznych pomieszczeń dwa rzędy przejść, lecz Chevalier pomknął prosto do tych największych w przeciwległej ścianie komnaty, prowadzących do osobistych pokoi królowej. Strażnicy przy drzwiach usłyszeli wszczęty przez wartowników alarm i zagrodzili przejście dwóm mężczyznom.

Oczywiście od razu rozpoznali emisariusza, lecz mimo to pierwszy z nich wyciągnął rękę, każąc im się zatrzymać. Powłóczący nogą Chevalier złapał go za nadgarstek, wykręcił mu rękę i przygrzmocił nim o podłogę. Drugi strażnik stężał, a potem uderzył o ścianę, gdy Falko odrzucił go mocą na bok. Nie zdążył otrząsnąć się z zaskoczenia, gdy strzeżone przez niego drzwi otworzyły się i pojawili się w nich dwaj kolejni mężczyźni. Jeden był starcem w szarych szatach urzędnika miejskiego. Drugim – książę Ludovico we własnej osobie.

Książę dziękował za coś gościowi, gdy nagle spostrzegł Falka i emisariusza. Obrzucił obu zdumionym spojrzeniem, zmarszczył brwi na widok sir Williama, a potem zachłysnął się powietrzem, gdy emisariusz wczepił pięści w przód jego szaty, okręcił go i wparł z mocą w ścianę.

– Ty sępie! – wycedził. – Ty zdradziecki szakalu!

Otumaniony książę otworzył usta, by coś powiedzieć, ale emisariusz przyłożył mu w żuchwę zamaszystym hakiem, a Falko spojrzał na strażników wzrokiem, który mówił jasno, że lepiej by było, żeby się do tego nie mieszali.

– Jak długo czekałeś, by zagarnąć jej tron? – warczał emisariusz z twarzą wykrzywioną nietypową dla niego furią. – Czy w ogóle sprowadziłeś jej ciało na łono jej ludu? Czy może pogrzebałeś ją na jakimś polu w Valencji?

Książę nie próbował nawet odpowiadać, bo żelazny uścisk emisariusza blokował mu dopływ powietrza.

Falko przystąpił do towarzysza i położył mu rękę na ramieniu, gdy do korytarza wpadło pięciu kolejnych strażników. Ruszyli w kierunku Chevaliera, nim zatrzymała ich wyciągnięta wymownie ręka maga bitewnego.

– Zawsze byłeś zazdrosny – syczał wściekły emisariusz. – Zawsze kręciłeś się blisko tronu. I kobiety, która na nim zasiadała. Ale nigdy nie będziesz go godny, tak jak nigdy nie będziesz godny...

– Williamie.

Głos był cichy, ale emisariusz zamarł, jakby rzucono na niego zaklęcie. Nie poluzował uścisku, nie obrócił się. Po prostu zastygł w bezruchu, jakby widmo przeszłości dosięgło go zza grobu lodowatą ręką.

– Williamie – powtórzył głos i wreszcie emisariusz znalazł dość odwagi, by obrócić się w kierunku, skąd doszedł. A jego oczom ukazała się zjawa.

Nie myśląc, rycerz wypuścił księcia i zwrócił się cały ku obrazowi kobiety, którą kochał. Jej twarz była wychudzona i blada, ale blasku jej niebieskich oczu nie pomyliłby z niczym innym.

Czy to możliwe?

Wtedy owa zjawa wyciągnęła do niego rękę i emisariusz podążył w jej kierunku. Gdy się zbliżył, dostrzegł nowe blizny na jej twarzy, lecz była to ta sama twarz, którą umiłował tak dawno temu. Bojąc się, że rozpłynie się w powietrzu, wyciągnął rękę, by ująć jej dłoń. Jakże się zdziwił, gdy poczuł w palcach namacalne ciało. Powoli zaczął dopuszczać do siebie wiarę w jej prawdziwość, a potem zjawa uśmiechnęła się do niego i wreszcie emisariusz ujrzał przed sobą swoją królową, swoją Catherine.

Nie widział wychudłych policzków i zapadniętych oczu kobiety, która otarła się o śmierć. Nie widział pustego rękawa przypiętego dyskretnie do gorsetu sukni. Widział tylko jej twarz. I wiedział tylko jedno – żyje.

Królowa sięgnęła do niego, a emisariusz przytulił ją mocno, skrobiąc zarostem jej gładki policzek.

– Wróciłeś do mnie – powiedziała.

– Musiałem, choćby wszystkie hordy piekielne stanęły mi na drodze – odpowiedział emisariusz, a oczy królowej zalśniły od łez.

Falko nie posiadał się ze zdumienia, a potem z radości, która wzmogła się jeszcze, gdy stanęła obok niego przygarbiona postać Aureliana.

– Nie spieszyłeś się z powrotem – zauważył zgryźliwie stary mag bitewny.

Falko usłyszał nutę smutku w jego głosie. Złapał umysłem przelotny obraz Dwimervane i Dusaule'a. I skądś wiedział, że oboje przeminęli. Jego serce ścisnęło się z żalu, ale Aurelian położył mu rękę na ramieniu i rozciągnął usta w uśmiechu, pokazując połamane zęby, po czym obaj zwrócili się ku emisariuszowi i królowej.

– Oboje wyglądają na ciutkę zmachanych – skomentował Aurelian. – Może teraz ludzie dadzą im chwilę spokoju.

– Ale jej ręka... – zaczął Falko. Nie mógł nie pomyśleć o tragicznych wydarzeniach, które musiały zaistnieć, by odniosła tak straszną ranę, ale Aurelian tylko wzruszył ramionami.

– Aj tam, nie przejmuj się tak – rzucił. – Najlepsi ludzie, jakich znam, mają tylko jedną rękę.

106

KOPIEC UPADŁYCH DUSZ

Od Hoffen na północy aż po miasto Seeburg na południu sojusznicze wojska chwiały się pod zmasowanym naporem wroga. Nigdy jeszcze nie musieli się mierzyć z tak niszczycielskim natarciem, ale wytrwali. Opętani przedarli się przez front w kilku miejscach i dwa miasta padły ich ofiarą, ale królowa twierdziła, że z czasem uda się je odbić. Z Utraconych Ziem wciąż przybywały kolejne armie i demony, ale bilans tej wojny odmienił się na zawsze.

Pokonując Marchia Dolora, Falko zadał Opętanym druzgocący cios. Szale przechyliły się na korzyść ludzi i zjednoczone armie parły naprzód, by odzyskać ziemie, które kiedyś utracili. Żołnierze Illicji, Beltane i Clemoncé byli zmęczeni przedłużającą się kampanią, ale teraz nie walczyli już sami. Czego nie udało się królowej dokonać za życia, dokonało się samo, gdy tylko rozeszły się wieści o jej śmierci. Królestwa wreszcie się zjednoczyły.

Legiony Tyramimusa dołączyły do wojny.

Lud Valencji zbuntował się przeciw tchórzliwemu królowi i nawet teraz ich armie napływały do Beltane, chcąc odzyskać coś z utraconego przez bezczynność honoru, z którego kiedyś słynęli Valencjanie.

Nawet południowe królestwo Thraecji zaoferowało wsparcie sprzymierzonym. Po latach zmagań z magami Cleomenes Młodszy wstąpił wreszcie na tron. W akcie łaski zakończył życie swojego ojca, wyzwalając go z wyniszczającej umysł śpiączki, w której od dawna utrzymywali go magowie. Co się zaś tyczy samych magów... Młody Cleomenes zaprosił ich na wielką ucztę pojednawczą, gdzie otruł veneratu Ischyrósa oraz trzynastu jego najstarszych czarodziejów. Thraeckie triery płynęły teraz ku oblężonemu miastu Port Svart.

– Ludzi uwięzionych w tym opuszczonym zakątku świata może da się jeszcze ocalić – powiedziała królowa Falkowi, gdy stali razem nad marmurową mapą w Komnacie Rady.

Światło lamp oliwnych kładło się blaskiem na wypolerowanej podłodze. Falko przyglądał się natchniony grze świateł na twarzy królowej. Podkreślały one nowe blizny znaczące jej twarz, lecz pomimo ran i przebytych trudów głos monarchini nie stracił nic z dawnej siły.

– Królestwa się zjednoczyły – podjęła. – Opętani wiedzą już, co to znaczy iść na wojnę ze światem Furii.

Falko spędził w stolicy niemal tydzień, lecz w miarę jak wracały mu siły, coraz mocniej ciągnęło go na front. To prawda, wszystkie królestwa walczyły teraz ramię w ramię, ale wojna jeszcze się nie skończyła i wiele cierpienia i śmierci dzieliło ich wciąż od ostatecznego zwycięstwa. Jednakże przed powrotem do Malakiego i pozostałych musiał zrobić jeszcze jedną rzecz.

– Rozumiem – rzekł krótko emisariusz, gdy spotkali się na zachodnim tarasie pałacu.

– Nasze myśli i nasza miłość będą przy tobie – zapewniła stojąca u jego boku królowa.

Podeszła do Falka i ucałowała go w czoło, a potem mag bitewny dosiadł smoka, który czekał na niego na skraju tarasu. Królowa i jej rycerz patrzyli, jak wznoszą się w przestworza i znikają wśród chmur.

Wzbili się wysoko i Falko ogarnął wzrokiem zielony przestwór lasów Clemoncé, które z wolna ustępowały przed górzystą wyżyną Valencji. Przelatując nad górami, trzymał się wzrokiem szlaku, który prowadził do jego rodzinnego miasta Caer Dour. Nie zatrzymał się, by popatrzeć na spalone budynki. Zamiast tego zwrócił Sydiana ku mrocznej górze, którą miejscowi zwali Mont Noir.

Zwiększyli wysokość i oczom Falka ukazał się skalny amfiteatr zwany Wichrową Twierdzą. Zakrzywiona ściana klifów otaczała kolisty obszar płaskiej skały, który kończył się z jednej strony opadającą ostro w dół przepaścią. To właśnie tam Falko zabrał Sydiana.

Sfrunęli w dół przepaści i pośród skalnego osypiska szybko znaleźli to, czego szukał Falko. Właśnie tam leżały potrzaskane, rozkładające się ciała człowieka i smoka, wciąż zwarte w zastygłym boju, który obu pozbawił życia. Falko rozumiał teraz, co tak naprawdę wydarzyło się tamtej nocy, ale zrozumienie nie łagodziło żalu. Przez całą noc trudził się, by wydobyć szczątki z uścisku góry i złożyć je w płytkim grobie, który wykopał własnymi rękami. Z uświęcającym szacunkiem umieścił ciało Dariusa Voltaria u boku smoka, który odpowiedział na jego wołanie.

Zakopał grób i usypał na nim kamienny kopiec, a potem cofnął się o kilka kroków, gdy wyszedł naprzód stojący u jego boku Sydian. Smok głęboko zaczerpnął tchu i noc rozjaśnił dziki smoczy płomień, który stopił ze sobą kamienie w jednolity pomnik, nazwany później Kopcem Upadłych Dusz.

Gdy nad górami wstało słońce, Falko ucałował złączone palce i dotknął nimi kamieni.

– Wybaczcie mi – westchnął.

W głębiach swej duszy Falko Danté odnalazł wreszcie coś na kształt spokoju.

EPILOG

Rycerz zdjął hełm i powiódł wzrokiem po polu bitwy. Armia Opętanych wlała się do doliny niczym morze smoły, ale wraz z nią przyszło coś jeszcze. Nie jeden, lecz dwa demony kroczyły pośród chmary pieszych żołnierzy. Zgromadzeni wokół rycerza wojownicy nie rozumieli, skąd u niego ten spokój.

Rogate olbrzymy górowały nad Opętanymi, a strach, który porażał ludzi znajdujących się w obszarze ich działania, potrafił skruszyć nawet najdzielniejszych wojowników, lecz ten rycerz nie wydawał się tym przejmować. Siedział wyprostowany na swoim wierzchowcu, a jego twarz znaczyło wyraźne czerwone znamię.

Rzeczywiście, nie lękał się. Wiedział bowiem, że nie są sami.

Obrócił głowę ku skalistym wzgórzom otaczającym dolinę. Wzrok żołnierzy powędrował za jego spojrzeniem i nagle ich serca wypełniły się nie przerażeniem, ale podziwem, bowiem tam, na samej krawędzi skał, rysowała się na tle nieba ciemna sylwetka smoka oraz dosiadającego go jeźdźca.

Każdy z nich widział, że smok jest czarny. Zdumienie przetoczyło się przez szeregi Valencjan, gdy mężczyźni przypomnieli sobie opowieści o czarnym smoku i tym, który go dosiadał.

– Le Cœur Noir! – szeptali lękliwie przyciszonymi głosami.

Twarz rycerza przyozdobił uśmiech, gdy powtarzany przez kolejnych żołnierzy przydomek rozszedł się po całym oddziale. Armia widziała w przybyszu legendę, plotkę, ale on widział tylko swojego przyjaciela. Ten człowiek zrodził się z nieszczęścia i wiódł życie wypełnione wstydem, hańbą i cierpieniem. Był słabeuszem w świecie wojowników, ale pokonał wszelkie przeciwności losu, by dostąpić przeznaczenia nakreślonego dla niego poza czasem i przestrzenią.

I stał się magiem bitewnym.

KONIEC

PODZIĘKOWANIA

Z głębi serca dziękuję mojej żonie Julie, która wyłapuje wiele moich błędów i życzliwie daje mi znać, gdy zaczynam lać wodę. Moje książki wiele zyskują dzięki Twojej pracy.

Dziękuję Kevinowi Armsowi, Judith Coulson, Fionie Seaton, Lisie Smith i Megan Nagle (autorce powieści *Azurite*) za to, że byli na tyle mili, by zgodzić się przeczytać niniejszą książkę, zanim została wydana, i na tyle odważni, by podzielić się ze mną swoimi przemyśleniami.

Dziękuję Robowi Millerowi, Zbrojmistrzowi ze Skye.

Mam nadzieję, że swój oręż wykułem jak trzeba.

Obejrzyjcie jego wspaniałe miecze na www.castlekeep.co.uk.

Drogi Czytelniku,

dziękuję ci za zakup *Maga bitewnego*. Naprawdę bardzo, bardzo to doceniam. Jeśli książka Ci się spodobała, będę Ci niezmiernie wdzięczny, jeśli zechcesz napisać krótką recenzję na Amazonie.

Jeśli masz coś do powiedzenia lub po prostu chciałbyś nawiązać kontakt, napisz do mnie na Twitterze: @TheFlanston.

Lub skontaktuj się ze mną przez moją stronę internetową: www.peterflannery.co.uk.

Tym czy innym sposobem, miło by było, gdybyś dał znać.

Jeszcze raz dziękuję, że kupiłeś tę książkę.

Peter

SPIS RZECZY

fabryka słów
WYDAWNICTWO

PRODUCENT
Fabryka Słów sp. z o.o.
ul. Poznańska 91
05-850 Ożarów Mazowiecki
biuro@fabrykaslow.com.pl

DANE DO KONTAKTU
Fabryka Słów sp. z o.o.
ul. Chmielna 28B/4
00-020 Warszawa
www.fabrykaslow.com.pl
biuro@fabrykaslow.com.pl

WYDAWCA
Robert Łakuta

DYREKTORKA WYDAWNICZA
Izabela Milanowska

MARKETING
Luiza Kwiatkowska
Urszula Słonecka

SPRZEDAŻ INTERNETOWA
swiatksiazki.pl
czytam.pl
KSIAZKI.PL

ZAMÓWIENIA HURTOWE
DRESSLER
Dressler Dublin sp. z o.o.
ul. Poznańska 91
05-850 Ożarów Mazowiecki
tel. (+ 48 22) 733 50 31/32
www.dressler.com.pl
dystrybucja@dressler.com.pl

DRUK I OPRAWA
Białostockie Zakłady Graficzne S.A.
www.bzgraf.pl

Tytuł oryginału: Battle Mage

REDAKTORKA PROWADZĄCA
Joanna Orłowska

TŁUMACZENIE
Maciej Pawlak

REDAKCJA
Gabriela Niemiec

KOREKTA
Agnieszka Pawlikowska

ILUSTRACJA NA OKŁADCE ORAZ PROJEKT
Szymon Wójciak

ILUSTRACJE ORAZ MAPA
black gear Paweł Zaręba

PROJEKT TYPOGRAFICZNY, OPRACOWANIE GRAFICZNE, SKŁAD
Dariusz Nowakowski | drewnianyrower.com

Wydanie II
ISBN 978-83-8375-173-3
Nr 1000761/D0

/ fabrykaslow
/ fabryka

Hoffen
Le Matres
Reiherstadt
Furia
Amboss
NIESKOŃCZONE MORZE
CLEMONCÉ
Toulwar
Caer Dour
Navaria
przesmyk Amaethon
VALENCJA
Dziewica
Caer Laison
ZATOKA BARINTHUSA
Távros
ACHERON
THRAECJA